छायावादी काव्य-कोश

छायावादी काव्य-कोश

कमलेश वर्मा
सुचिता वर्मा

राधाकृष्ण प्रकाशन

पहली बार द मार्जिनलाइज्ड पब्लिकेशन से 2019 में प्रकाशित

ISBN : 978-81-979271-6-4

छायावादी काव्य-कोश

पहला राधाकृष्ण संस्करण : 2024

मूल्य : ₹1995

प्रकाशक

राधाकृष्ण प्रकाशन प्राइवेट लिमिटेड

जी-17, जगतपुरी, दिल्ली-110 051

शाखाएँ : अशोक राजपथ, साइंस कॉलेज के सामने, पटना-800 006

पहली मंजिल, दरबारी बिल्डिंग, महात्मा गांधी मार्ग, प्रयागराज-211 001

1, अनमोल सोराबजी सन्तुक लेन, धोबी तलाव, मरीन लाइंस, मुम्बई-400 002

वेबसाइट : www.radhakrishnaprakashan.com

ई-मेल : info@radhakrishnaprakashan.com

मुद्रक

राजकमल डिजिटल

दरियागंज, नई दिल्ली-110 002

CHHAYAVADI KAVYA-KOSH

by Kamlesh Verma, Suchita Verma

छायावादी कविता के प्रेमियों/पाठकों को!

परिशिष्ट-एक

परिशिष्ट-दो

परिशिष्ट-तीन

उषा सुनहले तीर बरसती...

'छायावादी काव्य-कोश' का पुनर्प्रकाशन हो रहा है। हमारे लिए यह खुशी की बात है। राजकमल प्रकाशन के प्रति आभार प्रकट करता हूँ।

2019 में इसके प्रथम संस्करण पर मुझे उत्साहवर्द्धक प्रतिक्रिया मिली थी। हिन्दी के जाने-माने विद्वानों ने इस कोश के प्रति अपनी सकारात्मक राय प्रकट की थी।

जैसे-जैसे समय गुजरता जा रहा है छायावादी कविता की भाषा के विश्लेषण की जरूरत बढ़ती जा रही है। वह अपना शतकीय जीवन जी रही है। सौ वर्षों में हिन्दी की काव्य-भाषा कई तरह से बदल चुकी है। इस बदलाव ने छायावादी भाषिक विन्यास के विश्लेषण की जरूरत को बढ़ा दिया है। यह कोश एक प्रयास है कि छायावादी कविता में प्रयुक्त पदों और पदबंधों के प्रासंगिक अर्थ तक पाठकों को पहुँचाया जा सके। इस कविता के पाठकों की विभिन्न श्रेणियाँ हैं। अध्यापक और विद्यार्थी के अलावा कविता के गंभीर अध्येता और रचयिता को यहाँ से भरपूर खुराक मिलती रही है।

आधुनिक हिन्दी कविता के इतिहास में सबसे समादृत कालखंड छायावाद रहा है। इस कविता को क्लासिक का दर्जा प्राप्त है। उस समय से लेकर आज तक की हिन्दी कविता का कोई श्रेष्ठ कवि ऐसा नहीं है जिसने छायावाद से कुछ सीखा न हो! यह कविता पाठकों के लिए तो है ही, कवियों के लिए भी महत्त्वपूर्ण है।

मध्यकाल की भक्ति कविता की तरह ही छायावादी कविता को भूलकर हिन्दी कविता की श्रेष्ठता को नहीं समझा जा सकता है। रामचंद्र शुक्ल ने छायावाद की चाहे जितनी आलोचना की हो, मुक्तिबोध ने 'कामायनी' में चाहे जितनी कमियाँ निकाली हों; इन दोनों के लेखन पर छायावादी प्रवृत्तियों का गहरा प्रभाव है।

परिशिष्ट-दो के अंतर्गत कविता की तीन सूचियाँ जोड़ी गयी हैं। लोकभारती प्रकाशन, प्रयागराज से जयशंकर प्रसाद और महादेवी वर्मा की प्रकाशित कविताओं की सूची वर्णानुक्रम से पृष्ठ संख्या के साथ दी गई है। पाठकों को सुविधा होगी कि वे इन पुस्तकों से भी सन्दर्भ ग्रहण कर पाएँगे।

सादर,

12 अप्रैल, 2023

कमलेश वर्मा
ई-मेल : kamleshvermajnu@gmail.com

भूमिका

'छायावादी काव्य-कोश' में छायावाद के चार कवियों की कविताओं से प्रविष्टियाँ ली गई हैं। 1918–1936 के दौर में छायावादी कविता लिखनेवालों की बड़ी संख्या थी, मगर कालक्रम से यह मान्यता रूढ़ हो गई कि छायावादी कवि के तौर पर जयशंकर प्रसाद (1889–1937), सूर्यकान्त त्रिपाठी निराला (1898–1961), सुमित्रानन्दन पंत (1900–1977) और महादेवी वर्मा (1907–1988) की कविताओं को ही समझा जाए। नामवर सिंह ने छायावाद के नाम और कवियों पर विचार करने के क्रम में लिखा है, "छायावाद नाम सबसे पुराना होने के साथ ही प्रसाद, निराला, पंत, महादेवी की कविता के लिए रूढ़ भी हो गया है। ऐसी हालत में 'छायावाद' शब्द का अर्थ चाहे जो हो, परन्तु व्यावहारिक दृष्टि से यह प्रसाद, निराला, पंत, महादेवी की उन समस्त कविताओं का द्योतक है, जो 1918 से 1936 ई. के बीच लिखी गईं। छायावाद की मनमानी परिभाषा करने की अपेक्षा उसके ऐतिहासिक और व्यावहारिक अर्थ को स्वीकार करना अधिक वैज्ञानिक है।"[1]

इसलिए प्रस्तुत कोश में छायावाद के इन चार कवियों की कविताओं से ही प्रविष्टियाँ ली गयी हैं। इन चारों कवियों की सभी कविताएँ छायावाद के अंतर्गत शामिल नहीं की गई हैं। प्रसाद और महादेवी की कविताओं का ज्यादातर हिस्सा छायावादी है। निराला की लगभग आधी कविताएँ छायावादी दौर में लिखी गई हैं। पंत की कविताओं का गैर-छायावादी हिस्सा उनकी छायावादी कविताओं की तुलना में बहुत बड़ा है। इन चार कवियों की छायावादी कविताओं का विवरण कुछ इस प्रकार बनता है–

'छायावादी काव्य-कोश' में शामिल की गईं जयशंकर प्रसाद की रचनाएँ–

काव्य-कृतियाँ : झरना (1918), लहर (1935), आँसू (1925/1933), कामायनी (1936), असंकलित कविताएँ

नाट्य-कृतियाँ : इन नाटकों में सम्मिलित गीत/कविताएँ
विशाख (1921), अजातशत्रु (1922), जन्मेजय का नाग-यज्ञ (1924), कामना (1927), एक घूँट (1929), स्कन्दगुप्त (1928), चन्द्रगुप्त (1931), ध्रुवस्वामिनी (1933), अग्निमित्र (अपूर्ण)

'छायावादी काव्य-कोश' में शामिल की गईं जयशंकर प्रसाद की कुल कविताओं की संख्या–

कविताएँ - 94
प्रबंधात्मक काव्य-पुस्तक - 02 (आँसू, कामायनी)
नाटकों में गीत/कविताएँ - 111

---

1. छायावाद–नामवर सिंह, राजकमल प्रकाशन, नई दिल्ली, 1993, पृ. 16

'छायावादी काव्य-कोश' में शामिल की गईं सूर्यकान्त त्रिपाठी 'निराला' की रचनाएँ–

काव्य-कृतियाँ : अनामिका (1923/1939), परिमल (1929), गीतिका (1936), तुलसीदास (1934/1939), 24 असंकलित कविताएँ, 02 कविताएँ 'गीत-गुंज' (1954) से

'छायावादी काव्य-कोश' में शामिल की गईं सूर्यकान्त त्रिपाठी 'निराला' की कुल कविताओं की संख्या–

कविताएँ - 228

प्रबंधात्मक काव्य-पुस्तक - 01(तुलसीदास)

'छायावादी काव्य-कोश' में शामिल की गईं सुमित्रानन्दन पंत की रचनाएँ–

काव्य-कृतियाँ : वीणा (1927), ग्रन्थि(1920/1929), पल्लव (1926), गुंजन (1932), युगान्त (1936)

नाट्य-कृतियाँ : परी (जनवरी, 1925), ज्योत्स्ना (1934)

'छायावादी काव्य-कोश' में शामिल की गईं सुमित्रानंदन पंत की कुल कविताओं की संख्या–

कविताएँ - 176

प्रबंधात्मक काव्य-पुस्तक - 01 (ग्रन्थि)

नाटकों में गीत/कविताएँ - 50

'छायावादी काव्य-कोश' में शामिल की गईं महादेवी वर्मा की रचनाएँ–

नीहार (1930), रश्मि (1932), नीरजा (1935), सांध्यगीत (1936), दीपशिखा (1942)

'छायावादी काव्य-कोश' में शामिल की गईं महादेवी वर्मा की कुल कविताओं की संख्या–

कविताएँ - 236

ऊपर की सूची से कुछ बातें सामने आती हैं। पहली बात यह कि इन चारों कवियों के एक से अधिक काव्य-संग्रह प्रकाशित हुए थे। प्रसाद, निराला और पंत ने प्रबंधात्मक रचनाएँ लिखी थीं, मगर महादेवी ने कोई भी प्रबंधात्मक काव्य-पुस्तक नहीं लिखी थी। प्रसाद और पंत ने अपने नाटकों में गीतों की भी रचना की थी। निराला और महादेवी ने नाटक लिखे ही नहीं थे। परिशिष्ट में इन चारों लेखकों की सम्पूर्ण कृतियों की सूची दी गई है, जिसे देखकर जाना जा सकता है कि उनकी किन रचनाओं को छायावाद की सीमा से बाहर माना गया है। इस सीमा के निर्धारण का आधार प्रायः 1918 से 1936 की अवधि को ही बनाया गया है। इसका एकमात्र अपवाद 1942 में प्रकाशित महादेवी वर्मा का काव्य-संग्रह 'दीपशिखा' है। इस संग्रह में 1936 से 1942 तक की कविताएँ संगृहीत हैं। 1936 के बाद की कविताएँ होने के बावजूद 'दीपशिखा' की पहचान छायावादी-रहस्यवादी काव्य-संग्रह के रूप में ही रही है। यही कारण है कि इस संग्रह से भी प्रविष्टियाँ ली गईं हैं।

इस कोश में लगभग 12664 प्रविष्टियाँ हैं। परिमाण की दृष्टि से जयशंकर प्रसाद ने सबसे ज्यादा छायावादी कविताएँ लिखी थीं, इसलिए उनकी कविताओं से ली गईं प्रविष्टियों की संख्या भी बाकी तीनों से ज्यादा हैं। प्रसाद से 4599, निराला से 3648, पंत से 2224 और महादेवी से 2193 प्रविष्टियाँ इस कोश में ली गईं हैं, जिन्हें जोड़कर कुल संख्या बनती है–12664 प्रासंगिक तौर पर उल्लेख किया जा सकता है कि 'निराला काव्य-कोश' में लगभग 6500 और 'प्रसाद काव्य-कोश' में लगभग 6600 प्रविष्टियाँ मौजूद हैं। इन दोनों कोशों से केवल छायावादी कविताओं की प्रविष्टियाँ लेकर इस 'छायावादी काव्य-कोश' में शामिल की गईं हैं। प्रत्येक कवि से ली गईं प्रविष्टियों की संख्या से

अनुमान लगाया जा सकता है कि शब्द की दृष्टि से किस कवि ने छायावादी कविता को कितना विस्तार दिया। नामवर सिंह ने छायावादी कवियों में जयशंकर प्रसाद के महत्त्व को बिलकुल ठीक पहचाना था, "प्रसाद इन सभी कवियों की सफलताओं को पुंजीभूत करने में सबसे अधिक सफल रहे। इसीलिए उनकी 'कामायनी' छायावाद का प्रतिनिधि काव्य है। प्रसाद में नवोन्मेष सबसे कम है, फिर भी छायावाद का पूरा प्रतिनिधित्व वही करते हैं।"[1] इस कोश की एक-तिहाई प्रविष्टियाँ प्रसाद से ली गई हैं।

उल्लेखनीय है कि प्रसाद के काव्य का ज्यादातर हिस्सा छायावादी दायरे में शामिल है, जबकि निराला के काव्य का केवल आधा हिस्सा। 'निराला रचनावली' के दो खंडों में उनकी कविताएँ संकलित हैं, जिनमें से केवल पहले खंड की कविताएँ (अंतिम 26 कविताओं को छोड़कर) छायावादी दौर में रची गई हैं। पंत ने विपुल मात्रा में कविताएँ रची थीं, लेकिन उनकी कुल कविताओं क अधिकतम 20 प्रतिशत हिस्सा ही छायावादी दायरे में आता है। महादेवी की कविताओं का अधिकांश छायावादी है।

छायावादी कविताओं को पढ़ते हुए शब्दों के अर्थ तक पहुँचने की प्रक्रिया को यह कोश अपने भीतर समेटे हुए है। 'निराला काव्य-कोश'[2] और 'प्रसाद काव्य-कोश'[3] की तरह ही प्रस्तुत कोश में पाँच कॉलम बनाए गए हैं–

1. शब्द–शब्द-चयन के आधार–अर्थ की कठिनाई, सामासिक पद, विशिष्ट अर्थ में प्रयुक्त शब्द। इस कोश में अर्ध पंचमाक्षर की जगह अनुस्वार को प्राथमिकता दी गयी है, ताकि एकरूपता बनी रहे। छायावादी कवियों ने इन दोनों रूपों का प्रयोग किया है, जैसे- अंचल/अञ्चल, अनंत/अनन्त, कंबु/कम्बु आदि। कोश के 'शब्द' कॉलम में अंचल, अनंत, कंबु आदि का प्रयोग किया गया है। परन्तु 'काव्य-पंक्ति' में 'ग्रंथावली/रचनावली' के पाठ को रखा गया है। शब्दों से बनी प्रविष्टियों को वर्णानुक्रम से तो रखा ही गया है, इसमें एक और व्यवस्था बनाने का प्रयास किया गया है। छायावादी कवियों में उम्र के अनुसार वरिष्ठता का क्रम इस प्रकार बनता है–प्रसाद-निराला-पंत-महादेवी। यदि कोई प्रविष्टि चारों कवियों में मिली है तो उन्हें रखने का क्रम यही वरिष्ठता अपनायी गई है, जैसे–

अंतस्तल– *'उठती अंतस्तल से सदैव दुर्ललित लालसा जो कि कांत'*	: हृदय, आंतरिक भाव	**प्र.ग्रं.-2**/157	ईर्ष्या/कामायनी
◆ *'नभ-सागर के अंतस्तल में जैसे छिप जाता महा मीन'*	: खूब अन्दर, गहराई में	**प्र.ग्रं.-2**/178	इड़ा/कामायनी
◆ *'केवल अन्तस्तल में मेरे सुख की स्मृति की अनुपम धारा एक बहेगी'*	: हृदय, मन	**नि.र.-1**/103	प्रगल्भ प्रेम
◆ *'विश्व के अन्तस्तल में चाह'*	: हृदय	**नि.र.-1**/143	स्मृति
◆ *'विश्व खोजता अन्तस्तल में'*	: अपने हृदय में	**पं.ग्रं.-1**/368	द्वितीय दृश्य/परी
◆ *'दीपक सा जलता अंतस्तल/संचित कर आँसू के बादल'*	: मेरा हृदय	**म.सा.-1**/184	बताता जा रे अभिमानी!/नीरजा

'अंतस्तल' शब्द की प्रविष्टि चारों कवियों से ली गयी है। प्रसाद से 2, निराला से 2, पंत से 1 और महादेवी से 1–कुल 6 प्रविष्टियों को प्रसाद-निराला-पंत-महादेवी के क्रम में रखा गया है। यह भी ध्यान दिया गया है कि प्रसाद की पहली और दूसरी प्रविष्टि का क्रम ग्रंथावली की खंड संख्या और फिर उनकी पृष्ठ संख्या के क्रम में हो। प्र.ग्रं. के दूसरे खंड की पृष्ठ संख्या 157 की प्रविष्टि के बाद पृ.सं. 178 की प्रविष्टि रखी गयी है। नि.र. के पहले खंड की पृ. सं. 103 पर आए *'अंतस्तल'* को पहले रखा गया है और पृ.सं. 143 पर आए *'अंतस्तल'* को उसके बाद रखा गया है।

---

1. छायावाद–नामवर सिंह, राजकमल प्रकाशन, नई दिल्ली, 1993, पृ. 154
2. निराला काव्य-कोश–कमलेश वर्मा, संस्कृति प्रकाशन, भागलपुर
3. प्रसाद काव्य-कोश–कमलेश वर्मा, सुचिता वर्मा, द मार्जिनलाइज्ड, नई दिल्ली

ग्रंथावलियों में प्राय: कालक्रम से रचनाओं को रखा गया है, इसलिए उनसे ली गई प्रविष्टियों को पृ.सं. के अनुसार रखने पर शब्द-प्रयोग को भी कालक्रमानुसार समझा जा सकता है। यह व्यवस्था निराला, पंत और महादेवी की कविताओं में बनाई रखी जा सकी है। प्रसाद के नाटकों के गीत ग्रंथावली के तीसरे और चौथे खंड में हैं, जिनसे प्रविष्टियाँ ली गई हैं। 'आँसू' के दूसरे संस्करण का प्रकाशन 'लहर' से पहले हो चुका था, मगर प्र.ग्रं. के पहले खंड में 'लहर' है और दूसरे खंड में 'आँसू'। जबकि कालक्रम से 'आँसू' (1925/1933) पहले है और 'लहर' (1935) बाद में। इसलिए प्र.ग्रं. के प्रत्येक खंड के भीतर ही पृ.सं. के अनुसार बढ़ते कालक्रम को माना जा सकता है।

2. काव्य-पंक्ति–कविता की पंक्ति को एकल उद्धरण चिह्न (' ') के अन्दर तिरछी वर्तनी (इटैलिक फॉण्ट) में रखा गया है। कविता के पाठ को अविकल रखने का हर संभव प्रयास किया गया है। 'ग्रंथावली/रचनावली' में कहीं-कहीं प्रूफ की गलतियाँ या पाठ का भ्रम होने पर काव्य-संग्रहों या अन्य स्रोतों से मिलाने का प्रयास किया गया है, ताकि सही पाठ तक पहुँचा जा सके। फिर भी, कुछ शब्द ऐसे भी मिले जिनके सही पाठ तक पहुँचने का रास्ता नहीं मिल पाया। निराला में 'घोर-घन्माद-ग्रस्त' और प्रसाद में 'विश्राल' का प्रयोग मिला, जिनके बारे में यथाशक्ति छानबीन के बाद मुझे यही लगा कि ये त्रुटिपूर्ण हैं। इन दोनों प्रयोगों को वर्णानुक्रम से यथास्थान रखकर टिप्पणी कर दी गयी है।

3. अर्थ–संदर्भगत अर्थ देने का प्रयास किया गया है और अर्थ की वस्तुनिष्ठता को प्राथमिकता दी गई है। रूपक से जुड़े अर्थ को स्पष्ट करने की कोशिश की गई है। आवश्यकता पड़ने पर दार्शनिक पक्ष का संकेत किया गया है। कोशिश की गई है कि छायावादी कविताओं में रुचि रखनेवाले को शब्द के अर्थ की कठिनाई का सामना नहीं करना पड़े। अर्थ को आवश्यकतानुसार विस्तार या संकोच दिया गया है। छायावादी कविताओं को सुलझे हुए रूप में समझने का एक विनम्र प्रयास इस कोश का लक्ष्य है।

4. ग्रंथावली/पृ.सं.–इस कोश के निर्माण में निम्नलिखित ग्रंथावलियों और उनके संस्करणों का उपयोग किया गया है–

- जयशंकर प्रसाद ग्रंथावली (कुल 7 खंड), सम्पादक–ओमप्रकाश सिंह, प्रकाशन संस्थान, दरियागंज, नई दिल्ली, 2014 (इस कोश में खंड संख्या 1, 2, 3 एवं 4 का उपयोग किया गया है।)
- निराला रचनावली (कुल 8 खंड), सम्पादक–नन्दकिशोर नवल, राजकमल प्रकाशन, दरियागंज, नई दिल्ली, 1998 (इस कोश में खंड संख्या 1 का उपयोग किया गया है।)
- सुमित्रानन्दन पंत ग्रंथावली (कुल 7 खंड), राजकमल प्रकाशन, दरियागंज, नई दिल्ली, 2011 (इस कोश में खंड संख्या 1 एवं 2 का उपयोग किया गया है।)
- महादेवी साहित्य (कुल 4 खंड), सम्पादक–निर्मला जैन, वाणी प्रकाशन, नई दिल्ली, 2007 (इस कोश में खंड संख्या 1 का उपयोग किया गया है।)

इन्हीं संस्करणों के खंड और पृष्ठ संख्या का संकेत इस कॉलम में किया गया है। इन ग्रंथावलियों के बिना स्रोत/सन्दर्भ और पृष्ठ संख्या का उल्लेख करने में उलझाव बढ़ जाता। इस काम को पूरा करने में भी कठिनाई भी बढ़ जाती। इन ग्रंथावलियों के सम्पादकों के प्रति कृतज्ञता ज्ञापित करता हूँ। प्रो. नन्दकिशोर नवल और प्रो. ओमप्रकाश सिंह का छात्र होने का गौरव इस काम के क्रम में कई बार महसूस हुआ।

5. स्रोत/सन्दर्भ–इस कॉलम में 'काव्य-पंक्ति' से जुड़े सन्दर्भ को रखा गया है, ताकि जाना जा सके कि वह 'शब्द' या 'काव्य-पंक्ति' किस कविता से है और वह कविता किस पुस्तक में है। विभिन्न पुस्तकों के स्वरूप के अनुसार इस कॉलम में, निम्नलिखित में से किसी एक तरह से संकेत, प्रत्येक प्रविष्टि के साथ किया गया है–

- कविता का शीर्षक/पुस्तक का नाम – उठ उठ री लघु लघु लोल लहर/लहर
  – खद्योत/युगपथ
  – जहाँ है निद्रामग्न वसंत/नीहार
- सर्ग/कामायनी – चिंता/कामायनी
- नाटक का अंक या दृश्य/नाटक का नाम – प्रथम दृश्य/करुणालय या प्रथम अंक/चन्द्रगुप्त
  – तीन/ज्योत्स्ना
- काव्य-पुस्तक का नाम – प्रेमपथिक या आँसू या महाराणा का महत्त्व
  – ग्रन्थि

'छायावादी काव्य-कोश' में चारों कवियों की विभिन्न पुस्तकों से ली गई प्रविष्टियों की संख्या इस प्रकार है–

जयशंकर प्रसाद		**सूर्यकान्त त्रिपाठी निराला**		**सुमित्रानंदन पंत**		**महादेवी वर्मा**	
12 नाटक	504	परिमल	1274	वीणा	343	नीहार	473
झरना	318	अनामिका	979	ग्रन्थि	173	रश्मि	368
लहर	641	गीतिका	704	पल्लव	732	नीरजा	507
आँसू	342	तुलसीदास	419	गुंजन	384	सांध्यगीत	431
कामायनी	2777	गीत-गुंज	3	ज्योत्स्ना	267	दीपशिखा	414
असंकलित कविताएँ	17	असंकलित कविताएँ	269	परी	82		
				युगांत/युगपथ	243		
कुल	4599		3648		2224		2193
कुल प्रविष्टियों की संख्या = 12664							

छायावादी कवियों के शब्द-प्रयोग पर आलोचकों ने जो टिप्पणियाँ की हैं उनकी परिधि कुछ ही शब्दों तक सीमित है। जबकि छायावादी कविता की शब्द-सम्पदा विपुल है। इन चारों कवियों के बीच तुलना करने की सम्भावना भी पर्याप्त है। प्रस्तुत कोश के माध्यम से ऐसी तुलना करने के रास्ते खुलते हैं।

आचार्य रामचंद्र शुक्ल ने छायावाद पर विचार करने के क्रम में लिखा है, "अंग्रेजी काव्यों से परिचित हिन्दी कवि सीधे अंग्रेजी से तरह-तरह के लाक्षणिक प्रयोग लेकर उनके ज्यों के त्यों अनुवाद जगह-जगह अपनी रचनाओं में जड़ने लगे। 'कनक प्रभात', 'विचारों में बच्चों की साँस', 'स्वर्ण समय', 'प्रथम मधुबाल', 'तारिकाओं की तान', 'स्वप्निल कांति' ऐसे प्रयोग अजायबघर के जानवरों की तरह उनकी रचनाओं के भीतर इधर-उधर मिलने लगे।"[1]

1. हिन्दी साहित्य का इतिहास–आचार्य रामचंद्र शुक्ल, नागरी प्रचारिणी सभा, वाराणसी, सं. 2047 वि., पृ. 354

नामवर सिंह ने भी कुछ इसी तरह की टिप्पणी की है, " 'ब्रोकेन हार्ट' के वजन पर गढ़ा हुआ 'भग्न हृदय', 'हेवेन्ली लाइट' के लिए 'स्वर्गीय प्रकाश', 'गोल्डेन ड्रीम' के लिए 'सुनहला स्वप्न' और इसी तरह सुनहला स्पर्श, स्वर्ण का काल आदि शब्द बुरे नहीं हैं।"[1]

आचार्य शुक्ल की टिप्पणी में आया हुआ 'कनक प्रभात' निराला के द्वारा प्रयुक्त हुआ है (दे. 'कनक-प्रभात', 'किरण-सम्पात')। 'विचारों में बच्चों की साँस' का प्रयोग पंत ने किया है, जो प्रसिद्ध है। लेकिन 'स्वर्ण समय', 'प्रथम मधुबाल', 'तारिकाओं की तान', 'स्वप्निल कांति' का प्रयोग इन चारों कवियों ने कहीं नहीं किया है। संभव है कि इन चार कवियों के अलावा अन्य छायावादी कवियों में से किसी ने इन शब्दों का प्रयोग किया हो! नामवर सिंह के ऊपर के कथन में आए हुए शब्द–'भग्न हृदय', 'स्वर्गीय प्रकाश', 'सुनहला स्वप्न', 'सुनहला स्पर्श', 'स्वर्ण का काल'–का प्रयोग भी चारों कवियों की कविताओं में कहीं नहीं मिलता है। 'सुवर्ण का काल' पंत की 'परिवर्तन' कविता में आया है, मगर 'स्वर्ण का काल' नहीं है। पंत 'सुवर्ण अवसान' शब्द का प्रयोग 'मौन निमंत्रण' कविता में करते हैं। नामवर सिंह का जोर 'सुनहला' ('गोल्डेन') शब्द पर है। 'सुनहला/सुनहली' शब्द महादेवी और प्रसाद में सर्वाधिक आया है, पंत में कुछ ही बार और निराला में एक बार भी नहीं। ध्यान दिया जाना चाहिए कि शब्द-निर्माण में अंग्रेजी का प्रभाव प्रसाद और महादेवी पर सबसे कम रहा है। पंत 'सुनहला' के बजाय 'स्वर्ण' या 'स्वर्णिम' शब्द का प्रयोग ज्यादा करते हैं। उन्होंने छायावादी दौर के बाद 'स्वर्णकिरण' और 'स्वर्णधूलि' शीर्षक से काव्य-संग्रह भी तैयार किए थे।

नामवर सिंह के कुछ और कथनों को उद्धृत करते हुए यह देखा जा सकता है कि छायावादी कवियों के शब्द-प्रयोगों के बारे में कही गयी बातों में किस तरह की विसंगतियाँ चलती आयी हैं। इसका कारण यही रहा कि आज तक चारों छायावादी कवियों के द्वारा प्रयुक्त शब्दों को एक साथ किसी कोश में व्यवस्थित करके अध्ययन नहीं किया जा सका था। प्रस्तुत कोश की प्रविष्टियाँ चारों छायावादी कवियों के शब्द-प्रयोगों को व्यवस्थित तरीके से पाठकों के सामने रखने का एक प्रयास है।

नामवर सिंह लिखते हैं, "कुल मिलाकर यदि छायावाद के समस्त शब्दों की सूची बनाकर विचार किया जाए तो पता चलेगा कि असीम, अनंत, स्वप्निल, तंद्रिल, उर्मिल, नीरव, निःश्वास, उच्छ्वास, स्पंदन, कंपन, सिहरन, उन्मन, गुंजन, कलकल, टलमल, छल-छल आदि कुछ ऐसे शब्द हैं, जिनकी आवृत्तियाँ बहुत अधिक हुईं। ये शब्द छायावादियों के तकियाकलाम-से हो गए थे।"[2] 'छायावाद के समस्त शब्दों की सूची' तभी बन सकती है, जब कोश-निर्माण का कार्य किया जाए। नामवर जी ने अनुमान से शब्द-प्रयोगों के बारे में लिखा है, क्योंकि उनके सामने ऐसी कोई 'सूची' नहीं थी। इस उद्धरण में जो शब्द आए हैं उनकी आवृत्ति को प्रस्तुत कोश के माध्यम से जाँचा जा सकता है। इन शब्दों को नामवर जी 'तकियाकलाम' भी कह रहे हैं। यह सही है कि 'असीम' और 'अनंत' का प्रयोग चारों कवियों के द्वारा अनेक बार किया गया है। मगर इनके विवरण भी अलग-अलग हैं। 'असीम' का प्रयोग महादेवी में सर्वाधिक है और सबसे कम पंत में। प्रसाद-निराला में लगभग बराबर! 'अनंत' सबसे ज्यादा बार प्रसाद में आया है और सबसे कम पंत में। 'अनंत' के प्रयोग में महादेवी, निराला से पर्याप्त आगे हैं। कुल मिलाकर 'असीम' और 'अनंत' के प्रति सर्वाधिक लगाव महादेवी में है और सबसे कम पंत में। 'असीम' और 'अनंत' के प्रति 'बालसुलभ जिज्ञासा' ज्यादा देर टिक भी नहीं सकती थी! इसके लिए जिस परिपक्व व्यक्तित्व की जरूरत थी, वह निश्चित रूप से महादेवी की कविताओं में मौजूद है!

---

1. छायावाद–नामवर सिंह, राजकमल प्रकाशन, नई दिल्ली, 1993, पृ. 115
2. वही, पृ. 117

नामवर जी ने 'स्वप्निल' शब्द को भी तकियाकलाम बताया है। पंत ने लगभग पाँच से अधिक बार इस शब्द का प्रयोग किया है। निराला ने केवल एक बार *'जागो फिर एक बार'* कविता में और महादेवी ने भी केवल एक बार *'स्वप्निल हाला'* को कविता में शामिल किया है। प्रसाद के विपुल काव्य में 'स्वप्निल' शब्द एक बार भी नहीं आया है। इसलिए इस शब्द को पंत का 'तकियाकलाम' तो कहा जा सकता है, मगर छायावादी कवियों का नहीं। (नामवर जी ने ऊपर के उद्धरण के तुरन्त बाद यह लिखा जरूर है कि 'सभी छायावादी कवियों के तकियाकलाम एक से नहीं हैं'।) नामवर जी के द्वारा बताए गए अलग-अलग तकियाकलाम की जाँच भी इस कोश के माध्यम से की जा सकती है।

ऊपर के उद्धरण का अगला शब्द है 'तंद्रिल'। यह पंत में लगभग चार बार और महादेवी में दो बार आया है। प्रसाद-निराला में एक बार भी नहीं। क्या इतनी कम आवृत्ति होने पर भी इसे छायावादी कवियों का 'तकियाकलाम' कहा जा सकता है? प्रसाद-निराला ने 'तंद्रालस' का प्रयोग जरूर किया है, मगर एक-दो बार ही। यह शब्द पंत में भी मिलता है, मगर महादेवी में एक बार भी नहीं।

अगला शब्द है 'उर्मिल'। नामवर जी ने 'ऊर्मिल' की चर्चा नहीं की है। प्रसाद और निराला ने इन दोनों रूपों का प्रयोग चार-पाँच बार किया है। पंत ने 'उर्मिल' का प्रयोग एक बार भी नहीं किया है, उन्हें दीर्घ रूप 'ऊर्मिल' पसंद है। महादेवी की कविताएँ न तो 'उर्मिल' होती हैं और न ही 'ऊर्मिल'। अगर 'तकियाकलाम' कहना ही हो तो 'उर्मि' और 'ऊर्मि' को कहा जा सकता है। इनका प्रयोग महादेवी को छोड़कर तीनों कवियों ने अनेक बार किया है।

'नीरव' और उससे बने हुए शब्दों की प्रविष्टियाँ इस कोश में कुल 28 हैं, जिनमें से 15 महादेवी से सम्बन्धित हैं। 'नीरव' का सर्वाधिक प्रयोग महादेवी ने किया है और सबसे कम निराला ने। निराला की तुलना में 'नीरव' शब्द का दस गुना ज्यादा प्रयोग महादेवी में मिलता है, प्रसाद और पंत में लगभग तीन गुना। 'नीरव' शब्द को निर्विवाद रूप से छायावादी कवियों का तकियाकलाम कहा जा सकता है।

'निःश्वास' का प्रयोग न तो निराला ने किया है और न ही महादेवी ने! पंत ने एक-दो बार किया है। प्रसाद में यह कई बार आया है। महादेवी 'साँस' का ज्यादा प्रयोग करती हैं और निराला 'श्वास' का। यदि इन तीनों शब्दों को मिलाकर देखा जाए तो इनकी सर्वाधिक आवाजाही प्रसाद की कविताओं में हैं और सबसे कम निराला में। ऐसी स्थिति में 'निःश्वास' शब्द को भी छायावादी कवियों का 'तकियाकलाम' नहीं कहा जा सकता है।

'उच्छ्वास' शब्द पंत से जुड़ा हुआ है। इस शीर्षक से उनकी प्रसिद्ध कविता *'पल्लव'* में संगृहीत है। मगर तथ्य यह है कि इस शब्द का अपनी कविताओं में सबसे कम प्रयोग पंत ने किया है। चारों कवियों में निराला इसका उपयोग सबसे ज्यादा करते हैं। प्रसाद और महादेवी ने कहीं-कहीं इससे काम लिया है। यह तो कहा जा सकता है कि इस शब्द का प्रयोग चारों कवियों ने किया था, मगर इसे छायावादी कवियों का तकियाकलाम नहीं कहा जा सकता है। 'टलमल' शब्द निराला की कविताओं में छह-सात बार आया है और पंत में एक बार (दे. 'चल-करतल')। प्रसाद और महादेवी ने इसका प्रयोग नहीं किया है।

नामवर सिंह ने ऊपर की टिप्पणी के आगे लिखा है, "इन शब्दों का यदि थोड़ा और बारीकी से अध्ययन किया जाए तो मालूम होगा कि सभी छायावादी कवियों के तकियाकलाम एक से नहीं हैं। पंत के यहाँ स्वप्निल, उर्मिल, मृदुल आदि ज्यादा हैं; प्रसाद के यहाँ मधु, माधव, माधवी आदि; निराला के यहाँ नव या फिर विराटता के बोधक बड़े-बड़े शब्द; और महादेवी के यहाँ दीप, बाती, तूली, ओस, अश्रु आदि।"[1]

---

1. छायावाद—नामवर सिंह, राजकमल प्रकाशन, नई दिल्ली, 1993, पृ. 118

'स्वप्निल' और 'उर्मिल' पर ऊपर टिप्पणी की जा चुकी है। पुनः ध्यान दिया जाना चाहिए कि पंत 'उर्मिल' के बजाय 'ऊर्मिल' का प्रयोग करते हैं। 'मृदुल' का प्रयोग महादेवी ने सबसे ज्यादा बार किया है। उनसे तीन-चौथाई बार प्रसाद ने और एक-चौथाई बार पंत और निराला ने। इतना ही नहीं 'मृदु' और इससे बने शब्दों का सर्वाधिक प्रयोग महादेवी वर्मा ने किया है। इसलिए नामवर सिंह का यह निष्कर्ष गलत है कि पंत के यहाँ 'मृदुल' ज्यादा बार आया है। नामवर जी का यह निष्कर्ष सही है कि 'मधु', 'माधव' और 'माधवी' का प्रयोग सबसे ज्यादा प्रसाद में मिलता है। 'मधु' और इससे बने शब्दों के प्रयोग में दूसरे नम्बर पर महादेवी हैं, फिर क्रमशः पंत और निराला। यह शब्द छायावादी कवियों को बहुत प्रिय है। 'मधु' और इससे बने शब्दों की प्रविष्टियाँ इस कोश में 218 हैं, जो एक बड़ी संख्या है। 'माधव' शब्द निराला-पंत में है ही नहीं और 'माधवी' शब्द पंत-महादेवी में नहीं है। 'नव' शब्द का प्रयोग निराला के बराबर प्रसाद में भी मिलता है। 'नव' और उससे बने शब्दों की प्रविष्टियाँ इस कोश में 76 हैं, जिनमें से 31 प्रसाद से हैं और 24 निराला से। इसलिए 'नव' के प्रयोग के मामले में निराला, प्रसाद से आगे नहीं हैं। नामवर जी बिलकुल ठीक लिखते हैं कि 'दीप' का प्रयोग महादेवी में ज्यादा है। यह संख्या इतनी बड़ी है कि उनके आगे तीनों कवियों के प्रयोग नगण्य माने जाएँगे! 'अश्रु' और 'आँसू'–दोनों महादेवी के पास सर्वाधिक हैं, सबसे कम निराला के पास! प्रसाद के पास 'आँसू' नाम की किताब है और पंत के पास 'आँसू' शीर्षक महज एक कविता, मगर यह शब्द मानो बूँद बनकर पंत में प्रसाद से ज्यादा झरा है!

नामवर सिंह ने महादेवी वर्मा के बारे में 'जिसके आगे राह नहीं' शीर्षक अध्याय में जो कुछ लिखा है उससे ध्वनित होता है कि महादेवी का एकाकी जीवन 'अतृप्ति' से भरा था। बाहरी जीवन से कटी हुई महादेवी का जीवन 'साँसों की समाधि न हो जाए तो क्या हो?' वे लिखते हैं, "पहले जहाँ 'अतृप्ति' की प्रधानता थी, बाद में तृप्ति का काल्पनिक आनन्द अनुभव किया जाने लगा।"[1] इस आशय की जाँच यदि शब्दों के माध्यम से की जाए तो दूसरी स्थिति सामने आती है। यदि 'अतृप्ति' शब्द को ध्यान में रखा जाए तो इसका सर्वाधिक प्रयोग प्रसाद ने किया है। महादेवी ने केवल दो-तीन बार इसका उपयोग किया है। 'तृप्ति' शब्द भी प्रसाद में ही सर्वाधिक है और महादेवी में बहुत कम! इसी तरह का अर्थ देनेवाला शब्द है 'प्यास'। यह भी प्रसाद के पास ही सबसे ज्यादा है। इसी तरह का एक शब्द है 'तृषा'। यह महादेवी की कविताओं में आया ही नहीं है। इस प्रसंग में 'वासना' से ज्यादा अच्छा शब्द भला क्या होगा! 'वासना' भी प्रसाद में सबसे अधिक है। उनसे आधी मात्रा में निराला के पास है और पंत में काम चलाने भर! महादेवी 'वासना' से मुक्त हैं। 'काम' की आवृत्ति को देखा जाए तो यह भी प्रसाद में ही अधिकतम है और उसका आधा निराला में! यह रोचक है कि 'काम' और 'वासना' की मात्रा प्रसाद में निराला की अपेक्षा दोगुनी है। 'वासना' की तरह ही 'काम' शब्द महादेवी की कविता में आया ही नहीं है (दुस्तर काम–*'मुझे क्यों देते हो अभिराम/थाह पाने का दुस्तर काम'*–यहाँ 'काम' शब्द का प्रयोग 'कार्य' के अर्थ में हुआ है।)। वैसे 'काम' पंत में भी नहीं है। जाहिर सी बात है कि पंत 'कामदेव' का भी जिक्र नहीं करते, हालाँकि 'पल्लव' में उनकी एक कविता ही है–'अनंग'। बेचारा कामदेव सांगोपांग न आकर 'अनंग' ही रहा पंत की कविता में! तीनों पुरुषों ने समान रुचि लेकर 'रति' को सराहा है, मगर महादेवी ने 'रति' को अपनी कविताओं में आने ही नहीं दिया है और 'कामदेव' तो बाहर है ही! उन्हें 'अनंग' से भी कुछ लेना-देना नहीं है। 'प्रेम' शब्द की भी स्थिति इसी तरह की है। यह प्रसाद में अनेक बार आया है, निराला-पंत में कम ही संख्या में है और महादेवी में सबसे कम बार। महादेवी ने 'नीहार' में *'प्रेम की चमकीली आकर'* लिखा है और एक जगह 'प्रेम' आया भी है तो बेचारा *'प्रेममय दुख'* बनकर! 'प्रणय' के मामले में भी प्रसाद सबसे आगे हैं और सबसे पीछे महादेवी! महादेवी की कविताओं में न तो 'पुरुष' है और न ही 'नारी', जबकि तीनों पुरुष कवियों में 'पुरुष' भी है और नारी भी।

---

1. छायावाद–नामवर सिंह, राजकमल प्रकाशन, नई दिल्ली, 1993, पृ. 146

'पुरुष' और 'नारी' के प्रयोग में भी कानायनीकार सबसे आगे है; और केवल उसी की कविता में 'पौरुष' और 'पुरुषत्व' मिलता है। 'नारी' से चोट खाए 'तुलसीदास' में निराला ने केवल एक बार इस शब्द का प्रयोग किया है और पंत अपनी एक कविता का शीर्षक-भर दे पाए–'नारी रूप'। इसी कविता की अमर पंक्ति है–'*देवि! मा! सहचरि! प्राण!*' पूरी कविता में केवल एक बार आया है 'नारि'–

'तुम्हारे रोम-रोम से, नारि!
मुझे है स्नेह अपार;'

'*स्नेह अपार*' के दावे के बावजूद पंत की कविता में 'नारी' नहीं आई। 'स्त्री' शब्द का प्रयोग चारों में से किसी ने नहीं किया है!

इस तरह 'तृप्ति' हो या 'अतृप्ति', 'प्यास' हो या 'तृषा', 'काम' हो या 'वासना', 'प्रेम' हो या 'प्रणय', 'पुरुष' हो या 'नारी'–प्रसाद छायावादियों में सबसे आगे हैं और महादेवी इन सबसे सर्वाधिक मुक्त।

शब्दों के उपर्युक्त चयन से भी इन कवियों की प्रवृत्तियों की पुष्टि की जा सकती है। महादेवी का 'प्रिय' तो है जिससे वे पूछती हैं–'*कौन तुम मेरे हृदय में?*', मगर वह 'पुरुष' या 'नारी' के रूप में चिह्नित नहीं है। उससे महादेवी का जो रिश्ता है उसमें '*प्रेममय दुख*' तो है मगर 'काम' या 'वासना' के लिए जगह नहीं है। पंत की प्रेम भावना में पुरुष-नारी हैं जरूर, मगर उनमें 'अनंग-भाव' की प्रधानता है! निराला का 'प्रेम' सांसारिक के साथ-साथ दार्शनिक भी है। इस मामले में शीर्ष पर हैं जयशंकर प्रसाद। 'प्रेम' के जितने भी पक्ष इन शब्दों के माध्यम से खुल सकते हैं, वे सब उनकी कविताओं में खूबसूरती से व्यक्त हुए हैं।

निराला ने 'अधिवास' शीर्षक कविता में एक पंक्ति लिखी–'*मैंने 'मैं'-शैली अपनायी*' –छायावाद की वैयक्तिकता की पहचान बन गई यह पंक्ति! नामवर सिंह ने लिखा भी है, "छायावादी कविता का आरम्भ इसी व्यक्तिवादी भावना से हुआ।"[1] हिन्दी आलोचना ने 'मैं' की प्रधानता के लिए निराला की सर्वाधिक प्रशंसा की है। मगर 'मैं' का उपयोग महादेवी ने निराला की तुलना में लगभग दोगुना से कुछ कम किया है। निराला की छायावादी कविताओं में 'मैं' और 'मैंने' का उपयोग 100 से ज्यादा बार हुआ है और महादेवी में कम-से-कम 200 बार। 'कामायनी' की कथात्मकता के बावजूद प्रसाद के यहाँ यह संख्या 100 से कुछ कम होगी और पंत की कविताओं में मुश्किल से 40 बार। 'मेरा', 'मेरे' और 'मेरी' का प्रयोग भी सबसे ज्यादा महादेवी ने किया है।

रामविलास शर्मा ने लिखा है, "निराला का एक प्रिय शब्द है 'अराल'। '*सम्राट् अष्टम एडवर्ड के प्रति*' के आरम्भ में सौन्दर्य की उदात्त भंगिमा के चित्रण में इसका प्रयोग हुआ है–

वीक्षण : अराल
बज रहे जहाँ
जीवन का स्वर भर छंद ताल।

भय का व्यापक प्रभाव दिखाने के लिए 'अर्चना' में इसका बड़ा सफल प्रयोग हुआ है–

निविड़ विपिन पथ अराल।"[2]

निराला ने 'बेला' के एक गीत में भी इस शब्द का प्रयोग किया है–'*जो सरल वही देखा अराल*' (शीर्षक–'*मृत्यु है जहाँ...*')। छायावादी दौर में निराला ने 'अराल' शब्द का प्रयोग केवल एक बार किया है और वह भी अपनी अंतिम छायावादी कविता में ('*सम्राट् अष्टम एडवर्ड के प्रति*' –रचनाकाल : 12 दिसम्बर, 1936, 'सरस्वती', मासिक, प्रयाग, जनवरी, 1937, में प्रकाशित)। 'बेला' (1946) और 'अर्चना' (1950) तो छायावाद के बाद की पुस्तकें हैं।

---

1. छायावाद–नामवर सिंह, राजकमल प्रकाशन, नई दिल्ली, 1993, पृ. 23
2. निराला की साहित्य साधना-2–रामविलास शर्मा, राजकमल प्रकाशन, नई दिल्ली, 1994, पृ. 384

निराला की पूरी काव्य-यात्रा में 'अराल' शब्द केवल तीन बार आया है और रामविलास जी ने इसे निराला का 'प्रिय शब्द' कहा है! यह ठीक नहीं कहा जा सकता। 'अराल' शब्द का प्रयोग प्रसाद और पंत ने भी किया है। 'इड़ा' सर्ग में यह शब्द एक बार आया है (दे. 'अराल')। पंत ने 'गुंजन'(1932) में इस शब्द का प्रयोग तीन बार किया है। जाहिर सी बात है कि प्रसाद और पंत ने छायावादी दौर में 'अराल' शब्द का प्रयोग निराला से पहले कर लिया था और ज्यादा बार किया था!

रामविलास जी ने यह बात बिलकुल ठीक लिखी है, "निराला ने दृग शब्द का बहुत प्रयोग किया है।"[1] 'दृग' का सबसे कम प्रयोग पंत ने किया है। प्रसाद में भी यह शब्द पर्याप्त मात्रा में है। इस शब्द के प्रयोग के मामले में निराला को टक्कर देती हैं महादेवी! उन्होंने निराला की अपेक्षा अपने छोटे काव्य-संसार में, निराला से कुछ ज्यादा बार, 'दृग' शब्द का प्रयोग किया है!

पंत के 'पल्लव' (1926) की भूमिका और नामवर सिंह के 'छायावाद' (1954) से लेकर आज तक इन चार छायावादी कवियों के शब्द-प्रयोग पर जो विचार मिलते हैं, उनमें ऐसी विसंगतियाँ मिल जाना स्वाभाविक है जिनका जिक्र ऊपर किया गया है। नामवर सिंह ने 'छायावाद के समस्त शब्दों की सूची' की जो चर्चा की है, उसका न होना ही ऐसी विसंगतियों की वजह रही है। 'छायावादी काव्य-कोश' एक ऐसा प्रयास है जिसमें इन चार कवियों की छायावादी कविताओं से यथासम्भव आवश्यक प्रविष्टियाँ ली गई हैं। फिर भी, दावा नहीं किया जा सकता है कि इस काम के माध्यम से शब्दों की तुलनात्मक संख्या के बारे में जो विश्लेषण रखा जा रहा है वह बिलकुल निर्दोष हो ही! कोश-निर्माण के क्रम में शब्दों के लेखा-जोखा रखने का प्रयास किया गया है, मगर इसमें भूल हो सकती है। इसलिए ऐसे दोषों के मिलने पर पूरी विनम्रता के साथ संशोधन का प्रयास किया जाएगा!

शब्द-निर्माण की विभिन्न प्रवृत्तियों के बारे में बात की जाए तो हम पाते हैं कि चारों कवियों के पास कुछ शब्द ऐसे जरूर हैं, जो शेष तीन कवियों के पास नहीं हैं। यह भी दिखाई पड़ता है कि कुछ शब्द किन्हीं तीन कवियों के पास तो हैं, मगर चौथे के पास नहीं हैं। कुछ शब्द ऐसे भी हैं जो दो कवियों के पास हैं, तो बाकी दो के पास नहीं हैं। यह भी देखा गया है कि कुछ शब्दों के पर्याय के रूप में बड़ी संख्या में अलग-अलग शब्द प्रयुक्त हुए हैं। किसी एक उपसर्ग के आधार पर पचासों शब्द रचे गए हैं। कुछ शब्द ऐसे भी मिलते हैं जिनका निर्माण कवि ने स्वयं किया और प्रयोग भी केवल एक बार ही किया!

चारों छायावादी कवियों की कविताओं में कुछ शब्द ऐसे मिलते हैं, जो शेष तीन कवियों की कविताओं में नहीं मिलते हैं। इस मामले में निराला सबसे आगे हैं और सबसे पीछे महादेवी। उदाहरण के तौर पर कुछ शब्द यहाँ रखे जा रहे हैं–

प्रसाद	**निराला**		**पंत**	**महादेवी**
अश्रांत	अचिंत्य	जन-ताका ज्ञान	ग्रीव तिर्यक्	घड़ियाल
गैरिक	आराधन	जित	ग्रीवालिंगन	चाहक
गैल	क्लिन्न	जिवाँ	चंद्रातप	चुपा आई
ग्रह-पथ	क्षिप्र	टलमल	चिंतापर	जावक
चंद्रालोक	क्षिप्त	तूर्ण	चुनाती	पतझार
चंद्रिका पर्व	खलखल	त्रिकुटी	जड़वाद	पाहुन
चक्रवाल	गताचार	दष्ट	जड़ वस्तुवाद	प्रतिशिरा
चपेटा	गताघ्राण	दुराक्रान्त	जनपथ	ब्रीड़ा

1. निराला की साहित्य साधना-2–रामविलास शर्मा, राजकमल प्रकाशन, नई दिल्ली, 1994, पृ. 385

चमर	गतालोक	दुष्कर	जित्वर	सजला
चल-चक्र	गम्यता	धिक्	जिह्म	
चिति	गम्य-दुर्गम	पुनर्वार	ज्या	
चुलुक	गुडाकेश	पुरश्चरण	दयितानुराग	
जतुगृह	गुरुडम	प्रतिदेशयुक्त	दुरी	
जनपद कल्याणी	ग्रीष्म विरल	प्रतिलट	दुरे	
जन-रंजन-करी	घोर-गंध	प्रत्यूष	दुर्धर	
दुर्ललित	चंड	प्रत्यूह	नादित	
द्वंद्व	चक्रांक-पुच्छ	प्रभापूर्य	नाम-नाल	
द्वयता	चमरौधे	प्रशमित	परिहत	
नखत	चयनोत्कल	मनोहरा	पुराचीन	
नाराच	चिंतामणि	मरजाद	प्रतियाम	
पगली	चिंत्य	राजीवनयन	बिलम अलि	
परिरंभ	चीत्कारोत्कल	विच्छुरित	विवसना	
पुरोडाश	जड़ावर्त	व्यष्टि	श्रांता	
प्रतिकृति	जड़िमा	शंकाकुल	सुखमा	
प्रत्यावर्तन/प्रत्यावर्त्तन	जड़ीभूत	समष्टि	स्वर्गिक	
प्रत्याशा		सुध		
बिलखाती		सुधी		
मधुराका		स्वर्गीया		
यायावर				
रक्तिम				
व्रीड़ा				
समन्वय				
समरस				

यह सूची और लम्बी हो सकती है। छायावाद के प्रत्येक कवि ने अपने ढंग से शब्दों का चयन किया और कई बार गढ़ा भी। इस मामले में निराला की बराबरी कोई नहीं कर सका। निराला न केवल नए शब्द लेकर आए थे, बल्कि अपने द्वारा प्रयुक्त शब्दों को एक-दो बार प्रयोग करके छोड़ देने की प्रवृत्ति भी उननें ज्यादा थी। 'निराला रचनावली' के अनुसार उनकी पहली कविता है–*'जन्मभूमि'* (1920)। इस कविता में एक शब्द आया है–*'जगन्महारानी'*। यह शब्द निराला के काव्य में दोबारा नहीं आया है। *'राम की शक्ति-पूजा'* की प्रसिद्ध पंक्ति है–*'लख शंकाकुल हो गए अतुल-बल शेष-शयन–'*। इसमें प्रयुक्त *'शंकाकुल'* निराला की छायावादी कविताओं में केवल यहीं एक बार प्रयुक्त हुआ है। इसका दोबारा प्रयोग उन्होंने छायावाद के बाद 1949 के एक गीत में किया है–*'शंकाकुल निशा गयी'*। *'राम की शक्ति-पूजा'* में प्रयुक्त प्रसिद्ध शब्द है–*'आराधन' ('आराधन का दृढ़ आराधन से दो उत्तर')*। यह शब्द इस पंक्ति में दो बार आया है। इससे पहले *'कवि' के प्रति'* (1924) शीर्षक कविता में निराला *'आराधन'* का एक बार प्रयोग कर चुके थे। यह शब्द बाकी तीनों छायावादी कवियों में नहीं है। आगे चलकर निराला का संग्रह आया 'आराधना' (1953), मगर *'आराधन'* का प्रयोग नहीं मिलता। निराला *'आराधन'* को छायावाद में ले आए, उसे प्रसिद्धि भी मिली; मगर कुल जमा

दो कविताओं में जगह मिली और प्रयोग केवल तीन बार! *'राम की शक्ति-पूजा'* का *'खलखल'*, इससे पहले *'बादल-राग'* में आ चुका था। मगर निराला ने इसका प्रयोग केवल दो ही बार किया।

छायावादी कवियों को जैसे 'असीम' और 'अनंत' प्रिय हैं, वैसे ही इन शब्दों को प्रकट रूप से दिखानेवाले 'समुद्र' और 'आकाश' के पर्यायवाची शब्दों की उनकी कविताओं में भरमार मिलती है। 'समुद्र' से ज्यादा 'आकाश' के पर्यायवाची शब्दों का प्रयोग दिखाई पड़ता है। उत्तर प्रदेश के इन चारों कवियों के लिए 'समुद्र' जीवंत सम्पर्क से बाहर था, मगर आकाश तो सबके पास है! विराटता के बोधक इन दोनों प्राकृतिक पक्षों को छायावादी कवियों ने अनेक प्रकार के शब्दों के माध्यम से व्यक्त किया। 'समुद्र' के लिए कम से कम 25 और 'आकाश' के लिए कम-से-कम 50 शब्दों का प्रयोग छायावादी कवियों ने किया है। उदाहरण के लिए कुछ शब्दों की सूची दी जा रही है–

'समुद्र' के लिए प्रयुक्त अन्य शब्द	**'आकाश' के लिए प्रयुक्त अन्य शब्द**	
अंबुधि	अंबर	नीलनभ
अनंत	अकास	नीलम
अब्धि	अकूल	नीलमणि
उदधि	अजान	नीलांबर
खारे उच्छ्वासों में	अनंत	नीलांबरा
जल वैभव	अवकाश	नीलांशुक
जलधि	उर्ध्व पथ	नीला अंचल
जलनिधि	कनक-थाल	नीलाकाश
निधि	क्षितिज	नीलिमा
नील	गगन	नीली
नीलिमा	गगनांगन	प्रसन्नाकाश
नीली लहरों बीच	छाया-पथ	फलक
पयोधि	जीवन शून्या	भीमाकाश
पयोनिधि	तमसाकार	मनोनभ
पारावार	दिगंत	मरुताकाश
भीषण हासों में	नक्षत्र-दीप-कक्ष	महाकाश
रतनाकर	नभ	महानील
रत्ननिधि	नभ-गंगा	मेघ-पथ
रत्नाकर	नभोदेश	राग-पटल
वरुणालय	नील नयन	विश्व-मन्दिर
वाडव	नील निलय	व्योम
वारिधि	नील पटी	शरदाकाश
वारीश	नील वसन	शून्य
सागर	नील सिंधु	सुवर्ण
सिंधु	नील	सूने में
	नील-कंचु	स्वर्गंगा
	नीलगगन	स्वर्लोक

रामविलास शर्मा ने लिखा है, "अधिकांश प्रकाश-प्रेमी छायावादी कवियों की तुलना में निराला की रचनाओं में प्रकाश से अंधकार अधिक है।"[1] इस बात की जाँच यदि 'तम' और 'तिमिर' शब्द के आधार पर की जाए, तो सबसे आगे महादेवी दिखाई पड़ती हैं। प्रसाद और निराला में ये दोनों शब्द लगभग बराबर संख्या में प्रयुक्त हुए हैं। पंत में 'तम' तो है मगर 'तिमिर' बहुत कम! 'ध्वांत' का अर्थ होता है–अँधेरा। यह प्रसाद में दो बार आया है और पंत में एक बार। निराला-महादेवी में यह शब्द है ही नहीं।

मुक्तिबोध ने 'कामायनी' पर जो 'पुनर्विचार' किया है उसका मूल स्वर यही है कि प्रसाद सामंतवादी मूल्यों से युक्त देव-सृष्टि के ध्वंस पर मनु का विलाप दिखा रहे हैं और मानव की सभ्यता के रूप में पूँजीवादी सभ्यता की तरफ खड़े हो जा रहे हैं। मार्क्सवादी दृष्टि की बुनियाद है–द्वंद्वात्मकता। मुक्तिबोध मार्क्सवादी दृष्टि से 'कामायनी' पर पुनर्विचार कर रहे थे। यदि शब्द का सहारा लें, तो छायावादी कवियों में केवल प्रसाद 'द्वंद्व' शब्द का प्रयोग करते हैं। 'द्वयता' भी केवल उन्हीं के पास है और ये दोनों शब्द 'कामायनी' में ही हैं। महादेवी और निराला के पास 'द्वैत' जरूर है। पंत के पास 'द्वैत' भी नहीं है।

प्रसाद पर 'पलायनवादी' और 'नियतिवादी' होने के आरोप लगे। कहा गया कि 'ले चल वहाँ भुलावा देकर/मेरे नाविक! धीरे धीरे' में जो 'नाविक' है वह प्रसाद की 'नियति' है, जिसके हाथ में उन्होंने स्वयं को छोड़ दिया है। यह शब्द निराला को छोड़कर पंत-महादेवी की कविताओं में भी है। पंत ने इसका उपयोग एकाध बार किया है। महादेवी ने तो 'नियति' के अर्थ में ही इस शब्द का उपयोग किया है (दे. 'नाविक', 'मेरे नाविक')

'चेतन' या 'चेतना' का प्रयोग सबसे ज्यादा प्रसाद की कविताओं में है, फिर निराला में। पंत और महादेवी में इनका प्रयोग नहीं मिलता है। 'चेतना' को शान्त करने के हिमायती प्रसाद 'बेसुध' का भी प्रयोग करते हैं। मगर, 'बेसुध' और 'सुधि' का प्रयोग सबसे ज्यादा महादेवी ने किया है। इसलिए 'चेतना' या 'सुध' से मुक्त होने का आग्रह केवल प्रसाद में नहीं है, वह महादेवी में भी प्रबल है। लेकिन 'बेसुध' तो तब हुआ जा सकता है, जब 'सुधि' न हो! लेकिन 'सुधि' इतनी ज्यादा है महादेवी में कि शेष तीनों कवि मिलकर भी उनके दस प्रतिशत के बराबर इस शब्द का प्रयोग नहीं करते हैं। प्रसाद में 'सुधि' है ही नहीं, निराला में केवल एक बार, पंत में लगभग दस बार। 'सुधि' का श्रुति-सम-भिन्नार्थक शब्द 'सुधी' केवल निराला में है और केवल एक बार!

छायावादी कविताओं में 'महा' उपसर्ग का उपयोग ध्यान खींचता है। चारों कवियों ने इसका उपयोग किया है। छायावाद में विराटता का बोध कराने की प्रवृत्ति दिखाई पड़ती है। नामवर सिंह ने लिखा भी है कि विराटता का बोध कराने वाले शब्द निराला में ज्यादा हैं। सम्भव है कि 'विराटता' को प्रकट करने वाले शब्द जितने प्रकार के हो सकते हैं, उन सबकी जाँच करने पर नामवर जी की बात सही निकले! मगर केवल 'महा' शब्द की जाँच की जाए तो इससे बनने वाले शब्दों की सर्वाधिक संख्या प्रसाद की कविताओं में है। प्रसाद ने 'महा' का उपयोग केवल उपसर्ग के रूप में ही नहीं किया है, बल्कि वे 'भूल महा' (दे.) का भी उपयोग करते हैं। हालाँकि वहाँ अर्थ 'महा भूल' ही है। 'महा' के उपयोग को प्रदर्शित करने के लिए चारों कवियों के द्वारा प्रयुक्त शब्दों की एक सूची दी जा सकती है, जिसके सहारे तुलना की प्रक्रिया को गति दी जा सकती है–

---

1. राग-विराग–सम्पादक–रामविलास शर्मा, लोकभारती प्रकाशन, इलाहाबाद, 2016, पृ. 23

प्रसाद	निराला	पंत	महादेवी
भूल महा	महाकर्षण	महाकार	महाशून्य
महा गंभीर (दे. 'अतलांत')	महाकवि	महाकाल	महानिद्रा
महा चषक (दे. 'सोम-रहित)	महाकाल	महाकाश	
महा मिलन	महाकाश	महानंद	
महा मेध	महाकुंडलिनी	महाज्वाला	
महाकच्छप	महाज्ञान		
महाकाल	महानिलय		
महाकाश	महाप्राण		
महाचिति	महाफलक		
महाज्योति	महाबल		
महाज्वाला	महाब्धि		
महा-तरु	महाभाव		
महादंभ	महाराव		
महा-दु:ख	महाविकल		
महादेश	महावीर		
महानद	महाशक्ति		
महानील	महासद्म		
महानीला	महासागर		
महानृत्य	महासिंधु		
महा-बट			
महाभूत			
महामंत्र			
महामत्स्य			
महामोदमय			
महायंत्र			
महाविषम			
महाशून्य			
महाश्वेत			
महासक्ति			
महासमीर			
महाह्रद			

'नीला' रंग इन कवियों को बहुत प्रिय है। 'नील' और उससे बने हुए शब्दों की भरमार दिखाई पड़ती है। इस कोश में इससे सम्बन्धित 77 प्रविष्टियाँ हैं, जिनमें से 35 प्रसाद से हैं। रविभूषण जी का 1971-72 का एक आलेख है-'कामायनी' में 'नील वर्ण'-निश्चित रूप से प्रसाद ने 'नील' शब्द का प्रयोग सबसे ज्यादा बार किया है। इस शब्द के सहारे वे अनेक शब्द बनाते हैं। उनकी कविताओं में इस शब्द का उपयोग 200 बार से कम नहीं हुआ होगा। निराला इस शब्द का प्रयोग लगभग 50 बार करते हैं, पंत और महादेवी में कम ही संख्या मिलती है। प्रसाद 'नीला' और 'नीलिमा' का प्रयोग भी सर्वाधिक बार करते हैं। मगर, 'नीलम' का प्रयोग महादेवी में सर्वाधिक है और वह प्रसाद से लगभग तीन गुना है।

निराला की छवि 'योद्धा' की तरह बताई गई है, वे आत्मदया से दूर हैं। उन्हें पौरुष का भी कवि भी कहा जाता रहा है। परीक्षाओं में ऐसे प्रश्न पूछे जाते रहे हैं कि सिद्ध कीजिए कि निराला पौरुष के कवि हैं। 'छायावादी काव्य-कोश' में आई हुई प्रविष्टियों के आधार पर उपर्युक्त बातों की जाँच की जा सकती है। 'डर' का अर्थ प्रदान करनेवाले कुछ शब्द छायावादी कविता में मिलते हैं, जैसे-'भीरु', 'भीत', 'भीति, 'भय', 'भयानक'। इन शब्दों की स्थिति एक-एक कर देखी जा सकती है। महादेवी और प्रसाद 'भीरु' नहीं हैं। सुकुमार कवि पंत 'भीरु' हैं, मगर इनसे दोगुना 'भीरु' निराला हैं! 'भीत' सबसे कम महादेवी हैं और सबसे ज्यादा पंत। 'भीति' महादेवी के पास केवल एक बार आती है, मगर निराला के 'महाप्राण' पर छायी हुई है। 'भय' सबसे कम महादेवी को है और सबसे ज्यादा प्रसाद-निराला को। महादेवी को कुछ भी 'भयानक' नहीं लगता, मगर प्रसाद को बहुत-सी चीजें 'भयानक' मालूम पड़ती हैं! सारांश यह कि इन तीनों 'मर्दों' की तुलना में महादेवी को 'डर' सबसे कम है!

छायावादी कवियों के द्वारा प्रयुक्त शब्दों की आवृत्ति को आनुपातिक रूप से रखा जा सकता है। 'छायावादी काव्य-कोश' के निर्माण की प्रक्रिया में शब्दों की गणना का प्रयास इस तरह से किया गया है कि चारों कवियों के बीच किसी शब्द के प्रयोग के अनुपात के क्रम को समझा जा सके। प्रसाद : निराला : पंत : महादेवी के क्रम में इस अनुपात को सूची बनाकर दिखाया जा सकता है। इस अनुपात को बतानेवाली संख्या यह संकेत करेगी कि इन कवियों के प्रयोग में किसी शब्द की आवृत्ति का अनुपात कितना है। उदाहरण के लिए लिखा जा सकता है-'अनंत'- 86:47:26:69 इसका अर्थ यह हुअ कि 'अनंत' शब्द का प्रयोग प्रसाद, निराला, पंत और महादेवी ने क्रमश: 86:47:26:69 के अनुपात में किया है। निश्चित रूप से 'अनंत' का प्रयोग सबसे ज्यादा बार प्रसाद ने किया है, फिर महादेवी ने, फिर निराला ने और सबसे कम पंत ने। इसका अर्थ यह नहीं है कि प्रसाद ने केवल 86 बार इस शब्द का प्रयोग किया है, या पंत ने केवल 26 बार! यह संख्यात्मक मान केवल तुलना करने के लिए बनाया गया आनुपातिक क्रम है। कुछ ऐसे शब्दों की आनुपातिक सूची दी जा रही है, जिनका प्रयोग चारों कवियों ने किया है-

शब्द : प्रसाद **निराला** **पंत** **महादेवी**

अरुण - 96:22:16:82	अलस - 28:18:10:15	अवगुंठन - 8:3:8:29	अविरत - 7:8:3:6
अश्रु - 9:8:13:61	आँसू - 41:6:96:116	असीम - 21:19:5:59	अस्फुट - 6:2:19:11
आलोक - 69:19:10:30	उत्ताल - 2:9:2:5	उर - 10:136:58:115	हृदय- 210:102:78:70
उषा - 99:3:2:3	ऊषा - 19:7:4:2	उच्छ्वास - 6:14:1:5	करुण - 30:10:13:103
कल - 25:35:29:15	चपला - 21:2:3:10	चितवन - 5:37:10:56	करुणा - 53:38:27:70
चुंबन - 21:37:8:5	चिर - 90:33:50:224	छवि - 36:52:36:13	छाया- 258:41:154:145
जल - 105:76:61:99	तम - 57:92:32:123	तरल - 54:8:11:50	दिशि - 8:1:27:7
तुषार - 17:3:3:7	तिमिर - 28:32:13:79	दीप - 45:17:33:150	दुकूल - 1:6:14:6

निज - 88:55:28:7	नियति - 49:5:6:10	नीरव - 34:9:37:106	दु:ख - 96:9:19:95
नूपुर - 15:39:6:20	नील - 136:46:23:12	नीलम - 13:6:1:39	दुख - 26:51:16:50
परिमल - 7:2:8:12	पल्लव - 11:4:2:12	पावस - 25:6:11:21	प्रणय - 43:26:13:3
मंगल - 82:15:8:3	मंजु - 10:31:3:10	मन - 209:203:54:79	मधु - 161:64:41:114
मलय - 53:11:14:25	मानस - 91:18:22:73	माया - 94:66:21:01	मर्मर - 2:10:9:12
मुक्त - 38:117:33:12	मुक्ति - 26:24:5:15	मुक्ता - 23:26:27:17	मिलन - 57:20:10:67
मूक - 2:8:10:93	मृत्यु - 24:37:13:37	मृदु - 67:54:65:106	विरह - 23:46:13:89
मौन - 43:61:24:38	यौवन - 75:82:14:1	रहस्य - 44:9:2:16	मेघ - 26:21:7:47
लघु - 74:5:39:51	वर - 5:44:5:26	वसंत - 52:72:35:60	राग - 54:153:10:87
विकल - 99:24:7:23	विजन - 28:21:17:5	विश्व- 197:95:110:63	विकच - 1:25:13:3
वेदना - 52:19:8:76	शत - 51:101:33:47	शशि - 46:22:35:12	विस्मृति - 36:13:6:24
शुचि - 14:47:25:5	शून्य - 65:14:25:85	शैल - 31:6:10:1	शिथिल - 46:17:13:22
श्रम - 83:36:42:9	श्रांत - 52:10:12:2	संसृति - 88:30:14:29	श्याम - 80:22:4:30
समीर - 33:106:11:9	सित - 14:7:1:41	सुंदर-209:122:112:63	सजल - 46:10:15:56
सुमन - 42:23:13:37	सृष्टि - 139:41:31:18	सौरभ - 28:11:16:40	सुख - 144:114:47:75
स्मृति - 56:30:2:5	स्वप्न - 38:39:65:43	स्वर - 72:121:28:69	स्मित - 19:9:4:62
स्वर्ण - 26:23:47:43	हत - 5:20:7:2	हिम - 64:19:4:6	स्मिति - 26:5:11:4

ऊपर की सूची में आए हुए शब्द चारों कवियों के द्वारा प्रयोग में लाए गए हैं। ऐसे शब्दों की संख्या और भी हो सकती है। नमूने के तौर पर इस सूची में 100 शब्द रखे गए हैं। इस विवरण से यह भी जाना जा सकता है कि किस शब्द का प्रयोग दूसरे शब्द की तुलना में किसी कवि की कविता में ज्यादा या कम बार हुआ है। जैसे–

अश्रु - 9:8:13:61 आँसू - 41:6:96:116

इन दोनों शब्दों के बारे में कहा जा सकता है कि महादेवी में 'आँसू' का प्रयोग 'अश्रु' की तुलना में लगभग दोगुना है, लेकिन निराला ने 'अश्रु' का प्रयोग 'आँसू' की तुलना में ज्यादा बार किया है। शेष दोनों कवियों के पास भी 'आँसू' ज्यादा हैं, 'अश्रु' कम! यह भी कह सकते हैं कि *'आँसू'* के रचयिता प्रसाद के पास महादेवी से कम 'आँसू' हैं।

इसी तरह ऊपर की सूची से 'दु:ख' और 'दुख' को देखिए– दु:ख - 96:9:19:95 दुख - 26:51:16:50 इन दोनों शब्द-रूपों को मिलाकर देखें तो 95 और 50 की संख्या मिलकर महादेवी को दु:ख/दुख के शीर्ष पर पहुँचा देती है। ध्यान दिया जा सकता है कि निराला के पास 'दु:ख' से ज्यादा 'दुख' है। रामस्वरूप चतुर्वेदी ने अपने एक आलेख में इस बात की तरफ ध्यान दिलाया था कि निराला 'दुख' में ज्यादा गहराई महसूस करते हैं। उन्होंने फैज की प्रसिद्ध पंक्ति *'और भी दु:ख हैं जमाने में मुहब्बत के सिवा'* में 'दु:ख' को रेखांकित किया है और बताया कि यह 'गम' से गहरा है। महादेवी ने *'सांध्य गीत'* की एक कविता *'मेरा सजल मुख देख लेते!'* में एक ही जगह पर 'दु:ख' और 'दुख' दोनों का प्रयोग किया है– *'दु:खमय सुख/सुखभरा दुख'*

ऊपर दी गयी सूची तथा इस भूमिका में शामिल अन्य सूचियों का उपयोग कई तरह से किया जा सकता है। इनका विश्लेषण करके आलोचनात्मक लेखन को समृद्ध किया जा सकता है। ऊँची कक्षाओं में छायावादी कविताओं के अध्ययन-अध्यापन और शोध-कार्य के क्रम में इनसे सहायता ली जा सकती है। यहाँ नमूने के तौर पर केवल कुछ शब्दों के बारे में टिप्पणी की गई है।

एक सूची ऐसे शब्दों की दी जा रही है, जिनका प्रयोग किन्हीं तीन कवियों ने तो किया है मगर एक कवि ने नहीं किया है। जैसे–'अवदात' शब्द का प्रयोग प्रसाद ने एक बार भी नहीं किया है, मगर निराला-पंत-महादेवी ने किया है। इसे व्यक्त करने के लिए सूची में लिखा जाएगा– अवदात - 0:4:17:14 इसका अर्थ हुआ कि प्रसाद ने 'अवदात' शब्द का प्रयोग एक बार भी नहीं किया है। निराला, पंत और महादेवी ने इस शब्द का प्रयोग 4:17:14 के आनुपातिक क्रम में किया है। इससे यह निष्कर्ष भी निकला कि 'अवदात' शब्द का सर्वाधिक प्रयोग पंत ने किया है।

शब्द : प्रसाद निराला पंत महादेवी

अवदात - 0:4:17:14	चंचला - 6:2:0:3	ज्योति - 22:79:14:0	तरुण - 1:29:23:0
तुंग - 18:3:0:4	तुहिन - 11:0:31:44	तूलिका - 7:8:0:5	तृषा - 7:5:9:0
दलित - 29:16:10:0	दुस्तर - 0:5:6:3	देव - 67:5:0:25	नीर - 9:3:0:19
नीलिमा - 12:2:0:1	नीला - 20:5:0:1	पुरुष - 40:15:5:0	नारी - 15:1:1:0
प्रकृति - 140:41:30:0	प्राची - 37:7:0:7	फेन - 6:0:15:4	बाहु - 12:21:5:0
बिजली - 37:2:0:1	मंद्र - 5:25:0:4	मंद्र - 5:25:0:4	मकरंद - 48:1:0:15
मसृण - 4:6:2:0	यामिनी - 9:28:0:32	रक्त - 22:5:5:0	रजत - 27:0:29:56
रजनी - 66:0:2:62	रति - 6:7:5:0	राका - 21:1:0:1	रोर - 0:6:7:2
वर्षा - 37:9:10:0	वासना - 50:26:1:0	विस्मृत - 6:8:0:7	विहाग - 7:8:0:17
शक्ति - 74:43:13:0	शिशिर - 22:62:14:0	श्लथ - 2:23:7:0	सकल - 35:73:3:0
सतत - 28:1:5:0	समीरण - 0:20:6:22	सिकता - 21:0:1:15	सीमा - 27:13:0:35
सुधि - 0:1:9:102	सुनहला - 8:0:4:8	सुनहली - 17:0:6:28	सुहाग - 11:26:0:13
स्वप्निल - 0:3:11:5	स्वर्गीय - 7:6:3:0	स्वर्गंगा - 11:1:1:0	हेम - 17:2:1:0

अब एक ऐसी सूची दी जा रही है, जिसमें किन्हीं दो कवियों के द्वारा प्रयुक्त शब्द सम्मिलित हैं। जैसे–'अविकच'। इसका प्रयोग केवल निराला और पंत ने किया है। प्रसाद और महादेवी की कविताओं में 'अविकच' शब्द का प्रयोग एक बार भी नहीं हुआ है। अविकच - 0:2:8:0

शब्द : प्रसाद निराला पंत महादेवी

अविकच - 0:2:8:0	आनंद - 38:13:0:0	काम - 53:24:0:0	क्षार - 0:1:0:15
खिन्न - 1:5:0:0	दुरित - 0:9:2:0	दुर्दम - 0:9:4:0	चषक - 17:0:0:2
चारु - 0:12:12:0	चितचोर - 0:0:2:1	चेतन - 51:15:0:0	छंद - 7:8:0:0
छलना - 7:0:0:5	छलिया - 3:0:0:2	छली - 6:0:0:2	नि:श्वास - 19:0:3:0
प्रतनु - 0:16:7:0	भीरु - 0:15:8:0	मरंद - 44:0:2:0	मर्यादा - 4:1:0:0
माधव - 19:0:0:5	माधवी - 46:2:0:0	विराग - 36:0:0:6	सैकत - 0:4:8:0
सिक्त - 0:15:0:8	सुभग - 0:0:10:25	सुहागिनी - 1:0:0:8	स्खलन - 6:2:0:0
स्खलित - 0:7:1:0			

शब्द-प्रयोग के बारे में कुछ और तथ्यों का जिक्र आगे किया जा रहा है। इन विवरणों से छायावादी कवियों के मिजाज को समझने में मदद मिलेगी।

'अवनि' और 'अवनी'–दोनों के प्रयोग मिलते हैं। निराला इन दोनों रूपों का उपयोग करते हैं, प्रसाद और महादेवी केवल 'अवनी' का इस्तेमाल करते हैं। पंत की कविताओं में केवल 'अवनि' है।

'आनंद' प्रसाद-निराला में है, पंत-महादेवी में नहीं। पंत में 'महानंद' जरूर है।

पंत को जुगनू बहुत पसंद हैं। वे इनके लिए एक ही शब्द के कई रूपों का प्रयोग करते हैं–उडगन, उड़गन, उडगण, उडुगण, उडुगन। 'खद्योत' भी उनमें बहुप्रयुक्त है।

'उत्' और 'उप' उपसर्ग की सहायता से अनेक शब्द बनाए गए हैं। छायावादी कवियों को ये दोनों उपसर्ग खूब पसंद हैं। पूरी छायावादी कविता में 'इस' से कहीं ज्यादा 'उस' का प्रयोग हुआ है। इन कविताओं में 'नि:' से बननेवाले शब्द दो सौ से ऊपर होंगे।

'क्षीर' महादेवी में कई बार आया है। प्रसाद में केवल एक बार–*'कहाँ जल बिन्दु, कहाँ निधि क्षीर'* (दे. *'निधि क्षीर'*) निराला-पंत 'क्षीर'-विहीन हैं।

'खलखल' हँसता है रावण और उससे बहुत पहले बादल! *'राम की शक्ति-पूजा'* और *'बादल राग'* के अलावा पूरे छायावादी काव्य में इस शब्द का प्रयोग नहीं मिलता है।

'चाँदनी' का प्रयोग निराला ने छायावादियों में सबसे कम किया है। *'चाप'* तीन कवियों के पास खूब है, मगर प्रसाद के पास *'चाप'* नहीं *'इंद्रचाप'* है।

'छंद' के लिए सर्वाधिक चर्चित निराला के पास यह शब्द प्रसाद के लगभग बराबर की संख्या में है। पंत-महादेवी *'छंद'* शब्द का प्रयोग करते ही नहीं हैं।

प्रेम में *'छल'* होता है, प्रेमी *'छलिया'* निकल सकता है, फिर भी वह *'छली'* बनकर मन में समाया रह सकता है। *'छलना'* में भी विश्वास घना हो सकता है। प्रेम के इन पक्षों को प्रसाद और महादेवी बखूबी जानते हैं। उनकी कविताओं में *'छल', 'छलिया', 'छली', 'छलना'* का उपयोग अनेक बार हुआ है, मगर निराला और पंत प्रेम के इन पक्षों से बेखबर हैं!

निराला को *'जीर्ण'* की बहुत चिंता है, पंत-प्रसाद को थोड़ी-बहुत। महादेवी के संसार में कुछ भी *'जीर्ण'* नहीं होता! *'जीर्ण'* की तरह ही *'ज्ञान'* बहुप्रयुक्त है निराला में, फिर क्रमश: प्रसाद और पंत में। महादेवी कविता में *'ज्ञान'* से परहेज करती हैं। *'ज्योति'* से बने शब्दों की संख्या सबसे ज्यादा निराला में है, प्रसाद-पंत भी इसका उपयोग करते हैं। मगर, सबसे ज्यादा दीपक जलानेवाली महादेवी *'ज्योति'* शब्द का प्रयोग एक बार भी नहीं करतीं। वे *'ज्योती'* का प्रयोग करती हैं, वह भी केवल एक बार! *'ज्योत्स्ना'* चारों के पास है, मगर प्रसाद को यह ज्यादा ही लुभाती है। *'झंझा'* की चिंता चारों को है, मगर महादेवी के पास चूँकि *'दीपक'* ज्यादा हैं, इसलिए वे *'झंझा'* को सबकी तुलना में ज्यादा बार याद करती हैं! तरलता भी छायावाद की एक पहचान है। जयशंकर प्रसाद ने 'छायावाद' के बारे में बताते हुए 'तरलता' की चर्चा की है। *'तरल'* का प्रयोग प्रसाद ने अपनी कविताओं में भी बाकी कवियों से ज्यादा बार किया है, उनसे थोड़ा ही कम महादेवी में यह शब्द है। निराला और पंत ने कम ही बार *'तरल'* का प्रयोग किया है!

'तरुण' भाव के कवि हैं निराला और पंत। इन दोनों ने तरुणाई में छायावाद को अपनाया था, शायद इसीलिए वे *'तरुण'* और *'तरुणी'* शब्द का प्रयोग ज्यादा बार करते हैं। इनमें भी निराला के प्रयोग पंत से दोगुना से ज्यादा हैं। ब्रजभाषा से शुरू करनेवाले प्रसाद लगभग तीस साल की उम्र में छायावादी बनते हैं, वे भला *'तरुण'-'तरुणी'* का क्या उपयोग करते! ले-देकर केवल एक बार वे *'तरुण'* शब्द का उपयोग करते हैं वह भी *'तपस्वी'* बनाकर–*'तरुण तपस्वी-सा वह बैठा'*। महादेवी की *'तरुण'-'तरुणी'* में कोई रुचि नहीं है, वे इनका उपयोग एक बार भी नहीं करतीं!

महादेवी *'तिमिर'* और *'तम'* से घिरी हैं, शायद यही कारण है कि उनकी कविताओं में *'तारक'* खूब चमके-बुझे और टिमटिमाए हैं! तारकों की सबसे कम जरूरत निराला को पड़ी है, शायद इसलिए भी क्योंकि अंधकार का अर्थ देनेवाले शब्द सबसे कम निराला में हैं और सबसे ज्यादा महादेवी में।

हिमालय छायावादियों को खूब आकर्षित करता है, भले ही इनका जीवन प्राय: मैदानी क्षेत्र में बीता था। इन चारों में से केवल पंत का सम्बन्ध हिमालय से जुड़ता है, क्योंकि वे अल्मोड़ा के थे। ऊँची चोटी के लिए छायावादियों ने शब्द चुना–*'तुंग'*। अब हिमालय से ज्यादा ऊँची चोटियाँ भला कहाँ दिख सकती हैं! कामायनीकार प्रसाद को यह शब्द खूब प्रिय है। निराला और महादेवी में भी इसका प्रयोग दो-चार बार मिलता है। मगर, हिमालय के सबसे नजदीक के कवि पंत की कविताओं में *'तुंग'* शब्द एक बार भी नहीं आया है। वे *'नग'* शब्द का भी प्रयोग नहीं करते। पहाड़ों से दूर बनारस में रहनेवाले प्रसाद *'नग'* का प्रयोग सबसे ज्यादा बार करते हैं, निराला एकाध बार। महादेवी भी इसका उपयोग नहीं करतीं। *'तुहिन'* का प्रयोग निराला ने छायावादी दौर की कविताओं में एक बार भी नहीं किया है। आगे चलकर 'बेला' (1946) की एक कविता *'कुन्द-हास में अमन्द'* में निराला *'तुहिन-कोर'* शब्द का प्रयोग करते हैं।

'दलित' शब्द का प्रयोग महादेवी को छोड़कर तीनों कवियों ने किया है। बहस की जरूरत नहीं कि छायावादी दौर में इस शब्द का अर्थ वह नहीं था जो 'दलित विमर्श' में मौजूद है। *'दुकूल'* की जरूरत महादेवी से भी ज्यादा पंत को पड़ी थी, प्रसाद केवल एक बार 'चन्द्रगुप्त' नाटक के एक गीत में इसका प्रयोग करते हैं–*'अब सान्ध्य-मलय आकुलित दुकूल-/कलित हो, यों छिपते हो क्यों?'*

'नभ' चारों के पास है, मगर *'नभ मुक्त कुंतला धरणी'* केवल प्रसाद के पास, *'नभोदेश'* केवल निराला के पास, *'नभचारिणी'* केवल पंत के पास और *'नभ की चाह'* केवल महादेवी के पास हैं। *'नयन'* तो चारों के पास थे ही, मगर *'नयनों की नीलम की घाटी'* केवल प्रसाद के पास, *'नयनों के डोरे लाल'* केवल निराला के पास, *'नयनता'* केवल पंत के पास और *'नयनसार'* केवल महादेवी के पास हैं।

प्रसाद ने एक बार अपने *'नाविक'* को कह दिया कि *'ले चल वहाँ भुलावा देकर...'* और एक ऐसा पता बताया जिसे खोजना बहुत मुश्किल था। अब ऐसी जगह कहाँ मिलेगी जहाँ निर्जन हो, अवनी का कोलाहल न हो और सागर की लहरी अंबर के कानों में निश्छल प्रेम की कथा कह रही हो! प्रसाद खुद भी शायद नहीं जानते थे कि ऐसी जगह ठीक-ठीक कहाँ मौजूद है! इसलिए नाव पर चढ़कर खुद को नाविक के भरोसे छोड़ दिया! ले चल भाई, मुझे बताने की जरूरत नहीं कि तुम किस रास्ते से उस जगह पर मुझे पहुँचाओगे! जैसे भी बन पड़े मुझे उस पते पर पहुँचा दो! और प्रसाद को बदनाम कर दिया गया कि वे 'नियतिवादी' हैं। *'नाविक'* शब्द प्रसाद में कई बार आया है, इस कोश में प्रविष्टियों को देखा जा सकता है। इसका प्रयोग निराला ने नहीं किया था। पंत में एक बार इसका उपयोग मिलता है–*'हँस खेल-खेल रे नाविक'*। महादेवी ने *'नाविक'* शब्द का प्रयोग प्रसाद की तुलना में कुछ ही कम बार किया है। वे भी इस शब्द का प्रयोग *'नियति'* के अर्थ में करती हैं, मगर 'नियतिवादी' होने की बदनामी केवल प्रसाद की नियति में थी!

'पंचभूत' शब्द को कविता का शब्द बनाया प्रसाद और निराला ने। इसे प्रसिद्धि मिली 'कामायनी' में शामिल होकर–*'पंचभूत का भैरव मिश्रण...'*। पंत-महादेवी इसका प्रयोग नहीं करते। इसी तरह का एक शब्द है–'भिन्न'–प्रसाद ने केवल एक बार इसका इस्तेमाल किया है–*'ज्ञान दूर कुछ क्रिया भिन्न है...'* निराला ने *'प्रेयसी'* कविता में लिखा–'*दोनों हम भिन्न वर्ण...*'–इसमें यह शब्द चार बार आया है। 'तुलसीदास' में केवल एक बार यह आया है (दे. *'भिन्न भी देह'*)। पंत ने *'भिन्न'* का प्रयोग नहीं किया है, एक जगह *'भिन्नता'* जरूर है (दे. 'भूरि')। महादेवी में भी एक ही बार है (दे. *'उत्ताप'*)। *'भिन्न'* शब्द *'प्रेयसी'* कविता के एक ही परिच्छेद में चार बार आया और यह अंश अनेक बार उद्धृत हुआ। इसी कविता में है–*'भिन्न सौन्दर्य से बन्धन स्वर्गीय है'*, मगर यह पंक्ति ज्यादा चर्चित नहीं हो पाई। इस कविता के भावबोध को प्रकट करनेवाला यह *'भिन्न'* शब्द छायावादी कविता की ही नहीं, बल्कि भारतीय संस्कृति की विविध ता का प्रतीक बन गया। प्रसाद की उपर्युक्त पंक्ति भी दार्शनिक बनकर प्रचलित हुई। इसे किसी कवि की ताकत ही मानना चाहिए कि उसका अकेला प्रयोग सबकी जुबान पर चढ़ गया।

प्रसाद-निराला-महादेवी ने *'पागल'* शब्द का सहारा लिया है, पंत ने नहीं। मगर *'पगली'* का प्रयोग केवल प्रसाद ने किया है और भरपूर आत्मीयता के साथ। इस तरह के शब्द का कविता में सफल प्रयोग आसान नहीं होता। प्रसाद ने कम-से-कम पाँच जगहों पर इसका प्रयोग किया है–

*'टकराती बिलखाती सी/**पगली**-सी देती फेरी'* –आँसू
*'तुम तुहिन बरस दो कन-कन/यह **पगली** सोये अब भी'* –आँसू
*'तरल तरंगों में उठ-गिर कर बहती **पगली** बारम्बार'* –चिंता/कामायनी
*'**पगली** हाँ सम्हाल ले कैसे छूट पड़ा तेरा अंचल'* –आशा/कामायनी
*'**पगली**-सी कोई अंतर में बैठी जैसे अनुदिन बकती'* –लज्जा/कामायनी

महादेवी *'पतझार'* को चितवन से हरा करने का प्रयास करती हैं और प्रसाद *'पतझड़'* में अतिसुकुमार वसंत के दूत को देखते हैं। महादेवी के पास *'पतझड़'* नहीं है और प्रसाद के पास *'पतझार'* नहीं। निराला के पास एकाध बार 'पतझड़' है केवल। प्रकृति के सुकुमार कवि पंत के ऋतुचक्र में न तो *'पतझड़'* आता है और न ही *'पतझार'*।

'परिमल' भले ही निराला का काव्य-संग्रह है, मगर इस शब्द का उपयोग अन्य तीनों की तुलना में वे सबसे कम बार करते हैं। यही हाल *'पल्लव'* का है, पंत ने इसका उपयोग सबसे कम बार किया है।

'परिरंभ' की स्मृति केवल प्रसाद को है। पंत और महादेवी की इस शब्द से दूरी तो समझ में आती है, मगर *'प्रिय-कर-कठिन-उरोज-परस कस...'* जैसी उद्दाम शृंगार की पंक्ति लिखनेवाले निराला भी इस शब्द का उपयोग न कर सके। छायावाद में *'परिरंभ'* शब्द प्रसिद्ध खूब हुआ, केवल प्रसाद के दम पर!

महादेवी का अज्ञात प्रियतम 'पाहुन' है। यह केवल उन्हीं के पास है। प्रसाद, निराला और पंत का कोई 'पाहुन' नहीं है।

छायावाद की विशाल काव्य-राशि में 'पीड़ा' का साम्राज्य महादेवी के नाम है। बाकी के यहाँ इसकी प्रविष्टियाँ छिटपुट ही दिखाई पड़ती हैं।

'प्रत्याशा' अब राजभाषा हिन्दी का प्रचलित शब्द है। प्रसाद ने इस शब्द का काव्यात्मक प्रयोग किया था। शेष तीनों छायावादियों के पास 'प्रत्याशा' नहीं है।

छायावादी कविता में *'प्रलय'* के सूत्रधार प्रसाद हैं। *'आँसू'*, *'कामायनी'* से लेकर *'प्रलय की छाया'* से गुजरते हुए 'स्कन्दगुप्त' के एक गीत में 'प्रलय' अपना काम कर रहा है। वैसे यह शब्द है बाकी तीनों के पास भी, मगर अल्प संख्या में।

आसानी से अंदाज लगाया जा सकता है कि सबसे ज्यादा 'फेन' पैदा किया होगा पंत ने। प्रसाद-महादेवी में यह कम है और निराला को इसकी जरूरत ही नहीं पड़ी।

'बाल' शब्द का प्रयोग 'केश' और 'बालक' के अर्थ में छायावादियों ने किया है। मगर 'बालक' अर्थ की प्रधानता है।

'बिखर', 'बिखरा', 'बिखरी' आदि शब्द-रूपों के माध्यम से बिखरने का सर्वाधिक भाव प्रसाद में है। महादेवी में इन शब्दों का प्रयोग बिखरकर फैलने के अर्थ में ज्यादा हुआ है, जैसे–*'विजन वन में बिखरा कर राग'*, *'निर्जन में बिखरा है मधुमास'* आदि।

प्रसाद ने *'बिजली'* शब्द को छायावादी शब्द-सम्पदा से जोड़ा। वे इसका प्रयोग अनेक बार करते हैं (दे. *'विभ्रम'*, *'टोंके'*, *'झंझा झकोर'*, *'कादंबिनी'*, *'दिवा-रात्रि'*, *'मेघ-वन'*, *'बिजली का फूल'*, *'नीरदमाला'*, *'बिजली की माला-सी'* आदि)। इसका प्रयोग निराला (दे. *'चारु'*, *'स्पंद'*) और महादेवी (दे. 'सार्थवाह') में कम ही बार मिलता है।

'भ्रू' के भंग और *'भौंहों'* के संचालन से महादेवी की कविताएँ मुक्त हैं। तीनों पुरुषों की नजर *'भ्रू'* और *'भौंह'* पर है।

'मन' सबके पास है और खूब है, मगर *'मनोहरा'* केवल निराला के पास है और वह भी केवल एक बार–*'रँग गई पग-पग धन्य धरा/हुई जग जगमग मनोहरा'*। निराला ने अपनी *'स्वर्गीया-प्रिया'* को याद तो दूसरी जगहों पर किया जरूर है, मगर नाम लेकर केवल एक बार!

'मरंद' को छायावादी कविता में स्थापित किया प्रसाद ने। निराला और महादेवी की कविताओं में *'मरंद'* नहीं मिलता। पंत में केवल दो बार (दे. *'चय'*, *'स्वर्ण-मरंद'*)।

'मर्मर' छायावादियों का दुलारा शब्द है, मगर प्रसाद के यहाँ यह सबसे कम है।

'माया' का असर प्रसाद-निराला पर सबसे ज्यादा है, पंत में भी यह कई बार आया है। जिस स्त्री को 'माया' कहा जाता रहा है उसके पास छायावादी काव्य-बोध में केवल एक बार *'सपनों की माया' ('नीहार')* है।

'मिलन' और *'विरह'* की चर्चा सबसे ज्यादा महादेवी में है और सबसे कम पंत में।

'मुक्त', 'मुक्ति' और 'मुक्ता' के प्रयोग में निराला सबसे आगे हैं और महादेवी सबसे पीछे! मगर *'बंधन'* के प्रयोग में महादेवी सबसे आगे हैं। यह अलग बात है कि उनकी कविताओं में केवल *'मोम के बंधन सजीले'* ही नहीं हैं, बल्कि *'आज वर दो मुक्ति आवे बन्धनों की कामना ले!'* (दे. *'बंधनों की कामना'*) भी है। इस तरह महादेवी की कविताओं में *'बंधन'* का स्वरूप अलग ढंग का है।

'यायावर' शब्द की चर्चा होने पर अज्ञेय की याद हो आती है–*'अरे यायावर रहेगा याद'*। यह शब्द केवल एक बार *'कामायनी'* में आया है। अन्य तीनों ने इसका प्रयोग एक बार भी नहीं किया है। इस शब्द को हिन्दी कविता में अज्ञेय से पहले लेकर आए थे प्रसाद।

'युग' और *'युगल'* शब्द का प्रयोग छायावादी कवियों ने 'दो' या 'जोड़ा' के अर्थ में ज्यादा किया है।

'यौवन' का प्रभाव सबसे ज्यादा प्रसाद और निराला पर है, पंत पर बहुत कम। महादेवी में सम्भवत: एक ही बार (दे. *'लालसा की मदिरा'*)।

'रक्त' की सर्वाधिक मात्रा प्रसाद में हैं। महादेवी में न *'रक्त'* है न *'रक्तिम'*। छायावादियों में *'रक्तिम'* का प्रयोग केवल प्रसाद ने किया है। *'खून'* का प्रयोग *'महाराज शिवाजी का पत्र'* में हुआ है। सम्भवत: छायावादी कविता में *'खून'* का यह एकमात्र प्रयोग है। 'लहू' शब्द का प्रयोग इनमें से किसी ने नहीं किया है।

'रजत' महादेवी को खूब प्रिय है। प्रसाद-पंत ने भी इसका उपयोग किया है, मगर निराला ने इस शब्द का प्रयोग छायावादी दौर के बाद की कविताओं में किया है (दे. निराला काव्य-कोश - संस्कृति प्रकाशन, भागलपुर, बिहार)।

छायावाद की मनोभूमि के अनुकूल है *'रजनी'* शब्द। प्रसाद और महादेवी ने इसका खूब उपयोग किया है। मगर पंत में यह शब्द केवल एक बार मिलता है–*'बाल रजनी-सी अलक थी डोलती'*। निराला *'रजनी'* का तो नहीं, पर *'राम की शक्ति-पूजा'* में *'रजनीचर'* का प्रयोग एक बार करते हैं। छायावाद के बाद उन्होंने एक गीत लिखा–*'जननि, मोह की रजनी'* (1950)। *'घन तम से आवृत धरणी है' (1950) तथा 'कुंजों की रात प्रभात हुई' (1952)* गीतों में निराला ने *'रजनी'* शब्द का प्रयोग किया है, मगर यह सब छायावाद के बाद का मामला है।

'रवि' के प्रति निराला का आकर्षण सबसे ज्यादा है और *'रश्मि'* के प्रति महादेवी का। *'प्रथम रश्मि'* जैसी सफल और प्रसिद्ध कविता लिखने के बावजूद पंत ने *'रश्मि'* शब्द का अन्यत्र प्रयोग कम ही किया है।

'रहस्य' शब्द के उपयोग में प्रसाद रहस्यवादी महादेवी से आगे हैं। पंत ने इसका उपयोग एक-दो जगह ही क़िया है, मगर इसी अर्थ में *'रहस'* शब्द के वे अकेले प्रयोक्ता हैं।

'राका' और *'मधुराका'* प्रसाद में कई बार आती है, निराला-महादेवी एक-एक बार *'राका'* का उपयोग करते हैं। पंत में न तो *'राका'* है और न ही *'मधुराका'*; हाँ, *'राकापति'* जरूर है और यह शब्द किसी दूसरे के पास है भी नहीं। *'मधुराका'* भी केवल प्रसाद के पास है।

प्रसाद में *'राग'* की तुलना में *'विराग'* कम है। निराला में *'राग'* की मात्रा प्रसाद से तीन गुना ज्यादा है, मगर *'विराग'* है ही नहीं। रामविलास शर्मा ने *'राग-विराग'* नाम से निराला की कुछ कविताओं का संकलन जरूर बनाया है, मगर 'मतवाला' के उद्देश्य की घोषणा करनेवाले छंद में *'राग-विराग भरा प्याला'* के अलावा निराला ने अपनी किसी कविता में *'विराग'* शब्द का प्रयोग नहीं किया है। हाँ, *'राग-विराग'* अपने जोड़े में प्रसाद और महादेवी की कविताओं में जरूर व्यक्त हुआ है (दे. *'राग-विराग'*, *'राग-विरागों'*)।

'स्वप्न' सर्ग में प्रसाद ने लिखा है–*'अध-विकच कली'* –*'विकच'* का एकमात्र यही प्रयोग प्रसाद में मिलता है। निराला इसका खूब प्रयोग करते हैं। महादेवी ने इसका कम ही उपयोग किया है।

'विभावरी' को सर्वाधिक लोकप्रियता मिली–*'बीती विभावरी जाग री'*–कविता से। प्रसाद के अलावा निराला और महादेवी में यह शब्द मिलता है, मगर पंत इसका उपयोग नहीं करते। *'विवसना'* केवल पंत में है।

'विश्व' और इस शब्द के सहारे बने शब्दों की प्रविष्टियाँ इस कोश में 65 की संख्या में हैं, जिनमें से 32 केवल प्रसाद से हैं। प्रसाद में यह सर्वाधिक है और महादेवी में सबसे कम। *'वेला'* प्रसाद-महादेवी में है, निराला-पंत में नहीं।

'विष' और *'विषाद'* भी प्रसाद में सर्वाधिक हैं और महादेवी में सबसे कम। *'व्यथा'* और *'व्यथित'* का प्रयोग पंत ने बहुत कम किया है, प्रसाद-महादेवी में ये बहुप्रयुक्त हैं। *'पीड़ा'* भी प्रसाद-महादेवी में ज्यादा है। *'व्यस्त'* प्रसाद-महादेवी हैं, निराला नहीं, पंत कभी-कभार!

प्रसाद ने *'व्रीड़ा'* और महादेवी ने *'ब्रीड़ा'* का उपयोग एक ही अर्थ में किया है। प्रसाद में *'ब्रीड़ा'* नहीं है और महादेवी में *'व्रीड़ा'*। निराला-पंत न तो *'ब्रीड़ा'* का प्रयोग करते हैं और न ही *'व्रीड़ा'* का।

'राम की शक्ति-पूजा' की इतनी चर्चा हुई कि *'शक्ति'* शब्द मानो निराला से जुड़ गया। रामस्वरूप चतुर्वेदी ने छायावाद को 'शक्ति-काव्य' कहा भी है जिसकी अवधारणात्मक समझ में निश्चित रूप से इस कविता का योगदान है। लेकिन *'शक्ति'* शब्द का प्रयोग सबसे ज्यादा प्रसाद में मिलता है। *'दर्शन'* और *'रहस्य'* सर्ग में इस शब्द का उपयोग अनेक बार हुआ है। कुल मिलाकर प्रसाद की कविताओं में *'शक्ति'* शब्द 50 से ज्यादा बार आया है, और निराला में 40 से कम बार! पंत में मुश्किल से 5-6 बार इसका प्रयोग मिलता है। महादेवी इस शब्द से परहेज करती हैं। *'शक्ति-काव्य'* की अवधारणा में महादेवी के लिए जगह बनाने का कोई और उपाय हो सकता है क्या? स्त्री को 'शक्ति' रूपा बतानेवाली वैचारिकी से महादेवी असहमत हैं क्या? प्रसाद और निराला की 'शक्ति' की समझ एक जैसी नहीं है!

'श्रद्धा' को छायावाद में जो ऊँची जगह मिली हुई है, वह प्रसाद की देन है। अपने गीतों में दीपक, दीप, पूजन, अर्चना, अक्षत आदि की बात करनेवाली महादेवी की कविताओं में एक बार भी *'श्रद्धा'* शब्द नहीं मिलता! पंत में भी यह शब्द नहीं है। निराला में केवल एक बार *'तुलसीदास'* में (दे. *'समष्टि'*)।

'श्रम' और इससे बने शब्द सबसे ज्यादा प्रसाद में हैं। *'श्रम'* करके *'श्रांत'* हो जाना भी प्रसाद ही सबसे ज्यादा जानते हैं। मगर रति-श्रम से जो *'श्रांता'* है उसे केवल पंत जानते है–*'रति श्रांता'*।

'शीर्ण' के सर्वाधिक प्रयोक्ता निराला *'श्लथ'* भी सबसे ज्यादा होते हैं। पंत कुछ ही बार इसका उपयोग करते हैं और प्रसाद तो केवल एक बार। महादेवी न तो *'जीर्ण'* हैं, न *'शीर्ण'* हैं और न ही *'श्लथ'*। इन तीनों विशेषणों की जरूरत सबसे ज्यादा निराला को पड़ी थी, जो अपनी अंतिम कविता तक *'पुनः सवेरा'* की उम्मीद भी बनाए हुए थे।

छायावादी कविता में 'शाम' शब्द का प्रयोग नहीं हुआ है। *'संध्या'* और *'गोधूलि'* या *'गोधूली'* के प्रयोग में सबसे आगे प्रसाद हैं, फिर महादेवी। *'संध्या-सुंदरी'* कविता लिखनेवाले निराला इस मामले में सबसे पीछे हैं।

'सजल' चारों के पास है, मगर *'सजला'* केवल महादेवी के पास। *'सतत'* शब्द प्रसाद को प्रिय है, निराला-पंत कभी-कभार इसका उपयोग करते हैं (दे. *'गतिमयि'*)। महादेवी इसका उपयोग नहीं करती हैं।

'समन्वय' और *'समरस'* की अकेली कोशिश प्रसाद की है। *'समीर'* और *'समीरण'* का सर्वाधिक प्रवाह निराला में है, फिर महादेवी में। प्रसाद में *'समीर'* का बहाव तो है, मगर *'समीरण'* नहीं आता।

'सिकता' का प्रयोग प्रसाद में अधिक है, फिर महादेवी में। पंत में केवल एक बार–*'सिकता की सस्मित सीपी पर...'* (*'नौका-विहार'*)। निराला ने छायावादी दौर में इस शब्द का उपयोग नहीं किया है। वे आगे चलकर *'देवी सरस्वती'* (*1946*) कविता में इस शब्द का प्रयोग करते हैं, *"गंगा की सिकता की/वेदी रची; मंत्र पढ़कर।"* निराला छायावादी दौर में *'सैकत'* शब्द का प्रयोग करते हैं। यह पंत में निराला से भी ज्यादा बार आया है। प्रसाद-महादेवी ने इसका उपयोग नहीं किया है।

'सुषमा' का प्रयोग प्रसाद-महादेवी ने कई बार किया है। इसी अर्थ को व्यक्त करने के लिए *'सुखमा'* का प्रयोग केवल पंत ने किया है। पंत ने *'सुषम'* और *'सुषमा'* का भी इस्तेमाल एक-दो बार ही किया है। मगर छायावादी दौर में निराला की कविताओं में *'सुषमा'* शब्द नहीं मिलता। बाद की कविताओं में उनके यहाँ यह शब्द दिखाई पड़ता है, जैसे–*'राजे दिनकर जैसे'* (*1946*), *'जावक जय चरणों पर छायी'* (*1952*)।

'सुहाग' का सर्वाधिक उपयोग निराला ने किया है और *'सुहागिनी'* का महादेवी ने। प्रसाद में इन शब्दों का उपयोग कम हुआ है। पंत में न तो *'सुहाग'* है और न ही *'सुहागिनी'*। *'सूना'*, *'सूने'*, *'सूनी'* तथा *'सूनापन'* के प्रयोगों को देखा जाए तो महादेवी तीनों कवियों से आगे हैं। प्रसाद में उनसे थोड़ी कम संख्या मिलती है। पंत में तो कुछ बार की मौजूदगी है भी, किन्तु निराला में नहीं के बराबर! *'स्खलन'* और *'स्खलित'* जैसे शब्द महादेवी को शायद बिलकुल पसंद नहीं हैं। पीड़ा का साम्राज्य सँभालनेवाली महादेवी की कविताओं में *'स्मित'* और *'स्मिति'* की चाँदनी की चमक सबसे ज्यादा है। *'विस्मृति'* के पैरोकार प्रसाद में *'स्मृति'* की संख्या भी सर्वाधिक है। *'स्रस्त'* निराला-पंत में है, प्रसाद-महादेवी में नहीं।

नामवर सिंह ने राष्ट्रीय स्वाधीनता आन्दोलन को छायावाद में व्यक्त किए जाने के सन्दर्भ में बात करते हुए लिखा है, "इन सबमें निराला सबसे आगे रहे।"[1] यदि 'स्वतंत्र' शब्द को आधार बनाया जाए तो इसका प्रयोग निराला ने केवल एक बार किया है–*'प्रिय स्वतंत्र रव...'*। प्रसाद में *'स्वतंत्र'* और *'स्वतंत्रता'* जैसे शब्दों की आवृत्ति ज्यादा बार हुई है (दे. *'स्वतंत्रता पुकारती'*, *'हृदय की परवशता'*, *'चिर स्वतंत्र'* इत्यादि)। छायावादी कविताओं में *'स्वर'* की चिंता बहुत है। यह चिंता सबसे ज्यादा व्यक्त हुई है निराला में और सबसे कम पंत में। प्रसाद-महादेवी में पर्याप्त आवृत्ति मिलती है। *'स्वर'* का आग्रह भी *'मुक्ति'* का ही आग्रह है।

'स्वर्ग' के प्रति सर्वाधिक आकर्षण पंत में है और *'स्वर्गिक'* के एकमात्र प्रयोक्ता वे ही हैं। *'स्वर्गंगा'* की आवृत्ति प्रसाद में लगभग 5 बार है, पंत-निराला में केवल एक-एक बार। महादेवी में केवल *'स्वर्ग'* है, वे *'स्वर्गिक'*, *'स्वर्गीय'* या *'स्वर्गंगा'* का प्रयोग नहीं करती हैं। *'स्वर्गीय'* तो तीनों कवियों के पास है, मगर *'स्वर्गीया'* शब्द का प्रयोग केवल निराला करते हैं, वह भी केवल एक बार *'सरोज-स्मृति'* में अपनी पत्नी मनोहर देवी को याद करते हुए–*'गाया स्वर्गीया-प्रिया-संग...'*

प्रसाद, निराला और महादेवी की वर्तनी *'स्वाती'* है, मगर पंत की *'स्वाति'*। *'स्वीय'* का प्रयोग निराला और पंत ने किया–पंत ने दो बार (दे. *'स्वीय'*, *'स्वीय स्वरूप'*) और निराला ने केवल एक बार–*'ज्योति:प्रपात स्वर्गीय, –ज्ञात छवि प्रथम स्वीय'*। *'राम की शक्ति-पूजा'* में प्रयुक्त होकर यह शब्द छायावादी कविता के पाठकों के लिए जाना-पहचाना हो गया। दु:ख-पीड़ा की प्रमुखता के बावजूद छायावादी कविता में *'हास'*, *'हँस'* और *'हँसी'* की भरपूर संख्या सभी कवियों में है।

---

1. छायावाद–नामवर सिंह, राजकमल प्रकाशन, नई दिल्ली, 1993, पृ. 81

'हाला' और *'हालाहल'* का प्रयोग केवल महादेवी ने किया है। प्रसाद और निराला *'हलाहल'* का प्रयोग करते हैं। पंत में *'हाला', 'हालाहल'* और *'हलाहल'* में से कुछ भी नहीं है। प्रसाद ने छायावादी दौर से पहले की एक कविता *'मलिना'* (1910) में *'हाला'* का प्रयोग किया था। निराला ने छायावाद के बाद *'हाला'* शब्द का प्रयोग अपनी दो कविताओं में किया था–*'दुख के सुख जियो'(1952), 'फूलों के दीपों की माला'(1961)*।

'हिम' और उससे बनी प्रविष्टियों की संख्या इस कोश में 61 हैं, जिनमें से 27 प्रसाद से हैं। स्पष्ट है कि इनके प्रयोग में प्रसाद सबसे आगे हैं। इनका सबसे कम प्रयोग निराला ने किया है। इसी तरह 'हेम' और उससे बने शब्दों का सर्वाधिक प्रयोग प्रसाद ने किया है।

'छायावादी काव्य-कोश' की प्रविष्टियों के आधार पर अपनी आवश्यकता के अनुसार अन्य प्रकार की खोज भी की जा सकती है। यहाँ कुछ ही शब्दों के बारे में ही टिप्पणी की गई है।

कोश के अंत में कुछ परिशिष्ट दिए गए हैं।

पहले परिशिष्ट में छायावादी कविताओं की सूची वर्णानुक्रम से दी गई है। इन चार कवियों की जिन कविताओं को छायावाद के दायरे में माना जाता है उन सबको इसमें शामिल किया गया है। कविता का शीर्षक या कविता की पहली पंक्ति (शीर्षक न होने पर) को रखते हुए इस सूची को वर्णानुक्रम से व्यवस्थित किया गया है। प्रत्येक शीर्षक के सामने काव्य-संग्रह/पुस्तक का नाम दिया गया। फिर ग्रंथावली और पृ.सं. दी गई है ताकि आसानी से इच्छुक व्यक्ति पूरी कविता तक पहुँच सके। अंतिम कॉलम में उस कविता का प्रकाशन वर्ष या रचना वर्ष दिया गया है। इस चौथे कॉलम में समरूपता नहीं आ पाई है, क्योंकि इन चारों कवियों की ग्रंथावलियों के सम्पादन की गुणवत्ता में काफी अंतर है। 'निराला रचनावली' (सम्पादक–नन्दकिशोर नवल) और 'जयशंकर प्रसाद ग्रंथावली' (सम्पादक–ओमप्रकाश सिंह) में प्रकाशन वर्ष या रचना वर्ष के प्रति सजगता है। इन दोनों ग्रंथावलियों में यथासम्भव यह भी सूचना दी गयी है कि यह कविता पहली बार किस पत्रिका के किस अंक (तिथि, महीना और वर्ष के साथ) में प्रकाशित हुई। पंत की ग्रंथावली में सम्पादक के रूप में किसी का नाम दिया हुआ नहीं है। प्रकाशक ने अपने वक्तव्य में लिखा है कि इस ग्रंथावली का अधिकतर काम पंत की देखरेख में हुआ था। इस ग्रंथावली में प्रत्येक कविता के नीचे वर्ष तो दिया हुआ है, मगर इसके प्रथम प्रकाशन से सम्बन्धित कोई सूचना नहीं दी गई है। सबसे दुर्बल सम्पादन है 'महादेवी साहित्य' (सम्पादक–निर्मला जैन) का। इसमें केवल यह बताया गया है कि किस संग्रह में कब से कब तक की कविताएँ हैं। किसी भी कविता के साथ यह नहीं बताया गया है कि इसका प्रकाशन वर्ष या रचना वर्ष कब का है। स्पष्ट है कि किसी कविता के प्रथम प्रकाशन-सम्बन्धी सूचना इसमें भला कैसे हो सकती है?

इस कोश में इन ग्रंथावलियों से प्राप्त सूचनाओं के आधार पर ही प्रकाशन वर्ष या रचना वर्ष दिया गया है।

इसके बाद के चार परिशिष्टों में प्रसाद, निराला, पंत और महादेवी की केवल छायावादी कविताओं की अलग-अलग सूची कालक्रम से दी गई है। इस सूची से जाना जा सकता है कि इन कवियों की कविताएँ किस कालक्रम से प्रकाशित हुई थीं या रची गई थीं। इसमें भी सम्बन्धित काव्य-संग्रह या पुस्तक की सूची प्रत्येक कविता के सामने दी गयी है। ग्रंथावली की खंड संख्या और पृष्ठ संख्या भी दी गई है।

सबसे अंत में चार परिशिष्ट और दिए गए हैं। इनमें चारों कवियों की समस्त पुस्तकों का विवरण दिया गया है और यह भी दिया गया है कि इन सभी पुस्तकों में से किन-किन पुस्तकों या अंशों को 'छायावादी काव्य-कोश' में शामिल किया गया है।

'छायावादी काव्य-कोश' को तैयार करने में लंबा समय लगा है। पिछले पन्द्रह-सोलह वर्षों से यह काम धीमी गति से चलता रहा है। ढेर सारा परिश्रम और थोड़ा सा परिणाम–कोश-निर्माण की पद्धति है। आज इसके पूरा होने पर बहुत अच्छा लग रहा है। आज मुझे अपने गुरुजन फिर से याद आ रहे हैं, जिनका सिखाया-पढ़ाया इस कोश में काम आया है। प्रो. केदारनाथ सिंह ने *'निराला काव्य-कोश'* को देखकर प्रसन्नता प्रकट की थी। उन्होंने फोन पर कहा था

कि 'निराला महाकोश' बनाओ, जिसमें निराला के समस्त लेखन से प्रविष्टियाँ ली जाएँ! यह बहुत बड़ा काम होगा, पता नहीं गुरुदेव की यह इच्छा पूरी कर सकने का सौभाग्य मिलेगा या नहीं? आज गुरुवर कविवर केदारनाथ जी होते तो 'छायावादी काव्य-कोश' को देखकर जरूर खुश होते! प्रो. नन्दकिशोर नवल से निराला की छोटी कविताओं को पढ़ने का अवसर मिला था। उनकी कक्षाएँ और निराला पर लिखी उनकी पुस्तकों का बड़ा योगदान है निराला को समझने में। 'छायावादी काव्य-कोश' के पूर्ण होने के अवसर पर गुरुवर को सादर प्रणाम करता हूँ! प्रो. तरुण कुमार ने बी.ए. की कक्षाओं में *'राग-विराग'* पढ़ाया था। निराला को जानने की जमीन उन्होंने ही तैयार की थी। उनकी प्रेरणा से ही जवाहरलाल नेहरू विश्वविद्यालय, नई दिल्ली में पढ़ने की ललक पैदा हुई थी। उन्होंने मुझे सदैव उत्साहित किया और एक सच्चे शुभचिंतक की तरह उचित मार्गदर्शन किया। भारत भारद्वाज जी से मेरी कभी मुलाकात नहीं हुई है, मगर उन्होंने 'निराला काव्य-कोश' के सन्दर्भ में, एक विवादित स्थिति में, सार्वजनिक रूप से खुलकर मेरे पक्ष में लिखा और 'हंस' के अपने कॉलम में छपवाया भी। एक 'अज्ञातकुलशील' की सहायता करना कम लोगों के स्वभाव में होता है। भारत भारद्वाज जी 'छायावादी काव्य-कोश' को देखकर निश्चित रूप से खुश होंगे।

प्रो. मैनेजर पाण्डेय ने 'प्रसाद काव्य-कोश' के विमोचन कार्यक्रम (17 दिसम्बर, 2017, जे.एन.यू.) में इच्छा जाहिर की थी कि आचार्य रामचंद्र शुक्ल के द्वारा प्रयुक्त पारिभाषिक शब्दों के आधार पर एक कोश का निर्माण हमें करना चाहिए। उनका आदेश मन में गूँजता रहता है, लेकिन आचार्य शुक्ल पर काम करना और कसौटी गुरुवर मैनेजर पाण्डेय की–*'असमर्थ मानता मन उद्यत हो हार-हार'*। यदि यह काम हो सका तो मैं अपने को बड़भागी मानूँगा! प्रो. मैनेजर पाण्डेय को हम में से कई विद्यार्थियों ने पढ़ने-लिखने के मामले में अपना आदर्श माना है। पिछले पन्द्रह-सोलह वर्षों में अनेक बार कोश के सन्दर्भ में समझने-बूझने के लिए उनका मार्गदर्शन प्राप्त हुआ है। प्रो. वीर भारत तलवार, प्रो. ओमप्रकाश सिंह और प्रो. गोपेश्वर सिंह का पढ़ने-लिखने के मामले में इतना सहज स्नेह मिला है कि उनके प्रति मन सदैव श्रद्धा से भरा रहता है। इधर के कुछ वर्षों से श्री प्रेमकुमार मणि का स्नेह प्राप्त हुआ है। वे सदा मेरे काम की जानकारी लेते रहे है, गलतियों से बचाने का प्रयास करते रहे हैं और *'प्रशस्त पुण्य-पंथ है/बढ़े चलो बढ़े चलो'* की ध्वनि के साथ राह दिखाते रहे हैं। प्रो. रविभूषण, प्रो. राजेंद्र कुमार और प्रो. अनिल राय ने 'प्रसाद काव्य-कोश' को सराहा था और 'छायावादी काव्य-कोश' के लिए मेरा उत्साह बढ़ाया।

बनारस में प्रो. चौथीराम यादव, प्रो. बलिराज पाण्डेय, प्रो. अवधेश प्रधान, प्रो. वशिष्ठ अनूप, प्रो. श्रीप्रकाश शुक्ल, प्रो. अनुराग कुमार, प्रो. निरंजन सहाय से यथाप्रसंग कोश के बारे में बात हुई है। इन विद्वानों ने उत्साहित भी किया और उलझनों को दूर करने में मदद भी की। बड़े भाई गोपाल प्रधान, बजरंग बिहारी और जितेन्द्र श्रीवास्तव के प्रति विशेष आभार जिनसे विभिन्न प्रसंगों में सुझाव प्राप्त हुए। हमेशा की तरह डॉ. आनन्द बिहारी और विवेक कुमार से कंप्यूटर-कार्य में मदद मिली। 'सत्राची' में इस कोश के 'अ' वर्ण की प्रविष्टियाँ डॉ. आनन्द बिहारी ने प्रकाशित कीं, इसके लिए विशेष आभार! संजीव चन्दन ने प्रकाशन की जिम्मेदारी एक बार फिर ली है, उन्हें धन्यवाद!

परिवार का जिक्र अलग से जरूरी नहीं, जिसका हक मेरी हर साँस पर है!

सादर,

कमलेश वर्मा

ई-मेल : kamleshvermajnu@gmail.com

संकेत सूची

प्र.ग्रं. – जयशंकर प्रसाद ग्रंथावली (कुल 7 खंड), सम्पादक–ओमप्रकाश सिंह, प्रकाशन संस्थान, दरियागंज, नई दिल्ली, 2014 (इस कोश में खंड संख्या 1, 2, 3 एवं 4 का उपयोग किया गया है।)

नि.र. – निराला रचनावली (कुल 8 खंड), सम्पादक–नन्दकिशोर नवल, राजकमल प्रकाशन, दरियागंज, नई दिल्ली, 1998 (इस कोश में खंड संख्या 1 का उपयोग किया गया है।)

पं.ग्र. – सुमित्रानन्दन पंत ग्रंथावली (कुल 7 खंड), राजकमल प्रकाशन, दरियागंज, नई दिल्ली, 2011 (इस कोश में खंड संख्या 1 एवं 2 का उपयोग किया गया है।)

म.सा. – महादेवी साहित्य (कुल 4 खंड), सम्पादक–निर्मला जैन, वाणी प्रकाशन, नई दिल्ली, 2007 (इस कोश में खंड संख्या 1 का उपयोग किया गया है।)

असं. – असंकलित

द्वि.सं. – द्वितीय संस्करण

दे. – देखिए

पृ.सं. – पृष्ठ संख्या

प्र.अं. – प्रथम अंक

द्वि.अं. – द्वितीय अंक

तृ.अं. – तृतीय अंक

प्र.दृ. – प्रथम दृश्य

द्वि.दृ. – द्वितीय दृश्य

तृ.दृ. – तृतीय दृश्य

ष.दृ. – षष्ठ दृश्य

अ.दृ. – अष्टम दृश्य

छायावादी काव्य-कोश

अंक- *'मृत्यु, अरी चिर-निद्रे! तेरा/अंक हिमानी-सा शीतल,'*	: गोद	**प्र.ग्रं.**-2/63	चिंता/कामायनी
◆ *'सुलाती उन्हें अंक पर अपने'*	: गोद	**नि.र.**-1/78	सन्ध्या-सुन्दरी
◆ *'मुट्ठी-भर मुसलमान/पले आतंक से हैं/भारत के अंक पर'*	: गोद	**नि.र.**-1/165	महाराज शिवाजी का पत्र
◆ *'दीनता के अंक पर शीर्ण था पड़ा हुआ'*	: गोद	**नि.र.**-1/180	रेखा 'ग'
◆ *'अमिट मसि के अंक से/सूने कभी थे छिद्र तेरे'*	: निशान, धब्बे	**म.सा.**-1/377	गूँजती क्यों प्राण -वंशी?/दीप-शिखा
अंकभर- *'अंकभर घनसार सा/उड़ जाएगा अस्तित्व मेरा!'*	: गोद या आलिंगन से भरा हुआ	**म.सा.**-1/271	सो रहा है विश्व, पर... /सांध्य गीत
अँकवाऊँ- *'झुलसे पंखों को चुन लाऊँ उन पर दीपशिखा अँकवाऊँ'*	: 'दीपशिखा' को अपना प्रेमी मानकर अपने झुलसे पंखों पर इस शब्द को अंकित करवा लूँ	**म.सा.**-1/205	क्यों जग कहता मतवाली/नीरजा
अंक-संसृति- *'कर रही रंगीन प्रिय के द्रुत पदों की अंक-संसृति'*	: पद चिह्नों या संकेतों से बना यादों का संसार	**म.सा.**-1/253	रागभीनी तू सजनि निश्वास भी.../सांध्य गीत
◆ *'बाँध देंग अंक-संसृति/से तिमिर में स्वर्ण बेला!'*	: चिह्नों या निशानियों से बनी हुई सृष्टि	**म.सा.**-1/313	बाँध देंग अंक-संसृति/दीप-शिखा
अंग-गंध- *'मन्द मलय भर अंग-गन्ध मृदु'*	: देह की सुगंध	**नि.र.**-1/221	कौन तुम शुभ्र-किरण-वसना?
अँगड़ाई- *'करुणा की नव अँगड़ाई-सी'*	: नया आकर्षक रूप	**प्र.ग्रं.**-1/290	उठ उठ री लघु.../लहर
अंगना-अंग-*'अंगना-अंग पर गगनांगन से गिरकर'*	: स्त्री (अंगना) के अंगों पर	**नि.र.**-1/76	कविता
◆ *'अंगना-अंग पर गगनांगण से गिरकर'*	: स्त्री-शरीर	**नि.र.**-1/88	शृंगारमयी
◆ *'अंगना-अंग से लिपटे भी'*	: स्त्री का शरीर	**नि.र.**-1/136	बादल-राग
अंगनाओं- *'लीन हो गया है रव/शाही अंगनाओं का'*	: स्त्रियाँ, औरतें	**नि.र.**-1/101	दिल्ली
अंग भंगि- *'अंग भंगि में व्योम मरोर'*	: नर्तन, नाचते समय अंगों का लोच खाना, लहरों के उठने-गिरने से उत्पन्न लोच	**पं.ग्रं.**-1/190	वीचि विलास/पल्लव
अंग भंगियों- *'वह अनंग पीड़ा अनुभव-सा अंग भंगियों का नर्त्तन,'*	: नृत्य के समय अंगों के मुड़ने और संचालित होने से उत्पन्न सौन्दर्य	**प्र.ग्रं.**-2/57	चिंता/कामायनी
अँगराई- *'यह आलस की अँगराई है'*	: अँगड़ाई	**प्र.ग्रं.**-1/304	आँखों से अलख जगाने को/लहर
अंगराग- *'सुरभि सुमन्द में हो जैसे अंगराग-गन्ध'*	: चंदन, सुगंधित लेप, उबटन	**नि.र.**-1/171	रेखा 'क'
◆ *'अंगराग सी है अंगों में/सीमाहीन उसी की छाया!'*	: शरीर पर लगाया जानेवाला आलेप, उबटन आदि	**म.सा.**-1/375	मैं पलकों में पाल रही हूँ/दीप-शिखा
अंगराग-गंध- *'सुरभि सुमन्द में हो जैसे अंगराग-गन्ध'*	: चंदन (उबटन) की गंध	**नि.र.**-1/171	रेखा 'क'
अंगराग घनसार बनी रज- *'अंगराग घनसार बनी रज, आतप सौरभ-आलेपन-सा'*	: कपूर के आलेप की तरह हो गयी है धूल	**म.सा.**-1/387	पथ मेरा निर्वाण बन गया!/दीप-शिखा
अंगराग पुलकों का- *'किसमें देख सँवारूँ कुंतल अंगराग पुलकों का मल मल'*	: सिहरन मानो उबटन की तरह है	**म.सा.**-1/210	टूट गया वह दर्पण निर्मम/नीरजा
अंगलता- *'स्वस्थ-व्यथा की लहरों-सी जो अंगलता थी फैली'*	: लता के समान लचीला शरीर	**प्र.ग्रं.**-2/146	कर्म/कामायनी

शब्द-	काव्य-पंक्ति	: अर्थ	ग्रंथावली/पृ.सं.	स्रोत/संदर्भ
अंगलतिका-	*'हुई एकत्र इस मेरी अंगलतिका में'*	: अंग-रूपी लताएँ	**प्र.ग्रं.**-1/340	प्रलय की छाया/लहर
अंगारक-तरी-	*'अंतहीन विभावरी है,/पास अंगारक-तरी है'*	: अंगारों से बनी नौका की तरह है सूरज	**म.सा.**-1/355	मोम-सा तन घुल चुका/दीप-शिखा
अंगार-खिलौनों-	*'अंगार-खिलौनों का था मन अनुरागी'*	: दु:ख देनेवाली आकर्षक चीजों को खिलौना समझकर खेला	**म.सा.**-1/339	तू धूल-भरा ही आया! /दीप-शिखा
अंगार-तरी-	*'उसने अंगार-तरी तेरी/अलबेली लहरों से बाँधी!'*	: अंगारों से बनी नौका की तरह है सूरज	**म.सा.**-1/383	तेरी छाया में अमिट रंग/दीप-शिखा
अंगार-शय्या-	*'है तुझे अंगार-शय्या पर मृदुल कलियाँ बिछाना!'*	: अग्नि-सेज, कठिनाइयों से भरा मार्ग	**म.सा.**-1/281	चिर सजग आँखें उनींदी.../सांध्य गीत
अंगार-संघात-	*'लिया साध ने तोल अंगार-संघात!'*	: अंगारों का साहचर्य अर्थात् दिन में सूरज साथी-संघाती है	**म.सा.**-1/401	घिरती रहे रात! /दीप-शिखा
अंगुलि-घात-	*'अंगुलि-घात गुँजा मृदु गुञ्जन'*	: अंगुली के आघात से वीणा बजाना	**नि.र.**-1/238	सकल गुणों की खान, प्राण तुम
अंचल-	*'जिसके नव गैरिक अंचल की प्राची में भरी ललाई थी'*	: आँचल	**प्र.ग्रं.**-1/296	जगती की मंगलमयी उषा बन/लहर
◆	*'अंचल लटकाती निशीथिनी अपनी ज्योत्स्ना-शाली'*	: आँचल, रात का आँचल चाँदनी से बना है	**प्र.ग्रं.**-2/140	कर्म/कामायनी
अंचल छोर-	*'नील व्योम के अंचल छोर'*	: (आकाश-रूपी) आँचल का अंतिम सिरा, क्षितिज तक	**पं.ग्रं.**-1/201	विश्व वेणु/पल्लव
अंजन-	*'कुहुकिनि अपलक दृग के अंजन! हँसती तुझमें सुन्दर छलना'*	: काजल	**प्र.ग्रं.**-2/173	इड़ा/कामायनी
◆	*'अंधकार दिन की चोटों पर/अञ्जन बरसाने आते'*	: रात का अँधेरा मानो दु:ख को ढँक रहा है	**म.सा.**-1/30	रजत करों की मृदुल तूलिका/नीहार
◆	*'तुम ने इन पर अंजन से/बुन बुन कर चादर तानी'*	: काजल की तरह अँधेरा	**म.सा.**-1/76	जिस दिन नीरव तारों से/नीहार
अंजन-रंजन-भ्रम-	*'अञ्जन-रञ्जन-भ्रम, सन्देह'*	: अपराधी होने का भ्रम, अंजन से रँगे होने का भ्रम	**नि.र.**-1/122	यमुना के प्रति
अंजन-वदना-	*'अंजन-वदना चकित दिशाओं ने चित्रित अवगुंठन डाले'*	: (बादलों के कारण दिशाओं के) चेहरे काजल की तरह काले हैं	**म.सा.**-1/387	पथ मेरा निर्वाण बन गया!/दीप-शिखा
अंजन सार-	*'अपरिचित हो जाता है मीत तुम्हीं हो ऐसा अञ्जन सार!'*	: काजल के घनीभूत मूलरूप की तरह अंधकार है	**म.सा.**-1/78	जहाँ है निद्रामग्न वसंत/नीहार
अंजना-रूप-	*'सहसा नभ में अञ्जना-रूप का हुआ उदय'*	: हनुमान की माँ अंजना	**नि.र.**-1/332	राम की शक्ति-पूजा
अंजलि-	*'इन चरणों में कर्म-कुसुम की अंजलि वे दे सकते'*	: अँजुरी में भरकर अर्पित करना	**प्र.ग्रं.**-2/144	कर्म/कामायनी
अंजलि-कल-	*'अञ्जलि-कल विनत-नवल/पदतल-उपहार'*	: सुंदर अँजुरी	**नि.र.**-1/277	देकर अन्तिम कर
अंत:पुर-	*'अन्त:पुर की निज शय्या पर'*	: घर का वह हिस्सा जहाँ स्त्रियाँ रहती थीं	**नि.र.**-1/116	यमुना के प्रति
◆	*'छाया में दुख के अन्त:पुर का उद्घाटित द्वार'*	: हृदय जो अंत:पुर (स्त्री-निवास) की तरह गुप्त है	**नि.र.**-1/130	बादल राग

शब्द- काव्य-पंक्ति	: अर्थ	ग्रंथावली/पृ.सं.	स्रोत/संदर्भ
◆ *'अन्त:पुर के कोमल द्वार'*	: महल का वह हिस्सा जहाँ स्त्रियाँ रहती थीं, कलियों के भीतरी स्थान को अन्त:पुर की तरह कवि ने बताया है	**पं.ग्रं.**-1/199	स्वप्न/पल्लव
अंत:सलिला- *'क्या हो सूने मरु-अंचल में अन्त:सलिला की धारा-सी'*	: जमीन के नीचे से बहनेवाली जलधारा	**प्र.ग्रं.**-2/100	काम/कामायनी
अंतक- *'अंतक शरभ के'*	: नष्ट करनेवाले	**प्र.ग्रं.**-1/354	प्रलय की छाया/लहर
अंत के तम- *'अंत के तम में बुझें क्यों आदि के अरमान मेरे!'*	: मृत्यु का अंधकार	**म.सा.**-1/278	फिर विकल हैं प्राण मेरे!/सांध्य गीत
अंतरंग छल- *'चुभनेवाला अंतरंग छल अति दारुण निर्ममता'*	: आत्मीय लोगों से मिलनेवाला धोखा	**प्र.ग्रं.**-2/142	कर्म/कामायनी
अंतर- *'अम्बर असीम अन्तर में,/चंचल चपला से आकर'*	: हृदय, मन	**प्र.ग्रं.**-2/18	आँसू
◆ *'ओ मेरे जीवन की स्मृति – ओ अन्तर के आतुर अनुराग'*	: अन्तर्मन, हृदय	**प्र.ग्रं.**-4/283	चतुर्थ अंक/चन्द्रगुप्त
◆ *'अग-जग का विरह-विधुर अन्तर'*	: मन, हृदय	**पं.ग्रं.**-1/297	दो/ज्योत्स्ना
अंतर की- *'वह कौंध कि जिसमें अंतर की शीतलता ठंडक पाती हो'*	: हृदय की	**प्र.ग्रं.**-2/126	लज्जा/कामायनी
अंतर के तार खिंचे- *'अन्तर के तार खिंचे थे तीखी थी तान हमारी'*	: हृदय का कोना-कोना भावनाओं से उत्तेजित था	**प्र.ग्रं.**-2/7	आँसू
अंतरतम- *'अंतरतम की छाया समेट/मैं तुझमें मिट जाऊँ उदार'*	: हृदय की गहराइयों से	**म.सा.**-1/64	मैं कंपन हूँ तू करुण राग/नीहार
◆ *'किस पर रीझूँ किस से रूठूँ भर लूँ किस छवि से अंतरतम'*	: हृदय का भावलोक	**म.सा.**-1/210	टूट गया वह दर्पण निर्मम/नीरजा
अंतराल - *'अम्बर का अन्तराल'*	: खालीपन, खाली जगह	**नि.र.**-1/100	दिल्ली
अंतर्दाह- *'अंतर्दाह स्नेह का तब भी होता था उस मन में'*	: प्रेम और कामभावना की जलन	**प्र.ग्रं.**-2/141	कर्म/कामायनी
◆ *'फैल रही है घनी नीलिमा अंतर्दाह परम से'*	: मन की पीड़ा या जलन	**प्र.ग्रं.**-2/142	कर्म/कामायनी
अंतर्धान-*'मेरा जग हो अन्तर्धान'*	: अदृश्य होकर घुलमिल जाना	**नि.र.**-1/182	हताश
◆ *'हो जाते हो अंतर्धान'*	: लुप्त हो जाना, अदृश्य हो जाना	**पं.ग्रं.**-1/95	अब न अगोचर रहो सुजान!/वीणा
◆ *'हो जावें द्रुत अन्तर्धान'*	: लीन हो जाना	**पं.ग्रं.**-1/206	छाया/पल्लव
◆ *'वीणा होगी मूक बजाने-/वाला होगा अंतर्धान'*	: अदृश्य हो जाना	**म.सा.**-1/33	मैं अनंत पथ में लिखती जो/नीहार
◆ *'कोकिला होती अंतर्धान/चला जाता प्यारा ऋतुराज'*	: अचानक लुप्त हो जाना	**म.सा.**-1/72	स्वर्ग का था नीरव उच्छ्वास/नीहार
◆ *'काल की लहरों में अविराम/बुलबुले होते अंतर्धान'*	: अचानक गायब हो जाना	**म.सा.**-1/80	झूमते से सौरभ के साथ/नीहार
◆ *'धूलि में क्यों खिलकर नादान/उसी में होता अंतर्धान?'*	: समाहित होकर अदृश्य हो जाना	**म.सा.**-1/115	तुहिन के पुलिनों पर छबिमान/रश्मि
◆ *'भूल अधूरा खेल तुम्हीं में/होती अंतर्धान'*	: किसी में समाकर गायब हो जाना	**म.सा.**-1/135	तुम हो विधु के बिम्ब और मैं/रश्मि

शब्द- काव्य-पंक्ति	: अर्थ	ग्रंथावली/पृ.सं.	स्रोत/संदर्भ
अंतर्नयन प्रकाश- *'जरा का अन्तर्नयन प्रकाश'*	: अंतर्मन की दृष्टि, आत्मबोध	**पं.ग्रं.**-1/180	उच्छ्वास/पल्लव
अंतर्नाद- *'व्यथा मीठी ले प्यारी प्यास सो गया बेसुध अंतर्नाद'*	: हृदय की मार्मिक आवाज, अंतस्तल की नीरव वाणी,	**म.सा.**-1/36	ढुलकते आँसू सा सुकुमार/नीहार
◆ *'छिपाए रोता अंतर्नाद कहाँ सीखी यह अद्‌भुत प्रीति?'*	: आंतरिक पीड़ा का स्वर	**म.सा.**-1/83	मूक करके मानस का ताप/नीहार
अंतर्निनाद ध्वनि- *'अंतर्निनाद ध्वनि से पूरित, थी शून्य-भेदिनी सत्ता चित्'*	: समाधि की अवस्था में आत्मा से निरंतर उत्पन्न शब्द की स्वर-लहरी	**प्र.ग्रं.**-2/246	दर्शन/कामायनी
अंतर्निहित- *'उधर पराजित कालरात्रि भी जल में अन्तर्निहित हुई'*	: समा जाना, डूब जाना	**प्र.ग्रं.**-2/67	आशा/कामायनी
अंतर्यामिनि- *'किसने तुझको अन्तर्यामिनि! बतलाया उसका आना'*	: मन की बात को जाननेवाली (चिड़ियाँ), अप्रत्यक्ष बातों को जाननेवाली	**पं.ग्रं.**-1/113	प्रथम रश्मि का आना रंगिणि!/वीणा
अंतर्यामी- *'सहज बनाया, तुम अब जिसके अन्तर्यामी'*	: आंतरिक और बाह्य बातों का जानकार या नियंता	**प्र.ग्रं.**-2/204	संघर्ष/कामायनी
अंतर्हित- *'श्रम, ताप और पथ-पीड़ा क्षण भर में थे अन्तर्हित'*	: लुप्त हो जाना, विलीन हो जाना	**प्र.ग्रं.**-2/271	आनन्द/कामायनी
◆ *'हो गयीं कहाँ अंतर्हित/सपने लेकर वे रातें?'*	: गायब हो जाना, कहीं समाकर लुप्त हो जाना	**म.सा.**-1/53	इन हीरक से तारों को/नीहार
अंतस्तल- *'उठती अंतस्तल से सदैव दुर्ललित लालसा जो कि कांत'*	: हृदय, आंतरिक भाव	**प्र.ग्रं.**-2/157	ईर्ष्या/कामायनी
◆ *'नभ-सागर के अंतस्तल में जैसे छिप जाता महा मीन'*	: खूब अन्दर, गहराई में	**प्र.ग्रं.**-2/178	इड़ा/कामायनी
◆ *'केवल अन्तस्तल में मेरे सुख की स्मृति की अनुपम धारा एक बहेगी'*	: हृदय, मन	**नि.र.**-1/103	प्रगल्भ प्रेम
◆ *'विश्व के अन्तस्तल में चाह'*	: हृदय	**नि.र.**-1/143	स्मृति
◆ *'विश्व खोजता अन्तस्तल में'*	: अपने हृदय में	**पं.ग्रं.**-1/368	द्वितीय दृश्य/परी
◆ *'दीपक सा जलता अंतस्तल/संचित कर आँसू के बादल'*	: मेरा हृदय	**म.सा.**-1/184	बताता जा रे अभिमानी!/नीरजा
अंतस्थल - *'जग के अन्तस्थल में उमड़'*	: हृदय	**नि.र.**-1/134	बादल-राग
◆ *'चुराया अंतस्थल में भेद/नहीं तुमको वाणी की चाह'*	: हृदय की गहराई को भेदते हुए	**म.सा.**-1/83	मूक करके मानस का ताप/नीहार
अंतहीन- *'कौन हमें पहुँचाता तुझ बिन/अंतहीन के पार?'*	: अनंत, इस ससीमता से परे	**म.सा.**-1/153	विश्व-जीवन के उपसंहार!/रश्मि
अंतिम आशा- *'अन्तिम आशा के कानों में स्पन्दित हम-सबके प्राणों में'*	: जीवन की समाप्तप्राय संभावना, मृत्युशय्या पर जीवन की संभावना देखना, जिसके बाद कोई आशा न बचे	**नि.र.**-1/136	दीन
अंतिम किरणें- *'अन्तिम किरणें बिखरा कर हिमकर भी छिप जाएगा'*	: चन्द्र की अंतिम किरण अर्थात् रात का अन्त	**प्र.ग्रं.**-2/21	आँसू
अंतिम पाहुन- *'प्राणों के अंतिम पाहुन'*	: मृत्यु मानो प्राणों का अंतिम अतिथि है	**म.सा.**-1/154	प्राणों के अंतिम पाहुन!/रश्मि

शब्द- काव्य-पंक्ति	: अर्थ	ग्रंथावली/पृ.सं.	स्रोत/संदर्भ
अंतिम विलास – *'मेरे इस अन्तिम विलास में,'*	: संध्या में प्रकाश (आशा) और अंधकार (पराजय) का मिश्रित सौन्दर्य	**पं.ग्रं.**–1/112	मेरे इस अन्तिम विलास में/वीणा
अंत्य– *'जगमग जीवन का अन्त्य भाष—'*	: अंतिम	**नि.र.**–1/306	तुलसीदास
अंध अंतर– *'अन्ध अन्तर में वह प्रथम प्रभात आया'*	: हृदय के अँधेरे में	**नि.र.**–1/179	रेखा 'ग'
अंध-उर– *'काट अन्ध-उर के बन्धन-स्तर'*	: जिसके हृदय की आँखें फूटी हैं वह, अंतर्दृष्टि से विहीन	**नि.र.**–1/224	वर दे वीणावादिनि वरदे!
अंधकार-मिश्रित प्रकाश– *'अंधकार-मिश्रित प्रकाश का एक वितान तना था'*	: रात में अंधकार और चाँदनी का मिश्रण	**प्र.ग्रं.**–2/146	कर्म/कामायनी
अंध गर्भ – *'निकल सृष्टि के अन्ध गर्भ से'*	: रात के अंधकार का घना रूप	**पं.ग्रं.**–1/113	प्रथम रश्मि का आना रंगिणि!/वीणा
अंध-तम– *'जीवन की गति कुटिल अन्ध-तम जाल'*	: ऐसा अँधेरा जो अंधा कर दे, घना अँधेरा	**नि.र.**–1/188	विस्मृत भोर
अंध-तम-कूप – *'अखिल जग एक अन्ध-तम-कूप'*	: अंधा (जलहीन) और अँधेरा कुआँ	**नि.र.**–1/215	पास ही रे, हीरे की खान
अंध-तमस– *'अंध-तमस है किन्तु प्रकृति का आकर्षण है खींच रहा'*	: घोर निराशा, घना अँधेरा	**प्र.ग्रं.**–2/228	निर्वेद/कामायनी
अंध-प्रगति-बन्ध– *'अन्ध-प्रगति-बन्ध किया सिन्धु को प्रयाण'*	: प्रगति के प्रति आँख मूँदकर प्रतिबद्धता	**नि.र.**–1/313	मित्र के प्रति
अंध प्रेरणा– *'अंध प्रेरणा से परिचालित कर्त्ता में करते निज गिनती'*	: विवेक-रहित नियोजक शक्ति	**प्र.ग्रं.**–2/259	रहस्य/कामायनी
अंध भक्ति– *'छूटें भय संशय, अन्ध भक्ति'*	: विवेकहीन भक्ति का भाव	**पं.ग्रं.**–2/14	जग जीवन में जो चिर महान/युगपथ
अंध-वारिद-उर– *'अन्ध-वारिद-उर में तुम आप'*	: अँधेरे (घने) बादलों के हृदय में	**नि.र.**–1/143	स्मृति
अंध-विश्व-जन्म-बन्ध– *'अन्ध-विश्व-जन्म-बन्ध मरण हरो— मरण हरो'*	: अंधा (अज्ञानी) विश्व आवागमन के बंधन से बँधा है	**नि.र.**–1/241	शरत् के प्रति
अंधाकार– *'चल चपला के दीप जलाकर किसे ढूँढ़ता अंधाकार?'*	: अँधेरे से बना आकार, अँधेरा	**म.सा.**–1/42	घायल मन लेकर सो जाती/नीहार
♦ *'जहाँ बनती आलोक समाधि तुम्हीं हो ऐसा अंधाकार'*	: अंध+आकार, अँधेरे से निर्मित आकार	**म.सा.**–1/77	जहाँ है निद्रामग्न वसंत/नीहार
अंधानुरक्ति– *'बोली "तुमसे कैसी विरक्ति, तुम जीवन की अन्धानुरक्ति'*	: बिना सोचे-समझे किया गया प्रेम (इड़ा के लिए प्रयुक्त), उद्दाम आकर्षण	**प्र.ग्रं.**–2/236	दर्शन/कामायनी
अंब– *'चौंक गिरेंगे पीले पल्लव अंब चलेंगे मौर'*	: आम के पेड़	**म.सा.**–1/189	मेरी निश्वासों से द्रुततर/नीरजा
अंबर– *'बाहु, उरोज, अधर, अम्बर?'*	: वस्त्र	**नि.र.**–1/124	यमुना के प्रति
अंबर अकूल– *'जब गूँजी यह वाणी तीखी कम्पित करती अम्बर अकूल'*	: अनन्त आकाश	**प्र.ग्रं.**–2/174	इड़ा/कामायनी

शब्द- काव्य-पंक्ति	: अर्थ	ग्रंथावली/पृ.सं.	स्रोत/संदर्भ
अंबर असीम अंतर- *'अम्बर असीम अन्तर में, चंचल चपला से आकर'*	: आकाश की तरह अनन्त हृदय	**प्र.ग्रं.**-2/18	आँसू
अंबर-पट- *'श्रम-सीकर सदृश नखत से अम्बर-पट भींगा होता'*	: आकाश-रूपी वस्त्र	**प्र.ग्रं.**-2/14	आँसू
अंबर पनघट- *'अम्बर पनघट में डुबो रही—'*	: आकाश-रूपी पनघट (नदी या तालाब का किनारा)	**प्र.ग्रं.**-1/303	बीती विभावरी जाग री/लहर
अंबर-शैवाल- *'सोह रहा है हरा क्षीण कटि में, अम्बर शैवाल'*	: काई-रूपी कपड़े	**नि.र.**-1/106	तरंगों के प्रति
अँबियों- *'उकसे थे अँबियों-से उरोज'*	: छोटा आम, आम का टिकोला या टिकोरा	**पं.ग्रं.**-2/17	मंजरित आम्र-वन-छाया में/युगपथ
अंबुधि- *'बढ़ते हैं अम्बुधि की ओर'*	: समुद्र	**नि.र.**-1/125	यमुना के प्रति
◆ *'अप्रतिहत गरज रहा पीछे अम्बुधि विशाल;'*	: समुद्र	**नि.र.**-1/330	राम की शक्ति-पूजा
◆ *'कम्प अम्बुधि की एक महान'*	: समुद्र	**पं.ग्रं.**-1/207	शिशु/पल्लव
अंशु- *'सुधाधर की कला में अंशु यदि बनकर रहूँ'*	: किरण	**नि.र.**-1/54	पंचवटी प्रसंग:2
अंशुक-जाल- *'वही पतझर की किंशुक-डाल पहन लहराती अंशुक-जाल'*	: किरणों के रेशमी वस्त्र	**नि.र.**-1/270	विश्व की ही वाणी प्राचीन
अंस अवलंबित- *'घिर रहे थे घुँघराले बाल अंस अवलंबित मुख के पास;'*	: कन्धों तक लटके हुए (श्रद्धा के बाल)	**प्र.ग्रं.**-2/84	श्रद्धा/कामायनी
अकड़े अणु- *'हिंसा गर्वोन्नत हारों में ये अकड़े अणु टहल रहे हैं'*	: अभिमानी प्राणी (मनुष्य)	**प्र.ग्रं.**-2/258	रहस्य/कामायनी
अकथ- *'बनता है इतिहास मिलन का प्यास भरे अभिसार अकथ में!'*	: प्रेम की कहानी जो पूरी-पूरी कही नहीं जा सकती है	**म.सा.**-1/375	मैं पलकों में पाल रही हूँ/दीप-शिखा
अकथ कथा- *'संध्या अब ले जाती मुझसे ताराओं की अकथ कथा'*	: जिन भावनाओं को कहकर व्यक्त नहीं किया जा सके	**प्र.ग्रं.**-2/226	निर्वेद/कामायनी
अकथ युग-युग की कहानी- *'एक स्पंदन कह रहा है अकथ युग-युग की कहानी'*	: युगों-युगों से चली आती प्रेम की अकथ (जिसे कह पाना सम्भव न हो) कहानी	**म.सा.**-1/263	विरह की घड़ियाँ हुई अलि.../सांध्य गीत
अकरुण आघात- *'क्या हिम का अकरुण आघात'*	: निष्ठुर चोट	**पं.ग्रं.**-1/93	निज अंचल में धर सादर/वीणा
अकरुण वसुधा- *'अकरुण वसुधा से एक झलक'*	: निष्ठुर सांसारिक जीवन	**प्र.ग्रं.**-1/318	मुझको न मिला रे कभी प्यार/लहर
अकर्ण अहि- *'जो अकर्ण अहि को भी सहसा'*	: बिना कान के होते हैं साँप	**पं.ग्रं.**-1/222	याचना/पल्लव
अकलंक- *'कौन हो तुम अकलंक, अकाम'*	: निष्कलुष, कलंकविहीन	**पं.ग्रं.**-1/207	शिशु/पल्लव
अकल- *'गह कर अकल तूलि, रँग-रँगकर बहु जीवनोपाय, भर दो घर'*	: अनगढ़, अकलात्मक	**नि.र.**-1/256	जागो, जीवन-धनिके!
◆ *'खुला जीवन में प्रणय-सुहाग, कलाप्रिय-अकल-ध्यान में लीन'*	: अकृत्रिम कलात्मक	**नि.र.**-1/271	विश्व की ही वाणी प्राचीन
अकल-कला- *'यह अकल-कला, गृह सकल छिन्न, जोड़ेगी'*	: नवीन कला	**नि.र.**-1/305	तुलसीदास

शब्द- काव्य-पंक्ति	: अर्थ	ग्रंथावली/पृ.सं.	स्रोत/संदर्भ
अकाम- *'कौन हो तुम अकलंक, अकाम'*	: कामनाओं से रहित, निष्काम	**पं.ग्रं.**-1/207	शिशु/पल्लव
अकार्य- *'क्या है अकार्य यहाँ'*	: न करने योग्य, अकर्तव्य	**नि.र.**-1/59	पंचवटी प्रसंग:4
अकिंचन- *'आ पहुँचा था एक अकिंचन'*	: बेचारा, दुर्बल और अभावग्रस्त	**प्र.ग्रं.**-1/301	उस दिन जब जीवन के पथ में/लहर
◆ *'वह कौन अकिंचन अति आतुर'*	: मामूली व्यक्ति, दरिद्र, बेचारा	**प्र.ग्रं.**-1/318	मुझको न मिला रे कभी प्यार/लहर
◆ *'तू बढ़ जाता अरे अकिंचन, छोड़ करुण स्वर अपना,'*	: बेचारा, असहाय, क्षुद्र, अभागा	**प्र.ग्रं.**-1/328	अंतरिक्ष में अभी सो रही/लहर
◆ *'अपने विश्लेषण में रो उठे अकिंचन जो'*	: असहाय	**प्र.ग्रं.**-1/347	प्रलय की छाया/लहर
◆ *'जिस दिन सुना अकिंचन परिवारी ने'*	: मामूली व्यक्ति	**प्र.ग्रं.**-1/353	प्रलय की छाया/लहर
◆ *'वह एक अबोध अकिंचन/बेसुध चैतन्य हमारा'*	: बेचारा, दरिद्र	**प्र.ग्रं.**-2/5	आँसू
◆ *'मैं इठला उठा अकिंचन/देखे ज्यों स्वप्न सबेरे'*	: गरीब, नगण्य, बेचारा प्रेमी	**प्र.ग्रं.**-2/8	आँसू
◆ *'उसे अकिंचन कर देता है अलगाता 'हम तुम' से'*	: बेचारा, असहाय	**प्र.ग्रं.**-2/153	कर्म/कामायनी
◆ *'वंचित जीवन बना समर्पण यह अभिमान अकिंचन का'*	: अभाव में पड़ा व्यक्ति, परम दारिद्रय की स्थिति	**प्र.ग्रं.**-2/187	स्वप्न/कामायनी
◆ *'तू अकिंचन भिक्षुक है मधु का अलि तृप्ति कहाँ जब प्रीति नहीं'*	: गरीब, बेचारा, निस्सहाय	**म.सा.**-1/129	इन आँखों ने देखी न राह कहीं/रश्मि
अकिंचन जगत- *'देख अकिंचन जगत लूटता तेरी छवि भोली-भाली'*	: रूप-लोभी दरिद्र संसार	**प्र.ग्रं.**-2/79	आशा/कामायनी
अकिंचनता- *'अकिंचनता में निज तत्काल'*	: अभाव, बेचारगी, बेबसी	**पं.ग्रं.**-1/223	परिवर्तन/पल्लव
अकुलाई- *'मधु सरिता उफनी अकुलाई,'*	: व्याकुल हुई	**प्र.ग्रं.**-1/301	उस दिन जब जीवन के पथ में/लहर
अकूल- *'आकुल अकूल बनने आती—'*	: समुद्र, सीमाहीन	**प्र.ग्रं.**-1/300	हे सागर संगम अरुण नील/लहर
◆ *'जब गूँजी यह वाणी तीखी कम्पित करतो अम्बर अकूल'*	: अनन्त, सीमाहीन	**प्र.ग्रं.**-2/174	इड़ा/कामायनी
◆ *प्राण है वह, त्राण सिन्धु अकूल में'*	: अनंत, किनारा विहीन	**नि.र.**-1/40	जन्मभूमि
◆ *'साथी मैं हो गया अकूल का'*	: अनन्त, तटरहित, जिसे किनारा न मिले	**नि.र.**-1/171	रेखा 'क'
◆ *'ओ अकूल की उज्ज्वल हास'*	: सीमाहीन, आकाश	**पं.ग्रं.**-1/190	वीचि विलास/पल्लव
◆ *'अतल से उमड़ अकूल, अपार'*	: तटहीन, बन्धनहीन	**पं.ग्रं.**-1/231	परिवर्तन/पल्लव
◆ *'उमह-बह, फैल अकूल अपार'*	: तटविहीन, सीमाहीन	**पं.ग्रं.**-1/277	चीटियों की-सी काली पाँति/गुंजन
◆ *'तुम अतल गर्त, अविगत, अकूल'*	: जिसके किनारों का पता न हो	**पं.ग्रं.**-2/19	छाया/युगपथ
अकृश- *'यौवन की पहली कान्ति अकृश'*	: जो दुबला न हो	**प्र.ग्रं.**-1/230	वसन्त/झरना
अक्लम- *'लाज का आज भूषण, अक्लम, नारी का;*	: न थकने वाला	**नि.र.**-1/301	तुलसीदास
अक्लेद- *'अक्लेद, अल्पभेद,/प्रस्फुट गुलाब-सा'*	: गीलापन का अभाव, सूखापन के साथ स्वच्छ	**नि.र.**-1/185	जागरण

शब्द- काव्य-पंक्ति	: अर्थ	ग्रंथावली/पृ.सं.	स्रोत/संदर्भ
अक्षत पुलकित रोम- *'अक्षत पुलकित रोम, मधुर मेरी पीड़ा का चंदन रे!'*	: मेरी पुलकित रोमावलियाँ मानो उनके स्वागत के अक्षत हैं	**म.सा.**-1/234	क्या पूजन क्या अर्चन रे?/नीरजा
अक्षत सित- *'झरे सुमन बिखरे अक्षत सित'*	: पूजा के सफेद चावल	**म.सा.**-1/335	यह मंदिर का दीप... /दीप-शिखा
अक्षय- 'अपरिचित-पुण्य अक्षय क्षोभन धन कोई;'	: जिसका क्षय न हो, जो समाप्त न हो	**नि.र.**-1/295	तुलसीदास
अक्षय निधि- *'मेरी अक्षय निधि! तुम क्या हो, पहचान सकूँगा क्या न तुम्हें?'*	: जिस कोष का धन कभी समाप्त न हो (श्रद्धा के लिए विशेषण)	**प्र.ग्रं.**-2/100	काम/कामायनी
अक्षय शृंगार- *'दिवा रात्रि या— मित्र वरुण की बाला का अक्षय शृंगार;'*	: प्रकृति का सौन्दर्य हमेशा के लिए समाप्त नहीं नहीं होता है	**प्र.ग्रं.**-2/76	आशा/कामायनी
अक्षय संदेश- *'नहीं जो अब आएगा लौट यही उसका अक्षय संदेश'*	: स्थायी और अंतिम सूचना	**म.सा.**-1/67	यहीं है यह विस्मृत संगीत/नीहार
अक्षर- *'अक्षर, क्षर होता हुआ, ब्याज'*	: जिसका क्षरण न हो	**नि.र.**-1/250	वह कितना सुख
◆ *'अक्षर, निर्जर, दुर्धर्ष, अमर, जगतारण'*	: अमर	**नि.र.**-1/282	तुलसीदास
अखंड- *'मिटते असत्य-से ज्ञान-लेश, समरस, अखंड, आनन्द-वेश!'*	: सर्वथा पूर्ण (शिव)	**प्र.ग्रं.**-2/247	दर्शन/कामायनी
अखंड सुहागिनी- *'दूर तुमसे हूँ अखण्ड सुहागिनी भी हूँ'*	: अपने प्रिय के प्रेम को सदा-सदा पाते रहने का सौभाग्य	**म.सा.**-1/177	बीन भी हूँ मैं तुम्हारी/नीरजा
अखिल- *'भरे अखिल सर'*	: सभी, संपूर्ण	**नि.र.**-1/99	प्रिया से
◆ *'तुम हो अखिल विश्व में या यह अखिल विश्व है तुममें अथवा अखिल विश्व तुम एक'*	: पूरा, संपूर्ण	**नि.र.**-1/113	कण
◆ *'अखिल विस्मयाकार! अकथ, अलौकिक, अमर अगोचर'*	: पूर्णतः	**पं.ग्रं.**-1/270	अप्सरा/गुंजन
◆ *'आह्लाद अखिल, सौन्दर्य अखिल'*	: संपूर्ण, व्यापक	**पं.ग्रं.**-2/22	मानव/युगपथ
अखिल आकुल- *'अखिल आकुल, उत्कलित, अधीर'*	: मानो सर्वत्र व्याकुलता दिखाई पड़ रही हो	**पं.ग्रं.**-1/258	मधुवन/गुंजन
अखिल-उर-रंजन- *'अखिल-उर-रञ्जन निरञ्जन एक अनिल उदार'*	: सबके हृदय को प्रसन्न करनेवाला	**नि.र.**-1/226	जग का एक देखा तार
अखिल की लघुता- *'अखिल की लघुता आई बन—'*	: सम्पूर्णता का लघु रूप	**प्र.ग्रं.**-1/306	आह रे, वह अधीर यौवन/लहर
अखिल-ज्योतिर्गठित- *'अखिल-ज्योतिर्गठित छवि, कच पवन-तम विस्तार'*	: संपूर्ण ज्योति से तैयार (छवि)	**नि.र.**-1/228	खोलो दृगों के द्वय द्वार
अखिल-पल के स्रोत- *'अखिल-पल के स्रोत, जल-जग'*	: पूर्ण काल-स्वरूप के पल के प्रवाह	**नि.र.**-1/255	कौन तम के पार
अखिल मानव- *'चेतना का सुन्दर इतिहास अखिल मानव भावों का सत्य;'*	: समस्त मनुष्य जाति	**प्र.ग्रं.**-2/92	श्रद्धा/कामायनी
अखिल मानव भावों का सत्य- *'चेतना का सुन्दर इतिहास अखिल मानव भावों का सत्य;'*	: समस्त मनुष्य जाति के मानवीय भाव	**प्र.ग्रं.**-2/92	श्रद्धा/कामायनी

शब्द-	काव्य-पंक्ति	: अर्थ	ग्रंथावली/पृ.सं.	स्रोत/संदर्भ
अखिल-लोक-रञ्जन-	*'अखिल-लोक-रञ्जन कर नर्तन समीर में यति की भ्रू-भंग-लास'*	: संपूर्ण लोक को प्रसन्न करना	**नि.र.**-1/206	कवि
अखिल वसंत-	*'एक कलिका में अखिल वसंत'*	: अनंतता, असीम, वसंत का समस्त वैभव	**पं.ग्रं.**-1/188	आँसू/पल्लव
अखिल संसृति-	*'व्योम-तम पुंज हुआ तब नष्ट, अखिल संसृति हो उठी अशोक'*	: संपूर्ण सृष्टि	**प्र.ग्रं.**-4/138	पंचम अंक/स्कन्दगुप्त
अखिल स्पन्दनों-	*'महानृत्य का विषम सम, अरी अखिल स्पन्दनों की तू माप,'*	: समस्त चेतना या गति	**प्र.ग्रं.**-2/63	चिंता/कामायनी
अग-जग-	*'दुखिया है सारा अग-जग,'*	: अचर और चर, जड़ और चेतन	**प्र.ग्रं.**-1/332	अशोक की चिंता/लहर
	◆ *'जो चूम चला जाता अग-जग प्रति जग में कम्पन की तरंग'*	: जड़-चेतन, अचर-चर	**प्र.ग्रं.**-2/171	इड़ा/कामायनी
	◆ *'मिला रही निज उर अग-जग-दुख'*	: चर-अचर से निर्मित संसार	**नि.र.**-1/238	सकल गुणों की खान, प्राण तुम
	◆ *'अग-जग तत्त्वों में बिहरे— /मन सिहरे बारम्बार!'*	: चल-अचल	**नि.र.**-1/265	छिपा मन
	◆ *'छू लेती अग-जग का मन'*	: चर और अचर, गतिशील और गतिहीन	**पं.ग्रं.**-1/269	चाँदनी/गुंजन
	◆ *'बन्ध! छूने अग-जग के छोर'*	: चर और अचर	**पं.ग्रं.**-1/277	चींटियों की-सी काली पाँति/गुंजन
	◆ *'अग-जग का विरह-विधुर अन्तर'*	: चर-अचर से युक्त संसार	**पं.ग्रं.**-1/297	दो/ज्योत्स्ना
	◆ *'पुलकित अग-जग, अणु-अणु, तृण-तृण छबिधारी'*	: चर-अचर, जड़-चेतन	**पं.ग्रं.**-1/298	दो/ज्योत्स्ना
	◆ *'अग-जग प्रकाशमय है निश्चय'*	: चर-अचर	**पं.ग्रं.**-1/314	तीन/ज्योत्स्ना
	◆ *'अविराम प्रेम-परिणय अग-जग'*	: चर-अचर	**पं.ग्रं.**-1/314	तीन/ज्योत्स्ना
	◆ *'अग-जग चिर उज्ज्वल हो'*	: जड़-चेतन संसार	**पं.ग्रं.**-1/329	तीन/ज्योत्स्ना
	◆ *'अग-जग के अवदात'*	: चर-अचर संसार	**पं.ग्रं.**-1/336	चार/ज्योत्स्ना
	◆ *'लिए डोर अग-जग की निज कर'*	: जड़-चेतनमय संसार	**पं.ग्रं.**-1/361	प्रथम दृश्य/परी
	◆ *'छा भले लें आज अग-जग वेदना की घन-घटाएँ!'*	: जड़-चेतन संसार	**म.सा.**-1/347	मैं न यह पथ जानती री! /दीप-शिखा
अग जग-	*'अज्ञेय, गुह्य, अग जग छायी'*	: चर-अचर	**पं.ग्रं.**-2/19	छाया/युगपथ
	◆ *'अग जग उनका कण कण उनका पल भर वे निर्मम मेरे हों!'*	: जड़-चेतनमय संसार	**म.सा.**-1/223	झरते नित लोचन मेरे हों!/नीरजा
	◆ *'केवल जीवन का क्षण मेरे फिर क्यों प्रिय मुझको अग जग का'*	: चर-अचर से बना संसार	**म.सा.**-1/242	जागो बेसुध रात नहीं यह!/नीरजा
	◆ *'तम पोंछ रहा मेरा अग जग छिप आज चला वह चित्रित मग'*	: जड़-चेतनमय सृष्टि	**म.सा.**-1/249	प्रिय! सांध्य गगन, मेरा जीवन!/सांध्यगीत
अगणित दीपक-	*'गोधूलि, नभ के आँगन में देती अगणित दीपक बार'*	: असंख्य तारे	**म.सा.**-1/34	निश्वासों का नीड़, निशा का/नीहार
अगण्य-	*'गूँजे गगनाङ्गण में वे अगण्य गान'*	: असंख्य	**नि.र.**-1/275	वर्ण-चमत्कार
अगतिमय-	*'अरे पुरातन अमृत! अगतिमय मोहमुग्ध जर्जर अवसाद!'*	: चेष्टा-विहीन	**प्र.ग्रं.**-2/63	चिंता/कामायनी

शब्द- काव्य-पंक्ति	: अर्थ	ग्रंथावली/पृ.सं.	स्रोत/संदर्भ
अगन-से- *'अगन-से मेरे पुलकित प्राण'*	: अग्नि के समान	**पं.ग्रं.**-1/184	आँसू/पल्लव
अगम- *'ऐ निर्बन्ध!/अन्ध-तम-अगम-अनर्गल-बादल!'*	: जहाँ जाना मुमकिन न हो, बादलों तक जाना मुश्किल है	**नि.र.**-1/129	बादल राग
◆ *'जटिल, अगम, विस्तृत पथ पर विकराल'*	: दुर्गम	**नि.र.**-1/130	स्वागत
◆ *'पथ घन तम, अगम अकूल'*	: दुर्गम	**नि.र.**-1/130	स्वागत
◆ *'अगम गहन अलंघ्य पथ'*	: जहाँ जाना असंभव हो	**नि.र.**-1/175	रेखा 'क'
अगम आकाश- *'यह अगम आकाश उतरे कंपनों का हो भिखारी!'*	: जिस आकाश में गमन करना मुश्किल हो	**म.सा.**-1/258	शून्य मंदिर में बनूँगी... /सांध्य गीत
अगम निशि- *'अगम निशि है यह अकेला तुहिन-पतझर-वात-बेला'*	: रात अगम्य है अर्थात् कठिनाइयों से भरा है	**म.सा.**-1/251	क्या न तुमने दीप बाला?/सांध्य गीत
अगम समय सागर- *'पार, कहीं होता तो यह दृग अगम समय सागर तर जाते?'*	: समय का अगम समुद्र	**म.सा.**-1/266	हे मेरे चिर सुंदर अपने!/सांध्य गीत
अगरु- *'आती है शैलेय अगरु की धूम-गंध आमोद भरी'*	: अगर नामक वृक्ष की लकड़ी या चूर्ण या बत्ती	**प्र.ग्रं.**-2/191	स्वप्न/कामायनी
अगरु-गंध- *'अगरु-गंध बयार ला ला विकच अलकों को बसाती!'*	: अगरु (एक सुगंधित लकड़ी) की सुगंध	**म.सा.**-1/284	ओ अरुण वसना! /सांध्य गीत
अगाध- *'तुम्हें पाया अगाध गम्भीर'*	: अनन्त, जिसे पार पाना आसान न हो	**प्र.ग्रं.**-1/219	समर्पण/झरना
अगाध विश्वास- *'दया, माया, ममता लो आज, मधुरिमा लो, अगाध विश्वास;'*	: पूरा भरोसा, सम्पूर्ण विश्वास	**प्र.ग्रं.**-2/91	श्रद्धा/कामायनी
अगीत- *'एक अस्फुट, अस्पष्ट, अगीत'*	: अबोध गीत, नादान स्वर	**पं.ग्रं.**-1/177	पल्लव/पल्लव
अगुरु-धूम- *'अगुरु-धूम की श्याम लहरियाँ उलझी हों इन अलकों से'*	: सुवासित धुएँ की सामग्री, हवन-सामग्री, अगरबत्ती और धूप	**प्र.ग्रं.**-4/133	पंचम अंक/स्कन्दगुप्त
अगोचर- *'अमर, अगोचर, औ' अविकार'*	: इन्द्रियातीत, जिसे इन्दियों के द्वारा न समझा जा सके	**पं.ग्रं.**-1/202	विश्व वेणु/पल्लव
अग्नि अर्चियाँ- *'शुष्क डालियों से वृक्षों की अग्नि अर्चियाँ हुई समिद्ध;'*	: आग की लपटें	**प्र.ग्रं.**-2/74	आशा/कामायनी
अग्निपंथी- *'अग्निपंथी मैं तुझे दूँ/कौन-सा प्रतिदान?'*	: दीपशिखा अग्नि-पथ पर चलती है	**म.सा.**-1/381	शेषयामा यामिनी मेरा/दीप-शिखा
अग्नि-पथ- *'अग्नि-पथ के पार चंदन-चाँदनी का देश है क्या?'*	: सूरज का रास्ता मानो अग्नि-पथ है	**म.सा.**-1/355	मोम-सा तन घुल चुका /दीप-शिखा
अग्नि शस्य- *'अग्नि शस्य, रवि के चिह्नित पग'*	: आग की फसल (उगाता चलता है सूरज)	**पं.ग्रं.**-1/211	नक्षत्र/पल्लव
अग्निशाला- *'देखते थे अग्निशाला से कुतूहल-युक्त'*	: आग को सुरक्षित रखने की जगह, यज्ञ-कुण्ड	**प्र.ग्रं.**-2/112	वासना/कामायनी
अग्नि-शिखा बुझ गई- *'अग्नि-शिखा बुझ गई, जागने पर जैसे सुख सपने'*	: आग की लौ बुझ गई (मनु-श्रद्धा की कामाग्नि शांत हो गयी)	**प्र.ग्रं.**-2/154	कर्म/कामायनी
अग्नि-समाधि- *'प्राण में कैसे बसाऊँ कठिन अग्नि-समाधि होगी'*	: जलती अग्नि में बैठकर मृत्यु को प्राप्त कर जाना	**म.सा.**-1/264	शलभ मैं शापमय वर हूँ!/सांध्य गीत

शब्द– काव्य-पंक्ति	: अर्थ	ग्रंथावली/पृ.सं.	स्रोत/संदर्भ
अग्निहोत्र– *'जलने लगा निरंतर उनका अग्निहोत्र सागर के तीर;'*	: अग्नि देवता के लिए किया जानेवाला यज्ञ जिसकी आग सदा जलती हुई रखी जाती है	**प्र.ग्रं.**–2/73	आशा/कामायनी
अग्निहोत्र अवशिष्ट अन्न– *'अग्निहोत्र अवशिष्ट अन्न कुछ/कहीं दूर रख आते थे;'*	: अग्निहोत्र यज्ञ करने के बाद बचा हुआ अनाज (धान)	**प्र.ग्रं.**–2/74	आशा/कामायनी
अघ– *'सुन कर यह दिव्य तपोवन, जिसमें सब अघ छुट जाये'*	: पाप, कष्ट	**प्र.ग्रं.**–2/274	आनन्द/कामायनी
अचंचल चित्त– *'अचञ्चल चित्त हुआ उस घड़ी'*	: शांत मन, तृप्त मन	**प्र.ग्रं.**–1/249	प्यास/झरना
अचपल– *'अचपल ध्वनि की चमकी चपला'*	: अचंचल	**नि.र.**–1/302	तुलसीदास
अचल– *'अचल के चंचल क्षुद्र प्रपात !'*	: पर्वत, जड़ पर्वत	**नि.र.**–1/108	प्रपात के प्रति
◆ *'अचल, रेखांकित कभी थी कर रही'*	: अडिग, स्थिर रूप से	**पं.ग्रं.**–1/124	ग्रन्थि
◆ *'नींद थी मेरी अचल निस्पंद कण कण में'*	: स्थिर	**म.सा.**–1/177	बीन भी हूँ मैं तुम्हारी/नीरजा
अचल-अधरों– *'द्रव-नीहार अचल-अधरों से'*	: (मानो) पर्वत के मुख से (होंठों से)	**नि.र.**–1/125	यमुना के प्रति
अचलता– *'अचलता में सुस्पन्दित प्राण'*	: अचल (जड़) होने का भाव	**नि.र.**–1/143	स्मृति
अचल दृढ़ता– *'उस दुर्भेद्य अचल दृढ़ता का करता चारण सदृश प्रचार'*	: पर्वत की कठोरता	**प्र.ग्रं.**–2/72	आशा/कामायनी
अचल धरा को– *'वह अचल धरा को भेंट रहा शत-शत निर्झर में हो चंचल'*	: पर्वत धरती को (झरने भेंट करता है)	**म.सा.**–1/363	सब आँखों के आँसू उजले/दीप-शिखा
अचल पलकों– *'अचल पलकों में जड़ी सी तारकाएँ दीन'*	: किसी की खोज में खुली और स्थिर पलकें	**म.सा.**–1/123	स्मित तुम्हारी से छलक.../रश्मि
अचल रोमों– *'अचल रोमों में समाई मुग्ध हो गति आज सारी'*	: रोएँ सिहरन-विहीन होकर स्थिर हैं	**म.सा.**–1/258	शून्य मंदिर में बनूँगी... /सांध्य गीत
अचल-शरीर– *'क्षत-विक्षत हत अचल-शरीर'*	: पर्वत का शरीर	**नि.र.**–1/135	बादल-राग
अचल समाधि– *'एक अचल समाधि में थक, सो गई पुलकें सलिल की'*	: स्थायी रूप से स्थिर हो जाना	**म.सा.**–1/274	आज मेरे नयन के तारक.../सांध्य गीत
अचल हिमगिरि के हृदय– *'अचल हिमगिरि के हृदय में आज चाहे कंप हो ले'*	: पर्वतराज हिमालय के चिर स्थिर मन में	**म.सा.**–1/280	चिर सजग आँखें उनींदी.../सांध्य गीत
अचल हिमानी– *'जो अचल हिमानी से रंजित, उन्मुक्त, उपेक्षा भरे तुंग'*	: स्थिर बर्फ-राशि	**प्र.ग्रं.**–2/171	इड़ा/कामायनी
◆ *'ऊर्ध्व देश उस नील तमस में स्तब्ध हो रही अचल हिमानी'*	: जमी हुई बर्फ-राशि	**प्र.ग्रं.**–2/251	रहस्य/कामायनी
अचल हिमालय– *'अचल हिमालय का शोभनतम लता कलित शुचि सानु शरीर,'*	: हिमालय पर्वत	**प्र.ग्रं.**–2/71	आशा/कामायनी
अचला– *'और डूबती सी अचला का अवलम्बन मणि रत्न निधान'*	: धरती	**प्र.ग्रं.**–2/71	आशा/कामायनी
अचला जगती– *'ये प्राणी जो बचे हुए हैं इस अचला जगती के'*	: धरती, संसार, सृष्टि	**प्र.ग्रं.**–2/149	कर्म/कामायनी
अचिन्त्य– *'जैसे अचिन्त्य का सदा ही निज जीवन हो'*	: चिंतामुक्त	**नि.र.**–1/206	कवि

शब्द– काव्य-पंक्ति	: अर्थ	ग्रंथावली/पृ.सं.	स्रोत/संदर्भ
अचिर– *'वायु में अचिर आलाप था बह रहा'*	: सदा से	**नि.र.–1**/177	रेखा 'ख'
◆ *'अचिर लालसा-सी निर्बल वह'*	: तात्कालिक	**पं.ग्रं.–1**/111	सखी! सूखी बिन्दाल /वीणा
अचिर आलाप– *'वायु में अचिर आलाप था बह रहा'*	: सदा से गूँजता हुआ राग	**नि.र.–1**/177	रेखा 'ख'
अचिर प्रकाश– *'अन्त कर चुका अचिर प्रकाश'*	: नश्वर जीवन (आम के मंजर के लिए आए भ्रमर आदि के जीवन का अंत मकड़ी के जाले में हुआ)	**पं.ग्रं.–1**/94	मकड़ी का मृदु मायाजाल/वीणा
अचिर-प्रकृति– *'चिर-समाधि में अचिर-प्रकृति जब'*	: प्रकृति का नयापन	**नि.र.–1**/225	प्रेम के प्रति
अचीर– *'चीरता हरे! अचीर शरीर'*	: वस्त्रविहीन, नग्न	**पं.ग्रं.–1**/227	परिवर्तन/पल्लव
अचेतन गति– *'सब में एक अचेतन गति थी, जिससे पिछड़ा रहे समीर'*	: अप्रत्यक्ष गतिशीलता	**प्र.ग्रं.–2**/57	चिंता/कामायनी
अचेतनता– *'एक अचेतनता लाती-सी सविनय श्रद्धा बोली'*	: बेसुधपना, अलसाया-सा	**प्र.ग्रं.–2**/150	कर्म/कामायनी
अचेतन रोम– *'क्यों अचेतन रोम पाते चिर व्यथामय सजग जीवन?'*	: रोएँ जो अपनी प्रकृति में निर्जीव हैं	**म.सा.–1**/341	जो न प्रिय पहिचान पाती!/दीप-शिखा
अच्युत– *'जागी पृथ्वी-तनया-कुमारिका-छवि, अच्युत'*	: दृढ़, अटल, स्थिर	**नि.र.–1**/331	राम की शक्ति-पूजा
अछिद्र वेणु– *'वह अछिद्र वेणु'*	: बिना छेद की बाँसुरी	**नि.र.–1**/244	निशि-दिन तन
अछूत– *'यहाँ अछूत रहा जीवन रस छूओ मत संचित होने दो'*	: जो छुआ न जा सका हो, जिसका उपयोग न हुआ हो	**प्र.ग्रं.–2**/262	रहस्य/कामायनी
◆ *'जग पीड़ित छूतों से प्रभूत, छू अमृत स्पर्श से, हे अछूत!'*	: जिसकी महानता को कोई छू भी न पाए ऐसे महात्मा गाँधी	**पं.ग्रं.–2**/24	बापू के प्रति/युगपथ
अछूत अधरों– *'उनके अछूत अधरों का कितना चुंबन भर लाया'*	: जिन होंठों को चूमा न गया हो	**प्र.ग्रं.–2**/277	आनन्द/कामायनी
अछूता– *'नए पल्लव का घूँघट डाल अछूता ले अपना मकरंद,'*	: एकदम निर्मल, जिसे किसी ने छूकर मलिन न किया हो	**म.सा.–1**/92	मधुरिमा के, मधु के अवतार/नीहार
अछूते– *'मिले दो हृदय, अमल अछूते, दो शरीर इक प्रान'*	: निर्मल, अस्पृष्ट	**प्र.ग्रं.–3**/200	द्वितीय अंक/विशाख
अछोर– *'स्वप्न-स्मृति, दूर, अतीत, अछोर!'*	: अनन्त, असीम	**नि.र.–1**/140	स्मृति
अज– *'जिनके कटाक्ष से करोड़ों शिव-विष्णु अज'*	: ब्रह्मा	**नि.र.–1**/54	पंचवटी प्रसंग:2
अजगव– *'नहीं, इसी से चढ़ी शिंजिनी अजगव पर प्रतिरोध भरी'*	: शिव का धनुष, पिनाक	**प्र.ग्रं.–2**/192	स्वप्न/कामायनी
अजपा– *'जपते सभक्ति अजपा विभक्त हो राम-नाम'*	: जाप की वह चरम स्थिति जब मन में निरंतर जाप चलता रहे	**नि.र.–1**/331	राम की शक्ति-पूजा
अजया– *'धृत-विश्व-वर-करा/अजया, गया ज्ञान'*	: न जीती जाने योग्य	**नि.र.–1**/244	सार्थक करो प्राण
अजर– *'जो ज्ञानदीप्ति, वह दूर, अजर'*	: नया, युवा	**नि.र.–1**/295	तुलसीदास
◆ *'कण का चल इतिहास इन्हीं से लिख लिख अजर बनाना!'*	: जो सदा युवा रहे, कभी बूढ़ा न होनेवाला	**म.सा.–1**/333	जब यह दीप थके तब आना/दीप-शिखा
◆ *'मरण का उत्सव अजर है,/गीत जीवन का अमर है'*	: जो कभी वृद्ध होकर मरणोन्मुख न हो, मृत्यु चिर युवा है	**म.सा.–1**/343	आँसुओं के देश में/दीप-शिखा
◆ *'बरसे, बढ़ चले चौंके कणों से अजर मधु का ज्वार!'*	: जो कभी पुराना या बूढ़ा न हो	**म.सा.–1**/395	तुम्हारी बीन ही में बज... /दीप-शिखा

शब्द-	काव्य-पंक्ति	: अर्थ	ग्रंथावली/पृ.सं.	स्रोत/संदर्भ
अजर गायक उर-	*'गगन का तू अमर किन्नर धरा का अजर गायक उर'*	: हृदय मानो सदैव युवा रहनेवाले गायक की तरह है	**म.सा.**-1/331	विहंगम-मधुर स्वर तेरे/दीप-शिखा
अजर सा-	*'शाप मुझे बन जाता वर सा पतझर मधु का मास अजर सा'*	: जो सदा युवा बना रहे	**म.सा.**-1/170	तुम्हें बाँध पाती सपने में!/नीरजा
अजरामर-	*'मार अनात्म भाव अजरामर परमात्मा से नाता जोड़'*	: (अजर+अमर), शाश्वत, अनश्वर, जीर्णता और मृत्यु से मुक्त	**नि.र.**-1/44	नहीं डरेंगे
अजस्र-	*'आहुतियाँ विश्व की अजस्र ले लुटाता रहा—'*	: निरंतर, सतत	**प्र.ग्रं.**-1/337	पेशोला की प्रतिध्वनि /लहर
◆	*'उद्यम अजस्र, विघ्नों पर जय'*	: अविच्छिन्न, अनवरत	**पं.ग्रं.**-2/22	मानव/युगपथ
अजस्र आँसू-जल-	*'तुझ में अम्लान हँसी है इसमें अजस्र आँसू-जल'*	: निरंतर बहते आँसू	**म.सा.**-1/134	कह दे माँ क्या अब देखूँ!/रश्मि
अजस्र वर्षा सुहाग-	*'तुम अजस्र वर्षा सुहाग की और स्नेह की मधु रजनी'*	: सौभाग्य की अनवरत वर्षा	**प्र.ग्रं.**-2/227	निर्वेद/कामायनी
अजात-	*'खींच रही थी अपनी ओर, - अजात'*	: जिसका जन्म नहीं हुआ हो, जो नहीं है, काल्पनिक	**नि.र.**-1/109	प्रथम प्रभात
◆	*'मन्द भरती अजात आनन्द'*	: न पैदा हुआ	**नि.र.**-1/272	छन्द की बाढ़
◆	*'अदृश्य अस्पृश्य, अजात'*	: अजन्मा, सूक्ष्म	**पं.ग्रं.**-1/265	प्राण! तुम लघु-लघु गात/गुंजन
अजान-	*'उसे दिखाती जगती का सुख, हँसी और उल्लास अजान,'*	: अनजान, अनभिज्ञ	**प्र.ग्रं.**-2/72	आशा/कामायनी
◆	*''कुछ मेरा हो' यह राग-भाव संकुचित पूर्णता है अजान'*	: अज्ञान, ज्ञान के सच्चे रूप का अभाव	**प्र.ग्रं.**-2/175	इड़ा/कामायनी
◆	*'मैं ढूँढ़ रही हूँ उस अजान का छोर'*	: अनजाना, आकाश, अज्ञात	**नि.र.**-1/70	उसकी स्मृति
◆	*'उस अजान की ओर तुम्हारा छोर असीम अनन्त'*	: अनजाना	**नि.र.**-1/78	पथ
◆	*'बस अजान की ओर इशारा करके चल देते हो',*	: ईश्वर, आकाश	**नि.र.**-1/109	प्रपात के प्रति
◆	*'अन्धकार में छिपी अजान!'*	: अज्ञानी, अनजाना	**नि.र.**-1/119	यमुना के प्रति
◆	*'किस अजान में छिपा आज वह'*	: अज्ञात	**नि.र.**-1/119	यमुना के प्रति
◆	*'बहता अब वह स्रोत अजान'*	: अज्ञात	**नि.र.**-1/124	यमुना के प्रति
◆	*'देख रहा हूँ अजान दूर ज्योति-यान-द्वार'*	: अनजाना	**नि.र.**-1/150	पारस
◆	*'रहते प्राण? रे अजान! '*	: अज्ञानी	**नि.र.**-1/153	जागो फिर एक बार
◆	*'एक बार भी यदि अजान के'*	: अज्ञात	**नि.र.**-1/202	प्रिया के प्रति
◆	*'सहज ही नयन सहस्र अजान'*	: अनजाना	**नि.र.**-1/204	भ्रमर-गीत
◆	*'तड़ित पथ की-सी चकित अजान'*	: अज्ञात भाव से, अनायास	**नि.र.**-1/216	'कहाँ उन नयनों की मुसकान'
◆	*'बह गयी हूँ अजान की ओर, तभी यह बह जाता संसार'*	: अनन्त	**नि.र.**-1/217	प्यार करती हूँ अलि
◆	*'पग उठे उसी मग को अजान'*	: अनजाने तरीके से	**नि.र.**-1/300	तुलसीदास
◆	*'उस अजान का वह बलिदान'*	: अनजान (ओस की बूँद जो आँसू बन गयी थी)	**पं.ग्रं.**-1/108	छोटे ही की क्या पहचान?/वीणा
◆	'समझ निपट नादान, अजान'	: नासमझ	**पं.ग्रं.**-1/118	मिला-मिलाकर सुन्दर स्वर/वीणा

शब्द- काव्य-पंक्ति	: अर्थ	ग्रंथावली/पृ.सं.	स्रोत/संदर्भ
◆ *'कान से मिले अजान नयन'*	: मासूम, निर्दोष, निश्छल	**पं.ग्रं.**-1/178	उच्छ्‌वास/पल्लव
◆ *'विश्व स्वप्न-से खिले अजान'*	: अज्ञात भाव से, अनायास	**पं.ग्रं.**-1/192	अनंग/पल्लव
◆ *'गुँथ गये अजान तिमिर प्रकाश'*	: अनजाने में	**पं.ग्रं.**-2/15	खो गयी स्वर्ण की स्वर्ग किरण/युगपथ
◆ *'जिन झंकारों के मधुर गान/ले गया छीन कोई अजान'*	: अज्ञात	**म.सा.**-1/63	मैं कंपन हूँ तू करुण राग/नीहार
◆ *'आँसुओं में सहमे अभिराम/तारकों से हे मूक अजान'*	: अबोध, निर्दोष	**म.सा.**-1/92	मधुरिमा के, मधु के अवतार/नीहार
◆ *'मर्मर का मधुसंगीत छेड़/देते हैं हिल पल्लव अजान'*	: अनजाने ही, अनायास, सहज भाव से	**म.सा.**-1/103	चुभते ही तेरा अरुण बान!/रश्मि
◆ *'बिंध गया अजान आज किसका मृदु-कठिन तीर?'*	: अनजाने में	**म.सा.**-1/351	मिट चली घटा अधीर! /दीप-शिखा
अजान वह छोर- *'खोजना है अजान वह छोर'*	: अज्ञात लक्ष्य, अनंत भावलोक में बसा प्रिय मानो लक्ष्य है	**पं.ग्रं.**-1/179	उच्छ्‌वास/पल्लव
अजानी- *'जगह अजानी आये, मानों धारे इसीलिये है मौन'*	: अनजानी, नयी जगह	**नि.र.**-1/45	बाबा और नाती
अजित- *'हो सार्वजनिकता जयी, अजित! तुमने निजत्व निज दिया हार'*	: जिसे जीता न जा सके, अजेय	**पं.ग्रं.**-2/25	बापू के प्रति/युगपथ
अजिर- *'किसके अंत:करण अजिर में'*	: आँगन(-रूपी हृदय)	**प्र.ग्रं.**-1/234	विषाद/झरना
◆ *'अजिर के उर में भरा कुलेल'*	: आँगन	**प्र.ग्रं.**-1/307	तुम्हारी आँखों का बचपन/लहर
◆ *'प्लावित करती मन अजिर रही, था तुच्छ विश्व वैभव सारा'*	: आँगन	**प्र.ग्रं.**-2/98	काम/कामायनी
◆ *'पुत्री भी, पिता-गेह में स्थिर, छोड़ने के प्रथम जीर्ण अजिर'*	: आँगन	**नि.र.**-1/317	सरोज-स्मृति
अजिर का शून्य- *'इसे अजिर का शून्य गलाने को गलने दो!'*	: (मंदिर के) आँगन में रात का सूनापन	**म.सा.**-1/335	यह मंदिर का दीप... /दीप-शिखा
अजिर के उर में- *'अजिर के उर में भरा कुलेल'*	: मानो आँगन के हृदय में वह स्मृति बसी है। भाव यह है कि आँगन को देखकर स्मृति हो आती है।	**प्र.ग्रं.**-1/307	तुम्हारी आँखों का बचपन/लहर
अजिर गीला- *'मेघरूँधा अजिर गीला— टूटता सा इंदु-कंदुक'*	: (आकाश-रूपी) आँगन मानो नम या गीला है	**म.सा.**-1/271	सो रहा है विश्व, पर... /सांध्य गीत
अजीत- *'गति स्वच्छन्द, अजीत अभीत?'*	: जिसे जीता न जा सके, अपराजित	**नि.र.**-1/119	यमुना के प्रति
◆ *'आयीं करने को बातचीत जो कल होने वाली, अजीत'*	: जिसे जीता न जा सका हो	**नि.र.**-1/319	सरोज-स्मृति
अजीत-इंगित-मुखरित- *'वह अजीत-इङ्‌गित-मुखरित मुख'*	: जिसके चेहरे पर अविजित होने के संकेत प्रकट हो रहे हों	**नि.र.**-1/122	यमुना के प्रति
अज्ञ- *'कौन अज्ञ दरिद्रता से अधिकतर'*	: अनजान	**पं.ग्रं.**-1/138	ग्रन्थि

शब्द– काव्य-पंक्ति	: अर्थ	ग्रंथावली/पृ.सं.	स्रोत/संदर्भ
अज्ञात– *'दु:ख के डर से तुम अज्ञात जटिलताओं का कर अनुमान,'*	: अनजाना	**प्र.ग्रं.**–2/88	श्रद्धा/कामायनी
◆ *'नींद में सपना बन अज्ञात!/गुदगुदा जाते हों जब प्राण'*	: वह अज्ञात असीम प्रियतम	**म.सा.**–1/156	नींद में सपना बन अज्ञात/रश्मि
अज्ञातदेशी– *'आज स्पंदन भी हुई उर के लिए अज्ञातदेशी!'*	: अपरिचित, अनजाना	**म.सा.**–1/355	मोम-सा तन घुल चुका/दीप-शिखा
◆ *'तिमिर में अज्ञातदेशी क्यों तुझे तू खोज पाया!'*	: जिसका परिचय और पूरा पता न हो, अनजान परदेशी	**म.सा.**–1/381	शेषयामा यामिनी मेरा/दीप-शिखा
अज्ञात पुलिन– *'अज्ञात पुलिन से, उज्ज्वलतर किरणें प्रवाल-तरिणी में भर'*	: अज्ञात क्षितिज मानो तट की तरह हैं	**म.सा.**–1/199	कैसे संदेश प्रिय पहुँचाती! /नीरजा
अज्ञात प्रभात– *'जब मैं थी अज्ञात प्रभात'*	: जो सुबह अभी हुई नहीं हो	**पं.ग्रं.**–1/88	जब मैं थी अज्ञात प्रभात/वीणा
अज्ञाता– *'अज्ञाता की केश राशि में'*	: प्रिय मानो भावलोक की कल्पना है, प्रेम अभी अमूर्त है	**पं.ग्रं.**–1/82	नव वसंत ऋतु में आओ/वीणा
◆ *'किस अज्ञाता के जीवन को'*	: कल्पना और भावलोक की प्रेमिका	**पं.ग्रं.**–1/99	इस पीपल के तरु के नीचे/वीणा
◆ *'अज्ञाता के विस्मय-सी'*	: अज्ञातयौवना, मुग्धा नायिका, जिसे यौवनागम का पता न हो	**पं.ग्रं.**–1/204	छाया/पल्लव
अज्ञेय – *'अज्ञेय सत्य तू जड़चेतन'*	: जिसे जाना न जा सके	**पं.ग्रं.**–2/15	ए मिट्टी के ढेले/युगपथ
◆ *'अज्ञेय, गुह्य, अग जग छायी'*	: जिसे जान पाना संभव न हो	**पं.ग्रं.**–2/19	छाया/युगपथ
अटकातुहिन– *'अंक में अटकातुहिन-जल अनिल की'*	: ओस की बूँदों का लुढ़कते हुए रुक जाना	**पं.ग्रं.**–1/133	ग्रन्थि
अटवी– *'पर्यटक एक अटवी का अज्ञात'*	: जंगल	**नि.र.**–1/174	रेखा 'क'
अठखेलियाँ– *'कर रहा अठखेलियाँ/इतरा सदा उद्यान में!'*	: अनेक प्रकार के क्रीड़ा-कौतुक करना	**म.सा.**–1/59	था कली के रूप शैशव /नीहार
अड़-अड़– *'उमड़ चलती फिर-फिर अड़-अड़'*	: रुक-रुक कर	**नि.र.**–1/141	स्मृति
अणु– *'अस्ति-नास्ति का भेद, निरंकुश करते ये अणु तर्क-युक्ति से'*	: प्राणी	**प्र.ग्रं.**–2/260	रहस्य/कामायनी
अण्वप्युचितम्– *'अण्वप्युचितम्' विशाल हृदय, मुक्त द्वार खुला था'*	: (अणु+अपि+उचितम्), अणु की तरह छोटा	**नि.र.**–1/186	जागरण
अतंद्र– *'रूप अतन्द्र, चन्द्र मुख, श्रम रुचि'*	: जगा हुआ	**नि.र.**–1/260	देख दिव्य छवि लोचन हार
◆ *'प्रकृति बैठी पालने, अतन्द्र/जगत के पलकों पर आसीन'*	: जागृत	**नि.र.**–1/270	विश्व की ही वाणी प्राचीन
अतनु– *'बहती निराधारा/पृथ्वी गगन में, अतनु में सुतनु-हार'*	: बिना देहवाले में, निराकार में	**नि.र.**–1/266	बहती निराधार
अतल– *'अतल हृदय से उठ'*	: जिसका तल न जाना जा सके, गहरा (हृदय की गहराई)	**नि.र.**–1/100	दिल्ली
◆ *'क्या दृष्टि! अतल की सिक्त-धार/ज्यों भोगावती उठी अपार'*	: अथाह (मन की गहराई)	**नि.र.**–1/320	सरोज-स्मृति
◆ *'अरी अतल की पुलकित श्वास'*	: गहराई	**पं.ग्रं.**–1/190	वीचि विलास/पल्लव

शब्द– काव्य-पंक्ति	: अर्थ	ग्रंथावली/पृ.सं.	स्रोत/संदर्भ
◆ *'अतल से उमड़ अकूल, अपार'*	: अथाह, बहुत गहराई से	**पं.ग्रं.**–1/231	परिवर्तन/पल्लव
◆ *'अविचल, अतल, अकूल, अमल जल'*	: खूब गहरा	**पं.ग्रं.**–1/352	चार/ज्योत्स्ना
अतल गर्त– *'तुम अतल गर्त, अविगत, अकूल'*	: जिस गहराई के निचले तल तक न जाया जा सके	**पं.ग्रं.**–2/19	छाया/युगपथ
अतल सिंधु– *'अतल सिंधु में लगा-लगाकर जीवन की बेड़ी बाजी'*	: अत्यधिक गहरा समुद्र	**प्र.ग्रं.**–1/252	पाईंबाग/झरना
अतलांत– *'अतलांत महा गंभीर जलधि –'*	: जिसके तल का अंत न हो, बहुत गहरा	**प्र.ग्रं.**–1/299	हे सागर संगम अरुण नील/लहर
अति-अपनाव-मृदु– *'स्मितनयन, चञ्चल, चयनशील, अति- अपनाव-मृदु भाव खोले हुए!'*	: अत्यधिक कोमल अपनापन	**नि.र.**–1/174	रेखा 'क'
अति आतुर– *'वह कौन अकिंचन अति आतुर'*	: बहुत बेचैन या परेशान	**प्र.ग्रं.**–1/318	मुझको न मिला रे कभी प्यार/लहर
अति-चकित-चित्त-क्षुब्ध– *'कहता अति-चकित-चित्त-क्षुब्ध'*	: अत्यधिक चकित और क्षुब्ध मनवाला	**नि.र.**–1/151	बदला
अतिचार– *'मेरा अतिचार न बंद हुआ उन्मत्त रहा सब को घेरे'*	: स्वेच्छाचार	**प्र.ग्रं.**–2/103	काम/कामायनी
अतिचारी– *'वह अतिचारी, दुर्बल नारी परित्राण-पथ नाप उठी!'*	: अत्याचार करनेवाला (मनु)	**प्र.ग्रं.**–2/192	स्वप्न/कामायनी
अतिथि विगत-विकार– *'एक गृहपति, दूसरा था अतिथि विगत-विकार'*	: विकारों से मुक्त अतिथि के रूप में श्रद्धा	**प्र.ग्रं.**–2/111	वासना/कामायनी
अतिरंजित– *'देखा मनु ने वह अतिरंजित विजन विश्व का नव एकांत'*	: अत्यधिक रंगों से भरा हुआ, प्रलय ने प्रकृति को बेरंग कर दिया था। अब पुन: रंगों से सज रही है।	**प्र.ग्रं.**–2/68	आशा/कामायनी
अतिवात– *'बना सैकत के तट अतिवात'*	: हवा की प्रबलता	**पं.ग्रं.**–1/229	परिवर्तन/पल्लव
अतिवाद– *'छोड़कर जीवन के अतिवाद, मध्य पथ से लो सुगति सुधार'*	: एकतरफा रास्ता अपनाना	**प्र.ग्रं.**–1/295	अरी वरुणा की शांत कछार/लहर
अतिशयता– *'बढ़ती ही जाती है/अतिशयता/पारावार अपार'*	: जरूरत से अधिक, नकारात्मक अधिकता	**नि.र.**–1/201	खेवा
अतींद्रिय– *'एक अतीन्द्रिय स्वप्न लोक का मधुर रहस्य उलझता था;'*	: लोकोत्तर, इन्द्रियों के अनुभव से परे	**प्र.ग्रं.**–2/76	आशा/कामायनी
अतीत की उतराई– *'नाविक अतीत की उतराई!'*	: अपने अतीत में उतरने का मूल्य (किराया, शुल्क)	**प्र.ग्रं.**–1/326	ओ री मानस की गहराई /लहर
अतीत के नूतन गान– *'अरी अप्सरे! उस अतीत के नूतन गान सुनाओ'*	: बीते हुए सुखद दिनों को नये गीत में गाओ	**प्र.ग्रं.**–2/147	कर्म/कामायनी
अतीत-विस्मृति– *'उठ-उठकर अतीत-विस्मृति से'*	: भूला हुआ अतीत	**नि.र.**–1/117	यमुना के प्रति
अतुल– *'झुकतीं सौरभ रस लिये अतुल'*	: अनुपम, तुलना से परे	**प्र.ग्रं.**–1/319	मुझको न मिला रे कभी प्यार/लहर
◆ *'खुलते स्तबकों की लज्जाकुल नतवदना मधुमाधवी अतुल;'*	: अनुपम	**नि.र.**–1/308	दान
अतुल-बल– *'लख शंकाकुल हो गये अतुल-बल शेष-शयन'*	: जिसके (राम के) बल की तुलना किसी से न की जा सके	**नि.र.**–1/331	राम की शक्ति-पूजा

शब्द- काव्य-पंक्ति	: अर्थ	ग्रंथावली/पृ.सं.	स्रोत/संदर्भ
अतृप्त-आग्रह- *'वह अतृप्त-आग्रह से सिञ्चित'*	: असंतुष्ट निवेदन	**नि.र.**-1/121	यमुना के प्रति
अतृप्ति- *'यह अतृप्ति अधीर मन की क्षोभयुत उन्माद'*	: असंतोष (प्रेम और कामभावना का)	**प्र.ग्रं.**-2/117	वासना/कामायनी
अतृप्ति की आग- *'सुधा का मधु हाला का राग व्यथा के घन अतृप्ति की आग'*	: अधूरेपन की जलन	**म.सा.**-1/115	तुहिन के पुलिनों पर छबिमान/रश्मि
अतृप्ति जलधि- *'तिर रही अतृप्ति जलधि में नीलम की नाव निराली'*	: आँखों में अतृप्ति का भाव समुद्र की तरह लहरा है	**प्र.ग्रं.**-2/11	आँसू
अतृप्ति-सी संचित- *'बन आवर्जना-मूर्ति दीना अपनी अतृप्ति-सी संचित हो'*	: तृप्ति से वंचित, अतृप्ति का संचित रूप	**प्र.ग्रं.**-2/127	लज्जा/कामायनी
अत्याचार प्रकृति-कृत- *'अत्याचार प्रकृति-कृत हम सब जो सहते हैं'*	: प्रकृति के द्वारा किया गया अत्याचार— बाढ़, सूखा, भूकंप आदि	**प्र.ग्रं.**-2/206	संघर्ष/कामायनी
अथक पथिक- *'तब भी गिरि-पथ का अथक पथिक, ऊपर ऊँचे सब झेल चले'*	: बिना थके चलनेवाला यात्री	**प्र.ग्रं.**-4/341	प्रथम अंक/ध्रुवस्वामिनी
अथच- *'जनता का जन-ताका ज्ञान वह, सच्चा कल्याण वह अथच है—/यह सच है!'*	: और भी	**नि.र.**-1/314	सच है
अथवा- *'उसका एक स्वप्न अथवा है'*	: शेष, बचा हुआ	**नि.र.**-1/72	विधवा
अदमनीय- *'संसृति के शक्तिमान दस्युओं का अदमनीय'*	: जिनका दमन न हो सके, प्रबल, अदम्य, जिन्हें दबाया न जा सके	**नि.र.**-1/99	दिल्ली
अदृष्ट- *'देखने को अदृष्ट नर्त्तन'*	: अदृश्य, जो दिखाई न दे	**प्र.ग्रं.**-1/306	आह रे, वह अधीर यौवन/लहर
◆ *'लिखता अदृष्ट था विधाता वाम कर से'*	: भाग्य, प्रारब्ध	**प्र.ग्रं.**-1/334	शेरसिंह का शस्त्र-समर्पण/लहर
अदेह- *'है अदेह सन्देह, नहीं है इसका कुछ संस्कार'*	: अमूर्त, छद्म	**पं.ग्रं.**-1/181	उच्छ्वास/पल्लव
अद्रि शिखर- *'दुर्दम, उदग्र शिर अद्रि शिखर'*	: पर्वत की चोटी	**पं.ग्रं.**-2/10	वे डूब गये/युगपथ
अध- *'शोभा को लिये ऊर्ध्व औ' अध घर बाहर'*	: नीचे	**नि.र.**-1/293	तुलसीदास
अधखुला अंग- *'नील परिधान बीच सुकुमार खुल रहा मृदुल अधखुला अंग;'*	: वस्त्र की ऐसी बनावट थी कि वक्षस्थल आंशिक रूप से अनावृत हो सुन्दर लग रहे थे	**प्र.ग्रं.**-2/84	श्रद्धा/कामायनी
अधम-पात्र मय सा- *'आह सर्ग के प्रथम अंक का अधम-पात्र मय सा विष्कंभ'*	: नाटक के कुछ पात्रों को निम्न कोटि का माना जाता था	**प्र.ग्रं.**-2/62	चिंता/कामायनी
अधर-उपकूल- *'पलक पुलिनों पर, अधर-उपकूल पर दोनों खिले हैं'*	: होंठों के किनारों पर मुस्कान खिलती है	**म.सा.**-1/323	आज तार मिला चुकी हूँ/दीप-शिखा
अधर-दशन- *'एक-वसन रह गयी मन्द हँस अधर-दशन अनबोली'*	: दाँतों से अधरों को काटा	**नि.र.**-1/226	नयनों के डोरे लाल गुलाल-भरे
अधर प्रवाल- *'हिलाते अधर प्रवाल'*	: नये पत्ते मानो होंठों की तरह हैं	**पं.ग्रं.**-1/177	पल्लव/पल्लव
अधर-विचुंबित- *'तेरा अधर-विचुंबित प्याला तेरी ही स्मित-मिश्रित हाला'*	: होंठों से चूमा हुआ (प्याला)	**म.सा.**-1/183	तुम मुझ में प्रिय! फिर परिचय क्या!/नीरजा
अधर विद्रुम द्वार- *'अधर विद्रुम द्वार'*	: सीपी की तरह सुन्दर होंठों की दोनों परतें	**पं.ग्रं.**-1/126	ग्रन्थि

शब्द-	काव्य-पंक्ति	: अर्थ	ग्रंथावली/पृ.सं.	स्रोत/संदर्भ
अधर सस्मित-	*'अधर सस्मित पलकें गीली!'*	: मुस्कुराते हुए होंठ	**म.सा.-1**/289	वह संध्या फूली सजीली!/सांध्य गीत
अधरामृत-	*'अधरामृत से इन निर्जीवित'*	: अपने होंठों का स्पर्श मेरे शब्दों को दो, होंठों में मानो अमृत भरा है	**पं.ग्रं.-1**/82	नव वसंत ऋतु में आओ /वीणा
◆	*'ना, अधरामृत ही के मद में कैसे बहला दूँ जीवन?'*	: होंठों में बसा प्रेम का अमृत-रस	**पं.ग्रं.-1**/195	मोह/पल्लव
अधरासव-	*'मौन पान करती अधरासव/कण्ठ लगी उरगी'*	: होंठों की शराब	**नि.र.-1**/220	स्पर्श से लाज लगी
अधरों की प्यास-	*'अधर में वह अधरों की प्यास'*	: होंठों को चूमने की इच्छा	**प्र.ग्रं.-1**/305	आह रे, वह अधीर यौवन/लहर
अधरों के प्रान्त-	*'अधरों के प्रान्तों पर खेलती रेखाएँ'*	: होठों के किनारे	**नि.र.-1**/93	यहीं
अधरों पर ऊँगली-	*'वैसी ही माया में लिपटी अधरों पर ऊँगली धरे हुए'*	: रुकने या चुप रहने का इशारा	**प्र.ग्रं.-2**/123	लज्जा/कामायनी
अधरों में राग-	*'अधरों में राग अमंद पिये'*	: होंठों पर लाली (लिप्स्टिक) से श्रृंगार है	**प्र.ग्रं.-1**/303	बीती विभावरी जाग री/लहर
अध-विकच कली-	*'पुष्पलावियाँ चुनती हैं वन-कुसुमों की अध-विकच कली'*	: अधखिले फूल	**प्र.ग्रं.-2**/190	स्वप्न/कामायनी
अधार-	*'मैं मदिरा तू उसका खुमार मैं छाया तू उसका अधार'*	: आधार, बिम्ब	**म.सा.-1**/63	मैं कंपन हूँ तू करुण राग/नीहार
अधिक अलसाई हो-	*'अरुण की एक किरण अम्लान अधिक अलसाई हो अभिराम'*	: सौन्दर्य-बोध को बढ़ाने वाला आलस्य, नजाकत	**प्र.ग्रं.-2**/85	श्रद्धा/कामायनी
अधिकार और अधिकारी-	*'समरसता है सम्बन्ध बनी अधिकार और अधिकारी की'*	: शासित और शासक, अधिकारी का अधिकार, पुरुष का स्त्री पर अधिकार	**प्र.ग्रं.-2**/174	इड़ा/कामायनी
अधिकार-क्षुब्ध-	*'जिस दिन अधिकार-क्षुब्ध उस दास ने,'*	: अधिकार पाने के लिये क्षोभ से भरा हुआ	**प्र.ग्रं.-1**/352	प्रलय की छाया/लहर
अधिपति-	*'उसका अधिपति! होगा कोई, जिस तक दुख की न पुकार गयी'*	: अधिष्ठाता, नियामक, नियंत्रक, स्वामी	**प्र.ग्रं.-2**/180	इड़ा/कामायनी
अधिवास-	*'मेरा अधिवास कहाँ'*	: (आध्यात्मिक अर्थ में) निवास	**नि.र.-1**/47	अधिवास
◆	*'छूटता है यद्यपि अधिवास'*	: आध्यात्मिक निवास	**नि.र.-1**/48	अधिवास
अधिवासी-	*'हम मन:स्वर्ग के अधिवासी'*	: निवासी	**पं.ग्रं.-1**/313	तीन/ज्योत्स्ना
अधीर-	*'तुम समीप, अधीर इतने आज क्यों हैं प्राण?'*	: बेचैन	**प्र.ग्रं.-2**/116	वासना/कामायनी
अधीर-तम-	*'अट्टहास कर उठा रिक्त का वह अधीर-तम, सूना राज'*	: अत्यधिक बेचैन	**प्र.ग्रं.-2**/77	आशा/कामायनी
अधीर मिलिंद-	*'चेतना बने अधीर मिलिन्द, आह वह आवे विमल वसंत'*	: व्याकुल भौंरा	**प्र.ग्रं.-1**/229	वसन्त की प्रतीक्षा/झरना
अधीर यौवन-	*'आह रे, वह अधीर यौवन !'*	: बेचैन यौवन-भाव, व्यग्र युवावस्था	**प्र.ग्रं.-1**/305	आह रे, वह अधीर यौवन/लहर
अधीर श्रांत-	*'रुक जा, सुन ले ओ निर्मोही!' वह कहती रही अधीर श्रांत!'*	: बेचैन और थकी हुई	**प्र.ग्रं.-2**/168	ईर्ष्या/कामायनी
अधुना-	*'साधना जगी केवल अधुना प्राणों की'*	: इस समय, वर्तमान में	**नि.र.-1**/306	तुलसीदास

शब्द- काव्य-पंक्ति	: अर्थ	ग्रंथावली/पृ.सं.	स्रोत/संदर्भ
अध्ययन-अधीर- *'सव्यसाची-से तुम अध्ययन-अधीर'*	: अध्ययन के प्रति गंभीर या उत्सुक	**नि.र.-1**/129	बादल राग
अनंग- *'वे अमर रहे न विनोद रहा, चेतनता रही, अनंग हुआ;'*	: अंगविहीन होकर कामदेव अस्तित्ववान रहा, वह चेतना रूप में सृष्टि में मौजूद रहा	**प्र.ग्रं.-2**/106	काम/कामायनी
◆ *'पुनः अनंग! बनो साकार!'*	: कामदेव, कामचेतना, अमूर्त रूप में मौजूद कामचेतना	**पं.ग्रं.-1**/191	अनंग/पल्लव
अनंग अनुराग- *'इस अनन्त जलनिधि के नाविक, हे मेरे अनंग अनुराग'*	: प्रेम का सूक्ष्म अशरीरी रूप	**प्र.ग्रं.-4**/284	चतुर्थ अंक/चन्द्रगुप्त
अनंग का आसव- *'पीकर अनंग का आसव'*	: कामनाओं की मदिरा	**प्र.ग्रं.-1**/330	अशोक की चिंता/लहर
अनंग के धनु- *'थी किस अनंग के धनु की वह शिथिल शिंजिनी दुहरी'*	: कामदेव का धनुष	**प्र.ग्रं.-2**/12	आँसू
अनंग पीड़ा- *'वह अनंग पीड़ा अनुभव-सा अंग भंगियों का नर्त्तन,'*	: कामभावना की अतृप्ति की पीड़ा	**प्र.ग्रं.-2**/57	चिंता/कामायनी
अनंग बालिकाएँ- *'हँसती अनंग बालिकाएँ अंतरिक्ष में'*	: कामदेव की पुत्रियाँ (लालसा से भरा वातावरण)	**प्र.ग्रं.-1**/339	प्रलय की छाया/लहर
अनंत- *'काल धीवर अनन्त में,'*	: अनिश्चित दिशा, अनन्त समुद्र	**प्र.ग्रं.-1**/338	पेशोला की प्रतिध्वनि/लहर
◆ *'लहरें टकरातीं अनन्त की - पाकर जहाँ किनारा'*	: समुद्र (की लहरें)	**प्र.ग्रं.-4**/215	द्वितीय अंक/चन्द्रगुप्त
◆ *'था मिला उसे क्या उसका वही अनन्त?*	: अनजाना, अज्ञात	**नि.र.-1**/70	उसकी स्मृति
◆ *'उस अजान की ओर तुम्हारा छोर असीम अनन्त'*	: जिसके अंत का पता न हो	**नि.र.-1**/78	पथ
◆ *'और नहीं सीधे पहुँचे तुम उस अनन्त के घर में'*	: ईश्वर	**नि.र.-1**/78	पथ
◆ *'और हाल अपने अनन्त का बतलाते हो'*	: अंतहीनता	**नि.र.-1**/78	पथ
◆ *'तेरे मुख-विकसित-सरोज का प्रेमी एक अनन्त'*	: आकाश	**नि.र.-1**/80	शरत्पूर्णिमा की बिदाई
◆ *'है वही प्रेम उसका अनन्त'*	: चिरकालिक	**नि.र.-1**/97	बहू
◆ *'किस अनन्त का नीला अंचल हिला-हिलाकर'*	: आकाश, ईश्वर	**नि.र.-1**/105	तरंगों के प्रति
◆ *'वह अनन्त का ध्वंस सान्त, वह'*	: आकाश	**नि.र.-1**/123	यमुना के प्रति
◆ *'वह अनन्त नयनों का नीर'*	: असंख्य	**नि.र.-1**/123	यमुना के प्रति
◆ *हैं मेरे वे जहाँ अनन्त'*	: ईश्वर	**नि.र.-1**/127	ध्वनि
◆ *'ऐ अनन्त के चञ्चल शिशु सुकुमार!'*	: आकाश	**नि.र.-1**/133	बादल-राग
◆ *'प्रिय, अन्त और अनन्त के,/तम-गहन-जीवन घेर'*	: अज्ञात	**नि.र.-1**/170	मौन
◆ *'उस अनन्त का पथ अज्ञात'*	: समुद्र	**पं.ग्रं.-1**/96	स्नेह चाहिए सत्य, सरल/वीणा
◆ *'वह रे अनन्त का मुक्त मीन, अपने असंग सुख में विलीन'*	: समुद्र, आकाश, अंतरिक्ष	**पं.ग्रं.-1**/268	एक तारा/गुंजन
अनंत अनुराग- *'प्रिय के अनंत अनुराग भरी!'*	: (उस अनंत प्रियतम का) असीमित प्यार मिला है मुझे	**म.सा.-1**/304	सखि मैं हूँ अमर सुहाग भरी!/सांध्य गीत
अनंत अभिलाषा- *'श्रद्धा! पुण्य-प्राप्य है मेरी वह अनंत अभिलाषा'*	: असीम कामना का मूर्त रूप	**प्र.ग्रं.-2**/136	कर्म/कामायनी
अनंत अभिलाषा के सपने- *'जिसमें अनंत अभिलाषा के सपने सब जगते रहते हैं'*	: असंख्य कामनाओं से जुड़ी कल्पनाएँ	**प्र.ग्रं.-2**/127	लज्जा/कामायनी

शब्द-	काव्य-पंक्ति	: अर्थ	ग्रंथावली/पृ.सं.	स्रोत/संदर्भ
अनंत अवकाश-	*'यह अनंत अवकाश नीड़-सा जिसका व्यथित बसेरा'*	: असीम आकाश	**प्र.ग्रं.-2**/141	कर्म/कामायनी
अनंत आँखें-	*'तारों में प्रतिबिंबित हो मुस्काएँगी अनंत आँखें'*	: असंख्य तारों में मानो मेरी प्रेममय आँखें मुस्कुराती नजर आएँगी	**म.सा.**-1/33	मैं अनंत पथ में लिखती जो/नीहार
अनंत ऋतुराज-	*'वह अनंत ऋतुराज नहीं जिसने देखी जाने की राह'*	: उस लोक में मानो सदा वसंत ऋतु रहती है	**म.सा.**-1/35	वे मुस्कुराते फूल, नहीं— /नीहार
अनंत करुणा-	*'उनमें अनंत करुणा है इसमें असीम सूनापन!'*	: उस अज्ञात असीम प्रियतम के पास अनन्त करुणा है	**म.सा.**-1/45	छाया की आँखमिचौनी /नीहार
अनंत कल्लोल भरा-	*'जिसमें अनंत कल्लोल भरा लहरों में मस्त विचरता-सा'*	: खुशियों की अनन्त तरंगें	**प्र.ग्रं.-2**/101	काम/कामायनी
अनंत काले शासन-	*'इस अनंत काले शासन का वह जब उच्छृंखल इतिहास;'*	: प्रलय की रात का असह्य शासन एक आततायी सत्ता की तरह कालिमा से युक्त था	**प्र.ग्रं.-2**/78	आशा/कामायनी
अनंत की ओर-	*'लिए कैसे पीड़ा का भार देव आऊँ अनंत की ओर?'*	: उस अज्ञात प्रियतम के लोक की ओर	**म.सा.**-1/79	गरजता सागर तम है घोर/नीहार
अनंत की गणना-	*'हे अनन्त की गणना! देते तुम कितना मधुमय संदेश!'*	: सितारे आकाश के संख्यात्मक मान की तरह हैं। अनन्त आकाश को मानो इस संख्या के माध्यम से गिना जा सकता है, यह अलग बात है कि ये तारे स्वयं असंख्य हैं।	**प्र.ग्रं.-2**/78	आशा/कामायनी
अनंत की गोद सदृश-	*'थी अनन्त की गोद सदृश जो विस्तृत गुहा वहाँ रमणीय;'*	: आकाश की गोद के समान विस्तृत	**प्र.ग्रं.-2**/73	आशा/कामायनी
अनंत की राह-	*'यही क्या है अनंत की राह अरे मेरे नाविक नादान?'*	: उस अज्ञात और अनन्त प्रिय तक पहुँचने का रास्ता, प्रिय-पथ	**म.सा.**-1/61	घोर घन की अवगुण्ठन डाल/नीहार
अनंत के द्वार-	*'पहुँचाते अनन्त के द्वार'*	: आकाश के अंतिम छोर तक	**पं.ग्रं.**-1/202	विश्व वेणु/पल्लव
अनंतगति-	*'तुम तुरन्त ही, हे अनन्तगति'*	: जिसकी गति की सीमा न हो, आकाश में गतिशील	**पं.ग्रं.**-1/95	अब न अगोचर रहो सुजान!/वीणा
अनंत जलनिधि-	*'इस अनन्त जलनिधि के नाविक, हे मेरे अनंग अनुराग'*	: (चेतना का) अपार समुद्र	**प्र.ग्रं.-4**/284	चतुर्थ अंक/चन्द्रगुप्त
अनंतता-	*'वही स्वर्ग की बन अनंतता मुसक्याता रहता है'*	: स्वर्गिक सुख की अंतहीनता	**प्र.ग्रं.-2**/148	कर्म/कामायनी
अनंत नीलिमा-	*'इस गंभीर अनन्त नीलिमा में असंख्य जीवन इतिहास'*	: असीमित नीला आकाश, विस्तृत संसार	**प्र.ग्रं.**-1/292	मधुप गुनगुना कर कह जाता/लहर
अनंत नीलिमा व्योम की-	*'वह अनन्त नीलिमा व्योम की जड़ता सी जो शांत रही;'*	: आकाश की अनन्त नीलिमा, मानो आकाश में निराशा छायी हो	**प्र.ग्रं.-2**/72	आशा/कामायनी
अनंत पथ-	*'मैं अनंत पथ में लिखती जो सस्मित सपनों की बातें'*	: आकाश-मार्ग की तरह प्रेम-पथ अनंत है	**म.सा.**-1/33	मैं अनंत पथ में लिखती जो/नीहार
अनंत प्रगाढ़ छाया-	*'वह अनन्त प्रगाढ़ छाया फैलती अपरूप'*	: (रात की) असीम सुंदरता का गहरा प्रभाव	**प्र.ग्रं.-2**/117	वासना/कामायनी
अनंत प्रांगण-	*'इस अनन्त प्रांगण में मानो जोड़ रही है मौन सभा'*	: आकाश-रूपी विशाल आँगन	**प्र.ग्रं.-2**/72	आशा/कामायनी

शब्द- काव्य-पंक्ति	: अर्थ	ग्रंथावली/पृ.सं.	स्रोत/संदर्भ
अनंत मनुहारें- *'उनकी छलनामय छाया मेरी अनंत मनुहारें'*	: प्रिय से की गयीं अनेक खुशामदें, प्रेमपूर्ण मनौव्वल	**म.सा.**-1/57	इसमें अतीत सुलझाता /नीहार
अनंत मिलन- *'आगमन अनंत मिलन बनकर -'*	: समुद्र से (गंगा का) मिलन	**प्र.ग्रं.**-1/299	हे सागर संगम अरुण नील/लहर
अनंत में लहर बनाती- *'तू अनंत में लहर बनाती काल-जलधि की-सी हलचल'*	: मृत्यु मानो काल के विशाल समुद्र में लहरें उत्पन्न करती रहती है	**प्र.ग्रं.**-2/63	चिंता/कामायनी
अनंतर- *'कुछ समय अनन्तर, स्थित रहकर'*	: बाद में	**नि.र.**-1/302	तुलसीदास
◆ *'कुछ समय अनन्तर इन्दीवर निन्दित लोचन'*	: के बाद, थोड़ी देर बाद	**नि.र.**-1/335	राम की शक्ति-पूजा
अनंत रमणीय- *'हे अनन्त रमणीय ! कौन तुम? यह मैं कैसे कह सकता'*	: असीम और सुन्दर ईश्वर, परम सत्ता के दो विशेषण यहाँ दिये गए हैं— अनन्त और रमणीय	**प्र.ग्रं.**-2/69	आशा/कामायनी
अनंत वसंत- *'आज तिरोहित हुआ कहाँ वह मधु से पूर्ण अनंत वसंत ?'*	: अंतहीन वसंत ऋतु, अनन्त यौवन	**प्र.ग्रं.**-2/56	चिंता/कामायनी
अनंत विच्छेद- *'नहीं जिसमें अनंत विच्छेद बुझा पाता जीवन की प्यास'*	: स्थायी वियोग	**म.सा.**-1/87	गिरा जब हो जाती है मौन/नीहार
अनंत विभव- *'ऐसे अतुल अनंत विभव में जाग पड़ा क्यों तीव्र विराग?'*	: अपार सौन्दर्य या वैभव	**प्र.ग्रं.**-2/80	आशा/कामायनी
अनखाकर- *'कहा अनखाकर उसने खूब'*	: नाराज होकर	**प्र.ग्रं.**-1/259	आशालता/झरना
अनखाती- *'पिलाती कभी अनखाती नहीं'*	: क्रोधित होना, रुष्ट होना	**म.सा.**-1/130	इन आँखों ने देखी न राह कहीं/रश्मि
अनघ- *'मेरी ही अनघता ने/अनघ रक्खा था इन्हें'*	: निष्पाप, पाप से मुक्त	**नि.र.**-1/179	रेखा 'ग'
अनघता- *'मेरी ही अनघता ने/अनघ रक्खा था इन्हें'*	: निष्पाप होना	**नि.र.**-1/179	रेखा 'ग'
अनजान- *'मधुरता से अपनी अनजान'*	: निर्दोष और नादान	**पं.ग्रं.**-1/177	पल्लव/पल्लव
◆ *'धूलि की ढेरी में अनजान'*	: अज्ञात रूप से, अचेत रूप से	**पं.ग्रं.**-1/179	उच्छ्वास/पल्लव
◆ *'बही होगी कविता अनजान'*	: अज्ञात भाव से, स्वतः, बिना प्रयास के, स्वतःस्फूर्त	**पं.ग्रं.**-1/183	आँसू/पल्लव
◆ 'याद कर रोता हूँ अनजान'	: नादान की तरह	**पं.ग्रं.**-1/188	आँसू/पल्लव
अनजान क्षितिज- *'जहाँ पहुँच अनजान क्षितिज को मिलता एक सहारा'*	: अपरिचय का शिकार हुये यात्री या परदेशी, 'क्षितिज' मानो मिलन की अनन्त प्रतीक्षा और प्रयास का प्रतीक है	**प्र.ग्रं.**-4/215	द्वितीय अंक/चन्द्रगुप्त
अनन्य- *'मेरा मानस का मुकुर रहे, प्रतिबिंबित तुमसे ही अनन्य'*	: जिसका सम्बन्ध किसी और से न हो	**प्र.ग्रं.**-2/163	ईर्ष्या/कामायनी
◆ *'उसने स्नेह किया था मुझसे हाँ अनन्य वह रहा नहीं'*	: एकनिष्ठ समर्पण	**प्र.ग्रं.**-2/215	निर्वेद/कामायनी
अनन्य अँगड़ाई- *'मेरी यात्रा पर लेती थी, नीरवता अनन्य अँगड़ाई'*	: विशेष प्रकार की अँगड़ाई	**प्र.ग्रं.**-4/141	पंचम अंक/स्कन्दगुप्त
अनन्य छबि- *'ऐ अनन्य छबि के समुदय'*	: अनुपम सौन्दर्य	**पं.ग्रं.**-1/209	नक्षत्र/पल्लव
अनन्यता- *'सहज लब्ध थी वह अनन्यता पड़ी रह सके जहाँ कहीं'*	: (इड़ा का मनु के प्रति) एकनिष्ठ समर्पण (सहज उपलब्ध हो सकता था, मगर मनु ने अपमानजनक रास्ता अपनाया)	**प्र.ग्रं.**-2/215	निर्वेद/कामायनी

शब्द- काव्य-पंक्ति	: अर्थ	ग्रंथावली/पृ.सं.	स्रोत/संदर्भ
अनन्वय- *'ऐ अनादि के वृत्त अनन्वय'*	: जिसका अन्वय न हो सके, तारों को ठीक-ठीक व्यवस्थित रूप से नहीं समझा जा सकता है	**पं.ग्रं.**-1/209	नक्षत्र/पल्लव
अनबींधे- *'अनबींधे मोती यह दृग के,* *बँध पाए बंधन में किसके?'*	: जो परस्पर बँधा/बिंधा हुआ न हो	**म.सा.**-1/226	कहता जग दु:ख को प्यार न कर!/नीरजा
अनबींधे मोती- *'पारद से अनबींधे मोती* *साँस इन्हें बिन तार पिरोती'*	: पारा से बने मोती में छेद नहीं किया जा सकता। बिना बिंधे हुए मोती की तरह हैं आँसू	**म.सा.**-1/329	तरल मोती से नयन भरे!/दीप-शिखा
अनभ्र- *'अहे अनभ्र गगन के जल कण'*	: बादलरहित	**पं.ग्रं.**-1/210	नक्षत्र/पल्लव
अनमिल- *'त्रिभुवन के प्रतिनिधि थे मानो* *वे अनमिल थे किन्तु सजग थे'*	: असम्बद्ध, जो परस्पर मिल नहीं सकते हों	**प्र.ग्रं.**-2/254	रहस्य/कामायनी
अनमिष- *'जगती के अनमिष पलकों पर'*	: अनिमिष, अपलक, एकटक	**पं.ग्रं.**-1/273	अप्सरा/गुंजन
अनय- *'प्रलय का-सा अनय जो कर गया संसार में बढ़कर'*	: अन्याय	**नि.र.**-1/69	गरीबों की पुकार
♦ *'नहीं लाज, भय, अनृत, अनय, दुख'*	: अनीति	**नि.र.**-1/221	कौन तुम शुभ्र-किरण-वसना?
अनर्गल- *'निरलङ्कार कवित्व अनर्गल'*	: बिना रोक (अर्गल) के, मनमाना	**नि.र.**-1/110	सिर्फ एक उन्माद
♦ *'ऐ निर्बन्ध!/अन्ध-तम-अगम-अनर्गल-बादल!'*	: अर्गला (बंधन) से मुक्त, बेरोक-टोक	**नि.र.**-1/129	बादल राग
अनल चक्र- *'अनिहलवाड़ा में अनल चक्र घूमा फिर'*	: आग का पहिया (विपरीत और कष्टदायक परिस्थिति)	**प्र.ग्रं.**-1/343	प्रलय की छाया/लहर
अनल-प्रतिमा- *'देखा, वामा, वह न थी, अनल-प्रतिमा वह;'*	: अग्नि की प्रतिमा	**नि.र.**-1/303	तुलसीदास
अनल-बाला-सी- *'यह सारा कलुष जलाकर* *तुम जलो अनल-बाला-सी'*	: अग्नि-पुत्री के समान जलकर सारे कलुष को मिटा दो	**प्र.ग्रं.**-2/31	आँसू
अनल शिखा- *'सूखी काष्ठ सन्धि में पतली* *अनल शिखा जलती थी'*	: आग की लपट	**प्र.ग्रं.**-2/140	कर्म/कामायनी
अनलशिखा- *'तृष्णा वह अनलशिखा बन -'*	: आग की लपट की तरह (हैं इच्छाएँ)	**प्र.ग्रं.**-1/329	अशोक की चिंता/लहर
अनल-शिखा- *'मेरे स्वर की अनल-शिखा से* *जला सकल जग जीर्ण दिशा से'*	: अग्नि-शिखा, ऊष्मा, ताप	**नि.र.**-1/213	मेरे प्राणों में आओ!
अनलसित- *'मेरा चिन्ता-रहित, अनलसित'*	: अन्+अलसित, आलस्यविहीन, तत्पर	**पं.ग्रं.**-1/220	बालापन/पल्लव
अनवगत- *'अनवगत जिसका गान'*	: जिसे अभी तक जाना न जा सका हो	**पं.ग्रं.**-1/207	शिशु/पल्लव
अनवरोध- *'सरस-ज्ञान अनवरोध/करता नर-रुधिर-पान!'*	: मुक्त	**नि.र.**-1/267	फूटो फिर
अनवस्था- *'यह अनवस्था, युगल मिले से* *विकल व्यवस्था सदा बिखरती'*	: अनिश्चित अवस्था, कार्य -कारण का अनन्त क्रम	**प्र.ग्रं.**-2/262	रहस्य/कामायनी
अनसूया- *'भूलती नहीं हैं एक क्षण भी अनसूया देवी'*	: अत्रि ऋषि की पत्नी	**नि.र.**-1/52	पंचवटी प्रसंग:1

शब्द-	काव्य-पंक्ति	: अर्थ	ग्रंथावली/पृ.सं.	स्रोत/संदर्भ
अनसूया-वन-	*'फिर स्फटिकशिला, अनसूया-वन सरि-उद्गम,'*	: चित्रकूट का एक दर्शनीय स्थल	**नि.र.**-1/292	तुलसीदास
अनस्तित्व का तांडव नृत्य-	*'धू-धू करता नाच रहा था अनस्तित्व का तांडव नृत्य;'*	: प्रलय की भयंकर लीला	**प्र.ग्रं.**-2/64	चिंता/कामायनी
अनाकांक्षित-	*'भिक्षुक के स्वप्न-सी, अनाकांक्षित'*	: जिसकी इच्छा न की गयी हो	**नि.र.**-1/178	रेखा 'ख'
अनात्म-	*'मार अनात्म भाव अजरामर परमात्मा से नाता जोड़'*	: आत्मा से भिन्न, जड़, देह	**नि.र.**-1/44	नहीं डरेंगे
अनादि-	*'तुम अनादि तब केवल तम'*	: जिसके प्रारंभ/उद्भव को निर्धारित नहीं किया जा सके	**नि.र.**-1/225	प्रेम के प्रति
अनादि गान-	*'तुम गाओ विहग! अनादि गान'*	: पक्षी की प्राकृतिक गायन कला, जो गायन सृष्टि के आरम्भ से मौजूद हो	**पं.ग्रं.**-2/10	जगती के जन-पथ, कानन में/युगपथ
अनादि वासना-	*'नव हो जगी अनादि वासना मधुर प्राकृतिक भूख समान'*	: मनुष्य की आदिम इच्छाएँ, काम-रति की भावना	**प्र.ग्रं.**-2/76	आशा/कामायनी
	◆ *'जो आकर्षण बन हँसती थी रति थी अनादि वासना वही'*	: संस्कार-रूप में निरंतर रहने वाली लालसा, चिरंतन भोग-वासना	**प्र.ग्रं.**-2/104	काम/कामायनी
अनामा रागिनी-	*'वह अनामा रागिनी अब साँस में ठहरा चुकी हूँ'*	: मैं एक ऐसी रागिनी बजा रही हूँ जो नयी है और उसका पहले से कोई नाम नहीं है	**म.सा.**-1/323	आज तार मिला चुकी हूँ/दीप-शिखा
अनामिका-	*'जो प्रिया, प्रिया वह/रही सदा ही अनामिका'*	: जो नाम की सीमा से मुक्त है	**नि.र.**-1/340	सम्राट् अष्टम एडवर्ड के प्रति
अनामिल-	*'अन्तस्तल मधु-गन्ध अनामिल'*	: बेजोड़	**नि.र.**-1/240	आओ मधुर-सरण मानसि, मन
	◆ *'ओस के धोये अनामिल पुष्प ज्यों खिल किरण-चूमे'*	: स्वच्छ	**नि.र.**-1/245	बुझे तृष्णाशा-विषानल झरे
अनावृत-	*'अनावृत सुकृत-स्नेह के प्राण अमृत ही अमृत, ज्ञान ही ज्ञान'*	: खुला, जो ढँका न हो	**नि.र.**-1/240	तुम्हारे सुन्दरि, कर सुन्दर
अनासक्त-	*'विश्वानुरक्त हे अनासक्त, सर्वस्व त्याग को बना भुक्ति'*	: स्वार्थपूर्ण आग्रहों से मुक्त	**पं.ग्रं.**-2/25	बापू के प्रति/युगपथ
अनाहत-	*'संहार सृजन से युगल पाद, गतिशील, अनाहत हुआ नाद'*	: केवल आत्मा के द्वारा अनुभूत ईश्वरीय ध्वनि, बिना आघात के उत्पन्न ध्वनि	**प्र.ग्रं.**-2/246	दर्शन/कामायनी
	◆ *'दिव्य अनाहत पर-निनाद में श्रद्धायुत मनु बस तन्मय थे'*	: सारे विश्व में व्याप्त ईश्वरीय ध्वनि, जिसे साधना की अवस्था में सुना जा सकता है	**प्र.ग्रं.**-2/263	रहस्य/कामायनी
अनाहूत-	*'धिक! धाये तुम यों अनाहूत'*	: बिना बुलाए	**नि.र.**-1/303	तुलसीदास
अनिंद्य-	*'अकलुष, अनिंद्य, नक्षत्र एक, ज्यों मूर्तिमान ज्योतित विवेक'*	: जिसकी निंदा न की जा सके	**पं.ग्रं.**-1/268	एक तारा/गुंजन
अनिमिष-	*'नीरव, अनिमिष, एकाकिनि'*	: अपलक, एकटक (देखती हुई चाँदनी)	**पं.ग्रं.**-1/269	चाँदनी/गुंजन

शब्द- काव्य-पंक्ति	: अर्थ	ग्रंथावली/पृ.सं.	स्रोत/संदर्भ
◆ *'अनिमिष तारक पलकों पर'*	: अपलक	**पं.ग्र.**-1/309	तीन/ज्योत्स्ना
अनिमेष- *'बिदाई के अनिमेष नयन'*	: अपलक, एकटक	**नि.र.**-1/129	बादल राग
◆ *'करुणा को अनिमेष दृष्टि मेरी खुली'*	: अपलक, एकटक	**नि.र.**-1/327	प्रेयसी
◆ *'अनिमेष-राम - विश्वजिद्दिव्य-शर-भङ्ग-भाव,'*	: एकटक, अपलक, आँखें फाड़कर देखना	**नि.र.**-1/329	राम की शक्ति-पूजा
◆ *'मौन औ' अनिमेष निर्जन पुष्प-से'*	: अपलक, चुपचाप एकटक देखना	**पं.ग्रं.**-1/136	ग्रन्थि
◆ *'अनिमेष, अटल, कुछ चिन्तापर!'*	: अपलक, एकटक	**पं.ग्रं.**-1/180	उच्छ्वास/पल्लव
◆ *'नव मिलन को अनिमेष'*	: अपलक, एकटक	**पं.ग्रं.**-1/188	आँसू/पल्लव
◆ *'कामिनि की अनिमेष नयन छवि'*	: अपलक, बेबाक	**पं.ग्रं.**-1/194	अनंग/पल्लव
अनिमेष हृदय- *'अश्रु हास, अनिमेष हृदय'*	: देवताओं के हृदय (की तरह हैं तारे), अपलक भाव की तरह हृदय काम करता है	**पं.ग्रं.**-1/209	नक्षत्र/पल्लव
अनियम- *'अनियम से शासन करते'*	: जो नियमों से बँधा न हो	**पं.ग्र.**-1/309	तीन/ज्योत्स्ना
अनिर्वचनीय- *'अहे अनिर्वचनीय! रूप धर भव्य, भयंकर'*	: जिसे वाणी के द्वारा कहा जाना संभव न हो	**पं.ग्रं.**-1/231	परिवर्तन/पल्लव
अनिल की ध्वनि- *'अनिल की ध्वनि में, सलिल की वीचि में'*	: हवाओं के चलने से उत्पन्न ध्वनि	**पं.ग्रं.**-1/126	ग्रन्थि
अनिल-कुसुम- *'या फूलों से ली अनिल-कुसुम'*	: हवा में खिले फूल (की तरह है तितली)	**पं.ग्रं.**-2/23	तितली/युगपथ
अनिल के खग- *'अनिल के खग, कर चल-कल रोर'*	: वायु-रूपी पंछी	**पं.ग्रं.**-1/374	द्वितीय दृश्य/परी
अनिल दुकूल- *'थिरकते, गह-गह अनिल दुकूल?'*	: हवा-रूपी आँचल	**पं.ग्रं.**-1/221	विश्व व्याप्ति/पल्लव
अनिल-निपीड़ित- *'अनिल-निपीड़ित जा गिरती जो कूलों पर अज्ञात'*	: वायु के थपेड़ों से प्रभावित (तरंगें)	**म.सा.**-1/135	तुम हो विधु के बिम्ब और मैं/रश्मि
अनिलपथ- *'उलझ अलकें जाएँगी मत अनिलपथ में डोल री'*	: वायुमार्ग में	**म.सा.**-1/227	मत अरुण घूँघट खोल री!/नीरजा
अनिल पीड़ित लहर- *'जग पड़ी हूँ अनिल पीड़ित लहर-सी'*	: हवा से बेचैन लहर	**पं.ग्रं.**-1/130	ग्रन्थि
अनिल, भू, जल में- *'आज से मानवता की कीर्ति अनिल, भू, जल में रहे न बंद'*	: वायु, पृथ्वी और जल में (सृष्टि मानो कैद हो गयी थी)	**प्र.ग्रं.**-2/93	श्रद्धा/कामायनी
अनिल-वाह- *'इस अनिल-वाह के पार प्रखर किरणों का वह ज्योतिर्मय घर'*	: हवा की तरह प्रवाहमय	**नि.र.**-1/289	तुलसीदास
अनिल विलोड़ित- *'अनिल विलोड़ित गगन सिन्धु में'*	: हवा के द्वारा हिलाया-डुलाया हुआ	**पं.ग्रं.**-1/214	बादल/पल्लव
अनिल वीचियों- *'अनिल वीचियों में सुकुमार'*	: हवा की लहरें	**पं.ग्रं.**-1/204	छाया/पल्लव
अनिलाकार- *'तुम जल थल में अनिलाकार'*	: अनिल के आकार की (लहरें), हवा के अनुसार लहरें आकार लेती हैं	**पं.ग्रं.**-1/190	वीचि विलास/पल्लव
अनिवार- *'प्रेम-पंखें में उड़ अनिवार'*	: जिसे रोका न जा सके	**पं.ग्रं.**-1/259	रूप-तारा तुम पूर्ण प्रकाम/गुंजन
अनिहलवाड़ा- *'अनिहलवाड़ा में अनल चक्र घूमा फिर'*	: तत्कालीन गुजरात की राजधानी	**प्र.ग्रं.**-1/343	प्रलय की छाया/लहर

शब्द- काव्य-पंक्ति	: अर्थ	ग्रंथावली/पृ.सं.	स्रोत/संदर्भ
अनी- *'अलकों की मृदुल अनी'*	: नोक	**प्र.ग्रं.-4**/302	चतुर्थ अंक/चन्द्रगुप्त
◆ *'तारों की किरन-अनी सखे!*	: नोक	**प्र.ग्रं.-4**/302	चतुर्थ अंक/चन्द्रगुप्त
अनुकंपा- *'पलभर अनुकम्पा से भर जा'*	: कृतज्ञता, किसी की कृपा को महसूस करना	**प्र.ग्रं.-3**/272	प्रथम अंक/अजातशत्रु
अनुकूल सुखों- *'अपने ही अनुकूल सुखों को मिलने दो मिल जाओ'*	: काम-रति के अनुरूप स्त्री-पुरुष को प्राप्त शारीरिक सुख	**प्र.ग्रं.-2**/154	कर्म/कामायनी
अनुकूलें- *फिर झूलें नव वृन्तों पर/अनुकूलें अलि अनुकूलें'*	: अनुकूल हो जाएँ	**नि.र.-1**/191	वासन्ती
अनुकृति- *'हृदय की अनुकृति बाह्य उदार एक लम्बी काया, उन्मुक्त;'*	: अनुकरण, नकल	**प्र.ग्रं.-2**/84	श्रद्धा/कामायनी
अनुग्रह- *'अपने अनुग्रह के भार से दबाते हुए'*	: कृपा	**प्र.ग्रं.-1**/349	प्रलय की छाया/लहर
◆ *'इस दीन अनुग्रह का मुझ पर तुम बोझ डालने में समर्थ'*	: अनुकम्पा	**प्र.ग्रं.-2**/168	ईर्ष्या/कामायनी
अनुचर- *'सुरपति के हम ही हैं अनुचर'*	: सेवक	**पं.ग्रं.-1**/213	बादल/पल्लव
अनुचरों- *'पीछे आ रहा था दल/अनुचरों का'*	: सेवक, अनुचर	**नि.र.-1**/176	रेखा 'ख'
अनुताप- कविता का शीर्षक	: पश्चात्ताप का मानसिक तनाव	**नि.र.-1**/91	अनुताप
◆ *'प्रलय बनकर किसका अनुताप डुबा जाता उसको चुपचाप?'*	: पश्चात्ताप, अफसोस	**म.सा.-1**/106	शून्यता में निद्रा की बन/रश्मि
अनुतापों की दाह- *'साँस में अनुतापों की दाह कल्पना का अविराम प्रवाह'*	: पश्चात्ताप या अफसोस का दुःख	**म.सा.-1**/114	तुहिन के पुलिनों पर छबिमान/रश्मि
अनुदिन- *'देवों की सृष्टि विलीन हुई अनुशीलन में अनुदिन मेरे;'*	: प्रतिदिन	**प्र.ग्रं.-2**/103	काम/कामायनी
◆ *'पगली-सी कोई अंतर में बैठी जैसे अनुदिन बकती'*	: प्रतिदिन, हमेशा	**प्र.ग्रं.-2**/129	लज्जा/कामायनी
अनुनय- *'अनुनय उलझ रहा हो तीखे तिरस्कार से लांछित हो'*	: विनम्र अनुरोध	**प्र.ग्रं.-4**/134	पंचम अंक/स्कन्दगुप्त
◆ *'क्या अनुनय में मनुहारों में क्या आँसू में उद्‌गारों में'*	: प्रेम की याचना करना	**म.सा.-1**/205	क्यों जग कहता मतवाली /नीरजा
अनुनय मनुहार- *'अपनी प्रतिछाया से भोले! इतनी अनुनय मनुहार न कर!'*	: निवेदनपूर्वक रूठे हुए को मनाना	**म.सा.-1**/226	कहता जग दुःख को प्यार न कर!/नीरजा
अनुनय वाणी में- *'अनुनय वाणी में, आँखों में उपालंभ की छाया'*	: निवेदन से भरी आवाज में	**प्र.ग्रं.-2**/147	कर्म/कामायनी
अनुपातों- *'बजा करें अगणित यन्त्रों से सुख-दुःख के अनुपातों से'*	: तुलनात्मक मात्रा में	**प्र.ग्रं.-4**/134	पंचम अंक/स्कन्दगुप्त
अनुभूति तुला- *'जीवन की अनुभूति तुला पर अरमानों से तोल'*	: अनुभूतियों के तराजू पर (इच्छाओं को तौला जाए)	**म.सा.-1**/39	चाहता है यह पागल प्यार/नीहार
अनुमान- *'चिर-परिचित-सा चाह रहा था द्वंद्व सुखद करके अनुमान'*	: परिकल्पना, काम-क्रीड़ा के सुख की कल्पना	**प्र.ग्रं.-2**/76	आशा/कामायनी
अनुरंजित- *'अनुरंजित कलियों का वैभव'*	: प्रसन्न	**म.सा.-1**/131	दिया क्यों जीवन का वरदान?/रश्मि
अनुरक्त- *'विश्व का उन्मीलन अभिराम इसी में सब होते अनुरक्त'*	: लगाव होना	**प्र.ग्रं.-2**/89	श्रद्धा/कामायनी

शब्द- काव्य-पंक्ति	: अर्थ	ग्रंथावली/पृ.सं.	स्रोत/संदर्भ
अनुरक्त वीचियाँ- *'नाचेंगी अनुरक्त वीचियाँ रंजित प्रभा सुनहरी में'*	: प्रेम की भावनाओं से भरी हुई लहरें	**प्र.ग्रं.**-1/238	दीप/झरना
अनुरक्ति- *'विरति में भी चिरविरति की बन गई अनुरक्ति हूँ मैं'*	: लगाव, अनासक्ति से लगाव	**म.सा.**-1/268	मैं किसी की मूक छाया हूँ.../सांध्य गीत
अनुराग-कंज - *'वह उर जिसका अनुराग-कंज मुँदकर न हुआ मधुहीन दीन'*	: जिसका प्रेम कमल के फूल की तरह हो	**म.सा.**-1/161	बीते वसंत की चिर-समाधि!/रश्मि
अनुराग का इंदु- *'हँसता अनुराग का इंदु सदा'*	: प्रेम के प्रतीक की तरह चन्द्रमा	**म.सा.**-1/130	इन आँखों ने देखी न राह कहीं/रश्मि
अनुराग-परागों- *'पहन लो, और जरा अनुराग-परागों में खोजो'*	: प्रेम रूपी पराग	**नि.र.**-1/88	शृंगारमयी
अनुराग-राग-आलाप- *'नहीं होता कोई अनुराग-राग-आलाप'*	: प्रेम के राग में गायन	**नि.र.**-1/77	सन्ध्या-सुन्दरी
अनुराग विराग ढाल- *'दो पद्म-पलाश चषक से दृग देते अनुराग विराग ढाल'*	: (इड़ा की आँखें मानो) आसक्ति उत्पन्न कर अन्य के प्रति उदासीनता को जन्म देती हैं	**प्र.ग्रं.**-2/179	इड़ा/कामायनी
अनुराग समीरों पर तिरता- *'अनुराग समीरों पर तिरता था इतराता-सा डोल रहा'*	: प्रेम की अनुभूति प्रदान करती वायु में तैरती (चिड़ियों की प्रभातकालीन चहचहाहट)	**प्र.ग्रं.**-2/124	लज्जा/कामायनी
अनुरागिनी उषा- *'अनुरागिनी उषा लेती थी निज सुहाग मधुमाया में'*	: प्रेम से भरी हुई उषा-रूपी स्त्री	**प्र.ग्रं.**-1/292	मधुप गुनगुना कर कह जाता/लहर
अनुलेप- *'अनुलेप सदृश तू लग रे !'*	: सुगन्धित लेप, उबटन	**प्र.ग्रं.**-1/332	अशोक की चिंता/लहर
अनुलेपन- *'अनुलेपन सा मधुर स्पर्श था व्यथा भला क्यों रह जाती?'*	: लेप लगाने के समान, मरहम लगाये जाने की तरह	**प्र.ग्रं.**-2/220	निर्वेद/कामायनी
अनुवादित- *'हे विधि, फिर अनुवादित कर दो'*	: भावांतरण, बदल देने के अर्थ में	**पं.ग्रं.**-1/221	बालापन/पल्लव
अनुशय- *'लघुता मत देखो वक्ष चीर, जिसमें अनुशय बन घुसा तीर'*	: पश्चात्ताप	**प्र.ग्रं.**-2/244	दर्शन/कामायनी
अनुशीलन- *'देवों की सृष्टि विलीन हुई अनुशीलन में अनुदिन मेरे;'*	: अनुगमन, अनुकरण	**प्र.ग्रं.**-2/103	काम/कामायनी
अनूप- *'अपनी इच्छा का दृढ़ विरोध जिसमें वे भाव नहीं अनूप'*	: अनुपम, अति विशिष्ट	**प्र.ग्रं.**-2/160	ईर्ष्या/कामायनी
अनृत- *'नहीं लाज, भय, अनृत, अनय, दुख'*	: झूठ	**नि.र.**-1/221	कौन तुम शुभ्र-किरण-वसना?
अन्तरतम- *'खोजती अन्तरतम का द्वार'*	: हृदय के भीतर, ईश्वर का निवास-स्थान	**नि.र.**-1/105	खोज और उपहार
अन्य- *'उसमें एक प्रदर्शन जिसको देखें अन्य, वही है'*	: दूसरे लोग भी	**प्र.ग्रं.**-2/152	कर्म/कामायनी
अन्य हृदय का- *'नहीं इसी से अन्य हृदय का कोई सुमन खिलेगा'*	: दूसरों के मन को (खुशी मिले)	**प्र.ग्रं.**-2/152	कर्म/कामायनी
अन्वेषण- *'स्पन्दन तब हृदय में अन्वेषण नयनों में/प्राणों में लालसा'*	: खोज, तलाश, प्रतीक्षा	**नि.र.**-1/195	स्मृति-चुम्बन
◆ *'बाँध अञ्चल में विस्मृति-धन कर रहा किसका अन्वेषण?'*	: खोज, तलाश	**म.सा.**-1/114	तुहिन के पुलिनों पर छबिमान/रश्मि

शब्द- काव्य-पंक्ति	: अर्थ	ग्रंथावली/पृ.सं.	स्रोत/संदर्भ
अन्वेषणों- *'छीन सब मीठे क्षणों को इन अथक अन्वेषणों को'*	: वेदना में सुख की तलाश -जैसी दुर्लभ खोजें	**म.सा.**-1/285	देव अब वरदान कैसा! /सांध्य गीत
अपत्र- *'छा अपत्र सरिता के कूल'*	: पत्ते के बिना, लहरें पत्रविहीन लता की तरह हैं	**पं.ग्रं.**-1/189	वीचि विलास/पल्लव
अपदार्थ- *'अपदार्थ तिरूँगा मैं क्या हो भी कुछ कूल किनारा'*	: व्यर्थ होकर	**प्र.ग्रं.**-2/21	आँसू
अपना ही रस- *'मधुर-भाव उसके तन-मन में अपना ही रस छकता'*	: शारीरिक प्रेम को अपने भीतर महसूस करना	**प्र.ग्रं.**-2/148	कर्म/कामायनी
अपनी छाँह- *'तू न अपनी छाँह को अपने लिए कारा बनाना!'*	: अपनी छाया या मिथ्या कारणों को	**म.सा.**-1/280	चिर सजग आँखें उनींदी.../सांध्य गीत
अपनी मधु बूँदें मधुर मौन- *'पीता मन मुकुलित कंज आप अपनी मधु बूँदें मधुर मौन'*	: (मनु का मन-रूपी कमल) अपने पराग-कण को मौन होकर निश्चेष्ट मधुरता के साथ पी रहा था	**प्र.ग्रं.**-2/179	इड़ा/कामायनी
अपनी शंकाओं से व्याकुल- *'अपनी शंकाओं से व्याकुल तुम अपने ही होकर विरुद्ध'*	: अपने भीतर के संदेहों के कारण बेचैन	**प्र.ग्रं.**-2/177	इड़ा/कामायनी
अपर दिनकर- *'बादलों में घिर अपर दिनकर रहे'*	: उसका चेहरा सूर्य की तरह है मानो दूसरा सूर्य हो	**नि.र.**-1/253	(प्रिय) यामिनी जागी
अपराजिता- *'अपराजिता-सी श्याम कोमल पुतलियों में'*	: जो पराजित होना न जाने	**नि.र.**-1/93	यहीं
अपराजेय- *'रह गया राम-रावण का अपराजेय समर'*	: जिसे जीता न जा सका हो	**नि.र.**-1/329	राम की शक्ति-पूजा
अपरिचित- *'पंथ होने दो अपरिचित प्राण रहने दो अकेला!'*	: अनजाना, नया, मुश्किल	**म.सा.**-1/313	पंथ होने दोअपरिचित /दीप-शिखा
अपरिचित चितवन- *'अपरिचित चितवन में था प्रात'*	: उसकी नयी निर्दोष निगाहें	**पं.ग्रं.**-1/187	आँसू/पल्लव
अपरिचित-पुण्य- *'अपरिचित-पुण्य अक्षय क्षोभन धन कोई;'*	: उसका पुण्य लोगों में अज्ञात है	**नि.र.**-1/295	तुलसीदास
अपरूप- *'पर कैसी अपरूप छटा लेकर आये तुम प्यारे'*	: अपूर्व	**प्र.ग्रं.**-1/281	बिंदु(3)/झरना
♦ *'वह अनन्त प्रगाढ़ छाया फैलती अपरूप'*	: परम रूपवान	**प्र.ग्रं.**-2/117	वासना/कामायनी
♦ *'छिपे हैं हम अपरूप'*	: एक ही प्रकृतिवाला दूसरा रूप	**पं.ग्रं.**-1/231	परिवर्तन/पल्लव
अपर्ण-अशना- *'शैल-सुता अपर्ण-अशना, पल्लव-वसना बनेगी'*	: पत्तों से मिला भोजन भी छोड़ देनेवाली, बिना पत्तों की— अपर्ण डाल; पार्वती का भी नाम अपर्णा है	**नि.र.**-1/227	रूखी री यह डाल
अपल- *'देखता रहा मैं खड़ा अपल वह शर-क्षेप, वह रण-कौशल'*	: अपलक	**नि.र.**-1/316	सरोज-स्मृति
♦ *'चल पद हुए अचल,/आप ही अपल दृष्टि'*	: स्थिर, निश्चित	**नि.र.**-1/325	प्रेयसी
अपलक अनंत- *'अपलक अनन्त, नीरव भूतल'*	: आकाश एकटक (चाँदनी को देख रहा है)	**पं.ग्रं.**-1/274	नौका-विहार/गुंजन
अपलक आनन- *'अपनेपन की अवगुण्ठन बिन मेरा अपलक आनन सूना'*	: एकटक प्रिय की राह देखता मेरा चेहरा	**म.सा.**-1/208	तेरी सुधि बिन क्षण क्षण सूना/नीरजा
अपलक-उन्मन- *'खिला सकल जीवन, कल मन, पलकों का अपलक-उन्मन'*	: उदास होकर ताकते रहना	**नि.र.**-1/234	खिला सकल जीवन, कल मन

शब्द- काव्य-पंक्ति	: अर्थ	ग्रंथावली/पृ.सं.	स्रोत/संदर्भ
अपलक चितवन– *'वे तारक-बालाओं की अपलक चितवन बन आते'*	: एकटक देखतीं तारों की निगाहें (बनकर वे आते हैं)	**म.सा.**–1/144	अलि कैसे उनको पाऊँ/रश्मि
अपलक दृग के अंजन– *'कुहुकिनि अपलक दृग के अंजन! हँसती तुझमें सुन्दर छलना'*	: निर्निमेष आँखों के काजल (की तरह है रात का अँधेरा)	**प्र.ग्रं.**–2/173	इड़ा/कामायनी
अपलक नयन– *'मूक उर के, अश्रु अपलक नयन के'*	: एकटक ताकती आँखें	**पं.ग्रं.**–1/131	ग्रन्थि
अपलक विरल तारावली– *'रजत-स्वप्नों में उदित अपलक विरल तारावली'*	: एकटक देखती हुई तारों की विरल (जो घनी नहीं हैं) पंक्तियाँ	**म.सा.**–1/200	मैं बनी मधुमास आली /नीरजा
अपल-नयन– *'अपल-नयन सुवास-यौवन नव'*	: निष्पलक नयनोंवाली	**नि.र.**–1/255	बादल में आये जीवन-धन
अपवाद – *'कहाँ प्रकट बकता अपवाद?'*	: अफवाह, झूठी बातें, बनायी बातें	**नि.र.**–1/124	यमुना के प्रति
◆ *'विश्व-विभव को लूट-लूट लड़ने वाले – अपवाद!'*	: विपरीत उदाहरण, सबसे अलग तरह का	**नि.र.**–1/129	बादल राग
अपसारित– *'बाधाएँ अपसारित कर,/कहता– "वर यों वरना"*	: हटाकर	**नि.र.**–1/278	गर्ज्जित-जीवन झरना
अपहृत– *'हृदय का राजस्व अपहृत, कर अधम अपराध'*	: अपहरण कर लेना, चुरा लेना	**प्र.ग्रं.**–2/113	वासना/कामायनी
अपहृत-श्री– *'अपहृत-श्री, सुख-स्नेह का सद्म,'*	: जिसकी शोभा छीन ली गयी हो	**नि.र.**–1/299	तुलसीदास
अपांग– *'नव-अपांग-शर-हत व्याकुल-उर आतुर वारिद वारि-धार स्फुर'*	: कटाक्ष	**नि.र.**–1/256	बादल में आये जीवन -धन
अपांग की धारा– *'एक दिन तव अपांग की धारा'*	: आँख के किनारे से आँसू का प्रवाह	**प्र.ग्रं.**–1/221	झरना/झरना
अपांग के घन– *'विस्मृति का नील-नलिन रस बरसे अपांग के घन से'*	: आँखों के कोरों पर मानो बादल बसे हैं	**प्र.ग्रं.**–2/28	आँसू
अपांगों– *'अरुण अपांगों से देखा, कुछ हँस पड़ी'*	: आँखों का सफेद किनारा	**प्र.ग्रं.**–1/228	पावस प्रवास/झरना
◆ *'जो अपांगों से अधिक है देखता'*	: आँखों का किनारा, कनखी	**पं.ग्रं.**–1/126	ग्रन्थि
अपार्थिव पूजन– *'हाय! मृत्यु का ऐसा अमर, अपार्थिव पूजन'*	: अलौकिक पूजा-भाव	**पं.ग्रं.**–2/21	ताज/युगपथ
अपावन – *'क्या तुम निर्मल, वही अपावन?'*	: अपवित्र	**नि.र.**–1/212	छोड़ दो, जीवन यों न मलो
अपाहज स्वाँग– *'हा! अलस के इस अपाहज स्वाँग में'*	: अधूरा अभिनय (है सुख)	**पं.ग्रं.**–1/138	ग्रन्थि
अपिधान– *'दृगों से बरसा यह अपिधान'*	: आवरण, आच्छादन	**पं.ग्रं.**–1/213	जीवन यान/पल्लव
अप्रतिभट– *'अप्रतिभट वही, एक – अर्बुद-सम, महावीर,'*	: जिनके समान कोई अन्य वीर न हो	**नि.र.**–1/333	राम की शक्ति-पूजा
अप्रतिम– *'अप्रतिम प्रिया से, त्यों दुकूल-प्रतिमा में'*	: अनुपमा, जो विशेष रूप से सुंदर हो	**नि.र.**–1/294	तुलसीदास
अप्रतिहत– *'निर्विरोध, प्रतिहत भी/अप्रतिहत आलिंगन?'*	: निर्बाध, अवरोध-रहित, लगातार	**नि.र.**–1/154	परलोक
◆ *'ऊर्मि संघातोद्धत, अप्रतिहत, उज्ज्वल, अछोर चिर-निर्मल सागर की ओर'*	: बिना रुके हुए, लगातार	**नि.र.**–1/187	'सरोज' के प्रति

शब्द- काव्य-पंक्ति	: अर्थ	ग्रंथावली/पृ.सं.	स्रोत/संदर्भ
◆ *'बीते अविरत शत-शत अब्द, शब्द अप्रतिहत/उठता – ये जो पदनत'*	: जिसे कोई रोकनेवाला न हो	**नि.र.**-1/274	कहाँ परित्राण?
◆ *'अप्रतिहत गरज रहा पीछे अम्बुधि विशाल;'*	: जिसे कोई रोक न सके, निर्बाध	**नि.र.**-1/330	राम की शक्ति-पूजा
अप्रतिहत गति- *'अप्रतिहत गति, संस्थानों से रहता था जो सदा बढ़ा'*	: अबाध गति से चलता हुआ या तरक्की करता हुआ (मनु)	**प्र.ग्रं.**-2/216	निर्वेद/कामायनी
अप्रमाद- *'बहती थी श्यामल घाटी में निर्लिप्त भाव-सी अप्रमाद'*	: स्फूर्ति के साथ, सावधान होकर	**प्र.ग्रं.**-2/178	इड़ा/कामायनी
अप्रमेय- *'अप्रमेय, अज्ञात,/चोर, कौस्तुभ कठोर विख्यात'*	: जिसे मापा न जा सके	**पं.ग्रं.**-1/113	हृदय के बन्दी तार/वीणा
अप्रसंग- *'पर रही मौन धर अप्रसंग वह बाला;'*	: असामयिक	**नि.र.**-1/301	तुलसीदास
अप्सर-कुमारियाँ- *उड़तीं वातास में – वीचियों में तैरतीं अप्सर-कुमारियाँ'*	: अप्सराएँ	**नि.र.**-1/204	कवि
अप्सरियाँ- *'रश्मियाँ बनीं अप्सरियाँ अंतरिक्ष में नचती थीं'*	: परियों (-जैसी चन्द्र किरणें)	**प्र.ग्रं.**-2/279	आनन्द/कामायनी
अप्सरियों की तानों- *'इन अप्सरियों की तानों के मचल रहे हैं सुन्दर झूले'*	: (इच्छा-लोक की आकृतियाँ) अप्सराओं की तरह गीतों की तान से युक्त थीं	**प्र.ग्रं.**-2/257	रहस्य/कामायनी
अप्सरी-सी अज्ञात- *'अप्सरी-सी अज्ञात!'*	: आकाश-मार्ग से आनेवाली अप्सराओं की तरह वायु अज्ञात बनी रहती है	**पं.ग्रं.**-1/371	द्वितीय दृश्य/परी
अप्सरे- *'अरी अप्सरे! उस अतीत के नूतन गान सुनाओ'*	: श्रद्धा को मनु 'परी' कह रहे हैं	**प्र.ग्रं.**-2/147	कर्म/कामायनी
अबंध बल- *'जिन युवकों के मणिबंधों में अबंध बल'*	: जिस बल को बाँधा न जा सके, असीमित बल	**प्र.ग्रं.**-1/335	शेरसिंह का शस्त्र-समर्पण/लहर
अबाधता- *'एक स्थिर ज्योति में/अपनी अबाधता'*	: बाधाविहीन होना	**नि.र.**-1/172	रेखा 'क'
अबोध- *'तुम अति अबोध, अपनी अपूर्णता को न स्वयं तुम समझ सके'*	: नासमझ	**प्र.ग्रं.**-2/175	इड़ा/कामायनी
अब्द- *'बीते अविरत शत-शत अब्द, शब्द अप्रतिहत/उठता – ये जो पदनत'*	: वर्ष	**नि.र.**-1/274	कहाँ परित्राण?
अब्दों- *'शत शत अब्दों का सान्ध्य काल यह आकुंचित भ्रू कुटिल-भाल'*	: वर्षों	**नि.र.**-1/281	तुलसीदास
अभया वाणी- *'स्वागत था अभया वाणी का, निष्ठुरता लिये बिदाई थी'*	: बुद्ध का भयमुक्त उपदेश	**प्र.ग्रं.**-1/296	जगती की मंगलमयी उषा बन/लहर
अभाव की चपल बालिके- *'हे अभाव की चपल बालिके, री ललाट की खल लेखा!'*	: अभाव के कारण उत्पन्न होनेवाली चिंता को चंचल बालिका कहा गया है	**प्र.ग्रं.**-2/53	चिंता/कामायनी
अभाव की जड़ता- *'अपने अभाव की जड़ता में वह रह न सकेगा कभी मग्न'*	: किसी की कमी के कारण उत्पन्न हीन भावबोध	**प्र.ग्रं.**-2/166	ईर्ष्या/कामायनी
अभिधान- *'अभिधान शत वर्षों के'*	: कथन	**नि.र.**-1/205	कवि
अभिनंदित- *'नव ऊषा-सन्ध्या अभिनन्दित'*	: जिसका स्वागत किया जा रहा हो	**पं.ग्रं.**-2/16	नव हे, नव हे/युगपथ
अभिनय की छाया- *'इस नियति नटी के अति भीषण अभिनय की छाया नाच रही'*	: नाटकीय प्रदर्शन की परछाई	**प्र.ग्रं.**-2/172	इड़ा/कामायनी

शब्द-	काव्य-पंक्ति	: अर्थ	ग्रंथावली/पृ.सं.	स्रोत/संदर्भ
अभिनयमय-	*'अभिनयमय है परिवर्त्तन,'*	: वास्तविक न होना, नाटकीयता से परिपूर्ण	**प्र.ग्रं.**-1/331	अशोक की चिंता/लहर
अभिनव-	*'काल के प्याले में अभिनव ढाल जीवन का मधु-आसव'*	: नया, नूतनता और ताजगी से परिपूर्ण	**म.सा.**-1/116	तुहिन के पुलिनों पर छबिमान/रश्मि
अभिनव मानव-	*'यह अभिनव मानव प्रजा सृष्टि'*	: नयी मानव-जाति, मनु और श्रद्धा के पुत्र 'मानव' से मानव-जाति का प्रारंभ माना गया है	**प्र.ग्रं.**-2/176	इड़ा/कामायनी
अभियुक्त-	*'श्याम-मोह-कज्जल अभियुक्त?'*	: जिस पर आरोप लगे हों	**नि.र.**-1/120	यमुना के प्रति
अभिराम-	*'खेद भय रहित अभेद, अभिराम हो'*	: सुंदर	**प्र.ग्रं.**-1/261	तुम/झरना
◆	*'और देखा वह सुन्दर दृश्य/नयन का इंद्रजाल अभिराम;'*	: सुंदर	**प्र.ग्रं.**-2/83	श्रद्धा/कामायनी
◆	*'अरुण की एक किरण अम्लान अधिक अलसाई हो अभिराम'*	: सुंदर	**प्र.ग्रं.**-2/85	श्रद्धा/कामायनी
◆	*'विश्व का उन्मीलन अभिराम/इसी में सब होते अनुरक्त'*	: सुंदर	**प्र.ग्रं.**-2/89	श्रद्धा/कामायनी
◆	*'ललित-कल्पना-गति अभिराम'*	: सुंदर, मनोरम	**नि.र.**-1/120	यमुना के प्रति
◆	*'वह अभिराम कामनाओं का'*	: सुंदर	**नि.र.**-1/121	यमुना के प्रति
◆	*'चौंक चमक छिप जाती विद्युत/तड़िद्दाम अभिराम'*	: सुंदर	**नि.र.**-1/133	बादल-राग
◆	*'स्वर्ग आशाओं की अभिराम'*	: सुंदर, आकर्षक	**नि.र.**-1/141	स्मृति
◆	*'सरस अभिराम पतन-उत्थान'*	: सुंदर	**नि.र.**-1/143	स्मृति
◆	*'कुसुमित पलनों में अभिराम'*	: सुंदर	**पं.ग्रं.**-1/201	विश्व वेणु/पल्लव
◆	*'लुट जाते अभिराम छिन्न/मुक्तावलियों के बंदनवार'*	: सुंदर	**म.सा.**-1/34	निश्वासों का नीड़, निशा का/नीहार
अभिराम तारकों से-	*'आँसुओं में सहमे अभिराम तारकों से हे मूक अजान'*	: आँसुओं के बीच सहमे नेत्र-गोलकों की तरह हैं फूल	**म.सा.**-1/92	मधुरिमा के, मधु के अवतार/नीहार
अभिलषित-	*'अभिलषित अधूरी रह न जाय'*	: चाह	**नि.र.**-1/228	आओ मेरे आतुर उर पर
अभिलाष-घन-	*'मन के गगन के अभिलाष-घन उस समय,/जानते थे वर्षण ही'*	: अभिलाषा (मनोकामना) के बादल	**नि.र.**-1/185	जागरण
अभिलाषाओं की धूल-	*'उड़ा दो मत गुलाल सी हाय अरे अभिलाषाओं की धूल'*	: (होली के उड़ते गुलाल मानो) बिखरती इच्छाओं की धूल की तरह हों	**प्र.ग्रं.**-1/265	होली की रात/झरना
अभिलाषा-शलभ-	*'जले दीप नभ के, अभिलाषा-शलभ उड़े, उस ओर चले'*	: (श्रद्धा की) कामनाओं की उपमा फतिंगों से दी गयी है	**प्र.ग्रं.**-2/188	स्वप्न/कामायनी
अभिलाषें-	*'होकर सीमाहीन, शून्य में/मँडराएँगी अभिलाषें'*	: प्रेम की मेरी कामनाएँ मानो वायु की तरह अनंत आकाश में मँडराती रहेंगी	**म.सा.**-1/33	मैं अनंत पथ में लिखती जो/नीहार
अभिशप्त-	*'जन्म पर अपने अभिशप्त/तप्त आँसू बहाती है;'*	: अभिशाप से ग्रस्त, दुर्भाग्यशाली	**नि.र.**-1/153	जागो फिर एक बार
अभिशाप-प्रतिध्वनि-	*'अभिशाप-प्रतिध्वनि हुई लीन'*	: कामदेव की गूँजती हुई शाप-वाणी	**प्र.ग्रं.**-2/178	इड़ा/कामायनी
अभिषेक-	*'कर रहे निर्जन का चुपचाप प्रभा की धारा से अभिषेक?'*	: नहला देना, महत्त्व प्रदान करना	**प्र.ग्रं.**-2/83	श्रद्धा/कामायनी
◆	*'उड़ उड़कर जो धूल करेगी/मेघों का नभ में अभिषेक'*	: मेरी पीड़ा की निशानी लेकर धूल मेघों को भर देगी	**म.सा.**-1/33	मैं अनंत पथ में लिखती जो/नीहार

शब्द-	काव्य-पंक्ति	: अर्थ	ग्रंथावली/पृ.सं.	स्रोत/संदर्भ
अभिसार-	*'मुखरित था कलरव, गीतों में स्वर लय का होता अभिसार'*	: मिलन	**प्र.ग्रं.-2**/57	चिंता/कामायनी
◆	*'खेलने चली प्रीति-अभिसार'*	: मिलने जाना (प्रेम-प्रसंग में)	**नि.र.**-1/64	सच्चा प्यार
◆	*'कुमुद-किरण-अभिसार-केलि-नव'*	: मिलन, मुलाकात (प्रेम-प्रसंग में)	**नि.र.**-1/83	हूँ दूर
◆	*'उत्सुक, किस अभिसार निशा में'*	: मिलन	**नि.र.**-1/117	यमुना के प्रति
◆	*'फिर वासन्ती अखिल लोक में/ज्योत्स्ना का होता अभिसार'*	: मिलन	**नि.र.**-1/192	वसन्त-समीर
◆	*'शिशिर का जैसे नि:शब्द अभिसार हो/शिविर में विश्व के'*	: मिलन	**नि.र.**-1/195	स्मृति-चुम्बन
◆	*'आज करूँगी मैं अभिसार'*	: प्रिय से मिलन और प्रेम-व्यापार	**पं.ग्रं.**-1/96	तजकर वसन विभूषण भार/वीणा
◆	*'धरा पर करती थी अभिसार!'*	: श्रृंगारिक मिलन, सुंदर सम्मिलन	**पं.ग्रं.**-1/223	परिवर्तन/पल्लव
◆	*'हृदय-सर में करने अभिसार'*	: प्रिय से मिलन	**पं.ग्रं.**-1/259	रूप-तारा तुम पूर्ण प्रकाम/गुंजन
◆	*'करती तुम अभिसार'*	: प्रिय से मिलन	**पं.ग्रं.**-1/273	अप्सरा/गुंजन
◆	*'छोड़ क्यों देते बारंबार/मुझे तम से करने अभिसार'*	: मिलन, एकाकार हो जाना	**म.सा.**-1/128	किसी नक्षत्रलोक से टूट/रश्मि
◆	*'आज पुलकित सृष्टि क्या/करने चली अभिसार लय में?'*	: प्रिय से सुखद मुलाकात	**म.सा.**-1/174	कौन तुम मेरे हृदय में?/नीरजा
◆	*'अपने दो आकार बनाने/दोनों का अभिसार दिखाने'*	: प्रिय से मिलन	**म.सा.**-1/209	टूट गया वह दर्पण निर्मम/नीरजा
◆	*'तू भ्रम वह तम तेरा प्रियतम/आ सूने में अभिसार न कर!'*	: प्रेम-मिलन	**म.सा.**-1/226	कहता जग दु:ख को प्यार न कर!/नीरजा
◆	*'बनता है इतिहास मिलन का प्यास भरे अभिसार अकथ में!'*	: प्रेममय मिलन	**म.सा.**-1/375	मैं पलकों में पाल रही हूँ/दीप-शिखा
अभिसार बनी-	*'घिर छाया-सी श्याम, विश्व को आ अभिसार बनी'*	: वसंत-रजनी विश्व को प्रेममय मिलन का माहौल देती है	**म.सा.**-1/168	धीरे-धीरे उतर क्षितिज से/नीरजा
अभिसारिका-	*'क्षिप्रगति चलती अभिसारिका यह गोदावरी'*	: जो प्रिय से मिलने जा रही हो	**नि.र.**-1/56	पंचवटी प्रसंग:3
अभिसारों-	*'जहाँ छिप जाते थे मधुमास निशा के अभिसारों को लूट'*	: (रात में होनेवाली) प्रकृतिपरक मुलाकातें	**म.सा.**-1/70	निराशा के झोंकों ने देव!/नीहार
◆	*'रजनी के अभिसारों में/नक्षत्रों के पहरों में'*	: प्रेम-प्रसंग की मुलाकातें	**म.सा.**-1/90	उच्छ्वासों की छाया में/नीहार
◆	*'निशि अभिसारों में आँसू से/मेरी मनुहारें धो जाती'*	: अभिसार, श्रृंगार-भाव से मिलन	**म.सा.**-1/199	कैसे संदेश प्रिय पहुँचाती!/नीरजा
◆	*'क्या आँसू में उद्‌गारों में/आवाहन में अभिसारों में'*	: प्रिय से मिलन	**म.सा.**-1/205	क्यों जग कहता मतवाली/नीरजा
अभीत-	*'चली आतीं, कर रहीं अभीत कुमुद पर बरजोरी विश्राम'*	: बिना भय-संकोच के	**प्र.ग्रं.**-1/265	होली की रात/झरना
◆	*'अरुण-केतन लेकर निज हाथ वरुण पथ में हम बढ़े अभीत'*	: भय से मुक्त	**प्र.ग्रं.**-4/138	पंचम अंक/स्कन्दगुप्त

शब्द-	काव्य-पंक्ति	: अर्थ	ग्रंथावली/पृ.सं.	स्रोत/संदर्भ
◆	*'गति स्वच्छन्द, अजीत अभीत?'*	: भयमुक्त, निर्भय	**नि.र.**-1/119	यमुना के प्रति
अभीष्ट-	*शिष्ट पर न अभीष्ट जिनका नेक है*	: इच्छित	**नि.र.**-1/40	जन्मभूमि
अभेद-	*'खेद भय रहित अभेद, अभिराम हो'*	: भेद-भाव से मुक्ति के प्रतीक	**प्र.ग्रं.**-1/261	तुम/झरना
अभेद्य-	*'इस अभेद्य पट के भीतर है'*	: जिसे भेदा न जा सके, जिसके पार जाना न जा सके	**पं.ग्रं.**-1/205	छाया/पल्लव
अभ्यन्तर-	*'आये अभ्यन्तर संयत चरणों में नव्य विराट'*	: जो अंदर है, ईश्वर	**नि.र.**-1/104	उद्बोधन
अभ्यागत-	*'जिसे समझते थे अभ्यागत'*	: अतिथि, सम्मानित आगंतुक	**नि.र.**-1/74	पहचाना
अभ्र-	*'आवें क्षण भर तो चले जायँ रुक जायँ कहीं न समीर, अभ्र'*	: बादल	**प्र.ग्रं.**-2/164	ईर्ष्या/कामायनी
अमंद-	*'एक तुम, यह विस्तृत भूखंड प्रकृति वैभव से भरा अमन्द,'*	: जो मन्द न पड़े, जो कम न हो	**प्र.ग्रं.**-2/91	श्रद्धा/कामायनी
◆	*'आशा की तू झलक, अमन्द'*	: जो मन्द न हो, चमकदार	**नि.र.**-1/116	यमुना के प्रति
◆	*'मानसी भूतियाँ से अमन्द'*	: तेजस्वी (मनुष्य)	**पं.ग्रं.**-2/22	मानव/युगपथ
अमंद पिये-	*'अधरों में राग अमंद पिये'*	: (होंठों पर लगा रंग) मंद नहीं पड़ा है और लगता है कि होंठों ने उस रंग को स्वाभाविक रूप से पी लिया है	**प्र.ग्रं.**-1/303	बीती विभावरी जाग री/लहर
अमर-अंकुर-	*'उगा अमर-अंकुर उर-भीतर/संसृति-भीति भगी'*	: अमरता की अनुभूति का आरंभ	**नि.र.**-1/220	स्पर्श से लाज लगी
अमर किन्नर-	*'गगन का तू अमर किन्नर धरा का अजर गायक उर'*	: पक्षी मानो आकाश में गाने और नृत्य करनेवाले शाश्वत किन्नर की तरह हैं	**म.सा.**-1/331	विहंगम-मधुर स्वर तेरे/दीप-शिखा
अमर जागरण-	*'अमर जागरण उषा नयन से'*	: (प्रभात में मानो) अमर जागृति का सन्देश हो	**प्र.ग्रं.**-1/298	ले चल वहाँ भुलावा देकर/लहर
अमर ज्वाला-	*'क्या न इसके शीत अधरों से लगाई अमर ज्वाला?'*	: प्रेम की अमर ज्वाला, लौ (प्रेम) लगाना	**म.सा.**-1/251	क्या न तुमने दीप बाला?/सांध्य गीत
अमरण-	*'रँग देता प्रसुप्त जग के रँग गीत जागरण मंजुल अमरण'*	: अमर, अनश्वर	**नि.र.**-1/261	प्रतिक्षण मेरा मोह-मलिन मन
अमरण-रणमय-	*'अमरण-रणमय मृदु-पद-रज? विद्युद्-घन-चुम्बन?'*	: जीवन (अमरण) भर संघर्षरत	**नि.र.**-1/154	परलोक
अमरता-	*'आज अमरता का जीवित हूँ मैं वह भीषण जर्जर दम्भ,'*	: अमर होने का विश्वास	**प्र.ग्रं.**-2/62	चिंता/कामायनी
अमरता-सुत-	*'अमरता-सुत चाहता क्यों मृत्यु को उर में बसाना?'*	: जो स्वयं अमरत्व की संतान है	**म.सा.**-1/281	चिर सजग आँखें उनींदी.../सांध्य गीत
अमर-प्रतीक्षा-	*'तुम अमर-प्रतीक्षा हो, मैं पग विरह-पथिक का धीमा'*	: जिसकी प्रतीक्षा हमेशा के लिए बनी रहे; जिसके मिलन की उम्मीद तो हमेशा हो, मगर मिले नहीं	**म.सा.**-1/110	चिर तृप्ति कामनाओं का/रश्मि
अमर वेदना-	*'देव! बता दो अमर वेदना लेकर कब मरना होगा?'*	: देवताओं के असफल होने की पीड़ा मनु के मन में स्थायी रूप लेने लगी है	**प्र.ग्रं.**-2/71	आशा/कामायनी
अमर शक्तियाँ-	*'उल्का लेकर अमर शक्तियाँ खोज रहीं ज्यों खोया प्रात'*	: स्वयं को अमर माननेवाले देवताओं की शक्तियाँ	**प्र.ग्रं.**-2/59	चिंता/कामायनी

शब्द-	काव्य-पंक्ति	: अर्थ	ग्रंथावली/पृ.सं.	स्रोत/संदर्भ
अमर सम्पुट-	*'अमर सम्पुट में ढला तू'*	: उस असीम अनंत की अंजलि अमर है	**म.सा.**-1/393	पूछता क्यों शेष कितनी रात?/दीप-शिखा
अमर सुहाग-	*'सखि मैं हूँ अमर सुहाग भरी!'*	: (प्रिय से दूर रहकर भी) मैं अखंड सौभाग्य से भरी हुई हूँ	**म.सा.**-1/304	सखि मैं हूँ अमर सुहाग भरी!/सांध्य गीत
अमर सुहागिनी -	*'हूँ प्रिय की अमर सुहागिनि'*	: प्रिय के वियोग में रहकर भी मैं अखंड सुहागिनी हूँ	**म.सा.**-1/191	पथ देख बिता दी रैन /नीरजा
अमरों का लोक-	*'क्या अमरों का लोक मिलेगा तेरी करुणा का उपहार?'*	: अज्ञात प्रियतम का लोक मानो देवताओं का अमर लोक है	**म.सा.**-1/35	वे मुस्कुराते फूल, नहीं— /नीहार
अमर्त्य वीरपुत्र-	*'अमर्त्य वीरपुत्र हो, दृढ़-प्रतिज्ञ सोच लो'*	: अमर वीरों की संतान	**प्र.ग्रं.**-4/290	चतुर्थ अंक/चन्द्रगुप्त
अमल-	*'नव मुकुल नीलमणि फलक अमल'*	: स्वच्छ (आकाश)	**प्र.ग्रं.**-1/326	ओ री मानस की गहराई/लहर
♦	*'बन्दूँ मैं अमल कमल'*	: स्वच्छ, पवित्र	**नि.र.**-1/39	जन्मभूमि
♦	*'अमल-कोमल-तनु तरुणी-जुही की कली'*	: स्वच्छ, सुंदर	**नि.र.**-1/41	जुही की कली
♦	*'यही कि जबसे मल में अमल मिला, दुनियाँ देखी जी ने'*	: पवित्र, स्वच्छ	**नि.र.**-1/45	बाबा और नाती
अमल अछूते-	*'मिले दो हृदय, अमल अछूते, दो शरीर इक प्रान'*	: पवित्र और निर्मल	**प्र.ग्रं.**-3/200	द्वितीय अंक/विशाख
अमल अनूप -	*'किसी छलिया का अमल अनूप'*	: निर्मल और अनुपम	**प्र.ग्रं.**-4/58	प्रथम अंक/स्कन्दगुप्त
अमल इंदु-	*'जीवन रजनी का अमल इंदु'*	: चमकता हुआ चाँद, उज्ज्वल चन्द्र	**प्र.ग्रं.**-1/319	मुझको न मिला रे कभी प्यार/लहर
अमल-कमल-मुख-	*'अमल-कमल-मुख देख'*	: स्वच्छ कमल की तरह सुंदर मुख	**नि.र.**-1/87	वन-कुसुमों की शय्या
अमलतास-	*'हेम-हार पहने अमलतास'*	: एक फूल	**नि.र.**-1/307	दान
अमला-	*'उसका संदेश सुनाने को/संसृति में आई वह अमला'*	: निर्मल मनवाली श्रद्धा	**प्र.ग्रं.**-2/107	काम/कामायनी
♦	*'जागी जग पर कमला, अमला मति डोली'*	: सरस्वती	**नि.र.**-1/303	तुलसीदास
अमा-	*'अमा को करिये सुन्दर राका'*	: अमावस्या की रात	**प्र.ग्रं.**-1/283	बिंदु(5)/झरना
♦	*'घुल रही इनमें अमा ले आज पावस-यामिनी!'*	: अमावस्या	**म.सा.**-1/277	दीप तेरा दामिनी! /सांध्य गीत
♦	*'चाँदनी मेरी अमा का भेंटकर अभिषेक करती;'*	: अमावस्या की काली रात, अँधेरी रात	**म.सा.**-1/301	क्यों मुझे प्रिय हो न बंधन!/सांध्य गीत
♦	*'घेर ले छाया अमा बन'*	: अंधकार, अमावस्या का अँधेरा	**म.सा.**-1/313	पंथ होने दो अपरिचित /दीप-शिखा
अमानिशा-	*'है अमानिशा; उगलता गगन घन अन्धकार;'*	: अमावस्या की रात	**नि.र.**-1/330	राम की शक्ति-पूजा
अमार्ज्य-	*'तम के अमार्ज्य रे तार-तार'*	: जो परिमार्जित न हो, अपूर्ण, अधूरा, अनगढ़	**नि.र.**-1/306	तुलसीदास
अमिट मसि-	*'अमिट मसि के अंक से/सूने कभी थे छिद्र तेरे'*	: वेदना की अमिट स्याही	**म.सा.**-1/377	गूँजती क्यों प्राण-वंशी? /दीप-शिखा
अमित उपकारिणी-	*'शक्ति प्रियतम की अमित उपकारिणी'*	: असीमित उपकार करनेवाली	**पं.ग्रं.**-1/131	ग्रन्थि
अमिताभ-	*'तिमिर का हरने को दुख भार, तेज अमिताभ अलौकिक कांत'*	: बुद्ध का एक नाम, असीमित प्रभा से युक्त	**प्र.ग्रं.**-1/295	अरी वरुणा की शांत कछार/लहर

शब्द- काव्य-पंक्ति	: अर्थ	ग्रंथावली/पृ.सं.	स्रोत/संदर्भ
अमिल- *'प्राण-प्राण के रँग मिलें अमिल'*	: न मिलनेवाला	**नि.र.**-1/250	वह कितना सुख
अमी- *'ब्रजभाषा का 'अमी', कुंज की'*	: अमिय, अमृत	**पं.ग्रं.**-1/113	हृदय के बन्दी तार/वीणा
अमूल- *'वारि बेलि-सी फैल अमूल'*	: बिना जड़ के, लहरें जड़विहीन लता की तरह हैं	**पं.ग्रं.**-1/189	वीचि विलास/पल्लव
◆ *'बहते हैं अमूल, अविराम'*	: बिना जड़ के, बादल जड़विहीन सेवार की तरह हैं	**पं.ग्रं.**-1/214	बादल/पल्लव
अमृत कथा- *'देवलोक की अमृत कथा की माया -'*	: (देवताओं की) अमर या अमरत्व की कहानियाँ	**प्र.ग्रं.**-1/300	हे सागर संगम अरुण नील/लहर
अमृत-झड़ी- *'अमृत-झड़ी सुख के झिल जा तू'*	: अमृत की वर्षा, जीवन के सुखद पक्ष	**प्र.ग्रं.**-3/510	एक घूँट(एकांकी)
अमृत दुहें- *'वे जीवित हों मांसल बन कर हम अमृत दुहें, वे दुग्ध-धाम'*	: दूध दूहें	**प्र.ग्रं.**-2/163	ईर्ष्या/कामायनी
अमृत-धाम- *'पाया तो, उसने भी मुझको दे दिया हृदय निज अमृत-धाम'*	: अच्छे गुणों से पूर्ण (श्रद्धा का हृदय)	**प्र.ग्रं.**-2/175	इड़ा/कामायनी
अमृत-मंत्र- *'प्रिय स्वतंत्र-रव अमृत-मंत्र नव भारत में भर दे!'*	: जिस मंत्र के प्रभाव से मनुष्य मृत्यु से बच जाता है वह	**नि.र.**-1/224	वर दे वीणावादिनि वरदे!
अमृत-मंत्र-स्वर- *'नव जीवन का अमृत-मन्त्र-स्वर'*	: अमर वाणी के स्वर, अमरता प्रदान करने वाले स्वर	**नि.र.**-1/192	वसन्त-समीर
अमृत संतान- *'डरो मत अरे अमृत संतान अग्रसर है मंगलमय वृद्धि;'*	: देवताओं के वंशज	**प्र.ग्रं.**-2/92	श्रद्धा/कामायनी
अमृत-संतान- *'अमृत-सन्तान! तीव्र भेदकर सप्तावरण-मरण-लोक,'*	: अमर संतान, यशस्वी संतान जिनकी यश:काया हमेशा जीवित रहे	**नि.र.**-1/153	जागो फिर एक बार
अमृत सार- *'चुन नाम रूप का अमृत सार'*	: जो सार-तत्त्व अमरता को प्राप्त किए हुए है	**पं.ग्रं.**-2/15	खो गयी स्वर्ण की स्वर्ग किरण/युगपथ
अमृताक्षर- *'फूटीं तर अमृताक्षर-निर्झर'*	: अमृत-से अक्षर	**नि.र.**-1/303	तुलसीदास
अमृताक्षर-निर्झर- *'फूटीं तर अमृताक्षर-निर्झर'*	: अमृत-से अक्षरों का शीतल निर्झर	**नि.र.**-1/303	तुलसीदास
अमृतोज्वल- *'इन्दु-किरण अमृतोज्वल'*	: अमृत:+ज्वल, चाँदनी अमृत का प्रज्वलित रूप है	**पं.ग्रं.**-1/301	तीन/ज्योत्स्ना
अमोघ- *'इनके नियम अमोघ और झूठ जल्पना'*	: जो अपने लक्ष्य से विचलित न हो	**प्र.ग्रं.**-3/191	प्रथम अंक/विशाख
अमोघ शक्ति- *'संकुचित असीम अमोघ शक्ति'*	: अचूक ताकत	**प्र.ग्रं.**-2/177	इड़ा/कामायनी
अम्रियमाण- *'अपने अतीत का ध्यान करता मैं गाता था गाने भूले अम्रियमाण!'*	: जो नश्वर न हो, अमर, शाश्वत	**नि.र.**-1/111	सन्तप्त
अम्ल-रसाल- *'इन्दु, इसका फल अम्ल-रसाल'*	: (चाँद मानो) खट्टे आम की तरह है	**पं.ग्रं.**-1/378	द्वितीय दृश्य/परी
अम्लान- *'वरुण आदि सब घूम रहे हैं किसके शासन में अम्लान?'*	: बिना थके, निरन्तर	**प्र.ग्रं.**-2/68	आशा/कामायनी
◆ *'अरुण की एक किरण अम्लान अधिक अलसाई हो अभिराम'*	: निर्दोष, स्वच्छ	**प्र.ग्रं.**-2/85	श्रद्धा/कामायनी

शब्द- काव्य-पंक्ति	: अर्थ	ग्रंथावली/पृ.सं.	स्रोत/संदर्भ
♦ *'पल्लव-छाया में अम्लान'*	: जो म्लान न हो, स्वच्छ, पवित्र	**नि.र.-1**/114	यमुना के प्रति
♦ *'स्वर्ण-किरण-रेखा अम्लान'*	: चमकदार, अमंद, स्वच्छ	**नि.र.-1**/119	यमुना के प्रति
♦ *'एक दूसरे के सुख में अम्लान'*	: प्रसन्न, ताजा	**नि.र.-1**/182	नेत्र
♦ *'विजन की श्री सुहाग अम्लान, जाग, फिर कर प्रभात-सर-स्नान'*	: निर्मल	**नि.र.-1**/216	'कहाँ उन नयनों की मुसकान'
अम्लान नलिन- *'वह नयन-महोत्सव की प्रतीक अम्लान नलिन की नव-माला'*	: खिला हुआ ताजा कमल	**प्र.ग्रं.-2**/178	इड़ा/कामायनी
अम्लान-मुख- *'स्थित-पद, अम्लान-मुख'*	: स्वच्छ चेहरा	**नि.र.-1**/179	रेखा 'ग'
अम्लान हँसी- *'तुझ में अम्लान हँसी है इसमें अजस्र आँसू-जल'*	: स्वच्छ प्रसन्न हँसी	**म.सा.-1**/134	कह दे माँ क्या अब देखूँ!/रश्मि
अयन- *'दिवस-मास-ऋतु-अयन-वर्ष भर अयुत-वर्ण युग-योग निरन्तर'*	: गति, मार्ग	**नि.र.-1**/256	जागो, जीवन-धनिके!
अयश- *'जातीय क्षेत्र में अयश बीज बोते हो'*	: बदनामी	**प्र.ग्रं.-3**/406	तृतीय अंक/जन्मेजय का नाग-यज्ञ
अयि- *'अयि मधुरवादिनि, सदा तुम रागिनो-अनुरागिनी'*	: संबोधन (स्त्री.), हे	**नि.र.-1**/95	वीणावादिनी
अयुत- *'अयुत अधरों में सुसिञ्चित एक किञ्चित प्यार'*	: अलग, पृथक्	**नि.र.-1**/226	जग का एक देखा तार
अयुत-कर-किंकर- *'झलमल ज्योति अयुत-कर-किंकर'*	: दस हजार (अयुत) हाथों वाला सेवक (किंकर)	**नि.र.-1**/134	बादल-राग
अयुत-लक्ष- *'एक भी, अयुत-लक्ष में रहा जो दुराक्रान्त,'*	: दस हजार और लाख	**नि.र.-1**/330	राम की शक्ति-पूजा
अयुत-वर्ण- *'दिवस-मास-ऋतु-अयन-वर्ष भर अयुत-वर्ण युग-योग निरन्तर'*	: हजारों वर्णों के, अनेक भावों के	**नि.र.-1**/256	जागो, जीवन-धनिके!
अरणियों- *'अरणियों की अग्नि, तू दिक्-दृगों की पहचान'*	: काठ का एक यंत्र जिससे यज्ञ के लिए अग्नि उत्पन्न करते है	**नि.र.-1**/233	रहा तेरा ध्यान
अरण्य चीत्कार- *'वृथा रे, ये अरण्य चीत्कार'*	: अकेले में रोना, जिस दुहाई की कोई सुनवाई न हो	**पं.ग्रं.-1**/228	परिवर्तन/पल्लव
अरराया- *'सिंहद्वार अरराया जनता भीतर आयी'*	: आवाज के साथ टूटकर (मुख्य द्वार) गिर पड़ा	**प्र.ग्रं.-2**/205	संघर्ष/कामायनी
अरविंद-हार- *'उच्छ्वसित वक्ष पर चंचल है बक-पाँतों का अरविंद-हार'*	: श्वेत कमल के फूलों से बनी माला की तरह बगुलों की पंक्तियाँ	**म.सा.-1**/181	रूपसि तेरा घन-केश -पाश!/नीरजा
अराएँ- *'नव रस भरी अराएँ अविरल चक्रवाल को चकित चूमतीं'*	: पहिए की तीलियाँ	**प्र.ग्रं.-2**/256	रहस्य/कामायनी
अराति- *'अराति सैन्य सिन्धु में - सुवाडवाग्नि से जलो'*	: शत्रु	**प्र.ग्रं.-4**/291	चतुर्थ अंक/चन्द्रगुप्त
अराल- *'त्रिबली थी त्रिगुण तरंगमयी, आलोक वसन लिपटा अराल'*	: तिरछा, भंगिमा से युक्त	**प्र.ग्रं.-2**/179	इड़ा/कामायनी
♦ *'वीक्षण अराल :- / बज रहे जहाँ जीवन का स्वर भर छन्द, ताल'*	: कठिन, विशिष्ट (दृष्टि)	**नि.र.-1**/338	सम्राट् अष्टम एडवर्ड के प्रति
♦ *'बन गये पुष्प पलाश अराल'*	: वक्र, नुकीला और टेढ़ा	**पं.ग्रं.-1**/257	मधुवन/गुंजन
♦ *'चितवन-कला अराल'*	: (निगाहों का) बाँकापन	**पं.ग्रं.-1**/272	अप्सरा/गुंजन

शब्द–	काव्य-पंक्ति	: अर्थ	ग्रंथावली/पृ.सं.	स्रोत/संदर्भ
◆	*'अति दूर क्षितिज पर विटप-माल लगती भ्रू-रेखा-सी अराल'*	: तिरछी, वक्र	**पं.ग्रं.**–1/275	नौका-विहार/गुंजन
अरिगण–	*'अरिगण को भय हो, विजयी जन्मेजय हो'*	: दुश्मन, शत्रु-गण	**प्र.ग्रं.**–3/408	तृतीय अंक/जन्मेजय का नाग-यज्ञ
अरुण–	*'अरुण यह मधुमय देश हमारा'*	: नवविकसित का अनुरागमय सौन्दर्य	**प्र.ग्रं.**–4/215	द्वितीय अंक/चन्द्रगुप्त
अरुण अधर थे रस में–	*'आँखें प्रिय आँखों में, डूबे अरुण अधर थे रस में'*	: श्रद्धा के लाल होंठ सोमरस में डूब गए	**प्र.ग्रं.**–2/153	कर्म/कामायनी
अरुण अपांगों–	*'अरुण अपांगों से देखा, कुछ हँस पडी'*	: आँखों की (अनुरागमयी) लाली	**प्र.ग्रं.**–1/228	पावस प्रवास/झरना
अरुण अरुण सुकपोल–	*'लाज से अरुण अरुण सुकपोल'*	: संध्या के गुलाबी गाल मानो लज्जा से और गुलाबी हो गये हैं	**पं.ग्रं.**–1/377	द्वितीय दृश्य/परी
अरुण अशोक–	*'मंजरित अरुण अशोक सकाल'*	: लाल फूलों से युक्त अशोक के वृक्ष	**पं.ग्रं.**–1/257	मधुवन/गुंजन
अरुण-कपोलों–	*'जिसके अरुण-कपोलों की मतवाली सुन्दर छाया में'*	: लालिमा से युक्त गाल (प्रभात का दृश्य)	**प्र.ग्रं.**–1/292	मधुप गुनगुना कर कह जाता/लहर
अरुण कर–	*'मलिन उर छूकर तिमिर का अरुण कर'*	: सूरज की प्रातःकालीन किरणें	**पं.ग्रं.**–1/125	ग्रन्थि
अरुण किरण सम कर–	*'अरुण किरण सम कर से छू लो, खोलो प्रियतम खोलो द्वार'*	: लाल किरण-रूपी हाथ (सुबह की किरण)	**प्र.ग्रं.**–1/225	खोलो द्वार/झरना
अरुण किरण-सी–	*'कीर्ति, दीप्ति, शोभा थी नचती अरुण किरण-सी चारों ओर'*	: सुबह के सूरज की किरणें	**प्र.ग्रं.**–2/56	चिंता/कामायनी
अरुण की एक किरण–	*'अरुण की एक किरण अम्लान अधिक अलसाई हो अभिराम'*	: सुबह की लालिमा भरी किरणें, मुस्कराहट होंठों पर विश्राम कर रही है जैसे किसलय पर अरुण-किरण	**प्र.ग्रं.**–2/85	श्रद्धा/कामायनी
अरुण की ज्योति–	*'गीत में तब से अरुण की ज्योति में'*	: सुबह की लाल किरणों का प्रकाश	**पं.ग्रं.**–1/130	ग्रन्थि
अरुण-केतन–	*'अरुण-केतन लेकर निज हाथ वरुण पथ में हम बढ़े अभीत'*	: सृष्टि के प्रतीक के रूप में अरुण रंग की पताका	**प्र.ग्रं.**–4/138	पंचम अंक/स्कन्दगुप्त
अरुण गात–	*'ऊषा बटोरती अरुण गात'*	: प्रभातकालीन सूर्य की रक्तिम आभा	**प्र.ग्रं.**–1/309	अब जागो जीवन के प्रभात/लहर
अरुण घन–	*'अरुण घन की सजल छाया में दिनांत निवास'*	: सांध्यकालीन सूर्य की लाल किरणों से युक्त बादल	**प्र.ग्रं.**–2/114	वासना/कामायनी
अरुण घूँघट–	*'मत अरुण घूँघट खोल री!'*	: अरुणोदय के ठीक पहले का अँधेरा मानो अरुण का घूँघट है	**म.सा.**–1/227	मत अरुण घूँघट खोल री!/नीरजा
अरुण जलज–	*'संध्या अरुण जलज केसर ले अब तक मन थी बहलाती'*	: रक्तिम कमल(रूपी सूर्य)	**प्र.ग्रं.**–2/185	स्वप्न/कामायनी
◆	*'अरुण जलज के शोण कोण थे नव तुषार के बिंदु भरे'*	: लाल कमल, कोकनद (श्रद्धा की दुखी आँखें)	**प्र.ग्रं.**–2/188	स्वप्न/कामायनी
अरुणज्योति–	*'अरुणज्योति की झील बनेगी कब सलील?'*	: लालिमा से युक्त प्रकाश	**प्र.ग्रं.**–1/300	हे सागर संगम अरुण नील/लहर

शब्द– काव्य-पंक्ति	: अर्थ	ग्रंथावली/पृ.सं.	स्रोत/संदर्भ
अरुणतर अधर– *'अरुणतर अधर सुरा अनमोल'*	: संध्या के गुलाबी होंठ मानो और गुलाबी हो गये हैं	**पं.ग्रं.–1**/378	द्वितीय दृश्य/परी
अरुण नील– *'हे सागर संगम अरुण नील'*	: लाल रंग का गंगाजल और नीले रंग का समुद्र	**प्र.ग्रं.–1**/299	हे सागर संगम अरुण नील/लहर
अरुण-पंख– *'अरुण-पंख तरुण-किरण'*	: लाल पंखों वाला बाल-सूर्य	**नि.र.–1**/148	जागो फिर एक बार
अरुण पीत हरियाली– *'वह मंजरियों का कानन कुछ अरुण पीत हरियाली'*	: लाल, पीला और हरा रंग (वनस्पतियों के मंजरों के बीच)	**प्र.ग्रं.–2**/272	आनन्द/कामायनी
अरुण बान– *'चुभते ही तेरा अरुण बान!'*	: लाल किरणें मानो तीर की तरह हैं	**म.सा.–1**/103	चुभते ही तेरा अरुण बान!/रश्मि
अरुण मंडल– *'अरुण मंडल का स्वर्ण विलास'*	: सूरज का लाल गोला	**प्र.ग्रं.–1**/263	हृदय का सौन्दर्य/झरना
अरुण मुकुर– *'प्राची के अरुण मुकुर में सुन्दर प्रतिबिम्ब तुम्हारा'*	: अरुणोदय से पूरब दिशा दर्पण की तरह स्वच्छ लग रही है	**प्र.ग्रं.–2**/34	आँसू
अरुण-मुख– *'अलस पंकज-दृग अरुण-मुख- तरुण-अनुरागी'*	: सूर्योदय जैसा मुख	**नि.र.–1**/253	(प्रिय) यामिनी जागी
अरुण यौवन– *'अरुण यौवन का उदय विशेष'*	: प्रभात के रूप में लालिमा से युक्त यौवन	**प्र.ग्रं.–1**/264	प्रार्थना/झरना
अरुण रवि मंडल– *'अरुण रवि मंडल उनको भेद दिखाई देता हो छविधाम'*	: लाल सूर्य का गोला	**प्र.ग्रं.–2**/84	श्रद्धा/कामायनी
अरुण राग रंजित– *'अरुण राग रंजित कोमल हिमखण्ड से'*	: लाल रंग से शोभायमान	**प्र.ग्रं.–1**/226	रूप/झरना
अरुण विलास– *'गगन मंडल में अरुण विलास'*	: (प्रातः काल में) अरुण (लाल) रंग का सौन्दर्य	**प्र.ग्रं.–1**/220	परिचय/झरना
अरुण शिशु– *'अरुण शिशु के मुख पर सविलास'*	: सुबह का सूरज, बालसूर्य	**प्र.ग्रं.–1**/231	किरण/झरना
अरुणांचल– *'अरुणांचल में चल रही बात'*	: पूरब दिशा के आँचल में	**प्र.ग्रं.–1**/309	अब जागो जीवन के प्रभात/लहर
अरुणा– *'वरुणालय चित्त शान्त था, अरुणा की पहली नयी उषा'*	: प्रातः की लालिमा	**प्र.ग्रं.–3**/179	प्रथम अंक/विशाख
◆ *'घूँघट पट से झाँक सुनाते/अरुणा के आरक्त कपोल'*	: लाली से भरी सुबह	**म.सा.–1**/94	प्रथम प्रणय की सुषमा सा/नीहार
अरुणा करुणा– *'मानव का महत्त्व जगती पर फैला अरुणा करुणा से'*	: अनुराग के रंग से रँगा शोक-भाव	**प्र.ग्रं.–3**/252	प्रथम अंक/अजातशत्रु
अरुणाचल– *'वे कुछ दिन जो हँसते आये अंतरिक्ष अरुणाचल से'*	: उदयाचल, उदयगिरि, पुराणों में वर्णित एक कल्पित पर्वत जिसके पीछे से सूर्य का नित्य उदित होना माना गया है	**प्र.ग्रं.–2**/187	स्वप्न/कामायनी
अरुणाचल मन मंदिर– *'अरुणाचल मन मंदिर की वह मुग्ध-माधुरी नव प्रतिमा'*	: उदयाचल या उदयगिरि -रूपी हृदय-मंदिर	**प्र.ग्रं.–2**/224	निर्वेद/कामायनी
अरुणार्क– *'किन्तु अरुणार्क, प्रिय, झुलसाते ही रहे—'*	: प्रातःकाल का तपता सूरज	**नि.र.–1**/327	प्रेयसी
अरुणा सस्मित– *'तम के नीलम-कूलों पर नित जो ले आती अरुणा सस्मित'*	: मुस्कुराती हुई सुबह मानो सूरज-रूपी नाव खे रही है	**म.सा.–1**/199	कैसे संदेश प्रिय पहुँचाती! /नीरजा

शब्द- काव्य-पंक्ति	: अर्थ	ग्रंथावली/पृ.सं.	स्रोत/संदर्भ
अरुणिमा- *'जैसे अंतरिक्ष की अरुणिमा'*	: लालिमा	**प्र.ग्रं.-1**/340	प्रलय की छाया/लहर
◆ *'तरु-उर की अरुणिमा तरुणतर'*	: ललाई	**नि.र.-1**/235	रँग गयी पग-पग धन्य धरा
◆ *'उधर क्यों हँसता दिन का बाल अरुणिमा से रंजित कर गाल?'*	: सुबह की लालिमा मानो लज्जा की लाली है	**म.सा.-1**/105	शून्यता में निद्रा की बन/रश्मि
अरुणिमा ऊषा-सी- *'दुख दो इतना, अरे अरुणिमा ऊषा-सी वह उधर बही'*	: प्रभातकाल की लालिमा की तरह	**प्र.ग्रं.-1**/291	निज अलकों के... /लहर
अरुणे- *'हे अरुणे! सदा सुहागिनि/मानवता सिर की रोली'*	: पीड़ा मानो प्रेम की अरुण प्रेरणा लिए रहती है	**प्र.ग्रं.-2**/31	आँसू
अरुणोदय कांत- *'उठे स्वस्थ मनु ज्यों उठता है क्षितिज बीच अरुणोदय कांत'*	: उगते हुए सूरज का कांतिमान व्यक्तित्व	**प्र.ग्रं.-2**/73	आशा/कामायनी
अरूप- *'हे अरूप, नव-रूप-विभा के चिर स्वरूप पाके जाओ!'*	: जो रूप से परे है	**नि.र.-1**/213	मेरे प्राणों में आओ!
अरूप-लग्न- *'नि:सम्बल केवल ध्यान-मग्न, जागी योगिनी अरूप-लग्न,'*	: रूपहीन सत्य से संबंधित	**नि.र.-1**/302	तुलसीदास
अरोक- *'देखता मैं अरोक मन रोक'*	: जिसे रोका न जा सके, स्वतंत्र	**नि.र.-1**/273	छन्द की बाढ़
अरोर- *'तान, सरिता वह स्रस्त, अरोर, बह रही ज्ञानोदधि की ओर'*	: अशब्द	**नि.र.-1**/272	छन्द की बाढ़
अर्गला- *'दलित हृदय की रुद्ध अर्गला खोल—'*	: कुंडी, बंधन	**नि.र.-1**/86	वन-कुसुमों की शय्या
अर्घ- *'दिया करते अर्घ में मकरन्द, सुषमा मूल'*	: स्वागत में चढ़ाया गया (जल आदि)	**प्र.ग्रं.-2**/118	वासना/कामायनी
◆ *'मोतियों का अर्घ कैसा?/प्यालियाँ रीती कली की'*	: देवता पर जल, दूध आदि श्रद्धापूर्वक अर्पित करते हैं	**म.सा.-1**/391	लौट जा ओ मलय-मारुत के झकोरे!/दीप-शिखा
अर्घ्य- *'जब बढ़ीं अर्घ्य देने को तुमको'*	: समर्पित करना	**नि.र.-1**/97	विफल-वासना
◆ *'भासमान अर्घ्य पुष्प-चन्दन-समर्पित वे'*	: पूजन-सामग्री समर्पित करना	**नि.र.-1**/187	'सरोज' के प्रति
◆ *'मेरे अर्घ्य सुमन-दल, नाथ!'*	: चढ़ावा	**नि.र.-1**/214	याद रखना, इतनी ही बात
◆ *'अर्चना हों शूल भोले/क्षार दृग-जल अर्घ्य हो ले'*	: देवता पर चढ़ाया जानेवाला तरल पदार्थ, जैसे— दूध, घी, जल आदि	**म.सा.-1**/258	शून्य मंदिर में बनूँगी... /सांध्य गीत
अर्चना- *'अर्चना के लिए आर्य!'*	: पूजा	**नि.र.-1**/53	पंचवटी प्रसंग:1
अर्चना अश्रांत- *'राशि-राशि नखत-कुसुम की अर्चना अश्रांत'*	: निरंतर चलनेवाली प्रेम-याचना	**प्र.ग्रं.-2**/117	वासना/कामायनी
अर्चित- *'अम्बर में हुए दिगम्बर अर्चित शशि-शेखर;'*	: पूजित, सम्मानित	**नि.र.-1**/336	राम की शक्ति-पूजा
◆ *'नित विकसित, नित वर्धित, अर्चित'*	: पूजनीय, सम्माननीय	**पं.ग्रं.-1**/313	तीन/ज्योत्स्ना
अर्चित कथा- *'सबकी अर्चित कथा इसी लौ में पलने दो!'*	: श्रद्धालुओं के द्वारा की गयी पूजा-अर्चना के विवरण	**म.सा.-1**/335	यह मंदिर का दीप... /दीप-शिखा
अर्चि-भृत- *'अर्चि-भृत चल-जल भृकुटि-विलास'*	: किरणों से भरा हुआ	**पं.ग्रं.-1**/339	चार/ज्योत्स्ना
अर्चियाँ- *'शुष्क डालियों से वृक्षों की अग्नि अर्चियाँ हुईं समिद्ध;'*	: ज्वाला, आग की लपटें	**प्र.ग्रं.-2**/74	आशा/कामायनी

शब्द-	काव्य-पंक्ति	: अर्थ	ग्रंथावली/पृ.सं.	स्रोत/संदर्भ
अर्थ खेद-	*'इनके कर कन्या, अर्थ खेद'*	: जिसका मतलब है दुख या अफसोस	**नि.र.**-1/321	सरोज-स्मृति
अर्थ-भ्रम-भेद-निवारण-	*'शब्द अर्थ-भ्रम-भेद-निवारण ध्वनि शाश्वत-सनुद्र-जग-मज्जन'*	: भिन्न भिन्न अर्थों के भ्रम और भेद को दूर करनेवाले हैं	**नि.र.**-1/240	आओ मधुर-सरण मानसि, मन
अर्थ-शक्ति-भँवर-	*'शान्त अर्थ-शक्ति-भँवर'*	: धन की ताकत से उत्पन्न जटिलताएँ	**पं.ग्रं.**-1/329	तीन/ज्योत्स्ना
अर्थागम-	*'उलट दिया अर्थागम/बनकर तूफ़ान'*	: अर्थ का अनुमान, अर्थ का दायरा	**नि.र.**-1/313	मित्र के प्रति
अर्थागमोपाय-	*'जाना तो अर्थागमोपाय पर रहा सदा संकुचित-काय'*	: धन कमाने का उपाय	**नि.र.**-1/315	सरोज-स्मृति
अर्द्ध-निमीलित-	*'मदिर नयन— वे अर्द्ध-निमीलित लोचन'*	: आधा बंद	**नि.र.**-1/86	वन-कुसुमों की शय्या
अर्धक्षेम-	*'मायामयी सुप्ति में सोकर, अति अधीर हो अर्धक्षेम से'*	: आधी मुक्ति	**प्र.ग्रं.**-1/241	बिखरा हुआ प्रेम/झरना
अर्ध प्रस्फुटित-	*'अर्ध प्रस्फुटित उत्तर मिलते प्रकृति सकर्मक रही समस्त;'*	: (मनु को) अपने भीतर जिज्ञासा के आधे-अधूरे उत्तर मिल पा रहे थे	**प्र.ग्रं.**-2/75	आशा/कामायनी
अर्धविकच-	*'अर्धविकच इस हृदय-कमल में आ तू'*	: आधा खिला हुआ, अर्द्ध विकसित, अधखुला	**नि.र.**-1/102	प्रगल्भ प्रेम
अर्ध हिनहिना-	*'अर्ध हिनहिना, अश्रु जल छोड़'*	: (चेतक) पूरी तरह हिनहिना भी नहीं पाया	**पं.ग्रं.**-1/115	गहन कानन!/वीणा
अर्धांगिनी-	*'थी अर्धांगिनी उसी की जो उसे खोजती आयी'*	: पत्नी (श्रद्धा)	**प्र.ग्रं.**-2/270	आनन्द/कामायनी
अर्बुद-सम-	*'अप्रतिभट वही, एक— अर्बुद-सम, महावीर,'*	: दस करोड़ (योद्धाओं) के बराबर	**नि.र.**-1/333	राम की शक्ति-पूजा
अर्र-बर्र-	*'सत्य, बन्धु, सत्य; वहाँ/नहीं अर्र-बर्र'*	: कर्कश अप्रिय ध्वनि	**नि.र.**-1/310	मित्र के प्रति
अलंकार-लेश-रहित-	*'अलंकार-लेश-रहित, श्लेष-हीन'*	: लेश नामक अलंकार से मुक्त। लेश अलंकार— एक अर्थालंकार जहाँ गुण को दोष के समान और दोष को गुण के समान दिखाने का प्रयास किया जाय।	**नि.र.**-1/185	जागरण
अलंघ्य-	*'अगम गहन अलंघ्य पथ'*	: जिसे लाँघा न जा सके	**नि.र.**-1/175	रेखा 'क'
अलक-	*'प्रेयसी के अलक नील, व्योम; दृग-पलक कलंक; — मुख मंजु, सोम;'*	: केश-राशि	**नि.र.**-1/292	तुलसीदास
अलक गुँथी थी-	*'तारों से अलक गुँथी थी पहने कदंब की रसना'*	: (संध्या-सुन्दरी के अंधकार-रूपी) घुँघराले बाल (तारे-रूपी मोतियों से) गुँथे थे	**प्र.ग्रं.**-2/272	आनन्द/कामायनी
अलक घुँघराली-	*'अस्ताचल पर युवती सन्ध्या की खुली अलक घुँघराली है'*	: घुँघराले बाल (शाम में पश्चिम दिशा में किरणों का जाल)	**प्र.ग्रं.**-4/346	द्वितीय अंक/ध्रुवस्वामिनी
अलक जाल-	*'बन गया तमस था अलक जाल, सर्वांग ज्योतिमय था विशाल'*	: (व्योमकेश शिव) की बिखरी हुई केश-राशि या जटाएँ	**प्र.ग्रं.**-2/246	दर्शन/कामायनी
◆	*'उड़ता झंझा में अलक-जाल मेघों में मुखरित किंकिण-स्वर'*	: बिखरे हुए केश	**म.सा.**-1/237	लय गीत मदिर, गति ताल अमर/नीरजा
अलक-पलक-	*'अलक-पलक में छिपी छलक उर से नव-राग जगी'*	: बाल और नजरों में	**नि.र.**-1/220	स्पर्श से लाज लगी

शब्द-	काव्य-पंक्ति	: अर्थ	ग्रंथावली/पृ.सं.	स्रोत/संदर्भ
अलक पाश-	*'टूटे सब वलय-हार/व्यस्त चीर अलक पाश'*	: केश का बिखर जाना	**म.सा.**-1/351	मिट चली घटा अधीर! /दीप-शिखा
अलक-मंडल-	*'अलक-मण्डल में यथा मुख-चन्द्र निरलंकार'*	: बालों के वृत्त में	**नि.र.**-1/226	जग का एक देखा तार
अलक-विचुम्बित-	*'वह सर्वत्र व्याप्त जीवन से अलक-विचुम्बित सुखकर वात'*	: बालों के द्वारा चूमा गया	**नि.र.**-1/188	विस्मृत भोर
अलक-सुगंध-	*'अलक-सुगन्ध मन्द मलयानिल धीरे-धीरे ढोती'*	: सुगंधित केश राशि	**नि.र.**-1/98	प्रिया से
अलक-सुगंध-मदिर-	*'अलक-सुगन्ध-मदिर सरि-शीतल'*	: अलकों की नशीली गंध	**नि.र.**-1/122	यमुना के प्रति
अलका-	*'कृष्ण घन अलकों में'*	: केश (स्त्री के)	**नि.र.**-1/93	यहीं
अलकावलि-	*'बादल अलकावलि कुञ्चित-ऋजु'*	: केशराशि	**नि.र.**-1/221	कौन तुम शुभ्र-किरण -वसना?
अलकावली-	*'मेरी लहरीली नीली अलकावली समान'*	: घनी केश-राशि	**प्र.ग्रं.**-1/339	प्रलय की छाया/लहर
अलकें-	*'मेरे जीवन की उलझन/बिखरी थीं उनकी अलकें'*	: केश-राशि	**प्र.ग्रं.**-2/13	आँसू
♦	*'श्रद्धा कुछ-कुछ अनमनी चली अलकें लेती थीं गुल्फ चूम'*	: लम्बे बाल	**प्र.ग्रं.**-2/159	ईर्ष्या/कामायनी
अलकें सुनहली-	*'उलझती अलकें सुनहली असित निशि के कुंतलों में!'*	: सुनहले रंग की केशराशि की तरह संध्या की किरणें	**म.सा.**-1/253	रागभीनी तू सजनि निश्वास भी.../सांध्य गीत
अलकों की डोरी-	*'अलकों की डोरी में जीवन कण-कण उलझे जाते'*	: श्रद्धा की केशराशि मानो बंधन की तरह बाँध रही थी	**प्र.ग्रं.**-2/146	कर्म/कामायनी
अलक्तक-	*'चरण अलक्तक की लाली से'*	: आलता, महावर	**प्र.ग्रं.**-1/340	प्रलय की छाया/लहर
अलक्षित-	*'अलक्षित आ किसने चुपचाप सुना अपनी सम्मोहन तान'*	: अनजाने, अदृष्ट	**म.सा.**-1/72	स्वर्ग का था नीरव उच्छ्वास/नीहार
अलख-	*'आँखों से अलख जगाने को'*	: ईश्वर, जिसे देखा न जा सके	**प्र.ग्रं.**-1/304	आँखों से अलख जगाने को/लहर
अलख आनन-	*'देख ले उसके अधर सस्मित, सजल दृग, अलख आनन'*	: ईश्वर (उस अनंत प्रिय) का चेहरा अदृश्य है	**म.सा.**-1/269	मैं किसी की मूक छाया हूँ.../सांध्य गीत
अलख-बादलों-	*'खोलो नवल प्रात मुख ढक-ढक अलख-बादलों से, क्षण में'*	: अनिश्चित आकार वाले बादल	**नि.र.**-1/191	वसन्त-समीर
अलगाता-	*'उसे अकिंचन कर देता है अलगाता 'हम तुम' से'*	: मिलने नहीं देना, दूरी बनाए रखना	**प्र.ग्रं.**-2/153	कर्म/कामायनी
अलबेला-	*'मैं मतवाली इधर, उधर प्रिय मेरा अलबेला सा है'*	: मनमौजी, दीवाना, मस्तमौला	**म.सा.**-1/201	मैं मतवाली इधर, उधर प्रिय.../नीरजा
अलबेली-बाहुलता-	*'अलबेली-बाहुलता या तनु छवि-सर की नव लहरी?'*	: बाँहें मानो लताओं की तरह अल्हड़ थीं	**प्र.ग्रं.**-2/12	आँसू
अलबेले-	*'यह सुख दुखमय राग बजा जाते हो क्यों अलबेले?'*	: वह असीम प्रिय अलबेला (मनमौजी) है	**म.सा.**-1/270	यह सुख दुखमय राग/सांध्य गीत
अलभ-	*'अलभ है इष्ट, अत: अनमोल'*	: अप्राप्त	**पं.ग्रं.**-1/230	परिवर्तन/पल्लव
अलम्-	*'कृपा कटाक्ष अलम् है केवल'*	: पर्याप्त	**प्र.ग्रं.**-1/271	कसौटी/झरना
अलम्बुषा-	*'नव अलम्बुषा की व्रीड़ा-सी खुल जाती है, फिर जा मुँदती'*	: लाजवंती या छुई-मुई का पौधा	**प्र.ग्रं.**-2/255	रहस्य/कामायनी

शब्द-	काव्य-पंक्ति	: अर्थ	ग्रंथावली/पृ.सं.	स्रोत/संदर्भ
अलस-	*'अलस हुई कुछ नीची चितवन'*	: आलस्य से भरी हुई (प्रेम-प्रसंग में)	**नि.र.**-1/88	शृंगारमयी
◆	*'दिग्वधू अलस हाथों से'*	: मादकता की शिथिलता	**नि.र.**-1/100	दिल्ली
◆	*'छूट-छूट अलस/फैल जाने दो पीठ पर'*	: आलस्य से भरा, धीमी गति से, सरकते हुए	**नि.र.**-1/149	जागो फिर एक बार
◆	*'अलस पग, मग में ठगी-सी रह गयी'*	: अलसाया, प्रेम से शिथिल	**नि.र.**-1/155	शेष
◆	*'अलस पंकज-दृग अरुण-मुख/तरुण-अनुरागी'*	: आलस्य से भरा	**नि.र.**-1/253	(प्रिय) यामिनी जागी
◆	*'सकुच सलज खिलती शेफाली अलस मौलश्री डाली डाली'*	: आलस्य से भरा	**म.सा.**-1/169	पुलक पुलक उर, सिहर सिहर तन/नीरजा
अलस उषा-	*'उस अलस उषा में देखूँ अपनी आँखों का तारा'*	: अलसाई हुई सुबह	**प्र.ग्रं.**-2/34	आँसू
अलस चेतना-	*'खुलीं उसी रमणीय दृश्य में अलस चेतना की आँखें;'*	: संज्ञा का सुस्त पड़ जाना, सचेत न रह पाना	**प्र.ग्रं.-2/76**	आशा/कामायनी
अलस तरंगिणि-	*'अलि गुंजित पद्मों की किंकिणि भर पद-गति में अलस तरंगिणि'*	: शिथिल तरंगों की मादक गति	**म.सा.**-1/168	धीरे-धीरे उतर क्षितिज से/नीरजा
अलसता-	*'अलसता की-सी लता'*	: आलस्य, शृंगार भाव का शैथिल्य	**नि.र.**-1/77	सन्ध्या-सुन्दरी
अलस नभ-	*'अलस नभ के पलक गीले कुंतलों से पोंछ आई'*	: अलसाया हुआ आकाश मानो भावुक है	**म.सा.**-1/274	आज मेरे नयन के तारक.../सांध्य गीत
अलस नील-घन-	*'अलस नील-घन की छाया में'*	: अलसाये हुये नीले बादल, रुककर बारिश कराते बादल	**प्र.ग्रं.**-4/99	तृतीय अंक/स्कन्दगुप्त
अलस पलक-	*'अलस पलक, सघन अलक'*	: सौन्दर्य के मद से अलसायी पलकें, छाया मानो मद से भरी है	**पं.ग्रं.**-1/286	एक/ज्योत्स्ना
अलस पलक दल-	*'न जाने, अलस पलक दल कौन'*	: अलसायी पलकें मानो पंखुड़ियाँ हैं	**पं.ग्रं.**-1/196	मौन निमन्त्रण/पल्लव
अलस प्राण-	*'निज उद्‌गम का मुख बंद किये कब तक सोएँगे अलस प्राण'*	: मन को आलस्य में डालना	**प्र.ग्रं.**-2/158	ईर्ष्या/कामायनी
अलस बंदी युगों का-	*'अब अलस बंदी युगों का - ले उड़ेगा शिथिल कारा'*	: युगों-युगों से जो बंदी बनकर शिथिल हो गया हो	**म.सा.**-1/282	कीर का प्रिय आज... /सांध्य गीत
अलस विषाद-	*'ओ जीवन की मरु मरीचिका, कायरता के अलस विषाद!'*	: दुःख की निराशा से उत्पन्न शिथिलता	**प्र.ग्रं.**-2/63	चिंता/कामायनी
अलस विहग-	*'लेते अँगड़ाई नीड़ों में अलस विहग मृदु गात'*	: अलसाये हुये पक्षी	**प्र.ग्रं.**-1/328	अंतरिक्ष में अभी सो रही/लहर
अलस सबेरा-	*'वही वेदना सजग पलक में भर कर अलस सबेरा'*	: अलसाई हुई सुबह	**प्र.ग्रं.**-2/141	कर्म/कामायनी
अलसित वन-	*'निद्रा के उस अलसित वन में'*	: (नींद मानो) आलस्य के जंगल की तरह है	**पं.ग्रं.**-1/198	स्वप्न/पल्लव
अलात-चक्र-	*'मनु फिर रहे अलात-चक्र से उस घन-तम में'*	: जलती हुई लकड़ी (मशाल, बनेठी, लुआठी) को चारों ओर घुमाने से बना अग्नि का घेरा	**प्र.ग्रं.**-2/207	संघर्ष/कामायनी

शब्द-	काव्य-पंक्ति	: अर्थ	ग्रंथावली/पृ.सं.	स्रोत/संदर्भ
अलिंद की भूमि-	*'चरणों से चिह्नित अलिंद की भूमि सुनहली'*	: मंदिर के दरवाजे से ठीक पहले की जगह जहाँ जूते-चप्पल खोलकर प्रवेश करते हैं	**म.सा.**-1/335	यह मंदिर का दीप.../दीप-शिखा
अलि-	*'मुस्काता संकेत-भरा नभ/अलि क्या प्रिय आनेवाले हैं?'*	: सखी	**म.सा.**-1/221	मुस्काता संकेत-भरा नभ/नीरजा
♦	*'अलि वरदान मेरे नयन'*	: सखी या समानधर्मा को संबोधित	**म.सा.**-1/232	अलि वरदान मेरे नयन!/नीरजा
अलि अलकों-	*'इस हृदय कमल का घिरना अलि अलकों की उलझन में'*	: प्रिया की केश-राशि भौरों की तरह काली है	**प्र.ग्रं.**-2/5	आँसू
अलि-अलकों-	*'अलि-अलकों के तरल तिमिर में'*	: भौंरों की तरह काले घुँघराले बाल	**नि.र.**-1/118	यमुना के प्रति
अलि-कलियों-	*'सरल-शैशव-श्री सुख-यौवन केलि अलि-कलियों की सुकुमार'*	: भौंरे और कलियाँ	**नि.र.**-1/141	स्मृति
अलिकुल-	*'नीरव-मुरली, कलरव चुप, अलिकुल थे बन्द नलिन में'*	: भौंरों का समूह	**प्र.ग्रं.**-2/16	आँसू
अलिनि-	*'मधु-गीत मतवाली अलिनि'*	: अलिनी, भ्रमरी, मादा भौंरा	**म.सा.**-1/172	शृंगार कर ले री सजनि!/नीरजा
अलिनी-	*'जहाँ स्वर्ण की आशा अलिनी गाती है, कर स्वप्न विहार'*	: मादा भौंरा	**पं.ग्रं.**-1/103	श्रूयते हि पुरा लोके/वीणा
♦	*'पिक की मधुमय वंशी बोली/नाच उठी सुन अलिनी भोली'*	: भ्रमर-बाला, भ्रमरी	**म.सा.**-1/169	पुलक पुलक उर, सिहर सिहर तन/नीरजा
अलि बाला-	*'अलि बाला गाती सुपुनीत'*	: भ्रमर किशोरी, तरुणी	**पं.ग्रं.**-1/102	उस विकसित, वासित वन में/वीणा
♦	*'अलि बाला से सुन तब सहसा'*	: किशोर उम्र की भ्रमरी, मादा भौंरा	**पं.ग्रं.**-1/199	स्वप्न/पल्लव
अलि-मुकुल-विपुल-	*'पुलकाकुल अलि-मुकुल-विपुल हिलते तरु-पात'*	: असंख्य कलियाँ और भौंरे	**नि.र.**-1/188	विस्मृत भोर
अलि-शिशु-	*'बहलाऊँ नव किसलय के झूले में अलि-शिशु तेरे'*	: भौंरों के बच्चे	**म.सा.**-1/134	कह दे माँ क्या अब देखूँ!/रश्मि
अलीक-	*'गिर जाएगा जो है अलीक, चलकर मिटती है पड़ी लीक'*	: रूढ़िग्रस्त रीति-नीति, मरणोन्मुख आचार-विचार	**प्र.ग्रं.**-2/245	दर्शन/कामायनी
अलौकिक कांत-	*'तिमिर का हरने को दुख भार, तेज अमिताभ अलौकिक कांत'*	: आध्यात्मिक चमक	**प्र.ग्रं.-1/295**	अरी वरुणा की शांत कछार/लहर
अल्पभेद-	*'अक्लेद, अल्पभेद/प्रस्फुट गुलाब-सा'*	: सघन, सुगठित	**नि.र.**-1/185	जागरण
अल्हड़ खेल-	*'खेलता था जब अल्हड़ खेल'*	: अपने यौवन से लापरवाह होकर बच्चों की तरह खेलना	**प्र.ग्रं.**-1/307	तुम्हारी आँखों का बचपन/लहर
अवकाश-	*'अवकाश असीम सुखों से/आकाश तरंग बनाता'*	: खालीपन, सूनापन	**प्र.ग्रं.**-2/24	आँसू
अवकाश-पटी-	*'इस अवकाश-पटी पर जितने चित्र बिगड़ते बनते हैं'*	: आकाश का फलक	**प्र.ग्रं.**-2/186	स्वप्न/कामायनी

शब्द-	काव्य-पंक्ति	: अर्थ	ग्रंथावली/पृ.सं.	स्रोत/संदर्भ
अवकाश शून्य-	*'अवकाश शून्य फैला है है शक्ति न और सहारा'*	: सूना आकाश, दूर-दूर तक निराशा	**प्र.ग्रं.**-2/21	आँसू
अवकाश-सरोवर-	*'अवकाश-सरोवर का मराल, कितना सुन्दर कितना विशाल'*	: आकाश-रूपी मानसरोवर	**प्र.ग्रं.**-2/235	दर्शन/कामायनी
अवगाहन-	*'क्षुब्ध लुब्ध, नील-अंग - /अवगाहन-स्नान'*	: डुबकी लगाना	**नि.र.**-1/313	मित्र के प्रति
अवगाहित-	*'क्षालित शत-तरंग-तनु-पालित अवगाहित निकली द्युति निर्मल'*	: गले तक डूबकर नहाई हुई	**नि.र.**-1/248	घोर शिशिर
अवगुंठन-	*'आँखों का विधि वह मुख हो अवगुण्ठन नील गगन-सा'*	: आवरण, घूँघट	**प्र.ग्रं.**-2/35	आँसू
◆	*'अवगुंठन होता आँखों का/आलोक रूप बनता जितना'*	: पर्दा, आवरण	**प्र.ग्रं.**-2/98	काम/कामायनी
◆	*'चाँदनी सदृश खुल जाय कहीं अवगुंठन आज सँवरता-सा;'*	: आवरण, घूँघट	**प्र.ग्रं.**-2/101	काम/कामायनी
◆	*'तोड़ दिये जब सब अवगुण्ठन, रहा एक केवल सुख-लुण्ठन'*	: घूँघट, अवरोध, पर्दा	**नि.र.**-1/260	कब से मैं पथ देख रही
◆	*'खुल गया शून्यमय अवगुंठन'*	: घूँघट, आवरण, पर्दा	**पं.ग्रं.**-2/15	ए मिट्टी के ढेले/युगपथ
◆	*'क्या तुम केवल चिर अवगुण्ठन'*	: घूँघट	**पं.ग्रं.**-2/19	छाया/युगपथ
◆	*'घोर घन की अवगुंठन डाल करुण सा क्या गाती है रात?'*	: घूँघट, आवरण, पर्दा	**म.सा.**-1/61	घोर घन की अवगुण्ठन डाल/नीहार
◆	*'उजियारी अवगुण्ठन में/विधु ने रजनी को देखा'*	: घूँघट	**म.सा.**-1/75	जिस दिन नीरव तारों से/नीहार
◆	*'उसे पहनायी अवगुण्ठन/हास औ' रोदन से बुन बुन'*	: घूँघट, आवरण, आड़	**म.सा.**-1/105	शून्यता में निद्रा की बन/रश्मि
◆	*'तुम मानस में बस जाओ/छिप दुख की अवगुण्ठन से'*	: आवरण, आड़	**म.सा.**-1/111	चिर तृप्ति कामनाओं का/रश्मि
◆	*'अपनेपन की अवगुण्ठन बिन/मेरा अपलक आनन सूना'*	: घूँघट, पर्दा, आड़	**म.सा.**-1/208	तेरी सुधि बिन क्षण क्षण सूना/नीरजा
◆	*'आज कहाँ मेरा अपनापन/तेरे छिपने का अवगुण्ठन'*	: घूँघट, आड़, पर्दा	**म.सा.**-1/210	टूट गया वह दर्पण निर्मम/नीरजा
◆	*'मिथ्या, प्रिय मेरा अवगुण्ठन/पाप शाप, मेरा भोलापन'*	: पर्दा, गोपन	**म.सा.**-1/214	आँसू का मोल न लूँगी मैं!/नीरजा
अवगुंठनमयि-	*'हे चिर अवगुण्ठनमयि, बोलो'*	: घूँघट में रहनेवाली स्त्री	**पं.ग्रं.**-2/19	छाया/युगपथ
अवचनीय-	*'चिर अवचनीय, आश्चर्य-पाश'*	: जिसके बारे में बोलकर बताया न जा सके	**पं.ग्रं.**-2/19	छाया/युगपथ
अवतंस लोल-	*'रवि-शशि तेरे अवतंस लोल सीमंत-जटित तारक अमोल'*	: डोलती हुई कान की बालियाँ	**म.सा.**-1/237	लय गीत मदिर, गति ताल अमर/नीरजा
अवदात-	*'लगे जो उपल पद, हुए उत्पल ज्ञात, कण्टक चुभे जागरण बने अवदात'*	: उज्ज्वल	**नि.र.**-1/275	प्रात तव द्वार पर
◆	*'जीवन ज्योति जला अवदात'*	: उज्ज्वल, पीला	**पं.ग्रं.**-1/85	मम जीवन की प्रमुदित प्रात/वीणा

शब्द- काव्य-पंक्ति	: अर्थ	ग्रंथावली/पृ.सं.	स्रोत/संदर्भ
◆ *'वह भविष्य होवे अवदात!'*	: उज्ज्वल	**पं.ग्रं.**-1/88	जब मैं थी अज्ञात प्रभात/वीणा
◆ *'उमड़ मोतियों-से अवदात'*	: उज्ज्वल	**पं.ग्रं.**-1/199	स्वप्न/पल्लव
◆ *'स्रोत-से नव अवदात'*	: निर्मल	**पं.ग्रं.**-1/207	शिशु/पल्लव
◆ *'उड़ता अम्बर में अवदात'*	: उज्ज्वल	**पं.ग्रं.**-1/215	बादल/पल्लव
◆ *'सजा लांछन को भी अवदात'*	: उज्ज्वल	**पं.ग्रं.**-1/231	परिवर्तन/पल्लव
◆ *'खिल उठी आँगन में अवदात'*	: उज्ज्वल, आभामय	**पं.ग्रं.**-1/253	मुसकुरा दी थीं क्या तुम, प्राण/गुंजन
◆ *'अग-जग के अवदात'*	: उज्ज्वल	**पं.ग्रं.**-1/336	चार/ज्योत्स्ना
◆ *'बरसते थे मोती अवदात/जहाँ तारक-लोकों से टूट'*	: उज्ज्वल	**म.सा.**-1/70	निराशा के झोंकों ने देव!/नीहार
◆ *'पोंछती जब हौले से वात इधर निशि के आँसू अवदात'*	: उज्ज्वल (ओस की तरह आँसू)	**म.सा.**-1/105	शून्यता में निद्रा की बन/रश्मि
◆ *'तुम अनंत जलराशि उर्म्मि मैं/चंचल सी अवदात'*	: उज्ज्वल, निर्मल	**म.सा.**-1/135	तुम हो विधु के बिम्ब और मैं/रश्मि
◆ *'कलियों में सुरभित कर अपने मृदु आँसू अवदात'*	: उज्ज्वल, निर्मल	**म.सा.**-1/150	विश्व-जीवन के उपसंहार!/रश्मि
◆ *'पिघल क्यों हिम का उर अवदात भरा करता सरिता के कोष'*	: स्वच्छ, कज्जल	**म.सा.**-1/156	नींद में सपना बन अज्ञात/रश्मि
◆ *'परिधि बन घेरें तुझे वे उँगलियाँ अवदात!'*	: उज्ज्वल (प्रभात का प्रकाश)	**म.सा.**-1/393	पूछता क्यों शेष कितनी रात?/दीप-शिखा
अवनत- *'किन्तु हाय! वीर राजपूतों की/गौरव-प्रलम्ब ग्रीवा अवनत हो रही है आज तुमसे महाराज'*	: झुकी हुई (गर्दन)	**नि.र.**-1/157	महाराज शिवाजी का पत्र
अवनत घन- *'वह बोली "नील गगन अपार, जिसमें अवनत घन सजल भार'*	: (जल के बोझ से) झुके हुए बादल	**प्र.ग्रं.**-2/234	दर्शन/कामायनी
◆ *'तुम आशामयि! चिर आकर्षण, तुम मादकता की अवनत घन'*	: जल के भार से झुका हुआ बादल, परोपकारी	**प्र.ग्रं.**-2/236	दर्शन/कामायनी
अवनतमुखी- *'किस विरह में अवनतमुखी लगती न उजियाली भली?'*	: उदासी से सिर झुकाए हुए	**म.सा.**-1/265	पंकज-कली!/सांध्य गीत
अवनत ललाट- *'भारत के अविश्वस्त अवनत ललाट पर'*	: झुका माथा, शर्म महसूस करना	**नि.र.**-1/100	दिल्ली
अवनत वदना- *'अवनत वदना होने दो'*	: चेहरे को झुकाकर पूजा की मुद्रा में खड़ा होना	**पं.ग्रं.**-1/88	करुणा क्रन्दन करने दो!/वीणा
◆ *'अवनत वदना हो जब प्रात'*	: सर झुकाकर	**पं.ग्रं.**-1/98	कर पुट में पुष्पांजलि धर/वीणा
अवनता- *'किसी विटप के आश्रय में मुकुलिता किन्तु अवनता'*	: झुकी हुई	**नि.र.**-1/95	बहू
अवनम्र- *'स्तव के अवनम्र स्तबक'*	: झुके हुए	**नि.र.**-1/275	कहाँ परित्राण?

शब्द- काव्य-पंक्ति	: अर्थ	ग्रंथावली/पृ.सं.	स्रोत/संदर्भ
अवनि- *'सुरभि-सुमानवली खुली, मधुऋतु अवनि!'*	: पृथ्वी	**नि.र.**-1/239	अनगिनित आ गये शरण में
♦ *'उमड़ प्राणों से गहनतर छा गगन लें अवनि के स्वर'*	: धरती	**नि.र.**-1/245	बुझे तृष्णाशा-विषानल झरे
♦ *'अवनि के सुख बढ़ रहे थे दिवस-से'*	: धरती	**पं.ग्रं.**-1/123	ग्रन्थि
अवनि अकास- *'छा जाते हम अवनि अकास'*	: धरती से लेकर आकाश तक	**पं.ग्रं.**-1/202	विश्व वेणु/पल्लव
अवनि के ईश- *'सफल होने को अवनि के ईश से'*	: धरती के स्वामी की तरह है वसंत	**पं.ग्रं.**-1/123	ग्रन्थि
अवनि गोद- *'मुखरित नित अवनि गोद'*	: धरती की गोदी में (मानो पक्षियों की चहचहाहट आदि भरी है)	**पं.ग्रं.**-1/315	तीन/ज्योत्स्ना
अवनी- *'तज कोलाहल की अवनी रे!'*	: धरती	**प्र.ग्रं.**-1/298	ले चल वहाँ भुलावा देकर/लहर
♦ *'रघुनायक आगे अवनी पर नवीनत-चरण'*	: धरती	**नि.र.**-1/330	राम की शक्ति-पूजा
♦ *'सुन प्रिय की पद-चाप हो गयी/पुलकित यह अवनी'*	: धरती	**म.सा.**-1/168	धीरे-धीरे उतर क्षितिज से/नीरजा
अवनी का अंचल- *'आँसू से भर जाता जब सूखा अवनी का अञ्चल'*	: धरती का आँचल या सतह	**म.सा.**-1/37	रजनी ओढ़े जाती थी/नीहार
अवभृथ स्नान- *'पावक सरोवर में अवभृथ स्नान था'*	: यज्ञ पूरा हो जाने के बाद किया जानेवाला स्नान	**प्र.ग्रं.**-1/342	प्रलय की छाया/लहर
अवयव- *'अवयव की दृढ़ मांस-पेशियाँ, ऊर्जस्वित था वीर्य्य अपार;'*	: (मनु के) शरीर के अंग-प्रत्यंग	**प्र.ग्रं.**-2/52	चिंता/कामायनी
♦ *'और संकुचित क्रमशः उसके अवयव का होता था ह्रास'*	: अंग-उपांग	**प्र.ग्रं.**-2/60	चिंता/कामायनी
अवयव की सुंदर कोमलता- *'अवयव की सुन्दर कोमलता लेकर मैं सबसे हारी हूँ'*	: शारीरिक(आंगिक) सुंदरता और कोमलता	**प्र.ग्रं.**-2/128	लज्जा/कामायनी
अवयव प्रस्फुटित- *'केहरि-किशोर से अभिनव अवयव प्रस्फुटित हुए थे'*	: अंगों का प्रस्फुटित होना	**प्र.ग्रं.**-2/267	आनन्द/कामायनी
अवरुद्ध श्वास- *'चिर मुक्त पुरुष वह कब इतने अवरुद्ध श्वास लेगा निरीह'*	: रुकी हुई साँस अर्थात् पराधीनता का भाव	**प्र.ग्रं.**-2/161	ईर्ष्या/कामायनी
अवरोह- *'मुक्त! तुम्हारे मुक्त कण्ठ में स्वरारोह, अवरोह, विघात'*	: सुर का नीचे उतरना	**नि.र.**-1/134	बादल-राग
♦ *'स्वप्न क्यों अवरोह में, आरोह में दुखगान वंशी?'*	: क्रमशः घटते हुए, पतनशील	**म.सा.**-1/377	गूँजती क्यों प्राण-वंशी? /दीप-शिखा
♦ *'मेरी साँस में आरोह,/उर अवरोह का संचार'*	: उतरते क्रम में	**म.सा.**-1/395	तुम्हारी बीन ही में बज.../दीप-शिखा
अवलंब- *'दब रहे हो अपने ही बोझ खोजते भी न कहीं अवलम्ब;'*	: सहारा, आश्रय	**प्र.ग्रं.**-2/91	श्रद्धा/कामायनी
अवलंबन- *'और डूबती सी अचला का अवलम्बन मणि रत्न निधान'*	: सहारा	**प्र.ग्रं.**-2/71	आशा/कामायनी

शब्द-	काव्य-पंक्ति	: अर्थ	ग्रंथावली/पृ.सं.	स्रोत/संदर्भ
◆	*'किरनों का रज्जु समेट लिया जिसका अवलम्बन ले चढ़ती'*	: सहारा	**प्र.ग्रं.**-**2**/125	लज्जा/कामायनी
अवलोको-	*'अवलोको, मन! अवलोको!'*	: अवलोकन करो	**पं.ग्रं.**-1/105	आँखों के अविरल जल को/वीणा
अवशिष्ट-	*'अवशिष्ट रह गई अनुभव में अपनी अतीत असफलता-सी'*	: अपूर्ण रूप में रह जाना	**प्र.ग्रं.**-**2**/128	लज्जा/कामायनी
◆	*'अब तो अवशिष्ट उपाय भी न'*	: बचा हुआ, शेष रह जाना	**प्र.ग्रं.**-**2**/178	इड़ा/कामायनी
◆	*'रहे अवशिष्ट सत्य जो स्पष्ट'*	: बचा हुआ	**नि.र.**-1/104	उद्‌बोधन
अवसन्न-	*'पद्म-मन पर थी, रहा अवसन्न वन'*	: निराशा से खामोश (वन)	**नि.र.**-1/155	शेष
◆	*'अवसन्न भी हूँ प्रसन्न मैं प्राप्तवर'*	: घिरा हुआ	**नि.र.**-1/276	प्रात तव द्वार पर
अवसाद-	*'विस्मृति आ, अवसाद घेर ले, नीरवते! बस चुप कर दे;'*	: निराशा के कारण मानसिक शिथिलता	**प्र.ग्रं.**-**2**/54	चिंता/कामायनी
◆	*'मेरे गीतों का छाया अवसाद'*	: निराशा	**नि.र.**-1/112	सन्तप्त
◆	*'ऐसा तेरा लोक, वेदना/नहीं, नहीं जिसमें अवसाद'*	: गहरा दु:ख जो स्थायी रूप से मन में बैठ जाए	**म.सा.**-1/35	वे मुस्कुराते फूल, नहीं—/नीहार
◆	*'सजग लखती थीं तेरी राह/सुलाकर प्राणों में अवसाद'*	: स्थायी उदासी	**म.सा.**-1/84	तरल आँसू की लड़ियाँ गूँथ/नीहार
अवसादमयी-	*'लीला विलास की खेद भरी अवसादमयी श्रम-दलिता-सी'*	: थकावट से उत्पन्न गहरा खेद	**प्र.ग्रं.**-**2**/128	लज्जा/कामायनी
अवसान-	*'व्यथा आरम्भ, वही अवसान'*	: समापन	**प्र.ग्रं.**-1/276	वेदने ठहरो/झरना
◆	*'जीर्ण-शीर्ण जो, दीर्ण धरा में प्राप्त करे अवसान'*	: समाप्ति	**नि.र.**-1/104	उद्‌बोधन
◆	*'आज तुम्हार किस विशाल वक्ष:स्थल में अवसान?'*	: समर्पण, समा जाना	**नि.र.**-1/106	तरंगों के प्रति
◆	*'आदि में छिप आता अवसान अंत में बनता नव्य विधान'*	: समाप्ति, अंत	**म.सा.**-1/106	शून्यता में निद्रा की बन/रश्मि
अवसित-	*'अपनी असीमता में अवसित प्राणाशय;'*	: स्थित	**नि.र.**-1/304	तुलसीदास
◆	*'इसी में था असीम अवसित'*	: समाकर समाप्त हो जाना, मानो अनन्त भी इसमें आकर बस जाता था	**पं.ग्रं.**-1/179	उच्छ्‌वास/पल्लव
◆	*'अवसित कर दूँ निज जीवन'*	: घुला-मिलाकर समाप्त कर लेना	**पं.ग्रं.**-1/208	विसर्जन/पल्लव
अवहेला की चोट-	*'हृदय पर अंकित कर सुकुमार तुम्हारी अवहेला की चोट'*	: प्रिय से प्राप्त उपेक्षा का दु:ख	**म.सा.**-**1/70**	निराशा के झोंकों ने देव!/नीहार
अवाक्-	*'ऐ अवाक् निर्जन की भारति'*	: नि:शब्द, छाया मौन होती है	**पं.ग्रं.**-1/205	छाया/पल्लव
◆	*'अवसाद अवाक् कणों का!'*	: मौन (हमारे भीतर छिपा है)	**पं.ग्रं.**-1/242	सागर की लहर लहर में/गुंजन
अविकच-	*'नहीं फूल, जीवन अविकच है - /यह सच है!'*	: बन्द, अविकसित	**नि.र.**-1/314	सच है
◆	*'रहता चिर अविकच, अज्ञान'*	: अविकसित, अधखुला	**पं.ग्रं.**-1/199	स्वप्न/पल्लव
◆	*'जिनकी अविकच दुर्बलता ही'*	: अविकसित, निर्दोष	**पं.ग्रं.**-1/220	बालापन/पल्लव
◆	*'शिशुओं के अविकच उर में'*	: अपरिपक्व, अर्धविकसित, मासूम	**पं.ग्रं.**-1/309	तीन/ज्योत्स्ना

शब्द– काव्य–पंक्ति	: अर्थ	ग्रंथावली/पृ.सं.	स्रोत/संदर्भ
अविकच स्वप्नों– *'उर में अविकच स्वप्नों का युग'*	: अविकसित सपने, ऐसी इच्छाएँ जो अभी सपने की तरह हैं	**पं.ग्रं.**–1/303	तीन/ज्योत्स्ना
अविकल– *'जो लीन अनिल में अविकल'*	: अपने मूल रूप में	**पं.ग्रं.**–1/269	चाँदनी/गुंजन
अविकार– *'मेरे कवि ने देखे तेरे स्वप्न सदा अविकार'*	: विकार मुक्त, निर्मल हृदय से	**नि.र.**–1/99	प्रिया से
◆ *'दिवस–द्युति छवि निरलस अविकार'*	: विकारमुक्त, मौलिक, सुंदर	**नि.र.**–1/141	स्मृति
अविकृत– *'तृप्ति वह तृष्णा की अविकृत'*	: विकारहीन, सात्विक, प्राकृतिक, अंकुठ	**नि.र.**–1/141	स्मृति
अविगत– *'तुम अतल गर्त, अविगत, अकूल'*	: जो पूरी तरह व्यतीत न हो सके, शाश्वत, चिरंतन, ईश्वर–जैसा	**पं.ग्रं.**–2/19	छाया/युगपथ
अविचल– *'शक्ति थी जर्जर पर अविचल पाद–प्रहार'*	: लगातार डटे रहना	**नि.र.**–1/180	रेखा 'ग'
अविज्ञात– *'सघन हो रहा अविज्ञात यह देश मलिन है धूम–धार–सा'*	: अनजाना, जिसे जानना मुश्किल हो	**प्र.ग्रं**–2/257	रहस्य/कामायनी
अविदित– *'रजत स्वर्ण में लिखतीं अविदित'*	: अज्ञात, अनजाना, नया	**पं.ग्रं.**–1/198	स्वप्न/पल्लव
◆ *'अविदित भावाकुल भाषा–सी'*	: जिसे जाना न जा सका हो	**पं.ग्रं.**–1/204	छाया/पल्लव
◆ *'संसृति के अविदित आख्यान'*	: अज्ञात, जिसे जाना न जा सके	**पं.ग्रं.**–1/210	नक्षत्र/पल्लव
◆ *'उर–कोषों के मोती अविदित बन पिघल पिघल कर तरल रजत'*	: अज्ञात, जिसे जाना न जा सका हो	**म.सा.**–1/207	जाने किसकी स्मित रूम झूम/नीरजा
अविदित उल्लास– *'यह जग को अविदित उल्लास'*	: अनजानी प्रसन्नता	**पं.ग्रं.**–1/189	वीचि विलास/पल्लव
अविदित पथ– *'स्खलित अविदित पथ पर अविचार'*	: अज्ञात रास्ता	**पं.ग्रं.**–1/207	शिशु/पल्लव
अविनश्वर– *'स्वर–सा कर दो अविनश्वर,/ईश्वर–मज्जित'*	: अनश्वर, ईश्वर	**नि.र.**–1/146	प्रार्थना
◆ *'नश्वर को करते अविनश्वर तत्काल'*	: अनश्वर, अमर	**नि.र.**–1/207	कवि
◆ *'अविनश्वर वही ज्ञान भीतर/बाहर भ्रम, भ्रमरों को, भास्वर;'*	: अमर	**नि.र.**–1/293	तुलसीदास
◆ *'है पूर्ण सत्य अविनश्वर'*	: जिसका नाश न हो, अनश्वर	**पं.ग्रं.**–1/326	तीन/ज्योत्स्ना
अविनाशी– *'युग–युग के सुरगण अविनाशी'*	: अमर (देव–देवी)	**पं.ग्रं.**–1/313	तीन/ज्योत्स्ना
अविनीत– *'क्या अधिकार नहीं कि कभी अविनीत रहूँ मैं?'*	: अनुशासन या नियम के बंधन से मुक्त	**प्र.ग्रं.**–2/198	संघर्ष/कामायनी
◆ *'हिलाकर धड़कन से अविनीत जगा मत सोया है सुकुमार'*	: जिसमें विनम्रता का अभाव हो	**प्र.ग्रं.**–4/187	प्रथम अंक/चन्द्रगुप्त
अविरत– *'लड़ रहे अविरत युगल थे चेतना के पाश'*	: निरंतर	**प्र.ग्रं.**–2/111	वासना/कामायनी
◆ *'वह उत्थान–पतन–हत अविरत'*	: लगातार, बिना रुके हुए	**नि.र.**–1/134	बादल–राग
◆ *'बीते अविरत शत–शत/अब्द, शब्द अप्रतिहत उठता – ये जो पदनत'*	: बिना रुके हुए, लगातार	**नि.र.**–1/274	कहाँ परित्राण?
◆ *'अविरत दुख है उत्पीड़न'*	: लगातार, जो समाप्त न हो	**पं.ग्रं.**–1/241	मैं नहीं चाहता चिर सुख/गुंजन
◆ *'मेरे प्रतिरोमों से अविरत/झरते हैं निर्झर और आग'*	: निर्बाध रूप से	**म.सा.**–1/217	प्रिय ! मैं हूँ एक पहेली भी!/नीरजा
अविरत गायक विहंग– *'अविरत गायक विहंग, लाल–निरत किरण संग'*	: लगातार गायन करनेवाले पक्षी	**म.सा.**–1/351	मिट चली घटा अधीर! /दीप–शिखा

शब्द- काव्य-पंक्ति	: अर्थ	ग्रंथावली/पृ.सं.	स्रोत/संदर्भ
अविरत विषाद- *'सुख नीड़ों को घेरे रहता अविरत विषाद का चक्रवाल'*	: क्रमिक दु:ख, दु:ख की निरन्तरता	**प्र.ग्रं.-2**/180	इड़ा/कामायनी
अविरल- *'लघु लघु सुंदर सुंदर अविरल,'*	: क्रमिक, निरन्तर	**प्र.ग्रं.-1**/326	ओ री मानस की गहराई/लहर
◆ *'नव रस भरी अराएँ अविरल चक्रवाल को चकित चूमतीं'*	: सघन भाव से, जो विरल न हो	**प्र.ग्रं.-2**/256	रहस्य/कामायनी
अविरल मेघों- *'घिर कर अविरल मेघों से जब नभमंडल झुक जाता'*	: सघन बादल	**म.सा.-1**/118	नव मेघों को रोता था /रश्मि
अविराम- *'अविराम घात - आघात'*	: लगातार	**नि.र.-1**/137	दीन
◆ *'अविराम प्रेम-परिणय अग-जग'*	: सतत, शाश्वत, निरंतर	**पं.ग्रं.-1**/314	तीन/ज्योत्स्ना
◆ *'कहतीं 'क्या देख रहे हैं/अविराम तुम्हारे तारे'*	: लगातार, एकटक	**म.सा.-1**/75	जिस दिन नीरव तारों से/नीहार
◆ *'प्राण में तन्मयता का हास/माँगता है पीड़ा अविराम'*	: अनवरत	**म.सा.-1**/88	गिरा जब हो जाती है मौन/नीहार
अविराम साधना- *'जीवन की अविराम साधना भर उत्साह खड़ी थी'*	: निरन्तर किया गया कठोर प्रयत्न	**प्र.ग्रं.-2**/133	कर्म/कामायनी
अविरुद्ध- *'प्रजा आज कुछ और सोचती अब तक जो अविरुद्ध रही'*	: विरोध-रहित, अनुकूल	**प्र.ग्रं.-2**/193	स्वप्न/कामायनी
अविश्वस्त- *'अविश्वस्त, संज्ञाहीन, पतित, आत्मविस्मृत नर?'*	: जिस पर विश्वास न किया जा सके	**नि.र.-1**/100	दिल्ली
◆ *'भारत के अविश्वस्त अवनत ललाट पर'*	: अविश्वसनीय, जो व्यक्ति विश्वसनीय न हो	**नि.र.-1**/100	दिल्ली
अविषय- *'ऐ अशब्द भारति अविषय'*	: विषय-विकार से मुक्त (ज्ञान की तरह तारे चमकते रहते हैं)	**पं.ग्रं.-1**/209	नक्षत्र/पल्लव
अव्यक्त-प्रकृति-उन्मीलन- *'अव्यक्त-प्रकृति-उन्मीलन के अंतर में उसकी चाह रही'*	: प्रकृति ने आँखें खोल दीं, जो अब तक मूलकारण होने के बावजूद प्रत्यक्ष नहीं थी। मानो रति ने प्रकृति को सृष्टि के लिए प्रेरित किया।	**प्र.ग्रं.-2**/104	काम/कामायनी
अशंक- *'लाञ्छन को ले जैसे शशांक नभ में अशंक'*	: बिना किसी शंका के, निर्भ्रान्त होकर, निश्चिंत होकर	**नि.र.-1**/334	राम की शक्ति-पूजा
अशंकित- *'अशंकित नयन, अधर-कम्पन हरित-हत-पल्लव-नव श्रृंगार;'*	: शंकामुक्त, निर्द्वन्द्व	**नि.र.-1**/141	स्मृति
अशन- *'अशन जल का जल ही परिधान रचा था बूँदों में संसार'*	: व्यापक, अनंत (जल का आवरण जल ही है)	**म.सा.-1**/84	तरल आँसू की लड़ियाँ गूँथ/नीहार
अशना- *'तारक हार, चन्द्र मुख, मधु ऋतु सुकृत-पुञ्ज-अशना'*	: भोजन	**नि.र.-1**/221	कौन तुम शुभ्र-किरण -वसना?
◆ *'शैल-सुता अपर्ण-अशना,/पल्लव-वसना बनेगी'*	: भोजन	**नि.र.-1**/227	रूखी री यह डाल
अशनि-पात- *'अशनि-पात से शायित उन्नत शत-शत वीर'*	: बिजली गिरना	**नि.र.-1**/135	बादल-राग
अशब्द- *'अशब्द अधरों का, सुना, भाष, मैं कवि हूँ, पाया है प्रकाश'*	: शब्दहीन	**नि.र.-1**/315	सरोज-स्मृति

शब्द- काव्य-पंक्ति	: अर्थ	ग्रंथावली/पृ.सं.	स्रोत/संदर्भ
◆ *'प्रिय की अशब्द शृंगार-मुखर'*	: मौन	**नि.र.**-1/322	सरोज-स्मृति
◆ *'ऐ अशब्द भारति अविषय'*	: शब्दविहीन, स्वरविहीन, तारे बोलते नहीं हैं	**पं.ग्रं.**-1/209	नक्षत्र/पल्लव
अशरीरी रूप- *'ये अशरीरी रूप, सुमन से केवल वर्ण गंध में फूले'*	: (इच्छा-लोक के प्राणी) छाया-रूप में हैं, शरीर-विहीन हैं	**प्र.ग्रं.**-2/257	रहस्य/कामायनी
अशिव- *'अशिव उपलाकार मंगल, द्रवित जल नीहार!— (रे, कह)'*	: जो शिव (मंगल) नहीं है, पत्थर है	**नि.र.**-1/255	कौन तम के पार
अशेष-छविधर- *'यह जागा कवि अशेष-छविधर'*	: असीम सुंदरता	**नि.र.**-1/306	तुलसीदास
अशेष-निर्देश- *'प्रिया आजानु-विलम्बित-केश शेष तनु में अशेष-निर्देश'*	: सीमाहीन की ओर इंगित करती हुई-सी	**नि.र.**-1/216	'कहाँ उन नयनों की मुसकान'
अशेष शोभा- *'खुले केश अशेष शोभा भर रहे'*	: असीम सौंदर्य	**नि.र.**-1/253	(प्रिय) यामिनी जागा
अशोक- *'व्योम-तम पुंज हुआ तब नष्ट, अखिल संसृति हो उठी अशोक'*	: शोकरहित, प्रसन्न	**प्र.ग्रं.**-4/138	पंचम अंक/स्कन्दगुप्त
अशोक का अरुण राग- *'रञ्जित कर दे यह शिथिल चरण ले नव अशोक का अरुण राग'*	: अशोक के फूलों की लाली	**म.सा.**-1/257	जाने किस जीवन की सुधि ले/सांध्य गीत
अश्रांत- *'उषा के चंचल में अश्रान्त'*	: स्फूर्ति से युक्त, बिना थके हुये	**प्र.ग्रं.**-1/231	किरण/झरना
◆ *'दीनता लाती थी अश्रान्त'*	: बिना थके, फूर्ति के साथ	**प्र.ग्रं.**-1/258	आशालता/झरना
◆ *'चन्द्रमा नभ में हँसता था, बज रही थी वीणा अश्रान्त'*	: अथक, बिना थके, लगातार	**प्र.ग्रं.**-1/266	झील में/झरना
◆ *'झील, झाईं, नभ, शशि, तारा, विटप इंगित करते अश्रान्त'*	: अथक	**प्र.ग्रं.**-1/266	झील में/झरना
◆ *'बरसने ज्यों मदिरा अश्रांत'*	: अथक, लगातार	**प्र.ग्रं.**-1/305	आह रे, वह अधीर यौवन/लहर
◆ *'एक लघु ज्वालामुखी अचेत/माधवी रजनी में अश्रांत'*	: बिना थके हुए, लगातार	**प्र.ग्रं.**-2/84	श्रद्धा/कामायनी
◆ *'चल पड़े कब से हृदय दो, पथिक-से अश्रांत'*	: बिना थके	**प्र.ग्रं.**-2/111	वासना/कामायनी
◆ *'राशि-राशि नखत-कुसुम की अर्चना अश्रांत'*	: बिना थके, लगातार	**प्र.ग्रं.**-2/117	वासना/कामायनी
अश्रु की उर्म्मि- *'अश्रु की उर्म्मि हास का वात कुहू का तम माधव का प्रात'*	: आँसुओं की लहरें	**म.सा.**-1/115	तुहिन के पुलिनों पर छबिमान/रश्मि
अश्रु की टकसाल- *'आँसुओं का कोष उर, दृग अश्रु की टकसाल'*	: आँखें आँसुओं को ऐसे निकालती हैं जैसे टकसाल से मुद्रा निकलती है।	**म.सा.**-1/176	विरह का जलजात जीवन /नीरजा
अश्रुजल-धौत- *'मूर्ति अश्रुजल-धौत विमल'*	: आँसुओं से धुली	**नि.र.**-1/223	नर-जीवन के स्वार्थ सकल
अश्रुत- *'एक अश्रुत भाषा की तान'*	: जो सुनाई न दे (केवल महसूस हो)	**नि.र.**-1/141	स्मृति
◆ *'अश्रुत जो बजता रहा था झंकार भर'*	: जो सुनायी न पड़ रहा हो	**नि.र.**-1/328	प्रेयसी
अश्रु-नीर- *'प्रिय इन नयनों का अश्रु-नीर'*	: अश्रु-जल, आँसू	**म.सा.**-1/167	प्रिय इन नयनों का अश्रु-नीर/नीरजा
अश्रु बरसाते हँसे- *'वृंत बिन नभ में खिले जो अश्रु बरसाते हँसे जो'*	: सितारे ओसकण-रूपी आँसू बरसाते हुए अपनी चमक में हँसते रहते हैं।	**म.सा.**-1/227	मत अरुण घूँघट खोल री!/नीरजा

शब्द- *काव्य-पंक्ति*	: अर्थ	ग्रंथावली/पृ.सं.	स्रोत/संदर्भ
अश्रुभार-नत तृण- *'चिर सुरभित नंदन उनका, वह अश्रुभार-नत तृण मेरे हों'*	: ओस-बूँदों के भार से झुकी घास की नोंक	**म.सा.**-1/222	झरते नित लोचन मेरे हों!/नीरजा
अश्रुमती- *'संध्या का नभ से मूक मिलन यह अश्रुमती हँसती चितवन!'*	: आँसुओं से भरी हुई	**म.सा.**-1/249	प्रिय! सांध्य गगन, मेरा जीवन!/सांध्य गीत
अश्रुमय अवसाद- *'अश्रुमय अवसाद क्यों यह पुलक-कंपन-लास क्यों?'*	: आँसुओं से भरी हुई निराशा	**म.सा.**-1/216	कमलदल पर किरण अंकित/नीरजा
अश्रुमयि रंगिनि- *'दुख वाले दग्ध हृदय की वेदने! अश्रुमयि रंगिनि !'*	: आँसू के रंगों से रँगी हुई	**प्र.ग्रं.**-2/38	आँसू
अश्रु-माल- *'स्वप्नों से गीली पलक आँज सीमंत सजा ली अश्रु-माल'*	: आँसुओं का क्रम	**म.सा.**-1/255	क्यों वह प्रिय आता पार नहीं?/सांध्य गीत
अश्रु-विनिर्मित- *'सजल श्यामल मंथर मूक सा तरल अश्रु-विनिर्मित गात ले'*	: आँसुओं से निर्मित शरीर हैं मेघों के	**म.सा.**-1/195	घन बनूँ वर दो मुझे प्रिय!/नीरजा
अश्रु-सर- *'चिर निराशा नीरधर से, प्रतिच्छायित अश्रु-सर से'*	: आँसुओं का सरोवर, दुखद जीवन	**प्र.ग्रं.**-2/221	निर्वेद/कामायनी
अश्रुस्नात- *'चाँदनी है अश्रुस्नात!'*	: आँसुओं से नहाया हुआ	**म.सा.**-1/203	प्रिय गया है लौट रात/नीरजा
अश्लेष- *'अर्थ से रहित दृष्टि अश्लेष'*	: बिना व्यंग्य की, अभिधात्मक	**नि.र.**-1/216	'कहाँ उन नयनों की मुसकान'
अष्ट सिद्धियाँ- *'माता की तृप्ति मेरे लिए अष्ट सिद्धियाँ'*	: आठ सिद्धियाँ-अणिमा, महिमा, गरिमा, लघिमा, प्राप्ति, प्राकाम्य, ईशित्व, वशित्व	**नि.र.**-1/54	पंचवटी प्रसंग:2
♦ *'अष्ट सिद्धियाँ, वह/सर्वशक्तिमान होता'*	: आठ सिद्धियाँ-अणिमा, महिमा, गरिमा, लघिमा, प्राप्ति, प्राकाम्य, ईशित्व, वशित्व	**नि.र.**-1/59	पंचवटी प्रसंग:4
अष्टादशाध्याय - *'पूरे कर शुचितर सपर्याय जीवन के अष्टादशाध्याय'*	: अठारह अध्याय, गीता के अठारह अध्याय और सरोज के अठारह वर्ष	**नि.र.**-1/315	सरोज-स्मृति
असंख्यक- *'जलते नभ में देख असंख्यक स्नेहहीन नित कितने दीपक'*	: अनगिनत	**म.सा.**-1/187	मधुर मधुर मेरे दीपक जल/नीरजा
♦ *'गल जाता लघु बीज असंख्यक/नश्वर बीज बनाने को'*	: अनगिनत, न्योछावर होनेवाले असंख्य लोग	**म.सा.**-1/192	मेरे हँसते अधर नहीं जग—/नीरजा
असंख्य कीर्ति-रश्मियाँ- *'असंख्य कीर्ति-रश्मियाँ, विकीर्ण दिव्य दाह-सी'*	: यश की अनगिनत किरणें	**प्र.ग्रं.**-4/290	चतुर्थ अंक/चन्द्रगुप्त
असंख्य जीवन इतिहास- *'इस गंभीर अनन्त नीलिमा में असंख्य जीवन इतिहास'*	: अनेक लोगों की आत्मकथाएँ	**प्र.ग्रं.**-1/292	मधुप गुनगुना कर कह जाता/लहर
असंग सुख- *'वह रे अनन्त का मुक्त मीन, अपने असंग सुख में विलीन'*	: अनासक्त भाव में रहते हुए जो सुख मिलता है	**पं.ग्रं.**-1/268	एक तारा/गुंजन
असत- *'वह शून्य असत या अंधकार, अवकाश पटल का वार पार'*	: अव्यक्त, किसी के भी अस्तित्व का आभास न हो पाना	**प्र.ग्रं.**-2/245	दर्शन/कामायनी
असत्- *'जिस शुचि प्रकाश का सौर-जगत् रुचि-रुचि में खुला, असत् भी सत्'*	: असत्य	**नि.र.**-1/293	तुलसीदास
असत् विश्व- *'तुमने तो समझा असत् विश्व जीवन धागे में रहा झूल'*	: असत्य संसार, नश्वर संसार	**प्र.ग्रं.**-2/174	इड़ा/कामायनी

शब्द- काव्य-पंक्ति	: अर्थ	ग्रंथावली/पृ.सं.	स्रोत/संदर्भ
असद्सत्- *'विश्वास, असद्सत् का विवेक'*	: अनुचित और उचित	**पं.ग्रं.-2**/22	मानव/युगपथ
असमय-समय- *'तब क्यों इतना विस्मय-कुण्ठन? असमय-समय न करो, खड़ी, प्रिय'*	: यह न कहो कि अभी समय नहीं है	**नि.र.-1**/260	कब से मैं पथ देख रही
असम्भाव्य- *'क्या असम्भाव्य हो यह राघव के लिए धार्य?'*	: जिसकी संभावना न हो	**नि.र.-1**/333	राम की शक्ति-पूजा
असहन- *'दृढ़ सहता निस्संग मौन रह, ज्योति-सिन्धु-ज्वाला असहन'*	: न सहने योग्य	**नि.र.-1**/192	वसन्त-समीर
असार- *'दिवस-स्वप्न-सा पड़ा असार'*	: अर्थहीन	**नि.र.-1**/125	यमुना के प्रति
◆ *'कर-स्पर्श-रहित और क्या है?— अपलक, असार!'*	: सारहीन, निरर्थक	**नि.र.-1**/150	पारस
◆ *'कितने असार हृदय'*	: सारहीन, दुखी, निराश	**नि.र.-1**/187	'सरोज' के प्रति
◆ *'जिनसे कहती बीती बहार/मतवालों जीवन है असार'*	: सारहीन, नश्वर	**म.सा.-1**/63	मैं कंपन हूँ तू करुण राग/नीहार
◆ *'क्या पता देते घनों को वारि-बिंदु असार?'*	: जो अंततः निस्सार हो	**म.सा.-1**/124	स्मित तुम्हारी से छलक.../रश्मि
असार भव-शून्य- *'तुम पूर्ण इकाई जीवन की, जिसमें असार भव-शून्य लीन'*	: निस्सार संसार जिस शून्य में (लीन हो जाता है)	**पं.ग्रं.-2**/24	बापू के प्रति/युगपथ
असावरी- *'कोमल-कण्ठ-कामिनी की सुधा-भरी असावरी'*	: एक रागिनी	**नि.र.-1**/62	पंचवटी प्रसंग:5
असित- *'विकसित असित सुवासित उड़ते उसके'*	: काला, जो सफेद (सित) न हो	**नि.र.-1**/75	कविता
◆ *'विकसित कुसुम-सुशोभित असित सुवासित'*	: काला	**नि.र.-1**/88	श्रृंगारमयी
असित निशि- *'उलझती अलकें सुनहली असित निशि के कुंतलों में!'*	: अँधेरी रात	**म.सा.-1**/253	रागभीनी तू सजनि निश्वास भी.../सांध्य गीत
असित-श्वेत- *'असित-श्वेत गंधर्व जो सृष्टि लय के'*	: रात और दिन मानो काले और गोरे गंधर्व की तरह हैं (पुजारी बनकर)	**म.सा.-1**/321	हुए शूल अक्षत मुझे धूलि चंदन/दीप-शिखा
असिद्धि- *'आसन छोड़ना असिद्धि, भर गये नयनद्वय:'*	: सिद्धि के नियमों के विपरीत	**नि.र.-1**/337	राम की शक्ति-पूजा
असि-धारा- *'असि-धारा पर धरा हुआ सुख, उससे कैसा नाता है'*	: तलवार की धार	**प्र.ग्रं.-3**/377	द्वितीय अंक/जन्मेजय का नाग-यज्ञ
असि-सा वक्र- *'हो गया है हा! असि-सा वक्र'*	: तलवार की तरह टेढ़ा	**पं.ग्रं.-1**/182	उच्छ्वास/पल्लव
असीम- *'संकुचित असीम अमोघ शक्ति'*	: अनन्त, अपार	**प्र.ग्रं.-2**/177	इड़ा/कामायनी
◆ *'जब असीम से हो जाएगा/मेरी लघु सीमा का मेल'*	: वह अज्ञात प्रिय अनंतता के भाव से परिपूर्ण है	**म.सा.-1**/33	मैं अनंत पथ में लिखती जो/नीहार
◆ *'बुझाकर छोटा दीपालोक/हुई क्या हो असीम में लोप?'*	: अनंत की तरह अज्ञात प्रियतम	**म.सा.-1**/66	समीरण के पंखों में गूँथ/नीहार
◆ *'कौन बता देगा जाता यह/किस असीम की ओर?'*	: वह अज्ञात अनंत प्रियतम	**म.सा.-1**/112	किन उपकरणों का दीपक/रश्मि
असीम अवसाद- *'निराली सी आँसू की बूँद छिपा जिसमें असीम अवसाद'*	: अनंत दु:ख	**म.सा.-1**/77	जहाँ है निद्रामग्न वसंत/नीहार

शब्द- काव्य-पंक्ति	: अर्थ	ग्रंथावली/पृ.सं.	स्रोत/संदर्भ
असीमता- *'सीमा में दीखी असीमता'*	: असीम या अनन्त का भाव	**नि.र.**-1/172	रेखा 'क'
◆ *'एक ही मूर्ति में/तन्मय असीमता'*	: सीमाहीन हो जाना, अत्यधिक	**नि.र.**-1/173	रेखा 'क'
◆ *'प्रेम की असीमता ने/प्लावित कर दी सीमा'*	: अनन्तता, अगाधता	**नि.र.**-1/177	रेखा 'ख'
असीम नीले अंचल- *'उस असीम नीले अंचल में देख किसी की मृदु मुसक्यान'*	: नीला आकाश	**प्र.ग्रं.**-2/72	आशा/कामायनी
असीम सुवास- *'फैल भरते लघु कणों में भी असीम सुवास'*	: असीमित सुगंध	**म.सा.**-1/236	जाग बेसुध जाग!/नीरजा
असीम सूनापन- *'उनमें अनंत करुणा है इसमें असीम सूनापन!'*	: इस साधक के भिक्षुक जीवन में असीम सूनापन है। यह सूनापन ही महादेवी को आकर्षित करता है	**म.सा.**-1/45	छाया की आँखमिचौनी /नीहार
असीम सौंदर्य- *'ऐ असीम सौन्दर्य सिन्धु की'*	: (कामचेतना मानो) सौन्दर्य की अनंतता का प्रतीक है	**पं.ग्रं.**-1/191	अनंग/पल्लव
असुर पुरोहित- *'असुर पुरोहित उस विप्लव से बचकर भटक रहे थे'*	: असुरों के बीच पुरोहित का काम करनेवाले किलात और आकुलि	**प्र.ग्रं.**-2/135	कर्म/कामायनी
असुर-स्कन्ध- *'वाम पद असुर-स्कन्ध पर, रहा दक्षिण हरि पर;'*	: असुर के कंधे पर	**नि.र.**-1/338	राम की शक्ति-पूजा
अस्त- *'बिखरती थी और खुलते ज्वलन-कण जो अस्त'*	: ओझल	**प्र.ग्रं.**-2/113	वासना/कामायनी
अस्त-दल ढक पलक-कल तन- *'उदय में तम-भेद सुनयन अस्त-दल ढक पलक-कल तन'*	: सूर्यास्त-रूपी पलकें बंद होकर सुंदर देह को ढँक लेती हैं	**नि.र.**-1/255	कौन तम के पार
अस्त नयन- *'निशि, तिमिर-ग्रस्त/वसन-स्रस्त, अस्त नयन छलके'*	: बंद आँखें	**नि.र.**-1/263	वे गये असह दुख भर
अस्तमित- *'अस्तमित आज रे- तमस्तूर्य दिङ्मण्डल;'*	: अस्त हो जाना	**नि.र.**-1/281	तुलसीदास
अस्ताचल- *'अस्ताचल पर युवती सन्ध्या की खुली अलक घुँघराली है'*	: पश्चिम दिशा का वह कल्पित पर्वत जिसके पीछे सूरज डूबता है	**प्र.ग्रं.**-4/346	द्वितीय अंक/ध्रुवस्वामिनी
◆ *'अस्ताचल ढले रवि'*	: वह पर्वत जिसके पीछे सूर्य डूबता हुआ दिखाई देता है (अस्त+अचल)	**नि.र.**-1/148	जागो फिर एक बार
◆ *'अस्ताचल रवि, जल छलछल-छवि'*	: सूर्य के अस्त होने की दिशा, पश्चिम का पर्वत	**नि.र.**-1/246	अस्ताचल रवि
◆ *'रवि अस्ताचल ढलके'*	: जिस पर्वत के पीछे सूर्य अस्त होता दिखता है	**नि.र.**-1/263	वे गये असह दुख भर
◆ *'डूबा रवि अस्ताचल'*	: पश्चिम दिशा में स्थित पर्वत जिसके पीछे सूर्य डूबता मालूम पड़ता है	**नि.र.**-1/269	डूबा रवि अस्ताचल
अस्तित्व- *'सदा मौन हो प्रवचन करते जिसका, वह अस्तित्व कहाँ?'*	: परम सत्ता, ईश्वर	**प्र.ग्रं.**-2/69	आशा/कामायनी
◆ *'पूर्वजों के मान पर दम्भ अस्तित्व था'*	: मौजूदगी की अनिवार्यता	**नि.र.**-1/180	रेखा 'ग'
◆ *'मेरी छोटी सीमा में/अपना अस्तित्व मिटा दो'*	: सर्वस्व, अपने होने का प्रमाण	**म.सा.**-1/62	इस एक बूँद आँसू में/नीहार
अस्तित्व खो- *'उन्मुक्त उर अस्तित्व खो क्यों तू उसे भुजभर मिली?'*	: किसी के प्रति पूर्णतः समर्पित हो जाना	**म.सा.**-1/265	पंकज-कली!/सांध्य गीत

शब्द–	काव्य–पंक्ति	: अर्थ	ग्रंथावली/पृ.सं.	स्रोत/संदर्भ
अस्तित्व-चिरंतन-धनु–	*'अस्तित्व-चिरंतन-धनु से कब, यह छूट पड़ा है विषम तीर'*	: ईश्वर के धनुष से, शाश्वत अस्तित्व वाले ईश्वर के धनुष से	**प्र.ग्रं.–2**/171	इड़ा/कामायनी
अस्ति-नास्ति–	*'अस्ति-नास्ति का भेद, निरंकुश करते ये अणु तर्क-युक्ति से'*	: सत् और असत्, है और नहीं है(पारमार्थिक प्रश्नों के सन्दर्भ में)	**प्र.ग्रं.–2**/260	रहस्य/कामायनी
◆	*'युग 'अस्ति-नास्ति' के एक-रूप, गुण-गण-अनिन्द्य'*	: होने और न होने का भाव	**नि.र.–1**/331	राम की शक्ति-पूजा
अस्तु–	*'सभी हो गया तुम्हारा, अस्तु'*	: ठीक है	**प्र.ग्रं.–3**/404	तृतीय अंक/जन्मेजय का नाग-यज्ञ
◆	*'अस्तु भाई, हैं वे सब प्रकृति के गुण'*	: इस तरह, अच्छा भाई!, ठीक है भाई!	**नि.र.–1**/59	पंचवटी प्रसंग:4
◆	*'अस्तु, वह प्यार?'*	: ऐसा हो	**नि.र.–1**/174	रेखा 'क'
◆	*'अस्तु रे, विवश, मारुत-प्रेरित'*	: ठीक है, अच्छा	**नि.र.–1**/302	तुलसीदास
◆	*'अस्तु, मैं उपार्जन को अक्षम कर नहीं सका पोषण उत्तम'*	: अतः, इस प्रकार	**नि.र.–1**/316	सरोज-स्मृति
अस्थि-खंड–	*'दारुण-दृश्य! रुधिर के छींटे अस्थि-खंड की माला!'*	: हड्डी के टुकड़े	**प्र.ग्रं.–2**/138	कर्म/कामायनी
अस्थि-पुंज–	*'चूर्ण अस्थि-पुंज सा हँसेगा अट्टहास कौन?'*	: हड्डियों का समूह	**प्र.ग्रं.–1**/338	पेशोला की प्रतिध्वनि /लहर
अस्थि युग–	*'पुरन्दर ने पवि से है लिखा अस्थि युग का मेरा इतिहास'*	: जिस युग में अस्थि से हथियार बनाते थे	**प्र.ग्रं.–4**/139	पंचम अंक/स्कन्दगुप्त
अस्थिर-भीरु-वितान–	*'अस्थिर-भीरु-वितान'*	: जीवन-रूपी यान मानो अस्थिर और कमजोर आवरण (चँदोबा, छत) की तरह है	**पं.ग्रं.–1**/213	जीवन यान/पल्लव
अस्थिर मधुदिन–	*'भावे क्या अलि! अस्थिर मधुदिन दो दिन का मृदु मधुकर-गुंजन'*	: अस्थायी अच्छे दिन, सुख की क्षणिकता	**म.सा.–1**/205	क्यों जग कहता मतवाली /नीरजा
अस्थिर मरुताकाश–	*'सुरभि से अस्थिर मरुताकाश'*	: वायुमंडल सुगंध से चंचल हो उठेगा	**पं.ग्रं.–1**/178	पल्लव/पल्लव
अस्थिर लास–	*'चिर शाश्वत की अस्थिर लास'*	: चंचल नृत्य	**पं.ग्रं.–1**/190	वीचि विलास/पल्लव
अस्थिर सौरभ–	*'अस्थिर सौरभ से मलय-श्वास'*	: गतिशील सुगन्धित वायु	**पं.ग्रं.–1**/239	वन-वन उपवन/गुंजन
अस्थिशेष–	*'तुम मांसहीन, तुम रक्तहीन, हे अस्थिशेष! तुम अस्थिहीन'*	: दुबला, जिसमें केवल हड्डियाँ बची हों	**पं.ग्रं.–2**/24	बापू के प्रति/युगपथ
अस्पष्ट-उपेक्षा–	*'जगती की अस्पष्ट-उपेक्षा, एक कसक साकार रही'*	: जिस उपेक्षा का कारण स्पष्ट न हो, अकारण अवहेलना	**प्र.ग्रं.–2**/185	स्वप्न/कामायनी
अस्पष्ट एक लिपि–	*'अस्पष्ट एक लिपि ज्योतिमयी जीवन की आँखों में भरते'*	: धुँधली रूप-रेखा	**प्र.ग्रं.–2**/98	काम/कामायनी
अस्पृश्य–	*'ऐ अस्पृश्य, अदृश्य अप्सरि'*	: जिसे छू पाना संभव न हो, यहाँ 'छुआछूत' का अर्थ नहीं है	**पं.ग्रं.–1**/205	छाया/पल्लव
◆	*'अस्पृश्य, अदृश्य विभा वह'*	: स्पर्शातीत, जो स्पर्श से परे हो (चाँदनी को छू नहीं सकते)	**पं.ग्रं.–1**/270	चाँदनी/गुंजन
◆	*'तुम अदृश्य, अस्पृश्य अप्सरी'*	: स्पर्शातीत, जिसे छू सकने में हम सक्षम न हों (ऐसी है अप्सरा)	**पं.ग्रं.–1**/274	अप्सरा/गुंजन

शब्द-	काव्य-पंक्ति	: अर्थ	ग्रंथावली/पृ.सं.	स्रोत/संदर्भ
◆	*'अदृश्य, अस्पृश्य, अज्ञात'*	: जिसे छू पाना असंभव हो, वायु को हम छू नहीं सकते वह हमें छू सकती है	**पं.ग्रं.**-1/372	द्वितीय दृश्य/परी
अस्फुट-	*'जल में अस्फुट छवि छायाधर, यों देखा'*	: हल्की-फुल्की (छाया)	**नि.र.**-1/284	तुलसीदास
◆	*'यह अति अस्फुट, ध्वन्यात्मक है'*	: अस्पष्ट, अपरिपक्व, काव्य-कौशल की अपरिपक्वता	**पं.ग्रं.**-1/81	उत्सर्ग/वीणा
◆	*'सुख में सोई री प्रिय-सुधि की अस्फुट सी झंकार'*	: अस्पष्ट	**म.सा.**-1/233	दूर घर मैं पथ से अनजान!/नीरजा
अस्फुट अधरों-	*'कुसुमों के अस्फुट अधरों पर'*	: अधखुले होंठ, अर्धविकसित पंखुड़ियाँ	**पं.ग्रं.**-1/102	उस विकसित, वासित वन में/वीणा
◆	*'पत्रों के अस्फुट अधरों से'*	: अधखुले होंठ	**पं.ग्रं.**-1/205	छाया/पल्लव
अस्फुट झंकार-	*'विश्ववीणा में अपनी आज मिला लो यह अस्फुट झंकार'*	: अपरिपक्व वीणावादन, मेरी वीणा के स्वर अभी सधे हुए नहीं हैं	**म.सा.**-1/29	निशा को, धो देता राकेश/नीहार
अस्फुट तान-	*'हर सुदूर से अस्फुट तान'*	: जो लय अभी ठीक से शुरू नहीं हुई है, अस्पष्ट सुर-ताल	**पं.ग्रं.**-1/202	विश्व वेणु/पल्लव
अस्फुटता भय-	*'लीला, विस्मय, अस्फुटता भय'*	: छुपा-छुपा-सा संकोच या भय	**पं.ग्रं.**-1/197	वसन्त श्री/पल्लव
अस्फुट नवीन-	*'हम नाम-हीन, अस्फुट नवीन'*	: अधखिले (फूल) की तरह नया	**पं.ग्रं.**-1/313	तीन/ज्योत्स्ना
अस्फुट मर्मर-	*'अस्फुट मर्मर में, अपनी गति की कल कल उलझाकर'*	: अस्पष्ट धीमा स्वर	**म.सा.**-1/120	नव मेघों को रोता था /रश्मि
अस्फुट रेखा-	*'अस्फुट रेखा की सीमा में, आकार कला को देती हो'*	: अस्पष्ट खाका	**प्र.ग्रं.**-2/129	लज्जा/कामायनी
अस्फुट लेखा-	*'निर्मोह काल के काले-पट पर कुछ अस्फुट लेखा'*	: अस्पष्ट लिखावट, अनिश्चित	**प्र.ग्रं.**-2/23	आँसू
अस्फुट स्वर-	*'अस्फुट स्वर में मन की बातें'*	: अस्पष्ट बोली (चिड़ियों की)	**पं.ग्रं.**-1/262	आँखों की खिड़की से उड़-उड़/गुंजन
◆	*'पल में रागों को झंकृत कर फिर विराग का अस्फुट स्वर भर'*	: अस्पष्ट ध्वनि	**म.सा.**-1/107	क्यों इन तारों को उलझाते?/रश्मि
अहंकृति-	*'अहंकृति में झंकृति-जीवन'*	: अहंकार, घमंड	**नि.र.**-1/143	स्मृति
अहंता-	*'दूसरा अपूर्ण अहंता में अपने को समझ रहा प्रवीण'*	: अहं की भावना, अपने को सबसे श्रेष्ठ मानना	**प्र.ग्रं.**-2/174	इड़ा/कामायनी
◆	*'या कभी अपूर्ण अहंता में हो रागमयी-सी महासक्ति'*	: 'मैं'(अहं) का भाव	**प्र.ग्रं.**-2/177	इड़ा/कामायनी
अहमंद-	*'ध्वस्त अहमंद डम्बर'*	: अपने अस्तित्व का घमंड	**पं.ग्रं.**-1/335	चार/ज्योत्स्ना
अहमिति-	*'पूर्णानुभव करता है जो 'अहमिति' से निज सत्ता का'*	: अहंकार, 'मैं हूँ' का भाव, ममत्व	**प्र.ग्रं.**-3/426	तृतीय अंक/जन्मेजय का नाग-यज्ञ
अहरह-	*'देखता हूँ अहरह मैं जाग'*	: दिन-दिन, प्रतिदिन	**नि.र.**-1/272	छन्द की बाढ़
◆	*'मैंने कुछ अहरह रह निर्भर/ज्योतिस्तरणा के चरणों पर'*	: दिन प्रतिदिन	**नि.र.**-1/315	सरोज-स्मृति
◆	*'चिर आकांक्षा से ही थर्-थर् उद्वेलित रे अहरह सागर'*	: दिन-रात	**पं.ग्रं.**-1/268	एक तारा/गुंजन

शब्द- काव्य-पंक्ति	: अर्थ	ग्रंथावली/पृ.सं.	स्रोत/संदर्भ
अहर्निश- *'अहर्निश साँस-साँस में लास'*	: दिन-रात	**पं.ग्रं.**-1/265	प्राण! तुम लघु-लघु गात/गुंजन
♦ *'अहर्निशि साँस-साँस में लास'*	: दिन-रात	**पं.ग्रं.**-1/372	द्वितीय दृश्य/परी
अहल्योद्धार- *'दे स्पर्श अहल्योद्धार-सार उस जग का'*	: अहल्या का उद्धार	**नि.र.**-1/286	तुलसीदास
अहि-मित- *'भूल जा अहि-मित का यह स्वार्थ'*	: साँप की मित्रता	**प्र.ग्रं.**-1/269	आदेश/झरना
अहेर- *'चल री तकली धीरे-धीरे प्रिय गये खेलने को अहेर'*	: शिकार खेलना	**प्र.ग्रं.**-2/165	ईर्ष्या/कामायनी
अहेरी- *'अब तक आये न अहेरी वे क्या दूर ले गया चपल जंतु'*	: शिकारी मनु	**प्र.ग्रं.**-2/159	ईर्ष्या/कामायनी
अहोरात्र- *'स्पर्द्धान्ध जन, गात्र/जर्जर अहोरात्र'*	: दिन-रात	**नि.र.**-1/244	सार्थक करो प्राण
आँक- *'कलियों पर जब आँक रहा था करुण कथा अपनी संसार'*	: अंकित करना, लिखना या निशान बनाना	**म.सा-1/30**	रजत करों की मृदुल तूलिका/नीहार
♦ *'आँक स्वप्नों में दिया/तुमने वसंत-प्रभात भी'*	: अंकित कर देना	**म.सा.**-1/215	कमलदल पर किरण अंकित/नीरजा
♦ *'स्निग्ध लौ की तूलिका से/आँक सबकी छाँह उज्ज्वल!'*	: अंकित करो, सबको दृश्यमान बनाओ	**म.सा**-1/311	दीप मेरे जल अकंपित /दीप-शिखा
आँक उल्का अक्षरों में- *'आँक उल्का अक्षरों में सब अतीत निमेष!'*	: टूटते तारे मानो अक्षर की तरह उज्ज्वल हैं और उन अक्षरों में अतीत का मूल्यांकन है	**म.सा.**-1/349	झिप चलीं पलकें तुम्हारी/दीप-शिखा
आँखें- *'जिनका पथ आलोकित कर/बुझने जाती हैं आँखें!'*	: आँख-रूपी सितारे अब बुझना चाहते हैं (रात समाप्ति पर है)	**म.सा.**-1/53	इन हीरक से तारों को /नीहार
आँखों का आकाश- *'तुम्हारी आँखों का आकाश'*	: आँखें आकाश की तरह अनंत आकर्षण से युक्त हैं	**पं.ग्रं.**-1/254	तुम्हारी आँखों का आकाश/गुंजन
आँखों का फूल- *'कपोलों पर जो ढुल चुपचाप*	: आँसू	**म.सा.**-1/127	किसी नक्षत्रलोक से टूट/रश्मि
आँखों का बचपन- *'तुम्हारी आँखों का बचपन'*	: आँखों में बचपन का निर्दोष भाव	**प्र.ग्रं.**-1/307	तुम्हारी आँखों का बचपन/लहर
आँखों का राग- *'मिल जाता काले अंजन में संध्या की आँखों का राग'*	: शाम की लाली मानो आँखों में प्रेम की लाली हो	**म.सा.**-1/40	मिल जाता काले अंजन में/नीहार
आँखों के साँचे में- *'आँखों के साँचे में आकर रमणीय रूप बन ढलता-सा'*	: आँखों में रूप धारण करना	**प्र.ग्रं.**-2/126	लज्जा/कामायनी
आँखों में अंजन-सी- *'लाली बन सरल कपोलों में आँखों में अंजन-सी लगती'*	: आँखों में काजल की तरह लगकर	**प्र.ग्रं.**-2/128	लज्जा/कामायनी
आँखों में आलस भरा स्नेह- *'केतकी-गर्भ-सा पीला मुँह आँखों में आलस भरा स्नेह'*	: गर्भावस्था के कारण श्रद्धा की आँखों में अलसाया-सा स्नेहभाव भरा है	**प्र.ग्रं.**-2/159	ईर्ष्या/कामायनी
आँखों में पानी भरे हुए- *'माधव के सरस कुतूहल का आँखों में पानी भरे हुए'*	: निगाहों में आनंदातिरेक की सजलता लिए हुए	**प्र.ग्रं.**-2/123	लज्जा/कामायनी
आँज- *'मृदुल अंक धर; दर्पण सा सर आँज रही निशि दृग-इंदीवर'*	: लगना, काजल लगाना	**म.सा.**-1/169	पुलक पुलक उर, सिहर सिहर तन/नीरजा
♦ *'स्वप्नों से गीली पलक आँज सीमंत सजा ली अश्रु-माल'*	: आँजना, आँखों में काजल आदि लगाना	**म.सा.**-1/255	क्यों वह प्रिय आता पार नहीं?/सांध्य गीत

शब्द-	काव्य-पंक्ति	: अर्थ	ग्रंथावली/पृ.सं.	स्रोत/संदर्भ
आँजूँ-	*'अंगराग पुलकों का मल मल स्वप्नों से आँजूँ पलकें चल'*	: आँखों में काजल की तरह स्वप्नों को सजा लूँ	**म.सा.-1**/210	टूट गया वह दर्पण निर्मम/नीरजा
आंदोलन अमंद-	*'आलोक-रश्मि से बुने उषा अंचल में आन्दोलन अमन्द'*	: तीव्र हलचल या कंपन, आँचल का उड़ना	**प्र.ग्रं.-2**/178	इड़ा/कामायनी
आँसुओं का ताज-	*'कंटकों की सेज जिसकी आँसुओं का ताज'*	: आँसू-जैसे ओसकण मानो रात के मुकुट की तरह हैं	**म.सा.-1**/236	जाग बेसुधा जाग! /नीरजा
आँसुओं के देश में-	*'आँसुओं के देश में!'*	: आँसुओं से भरी आँखें अर्थात् वेदनामय जीवन	**म.सा.-1**/343	आँसुओं के देश में /दीप-शिखा
आँसुओं से रश्मियाँ-	*'पोंछती जब आँसुओं से रश्मियाँ'*	: चाँदनी ओस की बूँदों से (फूलों को राहत देती है)	**म.सा.-1**/113	कुमुद-दल से वेदना के दाग को/रश्मि
आँसू-	*'जिसके आँसू नहीं माँगते/मधुपों से करुणा की भीख'*	: आँसू से सने पराग-कण	**म.सा.-1**/96	जिसमें नहीं सुवास नहीं जो/नीहार
आँसू औ' तम-	*'आँसू औ' तम घोल लिख रही तू सहसा करती मृदु हास'*	: दु:ख और निराशा	**प्र.ग्रं.-2**/78	आशा/कामायनी
आँसू का व्यापार-	*'करें दृग आँसू का व्यापार अनोखा एक नया संसार'*	: आँखों में मानो आँसुओं के क्रिया-कलाप की प्रधानता हो अर्थात् आँखें दु:ख को समझती हों	**म.सा.-1**/39	चाहता है यह पागल प्यार/नीहार
आँसू के दाग-	*'मिटा देता आँसू के दाग तुम्हारा यह सोने का रंग'*	: दु:ख की निशानियाँ है	**म.सा.-1**/78	जहाँ है निद्रामग्न वसंत/नीहार
आँसू के बादल-	*'दीपक सा जलता अंतस्तल संचित कर आँसू के बादल'*	: आँसू मानो हृदय को बादलों	**म.सा.-1**/184	बताता जा रे अभिमानी! /नीरजा
आँसू दो चार-	*'उन पर मैंने धुँधले से आँसू दो-चार चढ़ाए'*	: ओस की बूँदें	**म.सा.-1**/38	रजनी ओढ़े जाती थी /नीहार
आँसू नद-	*'डूबा है हृदय मरुस्थल/आँसू नद उमड़ रहा है'*	: आँसू की मानो विशाल नदी बह रही हो	**प्र.ग्रं.-2**/20	आँसू
आँसू मरंद-	*'आँसू मरन्द का गिरना/मिलना नि:श्वास-पवन में'*	: आँसू परागकण की तरह हैं	**प्र.ग्रं.-2**/5	आँसू
आकर-	*'हमारा वह सोने का स्वप्न/प्रेम की चमकीली आकर'*	: भांडार	**म.सा.-1**/71	स्वर्ग का था नीरव उच्छ्वास/नीहार
आकर्षणमय-	*'था मधुर आकर्षणमय'*	: लगाव से युक्त, अपनी तरफ खींचने वाला	**नि.र.-1**/170	रेखा 'क'
आकर्षण विहीन विद्युत्कण-	*'आकर्षण विहीन विद्युत्कण बने भारवाही थे भृत्य'*	: आकर्षण-शक्ति से रहित	**प्र.ग्रं.-2**/64	चिंता/कामायनी
आकर्षण से हीन-	*'तपस्वी! आकर्षण से हीन कर सके नहीं आत्म-विस्तार'*	: स्त्री के प्रति अनुराग से विहीन	**प्र.ग्रं.-2**/91	श्रद्धा/कामायनी
आकांक्षा का बंधन-	*'दुस्तर आकांक्षा का बन्धन'*	: इच्छाएँ मानो बंधन की तरह हैं	**पं.ग्रं.-1**/268	एक तारा/गुंजन
आकांक्षा-तृप्ति-	*'हम भूख-प्यास से जाग उठे, आकांक्षा-तृप्ति समन्वय में;'*	: कामना और उसकी पूर्ति	**प्र.ग्रं.-2**/105	काम/कामायनी
आकार चेतना का-	*'यह मनुष्य आकार चेतना का है विकसित'*	: बुद्धि और ज्ञान से निर्मित चेतना का सर्वोत्तम आकार मनुष्य है	**प्र.ग्रं.-2**/200	संघर्ष/कामायनी

शब्द-	काव्य-पंक्ति	: अर्थ	ग्रंथावली/पृ.सं.	स्रोत/संदर्भ
आकाश-कुसुम-तुल्य-	*'मुझसे सुखाशा आकाश-कुसुम-तुल्य है'*	: मुश्किल, असंभव	**नि.र.**-1/62	पंचवटी प्रसंग:5
आकाशचारी-	*'बीन-बंदी तार की झंकार है आकाशचारी;'*	: जिसका संचार आकाश में हो जैसे झंकार	**म.सा.**-1/302	क्यों मुझे प्रिय हो न बंधन!/सांध्य गीत
आकाश तरंग-	*'अवकाश असीम सुखों से आकाश तरंग बनाता'*	: मानो हृदय के आकाश में भावनाओं की तरंगें उठने लगी हों	**प्र.ग्रं.**-2/24	आँसू
आकाश-रंध्र-	*'आकाश-रंध्र हैं पूरित से यह सृष्टि गहन-सी होती है;'*	: आकाश-रूपी नीले परदे में अनगिनत छेद(हैं जिन्हें सितारों से मूँद दिया गया है)	**प्र.ग्रं.**-2/99	काम/कामायनी
आकाश रंध्र-	*'आकाश रंध्र हैं पूरित से'*	: आकाश के प्रत्येक हिस्से में	**प्र.ग्रं.**-2/349	आवरण/असंकलित कविताएँ
आकुंचित-	*'शत शत अब्दों का सान्ध्य काल यह आकुंचित भ्रू कुटिल-भाल'*	: टेढ़ा करना, सिकोड़ना	**नि.र.**-1/281	तुलसीदास
आकुल अकूल-	*'आकुल अकूल बनने आती—'*	: (गंगा मानो) व्याकुल होकर सीमाहीन (अकूल, समुद्र) बनने संगम पर आती है	**प्र.ग्रं.**-1/300	हे सागर संगम अरुण नील/लहर
आकुलि-	*'वे किलात-आकुलि थे जिनने कष्ट अनेक सहे थे'*	: असुर जाति का एक पुरोहित	**प्र.ग्रं.**-2/135	कर्म/कामायनी
◆	*'मरण-पर्व था; नेता आकुलि औ' किलात थे'*	: एक असुर पुरोहित	**प्र.ग्रं.**-2/208	संघर्ष/कामायनी
आकुलित दुकूल-	*'अब सान्ध्य-मलय आकुलित दुकूल- कलित हो, यों छिपते हा क्यों?'*	: लहराता हुआ आँचल	**प्र.ग्रं.**-4/186	प्रथम अंक/चन्द्रगुप्त
आक्रांत-	*'कँपती धरणी, उन चरणों से होकर प्रतिदिन ही आक्रांत!'*	: भयभीत और परेशान	**प्र.ग्रं.**-2/56	चिंता/कामायनी
आक्रांति-	*'चतुर्दिक् घहर-घहर आक्रान्ति'*	: भयभीत होना, भय का भाव	**पं.ग्रं.**-1/226	परिवर्तन/पल्लव
आक्रीड़-	*'हृदय मेरा तेरा आक्रीड़'*	: क्रीड़ा-स्थल, विहार-स्थान	**पं.ग्रं.**-1/267	विहग के प्रति/गुंजन
आखंडल-	*'निज हेषा से चौंकाता आखंडल को'*	: इन्द्र	**प्र.ग्रं.**-3/408	तृतीय अंक/जन्मेजय का नाग-यज्ञ
आख्यान-	*'तारों के रोचक आख्यान'*	: काल्पनिक कथा	**पं.ग्रं.**-1/190	वीचि विलास/पल्लव
◆	*'संसृति के अविदित आख्यान'*	: कथा, कहानी	**पं.ग्रं.**-1/210	नक्षत्र/पल्लव
आख्यानशेष-	*'आख्यानशेष रह गए अंक ही अपने'*	: केवल कही-सुनी बातों में अपनी निशानी रह गयी	**म.सा.**-1/339	तू धूल-भरा ही आया! /दीप-शिखा
आगंतुक-	*'अब वह आगंतुक गुफा बीच पशु-सा न रहे निर्वसन नग्न'*	: जन्म लेनेवाला शिशु	**प्र.ग्रं.**-2/166	ईर्ष्या/कामायनी
आगम-	*'किन्तु शास्त्र कहते हैं—/गमन और आगम का चक्रवत् परिवर्तन नियम है अविनाशी'*	: आना, इस संसार में आना, जन्म	**नि.र.**-1/131	स्वाधीनता पर (1)
आगमन-	*'आगमन अनंत मिलन बनकर -'*	: (गंगा का समुद्र के पास) आना	**प्र.ग्रं.**-1/299	हे सागर संगम अरुण नील/लहर
आगमन पंथ-	*'प्रियतम के आगमन पंथ में उड़ न रही है कोमल धूल'*	: आने के रास्ते में	**प्र.ग्रं.**-4/238	द्वितीय अंक/चन्द्रगुप्त
आगम-प्रतीक्षा-	*'आगम-प्रतीक्षा में, — स्वागत की वन्दना ही'*	: आने की प्रतीक्षा में	**नि.र.**-1/173	रेखा 'क'

शब्द- काव्य-पंक्ति	: अर्थ	ग्रंथावली/पृ.सं.	स्रोत/संदर्भ
आगार- *'निकट तृण नीड़ तेरा, धूलि का/आगार है मेरा!'*	: ढेर	**म.सा.**-1/331	विहंगम-मधुर स्वर तेरे/दीप-शिखा
आग्रह-भरा- *'कुसुम-नयनों में सरल/मौन आग्रह-भरा'*	: प्रेम के अनुरोध से भरा हुआ	**नि.र.**-1/177	रेखा 'ख'
आघात- *'अविराम घात - आघात'*	: चोट, प्रहार, आ-घात (पूरे पर चोट)	**नि.र.**-1/137	दीन
आजानु-विलम्बित-केश- *'प्रिया आजानु-विलम्बित-केश शेष तनु में अशेष-निर्देश'*	: जाँधों (घुटनों) तक आए हुए बालों वाली	**नि.र.**-1/216	'कहाँ उन नयनों की मुसकान'
आज्ञा- *'चढ़ षष्ठ दिवस आज्ञा पर हुआ समाहित मन'*	: आज्ञा चक्र, आठ चक्रों में से एक	**नि.र.**-1/337	राम की शक्ति-पूजा
आट-ठाट- *'टूट गये सब आट-ठाट, घर,/छूट गया परिवार'*	: व्यवस्था, ठाट-बाट	**नि.र.**-1/217	प्यार करती हूँ अलि
आठों याम- *'बज रही वंशी आठों याम की'*	: आठ पहर या प्रहर, तीन घंटे का एक पहर, चौबीसों घंटे	**प्र.ग्रं.**-4/283	चतुर्थ अंक/चन्द्रगुप्त
◆ *'तरसते हैं हम आठों याम'*	: आठ याम (एक याम में 3 घंटे होते हैं), 24 घंटे, दिन-रात	**पं.ग्रं.**-1/230	परिवर्तन/पल्लव
◆ *'कल्पना में तुम आठों याम'*	: आठ याम, एक याम तीन घंटे का माना जाता है	**पं.ग्रं.**-1/260	रूप-तारा तुम पूर्ण प्रकाम/गुंजन
आड़ू- *'नींबू आड़ू के मुकुलों के'*	: एक पेड़ जिसके फल खट्टेमिट्ठे होते हैं	**पं.ग्रं.**-2/18	वह विजन चाँदनी की घाटी /युगपथ
आतंक- *'औरों को आतंक न हो अविचार से'*	: भय	**प्र.ग्रं.**-3/195	प्रथम अंक/विशाख
आतंक-अंक- *'आतंक-अंक पर काँप रहे हैं'*	: भय के प्रतीक	**नि.र.**-1/136	बादल-राग
आतंक-त्रस्त- *'विश्व विपुल आतंक-त्रस्त है अपने ताप विषम से'*	: भय से परेशान, व्यथित, संतप्त	**प्र.ग्रं.**-2/142	कर्म/कामायनी
आतप- *'चाँदी का चमकीला आतप'*	: धूप (चाँदी की तरह चमकती हुई)	**पं.ग्रं.**-2/23	तितली/युगपथ
◆ *'बरसता आतप यथा जल/कलुष से कृत सुहृत कोमल'*	: धूप, गर्मी	**नि.र.**-1/255	कौन तम के पार
आतप तापित- *'आतप तापित जीवन सुख की शांतिमयी छाया के देश'*	: धूप से पीड़ित	**प्र.ग्रं.**-2/78	आशा/कामायनी
आतपत्र- *'मस्तक पर सदा विराजित/ले कर-आतपत्र'*	: छतरी, धूप से बचानेवाला	**नि.र.**-1/339	सम्राट् अष्टम एडवर्ड के प्रति
आतपहर- *'शीतल कर दो, आतपहर !'*	: आतप हरनेवाला, धूप को हर लेनेवाले बादल	**पं.ग्रं.**-1/86	द्वार भिखारी आया है /वीणा
आतुर- *'आज शक्ति का खेल खेलने में आतुर नर'*	: उतावला, बेचैन	**प्र.ग्रं.**-2/204	संघर्ष/कामायनी
◆ *'वह कौन अकिंचन अति आतुर'*	: बेचैन, परेशान	**प्र.ग्रं.**-1/318	मुझको न मिला रे कभी प्यार/लहर
◆ *'आतुर उर वसन-मुक्त कर दो'*	: बेचैन, आवेशित	**नि.र.**-1/149	जागो फिर एक बार
◆ *'नव-अपांग-शर-हत व्याकुल-उर आतुर वारिद वारि-धार स्फुर'*	: व्याकुल	**नि.र.**-1/256	बादल में आये जीवन-धन
आतुर अनुराग- *'ओ मेरे जीवन की स्मृति – ओ अन्तर के आतुर अनुराग'*	: बेचैन प्रेम, प्रेम की व्याकुलता	**प्र.ग्रं.**-4/283	चतुर्थ अंक/चन्द्रगुप्त

शब्द-	काव्य-पंक्ति	: अर्थ	ग्रंथावली/पृ.सं.	स्रोत/संदर्भ
आतुर-पद-	*'सन्दर्शन को, आतुर-पद चलकर पहुँचे'*	: तेज़ और उत्साहित कदमों से	**नि.र.**-1/292	तुलसीदास
आतुर पीड़ा-	*'जीवन के वे निष्ठुर दंशन जिनकी आतुर पीड़ा'*	: व्याकुल वेदना	**प्र.ग्रं.**-2/143	कर्म/कामायनी
आत्मजा प्रजा-	*'अरे आत्मजा प्रजा! पाप की परिभाषा बन शाप उठी'*	: पुत्री के समान प्रजा (है इड़ा)	**प्र.ग्रं.**-2/192	स्वप्न/कामायनी
आत्म-त्राण-	*'आत्म-त्राण के कठोर'*	: अपनी रक्षा	**पं.ग्रं.**-1/335	चार/ज्योत्स्ना
आत्म-निर्मलता-	*'आत्म-निर्मलता में तल्लीन'*	: अपनी पवित्र सुंदरता (निर्मल आँखें)	**पं.ग्रं.**-1/259	रूप-तारा तुम पूर्ण प्रकाम/गुंजन
आत्म-मंगल-उपासना-	*'मैं स्वयं सतत आराध्य, आत्म-मंगल-उपासना में विभोर'*	: अपने कल्याण की साधना में (लगे हुए देवता)	**प्र.ग्रं.**-2/174	इड़ा/कामायनी
आत्मविश्वास-निरत-	*'उस ओर आत्मविश्वास-निरत सुर वर्ग कह रहा था पुकार'*	: आत्म (अहंभाव/स्वत्व) में निरंतर विश्वास प्रकट करनेवाला(देवगण)	**प्र.ग्रं.**-2/174	इड़ा/कामायनी
आत्म-विस्तार-	*'तपस्वी! आकर्षण से हीन कर सके नहीं आत्म-विस्तार'*	: वंश-वृद्धि	**प्र.ग्रं.**-2/91	श्रद्धा/कामायनी
आत्मविस्मृत-	*'अविश्वस्त, संज्ञाहीन, पतित, आत्मविस्मृत नर?'*	: जो स्वयं को भूल गया हो	**नि.र.**-1/100	दिल्ली
आत्महन्-	*'अन्तर शासन चिर राम राज्य, औ' बाह्य, आत्महन, अक्षमता'*	: आत्मघाती प्रवृत्ति	**पं.ग्रं.**-2/25	बापू के प्रति/युगपथ
आदान-	*'क्या मन के चलदल पत्रों पर/अविनश्वर आदान?'*	: देना, प्राप्त करना	**नि.र.**-1/232	चहकते नयनों में जो प्राण
◆	*'चाहते क्या आदान'*	: प्राप्त करना	**पं.ग्रं.**-1/185	आँसू/पल्लव
आदि-	*'आदि में छिप आता अवसान अंत में बनता नव्य विधान'*	: प्रारंभ, शुरुआत	**म.सा.**-1/106	शून्यता में निद्रा की बन/रश्मि
आदि अंत-	*'एक ही आदि अंत की साँस कहे वह क्या पिछला इतिहास'*	: शुरुआत और समाप्ति, जन्म और मृत्यु	**म.सा.**-1/127	किसी नक्षत्रलोक से टूट/रश्मि
आदि और अवसान-	*'सुख का आदि और अवसान'*	: प्रारंभ और अंत	**पं.ग्रं.**-1/187	आँसू/पल्लव
आदिक-	*'सुग्रीव, विभीषण, जाम्बवान आदिक वानर'*	: इत्यादि, वगैरह	**नि.र.**-1/330	राम की शक्ति-पूजा
आदि के अरमान-	*'अंत के तम बुझें क्यों आदि के अरमान मेरे!'*	: जीवन के प्रारंभ से उत्पन्न कामनाएँ	**म.सा.**-1/278	फिर विकल हैं प्राण मेरे! /सांध्य गीत
आदिरस-	*'छूटते हैं जिनसे आदिरस के सम्मोहन-शर'*	: शृंगारस, नर-मादा के शाश्वत आकर्षण	**नि.र.**-1/57	पंचवटी प्रसंग:3
आदि-रस-	*'प्रचुर आदि-रस, वह विस्तार'*	: ऐंद्रिक प्रेम	**नि.र.**-1/123	यमुना के प्रति
आदि-सृष्टि-	*'निष्ठुर आदि-सृष्टि पशुओं की विजित हुई इस करुणा से'*	: प्रारम्भिक संसार	**प्र.ग्रं.**-3/252	प्रथम अंक/अजातशत्रु
आद्य अविद्या-	*'आद्य अविद्या कर्म हुआ क्यों, जीव स्ववश तब कैसे था'*	: जो भ्रम शुरू से मौजूद है	**प्र.ग्रं.**-3/377	द्वितीय अंक/जन्मेजय का नाग-यज्ञ
आधान-	*'लिया जिससे आधान'*	: प्राप्त करना, ग्रहण करना	**पं.ग्रं.**-1/218	विश्वछवि/पल्लव
आधार-	*'पूछता आधार क्या प्रतिबिंब का आवास?'*	: बिम्ब, प्रतिबिम्ब का आधार है बिम्ब	**म.सा.**-1/125	स्मित तुम्हारी से छलक.../रश्मि
आधार के उर में-	*'हूँ वही प्रतिबिंब जो आधार के उर में'*	: बिम्ब के हृदय में (बसा हुआ प्रतिबिम्ब)	**म.सा.**-1/177	बीन भी हूँ मैं तुम्हारी/नीरजा

शब्द-	काव्य-पंक्ति	: अर्थ	ग्रंथावली/पृ.सं.	स्रोत/संदर्भ
आधि-	*'अरी व्याधि की सूत्र-धारिणी! अरी आधि, मधुमय अभिशाप!'*	: मानसिक बीमारी या तकलीफ	**प्र.ग्रं.-2**/53	चिंता/कामायनी
♦	*'आधि, व्याधि, बहु वृष्टि, वात उत्पात, अमंगल'*	: मानसिक बीमारी	**पं.ग्रं.-1**/225	परिवर्तन/पल्लव
आनंद-	*'कर्म का भोग, भोग का कर्म यही जड़ का चेतन आनन्द'*	: तन्मयता की एक मानसिक अवस्था जो सुखात्मक के अलावा दुखात्मक भी हो सकती है, जैसे करुण रस से प्राप्त आनन्द मूलत: दुखात्मक होता है	**प्र.ग्रं.-2**/91	श्रद्धा/कामायनी
आनंद-अंबु-निधि शोभन-	*'निज-शक्ति-तरंगायित था आनन्द-अम्बु-निधि शोभन'*	: आनन्द का सागर मानो शोभायमान हो रहा हो	**प्र.ग्रं.-2**/273	आनन्द/कामायनी
आनंद अखंड घना-	*'चेतनता एक विलसती आनन्द अखंड घना था'*	: अविकल और अविरल आनन्द(शिव से तादात्म्य के आनन्द की अनुभूति)	**प्र.ग्रं.-2**/280	आनन्द/कामायनी
आनंद-उच्छलित-शक्ति-स्रोत-	*'आनन्द-उच्छलित-शक्ति-स्रोत जीवन-विकास वैचित्र्य भरा'*	: (देवताओं ने माना कि उनका जीवन स्वत:) आनंद से छलकता हुआ शक्ति का स्रोत है	**प्र.ग्रं.-2**/174	इड़ा/कामायनी
आनंद-कंद-	*'चिद्घन आनन्द-कन्द'*	: आनन्द का मूल, आनन्द का स्रोत/कारण, ब्रह्म	**नि.र.-1**/58	पंचवटी प्रसंग: 4
आनंद-कोश-	*'कमी न हो आनन्द-कोश में, पूर्ण हो'*	: आत्मा को आवृत्त करनेवाले पाँच कोश में अंतिम कोश	**प्र.ग्रं.-3**/195	प्रथम अंक/विशाख
आनंद-पुलकित-	*'आनन्द-पुलकित लोटता नव चूम कोमल चरणतल'*	: आनंद से रोमांचित	**नि.र.-1**/95	वीणावादिनी
♦	*'आनन्द-पुलकित हों सकल तव चूम कोमल चरणतल!'*	: खुशी से रोमांचित	**नि.र.-1**/95	वीणावादिनी
आनंद-भैरवी-	*'सुनी बहुत आनन्द-भैरवी विगत हो चुकी निशा-माधवी'*	: आनन्द में डुबो देनेवाला भैरवी राग	**प्र.ग्रं.-4**/39	प्रथम अंक/स्कन्दगुप्त
आनंद-वेश-	*'मिटते असत्य-से ज्ञान-लेश, समरस, अखंड, आनन्द-वेश !'*	: आनन्दस्वरूप शिव में समावेश	**प्र.ग्रं.-2**/247	दर्शन/कामायनी
आनंद-समन्वय-	*'आनन्द-समन्वय होता था हम ले चलते पथ पर उनको'*	: आनन्दपूर्ण सामंजस्य, कामदेव तृष्णा को जगाता था और रति भोग-विलास से उसे संतुष्ट करती थी	**प्र.ग्रं.-2**/105	काम/कामायनी
आनंद-सुधा-रस-	*'पिंगल-पराग से मचले आनन्द-सुधा-रस छलके'*	: आनन्द-रूपी अमृत रस	**प्र.ग्रं.-2**/277	आनन्द/कामायनी
आनंद-सुमन-सा-	*'हो नयनों का कल्याण बना आनन्द-सुमन-सा विकसा हो'*	: आनंद-रूपी फूल	**प्र.ग्रं.-2**/126	लज्जा/कामायनी
आन-	*'सुनाई किसने पल में आन कान में मधुमय मोहक तान'*	: लाकर	**म.सा.-1**/49	घोर तम छाया चारों ओर/नीहार
आनत अधरों-	*'पत्रों के आनत अधरों पर सो गया निखिल वन का मर्मर'*	: झुकी हुई पत्तियाँ मानो निश्शब्द होंठ हैं	**पं.ग्रं.-1**/267	एक तारा/गुंजन
आनत-नयना-	*'सुवासना उठी प्रिया/आनत-नयना'*	: बड़ी आँखोंवाली	**नि.र.-1**/277	देकर अन्तिम कर
आन समाया-	*'मधुर कसक सा आज हृदय में आन समाया कौन?'*	: आकर समा गया	**म.सा.-1**/171	आज क्यों तेरी वीणा मौन?/नीरजा

शब्द-	काव्य-पंक्ति	: अर्थ	ग्रंथावली/पृ.सं.	स्रोत/संदर्भ
आपानक-	*'रजनी के आपानक का अब अंत है'*	: प्याला(-रूपी चन्द्रमा)	**प्र.ग्रं.**-1/228	पावस प्रवास/झरना
♦	*'सजा आपानक निराला'*	: मदिरालय	**प्र.ग्रं.**-3/454	प्रथम अंक/कामना
आपूरण-	*'रे अपलक मन!/पर-कृति में धन आपूरण!'*	: पूर्ण करनेवाला	**नि.र.**-1/230	रे अपलक मन
आभ-	*'कुन्द कलियों में कोमल आभ'*	: आभा, उज्ज्वलता	**पं.ग्रं.**-1/257	मधुवन/गुंजन
आभरण-	*'एक आभरण प्रेम था'*	: आभूषण, अलंकार	**नि.र.**-1/185	जागरण
आभा-जल-	*'तब तक यह जागेगा प्रतिपल रेखाओं में भर आभा-जल'*	: कांति-रूपी जल	**म.सा.**-1/335	यह मंदिर का दीप... /दीप-शिखा
आभा-सरि-	*'क्षितिज-सिंधु को चली चपल आभा-सरि अपना उर उमगा, ले!'*	: (पश्चिम में) प्रकाश की जो नदी है	**म.सा.**-1/345	गोधूलि अब दीप जगा ले!/दीप-शिखा
आभासीन-	*'चारु चित्रा-सी, आभासीन'*	: सौन्दर्य की उज्ज्वलता से युक्त	**पं.ग्रं.**-1/259	रूप-तारा तुम पूर्ण प्रकाम/गुंजन
आम-दलों-	*'नव नीलम आम-दलों के'*	: आम के पत्ते	**नि.र.**-1/189	वासन्ती
आमिष-	*'उनकी आमिष लोलुप रसना आँखों से कुछ कहती'*	: मांसाहार	**प्र.ग्रं.**-2/135	कर्म/कामायनी
आमोद-	*'फिर आमोद कहाँ से मधुमय वसुधा पर लाओगे'*	: सुगन्ध, आनन्द	**प्र.ग्रं.**-2/151	कर्म/कामायनी
आयत-दृग-	*'आयत-दृग, पुष्ट-देह, गत-भय, अपने प्रकाश में नि:संशय'*	: विशाल नेत्र	**नि.र.**-1/284	तुलसीदास
आयुध-	*'बिखरे थे सब उपकरण वहीं आयुध, प्रत्यंचा, श्रृंग, तीर'*	: हथियार	**प्र.ग्रं.**-2/159	ईर्ष्या/कामायनी
आयु-भर-	*'जी लो सुख से आयु-भर यह माया का खेल'*	: जीवन-भर	**प्र.ग्रं.**-4/65	द्वितीय अंक/स्कन्दगुप्त
आरंभ नवीन-	*'एक विराग-पूर्ण संसृति में ज्यों निष्फल आरम्भ नवीन'*	: नयी शुरुआत	**प्र.ग्रं.**-2/75	आशा/कामायनी
आरक्त-	*'आरक्त हो सदैव'*	: लाल, रक्तिम	**नि.र.**-1/100	दिल्ली
♦	*'देख, आरक्त पाटल-पटल खुल गये'*	: पूरी तरह लाल	**नि.र.**-1/250	कैसी बजी बीन?
♦	*'किरण-दृक्-पात, आरक्त किसलय सकल'*	: शर्म से लाल हो जाना	**नि.र.**-1/273	जागा दिशा ज्ञान
आरक्त कपोल-	*'उषा के छू आरक्त कपोल किलक पड़ता तेरा उन्माद'*	: लालिमा से युक्त सुंदर गाल	**म.सा.**-1/93	मधुरिमा के, मधु के अवतार/नीहार
♦	*'घूँघट पट से झाँक सुनाते अरुणा के आरक्त कपोल'*	: लालिमा से युक्त गाल की तरह सुबह की लाली	**म.सा.**-1/94	प्रथम प्रणय की सुषमा सा/नीहार
आरण्यक संवाद-	*'सुनाने आरण्यक संवाद, तथागत आया तेरे द्वार'*	: सारनाथ के वन-प्रदेश में बुद्ध ने अपना पहला उपदेश दिया	**प्र.ग्रं.**-1/294	अरी वरुणा की शांत कछार/लहर
आरति-सी-	*'तनु में तनु आरती-सी स्थिर प्राणों की पावनता बन'*	: लालसा	**नि.र.**-1/234	खिला सकल जीवन, कल मन
आरती वेला-	*'गए आरती वेला को शत-शत लय से भर'*	: आरती की समयावधि को	**म.सा.**-1/335	यह मंदिर का दीप... /दीप-शिखा
आरसी-	*'आरसी प्रतिबिंब का कब चिर हुआ जग स्नेह-नाता!'*	: दर्पण	**म.सा.**-1/269	मैं किसी की मूक छाया हूँ.../सांध्य गीत
आराधन-	*'कर प्रियतम का आराधन'*	: आराधना, साधनापूर्वक मनोयोगपूर्वक मनाना, पूजा करना	**नि.र.**-1/138	'कवि' के प्रति
♦	*'आराधन का दृढ़ आराधन से दो उत्तर'*	: साधना, देव-साधना, श्रम	**नि.र.**-1/335	राम की शक्ति-पूजा

शब्द–	काव्य-पंक्ति	: अर्थ	ग्रंथावली/पृ.सं.	स्रोत/संदर्भ
आराध्य चिन्मय–	*'बह रहे आराध्य चिन्मय मृण्मयी अनुरागिनी मैं!'*	: शुद्ध ज्ञानमय परब्रह्म मेरे आराध्य	**म.सा.**–1/283	प्रिय चिरंतन है सजनि /सांध्य गीत
आराध्यमय–	*'हो गई आराध्यमय मैं विरह की आराधना ले!'*	: अपने आराध्य से एकाकार हो जाना, एकमेक हो जाना	**म.सा.**–1/267	मैं सजग चिर साधना ले!/सांध्य गीत
आरोह–	*'स्वप्न क्यों अवरोह में, आरोह में दुखगान वंशी?'*	: क्रमशः बढ़ते हुए, उठते क्रम में	**म.सा.**–1/377	गूँजती क्यों प्राण-वंशी? /दीप-शिखा
◆	*'मेरी साँस में आरोह,/उर अवरोह का संचार'*	: चढ़ते क्रम में	**म.सा.**–1/395	तुम्हारी बीन ही में बज.../दीप-शिखा
आरोहण–	*'उन्नति का आरोहण, महिमा शैल श्रृंग सी श्रांति नहीं'*	: ऊपर की ओर चढ़ना, तरक्की करना	**प्र.ग्रं.**–2/189	स्वप्न/कामायनी
आर्त–	*'आर्त भारत! जनक हूँ मैं'*	: दुखी, करुण, दर्दनाक	**नि.र.**–1/81	खँडहर के प्रति
आर्य्य सन्तान–	*'वही है शान्ति, वही है शक्ति, वही हम दिव्य आर्य्य सन्तान'*	: आर्य जाति की संतति	**प्र.ग्रं.**–4/139	पंचम अंक/स्कन्दगुप्त
आलम्बन-विशेष–	*'तरुणी-तनु आलम्बन-विशेष, पृथ्वी में?'*	: विशेष प्रकार का आलंबन (है स्त्री का शरीर)	**नि.र.**–1/295	तुलसीदास
आलस–	*'वह मूल शक्ति उठ खड़ी हुई अपने आलस का त्याग किये;'*	: चेतना का अभाव	**प्र.ग्रं.**–2/104	काम/कामायनी
आलस अनुराग–	*'सुरा सुरभिमय वदन अरुण वे नयन भरे आलस अनुराग;'*	: मादक प्रेम का नशा आँखों में बसा है	**प्र.ग्रं.**–2/57	चिंता/कामायनी
आला–	*'जो माला-भर में आला है'*	: श्रेष्ठ	**नि.र.**–1/80	शरत्पूर्णिमा की बिदाई
आलाप–	*'वायु में अचिर आलाप था बह रहा'*	: संगीत की लय या राग	**नि.र.**–1/177	रेखा 'ख'
◆	*'छेड़ वेणु वन में आलाप'*	: गायन के पहले सुर-ताल ठीक करने की कोशिश में निकला गया कंठ-स्वर	**पं.ग्रं.**–1/202	विश्व वेणु/पल्लव
आलिंगन–	*'आलिंगन! फिर भय का क्रंदन! वसुधा जैसे काँप उठी!'*	: मनु ने जबरन इड़ा को बाँहों में जकड़ लिया	**प्र.ग्रं.**–2/192	स्वप्न/कामायनी
आलिंगन एक पाश–	*'वे आलिंगन एक पाश थे, स्मिति चपला थी, आज कहाँ?'*	: मनु की भुजाओं में छाती से लिपट जाना अब श्रद्धा को बंधन की तरह महसूस हो रहा था	**प्र.ग्रं.**–2/187	स्वप्न/कामायनी
आलिङ्गनकर–	*'है कहाँ यहाँ मधु-गन्ध-लुब्ध वह वायु विमल आलिङ्नकर?'*	: आलिंगन के योग्य	**नि.र.**–1/251	मैं रहूँगा न
आलिंगनमयी–	*'धमनियों में आलिंगनमयी—'*	: आलिंगन की प्रवृत्ति से युक्त	**प्र.ग्रं.**–1/305	आह रे, वह अधीर यौवन/लहर
आलिंगन-सुख–	*'उन्नत वक्षों में आलिंगन सुख लहरों-सा तिरता'*	: परिरम्भन का सुख	**प्र.ग्रं.**–2/145	कर्म/कामायनी
आली–	*'सुबह की आली, शेफाली झर जाती है'*	: सखी	**नि.र.**–1/145	शेफालिका
आलेपन–	*'मेरे अंगों का आलेपन'*	: उबटन आदि लगाना	**म.सा.**–1/304	सखि मैं हूँ अमर सुहाग भरी!/सांध्य गीत
आलेपन पीला–	*'कुमकुम से सीमान्त सजीला, केशर का आलेपन पीला'*	: केसर के पीले आलेप की तरह शाम में कुछ हल्की पीली किरणें हैं।	**म.सा.**–1/345	गोधूलि अब दीप जगा ले!/दीप-शिखा

शब्द- काव्य-पंक्ति	: अर्थ	ग्रंथावली/पृ.सं.	स्रोत/संदर्भ
आलोक- *'चिर दग्ध दुखी यह वसुधा आलोक माँगती तब भी,'*	: प्रकाश, उम्मीद, खुशी	**प्र.ग्रं.**-2/28	आँसू
आलोक-अंकुर- *'विश्व की रोमावली आलोक-अंकुर सी उठी जल!'*	: प्रकाश के अंकुरित रूप की तरह	**म.सा.**-1/284	ओ अरुण वसना! /सांध्य गीत
आलोक-अँधेरा'- *''मित्र वरुण' जिनकी छाया है यह आलोक-अँधेरा'*	: प्रकाश और अंधकार, मित्र के कारण प्रकाश है और वरुण के कारण अँधेरा	**प्र.ग्रं.**-2/137	कर्म/कामायनी
आलोक-अधीर- *'सौरभ से दिगंत पूरित था, अंतरिक्ष आलोक-अधीर;'*	: प्रकाश के कारण चंचल, आनन्द से हर्षित	**प्र.ग्रं.**-2/57	चिंता/कामायनी
आलोक का आकाश- *'दीप लघु शिर पर धरे आलोक का आकाश कैसा!'*	: प्रकाश का अनंत फैलाव	**म.सा.**-1/278	फिर विकल हैं प्राण मेरे!/सांध्य गीत
आलोक का आवास- *'पूछता क्या दीप है आलोक का आवास?'*	: प्रकाश मानो दीपक में निवास करता है	**म.सा.**-1/124	स्मित तुम्हारी से छलक.../रश्मि
आलोक-तरल पथ- *'विधु का आलोक-तरल पथ सन्मुख देखा करता है'*	: चाँद की गति को नदी के जल में देखते हुए महसूस करना कि यह आलोक से भरा तरल पथ है।	**प्र.ग्रं.**-2/37	आँसू
आलोक-तिमिर- *'हों मेरे लक्ष्य-क्षितिज आलोक-तिमिर दो छोरें'*	: प्रकाश और अंधकार की तरह मिलन और विरह के दो किनारे	**म.सा.**-1/111	चिर तृप्ति कामनाओं का/रश्मि
आलोक-नग्न- *'आलोक-नग्न पलकों पर प्रिय की छवि खींच उठा लो'*	: रोशनी से नहाया हुआ	**नि.र.**-1/190	वासन्ती
आलोक पुरुष- *'वह रजत गौर, उज्ज्वल जीवन, आलोक पुरुष! मंगल चेतन!'*	: प्रकाश-रूप शिव, तेजोमय पुरुष	**प्र.ग्रं.**-2/246	दर्शन/कामायनी
आलोक-प्रतिमा- *'तिमिर-पारावार में आलोक-प्रतिमा है अकंपित'*	: प्रकाश से भरे-पूरे व्यक्तित्व की तरह उस प्रियतम की अनुभूति	**म.सा.**-1/174	कौन तुम मेरे हृदय में?/नीरजा
आलोक-प्रपात- *'हो आलोक-प्रपात'*	: रोशनी मानो झरने की तरह बरस रही है	**पं.ग्रं.**-1/336	चार/ज्योत्स्ना
आलोक-प्रसार- *'पावस में निशि की जुगनू का - ज्यों आलोक-प्रसार'*	: प्रकाश का फैलना	**म.सा.**-1/112	किन उपकरणों का दीपक/रश्मि
♦ *'स्निग्ध अपना जीवन कर क्षार दीप करता आलोक-प्रसार'*	: रोशनी फैलाना, अँधेरा दूर करना	**म.सा.**-1/116	तुहिन के पुलिनों पर छबिमान/रश्मि
आलोक बिंदु- *'रजनी की रोई आँखें/आलोक बिन्दु टपकातीं'*	: रात में प्रकाश की किरणें	**प्र.ग्रं.**-2/29	आँसू
आलोक-बिंदु- *'जिस आलोक-बिंदु को घेरे वह बैठी मुसक्याती माया'*	: प्रकाश-बिंदु के रूप में (इच्छा-लोक)	**प्र.ग्रं.**-2/256	रहस्य/कामायनी
आलोक बिंदु भी तीन - *'त्रिदिक् विश्व, आलोक बिंदु भी तीन दिखाई पड़े अलग वे'*	: तीन आलोक-बिन्दु— इच्छा, ज्ञान, क्रिया	**प्र.ग्रं.**-2/254	रहस्य/कामायनी
आलोक-भार- *'काँपी भर निज आलोक-भार, काँपा वन, काँपा दिक प्रसार'*	: जैसे प्रकाश से नहाकर दृश्य हिल गया हो	**नि.र.**-1/319	सरोज-स्मृति
आलोक-भिखारी- *'मैं अतृप्त आलोक-भिखारी ओ प्रकाश-बालिके! बता'*	: प्रेम के प्रकाश की याचना करनेवाला	**प्र.ग्रं.**-2/192	स्वप्न/कामायनी
आलोक-मधुर- *'उस पावन तन की शोभा आलोक-मधुर थी ऐसी'*	: प्रकाश ने जिसे मधुर बना दिया हो, कान्तियुक्त प्रकाशमान सौन्दर्य	**प्र.ग्रं.**-2/12	आँसू

शब्द- काव्य-पंक्ति	: अर्थ	ग्रंथावली/पृ.सं.	स्रोत/संदर्भ
आलोकमयी रेखा- *'इस निविड़ निशा में संसृति की आलोकमयी रेखा क्या है?'*	: ज्ञान का मार्ग, उम्मीद की किरण	**प्र.ग्रं.**-2/128	लज्जा/कामायनी
आलोक-रश्मि से बुने- *'आलोक-रश्मि से बुने उषा अंचल में आन्दोलन अमन्द'*	: प्रकाश की किरण-रूपी धागे से बुना हुआ (आँचल)	**प्र.ग्रं.**-2/178	इड़ा/कामायनी
आलोक-रश्मियाँ- *'दिवा-श्रांत आलोक-रश्मियाँ नील निलय में छिपी कहीं'*	: प्रकाश की किरणें	**प्र.ग्रं.**-2/189	स्वप्न/कामायनी
आलोक-लहर- *'सब की सीमा बन सागर सी हो असीम आलोक-लहर सी'*	: प्रकाश की तरंगों की तरह असीम	**म.सा.**-1/170	तुम्हें बाँध पाती सपने में!/नीरजा
आलोक वरण- *'हम स्वर्ग-किरण, आलोक वरण, सुकुमारी'*	: प्रकाश को धारण करनेवाली चंद्र-किरणें	**पं.ग्रं.**-1/298	दो/ज्योत्स्ना
आलोक वसन- *'त्रिबली थी त्रिगुण तरंगमयी, आलोक वसन लिपटा अराल'*	: चमकदार परिधान	**प्र.ग्रं.**-2/179	इड़ा/कामायनी
आलोक-वृत्त- *'ग्रह-पथ के आलोक-वृत्त से काल जाल तनता अपना'*	: प्रभा-मण्डल, आकाशीय पिंडों के चारो तरफ प्रकाश का घेरा दिखाई पड़ता है	**प्र.ग्रं.**-2/75	आशा/कामायनी
आलोक-वैभव-हीन- *'भेंटता अंतिम अरुण आलोक-वैभव-हीन'*	: (शाम का) निस्तेज प्रकाश	**प्र.ग्रं.**-2/112	वासना/कामायनी
आलोक-शिखा- *'धूप-धूम-सुरभित-गृह, जिनमें थी आलोक-शिखा जलती'*	: दीपक, प्रकाश की लौ से युक्त दीपक	**प्र.ग्रं.**-2/190	स्वप्न/कामायनी
आलोक-स्पन्द- *'चंचल आलोक-स्पन्द'*	: किरणों का रोमांच, थिरकतीं किरणें	**नि.र.**-1/193	स्मृति-चुम्बन
आलोड़न- *'उस विराट आलोड़न में, ग्रह तारा बुद-बुद से लगते'*	: मंथन कर देना, बुरी तरह हिला देना	**प्र.ग्रं.**-2/62	चिंता/कामायनी
आवरण पटल की ग्रंथि- *'सत्ता का स्पन्दन चला डोल, आवरण पटल की ग्रंथि खोल'*	: (ज्ञान या दृष्टि को) आच्छादित करनेवाले परदे की गाँठ (खुल गयी)	**प्र.ग्रं.**-2/246	दर्शन/कामायनी
आवरण-मुक्त प्रकृति- *'और आवरण-मुक्त प्रकृति थी हरी भरी फिर से वैसी'*	: प्रलय के आवरण से मुक्त प्रकृति	**प्र.ग्रं.**-2/71	आशा/कामायनी
आवरणों- *'एक विश्व अपने आवरणों में है निर्मित'*	: शरीर एक आवरण है, जिसके भीतर एक लघु विश्व है। मनुष्य में तीन आवरण बताए गए हैं— अन्तरंग, सूक्ष्म और स्थूल।	**प्र.ग्रं.**-2/200	संघर्ष/कामायनी
आवर्जना-मूर्ति- *'बन आवर्जना-मूर्ति दीना अपनी अतृप्ति-सी संचित हो'*	: निषेध की प्रतिमूर्ति	**प्र.ग्रं.**-2/127	लज्जा/कामायनी
आवर्त- *'बुद्‌बुद् में आवर्त अपरिमित; कण में शत जीवन परिवर्तित'*	: भँवर, गोलाकार चक्कर	**म.सा.**-1/223	झरते नित लोचन मेरे हों!/नीरजा
◆ *'उलझते नित बुद्‌बुदे शत/घेरते आवर्त आ द्रुत'*	: चारों तरफ से	**म.सा.**-1/232	अलि वरदान मेरे नयन!/नीरजा
आवर्तन- *'सौरचक्र में आवर्तन था/प्रलय निशा का होता प्रात!'*	: सक्रियता, परिक्रमा लगाना	**प्र.ग्रं.**-2/64	चिंता/कामायनी
◆ *'आवर्तन-परिवर्तन के तुम नायक नीति-निधान'*	: चक्राकार गति, क्रम से बदलाव	**नि.र.**-1/113	कण
◆ *'विवश दिवस के-से आवर्तन'*	: चक्राकार गति, क्रम से घूमना	**नि.र.**-1/125	यमुना के प्रति

शब्द-	काव्य-पंक्ति	: अर्थ	ग्रंथावली/पृ.सं.	स्रोत/संदर्भ
◆	*'आवर्तन-परिवर्तन-नर्तन-सुखकीर्तन में,–'*	: चक्राकार गति	**नि.र.**-1/132	स्वाधीनता पर (1)
◆	*'चमत्कार पुच्छ आवर्तन कर बार-बार नाचते मयूर उर्ध्व मुख'*	: गोल-गोल घुमाना	**नि.र.**-1/177	रेखा 'ख'
आवर्तन-सा-	*'हम दोनों का अस्तित्व रहा उस आरम्भिक आवर्तन-सा'*	: चक्राकार गति से सृष्टि की उत्पत्ति जैसे चाक की गति से बर्तन का निर्माण	**प्र.ग्रं.**-2/104	काम/कामायनी
आवर्त-से-	*'इन गढ़ों में - रूप के आवर्त-से'*	: भँवर के समान, पानी की चक्राकार गति	**पं.ग्रं.**-1/125	ग्रन्थि
आवर्त्तन-	*'मधुकर के मरंद-उत्सव-सा/मदिर भाव से आवर्त्तन'*	: झूमना, चक्कर लगाना	**प्र.ग्रं.**-2/57	चिंता/कामायनी
आवागम-मुक्त-पाश -	*'आवागम-मुक्त-पाश जीवन अग-जग प्रकाश'*	: जन्म-मृत्यु के बंधन से मुक्त	**पं.ग्रं.**-1/343	चार/ज्योत्स्ना
आवाहन-	*'मौन बन जाता आवाहन/वहीं रहता नीरव भाषण'*	: पुकार	**म.सा.**-1/88	गिरा जब हो जाती है मौन/नीहार
◆	*'क्या आँसू में उद्गारों में/आवाहन में अभिसारों में'*	: प्रिय को पुकारकर बुलाना	**म.सा.**-1/205	क्यों जग कहता मतवाली/नीरजा
आविल-	*'दुख से आविल सुख से पंकिल बुद्बुद् से स्वप्नों से फेनिल'*	: गँदला	**म.सा.**-1/167	प्रिय इन नयनों का अश्रु-नीर/नीरजा
आवृत-	*'अपने को आवृत किये रहो दिखलाओ निज कृत्रिम स्वरूप'*	: (अपने असली रूप को) ढँके हुए	**प्र.ग्रं.**-2/177	इड़ा/कामायनी
◆	*'आवृत सरसी-उर-सरसिज उठे केशर के केश कली के छुटे'*	: ढँका हुआ	**नि.र.**-1/254	सखि, वसन्त आया
आश-	*'द्विज राम-भक्त, भक्ति की आश'*	: आशा, अपेक्षा	**नि.र.**-1/309	दान
◆	*'तुम्हें ठुकरा जाता नैराश्य/हँसा जाती है तुमको आश'*	: आशा का भाव, उम्मीद, संभावना	**म.सा.**-1/72	स्वर्ग का था नीरव उच्छ्वास/नीहार
आशांचल-	*'अपरिमित आशांचल विस्तार'*	: उम्मीदों का फैलाव	**पं.ग्रं.**-1/340	चार/ज्योत्स्ना
आशा-	*'आशा का फैल रहा है/यह सूना नीला अंचल;'*	: उम्मीद	**प्र.ग्रं.**-2/33	आँसू
आशाऽभिलाष-	*'लज्जा-सज्जा, आशाऽभिलाष'*	: आशा और अभिलाषा	**पं.ग्रं.**-1/313	तीन/ज्योत्स्ना
◆	*'आशाऽभिलाष, उच्चाकांक्षा'*	: आशा और अभिलाषा	**पं.ग्रं.**-2/22	मानव/युगपथ
आशाऽकांक्षाओं-	*'नव नव आशाऽकाक्षाओं में'*	: आशा और आकांक्षाएँ	**पं.ग्रं.**-2/17	बाँधो, छवि के नव बन्धन/युगपथ
आशाओं-	*'आशाओं पर श्वास निछावर होकर गले मिले तो'*	: अभिलाषाओं	**प्र.ग्रं.**-2/149	कर्म/कामायनी
आशा का आह्लाद-	*'तरल आकांक्षा से है भरा सो रहा आशा का आह्लाद;'*	: आशा से भरा आनन्द	**प्र.ग्रं.**-2/90	श्रद्धा/कामायनी
आशा का स्वर्गाभास-	*'सुखद आशा का स्वर्गाभास'*	: आशाएँ मानो स्वर्ग का सुखद एहसास करा रही हों	**पं.ग्रं.**-1/187	आँसू/पल्लव
आशा की उलझी अलकों-	*'आशा की उलझी अलकों से उठी लहर मधुगंध अधीर'*	: काल्पनिक जीवनसंगिनी की केश-राशि के सौन्दर्य में मनु का मन उलझ गया	**प्र.ग्रं.**-2/77	आशा/कामायनी
आशा-चल-जीवन-धारण-	*'पलक-पात उत्थित-जग-कारण स्मिति आशा-चल-जीवन धारण'*	: आशा से चंचल जीवन धारण है	**नि.र.**-1/240	आओ मधुर-सरण मानसि, मन

शब्द- काव्य-पंक्ति	: अर्थ	ग्रंथावली/पृ.सं.	स्रोत/संदर्भ
आशा-दीप- *'बुझेगा जलकर आशा-दीप सुला देगा आकर उन्माद'*	: उम्मीद के दीपक की तरह मानो शुक्र तारा (ग्रह) शाम में थोड़ी देर के लिए चमकता है	**म.सा.**-1/58	शून्य से टकरा कर सुकुमार/नीहार
आशा दोला- *'आशा दोला झूल न रे मन!'*	: आशा-रूपी झूला	**प्र.ग्रं.**-4/372	अग्निमित्र(अधूरा नाटक)
आशा नभकुसुमों- *'जीवन वन की बनी समस्या आशा नभकुसुमों का खिलना'*	: आशा-रूपी आकाश-कुसुम (काल्पनिक आनन्द)	**प्र.ग्रं.**-2/257	रहस्य/कामायनी
आशाभर- *'जानकी-भीरु-उर – आशाभर, – रावण-सम्वर'*	: आशा का संचार करना	**नि.र.**-1/329	राम की शक्ति-पूजा
आशामयि- *'तुम आशामयि! चिर आकर्षण, तुम मादकता की अवनत घन'*	: आशामयी का संबोधन-रूप, आशा की जीवंत मूर्ति	**प्र.ग्रं.**-2/236	दर्शन/कामायनी
आशालता- *'तुम्हारी आशालता सिंचाव'*	: आशा-रूपी लता, प्रेम की उम्मीद के लिये रूपक	**प्र.ग्रं.**-1/259	आशालता/झरना
आशा-लतिका- *'आशा-लतिका कँपती थरथर'*	: आशा-रूपी लता	**प्र.ग्रं.**-3/521	एक घूँट(एकांकी)
आशी- *'वक्ष पर सन्तरण-आशी आकाश है'*	: आशीर्वाद	**नि.र.**-1/145	शेफालिका
आशीस- *'बरसो आशीस, हे पुरुष-पुराण'*	: आशीर्वाद	**नि.र.**-1/81	खँडहर के प्रति
आशु- *'सुरभि से मिला आशु आह्वान, प्रथम फूटा प्रिय मेरा गान'*	: सद्यः, तुरंत का	**नि.र.**-1/203	भ्रमर-गीत
आशुतोष-बल- *'गरलामृत शिव आशुतोष-बल विश्व सकल नेगी'*	: शिव का बल	**नि.र.**-1/227	रूखी री यह डाल
आश्चर्य-पाश- *'चिर अवचनीय, आश्चर्य-पाश'*	: आश्चर्य-रूपी बंधन से जकड़ा	**पं.ग्रं.**-2/19	छाया/युगपथ
आश्चर्य-लोक- *'श्रद्धा उस आश्चर्य-लोक में मलय-बालिका-सी चलती'*	: सपने में श्रद्धा सारस्वत नगर को 'आश्चर्य लोक' की तरह देख रही है	**प्र.ग्रं.**-2/190	स्वप्न/कामायनी
आश्रय की भूखी जनता- *'आश्रय की भूखी जनता ने निज श्रम के उपहार दिये!'*	: उजड़े हुए सारस्वत प्रदेश की आश्रयहीन भूखी जनता	**प्र.ग्रं.**-2/189	स्वप्न/कामायनी
आश्रित मेरा प्रणय हुआ- *'कितना है उपकार तुम्हारा आश्रित मेरा प्रणय हुआ'*	: मेरी प्रेम-भावना का तुम आधार बनी	**प्र.ग्रं.**-2/227	निर्वेद/कामायनी
आश्वास- *'आकुल उर को दे आश्वास'*	: आश्वासन, भरोसा, यकीन	**पं.ग्रं.**-1/190	वीचि विलास/पल्लव
♦ *'हमारा चिर आश्वास!'*	: उम्मीद	**पं.ग्रं.**-1/232	परिवर्तन/पल्लव
आश्विन सुषमाशाली में- *'आश्विन सुषमाशाली में'*	: शोभा और सौन्दर्य से युक्त आश्विन का महीना	**पं.ग्रं.**-1/91	उस सीधे जीवन का श्रम/वीणा
आस- *'मुँह खोले मुक्तामयी सीपी स्वाती आस'*	: आशा, प्रतीक्षा	**प्र.ग्रं.**-4/129	पंचम अंक/स्कन्दगुप्त
आसक्ति- *'तुम जन्म देती हो सखी/आसक्ति को वैराग्य को'*	: लगाव, जुड़ाव	**म.सा.**-1/85	विस्मृति तिमिर में दीप हो/नीहार
♦ *'साथ गति के भर रही हूँ विरति या आसक्ति के स्वर'*	: लगाव, गहरा जुड़ाव, आग्रहपूर्वक जुड़ाव	**म.सा.**-1/262	रे पपीहे पी कहाँ? /सांध्य गीत
आसन है सहस्रार- *शोकहारी! पहुँचे थे वहाँ जहाँ आसन है सहस्रार –'*	: सहस्र दल वाले कमल के आकार का आठवाँ सहस्रार चक्र जहाँ महाकुंडलिनी पहुँचती है तो साधक को ब्रह्म का साक्षात्कार होता है	**नि.र.**-1/153	जागो फिर एक बार

शब्द– काव्य-पंक्ति	: अर्थ	ग्रंथावली/पृ.सं.	स्रोत/संदर्भ
आसव– *'पीकर अनंग का आसव'*	: मदिरा	**प्र.ग्रं.**–1/330	अशोक की चिंता/लहर
◆ *'इड़ा ढालती थी वह आसव, जिसकी बुझती प्यास नहीं'*	: फल आदि के खमीर से निर्मित मद्य	**प्र.ग्रं.**–2/191	स्वप्न/कामायनी
◆ *'सबको ममत्व मोह का आसव पिला दिया'*	: मदिरा	**प्र.ग्रं.**–3/191	प्रथम अंक/विशाख
◆ *'पीकर ज्यों प्राणों का आसव'*	: अमृत, सुधा	**नि.र.**–1/282	तुलसीदास
◆ *'भूले सब इस तम का आसव पी-पीकर'*	: शराब (माया का मद)	**नि.र.**–1/288	तुलसीदास
◆ *'इन पलकों के प्यालों में/सुख का आसव छलका दो'*	: अमृत	**म.सा.**–1/62	इस एक बूँद आँसू में/नीहार
◆ *'पलक प्यालों से पी पी देव/मधुर आसव सी तेरी याद'*	: मदिरा-रूपी स्मृतियाँ	**म.सा.**–1/84	तरल आँसू की लड़ियाँ गूँथ/नीहार
आसार– *'बरसा विशिखों-सा आसार'*	: आशंका	**पं.ग्रं.**–1/214	बादल/पल्लव
आसीस– *'आसीस है बार-बार'*	: आशीर्वाद	**नि.र.**–1/157	महाराज शिवाजी का पत्र
आस्वद-शद– *'धौत धवल विश्व-कमल पर, कर में आस्वद-शद'*	: स्वादिष्ट फल आदि	**नि.र.**–1/241	शरत् के प्रति
आह– *'आह से उपजा होगा गान'*	: दुःख, शोक	**पं.ग्रं.**–1/183	आँसू/पल्लव
आहत भ्रमर– *'सलिल शोभे! जो पतित, आहत भ्रमर'*	: प्रेम में घायल प्रेमी-रूपी भौंरा	**पं.ग्रं.**–1/125	ग्रन्थि
आहत विश्व– *'स्पंदन में चिर निस्पंद बसा, क्रंदन में आहत विश्व हँसा'*	: दुखी संसार	**म.सा.**–1/273	मैं नीर भरी दुख की बदली!/सांध्य गीत
आहूत– *'किया आहूत जहाँ विजित स्वजातियों को'*	: बुलाना	**नि.र.**–1/100	दिल्ली
आहें– *'मेरी आहें सोती हैं/इन ओठों की ओटों में'*	: दुःख, प्रेम की मार्मिक वेदना	**म.सा.**–1/38	रजनी ओढ़े जाती थी/नीहार
इंगित– *'मिले इंगित से जीवनमुक्ति'*	: संकेत, इशारा	**प्र.ग्रं.**–1/264	प्रार्थना/झरना
◆ *'कहना इंगित से कहना'*	: इशारा, संकेत	**नि.र.**–1/190	वासन्ती
◆ *'इंगित कर मुझको/बुलाती थीं बार-बार'*	: इशारा	**नि.र.**–1/194	स्मृति-चुम्बन
◆ *'मुझे इंगित करता तब मौन'*	: इशारा, संकेत	**पं.ग्रं.**–1/196	मौन निमन्त्रण/पल्लव
◆ *'इंगित से दिशि-दिशि में मोड़ा! क्या याद न वह आता अजान?'*	: इशारा, संकेत	**म.सा.**–1/383	तेरी छाया में अमिट रंग/दीप-शिखा
इंदिरा– *'शरद इंदिरा के मंदिर की/मानो कोई गैल रही'*	: लक्ष्मी, ऐश्वर्य	**प्र.ग्रं.**–2/71	आशा/कामायनी
इंदीवर– *'इस इंदीवर से गंध भरी/बुनती जाली मधु की धारा;'*	: आकाश-रूपी नीलकमल	**प्र.ग्रं.**–2/99	काम/कामायनी
◆ *'स्वर्गंगा में इंदीवर की या एक पंक्ति कर रही हास'*	: नीलकमल	**प्र.ग्रं.**–2/160	ईर्ष्या/कामायनी
◆ 'जहाँ तामरस इंदीवर या सित शतदल हैं मुरझाये'	: नीलकमल (रूपी श्रद्धा की आँखें)	**प्र.ग्रं.**–2/185	स्वप्न/कामायनी
◆ *'इन्दीवर के-से कोश विमल'*	: नीलकमल	**नि.र.**–1/290	तुलसीदास
◆ *'रह गया एक इन्दीवर, मन देखता— पार'*	: कमल	**नि.र.**–1/337	राम की शक्ति-पूजा
◆ *'हँस उठा ले गयीं पूजा का प्रिय इन्दीवर'*	: कमल	**नि.र.**–1/337	राम की शक्ति-पूजा
इंदीवर निंदित लोचन– *'कुछ समय अनन्तर इन्दीवर निन्दित लोचन'*	: कमल की शोभा को कमतर कर देनेवाली सुंदर आँखें	**नि.र.**–1/335	राम की शक्ति-पूजा
इंदु की छबि– *'इन्दु की छबि में, तिमिर के गर्भ में'*	: चाँद की सुंदरता	**पं.ग्रं.**–1/126	ग्रन्थि
इंदु-कंदुक– *'मेघरूँधा अजिर गीला—/टूटता सा इंदु-कंदुक'*	: चाँद मानो गेंद की तरह है	**म.सा.**–1/271	सो रहा है विश्व, पर.../सांध्य गीत

शब्द-	काव्य-पंक्ति	: अर्थ	ग्रंथावली/पृ.सं.	स्रोत/संदर्भ
इंदुमणि-	'सजल इंदुमणि से जुगनू/बरसाते हों छबि का मकरंद'	: चन्द्रमणि, चाँदनी के स्पर्श से पिघलनेवाली मणि	**म.सा.**-1/117	फूलों का गीला सौरभ पी/रश्मि
इंद्रचाप-	*'इन्द्रचाप-सी व्योम भृकुटि पर'*	: इन्द्रधनुष	**पं.ग्रं.**-1/215	बादल/पल्लव
इंद्रचाप-सी झिलमिल-	*'वह इन्द्रचाप-सी झिलमिल हो दब जाती अपने आप शांत'*	: इन्द्रधनुष की तरह प्रकाश के सात रंगों की झिलमिलाहट से बना।	**प्र.ग्रं.**-2/157	ईर्ष्या/कामायनी
इंद्रजाल-	*'विश्व इन्द्रजाल में सत्य कहते हैं जिसे'*	: जादू, भ्रम, आकर्षक भ्रम	**प्र.ग्रं.**-1/352	प्रलय की छाया/लहर
◆	*'किन इंद्रजाल के फूलों से लेकर सुहाग-कण राग भरे'*	: जादू, माया	**प्र.ग्रं.**-2/123	लज्जा/कामायनी
◆	*'इस विश्व-कुहर में इंद्रजाल'*	: जादुई संरचना, मायालोक	**प्र.ग्रं.**-2/180	इड़ा/कामायनी
◆	*'भाग अरे मनु! इन्द्रजाल से कितनी व्यथा न झेली है?'*	: मायावी परिस्थितियाँ	**प्र.ग्रं.**-2/229	निर्वेद/कामायनी
◆	*'था इन्द्र खेलता इन्द्रजाल'*	: जादू का जाल, जादूगरी	**पं.ग्रं.**-1/180	उच्छ्वास/पल्लव
इंद्रजाल अभिराम-	*'और देखा वह सुन्दर दृश्य नयन का इंद्रजाल अभिराम;'*	: सुन्दर जादू, जादुई सौन्दर्य	**प्र.ग्रं.**-2/83	श्रद्धा/कामायनी
इंद्रजाल जननी-	*'इंद्रजाल जननी! रजनी तू क्यों अब इतनी मधुर हुई?'*	: मनु रात के बारे में कह रहे हैं कि यह जादू या माया को जन्म देती है, रात का स्वरूप रहस्यमय होता है।	**प्र.ग्रं.**-2/78	आशा/कामायनी
इंद्रधनुष के सप्तक-	*'किरण-तूलिकाओं से अंकित इन्द्रधनुष के सप्तक'*	: प्रकाश के सात रंग जो बारिश के मौसम में धनुष की तरह कभी-कभी दिखाई देते हैं।	**नि.र.**-1/134	बादल-राग
इंद्रधनुषीकर-	*'साँस से तम-सिन्धु को पथ इन्द्रधनुषीकर चली मैं!'*	: इन्द्रधनुष की तरह बनाकर	**म.सा.**-1/359	मेघ सी घिर झर चली मैं!/दीप-शिखा
इंद्रधनुषी चीर-	*'इंद्रधनुषी चीर हिल हिल, छाँह सा मिल धूप सा खिल'*	: इन्द्रधनुष मानो रंगबिरंगा वस्त्र है	**म.सा.**-1/277	दीप तेरा दामिनी! /सांध्य गीत
इंद्रधनुषी वितान-	*'नव कुंद-कुसुम से मेघ-पुंज बन गए इंद्रधनुषी वितान'*	: सतरंगे आवरण की तरह (बादल)	**म.सा.**-1/103	चुभते ही तेरा अरुण बान!/रश्मि
इंद्रनील-	*'या कि, नव इन्द्रनील लघु श्रृंग फोड़ कर धधक रही हो कांत;'*	: नीलम रत्न, नीलकांत मणि	**प्र.ग्रं.**-2/84	श्रद्धा/कामायनी
इंद्रनील मणि-	*'इंद्रनील मणि महा चषक था सोम-रहित उल्टा लटका;'*	: नीलम रत्न, नीलकांत रत्न	**प्र.ग्रं.**-2/68	आशा/कामायनी
इंद्रासन-	*'तुम्हारे इन्द्रासन तल माथ'*	: इन्द्र का आसन	**पं.ग्रं.**-1/225	परिवर्तन/पल्लव
इंद्रिय की अभिलाषा-	*'इंद्रिय की अभिलाषा जितनी सतत सफलता पावे'*	: शारीरिक सुख-भोग	**प्र.ग्रं.**-2/149	कर्म/कामायनी
इंधन-	*'लांछना इन्धन, हृदय-तल जले अनल'*	: जलावन	**नि.र.**-1/243	दे, मैं करूँ वरण
इच्छा-	*'स्वप्न, स्वाप, जागरण भस्म हो इच्छा क्रिया ज्ञान मिल लय थे'*	: मनोभाव, चेतना	**प्र.ग्रं.**-2/263	रहस्य/कामायनी
◆	*'एक-एक को स्थिर हो देखो इच्छा, ज्ञान, क्रिया वाले ये'*	: शिव की तीन प्रधान शक्तियों (इच्छा, ज्ञान और क्रिया) में से एक	**प्र.ग्रं.**-2/255	रहस्य/कामायनी
इच्छाओं की अवसान -	*'तुम्हीं इच्छाओं की अवसान'*	: जहाँ पहुँचकर इच्छाएँ संतुष्ट हो जाएँ अथवा अन्य इच्छाओं के प्रति आकर्षण समाप्त हो जाए।	**पं.ग्रं.**-1/209	नारी रूप/पल्लव

शब्द-	काव्य-पंक्ति	: अर्थ	ग्रंथावली/पृ.सं.	स्रोत/संदर्भ
इच्छा का पारावार-	*'प्रथम, इच्छा का पारावार'*	: इच्छाएँ समुद्र की तरह अपरिमित हैं	**पं.ग्रं.**-1/187	आँसू/पल्लव
इच्छा क्यों पूरी हो-	*'ज्ञान दूर कुछ, क्रिया भिन्न है इच्छा क्यों पूरी हो मन की'*	: (ज्ञान और क्रिया की भिन्नता के कारण) इच्छाएँ पूरी कैसे होंगी	**प्र.ग्रं.**-2/263	रहस्य/कामायनी
इच्छानुराग -	*'आशा, इच्छानुराग'*	: इच्छा+अनुराग, चाहत और लगाव	**पं.ग्रं.**-1/320	तीन/ज्योत्स्ना
इड़ा-	*'वह बोली- "मैं हूँ इड़ा, कहो तुम कौन यहाँ पर रहे डोल'*	: सारस्वत प्रदेश की रहनेवाली लड़की, 'इड़ा' बुद्धि का प्रतीक है	**प्र.ग्रं.**-2/179	इड़ा/कामायनी
	◆ *'इड़ा अग्नि-ज्वाला-सी आगे जलती है उल्लास भरी'*	: ऋग्वेद में 'इड़ा' की विशेषता बताई गई है— मनुष्य की शासिका, उसकी चेतना को जगानेवाली, बुद्धि को सत्कर्म में लगानेवाली।	**प्र.ग्रं.**-2/189	स्वप्न/कामायनी
	◆ *'इड़ा ढालती थी वह आसव, जिसकी बुझती प्यास नहीं'*	: सारस्वत नगर की लड़की	**प्र.ग्रं.**-2/191	स्वप्न/कामायनी
इड़ा क्रोध लज्जा से भरकर-	*'इड़ा क्रोध लज्जा से भरकर बाहर निकल चली थी किन्तु'*	: इड़ा (मनु के कामातुर व्यवहार के कारण) क्रोध और लज्जा से भर गयी।	**प्र.ग्रं.**-2/193	स्वप्न/कामायनी
इड़े-	*'तुम इड़े उषा-सी आज यहाँ आयी हो बन कितनी उदार'*	: इड़ा को संबोधन, इड़ा सारस्वत-प्रदेश की है तथा 'बुद्धि' का प्रतीक है।	**प्र.ग्रं.**-2/181	इड़ा/कामायनी
इतरा-	*'अपनी कमी थी इतरा चली हृदय की'*	: आत्ममुग्ध	**प्र.ग्रं.**-1/343	प्रलय की छाया/लहर
इति-अथ-	*'अलि विरह के पंथ में मैं तो न इति-अथ मानती री'*	: अंत और प्रारंभ	**म.सा.**-1/347	मैं न यह पथ जानती री! /दीप-शिखा
	◆ *'मैं कैसे उलझूँ इति-अथ में, गति मेरी संसृति है पथ में'*	: समाप्ति और प्रारंभ	**म.सा.**-1/375	मैं पलकों में पाल रही हूँ/दीप-शिखा
इतिहास-	*'परिचय इतना इतिहास यही उमड़ी कल थी मिट आज चली!'*	: पिछली जीवनी या कहानी	**म.सा.**-1/273	मैं नीर भरी दुख की बदली!/सांध्य गीत
इमन-	*'बज रही है तू इमन की रागिनी'*	: एक रागिनी	**नि.र.**-1/42	माया
	◆ *'थी सरस इमन की तान'*	: एक राग	**नि.र.**-1/88	शृंगारमयी
	◆ *'इमन-रागिनी की वह मधुर तरंग'*	: यमन राग, इसे इमन भी कहते हैं कल्याण ठाट का राग, कोमल राग, शाम के वक्त गाया जाने वाला राग।	**नि.र.**-1/103	प्रगल्भ प्रेम
	◆ *'एक इमन का-सा अति मुग्ध विराम'*	: एक रागिनी	**नि.र.**-1/133	बादल-राग
इव-	*'कहता है बालक-इव, क्या है आदेश माता?'*	: की तरह	**नि.र.**-1/53	पंचवटी प्रसंग:1
इष्ट-	*'मिष्ट है, पर इष्ट उनका है नहीं'*	: लक्ष्य, अभिप्राय, अभिलषित	**नि.र.**-1/40	जन्मभूमि
	◆ *'प्यारे, उनको समझेंगे हम इष्ट-सिद्धि के साधक मित्र'*	: उद्देश्य, लक्ष्य	**नि.र.**-1/44	नहीं डरेंगे
	◆ *'आड़ राजभक्ति की/लेना है इष्ट यदि'*	: लक्ष्य, जिसकी इच्छा की जाए	**नि.र.**-1/164	महाराज शिवाजी का पत्र
	◆ *'बीता वह दिवस, हुआ मन स्थिर इष्ट के चरण'*	: जिसकी पूजा की जा रही हो	**नि.र.**-1/336	राम की शक्ति-पूजा
इष्ट अकेला-	*'अब मंदिर में इष्ट अकेला'*	: (रात में) मन्दिर के इष्ट (आराध्य) देवता अकेले हैं	**म.सा.**-1/335	यह मंदिर का दीप... /दीप-शिखा
इष्टदेव-	*'वह इष्टदेव के मंदिर की पूजा-सी'*	: आराध्य देवता	**नि.र.**-1/72	विधवा
इस्लाम-क्षम-	*'द्विज लोगों पर इस्लाम-क्षम वह छाया'*	: इस्लामी शासन की सक्षमता	**नि.र.**-1/288	तुलसीदास

शब्द- काव्य-पंक्ति	: अर्थ	ग्रंथावली/पृ.सं.	स्रोत/संदर्भ
ईप्सित- *'फेरती हो ईप्सित मंगल'*	: इच्छित, जिसकी कामना हो	**नि.र.**-1/142	स्मृति
ईर्षा-पवन- *'वह विराग-विभूति ईर्षा-पवन से हो व्यस्त'*	: ईर्ष्या-रूपी पवन	**प्र.ग्रं.**-2/113	वासना/कामायनी
ईश- *'जय, इधर ईश, हैं उधर सबल माया-कर'*	: ईश्वर	**नि.र.**-1/305	तुलसीदास
ईश्वर-मज्जित- *'स्वर-सा कर दो अविनश्वर, ईश्वर-मज्जित'*	: ईश्वर में डूबा हुआ, आस्थावान्	**नि.र.**-1/146	प्रार्थना
उंचास-वात- *'बहते विकट अधीर विषम उंचास-वात थे'*	: पवन के उनचास रूप	**प्र.ग्रं.**-2/208	संघर्ष/कामायनी
उऋण- *'तुम्हारा सहचर बनकर क्या न उऋण होऊँ मैं बिना विलंब?'*	: ऋण से मुक्त	**प्र.ग्रं.**-2/91	श्रद्धा/कामायनी
◆ *'जैसे प्राणों से हुए उऋण, कुछ लखकर'*	: ऋण मुक्त	**नि.र.**-1/285	तुलसीदास
उकसे- *'उकसे थे अँबियों-से उरोज'*	: उठे या उभरे हुए	**पं.ग्रं.**-2/17	मंजरित आम्र-वन-छाया में/युगपथ
उच्चाकांक्षाओं से तरुवर- *'उच्चाकांक्षाओं से तरुवर हैं झाँक रहे नीरव नभ पर'*	: पर्वत पर उगे हुए ऊँचे वृक्ष मानो बड़ी-बड़ी अभिलाषाओं की तरह हैं	**पं.ग्रं.**-1/180	उच्छ्वास/पल्लव
उच्चाटन- *'वशीकरण-मारण-उच्चाटन भी कभी-कभी'*	: किसी के मन में व्यक्ति-विशेष के प्रति अरुचि उत्पन्न करने की तांत्रिक प्रक्रिया।	**नि.र.**-1/57	पंचवटी प्रसंग:3
उच्छृंखल अनुरोध- *'जब जीवन में साध भरी थी उच्छृंखल अनुरोध भरा'*	: स्वच्छन्द आग्रह, मन के आवेग के अनुसार कुछ कर गुजरने का आग्रह।	**प्र.ग्रं.**-2/223	निर्वेद/कामायनी
उच्छृंखल इतिहास- *'इस अनंत काले शासन का वह जब उच्छृंखल इतिहास;'*	: निरंकुश और स्वेच्छाचारी शासन की तरह प्रलय का इतिहास बीता था।	**प्र.ग्रं.**-2/78	आशा/कामायनी
उच्छ्वास- *'उच्छ्वास और आँसू में/विश्राम थका सोता है;'*	: दु:ख-भरी साँस	**प्र.ग्रं.**-2/27	आँसू
◆ *'तुम विमल हृदय उच्छ्वास'*	: भीतर का भाव साँसों से निकला	**नि.र.**-1/49	तुम और मैं
◆ *'बूँदों से सींचती उच्छ्वास-सलिल'*	: बारिश से पहले की हवा	**नि.र.**-1/55	पंचवटी प्रसंग:2
उच्छ्वासमय संवाद- *'सखे! तुमुल तरंग-सा उच्छ्वासमय संवाद'*	: अवसाद के भाव से भरा हुआ संभाषण	**प्र.ग्रं.**-2/117	वासना/कामायनी
उच्छ्वासों- *'आकर खारे उच्छ्वासों में'*	: छोडी गयी गंभीर साँस	**प्र.ग्रं.**-1/299	हे सागर संगम अरुण नील/लहर
उजड़ा-सा राज- *'वायु की भटकी एक तरंग, शून्यता का उजड़ा-सा राज'*	: उजड़े हुए साम्राज्य की तरह	**प्र.ग्रं.**-2/86	श्रद्धा/कामायनी
उजली माया- *'तन्द्रा के स्वप्न तिरोहित थे बिखरी केवल उजली माया'*	: (गोरे रंग के कारण) उज्ज्वल इंद्रजाल या जादू (की तरह लग रही थी इड़ा)	**प्र.ग्रं.**-2/179	इड़ा/कामायनी
उजली मूक व्यथा- *'तब मेरी उजली मूक व्यथा, किरणों के खोले केश रही!'*	: मेरी पीड़ा उज्ज्वल और मौन है, वह निर्मल है और खामोश है।	**म.सा.**-1/367	मैं क्यों पूछूँ यह विरह-निशा/दीप-शिखा
उजियारी अवगुंठन- *'उजियारी अवगुण्ठन में विधु ने रजनी को देखा'*	: चाँदनी मानो उजले घूँघट की तरह रात को छुपाए थी	**म.सा.**-1/75	जिस दिन नीरव तारों से/नीहार
उजेले भाग्य- *'हूँ विलोक चुकी उजेले भाग्य मैं'*	: चाँदनी की तरह उज्ज्वल भाग्य	**पं.ग्रं.**-1/131	ग्रन्थि
उज्ज्वल- *'श्रद्धे! वह उज्ज्वल कैसा है जैसे पुंजीभूत रजत है'*	: चमकदार	**प्र.ग्रं.**-2/260	रहस्य/कामायनी

शब्द- काव्य-पंक्ति	: अर्थ	ग्रंथावली/पृ.सं.	स्रोत/संदर्भ
उज्ज्वल उपहार- *'स्वर्गंगा की धारा में उज्ज्वल उपहार चढ़ाये'*	: सितारे मानो चमकीले उपहार की तरह हैं	**प्र.ग्रं.-2**/8	आँसू
उज्ज्वल गाथा- *'उज्ज्वल गाथा कैसे गाऊँ मधुर चाँदनी रातों की'*	: कीर्ति से भरी कहानी	**प्र.ग्रं.-1**/292	मधुप गुनगुना कर कह जाता/लहर
उज्ज्वल वरदान चेतना का- *'उज्ज्वल वरदान चेतना का सौंदर्य्य जिसे सब कहते हैं'*	: हमारी चेतना का सबसे सुन्दर वरदान	**प्र.ग्रं.-2**/127	लज्जा/कामायनी
उज्ज्वल व्यापार- *'तुम्हारी कुटिया में चुपचाप, चल रहा था उज्ज्वल व्यापार'*	: आध्यात्मिक कर्म	**प्र.ग्रं.-1**/294	अरी वरुणा की शांत कछार/लहर
उटजो- *'उटजों में था आलोक भरा कुसुमित लतिका भर आई थी'*	: कुटिया	**प्र.ग्रं.-1**/296	जगती की मंगलमयी उषा बन/लहर
उडगण- *'टूटते हैं असंख्य उडगण'*	: तारे	**पं.ग्रं.-1**/183	आँसू/पल्लव
उड़गन- *'अविरत इच्छा ही में नर्तन करते अबाध रवि, शशि, उड़गन'*	: नक्षत्र, तारे, उडुगन	**पं.ग्रं.-1**/268	एक तारा/गुंजन
उडगन- *'प्रथम प्रकम्पन उडगन में'*	: उडुगण, आकाशीय पिंड, तारे-ग्रह-नक्षत्र	**पं.ग्रं.-1**/192	अनंग/पल्लव
उड़ते दीप- *'पकड़ उड़ते दीप वर्षा काल के'*	: उड़ते हुए जुगनू	**पं.ग्रं.-1**/130	ग्रन्थि
उडु- *'विरल उडु-से सरसी में तात'*	: नक्षत्र, तारे	**पं.ग्रं.-1**/207	शिशु/पल्लव
◆ *'लहरों की लतिकाओं में खिल, सौ-सौ शशि, सौ-सौ उडु झिलमिल'*	: नक्षत्र, तारे	**पं.ग्रं.-1**/275	नौका-विहार/गुंजन
उडु-उज्ज्वल- *'शत कुसुमों में हँस रहा कुंज उडु-उज्ज्वल'*	: उज्ज्वल नक्षत्रों (की तरह हैं फूल)	**पं.ग्रं.-2**/10	वे चहक रहीं कुंजों में /युगपथ
उडुगण- *'एक छबि के असंख्य उडुगण'*	: सितारे, आकाशीय नक्षत्र	**पं.ग्रं.-1**/229	परिवर्तन/पल्लव
◆ *'अपलक है निशि के उडुगण'*	: नक्षत्रगण, ग्रह-तारे आदि आकाशीय पिंड	**पं.ग्रं.-1**/253	कब से विलोकती तुमको /गुंजन
◆ *'चाँदी के चंचल उडुगण'*	: तारे, नक्षत्रगण	**पं.ग्रं.-1**/269	चाँदनी/गुंजन
◆ *'शून्य नभ में तम का चुंबन/जला देता असंख्य उडुगण'*	: तारा-गण, सितारे, नक्षत्र	**म.सा.-1**/105	शून्यता में निद्रा की बन/रश्मि
◆ *'वक्ष पर जिसके जल उडुगण/बुझा देते असंख्य जीवन'*	: तारे आकाश के आलिंगन में चमकते हैं और माना जाता है कि प्रिय व्यक्ति मृत्यु के बाद तारा बनकर चमकते हैं।	**म.सा.-1**/141	न थे जब परिवर्तन दिनरात/रश्मि
उडुगन- *'संध्या रवि देकर पाती है इधर-उधर उडुगन बिखरे'*	: तारों का समूह	**प्र.ग्रं.-2**/187	स्वप्न/कामायनी
◆ *'गिर-गिर पड़ते भीत पक्षि पोतों-से उडुगन'*	: आकाशीय पिंड, सितारे	**पं.ग्रं.-1**/226	परिवर्तन/पल्लव
उडु-बाल- *'बन जाते उडु-बाल'*	: नक्षत्रों के किशोर बालकों (की तरह बादल के सफेद टुकड़े दिखाई पड़ते हैं)	**पं.ग्रं.-1**/271	अप्सरा/गुंजन
◆ *'सजग जिनमें उलूक उडु-बाल'*	: (उल्लू की तरह रात में जागनेवाले) सितारे	**पं.ग्रं.-1**/378	द्वितीय दृश्य/परी
उड्डीन- *'निज अविरल गति में उड्डीन'*	: उड्डयन करता हुआ, उड़ता हुआ	**पं.ग्रं.-1**/202	विश्व वेणु/पल्लव
उतराई- *'नाविक अतीत की उतराई!'*	: पार उतरने का किराया (नाव आदि से)	**प्र.ग्रं.-1**/326	ओ री मानस की गहराई/लहर

शब्द- काव्य-पंक्ति	: अर्थ	ग्रंथावली/पृ.सं.	स्रोत/संदर्भ
उतराते- *'जलनिधि के तलवासी जलचर विकल निकलते उतराते,'*	: पानी के ऊपर बहते या तैरते हुए	**प्र.ग्रं.**-2/61	चिंता/कामायनी
उत्कंठा- *'कहते हो – 'उत्कंठा तेरी कपट है'*	: उत्कट इच्छा	**प्र.ग्रं.**-1/253	प्रत्याशा/झरना
◆ *'माँ उठ दौड़ी भरे हृदय में लेकर उत्कंठा दूनी'*	: ललक और उत्साह	**प्र.ग्रं.**-2/188	स्वप्न/कामायनी
◆ *'पथिकों की दृष्टि की उत्कच उत्कण्ठा में'*	: तीव्र इच्छा	**नि.र.**-1/177	रेखा 'ख'
उत्कंठातुर- *'मैं चिर उत्कण्ठातुर'*	: उत्कंठा से उत्पन्न व्यग्रता, व्याकुल उत्साह	**पं.ग्रं.**-1/240	शान्त सरोवर का उर /गुंजन
उत्कंठित- *'उत्कण्ठित सखियों का प्यार'*	: उत्कंठा से युक्त, उल्लास से भरा	**नि.र.**-1/115	यमुना के प्रति
उत्कच- *'पथिकों की दृष्टि की उत्कच उत्कण्ठा में'*	: उत्कच (मेघ), मँडराते मेघ	**नि.र.**-1/177	रेखा 'ख'
उत्कच उत्कंठा- *'पथिकों की दृष्टि की उत्कच उत्कण्ठा में'*	: मँडराते मेघों की तरह तीव्र इच्छा	**नि.र.**-1/177	रेखा 'ख'
उत्कल- *'बह चली सुरभि की ज्यों उत्कल, निःशूला—'*	: सुंदर प्रवाह	**नि.र.**-1/304	तुलसीदास
उत्कलित- *'हर पिता-कण्ठ की दृप्त-धार उत्कलित रागिनी की बहार!'*	: सौंदर्य का उदात्त रूप, उच्च कलात्मकता	**नि.र.**-1/320	सरोज-स्मृति
◆ *'अखिल आकुल, उत्कलित, अधीर'*	: सुंदरता और कोमलता के साथ विकसित	**पं.ग्रं.**-1/258	मधुवन/गुंजन
उत्तप्त- *'उड़ती उत्तप्त धूलि-झुलसाती थी शरीर'*	: गर्म, उत्तप्त	**नि.र.**-1/57	पंचवटी प्रसंग:3
◆ *'दाह-तपन-उत्तप्त दुःख-सागर-जल खौल उठा'*	: तपता हुआ	**नि.र.**-1/86	वन-कुसुमों की शय्या
उत्तर-गिरि- *'किन्तु उसी ने ला टकराया इस उत्तर-गिरि के शिर से,'*	: उत्तर दिशा में स्थित पर्वत हिमालय	**प्र.ग्रं.**-2/62	चिंता/कामायनी
उत्ताप- *'प्रखर उत्ताप के फूल-से रहोगे म्लान'*	: उत्ताप, तेज गर्मी	**नि.र.**-1/167	महाराज शिवाजी का पत्र
◆ *'आह है, उन्माद है, उत्ताप है'*	: प्रेम का तनाव	**पं.ग्रं.**-1/135	ग्रन्थि
◆ *'कर पाओगे भिन्न कभी क्या/ज्वाला से उत्ताप'*	: तापमान, दाहकता	**म.सा.**-1/138	तुम हो विधु के बिम्ब और मैं/रश्मि
उत्ताल- *'उत्ताल-तरंग-भंग कह देंगे'*	: ऊँचा	**नि.र.**-1/86	आवाहन
◆ *'जीवन की तरी खोल दे रे/जग की उत्ताल तरंगों पर'*	: ऊँची	**नि.र.**-1/262	जीवन की तरी खोल दे रे
◆ *'त्वरित द्रवित होकर, उत्ताल'*	: ऊँचा और विशाल	**पं.ग्रं.**-1/215	बादल/पल्लव
◆ *'तरंगें हैं उत्ताल अपार/कौन पहुँचा देगा उस पार?'*	: खूब ऊँची	**म.सा.**-1/46	घोर तम छाया चारों ओर/नीहार
उत्ताल-जलधि-वेला- *'उत्ताल-जलधि-वेला में अपने सर शैल उठाये;'*	: ऊँची लहरों से युक्त समुद्र का किनारा	**प्र.ग्रं.**-2/30	आँसू
उत्ताल-तरंग-भंग- *'उत्ताल-तरंग-भंग कह देंगे'*	: ऊँची-ऊँची तरंगों का उठना और गिरना (टूटना)	**नि.र.**-1/86	आवाहन
उत्ताल-तरंगाघात- *'उत्ताल-तरंगाघात, - प्रलय-घन-गर्जन-जलधि-प्रबल में—'*	: ऊँची लहरों का उठना-गिरना	**नि.र.**-1/78	सन्ध्या-सुन्दरी
उत्ताल तरंगों- *'इन उत्ताल तरंगों पर सह/झंझा के आघात'*	: ऊँची उठती हुई तरंगें	**म.सा.**-1/112	किन उपकरणों का दीपक/रश्मि

शब्द-	काव्य-पंक्ति	: अर्थ	ग्रंथावली/पृ.सं.	स्रोत/संदर्भ
उत्थान-पतन-हत-	*'वह उत्थान-पतन-हत अविरत'*	: उठने और गिरने से चोटिल	**नि.र.**-1/134	बादल-राग
उत्थान-पतनाघात-	*'जीवन, प्रात के लघुपात से, उत्थान-पतनाघात से/रह जाए चुप, निर्द्वंद्व'*	: उन्नति और अवनति का आघात, तरक्की की खुशी और अवनति की चोट।	**नि.र.**-1/170	मौन
उत्थित-जग-कारण-	*'पलक-पात उत्थित-जग-कारण स्मिति आशा-चल-जीवन धारण'*	: संसार के उठने का कारण	**नि.र.**-1/240	आओ मधुर-सरण मानसि, मन
उत्पल-	*'देख सामने, बना अचल उपलों का उत्पल, धीर'*	: कमल	**नि.र.**-1/104	उद्‌बोधन
◆	*'लगे जो उपल पद, हुए उत्पल ज्ञात, कण्टक चुभे जागरण बने अवदात'*	: कमल	**नि.र.**-1/275	प्रात तव द्वार पर
उत्पल-दल-दृग-छलछल-	*'खायी भाई को मार, विकल रोयी, उत्पल-दल-दृग-छलछल;'*	: कमल की पंखुड़ियों-जैसी आँखों का छलछला जाना	**नि.र.**-1/317	सरोज-स्मृति
उत्पात-	*'तू उमंग थी, मैं उत्पात'*	: बचपन की शरारत की तरह उत्पाती	**पं.ग्रं.**-1/88	जब मैं थी अज्ञात प्रभात/वीणा
◆	*'मेरे निर्निमेष पलकों में/मचा गए क्या क्या उत्पात!'*	: प्रेम की बेचैनी	**म.सा.-1/31**	रजत करों की मृदुल तूलिका/नीहार
उत्स-	*'जलधि के फूटें कितने उत्स द्वीप, कच्छप डूबें-उतरायँ'*	: स्रोत, जल का प्रवाह	**प्र.ग्रं.**-2/93	श्रद्धा/कामायनी
उत्सर्ग-	*'आज से यह जीवन उत्सर्ग इसी पदतल में विगत विकार'*	: अर्पित कर देना	**प्र.ग्रं.**-2/91	श्रद्धा/कामायनी
◆	*'इस अर्पण में कुछ और नहीं केवल उत्सर्ग छलकता है'*	: अर्पण, त्याग	**प्र.ग्रं.**-2/130	लज्जा/कामायनी
◆	*'इस वृषभ धर्म-प्रतिनिधि को उत्सर्ग करेंगे जाकर'*	: बंधनमुक्त करना, खुला छोड़ देना	**प्र.ग्रं.**-2/271	आनन्द/कामायनी
उत्सव-लीला-	*'उत्सव-लीला, निर्जनता की जिससे कटे उदासी'*	: किसी आयोजन पर होनेवाले कार्यक्रम	**प्र.ग्रं.**-2/138	कर्म/कामायनी
उत्सव-शाला-	*'फिर निर्जन उत्सव-शाला'*	: आमोद-प्रमोद के कार्यक्रमों का स्थान	**प्र.ग्रं.**-1/330	अशोक की चिंता/लहर
उत्साह वचन-	*'श्रद्धा के उत्साह वचन, फिर काम-प्रेरणा मिल के'*	: ओजस्वी बातें	**प्र.ग्रं.**-2/134	कर्म/कामायनी
उथला-	*'अब उथला सरिता का प्रवाह, लग्गी से ले-ले सहज थाह'*	: तट के पास ज्यादा गहराई	**पं.ग्रं.**-1/276	नौका-विहार/गुंजन
उदग्र शिर-	*'दुर्दम, उदग्र शिर अद्रि शिखर'*	: उठा हुआ मस्तक, गर्वोन्नत सिर	**पं.ग्रं.**-2/10	वे डूब गये/युगपथ
उदधि-	*'उदधि डुबाकर अखिल धरा को बस मर्य्यादा हीन हुआ'*	: समुद्र	**प्र.ग्रं.**-2/60	चिंता/कामायनी
◆	*'उद्वेलित है उदधि, लहरियाँ लोट रहीं व्याकुल-सी'*	: समुद्र	**प्र.ग्रं.**-2/142	कर्म/कामायनी
◆	*'उदधि बना मरुभूमि जलधि में ज्वाला जलती'*	: समुद्र	**प्र.ग्रं.**-2/198	संघर्ष/कामायनी
◆	*'बरस गयी जल-धार विश्व-सृज शैवलिनी पा गयी उदधि निज'*	: समुद्र	**नि.र.**-1/256	बादल में आये जीवन-धन
◆	*'अगणित बाँहें बढ़ा उदधि ने'*	: समुद्र	**पं.ग्रं.**-1/192	अनंग/पल्लव

शब्द- काव्य-पंक्ति	: अर्थ	ग्रंथावली/पृ.सं.	स्रोत/संदर्भ
◆ *'उदधि हो नभ का शयनागार अनोखा एक नया संसार'*	: समुद्र	**म.सा.**–1/39	चाहता है यह पागल प्यार/नीहार
उदधि नभ– *'उदधि नभ को कर लेगा प्यार मिलेंगे सीमा और अनंत'*	: समुद्र और आकाश, ससीम और असीम	**म.सा.**–1/58	शून्य से टकरा कर सुकुमार/नीहार
उदय में तम-भेद सुनयन– *'उदय में तम-भेद सुनयन अस्त-दल ढक पलक-कल तन'*	: जागने के बाद अँधेरे को पारकर आँखें प्रकाश को देखती हैं	**नि.र.**–1/255	कौन तम के पार
उदरम्भरि– *'केवल दुख देकर उदरम्भरि जन जाते'*	: स्वार्थी, अपना उदर भरने से मतलब रखने वाले	**नि.र.**–1/285	तुलसीदास
उदार– *'मेरे भारत मेरे विशाल/मुझको कह लेने दो उदार'*	: हे मेरे उदार देश!	**म.सा.**–1/63	मैं कंपन हूँ तू करुण राग/नीहार
उदार बनो– *'मेरे क्षितिज! उदार बनो'*	: व्यापक भावबोध से युक्त	**प्र.ग्रं.**–1/291	निज अलकों के.../लहर
उदित शुक्र– *'उद्‌बुद्ध क्षितिज की श्याम छटा इस उदित शुक्र की छाया में;'*	: उगे हुए शुक्र तारा (ग्रह) के प्रकाश में	**प्र.ग्रं.**–2/101	काम/कामायनी
◆ *'उदित शुक्र, अब अस्त भानु-बल'*	: शुक्र ग्रह तारे के रूप में उग गया है	**पं.ग्रं.**–1/291	एक/ज्योत्स्ना
उदित सचेतनता– *'निराधार उस महादेश में उदित सचेतनता नवीन सी'*	: चेतना एवं स्फूर्ति का अनुभव	**प्र.ग्रं.**–2/254	रहस्य/कामायनी
उद्‌गम– *'आरम्भिक वात्या उद्‌गम मैं अब प्रगति बन रहा संसृति का;'*	: उद्‌भव, उठना	**प्र.ग्रं.**–2/106	काम/कामायनी
उद्‌गीथ– *'जिसमें शीतल पवन गा रहा पुलकित हो पावन उद्‌गीथ'*	: सामवेद के गान	**प्र.ग्रं.**–2/76	आशा/कामायनी
उद्‌गीरण– *'जानते थे वर्षण ही–/उद्‌गीरण वज्र नहीं'*	: गिराना, बाहर निकालकर गिराना	**नि.र.**–1/185	जागरण
उद्‌गीरित– *'उद्‌गीरित-वह्नि-भीम-पर्वत-कपि-चतुः प्रहर,—'*	: बरसना, फूटना (जैसे ज्वालामुखी फूटना)	**नि.र.**–1/329	राम की शक्ति-पूजा
उद्ग्रीव– *'स्नेह से करता चमर उद्ग्रीव हो वह संग'*	: गर्दन ऊँची करना	**प्र.ग्रं.**–2/112	वासना/कामायनी
उद्दाम– *'एक था आकाश वर्षा का सजल उद्दाम'*	: विस्तृत	**प्र.ग्रं.**–2/111	वासना/कामायनी
◆ *'भर उद्दाम वेग से बाधाहर तू कर्कश प्राण'*	: प्रचंड	**नि.र.**–1/104	उद्‌बोधन
◆ *'वह उच्छृंखलता उद्दाम'*	: प्रचंड, तीव्र	**नि.र.**–1/120	यमुना के प्रति
◆ *'छलकती लहरों में उद्दाम छिपा अपना अस्फुट आह्वान'*	: प्रचंड, उग्र	**म.सा.**–1/69	सामना की पलकों में झूल/नीहार
उद्दाम वेग– *'किन्तु नहीं चञ्चल प्रवाह— उद्दाम वेग—*	: तेजगति	**नि.र.**–1/95	बहू
उद्दीपन– *'वह उद्दीपन, वह मृदु कम्पन'*	: उद्दीप्त होना, तीव्र होना, प्रक्रिया में तेजी	**नि.र.**–1/123	यमुना के प्रति
उद्देश– *'गर्ज्जित-जीवन झरना : /उद्देश पार पथ करना'*	: उद्देश्य, मकसद	**नि.र.**–1/277	गर्ज्जित-जीवन झरना
उद्देश-भवन– *'श्लथ-पद, उद्देश-भवन, वैभव-विहीन उन्माद-मन-पथिक की'*	: अंतिम मंजिल, लक्ष्य	**नि.र.**–1/176	रेखा 'ख'
उद्धत– *'उद्धत विवेक-शून्य'*	: उद्दंड	**नि.र.**–1/165	महाराज शिवाजी का पत्र
◆ *'किन्तु बहा कल जो जल उद्धत हर शत-शत तन'*	: ऊपर उठाया हुआ, अतिशय, अविनीत	**नि.र.**–1/241	शरत् के प्रति

शब्द- काव्य-पंक्ति	: अर्थ	ग्रंथावली/पृ.सं.	स्रोत/संदर्भ
◆ *'उद्धत-लंकापति-मर्दित-कपि-दल-बल-विस्तर,'*	: उद्दंड, जो किसी के वश में न आ सके	**नि.र.**-1/329	राम की शक्ति-पूजा
उद्धार-पथ- *'मृत रीति-नीतियाँ ही अपना उद्धार-पथ'*	: मुक्ति का रास्ता	**नि.र.**-1/180	रेखा 'ग'
उद्धार प्रिया का- *'जानकी! हाय, उद्धार प्रिया का न हो सका'*	: सीता को रावण से मुक्त करना	**नि.र.**-1/337	राम की शक्ति-पूजा
उद्बुद्ध- *'उद्बुद्ध क्षितिज की श्याम छटा'*	: जागी हुई, जागृत, गतिशील	**प्र.ग्रं.**-2/350	आवरण/असंकलित कविताएँ
उद्बुद्ध क्षितिज- *'उद्बुद्ध क्षितिज की श्यान छटा इस उदित शुक्र की छाया में;'*	: उषाकाल में आकाश का किनारा मानो नींद से जाग रहा हो	**प्र.ग्रं.**-2/101	काम/कामायनी
उद्भासन- *'सौर ब्रह्माण्ड को उद्भासन देखते हो'*	: अत्यधिक प्रकाशित	**नि.र.**-1/58	पंचवटी प्रसंग:4
उद्भासी- *'नव युग-अभिनायक, उद्भासी'*	: चमकीला, तेजोमय	**पं.ग्रं.**-1/313	तीन/ज्योत्स्ना
उद्भ्रांत- *'मत्त मारुत पर चढ़ उद्भ्रांत,'*	: भ्रमित गति से युक्त	**प्र.ग्रं.**-1/305	आह रे, वह अधीर यौवन/लहर
◆ *'क्या कहूँ, क्या हूँ मैं उद्भ्रांत? विवर में नील गगन के आज'*	: परेशान, परिस्थितियों के चक्करदार घेरे में पड़कर परेशान	**प्र.ग्रं.**-2/86	श्रद्धा/कामायनी
◆ *'छूटतीं चिनगारियाँ उत्तेजना उद्भ्रांत'*	: दिग्भ्रमित, उत्तेजित	**प्र.ग्रं.**-2/118	वासना/कामायनी
◆ *'गिन रहा था, व्यस्त हो, उद्भ्रान्त हो'*	: व्याकुल, उत्तेजित होकर भटकना	**पं.ग्रं.**-1/134	ग्रन्थि
◆ *'किसी विस्तृत वीणा का राग बना देगा इसको उद्भ्रांत'*	: उद्विग्न, भ्रमित मन	**म.सा.**-1/86	निठुर होकर डालेगा पीस/नीहार
उद्यत- *'ले अर्पित करने को उद्यत हो गये सुमन'*	: तैयार, उत्साहित	**नि.र.**-1/338	राम की शक्ति-पूजा
उद्वेलित- *'सागर का उद्वेलित अंचल'*	: बेचैनी से भरा हुआ	**प्र.ग्रं.**-1/304	आँखों से अलख जगाने को/लहर
◆ *'मुग्ध मनोहर लुब्ध क्षुब्ध उद्वेलित सक्रिय'*	: बेचैन, उद्विग्न	**नि.र.**-1/183	प्रतिध्वनि
उनके हास- *'भरे हुए अब तक फूलों में मेरे आँसू उनके हास'*	: उस अज्ञात प्रियतम की मुस्कान फूलों की सुषमा में फैली है।	**म.सा.**-1/31	रजत करों की मृदुल तूलिका/नीहार
उन चरणों तक- *' "यह क्या! श्रद्धे! बस तू ले चल, उन चरणों तक, दे निज सम्बल'*	: शिव के चरणों तक या आश्रय में	**प्र.ग्रं.**-2/247	दर्शन/कामायनी
उनींदी- *'हो अलस उनींदी नखत पाँत'*	: तन्द्रा में, नींद की खुमारी में	**प्र.ग्रं.**-1/317	अपलक जगती हो एक रात/लहर
◆ *'चिर सजग आँखें उनींदी आज कैसा व्यस्त बाना!'*	: नींद के प्रभाव में	**म.सा.**-1/280	चिर सजग आँखें उनींदी.../सांध्य गीत
उनींदी रात- *'मधु से भरा विधुपात्र है/मद से उनींदी रात है'*	: नींद से अलसायी हुई रात	**म.सा.**-1/265	पंकज-कली! /सांध्य गीत
उनींदी श्रुति- *'पथिक उनींदी श्रुति में किसने— यह विहाग की तान उठाई'*	: मानो कान भी नींद की खुमारी के कारण ठीक से सुन नहीं रहे थे	**प्र.ग्रं.**-4/141	पंचम अंक/स्कन्दगुप्त
उन्नत उरोज पीन- *'उन्नत उरोज पीन-क्षीण कटि'*	: उभरा हुआ (उन्नत) पुष्ट (पीन) स्तन, स्त्री सुंदरता का प्रतीक	**नि.र.**-1/57	पंचवटी प्रसंग:3
उन्नत वक्षों- *'उन्नत वक्षों में आलिंगन-सुख लहरों-सा तिरता'*	: उठे हुए स्तन	**प्र.ग्रं.**-2/145	कर्म/कामायनी

शब्द– काव्य-पंक्ति	: अर्थ	ग्रंथावली/पृ.सं.	स्रोत/संदर्भ
उन्निद्र– *'उन्निद्र दिखाई देता हो/उन्मत्त हुआ कुछ गाता-सा'*	: नींद से तुरंत उठकर अलसाया हुआ	**प्र.ग्रं.–2**/101	काम/कामायनी
◆ *'उन्निद्र कमल-कानन में होती थी मधुपों की नोंक-झोंक'*	: नींद से जगे हुए (कमल-कानन में)	**प्र.ग्रं.–2**/181	इड़ा/कामायनी
उन्मत्त– *'उन्निद्र दिखाई देता हो/उन्मत्त हुआ कुछ गाता-सा'*	: मस्त होकर, कुछ-कुछ नशे में	**प्र.ग्रं.–2**/101	काम/कामायनी
उन्मत्त बयार– *'मोती बरसे नहीं न जिसको छू पाया उन्मत्त बयार'*	: आवेग से भरी हवा (प्रेम का आवेश)	**म.सा.–1**/96	जिसमें नहीं सुवास नहीं जो/नीहार
उन्मत्त विलास– *'वह उन्मत्त विलास हुआ क्या? स्वप्न रहा या छलना थी!'*	: भोग की तीव्र प्रवृत्ति	**प्र.ग्रं.–2**/55	चिंता/कामायनी
◆ *'यह उन्मत्त विलास – बता दो कुचलेगा किसकी क्यारी?'*	: दीवानगी की हद तक जानेवाला आमोद-प्रमोद	**प्र.ग्रं.–4**/284	चतुर्थ अंक/चन्द्रगुप्त
उन्मद– *'जो न उनकी चाप का मैं जानती संदेश उन्मद'*	: उद्वेग से भरा हुआ	**म.सा.–1**/341	जो न प्रिय पहिचान पाती!/दीप-शिखा
उन्मद माधव मलयानिल– *'उन्मद माधव मलयानिल दौड़े सब गिरते-पड़ते'*	: मतवाला वसंत और मलय पवन	**प्र.ग्रं.–2**/278	आनन्द/कामायनी
उन्मद-नद– *'मोगल-दल बल के जलद-यान दर्पित-पद उन्मद-नद पठान'*	: उफनायी हुई नदी	**नि.र.–1**/281	तुलसीदास
उन्मन– *'भर उठा मनोहर नभ में मनु तन्मय बैठे उन्मन'*	: मन की सीमा पार करने के बाद प्राप्त अवस्था, मन का उत्क्रमण	**प्र.ग्रं.–2**/273	आनन्द/कामायनी
◆ *'स्तब्ध विश्वकवि, जीवन उन्मन'*	: गुंजायमान	**नि.र.–1**/246	अस्ताचल रवि
◆ *'बहती समीर, चिर-आलिंगन ज्यों उन्मन'*	: मगन	**नि.र.–1**/283	तुलसीदास
◆ *'छाया उन्मन-उन्मन गुंजन'*	: उत्कंठित, बेचैन	**पं.ग्रं.–1**/239	वन-वन उपवन/गुंजन
◆ *'कर गई जब दृष्टि उन्मन,/तरल सोने में घुले कण'*	: उद्विग्न	**म.सा.–1**/277	दीप तेरा दामिनी! /सांध्य गीत
◆ *'पंथ में मृदु स्वेद-कण चुन,/छाँह से भर प्राण उन्मन'*	: उन्माद या उत्साह की स्थिति	**म.सा.–1**/337	धूप-सा तन दीप-सी मैं!/दीप-शिखा
◆ *'जिस दिन लौटा तू चकित थकित-सा उन्मन'*	: उद्वेग से भरा हुआ	**म.सा.–1**/339	तू धूल-भरा ही आया! /दीप-शिखा
◆ *'क्षण गूँजे औ' यह कण गावें, जब वे इस पथ उन्मन आवें'*	: उद्वेग या अतिशय ललक	**म.सा.–1**/367	मैं क्यों पूछूँ यह विरह-निशा/दीप-शिखा
उन्मनन-गुञ्ज– *'उन्मनन-गुञ्ज सज हिला कुञ्ज तरु-पल्लव कलि-दल पुञ्ज-पुञ्ज'*	: व्याकुल गुंजार	**नि.र.–1**/320	सरोज-स्मृति
उन्माद– *'यह अतृप्ति अधीर मन की क्षोभयुत उन्माद'*	: दीवानापन, पागलपन-सा	**प्र.ग्रं.–2**/117	वासना/कामायनी
उन्माद-मन-पथिक– *'श्लथ-पद, उद्देश-भवन, वैभव-विहीन उन्माद-मन-पथिक की'*	: उन्माद से भरे हुए मन रूपी यात्री, ऐसा मन जो आवेश से भरा हो और भटक रहा हो।	**नि.र.–1**/176	रेखा 'ख'
उन्माद राग– *'अनुराग भरा उन्माद राग आँसू लेते वे पद पखार'*	: प्रेम की दीवानगी में डूबी हुई स्वर-लहरी	**म.सा.–1**/95	जो तुम आ जाते एक बार/नीहार

शब्द- काव्य-पंक्ति	: अर्थ	ग्रंथावली/पृ.सं.	स्रोत/संदर्भ
उन्माद-विकास- *'प्रथम सुरभि में भर उन्माद-विकास'*	: सुंदरता/सुगंध का आवेश	**नि.र.**-1/109	प्रथम प्रभात
उन्मादिनी- *'तू मयूरों के लिए उन्मादिनी'*	: पागल कर देनी वाली	**नि.र.**-1/43	माया
उन्मादों का स्वप्नागार- *'जिसका जीवन बना न अब तक उन्मादों का स्वप्नागार!'*	: उत्तेजनाओं से भरे ढेर सारे सपने	**म.सा.**-1/96	जिसमें नहीं सुवास नहीं जो/नीहार
उन्मील- *'रात-दिन दृष्टि द्वार उन्मील'*	: खोलना	**पं.ग्रं.**-1/89	मिले तुम राकापति में आज/वीणा
◆ *'तुम्हारे शयन शिथिल सरसिज उन्मील'*	: खिला हुआ	**पं.ग्रं.**-1/256	मधुवन/गुंजन
उन्मीलन- *'अव्यक्त-प्रकृति-उन्मीलन के अंतर में उसकी चाह रही'*	: आँखें खोलना	**प्र.ग्रं.**-2/104	काम/कामायनी
◆ *'करो नयनों का उन्मीलन क्षणिक हे मतवाले जीवन'*	: खुलना, विकसित होना	**म.सा.**-1/73	स्वर्ग का था नीरव उच्छ्वास/नीहार
◆ *'सुप्त व्यथाओं का उन्मीलन'*	: खुलना	**म.सा.**-1/131	दिया क्यों जीवन का वरदान?/रश्मि
◆ *'करता दीपशिखा का चुंबन पल में ज्वाला का उन्मीलन'*	: खुलकर प्रसार होना	**म.सा.**-1/175	ओ पागल संसार!/नीरजा
◆ *'काली अपलक रजनी में दिन का उन्मीलन भी हो'*	: खुलना, व्यक्त होना	**म.सा.**-1/220	यह पतझर मधुवन भी हो!/नीरजा
◆ *'मेरे दृग के तारक में नव उत्पल का उन्मीलन रे!'*	: खिलना, कमल की तरह खिली आँखें	**म.सा.**-1/234	क्या पूजन क्या अर्चन रे?/नीरजा
उन्मीलन अभिराम- *'विश्व का उन्मीलन अभिराम इसी में सब होते अनुरक्त'*	: विश्व के सुन्दर रूप का प्रकट होकर सामने आना	**प्र.ग्रं.**-2/89	श्रद्धा/कामायनी
उन्मीलित- *'उन्मीलित करता क्षितिज पार'*	: अंकित करना	**प्र.ग्रं.**-1/320	काली आँखों का अंधकार/लहर
उन्मुक्त- *'हृदय की अनुकृति बाह्य उदार एक लम्बी काया, उन्मुक्त;'*	: स्वतंत्र व्यक्तित्व	**प्र.ग्रं.**-2/84	श्रद्धा/कामायनी
उन्मुक्त-केश- *'कर स्नान-शेष, उन्मुक्त-केश सासुजी रहस्य-स्मित सुवेश'*	: खुले बाल	**नि.र.**-1/319	सरोज-स्मृति
उन्मुक्त-गुच्छ- *'उन्मुक्त-गुच्छ चक्रांक-पुच्छ, लख नर्तित कवि-शिखि-मन समुच्च'*	: स्वतंत्र समूह, यहाँ बादल विचरण कर रहे हैं	**नि.र.**-1/302	तुलसीदास
उन्मुक्त द्वार- *'यह विश्व अरे कितना उदार, मेरा गृह रे उन्मुक्त द्वार'*	: जिसका दरवाजा सबके लिए खुला हो, उदारता	**प्र.ग्रं.**-2/234	दर्शन/कामायनी
उन्मुक्त शिखर- *'उन्मुक्त शिखर हँसते मुझ पर रोता मैं निर्वासित अशांत'*	: स्वच्छन्द चोटियाँ	**प्र.ग्रं.**-2/172	इड़ा/कामायनी
उन्मुख- *'देखो प्रसून को वह उन्मुख'*	: ऊपर को उठता हुआ	**नि.र.**-1/294	तुलसीदास
उन्मेष- *'प्यास वह पानी हुई इस पुलक में उन्मेष में!'*	: स्फुरण, खिलना	**म.सा.**-1/343	आँसुओं के देश में /दीप-शिखा
उपकरण- *'इधर गृह में आ जुटे थे उपकरण अधिकार'*	: घरेलू समान	**प्र.ग्रं.**-2/112	वासना/कामायनी
◆ *'बिखरे थे सब उपकरण वहीं आयुध, प्रत्यंचा, श्रृंग, तीर'*	: साधन	**प्र.ग्रं.**-2/159	ईर्ष्या/कामायनी
उपकरणों- *'किन उपकरणों का दीपक किसका जलता है तेल?'*	: साधन, जीवन-रूपी दीपक किन साधनों से बना है?	**म.सा.**-1/112	किन उपकरणों का दीपक/रश्मि

शब्द- काव्य-पंक्ति	: अर्थ	ग्रंथावली/पृ.सं.	स्रोत/संदर्भ
उपकूल- *'वृत्रघ्नी का वह जनाकीर्ण उपकूल आज कितना सूना'*	: नदी का तटवर्ती इलाका	**प्र.ग्रं.-2**/173	इड़ा/कामायनी
◆ *'पलक पुलिनों पर, अधर-उपकूल पर दोनों खिले हैं'*	: तट, किनारे	**म.सा.-1**/323	आज तार मिला चुकी हूँ/दीप-शिखा
उपकूलों- *'अचानक उपकूलों के'*	: किनारे के पास की भूमि	**पं.ग्रं.-1**/185	आँसू/पल्लव
उपकृति- *'यह उपकृति क्या भूल गये तुम आज हमारी'*	: उपकार, एहसान	**प्र.ग्रं.-2**/206	संघर्ष/कामायनी
◆ *'सरल उपकृति का सजल मानस, प्रिये'*	: उपकार के भाव को मानने का साकार रूप	**पं.ग्रं.-1**/126	ग्रन्थि
उपक्रम- *'सुन्दर कर्मों का उपक्रम'*	: प्रयास, योजना	**पं.ग्रं.-1**/246	सुन्दर मृदु-मृदु रज का तन/गुंजन
◆ *'जिसमें होता इस जीवन का/उपक्रम उपसंहार'*	: तरतीब की बातें	**म.सा.-1**/136	तुम हो विधु के बिम्ब और मैं/रश्मि
उपचार- *'मैं जभी तोलने का करती उपचार स्वयं तुल जाती हूँ'*	: उपाय, कोशिश, उपक्रम	**प्र.ग्रं.-2**/130	लज्जा/कामायनी
उपधान- *'मधु मालतियाँ सोती हैं/कोमल उपधान सहारे'*	: तकिया	**प्र.ग्रं.-2**/18	आँसू
◆ *'श्रद्धा भी कुछ खिन्न थकी सी हाथों का उपधान किये'*	: तकिया	**प्र.ग्रं.-2**/229	निर्वेद/कामायनी
◆ *'मृदु बाँह मोड़, उपधान किये'*	: तकिया	**पं.ग्रं.-2**/18	छाया?/युगपथ
◆ *'सो गई आँधी मलय की वात का उपधान ले क्या?'*	: तकिया, सहारा	**म.सा.-1**/281	चिर सजग आँखें उनींदी.../सांध्य गीत
उपनाम- *'अरे, निज छाया में उपनाम'*	: प्रतिकृति, अपने जैसा	**पं.ग्रं.-1**/231	परिवर्तन/पल्लव
उपमान- *'जिन अधरों की मन्द हँसी थी नव अरुणोदय का उपमान'*	: उपमा, तुलना में	**म.सा.-1**/43	जिन नयनों की विपुल नीलिमा/नीहार
उपमिता- *'उपमिता न हुई समुच्च सकल तानों की'*	: निरुपमा, जिसे उपमा न दी जा सके	**नि.र.-1**/306	तुलसीदास
उपल- *'सब उपल उपेक्षित पड़े रहे जैसे वे निष्ठुर जड़ विषाद'*	: पत्थर, शैल-खंड	**प्र.ग्रं.-2**/178	इड़ा/कामायनी
◆ *'अंचल में है उपल रही भर – यह करुणा-बाला'*	: पत्थर के टुकड़े	**प्र.ग्रं.-3**/521	एक घूँट(एकांकी)
◆ *'लगे जो उपल पद, हुए उत्पल ज्ञात, कण्टक चुभे जागरण बने अवदात'*	: पत्थर	**नि.र.-1**/275	प्रात तव द्वार पर
◆ *'उपल मत मारो, न बहलाओ हृदय'*	: पत्थर का टुकड़ा	**पं.ग्रं.-1**/135	ग्रन्थि
◆ *'बरसा उपल, तिमिर, घनघोर'*	: पत्थर, ओला	**पं.ग्रं.-1**/214	बादल/पल्लव
◆ *'दुख हो सुखमय सुख हो दुखमय उपल बनें पुलकित से निर्झर'*	: पत्थर, स्पंदनहीन	**म.सा.-1**/194	इस जादूगरनी वीणा पर/नीरजा
◆ *'विहँसे उपल तिमिर था खेला'*	: पत्थर (जिनका उपयोग मंदिर के निर्माण में हुआ है)	**म.सा.-1**/335	यह मंदिर का दीप... /दीप-शिखा
उपल उन्माद- *'विश्व का कैसा उपल उन्माद है'*	: बादलों के द्वारा निर्मित नशीला (उत्साही) माहौल	**पं.ग्रं.-1**/138	ग्रन्थि
उपल-खण्ड- *'उपल-खण्ड नर-मुण्ड-मालिनी कहते उसे कालिका'*	: पत्थर के टुकड़े	**नि.र.-1**/84	धारा
उपल-दल- *'उपल-दल/नष्ट जब करते हैं श्याम शस्य'*	: ओला-वृष्टि	**नि.र.-1**/133	स्वाधीनता पर (2)

शब्द-	काव्य-पंक्ति	: अर्थ	ग्रंथावली/पृ.सं.	स्रोत/संदर्भ
उपल दल-	*'दिवस स्रोत से दलित उपल दल'*	: पत्थर के टुकड़ों (की तरह नक्षत्र दिखते हैं)	**पं.ग्रं.**-1/211	नक्षत्र/पल्लव
उपल राशि-	*'चिकनी-चुपड़ी उपल राशि वह'*	: पत्थर के टुकड़े मानो नदी के धन हैं	**पं.ग्रं.**-1/111	सखी! सूखी बिन्दाल /वीणा
उपल-वृष्टि-	*'उपल-वृष्टि, फिर शीत घोर, फिर ग्रीष्म प्रबल'*	: ओला-वृष्टि	**नि.र.**-1/131	स्वागत
उपलाकार-	*'अशिव उपलाकार मंगल, द्रवित जल नीहार!— (रे, कह)'*	: पत्थर के आकार का	**नि.र.**-1/255	कौन तम के पार
उपलों-	*'देख सामने, बना अचल उपलों को उत्पल, धीर'*	: पत्थर के टुकड़े	**नि.र.**-1/104	उद्बोधन
◆	*'उपलों पर बहु रंगी लास'*	: उपल, पत्थर, चट्टान	**पं.ग्रं.**-1/212	निर्झरी/पल्लव
◆	*'सरिता के चिकने उपलों-सी'*	: उपल, पत्थर के छोटे टुकड़े	**पं.ग्रं.**-1/219	बालापन/पल्लव
उपलोपम-	*'नाना केन्द्रों में जलधर-सम, घिर हट बरसे ये उपलोपम'*	: ओले के समान	**प्र.ग्रं.**-2/237	दर्शन/कामायनी
उपशमिता-	*'भावातुर पृथु उर की छलकें उपशमिता'*	: शमित हो जाना, शांत हो जाना	**नि.र.**-1/302	तुलसीदास
उपसंहार-	*'जिसमें होता इस जीवन का/उपक्रम उपसंहार'*	: तरतीब की बातें	**म.सा.**-1/136	तुम हो विधु के बिम्ब और मैं/रश्मि
उपहास-	*'देखो करते ही रहते हैं अपना व्यंग-मलिन उपहास'*	: मजाक	**प्र.ग्रं.**-1/292	मधुप गुनगुना कर कह जाता/लहर
◆	*'जिनका सीमित उर करता था सीमाहीनों का उपहास'*	: मजाक उड़ाना, अनास्था प्रकट करना	**म.सा.**-1/43	जिन नयनों की विपुल नीलिमा/नीहार
◆	*'अरे उनके फेनिल उच्छ्वास/तरी का करते हैं उपहास'*	: मजाक उड़ाना, साधक की लघुता का उपहास	**म.सा.**-1/46	घोर तम छाया चारों ओर/नीहार
उपादान-	*'मेरा सब कुछ क्रोध मोह के उपादान से गठित हुआ'*	: सामग्री, आधार सामग्री जिससे निर्माण किया जाता है	**प्र.ग्रं.**-2/228	निर्वेद/कामायनी
◆	*'सब एक राष्ट्र के उपादान'*	: साधन, सामग्री	**पं.ग्रं.**-1/323	तीन/ज्योत्स्ना
उपाधि-	*'नग्न-पद चले, कंटक, उपाधि भी, न कुँचे'*	: उप+आधि (कष्ट), थोड़ा कष्ट	**नि.र.**-1/292	तुलसीदास
उपायकरण-	*'वह पैसा एक, उपायकरण!'*	: युक्ति के द्वारा	**नि.र.**-1/309	दान
उपार्जन-	*'अस्तु, मैं उपार्जन को अक्षम कर नहीं सका पोषण उत्तम'*	: धन कमाना	**नि.र.**-1/316	सरोज-स्मृति
उपालंभ-	*'डरो नहीं, जो तुमको मेरा उपालम्भ सुनना होगा'*	: शिकवा-शिकायत, आरोप	**प्र.ग्रं.**-1/248	निवेदन/झरना
उपालंभ की छाया-	*'अनुनय वाणी में, आँखों में उपालंभ की छाया'*	: शिकायत का अंदाज	**प्र.ग्रं.**-2/147	कर्म/कामायनी
उपेक्षा भरे तुंग-	*'जो अचल हिमानी से रंजित, उन्मुक्त, उपेक्षा भरे तुंग'*	: ऊँचाई (शिखर) के बावजूद उपेक्षित	**प्र.ग्रं.**-2/171	इड़ा/कामायनी
उमंग-सरिता-	*'बढ़ उमंग-सरिता आवेगी आर्द्र किये रूखी सिकता'*	: उत्साह-रूपी नदी	**प्र.ग्रं.**-1/242	कब/झरना
उमगा-	*'क्षितिज-सिंधु को चली चपल आभा-सरि अपना उर उमगा, ले!'*	: उमंग से भर लेना	**म.सा.**-1/345	गोधूलि अब दीप जगा ले!/दीप-शिखा
उमगी-	*'कभी हास, फिर त्रास, साँस-बल/उर-सरिता उमगी'*	: उमड़ी	**नि.र.**-1/220	स्पर्श से लाज लगी

शब्द- काव्य-पंक्ति	: अर्थ	ग्रंथावली/पृ.सं.	स्रोत/संदर्भ
उमड़ी कल- *'परिचय इतना इतिहास यही उमड़ी कल थी मिट आज चली!'*	: कल उसका (स्त्री का) जन्म हुआ था	**म.सा.-1**/273	मैं नीर भरी दुख की बदली!/सांध्य गीत
उमर- *'उमर अधखिली बाली में !'*	: उम्र	**पं.ग्रं.-1**/82	तुहिन बिन्दु बनकर सुन्दर/वीणा
उमह-बह- *'उमह-बह, फैल अकूल अपार'*	: उमंगपूर्वक प्रवाहित होना	**पं.ग्रं.-1**/277	चीटियों की-सी काली पाँति/गुंजन
उर-अंतर में- *'संघर्ष सदा उर-अंतर में जीवित रह नित्य-विरुद्ध रहा'*	: अंत:करण में	**प्र.ग्रं.-2**/130	लज्जा/कामायनी
उर अंबर- *'ज्वालामय कर उर अम्बर'*	: हृदय-रूपी आकाश	**पं.ग्रं.-1**/85	मम जीवन की प्रमुदित प्रात/वीणा
उर अचंचल- *'ले मिलेगा उर अचंचल वेदना-जल, स्वप्न-शतदल'*	: स्थिर मन, धैर्यवान हृदय	**म.सा.-1**/313	पंथ होने दो अपरिचित /दीप-शिखा
उर इच्छा- *'उर इच्छा को एक आह बन'*	: हृदय की चाह	**पं.ग्रं.-1**/88	करुणा क्रन्दन करने दो!/वीणा
◆ *'तेरी उर इच्छा का फल हो'*	: मनोकामना	**पं.ग्रं.-1**/189	विनय/पल्लव
उर-उरवासी- *'उर-उरवासी, मंगल-आशी'*	: प्रत्येक हृदय में वास करनेवाला	**पं.ग्रं.-1**/313	तीन/ज्योत्स्ना
उर का धन- *'मिलता न दूत वह चिरपरिचित जिसको उर का धन दे आती'*	: हृदय का धन प्रेम है	**म.सा.-1**/198	कैसे संदेश प्रिय पहुँचाती!/नीरजा
उर की आँखों- *'उर की आँखों का आलोक'*	: हृदय की दृष्टि, आत्मीय समझ	**पं.ग्रं.-1**/205	छाया/पल्लव
उर के आसन- *'उर के आसन पर शिरस्त्राण शासन करते हैं मुसलमान'*	: छाती पर चढ़कर, जबरदस्ती	**नि.र.-1**/281	तुलसीदास
उर-कोषों- *'उर-कोषों के मोती अविदित बन पिघल पिघल कर तरल रजत'*	: हृदय मानो कोमल भावनाओं का भांडार है	**म.सा.-1**/207	जाने किसकी स्मित रूम झूम/नीरजा
उरगी- *'मौन पान करती अधरासव/कण्ठ लगी उरगी'*	: साँपिन-जैसी	**नि.र.-1**/220	स्पर्श से लाज लगी
उर-द्वार- *'अनिल बन सौ-सौ बार दुलार तुम्हीं ने खुलवाए उर-द्वार'*	: मन पर पड़े बंधन	**म.सा.-1**/139	विहग-शावक से जिस दिन मूक/रश्मि
उर-पंजर- *'या उर-पंजर में कण को/तरसे जीवन-शुक देखूँ'*	: हृदय के सूनेपन में, हृदय मानो कंकाल हो गया हो	**म.सा.-1**/133	कह दे माँ क्या अब देखूँ!/रश्मि
उर-पिंजर- *'मैंने उर-पिञ्जर में उन्मन;'*	: हृदय-रूपी पिंजड़ा	**म.सा.-1**/293	तब क्षण क्षण मधु प्याले होंगे!/सांध्य गीत
उर बेध- *'स्वर्ण-शर से साध के/घन ने लिया उर बेध'*	: हृदय को बेध देना या प्रभावित करना	**म.सा.-1**/317	प्राण हँस कर ले चला जब/दीप-शिखा
उर-मरु-पथ- *'उर-मरु-पथ की तरल तरङ्गिनि'*	: हृदय के रेगिस्तान के रास्ते की	**नि.र.-1**/261	देख दिव्य छवि लोचन हारे
उर-सरिता- *'कभी हास, फिर त्रास, साँस-बल उर-सरिता उमगी'*	: हृदय की नदी (प्रेम की)	**नि.र.-1**/220	स्पर्श से लाज लगी
उर-हार- *'बना देता उर को उर-हार – हमें जाना जग के उस पार'*	: हृदय को अच्छा लगने वाला	**नि.र.-1**/200	गीत 'घ'

शब्द- काव्य-पंक्ति	: अर्थ	ग्रंथावली/पृ.सं.	स्रोत/संदर्भ
उरोज- *'बाहु, उरोज, अधर, अम्बर?'*	: वक्ष, छाती	**नि.र.**-**1**/124	यमुना के प्रति
◆ *'पयोधर बने उरोज उदार'*	: स्त्री का स्तन	**पं.ग्रं.**-**1**/227	परिवर्तन/पल्लव
◆ *'उकसे थे अँबियों-से उरोज'*	: स्तन	**पं.ग्रं.**-**2**/17	मंजरित आम्र-वन-छाया में/युगपथ
उरोरुहों- *'उरोरुहों में सुरसरि धार'*	: उरोरुह, स्तन, हृदय, छाती	**पं.ग्रं.**-**1**/193	अनंग/पल्लव
उर्मिल- *'चेतन सागर उर्मिल होता यह कैसी कम्पनमय तान'*	: लहरों से युक्त, गतिशीलता	**प्र.ग्रं.**-**4**/284	चतुर्थ अंक/चन्द्रगुप्त
◆ *'है उर्मिल जल, निश्चलत्प्राण पर शतदल'*	: लहरों से युक्त	**नि.र.**-**1**/281	तुलसीदास
उर्मिल निर्मलता- *'छलकी पड़ती हो जिसमें शिशु की उर्मिल निर्मलता'*	: उज्ज्वलता का बालसुलभ तरंगितरूप	**प्र.ग्रं.**-**2**/34	आँसू
उर्मिल सागर- *'नीचे दूर-दूर विस्तृत था उर्मिल सागर व्यथित अधीर;'*	: तरंगित समुद्र	**प्र.ग्रं.**-**2**/76	आशा/कामायनी
उर्मिल सागर- *'मिलन लगा हँसने जीवन के उर्मिल सागर के उस पार'*	: तरंगों से युक्त समुद्र	**प्र.ग्रं.**-**2**/76	आशा/कामायनी
उर्म्मि- *'तुम अनंत जलराशि उर्म्मि मैं/चंचल सी अवदात'*	: तरंग, लहर	**म.सा.**-**1**/135	तुम हो विधु के बिम्ब और मैं/रश्मि
◆ *'एक सुनहली उर्म्मि क्षितिज से टकराई बिखरी'*	: लहर	**म.सा.**-**1**/288	वह संध्या फूली सजीली!/सांध्य गीत
उर्म्मियों- *'उर्म्मियों में झूलता राकेश का आभास'*	: पानी की लहरें	**म.सा.**-**1**/125	स्मित तुम्हारी से छलक.../रश्मि
उर्म्मिल- *'चिर परिधि बना भू को घेरे इसका नित उर्म्मिल करुणा-जल!'*	: तरंगों से भरा हुआ	**म.सा.**-**1**/363	सब आँखों के आँसू उजले/दीप-शिखा
◆ *'चल आज तमिस्रा के उर्म्मिल छोरों में स्वर्ण तरल भरता'*	: तरंगों से भरा हुआ	**म.सा.**-**1**/383	तेरी छाया में अमिट रंग/दीप-शिखा
उर्वी- *'उर्वी का तन्द्रिल छायांचल'*	: धरती	**पं.ग्रं.**-**1**/344	चार/ज्योत्स्ना
उलझन- *'मेरे जीवन की उलझन/बिखरी थीं उनकी अलकें'*	: जटिलताएँ, समस्याएँ	**प्र.ग्रं.**-**2**/13	आँसू
◆ *'ज्यों-ज्यों उलझन बढ़ती थी/बस शान्ति विहँसती बैठी'*	: प्रेम की भावनात्मक जटिलताएँ	**प्र.ग्रं.**-**2**/13	आँसू
उलीच- *'निठुर इन्हीं चरणों में मैं रत्नाकर हृदय उलीच रहा'*	: चुल्लू (या किसी चीज) से पानी हटाना	**प्र.ग्रं.**-**1**/235	बालू की वेला/झरना
उलीचे- *'स्मृति-सागर में पलक-चुलुक से बनता नहीं उलीचे'*	: चुल्लू से पानी निकालकर जगह खाली करना	**प्र.ग्रं.**-**3**/437	प्रथम अंक/कामना
उल्का- *'उल्का लेकर अमर शक्तियाँ खोज रहीं ज्यों खोया प्रात'*	: टूटते तारे, आकाशीय पिंडों के टुकड़े जो जलते हुए धरती पर गिरते हैं।	**प्र.ग्रं.**-**2**/59	चिंता/कामायनी
उल्का धारी प्रहरी से- *'उल्का धारी प्रहरी से ग्रह तारा नभ में टहल रहे'*	: मशाल लिये हुये पहरेदारों की तरह (ग्रह-तारा)	**प्र.ग्रं.**-**2**/213	निर्वेद/कामायनी
उल्लास लास- *'बिखराती जाती तू सहास नव तन्मयता उल्लास लास'*	: उल्लास का भाव अपने लास्य के साथ	**म.सा.**-**1**/238	लय गीत मदिर, गति ताल अमर/नीरजा
उल्लासों की माया- *'मलयानिल की लहर उठ रही उल्लासों की माया थी!'*	: आह्लाद का मोहक वातावरण	**प्र.ग्रं.**-**2**/223	निर्वेद/कामायनी

शब्द- काव्य-पंक्ति	: अर्थ	ग्रंथावली/पृ.सं.	स्रोत/संदर्भ
उष:काल- *'याद है, उष:काल'*	: सुबह	**नि.र.-1**/325	प्रेयसी
उषा अरुण प्याला भर लाती- *'उषा अरुण प्याला भर लाती सुरभित छाया के नीचे'*	: (मनु को प्रत्येक प्रभात रोमानियत से भरा लगता था) मानो उषा अरुण प्याला भरकर ले आयी हो	**प्र.ग्रं.-2**/223	निर्वेद/कामायनी
उषा की पहली लेखा कांत- *'उषा की पहली लेखा कांत, माधुरी से भींगी भर मोद'*	: उषाकाल की पहली चमकती किरण जो तारों की अंतिम उपस्थिति में प्रकट हो जाती है।	**प्र.ग्रं.-2**/85	श्रद्धा/कामायनी
उषा ज्योत्स्ना-सा- *'उषा ज्योत्स्ना-सा यौवन-स्मित मधुप सदृश निश्चिंत विहार'*	: उषाकाल की लाली और चाँदनी की गुराई	**प्र.ग्रं.-2**/56	चिंता/कामायनी
उषा नयन - *'अमर जागरण उषा नयन से'*	: उषा की आँख मानो सूर्य है	**प्र.ग्रं.-1**/298	ले चल वहाँ भुलावा देकर/लहर
उष्ण विचारों- *'वह शीतलता है शांतिमयी जीवन के उष्ण विचारों की'*	: उत्तेजना से भरी मानसिक स्थिति	**प्र.ग्रं.-2**/107	काम/कामायनी
उस असीम- *'उस असीम का सुंदर मंदिर मेरा लघुतम जीवन रे!'*	: वह अनंत ईश्वर	**म.सा.-1**/234	क्या पूजन क्या अर्चन रे?/नीरजा
उस पार- *'उस पार कहाँ फिर जाऊँ तम के मलीन अंचल में'*	: जीवन के बाद संभवत: जहाँ जाना है	**प्र.ग्रं.-2**/20	आँसू
◆ *'मिलन लगा हँसने जीवन के उर्मिल सागर के उस पार'*	: दूसरे छोर पर	**प्र.ग्रं.-2**/76	आशा/कामायनी
◆ *'तब बुला जाता मुझे उस पार जो'*	: असीम अनन्त प्रियतम का लोक	**म.सा.-1**/113	कुमुद-दल से वेदना के दाग को/रश्मि
◆ *'कौन जाने है बसा उस पार तम या रागमय दिन!'*	: जहाँ वह अज्ञात असीम प्रियतम रहता है	**म.सा.-1**/302	क्यों मुझे प्रिय हो न बंधन!/सांध्य गीत
उस मुख को- *'अपने को देकर उनको हूँ देख रहा उस मुख को'*	: प्रिया के मुख को	**प्र.ग्रं.-2**/25	आँसू
उसास- *'सोने की सिकता में मानो कालिंदी बहती भर उसास'*	: हुलसकर, भरपूर साँस लेकर उत्साह के साथ	**प्र.ग्रं.-2**/160	ईर्ष्या/कामायनी
ऊनविंश- *'ऊनविंश पर जो प्रथम चरण तेरा वह जीवन-सिन्धु-तरण;'*	: उन्नीस (वर्ष)	**नि.र.-1**/315	सरोज-स्मृति
ऊना- *'सूना उर ऋषियों का ऊना'*	: छोटा, दुखी मन के अर्थ में	**नि.र.-1**/305	तुलसीदास
ऊने- *'अब धरा के गान ऊने,/मचलते हैं गगन छूने'*	: छोटे, लघु	**म.सा.-1**/349	झिप चलीं पलकें तुम्हारी/दीप-शिखा
ऊपर- *'आठवाँ दिवस, मन ध्यान-युक्त चढ़ता ऊपर'*	: सहस्रार चक्र की तरफ	**नि.र.-1**/337	राम की शक्ति-पूजा
ऊभ-चूभ- *'व्यस्त महाकच्छप-सी धरणी ऊभ-चूभ थी विकलित सी'*	: डूबना-उतरना	**प्र.ग्रं.-2**/60	चिंता/कामायनी
ऊर्ध्वग- *'ऊर्ध्वग जलद! बने निमग्न जल'*	: उर्ध्व-ग = ऊपर की ओर गमन करने वाला(बादल)	**नि.र.-1**/66	जलद के प्रति
ऊर्ध्व देश- *'ऊर्ध्व देश उस नील तमस में स्तब्ध हो रही अचल हिमानी'*	: (हिमालय का) ऊँचा क्षेत्र	**प्र.ग्रं.-2**/251	रहस्य/कामायनी

शब्द–	काव्य–पंक्ति	: अर्थ	ग्रंथावली/पृ.सं.	स्रोत/संदर्भ
ऊर्ध्व-नभ-नग–	*'ऊर्ध्व-नभ-नग में गमन कर जायगा संसार'*	: ऊँचे आकाश रूपी पर्वत में	**नि.र.–1**/228	खोलो दृगों के द्वय द्वार
ऊर्ध्व पथ–	*'फैला समुत्सुक पंख/उर्ध्वी पथ पर उड़ता मैं'*	: ऊपर की तरफ जाने का रास्ता, आकाश–मार्ग	**नि.र.–1**/177	रेखा 'ख'
ऊर्ध्वमुख–	*'चमत्कार पुच्छ आवर्तन कर बार–बार नाचते मयूर ऊर्ध्वमुख'*	: ऊपर की ओर मुँह करके	**नि.र.–1**/177	रेखा 'ख'
ऊर्मि–	*'ऊर्मि संघातोद्धत अप्रतिहत, उज्ज्वल, अछोर चिर–निर्मल सागर की ओर'*	: लहर	**नि.र.–1**/187	'सरोज' के प्रति
ऊर्मि उभार–	*'वारि से ऊर्मि उभार'*	: लहरों का उठना	**पं.ग्रं.–1**/209	नारी रूप/पल्लव
ऊर्मि-घूर्णित–	*'ऊर्मि–घूर्णित रे, मृत्यु महान'*	: लहरों से घूमती हुई	**नि.र.–1**/215	पास ही रे, हीरे की खान
ऊर्मि-धवल–	*'आँसुओं धुला मुख हासोच्छल लखती प्रसार वह ऊर्मि–धवल'*	: (हँसी की) स्वच्छ लहर	**नि.र.–1**/317	सरोज–स्मृति
ऊर्मि-भंग–	*'उठा उच्च ऊर्मि–भंग–/सहसा शत–शत तरंग'*	: तरंगों की भंगिमाएँ	**नि.र.–1**/313	मित्र के प्रति
ऊर्मियाँ–	*'पेशोला की ऊर्मियाँ हैं शांत, घनो छाया में'*	: लहरें	**प्र.ग्रं.–1**/337	पेशोला की प्रतिध्वनि /लहर
ऊर्मियों–	*'क्षुद्र ऊर्मियों की तरह/टक्करें लेते रहे तो'*	: लहर	**नि.र.–1**/168	महाराज शिवाजी का पत्र
ऊर्मिल अलकों–	*'जैसे सुहागिनी की ऊर्मिल अलकों में कुंकुमचूर्ण भला'*	: लहराते घुँघराले केश	**प्र.ग्रं.–2**/172	इड़ा/कामायनी
ऊर्मिल गान–	*'अनिल में? बनकर ऊर्मिल गान'*	: हवा में लहराते गीत	**पं.ग्रं.–1**/221	विश्व व्याप्ति/पल्लव
ऊर्मिल-गान–	*'स्पृहाएँ ऊर्मिल–गान'*	: आरोह–अवरोह से युक्त गीत	**पं.ग्रं.–1**/260	रूप–तारा तुम पूर्ण प्रकाम/गुंजन
ऊर्मिल प्रवाह–	*'ऊर्मिल प्रवाह को कर प्रतीप'*	: तरंगों से युक्त गंगा की धारा	**पं.ग्रं.–1**/275	नौका–विहार/गुंजन
ऊर्म्मबीन–	*'लेकर मृदु ऊर्म्मबीन,/कुछ मधुर करुण नवीन'*	: लहरें मानो बीन हैं	**म.सा.–1**/211	ओ विभावरी/नीरजा
ऊर्म्मि विरल–	*'मैं ऊर्म्मि विरल तू तुंग अचल, वह सिंधु अतल'*	: मैं विशेष प्रकार की दुर्लभ लहर हूँ	**म.सा.–1**/315	ओ चिर नीरव! /दीप–शिखा
ऊषा का सिन्दूर–	*'चुरा के ऊषा का सिन्दूर मुस्कराया जब मेरा प्रात'*	: सुबह की लालिमा	**म.सा.–1**/36	ढुलकते आँसू सा सुकुमार/नीहार
ऊषा के कंदुक-सा–	*'वह देखो रागारुण है जो ऊषा के कंदुक–सा सुन्दर'*	: उषा–सुन्दरी की गेंद(सूर्य, बाल सूर्य) के समान सुन्दर	**प्र.ग्रं.–2**/255	रहस्य/कामायनी
ऊषा नागरी–	*'तारा–घट ऊषा नागरी'*	: ऊषा–रूपी स्त्री	**प्र.ग्रं.–1**/303	बीती विभावरी जाग री/लहर
ऊषा मधुबाला–	*'अंतरिक्ष में अभी सो रही है ऊषा मधुबाला,'*	: ऊषा (सुबह) मानो शराब पिलानेवाली साकी है	**प्र.ग्रं.–1**/328	अंतरिक्ष में अभी सो रही/लहर
ऊषारुण–	*'लखती ऊषारुण, मौन, राग, सोते पति से वह रही जाग'*	: ऊषा के समान रंगीन	**नि.र.–1**/296	तुलसीदास
ऊषा सस्मित–	*'ऊषा सस्मित किसलय दल'*	: सुबह के प्रभाव से उत्पन्न मुस्कुराहट	**पं.ग्रं.–1**/195	मोह/पल्लव
ऋजु–	*'फिर उर–उर के पथ बन्धुर, पग–द्रवित मसृण ऋजु कर दो,'*	: सीधा, सरल	**नि.र.–1**/191	वासन्ती
ऋजु-कुटिल–	*'ऋजु–कुटिल प्रसार–कामी केश–गुच्छ'*	: सीधे और घुँघराले (बाल)	**नि.र.–1**/149	जागो फिर एक बार

शब्द-	काव्य-पंक्ति	: अर्थ	ग्रंथावली/पृ.सं.	स्रोत/संदर्भ
ऋजुपथ-	*'धीरे-धीरे जगत चल रहा अपने उस ऋजुपथ में'*	: सीधा सरल रास्ता	**प्र.ग्रं.-2**/140	कर्म/कामायनी
ऋजु-प्रशस्त पथ-	*'ऋजु-प्रशस्त पथ बीच-बीच में, कहीं लता के कुञ्ज घने'*	: सीधी और चौड़ी सड़कें	**प्र.ग्रं.-2**/191	स्वप्न/कामायनी
ऋण उधार-	*'यह विश्व लिये है ऋण उधार'*	: कर्ज खाया हुआ	**प्र.ग्रं.-1**/319	मुझको न मिला रे कभी प्यार/लहर
ऋणशोध-	*'मानव की शीतल छाया में ऋणशोध करूँगा निज कृति का'*	: कर्जमुक्त होना, प्रायश्चित पूरा करना	**प्र.ग्रं.-2**/106	काम/कामायनी
ऋतुओं के स्तर-	*'ऋतुओं के स्तर हुए तिरोहित भू-मंडल रेखा विलीन सी'*	: ऋतुओं के आने-जाने का क्रम	**प्र.ग्रं.-2**/254	रहस्य/कामायनी
ऋतुपति-	*'ऋतुपति के घर कुसुमोत्सव था, मादक मरंद की वृष्टि रही'*	: वसंत ऋतु	**प्र.ग्रं.-2**/105	काम/कामायनी
◆	*'हिल्लोल भरा हो ऋतुपति का गोधूली की-सी ममता हो'*	: वसंत ऋतु	**प्र.ग्रं.-2**/126	लज्जा/कामायनी
◆	*'अति ही मृदु गति ऋतुपति की'*	: वसंत ऋतु	**नि.र.-1**/189	वासन्ती
◆	*'दूत, अलि, ऋतुपति के आये'*	: वसंत ऋतु	**नि.र.-1**/197	गीत 'क'
◆	*'ऋतुपति सकल सुकृत-कूलों का'*	: वसंत	**नि.र.-1**/227	रूखी री यह डाल
◆	*'ऋतुपति का गौरव गाओ'*	: वसंत ऋतु	**पं.ग्रं.-1**/82	नव वसंत ऋतु में आओ/वीणा
◆	*'जब मैं ऋतुपति के उपवन में'*	: वसंत ऋतु	**पं.ग्रं.-1**/116	यह दुख कैसे प्रकटाऊँ!/वीणा
ऋतुमयि-	*'नव-नव ऋतुमयि भू, शशि-शोभित'*	: ऋतुओं से युक्त	**पं.ग्रं.-2**/16	नव हे, नव हे/युगपथ
ऋतुराज-	*'कहाते थे जब तुम ऋतुराज'*	: वसंत ऋतु	**पं.ग्रं.-1**/89	मिले तुम राकापति में आज/वीणा
◆	*'कोकिला होती अंतर्धान/चला जाता प्यारा ऋतुराज'*	: वसंत ऋतु	**म.सा.-1**/72	स्वर्ग का था नीरव उच्छ्वास/नीहार
ऋद्धि-सिद्धि-	*'हम ऋद्धि-सिद्धि, साधना, धर्म'*	: समृद्धि और सफलता	**पं.ग्रं.-1**/313	तीन/ज्योत्स्ना
ऋषिपत्तन-	*'खुल रही आँख ऋषिपत्तन की'*	: सारनाथ का पुराना नाम, यह जंगल था	**प्र.ग्रं.-1**/296	जगती की मंगलमयी उषा बन/लहर
ऋषियों के कानन कुंज-	*'सतत व्याकुलता के विश्राम, अरे ऋषियों के कानन कुंज'*	: इस कछार के वनों में ऋषि-मुनियों ने तप के लिये आश्रम बनाया था	**प्र.ग्रं.-1**/294	अरी वरुणा की शांत कछार/लहर
ऋषियों के गान-	*'तप्त स्वर्ण, ऋषियों के गान'*	: ऋषियों की गायी हुई ऋचाएँ (मानो उसी आकर्षक चेतना से उत्पन्न हुई थीं)	**पं.ग्रं.-1**/195	अनंग/पल्लव
एक-उच्छ्वास-संग-	*'तू खुली एक-उच्छ्वास-संग, विश्वास-स्तब्ध बँध अङ्ग-अङ्ग'*	: खुशी से तरंगित	**नि.र.-1**/322	सरोज-स्मृति
एक और मन-	*'वह एक और मन रहा राम का जो न थका;'*	: राम के भीतर मानो एक और मन था	**नि.र.-1**/337	राम की शक्ति-पूजा
एक कमल-	*'जिसके मंडल में एक कमल खिल उठा सुनहला भर पराग'*	: कमल-रूपी सूर्य	**प्र.ग्रं.-2**/178	इड़ा/कामायनी
एक घूँट-	*'एक घूँट का प्यासा जीवन'*	: पूर्ण तृप्ति की एक घूँट	**प्र.ग्रं.-3**/519	एक घूँट(एकांकी)

शब्द- काव्य-पंक्ति	: अर्थ	ग्रंथावली/पृ.सं.	स्रोत/संदर्भ
एक तत्त्व- *'एक तत्त्व की ही प्रधानता कहो उसे जड़ या चेतन'*	: पानी और बर्फ में एक ही तत्त्व है— पानी	**प्र.ग्रं.-2**/51	चिंता/कामायनी
◆ *'इस पंचभूत की रचना में मैं रमण करूँ बन एक तत्त्व'*	: महत्त्वपूर्ण घटक	**प्र.ग्रं.-2**/167	ईर्ष्या/कामायनी
एक तरल था- *'नीचे जल था, ऊपर हिम था, एक तरल था, एक सघन'*	: पानी के रूप में तरल	**प्र.ग्रं.-2**/51	चिंता/कामायनी
एकत्व- *'हल किया प्रश्न जब सहज एकत्व का'*	: एक होने का भाव	**नि.र.-1**/175	रेखा 'क'
◆ *'विश्लेषण चरम एकत्व का बहुत्व में'*	: अभेद की स्थिति, एकता	**नि.र.-1**/186	जागरण
एक परदा- *'एक परदा यह झीना नील छिपाये है जिसमें सुख गात'*	: सुख पर दुःख का आवरण पड़ा रहता है	**प्र.ग्रं.-2**/89	श्रद्धा/कामायनी
एक मौन वेदना विजन की- *'एक मौन वेदना विजन की, झिल्ली की झनकार नहीं'*	: निर्जन स्थान की मौन पीड़ा (की तरह श्रद्धा हो गयी थी)	**प्र.ग्रं.-2**/185	स्वप्न/कामायनी
एक रस- *'निमिष के बुद्बुद् मिटाकर, एक रस है समय-सागर!'*	: एक ही रस में डूबा हुआ, रसहीनता	**म.सा.-1**/267	मैं सजग चिर साधना ले!/सांध्य गीत
एकरस- *'एकरस तम से भरा है/एक मेरा शून्य आँगन'*	: एकरूपता या एकरसता या नीरसता	**म.सा.-1**/274	आज मेरे नयन के तारक.../सांध्य गीत
एक-वसन रह गयी- *'एक-वसन रह गयी मन्द हँस अधर-दशन अनबोली'*	: एक-वस्त्रा, एक ही साड़ी में	**नि.र.-1**/226	नयनों के डोरे लाल गुलाल-भरे
एक सघन- *'नीचे जल था, ऊपर हिम था, एक तरल था, एक सघन'*	: बर्फ के रूप में सघन	**प्र.ग्रं.-2**/51	चिंता/कामायनी
एकांत- *'यहाँ मत आओ मत्त समीर/सो रहा है मेरा एकांत'*	: जहाँ मेरे अलावा कोई नहीं है	**म.सा.-1**/68	कामना की पलकों में झूल/नीहार
एकाकिनि- *'नीरव, अनिमिष, एकाकिनि'*	: बिल्कुल अकेली (बैठी है चाँदनी)	**पं.ग्रं.-1**/269	चाँदनी/गुंजन
एकाकिनी बरसात- *'साथ तेरा चाहती एकाकिनी बरसात!'*	: अकेली बरसनेवाली बरसात (तेरा साथ चाहती है), कठिन आमन्त्रण	**म.सा.-1**/393	पूछता क्यों शेष कितनी रात?/दीप-शिखा
एकादशरुद्र- *'पहुँचा, एकादशरुद्र क्षुब्ध कर अट्टहास'*	: रुद्र (शिव) के ग्यारहवें रूप के अवतार थे हनुमान	**नि.र.-1**/332	राम की शक्ति-पूजा
एकीभूत- *'और यदि एकीभूत शक्तियों से एक ही बन जाय परिवार,/फैले समवेदना'*	: संगठित, एकता, एक हो जाने का भाव	**नि.र.-1**/169	महाराज शिवाजी का पत्र
एकोहं बहुस्याम- *'गा गा-एकोहं बहुस्याम, हर लिये भेद, भव भीति-भार'*	: मैं एक हूँ और अनेक बनूँ, मैं अनेक हूँ फिर भी एक ही हूँ	**पं.ग्रं.-2**/25	बापू के प्रति/युगपथ
एन्ट्रेन्स- *'एन्ट्रेन्स पास है लड़की वह'*	: दसवीं कक्षा	**नि.र.-1**/318	सरोज-स्मृति
एषणा- *'सब के पीछे लगी हुई है कोई व्याकुल नयी एषणा'*	: इच्छा, कामना	**प्र.ग्रं.-2**/258	रहस्य/कामायनी
ऐंचीला- *'खैंच ऐंचीला भ्रू सुरचाप'*	: वक्र, घुमावदार	**पं.ग्रं.-1**/186	आँसू/पल्लव
ओंकार- *'प्राण प्रणव ओंकार'*	: ओऽम्, आरंभ, ईश्वर का नाम	**नि.र.-1**/247	भारति, जय, विजयकरे!
ओंकार-सार- *'तुम नाद-वेद ओंकार-सार'*	: ईश्वरीय ज्ञान का सार-तत्त्व	**नि.र.-1**/50	तुम और मैं

शब्द-	काव्य-पंक्ति	: अर्थ	ग्रंथावली/पृ.सं.	स्रोत/संदर्भ
ओक-	*'उसके भी परे सुना जाता कोई प्रकाश का महा ओक'*	: आश्रय, घर	**प्र.ग्रं.**-2/180	इड़ा/कामायनी
ओघ-	*'प्यासा हूँ मैं अब भी प्यासा संतुष्ट ओघ से मैं न हुआ;'*	: बाढ़, अत्यधिक सुख का जल-प्रवाह	**प्र.ग्रं.**-2/103	काम/कामायनी
ओघ-सा-	*'साहस उमड़ता था वेगपूर्ण ओघ-सा'*	: प्रवाह, बहाव	**प्र.ग्रं.**-1/346	प्रलय की छाया/लहर
ओठों की ओटों-	*'मेरी आहें सोती हैं इन ओठों की ओटों में'*	: होंठों की आड़ में मानो मेरी पीड़ा पर्दा किए रहती है	**म.सा.**-1/38	रजनी ओढ़े जाती थी /नीहार
ओढ़ मरण-	*'हँस ले काला पट ओढ़ मरण'*	: मृत्यु को अंगीकार कर	**प्र.ग्रं.**-1/326	ओ री मानस की गहराई/लहर
ओप-	*'ओप भरी दोपहरी में !'*	: चमक	**पं.ग्रं.**-1/83	तुहिन बिन्दु बनकर सुन्दर/वीणा
ओरें-	*'यह दोनों दो ओरें थीं/संसृति की चित्रपटी की'*	: सिरा, किनारा, ओर और छोर	**म.सा.**-1/119	नव मेघों को रोता था /रश्मि
ओस-मद-	*'गुदगुदाता बात मृदु उर निशि पिलाती ओस-मद भर'*	: ओस-रूपी मदिरा	**म.सा.**-1/272	री कुञ्ज की शेफालिके! /सांध्य गीत
औरंग-	*'मोगल-सिंहासन के— औरंग के पैरों के नीचे तुम रक्खोगे'*	: औरंगजेब (मुगल बादशाह)	**नि.र.**-1/157	महाराज शिवाजी का पत्र
◆	*'गुप्त भेद एकमात्र/है यही औरंग का'*	: औरंगजेब	**नि.र.**-1/161	महाराज शिवाजी का पत्र
औरंगशाह-	*'आये हो, औरंगशाह को देने मृदु अंग निज काटकर'*	: औरंगजेब (मुगल बादशाह)	**नि.र.**-1/159	महाराज शिवाजी का पत्र
और-	*'करती शिराओं में संचरित और गति'*	: ज़्यादा, अधिक	**नि.र.**-1/93	यहीं
'और'-	*'जाग लुटा देंगी मधु कलियाँ मधुप कहेंगे 'और''*	: पुनः माँगना, थोड़ा ज्यादा माँगना	**म.सा.**-1/189	मेरी निश्वासों से द्रुततर/नीरजा
औषधी-	*'वेदना मिलती, औषधी घुलती,'*	: दवा, औषधि	**प्र.ग्रं.**-1/276	वेदने ठहरो/झरना
कंकण-	*'कण-कण कर कङ्कण, प्रिय किण-किण रव किङ्किणी'*	: कंगन	**नि.र.**-1/254	मौन रही हार
◆	*'वह तारक-माला उनकी, चल विद्युत् के कंकण मेरे हों!'*	: कंगन (की तरह आकाशीय बिजली)	**म.सा.**-1/222	झरते नित लोचन मेरे हों!/नीरजा
कंकण क्वणित-	*'कंकण क्वणित, रणित नूपुर थे, हिलते थे छाती पर हार'*	: कंगन आपस में टकराकर ध्वनि (क्वणित) उत्पन्न कर रहे थे।	**प्र.ग्रं.**-2/57	चिंता/कामायनी
कंकाल-जाल-	*'कंकाल-जाल जग में फैले'*	: ढाँचा	**पं.ग्रं.**-2/7	द्रुत झरो जगत के जीर्ण पत्र/युगपथ
कंकालशेष-	*'एक ओर पथ के, कृष्णकाय कंकालशेष नर मृत्यु-प्राय'*	: दुबला-पतला	**नि.र.**-1/308	दान
कंचु-	*'कंचु काढ़ती प्रात'*	: कंचुकी, आवरण (सुबह मानो अप्सरा की कंचुकी रचती है)	**पं.ग्रं.**-1/272	अप्सरा/गुंजन
◆	*'अरुण छवि, नील कंचु, तन-गौर'*	: केंचुल	**पं.ग्रं.**-1/371	द्वितीय दृश्य/परी
कंचुक कल्पांतर-	*'मृत्यु तुम्हारा गरल दन्त, कंचुक कल्पान्तर'*	: कल्प का बदलना या काल-परिवर्तन मानो उस 'वासुकि' के केंचुल बदलने की तरह है।	**पं.ग्रं.**-1/225	परिवर्तन/पल्लव
कंचुकी-	*'बन्द कंचुकी के सब खोल दिये प्यार से यौवन-उभार ने'*	: हृदय	**नि.र.**-1/144	शेफालिका

शब्द- काव्य-पंक्ति	: अर्थ	ग्रंथावली/पृ.सं.	स्रोत/संदर्भ
कंज कामना की आँखें- *'कंज कामना की आँखें आलस से बंद सोईं'*	: कमल की तरह सुन्दर इच्छाओं की आँखें, आँखों से झाँकतीं सुन्दर कामनाएँ।	**प्र.ग्रं.**-1/262	तुम/झरना
कंज-कोष- *'अधखुले दृगों के कंज-कोष पर छाया विस्मृति का खुमार'*	: कमल के क्रोड की तरह अधखुले नेत्र	**म.सा.**-1/103	चुभते ही तेरा अरुण बान!/रश्मि
कंज-छवि- *'दीपित दीप-प्रकाश, कंज-छवि मंजु-मंजु हँस खोली'*	: कमल की तरह सुंदर	**नि.र.**-1/226	नयनों के डोरे लाल गुलाल-भरे
कंज संकुचित-*'अलियों से आँख बचा कर जब कंज संकुचित होते'*	: कमल की पंखुड़ियों का शाम में बंद होना	**प्र.ग्रं.**-2/15	आँसू
कंटकमय- *'शुष्ककण्ठ कण्टकमय पथ पर'*	: काँटों से भरा हुआ	**नि.र.**-1/89	प्रलाप
कंटक-संयुक्त- *'कण्टक-संयुक्त भी कोमल-तनु मन्द-गन्ध'*	: काँटों से युक्त	**नि.र.**-1/185	जागरण
कंटकाकीर्ण- *'राह प्रीति की अपनी— वही कण्टकाकीर्ण'*	: काँटों से भरा हुआ	**नि.र.**-1/82	अंजलि
◆ *'गजगामिनि, वह पथ तेरा संकीर्ण,/कण्टकाकीर्ण'*	: काँटों से भरा हुआ	**नि.र.**-1/102	प्रगल्भ प्रेम
कंटकित- *'छूते थे मनु और कंटकित होती थी वह बेली'*	: रोमांचित, रोमावलियों का खड़ा हो जाना	**प्र.ग्रं.**-2/146	कर्म/कामायनी
◆ *'कण्टकित मौलश्री हरसिंगार रोके हैं अपने श्वास शिथिल'*	: मंजर या कलियों से भर आना	**म.सा.**-1/256	क्यों वह प्रिय आता पार नहीं?/सांध्य गीत
◆ *'सुनहले सजीले रंगीले, छबीले, हसित कंटकित अश्रु-मकरंद-गीले'*	: रोमांच से भरे हुए स्वप्न-रूपी फूल	**म.सा.**-1/321	हुए शूल अक्षत मुझे धूलि चंदन/दीप-शिखा
◆ *'कंटकित सुख से धरा/जिसकी व्यथा से व्योम नीला'*	: धरती तृणों से भरी है मानो सुख के रोएँ खड़े हैं	**म.सा.**-1/323	आज तार मिला चुकी हूँ/दीप-शिखा
कंटकित रसालों पर- *'कण्टकित रसालों पर उठता है पागल पिक मुझको पुकार!'*	: मंजर से लदे आम के पेड़	**म.सा.**-1/257	जाने किस जीवन की सुधि ले/सांध्य गीत
कंठगत- *'कण्ठगत लघु बिंदु कर तू'*	: पी जाना	**म.सा.**-1/262	रे पपीहे पी कहाँ? /सांध्य गीत
कंथा- *'सीवन को उधेड़ कर देखोगे क्यों मेरी कन्था की'*	: कथरी, सुजनी, नेंदरा, गेंदरा, पुराने कपड़ों की तहदार सिली हुई चटाई	**प्र.ग्रं.**-1/292	मधुप गुनगुना कर कह जाता/लहर
कंदर- *'धोकर युगल कपोल हृदय कन्दर से होकर'*	: छोटी गुफा या कमरा	**नि.र.**-1/71	कविप्रिया
◆ *'किस दुर्गम गिरि के कन्दर में'*	: गुफा	**नि.र.**-1/119	यमुना के प्रति
◆ *'हिंस्र निशाचर, भूधर, कन्दर पशु-संकुल'*	: गुफा, कन्दरा	**नि.र.**-1/130	स्वागत
कंदरा- *'कभी कन्दरा के कराल आनन में'*	: गुफा	**नि.र.**-1/79	पथ
कंदुक-क्रीड़ा- *'नचती है नियति नटी-सी कन्दुक-क्रीड़ा सी करती'*	: गेंद से होनेवाला खेल अर्थात् गोलाकार चक्र में अंतहीन रूप से घूमते जाना	**प्र.ग्रं.**-2/26	आँसू
कंपन- *'मैं कंपन हूँ तू करुण राग/मैं आँसू हूँ तू है विषाद'*	: संगीत की लय	**म.सा.**-1/63	मैं कंपन हूँ तू करुण राग/नीहार
कंपन-अनिच्छा- *'कम्पन-अनिच्छा में/प्रेयसी का प्रगट भाव'*	: प्रेमिका अनिच्छा प्रकट कर रही है किंतु कंपन से कुछ और मालूम हो रहा है	**नि.र.**-1/177	रेखा 'ख'

शब्द- काव्य-पंक्ति	: अर्थ	ग्रंथावली/पृ.सं.	स्रोत/संदर्भ
कंपन-द्रुत- *'वह सहसा सजीव कम्पन-द्रुत'*	: तेज काँपना	**नि.र.**-1/121	यमुना के प्रति
कंपनमय तान- *'चेतन सागर उर्मिल होता यह कैसी कम्पनमय तान'*	: संवेदना से काँपती राग-रागिनी	**प्र.ग्रं.**-4/284	चतुर्थ अंक/चन्द्रगुप्त
कंपन सुख बन- *'व्यक्त नील में चल प्रकाश का कंपन सुख बन बजता था;'*	: चंचल चाँदनी के प्रभाव से मनु के तन-मन में सुख की अनुभूति हो रही है	**प्र.ग्रं.**-2/76	आशा/कामायनी
कंपित अधर से- *'कहती कम्पित अधर से, बहकाने की बात'*	: काँपते हुये होंठों से (मानो रात प्रेम की अस्पष्ट बातें कर रही है)	**प्र.ग्रं.**-4/258	तृतीय अंक/चन्द्रगुप्त
कंपित कर- *'छिन्न पात्र ले कंपित कर में'*	: काँपते हाथों से	**प्र.ग्रं.**-1/301	उस दिन जब जीवन के पथ में/लहर
कंपित संसृति- *'विद्युत् कटाक्ष चल गया जिधर, कम्पित संसृति बन रही उधर'*	: सृष्टि का स्पन्दन, सृष्टि-निर्माण की हलचल	**प्र.ग्रं.**-2/247	दर्शन/कामायनी
कंबु- *'मुक्तागण हैं लिपटे कोमल कम्बु में'*	: कंठ	**प्र.ग्रं.**-1/226	रूप/झरना
कगारों- *'अधरों के मधुर कगारों में कल-कल ध्वनि की गुंजारों में'*	: (होंठों के) नोकदार किनारे	**प्र.ग्रं.**-4/186	प्रथम अंक/चन्द्रगुप्त
◆ *'संकीर्ण कगारों के नीचे, शत-शत झरने बेमेल चलें'*	: (नदी का) ऊँचा किनारा, पहाड़ के संकीर्ण ऊँचे किनारों के बीच से बहते झरने	**प्र.ग्रं.**-4/341	प्रथम अंक/ध्रुवस्वामिनी
कच- *'अखिल-ज्योतिर्गठित छवि, कच पवन-तम विस्तार'*	: केश	**नि.र.**-1/228	खोलो दृगों के द्वय द्वार
कच-जाल- *'खोल सौरभ का मृदु कच-जाल'*	: केशराशि	**पं.ग्रं.**-1/251	भावी पत्नी के प्रति/गुंजन
कच-भार- *'खोल-खोल कच-भार'*	: घनी केशराशि (घना अँधेरा)	**पं.ग्रं.**-1/273	अप्सरा/गुंजन
कच-भार- *'स्रस्त छाया-तम का कच-भार'*	: लम्बी सघन केशराशि	**पं.ग्रं.**-1/339	चार/ज्योत्स्ना
कचों- *'कचों के चिकने, काले व्याल'*	: कच, केशराशि	**पं.ग्रं.**-1/223	परिवर्तन/पल्लव
कच्छप- *'जलधि के फूटें कितने उत्स द्वीप, कच्छप डूबें-उतरायँ'*	: कछुआ(द्वीप-रूपी कछुआ)	**प्र.ग्रं.**-2/93	श्रद्धा/कामायनी
कछार- *'अरी वरुणा की शांत कछार'*	: नदी के किनारे का विस्तृत क्षेत्र	**प्र.ग्रं.**-1/294	अरी वरुणा की शांत कछार/लहर
◆ *'वे जो जमुना के-से कछार/पद फटे बिवाई के, उधार'*	: नदी का सूखा किनारा	**नि.र.**-1/321	सरोज-स्मृति
कज्जल-अश्रुओं में- *'आज कज्जल-अश्रुओं में रिमझिमा ले यह घिरा घन'*	: एकदम स्वच्छ आँसू	**म.सा.**-1/313	पंथ होने दो अपरिचित /दीप-शिखा
कज्जल-दिशा- *'स्निग्ध सुधि जिनकी लिए कज्जल-दिशा में हँस चला तू!'*	: प्रकाशमान होती हुई दिशा	**म.सा.**-1/393	पूछता क्यों शेष कितनी रात?/दीप-शिखा
कज्जल-नील- *'लाता खींच झंझावात, तम के शैल कज्जल-नील'*	: खूब उज्ज्वल नीलापन, कांतियुक्त श्यामता	**म.सा.**-1/371	प्राणों ने कहा कब दूर/दीप-शिखा
कटनी- *'कटनी के घूँघुर रुनझुन/(बज-बजकर मृदु गाते गुन)'*	: धान काटनेवाली स्त्री	**पं.ग्रं.**-1/91	उस सीधे जीवन का श्रम/वीणा
कटाक्ष-चंचल- *'वह कटाक्ष-चञ्चल यौवन-मन'*	: चंचल नजर	**नि.र.**-1/122	यमुना के प्रति
कटि- *'कटि में लिपटा था नवल वसन वैसा ही हल्का बुना नील'*	: कमर	**प्र.ग्रं.**-2/160	ईर्ष्या/कामायनी

शब्द- काव्य-पंक्ति	: अर्थ	ग्रंथावली/पृ.सं.	स्रोत/संदर्भ
कटी छँटी नव कविता- *'कटी छँटी नव कविता-सी'*	: सुन्दर सुगठित छायावादी कविता	**पं.ग्रं.**-1/204	छाया/पल्लव
कठिन उर- *'कठिन उर के कोमल उद्घात'*	: कठोर हृदय	**पं.ग्रं.**-1/203	निर्झर गान/पल्लव
कठिन निगड़- *'कठिन निगड़ में बँधवाकर मा!'*	: कठोर बंधन (गिरफ्तारी)	**पं.ग्रं.**-1/94	मकड़ी का मृदु मायाजाल/वीणा
कठिन प्रस्तर- *'पुलक हूँ वह जो पला है कठिन प्रस्तर में'*	: कठोर पत्थर (जिसमें सिहरन पली-बढी है)	**म.सा.**-1/177	बीन भी हूँ मैं तुम्हारी/नीरजा
कठिन मानस- *'चीर गिरि का कठिन मानस बह गया जो स्नेह-निर्झर'*	: पर्वत का मन मानो अत्यंत कठोर होता होगा	**म.सा.**-1/218	क्या नई मेरी कहानी! /नीरजा
कठोर-पवि- *'अहो कुसुम-कोमल कठोर-पवि!'*	: वज्र की तरह कठोर, कठोरतम	**नि.र.**-1/135	बादल-राग
कण-कण- *'कण-कण कर कङ्कण, प्रिय किण-किण रव किङ्किणी'*	: कंगन की आवाज	**नि.र.**-1/254	मौन रही हार
कणिके- *'बहते छोड़ शेष सब तुम पर/लव-निमेष-कणिके!'*	: कण-कण में रहनेवाली अयि!	**नि.र.**-1/256	जागो, जीवन-धनिके!
कदंब की रसना- *'तारों से अलक गुँथी थी पहने कदंब की रसना'*	: कदंब के फूल करधनी की तरह (संध्या-सुन्दरी के व्यक्तित्व से जुड़े थे)	**प्र.ग्रं.**-2/272	आनन्द/कामायनी
कदंब-मुख-स्वर्ण-पराग- *'बिखर गये अब किन पातों में वे कदम्ब-मुख-स्वर्ण-पराग?'*	: कदम्ब की तरह गोरे मुखमंडल की स्वर्णिम (स्वर्ण) एवं सुगंधित (पराग) छवि (राधा की, गोपियों की)	**नि.र.**-1/118	यमुना के प्रति
कदली - *'कदली, चम्पक, श्रीफल, मृगशिशु'*	: केला	**नि.र.**-1/125	यमुना के प्रति
कनक कर- *'बढ़ा कनक कर निज मृदुतर!'*	: (सुबह के किरण-रूपी) सुनहले हाथ	**पं.ग्रं.**-1/84	मम जीवन की प्रमुदित प्रात/वीणा
कनक किरन- *'तुम कनक किरन के अन्तराल में लुक-छिपकर चलते हो क्यों?'*	: (यौवन की) स्वर्णिम किरणें	**प्र.ग्रं.**-4/186	प्रथम अंक/चन्द्रगुप्त
कनक-कुसुम-रज- *'नव कनक-कुसुम-रज धूसर मकरंद-जलद-सा फूला'*	: स्वर्णिम कमलों का मकरंद (पराग)	**प्र.ग्रं.**-2/277	आनन्द/कामायनी
कनक-कोरों- *'कहाँ कनक-कोरों के नीरव'*	: गोरे-रक्तिम होंठों का किनारा	**नि.र.**-1/124	यमुना के प्रति
कनक-गात- *'सौध-शिखर पर प्रात मनोहर कनक-गात तुम अरुण चरण-धर'*	: सोने की तरह सुंदर शरीर	**नि.र.**-1/248	घोर शिशिर
कनक-थाल- *'धर कनक-थाल में मेघ/सुनहला पाटल सा'*	: सोने की थाली की तरह सुबह का आकाश	**म.सा.**-1/190	पथ देख बिता दी रैन/नीरजा
कनक-धार- *'रश्मियों की कनक-धारा में नहा'*	: सुनहली जलधारा की तरह हैं किरणें	**म.सा.**-1/113	कुमुद-दल से वेदना के दाग को/रश्मि
कनक-प्रभात - *'मृदुल वह जीवन कनक-प्रभात'*	: स्वर्णिम सुबह, सोने के रंग वाली सुबह, चमकीला प्रभात	**नि.र.**-1/140	स्मृति
कनक-प्रसून- *'काल-वायु से स्खलित न होंगे/कनक-प्रसून?'*	: स्वर्णिम फूल, सुनहले फूल	**नि.र.**-1/202	युक्ति
कनक-रजत के मधु-प्याले- *'कनक-रजत के मधु-प्याले हैं अलि क्या प्रिय आनेवाले हैं?'*	: सोने और चाँदी के मीठे प्याले की तरह सूरज और चाँद	**म.सा.**-1/221	मुस्काता संकेत-भरा नभ/नीरजा
कनक-रश्मियों- *'इन कनक-रश्मियों में अथाह लेता हिलोर तम-सिंधु जाग'*	: स्वर्णिम किरणें	**म.सा.**-1/103	चुभते ही तेरा अरुण बान!/रश्मि

शब्द-	काव्य-पंक्ति	: अर्थ	ग्रंथावली/पृ.सं.	स्रोत/संदर्भ
कनक-रेखा –	*'प्रथम कनक-रेखा प्राची के भाल पर'*	: स्वर्णिम किरण	**नि.र.**–1/175	रेखा 'क'
कनक-वरण –	*'कनक-किरण! कनक-वरण'*	: स्वर्णिम रंग को धारण करनेवाली (किरणें)	**पं.ग्रं.**–1/347	चार/ज्योत्स्ना
कनक-शस्य-कमलधरे–	*'भारति, जय, विजयकरे! कनक-शस्य-कमलधरे!'*	: स्वर्णधान्य और कमल धारण करनेवाली	**नि.र.**–1/246	भारति, जय, विजयकरे!
कनियार–	*'लुटाता स्वर्ण-राशि कनियार'*	: कनकचंपा (एक फूल)	**पं.ग्रं.**–1/257	मधुवन/गुंजन
कनी–	*'निस्सार मानस-कोष में/हो मञ्जु हीरक की कनी'*	: छोटा कण	**म.सा.**–1/85	विस्मृति तिमिर में दीप हो/नीहार
कपट कहानी–	*'कलियों को उन्मुख देखा सुनते वह कपट कहानी;'*	: प्रेम के छल की कहानी	**प्र.ग्रं.**–2/40	आँसू
कपि-चतु:प्रहर–	*'उद्गीरित-वह्नि-भीम-पर्वत-कपि-चतु: प्रहर,'*	: हनुमान चार प्रहर तक (चेतनायुक्त रहे)	**नि.र.**–1/329	राम की शक्ति-पूजा
कपि-दल-बल-विस्तर–	*'उद्धत-लंकापति-मर्दित-कपि-दल-बल-विस्तर,'*	: वानर सेना (बल) की बड़ी संख्या(विस्तर)	**नि.र.**–1/329	राम की शक्ति-पूजा
कपिशा–	*'कपिशा हुई थी लाल तेरा पानी पान कर'*	: एक नदी (पश्चिम बंगाल के मेदिनीपुर जिले में)	**प्र.ग्रं.**–1/333	शेरसिंह का शस्त्र-समर्पण/लहर
◆	*'हो स्वेद धार बहती कपिशा, ऊपर ऊँचे सब झेल चले'*	: एक नदी का नाम	**प्र.ग्रं.**–4/341	प्रथम अंक/ध्रुवस्वामिनी
कपोत-कंठ –	*'देख यह कपोत-कण्ठ'*	: कबूतर की गर्दन	**नि.र.**–1/57	पंचवटी प्रसंग:3
कपोल पाली–	*'कोमल कपोल पाली में सीधी-सादी स्मित रेखा'*	: गाल, कपोल क्षेत्र	**प्र.ग्रं.**–2/11	आँसू
कपोलों की मदिरा–	*'कपोलों की मदिरा पी, प्राण'*	: गालों की लाली में मानो मदिरा का नशा उत्पन्न करने की क्षमता भरी है।	**पं.ग्रं.**–1/256	मधुवन/गुंजन
कबरी–	*'शिथिल शरीर वसन विशृंखल कबरी अधिक अधीर खुली'*	: गुँथी हुई चोटी	**प्र.ग्रं.**–2/218	निर्वेद/कामायनी
कमनीय–	*'पृथ्वी की साधना के कमनीय अंगों में?'*	: सुंदर, कामना करने योग्य	**नि.र.**–1/100	दिल्ली
कमनीयता–	*'कमनीयता थी जो समस्त गुजरात की'*	: मादक और निर्दोष सुन्दरता	**प्र.ग्रं.**–1/340	प्रलय की छाया/लहर
◆	*'उस कमनीयता कला की/सुषमा थी प्यारी-प्यारी'*	: कोमल सौन्दर्य, जो सौन्दर्य कम उम्र में दिखता है	**प्र.ग्रं.**–2/10	आँसू
कमनीय मूर्ति–	*'कामना कला की विकसी कमनीय मूर्ति बन तेरी'*	: कोमल और सुन्दर मूर्ति	**प्र.ग्रं.**–2/19	आँसू
कमल-कानन–	*'उन्निद्र कमल-कानन में होती थी मधुपों की नोंक-झोंक'*	: कमल फूल का वन	**प्र.ग्रं.**–2/181	इड़ा/कामायनी
कमल-कामिनी–	*'मधुमय मेरे जीवन की प्रिय है तू कमल-कामिनी'*	: कमल की तरह सुंदर स्त्री	**नि.र.**–1/98	प्रिया से
कमल-केसर–	*'सुख-स्पर्श कमल-केसर का कर आया रज से रंजित'*	: कमल के फूल का केसर (रेशा जो फूल के बीच में होता है, जायांग, पुंकेसर)	**प्र.ग्रं.**–2/277	आनन्द/कामायनी
कमल-कोमल कर–	*'विमल वाणी ने वीणा ली कमल-कोमल कर में सप्रीत'*	: कमल के समान कोमल हाथों में (सरस्वती ने)	**प्र.ग्रं.**–4/138	पंचम अंक/स्कन्दगुप्त

शब्द- काव्य-पंक्ति	: अर्थ	ग्रंथावली/पृ.सं.	स्रोत/संदर्भ
कमल-कोरकों - *'या सोयी कमल-कोरकों में'*	: कमल की गोद में (कोरक=फूल की कटोरी)	**नि.र.**-1/148	जागो फिर एक बार
कमल क्रोड़- *'कमल क्रोड़ में बन्दी था अलि'*	: कमल की बंद पंखुड़ियों के बीच	**पं.ग्रं.**-1/114	प्रथम रश्मि का आना रंगिणि! /वीणा
कमल-दल- *'लख ये काले-काले बादल नील सिन्धु में खुले कमल-दल'*	: कमल की पंखुड़ियाँ	**नि.र.**-1/199	गीत 'ग'
कमल-नाल-छवि- *'निमीलित नयन चूम, निज छाप लगा दी कमल-नाल-छवि पर'*	: कमल की नाल पर कमलिनी-रूप से जो है उस छवि पर	**नि.र.**-1/231	चाहते हो किसको सुन्दर
कमलावती- *'देख कमलावती!'*	: गुजरात के राजा कर्णदेव की पत्नी	**प्र.ग्रं.**-1/354	प्रलय की छाया/लहर
कमलासन- *'कमलासन पर बैठ, प्रभा-तन'*	: कमल का आसन, सूर्य रूपी कमल का आसन	**नि.र.**-1/238	सकल गुणों की खान, प्राण तुम
कमलिनी जाल- *'सिताबी छिड़क रहा विधु कांत बिछा है सेज कमलिनी जाल'*	: कमलिनी का समूह	**प्र.ग्रं.**-1/265	होली की रात/झरना
कमली- *'शिशिर-कणों से लदी हुई, कमली के भींगे हैं सब तार'*	: आकाश	**प्र.ग्रं.**-1/225	खोलो द्वार/झरना
कर-कनक-प्रसार- *'खुले जिसके कर-कनक-प्रसार'*	: स्वर्णिम किरणों के प्रसार से	**नि.र.**-1/274	खुल गया रे
करका- *'करका क्रंदन करती गिरती और कुचलना था सब का;'*	: ओला, बारिश के साथ गिरनेवाले बर्फ के टुकड़े	**प्र.ग्रं.**-2/61	चिंता/कामायनी
◆ *'कार्तिक कृष्णा कुहू क्रोध से काले करका भरे हुए'*	: ओला	**प्र.ग्रं.**-3/209	द्वितीय अंक/विशाख
करका-घन- *'आह! घिरेगी हृदय लहलहे खेतों पर करका-घन सी'*	: ओले बरसानेवाले बादल	**प्र.ग्रं.**-2/53	चिंता/कामायनी
करण- *'मृत्यु-जीवन ज्ञान-तम के/करण, कारण-पार'*	: करनेवाले	**नि.र.**-1/227	खोलो दृगों के द्वय द्वार
करतल- *'लहरों के चल करतल में'*	: हथेली	**पं.ग्रं.**-1/269	चाँदनी/गुंजन
करतलगत- *'क्योंकि तुम्हारे हम तो करतलगत रहे,'*	: हाथ में पड़ा हुआ	**प्र.ग्रं.**-1/253	प्रत्याशा/झरना
करतल गत- *'जो कुछ मनु के करतल गत था उसमें न रहा कुछ भी नवीन'*	: हाथ में, वश में	**प्र.ग्रं.**-2/157	ईर्ष्या/कामायनी
कर-तल-पल्लव-दल- *'कर-तल-पल्लव-दल से निर्जन वन के सभी तमाल'*	: पल्लव (नये पत्ते) की तरह लाल हथेली	**नि.र.**-1/86	आवाहन
करतल-पल्लवधरा- *'ताल लताएँ देतीं करतल-पल्लवधरा'*	: जिनके करतल पल्लवों के समान हैं	**नि.र.**-1/276	रही आज मन में
करतार- *'सखे! स्वयं तारक करतार !'*	: ईश्वर, तारण करनेवाला	**पं.ग्रं.**-1/99	इस पीपल के तरु के नीचे/वीणा
◆ *'खेल रहे थे तुम करतार'*	: ब्रह्मा, कर्ता	**पं.ग्रं.**-1/219	बालापन/पल्लव
◆ *'स्वार्थमय सबको बनाया/है यहाँ करतार ने'*	: भगवान	**म.सा.**-1/60	था कली के रूप शैशव/नीहार
कर-दान- *'कर रहा पलक-पात कर-दान'*	: किरण दान	**नि.र.**-1/268	भावना रँग दी तुमने
कर-धारा- *'इसी प्रखर नव कर-धारा में अपनी नौका की पतवार'*	: किरणों का प्रवाह	**नि.र.**-1/191	वसन्त-समीर

शब्द- काव्य-पंक्ति	: अर्थ	ग्रंथावली/पृ.सं.	स्रोत/संदर्भ
कर निर्मम- *'वह रक्तिम-उन्माद नाचता कर निर्मम में'*	: निर्दय, क्रूर	**प्र.ग्रं.-2**/207	संघर्ष/कामायनी
कर-पद-क्षालनार्थ- *'ले आये कर-पद-क्षालनार्थ पटु हनूमान;'*	: हाथ-पैर धोने के लिए	**नि.र.-1**/330	राम की शक्ति-पूजा
कर-पल्लव-झंकृत- *'तुम कर-पल्लव-झंकृत सितार'*	: पल्लव-रूपी हाथों से बजाया जाना	**नि.र.-1**/49	तुम और मैं
कर पुट- *'कर पुट में पुष्पांजलि धर'*	: अँजुरी	**पं.ग्रं.-1**/98	कर पुट में पुष्पांजलि धर/वीणा
कर-मेखला- *'कर-मेखला मुण्ड-मालाओं से बन मन-अभिरामा'*	: हाथ (कर) में तलवार की मूठ (मेखला)	**नि.र.-1**/85	आवाहन
करवाल- *'वह, पीछे करवाल'*	: तलवार	**पं.ग्रं.-1**/114	गहन कानन!/वीणा
कर-वीणा-कर- *'भुलाने को किसको नभजात वहाँ जाते कर-वीणा-कर?'*	: किरणों की वीणा के हाथ (स्वर, तार)	**नि.र.-1**/231	चाहते हो किसको सुन्दर
कर-स्पर्श-रहित- *'कर-स्पर्श-रहित और क्या है? – अपलक, असार!'*	: हाथ के स्पर्श से वंचित	**नि.र.-1**/150	पारस
कराघातों- *'एक लहर आ मेरे उर में मधुर कराघातों से'*	: हाथ से की गयी आहट, दस्तक	**नि.र.-1**/103	प्रगल्भ प्रेम
कराल- *'कभी कन्दरा के कराल आनन में'*	: भयंकर	**नि.र.-1**/79	पथ
◆ *'संस्कृति का कराल दाग'*	: भयंकर	**नि.र.-1**/145	अमृत में गरल
कराल चाल- *'है दुःख का भँवर चला कराल चाल में'*	: भयानक चाल (गति)	**प्र.ग्रं.-3**/300	द्वितीय अंक/अजातशत्रु
करुण अभाव- *'एक करुण अभाव में चिर तृप्ति का संसार संचित'*	: प्रिय का अभाव करुण-भाव से युक्त है	**म.सा.-1**/173	कौन तुम मेरे हृदय में?/नीरजा
करुण उपसंहार- *'करुण उपसंहार हा! उसका मिला!!'*	: जिसका अंतिम निष्कर्ष शोक से भरा हो	**पं.ग्रं.-1**/133	ग्रन्थि
करुण कल्पना- *'मुख मंडल पर करुण कल्पना उनको रही पिरोती'*	: भावनाओं में बसी हुई करुणा	**प्र.ग्रं.-2**/146	कर्म/कामायनी
करुण कहानी- *'रो-रोकर सिसक-सिसक कर कहता मैं करुण कहानी'*	: दुःख से भरी आत्मकथा	**प्र.ग्रं.-2**/7	आँसू
करुणकाव्य- *'संसृति के सूने पृष्ठों में करुणकाव्य वह लिख जाता'*	: दुःख मानो करुण-भाव को समझने की काव्यात्मक (आत्मीय) दृष्टि देता है	**म.सा.-1**/108	रजतरश्मियों की छाया में.../रश्मि
करुण काव्य सा- *'कौन प्रकृति के करुण काव्य सा'*	: करुण रस की कविता की तरह	**प्र.ग्रं.-1**/233	विषाद/झरना
करुण घटा- *'जाती नवजीवन बरसा जो करुण घटा कण-कण में'*	: बादल मानो करुणा के जल से भरे हैं	**म.सा.-1**/120	नव मेघों को रोता था/रश्मि
करुण पावस-रात- *'तड़ित् सुधि में, वेदना में करुण पावस-रात भी'*	: बरसात की रात मानो करुणा बरसाती रहती है	**म.सा.-1**/215	कमलदल पर किरण अंकित/नीरजा
करुण पीर- *'भू का निर्वाण हुई तेरी वह करुण पीर!'*	: करुणा से भरी हुई पीड़ा	**म.सा.-1**/351	मिट चली घटा अधीर! /दीप-शिखा
करुण बरसात- *'अश्रु ही की हाट बन आती करुण बरसात'*	: जीवन में आँसू मानो करुण भावनाओं की बारिश की तरह हैं	**म.सा.-1**/176	विरह का जलजात जीवन /नीरजा

शब्द- काव्य-पंक्ति	: अर्थ	ग्रंथावली/पृ.सं.	स्रोत/संदर्भ
करुण भोहों- *'करुण भोहों में था आकाश'*	: उसकी भौंहों में मानो करुणा की छवि भरी हुई थी	**पं.ग्रं.**-1/187	आँसू/पल्लव
करुण मुख- *'मेरा सजल मुख देख लेते! यह करुण मुख देख लेते!'*	: प्रेम की पीड़ा से भावुक चेहरा	**म.सा.**-1/260	मेरा सजल मुख देख लेते!/सांध्य गीत
करुण रहस्य- *'कौन करुण रहस्य है तुम में छिपा छविमान?'*	: मार्मिक भेद	**प्र.ग्रं.**-2/114	वासना/कामायनी
करुण राग- *'मैं कंपन हूँ तू करुण राग मैं आँसू हूँ तू है विषाद'*	: शोक-भाव से युक्त गायन	**म.सा.**-1/63	मैं कंपन हूँ तू करुण राग/नीहार
करुण रागिनी- *'करुण रागिनी तड़प उठेगी सुना न ऐसी पुकार कोकिल'*	: करुण रस में डूबा गायन	**प्र.ग्रं.**-4/38	प्रथम अंक/स्कन्दगुप्त
करुण विहाग- *'अतिथि! किंतु सुनते जाओ टूटे तारों का करुण विहाग'*	: 'विहाग' वियोग का राग है, करुण भाव से भरा रुदन	**म.सा.**-1/32	बनबाला के गीतों सा/नीहार
◆ *'वीचियों पर गा करुण विहाग सुनाता किसको पारावार'*	: वियोग का भावुक-दुखद राग	**म.सा.**-1/157	नींद में सपना बन अज्ञात /रश्मि
करुण हिलोर- *'भर पावे तो स्वरलहरी में भर वह करुण हिलोर'*	: करुण-भाव से युक्त कोयल का गान	**म.सा.**-1/189	मेरी निश्वासों से द्रुततर /नीरजा
करुणांचल- *'उसकी अश्रु-भरी आँखों पर मेरे करुणाञ्चल का स्पर्श'*	: करुण आँचल, प्रेम और दया का भाव	**नि.र.**-1/48	अधिवास
करुणा- *'कितनी करुणा कितने सन्देश पथ में बिछ जाते बन पराग;'*	: प्रेम की पीड़ा से उत्पन्न शोकावस्था	**म.सा.**-1/95	जो तुम आ जाते एक बार/नीहार
करुणा-अंक- *'साधे करुणा-अंक ढली हैं सांध्य गगन-सी रंगमयी पर'*	: करुण भावनाओं की गोद में	**म.सा.**-1/333	जब यह दीप थके तब आना/दीप-शिखा
करुणा-कटाक्ष- *'क्यों घूम गयी हैं आकर करुणा-कटाक्ष की कोरें?'*	: दया का पात्र समझकर देखना	**प्र.ग्रं.**-2/15	आँसू
करुणा-कण- *'चरम सत्य, यह सुधि का दंशन अंतहीन, मेरा करुणा-कण'*	: करुणा के कण (लघुतम इकाई)	**म.सा.**-1/214	आँसू का मोल न लूँगी मैं!/नीरजा
करुणाकर- *'करुणाकर, करुणामय गीत सदा गाते हुए?'*	: करुणा + आकर = अतिशय करुणा	**नि.र.**-1/81	खँडहर के प्रति
◆ *'मेरे शून्य घाट के प्रति, करुणाकर/देखोगे नित प्रात'*	: करुणा के सागर (निधि)	**नि.र.**-1/214	याद रखना, इतनी ही बात
◆ *'हृदय-कम्प के जलद-मन्द्र स्वर मेरी तृष्णा के, करुणाकर/तृप्ति-प्रेम-सर हे'*	: करुणानिधि, करुणा के समुद्र	**नि.र.**-1/218	नयनों में हेर प्रिये
◆ *'क्या करुणाकर खिल न सकेगा?'*	: करुणा के समुद्र, ईश्वर	**नि.र.**-1/222	मुझे स्नेह क्या मिल न सकेगा?
◆ *'हे करुणाकर के करुणा-कर/तुम अदृश्य बन आते हो'*	: करुणा के भांडार (करुणा+आकर)	**पं.ग्रं.**-1/91	इस अबोध की अन्धकारमय/वीणा
◆ *'तृण तृण के कर/प्रभु करुणाकर'*	: दयालु	**पं.ग्रं.**-1/350	चार/ज्योत्स्ना
करुणा-कर- *'हे करुणाकर के करुणा-कर तुम अदृश्य बन आते हो'*	: करुणा से युक्त किरणें	**पं.ग्रं.**-1/91	इस अबोध की अन्धकारमय/वीणा
करुणा-कर-किरण- *'बता, करुणा-कर-किरण बढ़ाकर स्वप्नों का सचित्र संसार'*	: करुणा के हाथ रूपी किरण	**नि.र.**-1/118	यमुना के प्रति

शब्द- काव्य-पंक्ति	: अर्थ	ग्रंथावली/पृ.सं.	स्रोत/संदर्भ
करुणा कलित हृदय- *'इस करुणा कलित हृदय में अब विकल रागिनी बजती'*	: करुण भाव से भरे हुए हृदय में	**प्र.ग्रं.-2**/3	आँसू
करुणा का उपहार- *'क्या अमरों का लोक मिलेगा तेरी करुणा का उपहार?'*	: उस प्रियतम के द्वारा स्नेह और दयाभाव के कारण सौगात के रूप में 'अमरलोक' मिलेगा क्या!	**म.सा.-1**/35	वे मुस्कुराते फूल, नहीं—/नीहार
करुणा का कटाक्ष- *'हरी भरी हो सृष्टि तुम्हारी, करुणा का कटाक्ष कर दो'*	: दया-करुणा से भरी दृष्टि	**प्र.ग्रं.-3**/418	तृतीय अंक/जन्मेजय का नाग-यज्ञ
करुणा की कोर- *'बिछाती थी सपनों के जाल तुम्हारी वह करुणा की कोर'*	: मेरे प्रति करुण-भाव से भरी तुम्हारी आँखें	**म.सा.-1**/29	निशा को, धो देता राकेश /नीहार
करुणा की नव अँगड़ाई-सी- *'करुणा की नव अँगड़ाई-सी'*	: करुणा की नयी अँगड़ाई के समान (हैं लहरें)	**प्र.ग्रं.-1**/290	उठ उठ री लघु.../लहर
करुणा के स्रोत- *'इस निदाघ से मानस में करुणा के स्रोत बहा जाता'*	: दया-भाव की धारा (बहा देती है दु:ख की अनुभूति)	**म.सा.-1**/108	रजतरश्मियों की छाया में.../रश्मि
करुणा-घन- *'करते करुणा-घन छाँह वहाँ'*	: करुणा की भावना से युक्त बादल	**म.सा.-1**/130	इन आँखों ने देखी न राह कहीं/रश्मि
करुणा-धन- 'पतित क्षुद्र जन/को करुणा-धन'	: ईश्वर, जिनके पास दया-रूपी प्रभूत धन है	**पं.ग्रं.-1**/350	चार/ज्योत्स्ना
◆ *'लय में मेरा चिर करुणा-धन/कंपन में सपनों का स्पंदन'*	: करुणा का संग्रह, प्रेम में प्राप्त पीड़ा मानो धन की तरह संगृहीत है	**म.सा.-1**/107	क्यों इन तारों को उलझाते?/रश्मि
करुणा-पट- *'धागों से इन आँसू के निज करुणा-पट बुनते हो'*	: करुणा रूपी चादर	**प्र.ग्रं.-2**/7	आँसू
करुणा-प्रेरित- *'स्वयं बढ़ा दो ना तुम करुणा-प्रेरित अपने हाथ'*	: करुणा से उत्सुक दयालु प्रकृति	**नि.र.-1**/107	क्या दूँ
करुणाप्लुत- *'रोकर करुणाप्लुत हो सुत फिर माँ उसी को बुलावे'*	: शोक में डूबकर	**प्र.ग्रं.-3**/182	प्रथम अंक/विशाख
करुणा-बाला- *'अंचल में है उपल रही भर - यह करुणा-बाला'*	: दया के भाव को एक नवयौवना की तरह बताया गया है।	**प्र.ग्रं.-3**/521	एक घूँट(एकांकी)
करुणामय- *'करुणामय तब समझोगे/इन प्राणों का मँहगापन!'*	: करुण-भाव से युक्त वह अज्ञात प्रियतम	**म.सा.-1**/44	छाया की आँखमिचौनी /नीहार
◆ *'करुणामय को भाता है/तम के परदों में आना'*	: वह अज्ञात प्रियतम मानो करुणामय है	**म.सा.-1**/54	जो मुखरित कर जाती थी/नीहार
करुणामय सुन्दर मौन- *'एक करुणामय सुन्दर मौन और चंचल मन का आलस्य!'*	: ऐसा व्यक्तित्व जो करुणा और सौन्दर्य से निर्मित मौन की तरह लगे, सुन्दर-सकरुण मुनि	**प्र.ग्रं.-2**/83	श्रद्धा/कामायनी
करुणा लोक- *'यह दरिद्र-मिलन रहा रच एक करुणा लोक'*	: मन को विह्वल कर देनेवाला परिदृश्य	**प्र.ग्रं.-2**/112	वासना/कामायनी
करुणा सागर- *'अपने खारे आँसू से/करुणा सागर को भरती'*	: हृदय में जो करुणा का समुद्र है	**प्र.ग्रं.-2**/25	आँसू

शब्द- काव्य-पंक्ति	: अर्थ	ग्रंथावली/पृ.सं.	स्रोत/संदर्भ
करुणा-स्नात- *'आज करुणा-स्नात उजला दुःख हो मेरा पुजारी!'*	: करुणा में नहाया हुआ	**म.सा.**-1/258	शून्य मंदिर में बनूँगी... /सांध्य गीत
करुणा-हीरक-कण- *'जग की अक्षय स्मृतियों का धन सुख-सोना करुणा-हीरक-कण'*	: करुणा-रूपी हीरे	**म.सा.**-1/250	प्रिय मेरे गीले नयन बनेंगे आरती!/सांध्य गीत
करुणेश- *'तुम्हें तब आता था करुणेश! उन्हीं मेरी भूलों पर प्यार!'*	: करुणा से भरी हुई परमशक्ति, ईश्वर	**म.सा.**-1/29	निशा को, धो देता राकेश /नीहार
◆ *'बिछाती हूँ पथ में करुणेश छलकती आँखें हँसते ओठ'*	: वह अज्ञात प्रियतम करुणा से युक्त है	**म.सा.**-1/70	निराशा के झोंकों ने देव!/नीहार
◆ *'आज आए हो हे करुणेश/इन्हें जो तुम देने वरदान'*	: करुणा+ईश, दयास्वरूप मेरे अज्ञात प्रियतम!	**म.सा.**-1/84	तरल आँसू की लड़ियाँ गूँथ/नीहार
करोद्दण्ड- *'आतप ज्यों तम पर करोद्दण्ड'*	: किरणों से उद्दंड, प्रखर किरणें	**नि.र.**-1/282	तुलसीदास
कर्क- *'कोई भागिनेय कर्क?'*	: केंकड़ा	**नि.र.**-1/181	गुरुडम के प्रति
कर्ण-कुहर- *'कुहरित भी पञ्चम स्वर/रहे बन्द कर्ण-कुहर'*	: कान के कटोरे	**नि.र.**-1/311	मित्र के प्रति
कर्णदेव- *'जीवित हैं गुर्ज्जरेश! कर्णदेव!'*	: गुजरात के राजा कर्णदेव	**प्र.ग्रं.**-1/350	प्रलय की छाया/लहर
कर्णमुक्ता- *'कर्णमुक्ता चूम कोई गाल पर'*	: मोतीजड़ा कान का आभूषण	**पं.ग्रं.**-1/127	ग्रन्थि
कर्णाधार- *'कहाँ हो कर्णाधार'*	: पतवार को आधार देनेवाला, प्रिय	**पं.ग्रं.**-1/104	मधुरिमा के मृदु हास!/वीणा
◆ *'न लाए कोई कर्णाधार/कौन पहुँचा देगा उस पार?'*	: कर्ण+आधार, पतवार को आधार प्रदान करनेवाला नाविक, दिशा-निर्देशक	**म.सा.**-1/46	घोर तम छाया चारों ओर/नीहार
◆ *'विसर्जन ही है कर्णाधार/वही पहुँचा देगा उस पार'*	: पार लगानेवाला	**म.सा.**-1/49	घोर तम छाया चारों ओर/नीहार
◆ *'नहीं है तारिणी कर्णाधार/अपरिचित है वह तेरा देश'*	: पतवार को चलानेवाला, खेवैया, पार लगानेवाला	**म.सा.**-1/79	गरजता सागर तम है घोर/नीहार
कर्णिका के कपाट- *'खोल कर्णिका के कपाट वह निधड़क आया प्रात'*	: कमल के छत्तों से बने कपाट-रूपी प्राची के आकाश को	**प्र.ग्रं.**-3/356	प्रथम अंक/जन्मेजय का नाग-यज्ञ
कर्तार- *'तुम्हें भेज जिसने इस देश/कौन वह है निष्ठुर कर्तार?'*	: ईश्वर, कर्त्ता, जिसके नियंत्रण में सबकुछ हो	**म.सा.**-1/93	मधुरिमा के, मधु के अवतार/नीहार
कर्त्ता में करते- *'अंध प्रेरणा से परिचालित कर्त्ता में करते निज गिनती'*	: (अपने को) नियामक मानना। प्राणी वस्तुतः माध्यम है, कर्ता तो ईश्वर है।	**प्र.ग्रं.**-2/259	रहस्य/कामायनी
कर्तृत्व सकल- *'कर्तृत्व सकल बनकर आवे नश्वर-छाया-सी ललित-कला'*	: सब कुछ कर सकने की (मनुष्य की) क्षमता	**प्र.ग्रं.**-2/177	इड़ा/कामायनी
कर्दम- *'कण्टक, कर्दम, भय-श्रम-निर्मम कितने शूल'*	: कीचड़	**नि.र.**-1/130	स्वागत
कर्दममय- *'वासनाएँ समल निर्मल - /कर्दममय राशि-राशि'*	: कीचड़ से भरा या सना	**नि.र.**-1/183	जागरण
कर्म-कलश- *'था एक हाथ में कर्म-कलश वसुधा-जीवन-रस-सार लिये'*	: (इड़ा के एक हाथ में) घड़ा मानो कर्म का प्रतीक था	**प्र.ग्रं.**-2/179	इड़ा/कामायनी
कर्म कांत- *'रह सौम्य! यहीं; हो सुखद प्रांत. विनिमय कर देते कर्म कांत'*	: प्रीतिकर और आनंददायक कार्य	**प्र.ग्रं.**-2/239	दर्शन/कामायनी
कर्म का अवसाद- *'कर्म का अवसाद दिन से कर रहा छल-छंद'*	: काम करने से उत्पन्न थकावट	**प्र.ग्रं.**-2/112	वासना/कामायनी

शब्द- काव्य-पंक्ति	: अर्थ	ग्रंथावली/पृ.सं.	स्रोत/संदर्भ
कर्म का भोग- *'कर्म का भोग, भोग का कर्म यही जड़ का चेतन आनन्द'*	: कर्म करने से प्राप्त फल का उपभोग	**प्र.ग्रं.**-2/91	श्रद्धा/कामायनी
कर्म-कुटिल- *'दिवस की कर्म-कुटिल तम-भ्रान्ति'*	: काम की व्यस्तता, कार्याधिक्य का तनाव	**नि.र.**-1/137	दीन
कर्म-कुसुम- *'इन चरणों में कर्म-कुसुम की अंजलि वे दे सकते'*	: कर्म-रूपी फूल (हैं तारे)	**प्र.ग्रं.**-2/144	कर्म/कामायनी
कर्म-चक्र- *'कर्म-चक्र सा घूम रहा है यह गोलक, बन नियति-प्रेरणा'*	: कर्म का क्रम— कर्म, फलभोग और फिर कर्म	**प्र.ग्रं.**-2/258	रहस्य/कामायनी
◆ *'नियति चलाती कर्म-चक्र यह तृष्णा-जनित ममत्व-वासना'*	: कर्म, कर्म-फल और फिर कर्म का चक्राकार क्रम	**प्र.ग्रं.**-2/258	रहस्य/कामायनी
कर्म जगत- *'बस! अब और न इसे दिखा तू यह अति भीषण कर्म जगत है'*	: क्रिया-लोक	**प्र.ग्रं.**-2/260	रहस्य/कामायनी
कर्म निरत- *'सब कर्म निरत हों भेद भूल'*	: अपने काम में लगे हुए (लोग)	**पं.ग्रं.**-1/323	तीन/ज्योत्स्ना
कर्म-यज्ञ- *'कर्म-यज्ञ से जीवन के सपनों का स्वर्ग मिलेगा'*	: कर्मकांड के साथ किया गया यज्ञ	**प्र.ग्रं.**-2/136	कर्म/कामायनी
कर्मयोग- *'सत्कर्म कर्मयोग यही विश्व कोश है'*	: विहित कर्म करते हुये मोक्ष प्राप्त करने की साधना	**प्र.ग्रं.**-3/191	प्रथम अंक/विशाख
◆ *'कर्मयोग की टीका अविकल'*	: तीन प्रकार के योगों में से एक— ज्ञानयोग, कर्मयोग और भक्तियोग	**पं.ग्रं.**-1/110	तिलक! हा! भाल-तिलक!/वीणा
कर्मलोक- *' "मनु यह श्यामल कर्मलोक है धुँधला कुछ कुछ अंधकार सा'*	: कर्म-जगत्	**प्र.ग्रं.**-2/257	रहस्य/कामायनी
कर्म-सूत्र-संकेत सदृश- *'कर्म-सूत्र-संकेत सदृश थी सोमलता तब मनु को'*	: यज्ञ-कर्म के लिए इंगित करती हुई	**प्र.ग्रं.**-2/133	कर्म/कामायनी
कर्म हो रहे हो तुम्हीं- *'कारण तुम्हीं थे, अब कर्म हो रहे हो तुम्हीं'*	: परिणाम अब तुम्हीं हो	**प्र.ग्रं.**-1/261	तुम/झरना
कर्मों का व्यापार- *'दु:ख को समुदय उसका नाश, तुम्हारे कर्मों का व्यापार'*	: कर्म के स्वरूप से जुड़ा है (दु:ख का प्रसंग)	**प्र.ग्रं.**-1/295	अरी वरुणा की शांत कछार/लहर
कर्मोन्नति- *'यह विष जो फैला महाविषम, निज कर्मोन्नति से करते सम'*	: कर्मों के उत्कर्ष से, अच्छे कर्मों के विस्तार से	**प्र.ग्रं.**-2/245	दर्शन/कामायनी
कर्षण- *'कर्षण-विकर्षण-भाव/जारी रहेगा यदि इसी तरह आपस में'*	: अपनी तरफ खींचना	**नि.र.**-1/167	महाराज शिवाजी का पत्र
◆ *'कर्षण बलवान् है'*	: खिंचाव	**नि.र.**-1/168	महाराज शिवाजी का पत्र
◆ *'जड़ों में चेतन-गति कर्षण मिलता कहाँ?*	: आकर्षण	**नि.र.**-1/174	रेखा 'क'
◆ *'मिटे कर्षण से धरा के पतन जो होता भयङ्कर'*	: आकर्षण, लगाव	**नि.र.**-1/245	बुझे तृष्णाशा-विषानल झरे
कर्षण-विकर्षण-भाव- *'कर्षण-विकर्षण-भाव जारी रहेगा यदि/इसी तरह आपस में'*	: अपनाव-दुराव का भाव	**नि.र.**-1/167	महाराज शिवाजी का पत्र
◆ *'जारी सदा ही है कर्षण-विकर्षण-भाव'*	: रोकने और खींचने का भाव	**नि.र.**-1/168	महाराज शिवाजी का पत्र
कर्ष-मर्ष- *'यौवन दुर्धर्ष कर्ष-/मर्ष से लड़ा'*	: खींचना और सहन करना	**नि.र.**-1/312	मित्र के प्रति
कर्षित- *'स्पर्श-चकित कर्षित हो हर्षित, लक्ष्य पार करती चल-चितवन'*	: खींची हुई	**नि.र.**-1/256	बादल में आये जीवन-धन

शब्द- काव्य-पंक्ति	: अर्थ	ग्रंथावली/पृ.सं.	स्रोत/संदर्भ
कल- *'विहग-गण के इस कल कूजन में - '*	: स्वर, ध्वनि	**नि.र.**-1/89	प्रलाप
◆ *'लेकर कर कल तूलिका कला, देखो क्या रँग भरती विमला'*	: कलात्मक और सुंदर	**नि.र.**-1/316	सरोज-स्मृति
◆ *'उमड़ता उर्ध्व को कल सलील जल टलमल करता नील-नील'*	: सुंदर	**नि.र.**-1/320	सरोज-स्मृति
◆ *'कल घ्राण-प्राण से रहित व्यक्ति'*	: कला आदि	**नि.र.**-1/321	सरोज-स्मृति
◆ *'जाग मचलेगा न तू/कल खग-पिकों में बोल री'*	: सुंदर, कलात्मक	**म.सा.**-1/227	मत अरुण घूँघट खोल री!/नीरजा
कलकंठ- *'अपना कलकंठ मिलाते थे झरनों के कोमल कल-कल में'*	: मधुर कंठ-स्वर	**प्र.ग्रं.**-2/97	काम/कामायनी
कल कंठ हिलोर- *'विहग कुल की कल कण्ठ हिलोर'*	: सुरीले कंठ से निकली गीत की लहरें	**पं.ग्रं.**-1/196	मौन निमन्त्रण/पल्लव
कल कंठिनि- *'कल कण्ठिनि! निज कलरव में भर'*	: सुन्दर कंठ से गीत गानेवाली विहग बाला (चिड़िया)	**पं.ग्रं.**-1/110	अँगड़ाते तम में/वीणा
कल कंठों का मेला- *'जब था कल कंठों का मेला'*	: भक्तों के कंठों से निकलनेवाले सुंदर स्वरों का संगम	**म.सा.**-1/335	यह मंदिर का दीप... /दीप-शिखा
कलक- *'आँसुओं सजल दृष्टि की छलक पूरी न हुई जो रही कलक'*	: दुःख, ग्लानि, पछतावा	**नि.र.**-1/317	सरोज-स्मृति
कल कपोल- *'कल कपोल था जहाँ बिछलता कल्पवृक्ष का पीत पराग'*	: सुरबालाओं के सुन्दर-कोमल गाल	**प्र.ग्रं.**-2/57	चिंता/कामायनी
कल-कलनादिनी- *'कल-कलनादिनी बहती-बहती'*	: कल-कल का स्वर करती बहनेवाली (वरुणा नदी)	**प्र.ग्रं.**-1/296	जगती की मंगलमयी उषा बन/लहर
कल कल्प लता- *'कल कल्प लता, अपनाया'*	: कल्पवृक्ष की सुन्दर शाखा	**पं.ग्रं.**-1/179	उच्छ्वास/पल्लव
कल किसलय- *'हिलते-द्रुमदल कल किसलय देती गलबाँही डाली'*	: सुन्दर पल्लव	**प्र.ग्रं.**-2/13	आँसू
कल कूजन- *'जब अलिकुल का क्रंदन हो पिक का कल कूजन भी हो'*	: सुंदर कूक	**म.सा.**-1/220	यह पतझर मधुवन भी हो!/नीरजा
कल-कूजित- *'सुनता वसन्त में उपवन में कल-कूजित पिक'*	: (कोयल) की सुंदर आवाज से गुंजायमान	**नि.र.**-1/333	राम की शक्ति-पूजा
कल गान- *'भरी, करती कोमल कल गान'*	: सुन्दर गायन	**प्र.ग्रं.**-1/264	प्रार्थना/झरना
◆ *'मानो हँसी हिमालय की है/फूट चली करती कल गान'*	: सुन्दर गायन	**प्र.ग्रं.**-2/72	आशा/कामायनी
कल-तान- *'हंसिनी-सी सर में कल-तान'*	: मंद-मधुर और अस्पष्ट गायन का स्वर	**पं.ग्रं.**-1/251	भावी पत्नी के प्रति /गुंजन
कलधौत-धवल- *'दे चढ़ा पाल कलधौत-धवल, रे सबल, उठा तट से लङ्गर'*	: सुनहला और सफेद	**नि.र.**-1/262	जीवन की तरी खोल दे रे
कलना- *'देव सृष्टि की सुख विभावरी/ताराओं की कलना थी'*	: सौन्दर्य	**प्र.ग्रं.**-2/55	चिंता/कामायनी
कलनादिनी- *'कल-कलनादिनी बहती-बहती'*	: कल-कल का स्वर करती बहनेवाली (वरुणा नदी)	**प्र.ग्रं.**-1/296	जगती की मंगलमयी उषा बन/लहर
कलपना- *'बहो, बहाओ नहीं अन्य को, जिससे पड़े कलपना'*	: रोना	**प्र.ग्रं.**-3/259	प्रथम अंक/अजातशत्रु

शब्द- काव्य-पंक्ति	: अर्थ	ग्रंथावली/पृ.सं.	स्रोत/संदर्भ
कल मल- *'गूढ़ बात है कुछ कल मल'*	: झरने की मधुर आवाज	**पं.ग्रं.**-1/212	निर्झरी/पल्लव
कल मल टल मल- *'अलि, कोमल कल मल टल मल'*	: झरने की मधुर आवाज और सुन्दर गति	**पं.ग्रं.**-1/212	निर्झरी/पल्लव
कलमें- *'स्वर्ण शालियों की कलमें थीं/दूर-दूर तक फैल रहीं;'*	: पौधे	**प्र.ग्रं.**-2/71	आशा/कामायनी
कलरव- *'मुखरित था कलरव, गीतों में स्वर लय का होता अभिसार'*	: मधुर ध्वनि	**प्र.ग्रं.**-2/57	चिंता/कामायनी
◆ *'वीचियों में कलरव सुख चुम्बित प्रणय का'*	: सम्मिलित स्वर, सुखद ध्वनियों का मिश्रण	**नि.र.**-1/170	रेखा 'क'
◆ *'प्रेम-चयन के उठा नयन नव, विधु-चितवन, मन में मधु-कलरव'*	: संगीतमय ध्वनि	**नि.र.**-1/220	स्पर्श से लाज लगी
कलरव का संसार- *'मेरे सपनों में कलरव का संसार आँख जब खोल रहा'*	: सुबह चिड़ियों की चहचहाहट से निर्मित संसार	**प्र.ग्रं.**-2/124	लज्जा/कामायनी
कलरव-तरंगों- *'चक्राकार कलरव-तरंगों के मध्य में उठी हुई उर्वशी-सी'*	: कलरव (ध्वनि) की तरंगें	**नि.र.**-1/324	प्रेयसी
कलरव परिहास- *'कलरव परिहास भरी गूँजें अधरों तक सहसा रुकती हैं'*	: हँसी-मजाक और मधुर बातचीत	**प्र.ग्रं.**-2/125	लज्जा/कामायनी
कलरव मूल्य- *'न कलरव मूल्य तू लेता/हृदय साँसें लुटा देता'*	: अपनी मीठी बोली का दाम (पक्षी नहीं माँगता है)	**म.सा.**-1/331	विहंगम-मधुर स्वर तेरे/दीप-शिखा
कलरव-लहर- *'किरण-नाल पर घन के शतदल, कलरव-लहर विहग बुद्-बुद् चल'*	: लहर की तरह चलती चिड़ियों की तरह चहचहाहट	**म.सा.**-1/345	गोधूलि अब दीप जगा ले!/दीप-शिखा
कलश-मधु-उर- *'ज्योतिश्चुम्बिनी कलश-मधु-उर छाया में'*	: जिसके हृदय में मधु से भरे कलश हैं	**नि.र.**-1/284	तुलसीदास
कलहंस- *'खग कुल किलकार रहे थे कलहंस कर रहे कलरव'*	: राजहंस, मराल	**प्र.ग्रं.**-2/272	आनन्द/कामायनी
कल हासिनि- *'कुमुद कला बन कल हासिनि'*	: सुन्दर हँसी हँसनेवाली (प्रकृति-रूपी माँ)	**पं.ग्रं.**-1/83	तुहिन बिन्दु बनकर सुन्दर/वीणा
कला-किरण-दृग-चुंबन- *'तुम शशि, कला-किरण-दृग-चुम्बन ज्ञान-तन्तु तुम, जग-अजान-मन-/शव-शिव-शक्ति महान'*	: कला की किरणों से आँखों को चूमनेवाली	**नि.र.**-1/262	तुम्हीं गाती हो
कलाकौमुदी- *'जहाँ हृदय में बालकेलि की कलाकौमुदी नाच रही थी'*	: बालकेलि की विभिन्न कलाओं की स्मृति (चाँदनी रूप में)	**नि.र.**-1/91	अनुताप
कला-जल- *'कल्लोलिनी कला-जल कलरव'*	: लहर और प्रवाह के कारण जल का कलात्मक सौंदर्य	**नि.र.**-1/83	हूँ दूर
कलाधर की कला- *'म्लान तम में ही कलाधर की कला'*	: चाँद की सुन्दर बनावट	**पं.ग्रं.**-1/125	ग्रन्थि
कलाधर शरद-इंदु- *'इस सुख-नभ में मैं विचरूँगा बन सकल कलाधर शरद-इंदु'*	: सभी सोलह कलाओं को धारण करनेवाला शरद ऋतु का चन्द्रमा	**प्र.ग्रं.**-2/168	ईर्ष्या/कामायनी
कलानाथ- *'कलानाथ जिसमें खिंच आता'*	: चंद्रमा (मानो पक्षियों के कलरव सुन आ जाता है)	**पं.ग्रं.**-1/260	कलरव किसको नहीं सुहाता/गुंजन
कलाप- *'सुनहला फैला केश कलाप'*	: समूह, राशि	**पं.ग्रं.**-2/23	सन्ध्या/युगपथ
कलापति- *'लोल लहरों पर कलापति से लिखी'*	: कलाओं का स्वामी चन्द्रमा	**पं.ग्रं.**-1/123	ग्रन्थि

शब्द-	काव्य-पंक्ति	: अर्थ	ग्रंथावली/पृ.सं.	स्रोत/संदर्भ
कलाही-	*'तबसे सदा नचाया नाच काम की कलित कलाही ने'*	: (काव्य में प्रयुक्त) कलाई	**नि.र.**-1/45	बाबा और नाती
कलिका-	*'इस हृदय विपिन की कलिका जिसके रस से मुसक्याती'*	: कली	**प्र.ग्रं.**-2/18	आँसू
◆	*'दलों के दृग कलिका के बन्द'*	: कलि	**नि.र.**-1/258	धन्य कर दे माँ
◆	*'जब मैं कलिका ही थी केवल'*	: कली, अविकसित प्रतिभा, नवांकुर	**पं.ग्रं.**-1/86	जब मैं कलिका ही थी केवल/वीणा
कलित-	*'तिरस्कार कालिमा कलित है'*	: युक्त, विभूषित	**प्र.ग्रं.**-1/271	कसौटी/झरना
◆	*'इस करुणा कलित हृदय में/अब विकल रागिनी बजती'*	: भरा हुआ, युक्त	**प्र.ग्रं.**-2/3	आँसू
◆	*'भूलता ही जाता दिन रात/सजल अभिलाषा कलित अतीत;'*	: सुन्दर और कलात्मक	**प्र.ग्रं.**-2/86	श्रद्धा/कामायनी
◆	*'कलित है कोमल किसलय कुंज, सुरभि पूरित सरोज मकरन्द'*	: सुन्दर	**प्र.ग्रं.**-3/386	द्वितीय अंक/जन्मेजय का नाग-यज्ञ
◆	*'अब सान्ध्य-मलय आकुलित दुकूल - कलित हो, यों छिपते हो क्यों?'*	: सुन्दर	**प्र.ग्रं.**-4/186	प्रथम अंक/चन्द्रगुप्त
◆	*'तबसे सदा नचाया नाच काम की कलित कलाही ने'*	: कलायुक्त, सुंदर	**नि.र.**-1/45	बाबा और नाती
◆	*'किसी महाकवि-कलित-कण्ठ से'*	: सुंदर, कलामय	**नि.र.**-1/110	सिर्फ एक उन्माद
◆	*'कलित रवि के मुख का जीवन'*	: सुंदर, कलात्मक सौंदर्य	**नि.र.**-1/272	विश्व के वारिद-जीवन में
कलित कलाएँ-	*'शशि की-सी ये कलित कलाएँ किलक रही हैं पुर-पुर में'*	: सुंदर कलाओं की तरह हैं— रोना, गाना, हर्ष, शोक आदि	**पं.ग्रं.**-1/180	उच्छ्वास/पल्लव
कलि-दल-समासीन-	*'मंजु, मधु-गुंजरित कलि-दल-समासीन!'*	: कली की पंखुड़ियों पर आसीन हो गई	**नि.र.**-1/250	कैसी बजी बीन?
कलियों की चितवन-	*'प्रथम प्रणय की सुषमा सा यह कलियों की चितवन में कौन?'*	: कलियों के अधखुले रूप मानो अधखुली आँखों की तरह हैं। कलियों की अधखुली आँखों में कौन बसा है?	**म.सा.**-1/94	प्रथम प्रणय की सुषमा सा/नीहार
कलियों के देश-	*'जाना कलियों के देश तुझे तो शूलों से शृंगार न कर!'*	: जहाँ केवल फूल ही फूल हों, सुख ही सुख	**म.सा.**-1/226	कहता जग दु:ख को प्यार न कर!/नीरजा
कलुष-	*'हृदय से कलुष धो डालो यदि'*	: ईर्ष्या-द्वेष जैसे भाव	**नि.र.**-1/166	महाराज शिवाजी का पत्र
कलुष-चक्र-सी-	*'कलुष-चक्र-सी नाच रही है बन आँखों की क्रीड़ा'*	: पाप के पहिये की तरह	**प्र.ग्रं.**-2/143	कर्म/कामायनी
कलुष-भेद-तम-	*'कलुष-भेद-तम हर प्रकाश भर जगमग जग कर दे!*	: पाप से भरे भेदभाववाले अंधकार	**नि.र.**-1/224	वर दे वीणावादिनि वरदे!
कलुषित काया-	*'श्रद्धा को दिखलाऊँ कैसे यह मुख या कलुषित काया'*	: कलंकित व्यक्तित्व (मनु अनेक आरोपों से घिरे हैं)	**प्र.ग्रं.**-2/229	निर्वेद/कामायनी
कलोल-	*'केवल; प्रकाश का था कलोल, मधु किरणों की थी लहर लोल'*	: क्रीड़ा, लीलाभाव	**प्र.ग्रं.**-2/246	दर्शन/कामायनी
कल्-कल्-	*'तुझे सुनाती है कल्-कल्'*	: सुन्दर मधुर ध्वनि	**पं.ग्रं.**-1/96	स्नेह चाहिए सत्य, सरल/वीणा
कल्प-	*'विरह के कल्प अपार'*	: लम्बा समय, ब्रह्मा का एक दिन, 4 अरब 32 करोड़ मानव-वर्ष	**पं.ग्रं.**-1/224	परिवर्तन/पल्लव
◆	*'लौटते युग कल्प पल,/पतझार औ' मधुमास लौटे'*	: ब्रह्मा का एक दिन, एक दीर्घ अवधि	**म.सा.**-1/323	आज तार मिला चुकी हूँ/दीप-शिखा

शब्द-	काव्य-पंक्ति	: अर्थ	ग्रंथावली/पृ.सं.	स्रोत/संदर्भ
कल्प-कल्प-	*'कल्प-कल्प की भाँति दु:ख को क्षणभर का सुख भला लगा'*	: कल्प, ब्रह्मा का एक दिन, 4 अरब 32 करोड़ मानव-वर्ष	**प्र.ग्रं.-3**/377	द्वितीय अंक/जन्मेजय का नाग-यज्ञ
कल्पद्रुम-	*'नित्य कुसुममय कल्पद्रुम की छाया है इस ओर'*	: कल्पवृक्ष, मनोकामनाएँ पूर्ण करनेवाला वृक्ष जो समुद्र-मंथन से मिला था	**प्र.ग्रं.-3**/322	तृतीय अंक/अजातशत्रु
कल्पना-	*'उधर उमड़ता प्रबल जलधिजल, इधर कल्पना'*	: उत्प्रेक्षा, अनुमान, छायावाद की पहचान	**नि.र.**-1/71	कविप्रिया
कल्पना की लघु लहरी-	*'कल्पना की लघु लहरी दिव्य कर रही मानस हलचल शांत!'*	: कल्पना की मीठी और कोमल संभावना	**प्र.ग्रं.-2**/87	श्रद्धा/कामायनी
कल्पना के कानन की रानी-	*'कल्पना के कानन की रानी! आओ, आओ मृदु-पद, मेरे मानस की कुसुमित वाणी!'*	: छायावादी कविता मानो कल्पना के विराट वन की रानी की तरह है	**नि.र.**-1/218	कल्पना के कानन की रानी
कल्पनामय वेदना-	*'पुलक से नभ भर धरा को कल्पनामय वेदना दी'*	: प्रेम की मीठी वेदना जो कल्पनाशील बना दे	**म.सा.**-1/278	फिर विकल हैं प्राण मेरे!/सांध्य गीत
कल्पना-लतिका-	*'मेरे तरु की है तू कुसुमित प्रिये, कल्पना-लतिका'*	: कल्पना की तरह बढ़ने वाली लता	**नि.र.**-1/98	प्रिया से
कल्पनावली-	*'कल कोकिल कल्पनावली, मुद में मंगल गान गा रही'*	: कल्पनाओं की श्रृंखला	**प्र.ग्रं.-3**/179	प्रथम अंक/विशाख
कल्पना-वेदना-	*'वह उतरा प्राकृत भूमि में छोड़ कल्पना-वेदना'*	: कल्पना और दु:ख, कल्पना से उत्पन्न दुख और दुखी मन की कल्पना	**नि.र.**-1/71	कविप्रिया
कल्प-निस्सीम-	*'छोड़ कल्प-निस्सीम पवन-विहार मुक्त'*	: कल्पना की सीमाहीन (दुनिया)	**नि.र.**-1/328	प्रेयसी
कल्पने-	*'कल्पने, आओ, सजनि, उस प्रेम की'*	: कल्पना-शक्ति को संबोधन, स्मृति	**पं.ग्रं.**-1/123	ग्रन्थि
कल्प पल-	*'चल पलक हैं निर्निमेषी, कल्प पल सब तिमिरवेषी'*	: समय की बड़ी इकाई कल्प और छोटी इकाई पल	**म.सा.**-1/355	मोम-सा तन घुल चुका/दीप-शिखा
कल्प-युगव्यापी-	*'कल्प-युगव्यापी विरह को एक सिहरन में सँभाले'*	: कल्प-कल्पांतर की तरह विस्तृत विरह का दु:ख	**म.सा.**-1/341	जो न प्रिय पहिचान पाती!/दीप-शिखा
कल्प-वयन-	*'लगे प्रबल मन कल्प-वयन में'*	: कल्पना की उधेड़बुन में	**नि.र.**-1/224	मन चंचल न करो!
कल्पवृक्ष-	*'कल कपोल था जहाँ बिछलता कल्पवृक्ष का पीत पराग'*	: एक देव-वृक्ष जो सभी मनोकामनाओं को पूरा करता है	**प्र.ग्रं.-2**/57	चिंता/कामायनी
कल्पित गेह-	*'निराशा है जिसका परिणाम सफलता का वह कल्पित गेह!'*	: काल्पनिक अवधारणा, सफलता या मनोरथ-सिद्धि एक काल्पनिक स्थान की तरह है।	**प्र.ग्रं.-2**/90	श्रद्धा/कामायनी
कल्मष-	*'छलका शत-शत कल्मष के छल'*	: बुरे मनोविकार	**नि.र.**-1/306	तुलसीदास
कल्मष-गताचार-	*'रावण, रावण, लम्पट, खल, कल्मष-गताचार'*	: बुरे काम में जिसने अपने आचरण को खराब कर लिया है (रावण)	**नि.र.**-1/333	राम की शक्ति-पूजा
कल्मषोत्सार-	*'कल्मषोत्सार कवि के दुर्दम चेतनोर्मियों के प्राण प्रथम'*	: पाप को नाश करनेवाले	**नि.र.**-1/289	तुलसीदास
कल्याण कलित-	*'थे केवल जीवन-संगी कल्याण कलित इस मग के'*	: कल्याण की भावना से युक्त, उदारतापूर्ण	**प्र.ग्रं.-2**/8	आँसू

शब्द- काव्य-पंक्ति	: अर्थ	ग्रंथावली/पृ.सं.	स्रोत/संदर्भ
कल्याण-जलद- *'विस्मृति-समाधि पर होगी वर्षा कल्याण-जलद की;'*	: कल्याणकारी बादल	**प्र.ग्रं.**-2/28	आँसू
कल्याण भूमि- *' 'कल्याण भूमि यह लोक' यही श्रद्धा-रहस्य जाने न प्रजा'*	: मंगल की भावना से परिपूर्ण सृष्टि	**प्र.ग्रं.**-2/177	इड़ा/कामायनी
कल्याण संघ- *'कल्याण संघ की जन्म भूमि आमंत्रित करती आई थी'*	: कल्याण के उद्देश्य से निर्मित बौद्ध संघ	**प्र.ग्रं.**-1/297	जगती की मंगलमयी उषा बन/लहर
कल्याणि- *'तुम्हारी वाणी में कल्याणि! त्रिवेणी की लहरों का गान!'*	: कल्याण की भावना से युक्त प्रेमिका	**पं.ग्रं.**-1/187	आँसू/पल्लव
कल्याणी- *'उस लास-रास में विह्वल थी हँसती सी कल्याणी'*	: सर्वमंगला (प्रकृति)	**प्र.ग्रं.**-2/279	आनन्द/कामायनी
कल्याणी सृष्टि- *'विधाता की कल्याणी सृष्टि सफल हो इस भूतल पर पूर्ण;'*	: कल्याण की भावना से परिपूर्ण है यह सृष्टि	**प्र.ग्रं.**-2/92	श्रद्धा/कामायनी
कल्लोलिनी- *'कल्लोलिनी कला-जल कलरव'*	: कल्लोल (उल्लास के स्वर) से युक्त अर्थात् नदी	**नि.र.**-1/83	हूँ दूर
कल्लोलों- *'स्वर्ण-किरण-कल्लोलों पर बहता रे यह बालक-मन'*	: कलात्मक चंचलता	**नि.र.**-1/127	ध्वनि
कवरी के कुसुम सदृश- *'शिथिल शयन सम्भोग दलित कवरी के कुसुम सदृश कैसे'*	: चोटी में गुँथे फूलों की तरह	**प्र.ग्रं.**-1/247	कहो/झरना
कवरी-भार- *'भीग रहा है रजनी का वह, सुन्दर कोमल कवरी-भार'*	: विपुल केश-राशि से बनी भारी चोटी(-रूपी रात का आकाश)	**प्र.ग्रं.**-1/225	खोलो द्वार/झरना
कवरी सँवार- *'यूथी की मीलित कलियों से अलि दे मेरी कवरी सँवार!'*	: केश की चोटी सँवार देना	**म.सा.**-1/257	जाने किस जीवन की सुधि ले/सांध्य गीत
कवल- *'करुण, कवल में दुष्कर/भरे प्राण रे पुष्कर'*	: मुट्ठी	**नि.र.**-1/267	फूटो फिर
कवलित क्षण- *'महाकाल को कवलित क्षण में'*	: आपदाग्रस्त समय, विपत्ति के कालखंड में	**पं.ग्रं.**-2/17	बाँधो, छवि के नव बन्धन/युगपथ
कवि-कुल-कमलों को- *'खिला कई कवि-कुल-कमलों को'*	: कविगण मानो कमल के फूलों की तरह हैं	**पं.ग्रं.**-1/81	उत्सर्ग/वीणा
कविजन-मन-मानस-तट- *'कविजन-मन-मानस-तट पर'*	: कवियों के मन रूपी मानसरोवर के तट पर	**नि.र.**-1/88	शृंगारमयी
कवि-भ्रात- *'गूँज मधुप कवि-भ्रात'*	: कवियों का भाई, भौंरा	**पं.ग्रं.**-1/272	अप्सरा/गुंजन
कवि-शिखि-मन- *'उन्मुक्त-गुच्छ चक्रांक-पुच्छ, लख नर्तित कवि-शिखि-मन समुच्च'*	: कवि का मन-मयूर	**नि.र.**-1/302	तुलसीदास
कशाघात-प्रेरित- *'करते हैं, संतोष नहीं है जैसे कशाघात-प्रेरित से'*	: चाबुक की मार से प्रेरित होना, पीड़ा के साथ प्रेरित होना	**प्र.ग्रं.**-2/258	रहस्य/कामायनी
कसक- *'कसक में विद्युत् अंतर्धान!'*	: टीस, पीड़ा की चुभन	**म.सा.**-1/233	दूर घर मैं पथ से अनजान!/नीरजा
कसकन- *'प्राणों में पीड़ा की कसकन श्वासों में आशा की कंपन'*	: प्रेम की पीड़ा की कसक	**म.सा.**-1/132	सजनि कौन तम में परिचित सा/रश्मि
कसक-विद्यु- *'कसक-विद्यु पुलकों के हिमकण'*	: दु:ख टीस की तरह उभरता है तो लगता है कि बिजली चमकी हो।	**म.सा.**-1/329	तरल मोती से नयन भरे!/दीप-शिखा

शब्द- काव्य-पंक्ति	: अर्थ	ग्रंथावली/पृ.सं.	स्रोत/संदर्भ
कसक-व्यापार- *'धूलि का तब से न रुक पाया कसक-व्यापार!'*	: पीड़ाओं की चुभन का क्रम	**म.सा.**-1/317	प्राण हँस कर ले चला जब/दीप-शिखा
कस्तूरी कुरंग- *'मैं सुरभि खोजता भटकूँगा वन-वन बन कस्तूरी कुरंग'*	: कस्तूरी मृग जो अपनी नाभि में बसी कस्तूरी सुगंध की तलाश में भटकता रहता है।	**प्र.ग्रं.**-2/167	ईर्ष्या/कामायनी
कहराते- *'हो कहराते व्याधि-विशीर्ण अधीर'*	: कराहते, कराहना	**नि.र.**-1/114	कण
कहीं से हम आये थे नहीं- *'हमारी जन्म-भूमि थी यहीं, कहीं से हम आये थे नहीं'*	: आर्य भारत के बाहर से नहीं आये थे	**प्र.ग्रं.**-4/139	पंचम अंक/स्कन्दगुप्त
कांक्षाओं- *'जब तक कांक्षाओं के प्रहार अपने साधन को बार-बार'*	: इच्छाएँ, अभिलाषाएँ	**नि.र.**-1/288	तुलसीदास
काँटे कलियाँ- *'काँटे कलियाँ प्रस्तर रसमय!'*	: दुःख-रूपी काँटे सुख-रूपी कलियों में बदल जाते हैं	**म.सा.**-1/304	सखि मैं हूँ अमर सुहाग भरी!/सांध्य गीत
कांत- *'सुनहली लट घुँघराली कान्त'*	: सुन्दर, प्रकाशमय	**प्र.ग्रं.**-1/231	किरण/झरना
◆ *'झील में झाई पड़ती थी, श्याम-वनशाली तट की कान्त'*	: सुन्दर, आभामय	**प्र.ग्रं.**-1/266	झील में/झरना
◆ *'तिमिर का हरने को दुख भार, तेज अमिताभ अलौकिक कांत'*	: चमक, प्रकाश	**प्र.ग्रं.**-1/295	अरी वरुणा की शांत कछार/लहर
◆ *'ढँक रहे थे उसका वपु कांत/बन रहा था वह कोमल वर्म'*	: चिकना और चमकदार	**प्र.ग्रं.**-2/84	श्रद्धा/कामायनी
◆ *'उषा की पहली लेखा कांत,/माधुरी से भींगी भर मोद'*	: चमकीली	**प्र.ग्रं.**-2/85	श्रद्धा/कामायनी
◆ *'नखत की आशा किरण समान, हृदय के कोमल कवि की कांत -'*	: कमनीय, कोमल और चमकदार	**प्र.ग्रं.**-2/87	श्रद्धा/कामायनी
◆ *'शिथिल अलसाई पड़ी छाया निशा की कांत'*	: मनोहर	**प्र.ग्रं.**-2/116	वासना/कामायनी
◆ *'उठती अंतस्तल से सदैव दुर्ललित लालसा जो कि कांत'*	: आकर्षक, मोहक	**प्र.ग्रं.**-2/157	ईर्ष्या/कामायनी
◆ *'या कि तू दुष्यन्त-कान्त शकुन्तला?'*	: प्रेमी	**नि.र.**-1/42	माया
◆ *'और मैं कान्त-कामिनी-कविता'*	: प्रिय, प्रेमी	**नि.र.**-1/49	तुम और मैं
◆ *'पथ श्रान्त तू सुप्त कान्त की स्मृति में चलकर सोती'*	: पति, प्रेमी	**नि.र.**-1/98	प्रिया से
कांत-कनी- *'तुम कान्त-कनी हो उज्ज्वल'*	: उज्ज्वल अश्रु-बिंदु	**पं.ग्रं.**-1/248	मानव/गुंजन
कांत कल्पना- *'करुणा, कान्त कल्पना है बस; दया न पड़ी दिखायी'*	: सुन्दर कल्पना	**प्र.ग्रं.**-3/180	प्रथम अंक/विशाख
कांत-कामिनी-कविता- *'और मैं कान्त-कामिनी-कविता'*	: प्रेमी और प्रेमिका की कविता	**नि.र.**-1/49	तुम और मैं
कांत छाया- *'हृदय जिसकी कांत छाया में लिए निःश्वास'*	: मनोरम आश्रय	**प्र.ग्रं.**-2/117	वासना/कामायनी
कांता- *'आयी याद कान्ता की कम्पित कमनीय गात'*	: प्रेमिका	**नि.र.**-1/41	जुही की कली
कांति- *'वैसी ही सरलता, वैसी पवित्र कान्ति'*	: आभा, तेज, चमक	**नि.र.**-1/53	पंचवटी प्रसंग:1
कांति किरण रंजित तारा- *'तम के सुन्दरतम रहस्य, हे कांति किरण रंजित तारा!'*	: किरणों की कांति से रँगे हुए सितारे	**प्र.ग्रं.**-2/78	आशा/कामायनी
कांतिमान- *'वासना भरी उन आँखों पर आवरण डाल दे कांतिमान'*	: आभा से युक्त	**प्र.ग्रं.**-2/166	ईर्ष्या/कामायनी
कांति सिंधु- *'नर्तन में निरत, प्रकृति गल कर, उस कांति सिंधु में घुल-मिलकर'*	: (शिव का) सौन्दर्य-सागर	**प्र.ग्रं.**-2/247	दर्शन/कामायनी
काँस- *'तथा काँस के नव गहनों से'*	: एक झाड़ी जिसमें बरसात के बाद सफेद फूल लगते हैं	**पं.ग्रं.**-1/91	उस सीधे जीवन का श्रम/वीणा

शब्द– काव्य-पंक्ति	: अर्थ	ग्रंथावली/पृ.सं.	स्रोत/संदर्भ
◆ *'केंचुली, काँस, सिवार'*	: सफेद फूलों से युक्त एक झाड़ी, काँस की तरह सफेद हो जाती है केशराशि।	**पं.ग्रं.**–1/223	परिवर्तन/पल्लव
काकली– *'निश्चिन्त आह! वह था कितना उल्लास, काकली के स्वर में !'*	: कोमल और प्रिय स्वर	**प्र.ग्रं.**–2/97	काम/कामायनी
◆ *'परिमल से चली नहाकर काकली, सुमन थे झड़ते'*	: मंद और मधुर ध्वनि	**प्र.ग्रं.**–2/278	आनन्द/कामायनी
◆ *'काकली कोकिल की'*	: कोयल की आवाज	**नि.र.**–1/204	कवि
काकली-सी– *'काकली-सी बनने की तुम्हें लगन लग न जाय हे भगवान्'*	: कोयल की मीठी-बेधक आवाज के समान	**प्र.ग्रं.**–4/187	प्रथम अंक/चन्द्रगुप्त
काजरकारे– *'धूम धुँआरे, काजरकारे'*	: काजल के रंग के काले बादल	**पं.ग्रं.**–1/216	बादल/पल्लव
काठिन्य– *'काठिन्य वक्षस्थल में'*	: पुष्ट (स्तन)	**नि.र.**–1/173	रेखा 'क'
काढ़– *'काढ़ देना चाहते हो दक्षिण के प्राण–'*	: निकालना	**नि.र.**–1/158	महाराज शिवाजी का पत्र
◆ *'काढ़ हिन्दुओं का हृदय'*	: निकालकर	**नि.र.**–1/158	महाराज शिवाजी का पत्र
कातर अलस पपीहा– *'कातर अलस पपीहा की वह ध्वनि कभी'*	: असहाय और निष्क्रिय (बेबस) चातक पक्षी	**प्र.ग्रं.**–1/228	पावस प्रवास/झरना
कातरतायें– *'मधुमय चुंबन कातरतायें आज न मुख को सता रहीं'*	: सुख-मिश्रित भय	**प्र.ग्रं.**–2/58	चिंता/कामायनी
कादंबिनी– *'बिजली बन्दी होती जब/कादम्बिनी की कारा में'*	: मेघमाला, बादलों की लंबी शृंखला	**प्र.ग्रं.**–2/30	आँसू
◆ *'कादम्बिनी उठी यह ढँकनेवाली दूर जलधि के कूल'*	: मेघमाला	**प्र.ग्रं.**–4/238	द्वितीय अंक/चन्द्रगुप्त
कादंबिनी छटा– *'मन-मयूर कब नाच उठेगा कादंबिनी छटा लखकर'*	: मेघमाला का सौन्दर्य, बादलों की सुन्दरता	**प्र.ग्रं.**–1/242	कब/झरना
कान-कान– *'बैठाला देकर मान-पान; कुछ जन बतलाये कान-कान;'*	: कानोंकान, कानाफूसी	**नि.र.**–1/300	तुलसीदास
कानन– *'उस नवल-सर्ग के कानन में मृदु मलयानिल से फूल चले'*	: वन	**प्र.ग्रं.**–2/105	काम/कामायनी
◆ *'इस ऊसर में नन्दन कानन की रचना रच भी सकती'*	: जंगल	**नि.र.**–1/45	बाबा और नाती
◆ *'कल्पना के कानन की रानी'*	: वन, जंगल	**नि.र.**–1/218	कल्पना के कानन की रानी
कानन-अंचल– *'कुसुम कानन-अंचल में मन्द पवन प्रेरित सौरभ साकार,'*	: वन प्रदेश, विस्तृत जंगल	**प्र.ग्रं.**–2/85	श्रद्धा/कामायनी
कानन-गेह– *'आज सदा-सुख-छाया होगा कानन-गेह'*	: वनस्थित घर	**नि.र.**–1/130	बादल राग
काननचारी– *'आज न पशु हैं हम, या गूँगे काननचारी'*	: जंगली, मानव-सभ्यता का वनवासी चरण	**प्र.ग्रं.**–2/206	संघर्ष/कामायनी
कानन-मंडल– *'गूँजा जग का कानन-मण्डल, पर्वत-तल;'*	: वन-प्रदेश, प्रकृति का एक भाग	**नि.र.**–1/305	तुलसीदास
कानों की लाली– *'मैं वह हलकी-सी मसलन हूँ जो बनती कानों की लाली'*	: स्नेहपूर्वक मसलन से उत्पन्न कानों की लालिमा जो सौन्दर्यवर्द्धक है	**प्र.ग्रं.**–2/128	लज्जा/कामायनी

शब्द-	काव्य-पंक्ति	: अर्थ	ग्रंथावली/पृ.सं.	स्रोत/संदर्भ
कानों के कान खोलकर-	*'कानों के कान खोलकर के सुनती थी कोई ध्वनि गहरी'*	: खूब सावधानी से	**प्र.ग्रं.**-2/103	काम/कामायनी
कान्यकुब्ज-कुल-कुलांगार-	*'ये कान्यकुब्ज-कुल-कुलाङ्गार;'*	: कान्यकुब्ज ब्राह्मण कुल के लिए जो अंगार के समान हैं	**नि.र.**-1/321	सरोज-स्मृति
काफिर-	*'काफिर तो कहते न होंगे कभी तुम्हें वे?'*	: गैर-मुसलमान, इंकार करने वाला (इस्लामी मान्यताओं को)	**नि.र.**-1/163	महाराज शिवाजी का पत्र
काफूर-	*'अंत किया छल से काफूर ने'*	: मलिक काफूर, अलाउद्दीन खिलजी का सेनापति	**प्र.ग्रं.**-1/352	प्रलय की छाया/लहर
काम-	*'काम से झिझक रहे हो आज, भविष्यत् से बनकर अनजान'*	: इच्छा, योजना	**प्र.ग्रं.**-2/88	श्रद्धा/कामायनी
◆	*'मैं काम रहा सहचर उनका,/उनके विनोद का साधन था'*	: कामदेव, रति का पति	**प्र.ग्रं.**-2/103	काम/कामायनी
◆	*'यह कौन? अरे फिर वही काम!'*	: कामदेव, श्रद्धा के पूर्वज, कामायनी का एक अदृश्य पात्र	**प्र.ग्रं.**-2/175	इड़ा/कामायनी
काम-कला-कोविद-	*'तू काम-कला-कोविद'*	: काम की कला में निपुण, दक्ष प्रेमी	**नि.र.**-1/63	पंचवटी प्रसंग:5
काम के सूत-	*'राम के नहीं, काम के सूत कहलाये!'*	: काम-पिपासा के अधीन	**नि.र.**-1/303	तुलसीदास
कामदगिरि-	*'कामदगिरि का कर परिक्रमण'*	: चित्रकूट का एक पर्वत	**नि.र.**-1/292	तुलसीदास
कामना-	*'जब कामना सिंधु तट आयी/ले संध्या का तारा दीप,'*	: अभिलाषा	**प्र.ग्रं.**-2/78	आशा/कामायनी
कामना कला की-	*'कामना कला की विकसी कमनीय मूर्ति बन तेरी'*	: कला को मूर्त रूप देने की आकांक्षा	**प्र.ग्रं.**-2/19	आँसू
कामना की किरन-	*'कामना की किरन का जिसमें मिला हो ओज'*	: इच्छाओं की आभा	**प्र.ग्रं.**-2/115	वासना/कामायनी
कामना-कुंज-	*'गिरे कामना-कुंज हहरकर'*	: इच्छाओं के कुंज (लता-गुल्मों से घिरा स्थान)	**प्र.ग्रं.**-3/521	एक घूँट(एकांकी)
कामना सिन्धु-	*'कामना सिन्धु लहराता/छवि-पूरनिमा थी छाई'*	: आकांक्षाएँ मानो समुद्र की तरह अनन्त थीं	**प्र.ग्रं.**-2/17	आँसू
काम-प्रेरणा-	*'श्रद्धा के उत्साह वचन, फिर काम-प्रेरणा मिल के'*	: कामदेव के द्वारा मनु को दी गयी प्रेरणा कि योग्य बनो	**प्र.ग्रं.**-2/134	कर्म/कामायनी
काम बाला-	*'जन्म संगिनि एक थी जो काम बाला, नाम -'*	: कामदेव की पुत्री श्रद्धा	**प्र.ग्रं.**-2/118	वासना/कामायनी
काम-बीज-	*'सृष्टि के कारण वे,/कविता के काम-बीज'*	: इच्छा का मूल कारण	**नि.र.**-1/174	रेखा 'क'
काम मंगल-	*'काम मंगल से मंडित श्रेय सर्ग, इच्छा का है परिणाम;'*	: कल्याणमयी कामना, कल्याण की भावना से युक्त इच्छा-शक्ति	**प्र.ग्रं.**-2/89	श्रद्धा/कामायनी
कामरूप नभचर-	*'भू पर कामरूप नभचर'*	: इच्छा के अनुसार रूप धारण करनेवाले बादल (नभचर- आकाश में चलनेवाले)	**पं.ग्रं.**-1/113	प्रथम रश्मि का आना रंगिणि!/वीणा
कामातुर-	*'दूसरे कामातुर किसी/लोलुप प्रतिद्वन्द्वी को?'*	: काम+आतुर, वासना से व्यग्र	**नि.र.**-1/163	महाराज शिवाजी का पत्र
कामायनि-	*'कामायनि! तू हृदय कड़ा कर धीरे-धीरे सब सह ले'*	: श्रद्धा स्वयं को संबोधित कर रही है, कामगोत्रजा	**प्र.ग्रं.**-2/186	स्वप्न/कामायनी
कामायनी-	*'कामायनी पड़ी थी अपना कोमल चर्म बिछा के'*	: श्रद्धा, काम-गोत्र की श्रद्धा, कामदेव की पुत्री	**प्र.ग्रं.**-2/140	कर्म/कामायनी

शब्द- काव्य-पंक्ति	: अर्थ	ग्रंथावली/पृ.सं.	स्रोत/संदर्भ
◆ *'कामायनी जगी थी कुछ-कुछ खोकर सब चेतनता'*	: श्रद्धा, कामदेव की वंशज श्रद्धा, कामगोत्रजा श्रद्धा	**प्र.ग्रं.-2**/146	कर्म/कामायनी
◆ *'कामायनी सकल अपना सुख स्वप्न बना-सा देख रही'*	: कामगोत्रजा श्रद्धा	**प्र.ग्रं.-2**/189	स्वप्न/कामायनी
◆ *'कामायनी देख पायी कुछ पहुँची उस तक डग भरती'*	: कामगोत्रजा श्रद्धा	**प्र.ग्रं.-2**/219	निर्वेद/कामायनी
◆ *'कामायनी मौन बैठी सी अपने में ही उलझ रही'*	: श्रद्धा	**प्र.ग्रं.-2**/230	निर्वेद/कामायनी
कामायनी-कुसुम- *'कामायनी-कुसुम वसुधा पर पड़ी, न वह मकरंद रहा'*	: कामगोत्रजा श्रद्धा मानो फूल की तरह थी	**प्र.ग्रं.-2**/185	स्वप्न/कामायनी
कामायनी विहँसती- *'वह कामायनी विहँसती अग जग था मुखरित होता'*	: श्रद्धा की हँसी (की ध्वनि)	**प्र.ग्रं.-2**/277	आनन्द/कामायनी
कामिनी- *'और मैं कान्त-कामिनी-कविता'*	: प्रेमिका	**नि.र.-1**/49	तुम और मैं
काम्य उपवन- *'काम्य उपवन'*	: जिस सुन्दर उपवन की कामना की जाए, मनोवांछित व्यक्ति	**पं.ग्रं.-1**/124	ग्रंथि
काय-कर्म- *'मनोभाव के काय-कर्म का सम-तोलन में दत्त-चित्त से'*	: शारीरिक क्रिया, बाह्य-वृत्ति	**प्र.ग्रं.-2**/261	रहस्य/कामायनी
काया छाया में- *'काया छाया में रहस्यमय प्रेयसि प्रियतम का अभिनय क्या?'*	: यह काया मानो तुम्हारी छाया में मिली हुई है	**म.सा.-1**/183	तुम मुझ में प्रिय! फिर परिचय क्या!/नीरजा
कारण- *'कारण तुम्हीं थे, अब कर्म हो रहे हो तुम्हीं'*	: उत्पत्ति का मूल	**प्र.ग्रं.-1**/261	तुम/झरना
◆ *'नित्य समरसता का अधिकार, उमड़ता कारण जलधि समान;'*	: कारण-रूप, कार्य-कारण -सम्बन्ध में 'कारण' का जो अर्थ है, वजह।	**प्र.ग्रं.-2**/89	श्रद्धा/कामायनी
कारण-जाम- *'मेरे मरण और जीवन के/कारण-जाम पिये'*	: शराब का जाम, कटोरा, (निराला के द्वारा लगाया गया यह अर्थ उनका अपना है)	**नि.र.-1**/218	नयनों में हेर प्रिये
कारण-पार- *'मृत्यु-जीवन ज्ञान-तम के/करण, कारण-पार'*	: कारण से परे	**नि.र.-1**/227	खोलो दृगों के द्वय द्वार
कारण संसार के- *'कारण संसार के विश्वरूप तुम पर प्रसन्न हों'*	: ईश्वर	**नि.र.-1**/157	महाराज शिवाजी का पत्र
कारा- *'तू न अपनी छाँह को अपने लिए कारा बनाना!'*	: बंधन, सीमा	**म.सा.-1**/280	चिर सजग आँखें उनींदी.../सांध्य गीत
कार्तिक- *'दक्षिण गणेश, कार्तिक बाँये रण-रंग राग'*	: शंकर के पुत्र कार्तिक	**नि.र.-1**/338	राम की शक्ति-पूजा
कार्तिक कृष्णा- *'कार्तिक कृष्णा कुहू क्रोध से काले करका भरे हुए'*	: कार्तिक महीने में अमावस्या की रात	**प्र.ग्रं.-3**/209	द्वितीय अंक/विशाख
कार्मुक- *'कर्म का कार्मुक कर में धार'*	: धनुष	**नि.र.-1**/215	पास ही रे, हीरे की खान
काल- *'काल की ही चाल से मुरझा गये'*	: समय की सत्ता	**नि.र.-1**/40	जन्मभूमि
◆ *'नजर क्यों काल ही न आये तुम्हें'*	: मृत्यु	**नि.र.-1**/47	तुम हमारे हो
काल-कपोलों- *'काल-कपोलों पर आँसू सा'*	: 'काल (मृत्यु/समय) के कपोल (गाल) पर' एक मुहावरा है, मृत्यु	**म.सा.-1**/131	दिया क्यों जीवन का वरदान?/रश्मि
काल कुहू- *'काल कुहू, मेरा दुर्गम मग'*	: अमावस्या की रात का समय, कालरात्रि	**पं.ग्रं.-1**/210	नक्षत्र/पल्लव
काल कृमि-से- *'छान रहे तुम, कुटिल काल कृमि-से घुस पल-पल'*	: समय-रूपी कीट की तरह	**पं.ग्रं.-1**/225	परिवर्तन/पल्लव

शब्द-	*काव्य-पंक्ति*	: अर्थ	ग्रंथावली/पृ.सं.	स्रोत/संदर्भ
काल-गुणत्रय-भय-रहित-	*'धरा घिर घूम रही चञ्चल, काल-गुणत्रय-भय-रहित समर'*	: तीनों काल (भूत, वर्तमान एवं भविष्यत्) एवं तीनों गुण (सत्, रज, तम) के भय (चिंता) से मुक्त	**नि.र.**-1/138	प्याला
काल-चक्र-	*'काल-चक्र में हो दबे'*	: समय की गति, समय का फेर	**नि.र.**-1/154	जागो फिर एक बार
काल चक्र-	*'काल चक्र-से चढ़ते-गिरते'*	: समय की चक्राकार गति	**पं.ग्रं.**-1/215	बादल/पल्लव
काल-जलधि-	*'तू अनंत में लहर बनाती काल-जलधि की-सी हलचल'*	: समय या कालबोध रूपी समुद्र	**प्र.ग्रं.**-2/63	चिंता/कामायनी
कालरात्रि-	*'उधर पराजित कालरात्रि भी जल में अन्तर्निहित हुई'*	: प्रलय की भयानक रात	**प्र.ग्रं.**-2/67	आशा/कामायनी
काल-वायु-	*'काल-वायु से स्खलित न होंगे/कनक-प्रसून?'*	: समय का प्रवाह	**नि.र.**-1/202	युक्ति
काल-सीमा-हीन-	*'काल-सीमा-हीन सूने में रहस्यनिधान'*	: समय के बंधन से मुक्त (आकाश)	**म.सा.**-1/123	स्मित तुम्हारी से छलक.../रश्मि
कालाकाँकर-	*'कालाकाँकर का राजभवन सोया जल में निश्चिन्त प्रमन'*	: प्रतापगढ़ (उत्तर प्रदेश) जिले में स्थित एक रियासत	**पं.ग्रं.**-1/275	नौका-विहार/गुंजन
कालानिल-	*'कालानिल की कुंचित गति से'*	: प्रलय की तरह बहती हवा	**पं.ग्रं.**-1/205	छाया/पल्लव
काला पट-	*'हँस ले काला पट ओढ़ मरण'*	: मृत्यु की काली चादर	**प्र.ग्रं.**-1/326	ओ री मानस की गहराई/लहर
काला पानी-बेला-सी-	*'काला पानी-बेला-सी है अंजन रेखा काली'*	: तट पर पानी की रेखा गहरी होकर मानो काले रंग की दिख रही हो।	**प्र.ग्रं.**-2/11	आँसू
काला शासन-चक्र-	*'काला शासन-चक्र मृत्यु का कब तक चला न स्मरण रहा,'*	: प्रलय की दुखद सत्ता	**प्र.ग्रं.**-2/62	चिंता/कामायनी
काला सिंधु-	*'देख कर काला सिंधु अनंत हो गया हा साहस का अंत!'*	: गहरा दुर्गम समुद्र, कठिन परिस्थितियाँ	**म.सा.**-1/46	घोर तम छाया चारों ओर/नीहार
कालिंजर-	*'वीरों का गढ़, वह कालिंजर'*	: एक स्थान	**नि.र.**-1/282	तुलसीदास
कालिंदी-	*'कालिन्दी बही प्रणय की इस तममय हृदय-पुलिन में'*	: प्रेम की नदी यमुना	**प्र.ग्रं.**-2/16	आँसू
◆	*'सोने की सिकता में मानो कालिंदी बहती भर उसास'*	: यमुना नदी	**प्र.ग्रं.**-2/160	ईर्ष्या/कामायनी
◆	*'यौवन मधुवन की कालिंदी बह रही चूम कर सब दिगन्त'*	: यमुना नदी, 'कलिंद' पर्वत से निकली यमुना नदी	**प्र.ग्रं.**-2/173	इड़ा/कामायनी
कालिंदी निराली-	*'उमड़ आई री दृगों में सजनि कालिंदी निराली'*	: काजल की रेखाओं में आँखें यमुना की तरह निराली लग रही हैं	**म.सा.**-1/200	मैं बनी मधुमास आली /नीरजा
कालिमा धुलने लगी-	*'कालिमा धुलने लगी घुलने लगा आलोक,'*	: रात का अँधेरा (चाँदनी में) धुलने लगा	**प्र.ग्रं.**-2/115	वासना/कामायनी
काली अपलक रजनी-	*'काली अपलक रजनी में दिन का उन्मीलन भी हो'*	: एकटक देखती आँखें मानो काली रात-जैसी हैं	**म.सा.**-1/220	यह पतझर मधुवन भी हो!/नीरजा
काली चादर के स्तर-	*'काली चादर के स्तर का खुलना न देखने पाते'*	: शाम का अँधियारा	**प्र.ग्रं.**-2/19	आँसू
काली जंजीरों-	*'बाँधा था विधु को किसने इन काली जंजीरों से'*	: केश-राशि की लड़ियाँ, काले बादल	**प्र.ग्रं.**-2/11	आँसू

शब्द-	काव्य-पंक्ति	: अर्थ	ग्रंथावली/पृ.सं.	स्रोत/संदर्भ
काले-	*'काले क्यों पड़ते जाते हैं/माला के सोने से फूल?'*	: प्रेम की पीड़ा का कालापन, पीड़ा का रंग काला है	**म.सा.**-1/41	बहती जिस नक्षत्र लोक में/नीहार
काले अंजन-	*'मिल जाता काले अंजन में संध्या की आँखों का राग'*	: रात का अँधेरा मानो काले काजल की तरह है	**म.सा.**-1/40	मिल जाता काले अंजन में/नीहार
काले-पट-	*'निर्मोह काल के काले- पट पर कुछ अस्फुट लेखा'*	: दुर्भाग्य की भूमि	**प्र.ग्रं.**-2/23	आँसू
काले पट-	*'अपने काले पट में मेरा'*	: अंधकार का काला कपड़ा	**पं.ग्रं.**-1/95	अब न अगोचर रहो सुजान!/वीणा
काले रजनी अंचल-	*'काले रजनी अञ्चल में लिपटी लहरें सोती थीं'*	: रात का अँधेरा मानो काले आँचल की तरह है	**म.सा.**-1/52	इन हीरक से तारों को/नीहार
काले व्याल-	*'कचों के चिकने, काले व्याल'*	: काले साँप (की तरह है केशराशि)	**पं.ग्रं.**-1/223	परिवर्तन/पल्लव
काव्य कुसुम-	*'कितने काव्य कुसुम सुकुमार'*	: फूलों की तरह कोमल कविताएँ	**पं.ग्रं.**-1/194	अनंग/पल्लव
काष्ठ संधि-	*'सूखी काष्ठ सन्धि में पतली अनल शिखा जलती थी'*	: लकड़ियों के बीच	**प्र.ग्रं.**-2/140	कर्म/कामायनी
किंकिण-स्वर-	*'उड़ता झंझा में अलक-जाल मेघों में मुखरित किंकिण-स्वर'*	: कंगनों के टकराने से उत्पन्न ध्वनि	**म.सा.**-1/237	लय गीत मदिर, गति ताल अमर/नीरजा
किंकिणी-	*'कण-कण कर कङ्कण, प्रिय किण-किण रव किङ्किणी'*	: कमर में पहना जानेवाला एक आभूषण	**नि.र.**-1/254	मौन रही हार
किंचित-	*'अयुत अधरों में सुसिञ्चित एक किञ्चित प्यार'*	: थोड़ा	**नि.र.**-1/226	जग का एक देखा तार
किंजल्क-	*'स्वर्ण सरसिज किंजल्क समान'*	: कमल का केसर, पद्मकेसर, पीला	**प्र.ग्रं.**-1/231	किरण/झरना
◆	*'किंजल्क जाल हैं बिखरे/उड़ता पराग है रूखा'*	: कमल का पराग, पद्मकेसर	**प्र.ग्रं.**-2/15	आँसू
किंवा-	*'किंवा मतवाली थी यौवन की मदिरा पिये'*	: और क्या?	**नि.र.**-1/41	जुही की कली
◆	*'किंवा जब आये भरत चित्रकूट पर्वत पर?'*	: अथवा	**नि.र.**-1/53	पंचवटी प्रसंग:1
◆	*'किंवा, हे यशोराशि!'*	: अथवा	**नि.र.**-1/81	खँडहर के प्रति
किंशुक-डाल-	*'वही पतझर की किंशुक-डाल पहन लहराती अंशुक-जाल'*	: किंशुक पेड़ की डाल	**नि.र.**-1/270	विश्व की ही वाणी प्राचीन
किण-किण-	*'कण-कण कर कङ्कण, प्रिय किण-किण रव किङ्किणी'*	: किंकिणी की आवाज	**नि.र.**-1/254	मौन रही हार
किन्नर-	*'नर हो या किन्नर कोई हो निर्बल या बलवान'*	: देवताओं की एक प्रजाति, गाने-बजानेवाली जाति	**प्र.ग्रं.**-3/211	द्वितीय अंक/विशाख
किन्नर-गण-	*'नर हैं भीतर, बाहर किन्नर-गण गाते'*	: जो अपनी दासता में उत्सव मना रहे हैं	**नि.र.**-1/282	तुलसीदास
किन्नरियाँ-	*'किन्नरियाँ बनीं प्रतिध्वनि लेती थीं तानें अभिनव'*	: किन्नर जाति की स्त्रियाँ (जो गायन में कुशल होती थीं)	**प्र.ग्रं.**-2/272	आनन्द/कामायनी
◆	*'गाती हैं किन्नरियाँ - कितनी परियाँ'*	: एक जाति	**नि.र.**-1/108	क्या गाऊँ
किरण का समुदाय-	*'घन-पटल में डूबता था किरण का समुदाय'*	: सूरज की किरणें	**प्र.ग्रं.**-2/112	वासना/कामायनी

शब्द-	काव्य-पंक्ति	: अर्थ	ग्रंथावली/पृ.सं.	स्रोत/संदर्भ
किरण-चामर-	*'छू अरुण का किरण-चामर बुझ गए नभ-दीप निर्भर'*	: किरण-रूपी पंखे	**म.सा.-1**/232	अलि वरदान मेरे नयन!/नीरजा
किरणचुम्बि-मुख-	*'नील वसन शतद्रु-तन-ऊर्मिल किरणचुम्बि-मुख अम्बुज रे खिल'*	: किरणों को चूमनेवाला मुख	**नि.र.-1**/240	आओ मधुर-सरण मानसि, मन
किरण-तार-	*'बेध गया उर किरण-तार के विरह-राग का तीर'*	: किरणें जो तार की तरह लग रही हैं और जोड़ने का काम कर रही हैं।	**नि.र.-1**/211	बह चली अब अलि, शिशिर-समीर!
किरण-तूलिकाओं-	*'किरण-तूलिकाओं से अंकित'*	: किरण-रूपी कूची से	**नि.र.-1**/134	बादल-राग
किरण दल-	*'मुँद रहीं किरण दल में हैं अब,'*	: किरण-रूपी पलकें	**प्र.ग्रं.-1**/309	अब जागो जीवन के प्रभात/लहर
किरण-दृक्-पात-	*'किरण-दृक्-पात, आरक्त किसलय सकल'*	: किरण रूपी दृष्टि से देखना	**नि.र.-1**/273	जागा दिशा ज्ञान
किरण-नाल-	*'किरण-नाल पर घन के शतदल, कलरव-लहर विहग बुद्-बुद् चल'*	: किरण-रूपी डंठल	**म.सा.-1**/345	गोधूलि अब दीप जगा ले!/दीप-शिखा
किरण-पतंग-	*'मृगी-मृग, कलि-अलि, किरण-पतंग'*	: सूरज और उसकी किरणें	**पं.ग्रं.-1**/258	मधुवन/गुंजन
किरण-सम्पात-	*'शिशिर ज्यों पत्र पर कनक-प्रभात के, किरण-सम्पात से'*	: रोशनी पड़ी	**नि.र.-1**/324	प्रेयसी
किरणांगुलि-	*'जिस किरणांगुलि ने स्वप्न भरे मृदुकर-संपुट में गोद लिया'*	: चाँद ने किरण-रूपी ऊँगलियों से (आँखों में स्वप्न भरे)	**म.सा.-1**/383	तेरी छाया में अमिट रंग/दीप-शिखा
किरणासव-	*'ज्योत्स्नामयि, तम को किरणासव पिला, मिला उर लो!'*	: किरणों की शराब	**नि.र.-1**/224	मन चंचल न करो!
किरणों के केसर-रज-	*'किरणों के केसर-रज से भव भर दो मेरी ज्वाला'*	: किरणें मानो पराग-कण की तरह हैं	**प्र.ग्रं.-2**/31	आँसू
किरणोज्ज्वल-	*'दिवस का किरणोज्ज्वल उत्थान'*	: किरण+उज्ज्वल, किरणों से उज्ज्वल	**नि.र.-1**/137	दीन
◆	*'किरणोज्ज्वल नयन नत'*	: किरण+उज्ज्वल, प्रकाश से चमकता हुआ	**नि.र.-1**/175	रेखा 'क'
◆	*'खिलते किरणोज्ज्वल चल-अचपल,/सकल अमंगल खो'*	: किरणों से चमकते हुए	**नि.र.-1**/213	छोड़ दो, जीवन यों न मलो
किरन-अनी-	*'तारों की किरन-अनी सखे!*	: किरणों की नोक	**प्र.ग्रं.-4**/302	चतुर्थ अंक/चन्द्रगुप्त
किरन कली की क्रीड़ा-	*'फैल गयी जब स्मिति की माया, किरन कली की क्रीड़ा से'*	: सूरज की किरण (मनु) और कली (श्रद्धा) की प्रेम-क्रीड़ा	**प्र.ग्रं.-2**/187	स्वप्न/कामायनी
किरन पात-	*'जिसमें खिल खुलते किरन-पात'*	: किरण-रूपी पत्ते	**प्र.ग्रं.-1**/310	कोमल कुसुमों की मधुर रात/लहर
किरनों की छाया में-	*'ऊषा-सा कौन रहस्य लिये सोती किरनों की छाया में!'*	: प्रकाश के आवरण (चादर) में	**प्र.ग्रं.-2**/101	काम/कामायनी
किरनों की लट-	*'वह पावक पुंज हुआ अब किरनों की लट बिखराये'*	: किरण रूपी केश-गुच्छ	**प्र.ग्रं.-2**/19	आँसू
किरीट-	*'वह चन्द्र किरीट रजत नग स्पन्दित-सा पुरुष पुरातन'*	: मुकुट (चन्द्रमा-रूपी)	**प्र.ग्रं.-2**/280	आनन्द/कामायनी
◆	*'बदले किरीट जिसने सैकड़ों महीप-भाल'*	: मुकुट	**नि.र.-1**/100	दिल्ली

शब्द-	काव्य-पंक्ति	: अर्थ	ग्रंथावली/पृ.सं.	स्रोत/संदर्भ
किलक-	*'माँ' फिर एक किलक दूरागत, गूँज उठी कुटिया सूनी'*	: किलकारी, बच्चे की आवाज	**प्र.ग्रं.**-2/188	स्वप्न/कामायनी
♦	*'उषा के छू आरक्त कपोल/किलक पड़ता तेरा उन्माद'*	: बच्चे की पुलकित ध्वनि, शैशव का उत्साहित कंठ-स्वर	**म.सा.**-1/93	मधुरिमा के, मधु के अवतार/नीहार
किलकती-	*'कुमुद कला है जहाँ किलकती'*	: खुशी की ध्वनि, सुन्दर लगना	**पं.ग्रं.**-1/85	काला तो यह बादल है!/वीणा
किलकन-	*'जिसका रोदन,/जिसकी किलकन'*	: बच्चों की चहकती आवाज	**म.सा.**-1/208	तेरी सुधि बिन क्षण क्षण सूना/नीरजा
किलकाया-	*'कुमुद कला ने किलकाया'*	: हर्षध्वनि प्रकट कराया	**पं.ग्रं.**-1/87	बालकाल में जिसे जलद से/वीणा
किलात-	*'मरण-पर्व था; नेता आकुलि औ' किलात थे'*	: एक असुर पुरोहित	**प्र.ग्रं.**-2/208	संघर्ष/कामायनी
किलात-आकुलि-	*'वे किलात-आकुलि थे जिनने कष्ट अनेक सहे थे'*	: असुर जाति के दो पुरोहित	**प्र.ग्रं.**-2/135	कर्म/कामायनी
किलोल-	*'कल-कल छल-छल करता किलोल'*	: कल्लोल, हर्ष-मिश्रित ध्वनि	**पं.ग्रं.**-1/264	जीवन का उल्लास/गुंजन
♦	*'जिन पलकों में तारे अमोल/आँसू से करते हैं किलोल'*	: क्रीड़ा-भाव की गतिविधियाँ	**म.सा.**-1/64	मैं कंपन हूँ तू करुण राग/नीहार
किवार-	*'जन्म-मरण चल किवार'*	: दरवाजे का पल्ला	**पं.ग्रं.**-1/343	चार/ज्योत्स्ना
किशलय-कोमल-	*'तू वज्र-कठिन किशलय-कोमल?'*	: हे पर्वत! तू नये पत्ते से भी कोमल है।	**म.सा.**-1/397	तू भू के प्राणों का शतदल!/दीप-शिखा
किसका था भ्रू-भंग-	*'किसका था भ्रू-भंग प्रलय-सा जिसमें ये सब विकल रहे!'*	: किसकी भौंहें टेढ़ी हुई थीं कि प्रलय आ गया(ईश्वर की अनुभूति), वह महाशक्ति कौन है।	**प्र.ग्रं.**-2/68	आशा/कामायनी
किसके शासन में-	*'वरुण आदि सब घूम रहे हैं किसके शासन में अम्लान?'*	: मनु को महसूस हुआ कि शासन देवताओं का नहीं बल्कि किसी और का चलता है।	**प्र.ग्रं.**-2/68	आशा/कामायनी
किसलय अधरों-	*'किसलय अधरों का हिम हास'*	: किसलय (नये पत्ते) मानो होंठों की तरह हैं	**पं.ग्रं.**-1/202	विश्व वेणु/पल्लव
किसलय का अंचल-	*'किसलय का अंचल डोल रहा'*	: नये पत्ते मानो अंचल हैं	**प्र.ग्रं.**-1/303	बीती विभावरी जाग री/लहर
किसलय-कोमल लता-	*'वह नव वसन्त की किसलय-कोमल लता'*	: नव पल्लवों की तरह कोमल लता	**नि.र.**-1/95	बहू
किसलय जाल-	*'लाज का ज्यों मृदु किसलय जाल!'*	: नव पल्लव समूह (ऐसे खिले हैं मानो प्रभात के गालों पर लज्जा की लाली हो)	**पं.ग्रं.**-1/256	मधुवन/गुंजन
किसलय दल-	*'ऊषा सस्मित किसलय दल'*	: नये पत्ते	**पं.ग्रं.**-1/195	मोह/पल्लव
किसलय नव कुसुम-	*'किसलय नव कुसुम बिछाकर आये तुम इस क्यारी में'*	: पल्लव और पुष्प, नये पत्ते और ताजे फूल	**प्र.ग्रं.**-2/9	आँसू
किसलयमय-	*'हरित किसलयमय कोमल वृक्ष, झुक रहा जिसका पाकर भार,'*	: नयी कोमल पत्तियों से युक्त(वृक्ष), पल्लवों से युक्त	**प्र.ग्रं.**-1/227	दो बूँदें/झरना
किसलय-वसना-	*'किसलय-वसना नव-वय-लतिका मिली मधुर प्रिय-उर तरु-पतिका'*	: पल्लवों की साड़ीवाली	**नि.र.**-1/253	सखि, वसन्त आया
किसी की मृदु मुसक्यान-	*'उस असीम नीले अंचल में देख किसी की मृदु मुसक्यान'*	: ईश्वर की मनोहर मुसकान, प्रकृति में रहस्य का आरोप है	**प्र.ग्रं.**-2/72	आशा/कामायनी

शब्द-	काव्य-पंक्ति	: अर्थ	ग्रंथावली/पृ.सं.	स्रोत/संदर्भ
किसी भाव की धारा-	*'आज अभी तो किसी भाव की धारा में बहते हो'*	: किसी भावनाविशेष के प्रवाह में	**प्र.ग्रं.-2**/148	कर्म/कामायनी
कीर-	*'आज, तृण, छद, खग, मृग, पिक, कीर'*	: तोता	**पं.ग्रं.-1**/258	मधुवन/गुंजन
कीर का प्रिय-	*'कीर का प्रिय आज पिञ्जर खोल दो'*	: तोते को पिंजड़े का दुःख मानो प्रिय हो गया है, वेदना से लगाव	**म.सा.-1**/282	कीर का प्रिय आज... /सांध्य गीत
कीर्तिकामी-	*'कोई तुम ऐसा भी कीर्तिकामी'*	: कीर्ति (यश) की इच्छा रखनेवाले	**नि.र.-1**/160	महाराज शिवाजी का पत्र
कीर्ति-रश्मियाँ-	*'असंख्य कीर्ति-रश्मियाँ, विकीर्ण दिव्य दाह-सी'*	: यश की किरणें	**प्र.ग्रं.-4**/290	चतुर्थ अंक/चन्द्रगुप्त
कीर्ति-शोणिमा-	*'कीर्ति-शोणिमा में यह/कालिमा कलंक की'*	: यश की लालिमा	**नि.र.-1**/158	महाराज शिवाजी का पत्र
कीश-से-	*'कभी कीश-से अनिल डाल में'*	: चिड़िया के समान	**पं.ग्रं.-1**/214	बादल/पल्लव
कुंकुम-	*'प्राची रज कुंकुम ले चाहे अपना भाल सजावेगी'*	: रोली	**प्र.ग्रं.-1**/291	निज अलकों के.../लहर
कुंकुम का चूर्ण-	*'कुंकुम का चूर्ण उड़ाते से मिलने को गले ललकते-से'*	: केसर के कण की तरह	**प्र.ग्रं.-2**/104	काम/कामायनी
कुंकुमचूर्ण भला-	*'जैसे सुहागिनी की ऊर्मिल अलकों में कुंकुमचूर्ण भला'*	: केसर का सुन्दर चूर्ण	**प्र.ग्रं.-2**/172	इड़ा/कामायनी
कुंकुम मिटता-	*'क्षितिज भाल का कुंकुम मिटता मलिन कालिमा के कर से'*	: रोली या सिन्दूर-रूपी (सूरज की लालिमा)	**प्र.ग्रं.-2**/185	स्वप्न/कामायनी
कुंचित-	*'तुम्हारे कुञ्चित केशों में/अधीर विक्षुब्ध ताल पर'*	: घुँघराला	**नि.र.-1**/133	बादल-राग
कुंचित अलकों-सी-	*'कुंचित अलकों-सी घुँघराली मन की मरोर बन कर जगती'*	: घुँघराले बालों में	**प्र.ग्रं.-2**/128	लज्जा/कामायनी
कुंचित-ऋजु-	*'बादल अलकावलि कुञ्चित-ऋजु'*	: घुँघराले और सीधे	**नि.र.-1**/221	कौन तुम शुभ्र-किरण -वसना?
कुंचित कच-	*'कुञ्चित कच गोरे कपोल छू-छूकर,-'*	: घुँघराले बाल	**नि.र.-1**/75	कविता
◆	*'कुंचित कच बादल-से काले-काले'*	: घुँघराले बाल	**नि.र.-1**/88	शृंगारमयी
कुंचित गति-	*'कालानिल की कुंचित गति से'*	: वक्र गति, टेढ़ी चाल	**पं.ग्रं.-1**/205	छाया/पल्लव
कुँचे-	*'नग्न-पद चले, कंटक, उपाधि भी, न कुँचे'*	: लगे, चुभे	**नि.र.-1**/292	तुलसीदास
कुंज-कुटीर-द्वार-	*'मेरे कुञ्ज-कुटीर-द्वार की कोमल-चरणगामिनी'*	: कुंजों से बने कुटीर का द्वार	**नि.र.-1**/98	प्रिया से
◆	*'मेरे कुञ्ज-कुटीर-द्वार पर आ तू'*	: कुंजों से निर्मित कुटीर के द्वार पर	**नि.र.-1**/102	प्रगल्भ प्रेम
कुंज-गली-	*'बिहारी कुंज-गली का है'*	: कुंजों की गलियाँ	**प्र.ग्रं.-4**/282	चतुर्थ अंक/चन्द्रगुप्त
कुंज-तारुण्य-	*'कर पार, कुञ्ज-तारुण्य सुघर आयी, लावण्य-भार थर-थर'*	: तरुणाई-रूपी कुंज	**नि.र.-1**/319	सरोज-स्मृति
कुंज-द्रुम-	*'कुसुमित कुञ्ज-द्रुमों से सौरभ-साज'*	: कुंज के वृक्ष	**नि.र.-1**/82	अंजलि
कुंजर-	*'सुना, रोकने उसे कभी कुंजर आया था'*	: हाथी	**नि.र.-1**/84	धारा
कुंजर-कलभ-	*'कुंजर-कलभ सदृश इठलाते चमकते चपला के गहने'*	: हाथी के बच्चे या शावक	**प्र.ग्रं.-2**/252	रहस्य/कामायनी

शब्द-	काव्य-पंक्ति	: अर्थ	ग्रंथावली/पृ.सं.	स्रोत/संदर्भ
कुंडली-नगन-लीन-	*'कुण्डली-नगन-लीन विश्व-जन'*	: (आकाश-रूपी सर्प की) नग्न कुंडली में मनुष्य लीन है।	**नि.र.**-1/238	सकल गुणों की खान, प्राण तुम
कुंतल-	*'बहती है वायु, मुक्त कुन्तल'*	: लंबे केश	**नि.र.**-1/150	पारस
◆	*'लहरे उर पर कोमल कुन्तल!'*	: केशराशि (की तरह हैं गंगा की लहरें)	**पं.ग्रं.**-1/274	नौका-विहार/गुंजन
◆	*'उभरे उरोज, कुन्तल खोले'*	: स्त्री के लंबे-घने बाल	**पं.ग्रं.**-2/18	छाया?/युगपथ
◆	*'किसमें देख सँवारूँ कुंतल/अंगराग पुलकों का मल मल'*	: केशराशि	**म.सा.**-1/210	टूट गया वह दर्पण निर्मम/नीरजा
◆	*'लोल तारक भी अचञ्चल/चल न मेरा एक कुंतल'*	: स्त्री की केशराशि	**म.सा.**-1/258	शून्य मंदिर में बनूँगी... /सांध्य गीत
कुंतलों-	*'उलझती अलकें सुनहली असित निशि के कुंतलों में!'*	: कुंतल, लम्बे बाल	**म.सा.**-1/253	रागभीनी तू सजनि निश्वास भी.../सांध्य गीत
◆	*'अलस नभ के पलक गीले/कुंतलों से पोंछ आई'*	: हवा की लहराती केशराशि	**म.सा.**-1/274	आज मेरे नयन के तारक.../सांध्य गीत
कुंतों-	*'वे निरीह मर्माहत होकर कुसुमाकर के कुन्तों से'*	: कुन्त, भाला, वसंत के पुष्पवाण	**प्र.ग्रं.**-3/336	तृतीय अंक/अजातशत्रु
कुंद-	*'दाड़िम, कुन्द, विकच अरविन्द'*	: एक सफेद फूल	**नि.र.**-1/125	यमुना के प्रति
◆	*'कुन्द के शेष पूजार्घ्य दान/मल्लिका प्रथम-यौवन-शयान;'*	: एक सफेद फूल	**नि.र.**-1/308	दान
◆	*'जगमग-जगमग नभ का आँगन लद गया कुन्द कलियों से घन'*	: एक सफेद फूल, कुंद की कलियों की तरह सितारे लग रहे हैं	**पं.ग्रं.**-1/268	एक तारा/गुंजन
कुंद-इंदु-अरविंद-शुभ्र-	*'तुम कुन्द-इन्दु-अरविन्द-शुभ्र'*	: कुन्द (एक फूल जिससे दाँतों की उपमा दी जाती है) और सफेद कमल (इन्दु अरविन्द) की तरह श्वेत।	**नि.र.**-1/50	तुम और मैं
कुंद-कली-	*'खिली हुई वह विरह-वृन्त की कोमल कुन्द-कली'*	: कुन्द नामक फूल की कली, यह फूल सफेद तथा छोटा होता है, दाँतों की उपमा इससे दी जाती है।	**नि.र.**-1/211	सोचती अपलक आप खड़ी
कुंद-कुसुम-	*'नव कुंद-कुसुम से मेघ-पुंज बन गए इंद्रधनुषी वितान'*	: कुंद के सफेद फूल (की तरह बादल)	**म.सा.**-1/103	चुभते ही तेरा अरुण बान!/रश्मि
कुंद-दशनि-	*'तुम चन्द्र-वदनि, तुम कुन्द-दशनि'*	: कुंद की कलियों के समान सुंदर-सफेद दन्त-पंक्तियोंवाली (ज्योत्स्ना)	**पं.ग्रं.**-1/303	तीन/ज्योत्स्ना
कुंद-द्युति-	*'इन्दु कुन्द-द्युति स्फार!'*	: कुंदकली की उज्ज्वल आभा	**पं.ग्रं.**-1/271	अप्सरा/गुंजन
कुंद-धवल-	*'कुन्द-धवल, तुहिन तरल'*	: कुंद की सफेद कलियों (की तरह तारे हैं)	**पं.ग्रं.**-1/293	दो/ज्योत्स्ना
कुंद-धवल-दशना-	*'रूप-राशि में टलमल-टलमल कुन्द-धवल-दशना'*	: कुंद के फूल जैसे शुभ्र दाँतोंवाली	**नि.र.**-1/221	कौन तुम शुभ्र-किरण -वसना?
कुंभ की मदिरा-	*'परिरम्भ कुम्भ की मदिरा, निःश्वास मलय के झोंके,'*	: स्तनों का मादक-स्पर्श	**प्र.ग्रं.**-2/14	आँसू
कुच कलशाकार-	*'सजा सटे कुच कलशाकार'*	: कलश की तरह गोल स्तन	**पं.ग्रं.**-1/194	अनंग/पल्लव

शब्द- काव्य-पंक्ति	: अर्थ	ग्रंथावली/पृ.सं.	स्रोत/संदर्भ
कुचाल- *'बचा विरह मौन के क्षेम को कुचाल अपनी सुधार कोकिल'*	: खराब तरीका	**प्र.ग्रं.-4**/39	प्रथम अंक/स्कन्दगुप्त
कुटिल काल- *'उधर गरजतीं सिंधु लहरियाँ कुटिल काल के जालों सी'*	: वक्र और क्रूर मृत्यु या यमराज	**प्र.ग्रं.-2**/60	चिंता/कामायनी
कुटिल कुंतल- *'कुटिल कुंतल से बनाती काल माया जाल'*	: घुँघराले लम्बे केश	**प्र.ग्रं.-2**/118	वासना/कामायनी
कुटिल कुंतल घने- *'ये बंकिम भ्रू युगल, कुटिल कुन्तल घने'*	: घुँघराले घने बाल	**प्र.ग्रं.-1**/226	रूप/झरना
कुटिल कुंतलों- *'कुटिल कुन्तलों में काले, -'*	: घुँघराले बालों की गुँथी चोटी	**पं.ग्रं.-1**/87	बालकाल में जिसे जलद से/वीणा
कुड्मल- *'शेष-जीवन-मात्र,/कुड्मल गताघ्राण'*	: फूल	**नि.र.-1**/244	सार्थक करो प्राण
◆ *'जिसमें न नाल, दल कुड्मल'*	: वृन्त, घुंडी जिस पर फूल खिलते हैं	**पं.ग्रं.-1**/269	चाँदनी/गुंजन
कुड्मल अधीर- *'कितने लघु-लघु कुड्मल अधीर'*	: खिलती हुई व्याकुल कलियाँ	**प्र.ग्रं.-1**/310	कोमल कुसुमों की मधुर रात/लहर
कुड्मल किसलय- *'जब तुम्हें भूल जाता हूँ कुड्मल किसलय के छल में;'*	: वृन्त और पल्लव के सौन्दर्य में	**प्र.ग्रं.-2**/39	आँसू
कुढंग- *'तज विजय पराजय का कुढंग'*	: खराब तरीका	**प्र.ग्रं.-1**/330	अशोक की चिंता/लहर
◆ *'चल रहा यही कब से कुढंग'*	: खराब तरीका	**प्र.ग्रं.-1**/331	अशोक की चिंता/लहर
कुत्सित प्राणी- *'मिलकर वातावरण बना था कोई कुत्सित प्राणी'*	: घिनौना प्राणी	**प्र.ग्रं.-2**/138	कर्म/कामायनी
कुदकते- *'कुदकते थे प्रमुदित गिरि पर'*	: मेमने की तरह उछलना	**पं.ग्रं.-1**/185	आँसू/पल्लव
कुमार- *'इड़ा कुमार समीप खड़ी थी मन की दबी उमंग लिये'*	: श्रद्धा-मनु का पुत्र मानव	**प्र.ग्रं.-2**/229	निर्वेद/कामायनी
कुमार श्रांत- *'श्रद्धा रुकी कुमार श्रान्त था मिलता है विश्राम यहीं'*	: (श्रद्धा का पुत्र) मानव थका हुआ था	**प्र.ग्रं.-2**/219	निर्वेद/कामायनी
कुमारि- *'मुझे भी बतला दो न कुमारि'*	: किशोर भ्रमरी	**पं.ग्रं.-1**/191	मधुकरी/पल्लव
कुमारिका- *'शासन, कुमारिका से हिमालय के श्रृंग तक'*	: कन्याकुमारी	**प्र.ग्रं.-1**/351	प्रलय की छाया/लहर
कुमुद कला- *'कुमुद कला बन कल हासिनि'*	: चाँद का कलात्मक रूप, चन्द्रकला	**पं.ग्रं.-1**/83	तुहिन बिन्दु बनकर सुन्दर/वीणा
◆ *'कुमुद कला है जहाँ किलकती'*	: चाँद का सुन्दर रूप (विभिन्न कलाओं में)	**पं.ग्रं.-1**/85	काला तो यह बादल है!/वीणा
◆ *'कुमुद कला ने किलकाया'*	: चन्द्रकला, चाँद के विभिन्न आकारों का सौन्दर्य	**पं.ग्रं.-1**/87	बालकाल में जिसे जलद से/वीणा
◆ *'कुमुद कला को लेने जब मैं'*	: चन्द्रकला, चाँद के विभिन्न रूप	**पं.ग्रं.-1**/100	कुमुद कला को लेने जब मैं/वीणा
◆ *'दमयन्ती-सी कुमुद कला के'*	: चन्द्रकला, चाँद के सुंदर रूप	**पं.ग्रं.-1**/214	बादल/पल्लव
कुमुद-किरण- *'कमल-क्रोड़ में कुमुद-किरण ने'*	: चाँदनी, चाँद की किरणें	**पं.ग्रं.-1**/108	छोटे ही की क्या पहचान?/वीणा

शब्द-	काव्य-पंक्ति	: अर्थ	ग्रंथावली/पृ.सं.	स्रोत/संदर्भ
कुमुद-किरण-अभिसार-केलि-नव-	*'सुमन-सुरभि समीर-सुख-अनुभव कुमुद-किरण-अभिसार-केलि-नव'*	: चाँद की किरणों का धरती पर आना और नए (प्रथम) मिलन का सौंदर्य उत्पन्न करना।	**नि.र.**-1/83	हूँ दूर
कुमुद-नैश-	*'अथवा यदि होकर चकोर कुमुद-नैश गन्ध'*	: चाँदनी रात, पूर्णिमा जिसमें कुमुद पूर्णतः खिलते हैं	**नि.र.**-1/54	पंचवटी प्रसंग:2
कुमुद पर बरजोरी विश्राम-	*'चली आतीं, कर रहीं अभीत कुमुद पर बरजोरी विश्राम'*	: कमलिनी पर (भौंरे) जबरन बैठ जा रहे हैं	**प्र.ग्रं.**-1/265	होली की रात/झरना
कुरबक-	*'निःशेष सुरभि, कुरबक-समान'*	: अकवन के फूल	**नि.र.**-1/282	तुलसीदास
◆	*'तोलते कुरबक सलिल-घन,/कण्टकित है नीप का तन'*	: आक, अकवन, एकवन, मदार	**म.सा.**-1/277	दीप तेरा दामिनी! /सांध्य गीत
कुरल-	*'वह भाव कुरल-कुहरे-सा भरकर भाया'*	: कुंडली	**नि.र.**-1/284	तुलसीदास
कुल-कुल-	*'खग-कुल कुल-कुल सा बोल रहा'*	: चिड़ियों की आवाज	**प्र.ग्रं.**-1/303	बीती विभावरी जाग री/लहर
कुल-मान-ग्रंथि-	*'कुल-मान-ग्रन्थि में बँधकर चली गयी;'*	: परिवार के सम्मान की मनोग्रंथि	**नि.र.**-1/327	प्रेयसी
कुल-मान-ध्यान-	*'कुल-मान-ध्यान श्लथ स्नेह-दान-सक्षम से'*	: कुल के मान के ध्यान से	**नि.र.**-1/300	तुलसीदास
कुल-ललना-	*'देखते तुम्हारे लांछित हो कुल-ललना'*	: कुल की स्त्रियाँ, वंश की महिलाएँ	**प्र.ग्रं.**-3/406	तृतीय अंक/जन्मेजय का नाग-यज्ञ
कुलिश-	*'हा-हा-कार हुआ क्रंदनमय कठिन कुलिश होते थे चूर;'*	: वज्र, कठोरतम	**प्र.ग्रं.**-2/59	चिंता/कामायनी
◆	*'किस कुलिश की तीक्ष्ण, चुभती नोंक से'*	: वज्र, कठोर और निर्मम वस्तु	**पं.ग्रं.**-1/137	ग्रन्थि
◆	*'कुलिश भी हो जाता कोमल'*	: वज्र	**पं.ग्रं.**-1/181	उच्छ्वास/पल्लव
कुलिश भार-	*'तन सह लेता है कुलिश भार'*	: वज्र की तरह कठोर भारीपन	**म.सा.**-1/303	हे चिर महान्! /सांध्य गीत
कुलीन-	*'शुचि वर के कर, कुलीन लखकर'*	: अच्छे परिवार का	**नि.र.**-1/320	सरोज-स्मृति
कुलेल-	*'अजिर के उर में भरा कुलेल'*	: उछल-कूद के साथ खेलना	**प्र.ग्रं.**-1/307	तुम्हारी आँखों का बचपन/लहर
कुशल सूक्ति-	*'जिसमें व्याकुल आलिंगन का अस्तित्व न तो है कुशल सूक्ति'*	: वक्तृत्व की कुशलता से उत्पन्न बातें	**प्र.ग्रं.**-2/158	ईर्ष्या/कामायनी
कुशली चितेरा-	*'नियति बन कुशली चितेरा- रँग गई सुखदुख रंगों से'*	: कुशल चित्रकार	**म.सा.**-1/271	सो रहा है विश्व, पर... /सांध्य गीत
कुसुम ऋतु-रात-	*'इस झुलसते विश्व दिन की, मैं कुसुम ऋतु-रात रे मन!'*	: वसंत ऋतु की सुखद रात	**प्र.ग्रं.**-2/221	निर्वेद/कामायनी
कुसुम कुंतला-	*'नंदन की शत-शत दिव्य कुसुम कुंतला'*	: फूलों से सजी हुयी चोटी	**प्र.ग्रं.**-1/340	प्रलय की छाया/लहर
कुसुम-कपोलों-	*'कुसुम-कपोलों पर वे लोल शिशिर-कण'*	: फूलों की तरह सुंदर गाल	**नि.र.**-1/112	भर देते हो
कुसुम-कोमल-	*'अहो कुसुम-कोमल कठोर-पवि!'*	: कुसुम (फूल) के समान कोमल, कोमलतम	**नि.र.**-1/135	बादल-राग
कुसुम-दशन-	*'नाचते कुसुम-दशन तरु-पात'*	: पुष्प की तरह सुंदर दाँत, पुष्प रूपी दाँत	**नि.र.**-1/138	प्याला

शब्द-	काव्य-पंक्ति	: अर्थ	ग्रंथावली/पृ.सं.	स्रोत/संदर्भ
कुसुम धूल-	*'कुसुम धूल से धूसरित, चलता है उस राह'*	: पराग-कण	**प्र.ग्रं.**-4/282	चतुर्थ अंक/चन्द्रगुप्त
कुसुम-धूलि-	*'मेरी पीड़ा पर छिड़केगा जो कुसुम-धूलि मकरंद घोल'*	: फूल के परागकण	**प्र.ग्रं.**-2/167	ईर्ष्या/कामायनी
कुसुम-नयनों-	*'कुसुम-नयनों में सरल/मौन आग्रह-भरा'*	: फूल की तरह सुंदर आँखें	**नि.र.**-1/177	रेखा 'ख'
कुसुम-बाल-	*'यह समीर किस कुसुम-बाल से'*	: फूल-रूपी नवयौवना	**प्र.ग्रं.**-3/518	एक घूँट(एकांकी)
कुसुम रज-रस-	*'कुसुम रज-रस ले लूँगा गूँद'*	: परागकण और पुष्परस	**प्र.ग्रं.**-1/227	दो बूँदें/झरना
कुसुम-रस-	*'दुख की निर्ममता निरख कुसुम-रस के मिस जो भर आई थी'*	: फूलों का पुष्परस	**प्र.ग्रं.**-1/296	जगती की मंगलमयी उषा बन/लहर
कुसुम-विकसित प्रात-	*'मैं उषा-सी ज्योति-रेखा, कुसुम-विकसित प्रात रे मन!'*	: खिले हुए फूलों से युक्त सुबह	**प्र.ग्रं.**-2/221	निर्वेद/कामायनी
कुसुम-विलास-	*'विश्व-मधु-ऋतु के कुसुम-विलास'*	: फूलों का सौन्दर्य	**प्र.ग्रं.**-1/306	आह रे, वह अधीर यौवन/लहर
कुसुम-विहग-	*'तुमने यह कुसुम-विहग लिबास'*	: फूल से निर्मित चिड़िया-जैसी तितली	**पं.ग्रं.**-2/23	तितली/युगपथ
कुसुम-वैभव-	*'कुसुम-वैभव में लता समान चंद्रिका से लिपटा घनश्याम'*	: फूलों का सौन्दर्य	**प्र.ग्रं.**-2/83	श्रद्धा/कामायनी
कुसुम-संभार-	*'उसके खिले कुसुम-सम्भार'*	: फूलों का ऐसा भार जो सौंदर्यवर्द्धक हो, यहाँ संकेत उरोज-भार से है।	**नि.र.**-1/96	बहू
कुसुम सदृश-	*'शिथिल शयन सम्भोग दलित कवरी के कुसुम सदृश कैसे'*	: फूल के समान	**प्र.ग्रं.**-1/247	कहो/झरना
कुसुम हास-	*'देखा कब मैंने कुसुम हास'*	: फूलों की हँसी, दूसरों की खुशी	**प्र.ग्रं.**-2/172	इड़ा/कामायनी
कुसुमाकर-	*'कुसुमाकर रजनी के जो/पिछले पहरों में खिलता'*	: बगीचा, फुलवारी	**प्र.ग्रं.**-2/16	आँसू
◆	*'इस कुसुमाकर के कानन के अरुण पराग पटल छाया में'*	: वसंत (इच्छा-लोक का)	**प्र.ग्रं.**-2/255	रहस्य/कामायनी
◆	*'देते मिलिन्द, कुसुमाकर की दुहाई'*	: वसंत	**प्र.ग्रं.**-3/203	द्वितीय अंक/विशाख
◆	*'वे निरीह मर्माहत होकर कुसुमाकर के कुन्तों से'*	: वसंत ऋतु	**प्र.ग्रं.**-3/336	तृतीय अंक/अजातशत्रु
कुसुमित-	*'उटजों में था आलोक भरा कुसुमित लतिका भर आई थी'*	: फूलों से युक्त (लता)	**प्र.ग्रं.**-1/296	जगती की मंगलमयी उषा बन/लहर
◆	*'मेरे तरु की है तू कुसुमित प्रिये, कल्पना-लतिका'*	: फूलों से युक्त	**नि.र.**-1/98	प्रिया से
कुसुमित कुंजों-	*'कुसुमित कुञ्जों में वे पुलकित प्रेमालिंगन हुए विलीन;'*	: फूल से भरे हुए कुंज (लता-गुल्मों से घिरी जगह)	**प्र.ग्रं.**-2/57	चिंता/कामायनी
कुसुमित पलनों-	*'कुसुमित पलनों में अभिराम'*	: फूल झूले की तरह हैं	**पं.ग्रं.**-1/201	विश्व वेणु/पल्लव
कुसुमित वाणी-	*'आओ, आओ मृदु-पद, मेरे मानस की कुसुमित वाणी'*	: फूलों की तरह सुंदर वाणी	**नि.र.**-1/218	कल्पना के कानन की रानी
कुसुमों की कथा-	*'नव नील कुञ्ज हैं झीम रहे, कुसुमों की कथा न बंद हुई;'*	: तारे-रूपी फूलों के प्रेमालाप	**प्र.ग्रं.**-2/99	काम/कामायनी
कुसुमोत्सव-	*'ऋतुपति के घर कुसुमोत्सव था, मादक मरंद की वृष्टि रही'*	: वसंत ऋतु में फूलों के खिलने का उत्सव	**प्र.ग्रं.**-2/105	काम/कामायनी
कुसुमोद्गम-सा-	*'अनुरोध न तो उल्लास, नहीं कुसुमोद्गम-सा कुछ भी नवीन!'*	: फूलों के विकास के समान	**प्र.ग्रं.**-2/158	ईर्ष्या/कामायनी

शब्द- काव्य-पंक्ति	: अर्थ	ग्रंथावली/पृ.सं.	स्रोत/संदर्भ
कुहक- *'सुखद बना संसार कुहक है, क्यों छुटकारा पावे'*	: इंद्रजाल, जादुई संसार	**प्र.ग्रं.-3**/182	प्रथम अंक/विशाख
◆ *'जल, थल, नभ का कुहक बन गया जो अपनी ही लीला से'*	: इंद्रजाल, मोहक रूप	**प्र.ग्रं.-3**/426	तृतीय अंक/जन्मेजय का नाग-यज्ञ
◆ *'वीचियों-सी पुलक-लहरी/शून्य में बन कुहक ठहरी'*	: जादू की तरह	**म.सा.-1**/349	झिप चलीं पलकें तुम्हारी/दीप-शिखा
कुहक-जाल- *'शुचिता से इस कुहक-जाल को तोड़ना'*	: इंद्रजाल, माया	**प्र.ग्रं.-3**/195	प्रथम अंक/विशाख
कुहक बल- *'फूलों की भरमार स्वरों का कूजन लिए कुहक बल से'*	: जादू के बल से, इंद्रजाल के बल से	**प्र.ग्रं.-2**/187	स्वप्न/कामायनी
कुहक शीला- *'न छूना इसको नव कुहक शीला'*	: जादुई स्वभाववाली	**प्र.ग्रं.-1**/270	देवबाला/झरना
कुहक सलोना- *'लिए छाँह के साथ अश्रु का कुहक सलोना'*	: कुहासे का सुंदर धुँधलापन	**म.सा.-1**/327	यह सपने सुकुमार /दीप-शिखा
कुहक-सी- *'कौन हो तुम विश्व-माया-कुहक-सी साकार,'*	: इंद्रजाल, जादू का ताना-बाना	**प्र.ग्रं.-2**/117	वासना/कामायनी
कुहकिनि- *'मोहिनी, कुहकिनि, छल-विभ्रमनयि'*	: इंद्रजाल फैलानेवाली, विभ्रम पैदा करनेवाली	**पं.ग्रं.-1**/271	अप्सरा/गुंजन
कुहकिनी रात- *'पथ बिन अंत, पथिक छायामय साथ कुहकिनी रात री!'*	: अमावस्या की काली रात	**म.सा.-1**/275	प्राण-रमा पतझार सजनि.../सांध्य गीत
कुहर- *'गूँज उठी तुम विश्व-कुहर में दिव्य-रागिनी-अभिनव-सी!'*	: गुफा, भीतर तक	**प्र.ग्रं.-2**/226	निर्वेद/कामायनी
◆ *'कुहरित भी पञ्चम स्वर/रहे बन्द कर्ण-कुहर'*	: कटोरे	**नि.र.-1**/311	मित्र के प्रति
कुहर-धूमिल- *'उस पार कुहर-धूमिल कर से, उजला संकेत सदा झरता'*	: कुहासे का धुँधलापन	**म.सा.-1**/383	तेरी छाया में अमिट रंग/दीप-शिखा
कुहर-म्लान- *'बनती प्रवाल का मृदुल कूल जो क्षितिज-रेख थी कुहर-म्लान'*	: कुहासे के कारण मलिन या अस्पष्ट	**म.सा.-1**/103	चुभते ही तेरा अरुण बान!/रश्मि
कुहरित- *'मग में पिक-कुहरित डाल-डाल'*	: गुंजायमान	**नि.र.-1**/300	तुलसीदास
◆ *'कुहरित भी पञ्चम स्वर/रहे बन्द कर्ण-कुहर'*	: कोयल की आवाज	**नि.र.-1**/311	मित्र के प्रति
कुहुक- *'चला कुहुक, टोना माना'*	: जादू, इंद्रजाल	**पं.ग्रं.-1**/113	प्रथम रश्मि का आना रंगिणि!/वीणा
कुहुकिनि- *'तुम कुहुकिनि, जग की मोह निशा'*	: कोयल	**पं.ग्रं.-2**/19	छाया/युगपथ
कुहुकिनि अपलक दृग के अंजन- *'कुहुकिनि अपलक दृग के अंजन! हँसती तुझमें सुन्दर छलना'*	: जादूगरनी की निर्निमेष आँखों के काजल (की तरह है रात का अँधेरा)	**प्र.ग्रं.-2**/173	इड़ा/कामायनी
कुहू- *'दग्ध श्वास से आह न निकले सजल कुहू में आज यहाँ!'*	: अँधेरी रात, (निराश जीवन)	**प्र.ग्रं.-2**/186	स्वप्न/कामायनी
◆ *'वर्षा विरह कुहू में जलाते स्मृति के जुगुनू डरे डरे'*	: अमावस्या की रात	**प्र.ग्रं.-2**/188	स्वप्न/कामायनी
◆ *'कार्तिक कृष्णा कुहू क्रोध से काले करका भरे हुए'*	: अमावस्या	**प्र.ग्रं.-3**/209	द्वितीय अंक/विशाख
कुहू का तम- *'अश्रु की उर्म्मि हास का वात कुहू का तम माधव का प्रात'*	: अमावस्या की रात का अँधेरा (भी है जीवन में)	**म.सा.-1**/115	तुहिन के पुलिनों पर छबिमान/रश्मि
कुहू निशा- *'नक्षत्र नहीं हैं, कुहू निशा में, बीच नदी में बेड़ा है'*	: अमावस्या की रात	**प्र.ग्रं.-3**/183	प्रथम अंक/विशाख

शब्द- काव्य-पंक्ति	: अर्थ	ग्रंथावली/पृ.सं.	स्रोत/संदर्भ
कूट- *'प्रश्न चित्रों का फैला कूट'*	: रहस्य, जटिलता	**नि.र.**-1/215	पास ही रे, हीरे की खान
कूल- *'हरित कूल युग मधुर अधर थे'*	: नदी का किनारा	**प्र.ग्रं.**-1/312	वे कुछ दिन कितने सुन्दर थे/लहर
◆ *'कूल भी हूँ कूलहीन प्रवाहिनी भी हूँ'*	: किनारा, तट, सीमाबद्ध	**म.सा.**-1/177	बीन भी हूँ मैं तुम्हारी/नीरजा
कूल किनारा- *'अपदार्थ तिरूँगा मैं क्या हो भी कुछ कूल किनारा'*	: तट	**प्र.ग्रं.**-2/21	आँसू
कूल-द्रुम- *'कुछ ही दिन को हूँ कूल-द्रुम;'*	: नदी-तट के वृक्ष के समान; आज रहे, कल न रहे	**नि.र.**-1/297	तुलसीदास
कूलहीन तम- *'कूलहीन तम के अंतर में दमक गई छिप जो क्षण भर में'*	: अनंत अंधकार का मानो कोई किनारा नहीं	**म.सा.**-1/242	जागो बेसुध रात नहीं यह!/नीरजा
कूलहीन प्रवाहिनी- *'कूल भी हूँ कूलहीन प्रवाहिनी भी हूँ'*	: तटों को तोड़कर बहनेवाली नदी, सीमाओं से मुक्त	**म.सा.**-1/177	बीन भी हूँ मैं तुम्हारी /नीरजा
कूलों- *'जीवन के दोनों कूलों में बहे वासना धारा'*	: तट	**प्र.ग्रं.**-2/147	कर्म/कामायनी
◆ *'श्यामल कूलों के सुख-दुख के'*	: नदी के तट	**नि.र.**-1/187	'सरोज' के प्रति
◆ *'ऋतुपति सकल सुकृत-कूलों का'*	: किनारा	**नि.र.**-1/227	रूखी री यह डाल
कूलोपल- *'निष्क्रिय; शोभा-प्रिय कूलोपल ज्यों रहता'*	: धारा के किनारे का पत्थर	**नि.र.**-1/283	तुलसीदास
कृतक यान- *'ये राज्य, प्रजा, जन, साम्य-तन्त्र शासन-चालन के कृतक यान'*	: बनावटी यान	**पं.ग्रं.**-2/25	बापू के प्रति/युगपथ
कृतघ्न- *'और शत्रु सब, ये कृतघ्न फिर इनका क्या विश्वास करूँ'*	: उपकार को न माननेवाला (सारस्वत-नगरवासी)	**प्र.ग्रं.**-2/229	निर्वेद/कामायनी
कृतघ्नते- *'अरी नीच कृतघ्नते! पिच्छल-शिला-संलग्न'*	: 'कृतघ्नता' को संबोधित, उपकार को न मानने का भाव	**प्र.ग्रं.**-2/113	वासना/कामायनी
कृतविद्य- *'हुआ रूप-दर्शन/जब कृतविद्य तुम मिले'*	: विद्वान्	**नि.र.**-1/325	प्रेयसी
कृतिमय जीवन- *'हँसता था और हँसाता था उनका मैं कृतिमय जीवन था'*	: सक्रिय, क्रियाओं से भरा हुआ	**प्र.ग्रं.**-2/103	काम/कामायनी
कृतिमय वेग- *'अणुओं को है विश्राम कहाँ यह कृतिमय वेग भरा कितना!'*	: कर्मशीलता की गति, काम करने की तेजी	**प्र.ग्रं.**-2/99	काम/कामायनी
कृपण वीथी- *'कृपण वीथी में विचर कर, कुशल से'*	: पतली गली, संकीर्ण और दुर्गम राह है प्रेम की	**पं.ग्रं.**-1/127	ग्रन्थि
कृश- *'पाया कृश उसने कैसा तन!'*	: दुबला	**नि.र.**-1/212	छोड़ दो, जीवन यों न मलो
◆ *'धावित कृश नील शिराओं में'*	: पतला, सँकरा	**पं.ग्रं.**-2/22	मानव/युगपथ
कृशता- *'कुछ कृशता नई लजीली थी कंपित लतिका-सी लिये देह'*	: दुबलापन और दुर्बलता	**प्र.ग्रं.**-2/159	ईर्ष्या/कामायनी
कृश दृष्टि- *'वेदने! तुम विश्व की कृश दृष्टि'*	: करुण और सूक्ष्म दृष्टि	**पं.ग्रं.**-1/136	ग्रन्थि
कृश सूत्र- *'मत्त बाल गयन्द को कृश सूत्र से'*	: कोमल और कमजोर कमलनाल	**पं.ग्रं.**-1/129	ग्रन्थि
◆ *'बाँध डाला दृष्टि के कृश सूत्र में'*	: कोमल और क्षीण बंधन	**पं.ग्रं.**-1/131	ग्रन्थि

शब्द- काव्य-पंक्ति	: अर्थ	ग्रंथावली/पृ.सं.	स्रोत/संदर्भ
कृशांगी- *'कोमलपदगामिनी कृशांगी अबला?'*	: दुबली, छरहरी, कृश+अंगी	**नि.र.-1**/92	शंकिता
कृषक बालिका- *'कृषक बालिका के जलधर'*	: किसानों की बेटियाँ	**पं.ग्रं.-1**/213	बादल/पल्लव
कृष्ण कनी- *'कृष्ण कनी बन गया विशाल'*	: काली पुतली (आँखों की)	**पं.ग्रं.-1**/254	नील कमल-सी हैं वे आँखें/गुंजन
कृष्णकाय- *'एक ओर पथ के, कृष्णकाय कंकालशेष नर मृत्यु-प्राय'*	: काला शरीरवाला	**नि.र.-1**/308	दान
कृष्ण दुकूल- *'रैन बोली सज कृष्ण दुकूल विसर्जन करो मनोरथ-फूल'*	: काले रंग का दुपट्टा, अँधेरा	**म.सा.-1**/46	घोर तम छाया चारों ओर /नीहार
कृष्णपक्ष- *'समय-विहग के कृष्णपक्ष में रजत चित्र-सी अंकित कौन'*	: काले पंख (समय-रूपी पक्षी के), कठिन कालखण्ड	**प्र.ग्रं.-4**/238	द्वितीय अंक/चन्द्रगुप्त
कृष्णागुरुवर्तिका- *'कृष्णागुरुवर्तिका जल चुकी स्वर्णपात्र के ही अभिमान में'*	: काले रंग की बड़ी बाती	**प्र.ग्रं.-1**/351	प्रलय की छाया/लहर
केंचुली- *'केंचुली, काँस, सिवार'*	: साँप की मृत सफेद त्वचा, केंचुली की तरह सफेद केशराशि	**पं.ग्रं.-1**/223	परिवर्तन/पल्लव
केका- *'उड़ी जलद-जीवन को केका'*	: मयूरी का रंग	**नि.र.-1**/260	कब से मैं पथ देख रही
केका ध्वनि- *'केकी की मृदु केका ध्वनि सुन'*	: मोर की आवाज	**पं.ग्रं.-1**/105	श्रवण चाहिए अलि! केवल/वीणा
केकी- *'केकी की मृदु केका ध्वनि सुन'*	: मोर	**पं.ग्रं.-1**/105	श्रवण चाहिए अलि ! केवल/वीणा
केकी-रव- *'केकी-रव की नूपुर-ध्वनि सुन जगती जगती की मूक प्यास'*	: मोर की बोली	**म.सा.-1**/181	रूपसि तेरा घन-केश -पाश!/नीरजा
केतकी-गर्भ-सा पीला मुँह- *'केतकी-गर्भ-सा पीला मुँह आँखों में आलस भरा स्नेह'*	: केतकी(केवड़ा) के फूल के भीतरी भाग की तरह श्रद्धा का पीला मुख	**प्र.ग्रं.-2**/159	ईर्ष्या/कामायनी
केतन- *'प्रभु का हो विश्वास सत्य तो, सुख का केतन-फहरे'*	: पताका, झंडा	**प्र.ग्रं.- 4**/74	द्वितीय अंक/स्कन्दगुप्त
◆ *'उड़ा तुम्हारा प्रकाश केतन'*	: झंडा	**नि.र.-1**/242	गयी निशा वह, हँसीं दिशाएँ
◆ *'वह केवल वहाँ मीन-केतन, युवती में'*	: झंडा	**नि.र.-1**/295	तुलसीदास
केतन अनंग का- *'मंजु-मीन केतन अनंग का'*	: कामदेव का झंडा	**प्र.ग्रं.-1**/352	प्रलय की छाया/लहर
केतु-सा- *'देख केले को थिरकता केतु-सा'*	: झंडा या पताका के समान	**पं.ग्रं.-1**/130	ग्रन्थि
केलि- *'पहुँचा जहाँ उसने की केलि'*	: प्रेम-व्यापार, प्रणय-प्रकरण की सक्रियता	**नि.र.-1**/41	जुही की कली
◆ *'कुमुद-किरण-अभिसार-केलि-नव'*	: रतिभाव की क्रियाशीलता	**नि.र.-1**/83	हूँ दूर
◆ *'सरल-शैशव-श्री सुख-यौवन केलि अलि-कलियों की सुकुमार'*	: प्रेम-क्रीड़ा	**नि.र.-1**/141	स्मृति
◆ *'किशोरता की केलि को, चूम मुख'*	: प्रेमभाव	**नि.र.-1**/176	रेखा 'ख'
◆ *'सुख-पूरित प्रभात,/केलि-रश्मियों की रह गयी'*	: प्रेम-क्रीड़ा	**नि.र.-1**/180	रेखा 'ग'
◆ *'पारावार-केलि-कौतूहल'*	: रति-क्रीड़ा	**नि.र.-1**/183	जागरण
◆ *'तुम्हीं से कलरव, केलि, विनोद'*	: शृंगार-भाव से युक्त क्रिया-व्यापार	**पं.ग्रं.-1**/251	भावी पत्नी के प्रति /गुंजन

शब्द- काव्य-पंक्ति	: अर्थ	ग्रंथावली/पृ.सं.	स्रोत/संदर्भ
केलि-कलिकाओं- *'केलि-कलिकाओं में निस्सङ्ग खुल गये गीतों के आकार'*	: कलियों के साथ की गयी प्रेम-क्रीड़ा	**नि.र.**-1/265	तुम्हें ही चाहा
केलियों- *'धीरे-धीरे फिर बढ़ा चरण, बाल्य की केलियों का प्राङ्गण'*	: खेल-कूद	**नि.र.**-1/319	सरोज-स्मृति
केलि-रश्मियों- *'सुख-पूरित प्रभात, केलि-रश्मियों की रह गयी'*	: किरणों का मनोरम खेल	**नि.र.**-1/180	रेखा 'ग'
केले को थिरकता- *'देख केले को थिरकता केतु-सा'*	: केले के पेड़ की थरथराती गति	**पं.ग्रं.**-1/130	ग्रन्थि
केवल अपने मीन- *'भक्षक या रक्षक, जो समझो, केवल अपने मीन हुए'*	: देवताओं का नाश अपनी दुष्प्रवृत्तियों के कारण हुआ इसलिए वे अपनी ही जाति को खा जानेवाली मछली सिद्ध हुए, बड़ी मछली छोटी मछली को खा जाती है।	**प्र.ग्रं.**-2/54	चिंता/कामायनी
केवल-कल्प- *'फैला - यह केवल-कल्प काल'*	: केवल कल्पना में (सुख देनेवाला)	**नि.र.**-1/283	तुलसीदास
केश-कलाप- *'सुनहला फैला केश-कलाप'*	: कलात्मक केशराशि	**पं.ग्रं.**-1/377	द्वितीय दृश्य/परी
◆ *'सुनहला फैला केश कलाप'*	: केशराशि	**पं.ग्रं.**-2/23	सन्ध्या/युगपथ
केश-गुच्छ- *'ऋजु-कुटिल प्रसार-कामी केश-गुच्छ'*	: बाल के गुच्छे, जुल्फ के पेंचोख़म	**नि.र.**-1/149	जागो फिर एक बार
केशभार- *'मायारानी के केशभार'*	: घने बाल की तरह है रात का अँधेरा	**प्र.ग्रं.**-2/172	इड़ा/कामायनी
केशर- *'प्रिय, केशर के रञ्जन की'*	: कुमकुम	**नि.र.**-1/190	वासन्ती
केशर के शर- *'केशर के शर मार गन्धवह खिला न सकता था तन-मन'*	: फूलों के केसर (बीच के रेशे) रूपी तीर	**पं.ग्रं.**-1/109	मरु भी होगा नन्दन वन! /वीणा
केशर-पट- *'सज केशर-पट तारक-बेंदी दृग अंजन मृदु पद में मेंहदी'*	: केशर के रंग के कपड़े पहन संध्या आती है	**म.सा.**-1/199	कैसे संदेश प्रिय पहुँचाती! /नीरजा
केशर-रज-कण- *'केशर-रज-कण अब हैं हीरे - पर्वतचय;'*	: केशर के पराग-कण	**नि.र.**-1/290	तुलसीदास
केशर शर- *'केशर शर भर दिये सकाम'*	: फूलों के केशर मानो कामदेव के नुकीले तीर थे। मानो सृष्टि में कामचेतना की शुरुआत फूलों ने की थी।	**पं.ग्रं.**-1/192	अनंग/पल्लव
केशर-शर- *'मार केशर-शर मलय-समीर'*	: फूलों के केशर तीर की तरह हैं	**पं.ग्रं.**-1/258	मधुवन/गुंजन
केश-सुख-भार- *'केश-सुख-भार रख मुख प्रिय-स्कन्ध पर'*	: केश का सुखद भार, घने केशों की सुंदरता	**नि.र.**-1/101	दिल्ली
केसर के गान- *'मुझे भी ये केसर के गान'*	: फूलों के पास भ्रमरी का गुंजार	**पं.ग्रं.**-1/191	मधुकरी/पल्लव
केसर-रज- *'किरणों के केसर-रज से/भव भर दो मेरी ज्वाला'*	: पराग-कण	**प्र.ग्रं.**-2/31	आँसू
केसरी बाल- *'हाय! केसरी बाल!'*	: सिंह की तरह थे बाल गंगाधर तिलक, 'केसरी' उनकी पत्रिका थी।	**पं.ग्रं.**-1/110	तिलक! हा! भाल-तिलक !/वीणा
केहरि-किशोर- *'केहरि-किशोर से अभिनव अवयव प्रस्फुटित हुए थे'*	: शेर के बच्चे (की तरह मानव)	**प्र.ग्रं.**-2/267	आनन्द/कामायनी

शब्द-	काव्य-पंक्ति	: अर्थ	ग्रंथावली/पृ.सं.	स्रोत/संदर्भ
कैरव-वन-	*'रोमों में पुलकित कैरव-वन!'*	: कमल का वन	**म.सा.-1**/249	प्रिय! सांध्य गगन, मेरा जीवन!/सांध्य गीत
कैरवी-	*'रही न अब शारदी कैरवी न तो मघा की फुहार कोकिल'*	: चाँदनी	**प्र.ग्रं.-4**/39	प्रथम अंक/स्कन्दगुप्त
कैशोर-	*'स्वप्न-जटित जीवन-कैशोर'*	: किशोरावस्था, तरुणाई, सपनों से भरी किशोरावस्था	**नि.र.-1**/109	प्रथम प्रभात
कोई कोना-	*'विस्तृत नभ का कोई कोना, मेरा न कभी अपना होना'*	: कोई भी हिस्सा या टुकड़ा (स्त्री के अधिकार में नहीं है)	**म.सा.-1**/273	मैं नीर भरी दुख की बदली!/सांध्य गीत
कोक-	*'शोक भर निर्जन निलय से बिछुड़ते थे कोक'*	: चकवा-चकई	**प्र.ग्रं.-2**/112	वासना/कामायनी
◆	*'मिलाती निशि के तम के कोक'*	: चकवा पक्षी	**नि.र.-1**/233	विश्व-नभ-पलकों का आलोक
◆	*'वह कौन विहग? क्या विकल कोक, उड़ता हरने निज विरह शोक?'*	: चातक पक्षी	**पं.ग्रं.-1**/275	नौका-विहार/गुंजन
कोकनद-	*'कोकनद मधु धारा सी तरल'*	: लाल कमल	**प्र.ग्रं.-1**/232	किरण/झरना
कोक शोक से-	*'कोक शोक से दीवाना'*	: चकवा-चकई रात भर वियोग की पीड़ा से ग्रस्त थे।	**पं.ग्रं.-1**/114	प्रथम रश्मि का आना रंगिणि!/वीणा
कोकिल की काकली-	*'कोकिल की काकली वृथा ही अब कलियों पर मँडराती'*	: कोयल की बेधक आवाज	**प्र.ग्रं.-2**/185	स्वप्न/कामायनी
कोकिल-बाल-	*'प्रमुद, पुलकाकुल कोकिल-बाल'*	: तरुण कोयल	**पं.ग्रं.-1**/256	मधुवन/गुंजन
कोकिलाली-	*'गाने लगी मधुर मंगल कोकिलाली'*	: कोयल	**प्र.ग्रं.-3**/203	द्वितीय अंक/विशाख
कोकी-	*'छाया की कोकी को विलोक!'*	: चातकी पक्षी	**पं.ग्रं.-1**/275	नौका-विहार/गुंजन
कोटि-कर-	*'कोटि-कर सौन्दर्य के कृश हाथ में'*	: प्रकाश-पुंज	**पं.ग्रं.-1**/127	ग्रन्थि
कोटि त्रय-	*'कोटि त्रय कण्ठों का प्रिय प्राण'*	: तीन करोड़, यहाँ तीस करोड़	**पं.ग्रं.-1**/110	तिलक! हा! भाल-तिलक !/वीणा
कोटितीर्थ-	*'फिर कोटितीर्थ देवांगनादि लख सार्थक-श्रम हो विगत-व्याधि'*	: एक तीर्थ का नाम	**नि.र.-1**/292	तुलसीदास
कोदण्ड-	*'विद्धाङ्ग— बद्ध-कोदण्ड-मुष्टि-खर-रुधिर-स्राव,'*	: धनुष	**नि.र.-1**/329	राम की शक्ति-पूजा
कोदों-	*'कोदों, सरसों से क्षुद्र चीज'*	: सावाँ की जाति का एक मोटा अन्न	**पं.ग्रं.-2**/20	सृष्टि/युगपथ
कोपानल-	*'अपने कोपानल में तूने'*	: क्रोध की आग	**पं.ग्रं.-1**/117	दिवानाथ का विपुल विभव जब/वीणा
कोमल-	*'आनन्द-पुलकित लोटता नव चूम कोमल चरणतल'*	: नरम, जो देखने में मन को कोमलता प्रदान करे	**नि.र.-1**/95	वीणावादिनी
◆	*'आनन्द-पुलकित हों सकल तव चूम कोमल चरणतल!'*	: नरम	**नि.र.-1**/95	वीणावादिनी
कोमल-कली उँगलियों-	*'कोमल-कली उँगलियों से कर सज्जित'*	: कोमल कलियों जैसी उँगलियाँ	**नि.र.-1**/103	प्रगल्भ
कोमल किरन उँगलियों से-	*'कोमल किरन उँगलियों से ढँक दोगे यह दृग खुला हुआ'*	: किरणें मानो कोमल अँगुलियों की तरह हैं	**प्र.ग्रं.-1**/291	निज अलकों के... /लहर
कोमल-चरणगामिनी-	*'मेरे कुञ्ज-कुटीर-द्वार की कोमल-चरणगामिनी'*	: कोमल चरणों से चलनेवाली, जिसका आना कोमलता की अनुभूति कराए	**नि.र.-1**/98	प्रिया से

शब्द– काव्य-पंक्ति	: अर्थ	ग्रंथावली/पृ.सं.	स्रोत/संदर्भ
कोमल चर्म– *'कामायनी पड़ी थी अपना कोमल चर्म बिछा के'*	: पशु की खाल से बना मुलायम बिस्तर	**प्र.ग्रं.**–2/140	कर्म/कामायनी
कोमल तंतु– *'जीवन का कोमल तंतु बढ़े तेरी ही मंजुलता समान'*	: कोमल जीवन-सूत्र	**प्र.ग्रं.**–2/166	ईर्ष्या/कामायनी
कोमल दर्शन– *'नियति-सा कुंचित, कोमल दर्शन'*	: जो केवल देखने में कोमल दिखे	**पं.ग्रं.**–1/114	गहन कानन!/वीणा
कोमल धूल– *'प्रियतम के आगमन पंथ में उड़ न रही है कोमल धूल'*	: सूक्ष्म धूलकण, मार्ग की मामूली परेशानियाँ	**प्र.ग्रं.**–4/238	द्वितीय अंक/चन्द्रगुप्त
कोमल निरीहता– *'अभिनय करती क्यों इस मन में कोमल निरीहता श्रमशीला?'*	: सुकुमार सरलता	**प्र.ग्रं.**–2/129	लज्जा/कामायनी
कोमलपदगामिनी– *'कोमलपदगामिनी कृशांगी अबला?'*	: कोमल	**नि.र.**–1/92	शंकिता
कोमल-पद-गामिनी– *'प्रिय कोमल-पद-गामिनी! मन्द उतर'*	: कोमलतापूर्वक चलनेवाली, जिसकी चाल आकर्षक और ललित हो।	**नि.र.**–1/197	प्रार्थना
कोमल पाणि– *'पाणि! कोमल पाणि! निज बन्धूक की'*	: कोमल हाथ (प्रेमिका के)	**पं.ग्रं.**–1/134	ग्रन्थि
कोमल प्राण– *'सीखकर मुसकाने की बान कहाँ आए हो कोमल प्राण?'*	: कोमल हृदय रखनेवाले फूल	**म.सा.**–1/92	मधुरिमा के, मधु के अवतार/नीहार
कोमल वर्म– *'ढँक रहे थे उसका वपु कांत बन रहा था वह कोमल वर्म'*	: कोमल कवच, कवच तो लोहे का होता है मगर रोयेंदार चर्म-वस्त्र कोमल थे और शीत से कवच की तरह रक्षा कर रहे थे।	**प्र.ग्रं.**–2/84	श्रद्धा/कामायनी
कोमलाऽलोक– *'दिशि दिशि फैली कोमलाऽलोक!'*	: कोमल आलोक, सुखद आभा	**पं.ग्रं.**–2/9	विद्रुम औ' मरकत की छाया/युगपथ
कोर– *'चाँदनी का श्रृंगार समेट/अधखुली आँखों की यह कोर'*	: अधखुली आँखों के सफेद किनारे की तरह है फूल	**म.सा.**–1/93	मधुरिमा के, मधु के अवतार/नीहार
कोरक अंकुर-सा– *'कोरक अंकुर-सा जन्म रहा, हम दोनों साथी झूल चले'*	: कली के अंकुर की तरह, कली के निकलने की शुरुआती स्थिति	**प्र.ग्रं.**–2/105	काम/कामायनी
कोरक-कोने में– *'जब लीला से तुम सीख रहे कोरक-कोने में लुक रहना;'*	: कलियों की ओट में, स्तनों के गोपन में	**प्र.ग्रं.**–2/97	काम/कामायनी
कोरकों– *'या सोयी कमल-कोरकों में'*	: फूल की कटोरी	**नि.र.**–1/148	जागो फिर एक बार
कोरदार– *'कोरदार या कोमल हो'*	: धारदार या नोकदार	**प्र.ग्रं.**–1/271	कसौटी/झरना
कोर बरौनी– *'कोर बरौनी का न लगे हाँ, इस कोमल मन को मेरे'*	: पलकों के बाल की नोक	**प्र.ग्रं.**–1/246	प्रियतम/झरना
कोरी आँख– *'मैं कोरी आँख निरखता पथ, प्रात समय हो जाता'*	: शून्य आँखों से	**प्र.ग्रं.**–2/16	आँसू
कोरों– *'कामिनी के कोरों से'*	: आँखों के किनारों से	**नि.र.**–1/101	दिल्ली
◆ *'कोरों में निज नयन मरोर!'*	: आँखों का किनारा	**नि.र.**–1/125	यमुना के प्रति
कोलाहल की अवनी– *'तज कोलाहल की अवनी रे!'*	: शोरगुल से भरी धरती	**प्र.ग्रं.**–1/298	ले चल वहाँ भुलावा देकर/लहर
कोविद– *'तू काम-कला-कोविद'*	: जानकार, प्रवीण	**नि.र.**–1/63	पंचवटी प्रसंग : 5
कौतुक– *'सन्ध्या-कुहुकिनि-अंचल में कौतुक अपना कर जाता'*	: आश्चर्यमिश्रित खेल	**प्र.ग्रं.**–2/17	आँसू

शब्द-	काव्य-पंक्ति	: अर्थ	ग्रंथावली/पृ.सं.	स्रोत/संदर्भ
कौतुक-सा बन-	*'कौतुक-सा बन मनु के मन का वह सुन्दर क्रीड़ागार हुआ'*	: खेल या लीला बनकर	**प्र.ग्र.-2**/103	काम/कामायनी
कौमुदी-	*'चलो तो इस कौमुदी में देख आवें आज'*	: चाँदनी	**प्र.ग्र.-2**/115	वासना/कामायनी
◆	*'कौमुदी बन कीर्ति पाती है धवल'*	: चाँदनी	**पं.ग्र.-1**/125	ग्रन्थि
कौश-सा-	*'प्रेमियों का कौश-सा कोमल हृदय'*	: रेशम के समान	**पं.ग्र.-1**/127	ग्रन्थि
कौशिक-	*'या कि कौशिक-मोह की तू मेनका'*	: विश्वामित्र	**नि.र.-1**/42	माया
कौशेय वसन-	*'सिकुड़न कौशेय वसन की थी विश्व-सुन्दरी तन पर'*	: रेशमी वस्त्र (की तरह बर्फीली चोटियाँ सूरज की किरणों में दिख रही थीं)	**प्र.ग्र.-2**/278	आनन्द/कामायनी
कौस्तुभ-	*'सोहते मध्य में हीरक युग या दो कौस्तुभ'*	: एक मणि	**नि.र.-1**/332	राम की शक्ति-पूजा
◆	*'अप्रमेय, अज्ञात/चोर, कौस्तुभ कठोर विख्यात'*	: समुद्र-मंथन में से निकले 14 रत्नों में से एक	**पं.ग्र.-1**/113	हृदय के बन्दी तार/वीणा
कौस्तुभ मणि-	*'यह तृष्णा ही कौस्तुभ मणि बन'*	: एक रत्न, समुद्र-मंथन से निकला एक रत्न जिसे विष्णु ने अपनी छाती पर धारण किया था	**पं.ग्र.-1**/97	तजकर वसन विभूषण भार/वीणा
क्यारी-	*'किसलय नव कुसुम बिछाकर/आये तुम इस क्यारी में'*	: मेरे जीवन के क्रम में, क्रम, पंक्ति, क्रम से लगे पौधों की जमीन को क्यारी कहते हैं।	**प्र.ग्र.-2**/9	आँसू
क्रंदन-	*'जीवन चिरकालिक क्रन्दन'*	: रुदन, दु:ख	**नि.र.-1**/181	हताश
क्रंदन-ध्वनि-	*'दूरागत क्रंदन-ध्वनि फिर'*	: रोने की आवाज	**प्र.ग्र.-1**/329	अशोक की चिंता/लहर
क्रंदन-मलिन-	*'क्रन्दन-मलिन पुलिन का रोर?'*	: रोते-रोते मलिन हो जाना, रो-रोकर बुरा हाल	**नि.र.-1**/119	यमुना के प्रति
क्रतुमय पुरुष-	*'मनु, वह क्रतुमय पुरुष! वही मुख सन्ध्या की लालिमा पिये'*	: संकल्पधर्मा पुरुष (मनु), यज्ञकर्ता पुरुष (मनु)	**प्र.ग्र.-2**/191	स्वप्न/कामायनी
क्रमावस्था-	*'मेरी क्रमावस्था वह/जीव है निर्जीव जहाँ'*	: चक्रीय स्थिति, क्रम से आनेवाली स्थिति	**नि.र.-1**/179	रेखा 'ग'
क्रांत-	*'कोशल-बिहार तदनन्त क्रान्त'*	: भयभीत, दबा देना	**नि.र.-1**/281	तुलसीदास
क्रिया-	*'एक-एक को स्थिर हो देखो इच्छा, ज्ञान, क्रिया वाले ये'*	: शिव की तीन प्रधान शक्तियों (इच्छा, ज्ञान और क्रिया) में से एक	**प्र.ग्र.-2**/255	रहस्य/कामायनी
◆	*'स्वप्न, स्वाप, जागरण भस्म हो इच्छा क्रिया ज्ञान मिल लय थे'*	: कर्म	**प्र.ग्र.-2**/263	रहस्य/कामायनी
क्रिया भिन्न-	*'ज्ञान दूर कुछ, क्रिया भिन्न है इच्छा क्यों पूरी हो मन की'*	: कर्म की भिन्नता (ज्ञान और इच्छा से)	**प्र.ग्र.-2**/263	रहस्य/कामायनी
क्रिया-तंत्र-	*'क्षण भर भी विश्राम नहीं है प्राण दास है क्रिया-तंत्र का'*	: कर्म-विधान, कार्य-प्रणाली	**प्र.ग्र.-2**/258	रहस्य/कामायनी
क्रीड़न-	*'वह वर्षों का हर्षित क्रीड़न'*	: खेलना, आमोद-प्रमोद	**नि.र.-1**/120	यमुना के प्रति
क्रीड़नक-	*'किन्तु क्रीड़नक था लोगों के लिए'*	: खिलौना	**नि.र.-1**/110	सिर्फ एक उन्माद
क्रीड़ा-कुंज-	*'अलि को केवल चाहिए; सुखमय क्रीड़ा-कुंज'*	: प्रेम की आनन्दपूर्ण क्रीड़ा का सुरम्य स्थान	**प्र.ग्र.-4**/282	चतुर्थ अंक/चन्द्रगुप्त
क्रीड़ागार-	*'कौतुक-सा बन मनु के मन का वह सुन्दर क्रीड़ागार हुआ'*	: मनोरंजन के लिए बना भवन	**प्र.ग्र.-2**/103	काम/कामायनी

शब्द- काव्य-पंक्ति	: अर्थ	ग्रंथावली/पृ.सं.	स्रोत/संदर्भ
क्रीडा-चंचल- *'लहरों में यह क्रीडा-चंचल -'*	: क्रीड़ा का चंचल भाव	**प्र.ग्रं.-1**/304	आँखों से अलख जगाने को/लहर
क्रीड़ा-पंजर- *'मेधा के क्रीड़ा-पंजर का पाला हुआ सुआ है'*	: क्रीड़ा-भाव से बनाया गया पिंजड़ा, बुद्धि-विलास भी एक बंधन है।	**प्र.ग्रं.-2**/134	कर्म/कामायनी
क्रीड़ामय संचार- *'हँसाता रहे उसे सविलास शक्ति का क्रीड़ामय संचार'*	: खेल-भावना से निष्पादित क्रिया-कलाप	**प्र.ग्रं.-2**/93	श्रद्धा/कामायनी
क्रीड़ितवय- *'क्रीड़ितवय-विद्याध्ययनान्तर है संस्थित'*	: शारीरिक सौष्ठव हेतु पर्याप्त समय लगाया	**नि.र.-1**/284	तुलसीदास
क्रीतदास- *'भाइयों के शेर और क्रीतदास तुर्कों के'*	: खरीदे हुए गुलाम	**नि.र.-1**/165	महाराज शिवाजी का पत्र
क्रुद्ध सिंधु- *'सबल तरंगाघातों से उस क्रुद्ध सिंधु के, विचलित सी'*	: क्रोधित समुद्र, समुद्र मानो क्रोध के कारण प्रचंड लहरें उठा रहा था।	**प्र.ग्रं.-2**/60	चिंता/कामायनी
क्लांत- *'क्लान्त तारकगण की मद्यप-मण्डली'*	: थका हुआ	**प्र.ग्रं.-1**/228	पावस प्रवास/झरना
◆ *'आज अकेले निर्जन गृह में क्लांत हो'*	: थका हुआ	**प्र.ग्रं.-1**/253	प्रत्याशा/झरना
◆ *'तपस्वी! क्यों इतने हो क्लांत? वेदना का यह कैसा वेग?'*	: थका, उदास, परेशान	**प्र.ग्रं.-2**/88	श्रद्धा/कामायनी
◆ *'या अन्न इकठ्ठा करती है होती न तनिक-सी कभी क्लांत'*	: थकी हुई	**प्र.ग्रं.-2**/158	ईर्ष्या/कामायनी
◆ *'वह पावन सारस्वत प्रदेश दु:स्वप्न देखता पड़ा क्लांत'*	: अवसाद से भरा हुआ	**प्र.ग्रं.-2**/173	इड़ा/कामायनी
◆ *'वायु थी, आकाश/हो रहा था क्लान्त'*	: उदास, मुरझाया हुआ, आकाश सुंदर नहीं लग रहा था।	**नि.र.-1**/155	शेष
◆ *'लेटी हैं श्रान्त, क्लान्त, निश्चल!'*	: थकावट से मलिन	**पं.ग्रं.-1**/274	नौका-विहार/गुंजन
क्लांति- *'क्लान्ति की सरल मूर्ति निद्रित'*	: थकावट, श्रमित	**नि.र.-1**/141	स्मृति
◆ *'जागृति में सुप्ति थी/जागरण-क्लान्ति थी'*	: थकावट	**नि.र.-1**/144	जागृति में सुप्ति था
◆ *'अविचल निज शान्ति में/क्लान्ति सब खो गयी-'*	: थकावट	**नि.र.-1**/184	जागरण
◆ *'स्नेह माँगा औ' न बाती/नींद कब, कब क्लांति भाती'*	: थकावट	**म.सा.-1**/251	क्या न तुमने दीप बाला? /सांध्य गीत
क्लिन्न- *'निश्चय, हो श्वेत, कृष्ण अथवा,/वह नहीं क्लिन्न'*	: गीला अर्थात् जो सूखा-स्वच्छ न हो	**नि.र.-1**/339	सम्राट् अष्टम एडवर्ड के प्रति
क्लेदयुक्त- *'क्लेदयुक्त अपना तन दूँगा'*	: कीच से भरा, पाप से मिला	**नि.र.-1**/223	नर-जीवन के स्वार्थ सकल
क्वणित- *'कंकण क्वणित, रणित नूपुर थे, हिलते थे छाती पर हार'*	: कंगन के टकराने से उत्पन्न ध्वनि	**प्र.ग्रं.-2**/57	चिंता/कामायनी
क्षण का कुहक- *'आलोक तिमिर ने क्षण का कुहक बिछाया!'*	: प्रत्येक क्षण कोई-न-कोई जादू बिखरता रहा	**म.सा.-1**/339	तू धूल-भरा ही आया! /दीप-शिखा
क्षण-नर्त्तन- *'बुद्धि-चपला का क्षण-नर्त्तन'*	: प्रत्येक पल में बदलती भंगिमा	**प्र.ग्रं.-1**/305	आह रे, वह अधीर यौवन /लहर
क्षणिक विश्राम- *'किसी नयन की नील निशा में क्या कर चुका क्षणिक विश्राम'*	: प्रेम का संस्पर्श मिला हो, पल भर को प्रेम की गहरी अनुभूति	**प्र.ग्रं.-1**/327	मधुर माधवी संध्या में /लहर
क्षत के फूल- *'खिलते हों क्षत के फूल वहाँ, बन व्यथा तमिस्रा के तारे'*	: जख्म मानो फूल हों	**प्र.ग्रं.-4**/341	प्रथम अंक/ध्रुवस्वामिनी

शब्द-	काव्य-पंक्ति	: अर्थ	ग्रंथावली/पृ.सं.	स्रोत/संदर्भ
क्षति-	*'रति-रहित कहाँ सुख? केवल क्षति-केवल क्षति;'*	: नुकसान, हानि	**नि.र.**-1/294	तुलसीदास
क्षपाकर-	*'क्षीण क्षपाकर की छाया में'*	: चन्द्रमा	**पं.ग्र.**-1/109	मरु भी होगा नन्दन वन!/वीणा
क्षपा-सदृश-	*'क्षपा-सदृश छिपना है फिर तो परिचय देंगे आँसू हर'*	: रात के समान	**प्र.ग्र.**-3/302	द्वितीय अंक/अजातशत्रु
क्षम-	*'द्विज लोगों पर इस्लाम-क्षम वह छाया'*	: ताकत, बल	**नि.र.**-1/288	तुलसीदास
क्षमा और प्रतिशोध-	*'क्षमा और प्रतिशोध! आह रे दोनों की माया नचती'*	: (मनु के प्रति इड़ा के मन में) क्षमा और प्रतिशोध का द्वैध मचा था।	**प्र.ग्र.**-2/215	निर्वेद/कामायनी
क्षमा निलय-	*'कल्याणमयी वाणी कहती, तुम क्षमा निलय में हो रहती'*	: दयामयी(श्रद्धा)	**प्र.ग्र.**-2/244	दर्शन/कामायनी
क्षय-	*'सारा विवाद हो गया व्यर्थ, जीवन-क्षय'*	: क्षरण, धीरे-धीरे समाप्त होना	**नि.र.**-1/293	तुलसीदास
क्षर-	*'अक्षर, क्षर होता हुआ, ब्याज'*	: खंडित, घिसना	**नि.र.**-1/250	वह कितना सुख
क्षात्रधर्म-	*'जिनमें है क्षात्रधर्म का धृत पूर्णाभिषेक'*	: एक योद्धा का कर्तव्य	**नि.र.**-1/334	राम की शक्ति-पूजा
क्षार-	*'हुई सोने की प्रतिमा क्षार/साधनाएँ बैठी हैं मौन'*	: राख	**म.सा.**-1/66	समीरण के पंखों में गूँथ/नीहार
♦	*'क्षार होता जाता है गात/वेदनाओं का होता अंत'*	: राख, नष्ट होना	**म.सा.**-1/83	मूक करके मानस का ताप/नीहार
♦	*'स्निग्ध अपना जीवन कर क्षार/दीप करता आलोक-प्रसार'*	: राख, नष्ट कर लेना	**म.सा.**-1/116	तुहिन के पुलिनों पर छबिमान/रश्मि
♦	*'हो गया स्मित से मधुर इन लोचनों का क्षार पानी'*	: खारा आँसू (मानो उनकी मुस्कान की अनुभूति से मीठा हो गया है)	**म.सा.**-1/263	विरह की घड़ियाँ हुई अलि.../सांध्य गीत
♦	*'सिकता से तुलती साध क्षार से उर-धन'*	: राख (से हृदय के धन—प्रेम को तौला जा रहा है)	**म.सा.**-1/357	कोई यह आँसू आज माँग ले जाता!/दीप-शिखा
क्षार-कथा-	*'चिर उज्ज्वल अक्षर जीवन की बिखरी विस्मृत क्षार-कथा के'*	: दु:ख की कथा	**म.सा.**-1/333	जब यह दीप थके तब आना/दीप-शिखा
क्षार दृग-जल-	*'अर्चना हों शूल भोले क्षार दृग-जल अर्घ्य हो ले'*	: खारे आँसू	**म.सा.**-1/258	शून्य मंदिर में बनूँगी.../सांध्य गीत
क्षार शीतल-	*'हो रहे झर कर दृगों से अग्नि-कण भी क्षार शीतल'*	: ठण्डी राख	**म.सा.**-1/264	शलभ मैं शापमय वर हूँ!/सांध्य गीत
क्षालित-	*'क्षालित शत-तरंग-तनु-पालित अवगाहित निकली द्युति निर्मल'*	: धोया हुआ	**नि.र.**-1/248	घोर शिशिर
क्षिति-	*'या कहीं लज्जावती क्षिति के लिए'*	: धरती	**नि.र.**-1/43	माया
क्षितिज-	*'धीरे-धीरे उतर क्षितिज से/आ वसंत-रजनी'*	: आकाश के अंतिम छोर से	**म.सा.**-1/168	धीरे-धीरे उतर क्षितिज से/नीरजा
♦	*'यह क्षितिज बना धुँधला विराग नव अरुण अरुण मेरा सुहाग'*	: दिगंत, धरती-आकाश का मिलन	**म.सा.**-1/249	प्रिय! सांध्य गगन, मेरा जीवन!/सांध्य गीत
क्षितिज-कारा-	*'क्षितिज-कारा तोड़ कर अब गा उठी उन्मत्त आँधी'*	: क्षितिज-रूपी बंधन	**म.सा.**-1/319	सब बुझे दीपक जला लूँ/दीप-शिखा

शब्द- काव्य-पंक्ति	: अर्थ	ग्रंथावली/पृ.सं.	स्रोत/संदर्भ
क्षितिज के अंचल में- *'भग रहा क्षितिज के अंचल में मुख आवृत कर तुमको निहार'*	: दिशाओं के सीमा-प्रांत में	**प्र.ग्रं.**-2/181	इड़ा/कामायनी
क्षितिज-कोर- *'दमकी दिगंत के अधरों पर स्मित की रेखा सी क्षितिज-कोर'*	: क्षितिज का एक किनारा	**म.सा.**-1/287	तंद्रिल निशीथ में ले आए/सांध्य गीत
क्षितिज क्षीण- *'बेला क्षण-क्षण निकट आ रही क्षितिज क्षीण, फिर लीन हुआ;'*	: क्षितिज का आभास कमजोर पड़ने लगा, आकाश और धरती की विभाजक-रेखा मंद पड़ने लगी	**प्र.ग्रं.**-2/60	चिंता/कामायनी
क्षितिज पटी- *'क्षितिज पटी को आंदोलित करती हुई'*	: दिगन्त क्षेत्र, आकाश के अंतिम छोर पर	**प्र.ग्रं.**-1/341	प्रलय की छाया/लहर
♦ *'अंकित कर क्षितिज पटी को/तूलिका बरौनी तेरी'*	: क्षितिज मानो चित्र बनाने का कैनवास हो	**प्र.ग्रं.**-2/11	आँसू
♦ *'क्षितिज पटी को उठा बढ़ो ब्रह्माण्ड विवर में'*	: क्षितिज-रूपी पर्दा	**प्र.ग्रं.**-2/201	संघर्ष/कामायनी
क्षितिज भाल- *'क्षितिज भाल का कुंकुम मिटता मलिन कालिमा के कर से'*	: क्षितिज-रूपी ललाट (है संध्या का)	**प्र.ग्रं.**-2/185	स्वप्न/कामायनी
क्षितिज-भृकुटि- *'मैं क्षितिज-भृकुटि पर घिर धूमिल, चिंता का भार बनी अविरल'*	: क्षितिज-रूपी भौंहें	**म.सा.**-1/273	मैं नीर भरी दुख की बदली!/सांध्य गीत
क्षितिज-रेख- *'बनती प्रवाल का मृदुल कूल जो क्षितिज-रेख थी कुहर-म्लान'*	: आकाश का अंतिम निचला किनारा	**म.सा.**-1/103	चुभते ही तेरा अरुण बान!/रश्मि
क्षितिज वेला- *'श्रम विश्राम क्षितिज वेला से -'*	: क्षितिज-रूपी किनारा, दिगन्त	**प्र.ग्रं.**-1/298	ले चल वहाँ भुलावा देकर/लहर
क्षितिज व्यापी- *'भरे, क्षितिज व्यापी अम्बर से'*	: क्षितिज (दिगंत) तक फैला आकाश	**प्र.ग्रं.**-1/312	वे कुछ दिन कितने सुन्दर थे/लहर
क्षितिज-सिंधु- *'क्षितिज-सिंधु को चली चपल आभा-सरि अपना उर उमगा, ले!'*	: क्षितिज-रूपी समुद्र की तरफ शाम चल रही है	**म.सा.**-1/345	गोधूलि अब दीप जगा ले!/दीप-शिखा
क्षिति-सलिल- *'क्षिति-सलिल से उठ अनिल बन देख लें हम गगन-कारा'*	: धरती और समुद्र	**नि.र.**-1/245	बुझे तृष्णाशा-विषानल झरे
क्षिप्त- *'क्षिप्त हो रहे हैं जो/खण्डशः क्षीण, क्षीणतर हुए—'*	: फेंका जाना	**नि.र.**-1/165	महाराज शिवाजी का पत्र
♦ *'क्षत्रियों की क्षिप्त शक्ति/कर लें एकत्र फिर'*	: छितराया, फेंका	**नि.र.**-1/166	महाराज शिवाजी का पत्र
क्षिप्र- *'निष्फल होते लक्ष्य पर क्षिप्र वार पर वार!'*	: तेज, तीखे	**नि.र.**-1/334	राम की शक्ति-पूजा
क्षिप्र-कर- *'आज का, तीक्ष्ण-शर-विधृत-क्षिप्र-कर, वेग-प्रखर'*	: फुर्ती से काम करनेवाले हाथ	**नि.र.**-1/329	राम की शक्ति-पूजा
क्षिप्रगति- *'क्षिप्रगति चलती अभिसारिका यह गोदावरी'*	: तेज गति	**नि.र.**-1/56	पंचवटी प्रसंग:3
क्षिप्रधार- *'संचित जीवन क्षिप्रधार'*	: तीव्र धारा (भारतीय जीवन की)	**नि.र.**-1/283	तुलसीदास
क्षीण- *'क्षीण का न छीना कभी अन्न, मैं लख न सका वे दृग विपन्न'*	: कमजोर, शोषित	**नि.र.**-1/316	सरोज-स्मृति
क्षीण कंठ- *'क्षीण कण्ठ की करुण कथाएँ'*	: कमजोर आवाज	**नि.र.**-1/136	दीन
♦ *'क्षीण कण्ठ कर रहा पुकार'*	: धीमा स्वर, कमजोर की आवाज	**पं.ग्रं.**-1/86	द्वार भिखारी आया है /वीणा

शब्द-	काव्य-पंक्ति	: अर्थ	ग्रंथवली/पृ.सं.	स्रोत/संदर्भ
क्षीण-कटि-	*'गोमती क्षीण-कटि नटी नवल नृत्यपर मधुर-आवेश-चपल'*	: पतली कमर, नदी की पतली धारा	**नि.र.**-1/308	दान
क्षीण-गंध-	*'क्षीण-गंध निरवलंब'*	: जिसकी सुगन्ध समाप्त हो गयी हो	**प्र.ग्रं.**-1/351	प्रलय की छाया/लहर
क्षीण शिखा-	*'क्षीण शिखा से तम में लिख बीती घड़ियों के नाम'*	: दीपक की पतली बाती मानो लघुता का प्रतीक है	**म.सा.**-1/153	विश्व-जीवन के उपसंहार!/रश्मि
क्षीण-स्रोत-	*'शिशिर-काल की क्षीण-स्रोत वह जो हिमतल में जम जाये'*	: पतली जलधारा	**प्र.ग्रं.**-2/185	स्वप्न/कामायनी
क्षीरनिधि-	*'क्षीरनिधि की थी सुप्त तरंग सरलता का न्यारा निर्झर'*	: विष्णु का निवास क्षीरनिधि (दूध का समुद्र) में मानते हैं। क्षीरनिधि के सुप्त तरंग की तरह मेरी सरलता थी।	**म.सा.**-1/71	स्वर्ग का था नीरव उच्छ्वास/नीहार
क्षीरनिधि की उर्म्मियों से-	*'नव क्षीरनिधि की उर्म्मियों से रजत झीने मेघ सित'*	: क्षीरसागर की लहरों के समान सफेद मेघ	**म.सा.**-1/172	श्रृंगार कर ले री सजनि!/नीरजा
क्षीर-फेन-	*'सित क्षीर-फेन हीरक-रज से जो हुए चाँदनी में निर्मित'*	: सफेद झाग (की तरह चाँदनी)	**म.सा.**-1/397	तू भू के प्राणों का शतदल!/दीप-शिखा
क्षीर-फेनिल स्मित-	*'तृषित भू को क्षीर-फेनिल स्मित पिलाती आ!'*	: चाँदनी मानो दुग्ध-धवल मुस्कान की तरह है	**म.सा.**-1/373	सपने जगाती आ!/दीप-शिखा
क्षीर लहरी-	*'सित दृग हुए क्षीर लहरी से, तारे मरकत-नील-तरी से'*	: क्षीर सागर की तरह	**म.सा.**-1/329	तरल मोती से नयन भरे!/दीप-शिखा
क्षुद्र-	*'क्षुद्र था, उसने गर्व किया'*	: छोटे भाववाला	**प्र.ग्रं.**-1/219	समर्पण/झरना
◆	*'क्षुद्र ऊर्मियों की तरह/टक्करें लेते रहे तो'*	: छोटी	**नि.र.**-1/168	महाराज शिवाजी का पत्र
क्षुद्र अंश-	*'जीवन तेरा क्षुद्र अंश है/व्यक्त नील घन-माला में,'*	: नगण्य हिस्सा	**प्र.ग्रं.**-2/63	चिंता/कामायनी
क्षुद्र कलिका-	*'क्षुद्र कलिका है खिली जाती अभी'*	: छोटी-सी कली (सम्भावना)	**प्र.ग्रं.**-4/111	चतुर्थ अंक/स्कन्दगुप्त
क्षुद्र गृह-	*'क्षुद्र गृह किन्तु हुआ सुख मूल'*	: छोटी गृहस्थी, छोटा-सा घर-संसार	**प्र.ग्रं.**-1/244	असन्तोष/झरना
क्षुद्र तारे-	*'नभ डुबा पाया न अपनी बाढ़ में भी क्षुद्र तारे'*	: छोटे-छोटे तारे, लघुता के प्रतीक	**म.सा.**-1/278	फिर विकल हैं प्राण मेरे!/सांध्य गीत
क्षुद्र पोत-	*'कोई भी! वह जो क्षुद्र पोत'*	: छोटे जहाज (की तरह है बीज)	**पं.ग्रं.**-2/21	सृष्टि/युगपथ
क्षुद्र भाव-	*'छोटे से घर की लघु सीमा में/बँधे हैं क्षुद्र भाव'*	: संकुचित दृष्टिकोण	**नि.र.**-1/51	पंचवटी प्रसंग:1
क्षुद्र मनोवेग-	*'जिसमें संसारियों के सारे क्षुद्र मनोवेग तृण सम बह जाते हैं'*	: छोटी मानसिकता, शंकाएँ	**नि.र.**-1/51	पंचवटी प्रसंग:1
क्षुद्र-यान-	*'मानस-जलनिधि का क्षुद्र-यान'*	: छोटी नाव, क्षुद्र साधन	**प्र.ग्रं.**-2/175	इड़ा/कामायनी
क्षुधातुर-	*'नग्न, क्षुधातुर, वास विहीन रहें जीवित जन'*	: भूख से व्याकुल, क्षुधा+आतुर, गरीब	**पं.ग्रं.**-2/21	ताज/युगपथ
क्षुब्ध-	*'एक दिन सहसा सिंधु अपार लगा टकराने नग तल क्षुब्ध;'*	: क्षोभ से भरा हुआ	**प्र.ग्रं.**-2/88	श्रद्धा/कामायनी
◆	*'क्षुब्ध हृदय को पुलकित कर देते हो'*	: क्षोभ से भरा हुआ	**नि.र.**-1/112	भर देते हो
◆	*'क्षुब्ध प्रेम का पारावार'*	: क्षोभ से भरा हुआ	**नि.र.**-1/119	यमुना के प्रति
◆	*'शरण-विमुख नूपुर-उर क्षुब्ध'*	: क्षोभ से भरा हुआ	**नि.र.**-1/122	यमुना के प्रति

शब्द- काव्य-पंक्ति	: अर्थ	ग्रंथावली/पृ.सं.	स्रोत/संदर्भ
◆ *'क्षुब्ध एक कम्पन-सा निद्रित'*	: क्षोभ	**नि.र.-1**/144	जागृति में सुप्ति था
◆ *'मुग्ध मनोहर लुब्ध क्षुब्ध उद्वेलित सक्रिय'*	: क्षोभ से भरा	**नि.र.-1**/183	प्रतिध्वनि
◆ *'क्षुब्ध अधरों से रहा मिला'*	: आवेशित	**नि.र.-1**/200	गीत 'घ'
◆ *'क्षुब्ध लुब्ध, नील-अंग - /अवगाहन-स्नान'*	: क्षोभ की ऊर्जा के साथ	**नि.र.-1**/313	मित्र के प्रति
◆ *'गर्जित-प्रलयाब्धि-क्षुब्ध-हनुमत्-केवल-प्रबोध,'*	: क्षोभ से भरा हुआ	**नि.र.-1**/329	राम की शक्ति-पूजा
क्षुब्ध तोष- *'रुद्ध कोष है, क्षुब्ध तोष'*	: असंतोष, संतोष क्षोभ से भरा है	**नि.र.-1**/136	बादल-राग
क्षेम- *'निष्ठुर ही रहना, अच्छा है, यही करेगा क्षेम'*	: कुशल	**प्र.ग्रं.-1**/279	बिंदु(1)/झरना
◆ *'बचा विरह मौन के क्षेम को कुचाल अपनी सुधार कोकिल'*	: कुशल-मंगल	**प्र.ग्रं.-4**/39	प्रथम अंक/स्कन्दगुप्त
◆ *'औ' अमर बीज चिर विश्व क्षेम'*	: कल्याण, हित	**पं.ग्रं.-2**/12	जीवन का फल/युगपथ
क्षोभन- *'अपरिचित-पुण्य अक्षय क्षोभन धन कोई;*	: क्षोभ उत्पन्न करनेवाला	**नि.र.-1**/295	तुलसीदास
क्षोभयुत उन्माद- *'यह अतृप्ति अधीर मन की क्षोभयुत उन्माद'*	: बेचैनी से भरा दीवानापन	**प्र.ग्रं.-2**/117	वासना/कामायनी
क्षोम- *'नि:सृत प्रकाश जो, तरुण क्षोम प्रिय तन पर'*	: रेशम	**नि.र.-1**/292	तुलसीदास
खग-कुल- *'खग-कुल कुल-कुल सा बोल रहा'*	: चिड़ियों का समूह	**प्र.ग्रं.-1**/303	बीती विभावरी जाग री/लहर
खगकुल रोल- *'मधुर नूपुर ध्वनि खगकुल रोल'*	: पक्षियों का कोलाहल	**पं.ग्रं.-1**/377	द्वितीय दृश्य/परी
खग-पिकों- *'जाग मचलेगा न तू/कल खग-पिकों में बोल री'*	: कोयल आदि पक्षियों में	**म.सा.-1**/227	मत अरुण घूँघट खोल री!/नीरजा
खगरव- *'पुर-लक्ष्मी खगरव के मिस कुछ कह उठती थी करुण कथा'*	: पक्षियों की आवाज	**प्र.ग्रं.-2**/214	निर्वेद/कामायनी
खचित- *'अञ्चल में खचित सुमन'*	: भरा हुआ	**नि.र.-1**/246	भारति, जय, विजयकरे!
खटका- *'आज पवन मृदु साँस ले रहा/जैसे बीत गया खटका'*	: आशंका, दुश्चिंता	**प्र.ग्रं.-2**/68	आशा/कामायनी
खड़ी झड़ी- *'गरल जलद की खड़ी झड़ी में बूँदें निज संसृति रचतीं'*	: मूसलाधार बारिश, टिककर होनेवाली बारिश	**प्र.ग्रं.-2**/61	चिंता/कामायनी
खड्ड- *'विक्षत उसके अंग, प्रगट थे भीषण खड्ड भयकरी खाँई'*	: गहरे प्राकृतिक पर्वतीय गड्ढे	**प्र.ग्रं.-2**/251	रहस्य/कामायनी
खण्डश:- *'क्षिप्त हो रहे हैं जो/खण्डश: क्षीण, क्षीणतर हुए-'*	: टुकड़े-टुकड़े में	**नि.र.-1**/165	महाराज शिवाजी का पत्र
खद्योत- *'किसे खोजते हो खद्योत'*	: जुगनू	**पं.ग्रं.-1**/99	इस पीपल के तरु के नीचे/वीणा
खद्योतों- *'जब खद्योतों से खेलूँगी'*	: जुगनू	**पं.ग्रं.-1**/85	हाय कहेगा क्या संसार! /वीणा
◆ *'खद्योतों के मलिन दीप में'*	: जुगनुओं	**पं.ग्रं.-1**/193	अनंग/पल्लव
◆ *'न जाने खद्योतों से कौन'*	: जुगनुओं	**पं.ग्रं.-1**/196	मौन निमन्त्रण/पल्लव
खनि- *'भारति, भारत को फिर दो वर/ज्ञान-विपणि-खनि के'*	: खान	**नि.र.-1**/256	जागो, जीवन-धनिके!
खर- *'तुम दिनकर के खर किरण-जाल'*	: प्रखर, तीखा, गर्म	**नि.र.-1**/49	तुम और मैं
◆ *'अपने सुख-पथ का प्रवाह खर'*	: तेज	**नि.र.-1**/212	छोड़ दो, जीवन यों न मलो
◆ *'बहे रस-स्रोत खर/बेध तनु विविध शर'*	: प्रखर, तेज	**नि.र.-1**/267	बहती निराधार
◆ *'छाया इस पर केवल जड़ रवि खर दहता'*	: तीखा, प्रखर	**नि.र.-1**/285	तुलसीदास

शब्द- काव्य-पंक्ति	: अर्थ	ग्रंथावली/पृ.सं.	स्रोत/संदर्भ
◆ *'विद्धाङ्ग—बद्ध-कोदण्ड - मुष्टि-खर-रुधिर-स्राव,'*	: तेज	**नि.र.**-1/329	राम की शक्ति-पूजा
◆ *'ताड़का, सुबाहु, विराध, शिरस्त्रय, दूषण, खर;'*	: एक राक्षस	**नि.र.**-1/331	राम की शक्ति-पूजा
◆ *'क्रूर, शूर, खर, दुर्धर'*	: तीक्ष्ण, तीखा, कर्कश	**पं.ग्रं.**-1/335	चार/ज्योत्स्ना
खर-कंटक- *'हम खर-कण्टक परिकर'*	: तीखे काँटे	**पं.ग्रं.**-1/335	चार/ज्योत्स्ना
खरतर- *'सरिता-सी कविता में खरतर स्वर-धार-'*	: तीव्रतर, तीखा	**नि.र.**-1/156	वेदना
◆ *'महाकाल के खरतर शर सह'*	: तीक्ष्णतर, तीखे	**नि.र.**-1/223	नर-जीवन के स्वार्थ सकल
◆ *'लोह काटता खरतर'*	: अधिक तीक्ष्ण या रूखा	**पं.ग्रं.**-1/335	चार/ज्योत्स्ना
खर शस्त्रों- *'छेड़ खर शस्त्रों की झंकार'*	: तेज धार या नोंकवाले हथियार	**पं.ग्रं.**-1/228	परिवर्तन/पल्लव
खराद- *'पहल न उसमें था बना, चढ़ा न रहा खराद'*	: छीलकर चिकना-सुडौल करना	**प्र.ग्रं.**-1/267	रत्न/झरना
खर्व- *'मानव के मन का असुर मन्द, हो रहा खर्व'*	: दस अरब की संख्या	**नि.र.**-1/336	राम की शक्ति-पूजा
◆ *'काँप, मरें गत खर्व मनुजता के'*	: दस अरब की संख्या	**पं.ग्रं.**-2/13	गर्जन कर मानव केसरि/युगपथ
खल- *'रावण, रावण, लम्पट, खल, कल्मष-गताचार'*	: दुष्ट	**नि.र.**-1/333	राम की शक्ति-पूजा
खलखल- *'फिर सुना— हँस रह अट्टहास रावण खलखल'*	: जोर का अट्टहास	**नि.र.**-1/331	राम की शक्ति-पूजा
खल लेखा- *'हे अभाव की चपल बालिके, री ललाट की खल लेखा!'*	: दुर्भाग्य की रेखाएँ	**प्र.ग्रं.**-2/53	चिंता/कामायनी
खल्-खल्- *'हँसता है नद खल्-खल्'*	: विराट (विशाल) के हँसने का स्वर	**नि.र.**-1/128	बादल राग
खसकर- *'चढ़े मंजु खिले सुमन खसकर'*	: खिसककर	**नि.र.**-1/248	नयनों का नयनों से बन्धन
खस-खस- *'खस-खस पड़ता उर से अंचल'*	: खिसकना	**पं.ग्रं.**-1/351	चार/ज्योत्स्ना
खारे आँसू- *'अपने खारे आँसू से/करुणा सागर को भरती'*	: दुःख के आँसू	**प्र.ग्रं.**-2/25	आँसू
खारे उच्छ्वासों- *'आकर खारे उच्छ्वासों में'*	: समुद्र का खारापन मानो उसकी साँसों (हवा) में बसा है	**प्र.ग्रं.**-1/299	हे सागर संगम अरुण नील/लहर
खारे दृग-जल- *'खारे दृग-जल से सींच सींच प्रिय की सनेह-वेली पाली'*	: दुःख से भरे अश्रुकण	**म.सा.**-1/197	जग ओ मुरली की मतवाली!/नीरजा
खाली कलियों के प्याले- *'मधुर चाँदनी धो जाती है खाली कलियों के प्याले'*	: कलियाँ मानो खाली प्याले की तरह हैं जिन्हें धोकर चाँदनी चमका देती है।	**म.सा.**-1/32	बनबाला के गीतों सा /नीहार
खिन्न- *'खिन्न लतिका को करके छिन्न'*	: उद्विग्न, बेचैन	**नि.र.**-1/90	रास्ते के फूल से
◆ *'सिन्धु के अश्रु/धरा के खिन्न दिवस के दाह'*	: दुखी और उखड़ा-उखड़ा-सा	**नि.र.**-1/129	बादल राग
◆ *'वानर-वाहिनी खिन्न, लख निज-पति-चरण-चिह्न'*	: दुखी मन	**नि.र.**-1/329	राम की शक्ति-पूजा
खिन्नमना- *'मैं सोया पथ पर खिन्नमना मुद गयी दृष्टि ज्योति:कारा'*	: हताश	**नि.र.**-1/264	कितने बार पुकारा
खिला पुलक कदंब-सा था- *'खिला पुलक कदंब-सा था भरा गद्गद बोल'*	: श्रद्धा की सिहरन मानो कदंब के फल के रोओं की तरह खिल उठी थी	**प्र.ग्रं.**-2/119	वासना/कामायनी

शब्द- काव्य-पंक्ति	: अर्थ	ग्रंथावली/पृ.सं.	स्रोत/संदर्भ
खींच रहे हो हस्त- *'तुम खींच रहे हो हस्त जानकी से निर्दय!'*	: हाथ खींच रहे हो, पीछे हट रहे हो	**नि.र.**-1/333	राम की शक्ति-पूजा
खील- *'बिखरता फेनिल तरल खील -'*	: लावा या भूने हुये धान की तरह हैं पानी की उछलती बूँदें	**प्र.ग्रं.**-1/299	हे सागर संगम अरुण नील/लहर
◆ *'शिथिल है, जिस पर बिखरता प्रचुर मंगल खील'*	: धान का लावा (तारा की उपमा)	**प्र.ग्रं.**-2/117	वासना/कामायनी
खुट्टी- *'लड़के जैसे खेलों में कर लेते खुट्टी'*	: कुट्टी, बच्चे खेल में सम्बन्ध तोड़ने के लिए खुट्टी करते हैं	**प्र.ग्रं.**-2/203	संघर्ष/कामायनी
खुमार- *'मैं मदिरा तू उसका खुमार/मैं छाया तू उसका अधार'*	: नशा, मदहोशी	**म.सा.**-1/63	मैं कंपन हूँ तू करुण राग/नीहार
खुसरू- *'मानिक ने, खुसरू के नाम से'*	: खुसरो खाँ 1320 में सुल्तान बना, वह कुतुबुद्दीन मुबारक शाह का मंत्री था।	**प्र.ग्रं.**-1/353	प्रलय की छाया/लहर
खे चला- *'आँसू की धार बहाकर/खे चला प्रेम बेगुन की'*	: नाव चलाना	**प्र.ग्रं.**-2/21	आँसू
खेद भय रहित- *'खेद भय रहित अभेद, अभिराम हो'*	: दुःख और डर से मुक्त	**प्र.ग्रं.**-1/261	तुम/झरना
खेल मिचौनी- *'सुख-दुख की खेल मिचौनी'*	: आँख-मिचौनी का खेल, आँख खोलने-बंद करने का खेल	**पं.ग्रं.**-1/241	मैं नहीं चाहता चिर सुख/गुंजन
खेल मिचौनी-सी- *'खेल मिचौनी-सी निशि भोर'*	: आँख-मिचौनी के खेल की तरह	**पं.ग्रं.**-1/190	वीचि विलास/पल्लव
खे लोगे- *'माझी? साहस है? खे लोगे?*	: नाव चला लोगे?	**प्र.ग्रं.**-4/99	तृतीय अंक/स्कन्दगुप्त
खेवनहार- *'डोलती नाव, प्रखर है धार, सँभालो जीवन-खेवनहार!'*	: नाव चलानेवाला, नाविक	**नि.र.**-1/201	खेवा
खेवा- *'आह, इस खेवा की! -'*	: नाव की खेप, बोझ लदी नाव	**प्र.ग्रं.**-1/338	पेशोला की प्रतिध्वनि/लहर
◆ (शीर्षक)	: बोझ से लदी हुई नाव	**नि.र.**-1/201	खेवा
खोंस- *'खोंस नील-नभ की वेणी में'*	: खोंसकर (नीलनभ-रूपी चोटी में चाँद-रूपी कुंदकली को सजाकर)	**पं.ग्रं.**-1/271	अप्सरा/गुंजन
खोकर सब चेतनता- *'कामायनी जगी थी कुछ-कुछ खोकर सब चेतनता'*	: होश गवाँ बैठना	**प्र.ग्रं.**-2/146	कर्म/कामायनी
खोखली शून्यता- *'खोखली शून्यता में प्रतिपद असफलता अधिक कुलाँच रही'*	: सारहीन और अभावग्रस्त	**प्र.ग्रं.**-2/172	इड़ा/कामायनी
खोज-खग- *'आज मेरा खोज-खग गाता चला लेने बसेरा;'*	: एक पक्षी की तरह मन में बसी प्रिय की तलाश की बेचैनी।	**म.सा.**-1/302	क्यों मुझे प्रिय हो न बंधन!/सांध्य गीत
खोया प्रात- *'उल्का लेकर अमर शक्तियाँ खोज रहीं ज्यों खोया प्रात'*	: खोयी हुई उम्मीद, आशा की तलाश	**प्र.ग्रं.**-2/59	चिंता/कामायनी
गंगा-तट-सैकत- *'चुमकारा फिर उसने निहार, फिर गंगा-तट-सैकत विहार'*	: गंगा के किनारे रेती पर (घुमाना)	**नि.र.**-1/317	सरोज-स्मृति
गंड-*'महाश्वेत गजराज गंड से बिखरीं मधु धाराएँ जैसे'*	: कनपटी, हस्तिकपोल	**प्र.ग्रं.**-2/252	रहस्य/कामायनी
गंतव्य- *'मिल गया गंतव्य, पग को कंटकों के वेष में!'*	: लक्ष्य, मंजिल	**म.सा.**-1/343	आँसुओं के देश में /दीप-शिखा
गंध-अंध- *'रे गन्ध-अन्ध हो ठौर-ठौर'*	: सुगंध के प्रभाव से नशे में डूबे (भौंरे), नशे में अंधे	**पं.ग्रं.**-1/239	वन-वन उपवन/गुंजन

शब्द- काव्य-पंक्ति	: अर्थ	ग्रंथावली/पृ.सं.	स्रोत/संदर्भ
गंध चूर्ण- *'गंध चूर्ण था लोध्र कुसुम रज, जुटे नवीन प्रसाधन थे'*	: सुगन्धित चूर्ण	**प्र.ग्रं.-2**/190	स्वप्न/कामायनी
गंध-धूम- *'उसमें से उठता गंध-धूम श्रद्धा ने वह मुख लिया चूम'*	: सुगन्धित पदार्थों को जलाने से निकला धुआँ	**प्र.ग्रं.-2**/233	दर्शन/कामायनी
गंध-मंद गति- *'गन्ध-मन्द गति कभी पवन का मौन-भंग उच्छ्वास'*	: धीमी सुगंध का संचार	**नि.र.-1**/106	तरंगों के प्रति
गंध-मधु- *'जो करे गन्ध-मधु का वर्जन/वह नहीं भ्रमर;'*	: सुगंध और मिठास, जीवन के राग-रंग	**नि.र.-1**/339	सम्राट् अष्टम एडवर्ड के प्रति
गंध-मोद-मद- *'गन्ध-मोद-मद पीकर मन्द समीर'*	: मोद (मस्ती, खुशी) प्रदान करने वाला सुगंधित (गन्ध) मद (मदिरा, पराग)	**नि.र.-1**/108	क्या गाऊँ
गंधर्व- *'देव, गंधर्व, असुर की पंक्ति अनुसरण करती उसे अधीर'*	: देव-वर्ग की एक प्रजाति जो संगीतप्रियता के लिए विख्यात थी	**प्र.ग्रं.-2**/91	श्रद्धा/कामायनी
◆ *'असित-श्वेत गंधर्व जो सृष्टि लय के'*	: सुंदर गायन करनेवाली एक जाति, स्तोत्र गायन करनेवाला पुजारी	**म.सा.-1**/321	हुए शूल अक्षत मुझे धूलि चंदन/दीप-शिखा
गंधर्वगान- *'पत्रों के मर्मर में मधुर गन्धर्वगान?'*	: गन्धर्व जाति के लोगों के गायन, यह जाति कलावन्त मानी जाती है	**नि.र.-1**/51	पंचवटी प्रसंग:1
गंधर्वों के देश- *'इधर रह गंधर्वों के देश, पिता की हूँ प्यारी संतान'*	: गांधार का क्षेत्र, अफगानिस्तान का कंधार	**प्र.ग्रं.-2**/87	श्रद्धा/कामायनी
गंधलुब्ध- *'गन्धलुब्ध किन अलिबालों के'*	: गंध के लोभी (आकृष्ट)	**नि.र.-1**/115	यमुना के प्रति
गंधवह- *'अति मधुर गंधवह बहता परिमल बूँदों से सिंचित'*	: गंध का वहन करनेवाला पवन	**प्र.ग्रं.-2**/277	आनन्द/कामायनी
◆ *'केशर के शर मार गन्धवह खिला न सकता था तन-मन'*	: वायु, गंध का वहन करनेवाली	**पं.ग्रं.-1**/109	मरु भी होगा नन्दन वन!/वीणा
◆ *'बढ़ा गन्धवह नभ की ओर'*	: गंध का वहन करनेवाला, पवन, हवा	**पं.ग्रं.-1**/193	अनंग/पल्लव
◆ *'किस मलय-सुरभित अंक रह/आया विदेशी गंधवह?'*	: सुगंध का वहन करनेवाली, हवा	**म.सा.-1**/265	पंकज-कली! /सांध्य गीत
गंधवाही गहन कुंतल- *'गंधवाही गहन कुंतल, तूल से मृदु धूम-श्याम्ल'*	: सुगन्धयुक्त वायु तुम्हारी घनी केशराशि है	**म.सा.-1**/277	दीप तेरा दामिनी! /सांध्य गीत
गंध विधुर- *'जो मदमाते गंध विधुर थे'*	: सौरभ से विरहित	**प्र.ग्रं.-1**/312	वे कुछ दिन कितने सुन्दर थे/लहर
गंध-व्याकुल-कूल-उर-सर- *'गन्ध-व्याकुल-कूल-उर-सर, लहर-कच कर कमल-मुख-पर'*	: हृदय-रूपी सरोवर के तट सुगंध से व्याकुल हैं	**नि.र.-1**/255	कौन तम के पार
गंध-व्याकुल-समीर-मंद-स्पर्श- *'मिला है तुम्हें गन्ध-व्याकुल-समीर-मन्द-स्पर्श सरस'*	: सुगंधित (गन्ध-व्याकुल) वायु (समीर) की कोमल छुअन (मन्द-स्पर्श)	**नि.र.-1**/161	महाराज शिवाजी का पत्र
गंधोच्छल- *'वह शोधशक्ति, जो गन्धोच्छल'*	: गंध से छलकता	**नि.र.-1**/294	तुलसीदास
गँसीले- *'पलकों के प्याले रसीले, अलकों के फन्दे गँसीले'*	: चुभनेवाले	**प्र.ग्रं.-3**/470	द्वितीय अंक/कामना
गगन के इंदीवर- *'गगन के इन्दीवर से नील'*	: आकाश-रूपी नीलकमल (से मानो स्वर्णिम पराग की तरह किरणें झर रही हैं)	**पं.ग्रं.-1**/256	मधुवन/गुंजन
गगन के चिर दाग- *'गगन के चिर दाग गिन गिन'*	: अँधेरे आकाश में तारे सफेद धब्बे की तरह दिख रहे हैं।	**म.सा.-1**/293	जाग जाग सुकेशिनी री! /सांध्य गीत

शब्द- काव्य-पंक्ति	: अर्थ	ग्रंथावली/पृ.सं.	स्रोत/संदर्भ
गगन घन-घन-धार- *'गगन घन-घन-धार— (रे, कह)'*	: आकाश ही घनीभूत होकर मेघ की धारा बनता है	**नि.र.-1**/255	कौन तम के पार
गगन चुम्बिनी- *'गगन चुम्बिनी शैल-श्रेणियाँ पहने हुए तुषार किरीट'*	: आकाश को चूमनेवाली, खूब ऊँची	**प्र.ग्रं.-2**/72	आशा/कामायनी
गगन-यूथिका-वन- *'इस गगन-यूथिका-वन में तारे जूही से खिलते'*	: आकाश मानो यूथिका(जूही) पुष्प के वन की तरह है	**प्र.ग्रं.-2**/22	आँसू
गगनांगन- *'अंगना-अंग पर गगनांगन से गिरकर'*	: गगन रूपी आँगन, आकाश	**नि.र.-1**/76	कविता
गगनांगण- *'अंगना-अंग पर गगनांगण से गिरकर'*	: आकाश	**नि.र.-1**/88	श्रृंगारमयी
◆ *'गूँजे गगनाङ्गण में वे अगण्य गान'*	: आकाश-रूपी आँगन में	**नि.र.-1**/275	वर्ण-चमत्कार
गजगामिनि- *'गजगामिनि, वह पथ तेरा संकीर्ण,/कण्टकाकीर्ण'*	: हाथी की मस्त चालवाली	**नि.र.-1**/102	प्रगल्भ प्रेम
गजाधिप-सा- *'दिक् पिंजर में बद्ध, गजाधिप-सा विनतानन'*	: हाथियों के राजा ऐरावत के समान	**पं.ग्रं.-1**/226	परिवर्तन/पल्लव
गढ़ों- *'इन गढ़ों में— रूप के आवर्त-से—'*	: गाल के गड्ढे, 'डिम्पल'	**पं.ग्रं.-1**/125	ग्रन्थि
गत- *'अहे कार्य से गत कारण पर!'*	: गया हुआ, जुड़ा हुआ, निहित	**नि.र.-1**/134	बादल-राग
◆ *'प्रिय, व्याकुल झंकारों से,/साधो, अपनी गत साधो!'*	: गति, स्थिति, हालत	**नि.र.-1**/191	वासन्ती
◆ *'प्रिय, मुद्रित दृग खोलो!/गत स्वप्न-निशा का तिमिर जाल'*	: बीत गया	**नि.र.-1**/196	प्रभाती
◆ *'गत रागों का सूना अन्तर/प्रतिपल तब भी मेरा सुखकर'*	: बीता हुआ, जो हो चुका है	**नि.र.-1**/202	युक्ति
गत-आगत- *'मैं गत-आगत के चिर संगी सपनों का कर उन्मेष रही!'*	: अतीत और भविष्य (के साथी)	**म.सा.-1**/367	मैं क्यों पूछूँ यह विरह-निशा/दीप-शिखा
गतकाल- *'टूटी हुई झंकार हो/गतकाल की मुस्कान हो'*	: अतीत की मुस्कान की तरह है स्मृति	**म.सा.-1**/85	विस्मृति तिमिर में दीप हो/नीहार
गत-किसलय- *'तरु गत-किसलय— जीवित-मिस लय'*	: बिना पत्तों के	**नि.र.-1**/248	घोर शिशिर
गत-प्रत्यागत- *'गत-प्रत्यागत में और प्रत्यावर्त्तन में'*	: आगे बढ़ने और पीछे लौटने में	**प्र.ग्रं.-1**/344	प्रलय की छाया/लहर
गत-भय- *'आयत-दृग, पुष्ट-देह, गत-भय, अपने प्रकाश में निःसंशय'*	: भयमुक्त	**नि.र.-1**/284	तुलसीदास
गत-युग्म-प्रहर- *'राघव-लाघव— रावण-वारण— गत-युग्म-प्रहर,'*	: दो प्रहर बीत गए	**नि.र.-1**/329	राम की शक्ति-पूजा
गत शोक-क्रोध- *'कुछ स्वेद-बिंदु उसके लेकर वह स्तिमित-नयन गत शोक-क्रोध'*	: शोक और क्रोध से मुक्त होकर	**प्र.ग्रं.-2**/171	इड़ा/कामायनी
गताघ्राण- *'शेष-जीवन-मात्र,/कुड्मल गताघ्राण'*	: सूँघा हुआ	**नि.र.-1**/244	सार्थक करो प्राण
गताचार- *'रावण, रावण, लम्पट, खल, कल्मष-गताचार'*	: आचरण को गिरा देना	**नि.र.-1**/333	राम की शक्ति-पूजा
गतालोक- *'रचते अथवा ललाम/गतालोक लोक,'*	: जिसका तेज हरण हो गया हो, अप्रासंगिक	**नि.र.-1**/313	मित्र के प्रति
गति- *'और मैं चंचल-गति सुर-सरिता'*	: वेग	**नि.र.-1**/49	तुम और मैं
◆ *'ताल-मात्राएँ दिखाती भंग, नव गति, रंग भी'*	: स्थिति	**नि.र.-1**/95	वीणावादिनी
◆ *'संकुचित एक लज्जित गति है वह'*	: शरीर की भाषा, बॉडी लैंग्वेज़	**नि.र.-1**/95	बहू
गति-परिमल- *'इन तलवों में गति-परिमल है, झलकों में जीवन का जल है'*	: केसर जिस गति से हवा में उड़ते हैं, वही तेजी मेरे कदमों में है।	**म.सा.-1**/365	फिर तुमने क्यों शूल बिछाए?/दीप-शिखा
गति-प्रकाश- *'बँध गति-प्रकाश में बुद्ध सकल पूर्वापर'*	: उस छवि की गति के प्रकाश में	**नि.र.-1**/294	तुलसीदास

शब्द-	काव्य-पंक्ति	: अर्थ	ग्रंथावली/पृ.सं.	स्रोत/संदर्भ
गतिमय पतंग-	*'वह ज्वलनशील गतिमय पतंग'*	: सूरज	**प्र.ग्रं.-2**/171	इड़ा/कामायनी
गतिमयि-	*'सतत द्रुत गतिमयि अयि फिर-फिर'*	: हे गतिशील	**नि.र.-1**/140	स्मृति
गति-स्वन-	*'नीरदों में मंद्र गति-स्वन/वात में उर का प्रकंपन'*	: चलने की ध्वनि, बादलों की पग-ध्वनि	**म.सा.-1**/361	निमिष से मेरे विरह के.../दीप-शिखा
गति-हीन जीव-	*'गति-हीन जीव को कहाँ सुरति?'*	: प्रयास न करनेवाला	**नि.र.-1**/294	तुलसीदास
गफलत-	*'मुझे गफलत में जरा पाते ही'*	: असावधान, बेखबर	**नि.र.-1**/47	तुम हमारे हो
गभीर-	*'जब तुम गभीर गोद में'*	: गंभीर, जिसमें खोया जा सके	**पं.ग्रं.-1**/95	अब न अगोचर रहो सुजान!/वीणा
◆	*'सन्ध्या-प्रशान्ति को कर गभीर!'*	: गंभीर	**पं.ग्रं.-1**/267	एक तारा/गुंजन
गमन-	*'किन्तु शास्त्र कहते हैं— /गमन और आगम का चक्रवत् परिवर्तन नियम है अविनाशी'*	: जाना, इस संसार से जाना, मृत्यु	**नि.र.-1**/131	स्वाधीनता पर(1)
गम्यता-	*'शान्ति-पथ पर या किसी की गम्यता'*	: गमन करने का भाव, चलने का भाव	**नि.र.-1**/42	माया
गम्य-दुर्गम-	*'गम्य-दुर्गम मुख-बहुल नद-सा भरा'*	: जिस पर चलना मुश्किल हो	**नि.र.-1**/139	नारायण मिलें हँस अंत में
गय-	*'मूर्च्छित-सुग्रीवाङ्गद-भीषण-गवाक्ष-गय-नल,'*	: वानर सेना का एक पात्र	**नि.र.-1**/329	राम की शक्ति-पूजा
गया-बीता-	*'कहेंगे पशु गया-बीता उसे हम'*	: बिल्कुल निरर्थक	**प्र.ग्रं.-3**/219	तृतीय अंक/विशाख
गया, सभी कुछ गया-	*'गया, सभी कुछ गया, मधुरतम सुर बालाओं का शृंगार;'*	: देव-सृष्टि की सारी उपलब्धियाँ प्रलय में नष्ट हो गयीं।	**प्र.ग्रं.-2**/56	चिंता/कामायनी
गरल जलद-	*'गरल जलद की खड़ी झड़ी में बूँदें निज संसृति रचतीं'*	: जहर की तरह प्राणघातक वर्षा करानेवाले बादल	**प्र.ग्रं.-2**/61	चिंता/कामायनी
गरल पात्र-	*'सौंदर्य्य जलधि से भर लाये केवल तुम अपना गरल पात्र'*	: विष से भरा हुआ बर्तन, विष-पात्र	**प्र.ग्रं.-2**/175	इड़ा/कामायनी
गरलामृत-	*'गरलामृत शिव आशुतोष-बल/विश्व सकल नेगी'*	: विष को अमृत करनेवाले	**नि.र.-1**/227	रूखी री यह डाल
गरीयसी-	*'गर्वित, गरीयसी अपने में आज मैं'*	: श्रेष्ठ, बढ़कर, उच्च	**नि.र.-1**/328	प्रेयसी
गर्जन-गौरव-संसार-	*'बहा, दिखा मुझको भी निज गर्जन-गौरव-संसार!'*	: गौरवशाली गर्जना का संसार, बादलों का संसार गंभीर ध्वनियों से भरा है।	**नि.र.-1**/128	बादल राग
गर्जितोर्मि-	*'लंका पदतल शतदल/गर्जितोर्मि सागर-जल'*	: गरजती तरंगों का	**नि.र.-1**/246	भारति, जय, विजयकरे!
गर्त्त-	*'यह गुहा, गर्त्त प्राचीन, रुद्ध नव दिक्-प्रसार, वह किरण शुद्ध'*	: गड्ढा, परंपरा	**नि.र.-1**/251	मैं रहूँगा न
गर्भ-	*'सरस तामरस गर्भ विभा पर नाच रही तरुशिखा मनोहर'*	: (फूल का) क्रोड़, (फूल के) आंतरिक भाग में	**प्र.ग्रं.-4**/215	द्वितीय अंक/चन्द्रगुप्त
गर्भ मधुर पीड़ा-	*'दुर्भर थी गर्भ मधुर पीड़ा झेलती जिसे जननी सलील'*	: गर्भावस्था का दर्द जो संतान की कल्पना के कारण मधुर है	**प्र.ग्रं.-2**/160	ईर्ष्या/कामायनी
गर्भ विधायक-	*'विहग वर्ग के गर्भ विधायक'*	: गर्भ धारण कराने का कारक, बादल मानो चातकी को गर्भधारण करानेवाले के रूप में हैं।	**पं.ग्रं.-1**/213	बादल/पल्लव
गर्व-रथ-	*'हाँ— कि गर्व-रथ में तुरंग-सा; जितना जो चाहे जुत ले'*	: अभिमान-रूपी रथ, अहंकार की गति में उड़ते जाना	**प्र.ग्रं.-2**/69	आशा/कामायनी
गर्व वहन-	*'नत मस्तक गर्व वहन करते यौवन के घन, रस कन ढरते'*	: गौरव-भाव से युक्त होना	**प्र.ग्रं.-4**/186	प्रथम अंक/चन्द्रगुप्त

शब्द- *काव्य-पंक्ति*	: अर्थ	ग्रंथावली/पृ.सं.	स्रोत/संदर्भ
गलाने को गलने दो- *'इसे अजिर का शून्य गलाने को गलने दो!'*	: (रात के सूनेपन) को गलाने के लिए दीपक को गलने दो (क्षरित होने दो)	**म.सा.**-1/335	यह मंदिर का दीप... /दीप-शिखा
गवाक्ष- *'मूर्च्छित-सुग्रीवाङ्गद-भीषण-गवाक्ष-गय-नल,'*	: वानर सेना का एक पात्र	**नि.र.**-1/329	राम की शक्ति-पूजा
गहन गुफा- *'जब सोती गहन गुफा में चंचल लट को छिटकाये'*	: रात का गहरा अँधेरा, विश्व-वेदना मानो एक स्त्री की तरह चंचल लटों को बिखराकर रात-रूपी गहन गुफा में सोयी है।	**प्र.ग्रं.**-2/31	आँसू
गहन गुहा- *'किस गहन गुहा से अति अधीर'*	: गहरी गुफा, रहस्य	**प्र.ग्रं.**-2/171	इड़ा/कामायनी
गहन-विपिन- *'श्रमित स्वप्न की मधुमाया में, गहन-विपिन की तरु-छाया में'*	: घने जंगल	**प्र.ग्रं.**-4/141	पंचम अंक/स्कन्दगुप्त
गही- *'बुड्ढे हाथों से तुम लोगों ने जिसकी पतवार गही'*	: पकड़ी	**नि.र.**-1/45	बाबा और नाती
गह्वर- *'देवदारु निकुञ्ज गह्वर सब सुधा में स्नात'*	: घने जंगल	**प्र.ग्रं.**-2/116	वासना/कामायनी
गांधर्व विधान- *'अमर है यह गान्धर्व विधान'*	: गंधर्व जाति की गायन कला की शैली	**पं.ग्रं.**-1/203	निर्झर गान/पल्लव
गांधार देश- *'मसृण गांधार देश के, नील रोम वाले मेषों के चर्म,'*	: कंधार(अफगानिस्तान) का पुराना नाम	**प्र.ग्रं.**-2/84	श्रद्धा/कामायनी
गागर रीती- *'तुम सुनकर सुख पाओगे देखोगे यह गागर रीती'*	: खाली घड़े (की तरह मानो मेरा जीवन है)	**प्र.ग्रं.**-1/292	मधुप गुनगुना कर कह जाता/लहर
गागरी- *'मधु मुकुल नवल रस गागरी'*	: गगरी (कलियाँ मानो छोटे कलश हैं)	**प्र.ग्रं.**-1/303	बीती विभावरी जाग री /लहर
गाढ़- *'मानस में एकत्र था, इधर प्रणय की गाढ़'*	: सघनता और गहराई	**प्र.ग्रं.**-3/216	तृतीय अंक/विशाख
गात- *'क्षार होता जाता है गात/वेदनाओं का होता अंत'*	: (बाती-रूपी) शरीर	**म.सा.**-1/83	मूक करके मानस का ताप/नीहार
गाथ- *'अपने जीवन की दीर्घ गाथ'*	: गाथा, कथा, कहानी	**नि.र.**-1/318	सरोज-स्मृति
गायक- *'इस जादूगरनी वीणा पर/गा लेने दो क्षण भर गायक'*	: 'वह अज्ञात प्रिय जो सबमें गायक बनकर बसा है।	**म.सा.**-1/194	इस जादूगरनी वीणा पर/नीरजा
गायक वह गान तुम्हारा- *'गायक वह गान तुम्हारा आ मँडराया पलकों में'*	: उस अज्ञात प्रियतम के अश्रव्य गान मानो कवयित्री की आँखों में छाये हुए दिखने लगे।	**म.सा.**-1/52	इन हीरक से तारों को /नीहार
गालों के फूल- *'झुलस देता गालों के फूल'*	: फूल की तरह खिले सुंदर गाल	**पं.ग्रं.**-1/224	परिवर्तन/पल्लव
गिर रहीं पलकें- *'गिर रहीं पलकें, झुकी थी नासिका की नोक'*	: रतिभाव के अनुभाव, पलकों का गिरना	**प्र.ग्रं.**-2/119	वासना/कामायनी
गिरा- *'गिरा का है क्या यह परिहास'*	: ध्वनि, गीत के स्वर	**पं.ग्रं.**-1/222	स्याही की बूँद/पल्लव
◆ *'गिरा में लाज, प्रणय में मान'*	: वाणी, बोलचाल	**पं.ग्रं.**-1/258	मधुवन/गुंजन
◆ *'गिरा जब हो जाती है मौन/देख भावों का पारावार'*	: आवाज, कंठ-स्वर	**म.सा.**-1/86	निठुर होकर डालेगा पीस/नीहार
गिरा-सी- *'सिन्धु गिरा-सी अगम, अनन्त'*	: (समुद्र की) गंभीर आवाज के समान	**पं.ग्रं.**-1/190	वीचि विलास/पल्लव

शब्द-	काव्य-पंक्ति	: अर्थ	ग्रंथावली/पृ.सं.	स्रोत/संदर्भ
गिरि अंचल-	*'उसकी वह जलन भयानक फैली गिरि अंचल में फिर'*	: पर्वतीय प्रदेश	**प्र.ग्रं.-2**/270	आनन्द/कामायनी
गिरि कपोलों-	*'गिरि कपोलों पर न सूखी/आँसुओं की रेख!'*	: उभरे हुए गालों पर	**म.सा.-1**/317	प्राण हँस कर ले चला जब/दीप-शिखा
गिरि का गौरव-	*'गिरि का गौरव गाकर झर्-झर्'*	: मानो पर्वत की यशगाथा गाते हुए झरने उतरते हैं	**पं.ग्रं.-1**/180	उच्छ्वास/पल्लव
गिरि कारा-सी-	*'मानव जग में गिरि कारा-सी'*	: पर्वतों की दुर्गम बनावट मानो कारागार की तरह है	**पं.ग्रं.-2**/11	वे डूब गये/युगपथ
गिरिजा-विवाह-	*'ऐसे शिव से गिरिजा-विवाह'*	: शिव-पार्वती की शादी के समय पार्वती की माँ को अफसोस हुआ था, शिव की सज-धज और बरात देख कर	**नि.र.-1**/321	सरोज-स्मृति
गिरि-निर्झर-	*'गिरि-निर्झर चले उछलते छायी फिर से हरियाली'*	: पर्वत के झरने	**प्र.ग्रं.-2**/270	आनन्द/कामायनी
गिरि-पथ-	*'सूने गिरि-पथ में गुंजारित शृंगनाद की ध्वनि चलती'*	: (नदी का) पहाड़ी रास्ता	**प्र.ग्रं.-2**/188	स्वप्न/कामायनी
◆	*'तब भी गिरि-पथ का अथक पथिक, ऊपर ऊँचे सब झेल चले'*	: पर्वत के दुर्गम रास्ते	**प्र.ग्रं.-4**/341	प्रथम अंक/ध्रुवस्वामिनी
गिरि-पद-	*'स्नानान्त, भजन, भोजन, विहार, गिरि-पद पर'*	: पर्वत के नीचे	**नि.र.-1**/292	तुलसीदास
गिरि-भार-	*'गिरि-भार बना सा तिनका,'*	: पर्वत की तरह भारी, बहुत भारी	**प्र.ग्रं.-1**/329	अशोक की चिंता/लहर
गिरि मंडन-	*'रोहित-रंजित गिरि मण्डन, प्रकृति देवि के नव जीवन क्यों'*	: पर्वतों का शृंगार करनेवाले (बादल)	**पं.ग्रं.-1**/90	ये तो हैं नादान नयन! /वीणा
गिरि-वर उरोज-	*'यह श्री पावन, गृहिणी उदार; गिरि-वर उरोज, सरि पयोधार'*	: पर्वत मानो स्तन हैं	**नि.र.-1**/291	तुलसीदास
गिरिशृंग-	*'पार करता है गिरिशृंग, सागर-तरंग'*	: पर्वत की चोटी	**नि.र.-1**/175	रेखा 'क'
गिरि संकट-	*'गिरि संकट में जीवन-सोता, मन मारे चुप बहता था'*	: पर्वत की दुर्गम स्थिति के बीच	**प्र.ग्रं.-1**/238	दीप/झरना
गिरि सा गुरु अंतर-	*'तज उनका गिरि सा गुरु अंतर मैं सिकता-कण सी आई झर'*	: पर्वत की तरह विराट-गम्भीर अंतर्मन	**म.सा.-1**/235	प्रिय सुधि भूले री मैं पथ भूली!/नीरजा
गीता-गीत-सिंहनाद-	*'गीता-गीत-सिंहनाद- मर्मवाणी जीवन-संग्राम की'*	: श्रीमद्भागवद्गीता की काव्य-पंक्तियों में निहित शौर्य भरी वाणी	**नि.र.-1**/99	दिल्ली
गीता रहस्य-	*'आज गीता रहस्य का गान'*	: बाल गंगाधर तिलक की एक पुस्तक का नाम	**पं.ग्रं.-1**/110	तिलक! हा! भाल-तिलक!/वीणा
गीता है-	*'योग्य जन जीता है,/पश्चिम की उक्ति नहीं— गीता है, गीता है -'*	: श्रीमद्भागवत् गीता, भारतीय विचार है, विदेशी नहीं	**नि.र.-1**/153	जागो फिर एक बार
गीति-	*'तब देखूँ कैसी चली रीति, मानव! तेरी हो सुयश गीति'*	: (कीर्ति का) बखान	**प्र.ग्रं.-2**/240	दर्शन/कामायनी
◆	*'देखा मैंने, वह मूर्ति-धीति/मेरे वसन्त की प्रथम गीति'*	: गीत, कविता, रागिनी	**नि.र.-1**/323	सरोज-स्मृति
गीति-मुखर-	*'मधुप-निकर कलरव भर, गीति-मुखर पिक प्रिय-स्वर'*	: खुलकर गाना	**नि.र.-1**/235	अमरण भर वरण-गान

शब्द- काव्य-पंक्ति	: अर्थ	ग्रंथावली/पृ.सं.	स्रोत/संदर्भ
गीते- *'गीते मेरी, तज रूप-नाम वर लिया अमर शाश्वत विराम'*	: बेटी मानो गीता की तरह पवित्र थी	**नि.र.**-1/315	सरोज स्मृति
गीला गान- *'आह, यह मेरा गीला गान'*	: करुण भाव से भरी कविता	**पं.ग्रं.**-1/183	आँसू/पल्लव
गीला सौरभ- *'फूलों का गीला सौरभ पी बेसुध सा हो मंद समीर'*	: मदिरा की तरलता से युक्त परागकण	**म.सा.**-1/117	फूलों का गीला सौरभ पी/रश्मि
गीलीकेसर-मद- *'गीलीकेसर-मद झूम झूम पीते तितली के नव कुमार'*	: मधुयुक्त केसर की मादकता	**म.सा.**-1/103	चुभते ही तेरा अरुण बान!/रश्मि
गुंजन-लीन- *'मनोरंजन में गुंजन-लीन लुब्ध आया, देखा आसीन'*	: लीन कर देने वाली गुंजन की ध्वनि	**नि.र.**-1/204	भ्रमर-गीत
गुंजन-होली- *'गावें अलि गुञ्जन-होली'*	: गुंजन की आवाज में मानो होली के गीत भौंरे गाते हैं	**नि.र.**-1/189	वासन्ती
गुंज-मृदु- *'विचरते मञ्जु-मुख/गुञ्ज-मृदु अलि-पुञ्ज'*	: कोमल गुंजार	**नि.र.**-1/324	प्रेयसी
गुंजरित मधुप- *'गुंजरित मधुप से मुकुल सदृश वह आनन जिसमे भरा गान'*	: गुनगुनाते हुए भौंरे	**प्र.ग्रं.**-2/179	इड़ा/कामायनी
गुंफित- *'श्वासों में सपने कर गुंफित/वंदनवार वेदना-चर्चित'*	: जोड़ देना या भर देना	**म.सा.**-1/250	प्रिय मेरे गीले नयन बनेंगे आरती!/सांध्य गीत
गुडाकेश- *'मध्यदेश में, गुडाकेश!'*	: शिव, आकाश जिसकी केशराशि हो	**नि.र.**-1/134	बादल-राग
गुण-गण-अनिन्द्य- *'युग 'अस्ति-नास्ति' के एक-रूप, गुण- गण-अनिन्द्य'*	: गुण-समूहों से युक्त तथा किसी भी प्रकार की निंदा (कमी) से मुक्त (हनुमान)	**नि.र.**-1/331	राम की शक्ति-पूजा
गुणत्रय- *'धरा घिर घूम रही चञ्चल, काल-गुणत्रय-भय-रहित समर'*	: तीन गुण— सत्, रज, तम	**नि.र.**-1/138	प्याला
गुप्त निधियों का रक्षक- *'गुप्त निधियों का रक्षक यक्ष'*	: प्रकृति के गोपनीय खजानों की रक्षा करनेवाले (यक्ष)	**प्र.ग्रं.**-1/268	कुछ नहीं/झरना
गुप्त वंचना- *'गुप्त वंचना के मादक कर'*	: (स्वप्न मानो) गुप्त तरीके से ठगी का काम भी करते रहते हैं	**पं.ग्रं.**-1/198	स्वप्न/पल्लव
गुप्त-रहस्य-सृजन-अतिशय- *'गुप्त-रहस्य-सृजन-अतिशय श्रम वह क्रम-क्रम से सज्जित ज्ञान'*	: गुप्त (गोपनीय) रहस्य (और छिपा हुआ) के सृजन (निर्माण) में अतिशय (श्रम किया गया)	**नि.र.**-1/121	यमुना के प्रति
गुरुडम- (शीर्षक-गुरुडम के प्रति)	: गुरु होने का अहंकार, मठाधीशी	**नि.र.**-1/181	गुरुडम के प्रति
गुरुतर भार- *'बिछा कार्यों का गुरुतर भार'*	: अनेक प्रकार की बड़ी जिम्मेदारियाँ	**पं.ग्रं.**-1/196	मौन निमन्त्रण/पल्लव
गुरु-भार-कंपित- *'गुरु-भार-कम्पित, धरा का वक्ष बार-बार'*	: प्रेम के आलिंगनबद्ध भार से कंपित	**नि.र.**-1/176	रेखा 'ख'
गुर्जर-महीप- *'और थे प्रणत वहीं गुर्जर-महीप भी'*	: गुजरात के राजा कर्णदेव (अलाउद्दीन खिलजी का समकालीन)	**प्र.ग्रं.**-1/340	प्रलय की छाया/लहर
गुर्ज्जरेश- *'गुर्ज्जरेश पाँवड़े बिछाते रहे पलकों के,'*	: गुजरात के राजा कर्णदेव	**प्र.ग्रं.**-1/341	प्रलय की छाया/लहर

शब्द- काव्य-पंक्ति	: अर्थ	ग्रंथवली/पृ.सं.	स्रोत/संदर्भ
गुलाबी विजन उषा- *'बैठ गुलाबी विजन उषा में गाते कौन मनोहर राग?'*	: गुलाब के रंग की एकाकी सुबह	**प्र.ग्रं.-4**/283	चतुर्थ अंक/चन्द्रगुप्त
गुलाली- *'ऊषा की सजल गुलाली जो घुलती है नीले अंबर में;'*	: लाल रंग का चूर्ण जिसे चित्रकारी के लिए इस्तेमाल किया जाता है	**प्र.ग्रं.-2**/106	काम/कामायनी
गुल्फ चूम- *'श्रद्धा कुछ-कुछ अनमनी चली अलकें लेती थीं गुल्फ चूम'*	: टखना, एड़ी के ऊपर का हिस्सा	**प्र.ग्रं.-2**/159	ईर्ष्या/कामायनी
गुल्मों- *'जीवन्मृत तरु-तृण-गुल्मों की पृथ्वी पर'*	: लताएँ	**नि.र.-1**/197	प्रार्थना
गुहा- *'थी अनन्त की गोद सदृश जो विस्तृत गुहा वहाँ रमणीय;'*	: गुफा, कन्दरा	**प्र.ग्रं.-2**/73	आशा/कामायनी
◆ *'यह गुहा, गर्त्त प्राचीन, रुद्ध नव दिक्-प्रसार, वह किरण शुद्ध'*	: गुफा	**नि.र.-1**/251	मैं रहूँगा न
गुहा-गृह- *'नव कुंज, गुहा-गृह सुन्दर ह्रद से भर रही निराली'*	: गुफाओं का घर की तरह उपयोग, घर-जैसी गुफाएँ	**प्र.ग्रं.-2**/271	आनन्द/कामायनी
गुहा-नीड़ - *'किस गुहा-नीड़ में रे किस मग'*	: गुफा में बना घोंसला	**पं.ग्रं.-1**/268	एक तारा/गुंजन
गूँद- *'कुसुम रज-रस ले लूँगा गूँद'*	: (पराग और पुष्परस को) सान कर	**प्र.ग्रं.-1**/227	दो बूँदें/झरना
गृह-काज- *'आज रहने दो यह गृह-काज'*	: घर के नियमित काम-काज, घरेलू काम	**पं.ग्रं.-1**/255	आज रहने दो यह गृह-काज/गुंजन
गृह-छाया-तल- *'ले आया निज गृह-छाया-तल'*	: घर की छाया में, घर में	**नि.र.-1**/321	सरोज-स्मृति
गृहपति- *'एक गृहपति, दूसरा था अतिथि विगत-विकार'*	: घर का स्वामी मनु	**प्र.ग्रं.-2**/111	वासना/कामायनी
गृह-पुलिन- *'गृह-पुलिन लाँघ, सुख से विह्वल'*	: घर की सीमा	**पं.ग्रं.-1**/351	चार/ज्योत्स्ना
गृह-लक्ष्मी- *'मनु देख रहे थे चकित नया यह गृह-लक्ष्मी का गृह-विधान'*	: घर की स्वामिनी	**प्र.ग्रं.-2**/165	ईर्ष्या/कामायनी
गृह-विधान- *'मनु देख रहे थे चकित नया यह गृह-लक्ष्मी का गृह-विधान'*	: घर की बनावट-सजावट	**प्र.ग्रं.-2**/165	ईर्ष्या/कामायनी
गृहिजन- *'श्रमित-चरण आये/गृहिजन निज-निज द्वार'*	: घर के लोग	**नि.र.-1**/277	देकर अन्तिम कर
गेह- *'जगा देहज्ञान,/फिर याद गेह की हुई;'*	: घर-परिवार	**नि.र.-1**/326	प्रेयसी
गैरिक- *'जिसके नव गैरिक अंचल की प्राची में भरी ललाई थी'*	: गेरुआ रंग, लाल मिट्टी के रंग का	**प्र.ग्रं.-1**/296	जगती की मंगलमयी उषा बन/लहर
गैरिक-वसना- *'गैरिक-वसना संध्या सी जिसके चुप थे सब कलरव'*	: गेरुआ रंग के कपड़े पहनी (इड़ा)	**प्र.ग्रं.-2**/267	आनन्द/कामायनी
गैल- *'शरद इंदिरा के मंदिर की/मानो कोई गैल रही'*	: गली	**प्र.ग्रं.-2**/71	आशा/कामायनी
गो- *'होगा मुझको, यह लोक-रीति कर दूँ पूरी, गो नहीं भीति'*	: यद्यपि, हालाँकि	**नि.र.-1**/321	सरोज-स्मृति
गोचर- *'छाया, अन्तर हो गोचर'*	: इन्द्रिय-बोध की सीमा के भीतर	**पं.ग्रं.-1**/88	जब मैं थी अज्ञात प्रभात/वीणा
गोधूलि- *'गोधूलि अब दीप जगा ले!'*	: संध्या	**म.सा.-1**/345	गोधूलि अब दीप जगा ले!/दीप-शिखा

शब्द- काव्य-पंक्ति	: अर्थ	ग्रंथावली/पृ.सं.	स्रोत/संदर्भ
गोधूली- *'गोधूली के मलिनाञ्चल में'*	: संध्या-काल	**प्र.ग्रं.-1**/233	विषाद/झरना
◆ *'गोधूली के धूमिल पट में दीपक के स्वर में दिपती-सी'*	: शाम, चर कर लौटते हुए पशुओं के पैरों से उड़ी धूल को 'गोधूलि' कहते हैं।	**प्र.ग्रं.-2**/123	लज्जा/कामायनी
गोधूली की-सी ममता- *'हिल्लोल भरा हो ऋतुपति का गोधूली की-सी ममता हो'*	: शाम में पारिवारिक ममत्व के साथ प्राणी अपने घर लौटता है	**प्र.ग्रं.-2**/126	लज्जा/कामायनी
गोधूली के ओठों पर- *'गोधूली के ओठों पर किरणों का बिखराना है'*	: संध्या में किरणों की मुस्कान	**म.सा.-1**/91	उच्छ्वासों की छाया में/नीहार
गोधूली-तम- *'गोधूली-तम का परिणय है तम की एक लहर ही!'*	: शाम के समय का हल्का अँधेरा	**म.सा.-1**/297	आज सुनहली वेला! /सांध्य गीत
गोपथ- *'खग कूजन भी हो रहा लीन, निर्जन गोपथ अब धूलि हीन'*	: गाँव के कच्चे रास्ते, गायों के लौटने का मार्ग	**पं.ग्रं.-1**/267	एक तारा/गुंजन
गोपन-प्रिय- *'नयनों का— नयनों से गोपन— प्रिय सम्भाषण,—'*	: गुप्त (चुपचाप) और प्रिय	**नि.र.-1**/331	राम की शक्ति-पूजा
गोपी-जन-यौवन-मोहन-तन- *'गोपी-जन-यौवन-मोहन-तन वह वन-श्री'*	: गोपीजन के यौवन को मोहने वाला वह रूप	**नि.र.-1**/300	तुलसीदास
गोमती- *'गोमती क्षीण-कटि नटी नवल नृत्यपर मधुर-आवेश-चपल'*	: एक नदी	**नि.र.-1**/308	दान
गोर-श्याम- *'गोर-श्याम तन, बैठ प्रभा-तम'*	: गोरा और काला (दिन और रात)	**पं.ग्रं.-1**/272	अप्सरा/गुंजन
गोरसवाली- *'जो तू करुणा का मंगलघट ले बन आवे गोरसवाली'*	: गोपी या राधा, दूध आदि बेचनेवाली	**म.सा.-1**/197	जग ओ मुरली की मतवाली!/नीरजा
गोलक- *'कर्म-चक्र सा घूम रहा है यह गोलक, बन नियति-प्रेरणा'*	: (कर्म-लोक का) गोलाकार रूप	**प्र.ग्रं.-2**/258	रहस्य/कामायनी
◆ *'प्रेमानन्द पूर्ण गोलक को निराधार आधार दिया'*	: पृथ्वी	**प्र.ग्रं.-3**/426	तृतीय अंक/जन्मेजय का नाग-यज्ञ
गौरव- *'गौरव था, नीचे आये/प्रियतम मिलने को मेरे'*	: मेरे लिए यह गर्व का विषय था	**प्र.ग्रं.-2**/8	आँसू
गौरव-कर- *'वह गौरव-कर निष्प्रभ, क्षीण'*	: जो हाथ गौरव के साथ (फूल लिए रहते थे)	**नि.र.-1**/121	यमुना के प्रति
गौरव-प्रलम्ब ग्रीवा- *'किन्तु हाय! वीर राजपूतों की गौरव-प्रलम्ब ग्रीवा अवनत हो रही है आज तुमसे महाराज'*	: गर्व से तनी गर्दन	**नि.र.-1**/157	महाराज शिवाजी का पत्र
गौरव महिमा- *'मैं उसी चपल की धात्री हूँ गौरव महिमा हूँ सिखलाती'*	: श्रेष्ठता और महत्ता	**प्र.ग्रं.-2**/127	लज्जा/कामायनी
गौरी- *'देखता मानसी गौरी लहरों का कोमल नर्तन'*	: पार्वती (मानसरोवर-सी उज्ज्वल पार्वती)	**प्र.ग्रं.-2**/280	आनन्द/कामायनी
ग्रंथि बंधन- *'ग्रन्थि बन्धन हो गया, वह नव कमल'*	: विवाह का गठजोड़	**पं.ग्रं.-1**/134	ग्रन्थि
ग्रथित- *'श्यामा का नखदान मनोहर मुक्ताओं से ग्रथित रहा'*	: गुँथा हुआ	**प्र.ग्रं.-4**/41	प्रथम अंक/स्कन्दगुप्त

शब्द-	काव्य-पंक्ति	: अर्थ	ग्रंथावली/पृ.सं.	स्रोत/संदर्भ
ग्रह कक्षा की हलचल-	*'इस ग्रह कक्षा की हलचल! री तरल गरल की लघु लहरी!'*	: चिंता की व्याप्ति इस पृथ्वी ग्रह के परिक्रमा-मार्ग पर भी है, अत्यंत चिंतित मनु को लग रहा है कि चिंता सर्वत्र व्याप्त है और सबमें हलचल पैदा करती है	**प्र.ग्रं.-2**/53	चिंता/कामायनी
ग्रह-पथ-	*'पाऊँगा कहीं तुम्हें तो/ग्रह-पथ में टकराऊँगा'*	: ग्रहों के रास्ते, मरणोत्तर मिलन का स्थान मानो ग्रह-पथ बन जाए।	**प्र.ग्रं.-2**/22	आँसू
◆	*'ग्रह-पथ के आलोक-वृत्त से काल जाल तनता अपना'*	: ग्रहों की गति का मार्ग, सौर-मण्डल में ग्रहों के रास्ते निधारित हैं।	**प्र.ग्रं.-2**/75	आशा/कामायनी
ग्रह-रश्मि-रज्जु-	*'मानव-संतति ग्रह-रश्मि-रज्जु से भाग्य बाँध पीटे लकीर'*	: ग्रह आदि ज्योतिषीय प्रकरणों के किरण-रूपी बंधन	**प्र.ग्रं.-2**/177	इड़ा/कामायनी
ग्राम प्रांत-	*'डूबा है सारा ग्राम प्रान्त'*	: ग्रामीण अंचल	**पं.ग्रं.-1**/267	एक तारा/गुंजन
ग्रास-	*'ग्रास करने नौका, स्वच्छंद/घूमते फिरते जलचर वृंद'*	: नष्ट करना, निगल जाना	**म.सा.-1**/46	घोर तम छाया चारों ओर/नीहार
ग्रीव तिर्यक्-	*'ग्रीव तिर्यक्, चम्पक द्युति गात'*	: गर्व और सौन्दर्य के भाव से भरी तिरछी गर्दन	**पं.ग्रं.-1**/377	द्वितीय दृश्य/परी
◆	*'ग्रीव तिर्यक् चम्पक द्युतिगात'*	: गर्दन का बाँकापन (सौन्दर्यवर्द्धक)	**पं.ग्रं.-2**/24	सन्ध्या/युगपथ
ग्रीवा-	*'चपला-सी है, ग्रीवा हँसी से बढ़ी'*	: गर्दन	**प्र.ग्रं.-1**/226	रूप/झरना
◆	*'बंकिम कर ग्रीवा'*	: गर्दन	**नि.र.-1**/93	यहीं
ग्रीवा-कपोत-	*'प्रिया की ग्रीवा-कपोत बाहुओं से घेर'*	: सुंदर कंठ/गर्दन, कबूतर की गर्दन की तरह सुंदर	**नि.र.-1**/101	दिल्ली
ग्रीवालिंगन-	*'सारस ने मृदु ग्रीवालिंगन'*	: परस्पर गले लगना	**पं.ग्रं.-1**/193	अनंग/पल्लव
ग्रीष्म विरल-	*'सैकत शय्या पर दुग्ध धवल, तन्वंगी गंगा, ग्रीष्म विरल'*	: गर्मी में गंगा की धारा पतली हो गयी है	**पं.ग्रं.-1**/274	नौका-विहार/गुंजन
घटपट-	*'या चन्द्रमुखी घटपट उलट कवि चकोर को मोहती'*	: घूँघट का पट, चाँद रूपी घट (मुख) से पट हटाया मानो चंद्रिका बरस पड़ी।	**नि.र.-1**/72	कविप्रिया
घड़ियाल-	*'रजत शंख-घड़ियाल स्वर्ण वंशी-वीणा-स्वर'*	: पूजा के समय बजाया जानेवाला एक घंटा	**म.सा.-1**/335	यह मंदिर का दीप... /दीप-शिखा
घड़ियोंमय-	*'कैसी मिलन विरह की उलझन कैसा पल घड़ियोंमय जीवन'*	: क्षणों से परिपूर्ण जीवन	**म.सा.-1**/210	टूट गया वह दर्पण निर्मम/नीरजा
घन-अंचल-	*'इंद्रधनुष सा घन-अंचल में'*	: बादलों के आँचल में	**म.सा.-1**/131	दिया क्यों जीवन का वरदान?/रश्मि
घन का उर-	*'भर आया घन का उर गायक'*	: बादलों के हृदय से मानो आवाज आने लगी	**म.सा.-1**/194	इस जादूगरनी वीणा पर/नीरजा
घन के आघातों से-	*'घन के आघातों से होती जो प्रचंड ध्वनि रोष भरी'*	: भारी हथौड़े की चोट से निर्माण कार्य प्रगति पर था	**प्र.ग्रं.-2**/190	स्वप्न/कामायनी
घन के शतदल-	*'किरण-नाल पर घन के शतदल, कलरव-लहर विहग बुद्-बुद् चल'*	: बादल-रूपी सैकड़ों पंखुड़ियों वाला कमल	**म.सा.-1**/345	गोधूलि अब दीप जगा ले!/दीप-शिखा
घन-केश-पाश-	*'रूपसि तेरा घन-केश-पाश!'*	: काले बादल तुम्हारी केशराशि हैं	**म.सा.-1**/178	रूपसि तेरा घन-केश-पाश!/नीरजा

शब्द-	काव्य-पंक्ति	: अर्थ	ग्रंथावली/पृ.सं.	स्रोत/संदर्भ
घन-घूँघट-	*'दिग्वधुओं के घन-घूँघट के चंचल होंगे छोर'*	: बादल मानो घूँघट हैं	**म.सा.**-1/189	मेरी निश्वासों से द्रुततर/नीरजा
घन-चपला-	*'हैं विषाद में बिखरी स्मृतियाँ घन-चपला का लास नहीं यह'*	: बादलों के बीच बिजली	**म.सा.**-1/242	जागो बेसुध रात नहीं यह!/नीरजा
घन-चुंबित-	*'आज सजनि उनसे परिचय क्या! वे घन-चुंबित मैं पथ-धूली'*	: बादलों को चूमनेवाली ऊँचाई या विराटता	**म.सा.**-1/235	प्रिय सुधि भूले री मैं पथ भूली!/नीरजा
घन-जाली-	*'कलियों की घन-जाली में/छिपती देखूँ लतिकाएँ'*	: बादलों की घनी जाली (की तरह खिलीं असंख्य कलियाँ)	**म.सा.**-1/134	कह दे माँ क्या अब देखूँ!/रश्मि
घन तिमिर-	*'घन तिमिर में चपला की रेख तपन में शीतल मंद बयार'*	: घने बादलों का अँधेरा	**प्र.ग्रं.**-2/86	श्रद्धा/कामायनी
घन-तिमिर-भार-	*'घन-तिमिर-भार के लिए तड़ित स्वर्गीय किरण बन आई थी'*	: बादलों का घना अँधेरा	**प्र.ग्रं.**-1/296	जगती की मंगलमयी उषा बन/लहर
घननाद-	*'गुंजारित घननाद सुनो इस विश्व कुहर में'*	: मेघध्वनि की तरह अनाहत नाद	**प्र.ग्रं.**-2/201	संघर्ष/कामायनी
घन नाद-	*'वर्षा के घन नाद कर रहे तट-कूलों को सहज गिराती'*	: बादलों की गर्जना (अभिमानी घोषणाएँ)	**प्र.ग्रं.**-2/260	रहस्य/कामायनी
घन-नीलालका-	*'घन-नीलालका दामिनी जित ललना वह;'*	: बादलों के समान काले केशवाली	**नि.र.**-1/302	तुलसीदास
घन-पटल-	*'घन-पटल में डूबता था किरण का समुदाय'*	: बादलों के आवरण	**प्र.ग्रं.**-2/112	वासना/कामायनी
घन-प्यालों-	*'उसके घन-प्यालों में है/विद्युत सी मेरी परछाईं'*	: बादल मानो उस अज्ञात प्रियतम के प्याले हैं	**म.सा.**-1/201	मैं मतवाली इधर, उधर प्रिय.../नीरजा
घन मंडली-	*'सिंधु बेला-सी घन मंडली'*	: बादलों का समूह	**प्र.ग्रं.**-1/305	आह रे, वह अधीर यौवन/लहर
घनमाला-	*'संध्या घनमाला की सुन्दर/ओढ़े रंग बिरंगी छींट'*	: बादलों की शृंखला	**प्र.ग्रं.**-2/72	आशा/कामायनी
घन-वन-अंधकार-	*'उज्ज्वल! घन-वन-अन्धकार के साथ'*	: घने वन के अंधेरे	**नि.र.**-1/108	प्रपात के प्रति
घन-वरण-	*'खुल जाता कमल सित घन-वरण'*	: मेघ के रंगवाला	**नि.र.**-1/261	प्रतिक्षण मेरा मोह-मलिन मन
घन-विटपी-	*'गगन घन-विटपी, सुमन नक्षत्र-ग्रह, नव-ज्ञान'*	: घनी डाल	**नि.र.**-1/233	रहा तेरा ध्यान
घन-शावक-	*'नील घन-शावक से सुकुमार सुधा भरने को विधु के पास'*	: बादलों के बच्चे, बादल के छोटे-छोटे टुकड़ों की तरह श्रद्धा के घुँघराले बाल।	**प्र.ग्रं.**-2/84	श्रद्धा/कामायनी
घनश्याम-	*'दूसरा रंजित किरण से श्री-कलित घनश्याम'*	: गहरे नीले बादल	**प्र.ग्रं.**-2/111	वासना/कामायनी
घनश्याम-खंड-सी-	*'घनश्याम-खंड-सी आँखों में क्यों सहसा जल भर आता है?'*	: काले बादल के टुकड़े के समान(आँखें)	**प्र.ग्रं.**-2/129	लज्जा/कामायनी
घनसार-	*'अंकभर घनसार सा/उड़ जाएगा अस्तित्व मेरा!'*	: कपूर	**म.सा.**-1/271	सो रहा है विश्व, पर.../सांध्य गीत
घनसार-कण-	*'जो गया छबि-रूप का घन, उड़ गया घनसार-कण बन'*	: कपूर के कण बनकर वे बादल उड़ गए	**म.सा.**-1/353	अलि कहाँ सन्देश भेजूँ!/दीप-शिखा
घनसार-सा-	*'चाँदनी घनसार-सा क्या? दीपकों के हार-सा क्या?'*	: कपूर की तरह (चाँदनी)	**म.सा.**-1/377	गूँजती क्यों प्राण-वंशी? /दीप-शिखा

शब्द- काव्य-पंक्ति	: अर्थ	ग्रंथावली/पृ.सं.	स्रोत/संदर्भ
घनसार सुरभित- *'आज ज्वाला से बरसता क्यों मधुर घनसार सुरभित?'*	: कपूर की सुगंध	**म.सा.**-1/174	कौन तुम मेरे हृदय में?/नीरजा
घन-सी- *'वह लघु परिमल के घन-सी'*	: कपूर के समान	**पं.ग्रं.**-1/269	चाँदनी/गुंजन
घनानंद- *'मुक्त बन्ध, घनानंद मुदमंगलकारी'*	: आनंद के बादल	**नि.र.**-1/39	जन्मभूमि
घनीभूत पीड़ा- *'जो घनीभूत पीड़ा थी मस्तक में स्मृति-सी छायी'*	: पीड़ा का संघनित रूप, दु:ख का दीर्घकालिक होकर गहरा हो जाना	**प्र.ग्रं.**-2/7	आँसू
घनीभूत हो उठे पवन- *'घनीभूत हो उठे पवन, फिर श्वासों की गति होती रुद्ध ;'*	: हवा भारी हो गयी, मानो सभी प्रकार (उनचास प्रकार) की हवाएँ एक साथ चल पड़ीं।	**प्र.ग्रं.**-2/62	चिंता/कामायनी
घने- *'घने - प्रेम-तरु-तले'*	: गहरा (प्रेम)	**प्र.ग्रं.**-4/65	द्वितीय अंक/स्कन्दगुप्त
घन्माद- *'बहु-रूप-रसास्वाद— /घोर-घन्माद-ग्रस्त'*	: यहाँ 'उन्माद' होना चाहिए	**नि.र.**-1/183	जागरण
घहर- *'घनों की गुरु गम्भीर घहर'*	: बादलों की घरघराहट की आवाज	**पं.ग्रं.**-1/186	आँसू/पल्लव
घाटी- *'मेरी छाती में लिपटा इस घाटी में लेगा सहज घूम'*	: पर्वत के तल की भूमि	**प्र.ग्रं.**-2/166	ईर्ष्या/कामायनी
घात- *'अविराम घात— आघात'*	: चोट, प्रहार	**नि.र.**-1/137	दीन
घुल अचंचल- *'दीप मेरे जल अकंपित,/घुल अचंचल!'*	: क्षरण के क्रम में व्यग्र न बनो	**म.सा.**-1/311	दीप मेरे जल अकंपित /दीप-शिखा
घुलने लगा आलोक- *'कालिमा धुलने लगी घुलने लगा आलोक,'*	: और प्रकाश फैलने लगा	**प्र.ग्रं.**-2/115	वासना/कामायनी
घुला हृदय- *' "आह प्राणप्रिय! यह क्या? तुम यों।" घुला हृदय बन नीर बहा'*	: मन करुणा से भर गया	**प्र.ग्रं.**-2/219	निर्वेद/कामायनी
घूँघट पट- *'घूँघट पट से झाँक सुनाते अरुणा के आरक्त कपोल'*	: सुबह सूरज का अधखुला बिंब मानो क्षितिज के घूँघट में है।	**म.सा.**-1/94	प्रथम प्रणय की सुषमा सा/नीहार
घूर्ण- *'एक साथ जब शत घात घूर्ण आते थे मुझ पर तुले तूर्ण'*	: घूमते हुए, चक्करदार तरीके से	**नि.र.**-1/316	सरोज-स्मृति
घूर्णावर्त- *'शत घूर्णावर्त, तरंग-भंग उठते पहाड़'*	: चक्राकार घूमना	**नि.र.**-1/332	राम की शक्ति-पूजा
घूर्ण्य- *'धूमायमान वह घूर्ण्य प्रसर/धूसर समुद्र शशि-ताराहर'*	: घूमते हुए	**नि.र.**-1/304	तुलसीदास
घृणा और ममता- *'घृणा और ममता में ऐसी बीत चुकीं कितनी रातें'*	: (मनु के प्रति इड़ा के मन में) घृणा भी थी और ममता भी	**प्र.ग्रं.**-2/214	निर्वेद/कामायनी
घेरि- *'विन्ध्य विपिन राजे घन घेरि युगल जंघा'*	: घेरकर (देशीभाषा)	**नि.र.**-1/39	जन्मभूमि
घोर-गन्ध- *'निकले, जी लेते, घोर-गन्ध'*	: तेज दुर्गन्ध	**नि.र.**-1/321	सरोज-स्मृति
घोर-घन्माद-ग्रस्त- *'बहु-रूप-रसास्वाद— /घोर-घन्माद-ग्रस्त'*	: 'घोर-उन्माद-ग्रस्त' होना चाहिए	**नि.र.**-1/183	जागरण
घोर तम- *'घोर तम छाया चारों ओर घटाएँ घिर आई घन घोर'*	: घना अँधेरा, विपरीत परिस्थितियाँ	**म.सा.**-1/46	घोर तम छाया चारों ओर/नीहार
घ्राण- *'बिना फूलों के पाये घ्राण'*	: गंध	**प्र.ग्रं.**-1/258	आशालता/झरना
◆ *'छक रहा है किस सुरभि से तृप्त होकर घ्राण?'*	: नासिका, नाक	**प्र.ग्रं.**-2/116	वासना/कामायनी
चंक्रमण- *'चंक्रमण करता मधुर दिगन्त'*	: घूमना, टहलना, चंक्रम, चक्रमण	**प्र.ग्रं.**-1/307	तुम्हारी आँखों का बचपन/लहर

शब्द-	काव्य-पंक्ति	: अर्थ	ग्रंथावली/पृ.सं.	स्रोत/संदर्भ
चंचल-	*'और मैं चंचल-गति सुर-सरिता'*	: गतिशील, प्रवाहित	**नि.र.**-1/49	तुम और मैं
♦	*'चञ्चल तरंगिणी की तरल तरंगों पर'*	: गतिशील	**नि.र.**-1/51	पंचवटी प्रसंग:1
चंचल-अलिदल-	*'मधु-मुखरित चंचल-अलिदल में'*	: अस्थिर रहनेवाले भौंरों के झुण्ड	**पं.ग्रं.**-1/367	द्वितीय दृश्य/परी
चंचल किशोर सुंदरता-	*'चंचल किशोर सुन्दरता की मैं करती रहती रखवाली'*	: नवयौवना की चंचल सुंदरता	**प्र.ग्रं.**-2/128	लज्जा/कामायनी
चंचल कृतियाँ-	*'सौंदर्यमयी चंचल कृतियाँ बनकर रहस्य हैं नाच रहीं;'*	: आकाशीय पिंड अपनी चंचलता के साथ गतिशील हैं, मनु को अतीत की सुखद चंचल स्मृतियाँ भी कौंध रही हैं।	**प्र.ग्रं.**-2/99	काम/कामायनी
चंचल चपला-	*'अम्बर असीम अन्तर में, चंचल चपला से आकर'*	: चंचल विद्युत्	**प्र.ग्रं.**-2/18	आँसू
चंचल चितवन-	*'चञ्चल चितवन चमकीली है कर रही'*	: चंचल निगाहें, देखने की चंचलता	**प्र.ग्रं.**-1/226	रूप/झरना
चंचल पवमान-	*'विश्वदेव, सविता या पूषा सोम, मरुत, चंचल पवमान;'*	: चंचल पवन देवता, मरुत से भिन्न हवा के एक वैदिक देवता	**प्र.ग्रं.**-2/68	आशा/कामायनी
चंचल बयार-	*'निस्तब्ध अलस बनकर सोयी चलती न रही चंचल बयार'*	: हवा की स्वाभाविक चंचलता	**प्र.ग्रं.**-2/179	इड़ा/कामायनी
चंचल बाहु-लता-	*'बेला बीत चली है चंचल बाहु-लता से आ जकड़ो'*	: बाँह-रूपी चंचल लताएँ	**प्र.ग्रं.**-1/291	निज अलकों के.../लहर
चंचल मन का आलस्य-	*'एक करुणामय सुन्दर मौन और चंचल मन का आलस्य!'*	: ऐसा व्यक्तित्व जो मन की चंचलता का अलसाया हुआ रूप लगे, विशेषण-विपर्यय से इस तरह का अर्थ संभव हो पाता है।	**प्र.ग्रं.**-2/83	श्रद्धा/कामायनी
चंचल लट-	*'जब सोती गहन गुफा में चंचल लट को छिटकाये'*	: काले लहराते बाल, अँधेरे का रूपक	**प्र.ग्रं.**-2/31	आँसू
चंचला-	*'चञ्चला कर रही है उजाला'*	: आकाशीय बिजली (-रूपी चंचल भावनाएँ)	**प्र.ग्रं.**-1/251	पी कहाँ/झरना
♦	*'चंचला स्नान कर आवे/चंद्रिका पर्व में जैसी'*	: आकाशीय बिजली, चपला	**प्र.ग्रं.**-2/12	आँसू
♦	*'नृत्य करती नायिका तू चञ्चला'*	: चपला, तड़ित, बिजली	**नि.र.**-1/43	माया
चंचला भी स्नात-	*'पर न हो निस्पंदता में चञ्चला भी स्नात देखो!'*	: आकाशीय बिजली मानो निस्पंद हो गयी है, आज वह चमक नहीं रही है।	**म.सा.**-1/274	आज मेरे नयन के तारक.../सांध्य गीत
चंचु-	*'हो उठी हैं चंचु छूकर/तीलियाँ भी वेणु सस्वर'*	: चोंच	**म.सा.**-1/282	कीर का प्रिय आज... /सांध्य गीत
चंड-	*'चण्ड मार्तण्ड की सहायता से'*	: तीक्ष्ण, उग्र, तीव्र	**नि.र.**-1/57	पंचवटी प्रसंग:3
चंद्र-कपाल-	*'नील गरल से भरा हुआ यह चंद्र-कपाल लिये हो'*	: चन्द्रमा को कपाल(मस्तक) पर धारण करना, चन्द्रमा-रूपी कपाल का खप्पर	**प्र.ग्रं.**-2/143	कर्म/कामायनी
चंद्र-कर-	*'चन्द्र-कर पीयूष वर्षा कर रहा'*	: चाँद की किरणें	**प्र.ग्रं.**-1/257	मिलन/झरना
चंद्रकांत मणि-	*'स्मर शशि किरणें, स्पर्श करती थीं इस चंद्रकान्त मणि को'*	: एक मणि जो चाँदनी से पिघलती है	**प्र.ग्रं.**-1/341	प्रलय की छाया/लहर

शब्द-	काव्य-पंक्ति	: अर्थ	ग्रंथावली/पृ.सं.	स्रोत/संदर्भ
चंद्रकांति-	*'मुग्ध मधुर बालक के मुख पर चन्द्रकान्ति बरसाती है'*	: चाँदनी	**प्र.ग्रं.-3**/252	प्रथम अंक/अजातशत्रु
चंद्र बिंब-	*'धवल मनोहर चंद्र बिम्ब से अंकित सुन्दर स्वच्छ निशीथ;'*	: चाँद, चन्द्र-मण्डल	**प्र.ग्रं.-2**/76	आशा/कामायनी
चंद्र-मुख-निन्दित-	*'बोले भावस्थ चन्द्र-मुख-निन्दित रामचन्द्र'*	: जिनका मुख चंद्रमा की शोभा से बढ़कर सुंदर है (राम)	**नि.र.-1**/336	राम की शक्ति-पूजा
चंद्रलेखा-सी-	*'घने-घन बीच कुछ अवकाश में यह चन्द्रलेखा-सी'*	: चाँद की किरणों के समान	**प्र.ग्रं.-3**/181	प्रथम अंक/विशाख
चंद्र-वदनि-	*'तुम चन्द्र-वदनि, तुम कुन्द-दशनि'*	: चाँद की तरह सुंदर मुखड़ेवाली (ज्योत्स्ना)	**पं.ग्रं.-1**/303	तीन/ज्योत्स्ना
चंद्र-विनोद-	*'निशा का नीरव चन्द्र-विनोद'*	: चाँद की खिली चाँदनी (आनन्द और विनोद से भरी है)	**प्र.ग्रं.-1**/263	हृदय का सौन्दर्य/झरना
चंद्रशालिनी-	*'श्रद्धे, होगी चन्द्रशालिनी यह भव-रजनी भीमा'*	: पूर्ण चन्द्र से युक्त, प्रकाशित, सुखद	**प्र.ग्रं.-2**/153	कर्म/कामायनी
चंद्रहीन थी एक रात-	*'वह चन्द्रहीन थी एक रात, जिसमें सोया था स्वच्छ प्रात'*	: अमावस्या की काली रात, निराशा से भरी हुई रात	**प्र.ग्रं.-2**/233	दर्शन/कामायनी
चंद्रातप-	*'नीचे चन्द्रातप छना स्फार'*	: चाँदनी	**पं.ग्रं.-2**/17	मंजरित आम्र-वन-छाया में/युगपथ
चंद्रालोक-	*'आँख खोल देखा तो चन्द्रालोक से'*	: चाँद की रोशनी, चाँदनी	**प्र.ग्रं.-1**/255	स्वप्नलोक/झरना
चंद्रिका अँधेरी-	*'चन्द्रिका अँधेरी मिलती मालती कुंज में जैसे'*	: चाँदनी और छाया से बना अँधेरा	**प्र.ग्रं.-2**/24	आँसू
चंद्रिका-निधि-	*'अंतरिक्ष में व्यस्त उसी-सा रहा चंद्रिका-निधि गंभीर'*	: चाँदनी मानो सागर की तरह फैली थी, चाँदनी का समुद्र	**प्र.ग्रं.-2**/76	आशा/कामायनी
चंद्रिका पर्व-	*'चंचला स्नान कर आवे/चंद्रिका पर्व में जैसी'*	: चाँदनी रात	**प्र.ग्रं.-2**/12	आँसू
चंपक-	*'चुरा चम्पक तुमसे मृदु-वास'*	: एक लता	**पं.ग्रं.-1**/257	मधुवन/गुंजन
चंपक द्युति गात-	*'ग्रीव तिर्यक्, चम्पक द्युति गात'*	: हल्के पीले रंग के चंपा फूल जैसी चमक वाला शरीर है संध्या का	**पं.ग्रं.-1**/377	द्वितीय दृश्य/परी
◆	*'ग्रीव तिर्यक् चम्पक द्युति गात'*	: चंपा के फूल की तरह गोरा शरीर	**पं.ग्रं.-2**/24	सन्ध्या/युगपथ
चकवी-	*'सेतु बाँधती हो सरिता सुन सुन चकवी का मूक विलाप'*	: रात में अपने जोड़े से बिछुड़कर सुबह मिल जानेवाला कविप्रसिद्ध पक्षी।	**म.सा.-1**/117	फूलों का गीला सौरभ पी/रश्मि
◆	*'हो गई उसकी स्पंदन एक/मुझे अब चकवी की चिर रात'*	: चकई पक्षी, रात भर वियोग में रहती है चकई	**म.सा.-1**/147	छिपाए थी कुहरे सी नींद/रश्मि
चकोर-	*'सौन्दर्य सुधा बलिहारी/चुगता चकोर अंगारे'*	: चकोर-रूपी प्रेमी, स्वयं कवि	**प्र.ग्रं.-2**/22	आँसू
चकोर-कोर-	*'एकटक चकोर-कोर दर्शन-प्रिय'*	: चकोर पक्षी की आँखों का किनारा (उपमा)	**नि.र.-1**/148	जागो फिर एक बार
चक्र झंझा-	*'सघन घन का चल तुरंगम चक्र झंझा के बनाए'*	: चारों दिशाओं से चलनेवाली हवा का चक्राकार प्रभाव	**म.सा.-1**/337	धूप-सा तन दीप-सी मैं!/दीप-शिखा

शब्द- काव्य-पंक्ति	: अर्थ	ग्रंथावली/पृ.सं.	स्रोत/संदर्भ
चक्रवाल- *'चक्रवाल की धुँधली रेखा मानो जाती झुलसी'*	: चक्राकार, घेरा, दिग्मंडल	**प्र.ग्रं.-2**/142	कर्म/कामायनी
◆ *'सुख नीड़ों को घेरे रहता अविरत विषाद का चक्रवाल'*	: घेरा, चक्राकार मंडल, समूह	**प्र.ग्रं.-2**/180	इड़ा/कामायनी
◆ *'नव रस भरी अराएँ अविरल चक्रवाल को चकित चूमतीं'*	: पहिए का घेरा	**प्र.ग्रं.**-2/256	रहस्य/कामायनी
चक्र से चक्र- *'चक्र से चक्र मन चढ़ता गया उर्ध्व निरलस'*	: क्रमशः आठ चक्रों में कुंडलिनी चढ़ने लगी	**नि.र.-1**/336	राम की शक्ति-पूजा
चक्रांक-पुच्छ- *'उन्मुक्त-गुच्छ चक्रांक-पुच्छ, लख नर्तित कवि-शिखि-मन समुच्च'*	: मोरों का पंख फैलाना	**नि.र.-1**/302	तुलसीदास
चक्राकार- *'देखता मैं बार-बार/ज्योति के ही चक्राकार'*	: घुमावदार, चारों तरफ से	**नि.र.-1**/194	स्मृति-चुम्बन
◆ *'चक्राकार कलरव-तरंगों के मध्य में/उठी हुई उर्वशी-सी'*	: गोल-गोल घूमना	**नि.र.-1**/324	प्रेयसी
चटक- *'दे मृदु कलियों की चटक, ताल हिम-बिंदु नचाती तरल प्राण'*	: कलियों के खुलने की धीमी ध्वनि	**म.सा.-1**/103	चुभते ही तेरा अरुण बान!/रश्मि
चटका- *'चटका कलि का अवरोध सदल'*	: तोड़ना, मानो कलि के अवरोध को चटका कर फूल खिला है।	**नि.र.-1**/294	तुलसीदास
चटचटा- *'उठी चटचटा उसी की कली'*	: (कलियों) के प्रस्फुटित होने की आवाज	**प्र.ग्रं.**-1/249	प्यास/झरना
चटुल- *'दग्ध संसार के जीवन कितने ही चटुल'*	: चंचल	**नि.र.-1**/187	'सरोज' के प्रति
◆ *'ओस के सरल, चटुल, नादान,'*	: चंचल	**पं.ग्रं.-1**/203	निर्झर गान/पल्लव
◆ *'क्यों उछल चटुल मीनों-से'*	: चंचल, तीव्रगामी	**पं.ग्रं.**-1/261	अलि! इन भोली बातों को/गुंजन
◆ *'सरल चटुल, विमल विपुल'*	: चंचल (ओसकण)	**पं.ग्रं.-1**/303	तीन/ज्योत्स्ना
चटुल लहर- *'चटुल लहर पर चपल लास कर'*	: चंचल लहरें	**पं.ग्रं.**-1/301	तीन/ज्योत्स्ना
चटुल लहरों- *'बदले, विपुल चटुल लहरों ने'*	: चंचल लहरें	**पं.ग्रं.**-1/192	अनंग/पल्लव
चढ़ती रही बेरोक- *'भ्रू-लता थी कान तक चढ़ती रही बेरोक'*	: बिना रुके मानो कान को छू लेने को श्रद्धा की भौंहें बढ़ चलीं	**प्र.ग्रं.**-2/119	वासना/कामायनी
चढ़ी शिंजिनी-सी- *'चढ़ी शिंजिनी-सी, खींचा फिर उसने जीवन-धनु को'*	: खिंची हुई प्रत्यंचा के समान	**प्र.ग्रं.**-2/133	कर्म/कामायनी
चतु:प्रहर- *'उद्गीरित-वह्नि-भीम-पर्वत-कपि-चतु: प्रहर,'*	: चार प्रहर तक	**नि.र.-1**/329	राम की शक्ति-पूजा
चतुरंग चमू- *'सैन्धव तुरंगों पर/चतुरंग चमू संग'*	: चतुरंगी सेना— पैदल, घुड़सवार, रथ-सेना, गज-सेना	**नि.र.-1**/152	जागो फिर एक बार
चतुर चितेरा- *'रंग रहा हृदय ले अश्रु-हास यह चतुर चितेरा सुधि-विहान'*	: (प्रभात मानो) कुशल चित्रकार की तरह है	**म.सा.-1**/103	चुभते ही तेरा अरुण बान!/रश्मि
चतुर चितेरी- *'कितने घायल हृदयों की बन जाती चतुर-चितेरी'*	: चतुर चित्रकार	**प्र.ग्रं.-2**/11	आँसू
चतुर्दिक- *'धाराएँ ज्योति-सुरभि उर भर वह चलीं चतुर्दिक कर्म-लीन'*	: चारों दिशा	**नि.र.-1**/196	प्रभाती
चत्तर- *'जहाँ चत्तर पार पिता पर पड़ी प्रेम चाँदनी रहे'*	: चौहत्तर वर्ष	**नि.र.-1**/46	बाबा और नाती
चपल- *'सजग सुप्त सौन्दर्य हुआ, हो चपल चलीं, भौंहें मिलने'*	: चंचलता के साथ	**प्र.ग्रं.-4**/41	प्रथम अंक/स्कन्दगुप्त
◆ *'चपल चरणभंग नाच तारागण सूर्यचंद्र'*	: चंचल	**नि.र.-1**/39	जन्मभूमि

शब्द- काव्य-पंक्ति	: अर्थ	ग्रंथावली/पृ.सं.	स्रोत/संदर्भ
चपल की धात्री- *'मैं उसी चपल की धात्री हूँ गौरव महिमा हूँ सिखलाती'*	: चंचल सौन्दर्य की देख-रेख करनेवाली	**प्र.ग्रं.**-2/127	लज्जा/कामायनी
चपल चितवन-ताल- *'चपल चितवन-ताल पर बुझ-बुझ जला री मानिनी!'*	: पलकों की चंचल गतिशीलता	**म.सा.**-1/277	दीप तेरा दामिनी! /सांध्य गीत
चपल जंतु- *'अब तक आये न अहेरी वे क्या दूर ले गया चपल जंतु'*	: तेज गति से दौड़नेवाले जंगली पशु	**प्र.ग्रं.**-2/159	ईर्ष्या/कामायनी
चपल लास- *'चटुल लहर पर चपल लास कर'*	: चंचलतापूर्वक मोहक गतिशीलता	**पं.ग्रं.**-1/301	तीन/ज्योत्स्ना
चपला- *'अम्बर असीम अन्तर में/चंचल चपला से आकर'*	: आकाशीय बिजली	**प्र.ग्रं.**-2/18	आँसू
◆ *'वह जलधर जिसमें चपला या श्यामलता का नाम नहीं'*	: बिजली-रूपी चंचलता	**प्र.ग्रं.**-2/185	स्वप्न/कामायनी
◆ *'हरित ज्योति, चपला अति चञ्चल/सौरभ के, रस के—'*	: बिजली, विद्युत्	**नि.र.**-1/199	गीत 'ग'
◆ *'तू गहकर चली हाथ चपला'*	: चंचल सरोज	**नि.र.**-1/317	सरोज-स्मृति
◆ *'अब पहुँची चपला बीच धार'*	: चंचल नौका	**पं.ग्रं.**-1/275	नौका-विहार/गुंजन
चपला की रेख- *'घन तिमिर में चपला की रेख तपन में शीतल मंद बयार'*	: बिजली की चमक	**प्र.ग्रं.**-2/86	श्रद्धा/कामायनी
चपला-चल- *'चपला-चल लहरी'*	: चंचल बिजली	**नि.र.**-1/239	सरि, धीरे बह री!
चपलानंदित- *'चपलानन्दित यह सघन गगन'*	: बिजली आनंदपूर्वक चमक रही है	**नि.र.**-1/300	तुलसीदास
चपला विभ्रम- *'चपला विभ्रम, स्मित इंद्रधनुष हिमकण बन झरते स्वेद-निकर'*	: आकाशीय बिजली मानो उसका चौंकना है	**म.सा.**-1/237	लय गीत मदिर, गति ताल अमर/नीरजा
चपलायें- *'चपलायें उस जलधि विश्व में स्वयं चमत्कृत होती थीं'*	: आकाशीय बिजलियाँ	**प्र.ग्रं.**-2/61	चिंता/कामायनी
◆ *'लहरें व्योम चूमती उठतीं;/चपलायें असंख्य नचतीं'*	: आकाशीय बिजलियाँ	**प्र.ग्रं.**-2/61	चिंता/कामायनी
चपेटा- *'महामत्स्य का एक चपेटा/दीन पोत का मरण रहा'*	: आघात, चोट	**प्र.ग्रं.**-2/62	चिंता/कामायनी
चमत्कृत- *'चपलायें उस जलधि विश्व में स्वयं चमत्कृत होती थीं'*	: आश्चर्यचकित होना, आश्चर्य को प्रकट करना	**प्र.ग्रं.**-2/61	चिंता/कामायनी
चमर- *'स्नेह से करता चमर उद्ग्रीव हो वह संग'*	: चँवर, पंखा	**प्र.ग्रं.**-2/112	वासना/कामायनी
चमरों- *'चमरों पर बोझ लदे थे वे चलते थे मिल अविरल'*	: याक नामक पशु जिनसे भार ढोने का काम लिया जाता है	**प्र.ग्रं.**-2/268	आनन्द/कामायनी
चमरौधे- *'खाये के मुख ज्यों, पिये तेल चमरौधे जूते से सकेल'*	: गाँव में बननेवाले जूते	**नि.र.**-1/321	सरोज-स्मृति
चमू- *'सैन्धव तुरंगों पर/चतुरंग चमू संग'*	: सेना	**नि.र.**-1/152	जागो फिर एक बार
चम्पक- *'कदली, चम्पक, श्रीफल, मृगशिशु'*	: एक फूल (स्वर्णिम रंग)	**नि.र.**-1/125	यमुना के प्रति
चय- *'प्रचुर कामना चय मरन्द कल'*	: श्रेष्ठ, चुने हुए	**पं.ग्रं.**-1/352	चार/ज्योत्स्ना
◆ *'बाँध नव विद्रुम-सुमन-चय/रेख-अर्चित'*	: चुना हुआ	**म.सा.**-1/349	झिप चलीं पलकें तुम्हारी /दीप-शिखा
चयन- *'तारकों के वे सुमन/मत चयन कर अनमोल री!'*	: चुनना, फूल-रूपी तारों को मानो अरुण चुन कर उठा लेत है।	**म.सा.**-1/227	मत अरुण घूँघट खोल री!/नीरजा
चयनशील- *'स्मितनयन, चञ्चल, चयनशील, अति-अपनाव-मृदु भाव खोले हुए!'*	: खोजी स्वभाव वाला, चयन की प्रवृत्ति, चुनने के प्रति जागरुक	**नि.र.**-1/174	रेखा 'क'

शब्द– काव्य-पंक्ति	: अर्थ	ग्रंथावली/पृ.सं.	स्रोत/संदर्भ
चयनोत्कल– *'प्रिय-नयनों में बँध प्रिया-नयन चयनोत्कल'*	: स्नेह-चयन करना, प्रेम प्राप्त करना	**नि.र.–1**/301	तुलसीदास
चरण-अंक– *'विकल विलोड़ित चरण-अंक पर'*	: पदचिह्न	**नि.र.–1**/122	यमुना के प्रति
चरण-ध्वनि-अनुसारिणी– *'उड़ चली बक-पाँत तेरी चरण-ध्वनि-अनुसारिणी!'*	: कदमों की आहट का अनुसरण करनेवाली	**म.सा.–1**/277	दीप तेरा दामिनी! /सांध्य गीत
चरण हारे– *'अन्य होंगे चरण हारे'*	: हारे हुए कदम, पराजित मनवाले लोग	**म.सा.–1**/313	पंथ होने दो अपरिचित /दीप-शिखा
चरणाऽमृत– *'चरणाऽमृत-आशय में'*	: आस्था का भावबोध (मेरे आशय में भर दो), दही-गुड़ आदि से बना पेय-प्रसाद	**पं.ग्रं.–1**/266	नीरव तार हृदय में/गुंजन
चरणारविन्द– *'बैठे मारुति देखते राम-चरणारविन्द'*	: कमल की तरह (राम के) चरण	**नि.र.–1**/331	राम की शक्ति-पूजा
चरणारुण– *'गति-नृत्य, तालशिंजित-नूपुर चरणारुण'*	: चरण के कारण जो अरुण (लाल) हो गया है	**नि.र.–1**/299	तुलसीदास
चरणों– *'कितने वर्णों में, कितने चरणों में तू उठ खड़ी हुई'*	: छंद के टुकड़े, जैसे दोहा छंद में चार चरण हैं	**नि.र.–1**/98	प्रिया से
चरणों से चिह्नित– *'चरणों से चिह्नित अलिंद की भूमि सुनहली'*	: श्रद्धालुओं के कदमों के निशान	**म.सा.–1**/335	यह मंदिर का दीप... /दीप-शिखा
चरम आसक्ति का तम – *'त्याग का दिन भी चरम आसक्ति का तम भी'*	: काम-चेतना के वशीभूत होकर किसी के प्रति आसक्ति मानो अंधकार की तरह है	**म.सा.–1**/177	बीन भी हूँ मैं तुम्हारी /नीरजा
चरम सत्य– *'चरम सत्य, यह सुधि का दंशन अंतहीन, मेरा करुणा-कण'*	: सबसे बड़ा सच	**म.सा.–1**/214	आँसू का मोल न लूँगी मैं!/नीरजा
चरित थे पूत– *'चरित थे पूत, भुजा में शक्ति, नम्रता रही सदा संपन्न'*	: पवित्र आचरण और स्वभाववाले	**प्र.ग्रं.–4**/139	पंचम अंक/स्कन्दगुप्त
चल– *'चपला-चल लहरी'*	: चंचल	**नि.र.–1**/239	सरि, धीरे बह री!
♦ *'देखता, नवल चल दीप युगल नयनों के, आभा के कोमल;'*	: चंचल	**नि.र.–1**/293	तुलसीदास
♦ *'खुल पड़ती पल-प्रकाश को, चल परिचय वह'*	: चंचल	**नि.र.–1**/294	तुलसीदास
♦ *'एक हो कर दूर तन से छाँह वह चल हूँ'*	: अस्थिर, गतिशीलता	**म.सा.–1**/177	बीन भी हूँ मैं तुम्हारी /नीरजा
चल-करतल– *'ले-ले चल-करतल में टलमल'*	: चंचल हथेली	**पं.ग्रं.–1**/351	चार/ज्योत्स्ना
♦ *'कुटिल काल के चल-करतल में –'*	: अनिश्चितता-रूपी चंचल हथेली	**पं.ग्रं.–1**/365	द्वितीय दृश्य/परी
चल-कल रोर– *'अनिल के खग, कर चल-कल रोर'*	: चंचल और सुंदर ध्वनि	**पं.ग्रं.–1**/374	द्वितीय दृश्य/परी
चल कुंतल– *'आज सुला दो चिर निद्रा में सुरभित कर इसके चल कुंतल'*	: चंचल केशराशि	**म.सा.–1**/204	एक बार आओ इस पथ से/नीरजा
चल क्षणों– *'चल क्षणों का क्षणिक संचय, बालुका से बिंदु-परिचय'*	: मधुर स्मृतियों के चंचल क्षण	**म.सा.–1**/229	प्राणपिक प्रिय-नाम रे कह!/नीरजा

शब्द-	काव्य-पंक्ति	: अर्थ	ग्रंथावली/पृ.सं.	स्रोत/संदर्भ
चल-चक्र-	*'चल-चक्र वरुण का ज्योति भरा व्याकुल तू क्यों देता फेरी?'*	: गतिशील पहिया, चन्द्रमा (वैदिक मान्यता है कि वरुण के प्रभाव से चन्द्रमा रात में विचरण करता है)	**प्र.ग्रं.**-2/98	काम/कामायनी
◆	*'चल-चक्र वरुण का ज्योति भरा'*	: गतिशील परिक्रमा, चंचल आवृत्ति	**प्र.ग्रं.**-2/348	आवरण/असंकलित कविताएँ
चल-चरणों-	*'चल-चरणों का व्याकुल पनघट'*	: (जहाँ) लोगों की आवाजाही (हो), चंचल चरण	**नि.र.**-1/115	यमुना के प्रति
चल चितवन-	*'चल चितवन के दूत सुना उनके, पल में रहस्य की बात'*	: प्रिय की चंचल दृष्टि का संकेत मानो रात के आकाश में मौजूद है। तारे मानो चंचल चितवन के दूत हैं।	**म.सा.**-1/31	रजत करों की मृदुल तूलिका/नीहार
चल चुंबन-	*'अधर-अधर पर धर चल चुम्बन'*	: चंचल चुंबन, वायु का रोमांचक स्पर्श	**पं.ग्रं.**-1/289	एक/ज्योत्स्ना
चल-छवि-	*'चल-छवि कल तुहिन-ताज'*	: चंचल शोभा (है ओस की)	**पं.ग्रं.**-1/303	तीन/ज्योत्स्ना
चल छाया-	*'तम में हो चल छाया का क्षय सीमित की असीम में चिर लय'*	: प्रकाश की चंचल छाया	**म.सा.**-1/196	आ मेरी चिर मिलन-यामिनी!/नीरजा
चल जल-	*'गंगा के चल जल में निर्मल, कुम्हला किरणों का रक्तोत्पल'*	: चंचल जलधारा, तरंगो से युक्त गंगा की धारा	**पं.ग्रं.**-1/267	एक तारा/गुंजन
◆	*'यह बहुरंग बुलबुल चल जल में'*	: लहरों से युक्त पानी	**पं.ग्रं.**-1/365	द्वितीय दृश्य/परी
चल तुरंगम-	*'सघन घन का चल तुरंगम चक्र झंझा के बनाए'*	: चंचल और तीव्रगामी घोड़े— जैसे बादल	**म.सा.**-1/337	धूप-सा तन दीप-सी मैं!/दीप-शिखा
चलदल-	*'मैं उसको निश्चय भोग चलूँ जो सुख चलदल सा रहा डोल'*	: पीपल के पत्ते की तरह चंचल	**प्र.ग्रं.**-2/163	ईर्ष्या/कामायनी
◆	*'क्या मन के चलदल पत्रों पर/अविनश्वर आदान?'*	: पीपल	**नि.र.**-1/232	चहकते नयनों में जो प्राण
चल दुकूल-	*'कर में हो स्मृतियों की अंजलि मलयानिल का चल दुकूल अलि'*	: चंचल आँचल मानो मलय पवन है	**म.सा.**-1/168	धीरे-धीरे उतर क्षितिज से/नीरजा
चल-दृग-	*'चमकी चल-दृग ज्वाला-तरंग'*	: चंचल नेत्र	**नि.र.**-1/300	तुलसीदास
चल पंखों-	*'अनिल के चल पंखों के साथ दूर जो उड़ जाती झंकार'*	: हवा के पास मानो चंचल पंख हैं	**म.सा.**-1/127	किसी नक्षत्रलोक से टूट/रश्मि
चल-पद-	*'चूमती चल-पद चपल-तरंग'*	: चंचल पैरों से (वायु जल को छूकर तरंगित कर देती है)	**पं.ग्रं.**-1/371	द्वितीय दृश्य/परी
चल परिमल-	*'लघु कलिका के चल परिमल से वे नभ छाए री मैं वन फूली!'*	: (हवा में उड़नेवाला) चंचल केसर	**म.सा.**-1/235	प्रिय सुधि भूले री मैं पथ भूली!/नीरजा
चल पलक-	*'चल पलक हैं निर्निमेषी, कल्प पल सब तिमिरवेषी'*	: चंचल पलकें	**म.सा.**-1/355	मोम-सा तन घुल चुका /दीप-शिखा
चल पलनों-	*'लघु लहरों के चल पलनों में'*	: चंचल झूले, तेज गति के झूलों (की तरह हैं समुद्र की लहरें)	**पं.ग्रं.**-1/213	बादल/पल्लव
चल प्रकाश-	*'व्यक्त नील में चल प्रकाश का कंपन सुख बन बजता था;'*	: चंचल चाँदनी	**प्र.ग्रं.**-2/76	आशा/कामायनी
चल बसंत बाला-	*'चल बसन्त बाला अंचल से किस घटक सौरभ से मस्त'*	: वसंत-ऋतु-रूपी चंचल युवती	**प्र.ग्रं.**-3/336	तृतीय अंक/अजातशत्रु

शब्द- काव्य-पंक्ति	: अर्थ	ग्रंथावली/पृ.सं.	स्रोत/संदर्भ
चल माया- *'विश्व चित्रपट चल माया में -'*	: गतिशील माया (के रूप में सांसारिक दृश्य)	**प्र.ग्रं.**-1/298	ले चल वहाँ भुलावा देकर/लहर
चल-मेखल- *'नील-सिन्धु चल-मेखल'*	: चंचल कमरधनी (की तरह नीला समुद्र है)	**पं.ग्रं.**-1/315	तीन/ज्योत्स्ना
चल रेखा- *'हरी-भरी सी दौड़-धूप, ओ जल-माया की चल रेखा !'*	: चंचल रेखा, पानी का आभास देनेवाली तरंगित रेखाएँ	**प्र.ग्रं.**-2/53	चिंता/कामायनी
चल विद्युत्- *'वह तारक-माला उनकी, चल विद्युत् के कंकण मेरे हों!'*	: चंचल आकाशीय बिजली (मानो मेरे कंगन हैं)	**म.सा.**-1/222	झरते नित लोचन मेरे हों!/नीरजा
चल सृष्टि- *'स्वप्न-सी है बिखर जाती हँसी की चल सृष्टि'*	: (हँसी से निर्मित) चंचल संसार	**प्र.ग्रं.**-2/118	वासना/कामायनी
चषक- *'इंद्रनील मणि महा चषक था/सोम-रहित उल्टा लटका;'*	: मदिरा पीने का प्याला	**प्र.ग्रं.**-2/68	आशा/कामायनी
◆ *'और सामने देखा उसने निज दृढ़ कर में चषक लिये'*	: शराब पीने का प्याला, मधु पात्र, जाम	**प्र.ग्रं.**-2/191	स्वप्न/कामायनी
◆ *'तारा-मद्यप-मंडली चषक भरा यह चन्द'*	: शराब पीने का प्याला, जाम	**प्र.ग्रं.**-3/454	प्रथम अंक/कामना
◆ *'दुख-मद के चषक यह नयन!'*	: जाम, मदिरा पीने का प्याला	**म.सा.**-1/232	अलि वरदान मेरे नयन! /नीरजा
चषक-से दृग- *'दो पद्म-पलाश चषक-से दृग देते अनुराग विराग ढाल'*	: शराब की प्यालियों के समान (नशीली) आँखें	**प्र.ग्रं.**-2/179	इड़ा/कामायनी
चहते- *'(जब) चाह, तुम्हें चहते,/तब कहते, सब कहते'*	: चाहना	**नि.र.**-1/257	लिखती, सब कहते
चाँद का थान- *'रिक्त हो गया चाँद का थान'*	: चाँद का स्थान (जगह)	**पं.ग्रं.**-1/183	आँसू/पल्लव
चाँदनी का अंगराग- *'ओ विभावरी!/चाँदनी का अंगराग'*	: चाँदनी मानो रात के शरीर पर उबटन की तरह है	**म.सा.**-1/211	ओ विभावरी/नीरजा
चाँदनी का कगार- *'छिप गया चाँदनी का कगार'*	: रेती का तट जो चाँदनी के रंग का लग रहा था	**पं.ग्रं.**-1/275	नौका-विहार/गुंजन
चाँदनी का शृंगार- *'चाँदनी का शृंगार समेट अधखुली आँखों की यह कोर'*	: चाँदनी की धवल सुंदरता को मानो समेट कर फूल खिलते हैं	**म.सा.**-1/93	मधुरिमा के, मधु के अवतार/नीहार
चाँदनी की घाटी- *'वह विजन चाँदनी की घाटी'*	: पर्वत की घाटियों में चाँदनी फैली है	**पं.ग्रं.**-2/18	वह विजन चाँदनी की घाटी/युगपथ
चाँदनी के सार- *'बादलों की प्यालियाँ भर चाँदनी के सार से'*	: चाँदनी का गहरा-गाढ़ा रूप	**म.सा.**-1/215	कमलदल पर किरण अंकित/नीरजा
चाँदनी जल- *'मुख चन्द्र चाँदनी जल से मैं उठता था मुँह धोके'*	: चाँदनी मानो जल की तरह थी जिसमें प्रक्षालन किया जा सकता था।	**प्र.ग्रं.**-2/14	आँसू
चाँदनी सदृश खुल जाय- *'चाँदनी सदृश खुल जाय कहीं अवगुंठन आज सँवरता-सा;'*	: चाँदनी की उज्ज्वलता के समान खुला और प्रत्यक्ष	**प्र.ग्रं.**-2/101	काम/कामायनी
चाँदी का चुंबन- *'चाँदी का चुम्बन कर चूर'*	: (लहरें चाँदनी से रँगकर) आपस में ऐसे जुड़ती हैं मानो चाँदी की चमक चुंबन कर रही हो।	**पं.ग्रं.**-1/190	वीचि विलास/पल्लव
चाउँर चार- *'सुदामा के लघु 'चाउँर चार'*	: चार चावल, सुदामा के भुने हुए चावल उपहार थे	**पं.ग्रं.**-1/113	हृदय के बन्दी तार /वीणा

शब्द- काव्य-पंक्ति	: अर्थ	ग्रंथावली/पृ.सं.	स्रोत/संदर्भ
चाख- *'भर-नैन सुधा छवि चाख गयी'*	: स्वाद लेना	**प्र.ग्रं.-3**/486	तृतीय अंक/कामना
चातक पाँति- *'तृषा तुम, यदि मैं चातक पाँति!'*	: चातक पक्षी की पंक्ति	**पं.ग्रं.-1**/95	बताऊँ मैं कैसे सुन्दर! /वीणा
चाप- *'खोल देती हो हर्षित चाप'*	: धनुष, इंद्रधनुष	**नि.र.-1**/143	स्मृति
♦ *'पलक में निमिष, पदों में चाप'*	: कदमों की ध्वनि, पग-चाप	**पं.ग्रं.-2**/24	सन्ध्या/युगपथ
♦ *'उस सूने पथ में अपने/पैरों की चाप छिपाए'*	: पग-ध्वनि	**म.सा.-1**/90	उच्छ्वासों की छाया में/नीहार
♦ *'जो न उनकी चाप का मैं जानती संदेश उन्मद'*	: कदमों की आहट	**म.सा.-1**/341	जो न प्रिय पहिचान पाती!/दीप-शिखा
♦ *'स्वप्न-संगी पंथ पर हो/चाप का पाथेद भर हो'*	: पतवार, न्यूनतम साधन	**म.सा.-1**/369	आज दे वरदान! /दीप-शिखा
चापों- *'पग-पग पर उठते बज/चापों में जलतरंग'*	: पग-ध्वनि	**म.सा.-1**/351	मिट चली घटा अधीर! /दीप-शिखा
चार कोनों में- *'आँखें खुलीं चार कोनों में चार बिंदु आकर छाये'*	: (मनु की आँखों के) चार कोने	**प्र.ग्रं.-2**/220	निर्वेद/कामायनी
चारण-वारण-चपल- *'धूसरित बाल-दल, पुण्य-रेणु, लख चारण-वारण-चपल धेनु'*	: चराए और हाँके जाने से चंचल गाएँ	**नि.र.-1**/300	तुलसीदास
चारण सदृश प्रचार- *'उस दुर्भेद्य अचल दृढ़ता का करता चारण सदृश प्रचार'*	: (मानो पवन प्रशंसा करने वाले) भाट की तरह प्रचार कर रहा था।	**प्र.ग्रं.-2**/72	आशा/कामायनी
चार बिंदु- *'आँखें खुलीं चार कोनों में चार बिंदु आकर छाये'*	: आँसू की चार बूँदें (मनु की आँखों के चार कोनों में झलक उठीं)	**प्र.ग्रं.-2**/220	निर्वेद/कामायनी
चार वर्ण- *'चार वर्ण बन गये बँटा श्रम उनका अपना'*	: सारस्वत प्रदेश में— चार वर्ण श्रम के अनुसार मनु ने बनाए— ब्राह्मण, क्षत्रिय, वैश्य, शूद्र	**प्र.ग्रं.-2**/203	संघर्ष/कामायनी
चारु- *'मरीचिमाली का चारु चयन'*	: सुंदर	**नि.र.-1**/129	बादल राग
♦ *'मूँद रही पलकें चारु'*	: सुंदर	**नि.र.-1**/148	जागो फिर एक बार
♦ *'सुर-ललनाओं के चारु चरण-चपल नृत्य'*	: सुंदर	**नि.र.-1**/51	पंचवटी प्रसंग:1
♦ *'चिबुक चारु और हँसी बिजली-सी'*	: सुंदर	**नि.र.-1**/57	पंचवटी प्रसंग:3
♦ *'किन्तु तुम्हारे चारु चित्त पर'*	: सुंदर, निर्मल	**नि.र.-1**/66	जलद के प्रति
♦ *'कमल पर जो चारु दो खंजन, प्रथम'*	: सुंदर	**पं.ग्रं.-1**/128	ग्रन्थि
चारु चयन- *'मरीचिमाली का चारु चयन'*	: सुंदर चयन	**नि.र.-1**/129	बादल राग
चारु चर्चा- *'चारु चर्चा ने हमारा प्रिय समय'*	: सुंदर और प्रेममय बातचीत	**पं.ग्रं.-1**/129	ग्रन्थि
चारुचित्रा- *'वनस्थली चारुचित्रा'*	: सुंदर चित्रों वाली, सुंदर दृश्यों से परिपूर्ण	**नि.र.-1**/52	पंचवटी प्रसंग:1
चारु चित्रा- *'चारु चित्रा-सी, आभासीन'*	: सुंदर तरीके से चित्रित	**पं.ग्रं.-1**/259	रूप-तारा तुम पूर्ण प्रकाम/गुंजन
चारुतरा- *'सुख के भय काँपती प्रणय-क्लम वन-श्री चारुतरा'*	: अधिक सुंदर	**नि.र.-1**/235	रँग गयी पग-पग धन्य धरा
चारु नभचरों- *'चारु नभचरों-से वय हीन'*	: सुन्दर बादलों (के समान)	**पं.ग्रं.-1**/201	विश्व वेणु/पल्लव

शब्द- काव्य-पंक्ति	: अर्थ	ग्रंथावली/पृ.सं.	स्रोत/संदर्भ
चाहक- *'आज तुझको देखकर/चाहक भ्रमर आता नहीं'*	: चाहनेवाला, रूप-लोभी	**म.सा.**-1/60	था कली के रूप शैशव /नीहार
चाहें- *'निर्वाण हुआ है देखो/वह दीप लुटाकर चाहें'*	: इच्छाएँ, कामनाएँ	**म.सा.**-1/54	जो मुखरित कर जाती थी/नीहार
चिंता-कातर- *'चिंता-कातर वदन हो रहा पौरुष जिसमें ओत-प्रोत'*	: तनाव से परेशान (चेहरा)	**प्र.ग्रं.**-2/52	चिंता/कामायनी
चिंता की पहली रेखा- *'ओ चिंता की पहली रेखा, अरी विश्व वन की व्याली;'*	: पहली बार तनाव और चिंता की रेखाएँ मनु के जीवन का हिस्सा बनी हैं अन्यथा वे तो देवता के रूप में इस तरह के अनुभवों से मुक्त थे।	**प्र.ग्रं.**-2/52	चिंता/कामायनी
चिंतापर- *'अनिमेष, अटल, कुछ चिन्तापर'*	: चिंता में डूबा हुआ, चिंतित	**पं.ग्रं.**-1/180	उच्छ्वास/पल्लव
चिंतामणि- *'समायी उर-सर, मधुर विहार कर बनी चिन्तामणि भास्वर'*	: कल्पना की मणि	**नि.र.**-1/269	तपा जब यौवन का दिनकर
चिंता लेख- *'बिखरी किरन अलक व्याकुल हो विरस वदन पर चिन्ता लेख'*	: चिन्ता की रेखाएँ	**प्र.ग्रं.**-4/238	द्वितीय अंक/चन्द्रगुप्त
चिंतालोल- *'धूलि-धूसरित धोकर उसके चिन्तालोल कपोल'*	: चिन्ता के कारण अस्थिर	**नि.र.**-1/86	वन-कुसुमों की शय्या
चिंतित चितवन- *'उस चिंतित चितवन में विहास बन जाने दो मुझको उदार!'*	: चिंता से भरी हुई निगाहें	**म.सा.**-1/64	मैं कंपन हूँ तू करुण राग/नीहार
चिंत्य- *'तुम्हें जब, मधुर चिन्त्य मन छीन कहाँ जाते समीर-सत्वर?'*	: चिंतन का विषय	**नि.र.**-1/231	चाहते हो किसको सुन्दर
◆ *'ध्यान-नयन-मन चिन्त्य प्राण-धन'*	: सोचना-विचारना	**नि.र.**-1/246	अस्ताचल रवि
◆ *'संलग्न वृन्त पर, चिन्त्य प्राण'*	: चिंताजनक स्थिति	**नि.र.**-1/282	तुलसीदास
◆ *'केवल विस्मित मन, चिन्त्य नयन;'*	: चिंता के योग्य	**नि.र.**-1/284	तुलसीदास
चिकुर-भार- *'चिकुर-भार री!/ओ विभावरी!'*	: जूड़े का शोभा-भार (संभार)	**म.सा.**-1/211	ओ विभावरी/नीरजा
चित-चारु- *'नूपुर-चरण-रणन जीवन नित वङ्किम चितवन चित-चारु मरण'*	: सुंदर मन	**नि.र.**-1/240	आओ मधुर-सरण मानसि, मन
चित चोर- *'कुटिल काल का भी चित चोर'*	: मन को चुरानेवाला	**पं.ग्रं.**-1/190	वीचि विलास/पल्लव
चितचोर- *'विहग रव बनकर मैं चितचोर!'*	: मनमोहक, मन को चुरानेवाला	**पं.ग्रं.**-1/89	मिले तुम राकापति में आज/वीणा
◆ *'कभी बँध जाती, बन चितचोर'*	: मन को चुरानेवाला, मनमोहन	**पं.ग्रं.**-1/191	मधुकरी/पल्लव
◆ *'कह जातीं 'उस पार बुलाता-/है हमको तेरा चितचोर'*	: मन चुरा लेनेवाला प्रेमी	**म.सा.**-1/94	प्रथम प्रणय की सुषमा सा/नीहार
चितवन- *'चकित चितवन निज चारों ओर फेर'*	: नजर, दृष्टि, निगाह	**नि.र.**-1/41	जुही की कली
◆ *'खुलकर अति प्रिय नीरव भाषा ठंडी उस चितवन से'*	: नजर, निगाह, दृष्टि	**नि.र.**-1/97	बहू
◆ *'चकित चितवन कर अन्तर पार'*	: नजर, दृष्टि	**नि.र.**-1/105	खोज और उपहार
◆ *'कहाँ आज वह चितवन चेतन'*	: दृष्टि, निगाह	**नि.र.**-1/120	यमुना के प्रति
◆ *'वह निष्पलक सहज चितवन पर'*	: दृष्टि	**नि.र.**-1/122	यमुना के प्रति
◆ *'उठा तूलिका मृदु चितवन की'*	: दृष्टि, निगाह	**नि.र.**-1/124	यमुना के प्रति

शब्द- काव्य-पंक्ति	: अर्थ	ग्रंथावली/पृ.सं.	स्रोत/संदर्भ
♦ *'कुसुमों में चितवन अतीत की स्मृति-रेखा -'*	: नजर	**नि.र.**-1/171	रेखा 'क'
♦ *'चकित, थकी, चितवन मेरी रह जाती'*	: नजर	**नि.र.**-1/203	प्रिया के प्रति
♦ *'साम्राज्य मुझे दे डाला/उस चितवन ने पोड़ा का!!'*	: उस प्रियतम की प्रेम-भरी दृष्टि	**म.सा.**-1/38	रजनी ओढ़े जाती थी /नीहार
♦ *'मुक्ताहल अभिराम बिछा दे/चितवन से अपनी'*	: वसंतबाला की सजल दृष्टि	**म.सा.**-1/168	धीरे-धीरे उतर क्षितिज से/नीरजा
♦ *'मेरी ही चितवन से उमड़ा तम का पारावार'*	: दृष्टि, दृष्टिकोण	**म.सा.**-1/233	दूर घर मैं पथ से अनजान!/नीरजा
♦ *'संध्या का नभ से मूक मिलन यह अश्रुमती हँसती चितवन!'*	: दृष्टि, निगाह	**म.सा.**-1/249	प्रिय! सांध्य गगन, मेरा जीवन!/सांध्य गीत
♦ *'चितवन करती पतझार हरा!'*	: दृष्टि	**म.सा.**-1/304	सखि मैं हूँ अमर सुहाग भरी!/सांध्य गीत
चितवन के बंदनवार- *'चल चितवन के बन्दनवार'*	: मोहक दृष्टि-रूपी झालर	**पं.ग्रं.**-1/194	अनंग/पल्लव
चितवन छाया- *'चितवन छाया में दृग-जल से नहलाया!'*	: प्रेमपूर्ण दृष्टि की मोहक छाया में	**म.सा.**-1/339	तू धूल-भरा ही आया! /दीप-शिखा
चितवन तम-श्याम रंग- *'चितवन तम-श्याम रंग, इंद्रधनुष भृकुटि-भंग'*	: घटा की निगाहें अंधकार के साँवले रंग की तरह हैं	**म.सा.**-1/351	मिट चली घटा अधीर! /दीप-शिखा
चितवन-विलास- *'तेरा उज्ज्वल चितवन-विलास'*	: दृष्टि का सौन्दर्य	**म.सा.**-1/178	रूपसि तेरा घन-केश-पाश!/नीरजा
चिता- *'स्वर्ण बनता जाता है प्यार/चिता है तेरी प्यारी मीत'*	: दीपक की चिता प्रभात का स्वर्णिम प्रकाश है, इसलिए यह चिता बहुत प्यारी है।	**म.सा.**-1/83	मूक करके मानस का ताप/नीहार
चिता की चिरता- *'चिता की चिरता का आह्वान'*	: मृत्यु की शाश्वतता, मृत्यु अटल है	**नि.र.**-1/142	स्मृति
चितानल- *'चितानल के ये सायंकाल'*	: चिता की आग, अंत्येष्टि के समय शव को जलानेवाली आग	**पं.ग्रं.**-1/228	परिवर्तन/पल्लव
चिताभस्म- *'निज चिताभस्म का टीका लगाते हुए -'*	: चिता की राख, पराजय का प्रतीक	**नि.र.**-1/100	दिल्ली
चिति- *'निर्मल चिति का दीप जलाकर छोड़ चला यह अपनी भेंट'*	: चेतना	**प्र.ग्रं.**-1/236	चिह्न/झरना
♦ *'कर रही लीलामय आनन्द/महाचिति सजग हुई सी व्यक्त;'*	: चेतना	**प्र.ग्रं.**-2/89	श्रद्धा/कामायनी
चिति का विराट वपु मंगल- *'चिति का विराट वपु मंगल यह सत्य सतत चिर सुंदर'*	: (यह संसार) चिन्मय शिव के कल्याणकारी विशाल शरीर की तरह है।	**प्र.ग्रं.**-2/275	आनन्द/कामायनी
चिति का स्वरूप- *'चिति का स्वरूप यह नित्य जगत, वह रूप बदलता है शत शत'*	: शिव की एक अभिन्न शक्ति 'चिति' का साकार रूप (यह संसार है)	**प्र.ग्रं.**-2/239	दर्शन/कामायनी
चिति-केंद्रों- *'चिति-केन्द्रों में जो संघर्ष चला करता है'*	: (चेतना से युक्त) ज्ञान-बुद्धि-संपन्न मनुष्य	**प्र.ग्रं.**-2/200	संघर्ष/कामायनी
चितिमय चिता- *'चितिमय चिता धधकती अविरल महाकाल का विषम नृत्य था'*	: ज्ञान-रूपी अग्नि की चिता, चेतना की ज्वाला ने इच्छा-ज्ञान-क्रिया की पृथकता को भस्म करके आत्मसात् कर लिया था।	**प्र.ग्रं.**-2/263	रहस्य/कामायनी

शब्द- काव्य-पंक्ति	: अर्थ	ग्रंथावली/पृ.सं.	स्रोत/संदर्भ
चितिमय प्रसाद- *'लीला का स्पन्दित आह्लाद, वह प्रभा-पुंज चितिमय प्रसाद'*	: (शिव का) चैतन्यपूर्ण प्रसन्न स्वरूप	**प्र.ग्रं.-2**/246	दर्शन/कामायनी
चितेरा-*'आया फिर चित्र बनाने/प्राची में प्रात चितेरा'*	: चित्रकार	**म.सा.-1**/37	रजनी ओढ़े जाती थी /नीहार
◆ *'स्वर्णस्वप्नों का चितेरा/नींद के सूने निलय में'*	: चित्रकार (है वह प्रियतम)	**म.सा.-1**/173	कौन तुम मेरे हृदय में? /नीरजा
◆ *'आज क्षितिज पर जाँच रहा है तूली कौन चितेरा?'*	: प्रकृति का वह अज्ञात चित्रकार	**म.सा.-1**/297	आज सुनहली वेला! /सांध्य गीत
चितेरी- *'वह अतिरंजित सी तूलिका चितेरी की'*	: चित्र बनानेवाली स्त्री	**प्र.ग्रं.-1**/343	प्रलय की छाया/लहर
चितेरे- *'कमलदल पर किरण अंकित/चित्र हूँ मैं क्या चितेरे?'*	: वह अज्ञात प्रिय मानो चित्रकार है।	**म.सा.-1**/215	कमलदल पर किरण अंकित/नीरजा
चितेरे हृदय- *'इस तरह मेरे चितेरे हृदय की'*	: चित्रकार की भावनाओं से युक्त हृदय	**पं.ग्रं.-1**/180	उच्छ्वास/पल्लव
चित्त-विश्व-मोह-जाल- *'अधीर हो न चित्त-विश्व-मोह-जाल में'*	: मन का सांसारिक मोह-जाल	**प्र.ग्रं.-3**/300	द्वितीय अंक/अजातशत्रु
चित्तात्मा- *'शुद्ध चित्तात्मा में उगता है प्रेमांकुर'*	: मन और आत्मा, चेतना	**नि.र.-1**/60	पंचवटी प्रसंग:4
चित्रग्रीव- *'चढ़ चित्रग्रीव चल जलदों पर'*	: कबूतर (रूपी बादल)	**पं.ग्रं.-1**/351	चार/ज्योत्स्ना
चित्र चित्रिता-सी- *'चित्र चित्रिता-सी, विलोक यह'*	: तस्वीर में बने हुए के समान	**पं.ग्रं.-1**/116	दिवानाथ का विपुल विभव जब/वीणा
चित्रपट- *'विश्व चित्रपट चल माया में -'*	: चित्रों का संग्रह ('एलबम')	**प्र.ग्रं.-1**/298	ले चल वहाँ भुलावा देकर/लहर
चित्रपटी- *'हरियाली जिनकी उभरी, वे समतल चित्रपटी से लगते'*	: चित्रफलक, (हरियाली का वह दृश्य) अनेक प्रकार के चित्रों से भरा लग रहा था।	**प्र.ग्रं.-2**/252	रहस्य/कामायनी
◆ *'आशा के आवाहन में/बीते की चित्रपटी में'*	: चित्रों का संग्रह, अलबम	**म.सा.-1**/90	उच्छ्वासों की छाया में /नीहार
◆ *'यह दोनों दो ओरें थीं/संसृति की चित्रपटी की'*	: चित्रों का संग्रह	**म.सा.-1**/119	नव मेघों को रोता था /रश्मि
◆ *'आँखों की चित्रपटी में/जिसमें मैं आँक न पाऊँ'*	: कैनवस, आँखों में मानो चित्र अंकित है	**म.सा.-1**/143	अलि कैसे उनको पाऊँ /रश्मि
चित्रसारी- *'तट तरु है चित्रित तरल चित्रसारी में'*	: चित्रशाला (आर्ट गैलरी), कला दीर्घा	**प्र.ग्रं.-1**/337	पेशोला की प्रतिध्वनि /लहर
चित्राधार- *'मिटाता रँगता बारंबार कौन जग का यह चित्राधार?'*	: चित्रों का संग्रह, चित्रपट, अलबम	**म.सा.-1**/105	शून्यता में निद्रा की बन /रश्मि
चित्रिणि- *'चित्रिणि! इस सुख का स्रोत कहाँ'*	: चित्रिणी नायिका की तरह है तितली, कलानिपुण और बनाव-सिंगार में रुचि रखनेवाली नायिका।	**पं.ग्रं.-2**/23	तितली/युगपथ
चित्रित निद्रित- *'झुकती आतीं पलकें निश्चल चित्रित निद्रित से तारक चल'*	: चित्र की तरह ठहरे हुए और नींद से शिथिल (नेत्र-गोलक)	**म.सा.-1**/171	आज क्यों तेरी वीणा मौन?/नीरजा
चित्-शक्ति- *'चित्-शक्ति एक रे जगज्जननि'*	: परम शक्ति, ईश्वरीय शक्ति	**पं.ग्रं.-1**/314	तीन/ज्योत्स्ना

शब्द-	काव्य-पंक्ति	: अर्थ	ग्रंथावली/पृ.सं.	स्रोत/संदर्भ
चिदघन-	*'चिदघन आनन्द-कन्द'*	: ज्ञानमय, ज्ञानरूप, ब्रह्म, ईश्वर	**नि.र.**-1/58	पंचवटी प्रसंग:4
चिनगारी सदृश सदर्प-	*'उन्हें चिनगारी सदृश सदर्प कुचलती रहे खड़ी सानन्द;'*	: बाधाओं को छोटी-सी चिंगारी की तरह गर्व और विश्वास के साथ (कुचल दो)	**प्र.ग्रं.**-2/93	श्रद्धा/कामायनी
चिन्मय प्रकाश-	*'चिन्मय प्रकाश से विश्व उदय'*	: परम ब्रह्म का प्रकाश, ईश्वरीय आभा	**पं.ग्रं.**-1/314	तीन/ज्योत्स्ना
चिन्मय-मृणमय-	*'परिणीत उभय चिन्मय-मृण्मय'*	: चेतन और भौतिक	**पं.ग्रं.**-1/314	तीन/ज्योत्स्ना
चिबुक-	*'दृढ़ता चिबुक की,/अधरों की विह्वलता'*	: ठुड्डी	**नि.र.**-1/173	रेखा 'क'
चिबुक चारु-	*'चिबुक चारु और हँसी बिजली-सी'*	: सुंदर (चारु) ठुड्डी	**नि.र.**-1/57	पंचवटी प्रसंग:3
चिबुक तिल-	*'औ' अकेले चिबुक तिल से, कुछ उठी'*	: ठुड्डी पर का तिल	**पं.ग्रं.**-1/135	ग्रन्थि
चिरंतन-	*'कह रहा सुख अश्रु से 'तू है चिरंतन प्यार मेरा';'*	: सदा-सदा से	**म.सा.**-1/302	क्यों मुझे प्रिय हो न बंधन!/सांध्य गीत
चिरंतनता-	*'दे रही मेरी चिरंतनता/क्षणों के साथ फेरे!'*	: शाश्वतता, वियोग का स्थायीत्व	**म.सा.**-1/278	फिर विकल हैं प्राण मेरे! /सांध्य गीत
चिर-	*'चिर मिलन-विरह-पुलिनों की/सरिता हो मेरा जीवन'*	: यह जीवन-रूपी नदी सदा से मिलन और विरह के दो तटों के बीच प्रवाहित हो	**म.सा.**-1/110	चिर तृप्ति कामनाओं का/रश्मि
चिर-अचपल-	*'मध्य तुम बैठी चिर-अचपल बह रहा प्रतिपल सौरभ-ज्ञान'*	: शांत भाव से	**नि.र.**-1/268	भावना रँग दी तुमने
चिर-अतीत-	*'चिर-अतीत आशा, सुख, सब भय'*	: बहुत पुरानी	**नि.र.**-1/150	पारस
चिर अतृप्ति-	*'चिर अतृप्ति जीवन यदि था तो तुम उसमें संतोष बनी'*	: दीर्घकालिक इच्छा-शक्ति का अभाव	**प्र.ग्रं.**-2/227	निर्वेद/कामायनी
♦	*'यह चिर अतृप्ति हो जीवन/चिर तृष्णा हो मिट जाना'*	: मिलन न हो पाने के कारण असंतोष और चाहत का बना रहना	**म.सा.**-1/111	चिर तृप्ति कामनाओं का/रश्मि
चिर-अतृप्ति-	*'मनु के मस्तक की चिर-अतृप्ति, तुम उत्तेजित चंचला शक्ति!'*	: सदैव अतृप्त रखकर उत्सुकता बनाए रखनेवाली	**प्र.ग्रं.**-2/236	दर्शन/कामायनी
चिर अनुगत-	*'चिर अनुगत सौन्दर्य के समादर में'*	: सदा से वशीभूत	**प्र.ग्रं.**-1/343	प्रलय की छाया/लहर
चिर अवगुंठनमयि-	*'हे चिर अवगुण्ठनमयि, बोलो'*	: सदैव घूँघट में रहनेवाली स्त्री (की तरह है छाया)	**पं.ग्रं.**-2/19	छाया/युगपथ
चिर-अव्यय-	*'हे चिर-अव्यय, नित-नूतन!'*	: सदा-सदा से समाप्त न होनेवाला (सूर्य)	**पं.ग्रं.**-1/370	द्वितीय दृश्य/परी
चिर अशांत-	*'तुम जरा मरण में चिर अशांत'*	: सदैव उद्विग्न	**प्र.ग्रं.**-2/177	इड़ा/कामायनी
चिर आख्यान-	*'तुम अरण्य के चिर आख्यान'*	: लंबी-पुरानी कथा की तरह	**पं.ग्रं.**-1/205	छाया/पल्लव
चिर उन्मन-	*'उड़ पाँति-पाँति के चिर उन्मन'*	: सदा से उत्कंठित रहनेवाले (भौंरे)	**पं.ग्रं.**-1/239	वन-वन उपवन/गुंजन
चिर-ऋण-	*'चिर-ऋण के पाश से'*	: हमेशा कर्ज में	**नि.र.**-1/178	रेखा 'ख'
चिर कंपन-सी-	*'शीतल कोमल चिर कंपन-सी'*	: प्राकृतिक रोमांच की तरह	**प्र.ग्रं.**-1/290	उठ उठ री लघु.../लहर
चिर करुण-मधुर-	*'दोनों मिल कर देते रजकण चिर करुण-मधुर सुंदर सुंदर'*	: करुणा और मधुरता का शाश्वत मेल	**म.सा.**-1/228	जग करुण करुण, मैं मधुर मधुर!/नीरजा

शब्द- काव्य-पंक्ति	: अर्थ	ग्रंथावली/पृ.सं.	स्रोत/संदर्भ
चिरकाल- *'चाहते हो क्या तुम/सनातन-धर्म-धारा शुद्ध भारत से बह जाय चिरकाल के लिए?'*	: हमेशा के लिए	**नि.र.**-1/168	महाराज शिवाजी का पत्र
◆ *'नष्ट होंगे चिरकाल के लिए'*	: हमेशा	**नि.र.**-1/169	महाराज शिवाजी का पत्र
◆ *'दूर चिरकाल से'*	: लंबी अवधि से	**नि.र.**-1/172	रेखा 'क'
चिर-काल- *'परिचित चिर-काल की'*	: लंबी अवधि से	**नि.र.**-1/172	रेखा 'क'
चिर-कालिक- *'चिर-कालिक कालिमा जड़ता जीवन की चिर-सञ्चित थी दूर हुई'*	: स्थायी, सदा से	**नि.र.**-1/171	रेखा 'क'
चिरकालिक- *'जीवन चिरकालिक क्रन्दन'*	: सदैव से	**नि.र.**-1/181	हताश
चिर किशोर-वय- *'चिर किशोर-वय, नित्य विलासी, सुरभित जिससे रहा दिगंत;'*	: अनन्त युवावस्था, सदैव युवा रहना	**प्र.ग्रं.**-2/56	चिंता/कामायनी
चिरकुमार- *'चिरकुमार भीष्म की पताका ब्रह्मचर्य दीप्त'*	: ब्रह्मचर्य व्रतधारी	**नि.र.**-1/99	दिल्ली
चिर चंचल पुकार- *'जीवन की चिर चंचल पुकार रोये कब तक, है कहाँ त्राण?'*	: सतत उठनेवाली मन की इच्छाएँ	**प्र.ग्रं.**-2/158	ईर्ष्या/कामायनी
चिर-चंद्रिका- *'चिर-चन्द्रिका, कुमारी तू'*	: पूर्ण चाँदनी, उज्ज्वल चाँदनी	**नि.र.**-1/178	रेखा 'ग'
चिर चुंबित- *'मानस जलधि रहे चिर चुम्बित -'*	: सदैव प्रेम के स्पर्श से युक्त	**प्र.ग्रं.**-1/291	निज अलकों के../लहर
चिर तृप्ति- *'चिर तृप्ति कामनाओं का कर जाती निष्फल जीवन'*	: दीर्घकालिक संतुष्टि	**म.सा.**-1/109	चिर तृप्ति कामनाओं का/रश्मि
◆ *'एक करुण अभाव में चिर/तृप्ति का संसार संचित'*	: पूर्ण संतुष्टि का भाव	**म.सा.**-1/173	कौन तुम मेरे हृदय में? /नीरजा
चिर तृषित कंठ- *'चिर तृषित कंठ से तृप्ति विधुर'*	: सदा से (प्रेम का) प्यासा व्यक्ति (कंठ)	**प्र.ग्रं.**-1/318	मुझको न मिला रे कभी प्यार/लहर
चिर तृष्णा- *'यह चिर अतृप्ति हो जीवन चिर तृष्णा हो मिट जाना'*	: सदा-सदा से जो इच्छा बनी रह रही हो	**म.सा.**-1/111	चिर तृप्ति कामनाओं का/रश्मि
चिर दग्ध दुखी- *'चिर दग्ध दुखी यह वसुधा आलोक माँगती तब भी,'*	: दीर्घकाल से दुखी है यह धरती	**प्र.ग्रं.**-2/28	आँसू
चिर दु:ख- *'गीतों में भर चिर सुख चिर दु:ख कण कण में बिखराते!'*	: दीर्घकालिक दु:ख	**म.सा.**-1/107	क्यों इन तारों को उलझाते?/रश्मि
चिर दुख- *'मैं नहीं चाहता चिर दुख'*	: स्थायी दु:ख	**पं.ग्रं.**-1/241	मैं नहीं चाहता चिर सुख /गुंजन
चिर ध्येय- *'चिर ध्येय यही जलने का ठंडी विभूति बन जाना'*	: जो उद्देश्य सदा-सदा से रहा हो	**म.सा.**-1/109	चिर तृप्ति कामनाओं का /रश्मि
चिर नग्न प्राण- *'चिर नग्न प्राण उनमें लिपटें सुंदरता का कुछ बढ़े मान'*	: प्राणों की नग्नता दूर हो अर्थात् जीवन मर्यादित हो	**प्र.ग्रं.**-2/166	ईर्ष्या/कामायनी
चिरनवीन- *'उज्ज्वल, अधीर और चिरनवीन?'*	: पुरानेपन से मुक्त, जो हमेशा नया लगे	**नि.र.**-1/99	दिल्ली
चिर निद्रा- *'फिर नाश और चिर निद्रा है तब इतना क्यों विश्वास सत्य'*	: मृत्यु	**प्र.ग्रं.**-2/163	ईर्ष्या/कामायनी
◆ *'चिर निद्रा के स्वप्निल-दृगजल में'*	: मृत्यु	**पं.ग्रं.**-1/365	द्वितीय दृश्य/परी
चिर-निद्रे- *'मृत्यु, अरी चिर-निद्रे! तेरा अंक हिमानी-सा शीतल,'*	: स्थायी नींद की तरह है मृत्यु	**प्र.ग्रं.**-2/63	चिंता/कामायनी

शब्द-	काव्य-पंक्ति	: अर्थ	ग्रंथावली/पृ.सं.	स्रोत/संदर्भ
चिरनिवास-	*'रे चिरनिवास विश्राम प्राण के मोह-जलद-छाया उदार'*	: स्थायी निवास स्थान	**प्र.ग्रं.**-2/172	इड़ा/कामायनी
चिर निस्पंद-	*'स्पंदन में चिर निस्पंद बसा, क्रंदन में आहत विश्व हँसा'*	: सदा-सदा की गतिहीनता, स्थायी ठहराव	**म.सा.**-1/273	मैं नीर भरी दुख की बदली!/सांध्य गीत
चिर निस्पंद भार-	*'पाती न जगा क्यों मधु-बतास हे हिम के चिर निस्पंद भार?'*	: वसंत सदा से शिशिर के भार को खामोशी से उठता रहा है।	**म.सा.**-1/160	बीते वसंत की चिर-समाधि!/रश्मि
चिर नीरव-	*'ओ चिर नीरव!'*	: मेरे भीतर की नीरवता मानो अनंत है	**म.सा.**-1/315	ओ चिर नीरव! /दीप-शिखा
चिर पंगुता-	*'चिर बटोही मैं, मुझे/चिर पंगुता का दान कैसा!'*	: स्थायी रूप से अशक्त हो जाना	**म.सा.**-1/285	देव अब वरदान कैसा! /सांध्य गीत
चिर पथ-	*'मृगमरीचिका के चिर पथ पर सुख आता प्यासों के पग धर'*	: स्थायी रास्ता, सुख का स्थायी रास्ता है भ्रम	**म.सा.**-1/108	रजतरश्मियों की छाया में.../रश्मि
चिर पूर्ति-	*'सुख की चिर पूर्ति यही है उस मधु से फिर जावे मन'*	: दीर्घकालिक उपलब्धता	**म.सा.**-1/109	चिर तृप्ति कामनाओं का/रश्मि
चिर-पोषित-	*'अपनी ही भावना की छायाएँ चिर-पोषित'*	: लंबे समय से पोषित (संरक्षित)	**नि.र.**-1/171	रेखा 'क'
चिर प्रवास-	*'चिर प्रवास में चले गये वे आने को कहकर छल से'*	: दीर्घकालीन परदेशवास, श्रद्धा को विश्वास है कि मनु की नाराजगी दूर होगी तब वे लौट आएँगे।	**प्र.ग्रं.**-2/187	स्वप्न/कामायनी
चिर प्रशांत मंगल-	*'यह चिर प्रशांत मंगल की क्यों अभिलाषा इतनी रही जाग'*	: शाश्वत शांति से पूर्ण एवं मंगलमय	**प्र.ग्रं.**-2/164	ईर्ष्या/कामायनी
चिर प्राप्ति का वर-	*'खोज ही चिर प्राप्ति का वर, साधना ही सिद्धि सुंदर'*	: सतत खोज अपने आप में सिद्धि की प्राप्ति या वरदान है	**म.सा.**-1/343	आँसुओं के देश में /दीप-शिखा
चिर-प्रिय-दर्शन-	*'नयन मुँदेंगे जब, क्या देंगे? - चिर-प्रिय-दर्शन?'*	: जो हमेशा से प्रिय हैं उनके दर्शन या उनसे मुलाकात	**नि.र.**-1/154	परलोक
चिर-बंध-	*'बनेगा चिर-बंध नारी हृदय हेतु सदैव'*	: स्थायी सम्बन्ध	**प्र.ग्रं.**-2/119	वासना/कामायनी
चिर-बंधन-हीन-	*'मैं चिर-बंधन-हीन मृत्यु-सीमा-उल्लंघन'*	: सर्वतंत्र स्वतंत्र, सदैव बंधनों से मुक्त	**प्र.ग्रं.**-2/199	संघर्ष/कामायनी
चिर बटोही-	*'चिर बटोही मैं, मुझे चिर पंगुता का दान कैसा!'*	: जो किसी की खोज में निरंतर यात्रा में हो	**म.सा.**-1/285	देव अब वरदान कैसा! /सांध्य गीत
चिर भरिता-	*'गति गति, सृति सृति, चिर भरिता'*	: सदा से भरी हुई (नदी)	**पं.ग्रं.**-1/241	आते कैसे सूने पल/गुंजन
चिर महान-	*'जग जीवन में जो चिर महान'*	: जो सदा-सदा से महान हो	**पं.ग्रं.**-2/14	जग जीवन में जो चिर महान/युगपथ
चिर-मिलन-	*'सुख चिर-मिलन का'*	: स्थायी मिलन	**नि.र.**-1/175	रेखा 'क'
चिर-मिलित-	*'चिर-मिलित प्रकृति से पुलकित वह चेतन-पुरुष-पुरातन'*	: (पुरुष और प्रकृति का) अनादि और नित्य सम्बन्ध	**प्र.ग्रं.**-2/273	आनन्द/कामायनी
चिर-मुक्त-	*'चिर-मुक्त रहे यह निर्भय स्वच्छन्द सदा सुख पाकर'*	: सदैव बंधन-रहित	**प्र.ग्रं.**-2/271	आनन्द/कामायनी
चिर मुक्त पुरुष-	*'चिर मुक्त पुरुष वह कब इतने अवरुद्ध श्वास लेगा निरीह'*	: स्वतंत्र भावबोध वाला पुरुष	**प्र.ग्रं.**-2/161	ईर्ष्या/कामायनी

शब्द-	काव्य-पंक्ति	: अर्थ	ग्रंथावली/पृ.सं.	स्रोत/संदर्भ
चिर-मौन-	*'देखी अतीत के युग की/चिर-मौन शैल-मालाएँ'*	: सदा से चुप रहनेवाला	**प्र.ग्रं.**-2/40	आँसू
चिर यौवन-	*'माना कि रूप-सीमा है सुन्दर! तव चिर यौवन में'*	: सदैव युवा, जिसका यौवन स्थायी मालूम पड़े	**प्र.ग्रं.**-2/10	आँसू
चिर रात-	*'हो गई उसकी स्पंदन एक मुझे अब चकवी की चिर रात'*	: विरह की ऐसी लम्बी रात मानो जिसका अंत न हो	**म.सा.**-1/147	छिपाए थी कुहरे सी नींद/रश्मि
चिर-वंचित-	*'उस प्रलय दशा को देखा जो चिर-वंचित भूखे हैं'*	: सदा से अभावग्रस्त	**प्र.ग्रं.**-2/40	आँसू
चिरविरति-	*'विरति में भी चिरविरति की बन गई अनुरक्ति हूँ मैं'*	: अनासक्त, सदा-सदा से अनासक्त होना	**म.सा.**-1/268	मैं किसी की मूक छाया हूँ.../सांध्य गीत
चिर विरह-	*'चिर विरह कहानी!/बताता जा रे अभिमानी!'*	: विरह का स्थायी रूप	**म.सा.**-1/184	बताता जा रे अभिमानी!/नीरजा
चिर-विषाद-विलीन मन-	*'चिर-विषाद-विलीन मन की, इस व्यथा के तिमिर-वन की'*	: स्थायी रूप से शोक में डूबा हुआ हृदय	**प्र.ग्रं.**-2/221	निर्वेद/कामायनी
चिर-विस्मृति-सी-	*'अनुराग भरी हूँ मधुर घोल, चिर-विस्मृति-सी हूँ रही डोल'*	: बहुत समय से भुला दी गयी, अलक्षित	**प्र.ग्रं.**-2/236	दर्शन/कामायनी
चिर वेदना-	*'मूर्च्छिता है एक प्रहरी सी सजग चिर वेदना भी'*	: प्रेम के दुःख की स्थायी अनुभूति	**म.सा.**-1/274	आज मेरे नयन के तारक.../सांध्य गीत
चिर व्यथामय-	*'क्यों अचेतन रोम पाते चिर व्यथामय सजग जीवन?'*	: रोएँ बेचारे सदा-सदा से वेदनामय जीवन जी रहे हैं	**म.सा.**-1/341	जो न प्रिय पहिचान पाती!/दीप-शिखा
चिर-संचित-	*'गाथाएँ निज ले चिर-संचित'*	: बहुत समय से जमा किया हुआ	**प्र.ग्रं.**-1/311	कितने दिन जीवन-जलनिधि में/लहर
चिर-संचित-	*'चिर-कालिक कालिमा जड़ता जीवन की चिर-सञ्चित थी दूर हुई'*	: लंबे समय से एकत्र	**नि.र.**-1/171	रेखा 'क'
चिर संचित विराग-	*'छा जाता जीवन में वसंत लुट जाता चिर संचित विराग'*	: दीर्घकाल से गहराता हुआ वियोग का दुःख	**म.सा.**-1/95	जो तुम आ जाते एक बार/नीहार
चिर सजग आँखें-	*'चिर सजग आँखें उनींदी आज कैसा व्यस्त बाना!'*	: जो सदैव जागरुक रहा हो	**म.सा.**-1/280	चिर सजग आँखें उनींदी.../सांध्य गीत
चिर-समाधि-	*'चिर-समाधि में अचिर-प्रकृति जब'*	: अटूट समाधि	**नि.र.**-1/225	प्रेम के प्रति
चिर सम्मेलन-	*'असंभव है चिर सम्मेलन न भूलो क्षणभंगुर जीवन'*	: स्थायी और स्थिर मिलन	**म.सा.**-1/72	स्वर्ग का था नीरव उच्छ्वास/नीहार
चिर सहचर-	*'मुख जोह रहे हैं मेरा पथ में कब से चिर सहचर'*	: वह असीम अनंत प्रिय जो सदा से मेरे साथ है	**म.सा.**-1/121	नव मेघों को रोता था/रश्मि
चिरसात्-	*'प्राण! सुख-सुख स्मृति-स्मृति चिरसात्'*	: सदा से साथ-साथ होना	**पं.ग्रं.**-1/258	मधुवन/गुंजन
चिर साधना-	*'मैं सजग चिर साधना ले!'*	: सदा-सदा से साधना में लगी मैं	**म.सा.**-1/267	मैं सजग चिर साधना ले!/सांध्य गीत
◆	*'बिंबग्राहकता कणों को शलभ को चिर साधना दी'*	: साधना करने की स्थायी प्रवृत्ति	**म.सा.**-1/278	फिर विकल हैं प्राण मेरे!/सांध्य गीत
चिर सुंदर-	*'हे मेरे चिर सुंदर अपने!'*	: वह अज्ञात प्रिय सदा-सदा से मोहक है	**म.सा.**-1/266	हे मेरे चिर सुंदर अपने! /सांध्य गीत

शब्द- काव्य-पंक्ति	: अर्थ	ग्रंथावली/पृ.सं.	स्रोत/संदर्भ
चिर सुंदरता- *'वही एक जो सत्य बना था चिर सुंदरता में अपनी'*	: स्थायी सौन्दर्य की तरह लगे थे मनु	**प्र.ग्रं.**-2/187	स्वप्न/कामायनी
चिर सुख- *'मैं नहीं चाहता चिर सुख'*	: स्थायी सुख	**पं.ग्रं.**-1/241	मैं नहीं चाहता चिर सुख/गुंजन
◆ *'गीतों में भर चिर सुख चिर दु:ख कण कण में बिखराते !'*	: दीर्घकालिक सुख	**म.सा.**-1/107	क्यों इन तारों को उलझाते?/रश्मि
◆ *'है पीड़ा की सीमा यह/दु:ख का चिर सुख हो जाना!'*	: दु:ख जब स्थायी रूप से सुखद लगने लगे	**म.सा.**-1/109	चिर तृप्ति कामनाओं का/रश्मि
◆ *'तुझमें चिर दु:ख, मुझमें चिर सुख'*	: प्रेम की पीड़ा ने स्थायी सुख दिया है	**म.सा.**-1/175	ओ पागल संसार!/नीरजा
चिर सुरभित नंदन- *'चिर सुरभित नंदन उनका, वह अश्रुभार-नत तृण मेरे हों'*	: उस अज्ञात प्रियतम का सदा-सदा से सुगन्धित उपवन	**म.सा.**-1/222	झरते नित लोचन मेरे हों!/नीरजा
चिरसेवित- *'चिरसेवित चरण युगल'*	: सदा से पूजित	**नि.र.**-1/39	जन्मभूमि
चिर स्वतंत्र- *'मैं शासक, मैं चिर स्वतंत्र तुम पर भी मेरा'*	: सदैव स्वाधीन	**प्र.ग्रं.**-2/205	संघर्ष/कामायनी
चिलियान- *'चिलियान वाला में'*	: एक स्थान	**प्र.ग्रं.**-1/333	शेरसिंह का शस्त्र-समर्पण/लहर
चीत्कारोत्कल- *'व्यक्त हो चुका चीत्कारोत्कल क्रुद्ध युद्ध का रुद्ध-कण्ठ फल'*	: जोरदार चीत्कार, चीत्कार का प्रवाह	**नि.र.**-1/316	सरोज-स्मृति
चीन को मिली धर्म की दृष्टि- *'यवन को दिया दया का दान चीन को मिली धर्म की दृष्टि'*	: चीन को बौद्ध धर्म मिला	**प्र.ग्रं.**-4/139	पंचम अंक/स्कन्दगुप्त
चीनांशुक- *'चीनांशुक बनकर लिपटी है अङ्ग में'*	: रेशमी वस्त्र	**प्र.ग्रं.**-1/226	रूप/झरना
◆ *'शुचिते, पहनाकर चीनांशुक रख सका न तुझे अत: दधिमुख'*	: रेशमी वस्त्र	**नि.र.**-1/316	सरोज-स्मृति
चीना-डाल- *'विपुल पुलकावलि चीना-डाल!'*	: साँवाँ की जाति के मोटे अनाज के पौधे की डालियाँ	**पं.ग्रं.**-1/257	मधुवन/गुंजन
चीन्हने- *'और किसको देना है हृदय, चीन्हने की न तनिक थी चाह'*	: पहचानने, परिचय की सावधानी	**प्र.ग्रं.**-4/233	द्वितीय अंक/चन्द्रगुप्त
चुंबन-अंकित- *'चुम्बन-अंकित प्राची का पीला कपोल दिखलाता'*	: जहाँ चूमने के निशान हों	**प्र.ग्रं.**-2/16	आँसू
चुंबन के मधुकण- *'देकर निज चुंबन के मधुकण'*	: प्रेम का माधुर्य	**प्र.ग्रं.**-1/326	ओ री मानस की गहराई/लहर
चुंबन घन- *'प्रथम तड़ित् चुम्बन घन में'*	: (जब पहली बार आकाशीय बिजली ने) बादलों को चूमा होगा	**पं.ग्रं.**-1/192	अनंग/पल्लव
चुंबन-चकित- *'चुम्बन-चकित चतुर्दिक चंचल हेर, फेर मुख, कर बहु सुख-छल'*	: चूमने से चौंक कर	**नि.र.**-1/220	स्पर्श से लाज लगी
चुंबन-मधु- *'चुम्बन-मधु ज्योति का, अन्धकार हर लेता'*	: मीठा चुंबन	**नि.र.**-1/172	रेखा 'क'

शब्द- काव्य-पंक्ति	: अर्थ	ग्रंथावली/पृ.सं.	स्रोत/संदर्भ
चुंबित - मधुर - ज्योति-नयन-च्युत- *'चुम्बित - मधुर - ज्योति-नयन-च्युत खुल जाता कमल सित घन-वरण'*	: आँखों से गिरी मधुर किरणों से चूमा हुआ	**नि.र.-1**/261	प्रतिक्षण मेरा मोह-मलिन मन
चुगा- *'चुगा मनोज्ञ मराल'*	: मोती चुनकर खाना	**पं.ग्रं.-1**/272	अप्सरा/गुंजन
चुनाती- *'चुनाती नित लवंग निज अंग'*	: चुनवाती	**पं.ग्रं.-1**/257	मधुवन/गुंजन
चुपा आई- *'मैं आज चुपा आई चातक मैं आज सुला आई कोकिल'*	: बोलने से मना कर देना, चुप करा देना	**म.सा.-1**/256	क्यों वह प्रिय आता पार नहीं?/सांध्य गीत
चुलुक- *'स्मृति-सागर में पलक-चुलुक से बनता नहीं उलीचे'*	: हथेलियों से बनी अंजलि (चुल्लू)	**प्र.ग्रं.-3**/437	प्रथम अंक/कामना
चूतीं बूँदें- *'भीगी अलकों के छोरों से चूतीं बूँदें कर विविध लास'*	: बादलों से टपकतीं बारिश के बाद की अंतिम बूँदें	**म.सा.-1**/178	रूपसि तेरा घन-केश-पाश!/नीरजा
चूर- *'हा-हा-कार हुआ क्रंदनमय/कठिन कुलिश होते थे चूर;'*	: टूटना	**प्र.ग्रं.-2**/59	चिंता/कामायनी
चूर्ण-कच- *'चूर्ण-कच, साँस सुगन्ध-झकोर'*	: चूर्ण-कुंतल, अलक, स्त्री की घनी केशराशि	**पं.ग्रं.-1**/265	प्राण! तुम लघु-लघु गात/गुंजन
◆ *'चूर्ण-कच, साँस सुगंध-झकोर'*	: अँधेरा मानो (वायु की) काली-घनी केशराशि है, चूर्ण-कुंतल, स्त्री की घनी केशराशि	**पं.ग्रं.-1**/371	द्वितीय दृश्य/परी
चूर्णित गीत- *'सुन रहे हो क्या चूर्णित गीत'*	: आहत भावनाओं से उत्पन्न गीत	**पं.ग्रं.-1**/108	चपल पलकों के साथ /वीणा
चेतक- *'चेतक! चेतक! मुझे छोड़कर'*	: महाराणा प्रताप के घोड़े का नाम	**पं.ग्रं.-1**/115	गहन कानन!/वीणा
चेतन- *'है चेतन का आभास'*	: जो जड़ नहीं है	**नि.र.-1**/48	प्रकाश
चेतन आनंद- *'कर्म का भोग, भोग का कर्म यही जड़ का चेतन आनन्द'*	: (जड़ प्रकृति का) चेतन मनुष्य के द्वारा उपभोग से प्राप्त आनन्द	**प्र.ग्रं.-2**/91	श्रद्धा/कामायनी
चेतनता- *'चेतनता चल जा, जड़ता से आज शून्य मेरा भर दे'*	: सजगता, संज्ञा-सहित होना, होशोहवास ठीक रहना	**प्र.ग्रं.-2**/54	चिंता/कामायनी
◆ *'चेतनता एक विलसती आनन्द अखंड घना था'*	: केवल चित्सत्ता, अद्वय चैतन्य	**प्र.ग्रं.-2**/280	आनन्द/कामायनी
चेतनते- *'बोल अरी मेरी चेतनते! तू किसकी, ये किसके हैं?'*	: प्रेरणा-स्रोत (इड़ा)	**प्र.ग्रं.-2**/192	स्वप्न/कामायनी
चेतन परमाणु- *'चेतन परमाणु अनंत बिखर, बनते विलीन होते क्षण भर'*	: चेतन जीव और परमाणु-रचित जड़ पदार्थ	**प्र.ग्रं.-2**/247	दर्शन/कामायनी
चेतन-पुरुष-पुरातन- *'चिर-मिलित प्रकृति से पुलकित वह चेतन-पुरुष-पुरातन'*	: चैतन्यस्वरूप परमेश्वर	**प्र.ग्रं.-2**/273	आनन्द/कामायनी
चेतन-राज- *'पड़ा है बन मानव-संपत्ति पूर्ण हो मन का चेतन-राज'*	: अपने मन की चेतना के अनुसार राज्य का निर्माण	**प्र.ग्रं.-2**/92	श्रद्धा/कामायनी
चेतन समुदाय- *'विकल हुआ-सा काँप रहा था, सकल भूत चेतन समुदाय;'*	: सजीवों का समूह	**प्र.ग्रं.-2**/69	आशा/कामायनी
चेतन समुद्र- *'चेतन समुद्र में जीवन लहरों सा बिखर पड़ा है'*	: चैतन्यस्वरूप शिव-रूपी सागर	**प्र.ग्रं.-2**/275	आनन्द/कामायनी
चेतन सागर उर्मिल- *'चेतन सागर उर्मिल होता यह कैसी कम्पनमय तान'*	: चेतना-रूपी समुद्र लहरों से भरा है, संवेदनाओं की गतिशीलता	**प्र.ग्रं.-4**/284	चतुर्थ अंक/चन्द्रगुप्त

शब्द- काव्य-पंक्ति	: अर्थ	ग्रंथावली/पृ.सं.	स्रोत/संदर्भ
चेतन स्तर- *'छूटता अन्त में चेतन स्तर, जाती मति'*	: चेतना की क्षमता	**नि.र.**-**1**/294	तुलसीदास
चेतना- *'चेतावनी देती जब चेतना कि छोड़ो खेल'*	: सत्य को समझने की प्राकृतिक क्षमता	**नि.र.**-**1**/58	पंचवटी प्रसंग : 4
◆ *'होये सहज चेतना लुप्त'*	: संज्ञा	**नि.र.**-**1**/89	प्रलाप
चेतना इन्द्रियों की- *'चेतना इन्द्रियों की मेरी मेरी ही हार बनेगी क्या?'*	: इन्द्रियों की तृप्ति की आंतरिक इच्छा	**प्र.ग्रं.**-**2**/102	काम/कामायनी
चेतना का क्षण- *'तुष्टि, चेतना का क्षण अपना अन्य न चाहें'*	: अंतरात्मा के अनुसार सोचने-करने का समय	**प्र.ग्रं.**-**2**/200	संघर्ष/कामायनी
चेतना का सुंदर इतिहास- *'चेतना का सुन्दर इतिहास अखिल मानव भावों का सत्य;'*	: नयी चेतना से युक्त राज्य का निर्माण कर इतिहास रचने की प्रेरणा दी जा रही है।	**प्र.ग्रं.**-**2**/92	श्रद्धा/कामायनी
चेतना के कौशल का- *'स्खलन चेतना के कौशल का भूल जिसे कहते हैं'*	: अंत:करण के बोध की प्रवीणता	**प्र.ग्रं.**-**2**/143	कर्म/कामायनी
चेतना के पाश- *'लड़ रहे अविरत युगल थे चेतना के पाश'*	: परस्पर के आकर्षण की चेतना का बंधन, मनु-श्रद्धा के बीच काम का अमूर्त बंधन	**प्र.ग्रं.**-**2**/111	वासना/कामायनी
चेतना तरंगिनी- *'चेतना तरंगिनी मेरी लेती है मृदुल हिलोरें'*	: चेतना मानो तरंगों की तरह उठती-गिरती और दौड़ती रहती है	**प्र.ग्रं.**-**2**/4	आँसू
चेतना थी बिलखाती- *'और चेतना थी बिलखाती, दृष्टि विकल होती थी क्रुद्ध'*	: अंत:करण व्याकुल हो रहा था	**प्र.ग्रं.**-**2**/62	चिंता/कामायनी
चेतना बही जाती- *'चेतना बही जाती थी हो मन्त्र-मुग्ध माया में'*	: मन की गति स्वत: प्रवाहित हो रही थी	**प्र.ग्रं.**-**2**/9	आँसू
चेतना-लहर- *'चेतना-लहर न उठेगी जीवन समुद्र थिर होगा;'*	: चेतना की लहरें, स्मृतियाँ नहीं होंगी तो उनसे जुड़ी तकलीफ भी बार-बार याद नहीं आएगी।	**प्र.ग्रं.**-**2**/29	आँसू
चेतना शिथिल-सी- *'चेतना शिथिल-सी होती है उन अंधकार की लहरों में;'*	: निराशा के कारण चेतना का शिथिल हो जाना	**प्र.ग्रं.**-**2**/102	काम/कामायनी
चेतना सजग- *'था व्यक्ति सोचता आलस में चेतना सजग रहती दुहरी;'*	: चित्त की गतिशीलता	**प्र.ग्रं.**-**2**/103	काम/कामायनी
चेतनाहत- *'चेतनाहत हुई दृष्टि दीखी चपल'*	: अचेत	**नि.र.**-**1**/273	जागा दिशा ज्ञान
चेतनोर्मियों- *'कल्मषोत्सार कवि के दुर्दम चेतनोर्मियों के प्राण प्रथम'*	: चेतना की लहरें	**नि.र.**-**1**/289	तुलसीदास
चेतो- *'चेतो वीर, हो अधीर जिसके लिए'*	: सावधान हो जाओ	**नि.र.**-**1**/158	महाराज शिवाजी का पत्र
चैतन्य- *'जहाँ मदिरा देती चैतन्य/भूलना बनता मीठी याद'*	: चेतना	**म.सा.**-**1**/87	गिरा जब हो जाती है मौन/नीहार
चैती- *'कँटीला यह गुलाब चैती'*	: चैत महीने में (खिलनेवाला गुलाब)	**प्र.ग्रं.**-**1**/249	प्यास/झरना
चौदहों भुवन- *'वेदना विकल फिर आई मेरी चौदहों भुवन में;'*	: पौराणिक मत है कि धरती पर चौदह लोक हैं जिन्हें 'भुवन' कहा जाता है।	**प्र.ग्रं.**-**2**/27	आँसू
चौर- *'पैठा उनमें जो अधम चौर?'*	: चोर (मन का चोर)	**नि.र.**-**1**/301	तुलसीदास
छंद- *'प्रेम का तेरा मेरा छन्द'*	: बंधन-सूत्र	**प्र.ग्रं.**-**1**/220	परिचय/झरना

शब्द- काव्य-पंक्ति	: अर्थ	ग्रंथावली/पृ.सं.	स्रोत/संदर्भ
◆ *'किये मुख नीचा कमल समान प्रथम कवि का ज्यों सुन्दर छंद;'*	: कविता	**प्र.ग्रं.-2**/83	श्रद्धा/कामायनी
◆ *'मानती-सी दिव्य सुख कुछ गा रही है छंद!'*	: मधुर गीत	**प्र.ग्रं.-2**/117	वासना/कामायनी
छंद की बाढ़- *'छन्द की बाढ़, वृष्टि अनुराग, भर गये रे भावों के झाग'*	: कविता का आवेग	**नि.र.-1**/272	छन्द की बाढ़
छंद-भ्रमर-गुंजित- *'छन्द-भ्रमर-गुंजित नीलोत्पल'*	: भौंरों की गूँज से निर्मित छंद	**नि.र.-1**/248	घोर शिशिर
छंदों की छोटी राह- *'प्रिये, छोड़कर बन्धनमय छन्दों की छोटी राह!'*	: छंद का रास्ता कविता-लेखन का छोटा रास्ता है। कविता की राह को विस्तृत करने के लिए छंद की छोटी राह को छोड़ना पड़ेगा।	**नि.र.-1**/102	प्रगल्भ प्रेम
छकता- *'मधुर-भाव उसके तन-मन में अपना ही रस छकता'*	: तृप्त हो जाना	**प्र.ग्रं.-2**/148	कर्म/कामायनी
छत्र-सुख- *'तिलक को चारु छत्र-सुख लाभ'*	: पत्तों से युक्त होने की खुशी ('तिलक' नामक वृक्ष में वसंत ऋतु में फूल निकलते हैं)	**पं.ग्रं.-1**/257	मधुवन/गुंजन
छद- *'आज, तृण, छद, खग, मृग, पिक, कीर'*	: पत्ता	**पं.ग्रं.-1**/258	मधुवन/गुंजन
छदों- *'भग्न आशा-से छदों को पोंछ कर'*	: छद, पंख, पंखों	**पं.ग्रं.-1**/127	ग्रन्थि
◆ *'वृहद् गृद्ध-से विहग छदों को'*	: छद, पंख	**पं.ग्रं.-1**/214	बादल/पल्लव
छनकार- *'बिन्दुओं की छनती छनकार'*	: बारिश की बूँदों की ध्वनि	**पं.ग्रं.-1**/186	आँसू/पल्लव
छन-छन- *'क्षीण हुआ छन-छन मन छिन-छिन'*	: क्षण-क्षण, प्रतिपल	**नि.र.-1**/244	निशि-दिन तन
छपाकर- *'क्षीण छपाकर की छाया में'*	: क्षपाकर, चन्द्रमा	**पं.ग्रं.-1**/112	तेरा अद्भुत है व्यापार! /वीणा
छपी-सी- *'छपी-सी पी-सी मृदु मुसकान'*	: चित्र के समान, उसके होंठों पर मुस्कान मानो मानो चित्र की तरह अंकित थी।	**पं.ग्रं.-1**/179	उच्छ्वास/पल्लव
छबि का मकरंद- *'सजल इंदुमणि से जुगनू बरसाते हों छबि का मकरंद'*	: सौन्दर्य के परागकण की तरह जुगनू	**म.सा.-1**/117	फूलों का गीला सौरभ पी /रश्मि
छबि जाल- *'भूतियों का दिगन्त छबि जाल'*	: सौन्दर्य और ऐश्वर्य का ताना-बाना	**पं.ग्रं.-1**/223	परिवर्तन/पल्लव
छबि-धाम- *'देह-लता छबि-धाम'*	: सौंदर्य से परिपूर्ण	**पं.ग्रं.-1**/271	अप्सरा/गुंजन
छबिधारी- *'पुलकित अग-जग, अणु-अणु, तृण-तृण छबिधारी'*	: शोभा से युक्त (किरणें)	**पं.ग्रं.-1**/298	दो/ज्योत्स्ना
छबिमय- *'जब तुम उठते हो छबिमय'*	: सौन्दर्यशाली	**पं.ग्रं.-1**/92	इस अबोध की अन्धकारमय/वीणा
छबिमान- *'दृष्टि में जीवन अधर में सृष्टि ले छबिमान'*	: सुंदरता की सृष्टि कृष्ण के होंठों पर बसती थी	**म.सा.-1**/236	जाग बेसुधा जाग! /नीरजा
◆ *'किसे छिपाये हो छबिमान'*	: सौन्दर्य से युक्त (अंधकार)	**पं.ग्रं.-1**/94	अब न अगोचर रहो सुजान!/वीणा
छबि-रूप- *'जो गया छबि-रूप का घन, उड़ गया घनसार-कण बन'*	: उस असीम प्रिय का सौन्दर्य मानो रूपाकार होकर बादल बनता है	**म.सा.-1**/353	अलि कहाँ सन्देश भेजूँ! /दीप-शिखा
छबीली- *'सुखी कर साजन को सजनी, छबीली छोड़ हठीला मान'*	: छविवाली, सुन्दर शोभावाली	**प्र.ग्रं.-3**/386	द्वितीय अंक/जन्मेजय का नाग-यज्ञ
छबीले- *'सुनहले सजीले रंगीले, छबीले, हसित कंटकित अश्रु-मकरंद-गीले'*	: छवि (सौंदर्य) से युक्त	**म.सा.-1**/321	हुए शूल अक्षत मुझे धूलि चंदन/दीप-शिखा

शब्द- काव्य-पंक्ति	: अर्थ	ग्रंथावली/पृ.सं.	स्रोत/संदर्भ
छल-छंद- *'कर्म का अवसाद दिन से कर रहा छल-छंद'*	: कपटपूर्ण व्यवहार	**प्र.ग्रं.**-2/112	वासना/कामायनी
छल-छल- *'शिशु-उर पल-पल, हरते छल-छल!'*	: छलपूर्वक, भ्रमित करके	**पं.ग्रं.**-1/307	तीन/ज्योत्स्ना
छलछल-छवि- *'अस्ताचल रवि, जल छलछल-छवि'*	: छलकती छवि, 'छलछल' से रोने का भाव स्पष्ट है	**नि.र.**-1/246	अस्ताचल रवि
छल-छवि- *'छिपे छल-छवि में छायाकार'*	: (वायु की) सुंदरता केवल अनुभूत होती है, दिखती नहीं है।	**पं.ग्रं.**-1/374	द्वितीय दृश्य/परी
छलना- *'किन्तु वह छलना थी मिथ्या अधिकार की'*	: भ्रम	**प्र.ग्रं.**-1/353	प्रलय की छाया/लहर
◆ *'छलना थी तब भी मेरा/उसमें विश्वास घना था'*	: अविश्वसनीय, बेवफा, छल से युक्त	**प्र.ग्रं.**-2/13	आँसू
◆ *'वह उन्मत्त विलास हुआ क्या? स्वप्न रहा या छलना थी !'*	: धोखा	**प्र.ग्रं.**-2/55	चिंता/कामायनी
◆ *'कुहुकिनि अपलक दृग के अंजन! हँसती तुझमें सुन्दर छलना'*	: धोखा	**प्र.ग्रं.**-2/173	इड़ा/कामायनी
छलना की कुहू- *'छलना की कुहू का निबाह नहीं'*	: छल और भ्रम से भरी अँधेरी रात	**म.सा.**-1/130	इन आँखों ने देखी न राह कहीं/रश्मि
छलना निर्मम- *'यह कैसी छलना निर्मम कैसा तेरा निष्ठुर व्यापार?'*	: प्रेम-प्रकरण के निष्ठुर छल-प्रपंच	**म.सा.**-1/94	प्रथम प्रणय की सुषमा सा/नीहार
छलनामय छाया- *'उनकी छलनामय छाया मेरी अनंत मनुहारें'*	: प्रिय की भ्रामक भाव-छवियाँ	**म.सा.**-1/57	इसमें अतीत सुलझाता /नीहार
छल-बल- *'करती है तटिनी तरणी से छल-बल'*	: छल का बल, धोखा	**नि.र.**-1/127	आग्रह
छल-बलिवेदी- *'छल-बलिवेदी पर आज सब सो गये'*	: धोखे से जिनका बलिदान हुआ, धोखे की बलिदान-भूमि	**प्र.ग्रं.**-1/335	शेरसिंह का शस्त्र -समर्पण/लहर
छल-माया- *'जलजालों की छल-माया में अपना बल तोलोगे'*	: धोखा और भ्रम, छल और माया	**प्र.ग्रं.**-4/99	तृतीय अंक/स्कन्दगुप्त
छलिया- *'किसी छलिया का अमल अनूप'*	: प्रेमी, प्रेम में भ्रम का बना रहना	**प्र.ग्रं.**-4/58	प्रथम अंक/स्कन्दगुप्त
छलिया सपनों- *'खींच लेगा असीम के पार इसे छलिया सपनों का हास'*	: सुखद भ्रमों से भरे हुए सपने	**म.सा.**-1/86	निठुर होकर डालेगा पीस /नीहार
छली- *'मेरे प्याले में मद बनकर कब तू छली समाया'*	:धोखा देकर काम निकालनेवाला	**प्र.ग्रं.**-4/343	द्वितीय अंक/ध्रुवस्वामिनी
छली अदृष्ट- *'छली अदृष्ट अभाव बना क्यों वहीं प्रकट होता है'*	: छल करनेवाला भाग्य	**प्र.ग्रं.**-2/150	कर्म/कामायनी
छवि- *'देख अकिंचन जगत लूटता/तेरी छवि भोली-भाली'*	: सौन्दर्य	**प्र.ग्रं.**-2/79	आशा/कामायनी
◆ *'सब कहते हैं 'खोलो खोलो/छवि देखूँगा जीवन-धन की'*	: सौन्दर्य	**प्र.ग्रं.**-2/101	काम/कामायनी
◆ *'सृजन करेगी छवि गति-विधि में'*	: चित्र, सौन्दर्य	**प्र.ग्रं.**-1/311	कितने दिन जीवन-जलनिधि में/लहर
छवि का आलोक- *'अपनी ही छवि का आलोक'*	: सौन्दर्य की आभा	**पं.ग्रं.**-1/198	स्वप्न/पल्लव
छवि का मधुमास- *'भरे उर में छवि का मधुमास दृगों में अश्रु अधर में हास'*	: अतीत की अनेक सुंदर यादों को आकर्षक वसंत ऋतु की तरह सँजोए रखना	**म.सा.**-1/114	तुहिन के पुलिनों पर छबिमान/रश्मि

शब्द-	काव्य-पंक्ति	: अर्थ	ग्रंथावली/पृ.सं.	स्रोत/संदर्भ
छवि-किरणें-	*'किन्तु किसी के मुख की छवि-किरणें घनी,'*	: सौन्दर्य की आभा	**प्र.ग्रं.**-1/256	दर्शन/झरना
छविधाम-	*'अरुण रवि मंडल उनको भेद दिखाई देता हो छविधाम'*	: सौन्दर्य से परिपूर्ण	**प्र.ग्रं.**-2/84	श्रद्धा/कामायनी
◆	*'हृदय की सौन्दर्य-प्रतिमा! कौन तुम छविधाम!'*	: सुंदरता का आश्रय	**प्र.ग्रं.**-2/115	वासना/कामायनी
◆	*'हृदय-नभ-तारा बन छविधाम'*	: सौन्दर्य की मूर्ति	**पं.ग्रं.**-1/259	रूप-तारा तुम पूर्ण प्रकाम/गुंजन
छवि-परदे-	*'छायानट! छवि-परदे में/सम्मोहन वेणु बजाता'*	: सौन्दर्य के आवरण के पीछे से	**प्र.ग्रं.**-2/17	आँसू
छवि-पूरनिमा-	*'कामना सिन्धु लहराता/छवि-पूरनिमा थी छाई'*	: प्रिया की सुंदरता पूर्णिमा की तरह संपूर्ण थी	**प्र.ग्रं.**-2/17	आँसू
छवि-प्रकाश-किरणें-	*'छवि-प्रकाश-किरणें उलझी हों जीवन के भविष्यतम से'*	: सौन्दर्य की चमक को प्रकट करनेवाली किरणें	**प्र.ग्रं.**-4/133	पंचम अंक/स्कन्दगुप्त
छवि-मतवाली रात-	*'बिछल रही चाँदनी, छवि-मतवाली रात'*	: अपने सौन्दर्य के प्रभाव से मदहोश-सी लगनेवाली रात	**प्र.ग्रं.**-4/258	तृतीय अंक/चन्द्रगुप्त
छवि-मधु-सुरभि-	*'तरु-तोरण-तृण-तृण की कविता छवि-मधु-सुरभि भरो'*	: मधुर और सुवासित छवि (सौंदर्य)	**नि.र.**-1/146	प्रार्थना
छविमान-	*'यह कितनी स्पृहणीय बन गई मधुर जागरण-सी छविमान;'*	: सुन्दर	**प्र.ग्रं.**-2/70	आशा/कामायनी
◆	*'कौन करुण रहस्य है तुम में छिपा छविमान?'*	: सौन्दर्य से परिपूर्ण	**प्र.ग्रं.**-2/114	वासना/कामायनी
◆	*'प्रथम पुलक-से, हे छविमान!'*	: (कामचेतना मानो) सौन्दर्य बनकर सृष्टि में आयी	**पं.ग्रं.**-1/192	अनंग/पल्लव
◆	*'कहाँ से उतरे तुम छविमान'*	: सौन्दर्य से भरपूर	**पं.ग्रं.**-1/207	शिशु/पल्लव
◆	*'एक लावण्य-लोक छविमान'*	: सौन्दर्य से परिपूर्ण	**पं.ग्रं.**-1/259	रूप-तारा तुम पूर्ण प्रकाम/गुंजन
◆	*'मधुरिमा के, मधु के अवतार सुधा से, सुषमा से, छविमान'*	: सौन्दर्य से युक्त फूल	**म.सा.**-1/92	मधुरिमा के, मधु के अवतार/नीहार
छवि-रस-माधुरी-	*'पी लो छवि-रस-माधुरी सींचो जीवन-बेल'*	: सौन्दर्य में मानो मधुर रस होता है	**प्र.ग्रं.**-4/65	द्वितीय अंक/स्कन्दगुप्त
छवि-व्याज-	*'तुम्हारी रोम-रोम छवि-व्याज'*	: सौन्दर्य का बहाना (है तुम्हारा रोम-रोम)	**पं.ग्रं.**-1/257	मधुवन/गुंजन
छवि-शरीर-	*'गल गया तुषार-भार बन कर वह छवि-शरीर!'*	: सौन्दर्य का मूर्त रूप बनकर बरस गया	**म.सा.**-1/351	मिट चली घटा अधीर! /दीप-शिखा
छवि-हीन-	*'निखिल छवि की छवि! तुम छवि-हीन'*	: (वायु की अपनी) कोई प्रकट शोभा नहीं है	**पं.ग्रं.**-1/371	द्वितीय दृश्य/परी
छहर-	*'इस सूखे तट पर छिटक छहर!'*	: बूँदों या दानों का फैल जाना	**प्र.ग्रं.**-1/290	उठ उठ री लघु.../लहर
छहरें-	*'शीतल हो ज्वाला की आँधी, करुणा के घन छहरें'*	: बौछार पड़ें	**प्र.ग्रं.**-4/74	द्वितीय अंक/स्कन्दगुप्त
छाजन-	*'उस गुफा समीप पुआलों की छाजन छोटी-सी शांति-पुंज'*	: छप्पर	**प्र.ग्रं.**-2/164	ईर्ष्या/कामायनी
छाजन-सी-	*'उठती हैं किरनों के ऊपर कोमल किसलय की छाजन-सी;'*	: छप्पर	**प्र.ग्रं.**-2/101	काम/कामायनी

शब्द-	काव्य-पंक्ति	: अर्थ	ग्रंथावली/पृ.सं.	स्रोत/संदर्भ
छाती के दाग-	*'या भूली-सी खोज रही कुछ जीवन की छाती के दाग!'*	: छाती के नख-क्षत अर्थात् प्रिय समागम की यादें या रति-चिह्न, दुखद यादें	**प्र.ग्रं.-2**/80	आशा/कामायनी
छान रहे-	*'छान रहे तुम, कुटिल काल कृमि-से घुस पल-पल'*	: जर्जर कर देना	**पं.ग्रं.-1**/225	परिवर्तन/पल्लव
छाय-	*'यश अखिल लोक में रहे छाय'*	: छा जाए	**प्र.ग्रं.-2**/180	इड़ा/कामायनी
छायांचल-	*'बुनते मृदुल मसृण छायांचल'*	: छाया से बना हुआ आँचल (है अप्सरा का)	**पं.ग्रं.-1**/272	अप्सरा/गुंजन
छाया-	*'नभ के नव रँग बुनते दुकूल, छाया में मलय-बयार पली!'*	: बदली या स्त्री की छत्रच्छाया	**म.सा.-1**/273	मैं नीर भरी दुख की बदली!/सांध्य गीत
छायाऽलोक-	*'बँधे बाँहों में छायाऽलोक'*	: प्रकाशित और छायादार स्थान, कहीं छाया है और कहीं आलोक फैला है।	**पं.ग्रं.-1**/258	मधुवन/गुंजन
छाया उदार-	*'रे चिरनिवास विश्राम प्राण के मोह-जलद-छाया उदार'*	: उदार भाववाली छाया, सुखद विश्रामदायिनी	**प्र.ग्रं.-2**/172	इड़ा/कामायनी
छाया का पुतला-	*'पृथ्वी की आँखों में बनकर, छाया का पुतला बढ़ता हो'*	: छाया का आकार, परछाई का आकार	**प्र.ग्रं.-4**/341	प्रथम अंक/ध्रुवस्वामिनी
छायाकार-	*'छिपे छल-छवि में छायाकार'*	: विभिन्न छवियों की छाया में वायु के आकार का अनुमान होता है।	**पं.ग्रं.-1**/374	द्वितीय दृश्य/परी
छायाकाल-	*'स्वस्ति, जीवन के छायाकाल'*	: सुंदर-सुखद समय	**पं.ग्रं.-1**/233	छाया काल/पल्लव
छाया ग्रथित प्रकाश-	*'गूढ़ रे छाया ग्रथित प्रकाश'*	: छाया से युक्त प्रकाश, अंधकार की गिरफ्त में रोशनी	**पं.ग्रं.-1**/276	तेरा कैसा गान/गुंजन
छायाछंद-	*'विश्व-विद्यालय के वे प्रथम स्तम्भ - विटप-मूल, छायाछन्द'*	: छायावादी कविता, कविता का छन्दोबद्ध रूप	**नि.र.-1**/186	जागरण
छाया-छवि-	*'छिपी निज छाया-छवि में आप'*	: शाम की ढलती धूप की सुंदरता छाया और प्रकाश से युक्त है।	**पं.ग्रं.-1**/377	द्वितीय दृश्य/परी
छाया तन-	*'छाया तन बहु छाया हीन'*	: जिसका शरीर छाया से बना हो, भूत-प्रेत	**पं.ग्रं.-1**/113	प्रथम रश्मि का आना रंगिणि!/वीणा
छायातन-	*'छिप आना तुम छायातन'*	: निराकार मृत्यु	**म.सा.-1**/154	प्राणों के अंतिम पाहुन!/रश्मि
छायातप-	*'वह छायातप में सहज पली'*	: छाया+आतप, छाँव और धूप	**पं.ग्रं.-1**/344	चार/ज्योत्स्ना
छाया-दान-	*'स्वप्न की प्रतिमा पर अनजान वेदना का ज्यों छाया-दान'*	: मानो दुःख की छाया का प्रभाव दिख रहा हो	**म.सा.-1**/114	तुहिन के पुलिनों पर छबिमान/रश्मि
छायाधर-	*'जल में अस्फुट छवि छायाधर, यों देखा'*	: छाया को धारण किए हुए	**नि.र.-1**/284	तुलसीदास
छाया-धूप-	*'खेलता जैसे छाया-धूप'*	: लुका-छिपी (का खेल)	**प्र.ग्रं.-4**/59	प्रथम अंक/स्कन्दगुप्त
छायानट-	*'छायानट! छवि-परदे में/सम्मोहन वेणु बजाता'*	: नियति, छाया-रूप में रह कर रहस्यात्मक तरीके से जो सबको नचाता हो	**प्र.ग्रं.-2**/17	आँसू
छायानुवाद-	*'तरुवर की छायानुवाद-सी'*	: 'भावानुवाद' की तर्ज पर बनाया गया शब्द। पेड़ की परछाई से बनी आकृति।	**पं.ग्रं.-1**/204	छाया/पल्लव
छाया-पथ-	*'छाया-पथ में विश्राम नहीं'*	: आकाश-मार्ग	**प्र.ग्रं.-1**/322	शशि-सी वह सुंदर रूपविभा/लहर
◆	*'निःश्वास मलय में मिल कर/छाया-पथ छू आएगा'*	: आकाश-मार्ग, वेदना का विस्तार	**प्र.ग्रं.-2**/21	आँसू

शब्द-	काव्य-पंक्ति	: अर्थ	ग्रंथावली/पृ.सं.	स्रोत/संदर्भ
◆	*'हँसता-सा छाया-पथ में/नक्षत्र समाज दिखाता'*	: आकाश-मार्ग	**प्र.ग्रं.**-2/24	आँसू
◆	*'छायापथ में नव तुषार का/सघन मिलन होता जितना'*	: आकाशमार्ग, आकाश	**प्र.ग्रं.**-2/55	चिंता/कामायनी
◆	*'छाया-पथ में तारक-द्युति-सी झिलमिल करने की मधु-लीला'*	: आकाश मार्ग, आकाश गंगा	**प्र.ग्रं.**-2/129	लज्जा/कामायनी
◆	*'चले आ रहे छायापथ में लोक-पथिक जो थकते'*	: आकाशगंगा	**प्र.ग्रं.**-2/144	कर्म/कामायनी
◆	*'छायापथ में राह देखती गिनती प्रणय-अवधि की रेख'*	: आकाशमार्ग	**प्र.ग्रं.**-4/238	द्वितीय अंक/चन्द्रगुप्त
◆	*'छाया-पथ से हर स्वप्नों को'*	: आकाश मार्ग	**पं.ग्रं.**-1/308	तीन/ज्योत्स्ना
◆	*'छायापथ में छाया से चल/कितने आते जाते प्रतिपल'*	: आकाश मार्ग	**म.सा.**-1/198	कैसे संदेश प्रिय पहुँचाती! /नीरजा
◆	*'नभ का वह छायापथ उतरा;'*	: आकाशगंगा	**म.सा.**-1/304	सखि मैं हूँ अमर सुहाग भरी!/सांध्य गीत
◆	*'छायापथ में अंक बिखर जावें इनके जब'*	: आकाश	**म.सा.**-1/327	यह सपने सुकुमार /दीप-शिखा
छाया प्रतिमा-	*'छाया प्रतिमा गुनगुना उठी श्रद्धा का उत्तर देती-सी'*	: छाया से बनी मूर्ति, लज्जा को छाया के रूप में श्रद्धा महसूस कर रही है।	**प्र.ग्रं.**-2/125	लज्जा/कामायनी
छाया-प्रशमन-	*'मेरा जीवन/छाया, छाया-प्रशमन'*	: छाया से शीतल करनेवाला	**नि.र.**-1/252	लाज लगे तो
छायामय मेल-	*'बादलों के छायामय मेल'*	: छाया-रूप में बादलों का आपस में घुलना-मिलना	**पं.ग्रं.**-1/185	आँसू/पल्लव
छायालोक की स्मृति-	*'कौन छायालोक की स्मृति'*	: कल्पनालोक में बसी ढेर सारी यादें	**म.सा.**-1/253	रागभीनी तू सजनि निश्वास भी.../सांध्य गीत
छाया वन-	*'सुछवि के छाया वन की साँस'*	: सुंदरता की छाया से बना सुरम्य वन-प्रदेश	**पं.ग्रं.**-1/178	पल्लव/पल्लव
छाया-वन-	*'छाया-वन के गुंजन में'*	: कल्पना-लोक	**पं.ग्रं.**-1/309	तीन/ज्योत्स्ना
छाया से चल-	*'छायापथ में छाया से चल कितने आते जाते प्रतिपल'*	: चंचल छाया की तरह	**म.सा.**-1/198	कैसे संदेश प्रिय पहुँचाती!/नीरजा
छाया हीन-	*'छाया तन बहु छाया हीन'*	: जिसके शरीर की छाया न बनती हो, भूत-प्रेत	**पं.ग्रं.**-1/113	प्रथम रश्मि का आना रंगिणि!/वीणा
छिद्र-	*'अमिट मसि के अंक से/सूने कभी थे छिद्र तेरे'*	: बाँसुरी के छेद	**म.सा.**-1/377	गूँजती क्यों प्राण-वंशी? /दीप-शिखा
छिद्र-शत-	*'दष्ट ज्यों हो सुमन/छिद्र-शत तनु-यान'*	: सैकड़ों छेद	**नि.र.**-1/244	सार्थक करो प्राण
छिद्रों-	*'फूँक देते छिद्रों में गान'*	: कानों में	**पं.ग्रं.**-1/197	मौन निमन्त्रण/पल्लव
छिन-छिन-	*'क्षीण हुआ छन-छन मन छिन-छिन'*	: वंचित होता हुआ	**नि.र.**-1/244	निशि-दिन तन
छिन्न-	*'खिन्न लतिका को करके छिन्न'*	: टूटा हुआ, अलग करके	**नि.र.**-1/90	रास्ते के फूल से
छिन्न पात्र-	*'छिन्न पात्र ले कम्पित कर में'*	: टूटा हुआ बर्तन, भिखारी के कटोरे की तरह	**प्र.ग्रं.**-1/301	उस दिन जब जीवन के पथ में/लहर
छिन्न मलीन-	*'उसी सुमन सा पल भर हँसकर सूने में हो छिन्न मलीन'*	: डाल (अपने मूल से) से टूटकर गिरना और निस्तेज हो जाना।	**म.सा.**-1/97	जिसमें नहीं सुवास नहीं जो/नीहार
छिन्नपत्र-	*'छिन्नपत्र मकरन्द लुटी सी ज्यों मुरझायी हुई कली'*	: जिसकी पंखुड़ियाँ बिखर गयी हों	**प्र.ग्रं.**-2/218	निर्वेद/कामायनी

शब्द- काव्य-पंक्ति	: अर्थ	ग्रंथावली/पृ.सं.	स्रोत/संदर्भ
छिन्न-हार- *'उपवन में मैं, छिन्न-हार/मुक्ता-सी नि:संग'*	: टूटी हुई माला	**नि.र.**-1/325	प्रेयसी
छिन्नाधार- *'पड़ी है छिन्नाधार!'*	: अपने आधार (सहारा) से टूटकर जो अलग हो गया हो।	**पं.ग्रं.**-1/227	परिवर्तन/पल्लव
छींट- *'संध्या घनमाला की सुन्दर/ओढ़े रंग बिरंगी छींट'*	: रंग-बिरंगा कपड़ा	**प्र.ग्रं.**-2/72	आशा/कामायनी
छीट- *'कामना के कुसुमों को कीट काट करता छिद्रों की छीट'*	: धब्बा	**नि.र.**-1/200	गीत 'घ'
'छुईमुई'- *'किन्तु स्पर्श से तर्क-करों के बनता 'छुईमुई' है'*	: एक पौधा जो छूने से सिकुड़ जाता है, लाजवंती	**प्र.ग्रं.**-2/135	कर्म/कामायनी
छूँछा बादल- *'छूँछा बादल बन आया/मैं प्रेम प्रभात गगन से'*	: वर्षाविहीन बादल	**प्र.ग्रं.**-2/17	आँसू
छूते थे मनु- *'छूते थे मनु और कंटकित होती थी वह बेली'*	: मनु श्रद्धा को काम-प्रेरित होकर स्पर्श कर रहे थे	**प्र.ग्रं.**-2/146	कर्म/कामायनी
छूतों- *'जग पीड़ित छूतों से प्रभूत, छू अमृत स्पर्श से, हे अछूत!'*	: गैर दलित जातियाँ	**पं.ग्रं.**-2/24	बापू के प्रति/युगपथ
छूने में था प्राण- *'तुम्हारे छूने में था प्राण'*	: तुम्हारे स्पर्श से मानो जीवन का संचार हो उठता था	**पं.ग्रं.**-1/187	आँसू/पल्लव
छोटे प्राण- *'गूँथना मेरे पागल प्राण/हठीले मेरे छोटे प्राण'*	: साधक के प्राणों की लघुता, ससीम होना	**म.सा.**-1/50	थकी पलकें सपनों पर डाल/नीहार
जंगम- *'कम्पित जंगम,— नीड़-विहंगम'*	: सजीव, सचल, चलने वाला	**नि.र.**-1/129	बादल राग
♦ *'जीता, जङ्गम यह जग हारा'*	: चलता-फिरता हुआ	**नि.र.**-1/264	कितने बार पुकारा
जंगमता- *'स्पृहाहत जंगमता— /नश्वर संसार— '*	: सचल होना, सजीवता, गतिशील स्वभाव की चेतना	**नि.र.**-1/183	जागरण
जंबाल- *'हम विशाल जम्बाल जाल-से'*	: काई या सेवार (के जाल की तरह)	**पं.ग्रं.**-1/214	बादल/पल्लव
जग-अजान-मन-शव-शिव-शक्ति- *'ज्ञान-तन्तु तुम, जग-अजान-मन-शव शिव-शक्ति महान'*	: संसार के अनजान मन-रूपी शिव की महान् शक्ति हो तुम।	**नि.र.**-1/262	तुम्हीं गाती हो
जग-ओक- *'जीव-कोषमय यह जग-ओक'*	: संसार मानो एक घर की तरह है	**पं.ग्रं.**-1/339	चार/ज्योत्स्ना
जग का मग- *'जगमग-जगमग हम जग का मग'*	: संसार के अँधेरे रास्तों (को हम जुगनू प्रकाशित करते हैं)	**पं.ग्रं.**-1/307	तीन/ज्योत्स्ना
जग के जंगल- *'ठूँठ-ठूँठ जग के जंगल में'*	: संसार-रूपी वन	**पं.ग्रं.**-1/367	द्वितीय दृश्य/परी
जग-जीर्ण- *'होते जग-जीर्ण उदर में क्षय'*	: संसार का नष्ट होता हुआ पक्ष	**पं.ग्रं.**-1/314	तीन/ज्योत्स्ना
जगज्जीवन्मृत- *'जब कि जगज्जीवन्मृत को'*	: जगत् + जीवन - मृत = संसार से जीवन मृत हो रहा था।	**नि.र.**-1/65	जलद के प्रति
जगत की ज्वाला- *'मुक्ति जल की वह शीतल बाढ़, जगत की ज्वाला करती शांत'*	: सांसारिक कष्ट	**प्र.ग्रं.**-1/295	अरी वरुणा की शांत कछार/लहर
जगत की ज्वालाओं का मूल- *'जिसे तुम समझे हो अभिशाप, जगत की ज्वालाओं का मूल;'*	: सांसारिक तनावों का मूल कारण (दु:ख)	**प्र.ग्रं.**-2/89	श्रद्धा/कामायनी

शब्द- काव्य-पंक्ति	: अर्थ	ग्रंथावली/पृ.सं.	स्रोत/संदर्भ
जगतारण- *'अक्षर, निर्जर, दुर्धर्ष, अमर, जगतारण'*	: संसार की रक्षा करनेवाले	**नि.र.**-1/282	तुलसीदास
जगती- *'जगती की मंगलमयी उषा बन'*	: संसार	**प्र.ग्रं.**-1/296	जगती की मंगलमयी उषा बन/लहर
◆ *'जगती थी ज्योति भरी-सी/तेरी सजीवता ममता'*	: मन में जागृत थी	**प्र.ग्रं.**-2/22	आँसू
◆ *'चुन-चुन ले रे कन-कन से/जगती की सजग व्यथाएँ;'*	: संसार	**प्र.ग्रं.**-2/30	आँसू
◆ *'संवेदन! जीवन जगती को,/जो कटुता से देता घोट'*	: संसार, जगत	**प्र.ग्रं.**-2/77	आशा/कामायनी
◆ *'ओ नील आवरण जगती के/दुर्बोध न तू ही है इतना;'*	: संसार, सृष्टि	**प्र.ग्रं.**-2/98	काम/कामायनी
◆ *'इस जगती के प्रतिनिधि जिनसे प्रकट निशीथ सवेरा'*	: संसार	**प्र.ग्रं.**-2/137	कर्म/कामायनी
◆ *'प्राणी कटुता को बाँट रहा जगती को करता अधिक दीन'*	: संसार	**प्र.ग्रं.**-2/171	इड़ा/कामायनी
◆ *'व्योम और जगती के राग उदार'*	: संसार, धरती	**नि.र.**-1/134	बादल-राग
◆ *'जगती के प्राणों में स्मर-शर/वेध गये, कसके —'*	: सृष्टि	**नि.र.**-1/199	गीत 'ग'
◆ *'तब से जगती के उद्‌गार'*	: सृष्टि	**पं.ग्रं.**-1/194	अनंग/पल्लव
◆ *'हम जगती के नियमों पर'*	: संसार, सृष्टि	**पं.ग्रं.**-1/309	तीन/ज्योत्स्ना
◆ *'फिर से जगती के कानन में'*	: संसार	**पं.ग्रं.**-2/8	झर पड़ता जीवन-डाली से/युगपथ
जगती का सुख- *'उसे दिखाती जगती का सुख, हँसी और उल्लास अजान,'*	: पृथ्वी का सौन्दर्य	**प्र.ग्रं.**-2/72	आशा/कामायनी
जगती की- *'केकी-रव की नूपुर-ध्वनि सुन जगती जगती की मूक प्यास'*	: संसार की	**म.सा.**-1/181	रूपसि तेरा घन-केश-पाश!/नीरजा
जगती-तल- *'व्योममण्डल में— जगती-तल में—'*	: धरती	**नि.र.**-1/78	सन्ध्या-सुन्दरी
◆ *'कभी दिखाती जगती-तल को त्रास'*	: संसार, भूतल, धरती	**नि.र.**-1/106	तरंगों के प्रति
जगत्प्राण- *'जगत्प्राण के भी सहचर'*	: वायु, हवा	**पं.ग्रं.**-1/213	बादल/पल्लव
जग-दर्शन- *'वह आत्म और यह जग-दर्शन'*	: समष्टि का बोध, जगत्बोध	**पं.ग्रं.**-1/268	एक तारा/गुंजन
जगद्वंद्वों- *'जगद्वन्द्वों के परिणय की/हे सुरभिमयी जयमाला'*	: सांसारिक दुविधाएँ	**प्र.ग्रं.**-2/31	आँसू
जगन्महारानी- *'जन्मभूमि मेरी है जगन्महारानी'*	: संसार की महारानी की तरह	**नि.र.**-1/39	जन्मभूमि
जग-भौंर- *'जग-भौंर भुला भूलों से/पहनो फूलों का हार!'*	: संसार के भौंरे	**नि.र.**-1/264	छिपा मन
जग-शतदल- *'प्रहसित जग-शतदल हो'*	: सौ पंखुड़ियों वाले कमल की तरह सुन्दर संसार	**पं.ग्रं.**-1/329	तीन/ज्योत्स्ना
जगे हम- *'जगे हम, लगे जगाने विश्व लोक में फैला फिर आलोक'*	: सबसे पहले ज्ञान भारत में फैला	**प्र.ग्रं.**-4/138	पंचम अंक/स्कन्दगुप्त
जटिलताओं- *'दु:ख के डर से तुम अज्ञात जटिलताओं का कर अनुमान,'*	: उलझन, समस्या	**प्र.ग्रं.**-2/88	श्रद्धा/कामायनी
जड़ का चेतन आनंद- *'कर्म का भोग, भोग का कर्म यही जड़ का चेतन आनन्द'*	: जड़ प्रकृति का चेतन मनुष्य के द्वारा उपभोग से प्राप्त आनन्द	**प्र.ग्रं.**-2/91	श्रद्धा/कामायनी
जड़-गौरव के प्रतीक- *'अपने जड़-गौरव के प्रतीक वसुधा का कर अभिमान भंग'*	: संवेदना-शून्य महत्त्व के प्रतीक, महत्त्वपूर्ण तो हो गए मगर संवेदनाओं को खो दिया।	**प्र.ग्रं.**-2/171	इड़ा/कामायनी
जड़-चेतनता- *'जड़-चेतनता की गाँठ वही सुलझन है भूल-सुधारों की'*	: जड़ शरीर और चेतन आत्मा (गाँठ यह है कि चेतना की उपेक्षा की जाती है)	**प्र.ग्रं.**-2/107	काम/कामायनी

शब्द- काव्य-पंक्ति	: अर्थ	ग्रंथावली/पृ.सं.	स्रोत/संदर्भ
जड़ जग- *'जड़ जग के अणुओं में स्मित से, तुमने प्रिय जब डाला जीवन'*	: भौतिकता से भरा संसार	**म.सा.**-1/231	तुम दुःख बन इस पथ से आना!/नीरजा
जड़ता की जीवन-राशि- *'और जड़ता की जीवन-राशि सफलता का संकलित विलम्ब'*	: मनु कह रहे हैं कि मुझमें जीवन के चिह्न तो हैं मगर चेतन की तरह नहीं जड़ की तरह हैं।	**प्र.ग्रं.**-2/86	श्रद्धा/कामायनी
जड़-निशि-कृश- *'चतुर्दिक प्रभा, प्रभा, आनन्द हर रहा जड़-निशि-कृश अज्ञान'*	: जड़ रात्रि में सूक्ष्म हुआ	**नि.र.**-1/269	भावना रँग दी तुमने
जड़ पलों- *'खुरच कर, वह जड़ पलों की धृष्टता'*	: जो क्षण ठहर कर भारी लग रहे हों	**पं.ग्रं.**-1/126	ग्रन्थि
जड़ या चेतन- *'एक तत्त्व की ही प्रधानता कहो उसे जड़ या चेतन'*	: पानी के रूप में चेतन और बर्फ के रूप में जड़	**प्र.ग्रं.**-2/51	चिंता/कामायनी
◆ *'समरस थे जड़ या चेतन सुन्दर साकार बना था'*	: अचित् या चित्, अचेतन या चेतना-संपन्न	**प्र.ग्रं.**-2/280	आनन्द/कामायनी
जड़ वस्तुवाद- *'बहु हेतु, बुद्धि, जड़ वस्तुवाद मानव संस्कृति के प्राण'*	: केवल भौतिक पक्ष को सत्य माननेवाला मत	**पं.ग्रं.**-2/25	बापू के प्रति/युगपथ
जड़वाद- *'जड़वाद जर्जरित जग में तुम अवतरित हुए आत्मा महान्'*	: आत्मा के अस्तित्व को न माननेवाला सिद्धांत, भौतिकवाद	**पं.ग्रं.**-2/25	बापू के प्रति/युगपथ
जड़ स्वेच्छाचार- *'हृदय! रो यह जड़ स्वेच्छाचार'*	: अपने मन के अनुसार किए गए व्यवहार के बावजूद जड़ता का बना रहना।	**पं.ग्रं.**-1/187	आँसू/पल्लव
जड़ावर्त- *'दुस्तर तिमिर घोर— जड़ावर्त—'*	: जड़+आवर्त, जड़ता का कठोर घेरा	**नि.र.**-1/183	जागरण
जड़िमा- *'छूटा जग का जो रहा ध्यान, जड़िमा वह'*	: जड़ता, माया जनित अज्ञान	**नि.र.**-1/303	तुलसीदास
जड़ीभूत- *'हो गयी मैं जड़ीभूत'*	: स्तम्भित, जैसे अपनी सुध न रही हो	**नि.र.**-1/326	प्रेयसी
जतुगृह-सा- *'जल रहा जतुगृह-सा विकराल'*	: लाक्षागृह, लाख से बना घर, दुर्योधन के मंत्री पुरोचन ने पांडवों को जलाकर मारने के लिए लाक्षागृह बनवाया था।	**पं.ग्रं.**-1/184	आँसू/पल्लव
जन- *'या किसी जन जीर्ण के सम्मुख खड़ी'*	: व्यक्ति	**नि.र.**-1/43	माया
◆ *'मा! अपने जन का पूजन'*	: खास अपना व्यक्ति, यहाँ किसान-मजदूर-जैसे साधारण व्यक्ति को प्रकृति-जननी का खास 'जन' बताया गया है।	**पं.ग्रं.**-1/91	उस सीधे जीवन का श्रम/वीणा
जनअपवाद- *'जन-अपवाद गूँजता था, पर दूर'*	: अफवाह, लोगों की शिकायत	**नि.र.**-1/110	सिर्फ एक उन्माद
जन-गृह-द्वार- *'सूने जन-गृह-द्वार भरो, हे!'*	: जनशून्य घर-द्वार, शाम में सबके लौटने से खाली घर भरने लगता है।	**पं.ग्रं.**-1/291	एक/ज्योत्स्ना
जन-जनपद- *'इस्लाम-कलाओं से प्रपूर्ण जन-जनपद'*	: व्यक्ति और समाज	**नि.र.**-1/283	तुलसीदास
जन-ताका ज्ञान- *'जनता का जन-ताका ज्ञान वह, सच्चा कल्याण वह अथच है— /यह सच है!'*	: आम आदमी का भावबोध, जनता की चित्तवृत्ति	**नि.र.**-1/314	सच है
जन-पथ- *'जगती के जन-पथ, कानन में'*	: आम रास्ता, जन-संकुल मार्ग पर	**पं.ग्रं.**-2/10	जगती के जन-पथ, कानन में/युगपथ

शब्द- काव्य-पंक्ति	: अर्थ	ग्रंथावली/पृ.सं.	स्रोत/संदर्भ
जनपथ घर- *'कुसुमित वन, जनपथ घर'*	: आम रास्ता भी मानो घर (की तरह आत्मीय है)	**पं.ग्रं.**-1/315	तीन/ज्योत्स्ना
जनपद-कल्याणी- *'मैं जनपद-कल्याणी प्रसिद्ध, अब अवनति कारण हूँ, निषिद्ध'*	: सारस्वत-प्रदेश (राष्ट्र) की मंगल-विधात्री, राष्ट्र का कल्याण करनेवाली	**प्र.ग्रं.**-2/237	दर्शन/कामायनी
जनपद-परस-तिरस्कृत-*'जो जनपद-परस-तिरस्कृत अभिशप्त कही जाती है'*	: मनुष्य के पैरों के स्पर्श से वंचित, पर्वतों की चोटियाँ मनुष्य की पहुँच से दूर हैं।	**प्र.ग्रं.**-2/40	आँसू
जन-प्राणों- *'बढ़े कुचलते हुए खड्ग से जन-प्राणों को'*	: सारस्वत प्रदेश के साधारण लोगों के प्राण लेते हुए	**प्र.ग्रं.**-2/207	संघर्ष/कामायनी
जन-भय-भावन- *'अन्धकार ही भरता क्षण-क्षण जन-भय-भावन हो'*	: लोगों में भय पैदा करने वाला	**नि.र.**-1/213	छोड़ दो, जीवन यों न मलो
जन-मंगल-संगीत- *'जन-मंगल-संगीत तुम्हारा गाते मेरे रोम खड़े'*	: (श्रद्धा के) लोक कल्याणकारी मधुमय सन्देश	**प्र.ग्रं.**-2/226	निर्वेद/कामायनी
जन-रंजन-करी- *'रह जाएँगी कहने को जन-रंजन-करी कथाएँ'*	: लोगों के लिए मनोरंजक कथाएँ	**प्र.ग्रं.**-2/30	आँसू
जनाकीर्ण उपकूल- *'वृत्रघ्नी का वह जनाकीर्ण उपकूल आज कितना सूना'*	: मनुष्यों की आबादी से भरा सरस्वती नदी का तटवर्ती इलाका।	**प्र.ग्रं.**-2/173	इड़ा/कामायनी
जन्म-भूमि थी यहीं- *'हमारी जन्म-भूमि थी यहीं, कहीं से हम आये थे नहीं'*	: आर्य यहीं जन्मे थे	**प्र.ग्रं.**-4/139	पंचम अंक/स्कन्दगुप्त
जन्म संगिनि- *'जन्म संगिनि एक थी जो काम बाला, नाम—'*	: बचपन की दोस्त, बालसखा	**प्र.ग्रं.**-2/118	वासना/कामायनी
जन्मसिद्ध गायिका- *'बन जन्मसिद्ध गायिका, तन्वि, मेरे स्वर की रागिनी वह्नि'*	: जो इतनी अच्छी गायिका हो कि जन्मजात गायिका मालूम पड़े।	**नि.र.**-1/320	सरोज-स्मृति
जय-माल- *'गेह में प्रिय-स्नेह की जय-माल'*	: प्रेम की माला	**नि.र.**-1/253	(प्रिय) यामिनी जागी
जय लक्ष्मी-सी- *'उषा सुनहले तीर बरसती जय लक्ष्मी-सी उदित हुई;'*	: विजय की देवी की तरह	**प्र.ग्रं.**-2/67	आशा/कामायनी
जरठ-भिखारी-सा- *'माँगता है नित्य मानो जरठ-भिखारी-सा'*	: भूख से व्याकुल भिक्षुक की तरह	**प्र.ग्रं.**-1/347	प्रलय की छाया/लहर
जरा- *'जरा का अन्तर्नयन प्रकाश'*	: बुढ़ापा	**पं.ग्रं.**-1/180	उच्छ्वास/पल्लव
◆ *'जरा का पीला पात'*	: बुढ़ापा	**पं.ग्रं.**-1/223	परिवर्तन/पल्लव
जरा अमर जीवन की- *'जरा अमर जीवन की, और न कुछ सुनने वाली, बहरी!'*	: देवताओं के अमर जीवन में बुढ़ापा बनकर आयी है चिंता।	**प्र.ग्रं.**-2/53	चिंता/कामायनी
जरा-जीर्ण- *'हो मलते कलेजा पड़े, जरा-जीर्ण'*	: पुराना और कमज़ोर	**नि.र.**-1/81	खँडहर के प्रति
जरा मरण- *'तुम जरा मरण में चिर अशांत'*	: बुढ़ापा तथा मृत्यु (का भावबोध)	**प्र.ग्रं.**-2/177	इड़ा/कामायनी
जर्जर अंचल- *'अपने जर्जर अञ्चल में भरकर सपनों की माया'*	: (प्राणों के अपने) जीर्ण-शीर्ण आँचल में	**म.सा.**-1/76	जिस दिन नीरव तारों से/नीहार
जर्जर अवसाद- *'अरे पुरातन अमृत! अगतिमय मोहमुग्ध जर्जर अवसाद!'*	: शक्ति-रहित और कुंठित	**प्र.ग्रं.**-2/63	चिंता/कामायनी
जर्जर तरी- *'जर्जर तरी भरी पथिकों से— झड़ में क्या खे लोगे?'*	: पुरानी-कमजोर छोटी नाव	**प्र.ग्रं.**-4/99	तृतीय अंक/स्कन्दगुप्त

शब्द-	काव्य-पंक्ति	: अर्थ	ग्रंथावली/पृ.सं.	स्रोत/संदर्भ
जर्जर दंभ-	*'आज अमरता का जीवित हूँ मैं वह भीषण जर्जर दम्भ,'*	: मिथ्या गर्व चकनाचूर हो गया	**प्र.ग्रं.-2**/62	चिंता/कामायनी
जर्जर बीन-	*'हाथ में लेकर जर्जर बीन इन्हीं बिखरे तारों को जोड़'*	: जर्जर वीणा-रूपी अपने दुःख-भरे अपरिपक्व गीत	**म.सा.-1**/79	गरजता सागर तम है घोर/नीहार
जल अकंपित-	*'दीप मेरे जल अकंपित,/घुल अचंचल!'*	: निर्भीक भाव से अपना काम करते रहो	**म.सा.-1**/311	दीप मेरे जल अकंपित /दीप-शिखा
जल और ज्वाला-	*'मैं स्वयं जल और ज्वाला!'*	: शीतलता और बेचैनी	**म.सा.-1**/262	रे पपीहे पी कहाँ? /सांध्य गीत
जल खग-	*'व्योम पलक, जल खग, बहते-थल'*	: पानी से बने पक्षी की तरह हैं बादल	**पं.ग्रं.-1**/216	बादल/पल्लव
जलचर-	*'जलनिधि के तलवासी जलचर विकल निकलते उतराते,'*	: पानी में रहनेवाले जीव	**प्र.ग्रं.-2**/61	चिंता/कामायनी
जलचर वृंद-	*'ग्रास करने नौका, स्वच्छंद घूमते फिरते जलचर वृंद'*	: समुद्र के जीव-जंतु(समूह), विरोधी चीजें	**म.सा.-1**/46	घोर तम छाया चारों ओर/नीहार
जलज केसर -	*'संध्या अरुण जलज केसर ले अब तक मन थी बहलाती'*	: (सूर्य-रूपी) लाल कमल के केसर (किरणें)	**प्र.ग्रं.-2**/185	स्वप्न/कामायनी
जल-जग-	*'अखिल-पल के स्रोत, जल-जग'*	: जड़ और चेतन (जल और जड़ का एक ही मूल है)	**नि.र.-1**/255	कौन तम के पार
जलजात-	*'मधुप-मुखर मरंद-मुकुलित, मैं सजल जलजात रे मन!'*	: कमल का फूल(सौन्दर्य और आनंद का प्रतीक)	**प्र.ग्रं.-2**/221	निर्वेद/कामायनी
◆	*'आज मेरे नयन के तारक हुए जलजात देखो!'*	: कमल के फूल (की तरह नेत्रगोलक) या तारे	**म.सा.-1**/274	आज मेरे नयन के तारक.../सांध्य गीत
◆	*'लय ने बन-बन दीप जलाए, मिट-मिट कर जलजात खिलाए!'*	: कमल-रूपी सुंदर आशा	**म.सा.-1**/365	फिर तुमने क्यों शूल बिछाए?/दीप-शिखा
जलजालों-	*'जलजालों की छल-माया में अपना बल तोलोगे'*	: पानी का जाल-सा चारों ओर बिछा है	**प्र.ग्रं.-4**/99	तृतीय अंक/स्कन्दगुप्त
जल-तरंग-	*'जल-तरंग ध्वनि; कलकल/बजा तट-मृदंग सदल'*	: एक वाद्य-यंत्र	**नि.र.-1**/310	मित्र के प्रति
जलतरंग-	*'पग-पग पर उठते बज,/चापों में जलतरंग'*	: पानी की लहर	**म.सा.-1**/351	मिट चली घटा अधीर! /दीप-शिखा
जलती छाती-	*'वह जलती छाती न रही अब वैसा शीतल प्यार नहीं'*	: प्रेम के आवेग से भरा हृदय	**प्र.ग्रं.-2**/187	स्वप्न/कामायनी
जलद-	*'अरे जलद में भी यह ज्वाला! झुके हुए क्यों किसका सोच'*	: बादल	**प्र.ग्रं.-3**/319	तृतीय अंक/अजातशत्रु
जलद-छाया उदार-	*'रे चिरनिवास विश्राम प्राण के मोह-जलद-छाया उदार'*	: बादलों की छाया की तरह उदार भाववाला	**प्र.ग्रं.-2**/172	इड़ा/कामायनी
जलदजाल-	*'जलदजाल को चीर झरोखे में से शशधर'*	: बादलों का ताना-बाना	**नि.र.-1**/72	कविप्रिया
जलद-जाल-	*'छाया अम्बर पर जलद-जाल ज्यों दुस्तर'*	: बादलों के जाल	**नि.र.-1**/281	तुलसीदास
जलद-जीवन-	*'उड़ी जलद-जीवन को केका'*	: बादल के प्राणों की	**नि.र.-1**/260	कब से मैं पथ देख रही
जलद ज्योत्स्ना-	*'जलद ज्योत्स्ना के गात'*	: बादल और चाँदनी (से निर्मित)	**पं.ग्रं.-1**/203	निर्झर गान/पल्लव

शब्द- काव्य-पंक्ति	: अर्थ	ग्रंथावली/पृ.सं.	स्रोत/संदर्भ
जलद पंख - *'इन्द्रधनुष में, जलद पंख में'*	: बादलों को पंखों की तरह (सुन्दर बनाने का काम कामचेतना ने किया)	**पं.ग्रं.-1**/193	अनंग/पल्लव
जलद-मंद्र- *'हृदय-कम्प के जलद-मन्द्र स्वर मेरी तृष्णा के, करुणाकर/तृप्ति-प्रेम-सर हे'*	: मेघ का गंभीर (स्वर)	**नि.र.-1**/218	नयनों में हेर प्रिये
◆ *'नवल कण्ठ, नव जलद-मन्द्र रव'*	: मेघ की गर्जना के समान गंभीर	**नि.र.-1**/225	वर दे वीणावादिनि वरदे!
जलद में शैल- *'शैल में जलद, जलद में शैल'*	: बादलों में मानो पर्वत घुल-मिल गए	**पं.ग्रं.-1**/185	आँसू/पल्लव
जलद-यान- *'मोगल-दल बल के जलद-यान दर्पित-पद उन्मद-नद पठान'*	: बादलों के यान	**नि.र.-1**/281	तुलसीदास
जलद लघु खंड- *'सरल हँसमुख विधु जलद लघु खण्ड वाहन साज !'*	: बादल का छोटा टुकड़ा	**प्र.ग्रं.-2**/115	वासना/कामायनी
जलद-स्वर-मंद्र- *'विश्व-मानवता का जय घोष, यहीं पर हुआ जलद-स्वर-मन्द्र'*	: मेघों की गंभीर ध्वनि	**प्र.ग्रं.-1**/295	अरी वरुणा की शांत कछार/लहर
जलदागम-मारुत- *'जलदागम-मारुत से कम्पित पल्लव सदृश हथेली'*	: घटा घिरने के बाद चलनेवाली हवा	**प्र.ग्रं.-2**/147	कर्म/कामायनी
जलदों के पर- *'सीप-से जलदों के पर खोल'*	: बादल मानो संध्या के पंख की तरह हैं	**पं.ग्रं.-1**/377	द्वितीय दृश्य/परी
जलधर- *'वह जलधर जिसमें चपला या श्यामलता का नाम नहीं'*	: जल को धारण करनेवाले बादल	**प्र.ग्रं.-2**/185	स्वप्न/कामायनी
◆ *'विद्युत् के चल स्वर्णपाश में बँध हँस देता रोता जलधर'*	: बादल	**म.सा.-1**/221	मुस्काता संकेत-भरा नभ/नीरजा
जलधर की माला- *'घुमड़ रही जीवन-घाटी पर, जलधर की माला'*	: मेघमाला, बादलों की शृंखला	**प्र.ग्रं.-3**/521	एक घूँट(एकांकी)
जलधर-सम- *'नाना केन्द्रों में जलधर-सम, घिर हट बरसे ये उपलोपम'*	: बादलों की तरह	**प्र.ग्रं.-2**/237	दर्शन/कामायनी
जलधार- *'पल में जलधर, फिर जलधार'*	: बारिश	**पं.ग्रं.-1**/215	बादल/पल्लव
जलधि- *'अतलांत महा गंभीर जलधि— '*	: समुद्र	**प्र.ग्रं.-1**/299	हे सागर संगम अरुण नील/लहर
◆ *'अंधकार का जलधि लाँघ कर'*	: समुद्र	**प्र.ग्रं.-1**/323	अरे आ गई है भूली-सी/लहर
◆ *'जलधि के फूटें कितने उत्स/द्वीप, कच्छप डूबें-उतरायँ'*	: समुद्र	**प्र.ग्रं.-2**/93	श्रद्धा/कामायनी
◆ *'उदधि बना मरुभूमि जलधि में ज्वाला जलती'*	: समुद्र	**प्र.ग्रं.-2**/198	संघर्ष/कामायनी
जलधि के कूल- *'कादम्बिनी उठी यह ढँकनेवाली दूर जलधि के कूल'*	: समय-रूपी पक्षी	**प्र.ग्रं.-4**/238	द्वितीय अंक/चन्द्रगुप्त
जलधि-मानस- *'जलधि-मानस से नव जन्म पा सुभग तेरे ही दृग-व्योम में'*	: समुद्र-रूपी विशाल मनोजगत	**म.सा.-1**/195	घन बनूँ वर दो मुझे प्रिय!/नीरजा
जलधि में असहाय- *'गिर रहा निस्तेज गोलक जलधि में असहाय'*	: मानो समुद्र में विवश होकर (सूरज डूब रहा हो)	**प्र.ग्रं.-2**/112	वासना/कामायनी

शब्द-	काव्य-पंक्ति	: अर्थ	ग्रंथावली/पृ.सं.	स्रोत/संदर्भ
जलधि लहरियों-	*'जलधि लहरियों की अँगड़ाई बार-बार जाती सोने'*	: लहरें मानो समुद्र की अँगड़ाई हैं	**प्र.ग्रं.**-2/67	आशा/कामायनी
जलधि विश्व-	*'चपलायें उस जलधि विश्व में स्वयं चमत्कृत होती थीं'*	: समुद्र-रूपी संसार	**प्र.ग्रं.**-2/61	चिंता/कामायनी
जलधि-वेला-	*'निर्जन जलधि-वेला रागमयी संध्या से'*	: समुद्र-तट	**प्र.ग्रं.**-1/339	प्रलय की छाया/लहर
जलन वासना-	*'हाँ जलन वासना को जीवन भ्रम तम में पहला स्थान दिया'*	: वासना की जलन, कामांधता की पीड़ा	**प्र.ग्रं.**-2/175	इड़ा/कामायनी
जलनिधि अंक-	*'दौड़कर मिला न जलनिधि अंक आह वैसा ही हूँ पाखंड'*	: समुद्र की गोद में	**प्र.ग्रं.**-2/86	श्रद्धा/कामायनी
जलनिधि का अंचल-	*'जलनिधि का अंचल व्यजन बना धरणी का, दो-दो साथ हुए'*	: समुद्र की लहरें मानो आँचल हैं	**प्र.ग्रं.**-2/105	काम/कामायनी
जलनिधि के तलवासी-	*'जलनिधि के तलवासी जलचर विकल निकलते उतराते,'*	: समुद्र की गहराई में रहनेवाले जलीय जीव	**प्र.ग्रं.**-2/61	चिंता/कामायनी
जल-प्लावन-	*'उतर रहा था वह जल-प्लावन, और निकलने लगी मही'*	: बाढ़	**प्र.ग्रं.**-2/52	चिंता/कामायनी
जल-बंधन-बल-	*'देख ले, सकल जल-बन्धन-बल पार कर खिला वह श्वेतोत्पल'*	: जल रूपी बंधन की शक्ति या जड़ बंधन की शक्ति	**नि.र.**-1/236	बह जाता रे, परिमल-मन
जलमय सागर-	*'जलमय सागर का उर जलता विद्युत ले घिरता है बादल'*	: जल की शीतलता से युक्त विराट समुद्र	**म.सा.**-1/187	मधुर मधुर मेरे दीपक जल/नीरजा
जल-माया-	*'हरी-भरी सी दौड़-धूप, ओ जल-माया की चल रेखा !'*	: मरु-मरीचिका, रेगिस्तान में जल का भ्रम	**प्र.ग्रं.**-2/53	चिंता/कामायनी
जल-माली-	*'भाती तट की चल जल-माली'*	: जल में उत्पन्न लहरों की माला	**पं.ग्रं.**-1/262	जीवन की चंचल सरिता में/गुंजन
जलयान-दण्ड-स्थित खगी-सी-	*'थक गयी थी कल्पना जलयान-दण्ड-स्थित खगी-सी'*	: जहाज के झंडे पर बैठी चिड़िया के समान, जहाज के पंछी की तरह	**नि.र.**-1/139	नारायण मिलें हँस अन्त में
जलवाह-	*'बँधा विद्युत् छबि में जलवाह'*	: बादल, जल का वहन करनेवाले	**पं.ग्रं.**-1/187	आँसू/पल्लव
जल-विप्लव-	*'प्रेरणा अधिक अब स्पष्ट हुई जल-विप्लव में पड़ ह्रास हुआ'*	: बाढ़, प्रलयकाल में जल का कोप	**प्र.ग्रं.**-2/107	काम/कामायनी
जल-विप्लव-प्लावन-	*'सदा पंक पर ही होता जल-विप्लव-प्लावन'*	: जल-प्रलय की बाढ़	**नि.र.**-1/135	बादल-राग
जल वैभव-	*'जल वैभव है सीमा-विहीन'*	: (समुद्र में) पानी का सौन्दर्य	**प्र.ग्रं.**-1/318	मुझको न मिला रे कभी प्यार/लहर
जल शिखरों-	*'क्षुब्ध जल शिखरों को जब वात'*	: लहरों का उठना	**पं.ग्रं.**-1/196	मौन निमन्त्रण/पल्लव
जल-संघात-	*'वाष्प बना उड़ता जाता था या वह भीषण जल-संघात'*	: बाढ़	**प्र.ग्रं.**-2/64	चिंता/कामायनी
जल्पना-	*'इनके नियम अमोघ और झूठ जल्पना'*	: बकवास, अनावश्यक बातें	**प्र.ग्रं.**-3/191	प्रथम अंक/विशाख
जवा-कुसुम-सी-	*'जवा-कुसुम-सी उषा खिलेगी'*	: अड़हुल के फूल के समान	**प्र.ग्रं.**-1/323	अरे आ गई है भूली-सी/लहर

शब्द- काव्य-पंक्ति	: अर्थ	ग्रंथावली/पृ.सं.	स्रोत/संदर्भ
जस- *'मुझे दुख देने में जस क्या है'*	: (देशी प्रयोग) यश, बड़ाई	**नि.र.**-1/47	तुम हमारे हो
जाग- *'जाग तुझको दूर जाना!'*	: सचेत हो जाओ	**म.सा.**-1/280	चिर सजग आँखें उनींदी.../सांध्य गीत
जागरण- *'स्वप्न, स्वाप, जागरण भस्म हो इच्छा क्रिया ज्ञान मिल लय थे'*	: जागी हुई अवस्था	**प्र.ग्रं.**-2/263	रहस्य/कामायनी
जागरण की घातें- *'रूठ चली जातीं रक्तिम-मुख, न सह जागरण की घातें'*	: प्रभातकाल में जागरण का वातावरण मानो प्रणय-रात्रि के प्रति आघात की तरह होता था।	**प्र.ग्रं.**-2/187	स्वप्न/कामायनी
जागरण-छंद- *'नैश स्वप्न ज्यों तू मन्द-मन्द फूटी ऊषा जागरण-छन्द'*	: जागृति की कविता (की तरह)	**नि.र.**-1/319	सरोज-स्मृति
जागरण प्रात-सा हँसता- *'जागरण प्रात-सा हँसता हो जिसमें मध्याह्न निखरता हो'*	: प्रभात की तरह की स्फूर्ति	**प्र.ग्रं.**-2/126	लज्जा/कामायनी
जागरण लोक- *'जागरण लोक था भूल चला स्वप्नों का सुख-संचार हुआ;'*	: जागृत अवस्था में संसार को जिस रूप में महसूस करते हैं।	**प्र.ग्रं.**-2/103	काम/कामायनी
जागरणोपम- *'जागरणोपम यह सुप्ति-विरम भ्रम, भ्रम भर'*	: जागरण के समान	**नि.र.**-1/286	तुलसीदास
जागर-भेदन- *'बढ़ा भेद सुख-छेदन - तम रे जागर-भेदन'*	: जागृति को दूर करनेवाला	**नि.र.**-1/271	शत शत वर्षों का मग
जागृत था सौंदर्य्य- *'जागृत था सौंदर्य्य यदपि वह सोती थी सुकुमारी*	: सजीव सुंदरता, सुंदरता जाग रही थी	**प्र.ग्रं.**-2/145	कर्म/कामायनी
जागो- *'जागो फिर एक बार!'*	: पुनर्जागरण के लिए जगाना	**नि.र.**-1/148	जागो फिर एक बार
जाति- *'जाति की आशा का संचार'*	: भारतवासी, समुदाय	**पं.ग्रं.**-1/110	तिलक! हा! भाल-तिलक!/वीणा
जाति-कुल-वर्ण-पर्ण- *'झरें जाति-कुल-वर्ण-पर्ण घन'*	: जाति, वंश, वर्ण आधारित भेद और उनसे उत्पन्न अनेक पंक्तियाँ, जन्म-आधारित भेद-भाव।	**पं.ग्रं.**-2/7	द्रुत झरो जगत के जीर्ण पत्र/युगपथ
जाति क्षय- *'बहु भेद विग्रहों में खोयी ली जीर्ण जाति क्षय से उबार'*	: समुदाय का पतन	**पं.ग्रं.**-2/25	बापू के प्रति/युगपथ
जातिगत- *'व्यक्ति का खिंचाव यदि जातिगत हो जाय'*	: राष्ट्रीय, सामाजिक, देशी और विदेशी का अंतर समझना	**नि.र.**-1/169	महाराज शिवाजी का पत्र
जातियों- *'जातियों का, उत्थान-पतन, आँधियाँ, झड़ी प्रचण्ड समीर'*	: जन्म-आधारित पहचान से बने समूह	**प्र.ग्रं.**-4/139	पंचम अंक/स्कन्दगुप्त
जाति-वर्ण-विवर- *'लुप्त जाति-वर्ण-विवर'*	: जाति और वर्ण की संकीर्णताएँ	**पं.ग्रं.**-1/329	तीन/ज्योत्स्ना
जाति सेवा- *'जाति सेवा की उज्ज्वल भोर'*	: देश की सेवा, समुदाय/कौम की सेवा	**पं.ग्रं.**-1/115	इस विस्तृत हॉस्टल में /वीणा
जातीय क्षेत्र- *'जातीय क्षेत्र में अयश बीज बोते हो'*	: जन्म-आधारित पहचान से जुड़ा क्षेत्र	**प्र.ग्रं.**-3/406	तृतीय अंक/जन्मेजय का नाग-यज्ञ
जातीयता विकास- *'सुना है वह दधीचि का त्याग हमारा जातीयता विकास'*	: आर्यावर्त की राष्ट्रीयता की यश-वृद्धि	**प्र.ग्रं.**-4/138	पंचम अंक/स्कन्दगुप्त

शब्द- काव्य-पंक्ति	: अर्थ	ग्रंथावली/पृ.सं.	स्रोत/संदर्भ
जातीय मान- *'जातीय मान के शव पर क्यों रोते हो'*	: जन्म-आधारित पहचान से जुड़ा मान-सम्मान का भाव	**प्र.ग्रं.-3**/406	तृतीय अंक/जन्मेजय का नाग-यज्ञ
जादूगरनी- *'इस जादूगरनी वीणा पर गा लेने दो क्षण भर गायक'*	: वीणा मानो जादूगरनी है। उसका संगीत मानो जादू है। कहाँ से आता है उसमें सुंदर संगीत!	**म.सा.-1**/194	इस जादूगरनी वीणा पर/नीरजा
जान- *'बचा जान यह भाव सृष्टि ने फिर से आँखें खोलीं'*	: जानकर	**प्र.ग्रं.-2**/150	कर्म/कामायनी
जानकी-कुण्ड- *'आये जानकी-कुण्ड सब जन;'*	: चित्रकूट का एक दर्शनीय स्थल	**नि.र.-1**/292	तुलसीदास
जानकी-प्राण- *'निज सहज रूप में संयत हो जानकी-प्राण'*	: सीता के प्राण के समान राम	**नि.र.-1**/334	राम की शक्ति-पूजा
जानकी-भीरु- *'जानकी-भीरु-उर— आशाभर, — रावण-सम्वर।'*	: भयभीत सीता	**नि.र.-1**/329	राम की शक्ति-पूजा
जानी अनजानी- *'तुम सुमन नोचते सुनते करते जानी अनजानी'*	: समझते हुए भी न समझने का अभिनय करना	**प्र.ग्रं.-2**/7	आँसू
जानु टेक- *'मायाविनि! मैं न उसे लूँगा वरदान समझ कर जानु टेक'*	: घुटने टेककर, दीन भाव से	**प्र.ग्रं.-2**/168	ईर्ष्या/कामायनी
जालिक- *'जालिक-सा आ अनिल, हमारा'*	: जाल फैलानेवाला मछुआरा	**पं.ग्रं.-1**/215	बादल/पल्लव
जाली- *'रजनी ओढ़े जाती थी/झिलमिल तारों की जाली'*	: जालीदार और चमकदार ओढ़नी	**म.सा.-1**/37	रजनी ओढ़े जाती थी /नीहार
जावक- *'स्मित से कर फीके अधर अरुण गति के जावक से चरण लाल'*	: महावर, आलता	**म.सा.-1**/255	क्यों वह प्रिय आता पार नहीं?/सांध्य गीत
जावक-रचे पद- *'छू मृदुल जावक-रचे पद हो गए सित मेघ पाटल'*	: आलता से सजे हुए पैर	**म.सा.-1**/284	ओ अरुण वसना! /सांध्य गीत
जावगे- *'हुआ प्रात, प्रियतम, तुम जावगे चले?'*	: जाओगे	**नि.र.-1**/249	हुआ प्रात, प्रियतम
जित- *'चित देश-काल का सम्यक् जित'*	: विजित, जिसे जीत लिया गया हो	**नि.र.-1**/287	तुलसीदास
◆ *'घन-नीलालका दामिनी जित ललना वह;'*	: जीतनेवाली	**नि.र.-1**/302	तुलसीदास
जित-सरोज मुख-श्याम-देश- *'देखते राम का जित-सरोज-मुख-श्याम-देश'*	: कमल (सरोज) की शोभा को जीत लेनेवाले (राम के) मुख पर उदासी छायी है।	**नि.र.-1**/330	राम की शक्ति-पूजा
जित्वर- *'भव-भय तम-भ्रम-जित्वर'*	: जीतनेवाले (शिव)	**पं.ग्रं.-1**/335	चार/ज्योत्स्ना
जिवाँ- *'प्रिय श्रीवरजी को जिवाँ शयन करने को'*	: भोजन कराकर	**नि.र.-1**/301	तुलसीदास
जिह्म- *'धूसर भुजंग-सा जिह्म, क्षीण!'*	: टेढ़ा, वक्राकार (रास्ता)	**पं.ग्रं.-1**/267	एक तारा/गुंजन
जीर्ण- *'इन ढेरों में दुखभरी कुरुचि दब रही अभी बन पत्र जीर्ण'*	: जर्जर, पुराना और कमजोर	**प्र.ग्रं.-2**/173	इड़ा/कामायनी
◆ *'या किसी जन जीर्ण के सम्मुख खड़ी'*	: कमज़ोर, बूढ़ा, जर्जर	**नि.र.-1**/43	माया
◆ *'तरु के अति जीर्ण तनु को देखते हैं एक बार'*	: जर्जर, पुराना, बूढ़ा	**नि.र.-1**/131	स्वाधीनता पर (1)
◆ *'जीर्ण बाहु, है शीर्ण शरीर'*	: कमजोर	**नि.र.-1**/136	बादल-राग
◆ *'जीर्ण जीवन का दृढ़ संस्कार'*	: जर्जर	**नि.र.-1**/143	स्मृति

शब्द- काव्य-पंक्ति	: अर्थ	ग्रंथावली/पृ.सं.	स्रोत/संदर्भ
◆ *'मेरे स्वर की अनल-शिखा से जला सकल जग जीर्ण दिशा से'*	: प्राचीन	**नि.र.**-1/213	मेरे प्राणों में आओ!
◆ *'बहु भेद विग्रहों में खोयी ली जीर्ण जाति क्षय से उबार'*	: पतनशील	**पं.ग्रं.**-2/25	बापू के प्रति/युगपथ
जीर्ण-अजिर- *'पुत्री भी, पिता-गेह में स्थिर, छोड़ने के प्रथम जीर्ण अजिर'*	: पुराना आँगन (पिता का घर)	**नि.र.**-1/317	सरोज-स्मृति
जीर्ण कांड- *'जीर्ण काण्ड वृक्षों के हँसकर रूखा सा करते संकेत'*	: (वृक्षों के) सूखे हुये हिस्से	**प्र.ग्रं.**-1/236	चिह्न/झरना
जीर्ण पत्र- *'द्रुत झरो जगत के जीर्ण पत्र'*	: पुराने पत्ते, जर्जर विचार	**पं.ग्रं.**-2/7	द्रुत झरो जगत के जीर्ण पत्र/युगपथ
जीर्ण-शीर्ण- *'जीर्ण-शीर्ण जो, दीर्ण धरा में प्राप्त करे अवसान'*	: पुराना-कमजोर	**नि.र.**-1/104	उद्‌बोधन
◆ *'जला दे जीर्ण-शीर्ण प्राचीन'*	: फटा-पुराना, टूटा-फूटा	**नि.र.**-1/258	जला दे जीर्ण-शीर्ण प्राचीन
जीव-कोषमय- *'जीव-कोषमय यह जग-ओक'*	: प्राणियों के भांडार की तरह (है यह संसार)	**पं.ग्रं.**-1/339	चार/ज्योत्स्ना
जीव-जग- *'जड़-चेतन मिले हुए जीव-जग'*	: जीव और जगत्, संसार और जीवधारी	**नि.र.**-1/54	पंचवटी प्रसंग : 2
जीवन अस्थिर- *'यों ही लगा बीतने उनका जीवन अस्थिर दिन-दिन दीन'*	: डँवाडोल जीवन	**प्र.ग्रं.**-2/74	आशा/कामायनी
जीवन-आतप- *'मधुर जीवन-आतप सुकुमार*	: जीवन की ऊष्मा की तरह है धूप	**पं.ग्रं.**-1/374	द्वितीय दृश्य/परी
जीवन-उदधि- *'जीवन-उदधि हिलोरें लेता उठतीं लहरें लोल'*	: जीवन-रूपी समुद्र	**प्र.ग्रं.**-3/510	एक घूँट(एकांकी)
जीवन-कन- *'सरस सीकर-से जीवन-कन,'*	: जीवन की बूँद (की तरह हैं पसीने की बूँदें)	**प्र.ग्रं.**-1/306	आह रे, वह अधीर यौवन/लहर
जीवन कल- *'जीवन चल जीवन कल'*	: जीवन कलात्मक रूप से सुन्दर है	**पं.ग्रं.**-1/301	तीन/ज्योत्स्ना
जीवन का ज्यों ज्वार- *'जीवन का ज्यों ज्वार उठ रहा हिमकर के हासों से'*	: मानो जीवन-रूपी समुद्र से ऊँची लहरें उठ रही हों	**प्र.ग्रं.**-2/145	कर्म/कामायनी
जीवन का ज्वार- *'यह जीवन का ज्वार शून्य का करता है बढ़ कर उपहास'*	: जीवन की व्याकुलता की तरह है समुद्र में उठनेवाला ज्वार जो अपनी ऊँचाई के कारण आकाश को भी लज्जित कर देता है।	**म.सा.**-1/42	घायल मन लेकर सो जाती/नीहार
जीवन की आँखों में- *'अस्पष्ट एक लिपि ज्योतिमयी जीवन की आँखों में भरते'*	: जीवन-दृष्टि	**प्र.ग्रं.**-2/98	काम/कामायनी
जीवन की उलझन- *'मेरे जीवन की उलझन बिखरी थीं उनकी अलकें'*	: जीवन की जटिलताओं का प्रतिरूप थीं उनकी उलझी केश-राशि	**प्र.ग्रं.**-2/13	आँसू
जीवन की गोधूली- *'जीवन की गोधूली में कौतूहल-से तुम आये'*	: जीवन मानो शाम के अँधियारे की तरह हो गया था	**प्र.ग्रं.**-2/10	आँसू
जीवन के अतिवाद- *'छोड़कर जीवन के अतिवाद, मध्य पथ से लो सुगति सुधार'*	: भोग अथवा त्याग का पूर्ण निषेध, एकतरफा रास्ता अपनाना।	**प्र.ग्रं.**-1/295	अरी वरुणा की शांत कछार/लहर

शब्द-	काव्य-पंक्ति	: अर्थ	ग्रंथावली/पृ.सं.	स्रोत/संदर्भ
जीवन के उर्मिल सागर-	*'मिलन लगा हँसने जीवन के उर्मिल सागर के उस पार'*	: मनु को लग रहा है कि उनका जीवन तरंगों से भरे समुद्र की तरह है जिसके एक किनारे पर आज वे खड़े हैं।	**प्र.ग्रं.-2**/76	आशा/कामायनी
जीवन के प्रभात-	*'अब जागो जीवन के प्रभात'*	: प्रभात मानो जीवन का प्रतीक है	**प्र.ग्रं.-1**/309	अब जागो जीवन के प्रभात/लहर
जीवन के सुन्दर समतल-	*'पीयूष-स्रोत-सी बहा करो जीवन के सुन्दर समतल में'*	: मैदान-रूपी सरल जीवन	**प्र.ग्रं.-2**/130	लज्जा/कामायनी
जीवन-क्षय-	*'सारा विवाद हो गया व्यर्थ, जीवन-क्षय'*	: जीवन का क्षरण	**नि.र.-1**/293	तुलसीदास
जीवन-खेल-	*'चल रहा था विजन-पथ पर मधुर जीवन-खेल'*	: जीवन की गतिविधियाँ	**प्र.ग्रं.-2**/111	वासना/कामायनी
जीवन-गगरी-	*'दु:ख से, रीती जीवन-गगरी!'*	: जीवन-रूपी घड़े को	**म.सा.-1**/304	सखि मैं हूँ अमर सुहाग भरी!/सांध्य गीत
जीवन-गीत-	*'प्रेम-वेणु की स्वर-लहरी में जीवन-गीत सुना जाओ'*	: जीवन की लयबद्धता	**प्र.ग्रं.-1**/314	जग की सजल कालिमा /लहर
जीवन-घाटियों-	*'उन्हीं जीवन-घाटियों की, मैं सरस बरसात रे मन!'*	: पर्वत-श्रेणियों के बीच स्थित मैदानों में बसे लोगों का जीवन	**प्र.ग्रं.-2**/221	निर्वेद/कामायनी
जीवन चल-	*'जीवन चल जीवन कल'*	: जीवन गतिशील है, गति ही जीवन है	**पं.ग्रं.-1**/301	तीन/ज्योत्स्ना
जीवन-जलनिधि-	*'कितने दिन जीवन-जलनिधि में—'*	: जीवन-रूपी समुद्र	**प्र.ग्रं.-1**/311	कितने दिन जीवन-जलनिधि में/लहर
	◆ *'जीवन-जलनिधि के तल से जो मुक्ता थे वे निकल पड़े'*	: जीवन-रूपी समुद्र	**प्र.ग्रं.-2**/226	निर्वेद/कामायनी
जीवनद-	*'जलद नहीं,— जीवनद, जिलाया'*	: जीवन-द = जीवन देने वाला	**नि.र.-1**/65	जलद के प्रति
जीवन दिगंत-	*'आनन्द प्रतिध्वनि गूँज रही जीवन दिगंत के अंबर में'*	: जीवन-रूपी क्षितिज	**प्र.ग्रं.-2**/97	काम/कामायनी
जीवन-धन-	*'जीवन-धन! इस जले जगत को वृन्दावन बन जाने दो'*	: जीवन के संपूर्ण धन की तरह (प्रिय)	**प्र.ग्रं.-1**/314	जग की सजल कालिमा /लहर
	◆ *'सब कहते हैं 'खोलो खोलो, छवि देखूँगा जीवन-धन की'*	: सर्वस्व, जीवन के लिए सबसे महत्त्वपूर्ण	**प्र.ग्रं.-2**/101	काम/कामायनी
	◆ *'छवि देखूँगा जीवन धन की'*	: जो जीवन का मूल धन हो, ईश्वर	**प्र.ग्रं.-2**/350	आवरण/असंकलित कविताएँ
	◆ *'क्या जाने क्या कह जाती है अपने जीवन-धन से?'*	: पति, जो जीवन का धन है	**नि.र.-1**/97	बहू
जीवन-धनिके-	*'जागो, जीवन-धनिके! विश्व-पण्य-प्रिय वणिके!'*	: प्रत्येक व्यक्ति के जीवन में जो स्त्री लक्ष्मी-रूप में मौजूद है	**नि.र.-1**/256	जागो, जीवन-धनिके!
जीवन-धनु-	*'चढ़ी शिंजिनी-सी, खींचा फिर उसने जीवन-धनु को'*	: जीवन-रूपी धनुष	**प्र.ग्रं.-2**/133	कर्म/कामायनी
जीवनधर-	*'चातक के प्रिय जीवनधर'*	: जीवन को धारण करनेवाला, चातक के जीवनधारण का संबंध बादलों से है।	**पं.ग्रं.-1**/213	बादल/पल्लव
जीवन धागे में रहा झूल-	*'तुमने तो समझा असत् विश्व जीवन धागे में रहा झूल'*	: जीवन-रूपी कच्चे धागे में (मानो यह असत्य विश्व) झूल रहा है।	**प्र.ग्रं.-2**/174	इड़ा/कामायनी

शब्द- काव्य-पंक्ति	: अर्थ	ग्रंथावली/पृ.सं.	स्रोत/संदर्भ
जीवन-निर्जर- *'भल्लूक विगत-श्रम हो पाते जीवन-निर्जर;'*	: अक्षय जीवन, वैसा जीवन जिसमें बुढ़ापे का नाम न हो	**नि.र.-1**/333	राम की शक्ति-पूजा
जीवन-निशीथ- *'जीवन-निशीथ के अंधकार'*	: जीवन-रूपी रात्रि	**प्र.ग्रं.-2**/172	इड़ा/कामायनी
◆ *'जीवन निशीथ का अंधकार'*	: जीवन-रूपी अंधकार-रात्रि	**प्र.ग्रं.-2**/181	इड़ा/कामायनी
◆ *'जो देख चुके जीवन निशीथ'*	: जीवन के दुखद पक्ष, रात-रूपी जीवन	**पं.ग्रं.-2**/10	जगती के जन-पथ, कानन में/युगपथ
जीवन-पतंग- *'जलता है यह जीवन-पतंग !'*	: जीवन फतिंगे की तरह क्षणभंगुर है	**प्र.ग्रं.-1**/329	अशोक की चिंता/लहर
जीवन-पाटल- *'मधुवेला है आज/अरे तू जीवन-पाटल फूल'*	: जीवन के प्रतीक-जैसा गुलाब का फूल	**म.सा.-1**/219	मधुवेला है आज/नीरजा
जीवन-बाल- *'ओ चंचल जीवन-बाल! मृत्यु जननी ने अंक लगाया!'*	: जीवन मानो बच्चे की तरह संसार में अपना समय व्यतीत करता है।	**म.सा.-1**/339	तू धूल-भरा ही आया! /दीप-शिखा
जीवन-बीन- *'सुधा-भरी चाँदनी सुनाती मुझको अपनी जीवन-बीन'*	: जीवन-रूपी वीणा (का संगीत)	**प्र.ग्रं.-3**/493	तृतीय अंक/कामना
जीवन-भर- *'कुल इच्छाओं का वही छोर जीवन-भर'*	: जीवन का भरण-पोषण करने वाला	**नि.र.-1**/293	तुलसीदास
जीवन भ्रम तम- *'हाँ जलन वासना को जीवन भ्रम तम में पहला स्थान दिया'*	: जीवन की भ्रांतियों का अंधकार	**प्र.ग्रं.-2**/175	इड़ा/कामायनी
जीवन-माली- *'झड़ जाने दो जीवन-माली मुझको रहकर परिचय हीन'*	: जीवन की देखभाल करनेवाला माली, वह असीम अनंत प्रियतम (ईश्वर)	**म.सा.-1**/97	जिसमें नहीं सुवास नहीं जो/नीहार
जीवनमुक्ति- *'मिले इंगित से जीवनमुक्ति'*	: जीवन में मुक्ति की अनुभूति, बंधन का अभाव	**प्र.ग्रं.-1**/264	प्रार्थना/झरना
जीवन-मृत्यु-तीर- *'जग से स्मृतियों का गंध धीर सुरभित हैं जीवन-मृत्यु-तीर'*	: जीवन और मृत्यु के दो तट	**म.सा.-1**/249	प्रिय! सांध्य गगन, मेरा जीवन!/सांध्य गीत
जीवन-रथ- *'चढ़कर मेरे जीवन-रथ पर, प्रलय चल रहा अपने पथ पर'*	: जीवन-रूपी रथ पर	**प्र.ग्रं.-4**/141	पंचम अंक/स्कन्दगुप्त
जीवन रस- *'यहाँ अछूत रहा जीवन रस छूओ मत संचित होने दो'*	: जीवन का सुख या आनन्द	**प्र.ग्रं.-2**/262	रहस्य/कामायनी
जीवन-वंशी- *'जीवन-वंशी के छिद्रों में स्वर बनकर लहराया'*	: जीवन-रूपी बाँसुरी	**प्र.ग्रं.-4**/343	द्वितीय अंक/ध्रुवस्वामिनी
जीवन-वसुधा- *'जीवन-वसुधा समतल है समरस है जो कि जहाँ है'*	: जीवन-रूपी धरती	**प्र.ग्रं.-2**/275	आनन्द/कामायनी
जीवन-विनिमय- *'यह विस्मृति है या सपना वह या जीवन-विनिमय की भूल'*	: प्रेम में परस्पर जीवन का आदान-प्रदान	**म.सा.-1**/41	बहती जिस नक्षत्र लोक में/नीहार
जीवन-वीण- *'खूँटियाँ अंगार जैसी, ज्वलित जीवन-वीण में अब'*	: जीवन-रूपी वीणा	**म.सा.-1**/369	आज दे वरदान! /दीप-शिखा
जीवन-शुक- *'या उर-पंजर में कण को तरसे जीवन-शुक देखूँ'*	: जीवन-रूपी तोता (मानो पानी की बूँद के लिए तरस रहा हो)	**म.सा.-1**/133	कह दे माँ क्या अब देखूँ!/रश्मि
जीवन शून्या- *'जीवन शून्या के दृगजल का'*	: जिसका जीवन शून्य (रिक्तता) से बना हो अर्थात् आकाश	**पं.ग्रं.-1**/94	मकड़ी का मृदु मायाजाल /वीणा

शब्द- काव्य-पंक्ति	: अर्थ	ग्रंथावली/पृ.सं.	स्रोत/संदर्भ
जीवन संचित- *'मैंने भ्रमवश जीवन संचित, मधुकरियों की भीख लुटाई'*	: जिसे जीवन भर जमा किया था	**प्र.ग्रं.-4**/141	पंचम अंक/स्कन्दगुप्त
जीवन-सत्य- *'तप नहीं केवल जीवन-सत्य करुण यह क्षणिक दीन अवसाद;'*	: जीवन का असली रूप	**प्र.ग्रं.-2**/90	श्रद्धा/कामायनी
जीवन-समीर-शुचि-निःश्वसना- *'जीवन-समीर-शुचि-निःश्वसना, वरदात्री'*	: जीवन की पवित्र वायु देनेवाली	**नि.र.**-1/303	तुलसीदास
जीवन-सर- *'विस्मृत-शशि के हिम-किरण-बाण करते जीवन-सर मूकप्राण'*	: जीवन-रूपी सरोवर	**म.सा.**-1/228	जग करुण करुण, मैं मधुर मधुर!/नीरजा
जीवन-सरित-सरसिज- *'जीवन-सरित-सरसिज नयन!'*	: जीवन-रूपी सरोवर में खिले कमल की तरह	**म.सा.**-1/232	अलि वरदान मेरे नयन! /नीरजा
जीवन-सिन्धु-तरण- *'ऊनविंश पर जो प्रथम चरण तेरा वह जीवन-सिन्धु-तरण;'*	: जीवन रूपी समुद्र (भव सागर) को पार कर जाना, मृत्यु	**नि.र.**-1/315	सरोज-स्मृति
जीवन-सोता- *'गिरि संकट में जीवन-सोता, मन मारे चुप बहता था'*	: जीवन के प्रतीक जैसा जल-स्रोत	**प्र.ग्रं.**-1/238	दीप/झरना
जीवनहर- *'कवि का प्रति छवि से जीवनहर, जीवन-भर;'*	: जीवन का नाश करनेवाला	**नि.र.**-1/305	तुलसीदास
जीवन हरियाली पर- *'छिटका जीवन हरियाली पर— मंगल कुंकुम सारा'*	: फैली हुयी हरियाली मानो जीवन का प्रतीक है	**प्र.ग्रं.-4**/215	द्वितीय अंक/चन्द्रगुप्त
जीवनाशा- *'जीवनाशा पैदा करती है सन्देह'*	: जीवन की आशा (जीवन+आशा), जीवन के बचे रहने की उम्मीद।	**नि.र.**-1/52	पंचवटी प्रसंग:1
जीवनी- *'शोषण कर जीवनी बना दी जर्जर झीनी!'*	: जीवन, सामान्य जीवन-व्यवहार	**प्र.ग्रं.-2**/206	संघर्ष/कामायनी
जीवनोत्सर्ग- *'नव युग्मों का जीवनोत्सर्ग'*	: (प्रेम में) जीवन न्योछावर कर देना	**पं.ग्रं.-2**/22	मानव/युगपथ
जीवनोपाय- *'गह कर अकल तूलि, रँग-रँगकर बहु जीवनोपाय, भर दो घर'*	: जीवन को चलाने के उपाय	**नि.र.**-1/256	जागो, जीवन-धनिके!
◆ *'आशा-केवल जीवनोपाय उर-उर में'*	: जीवन जीने के उपाय	**नि.र.**-1/287	तुलसीदास
जीवन्मृत- *'जीवन्मृत तरु-तृण-गुल्मों की पृथ्वी पर'*	: जो जीवित होकर भी मुर्दे जैसा हो	**नि.र.**-1/197	प्रार्थना
जीवाशय- *'सुप्त विश्व के जीवाशय'*	: जीव+आशय, जीवन के सन्दर्भों को (प्रकट करनेवाले की तरह हैं नक्षत्र)	**पं.ग्रं.**-1/210	नक्षत्र/पल्लव
◆ *'जिसमें अचेत जीवाशय'*	: जीव का आशय, जीवन का अर्थ, जैविकता	**पं.ग्रं.**-1/270	चाँदनी/गुंजन
जीवित कलुष- *'लालसिंह! जीवित कलुष पंचनद का'*	: जो व्यक्ति जीते-जी कलंक बन जाये	**प्र.ग्रं.**-1/333	शेरसिंह का शस्त्र-समर्पण/लहर
जीवित-कविते- *'जीवित-कविते, शत-शर-जर्जर छोड़कर पिता को पृथ्वी पर'*	: सरोज कविता का जीवित रूप बन गई मानो	**नि.र.**-1/315	सरोज-स्मृति
जीवित-मिस लय- *'तरु गत-किसलय— जीवित-मिस लय'*	: जीते-जी मरे से	**नि.र.**-1/248	घोर शिशिर
जुगनू गण- *'पावस रजनी में जुगनू गण को दौड़ पकड़ता मैं निराश'*	: खद्योत-समूह, एक बरसाती कीड़ा जो चमकता-बुझता है	**प्र.ग्रं.-2**/172	इड़ा/कामायनी

शब्द-	काव्य-पंक्ति	: अर्थ	ग्रंथावली/पृ.सं.	स्रोत/संदर्भ
जुगाली-	*'मृग मधुर जुगाली करते से'*	: पगुर करना, पशु खाने के बाद मुँह चलाकर पुनः भोजन को महीन बनाते हैं।	**प्र.ग्रं.**-1/296	जगती की मंगलमयी उषा बन/लहर
जुगनू-	*'जुगनू के लघु हीरक के कण! लाए कौन सँदेश नए घन!'*	: एक चमकता-बुझता फतिंगा	**म.सा.**-1/225	लाए कौन सन्देश नए घन!/नीरजा
जुत ले-	*'हाँ— कि गर्व-रथ में तुरंग-सा; जितना जो चाहे जुत ले'*	: जुड़ कर चलना, आशय यह है कि अहंकार में खुद को महान समझकर जो चाहे जितनी दौड़ लगा ले।	**प्र.ग्रं.**-2/69	आशा/कामायनी
जेंए-	*'जेंए फिर चल गृह के सब जन'*	: भोजन करके	**नि.र.**-1/301	तुलसीदास
जोह-	*'मुख जोह रहे हैं मेरा/पथ में कब से चिर सहचर'*	: प्रतीक्षा करना, राह देखना	**म.सा.**-1/121	नव मेघों को रोता था/रश्मि
ज्ञान-	*'एक-एक को स्थिर हो देखो इच्छा, ज्ञान, क्रिया वाले ये'*	: शिव की तीन प्रधान शक्तियों (इच्छा, ज्ञान और क्रिया) में से एक	**प्र.ग्रं.**-2/255	रहस्य/कामायनी
◆	*'स्वप्न, स्वाप, जागरण भस्म हो इच्छा क्रिया ज्ञान मिल लय थे'*	: बोध और विवेक	**प्र.ग्रं.**-2/263	रहस्य/कामायनी
◆	*'नहीं चाहिए ज्ञान/जिसे, वह समझा कभी प्रकाश?'*	: आध्यात्मिक जानकारी	**नि.र.**-1/49	प्रकाश
◆	*'निर्मल-विवेक-ज्ञान-भक्ति-दीप्ति'*	: आध्यात्मिक ज्ञान	**नि.र.**-1/51	पंचवटी प्रसंग:1
ज्ञान-क्षेत्र-	*' "प्रियतम! यह तो ज्ञान-क्षेत्र है सुख दुःख से है उदासीनता'*	: ज्ञान-लोक (पारमार्थिक ज्ञान से युक्त)	**प्र.ग्रं.**-2/260	रहस्य/कामायनी
ज्ञान जृम्भा के अलस-	*'शिथिल दर्शन! ज्ञान जृम्भा के अलस!'*	: ज्ञान की आलस्यपूर्ण जँभाई/जम्हाई (की तरह हैं दार्शनिक बातें)	**पं.ग्रं.**-1/135	ग्रन्थि
ज्ञान-तंतु-	*'ज्ञान-तन्तु तुम, जग-अजान-मन-शव-शिव-शक्ति महान'*	: ज्ञान का तार	**नि.र.**-1/262	तुम्हीं गाती हो
ज्ञान-तम-	*'मृत्यु-जीवन ज्ञान-तम के/करण, कारण-पार'*	: प्रकाश और अंधकार	**नि.र.**-1/227	खोलो दृगों के द्वय द्वार
ज्ञानदीप्ति-	*'जो ज्ञानदीप्ति, वह दूर, अजर'*	: ज्ञान से प्राप्त चमक	**नि.र.**-1/295	तुलसीदास
ज्ञान दूर-	*'ज्ञान दूर कुछ, क्रिया भिन्न है इच्छा क्यों पूरी हो मन की'*	: ज्ञान की असंबद्धता (क्रिया और इच्छा से)	**प्र.ग्रं.**-2/263	रहस्य/कामायनी
ज्ञान-लेश-	*'मिटते असत्य-से ज्ञान-लेश, समरस, अखंड, आनन्द-वेश !'*	: माया-जनित संकुचित ज्ञान	**प्र.ग्रं.**-2/247	दर्शन/कामायनी
ज्ञान-विपणि-खनि-	*'भारति, भारत को फिर दो वर ज्ञान-विपणि-खनि के'*	: वरदान दो कि भारत ज्ञान का बाजार और खान बने	**नि.र.**-1/256	जागो, जीवन-धनिके!
ज्ञानाज्ञान-	*'दुःख-सुख-तृष्णा-ज्ञानाज्ञान'*	: ज्ञान+अज्ञान	**नि.र.**-1/143	स्मृति
ज्ञानामृत-	*'छलकती ज्ञानामृत की धार'*	: अमरता का भाव भरनेवाला ज्ञान	**पं.ग्रं.**-1/230	परिवर्तन/पल्लव
ज्ञानाम्बुधि-	*'जालमुक्त ज्ञानाम्बुधि वीचिरहित इच्छा हुई सृष्टि की'*	: ज्ञान का समुद्र, ज्ञान समुद्र की तरह विराट है।	**नि.र.**-1/184	जागरण
ज्ञानोदधि-	*'तान, सरिता वह स्रस्त, अरोर, बह रही ज्ञानोदधि की ओर'*	: ज्ञान का समुद्र, अथाह ज्ञान	**नि.र.**-1/272	छन्द की बाढ़

शब्द-	काव्य-पंक्ति	: अर्थ	ग्रंथावली/पृ.सं.	स्रोत/संदर्भ
ज्ञानोद्धत-	*'करने को ज्ञानोद्धत प्रहार'*	: ज्ञान से उद्धत; ज्ञान होना चाहिए, इस आवश्यकता का ज्ञान ही उनकी प्रेरणा है।	**नि.र.**-1/289	तुलसीदास
ज्ञानोन्मीलित-	*'थे मुँदे नयन, ज्ञानोन्मीलित'*	: ज्ञान (चक्षु) खुले हुए थे	**नि.र.**-1/304	तुलसीदास
ज्या-	*'तुमने भौंरों की गुंजित ज्या'*	: प्रत्यंचा, (भौंरों की गूँज) मानो (कामदेव के धनुष की) प्रत्यंचा की तरह झंकृत हो रही थी।	**पं.ग्रं.**-1/192	अनंग/पल्लव
ज्यों-	*'भर जलद धरा को ज्यों अपार'*	: जैसे, मानो	**नि.र.**-1/323	सरोज-स्मृति
◆	*'भूधर ज्यों ध्यान-मग्न; केवल जलती मशाल'*	: जैसे, मानो	**नि.र.**-1/330	राम की शक्ति-पूजा
◆	*'उतरा ज्यों दुर्गम पर्वत पर नैशान्धकार'*	: मानो, जैसे	**नि.र.**-1/330	राम की शक्ति-पूजा
◆	*'चमकतीं दूर ताराएँ ज्यों हो कहीं पार'*	: मानो, जैसे	**नि.र.**-1/330	राम की शक्ति-पूजा
◆	*'हर धनुर्भंग को पुनर्वार ज्यों उठा हस्त'*	: मानो	**नि.र.**-1/331	राम की शक्ति-पूजा
ज्योतिःकारा-	*'मैं सोया पथ पर खिन्नमना मुद गयी दृष्टि ज्योतिःकारा'*	: प्रकाश की कैद थी	**नि.र.**-1/264	कितने बार पुकारा
ज्योतिःप्रपात-	*'पड़ता उन पर ज्योतिःप्रपात'*	: ज्योति का मानो झरना हो	**नि.र.**-1/300	तुलसीदास
◆	*'ज्योतिःप्रपात स्वर्गीय, — ज्ञात छवि प्रथम स्वीय—'*	: ज्योति के झरने (मानो फूट पड़े)	**नि.र.**-1/331	राम की शक्ति-पूजा
ज्योतिःशरण-तरण-	*'सरोज' का ज्योतिःशरण— तरण''—'*	: ईश्वरीय आभा की शरण में चले जाना	**नि.र.**-1/315	सरोज-स्मृति
ज्योतिःसर-	*'पहले का-सा उन्नत विशाल ज्योतिःसर'*	: ज्योति में चलनेवाला	**नि.र.**-1/288	तुलसीदास
ज्योति के पत्र-	*'रवि हुआ अस्त : ज्योति के पत्र पर लिखा अमर'*	: दिन मानो ज्योति के पत्र (कागज) की तरह है	**नि.र.**-1/329	राम की शक्ति-पूजा
ज्योति-जल-भरित-	*'हरित ज्योति-जल-भरित सरित, सर, प्रखर प्रपात'*	: ज्योति-रूपी जल से भरा हुआ, प्रकाश का प्रवाह	**नि.र.**-1/188	विस्मृत-भोर
ज्योतित छटा-	*'अपनी ज्योतित छटा अपार'*	: उज्ज्वल शोभा	**पं.ग्रं.**-1/112	तेरा अद्‌भुत है व्यापार! /वीणा
ज्योति-तप्त-मुख-	*'ज्योति-तप्त-मुख, तरुण वर्ष के कर से मिलीजुलीं'*	: ज्योति से उद्दीप्त मुखवाली	**नि.र.**-1/220	दृगों की कलियाँ नवल खुलीं
ज्योतित विवेक-	*'अकलुष, अनिंद्य, नक्षत्र एक, ज्यों मूर्तिमान ज्योतित विवेक'*	: सुंदर विवेक की चेतना	**पं.ग्रं.**-1/268	एक तारा/गुंजन
ज्योति-धार-	*'प्रतिपल तुम ढाल रहे सुधा-मधुर ज्योति-धार'*	: प्रकाश का प्रवाह	**नि.र.**-1/150	पारस
ज्योति भरी-सी-	*'जगती थी ज्योति भरी-सी तेरी सजीवता ममता'*	: प्रकाशमान, उम्मीद दिखलाती	**प्र.ग्रं.**-2/22	आँसू
ज्योतिमयी-	*'ज्योतिमयी, हासमयी, विकल विलासमयी'*	: प्रकाश से युक्त	**प्र.ग्रं.**-1/341	प्रलय की छाया/लहर
◆	*'अस्पष्ट एक लिपि ज्योतिमयी जीवन की आँखों में भरते'*	: उज्ज्वल (भविष्य की धुँधली रूप-रेखा)	**प्र.ग्रं.**-2/98	काम/कामायनी
◆	*'उस ज्योतिमयी को देव! कहो कैसे कोई नर पाता है?'*	: कान्तिमयी श्रद्धा	**प्र.ग्रं.**-2/107	काम/कामायनी
ज्योतिमुख-	*'देखता ज्योतिमुख; आया दुख-पीड़ा सह'*	: जिसके मुख पर ज्योति पड़ती हो	**नि.र.**-1/294	तुलसीदास

शब्द- काव्य-पंक्ति	: अर्थ	ग्रंथावली/पृ.सं.	स्रोत/संदर्भ
ज्योति-यान-द्वार- *'देख रहा हूँ अजान दूर ज्योति-यान-द्वार'*	: ज्योति के यान का द्वार, सूर्य-द्वार	**नि.र.-1**/150	पारस
ज्योति-योनि- *'धृत ज्योति-योनि में लोकाशय'*	: परमब्रह्म के मूल में	**पं.ग्रं.-1**/314	तीन/ज्योत्स्ना
ज्योतिरिंगणों- *'प्रखर प्रलय पावस में जगमग, ज्योतिरिंगणों से जगते'*	: जुगनूँ	**प्र.ग्रं.-2**/62	चिंता/कामायनी
ज्योति-रेखा-हीन- *'उमड़ रहा है ज्योति-रेखा-हीन क्षुब्ध हो!'*	: प्रकाश की किरण के बिना	**प्र.ग्रं.-1**/338	पेशोला की प्रतिध्वनि /लहर
ज्योतिर्गठित- *'अखिल-ज्योतिर्गठित छवि, कच पवन-तम विस्तार'*	: ज्योति से निर्मित	**नि.र.-1**/228	खोलो दृगों के द्वय द्वार
ज्योतिर्जल-कण- *'गंगा ज्योतिर्जल-कण धवल-धार हार गले'*	: स्वच्छ चमकदार पानी	**नि.र.-1**/246	भारति, जय, विजयकरे!
ज्योतिर्धन- *'तेजस्वी, हे तमजिज्जीवन आती भारत की ज्योतिर्धन महिमाबल'*	: ज्योति (ज्ञान)-रूपी धन	**नि.र.-1**/305	तुलसीदास
ज्योतिर्मय- *'यही त्रिपुर है देखा तुमने तीन बिंदु ज्योतिर्मय इतने'*	: प्रकाशमान, जगमगाते हुए	**प्र.ग्रं.-2**/262	रहस्य/कामायनी
◆ *'ज्योतिर्मय चारों ओर/परिचय सब अपना ही'*	: प्रकाशित	**नि.र.-1**/184	जागरण
◆ *'जग को ज्योतिर्मय कर दो!'*	: प्रकाशित, आभामय	**नि.र.-1**/197	प्रार्थना
◆ *'धन्य कर दे माँ, वन्य प्रसून; दिखा जग ज्योतिर्मय, मुख चूम'*	: प्रकाशमान	**नि.र.-1**/258	धन्य कर दे माँ
◆ *'ज्योतिर्मय रूप, हस्त दश विविध-अस्त्र-सज्जित'*	: ज्योति से युक्त, उज्ज्वल	**नि.र.-1**/338	राम की शक्ति-पूजा
ज्योतिर्मय अस्त्र- *'ज्योतिर्मय अस्त्र सकल बुझ-बुझकर हुए क्षीण,'*	: ज्योति की तरह उज्ज्वल हथियार	**नि.र.-1**/331	राम की शक्ति-पूजा
ज्योतिर्मय जीवन- *'बरसो ज्योतिर्मय जीवन!'*	: प्रकाश से युक्त जीवन का प्रतीक सूर्य	**पं.ग्रं.-1**/370	द्वितीय दृश्य/परी
ज्योतिर्मयिलता- *'ज्योतिर्मयिलता-सी हुई मैं तत्काल घेर निज तरु-तन'*	: ज्योति की लता के समान	**नि.र.-1**/324	प्रेयसी
ज्योतिर्मात्र- *ज्योतिर्मात्र, अशरीर,/चिर अधीरता पर'*	: प्रकाश रूप	**नि.र.-1**/186	जागरण
ज्योतिर्मान- *'महानील इस परम व्योम में, अंतरिक्ष में ज्योतिर्मान,'*	: प्रकाशमय	**प्र.ग्रं.-2**/69	आशा/कामायनी
ज्योति-वाहिनी- *'हम ज्योति-वाहिनी, दृष्टि-दायिनी जग की'*	: किरणों की सेना	**पं.ग्रं.-1**/298	दो/ज्योत्स्ना
ज्योति-शलभ- *'हम ज्योति-शलभ, हम कोमल प्रभु'*	: प्रकाश से युक्त फतिंगा, जुगनू	**पं.ग्रं.-1**/307	तीन/ज्योत्स्ना
ज्योतिश्चुम्बिनी- *'ज्योतिश्चुम्बिनी कलश-मधु-उर छाया में'*	: ज्योति को चूमनेवाली	**नि.र.-1**/284	तुलसीदास
ज्योतिष्ना- *'उन थकी हुई सोती सी/ज्योतिष्ना की पलकों में'*	: ज्योत्स्ना, चाँदनी	**म.सा.-1**/90	उच्छ्वासों की छाया में/नीहार
ज्योतिष्मती- *'थी ज्योतिष्मती प्रफुल्लित मानस-तट की वन बेली'*	: एक लता जो दिव्य ज्योति से युक्त होती है (की तरह श्रद्धा)	**प्र.ग्रं.-2**/276	आनन्द/कामायनी
ज्योति-सिंधु-ज्वाला- *'दृढ़ सहता निस्संग मौन रह, ज्योति-सिन्धु-ज्वाला असहन'*	: प्रकाश के समुद्र की तपन	**नि.र.-1**/192	वसन्त-समीर

शब्द–	काव्य-पंक्ति	: अर्थ	ग्रंथावली/पृ.सं.	स्रोत/संदर्भ
ज्योति-सुरभि–	*'धाराएँ ज्योति-सुरभि उर भर वह चलीं चतुर्दिक कर्म-लीन'*	: ज्योति और सुगंध (वायु)	**नि.र.–1**/196	प्रभाती
ज्योतिस्तरणा–	*'मैंने कुछ अहरह रह निर्भर ज्योतिस्तरणा के चरणों पर'*	: सरोज तैर कर ईश्वरीय आभा तक पहुँची, वह सरोज ज्योतिस्तरणा है, जो अब निराला के लिए प्रेरणास्पद बन गयी है।	**नि.र.–1**/315	सरोज-स्मृति
ज्योतिस्तर-वासे–	*'जागो, नव अम्बर-भर,/ज्योतिस्तर-वासे'*	: ज्योति की तहों में स्थित	**नि.र.–1**/247	बन्दूँ पद सुन्दर तव
ज्योती–	*'मैं ढूँढ़ रही थी लेकर/धुँधली जीवन की ज्योती'*	: ज्योति, प्रकाश	**म.सा.–1**/90	उच्छ्वासों की छाया में/नीहार
ज्योत्स्ना–	*'इस ज्योत्स्ना की, अरी बावली! तू इसमें जावेगी भूल'*	: चाँदनी	**प्र.ग्रं.–2**/79	आशा/कामायनी
◆	*'धारा में ज्योत्स्ना की'*	: चाँदनी	**नि.र.–1**/181	गुरुडम के प्रति
ज्योत्स्ना अम्लान–	*'स्मित तुम्हारी से छलक यह ज्योत्स्ना अम्लान'*	: स्वच्छ चाँदनी-जैसी मुस्कान	**म.सा.–1**/123	स्मित तुम्हारी से छलक.../रश्मि
ज्योत्स्ना का लास–	*'करते हम ज्योत्स्ना का लास'*	: चाँदनी का लास्यभाव से झूलना	**पं.ग्रं.–1**/202	विश्व वेणु/पल्लव
ज्योत्स्नाकुल–	*'ज्योत्स्नाकुल सुमनों की सुरा पिला तू'*	: चाँदनी की सुंदरता से आवेशित/प्रभावित	**नि.र.–1**/102	प्रगल्भ प्रेम
ज्योत्स्ना के जलनिधि में–	*'इस ज्योत्स्ना के जलनिधि में बुद्बुद-सा रूप बनाये'*	: (शिव के प्रकाश से निर्मित) चाँदनी-रूपी समुद्र	**प्र.ग्रं.–2**/275	आनन्द/कामायनी
ज्योत्स्ना-निर्झर–	*'ज्योत्स्ना-निर्झर! ठहरती ही नहीं यह आँख'*	: चाँदनी का झरना	**प्र.ग्रं.–2**/114	वासना/कामायनी
ज्योत्स्ना-पुलकित–	*'इस निर्जन में ज्योत्स्ना-पुलकित विधुयुत नभ के नीचे'*	: चाँदनी के स्पर्श से रोमांचित	**प्र.ग्रं.–2**/147	कर्म/कामायनी
ज्योत्स्नामयी–	*'हुई ज्योत्स्नामयी अखिल मायापुरी'*	: प्रकाशित	**नि.र.–1**/250	कैसी बजी बीन?
ज्योत्स्ना-शाली–	*'अंचल लटकाती निशीथिनी अपनी ज्योत्स्ना-शाली'*	: चाँदनी की शोभा से भरी हुई	**प्र.ग्रं.–2**/140	कर्म/कामायनी
ज्योत्स्ना-सुहाग–	*'उस सलज्ज ज्योत्स्ना-सुहाग की'*	: सौभाग्यवती चाँदनी	**नि.र.–1**/117	यमुना के प्रति
ज्वलन-कण–	*'बिखरती थी और खुलते ज्वलन-कण जो अस्त'*	: मानसिक जलन की चिंगारियाँ	**प्र.ग्रं.–2**/113	वासना/कामायनी
ज्वलन पिंड–	*'वह निर्धूम भस्म रहित ज्वलन पिंड!'*	: जलता हुआ गोला (सूरज)	**प्र.ग्रं.–1**/337	पेशोला की प्रतिध्वनि/लहर
ज्वार–	*'ज्वार को तरणी बना मैं; इस प्रलय का पार पा लूँ'*	: समुद्र की ऊँची लहरों का एक रूप, ज्वर-भाटा	**म.सा.–1**/319	सब बुझे दीपक जला लूँ/दीप-शिखा
ज्वाल–	*'ज्वाल में बैठा हो निस्तब्ध/स्वर्ण बनता जाता है प्यार'*	: दीपशिखा-रूपी आंतरिक पीड़ा, दीपक की लौ	**म.सा.–1**/83	मूक करके मानस का ताप/नीहार
ज्वाल-जल–	*'कौन लेता पूछ जो तुम, ज्वाल-जल का देश देते?'*	: बिजली और बारिश का माहौल	**म.सा.–1**/260	मेरा सजल मुख देख लेते!/सांध्य गीत
ज्वाल सुनहली–	*'महाशून्य में ज्वाल सुनहली सब को कहती 'नहीं नहीं' सी'*	: सोने के रंग की ज्वाला (चेतना की अग्नि)	**प्र.ग्रं.–2**/263	रहस्य/कामायनी
ज्वाला मधुर–	*'धधकती ज्वाला मधुर, था वक्ष विकल अशांत'*	: मधुर कामभावना का ताप	**प्र.ग्रं.–2**/118	वासना/कामायनी

शब्द- काव्य-पंक्ति	: अर्थ	ग्रंथावली/पृ.सं.	स्रोत/संदर्भ
झंकृत- *'क्या झंकृत हो जाते हैं उन स्मृति किरणों के टूटे तार'*	: स्मृतियों का झकझोरा जाना	**प्र.ग्रं.**-1/327	मधुर माधवी संध्या में/लहर
झंझा- *'ओ झंझा से चलने वाले!'*	: शोर करती वायु	**प्र.ग्रं.**-1/325	निर्दय तूने ठुकराया तब /लहर
◆ *'सघन गगन में भीम प्रकंपन/झंझा के चलते झटके'*	: शोर के साथ बहनेवाली हवा	**प्र.ग्रं.**-2/59	चिंता/कामायनी
◆ *'भैरवी! भेरी तेरी झंझा'*	: आवाज करती हुई हवा	**नि.र.**-1/85	आवाहन
◆ *'झंझा हर जीर्ण पत्र'*	: शोर करती वायु	**पं.ग्रं.**-1/336	चार/ज्योत्स्ना
◆ *'मुझे बुलाती है सहमी सी/झंझा के परदों के पार'*	: झकझोरती वायु (के आवरणों के उस पार से)	**म.सा.**-1/42	घायल मन लेकर सो जाती/नीहार
◆ *'इन उत्ताल तरंगों पर सह/झंझा के आघात'*	: शोर करती हुई वायु	**म.सा.**-1/112	किन उपकरणों का दीपक/रश्मि
◆ *'झंझा की पहली नीरवता/सी नीरव मेरी साधें'*	: शोर करती तेज हवा	**म.सा.**-1/122	वे मधुदिन जिनकी स्मृतियों की/रश्मि
◆ *'गर्जन में मधु-लय भर बोले/झंझा पर निधियाँ धर डोले'*	: शोर करती हुई वायु	**म.सा.**-1/325	कहाँ से आए काले बादल?/दीप-शिखा
◆ *'झंझा है दिग्भ्रांत रात की मूर्छा गहरी'*	: चारों तरफ से चलती हवा	**म.सा.**-1/335	यह मंदिर का दीप... /दीप-शिखा
झंझा झकोर- *'झंझा झकोर गर्जन था/बिजली थी, नीरदमाला'*	: शोर करती हुई चलनेवाली वायु झकझोर दे रही थी, मानसिक उथल-पुथल।	**प्र.ग्रं.**-2/7	आँसू
झंझा-दूत- *'लाया झंझा-दूत सुरभिमय साँसों का उपहार किसी का!'*	: शोर करती वायु मानो दूत बनकर आयी है	**म.सा.**-1/375	मैं पलकों में पाल रही हूँ/दीप-शिखा
झंझावात- *'मेरे निश्वासों से बहती रहती झंझावात'*	: हाहाकार करती हुई वायु की तरह मेरी भावनाएँ	**म.सा.**-1/233	दूर घर मैं पथ से अनजान!/नीरजा
◆ *'आज निज पदचाप की भेजो न झंझावात देखो'*	: शोर करती हुई वायु	**म.सा.**-1/274	आज मेरे नयन के तारक.../सांध्य गीत
झटिका- *'क्या कहते हो?— ''झटिका के झोंके में तरु था झुका'*	: झाड़ी	**नि.र.**-1/90	रास्ते के फूल से
झड़- *'जर्जर तरी भरी पथिकों से— झड़ में क्या खे लोगे?'*	: लगातार हो रही बारिश	**प्र.ग्रं.**-4/99	तृतीय अंक/स्कन्दगुप्त
झड़ियों- *'झड़ियों का दुहराया नर्तन! लाए कौन सँदेश नए घन!'*	: फुहार के साथ मयूरों का नृत्य	**म.सा.**-1/225	लाए कौन सन्देश नए घन!/नीरजा
झप- *'यह साँसें गिनते गिनते/नभ की पलकें झप जातीं'*	: झिपना, नींद से पलकों का बंद होने लगना	**म.सा.**-1/121	नव मेघों को रोता था/रश्मि
झपकी- *'है अभी झपकी सजनि सुधि विकल क्रंदनकारिणी!'*	: हल्की नींद	**म.सा.**-1/277	दीप तेरा दामिनी! /सांध्य गीत
झर मर कर- *'झर मर कर पत्रों के पास'*	: पत्तों पर झरने की जलधारा के गिरने की ध्वनि	**पं.ग्रं.**-1/212	निर्झरी/पल्लव
झर्-झर्- *'निर्झर की अजस्र झर्-झर्'*	: झरने की आवाज	**पं.ग्रं.**-1/99	निर्झर की अजस्र झर्-झर्!/वीणा
झल- *'औ' गन्ध पवन झल मन्द व्यजन'*	: पंखा झलना	**पं.ग्रं.**-2/13	बाँसों का झुरमुट/युगपथ

शब्द- काव्य-पंक्ति	: अर्थ	ग्रंथावली/पृ.सं.	स्रोत/संदर्भ
झष- *'तृण, झष पशु से नर-तन देता'*	: मछली (जैसे तुच्छ प्राणी के समान)	**प.ग्रं.**-1/306	तीन/ज्योत्स्ना
झाई- *'झील में झाई पड़ती थी, श्याम-वनशाली तट की कान्त'*	: छाया, परछाई	**प्र.ग्रं.**-1/266	झील में/झरना
◆ *'झाई लगती जो, वह तुमको ऊपर उठने को है कहती'*	: (आँखों के आगे) अँधेरा महसूस करना	**प्र.ग्रं.**-2/253	रहस्य/कामायनी
झाड़खंड- *'झाड़खंड के चिर पतझड़ में'*	: जंगल, झारखण्ड राज्य, छोटानागपुर, वैद्यनाथधाम से जगन्नाथपुरी तक फैली पहाड़ियाँ	**प्र.ग्रं.**-1/323	अरे आ गई है भूली-सी /लहर
झिटका-सा- *'एक झिटका-सा लगा सहर्ष, निरखने लगे लुटे-से, कौन— '*	: आश्चर्य का झटका	**प्र.ग्रं.**-2/83	श्रद्धा/कामायनी
झिटके- *'एक झिटके में आज'*	: झटके में, एक क्षिप्र प्रयास	**प्र.ग्रं.**-1/343	प्रलय की छाया/लहर
झिप चलीं- *'झिप चलीं पलकें तुम्हारी पर कथा है शेष!'*	: (पलकों का) मुँदने लगना	**म.सा.**-1/347	मैं न यह पथ जानती री!/दीप-शिखा
झिप झिप- *'झिप झिप आँखें कहती हैं/यह कैसी है अनहोनी'*	: पलकों का उठना-गिरना	**म.सा.**-1/76	जिस दिन नीरव तारों से/नीहार
झिर-झिर- *'निर्झर-सा झिर-झिर करता/माधवी-कुंज छाया में'*	: झरने के जलप्रवाह की मधुर ध्वनि	**प्र.ग्रं.**-2/9	आँसू
झिल- *'दु:ख उन अनुरागियों के झिल चुके'*	: तृप्त होना, झेल सकना	**नि.र.**-1/68	नयन
झिल्लियों- *'झिल्लियों की झनकार'*	: झिल्ली, झींगुर	**पं.ग्रं.**-1/227	परिवर्तन/पल्लव
झीना- *'सौरभभीना झीना गीला/लिपटा मृदु अंजन सा दुकूल'*	: पतला, पारदर्शी	**म.सा.**-1/178	रूपसि तेरा घन-केश -पाश!/नीरजा
झीना नील- *'एक परदा यह झीना नील छिपाये है जिसमें सुख गात'*	: दु:ख का पर्दा मानो बारीक और नीला है	**प्र.ग्रं.**-2/89	श्रद्धा/कामायनी
झीम- *'नव नील कुञ्ज हैं झीम रहे, कुसुमों की कथा न बंद हुई;'*	: झूमना	**प्र.ग्रं.**-2/99	काम/कामायनी
झुटपुट- *'सन्ध्या का झुटपुट'*	: अंधकार और प्रकाश का मिला-जुला रूप	**पं.ग्रं.**-2/13	बाँसों का झुरमुट/युगपथ
झोरी- *'ले लूँ , तुमने झोरी फेंकी सुमन की'*	: झोली	**प्र.ग्रं.**-1/255	स्वप्नलोक/झरना
झौंर- *'भौंहों में तारों के झौंर'*	: झुण्ड	**पं.ग्रं.**-1/190	वीचि विलास/पल्लव
टंकार- *'श्वास लिया, टंकार किया दुर्लक्ष्यी धनु ने'*	: धनुष की डोरी को खींचकर छोड़ने से उत्पन्न ध्वनि	**प्र.ग्रं.**-2/208	संघर्ष/कामायनी
टलमल- *'टलमल पद, प्रदीप निर्वाण'*	: डोलना, डगमगाना	**नि.र.**-1/121	यमुना के प्रति
◆ *'वृन्त पर टलमल उज्ज्वल प्राण'*	: काँपता हुआ	**नि.र.**-1/203	भ्रमर-गीत
◆ *'रूप-राशि में टलमल-टलमल/कुन्द-धवल-दशना'*	: हिलना, कम्पित होना	**नि.र.**-1/221	कौन तुम शुभ्र-किरण -वसना?
◆ *'टलमल शत-रश्मि तरंग-सुघर'*	: हिलना, हिल-हिल कर मिलना	**नि.र.**-1/252	मैं रहूँगा न

शब्द- काव्य-पंक्ति	: अर्थ	ग्रंथावली/पृ.सं.	स्रोत/संदर्भ
◆ *'उमड़ता उर्ध्व को कल सलील जल टलमल करता नील-नील'*	: हिलता हुआ	**नि.र.**-1/320	सरोज-स्मृति
◆ *'लौटे युग-दल राक्षस-पदतल पृथ्वी टलमल,'*	: हिलना	**नि.र.**-1/329	राम की शक्ति-पूजा
टल्-टल् छल्-छल्- *'गाती है टल्-टल् छल्-छल्'*	: पहाड़ी नदी की गति से उत्पन्न ध्वनि	**पं.ग्रं.**-1/96	स्नेह चाहिए सत्य, सरल/वीणा
टी-वी-टी... टुट्-टुट्- *'टी-वी-टी... टुट्-टुट्'*	: चिड़ियों के सम्मिलित स्वर	**पं.ग्रं.**-2/13	बाँसों का झुरमुट/युगपथ
टेव- *'वचन में सत्य, हृदय में तेज, प्रतिज्ञा में रहती थी टेव'*	: आदत, स्वभाव	**प्र.ग्रं.**-4/139	पंचम अंक/स्कन्दगुप्त
टोंके- *'बुल्ले, लहर, हवा के झोंके, मेघ और बिजली के टोंके'*	: नोक	**प्र.ग्रं.**-2/346	गाने दो/असंकलित कविताएँ
◆ *'मेघ और बिजली के टोंके'*	: नोक	**प्र.ग्रं.**-4/93	तृतीय अंक/स्कन्दगुप्त
टोने- *'आती चूम-चूम चल जाती/पढ़ी हुई किस टोने से'*	: जादू, टोना-टोटका	**प्र.ग्रं.**-2/78	आशा/कामायनी
◆ *'तेरे टोने से'*	: जादू, टोटका	**प्र.ग्रं.**-3/230	तृतीय अंक/विशाख
टोलियाँ मधुपों की- *'पिये, गाते मनमाने गीत टोलियाँ मधुपों की अविराम'*	: भौंरों का समूह	**प्र.ग्रं.**-1/265	होली की रात/झरना
ठंडी विभूति- *'चिर ध्येय यही जलने का ठंडी विभूति बन जाना'*	: ठण्डी राख, ऐश्वर्य (विभूति/भभूति) बनकर अनासक्त हो जाना।	**म.सा.**-1/109	चिर तृप्ति कामनाओं का/रश्मि
ठठोली- *'उठी सँभाल बाल, मुख-लट, पट, दीप बुझा, हँस बोली/रही यह एक ठठोली'*	: हँसी-मजाक, परिहास	**नि.र.**-1/227	नयनों के डोरे लाल गुलाल-भरे
ठाट- *'प्रेम की महोर्मि-माला तोड़ देती है क्षुद्र ठाट'*	: बनावट, बंधन, ढाँचा	**नि.र.**-1/51	पंचवटी प्रसंग:1
ठिठोली- *'आँखें करने लगीं ठिठोली'*	: हँसी-मजाक	**प्र.ग्रं.**-1/301	उस दिन जब जीवन के पथ में/लहर
ठौर-ठौर- *'इसी ज्वाल में लहरे/हरे ठौर-ठौर?'*	: जगह-जगह	**नि.र.**-1/310	मित्र के प्रति
◆ *'रे गन्ध-अन्ध हो ठौर-ठौर'*	: जगह-जगह, यहाँ-वहाँ	**पं.ग्रं.**-1/239	वन-वन उपवन/गुंजन
डंबर- *'ध्वस्त अहमंद डम्बर'*	: आडम्बर, अहंकार, प्रदर्शन	**पं.ग्रं.**-1/335	चार/ज्योत्स्ना
डम् डम्- *'डम् डम् डमरु बजे फिर शान्त'*	: डमरू की आवाज	**पं.ग्रं.**-1/108	नीरव व्योम! विश्व, नीरव!/वीणा
डाँड़े- *'एक नाव थी, और न उसमें/डाँड़े लगते या पतवार'*	: चप्पू लगा डंडा जिससे नाव को ठेलने के लिए दबाव बनाते हैं।	**प्र.ग्रं.**-2/61	चिंता/कामायनी
डाली भर- *'प्रतिभा डाली भर लाता कर देता दान सुकवि को'*	: नजराना या चढ़ावे के रूप में उपहार देना	**प्र.ग्रं.**-2/9	आँसू
डाह- *'कौन देता है हृदय में वेदनामय डाह?'*	: ईर्ष्या, संताप	**प्र.ग्रं.**-2/113	वासना/कामायनी
डीह- *'गतिहीन पंगु-सा पड़ा-पड़ा ढह कर जैसे बन रहा डीह'*	: टीला	**प्र.ग्रं.**-2/161	ईर्ष्या/कामायनी
डुब्बी- *'व्यर्थ लगाने को डुब्बी हाँ, होगा कौन भला राजी'*	: डुबकी लगाना	**प्र.ग्रं.**-1/252	पाईबाग/झरना
ढरकीले- *'रजनी के श्याम कपोलों/पर ढरकीले श्रम के कन'*	: ढलकते या सरकते हुए	**म.सा.**-1/44	छाया की आँखमिचौनी /नीहार
ढरी- *'तो रमणी के मधुर कंठ से हृदय मूर्च्छना उधर ढरी'*	: ढली, गायन की ध्वनि प्रवाहित हुई	**प्र.ग्रं.**-2/190	स्वप्न/कामायनी
ढले- *'ढले और विस्मृति के प्याले,'*	: भरे (प्याले में ढालना)	**प्र.ग्रं.**-1/325	निर्दय तूने ठुकराया तब /लहर

शब्द-	काव्य-पंक्ति	: अर्थ	ग्रंथावली/पृ.सं.	स्रोत/संदर्भ
ढालवें-	*'हाँ इसी ढालवें को जब बस सहज उतर जावें हम'*	: ढलान	**प्र.ग्रं.**-2/269	आनन्द/कामायनी
ढिंग-	*'ढिंग गयी व्यग्र हो'*	: पास, नजदीक	**पं.ग्रं.**-1/83	बढ़ा और भी तो अन्तर/वीणा
◆	*'प्रसूनों के ढिंग रुक कर'*	: नजदीक	**पं.ग्रं.**-1/185	आँसू/पल्लव
◆	*'इस कलिका के ढिंग मत गाओ'*	: निकट, पास	**पं.ग्रं.**-1/93	हाय! जगाने पर भी तो मैं/वीणा
ढीठ गुंजार-	*'दई! ढीठ गुंजार'*	: जिद्दी भौंरों की निरंतर ध्वनि	**पं.ग्रं.**-1/113	हृदय के बन्दी तार/वीणा
ढीली सी भरी साँस-	*'लेती ढीली सी भरी साँस, जैसे होती जाती हताश'*	: शिथिल होकर कष्टपूर्वक साँस लेना	**प्र.ग्रं.**-2/234	दर्शन/कामायनी
ढीले-	*'ढीले अपनी कोमल काया'*	: ढीला छोड़ देना ताकि आराम मिले	**प्र.ग्रं.**-1/298	ले चल वहाँ भुलावा देकर/लहर
ढीले अधरों-	*'सुरीले, ढीले अधरों बीच'*	: अकृत्रिम गायन, गायन के कौशल के प्रशिक्षण के बिना, उसके होंठ मानो गायन के लिए सधे नहीं थे।	**पं.ग्रं.**-1/179	उच्छ्वास/पल्लव
ढुल-	*'कपोलों पर जो ढुल चुपचाप गया कुम्हला आँखों का फूल'*	: ढुलक कर, ढरक कर	**म.सा.**-1/127	किसी नक्षत्रलोक से टूट/रश्मि
◆	*'ढुल जाता हो म्लान'*	: ढुलक जाना	**म.सा.**-1/131	दिया क्यों जीवन का वरदान?/रश्मि
ढुल ढुल-	*'पारद के मोती से चंचल मिटते जो प्रतिपल बन ढुल ढुल'*	: ढुलक ढुलक जाना	**म.सा.**-1/242	जागो बेसुध रात नहीं यह!/नीरजा
ढेरों-	*'इन ढेरों में दुखभरी कुरुचि*	: भग्न अवशेषों का ऊँचा	**प्र.ग्रं.**-2/173	इड़ा/कामायनी
तंत्री-	*'छेड़ रहा इतिहास हमारा यही हृदय-तन्त्री से तान'*	: वाद्य-यंत्र (तारयुक्त)	**नि.र.**-1/44	नहीं डरेंगे
◆	*'शिथिल तन्त्री की सोयी तान'*	: वीणा, तारयुक्त वाद्ययंत्र	**नि.र.**-1/142	स्मृति
◆	*'बाँध माँ, तन्त्री के-से गान'*	: बाजे का तार	**नि.र.**-1/257	एक ही आशा में
तंत्री-क्षीण-	*'तन्त्री-क्षीण,— नहीं जिसमें कोई झंकार नवीन'*	: कमजोर तार	**नि.र.**-1/108	क्या गाऊँ
तंद्रा-	*'नवल निद्रा का, मधुर तन्द्रा का,'*	: खुमारी	**प्र.ग्रं.**-1/276	वेदने ठहरो/झरना
◆	*'विजन जगत की तंद्रा में तब चलता था सूना सपना;'*	: नींद का आलस्य	**प्र.ग्रं.**-2/75	आशा/कामायनी
◆	*'पुलकित हो आँखें बन्द किये/तंद्रा को पास बुलाता है'*	:नींद की खुमारी	**प्र.ग्रं.**-2/100	काम/कामायनी
तंद्रा निद्रा-	*'दिन बीता रजनी भी आयी तंद्रा निद्रा संग लिये'*	: ऊँनींदापन और नींद, नींद और आलस्य	**प्र.ग्रं.**-2/229	निर्वेद/कामायनी
तंद्रा-पल्लव-	*'जग छा दो श्याम-लता-सी तन्द्रा-पल्लव विह्वल से'*	: नींद से अलसाई पलकें	**प्र.ग्रं.**-2/28	आँसू
तंद्रालस-	*'सपनों की सुख छाया में/जब तन्द्रालस संसृति है'*	: नींद के आलस्य का प्रभाव	**प्र.ग्रं.**-2/38	आँसू
◆	*'निस्तब्ध मौन था अखिल लोक तंद्रालस था वह विजन प्रांत'*	: हल्की नींद के प्रभाव से ऊँघना	**प्र.ग्रं.**-2/178	इड़ा/कामायनी
◆	*'पुष्प-पुष्प से तन्द्रालस लालसा खींच लूँगा मैं'*	: नींद से पहले का आलस्य, खुमारी	**नि.र.**-1/126	ध्वनि

शब्द- काव्य-पंक्ति	: अर्थ	ग्रंथावली/पृ.सं.	स्रोत/संदर्भ
◆ *'विस्मृति के तन्द्रालस'*	: नींद का आलस्य	**पं.ग्रं.**-1/331	तीन/ज्योत्स्ना
तंद्रिल- *'झिलमिल-झिलमिल, स्वनिल, तन्द्रिल'*	: उनींदे (जुगनू), ऊँघते हुए	**पं.ग्रं.**-1/307	तीन/ज्योत्स्ना
तंद्रिल छायांचल- *'उर्वी का तन्द्रिल छायांचल'*	: (धरती के) अलसाये आँचल (छाया) को	**पं.ग्रं.**-1/344	चार/ज्योत्स्ना
तंद्रिल तन- *'स्वप्निल मन, तन्द्रिल तन/शिथिल वसन भाया'*	: नींद से अलसाया शरीर, छाया मानो उनींदी-सी है	**पं.ग्रं.**-1/286	एक/ज्योत्स्ना
तंद्रिल निशीथ- *'तंद्रिल निशीथ में ले आए गायक तुम अपनी अमर बीन!'*	: नींद से बोझिल रात	**म.सा.**-1/286	तंद्रिल निशीथ में ले आए/सांध्य गीत
तंद्रिल पलकों- *'उतर मुग्ध तन्द्रिल पलकों पर'*	: नींद से अलसायी पलकें	**पं.ग्रं.**-1/301	तीन/ज्योत्स्ना
तंद्रिल पलों में- *'आज इन तंद्रिल पलों में!'*	: नींद से भरे क्षणों में	**म.सा.**-1/253	रागभीनी तू सजनि निश्वास भी.../सांध्य गीत
तकली- *'बीजों का संग्रह और उधर चलती है तकली भरी गीत'*	: हाथ से सूत कातने का एक यंत्र	**प्र.ग्रं.**-2/158	ईर्ष्या/कामायनी
◆ *'तुम दूर चले जाते हो जब तब लेकर तकली यहाँ बैठ'*	: सूत कातने का उपकरण	**प्र.ग्रं.**-2/165	ईर्ष्या/कामायनी
तकी- *'विवश नयनोन्मादवश हँसकर तकी'*	: देखी (ध्यान से)	**नि.र.**-1/155	शेष
तज- *'तज कोलाहल की अवनी रे!'*	: छोड़कर	**प्र.ग्रं.**-1/298	ले चल वहाँ भुलावा देकर/लहर
◆ *'तज उनका गिरि सा गुरु अंतर मैं सिकता-कण सी आई झर'*	: छोड़कर	**म.सा.**-1/235	प्रिय सुधि भूले री मैं पथ भूली!/नीरजा
तट-कूलों- *'वर्षा के घन नाद कर रहे तट-कूलों को सहज गिराती'*	: नदी के तट और किनारा (मर्यादा)	**प्र.ग्रं.**-2/260	रहस्य/कामायनी
तटनी- *'बेसुध तम की छाया का/तटनी करती आलिंगन'*	: नदी	**म.सा.**-1/37	रजनी ओढ़े जाती थी/नीहार
तट-मृदंग- *'जल-तरंग ध्वनि; कलकल बजा तट-मृदंग सदल'*	: तट मानो मृदंग (ढोलक का एक रूप) की तरह है	**नि.र.**-1/310	मित्र के प्रति
तटिनी- *'करती है तटिनी तरणी से छल-बल'*	: नदी, तटोंवाली	**नि.र.**-1/127	आग्रह
तड़पन चपला की- *'निर्घोष घटाओं में छिप तड़पन चपला की सोती'*	: बिजली मानो बेचैनी की तरह खामोश बादलों में सो रही है	**म.सा.**-1/54	जो मुखरित कर जाती थी/नीहार
तड़ित- *'घन-तिमिर-भार के लिए तड़ित स्वर्गीय किरण बन आई थी'*	: आकाशीय बिजली	**प्र.ग्रं.**-1/296	जगती की मंगलमयी उषा बन/लहर
◆ *'तड़ित पथ की-सी चकित अजान'*	: बिजली	**नि.र.**-1/216	'कहाँ उन नयनों की मुसकान'
तड़ित-चकित- *'तड़ित-चकित नभ सुन्दर'*	: आकाशीय बिजली से चौंका हुआ (आकाश सुंदर लगता है)	**पं.ग्रं.**-1/315	तीन/ज्योत्स्ना
तड़ित-द्युति- *'ज्योति की तन्वी, तड़ित-/द्युति ने क्षमा माँगी'*	: बिजली की कौंध	**नि.र.**-1/253	(प्रिय) यामिनी जागी
तड़ित-प्रवाह- *'जगा देती हो तड़ित-प्रवाह'*	: बिजली का लगातार चमकना	**नि.र.**-1/143	स्मृति
तड़ित-भीत- *'लगा अंक से तड़ित-भीत शशि'*	: बिजली की गरज और चमक से डरा हुआ (चाँद का मृग-शिशु)	**पं.ग्रं.**-1/272	अप्सरा/गुंजन
तड़ित-विलास-सी- *'तड़ित-विलास-सी नचाती भौंहें अपनी'*	: आकाशीय बिजली के लास्यपूर्ण रूप में	**प्र.ग्रं.**-1/342	प्रलय की छाया/लहर

शब्द- काव्य-पंक्ति	: अर्थ	ग्रंथावली/पृ.सं.	स्रोत/संदर्भ
तड़ित्- *'मैं तड़ित तूलिका रचना'*	: बिजली, चपला	**नि.र.-1**/50	तुम और मैं
तड़ित्-उर - *'जो कसकती तड़ित्-उर में'*	: आकाशीय बिजली के हृदय में बैठी हुई बेचैनी की प्यास	**म.सा.-1**/343	आँसुओं के देश में/दीप-शिखा
तड़ित् का कंठ गीला- *'सिंधु चलता मेघ पर रुकता तड़ित् का कंठ गीला'*	: आकाशीय बिजली मानो आर्द्र होकर करुण हो गयी है, वह चमक तो रही है मगर बोल नहीं पा रही है	**म.सा.-1**/323	आज तार मिला चुकी हूँ/दीप-शिखा
तड़ित् की मुस्कान- *'तड़ित् की मुस्कान में वह कौन है?'*	: आकाशीय बिजली मानो उस अज्ञात प्रियतम की मुस्कान हो	**म.सा.-1**/113	कुमुद-दल से वेदना के दाग को/रश्मि
तड़ित्-छटा-सा - *'तन सजल-घटा-सा तड़ित्-छटा-सा उर दे'*	: आकाशीय बिजली की छवि के समान	**म.सा.-1**/339	तू धूल-भरा ही आया!/दीप-शिखा
तड़ित्तारकाओं - *'नील-नभ तड़ित्तारिकाओं का चित्र ले'*	: बिजली और तारे	**नि.र.-1**/56	पंचवटी प्रसंग:3
तडिद्दाम अभिराम- *'चौंक चमक छिप जाती विद्युत तड़िद्दाम अभिराम'*	: बिजली (तड़ित्) की सुंदर (अभिराम) रेखा (दाम)	**नि.र.-1**/133	बादल-राग
तड़ित् सुधि- *'तड़ित् सुधि में, वेदना में करुण पावस-रात भी'*	: आकाशीय बिजली मानो प्रेम की स्मृति का दर्द है	**म.सा.-1**/215	कमलदल पर किरण अंकित/नीरजा
तण्डुल- *'विप्रवर स्नान कर चढ़ा सलिल शिव पर दूर्वादल, तण्डुल, तिल'*	: चावल	**नि.र.-1**/309	दान
तत्त्व-नभ-तम- *'तत्त्व-नभ-तम में सकल-भ्रम-शेष, श्रम-निस्तार'*	: तत्त्व-रूपी आकाश के अँधेरे में	**नि.र.-1**/226	जग का एक देखा तार
तत्त्वपूर्ण- *'विश्व का तत्त्वपूर्ण दर्शन'*	: वास्तविकता से भरपूर	**पं.ग्रं.-1**/228	परिवर्तन/पल्लव
तत्त्वमसि- *'तत्त्वमसि' महाज्ञान'*	: (तत्+त्वम्+असि) तुम वह (ब्रह्म) हो	**नि.र.-1**/186	जागरण
तथागत- *'सुनाने आरण्यक संवाद, तथागत आया तेरे द्वार'*	: गौतम बुद्ध का एक नाम	**प्र.ग्रं.-1**/294	अरी वरुणा की शांत कछार/लहर
तदनंत- *'कोशल-बिहार तदनन्त क्रान्त'*	: एक के बाद एक, उसके बाद	**नि.र.-1**/281	तुलसीदास
तदबीर- *'चाहिए हमें कि/तदबीर औ' तलवार पर पानी चढ़ावें खूब'*	: मेहनत, उपाय	**नि.र.-1**/166	महाराज शिवाजी का पत्र
तनय- *'कह हुए मौन शिव; पवन-तनय में भर विस्मय'*	: पुत्र	**नि.र.-1**/332	राम की शक्ति-पूजा
तनये- *'तनये, ली कर दृक्पात तरुण जनक से जन्म की विदा अरुण!'*	: पुत्री को संबोधन	**नि.र.-1**/315	सरोज-स्मृति
तनिक संकुचित बैठी- *'सिंधु सेज पर धरा वधू अब तनिक संकुचित बैठी सी'*	: (धरती-रूपी दुल्हन) जरा संकोच से बैठी है	**प्र.ग्रं-2**/68	आशा/कामायनी
तनिमा- *'तनिमा ने हर लिया तिमिर'*	: नजाकत	**नि.र.-1**/234	खिला सकल जीवन, कल मन
तनु- *'स्खलित-वसन-तनु-सा तनु अमरण, नग्न, उदास, व्यथित अभिमान'*	: शरीर (दुबला शरीर, सुंदर शरीर)	**नि.र.-1**/121	यमुना के प्रति
◆ *'तरु के अति जीर्ण तनु को देखते हैं एक बार'*,	: शरीर	**नि.र.-1**/131	स्वाधीनता पर (1)
◆ *'अपने ही ताप से, तनु, मुरझाया हुआ'*	: शरीर	**नि.र.-1**/180	रेखा 'ग'

शब्द- काव्य-पंक्ति	: अर्थ	ग्रंथावली/पृ.सं.	स्रोत/संदर्भ
◆ *'पल्लवित तनु की तन्वी ज्योति'*	: कोमल-सुंदर शरीर	**नि.र.**-1/216	'कहाँ उन नयनों की मुसकान'
तनु-तंतुओं-सा- *'तनु-तुन्तुओं-सा सरल-वक्र, कठोर-कोमल हास-सा'*	: शरीर की पेशियों की तरह	**नि.र.**-1/139	नारायण मिलें हँस अन्त में
तनु-तन- *'तनु-तन पर जाते बलि/बार-बार हार;'*	: कोमल तन	**नि.र.**-1/311	मित्र के प्रति
तनु-तनिमा- *'तुम्हारी तनु-तनिमा लघु-भार'*	: छरहरी देहयष्टि	**पं.ग्रं.**-1/257	मधुवन/गुंजन
तनु-यान- *'दष्ट ज्यों हो सुमन/छिद्र-शत तनु-यान'*	: देह रूपी उनका यान	**नि.र.**-1/244	सार्थक करो प्राण
तनु-वल्कल- *'वसन विमल तनु-वल्कल, पृथु उर सुर-पल्लव-दल'*	: देह में लपेटी पेड़ की छाल	**नि.र.**-1/235	अमरण भर वरण-गान
तन्मय- *'दिव्य अनाहत पर-निनाद में श्रद्धायुत मनु बस तन्मय थे'*	: आनन्दमग्न	**प्र.ग्रं.**-2/263	रहस्य/कामायनी
◆ *'भर उठा मनोहर नभ में मनु तन्मय बैठे उन्मन'*	: तल्लीन, ध्यानस्थ(शिवमय)	**प्र.ग्रं.**-2/273	आनन्द/कामायनी
◆ *'सबमें तुम, तुममें सब तन्मय'*	: तल्लीन, संलग्न	**नि.र.**-1/150	पारस
◆ *'एक ही मूर्ति में/तन्मय असीमता'*	: लीन, रम जाना	**नि.र.**-1/173	रेखा 'क'
◆ *'भय में हूँ तन्मय/धरधर कम्पन'*	: लीन होना	**नि.र.**-1/201	खेवा
तन्वंगिनि- *'विवसना, लता-सी तन्वंगिनि'*	: इकहरी अंगयष्टिवाली तरुणी	**पं.ग्रं.**-2/19	छाया?/युगपथ
तन्वंगी गंगा- *'सैकत शय्या पर दुग्ध धवल, तन्वंगी गंगा, ग्रीष्म विरल'*	: छरहरी देहयष्टि वाली स्त्री की तरह गंगा लग रही है	**पं.ग्रं.**-1/274	नौका-विहार/गुंजन
तन्वि- *'तन्वि के तरुण, आओ सत्वर!'*	: प्रेमिका, स्त्री	**नि.र.**-1/228	आओ मेरे आतुर उर पर
◆ *'बन जन्मसिद्ध गायिका, तन्वि/मेरे स्वर की रागिनी वह्नि'*	: सरोज अब युवती हो रही है	**नि.र.**-1/320	सरोज-स्मृति
◆ *'नील नभ-अन्तःपुर में, तन्वि'*	: सुंदर देह-यष्टि वाली स्त्री	**पं.ग्रं.**-1/250	भावी पत्नी के प्रति/गुंजन
◆ *'तन्वि! तुमने लोचन मन छीन'*	: छरहरी (किशोरी)	**पं.ग्रं.**-1/259	रूप-तारा तुम पूर्ण प्रकाम/गुंजन
◆ *'तुम्हें तन्वि! दिन-रात'*	: छरहरी देहयष्टि वाली	**पं.ग्रं.**-1/272	अप्सरा/गुंजन
◆ *'हम तन्वि, भार यह नव-यौवन'*	: संतुलित देह-यष्टिवाली लहर	**पं.ग्रं.**-1/352	चार/ज्योत्स्ना
तन्वी- *'पल्लवित तनु की तन्वी ज्योति'*	: कोमल	**नि.र.**-1/216	'कहाँ उन नयनों की मुसकान'
◆ *'ज्योति की तन्वी, तड़ित-/द्युति ने क्षमा माँगी'*	: कोमल अंगोंवाली स्त्री	**नि.र.**-1/253	(प्रिय) यामिनी जागी
तपक- *'न जाने, तपक तड़ित में कौन'*	: चौंककर, औचक, अचानक	**पं.ग्रं.**-1/196	मौन निमन्त्रण/पल्लव
तप नहीं- *'तप नहीं केवल जीवन-सत्य करुण यह क्षणिक दीन अवसाद;'*	: सुखों की अवहेलना और कष्टसाध्य तपस्या को एकमात्र सत्य मान लेना उचित नहीं है	**प्र.ग्रं.**-2/90	श्रद्धा/कामायनी
तपस्वी- *'तपस्वी! क्यों इतने हो क्लांत? वेदना का यह कैसा वेग?'*	: तप करते हुए समय गुजारते मनु दयनीय दशा को प्राप्त कर गए हैं	**प्र.ग्रं.**-2/88	श्रद्धा/कामायनी
तप्त स्वर्ण- *'तप्त स्वर्ण, ऋषियों के गान'*	: तपते हुए सोने (की तरह कामदेव शंकर की महाज्वाला में जला था)	**पं.ग्रं.**-1/195	अनंग/पल्लव
तम का पारावार- *'मेरी ही चितवन से उमड़ा तम का पारावार'*	: विराट अंधकार, अँधेरे का समुद्र	**म.सा.**-1/233	दूर घर मैं पथ से अनजान!/नीरजा

शब्द-	काव्य-पंक्ति	: अर्थ	ग्रंथावली/पृ.सं.	स्रोत/संदर्भ
तम-कारा-बंदी-	*'तम-कारा-बंदी सांध्य रंगों-सी चितवन'*	: अंधकार के कारागार में कैदी (है संध्या)	**म.सा.-1**/357	कोई यह आँसू आज माँग ले...!/दीप-शिखा
तम की छाया-	*'बेसुध तम की छाया का तटनी करती आलिंगन'*	: अँधेरे की परतों की तरफ नदी चली जा रही है	**म.सा.-1**/37	रजनी ओढ़े जाती थी/नीहार
तम की मुक्ति-	*'भाती तम की मुक्ति नहीं, प्रिय रागों का बंधन;'*	: अंधकार-रूपी वेदना से मुक्त हो जाना	**म.सा.-1**/289	वह संध्या फूली सजीली!/सांध्य गीत
तम के परदों में-	*'करुणामय को भाता है तम के परदों में आना'*	: अँधेरे की ओट में, रहस्मय रूप में	**म.सा.-1**/54	जो मुखरित कर जाती थी/नीहार
तम के पार-	*'कौन तम के पार?— (रे, कह)'*	: अंधकार या अज्ञान के पार कौन है अर्थात् कोई नहीं हैं	**नि.र.-1**/255	कौन तम के पार
तम के मलीन अंचल-	*'उस पार कहाँ फिर जाऊँ तम के मलीन अंचल में'*	: 'उस पार' की जगह अँधेरे में डूबी हुई है	**प्र.ग्रं.-2**/20	आँसू
तम के सुन्दरतम रहस्य-	*'तम के सुन्दरतम रहस्य, हे कांति किरण रंजित तारा!'*	: सितारे अंधकार के सुन्दरतम रहस्य की तरह हैं, अंधकार में चमकते तारे रहस्य की सृष्टि करते हैं	**प्र.ग्रं.-2**/78	आशा/कामायनी
तम-केवल-	*'दु:ख-भार भारत तम-केवल, वीर्य-सूर्य के ढके सकल दल'*	: मात्र अँधेरा	**नि.र.-1**/256	जागो, जीवन-धनिके!
तम-गहन-जीवन-	*'प्रिय, अन्त और अनन्त के, तम-गहन-जीवन घेर'*	: अँधेरे की तरह गंभीर/ रहस्यमय जीवन	**नि.र.-1**/170	मौन
तम घोर-	*'कुहरे सा धुँधला भविष्य है/है अतीत तम घोर'*	: घना अँधेरा, अतीत मानो घने अँधेरे की तरह है	**म.सा.-1**/112	किन उपकरणों का दीपक/रश्मि
तम-चूर्ण-	*'तम-चूर्ण बरस जाता था छा जाती अधिक अँधेरी'*	: अँधेरा मानो चूर्ण की तरह बरस रहा था, अँधेरा क्रमश: घना हो रहा था	**प्र.ग्रं.-2**/8	आँसू
तम-जग-नयनों-	*'एक स्वप्न तम-जग-नयनों में'*	: अँधेरे से भरे संसार की आँखों में	**नि.र.-1**/222	स्नेह की सरिता के तट पर
तम-जलधि-	*'तम-जलधि में नेह का मोती रचूँगी सीप-सी मैं!'*	: अंधकार मानो समुद्र की तरह विस्तृत है	**म.सा.-1**/337	धूप-सा तन दीप-सी मैं!/दीप-शिखा
तम जलनिधि-	*'तम जलनिधि का बन मधु-मंथन, ज्योत्स्ना सरिता का आलिंगन'*	: अंधकार-रूपी समुद्र	**प्र.ग्रं.-2**/246	दर्शन/कामायनी
तमजिज्जीवन-	*'तेजस्वी, हे तमजिज्जीवन आती भारत की ज्योतिर्धन महिमाबल'*	: अंधकार को जीतनेवाला जीवन	**नि.र.-1**/305	तुलसीदास
तम-तमाल-	*'तम-तमाल ने फूल/गिरा दिन-पलकें खोलीं'*	: तमाल के गहरे हरे पत्तों की तरह अँधेरा	**म.सा.-1**/259	प्रिय-पथ के यह शूल.../सांध्य गीत
तम-तारा-	*'मत्त-भृंग-सम सङ्ग-सङ्ग तम — तारा मुख-अम्बुज-मधु-लुब्ध'*	: अँधेरे में चमकता तारा	**नि.र.-1**/122	यमुना के प्रति
तम-तुषार की रात-	*'विरह-वेदना आई है बन तम-तुषार की रात'*	: ओस से भरी अँधेरी रात (बन गयी है विरह-वेदना)	**म.सा.-1**/126	अलि अब सपने की बात—/रश्मि
तम तुहिन-	*'तम तुहिन बरस दो कन-कन यह पगली सोये अब भी'*	: अंधकार-रूपी ओसकण	**प्र.ग्रं.-2**/28	आँसू

शब्द- काव्य-पंक्ति	: अर्थ	ग्रंथावली/पृ.सं.	स्रोत/संदर्भ
तम-धूति- *'खुलते थे निर्मल तम-धूति का गगन ज्यों'*	: धुएँ से (अंधेरे से) काँपता (आकाश)	**नि.र.-1**/181	गुरुडम के प्रति
तम-नयनों- *'तम-नयनों की तारायें सब -'*	: रात्रि की अंधकार-रूपी आँखें	**प्र.ग्रं.-1**/309	अब जागो जीवन के प्रभात/लहर
तम-निशा- *'रुदन, दु:ख, तम-निशा; निराशा, इन द्वन्द्वों का मिटे तमाशा'*	: रात का अँधेरा, निराशा का भाव	**प्र.ग्रं.-3**/505	तृतीय अंक/कामना
तम-भ्रम-जित्वर- *'भव-भय तम-भ्रम-जित्वर'*	: तम और भ्रम को जीतनेवाले (शिव)	**पं.ग्रं.-1**/335	चार/ज्योत्स्ना
तम-भ्रान्ति- *'दिवस की कर्म-कुटिल तम-भ्रान्ति'*	: अँधेरे से उत्पन्न भ्रम, भ्रम-रूपी अँधेरा	**नि.र.-1**/137	दीन
तममय- *'कालिन्दी बही प्रणय की इस तममय हृदय-पुलिन में'*	: अंधकार से भरा हुआ	**प्र.ग्रं.-2**/16	आँसू
तममय अंतर- *'विभ्रम मदिरा से उठकर आओ तममय अन्तर में;'*	: निराश हृदय, उदास मन	**प्र.ग्रं.-2**/27	आँसू
तममय तुषारमय कोने में- *'तममय तुषारमय कोने में छेड़ा जब दीपक-राग एक'*	: ओस की बूँदों से भरा अँधेरा कोना, दु:ख से भरा सकरुण पक्ष	**म.सा.-1**/286	तंद्रिल निशीथ में ले आए/सांध्य गीत
तममयि- *'तममयि! घिर आ धीरे धीरे आज न सज अलकों में हीरे'*	: अँधेरे से भरी रात	**म.सा.-1**/196	आ मेरी चिर मिलन-यामिनी!/नीरजा
तम में अगम- *'तम में अगम, गहन उन्माद'*	: अँधेरे में रोमानी रहस्य (की सृष्टि मानो कामचेतना ने की)	**पं.ग्रं.-1**/193	अनंग/पल्लव
तम-विभावरी- *'नीड़स्थ पक्षी की/तम-विभावरी गयी'*	: अँधेरी रात	**नि.र.-1**/184	जागरण
तम विराग- *'सोया जीवन का तम विराग'*	: अंधकार-रूपी विरक्ति	**प्र.ग्रं.-2**/178	इड़ा/कामायनी
तम-व्योम- *'दिखलाई पड़ता है जो तम-व्योम में'*	: अँधेरा आकाश	**प्र.ग्रं.-1**/253	प्रत्याशा/झरना
तम शेष मेरे हृदय- *'प्रिय बिना तम शेष मेरे हृदय की'*	: मेरे हृदय में केवल निराशा भरी है	**पं.ग्रं.-1**/125	ग्रन्थि
तम श्यामल- *'छाया तरु-वन में तम श्यामल'*	: श्याम रंग का गहरा अँधेरा	**पं.ग्रं.-1**/268	एक तारा/गुंजन
◆ *'अपने तम-श्यामल पाहुन को पुतली की निशा में सुलाता नहीं'*	: जो अंधकार की कालिमा में डूबा हो	**म.सा.-1**/149	जिसको अनुराग सा दान दिया/रश्मि
तमश्यामल छाया- *'सुख-तृप्त हृदय-कोने को ढँकती तमश्यामल छाया'*	: निराशा और दु:ख की काली छाया	**प्र.ग्रं.-2**/39	आँसू
तमस- *'प्राची में नव उषा तमस को जीत रही है'*	: अँधेरा, अज्ञान	**प्र.ग्रं.-2**/204	संघर्ष/कामायनी
तमस-मूढ़- *'तमस-मूढ़ हों भास्वर'*	: अँधेरे से आक्रांत, अज्ञान से त्रस्त	**पं.ग्रं.-1**/329	तीन/ज्योत्स्ना
तमसांचल- *'तमसांचल में, रात'*	: अँधेरे की गोद में	**पं.ग्रं.-1**/331	तीन/ज्योत्स्ना
तमसाकार- *'गरजता है जब तमसाकार'*	: मानो अँधेरा ही जिसका आकार हो (आकाश)	**पं.ग्रं.-1**/195	मौन निमन्त्रण/पल्लव
तम सा नीरव- *'तम सा नीरव नभ सा विस्तृत, हास रुदन से दूर अपरिचित'*	: अंधकार की तरह खामोश	**म.सा.-1**/222	झरते नित लोचन मेरे हों!/नीरजा

शब्द- काव्य-पंक्ति	: अर्थ	ग्रंथावली/पृ.सं.	स्रोत/संदर्भ
तम-सिंधु- *'इन कनक-रश्मियों में अथाह लेता हिलोर तम-सिंधु जाग'*	: रात का अँधेरा समुद्र की तरह फैला था, अब हिलोर लेकर जाग उठा है	**म.सा.**-1/103	चुभते ही तेरा अरुण बान!/रश्मि
तम-सुप्ति- *'स्वप्न प्रबल विज्ञान, धर्म, दर्शन, तम-सुप्ति शान्ति, हो भोर'*	: अँधेरे की नींद	**नि.र.**-1/188	विस्मृत भोर
तमस्तूर्य- *'अस्तमित आज रे— तमस्तूर्य दिङ्मण्डल;'*	: अंधकार की तुरही बज रही है	**नि.र.**-1/281	तुलसीदास
तमाल- *'कौन तमाल झूमता है इस सजी सुमन क्यारी में'*	: ब्रज क्षेत्र का एक वृक्ष	**प्र.ग्रं.**-1/280	बिंदु(2)/झरना
♦ *'तरुण-तमाल-तलाश्रित को'*	: एक वृक्ष, कृष्ण-काव्य में चर्चित वृक्ष	**नि.र.**-1/65	जलद के प्रति
♦ *'कर-तल-पल्लव-दल से निर्जन वन के सभी तमाल'*	: एक वृक्ष	**नि.र.**-1/86	आवाहन
तमिस्र- *'लपकता है तमिस्र तत्काल'*	: अंधकार	**पं.ग्रं.**-1/184	आँसू/पल्लव
♦ *'सदियों का दैन्य तमिस्र तूम, धुन तुमने, कात प्रकाश सूत'*	: अँधेरा	**पं.ग्रं.**-2/24	बापू के प्रति/युगपथ
♦ *'सहम तमिस्र देख संसार'*	: अँधेरा	**नि.र.**-1/120	यमुना के प्रति
तमिस्रमय- *'जीवन-पथ तमिस्रमय निर्जन'*	: अंधकार से परिपूर्ण	**पं.ग्रं.**-2/12	बढ़ो अभय, विश्वास चरण धर/युगपथ
तमिस्र-संक्षर- *'तमिस्र-संक्षर छिपे निशाचर प्रभा-भयंकर विनाश से डर'*	: अँधेरे में मारनेवाले	**नि.र.**-1/242	गयी निशा वह, हँसीं दिशाएँ
तमिस्रा- *'खिलते हों क्षत के फूल वहाँ, बन व्यथा तमिस्रा के तारे'*	: अँधेरी रात	**प्र.ग्र.**-4/341	प्रथम अंक/ध्रुवस्वामिनी
♦ *'चल आज तमिस्रा के उर्म्मिल/छोरों में स्वर्ग तरल भरता'*	: अँधेरी रात, घना अंधकार	**म.सा.**-1/383	तेरी छाया में अमिट रंग/दीप-शिखा
तमिस्रा माल- *'नीलिमा से नयन की रचती तमिस्रा माल'*	: अंधकार का क्रम	**प्र.ग्रं.**-2/118	वासना/कामायनी
तरंगाघातों- *'सबल तरंगाघातों से उस क्रुद्ध सिंधु के, विचलित सी'*	: लहरों की चोट या धक्का	**प्र.ग्रं.**-2/60	चिंता/कामायनी
तरंगिणी- *'चञ्चल तरंगिणी की तरल तरंगों पर'*	: नदी, तरंगों से युक्त	**नि.र.**-1/51	पंचवटी प्रसंग:1
तरंगों से फेंकी मणि एक- *'कौन तुम? संसृति-जलनिधि तीर तरंगों से फेंकी मणि एक,'*	: समुद्र की लहरों के द्वारा फेंकी गयी मणि अर्थात् किसी महत्त्वपूर्ण व्यक्ति का उपेक्षित जगह पर पाया जाना	**प्र.ग्रं.**-2/83	श्रद्धा/कामायनी
तर- *'तिमिर तर, प्रभा-दृगों में ज्ञान'*	: तैरना	**नि.र.**-1/265	तुम्हें ही चाहा
तर जाने को- *'तर जाने को मृत्यु कहा क्यों बहने को जीवन?'*	: तैर जाना अर्थात् पूरा जीवन जी लेना अर्थात् मृत्यु	**म.सा.**-1/289	वह संध्या फूली सजीली!/सांध्य गीत
तर रहे- *'पृष्ठ-ग्रीवा-बाहु-उर पर तर रहे'*	: तैरना, बालों का उड़-उड़कर लहराना	**नि.र.**-1/253	(प्रिय) यामिनी जागी
तरण- *'ऊनविंश पर जो प्रथम चरण तेरा वह जीवन-सिन्धु-तरण;'*	: तैरकर पार कर जाना, मृत्यु	**नि.र.**-1/315	सरोज-स्मृति
तरणि- *'चढ़ मृत्यु-तरणि पर तूर्ण-चरण कह— "पित:, पूर्ण आलोक वरण'*	: नाव	**नि.र.**-1/315	सरोज-स्मृति
♦ *'तरणि के ही संग तरल तरंग से'*	: सूर्य	**पं.ग्रं.**-1/124	ग्रन्थि
♦ *'तरणि डूबी थी हमारी ताल में'*	: नाव	**पं.ग्रं.**-1/124	ग्रन्थि

शब्द-	काव्य-पंक्ति	: अर्थ	ग्रंथावली/पृ.सं.	स्रोत/संदर्भ
तरणी-	*'तिरती थी तिमिर-उदधि में/नाविक! यह मेरी तरणी'*	: छोटी नाव, जीवन रूपी नौका	**प्र.ग्रं.-2**/21	आँसू
◆	*'ज्यों प्रतिकूल पवन में तरणी गहरे लौट पड़ी थी'*	: नाव	**प्र.ग्रं.-2**/133	कर्म/कामायनी
◆	*'करती है तटिनी तरणी से छल-बल'*	: नाव	**नि.र.-1**/127	आग्रह
◆	*'लिए जाते तरणी किस ओर/अरे मेरे नाविक नादान'*	: जीवन-रूपी छोटी-सी नौका	**म.सा.-1**/61	घोर घन की अवगुण्ठन डाल/नीहार
◆	*'यह प्रतिपल तरणी बन आते'*	: छोटी नौका	**म.सा.-1**/266	हे मेरे चिर सुंदर अपने!/सांध्य गीत
◆	*'ज्वार को तरणी बना मैं; इस प्रलय का पार पा लूँ!'*	: छोटी नौका	**म.सा.-1**/319	सब बुझे दीपक जला लूँ/दीप-शिखा
तरल आकांक्षा-	*'तरल आकांक्षा से है भरा सो रहा आशा का आह्लाद;'*	: जीवन्त इच्छाएँ	**प्र.ग्रं.-2**/90	श्रद्धा/कामायनी
तरल कणों में-	*'सप्त सिंधु के तरल कणों में, द्रुम दल में, आनन्द-विभोर'*	: जलकण	**प्र.ग्रं.-2**/56	चिंता/कामायनी
तरल गरल-	*'इस ग्रह कक्षा की हलचल! री तरल गरल की लघु लहरी!'*	: जहर का तरल रूप (है चिंता)	**प्र.ग्रं.-2**/53	चिंता/कामायनी
तरल चित्रसारी-	*'तट तरु है चित्रित तरल चित्रसारी में'*	: सजीव चित्रशाला, जिसका रूप निरंतर गतिशील और परिवर्तित हो	**प्र.ग्रं.-1**/337	पेशोला की प्रतिध्वनि /लहर
तरल तम-	*'एक तरल तम में कटते थे जब दिवस'*	: भ्रम, व्यर्थ का काम, पहले की हिंदी कविता (रीतिवादी) रूढ़िवादी श्रृंगारिक विषयों से जुड़ी थी	**नि.र.-1**/181	गुरुडम के प्रति
तरल तरंगों-	*'तरल तरंगों में उठ-गिर कर बहती पगली बारम्बार!'*	: चंचल लहरें	**प्र.ग्रं.-2**/61	चिंता/कामायनी
◆	*'तज कर तरल तरंगों को'*	: नित-नूतन सौन्दर्य उत्पन्न करनेवाली तरंगें	**पं.ग्रं.-1**/195	मोह/पल्लव
तरल तारिके-	*'तुम हो सुन्दरि तरल तारिके! बोलो कुछ, बैठो मत मौन'*	: टिमटिमाते तारे, जिसकी आभा में स्थिरता (ठोसपन) न हो; बल्कि तरलता हो	**प्र.ग्रं.-4**/238	द्वितीय अंक/चन्द्रगुप्त
तरल तिमिर-	*'तरल तिमिर से प्रलय पवन का होता आलिंगन, प्रतिघात'*	: प्रलयकाल का अँधेरा मानो द्रव की तरह प्रवाहित हो रहा था	**प्र.ग्रं.-2**/60	चिंता/कामायनी
तरल प्राण-	*'दे मृदु कलियों की चटक, ताल हिम-बिंदु नचाती तरल प्राण'*	: ओसकण का ढुलकता हुआ रूप मानो प्राणों के तरल रूप की तरह है	**म.सा.-1**/103	चुभते ही तेरा अरुण बान!/रश्मि
तरल मोती-	*'तरल मोती से नयन भरे!'*	: द्रवीभूत मोती की तरह हैं आँसू	**म.सा.-1**/329	तरल मोती से नयन भरे!/दीप-शिखा
तरल रजत की धार-	*'तरल रजत की धार बहा दे मृदु स्मित से सजनी'*	: ओस से सजल चाँदनी की धारा मानो वसंतरजनी की मुस्कान है	**म.सा.-1**/168	धीरे-धीरे उतर क्षितिज से/नीरजा
तरल वासना-	*'जाग उठी थी तरल वासना मिला रही मादकता'*	: कामभाव की उत्तेजना	**प्र.ग्रं.-2**/145	कर्म/कामायनी
तरल सोने से धुलीं-	*'तरल सोने से धुलीं ये पद्मरागों से सजीं ये'*	: प्रभात का घूँघट मानो सोने के तरल-रूप से धुला हुआ हो	**म.सा.-1**/227	मत अरुण घूँघट खोल री!/नीरजा

शब्द- काव्य-पंक्ति	: अर्थ	ग्रंथावली/पृ.सं.	स्रोत/संदर्भ
तरल हार- *'पहने छाती पर तरल हार'*	: जब लहरों का आकार माला की तरह हो जाये	**प्र.ग्रं.**-1/320	काली आँखों का अंधकार/लहर
तरल हीरक- *'तरल हीरक लहराता शांत सरल आशा सा पूरित ताल'*	: (ताल का पानी चाँदनी में नहाकर) पिघले हुये हीरे की तरह लग रहा है	**प्र.ग्रं.**-1/265	होली की रात/झरना
तरल हृदय- *'तरल हृदय की उच्छ्वासें जब भोले मेघ लुटा जाते'*	: करुणा से भरा मन, सजल बादल मानो करुणा से भरे होते हैं	**म.सा.**-1/30	रजत करों की मृदुल तूलिका/नीहार
तरल-सिहर- *'भर जाती अपनी तरल-सिहर!'*	: ऐसी सिहरन जिसमें रूप की विविधता हो	**प्र.ग्रं.**-1/290	उठ उठ री लघु.../लहर
तरिणी- *'नहीं है तरिणी कर्णधार/अपरिचित है वह तेरा देश'*	: नौका-रूपी साधन	**म.सा.**-1/79	गरजता सागर तम है घोर/नीहार
तरी- *'जर्जर तरी भरी पथिकों से— झड़ में क्या खे लोगे?'*	: छोटी नाव	**प्र.ग्रं.**-4/99	तृतीय अंक/स्कन्दगुप्त
◆ *'जीवन की तरी खोल दे रे/जग की उत्ताल तरंगों पर'*	: नाव	**नि.र.**-1/262	जीवन की तरी खोल दे रे
◆ *'किया वहाँ भी दुर्दम/देख तरी विघ्न विषम'*	: छोटी नाव	**नि.र.**-1/313	मित्र के प्रति
◆ *'अरे उनके फेनिल उच्छ्वास/तरी का करते हैं उपहास'*	: छोटी नाव, साधक का लघुतम स्वरूप	**म.सा.**-1/46	घोर तम छाया चारों ओर/नीहार
तरी पतवार- *'अब तरी पतवार ला कर तुम दिखा मत पार देना'*	: नाव और उसका चप्पू	**म.सा.**-1/319	सब बुझे दीपक जला लूँ/दीप-शिखा
तरुण-अनुरागी- *'अलस पंकज-दृग अरुण-मुख तरुण-अनुरागी'*	: प्रेमी अभी तरुणावस्था का है	**नि.र.**-1/253	(प्रिय) यामिनी जागी
तरुण-अरुण-यौवन-प्रभात-विज्ञान- *'भर मुग्धा की चितवन में अनजान तरुण-अरुण-यौवन-प्रभात-विज्ञान'*	: ये प्रभात के विशेषण हैं- तरुण, अरुण, यौवन और विज्ञान	**नि.र.**-1/109	प्रथम प्रभात
तरुण-किरण- *'अरुण-पंख तरुण-किरण'*	: सूर्य की युवा किरण, किरणों की प्रारंभिक प्रखरता	**नि.र.**-1/148	जागो फिर एक बार
तरुण तपस्वी-सा- *'तरुण तपस्वी-सा वह बैठा, साधन करता सुर-श्मशान;'*	: युवा तपस्वी की तरह लग रहे थे मनु	**प्र.ग्रं.**-2/51	चिंता/कामायनी
तरुण तम- *'तरुण तम से विस्तार'*	: केशराशि का अँधेरा मानो तरुणावस्था की मादक छाया के समान है	**पं.ग्रं.**-1/209	नारी रूप/पल्लव
तरुणता- *'तरुणता की उन तरंगों में तरल'*	: नवयौवना की अवस्था	**पं.ग्रं.**-1/123	ग्रन्थि
तरुण रसाल- *'रसिक पिक से सरस तरुण रसाल थे'*	: आम के मंजरित वृक्ष	**पं.ग्रं.**-1/123	ग्रन्थि
◆ *'आज बौरे रे तरुण रसाल'*	: आम का परिपक्व पेड़	**पं.ग्रं.**-1/255	नवल मेरे जीवन की डाल/गुंजन
तरुण वर्ष- *'ज्योति-तप्त-मुख, तरुण वर्ष के कर से मिलीजुलीं'*	: यौवन	**नि.र.**-1/220	दृगों की कलियाँ नवल खुलीं
तरुणा- *'प्रेम के फाग में आग त्याग की तरुणा;'*	: तरुण उम्रवाली, तरुण उम्रवाली स्त्री रत्नावली	**नि.र.**-1/296	तुलसीदास

शब्द- काव्य-पंक्ति	: अर्थ	ग्रंथावली/पृ.सं.	स्रोत/संदर्भ
तरुणाब्ज- *'तरुणाब्ज अतीत था खिला, करुणा की मकरन्द वृष्टि थी'*	: नया (तरुण) कमल	**प्र.ग्रं.-3**/179	प्रथम अंक/विशाख
तरुणी- *'प्रथम शृंगार स्मित तरुणी वधू का'*	: युवती, मुग्धा	**नि.र.-1**/175	रेखा 'क'
तरुणी-तनु- *'तरुणी-तनु आलम्बन-विशेष, पृथ्वी में?'*	: युवती का सुंदर शरीर	**नि.र.-1**/295	तुलसीदास
तरु-तृण-गुल्मों- *'जीवन्मृत तरु-तृण-गुल्मों की पृथ्वी पर'*	: वृक्ष, घास और लताएँ	**नि.र.-1**/197	प्रार्थना
तरु-तोरण-तृण-तृण- *'तरु-तोरण-तृण-तृण की कविता छवि-मधु-सुरभि भरो'*	: वृक्षों के तोरण द्वार (स्वागत द्वार) की पत्ती-पत्ती	**नि.र.-1**/146	प्रार्थना
तरु-पतिका- *'किसलय-वसना नव-वय-लतिका मिली मधुर प्रिय-उर तरु-पतिका'*	: पेड़ की पत्तियाँ	**नि.र.-1**/25	सखि, वसन्त आया
तरु-मर्मर- *'घर, मरु, तरु-मर्मर, सागर में'*	: पत्तियों के टकराने की आवाज, सरसराहट	**नि.र.-1**/128	बादल राग
तरुवासिनि- *'कूक उठी सहसा तरुवासिनि'*	: पेड़ पर निवास करनेवाली चिड़ियाँ	**पं.ग्रं.-1**/113	प्रथम रश्मि का आना रंगिणि!/वीणा
तरुशिखा मनोहर- *'सरस तामरस गर्भ विभा पर नाच रही तरुशिखा मनोहर'*	: पेड़ की सुन्दर फुनगी (चोटी)	**प्र.ग्रं.-4**/215	द्वितीय अंक/चन्द्रगुप्त
तर्क-करों- *'किन्तु स्पर्श से तर्क-करों के बनता 'छुईमुई' है'*	: तर्क-रूपी हाथों के	**प्र.ग्रं.-2**/135	कर्म/कामायनी
तर्क जाल- *'बिखरीं अलकें ज्यों तर्क जाल'*	: तर्क-वितर्क के उलझाव (की तरह घुँघराली केश-राशि)	**प्र.ग्रं.-2**/179	इड़ा/कामायनी
तर्कमयी- *'ओ तर्कमयी! तू गिने लहर, प्रतिबिंबित तारा पकड़, ठहर'*	: तर्क और बुद्धि को प्रधानता देनेवाली इड़ा	**प्र.ग्रं.-2**/239	दर्शन/कामायनी
तर्क-युक्ति- *'अस्ति-नास्ति का भेद, निरंकुश करते ये अणु तर्क-युक्ति से'*	: तर्क के उपायों से, दलील और तरकीब से	**प्र.ग्रं.-2**/260	रहस्य/कामायनी
तर्कशास्त्र की पीढ़ी- *'सदा समर्थन करती उसकी तर्कशास्त्र की पीढ़ी'*	: तर्कों की शृंखला	**प्र.ग्रं.-2**/134	कर्म/कामायनी
तलक- *'वैसा कभी आज तलक कहीं नहीं पाया है'*	: तक	**नि.र.-1**/52	पंचवटी प्रसंग:1
तलवासी जलचर- *'जलनिधि के तलवासी जलचर विकल निकलते उतराते,'*	: समुद्र के गहरे जल में रहनेवाले जलीय जीव	**प्र.ग्रं.-2**/61	चिंता/कामायनी
तलवों- *'इन तलवों में गति-परिमल है, झलकों में जीवन का जल है'*	: कदमों में	**म.सा.-1**/365	फिर तुमने क्यों शूल बिछाए?/दीप-शिखा
तलहटी मनोहर- *'उसकी तलहटी मनोहर श्यामल तृण-वीरुध वाली'*	: पहाड़ के नीचे की सघन भूमि, उपत्यका	**प्र.ग्रं.-2**/271	आनन्द/कामायनी
तलाश्रित- *'तरुण-तमाल-तलाश्रित को'*	: तल (नीचे)+आश्रित (छाया में)— तमाल की छाया में	**नि.र.-1**/65	जलद के प्रति
तव- *'प्रेम का प्रतिबिम्ब तव'*	: तुम्हारा	**नि.र.-1**/62	पंचवटी प्रसंग:5
◆ *'क्या है उद्देश्य तव?'*	: तुम्हारा, आपका	**नि.र.-1**/81	खँडहर के प्रति
◆ *'तव चरणों में प्रणाम हैं'*	: आपके	**नि.र.-1**/81	खँडहर के प्रति
◆ *'तव भक्त भ्रमरों को हृदय में लिये वह शतदल विमल'*	: आपके, तुम्हारे	**नि.र.-1**/95	वीणावादिनी
◆ *'आनन्द-पुलकित हों सकल तव चूम कोमल चरणतल!'*	: आपके	**नि.र.-1**/95	वीणावादिनी
तव चित्त- *'केवल मेरी ही चिंता का तव चित्त वहाँ कर रहे भार'*	: तुम्हारा मन	**प्र.ग्रं.-2**/164	ईर्ष्या/कामायनी

शब्द- काव्य-पंक्ति	: अर्थ	ग्रंथावली/पृ.सं.	स्रोत/संदर्भ
तव प्रजातंत्र- *'हो शाप भरा तव प्रजातंत्र'*	: तुम्हारे (मनु) द्वारा बनाई गयी लोक-व्यवस्था	**प्र.ग्रं.-2**/175	इड़ा/कामायनी
तस्करिणी-सी- *'तस्करिणी-सी तन्द्रा सबकी'*	: चोरी-छिपे वस्तुओं को इधर से उधर पहुँचानेवाली के समान	**पं.ग्रं.-1**/116	दिवानाथ का विपुल विभव जब/वीणा
तह- *'मैं हार गया तह छील छील'*	: स्तर, परत	**पं.ग्रं.-2**/19	छाया/युगपथ
तांडव नर्तन- *'पद-पद पर तांडव नर्तन हो, स्वर सप्तक होवें लय सारे'*	: तांडव नृत्य, प्रलय का रुद्र-नृत्य	**प्र.ग्रं.-4**/341	प्रथम अंक/ध्रुवस्वामिनी
तांडवमय- *'पंचभूत का यह तांडवमय/नृत्य हो रहा था कब का'*	: विनाशकारी	**प्र.ग्रं.-2**/61	चिंता/कामायनी
ताग- *'पिरोये हुए एक ही ताग'*	: धागा	**नि.र.-1**/274	खुल गया रे
तागी- *'वासना की मुक्ति, मुक्ता/त्याग में तागी'*	: धागे में पिरोया	**नि.र.-1**/253	(प्रिय) यामिनी जागी
ताड़का- *'ताड़का, सुबाहु, विराध, शिरस्त्रय, दूषण, खर;'*	: एक राक्षसी	**नि.र.-1**/331	राम की शक्ति-पूजा
तात- *'सोओ, सोओ, तात'*	: एक तरह का संबोधन, आत्मीय संबोधन	**पं.ग्रं.-1**/331	तीन/ज्योत्स्ना
तातारी- *'तातारी दासियों ने मुझको झुकाना चाहा'*	: तातार जाति की स्त्री, रूस का प्रांत तातारस्तान	**प्र.ग्रं.-1**/346	प्रलय की छाया/लहर
तान- *'तान, सरिता वह स्रस्त, अरोर, बह रही ज्ञानोदधि की ओर'*	: सुर, राग	**नि.र.-1**/272	छन्द की बाढ़
तान असंख- *'सम्हलकर, मिलकर बजते साज मधुर उठती है तान असंख'*	: असंख्य राग-रागिनी	**प्र.ग्रं.-1**/265	होली की रात/झरना
तान-तरंगिनी- *'बह रही है सरस तान-तरंगिनी'*	: संगीत की मधुर तान के साथ बहनेवाली नदी, तान की नदी बह रही है	**नि.र.-1**/95	वीणावादिनी
तानतरल- *'तानतरल कम्पन वह बिना शब्द-अर्थ की'*	: ऐसी तान (संगीत की) जो तरल (कोमल एवं नया) हो	**नि.र.-1**/171	रेखा 'क'
ताना-बाना- *'गूँथ दिया ताना-बाना'*	: लंबवत् और क्षैतिज करके धागों से कपड़े की बुनाई होती है, एक धागा 'ताना' और दूसरा 'बाना' कहलाता है	**पं.ग्रं.-1**/114	प्रथम रश्मि का आना रंगिणि!/वीणा
तानों-बानों-सी- *'हम संसृति के पट के तानों-बानों-सी'*	: बुनावट के समान	**पं.ग्रं.-1**/298	दो/ज्योत्स्ना
ताप- *'बड़े बड़े हैं दुःख उठाये ताप सहे'*	: मानसिक कष्ट, संताप	**नि.र.-1**/45	बाबा और नाती
ताप-क्षर- *'उर की उर में ज्यों, ताप-क्षर'*	: आंतरिक ताप से पीड़ित	**नि.र.-1**/301	तुलसीदास
ताप-जर्जर- *'ताप-जर्जर विश्व उर पर तूल से घन छा गए भर'*	: अनेक प्रकार की पीड़ाओं से जो जर्जर हो चुका है	**म.सा.-1**/27	मेरी है पहेली बात!/सांध्य गीत
ताप त्रय- *'भस्म हो गया था काल— /तीनों गुण— ताप त्रय'*	: तीन ताप— दैहिक, दैविक, भौतिक	**नि.र.-1**/153	जागो फिर एक बार
तापप्रशमन- *'उर-उर को मधुर, तापप्रशमन'*	: ताप को शांत करनेवाली (हवा)	**नि.र.-1**/283	तुलसीदास
ताप-भ्रांति- *'इसके स्तर-स्तर में मौन शांति, शीतल अगाध है, ताप-भ्रान्ति'*	: (संसार के) दुखात्मक होने का भ्रम	**प्र.ग्रं.-2**/235	दर्शन/कामायनी

शब्द- काव्य-पंक्ति	: अर्थ	ग्रंथावली/पृ.सं.	स्रोत/संदर्भ
तापस बाला- *'तापस बाला गंगा निर्मल'*	: तपस्विनी की तरह लग रही है (गंगा)	**पं.ग्रं.**-1/274	नौका-विहार/गुंजन
तापसी- *'किस व्रतव्रती तू तापसी जाती न सुख-दुख से छली?'*	: तपस्या करनेवाली	**म.सा.**-1/265	पंकज-कली!/सांध्य गीत
तापहर- *'तापहर हृदय-वेग'*	: ताप को हरनेवाला, चिंतामुक्त करनेवाला	**नि.र.**-1/171	रेखा 'क'
तापित- *'बैठ छाँह लो भव-आतप से तापित और जले'*	: (तनाव से) ग्रस्त होकर तप्त रहना	**प्र.ग्रं.**-4/65	द्वितीय अंक/स्कन्दगुप्त
तापित पापी- *'शापित न यहाँ है कोई तापित पापी न यहाँ है'*	: संतप्त और अपराधी	**प्र.ग्रं.**-2/275	आनन्द/कामायनी
ताब- *'ताब, बेताब हुई हठ भी हटी'*	: जोश, चमक, गर्मी	**नि.र.**-1/46	तुम हमारे हो
ताबीज-से- *'भाव सारे भर दिये, ताबीज-से'*	: सूत्र-रूप में, जैसे ताबीज में शक्ति भर देते हैं	**पं.ग्रं.**-1/126	ग्रन्थि
तामरस- *'बिखरती है तामरस सुन्दर चरण के प्रांत'*	: लाल कमल का फूल	**प्र.ग्रं.**-2/117	वासना/कामायनी
◆ *'जहाँ तामरस इंदीवर या सित शतदल हैं मुरझाये'*	: रक्तवर्ण कमल (रूपी श्रद्धा के अधर)	**प्र.ग्रं.**-2/185	स्वप्न/कामायनी
◆ *'मुरझा कर कब गिरा तामरस, उसको खोज कहाँ पाती!'*	: सुनहले लाल कमल (की तरह का सूर्य)	**प्र.ग्रं.**-2/185	स्वप्न/कामायनी
◆ *'सरस तामरस गर्भ विभा पर नाच रही तरुशिखा मनोहर'*	: कमल का फूल	**प्र.ग्रं.**-4/215	द्वितीय अंक/चन्द्रगुप्त
तामरस गर्भ- *'सरस तामरस गर्भ विभा पर नाच रही तरुशिखा मनोहर'*	: कमल का क्रोड़ जिसमें पराग भरा है	**प्र.ग्रं.**-4/215	द्वितीय अंक/चन्द्रगुप्त
तामस- *'उस धुँधले गृह में आभा से तामस को छलती है'*	: अँधेरा	**प्र.ग्रं.**-2/140	कर्म/कामायनी
ताम्र- *'नीले, पीले औ' ताम्र भौंर'*	: तांबे के रंग के (भौंरे)	**पं.ग्रं.**-1/239	वन-वन उपवन/गुंजन
तारक-अँगार- *'यह नियति-तिमिर-सागर अपार बुझते जिसमें तारक-अँगार'*	: तारे मानो अंगारे की तरह हैं	**म.सा.**-1/228	जग करुण करुण, मैं मधुर मधुर!/नीरजा
तारक-किरन- *'सोता, तारक-किरन-पुलक-रोमावलि मलयज वात,'*	: सितारों की प्रकाश-रेखा	**प्र.ग्रं.**-1/328	अंतरिक्ष में अभी सो रही/लहर
तारक-किरन-पुलक-रोमावलि- *'सोता, तारक-किरन-पुलक-रोमावलि मलयज वात,'*	: सितारों के प्रकाश ने (हवा को) रोमांचित कर दिया है	**प्र.ग्रं.**-1/328	अंतरिक्ष में अभी सो रही/लहर
तारक-खचित- *'तारक-खचित नीलपट परिधान था'*	: तारों से भरा हुआ	**प्र.ग्रं.**-1/340	प्रलय की छाया/लहर
तारक-द्युति-सी- *'छाया-पथ में तारक-द्युति-सी झिलमिल करने की मधु-लीला'*	: सितारों की जगमगाहट	**प्र.ग्रं.**-2/129	लज्जा/कामायनी
तारक-द्वय- *'दृग-जल की सित-मसि है अक्षय मसि-प्याली, झरते तारक-द्वय'*	: तारों की तरह दोनों आँखें	**म.सा.**-1/198	कैसे संदेश प्रिय पहुँचाती!/नीरजा
तारक-परियाँ- *'मोती बिखराती नूपुर के छिप तारक-परियाँ नर्तन-कर'*	: सितारे परियों की तरह हैं	**म.सा.**-1/221	मुस्काता संकेत-भरा नभ/नीरजा
तारक पलकों- *'अनिमिष तारक पलकों पर'*	: आँखों में	**पं.ग्रं.**-1/309	तीन/ज्योत्स्ना
तारक-पारिजात- *'गूँथे चुन तारक-पारिजात अवगुण्ठन कर किरणें अशेष'*	: सितारे मानो पारिजात (कचनार) के फूल की तरह हैं	**म.सा.**-1/255	क्यों वह प्रिय आता पार नहीं?/सांध्य गीत
तारक-बालाओं- *'वे तारक-बालाओं की अपलक चितवन बन आते'*	: तारे मानो लड़कियों की तरह हैं	**म.सा.**-1/144	अलि कैसे उनको पाऊँ/रश्मि

शब्द- काव्य-पंक्ति	: अर्थ	ग्रंथावली/पृ.सं.	स्रोत/संदर्भ
तारक-बेंदी- *'सज केशर-पट तारक-बेंदी दृग अंजन मृदु पद में मेंहदी'*	: तारा-रूपी बिंदी लगाकर शाम आती है	**म.सा.-1**/199	कैसे संदेश प्रिय पहुँचाती!/नीरजा
तारक-माला- *'वह तारक-माला उनकी, चल विद्युत् के कंकण मेरे हों!'*	: ताराओं की पंक्ति	**म.सा.-1**/222	झरते नित लोचन मेरे हों!/नीरजा
तारक में छबि- *'तारक में छबि प्राणों में स्मृति पलकों में नीरव पद की गति'*	: तारों में तुम्हारी छवि देखती हूँ	**म.सा.-1**/182	तुम मुझ में प्रिय! फिर परिचय क्या!/नीरजा
तारक लोकों- *'मधु की बूँदों में छलके जब तारक लोकों के शुचि फूल'*	: नक्षत्र लोक, सितारों का आकाश में जमावड़ा	**म.सा.-1**/30	रजत करों की मृदुल तूलिका/नीहार
तारक-लोकों- *'बरसते थे मोती अवदात जहाँ तारक-लोकों से टूट'*	: आकाश में मौजूद तारों का संसार	**म.सा.-1**/70	निराशा के झोंकों ने देव!/नीहार
तारक हार- *'प्रणय विधु है खड़ा नभ में लिये तारक हार'*	: तारों से बनी वरमाला	**प्र.ग्रं.-2**/118	वासना/कामायनी
तारकाएँ दीन- *'अचल पलकों में जड़ी सी तारकाएँ दीन'*	: उदास आँखों में नेत्र-गोलक निस्तेज हैं	**म.सा.-1**/123	स्मित तुम्हारी से छलक .../रश्मि
तारकित- *'तारकित नभ-सेज से वे/रश्मि-अप्सरियाँ जगातीं'*	: तारों से भरा हुआ	**म.सा.-1**/284	ओ अरुण वसना! /सांध्य गीत
तारकोज्ज्वल- *'तारकोज्ज्वल हीरक-हिम हार गगन से पहना दे कर प्यार'*	: तारा की तरह उज्ज्वल	**नि.र.-1**/258	धन्य कर दे माँ
तार मिला चुकी- *'आज तार मिला चुकी हूँ!'*	: मानो प्रकृति-रूपी वीणा के तारों को वादन के लिए तैयार कर चुकी हूँ	**म.सा.-1**/323	आज तार मिला चुकी हूँ/दीप-शिखा
तार-हार- *'बिखराती जल में तार-हार!'*	: पानी के तार में गुँथे हुए मोती (फेन) का हार	**पं.ग्रं.-1**/275	नौका-विहार/गुंजन
तारा- *'काली आँखों की तारा में मैं देखूँ अपना चित्र धन्य'*	: आँख की काली पुतली	**प्र.ग्रं.-2**/163	ईर्ष्या/कामायनी
◆ *'हाँ, मेरे नभ की तारा/रहना प्रिय, प्रति निशि रहना'*	: ध्रुवतारा (प्रतीकात्मक)	**नि.र.-1**/190	वासन्ती
ताराओं की कलना- *'देव सृष्टि की सुख त्रिभावरी ताराओं की कलना थी'*	: सितारों का सौन्दर्य	**प्र.ग्रं.-2**/55	चिंता/कामायनी
तारा-कुमार- *'तारा-कुमार भी वही महाबल श्वेत धीर'*	: तारा के पुत्र अंगद	**नि.र.-1**/333	राम की शक्ति-पूजा
तारा के दल- *'दिनकर हिमकर तारा के दल'*	: तारों का समूह	**प्र.ग्रं.-1**/311	कितने दिन जीवन-जलनिधि में/लहर
तारा-घट- *'तारा-घट ऊषा नागरी'*	: तारा-रूपी घड़ा	**प्र.ग्रं.-1**/303	बीती विभावरी जाग री/लहर
तारा-चय- *'रवि, शशि, ग्रह, उपग्रह तारा-चय'*	: तारों का समूह	**पं.ग्रं.-1**/314	तीन/ज्योत्स्ना
तारा-दीप- *'जब कामना सिंधु तट आयी ले संध्या का तारा-दीप,'*	: तारा रूपी दीया	**प्र.ग्रं.-2**/78	आशा/कामायनी
तारा-द्युति- *'तारा-द्युति से बँध अन्धकार'*	: तारा-सी ज्योति	**नि.र.-1**/296	तुलसीदास
तारा-मंडल- *'नाचते ग्रह, तारा-मण्डल'*	: ताराओं के समूह	**नि.र.-1**/138	प्याला
तारा-मद्यप-मंडली- *'तारा-मद्यप-मंडली चषक भरा यह चन्द'*	: तारे मानो शराबियों का झुंड हों	**प्र.ग्रं.-3**/454	प्रथम अंक/कामना
तारावलि- *'तारावलि ने जिसे रिझाया'*	: तारों का समूह, सितारों की पंक्ति	**पं.ग्रं.-1**/87	बालकाल में जिसे जलद से/वीणा

शब्द–	काव्य–पंक्ति	: अर्थ	ग्रंथावली/पृ.सं.	स्रोत/संदर्भ
ताराहर–	*'धूमायमान वह घूर्ण्य प्रसर/धूसर समुद्र शशि–ताराहर'*	: तारों को अपने में डुबोनेवाला	**नि.र.**–1/304	तुलसीदास
तारिकाएँ चकित–	*'तारिकाएँ चकित सी अनजान सी'*	: टिमटिमाते तारे मानो चौंकी हुई आँखों की तरह हैं	**म.सा.**–1/113	कुमुद–दल से वेदना के दाग को/रश्मि
तारों की ओस–	*'अलसाती थीं लहरें पी कर मधु–मिश्रित तारों की ओस'*	: तारे मानो ओस की बूँद की तरह थे	**म.सा.**–1/41	बहती जिस नक्षत्र लोक में/नीहार
तारों के दीप–	*'कितनी निर्जन रजनी में/तारों के दीप जलाये'*	: सितारे मानो आकाश–गंगा की जलधारा में प्रवाहित किये हुये दीपक हैं	**प्र.ग्रं.**–2/8	आँसू
तारों के फूल–	*'बरसते हों तारों के फूल छिपे तुम नील पटी में कौन'*	: चमकते हुये सितारे मानो फूल हों	**प्र.ग्रं.**–1/265	होली की रात/झरना
तारों के बुझते प्राण–	*'देख तारों के बुझते प्राण न जाने क्या आ जाता याद!'*	: सुबह के समय तारों का निस्तेज होने लगना	**म.सा.**–1/93	मधुरिमा के, मधु के अवतार/नीहार
तारोंमय–	*'तारोंमय आकाश छिपा रखती चंचल तारक अपने में'*	: तारों से भरा हुआ (आकाश)	**म.सा.**–1/170	तुम्हें बाँध पाती सपने में!/नीरजा
◆	*'काँप उठा आकुल सा अग जग सिहर गया तारोंमय अंबर'*	: तारों से युक्त आकाश	**म.सा.**–1/194	इस जादूगरनी वीणा पर/नीरजा
ताल–ताल–	*'ताल–ताल से रे सदियों के जकड़े हृदय–कपाट'*	: संगीत की ताल	**नि.र.**–1/104	उद्बोधन
ताल–मात्राएँ–	*'ताल–मात्राएँ दिखाती भंग, नव गति, रंग भी'*	: संगीत के ताल और मात्राएँ जो राग, लय आदि की इकाई हैं	**नि.र.**–1/95	वीणावादिनी
ताल–मूर्च्छना–	*'ताल–मूर्च्छनाओं सधी'*	: संगीत के ऐसे ताल कि चेतना सजग न रहे	**नि.र.**–1/93	यहीं
तालशिंजित–	*'गति–नृत्य, तालशिंजित–नूपुर चरणारुण'*	: (नूपुर की ध्वनि) के संगीत का ताल	**नि.र.**–1/299	तुलसीदास
तितलियों के पर रँगीले–	*'पंथ की बाधा बनेंगे तितलियों के पर रँगीले?'*	: सुंदर भ्रम का आकर्षण	**म.सा.**–1/280	चिर सजग आँखें उनींदी.../सांध्य गीत
तिनरंगे तार–	*'उगल जिसने तिनरंगे तार बुन लिया अपना ही संसार'*	: सत, रज और तम के तीन रंगों के तार से मानो यह संसार बुना गया है	**म.सा.**–1/140	न थे जब परिवर्तन दिनरात/रश्मि
तिमिंगिलों–	*'टकराती होगी अब उनमें तिमिंगिलों की भीड़ अधीर'*	: बहुत बड़ी मछली, महामत्स्य, 'तिमि' नामक विशाल मछली को खा जानेवाला महामत्स्य	**प्र.ग्रं.**–2/58	चिंता/कामायनी
तिमिर–	*'तिमिर का हरने को दुख भार, तेज अमिताभ अलौकिक कांत'*	: दु:ख–रूपी अँधेरा	**प्र.ग्रं.**–1/295	अरी वरुणा की शांत कछार/लहर
तिमिर–आवरण–	*'तिमिर–आवरण/फट जाएगा मिहिर से'*	: अँधेरे का पर्दा	**नि.र.**–1/166	महाराज शिवाजी का पत्र
तिमिर–उदधि–	*'तिरती थी तिमिर–उदधि में नाविक! यह मेरी तरणी'*	: अँधेरे का समुद्र, निराशा और नाउम्मीदी	**प्र.ग्रं**–2/21	आँसू
तिमिर की घोर छाया–	*'आज पी आलोक को डोले तिमिर की घोर छाया'*	: अंधकार की विशाल काया	**म.सा.**–1/280	चिर सजग आँखें उनींदी.../सांध्य गीत
तिमिर की दीपावली–	*'तिमिर की दीपावली हैं रोम मेरे पुलक–गीले'*	: अँधेरे में जलते दीपक की पंक्तियों की तरह (मेरी रोमावलियाँ हैं)	**म.सा.**–1/263	विरह की घड़ियाँ हुईं अलि.../सांध्य गीत

शब्द-	काव्य-पंक्ति	: अर्थ	ग्रंथावली/पृ.सं.	स्रोत/संदर्भ
तिमिर के गर्भ-	*'इन्दु की छबि में, तिमिर के गर्भ में'*	: रात के घने अँधेरे में	**पं.ग्रं.-1**/126	ग्रन्थि
तिमिर-केश-	*'शिशु के दर्पण में देख देख मैंने सुलझाए तिमिर-केश'*	: अंधकार मानो केशराशि है	**म.सा.-1**/255	क्यों वह प्रिय आता पार नहीं?/सांध्य गीत
तिमिर गर्भ में-	*'बढ़ रहा तिमिर गर्भ में नित्य, दीन जीवन का यह संगीत'*	: निराशा, अंधकार के गर्भ में	**प्र.ग्रं.-2**/86	श्रद्धा/कामायनी
तिमिर-गात-	*'धो स्वर्ण-प्रात में तिमिर-गात दुहराते अलि निशि-मूक तान'*	: अँधेरे की तरह का काला शरीर (भौरे का)	**म.सा.-1**/103	चुभते ही तेरा अरुण बान!/रश्मि
तिमिर-ग्रस्त-	*'निशि, तिमिर-ग्रस्त/वसन-स्रस्त, अस्त नयन छलके'*	: अंधेरे में डूबा हुआ	**नि.र.-1**/263	वे गये असह दुख भर
तिमिर-तल-	*'तैर तिमिर-तल भुज-मृणाल से सलिल काटती'*	: पानी के तल का अँधेरा	**नि.र.-1**/106	तरंगों के प्रति
तिमिर-पारावार-	*'तिमिर-पारावार में आलोक-प्रतिमा है अकंपित'*	: अंधकार समुद्र की तरह फैला है	**म.सा.-1**/174	कौन तुम मेरे हृदय में?/नीरजा
तिमिर फणी-	*'तिमिर फणी पहने है मानो अपने मणि की माला'*	: अंधकार-रूपी सर्प	**प्र.ग्रं.-2**/142	कर्म/कामायनी
तिमिर भार-	*'बहने दे तिमिर भार,/बुझने दे यह अंगार'*	: रात के अँधेरे का गहरा रूप	**म.सा.-1**/211	ओ विभावरी/नीरजा
तिमिरमय-	*'उर तिमिरमय घर तिमिरमय चल सजनि दीपक बार ले!'*	: अंधकार से भरा हुआ	**म.सा.-1**/239	उर तिमिरमय घर तिमिरमय/नीरजा
तिमिर-लहरी-	*'रेख सी लघु तिमिर-लहरी'*	: अंधकार मानो लहरों की तरह प्रवाहित हो रहा था	**म.सा.-1**/253	रागभीनी तू सजनि निश्वास भी.../सांध्य गीत
तिमिर-वन-	*'चिर-विषाद-विलीन मन की, इस व्यथा के तिमिर-वन की'*	: अंधकार-रूपी जंगल	**प्र.ग्रं.-2**/221	निर्वेद/कामायनी
तिमिर-वात्याचक्र-	*'तिमिर-वात्याचक्र में सब पिस गए अनमोल तारे'*	: अंधकार और बवंडर	**म.सा.-1**/393	पूछता क्यों शेष कितनी रात?/दीप-शिखा
तिमिर-विष-	*'मुस्करा कर राग मधुमय वह लुटाता पी तिमिर-विष'*	: जहर-जैसा अंधकार	**म.सा.-1**/279	मेरी है पहेली बात!/ सांध्य गीत
तिमिर-विषाद-	*'तिमिर-विषाद में हो आ रहा ज्यों'*	: अँधेरा रूपी उदासी	**नि.र.-1**/176	रेखा 'ख'
तिमिरवेषी-	*'चल पलक हैं निर्निमेषी, कल्प पल सब तिमिरवेषी'*	: अँधेरे में डूबा हुआ	**म.सा.-1**/355	मोम-सा तन घुल चुका/दीप-शिखा
तिमिर-हर-	*'तिमिर-हर के अन्तर से'*	: अंधकार को दूर करने वाला सूर्य	**नि.र.-1**/132	स्वाधीनता पर (2)
तिमिरहर-	*'सीस झुकाते तुम्हें तिमिरहर-'*	: सूर्य, अँधेरे को दूर करनेवाला	**नि.र.-1**/134	बादल-राग
तिमिरहारी-	*'धूलि के इस मलिन दीपक से बँधा है तिमिरहारी;'*	: अँधेरे को दूर करनेवाला सूरज मानो रात के अँधेरे को दूर करने के लिए दीपक पर निर्भर है	**म.सा.-1**/302	क्यों मुझे प्रिय हो न बंधन!/सांध्य गीत
तिमिरांचल-	*'तिमिराञ्चल में चञ्चलता का कहीं नहीं आभास'*	: अँधेरा मानो उसका आँचल है	**नि.र.-1**/77	सन्ध्या-सुन्दरी
तिर-	*'प्रिय, नील-गगन-सागर तिर'*	: तैर कर	**नि.र.-1**/189	वासन्ती
♦	*'तिर तिर फिर फिर'*	: तैरना	**नि.र.-1**/201	खेवा

शब्द- काव्य-पंक्ति	: अर्थ	ग्रंथावली/पृ.सं.	स्रोत/संदर्भ
तिरता- *'उसी रस में तिरता जीवन'*	: तैरता	**प्र.ग्रं.**-1/307	तुम्हारी आँखों का बचपन/लहर
तिर रही- *'तिर रही, खोल पालों के पर'*	: तैर रही	**पं.ग्रं.**-1/275	नौका-विहार/गुंजन
तिरोहित- *'आज तिरोहित हुआ कहाँ वह मधु से पूर्ण अनंत वसंत ?'*	: लुप्त, मिल जाना	**प्र.ग्रं.**-2/56	चिंता/कामायनी
◆ *'ऋतुओं के स्तर हुए तिरोहित भू-मंडल रेखा विलीन सी'*	: लोप हो जाना, समाप्त हो जाना	**प्र.ग्रं.**-2/254	रहस्य/कामायनी
तिर्यक्- *'जाते हो कहाँ?' तुले तिर्यक् दृग, पहनाकर ज्योतिर्मय स्रक्'*	: तिरछी	**नि.र.**-1/290	तुलसीदास
तिर्यक् मुख- *'लहरों के घूँघट से झुक-झुक, दशमी का शशि निज तिर्यक् मुख'*	: बाँकापन या सौन्दर्य का तीखापन लिए चाँद का मुख	**पं.ग्रं.**-1/275	नौका-विहार/गुंजन
तिल- *'और होंगे नयन सूखे/तिल बुझे औ' पलक रूखे'*	: आँख की पुतली के बीच का बिंदु	**म.सा.**-1/313	पंथ होने दो अपरिचित/दीप-शिखा
तिलक- *'तिलक! हा! भाल-तिलक!'*	: बाल गंगाधर तिलक (1856 - 1920)	**पं.ग्रं.**-1/110	तिलक! हा! भाल-तिलक !/वीणा
◆ *'तिलक को चारु छत्र-सुख लाभ'*	: वसंत ऋतु में फूलनेवाला एक वृक्ष	**पं.ग्रं.**-1/257	मधुवन/गुंजन
तिल तिल- *'दे रही हूँ अलख अविकल को सजीला रूप तिल तिल!'*	: कण-कण, रूप की लघुतम इकाई	**म.सा.**-1/267	मैं सजग चिर साधना ले!/सांध्य गीत
तिल बुझे- *'और होंगे नयन सूखे/तिल बुझे औ' पलक रूखे'*	: आँखों की निराशा	**म.सा.**-1/313	पंथ होने दोअपरिचित /दीप-शिखा
तिल सुषमा- *'निर्मित सबकी तिल सुषमा से'*	: सूक्ष्म शोभा (सबकी सूक्ष्म शोभा से मिलकर मानव निर्मित हुआ है)	**पं.ग्रं.**-2/22	मानव/युगपथ
तीक्ष्ण-शर-विधृत-क्षिप्र-कर- *'आज का, तीक्ष्ण-शर-विधृत-क्षिप्र-कर, वेग-प्रखर'*	: तीखे बाणों को छोड़ते तेज हाथ	**नि.र.**-1/329	राम की शक्ति-पूजा
तीखा समीर- *'मैं इस निर्जन तट में अधीर, सह भूख व्यथा तीखा समीर'*	: कष्टदायक वायु	**प्र.ग्रं.**-2/244	दर्शन/कामायनी
तीखी घूँट- *'किन्तु यह क्या? एक तीखी घूँट, हिचकी आह!'*	: कड़वी घूँट, असह्य प्रसंग	**प्र.ग्रं.**-2/113	वासना/कामायनी
तीन बिंदु- *'यही त्रिपुर है देखा तुमने तीन बिंदु ज्योतिर्मय इतने'*	: तीन लोक (इच्छा-लोक, कर्म-लोक, ज्ञान-लोक) तीन प्रकाश-बिंदु की तरह दिखाई पड़ रहे थे— लाल, काला, उजला	**प्र.ग्रं.**-2/262	रहस्य/कामायनी
तीनों गुण- *'भस्म हो गया था काल— /तीनों गुण— ताप त्रय'*	: तीन गुण— सत्, रज, तम	**नि.र.**-1/153	जागो फिर एक बार
तीर- *'अलि छोड़ी न जीवन की तरणी, उस सागर में जहाँ तीर नहीं'*	: तट, किनारा, अनंत सागर	**म.सा.**-1/129	इन आँखों ने देखी न राह कहीं/रश्मि
तीलियाँ- *'हो उठी हैं चंचु छूकर/तीलियाँ भी वेणु सस्वर'*	: पिंजड़े की तीलियाँ (जाली मानो बाँसुरी बन गयी हैं	**म.सा.**-1/282	कीर का प्रिय आज... /सांध्य गीत
तीव्र प्रेरणा की धारा सी- *'तीव्र प्रेरणा की धारा सी बही वहीं उत्साह भरी'*	: प्रेरणा के प्रबल स्रोत की तरह है(इड़ा)	**प्र.ग्रं.**-2/189	स्वप्न/कामायनी

शब्द- काव्य-पंक्ति	: अर्थ	ग्रंथावली/पृ.सं.	स्रोत/संदर्भ
तीव्र विराग- *'ऐसे अतुल अनंत विभव में जाग पड़ा क्यों तीव्र विराग?'*	: उत्कट वैराग्य, संन्यास की भावना	**प्र.ग्रं.-2**/80	आशा/कामायनी
तुंग- *'तुम तुंग-हिमालय-शृंग'*	: ऊँचा	**नि.र.-1**/49	तुम और मैं
तुंग अचल- *'मैं ऊर्म्मि विरल तू तुंग अचल, वह सिंधु अतल'*	: तुम पर्वत की ऊँची चोटी	**म.सा.-1**/315	ओ चिर नीरव! /दीप-शिखा
तुंग तरंग- *'रागिनी गावे तुंग तरंग'*	: ऊँची तरंगें	**प्र.ग्रं.-1**/260	सुधासिंचन/झरना
तुंग तरंग विश्व की- *'मानो तुंग तरंग विश्व की हिमगिरि की वह सुढर उठान'*	: (हिमालय की ऊँचाई मानो) संसार-रूपी समुद्र की उठी हुई सबसे ऊँची तरंग हो	**प्र.ग्रं.-2**/72	आशा/कामायनी
तुंगतरल तरंग- *'तुंगतरल तरंग ऐसी उठ रही'*	: ऊँची तरल तरंग, पानी की ऊँची लहरें	**प्र.ग्रं.-1**/257	मिलन/झरना
तुंग शृंग- *'हिमाद्रि तुंग शृंग से प्रबुद्ध शुद्ध भारती'*	: ऊँची चोटी	**प्र.ग्रं.-4**/290	चतुर्थ अंक/चन्द्रगुप्त
तुच्छ विचार- *'अकेले तुम कैसे असहाय यजन कर सकते? तुच्छ विचार!'*	: सारहीन विचार	**प्र.ग्रं.-2**/91	श्रद्धा/कामायनी
तुच्छ विराग- *'और देते फेंक मेरा प्राप्य तुच्छ विराग'*	: निकृष्ट कोटि की उदासीनता	**प्र.ग्रं.-2**/113	वासना/कामायनी
तुतला उपक्रम- *'जीवन का तुतला उपक्रम'*	: तुतला कर बोलने का क्रम, बचपन की बोलचाल का सौन्दर्य	**पं.ग्रं.-1**/221	बालापन/पल्लव
तुतली बोली- *'यह तो तुतली बोली में है'*	: कविता लिखने का प्रारम्भिक प्रयास, अपरिपक्व काव्य-कौशल	**पं.ग्रं.-1**/81	उत्सर्ग/वीणा
तुतले बिंब- *'सरल तुतले बिम्ब में भी वारि के'*	: अस्थिर या चंचल बिम्ब	**पं.ग्रं.-1**/129	ग्रन्थि
तुतले भय-सी- *'बच्चों के तुतले भय-सी'*	: तुतलाहट की आवाज में बच्चों के द्वारा भय प्रकट करने जैसा	**पं.ग्रं.-1**/204	छाया/पल्लव
तुमुल- *'हो श्वसित पवन-उनचास, पिता-पक्ष में तुमुल'*	: भीषण, तेज (आवाज)	**नि.र.-1**/332	राम की शक्ति-पूजा
तुमुल कोलाहल कलह- *'तुमुल कोलाहल कलह में मैं हृदय की बात रे मन!'*	: भीषण हंगामा और द्वेषपूर्ण संघर्ष	**प्र.ग्रं.-2**/221	निर्वेद/कामायनी
तुमुल तम- *'तुमुल तम में जब एकाकार'*	: (रात का) घना अँधेरा	**पं.ग्रं.-1**/196	मौन निमन्त्रण/पल्लव
तुमुल तरंग-सा- *'सखे! तुमुल तरंग-सा उच्छ्वासमय संवाद'*	: कोलाहल से भरी लहरों की तरह	**प्र.ग्रं.-2**/117	वासना/कामायनी
तुमुल रण-नाद- *'उठा तुमुल रण-नाद, भयानक हुई अवस्था'*	: युद्ध का भीषण कोलाहल	**प्र.ग्रं.-2**/207	संघर्ष/कामायनी
तुरंगों- *'सैन्धव तुरंगों पर/चतुरंग चमू संग'*	: घोड़ों	**नि.र.-1**/152	जागो फिर एक बार
तुरत- *'ठहरो कुछ तो बल आने दो लिवा चलूँगी तुरत तुम्हें'*	: तुरंत, देर किये बिना	**प्र.ग्रं.-2**/223	निर्वेद/कामायनी
तुरीय- *'जानकी-नयन-कमनीय प्रथम कम्पन तुरीय'*	: भाव का चरम पर पहुँचना	**नि.र.-1**/331	राम की शक्ति-पूजा
तुरुष्कपति- *'देखे तो— तुरुष्कपति मेरा भी'*	: तुर्कों का राजा अलाउद्दीन खिलजी	**प्र.ग्रं.-1**/345	प्रलय की छाया/लहर
तुर्त- 'प्रेम के भाव तुर्त भर लेना'	: तुरंत	**नि.र.-1**/47	तुम हमारे हो
तुलती- *'सिकता से तुलती साध क्षार से उर-धन'*	: तौलना, तुलना करना, इच्छाओं के बालू से तौला जा रहा है	**म.सा.-1**/357	कोई यह आँसू आज माँग...!/दीप-शिखा
तुलीं- 'रूप-इन्दु से सुधा-विन्दु लह,/रह-रह और तुलीं'	: बढ़ीं, विकसित हुई	**नि.र.-1**/220	दृगों की कलियाँ नवल खुलीं

शब्द- काव्य-पंक्ति	: अर्थ	ग्रंथावली/पृ.सं.	स्रोत/संदर्भ
तुले तूर्ण- *'एक साथ जब घात घूर्ण आते थे मुझ पर तुले तूर्ण'*	: सधे हुए तेज (आक्रमण)	**नि.र.**-1/316	सरोज-स्मृति
तुषार- *'छायापथ में नव तुषार का/सघन मिलन होता जितना'*	: कुहरा या कुहासा	**प्र.ग्रं.**-2/55	चिंता/कामायनी
◆ *'अरुण जलज के शोण कोण थे नव तुषार के बिंदु भरे'*	: ओस की बूँद (रूपी आँसू)	**प्र.ग्रं.**-2/188	स्वप्न/कामायनी
◆ *'मेघ केश, स्नेहाश्रु तुषार'*	: ओस की बूँद (रूपी आँसू)	**पं.ग्रं.**-1/87	बालकाल में जिसे जलद से/वीणा
तुषार-कण- *'नव-अतीत के तुषार-कण में'*	: ओसकण (नियमित घटनाएँ)	**प्र.ग्रं.**-4/93	तृतीय अंक/स्कन्दगुप्त
तुषार किरीट- *'गगन चुम्बिनी शैल-श्रेणियाँ पहने हुए तुषार किरीट'*	: बर्फ का मुकुट, ऊँची चोटियों पर बर्फ जमी है	**प्र.ग्रं.**-2/72	आशा/कामायनी
तुषार-दव- *'लग तुषार-दव क्षार हुआ स्थल'*	: पाला (ठंड) मानो अग्नि की तरह जला रहा था	**नि.र.**-1/248	घोर शिशिर
तुषार-भार- *'गल गया तुषार-भार बन कर वह छवि-शरीर!'*	: बादलों के भीतर पानी का भार	**म.सा.**-1/351	मिट चली घटा अधीर! /दीप-शिखा
तुहिन- *'निशि में मधुर तुहिन को'*	: ओसकण	**प्र.ग्रं.**-1/324	अरे आ गई है भूली-सी/लहर
◆ *'तुहिन में, तृण में, उपल में, लहर में'*	: ओसकण	**पं.ग्रं.**-1/136	ग्रन्थि
तुहिन अश्रु- *'सुमन हास में, तुहिन अश्रु में'*	: आँसुओं में ओसकणों की करुणा (कामचेतना ने उत्पन्न की है)	**पं.ग्रं.**-1/193	अनंग/पल्लव
तुहिन अश्रुओं- *'तुहिन अश्रुओं से निज गिनती'*	: ओसकण मानो आँसू हैं	**पं.ग्रं.**-1/204	छाया/पल्लव
तुहिन अश्रु शृंगार- *'निशा का तुहिन अश्रु शृंगार'*	: ओसकण-रूपी आँसुओं से सुंदर लगती रात	**पं.ग्रं.**-1/177	पल्लव/पल्लव
तुहिन कणों- *'तुहिन कणों, फेनिल लहरों में, मच जावेगी फिर अंधेर'*	: ओस की बूँदों में	**प्र.ग्रं.**-2/79	आशा/कामायनी
◆ *'तुहिनकणों पर मृदु कम्पन से सेज बिछा दें गान'*	: ओस की बूँदों पर	**म.सा.**-1/39	चाहता है यह पागल प्यार/नीहार
तुहिन कणों के हार- *'झटक जाता था पागल वात धूलि में तुहिनकणों के हार'*	: ओस की बूँदों से बनी माला को मानो वायु धूल में मिला देती थी	**म.सा.**-1/29	निशा को, धो देता राकेश/नीहार
तुहिन के पुलिनों- *'तुहिन के पुलिनों पर छबिमान किसी मधुदिन की लहर समान'*	: ओस की बूँदों के किनारों (पर मौजूद चमक)	**म.सा.**-1/114	तुहिन के पुलिनों पर छबिमान/रश्मि
तुहिन-चयन- *'वृन्त-शयन हो, तुहिन-चयन हो'*	: ओस की बूँदों को चुन लेना	**पं.ग्रं.**-1/341	चार/ज्योत्स्ना
तुहिन जल- *'बाँह तृप्त हुई? तुहिन जल से हसित'*	: ओसकण	**पं.ग्रं.**-1/132	ग्रन्थि
तुहिन-जलनिधि- *'तू नील तुहिन-जलनिधि बन कर फैला है कितना वार-पार'*	: कुहासा का समुद्र	**प्र.ग्रं.**-2/172	इड़ा/कामायनी
तुहिन तरल- *'कुन्द-धवल, तुहिन तरल'*	: द्रवीभूत हिमकण (की तरह टिमटिमाते तारे)	**पं.ग्रं.**-1/293	दो/ज्योत्स्ना
तुहिन-ताज- *'चल-छवि कल तुहिन-ताज'*	: ओसकण मानो मुकुट की तरह हैं	**पं.ग्रं.**-1/303	तीन/ज्योत्स्ना
तुहिन दिवस- *'तुहिन दिवस, आकाश सुमन'*	: दिन में ओस की बूँद बनकर (आते हैं तारे)	**पं.ग्रं.**-1/211	नक्षत्र/पल्लव

शब्द- काव्य-पंक्ति	: अर्थ	ग्रंथावली/पृ.सं.	स्रोत/संदर्भ
तुहिन-पतझर-वात-बेला- *'अगम निशि है यह अकेला तुहिन-पतझर-वात-बेला'*	: शीत, पतझड़ और तेज हवा के संकट से भरा (यह रात) समय	**म.सा.-1**/251	क्या न तुमने दीप बाला?/सांध्य गीत
तुहिन बिंदु- *'रजनी की भींगी पलकों से तुहिन बिंदु कण-कण बरसे'*	: ओस-कण	**प्र.ग्रं.-2**/188	स्वप्न/कामायनी
◆ *'तुहिन बिन्दु बनकर सुन्दर'*	: ओस की बूँदें	**पं.ग्रं.-1**/82	तुहिन बिन्दु बनकर सुन्दर/वीणा
◆ *'तुहिन बिन्दु'*	: ओसकण	**पं.ग्रं.-1**/102	उस विकसित, वासित वन में/वीणा
◆ *'तुहिन-बिन्दु में इन्दु रश्मि-सी'*	: ओस-कणों में	**पं.ग्रं.-1**/272	अप्सरा/गुंजन
◆ *'तुहिन-बिंदु सा किसलय दल में'*	: ओसकण	**म.सा.-1**/131	दिया क्यों जीवन का वरदान?/रश्मि
तुहिनबिंदु सा- *'तुहिनबिंदु सा, मंजु सुमन सा जिनका जीवन था सुकुमार'*	: ओस की बूँदों के समान	**म.सा.-1**/43	जिन नयनों की विपुल नीलिमा/नीहार
तुहिनबिंदु सुकुमार- *'रजत करों की मृदुल तूलिका से ले तुहिनबिंदु सुकुमार'*	: सुकोमल ओसकण, ओस में कोमलता का भाव	**म.सा.-1**/30	रजत करों की मृदुल तूलिका/नीहार
तुहिन-भार-नत- *'शूलों से हो गात दुकेला, तुहिन-भार-नत प्राण अकेला'*	: ओस की बूँदों से लदकर झुका हुआ	**म.सा.-1**/385	आँसू से धो आज इन्हीं/दीप-शिखा
तुहिन-वन- *'तरल तुहिन-वन का उल्लास'*	: ओस-कणों का विस्तृत फैलाव	**पं.ग्रं.-1**/264	लायी हूँ फूलों का हास/गुंजन
तुहिन-विजड़ित मेरु- *'ज्वाल के हों सिंधु तरलित, तुहिन-विजड़ित मेरु शत-शत'*	: सर्दी से जड़वत् हो चुके सुमेरु पर्वत, विराट के प्रतिकूल माहौल	**म.सा.-1**/347	मैं न यह पथ जानती री!/दीप-शिखा
तुहिन-शुभ्र- *'तुहिन-शुभ्र स्मिति वितरण'*	: ओस की बूँदें चाँदनी में शुभ्र (सफेद आभा) लग रही हैं	**पं.ग्रं.-1**/300	दो/ज्योत्स्ना
तुहिन सघन- *'उस पर पड़ते तुहिन सघन में'*	: घना कोहरा (कुहरा, कुहासा), अत्यधिक ओस	**प्र.ग्रं.-1**/321	अरे कहीं देखा है तुमने/लहर
तूँबियाँ- *'तूँबियाँ, दुख-भार जैसीं,/खूँटियाँ अंगार जैसी'*	: तूँबी, कमंडल, कड़वे कद्दू को खोखला कर बनाया गया पात्र	**म.सा.-1**/369	आज दे वरदान! /दीप-शिखा
तूण- *'रघुवीर, तीर सब वही तूण में हैं रक्षित,'*	: तरकश	**नि.र.-1**/333	राम की शक्ति-पूजा
तूणीर- *'रहते तूणीर में तीर, अहो'*	: तरकश, जिसमें तीर रखते हैं	**नि.र.-1**/163	महाराज शिवाजी का पत्र
◆ *'श्लथ धनु-गुण है, कटिबन्ध स्रस्त— तूणीर-धरण'*	: तरकश	**नि.र.-1**/330	राम की शक्ति-पूजा
◆ *'है नहीं शरासन आज हस्त— तूणीर स्कन्ध'*	: तरकश	**नि.र.-1**/336	राम की शक्ति-पूजा
◆ *'कहकर देखा तूणीर ब्रह्मशर रहा झलक'*	: तरकश	**नि.र.-1**/337	राम की शक्ति-पूजा
तूम- *'सजा दे, प्रिय-पथ पर प्रतिवार लजाती रहे स्नेह-दल तूम'*	: चुनना	**नि.र.-1**/258	धन्य कर दे माँ
◆ *'गूँजती है प्रतिपल को तूम'*	: दोष दिखाना, कमी निकालना	**पं.ग्रं.-1**/115	इस विस्तृत हॉस्टल में/वीणा
◆ *'सदियों का दैन्य तमिस्र तूम, धुन तुमने, कात प्रकाश सूत'*	: रुई	**पं.ग्रं.-2**/24	बापू के प्रति/युगपथ
तूर्ण- *'तू तूर्ण और हो पूर्ण सफल/नव-नवार्मियों के पार उतर'*	: जल्दबाज, क्षिप्र	**नि.र.-1**/263	जीवन की तरी खोल दे रे

शब्द-	काव्य-पंक्ति	: अर्थ	ग्रंथावली/पृ.सं.	स्रोत/संदर्भ
◆	*'यों, मोगल-पद-तल प्रथम तूर्ण'*	: शीघ्र	**नि.र.**-1/282	तुलसीदास
◆	*'एक साथ जब शत घात घूर्ण/आते थे मुझ पर तुले तूर्ण'*	: तेज, क्षिप्र	**नि.र.**-1/316	सरोज-स्मृति
तूर्ण-चरण-	*'चढ़ मृत्यु-तरणि पर तूर्ण-चरण कह— ''पित:, पूर्ण आलोक वरण'*	: फुर्तीले कदमों से	**नि.र.**-1/315	सरोज-स्मृति
तूल-	*'उस पूर्ण आत्म-विश्वासमयी को उड़ा दिया था समझ तूल'*	: रूई	**प्र.ग्रं.**-2/174	इड़ा/कामायनी
◆	*'बात-बात में, तूल तोम-सा'*	: रुई	**पं.ग्रं.**-1/214	बादल/पल्लव
◆	*'दिन के तम, पावक के तूल'*	: रुई	**पं.ग्रं.**-1/216	बादल/पल्लव
◆	*'गंधवाही गहन कुंतल/तूल से मृदु धूम-श्यामल'*	: रुई (की तरह बादल)	**म.सा.**-1/277	दीप तेरा दामिनी! /सांध्य गीत
◆	*'ताप-जर्जर विश्व उर पर—/तूल से घन छा गए भर'*	: रुई की तरह के बादल	**म.सा.**-1/279	मेरी है पहेली बात!/सांध्य गीत
◆	*'तूल से उर में समा कर'*	: दीपक की बाती जो रुई (तूल) से बनी है	**म.सा.**-1/301	क्यों मुझे प्रिय हो न बंधन!/सांध्य गीत
तूल विरल-	*'फैले तम से कुछ तूल विरल'*	: रुई की तरह फैले हुए (बादल)	**म.सा.**-1/397	तू भू के प्राणों का शतदल!/दीप-शिखा
तूल-सी-	*'फूल-सी देह,— द्युति सारी/हल्की तूल-सी सँवारी'*	: रुई के समान	**नि.र.**-1/242	मार दी तुझे पिचकारा
◆	*'तूल-सी मार्जार बाला सामने'*	: रुई की तरह	**पं.ग्रं.**-1/127	ग्रन्थि
तूलि-	*'गह कर अकल तूलि, रँग-रँगकर बहु जीवनोपाय, भर दो घर'*	: चित्रकार की कूची	**नि.र.**-1/256	जागो, जीवन-धनिके!
तूलिका-	*'वह अतिरंजित सी तूलिका चितेरी की'*	: चित्रकारी की कूची, ब्रश	**प्र.ग्रं.**-1/343	प्रलय की छाया/लहर
◆	*'मैं तड़ित तूलिका रचना'*	: कूची, लेखनी, ब्रश	**नि.र.**-1/50	तुम और मैं
◆	*'श्रान्ति और प्रतीति की/चल रही थी तूलिका'*	: कूची	**नि.र.**-1/139	नारायण मिलें हँस अन्त में
◆	*'तूलिका से अपनी रचकर'*	: कूची	**नि.र.**-1/143	स्मृति
◆	*'रजत करों की मृदुल तूलिका/से ले तुहिनबिंदु सुकुमार'*	: चित्रकारी के लिए प्रयुक्त कूची या ब्रश	**म.सा.**-1/30	रजत करों की मृदुल तूलिका/नीहार
तूलिकाओं-	*'किरण-तूलिकाओं से अंकित'*	: कूची, ब्रश	**नि.र.**-1/134	बादल-राग
तूलिका कर इंद्रधनु-	*'तूलिका कर इंद्रधनु तुमने रँगा उर प्यार से'*	: इंद्रधनुष को मानो तूलिका (ब्रश) बना लिया है उस अज्ञात प्रिय ने	**म.सा.**-1/215	कमलदल पर किरण अंकित/नीरजा
तूलिका कला-	*'लेकर कर कल तूलिका कला, देखो क्या रँग भरती विमला'*	: कलात्मक कूँची	**नि.र.**-1/316	सरोज-स्मृति
तूलिका बरौनी-	*'अंकित कर क्षितिज पटी को तूलिका बरौनी तेरी'*	: पलकों के किनारे के बाल मानो कूची (ब्रश) की तरह हों	**प्र.ग्रं.**-2/11	आँसू
तूली-	*'आज क्षितिज पर जाँच रहा है तूली कौन चितेरा?'*	: तूलिका, ब्रश	**म.सा.**-1/297	आज सुनहली वेला!/सांध्य गीत
तू हँसती-	*'फाड़ सुनहली साड़ी उसकी तू हँसती क्यों अरी प्रतीप?'*	: हे रजनी! तू विपरीत आचरण कर हँस क्यों रही है?	**प्र.ग्रं.**-2/78	आशा/कामायनी

शब्द- काव्य-पंक्ति	: अर्थ	ग्रंथावली/पृ.सं.	स्रोत/संदर्भ
तृण-गुल्मों से रोमांचित नग- *'तृण-गुल्मों से रोमांचित नग सुनते उस दुख की गाथा'*	: घास आदि वनस्पतियाँ मानो पर्वत के रोमांच को प्रकट कर रही थीं	**प्र.ग्रं.-2**/186	स्वप्न/कामायनी
तृण-तरु-पात- *'थिरकते तृण-तरु-पात!'*	: घास और पेड़ के पत्ते	**पं.ग्रं.-1**/371	द्वितीय दृश्य/परी
तृण-वीरुध- *'कुटियों, तृण-वीरुध पुंजों में'*	: घास-फूस और लताएँ	**प्र.ग्रं.-1**/296	जगती की मंगलमयी उषा बन/लहर
◆ *'उसकी तलहटी मनोहर श्यामल तृण-वीरुध वाली'*	: घास और लता की प्रजाति के पौधे	**प्र.ग्रं.-2**/271	आनन्द/कामायनी
तृण वीरुध- *'तृण वीरुध लहलहे हो रहे किसके रस से सींचे हुए?'*	: घास-फूस से लेकर बड़े वृक्ष तक, वनस्पतियाँ	**प्र.ग्रं.-2**/69	आशा/कामायनी
तृण से त्रयस्त्रिंश- *'तृण से त्रयस्त्रिंश तक जिसको समसत्ता का भान'*	: घास-फूस से लेकर तैंतीस प्रकार (कोटि) के देवी-देवताओं तक	**प्र.ग्रं.-3**/211	द्वितीय अंक/विशाख
तृप्त अपरिचित- *'होगा इससे तृप्त अपरिचित समझ सहज सुख पाते थे'*	: कोई अपरिचित व्यक्ति इस अनाज को खाकर संतुष्ट हो सकता है	**प्र.ग्रं.-2**/74	आशा/कामायनी
तृप्ति-कर- *' "तुम्हें तृप्ति-कर सुख के साधन सकल बताया'*	: संतुष्टि प्रदान करनेवाले	**प्र.ग्रं.-2**/206	संघर्ष/कामायनी
तृप्ति-प्याले- *'तृप्ति-प्याले में तुम्हीं ने साध का मधु घोल'*	: मेरे मानसिक संतोष के प्याले में तुमने मधुरता ढाल दी	**म.सा.-1**/124	स्मित तुम्हारी से छलक.../रश्मि
तृप्ति-प्रेम-सर- *'हृदय-कम्प के जलद-मन्द्र स्वर प्रिये मेरी तृष्णा के, करुणाकर/तृप्ति-प्रेम-सर हे'*	: तृप्ति के प्रेम (जल) वाले सरोवर (हो तुम)	**नि.र.-1**/218	नयनों में हेर
तृप्ति विधुर- *'चिर तृषित कंठ से तृप्ति विधुर'*	: प्रेम में संतुष्ट न हो पाने का भाव, प्रेम के तोष का अभाव	**प्र.ग्रं.-1**/318	मुझको न मिला रे कभी प्यार/लहर
तृप्तिहीन- *'तृप्तिहीन तृष्णा से'*	: जो तृप्त होना न जाने	**नि.र.-1**/93	यहीं
तृषा- *'बस इतना ही भाग तुम्हारा तृषा! मृषा, वंचित होने दो'*	: प्यास, विषय-भोग की इच्छा	**प्र.ग्रं.-2**/262	रहस्य/कामायनी
◆ *'तृषा तुम, यदि मैं चातक पाँति'*	: प्यास	**पं.ग्रं.-1**/95	बताऊँ मैं कैसे सुन्दर!/वीणा
◆ *'मिली तृषा सरिता की गति में'*	: प्यास, कामचेतना से उत्पन्न प्यास	**पं.ग्रं.-1**/193	अनंग/पल्लव
तृषा के भार- *'गिरकर प्रबल तृषा के भार'*	: कामचेतना की प्रबलता से	**पं.ग्रं.-1**/194	अनंग/पल्लव
तृषातुर- *'तपन-ताप-सन्तप्त तृषातुर'*	: तृषा+आतुर=प्यास से बेचैन	**नि.र.-1**/65	जलद के प्रति
तृषा-तृप्ति- *'शीतल प्राण धधक उठता है तृषा-तृप्ति के मिस से'*	: कामोत्तेजना से उत्पन्न वासना की तृप्ति	**प्र.ग्रं.-2**/154	कर्म/कामायनी
तृषित- *'तप में संयम का संचित बल तृषित और व्याकुल था आज;'*	: काम-तृप्ति के लिए व्याकुल, काम-पिपासा	**प्र.ग्रं.-2**/77	आशा/कामायनी
◆ *'किस विनोद की तृषित गोद में'*	: प्यासा	**नि.र.-1**/115	यमुना के प्रति
◆ *'पी गया उसको अपरिचित/तृषित दरका पंक का उर'*	: प्यासा	**म.सा.-1**/218	क्या नई मेरी कहानी! /नीरजा
तृषित कंठ- *'चिर तृषित कंठ से तृप्ति विधुर'*	: (प्रेम का) प्यासा व्यक्ति (कंठ)	**प्र.ग्रं.-1**/318	मुझको न मिला रे कभी प्यार/लहर
तृषित चातक- *'तृषित चातक को तरसता देखकर'*	: प्यासी चातकी (पक्षी)	**पं.ग्रं.-1**/130	ग्रन्थि
◆ *'नयन में जिसके जलद वह तृषित चातक हूँ'*	: प्यासा चातक पक्षी, उत्कंठित प्रेमी	**म.सा.-1**/177	बीन भी हूँ मैं तुम्हारी /नीरजा

शब्द- काव्य-पंक्ति	: अर्थ	ग्रंथावली/पृ.सं.	स्रोत/संदर्भ
तृष्णा- *'तृष्णा वह अनलशिखा बन— '*	: अनेक प्रकार की इच्छाएँ	**प्र.ग्रं.-1**/329	अशोक की चिंता/लहर
◆ *'मथ डाला किस तृष्णा से/तल में बड़वानल जलता'*	: तीव्र इच्छा, प्यास	**प्र.ग्रं.-2**/21	आँसू
◆ *'कहाँ यहाँ अस्थिर तृष्णा का'*	: प्यास, चाहत	**नि.र.-1**/124	यमुना के प्रति
तृष्णाकुल- *'तृष्णाकुल होंगे प्रिय, जाओ'*	: प्यास से पीड़ित	**नि.र.-1**/222	स्नेह की सरिता के तट पर
तृष्णा-जनित- *'नियति चलाती कर्म-चक्र यह तृष्णा-जनित ममत्व-वासना'*	: विषय-भोग की इच्छा से उत्पन्न	**प्र.ग्रं.-2**/258	रहस्य/कामायनी
तृष्णापर- *'होंगे भारत पर इस प्रकार तृष्णापर'*	: इच्छाओं की पूर्ति	**नि.र.-1**/288	तुलसीदास
तृष्णार्त- *'दर हो दुरित, जो जग/जागा तृष्णार्त ज्ञान!'*	: तरह-तरह की इच्छा से विकल	**नि.र.-1**/267	फूटो फिर
तृष्णाशा- *'बुझे तृष्णाशा-विषानल झरे भाषा अमृत-निर्झर'*	: तृष्णा और आशा	**नि.र.-1**/245	बुझे तृष्णाशा-विषानल झरे
तृष्णोद्धत- *'तृष्णोद्धत, स्पर्धागत, सगर्व क्षत्रिय रक्षा से रहित सर्व'*	: तृष्णा से उद्धत, पिपासा से उद्दंड	**नि.र.-1**/287	तुलसीदास
तेज:प्रसार- *'यह रुद्र राम-पूजन-प्रताप तेज:प्रसार'*	: जिसमें तेज का प्रसार हुआ है (हनुमान)	**नि.र.-1**/332	राम की शक्ति-पूजा
तेजघन- *'वज्रांग तेजघन बना पवन को, महाकाश'*	: बादल और बिजली	**नि.र.-1**/332	राम की शक्ति-पूजा
तेजस्- *'तेजस् खोने से'*	: प्रकाश, चमक (चाँद का आभाहीन होना)	**प्र.ग्रं.-3**/230	तृतीय अंक/विशाख
तेजहत- *'निशाचर तेजहत रहे जो वन्य जन'*	: जिनका तेज समाप्त हो गया हो	**नि.र.-1**/276	प्रात तव द्वार पर
तै- *'अब मैं तै कर पायी'*	: तय करना, निश्चित करना	**नि.र.-1**/82	अंजलि
तोड़ दो यह क्षितिज- *'तोड़ दो यह क्षितिज मैं भी देख लूँ उस ओर क्या है!'*	: तोड़ दो सीमाओं या बन्धनों को चाहे वे विस्तृत ही क्यों न हों	**म.सा.-1**/278	फिर विकल हैं प्राण मेरे!/सांध्य गीत
तोम- *'बात-बात में, तूल तोम-सा'*	: समूह, राशि	**पं.ग्रं.-1**/214	बादल/पल्लव
तोरण- *'तरु-तोरण-तृण-तृण की कविता छवि-मधु-सुरभि भरो'*	: स्वागत-द्वार	**नि.र.-1**/146	प्रार्थना
तोष- *'मैं साथ तुम्हारे, करो तोष'*	: संतोष करो	**नि.र.-1**/298	तुलसीदास
त्यागोज्जीवित- *'त्यागोज्जीवित, वह उर्ध्व ध्यान, धारा-स्तव'*	: त्याग के जीवन की भावना से अनुप्राणित	**नि.र.-1**/285	तुलसीदास
त्यों- *'मैं भी त्यों त्यागकर सुखाशाएँ'*	: उसी तरह, वैसे ही	**नि.र.-1**/54	पंचवटी प्रसंग:2
त्रयस्त्रिंश- *'तृण से त्रयस्त्रिंश तक जिसको समसत्ता का भान'*	: तैंतीस प्रकार (कोटि) के देवी-देवता	**प्र.ग्रं.-3**/211	द्वितीय अंक/विशाख
त्रस्त- *'त्रस्त खड़ी है— थर्राती है'*	: भयभीत, निरुपाय	**नि.र.-1**/84	धारा
◆ *'त्रस्त विश्व की आँखों से बह-बहकर'*	: दुखी	**नि.र.-1**/86	वन-कुसुमों की शय्या
◆ *'कँपा त्रस्त अम्बर के छोर'*	: भयभीत, परेशान	**नि.र.-1**/109	प्रथम प्रभात
◆ *'त्रस्त नयन-मुख ढाँप रहे हैं'*	: परेशान, डरा हुआ	**नि.र.-1**/136	बादल-राग
◆ *'निस्सहाय, त्रस्त भी उपाय शून्य!'*	: परेशान, उद्विग्न	**नि.र.-1**/157	महाराज शिवाजी का पत्र
त्रस्त प्रकृति- *'वह विवर्ण मुख त्रस्त प्रकृति का आज लगा हँसने फिर से;'*	: प्रलय की विपदाओं से परेशान प्रकृति	**प्र.ग्रं.-2**/67	आशा/कामायनी
त्राण- *'जीवन की चिर चंचल पुकार रोये कब तक, है कहाँ त्राण?'*	: बचाव	**प्र.ग्रं.-2**/158	ईर्ष्या/कामायनी

शब्द-	काव्य-पंक्ति	: अर्थ	ग्रंथावली/पृ.सं.	स्रोत/संदर्भ
◆	*'मनु ने देखा आँख खोलकर जैसे कुछ-कुछ त्राण पा गये'*	: संकट से छुटकारा	**प्र.ग्रं.-2**/254	रहस्य/कामायनी
◆	*'प्राण है वह, त्राण सिन्धु अकूल में'*	: मुक्ति, उद्धार, बचाव	**नि.र.-1**/40	जन्मभूमि
◆	*'जननि, दुख-अवनि को/दुरित से दो त्राण'*	: रक्षा करना	**नि.र.-1**/243	सार्थक करो प्राण
त्रास-	*'और पीठ पर हो दुरंत दंशनों का त्रास'*	: कष्ट	**प्र.ग्रं.-1**/334	शेरसिंह का शस्त्र-समर्पण/लहर
◆	*'किन्तु फिर भी न मुझे कुछ त्रास'*	: परेशानी, भय, संताप	**नि.र.-1**/48	अधिवास
◆	*'कभी हास, फिर त्रास, साँस-बल/उर-सरिता उमगी'*	: परेशानी प्रकट करके	**नि.र.-1**/220	स्पर्श से लाज लगी
◆	*'नहीं त्रास, अत: मित्र/नहीं 'रक्ष, रक्ष'*	: भय	**नि.र.-1**/314	मित्र के प्रति
त्रासिनी-	*'दुर्मद दुरन्त धर्म दस्युओं की त्रासिनी'*	: त्रास पहुँचानेवाली, कष्टदायक	**प्र.ग्रं.-1**/333	शेरसिंह का शस्त्र-समर्पण/लहर
त्रिकुटी-	*'सञ्चित त्रिकुटी पर ध्यान द्विदल देवी-पद पर'*	: ललाट की तीन रेखाएँ, ध्यान-केन्द्र	**नि.र.-1**/337	राम की शक्ति-पूजा
त्रिकोण-	*'शक्ति-तरंग प्रलय-पावक का उस त्रिकोण में निखर उठा सा'*	: इच्छा, ज्ञान और क्रिया के तीन कोणों से बना क्षेत्र	**प्र.ग्रं.-2**/263	रहस्य/कामायनी
त्रिकोण के मध्य बिंदु-	*' "इस त्रिकोण के मध्य बिंदु तुम शक्ति विपुल क्षमतावाले ये'*	: इच्छा, ज्ञान और क्रिया-जैसी शक्तियों से बने तीन लोकों के तुम (मनु) केंद्र-बिंदु(ज्ञाता) हो।	**प्र.ग्रं.-2**/255	रहस्य/कामायनी
त्रिगुण तरंगमयी-	*'त्रिबली थी त्रिगुण तरंगमयी, आलोक वसन लिपटा अराल'*	: (त्रिबली मानो) त्रिगुण (सत्, रज, तम) की लहरें उत्पन्न कर रही थीं।	**प्र.ग्रं.-2**/179	इड़ा/कामायनी
त्रिगुणात्मक-	*'त्रिगुणात्मक रचे रूप'*	: तीन गुणों से युक्त— सत्, रज, तम	**नि.र.-1**/184	जागरण
◆	*'नारी के नयन! त्रिगुणात्मक ये सन्निपात'*	: तीन गुण— सत्, रज, तम	**प्र.ग्रं.-1**/343	प्रलय की छाया/लहर
त्रिदश-	*'त्रिदश कोटि नर समाज'*	: तीस	**नि.र.-1**/39	जन्मभूमि
त्रिदिक् विश्व-	*'त्रिदिक् विश्व, आलोक बिंदु भी तीन दिखाई पड़े अलग वे'*	: तीन आयाम (लम्बाई, चौड़ाई, ऊँचाई) वाला ब्रह्माण्ड	**प्र.ग्रं.-2**/254	रहस्य/कामायनी
त्रिनयन-	*'ऐ त्रिनयन की नयन वह्नि के'*	: शंकर, तीन आँखोंवाले शंकर	**पं.ग्रं.-1**/195	अनंग/पल्लव
त्रिपुर-	*'यही त्रिपुर है देखा तुमने तीन बिंदु ज्योतिर्मय इतने'*	: तीन लोकों (इच्छा-लोक, कर्म-लोक, ज्ञान-लोक) का समाहार।	**प्र.ग्रं.-2**/262	रहस्य/कामायनी
त्रिबली-	*'त्रिबली थी त्रिगुण तरंगमयी, आलोक वसन लिपटा अराल'*	: नाभि के ऊपर पड़नेवाली तीन रेखाएँ (सलवटें), ये सुन्दर मानी जाती हैं।	**प्र.ग्रं.-2**/179	इड़ा/कामायनी
त्रिभुवन-	*'त्रिभुवन के प्रतिनिधि थे मानो वे अनमिल थे किन्तु सजग थे'*	: तीन लोक— धरती, आकाश, पाताल	**प्र.ग्रं.-2**/254	रहस्य/कामायनी
त्रिभुवन के मनोविकार-	*'ऐ त्रिभुवन के मनोविकार'*	: तीनों भुवनों (स्वर्ग, पृथ्वी और पाताल) के प्रमुख मनोविकार के रूप में है कामचेतना।	**पं.ग्रं.-1**/191	अनंग/पल्लव
त्रिभुवन-यौवन-धन-	*'अर्पित त्रिभुवन-यौवन-धन'*	: तीनों भुवनों में यौवन-रूपी धन (को प्रेम पर न्योछावर होते देखा गया है)	**पं.ग्रं.-1**/244	जाने किस छल-पीड़ा से/गुंजन

शब्द- काव्य-पंक्ति	: अर्थ	ग्रंथावली/पृ.सं.	स्रोत/संदर्भ
त्रिलोक-जित्- *'ऐ त्रिलोक-जित्! इन्द्र-धनुर्धर!'*	: तीनों लोकों को जीतने वाला	**नि.र.**-1/130	बादल राग
त्रिलोकजित्- *'त्रिलोकजित्! नव वसन्त की -'*	: तीनों लोकों को जीत लेनेवाला (कामदेव)	**पं.ग्रं.**-1/194	अनंग/पल्लव
त्रिवेणी की लहरों- *'त्रिवेणी की लहरों का गान'*	: गंगा-यमुना-सरस्वती के मिलन-स्थल (त्रिवेणी) की लहरों का मधुर स्वर।	**पं.ग्रं.**-1/187	आँसू/पल्लव
त्वक्- *'तत्त्वों में त्वक् बदल-बदलकर'*	: त्वचा, रूप	**नि.र.**-1/225	प्रेम के प्रति
त्वदीय- *'तुम्हें अर्पण, औ' वस्तु त्वदीय?'*	: तुम्हारे द्वारा दिया हुआ, तुमसे प्राप्त	**प्र.ग्रं.**-1/219	समर्पण/झरना
त्वरा-सी- *'साधारण से कुछ अतिरंजित गति में मधुर त्वरा-सी'*	: तेजी	**प्र.ग्रं.**-2/138	कर्म/कामायनी
त्वरित- *'काँपा ब्राह्माण्ड, हुआ देवी का त्वरित उदय : —'*	: शीघ्र, तुरंत	**नि.र.**-1/338	राम की शक्ति-पूजा
थकी पलकें- *'थकी पलकें सपनों पर डाल व्यथा में सोता हो आकाश'*	: नींद से थकी हुई पलकें	**म.सा.**-1/50	थकी पलकें सपनों पर डाल /नीहार
थपक- *'छिपी थपक से उसे सुलाती'*	: थपकी, बच्चे को हथेली से थपकी देकर सुलाते हैं	**पं.ग्रं.**-1/271	अप्सरा/गुंजन
थाती- *'लौटा लो यह अपनी थाती/मेरी करुणा हा-हा खाती'*	: धरोहर, अमानत	**प्र.ग्रं.**-4/141	पंचम अंक/स्कन्दगुप्त
थिर- *'चेतना-लहर न उठेगी/जीवन समुद्र थिर होगा;'*	: स्थिर, ठहरा हुआ, निश्चिन्त, आश्वस्त	**प्र.ग्रं.**-2/29	आँसू
♦ *'यज्ञ-यज्ञ की कटु पुकार से रह न सके अब थिर वे'*	: शान्त, स्थिर	**प्र.ग्रं.**-2/133	कर्म/कामायनी
थुपथुपी- *'एक हलकी थुपथुपी से सो गया!'*	: थपकी	**पं.ग्रं.**-1/133	ग्रन्थि
दंपति- *'जिनमें दम्पति समुद विहरते, प्यार भरे दे गलबाँही'*	: पति-पत्नी के जोड़े	**प्र.ग्रं.**-2/191	स्वप्न/कामायनी
दंभ- *'पूर्वजों के मान पर दम्भ अस्तित्व था'*	: अभिमान	**नि.र.**-1/180	रेखा 'ग'
दंभ-स्तूप- *'वसुधा के समतल पर उन्नत चलता फिरता हो दंभ-स्तूप'*	: अहंकार के स्तम्भ की तरह	**प्र.ग्रं.**-2/177	इड़ा/कामायनी
दंश- *'आओ छवि, मृत्यु-दशन/करो दंश जीवन-फल'*	: डंक मारना	**नि.र.**-1/270	डूबा रवि अस्ताचल
दंशन- *'शूलों का दंशन भी हो/कलियों का चुंबन भी हो'*	: चुभन	**म.सा.**-1/220	यह पतझर मधुवन भी हो!/नीरजा
♦ *'जिसका मीठा-तीखा दंशन'*	: दाँतों की चुभन	**म.सा.**-1/411	अलि मैं कण-कण को जान चली/दीप-शिखा
दंशनों का त्रास- *'और पीठ पर हो दुरंत दंशनों का त्रास'*	: चुभन का कष्ट (धोखे से पराजित किया जाना)	**प्र.ग्रं.**-1/334	शेरसिंह का शस्त्र-समर्पण/लहर
दंष्ट्राओं- *'दैत्य-जड़-दंष्ट्राओं के बीच पीसता तू ही अपनी मीच'*	: दाँत (बहुवचन)	**नि.र.**-1/215	पास ही रे, हीरे की खान
दई- *'दई! ढीठ गुंजार'*	: दइया!, हे देव!, हाय भगवान्!	**पं.ग्रं.**-1/113	हृदय के बन्दी तार/वीणा
दईने- *'बूढ़ेपन में किया अहो निरदई दईने पूरा घात'*	: भगवान्, भाग्य	**नि.र.**-1/45	बाबा और नाती
दक्ष- *'है वही दक्ष सेना-नायक, है वही समर'*	: कुशल	**नि.र.**-1/333	राम की शक्ति-पूजा
दक्षिण-कर-तल- *'दक्षिण-कर-तल पर वाम चरण, कपिवर गद्‌गद'*	: दाहिनी हथेली	**नि.र.**-1/331	राम की शक्ति-पूजा
दक्षिण के प्राण- *'काढ़ देना चाहते हो दक्षिण के प्राण—'*	: दक्षिण भारत के प्राणस्वरूप मराठा शासन	**नि.र.**-1/158	महाराज शिवाजी का पत्र

शब्द- काव्य-पंक्ति	: अर्थ	ग्रंथावली/पृ.सं.	स्रोत/संदर्भ
दक्षिण गणेश- *'दक्षिण गणेश, कार्तिक बाँदें रण-रंग राग'*	: दाहिनी तरफ दक्षिणमुखी गणेश हैं	**नि.र.-1**/338	राम की शक्ति-पूजा
दक्षिण त्रिशूल से- *'वृष-रज्जु वाम कर में था दक्षिण त्रिशूल से शोभित'*	: दाहिने (हाथ में) त्रिशूल (ज्ञान, इच्छा और क्रिया के समन्वय का प्रतीक)	**प्र.ग्रं.-2**/267	आनन्द/कामायनी
दक्षिण-पद- *'साधना-मध्य भी साम्य-वाम-कर दक्षिण-पद'*	: दाहिना पैर	**नि.र.-1**/331	राम की शक्ति-पूजा
दक्षिणा-पथ- *'सेना से पाट दक्षिणा-पथ को'*	: भारत का दक्षिण भाग	**नि.र.-1**/157	महाराज शिवाजी का पत्र
दग्ध- *'यह दग्ध मरुस्थल— नहीं सुजल'*	: जला हुआ	**नि.र.-1**/321	सरोज-स्मृति
दग्ध दुकूल- *'जहाँ ओढ़ेगा दग्ध दुकूल'*	: जीर्ण-शीर्ण उत्तरीय, पश्चिम का नभ शाम में जला हुआ-सा दिख रहा है।	**पं.ग्रं.-1**/112	मेरे इस अन्तिम विलास में/वीणा
दग्ध शलभों- *'दग्ध शलभों की विनीरव वेदना'*	: जले हुए फतिंगे या एकनिष्ठ समर्पित प्रेमी	**पं.ग्रं.-1**/130	ग्रन्थि
दग्ध श्वास- *'दग्ध श्वास से आह न निकले सजल कुहू में आज यहाँ!'*	: संताप से भरे उच्छ्वास	**प्र.ग्रं.-2**/186	स्वप्न/कामायनी
दग्ध हृदय- *'मेरे दग्ध हृदय का ही था ताप'*	: संतप्त हृदय, दुखी हृदय	**नि.र.-1**/97	विफल-वासना
♦ *'दग्ध हृदय की विरह व्यथा को'*	: प्रेम में आहत हृदय	**पं.ग्रं.-1**/88	करुणा क्रन्दन करने दो!/वीणा
दत्त-चित्त- *'मनोभाव के काय-कर्म का सम-तोलन में दत्त-चित्त से'*	: मनोयोगपूर्वक लगना	**प्र.ग्रं.-2**/261	रहस्य/कामायनी
दधि- *'सरस दधि के मटकों का स्वाद!'*	: दही	**पं.ग्रं.-1**/113	हृदय के बन्दी तार/वीणा
दधिमुख- *'शुचिते, पहनाकर चीनांशुक रख सका न तुझे अत: दधिमुख'*	: सुख-सुविधा में रखना	**नि.र.-1**/316	सरोज-स्मृति
दधीचि का त्याग- *'सुना है वह दधीचि का त्याग हमारा जातीयता विकास'*	: दधीचि मुनि ने वज्र-निर्माण के लिये अपनी अस्थियों का दान दिया था।	**प्र.ग्रं.-4**/138	पंचम अंक/स्कन्दगुप्त
दबी-लुकी-सी- *'रात्रि घनी कालिमा पटी में दबी-लुकी-सी'*	: (रात मानो अंधकार में) दुबक कर छिपी हुई थी	**प्र.ग्रं.-2**/197	संघर्ष /कामायनी
दबे छवि के भार- *'किन्तु इतने तो न थे तुम दबे छवि के भार!'*	: सुंदरता की अधिकता से युक्त, सौन्दर्य का संभार	**प्र.ग्रं.-2**/116	वासना/कामायनी
दमकी दिगंत के अधरों पर- *'दमकी दिगंत के अधरों पर स्मित की रेखा सी क्षितिज-कोर'*	: क्षितिज पर बिजली चमकी	**म.सा.-1**/287	तंद्रिल निशीथ में ले आए /सांध्य गीत
दमन- *'भीतर नग्न रूप था घोर दमन का'*	: दलन, शोषण, पीड़ित रहना	**नि.र.-1**/94	स्वप्न-स्मृति
दमन-दाह- *'दमन-दाह से आज, हाय! वह उपवन मुरझाया रहता है!'*	: अन्याय रूपी आग	**नि.र.-1**/92	अनुताप
दमयंती सी- *'कहो, कौन हो दमयन्ती-सी'*	: महाभारत में नल-दमयंती की कहानी है। दमयंती-जैसी वियोगिनी के समान।	**पं.ग्रं.-1**/203	छाया/पल्लव
दम संयम- *'आने दो कितनी आती हैं बाधाएँ दम संयम बन के'*	: मन तथा इन्द्रियों को नियंत्रण में रखना	**प्र.ग्रं.-2**/101	काम/कामायनी
दम्य- *'दिन की दम्य दुराशा आज'*	: दमन करने योग्य	**नि.र.-1**/122	यमुना के प्रति
दया-जल- *'बरसो सदा दया-जल शीतल'*	: दया की वर्षा	**प्र.ग्रं.-3**/261	प्रथम अंक/अजातशत्रु
दयानिल- *'दयानिल से विपुल पुलकित हो सहज'*	: दया के भाव से भरी प्यारी-सी हवा	**पं.ग्रं.-1**/126	ग्रन्थि

शब्द- काव्य-पंक्ति	: अर्थ	ग्रंथावली/पृ.सं.	स्रोत/संदर्भ
दयितानुराग- *'प्रिय जगती पर दयितानुराग'*	: प्रेमी के प्रति अनुराग का भाव	**पं.ग्रं.**-2/12	जीवन का फल/युगपथ
दरका पंक का उर- *'पी गया उसको अपरिचित तृषित दरका पंक का उर'*	: गीली मिट्टी सूखकर फट गयी मानो उसका हृदय फट गया।	**म.सा.**-1/218	क्या नई मेरी कहानी! /नीरजा
दरिद्र-मिलन- *'यह दरिद्र-मिलन रहा रच एक करुणा लोक'*	: विपन्न स्थिति में मुलाकात	**प्र.ग्रं.**-2/112	वासना/कामायनी
दर्पण निर्मम- *'टूट गया वह दर्पण निर्मम!'*	: चाँद मानो बेरहम आईने की तरह है	**म.सा.**-1/209	टूट गया वह दर्पण निर्मम/नीरजा
दर्पणमय- *'दर्पणमय है अणु अणु मेरा प्रतिबिंबित रोम रोम तेरा'*	: आईने की तरह प्रतिबिंबित करता हुआ	**म.सा.**-1/226	कहता जग दुःख को प्यार न कर!/नीरजा
दर्पित-पद- *'मोगल-दल बल के जलद-यान दर्पित-पद उन्मद-नद पठान'*	: दर्प (अहंकार) से भरे हुए कदम	**नि.र.**-1/281	तुलसीदास
दर्शन का विश्वास- *'नयन में दर्शन का विश्वास'*	: प्रिय को देख पाने का भरोसा	**प्र.ग्रं.**-1/305	आह रे, वह अधीर यौवन/लहर
दर्शन-समुत्सुक- *'दर्शन-समुत्सुक युवाकुल पतंग ज्यों'*	: देखने के लिए व्याकुल	**नि.र.**-1/324	प्रेयसी
दल- *'जिसमें न नाल, दल कुड्मल'*	: पत्ते, पंखुड़ी	**पं.ग्रं.**-1/269	चाँदनी/गुंजन
दलअंचल- *'अपना दलअंचल पसारकर'*	: पत्ते-रूपी आँचल	**प्र.ग्रं.**-1/347	प्रलय की छाया/लहर
दलमल- *'हारे हुए सकल दैन्य दलमल चले'*	: दलन करके	**नि.र.**-1/273	जागा दिशा ज्ञान
◆ *'शक्ति-वाह उच्छृङ्खल भूयोभूय: मङ्गल/उद्धत पदतल दलमल'*	: दलन करना	**नि.र.**-1/274	कहाँ परित्राण?
◆ *'दलमल जाते ज्यों, दल के दल'*	: रौंद देना	**नि.र.**-1/287	तुलसीदास
◆ *'दलमल देते, वर्षोपल बन, वांछित कृषिफल!'*	: दलन कर देना	**पं.ग्रं.**-1/225	परिवर्तन/पल्लव
दलमलो- *'दुःख दे मत दलमलो!'*	: दलन मत करो	**नि.र.**-1/266	चाल ऐसी मत चला
दलवाली- *'विरल मृदुल दलवाली डालों से उलझा समीर जब व्यस्त'*	: पत्तों से युक्त	**प्र.ग्रं.**-1/327	मधुर माधवी संध्या में/लहर
दलित- *'जन्मभूमि दलित विकल अपमान से'*	: दबी-कुचली	**प्र.ग्रं.**-1/334	शेरसिंह का शस्त्र-समर्पण/लहर
◆ *'यहाँ भूख से विकल दलित को पदतल में फिर-फिर गिरवाती'*	: शोषित-पीड़ित (दलित-विमर्श के अर्थ में नहीं)	**प्र.ग्रं.**-2/259	रहस्य/कामायनी
◆ *'दलित भारत की ही विधवा है'*	: पीड़ित, उपेक्षित	**नि.र.**-1/72	विधवा
◆ *'दलित हृदय की रुद्ध अर्गला खोल-'*	: दुखी	**नि.र.**-1/86	वन-कुसुमों की शय्या
◆ *'दलित कुसुम! क्यों कहो,'*	: टूटा हुआ (फूल), पैरों से दबता हुआ	**नि.र.**-1/90	रास्ते के फूल से
◆ *'पीड़ित पद-दलित मैं एक ओर पड़ा हुआ'*	: दबाया हुआ, (जाति के अर्थ में नहीं)	**नि.र.**-1/180	रेखा 'ग'
◆ *'है खिलाता दलित मुरझे फूल-सा'*	: कुचला हुआ (फूल)	**पं.ग्रं.**-1/139	ग्रन्थि
◆ *'दिवस स्रोत से दलित उपल दल'*	: दलन किए हुए (दिन के उज्ज्वल पत्थर की तरह नक्षत्र)	**पं.ग्रं.**-1/211	नक्षत्र/पल्लव
◆ *'पद-दलित धरा तल'*	: कुचला हुआ	**पं.ग्रं.**-1/225	परिवर्तन/पल्लव
दलित कवरी- *'शिथिल शयन सम्भोग दलित कवरी के कुसुम सदृश कैसे'*	: (प्रिय के समागम से) चोटी का अस्त-व्यस्त हो जाना	**प्र.ग्रं.**-1/247	कहो/झरना

शब्द- काव्य-पंक्ति	: अर्थ	ग्रंथावली/पृ.सं.	स्रोत/संदर्भ
दलित-चरण- *'स्मृति की पृथ्वी यह, दलित-चरण'*	: पैरों से रौंदी हुई (भारत भूमि)	**नि.र.**-1/285	तुलसीदास
दलित बिलखाती- *'दारिद्र्य दलित बिलखाती हो यह शस्य श्यामला प्रकृति रमा'*	: दबी-कुचली और विलाप करती हुई (प्रकृति)	**प्र.ग्रं.**-2/176	इड़ा/कामायनी
दव- *'देखा असुरों ने दैहिक दव'*	: आग	**नि.र.**-1/282	तुलसीदास
दव-ही-दव- *'हाय दैव, दव-ही-दव/बन्धु को मिला!'*	: आग ही आग	**नि.र.**-1/311	मित्र के प्रति
दशदिक- *'दशदिक-समस्त हैं हस्त, और देखो ऊपर'*	: दस दिशाएँ	**नि.र.**-1/336	राम की शक्ति-पूजा
दशना- *'रूप-राशि में टलमल-टलमल/कुन्द-धवल-दशना'*	: दाँतों वाली	**नि.र.**-1/221	कौन तुम शुभ्र-किरण -वसना?
दशनावलि- *'खिल उठी चल दशनावलि आज'*	: दंत-पंक्तियाँ	**पं.ग्रं.**-1/257	मधुवन/गुंजन
दशभुजा- *'मातः, दशभुजा, विश्व-ज्योतिः, मैं हूँ आश्रित;'*	: दस भुजाओंवाली माता, दुर्गा को संबोधन	**नि.र.**-1/335	राम की शक्ति-पूजा
दशमी का शशि- *'लहरों के घूँघट से झुक-झुक, दशमी का शशि निज तिर्यक् मुख'*	: दशमी की तिथि का चाँद (भरा-पूरा और थोड़ी वक्रता लिए)	**पं.ग्रं.**-1/275	नौका-विहार/गुंजन
दशस्कंध-पूजित- *'उस ओर शक्ति शिव की जो दशस्कन्ध-पूजित'*	: दस मुखवाले रावण द्वारा पूजित	**नि.र.**-1/332	राम की शक्ति-पूजा
दष्ट- *'दष्ट ज्यों हो सुमन/छिद्र-शत तनु-यान'*	: काटा हुआ	**नि.र.**-1/244	सार्थक करो प्राण
दस छोर- *'डुबा दिशाओं के दस छोर'*	: दसो दिशाओं का अंतिम सिरा	**पं.ग्रं.**-1/202	विश्व वेणु/पल्लव
दस्युओं- *'दुर्मद दुरन्त धर्म दस्युओं की त्रासिनी'*	: लुटेरों	**प्र.ग्रं.**-1/333	शेरसिंह का शस्त्र-समर्पण/लहर
◆ *'संसृति के शक्तिमान दस्युओं का अदमनीय'*	: डाकुओं, लुटेरों	**नि.र.**-1/99	दिल्ली
दह- *'यह कैसा तेरा दुःख-दुसह, जो बाहर-भीतर देता दह'*	: जलाना	**प्र.ग्रं.**-2/234	दर्शन/कामायनी
◆ *'टूटता वज्र दह दुर्निवार'*	: जला देना	**नि.र.**-1/282	तुलसीदास
दहली- *'नाँघ क्षितिज की अंतिम दहली, भेंट ज्वाल की वेला पहली'*	: देहरी, चौखट	**म.सा.**-1/325	कहाँ से आए काले बादल?/दीप-शिखा
◆ *'प्रणत शिरों के अंक लिए चंदन की दहली'*	: देहरी, चौखट	**म.सा.**-1/335	यह मंदिर का दीप... /दीप-शिखा
दांत- *'निभृत था, पर हम दोनों में वृत्तियाँ रह न सकीं फिर दान्त'*	: दमित, शांत	**प्र.ग्रं.**-1/266	झील में/झरना
◆ *'तो क्या मैं भ्रम में थी नितांत, संहार-बध्य असहाय दांत'*	: दमित, जिसे बलपूर्वक दबाया गया हो	**प्र.ग्रं.**-2/238	दर्शन/कामायनी
दाड़िम- *'दाड़िम, कुन्द, विकच अरविन्द'*	: अनार	**नि.र.**-1/125	यमुना के प्रति
दाता- *'बोधन-विवेक-बीज अंकुरित कीजिए दाता सुमति दीजिए'*	: ईश्वर, गौतम बुद्ध	**प्र.ग्रं.**-3/296	द्वितीय अंक/अजातशत्रु
दादुरों- *'दादुरों के वे दुहरे स्वर'*	: बड़ी प्रजाति के मेढक	**पं.ग्रं.**-1/186	आँसू/पल्लव
दामिनी- *'घन-नीलालका दामिनी जित ललना वह;'*	: बिजली	**नि.र.**-1/302	तुलसीदास
◆ *'मुस्करा दी दामिनी में साँवली बरसात मेरी!'*	: आकाशीय बिजली	**म.सा.**-1/276	झिलमिलाती रात मेरी! /सांध्य गीत
◆ *'छिप कहाँ उसमें सकी/बुझ बुझ जली चल दामिनी मैं!'*	: बिजली	**म.सा.**-1/283	प्रिय चिरंतन है सजनि /सांध्य गीत

शब्द- काव्य-पंक्ति	: अर्थ	ग्रंथावली/पृ.सं.	स्रोत/संदर्भ
दारा- *'देव-देश-द्विज-दारा-बन्धु'*	: स्त्री, पत्नी	**नि.र.-1**/165	महाराज शिवाजी का पत्र
दारिद्र्य दलित बिलखाती- *'दारिद्र्य दलित बिलखाती हो यह शस्य श्यामला प्रकृति रमा'*	: दरिद्रता से दबी-कुचली और विलाप करती हुई (प्रकृति)	**प्र.ग्रं.-2**/176	इड़ा/कामायनी
दारुण-दृश्य- *'दारुण-दृश्य! रुधिर के छींटे अस्थि-खंड की माला!'*	: हृदय-विदारक दृश्य	**प्र.ग्रं.-2**/138	कर्म/कामायनी
दारुण निराशा- *'दारुण निराशा भरी आँखों से देखकर'*	: करुणा से भरी उदासी	**प्र.ग्रं.-1**/333	शेरसिंह का शस्त्र-समर्पण/लहर
दारुण निर्ममता- *'चुभनेवाला अंतरंग छल अति दारुण निर्ममता'*	: भयानक निर्दयता	**प्र.ग्रं.-2**/142	कर्म/कामायनी
दावाग्नि- *'दावाग्नि प्रखर लपटों ने कर दिया सघन वन अस्थिर'*	: वन की अग्नि (की तरह मनु के मार्मिक और व्यापक दु:ख)	**प्र.ग्रं.-2**/270	आनन्द/कामायनी
दावानल- *'वात्याचक्र! उठा प्रतिशोध-दावानल से'*	: जंगल में लगनेवाली प्रचण्ड आग	**प्र.ग्रं.-1**/353	प्रलय की छाया/लहर
दास्य- *'दास्य थी जीविका'*	: गुलामी	**नि.र.-1**/180	रेखा 'ग'
दाह-तपन-उत्तप्त- *'दाह-तपन-उत्तप्त दु:ख-सागर-जल खौल उठा'*	: दुख (दाह) और चिंता (तपन) से तपता हुआ	**नि.र.-1**/86	वन-कुसुमों की शय्या
दाह-सी- *'असंख्य कीर्ति-रश्मियाँ, विकीर्ण दिव्य दाह-सी'*	: अग्नि के समान	**प्र.ग्रं.-4**/290	चतुर्थ अंक/चन्द्रगुप्त
दिक- *'सौरभोत्कलित अम्बर-तल, स्थल-स्थल, दिक-दिक'*	: दिशा	**नि.र.-1**/284	तुलसीदास
दिक-प्रसार- *'काँपी भर निज आलोक-भार, काँपा वन, काँपा दिक प्रसार'*	: दिशाओं का फैलाव (मानो प्रकाश से काँप उठा हो)	**नि.र.-1**/319	सरोज-स्मृति
दिक्कुमारिका- *'उठे स्वरोर्मियों-मुखर दिक्कुमारिका-पिक-रव'*	: दिशाएँ मानो बालाओं की तरह हों	**नि.र.-1**/247	बन्दूँ पद सुन्दर तव
दिक्-दृगों- *'अरणियों की अग्नि, तू दिक्-दृगों की पहचान'*	: दिशा रूपी आँखें	**नि.र.-1**/233	रहा तेरा ध्यान
दिगंत- *'कहता दिगंत से मलय पवन,'*	: क्षितिज	**प्र.ग्रं.-1**/304	आँखों से अलख जगाने को/लहर
◆ *'चंक्रमण करता मधुर दिगन्त'*	: क्षितिज	**प्र.ग्रं.-1**/307	तुम्हारी आँखों का बचपन/लहर
◆ *'चिर किशोर-वय, नित्य विलासी, सुरभित जिससे रहा दिगंत;'*	: सभी दिशाएँ, सारा परिवेश	**प्र.ग्रं.-2**/56	चिंता/कामायनी
◆ *'यौवन मधुवन की कालिंदी बह रही चूम कर सब दिगन्त'*	: क्षितिज, दिशाओं की अंतिम सीमा	**प्र.ग्रं.-2**/173	इड़ा/कामायनी
◆ *'विकसित होगा बन्धु दिगन्त'*	: क्षितिज (अनन्त की सीमा)	**नि.र.-1**/127	ध्वनि
◆ *'रेणु वह किस दिगन्त में लीन'*	: क्षितिज	**नि.र.-1**/141	स्मृति
◆ *'दिगन्त भरनेवाला पवन ज्यों'*	: क्षितिज तक	**नि.र.-1**/156	महाराज शिवाजी का पत्र
◆ *'मेरी ध्रुवतारा तुम/प्रसरित दिगन्त से'*	: क्षितिज, जहाँ दिशाओं का अन्त हो जाए	**नि.र.-1**/172	रेखा 'क'
◆ *'प्रसरित दिगन्त तक माया की प्रेमराशि'*	: क्षितिज, दिशाओं का अंतिम छोर	**नि.र.-1**/177	रेखा 'ख'
◆ *'आती दिगन्त से है कूक कोकिल की जहाँ'*	: क्षितिज	**नि.र.-1**/179	रेखा 'ग'
◆ *'कम्पित प्रतनु-भार/विस्तृत दिगन्त के पार प्रिय बद्ध-दृष्टि'*	: क्षितिज, अनन्त	**नि.र.-1**/325	प्रेयसी

शब्द-	काव्य-पंक्ति	: अर्थ	ग्रंथावली/पृ.सं.	स्रोत/संदर्भ
◆	*'बन गए प्रहरी पहन/आलोक-तिमिर, दिगंत!'*	: क्षितिज	**म.सा.**-1/317	प्राण हँस कर ले चला जब/दीप-शिखा
दिगंत अंबर में-	*'अंकित थी दिगंत अंबर में लिए मलिन शशि-लेखा'*	: आकाश और क्षितिज में	**प्र.ग्रं.**-2/139	कर्म/कामायनी
दिगंत-पल-	*'वह छवि दिगन्त-पल की'*	: दिगन्त के पलकों की	**नि.र.**-1/263	वे गये असह दुख भर
दिगंत बधिर-	*'हुए दिगंत बधिर, भीषण रव बार-बार होता था क्रूर'*	: सभी दिशाएँ मानो बहरी हो गयी थीं, इतना शोर था कि कुछ सुनाई नहीं दे रहा था।	**प्र.ग्रं.**-2/59	चिंता/कामायनी
दिगंत रेखा-	*'किस दिगंत रेखा में इतनी संचित कर सिसकी-सी साँस'*	: आकाश के अंतिम छोर पर	**प्र.ग्रं.**-2/79	आशा/कामायनी
दिगंत-श्री-	*'जब प्रथम दिगन्त-श्री'*	: क्षितिज का सौन्दर्य	**नि.र.**-1/175	रेखा 'क'
दिगंबर-	*'खोले हुए था प्रेम, दिगम्बर'*	: दिशाएँ और आकाश	**नि.र.**-1/178	रेखा 'ख'
दिग्दाहों-	*'दिग्दाहों से धूम उठे, या जलधर उठे क्षितिज तट के!'*	: दिशाएँ जलती हुई मालूम पड़ती थीं	**प्र.ग्रं.**-2/59	चिंता/कामायनी
दिग्देशकाल-	*'बँध रहा जहाँ दिग्देशकाल'*	: दिशाएँ, स्थान और समय अर्थात् देश-काल-परिस्थिति	**नि.र.**-1/338	सम्राट् अष्टम एडवर्ड के प्रति
दिग्देशज्ञान-	*'हैं बहा रहे दिग्देशज्ञान, शर-खरतर'*	: दिशा और स्थान का बोध	**नि.र.**-1/281	तुलसीदास
दिग्ध-	*'रक्त दिग्ध धरणी में रूप की विजय में'*	: लिप्त, गन्दा किया हुआ	**प्र.ग्रं.**-1/352	प्रलय की छाया/लहर
दिग्भू-अंबर-	*'कम्पित दिग्भू - अम्बर'*	: दिशाएँ, धरती और आकाश	**पं.ग्रं.**-1/335	चार/ज्योत्स्ना
दिग्भू कंपन-	*'अये, एक रोमांच तुम्हारा दिग्भू कम्पन'*	: दिशाओं सहित धरती का काँप जाना	**पं.ग्रं.**-1/226	परिवर्तन/पल्लव
दिग्भ्रांत-	*'झंझा है दिग्भ्रांत रात की मूर्छा गहरी'*	: दिग्भ्रमित, दिशाहीन, भटका हुआ	**म.सा.**-1/335	यह मंदिर का दीप... /दीप-शिखा
दिग्वधुओं-	*'दिग्वधुओं के घन-घूँघट के चंचल होंगे छोर'*	: दिशाएँ मानो दुल्हन की तरह हैं	**म.सा.**-1/189	मेरी निश्वासों से द्रुततर /नीरजा
दिग्वधू-	*'दिग्वधू अलस हाथों से'*	: दिशा-रूपी स्त्री (दुल्हन नहीं) जो सबको सुलभ थी (नगरवधू की तरह दिग्वधू)	**नि.र.**-1/100	दिल्ली
दिग्वसना-	*'तुम अम्बर, मैं दिग्वसना'*	: दिशा-रूपी वस्त्रों से सज्जित प्रकृति	**नि.र.**-1/50	तुम और मैं
दिग्विजय-अर्थ-	*'दिग्विजय-अर्थ प्रतिपल समर्थ बढ़ता समक्ष'*	: दिग्विजय करने के लिए	**नि.र.**-1/332	राम की शक्ति-पूजा
दिङ्मण्डल-	*'फैलते पराग दिङ्मण्डल आमोदित कर'*	: दिशाएँ एवं मण्डल (भूमंडल, नभ मंडल)	**नि.र.**-1/57	पंचवटी प्रसंग:3
◆	*'अस्तमित आज रे— तमस्तूर्य दिङ्मण्डल;'*	: दिशाएँ	**नि.र.**-1/281	तुलसीदास
◆	*'अखिल विश्व ही विवर, वक्र कुण्डल दिङ्मण्डल'*	: दिशाओं का घेरा	**पं.ग्रं.**-1/225	परिवर्तन/पल्लव
दिनकर-	*'दिनकर हिमकर तारा के दल'*	: सूर्य	**प्र.ग्रं.**-1/311	कितने दिन जीवन-जलनिधि में/लहर
दिन का बाल-	*'उधर क्यों हँसता दिन का बाल अरुणिमा से रंजित कर गाल?'*	: दिन का किशोरवय सूर्य	**म.सा.**-1/105	शून्यता में निद्रा की बन/रश्मि
दिन-दीन-	*'कैसी बजी बीन? सजी मैं दिन-दीन?'*	: जो सदा से दीन रही	**नि.र.**-1/249	कैसी बजी बीन?
दिनमणि-	*'वही दिनमणि के अगणित साज'*	: सूर्य, दिन की मणि	**नि.र.**-1/141	स्मृति

शब्द- काव्य-पंक्ति	: अर्थ	ग्रंथावली/पृ.सं.	स्रोत/संदर्भ
दिन-मणिके- *'खोलो उषा-पटल निज कर अयि, छविमयि, दिन-मणिके!'*	: दिनमणि सूर्य को मणि के रूप में (मस्तक पर) लगाने वाली अयि!	**नि.र.**-1/256	जागो, जीवन-धनिके!
दिनमणि-हीन- *'दिनमणि-हीन अस्त आकाश?'*	: सूरज के बिना	**नि.र.**-1/119	यमुना के प्रति
दिन-मान- *'आज दो प्राणों का दिन-मान'*	: सूरज, आज केवल दो प्राणों (प्रेमी-प्रेमिका) के लिए मानो सूरज निकला है।	**पं.ग्रं.**-1/255	आज रहने दो यह गृह-काज/गुंजन
दिनमान- *'हमारा डूब रहा दिनमान'*	: सूर्य, प्रकाश, सम्मान	**नि.र.**-1/146	पतनोन्मुख
◆ *'गिन रहा हो प्राणों का दाग सुनहली प्याली में दिनमान'*	: सूरज (उस अज्ञात प्रियतम की तरह है)	**म.सा.**-1/51	थकी पलकें सपनों पर डाल/नीहार
दिनांत निवास- *'अरुण घन की सजल छाया में दिनांत निवास'*	: संध्या का आश्रय	**प्र.ग्रं.**-2/114	वासना/कामायनी
दिपती-सी- *'गोधूली के धूमिल पट में दीपक के स्वर में दिपती-सी'*	: टिमटिमाना	**प्र.ग्रं.**-2/123	लज्जा/कामायनी
दिव- *'तेरी छाया में दिव को हँसता है गर्वीला जग'*	: दिन-रूपी जीवन	**म.सा.**-1/155	प्राणों के अंतिम पाहुन!/रश्मि
◆ *'दिव उस पर न्योछावर गायक गा लेने दो क्षण भर गायक'*	: दिन	**म.सा.**-1/194	इस जादूगरनी वीणा पर/नीरजा
◆ *'श्वास श्वास खोकर जग करता नित दिव से व्यापार'*	: दिन	**म.सा.**-1/233	दूर घर मैं पथ से अनजान!/नीरजा
◆ *'दिव से लावे फिर विश्व जाग चिर जीवन का वरदान छीन!'*	: दिन	**म.सा.**-1/287	तंद्रिल निशीथ में ले आए/सांध्य गीत
◆ *'सत्य जो दिव कह न पाया था अमिट संदेश में!'*	: दिन	**म.सा.**-1/343	आँसुओं के देश में/दीप-शिखा
◆ *'ओ पुलकाकुल, तू दे दिव को'*	: दिन	**म.सा.**-1/397	तू भू के प्राणों का शतदल!/दीप-शिखा
◆ *'रज भी है दिव से गर्वीली'*	: प्रकाशमान दिन	**म.सा.**-1/411	अलि मैं कण-कण को जान चली/दीप-शिखा
दिव का किरीट- *'दिव का किरीट भू का श्रृंगार बनाता!'*	: दिन का मुकुट है सूरज	**म.सा.**-1/357	कोई यह आँसू आज माँग ले जाता!/दीप-शिखा
दिवस की चाह- *'रात के उर में दिवस की चाह का शर हूँ!'*	: आशा और संभावना की प्रबल इच्छा-शक्ति	**म.सा.**-1/264	शलभ मैं शापमय वर हूँ!/सांध्य गीत
दिव की हँसी- *'हो गया दिव की हँसी से शून्य में सुरचाप अंकित'*	: दिन की हँसी (की तरह है सतरंगा इन्द्रधनुष)	**म.सा.**-1/254	अश्रु मेरे माँगने जब /सांध्य गीत
दिवसद्युति- *'दिवसद्युति सकल, सुमन सित जाल'*	: दिन का प्रकाश	**पं.ग्रं.**-1/378	द्वितीय दृश्य/परी
दिवसन- *'दिवसन विरहाशासी/पद्म विकच भाषासी'*	: दिवस का अवसान, दिन की समाप्ति, शाम	**नि.र.**-1/156	वेदना
दिवस-वश- *'विकल होती जब दिवस-वश/हीन तापकरा'*	: दिन के वशीभूत होकर	**नि.र.**-1/241	प्राण-धन को स्मरण करते
दिवस-स्वप्न- *'दिवस-स्वप्न-सा पड़ा असार'*	: दिवा-स्वप्न, दिन के सपने अर्थहीन होते हैं	**नि.र.**-1/125	यमुना के प्रति

शब्द- काव्य-पंक्ति	: अर्थ	ग्रंथावली/पृ.सं.	स्रोत/संदर्भ
दिवसावसान- *'दिवसावसान का समय'*	: दिवस का अवसान, शाम	**नि.र.-1**/77	सन्ध्या-सुन्दरी
दिवानाथ- *'दिवानाथ का विपुल विभव जब'*	: दिन का स्वामी, सूर्य	**पं.ग्रं.-1**/116	दिवानाथ का विपुल विभव जब/वीणा
दिवा रात्रि- *'दिवा रात्रि या— मित्र वरुण की बाला का अक्षय शृंगार;'*	: दिन और रात	**प्र.ग्रं.-2**/76	आशा/कामायनी
दिवा-रात्रि- *'अरी आँधियो! ओ बिजली की दिवा-रात्रि तेरा नर्त्तन;'*	: दिन और रात	**प्र.ग्रं.-2**/54	चिंता/कामायनी
दिवा-विभावरी- *'वह निष्काम दिवा-विभात्ररी'*	: दिन-रात	**नि.र.-1**/121	यमुना के प्रति
दिवा-श्रांत- *'दिवा-श्रांत आलोक-रश्मियाँ नील निलय में छिपी कहीं'*	: दिन की थकान, दिन के परिश्रम से थककर	**प्र.ग्रं.-2**/189	स्वप्न/कामायनी
दिव्य अनाहत- *'दिव्य अनाहत पर-निनाद में श्रद्धायुत मनु बस तन्मय थे'*	: ध्वनि का लोकोत्तर रूप, अनाहत (सारे विश्व में व्याप्त ईश्वरीय ध्वनि, जिसे साधना की अवस्था में सुना जा सकता है)	**प्र.ग्रं.-2**/263	रहस्य/कामायनी
दिव्य चक्र-सा- *'दिव्य चक्र-सा चाँद'*	: कृष्ण के सुदर्शन चक्र की तरह	**पं.ग्रं.-1**/113	हृदय के बन्दी तार/वीणा
दिव्य दाह-सी- *'असंख्य कीर्ति-रश्मियाँ, विकीर्ण दिव्य दाह-सी'*	: अलौकिक अग्नि के समान	**प्र.ग्रं.-4**/290	चतुर्थ अंक/चन्द्रगुप्त
दिव्य देहधारी- *'दिव्य देहधारी ही कूदते हैं इसमें प्रिये'*	: अलौकिक क्षमता/दृष्टि से युक्त व्यक्ति	**नि.र.-1**/52	पंचवटी प्रसंग:1
दिव्य बाँध- *'पर बँधा देह के दिव्य बाँध, छलकता दृगों से साध-साध'*	: (शरीर-रूपी) दिव्य बाँध	**नि.र.-1**/320	सरोज-स्मृति
दिव्यभावधर- *'लीलासहचर, दिव्यभावधर, इन पर प्रहार'*	: दिव्य भावबोध को धारण करनेवाले (हनुमान)	**नि.र.-1**/332	राम की शक्ति-पूजा
दिव्य-रागिनी-अभिनव-सी- *'गूँज उठी तुम विश्व-कुहर में दिव्य-रागिनी-अभिनव-सी!'*	: नयी अलौकिक संगीतमय मधुर ध्वनि की तरह	**प्र.ग्रं.-2**/226	निर्वेद/कामायनी
दिव्य-लोक- *'मेरी लघुता पर आती जिस दिव्य-लोक को व्रीड़ा'*	: उस अज्ञात असीम प्रियतम का लोक	**म.सा.-1**/45	छाया की आँखमिचौनी /नीहार
दिश- *'दिश रचता जाता नूपुर-स्वन जगता जर्जर जग का शैशव!'*	: दिशा	**म.सा.-1**/315	ओ चिर नीरव! /दीप-शिखा
♦ *'दिश नहीं प्राचीर जिसको/पथ नहीं जंजीर जिसको'*	: दिशा, दिशाएँ	**म.सा.-1**/343	आँसुओं के देश में /दीप-शिखा
दिशाकाल- *'स्वर लय होकर दे रहे ताल, थे लुप्त हो रहे दिशाकाल'*	: स्थान और समय, दिक् और काल	**प्र.ग्रं.-2**/246	दर्शन/कामायनी
दिशाकाश- *'ताकता रहा मैं दिशाकाश'*	: शून्य की तरफ	**नि.र.-1**/317	सरोज-स्मृति
दिशा-ज्ञान-गत- *'टूटें सकल बन्ध/कलि के, दिशा-ज्ञान-गत हो बहे गन्ध'*	: दिशा के विचार से रहित, एकदेशिकताहीन, पक्षपात-शून्य	**नि.र.-1**/268	टूटें सकल बन्ध
दिशा-पल- *'घोर शिशिर, डूबा जग अस्थिर, तिमिर-तिमिर हो गये दिशा-पल'*	: दिशा के पलक-पात	**नि.र.-1**/248	घोर शिशिर

शब्द- काव्य-पंक्ति	: अर्थ	ग्रंथावली/पृ.सं.	स्रोत/संदर्भ
दिशावधि- *'दिशावधि में पल विविध प्रकार'*	: दिक् और काल, टाइम एंड स्पेस	**पं.ग्रं.**-1/231	परिवर्तन/पल्लव
◆ *'है रे न दिशावधि का मानव'*	: दिशा और अवधि, दिक् और काल, स्थान और समय का बंधन।	**पं.ग्रं.**-1/316	तीन/ज्योत्स्ना
◆ *'था व्याप्त दिशावधि ध्वांत': भ्रान्त इतिहास विश्व उद्भव प्रमाण,'*	: दिक् और काल	**पं.ग्रं.**-2/25	बापू के प्रति/युगपथ
दिशावधि-हीन- *'एक क्षण, अखिल दिशावधि-हीन'*	: दिक् और काल की सीमा से मुक्त	**पं.ग्रं.**-1/258	मधुवन/गुंजन
दिशि- *'अब सूनी दिशि औ' श्रान्त वायु'*	: दिशाएँ	**पं.ग्रं.**-2/20	शुक्र/युगपथ
◆ *'दिशि का चंचल/परिमल-अंचल'*	: दिशाएँ	**म.सा.**-1/225	लाए कौन सन्देश नए घन!/नीरजा
दिशि-आस- *'भर दिये कलरव से दिशि-आस'*	: विभिन्न दिशाओं में आशा का संचार	**पं.ग्रं.**-1/267	विहग के प्रति/गुंजन
दिशि-कूल- *'तिमिर सागर से धुले/दिशि-कूल से अनजान!'*	: दिशा और किनारा (से अनजान हैं मेरे गीत-रूपी पंछी)	**म.सा.**-1/407	मेरे ओ विहग से गान! /दीप-शिखा
दिशि-क्षण- *'कोकिल, गा, मुकुलित हों दिशि-क्षण!'*	: दिक् और काल, टाइम एंड स्पेस	**पं.ग्रं.**-2/8	द्रुत झरो जगत के जीर्ण पत्र/युगपथ
दिशि-दल- *'जिसमें डूबे दश दिशि-दल'*	: दसों दिशाओं के समूह	**पं.ग्रं.**-1/269	चाँदनी/गुंजन
दिशि-दिशि- *'घुली जा रही है दिशि-दिशि की नभ में मलिन उदासी'*	: चारों ओर, सभी दिशाओं में	**प्र.ग्रं.**-2/142	कर्म/कामायनी
दिशि-धनु- *'दिशि-धनु शर-सी असंख्य'*	: दिशा-रूपी धनुष से (किरण-रूपी तीर चलते हैं)	**पं.ग्रं.**-1/347	चार/ज्योत्स्ना
दिशि-पल- *'आते-जाते, सुख-दु:ख, दिशि-पल, शिशु सा आता कर खेल अनिल'*	: देशकाल, स्थान और समय, दिक्काल	**प्र.ग्रं.**-2/234	दर्शन/कामायनी
◆ *'डूबे दिशि-पल के ओर-छोर'*	: दिक् और काल, टाइम एंड स्पेस	**पं.ग्रं.**-1/264	जीवन का उल्लास/गुंजन
◆ *'मंगलमय दिशि-पल हो'*	: दिक् और काल	**पं.ग्रं.**-1/329	तीन/ज्योत्स्ना
◆ *'दिशि-पल के स्वप्नों में सँवार'*	: दिक् और काल, स्थान और समय, टाइम एंड स्पेस	**पं.ग्रं.**-2/15	खो गयी स्वर्ण की स्वर्ग किरण/युगपथ
◆ *'आत्मा को विषयाधार बना, दिशि पल के दृश्यों को सँवार'*	: दिक् और काल	**पं.ग्रं.**-2/25	बापू के प्रति/युगपथ
दिशि-पल के पुलिन- *'दिशि-पल के पुलिन डुबाते'*	: स्थान और समय की सीमाएँ	**पं.ग्रं.**-1/309	तीन/ज्योत्स्ना
दिशि मंडल- *'रवि शशि स्मित दिशि मण्डल'*	: सभी दिशाओं के घेरे (मानो सूर्य-चन्द्र की मुस्कान से सुशोभित हैं)	**पं.ग्रं.**-1/315	तीन/ज्योत्स्ना
दीठ- *'लगी सतृष्ण दीठ थी सबकी/रही बचाये फिरती कबकी'*	: नजर, दृष्टि	**प्र.ग्रं.**-4/141	पंचम अंक/स्कन्दगुप्त
दीन- *'यों ही लगा बीतने उनका/जीवन अस्थिर दिन-दिन दीन'*	: दयनीय, दया के पात्र	**प्र.ग्रं.**-2/74	आशा/कामायनी
◆ *'मृदु मरुत लहर में फेनोपम तारागण झिलमिल हुए दीन'*	: खिन्न, बेचारे	**प्र.ग्रं.**-2/178	इड़ा/कामायनी
◆ *'दीन का तो हीन ही यह वक्त है'*	: कमजोर, उपेक्षित, निरावलंब	**नि.र.**-1/40	अध्यात्म-फल
दीन अनुग्रह- *'इस दीन अनुग्रह का मुझ पर तुम बोझ डालने में समर्थ'*	: दया से परिपूर्ण कृपा-भाव	**प्र.ग्रं.**-2/168	ईर्ष्या/कामायनी

शब्द- काव्य-पंक्ति	: अर्थ	ग्रंथावली/पृ.सं.	स्रोत/संदर्भ
दीन अवसाद- *'तप नहीं केवल जीवन-सत्य करुण यह क्षणिक दीन अवसाद;'*	: बेचारगी, हीनभाव से उत्पन्न निराशा	**प्र.ग्रं.**-2/90	श्रद्धा/कामायनी
दीन के संबल- *'हमारे दीन के सम्बल कहाँ हो'*	: कमजोर लोगों के मददगार, ईश्वर	**प्र.ग्रं.**-4/55	प्रथम अंक/स्कन्दगुप्त
दीन क्षार- *'पर अंक लिए है दीन क्षार;'*	: हिमालय की विराटता में न जाने कितना खारापन समाया हुआ है जिसे वह कभी प्रकट नहीं करता।	**म.सा.**-1/303	हे चिर महान्/सांध्य गीत
दीन जीवन- *'बढ़ रहा तिमिर गर्भ में नित्य, दीन जीवन का यह संगीत'*	: असहाय जीवन	**प्र.ग्रं.**-2/86	श्रद्धा/कामायनी
◆ *'मरण जब दीन जीवन से भला हो'*	: असहाय जिंदगी	**प्र.ग्रं.**-3/219	तृतीय अंक/विशाख
दीनता- *'दीनता के अंक पर शीर्ण था पड़ा हुआ'*	: गरीबी	**नि.र.**-1/180	रेखा 'ग'
दीन त्याग- *'कुछ ग्रहण कर रहा दीन त्याग, सोया जिसका है भाग्य, जाग'*	: त्याग जो दीन बन गया हो, इड़ा सबको देती थी आज प्रार्थिनी है।	**प्र.ग्रं.**-2/235	दर्शन/कामायनी
दीन-दलित- *'वह टूटे तरु की छुटी लता-सी दीन— दलित भारत की ही विधवा है'*	: बेचारी और बेसहारा (शोषित)	**नि.र.**-1/72	विधवा
दीन पोत- *'महामत्स्य का एक चपेटा दीन पोत का मरण रहा'*	: कमजोर नाव	**प्र.ग्रं.**-2/62	चिंता/कामायनी
दीन विभव- *'जीवन के उस दीन विभव में जैसे बनी उदासी'*	: धन और साधन का अभाव	**प्र.ग्रं.**-2/133	कर्म/कामायनी
दीन विश्व- *'रख रहा है उसे ढोकर दीन विश्व उधार'*	: बेचारा संसार	**प्र.ग्रं.**-2/114	वासना/कामायनी
दीन विषाद- *'काँप रहे हैं आज प्रतिध्वनि बन कर मानो दीन विषाद'*	: दयनीय और दुखद	**प्र.ग्रं.**-2/54	चिंता/कामायनी
◆ *'सुप्त आहों का दीन विषाद/पूछता हो 'आता है कौन'?'*	: मार्मिक स्थिति में पहुँचा हुआ अवसाद	**म.सा.**-1/51	थकी पलकें सपनों पर डाल/नीहार
दीन शलभ- *'दीन शलभ भी दीप-शिखा से'*	: बेचारा दीवाना फतिंगा	**म.सा.**-1/299	क्या जलने की रीति शलभ...!/सांध्य गीत
दीना- *'बन आवर्जना-मूर्ति दीना अपनी अतृप्ति-सी संचित हो'*	: दयनीय स्थिति	**प्र.ग्रं.**-2/127	लज्जा/कामायनी
◆ *'दीना पर अति करुणा की'*	: गरीब और असहाय स्त्री	**पं.ग्रं.**-1/117	दिवानाथ का विपुल विभव जब/वीणा
दीप- *'अनोखे मेरे नेही दीप'*	: दीपक मानो प्रेमी की तरह है	**म.सा.**-1/83	मूक करके मानस का ताप/नीहार
दीपक-गान- *'चितवन ज्वलित दीपक-गान,*	: दीपक राग, प्रेम की ज्वाला	**म.सा.**-1/395	तुम्हारी बीन ही में बज.../दीप-शिखा
दीपक-पतंग- *'दीपक-पतंग-से अन्ध थे आ रहे'*	: शमा पर	**नि.र.**-1/173	रेखा 'क'
दीपक मन- *'स्नेहभरा जलता है झिलमिल मेरा यह दीपक मन रे!'*	: दीपक की तरह अपनी साधना में लगा मेरा मन	**म.सा.**-1/234	क्या पूजन क्या अर्चन रे?/नीरजा
दीपकमय- *'दीपकमय कर डाला जब जलकर पतंग ने जीवन'*	: दीपक की लौ में फतिंगा एकाकार हो गया	**म.सा.**-1/75	जिस दिन नीरव तारों से/नीहार
◆ *'जो हुआ जल दीपकमय उससे, कभी पूछी निबाह की रीति नहीं'*	: दीपक की लौ में जलते हुए फतिंगे का एकाकार हो जाना	**म.सा.**-1/129	इन आँखों ने देखी न राह कहीं/रश्मि

शब्द-	काव्य-पंक्ति	: अर्थ	ग्रंथावली/पृ.सं.	स्रोत/संदर्भ
दीपक मेरा-	*'चिंता क्या है, हे निर्मम बुझ जाए दीपक मेरा'*	: मेरा जीवन मानो दीपक की तरह बुझकर समाप्त हो जाएगा	**म.सा.**-1/38	रजनी ओढ़े जाती थी /नीहार
दीपक-राग-	*'तममय तुषारमय कोने में छेड़ा जब दीपक-राग एक'*	: एक राग जिसे गाने पर दीपक जल उठता है और गायक भी।	**म.सा.**-1/286	तंद्रिल निशीथ में ले आए/सांध्य गीत
दीपक राग-	*'आज दीपक राग गा लूँ!'*	: एक राग जिसकी सिद्ध गायकी के प्रभाव से बुझे दीपक जल उठते हैं।	**म.सा.**-1/319	सब बुझे दीपक जला लूँ/दीप-शिखा
दीपक-रागिनी-	*'छू गई क्षण भर धरा-नभ सजल दीपक-रागिनी!'*	: दीपक रागिनी की तरह है आकाशीय बिजली। अपने राग को साधते हुए वह स्वयं जल उठती है।	**म.सा.**-1/277	दीप तेरा दामिनी! /सांध्य गीत
◆	*'घिर रहा तम आज दीपक-रागिनी अपनी जगा लूँ'*	: दीपक राग, जिस राग को गाकर बुझे दीपक जलाए जा सकते हैं, सम्भावनाएँ जगा लूँ।	**म.सा.**-1/319	सब बुझे दीपक जला लूँ/दीप-शिखा
दीप जगा ले-	*'गोधूलि अब दीप जगा ले!'*	: दीपकों को प्रज्ज्वलित कर लो	**म.सा.**-1/345	गोधूलि अब दीप जगा ले!/दीप-शिखा
दीप तेरा दामिनी-	*'दीप तेरा दामिनी!'*	: ऐ दामिनी (आकाशीय बिजली)! तेरे भीतर दीपक प्रज्ज्वलित हैं।	**म.सा.**-1/277	दीप तेरा दामिनी! /सांध्य गीत
दीप थके-	*'जब यह दीप थके तब आना'*	: साधना के प्रतीक इन दीपकों की साधना पूरी होने तक (बुझने तक)	**म.सा.**-1/333	जब यह दीप थके तब आना/दीप-शिखा
दीप निष्ठुर-	*'शलभ मैं शापमय वर हूँ! किसी का दीप निष्ठुर हूँ!'*	: किसी की याद में जलते दीपक की तरह हूँ जो प्रेम की पीड़ा पाकर क्रमशः निष्ठुर हो गया है।	**म.सा.**-1/264	शलभ मैं शापमय वर हूँ!/सांध्य गीत
दीपमालिका-	*'दीपमालिका हुई वहीं पर तेरी छवि की, प्राण मिला'*	: दीपों की शृंखला	**प्र.ग्रं.**-3/209	द्वितीय अंक/विशाख
◆	*'जली दीपमालिका प्राण की हृदय-कुटी स्वच्छ हो गयी है'*	: दीपकों की पंक्ति	**प्र.ग्रं.**-3/285	द्वितीय अंक/अजातशत्रु
दीप शलभ-	*'दीप शलभ दीपों को चमका'*	: जुगनू, खद्योत	**पं.ग्रं.**-1/199	स्वप्न/पल्लव
दीपशिखा-	*'चंचल पग दीपशिखा के धर'*	: प्रकाश और गरमाहट (लेकर वसंत आया है)	**पं.ग्रं.**-2/8	चंचल पग दीपशिखा के धर/युगपथ
◆	*'झुलसे पंखों को चुन लाऊँ/उन पर दीपशिखा अँकवाऊँ'*	: दीपक की लौ	**म.सा.**-1/205	क्यों जग कहता मतवाली /नीरजा
दीप-शिखा-	काव्य-संग्रह का नाम	: दीपक की लौ, साधक का प्रतीक	**म.सा.**-1	
दीप ललाम-	*'तेरे पथ में स्वर्णरेणु फैलाता दीप ललाम'*	: सुंदर दीपक की तरह साधनस्थ है अपनी लघुता में साधक।	**म.सा.**-1/153	विश्व-जीवन के उपसंहार! /रश्मि
दीपाधार-	*'मोम की यह सीप! सृजन के शत दीप थामे प्रलय दीपाधार!'*	: प्रलय मानो सृजन के सैकड़ों दीपकों को थामनेवाला दीपक का आधार (स्टैण्ड) बन गया हो।	**म.सा.**-1/317	प्राण हँस कर ले चला जब/दीप-शिखा
दीपालोक-	*'बुझाकर छोटा दीपालोक हुई क्या हो असीम में लोप?'*	: एक दीपक का प्रकाश	**म.सा.**-1/66	समीरण के पंखों में गूँथ/नीहार

शब्द-	काव्य-पंक्ति	: अर्थ	ग्रंथावली/पृ.सं.	स्रोत/संदर्भ
दीपावलियाँ-	*'फूलों की मीठी चितवन/नभ की ये दीपावलियाँ'*	: तारे दीपक की पंक्तियों की तरह लग रहे हैं	**म.सा.-1**/44	छाया की आँखमिचौनी /नीहार
दीपित-	*'दीपित दीप-प्रकाश, कंज-छवि मंजु-मंजु हँस खोली'*	: सुंदर और प्रकाशित	**नि.र.-1**/226	नयनों के डोरे लाल गुलाल-भरे
दीपित दृग-	*'ये साँसें दे हँस कर सोते, वे दीपित दृग निशि भर रोते'*	: रात की आँखों में चाँद-सितारों की चमक है	**म.सा.-1**/403	जग अपना भाता है! /दीप-शिखा
दीप्त-	*'चिरकुमार भीष्म की पताका ब्रह्मचर्य दीप्त'*	: चमक, आभा	**नि.र.-1**/99	दिल्ली
दीर्घ निःश्वास-	*'मृत्यु का यही दीर्घ निःश्वास'*	: उदासी की लंबी साँस	**पं.ग्रं.-1**/180	उच्छ्वास/पल्लव
दीर्ण-	*'जीर्ण-शीर्ण जो, दीर्ण धरा में प्राप्त करे अवसान'*	: फटा हुआ, दरार युक्त	**नि.र.-1**/104	उद्बोधन
दीवानी चोटों में-	*'मेरा सर्वस्व छिपा है/इन दीवानी चोटों में'*	: प्रेम की दीवानगी ने जो चोटें मुझे दी हैं।	**म.सा.-1**/38	रजनी ओढ़े जाती थी /नीहार
दुंदुभि-मृदंग-तूर्य-	*'दुन्दुभि-मृदंग-तूर्य शांत स्तब्ध, मौन हैं'*	: दुन्दुभि, मृदंग और तूर्य—युद्ध के वाद्य-यंत्र हैं	**प्र.ग्रं.-1**/337	पेशोला की प्रतिध्वनि /लहर
दुःख-	*'आज करुणा-स्नात उजला/दुःख हो मेरा पुजारी!'*	: दुःख मानो व्यक्तित्व बन गया है।	**म.सा.-1**/258	शून्य मंदिर में बनूँगी... /सांध्य गीत
दुःख का पारावार-	*'उमड़ रहा है इस भूतल पर दुःख का पारावार'*	: दुःख-तकलीफ की अधिकता, दुःख का समुद्र	**प्र.ग्रं.-4**/54	प्रथम अंक/स्कन्दगुप्त
दुःख का राज्य-	*'यह दुःख का राज्य अनंत/रहेगा निश्चल सा;'*	: वियोग की अनंतता	**म.सा.-1**/191	पथ देख बिता दी रैन /नीरजा
दुःख-घात-	*'संसृति के दुःख-घात, श्लथ-गात, तुममें ज्यों/रही मैं बद्ध हो'*	: दुःख की चोट	**नि.र.-1**/327	प्रेयसी
दुःख जलधि-	*'उमड़ रहा है देव सुखों पर दुःख जलधि का नाद अपार'*	: दुःख का समुद्र	**प्र.ग्रं.-2**/55	चिंता/कामायनी
दुःख-दुसह-	*'यह कैसा तेरा दुःख-दुसह, जो बाहर-भीतर देता दह'*	: मुश्किल से सहे जाने योग्य दुःख	**प्र.ग्रं.-2**/234	दर्शन/कामायनी
दुःख-नीरद-	*'दुःख-नीरद में बन इन्द्रधनुष बदले नर कितने नए रंग'*	: दुःख-रूपी बादल	**प्र.ग्रं.-2**/176	इड़ा/कामायनी
दुःख-भार-	*'दुःख-भार भारत तम-केवल, वीर्य-सूर्य के ढके सकल दल'*	: दुख-रूपी भार	**नि.र.-1**/256	जागो, जीवन-धनिके!
दुःखमय सुख-	*'दुःखमय सुख/सुखभरा दुख'*	: दुःख से भरा हुआ सुख	**म.सा.-1**/260	मेरा सजल मुख देख लेते!/सांध्य गीत
दुःख-मूल-	*'क्षणिक सुखों को स्थायी कहना दुःख-मूल यह भूल महा'*	: जो दुःख का कारण हो	**प्र.ग्रं.-3**/265	प्रथम अंक/अजातशत्रु
दुःख-विदूषक-	*'सुख-सहचर दुःख-विदूषक परिहास पूर्ण कर अभिनय'*	: दुःख-रूपी विदूषक, नायक का सहचर होता है विदूषक।	**प्र.ग्रं.-2**/279	आनन्द/कामायनी
दुःख-सागर-जल-	*'दाह-तपन-उत्तप्त दुःख-सागर-जल खौल उठा'*	: दुख के समुद्र का जल	**नि.र.-1**/86	वन-कुसुमों की शय्या
दुकाल-	*'अस्थि-पंजर का दैत्य दुकाल'*	: बुरा वक्त, अकाल	**पं.ग्रं.-1**/228	परिवर्तन/पल्लव
दुकूल-	*'प्रिय दुकूल में प्रथम प्रकाश'*	: आँचल, दुपट्टा	**नि.र.-1**/121	यमुना के प्रति

शब्द-	काव्य-पंक्ति	: अर्थ	ग्रंथावली/पृ.सं.	स्रोत/संदर्भ
◆	*'दुकूल सस्वर आकर्षण भर!'*	: आँचल, दुपट्टा	**नि.र.**-1/252	मैं रहूँगा
◆	*'पाटल के सुरभित रंगों से रँग दे हिम सा उज्ज्वल दुकूल'*	: दुपट्टा, आँचल	**म.सा.**-1/257	जाने किस जीवन की सुधि ले/सांध्य गीत
◆	*'नभ के नव रँग बुनते दुकूल/छाया में मलय-बयार पली!'*	: दुपट्टा, ओढ़नी	**म.सा.**-1/273	मैं नीर भरी दुख की बदली!/सांध्य गीत
दुकूल नव-	*'मा! काले रँग का दुकूल नव'*	: नया दुपट्टा	**पं.ग्रं.**-1/97	माँ काले रंग का दुकूल नव/वीणा
दुकूल-प्रतिमा-	*'अप्रतिम प्रिया से, त्यों दुकूल-प्रतिमा में'*	: सुगंध की प्रतिमा है मानो प्रिया	**नि.र.**-1/294	तुलसीदास
दुकूल-सा-	*'सखी! द्रौपदी के दुकूल-सा'*	: आँचल, साड़ी	**पं.ग्रं.**-1/113	हृदय के बन्दी तार/वीणा
दुकेला-	*'एक ही निष्कंप दीपक—/से दुकेला हो रहा मन'*	: किसी के साहचर्य की अनुभूति	**म.सा.**-1/274	आज मेरे नयन के तारक.../सांध्य गीत
दुख-अवनि-	*'जननि, दुख-अवनि को/दुरित से दो त्राण'*	: दुखद धरती	**नि.र.**-1/243	सार्थक करो प्राण
दुखकर-	*'मैं बहुत दूर का, थका हुआ,* *चल दुखकर श्रम-पथ, रुका हुआ'*	: दुख देनेवाला	**नि.र.**-1/264	कितने बार पुकारा
दुख का गहन पाठ-	*'दुख का गहन पाठ पढ़कर अब* *सहानुभूति समझते थे;'*	: प्रलय की घटना ने मनु को दुःख की अनुभूति का गंभीर अध्याय पढ़ा दिया था।	**प्र.ग्रं.**-2/74	आशा/कामायनी
दुख का जलधि अथाह-	*'धूलि के कण में नभ की चाह* *बिंदु में दुख का जलधि अथाह'*	: दुःख मानो अथाह-अनंत समुद्र की तरह है।	**म.सा.**-1/114	तुहिन के पुलिनों पर छबिमान/रश्मि
दुख-किरण-	*'ढल रहे थे मलिन-मुख रवि, दुख-किरण'*	: डूबती हुई मद्धिम किरण	**नि.र.**-1/155	शेष
दुखगान वंशी-	*'स्वप्न क्यों अवरोह में,* *आरोह में दुखगान वंशी?'*	: दुःख का गान सुनानेवाले प्राण-वंशी	**म.सा.**-1/377	गूँजती क्यों प्राण-वंशी? /दीप-शिखा
दुख-तटिनी-	*'आकांक्षा लहरी दुख-तटिनी* *पुलिन अंक में थी ढलती'*	: नदी मानो श्रद्धा के दुःख की तरह क्रमिक और गतिशील थी।	**प्र.ग्रं.**-2/188	स्वप्न/कामायनी
दुख-दण्ड-	*'फिर फिरी थककर उसी दुख-दण्ड पर'*	: दुख रूपी झंडा (डंडा)	**नि.र.**-1/139	नारायण मिलें हँस अन्त में
दुखदीन-	*'या किसी दुखदीन की है आह तू'*	: दुख से टूटा हुआ	**नि.र.**-1/42	माया
दुख-दैन्य-शयन-	*'जग के दुख-दैन्य-शयन पर'*	: दुःख और दीनता से बनी शय्या, संसार मानो दुःख और अभाव की सेज की तरह है।	**पं.ग्रं.**-1/248	चाँदनी/गुंजन
दुख-पाथेय-	*'धीर पदों से छोड़ चले घर,* *दुख-पाथेय सँभाले!'*	: वेदना को मानो जीवन-यात्रा का सहारा बना लिया है	**म.सा.**-1/325	कहाँ से आए काले बादल?/दीप-शिखा
दुख भार-	*'तिमिर का हरने को दुख भार,* *तेज अमिताभ अलौकिक कांत'*	: सांसारिक कष्ट का दबाव	**प्र.ग्रं.**-1/295	अरी वरुणा की शांत कछार/लहर
दुखव्रती-	*'दुखव्रती निर्माण उन्मद/यह अमरता नापते पद'*	: जिसने दुःख को सहने का व्रत ले रखा हो	**म.सा.**-1/313	दुखव्रती निर्माण उन्मद /दीप-शिखा
दुख सा तुषार-	*'दुख सा तुषार सोता हो* *बेसुध सा जब उपवन में'*	: दुःख की तरह जमी हुई बर्फ	**म.सा.**-1/220	यह पतझर मधुवन भी हो!/नीरजा

शब्द-	काव्य-पंक्ति	: अर्थ	ग्रंथावली/पृ.सं.	स्रोत/संदर्भ
दुग्ध धवल-	*'सैकत शय्या पर दुग्ध धवल, तन्वंगी गंगा, ग्रीष्म विरल'*	: मानो दूध से धो दिया गया हो, अत्यंत गोरी (गंगा)	**पं.ग्रं.**-1/274	नौका-विहार/गुंजन
दुग्ध-धाम-	*'वे जीवित हों मांसल बन कर हम अमृत दुहें, वे दुग्ध-धाम'*	: दुधारू	**प्र.ग्रं.**-2/163	ईर्ष्या/कामायनी
दुरंत-	*'दुर्मद दुरन्त धर्म दस्युओं की त्रासिनी'*	: जिसका अंत मुश्किल हो	**प्र.ग्रं.**-1/333	शेरसिंह का शस्त्र-समर्पण/लहर
◆	*'और पीठ पर हो दुरंत दंशनों का त्रास'*	: जिसका अंत मुश्किल हो	**प्र.ग्रं.**-1/334	शेरसिंह का शस्त्र-समर्पण/लहर
◆	*'निचले स्तर पर छाया दुरंत, आती चुपके, जाती तुरंत'*	: जिसका अंत पाना कठिन हो, अपार	**प्र.ग्रं.**-2/242	दर्शन/कामायनी
दुरंत दुकूल-	*'द्रौपदी का यह दुरन्त दुकूल है'*	: अनंत आँचल, द्रौपदी का आँचल चीर-हरण के समय अनंत हो गया था।	**पं.ग्रं.**-1/181	उच्छ्वास/पल्लव
दुर उर-	*'करते, दुर उर उर के भीतर'*	: हृदय में छिपना	**पं.ग्रं.**-1/351	चार/ज्योत्स्ना
दुरा-	*'दृगों में दुरा कठोर'*	: छिपाकर	**पं.ग्रं.**-1/259	रूप-तारा तुम पूर्ण प्रकाम/गुंजन
दुरा उर में-	*'दुरा उर में, कर मृदु आघात'*	: हृदय में छिपाकर	**पं.ग्रं.**-1/177	पल्लव/पल्लव
दुराक्रान्त-	*'एक भी, अयुत-लक्ष में रहा जो दुराक्रान्त,'*	: जिसे भयभीत करना मुश्किल हो	**नि.र.**-1/330	राम की शक्ति-पूजा
दुराशामयी विधवा-	*'एक पुत्र वत्सला दुराशामयी विधवा'*	: बुरी आशंकाओं से घिरी पति-विहीना स्त्री	**प्र.ग्रं.**-1/334	शेरसिंह का शस्त्र-समर्पण/लहर
दुरित-	*'सकल चिन्ता-दुरित-दुख-अभिमान करता दान'*	: दूर करना	**नि.र.**-1/233	रहा तेरा ध्यान
◆	*'जननि, दुख-अवनि को/दुरित से दो त्राण'*	: दूर करना	**नि.र.**-1/243	सार्थक करो प्राण
◆	*'दर हो दुरित, जो जग/जागा तृष्णार्त ज्ञान.'*	: दूर होना	**नि.र.**-1/267	फूटो फिर
◆	*'दुरित, दुख-दैन्य न थे जब ज्ञात'*	: दूर, किसी चीज से मुक्त	**पं.ग्रं.**-1/223	परिवर्तन/पल्लव
दुरी-	*'दुरी हो अन्तर में अनजान'*	: छिपी हुई	**पं.ग्रं.**-1/207	शिशु/पल्लव
दुरे-	*'कहाँ दुरे हो मेरे ध्रुव'*	: छिपे हुए	**पं.ग्रं.**-1/213	जीवन यान/पल्लव
दुर्ग-	*'प्राय: करने को हुआ दुर्ग जो सहस्रार'*	: योग-साधना के चक्र को दुर्ग बताया गया है।	**नि.र.**-1/337	राम की शक्ति-पूजा
दुर्गम-	*'उतरा ज्यों दुर्गम पर्वत पर नैशान्धकार'*	: जहाँ गमन करना मुश्किल हो	**नि.र.**-1/330	राम की शक्ति-पूजा
दुर्गम मग-	*'काल कुहू, मेरा दुर्गम मग'*	: मुश्किल रास्ता, कष्टप्रद रास्ता	**पं.ग्रं.**-1/210	नक्षत्र/पल्लव
दुर्जन-	*'किस अतीत का दुर्जन जीवन'*	: कोई जन मुश्किल से मिले	**नि.र.**-1/116	यमुना के प्रति
दुर्जय-	*'किसने सुनाया यह/वीर-जन-मोहन अति दुर्जय संग्राम-राग'*	: जिसे जीतना कठिन हो	**नि.र.**-1/152	जागो फिर एक बार
दुर्जेय-	*'प्रकृति रही दुर्जेय, पराजित/हम सब थे भूले मद में'*	: जिसे जीत पाना मुश्किल हो	**प्र.ग्रं.**-2/55	चिंता/कामायनी
दुर्दम-	*'दुर्दम अज्ञान-राज्य'*	: जिसका दमन मुश्किल हो	**नि.र.**-1/183	जागरण
◆	*'कल्मषोत्सार कवि के दुर्दम/चेतनोर्मियों के प्राण प्रथम'*	: जिसका दमन करना (रोकना) कठिन हो	**नि.र.**-1/289	तुलसीदास

शब्द-	काव्य-पंक्ति	: अर्थ	ग्रंथावली/पृ.सं.	स्रोत/संदर्भ
◆	*'किया वहाँ भी दुर्दम/देख तरी विघ्न विषम'*	: जिसे रोकना (दमन करना) कठिन हो	**नि.र.**-1/313	मित्र के प्रति
◆	*'दुर्दम, उदग्र शिर अद्रि शिखर!'*	: प्रबल, जिसका दमन मुश्किल हो (ऐसा पर्वत शिखर)	**पं.ग्रं.**-2/10	वे डूब गये/युगपथ
दुर्दिन-	*'दुर्दिन में आँसू बनकर/वह आज बरसने आयी'*	: बुरा वक्त, बरसात को भी 'दुर्दिन' कहते हैं	**प्र.ग्रं.**-2/7	आँसू
दुर्दैव-	*'भूलकर दुर्दैव के गुरु भार को'*	: दुर्भाग्य	**पं.ग्रं.**-1/137	ग्रन्थि
◆	*'दुर्दैव ने उर पर हमारे/चित्र जो अंकित किए'*	: दुर्भाग्य	**म.सा.**-1/85	विस्मृति तिमिर में दीप हो/नीहार
दुर्धर-	*'क्रूर, शूर, खर, दुर्धर'*	: जिसे धारण करना कठिन हो	**पं.ग्रं.**-1/335	चार/ज्योत्स्ना
◆	*'बनकर फिर झंझा से दुर्धर'*	: जिसे पकड़ पाना मुश्किल हो	**पं.ग्रं.**-1/351	चार/ज्योत्स्ना
◆	*'गत युग की संस्कृतियाँ दुर्धर'*	: जिसे पकड़ पाना मुश्किल हो	**पं.ग्रं.**-2/11	वे डूब गये/युगपथ
◆	*'शव को, दुर्धर'*	: जिसे पकड़ पाना मुश्किल हो	**पं.ग्रं.**-2/13	गर्जन कर मानव केसरि /युगपथ
दुर्धर्ष-	*'अक्षर, निर्जर, दुर्धर्ष, अमर, जगतारण'*	: भयंकर युद्ध करनेवाले, जिसे धराशायी करना कठिन हो।	**नि.र.**-1/282	तुलसीदास
◆	*'होगा फिर से दुर्धर्ष समर/जड़ से चेतन का निशिवासर'*	: भयानक	**नि.र.**-1/305	तुलसीदास
◆	*'यौवन दुर्धर्ष कर्ष-/मर्ष से लड़ा'*	: जिसे दबाना मुश्किल हो	**नि.र.**-1/312	मित्र के प्रति
दुर्धर्ष प्रकृति-	*'देखो यह दुर्धर्ष प्रकृति का इतना कंपन'*	: अदम्य प्रकृति	**प्र.ग्रं.**-2/202	संघर्ष/कामायनी
दुर्निवार-	*'तू घूम रहा अभिलाषा के नव ज्वलन-धूम-सा दुर्निवार'*	: जिसे रोकना मुश्किल हो	**प्र.ग्रं.**-2/173	इड़ा/कामायनी
◆	*'दोनों का हठ था दुर्निवार, दोनों ही थे विश्वास-हीन'*	: जिसका निवारण असंभव हो	**प्र.ग्रं.**-2/174	इड़ा/कामायनी
◆	*'नियमों से बँधते दुर्निवार'*	: जिसका निवारण मुश्किल हो, अनुल्लंघनीय	**प्र.ग्रं.**-2/174	इड़ा/कामायनी
◆	*'टूटता वज्र दह दुर्निवार'*	: जिसे रोकना मुश्किल हो	**नि.र.**-1/282	तुलसीदास
दुर्बल आह-	*'निकल मत बाहर दुर्बल आह, लगेगा तुझे हँसी का शीत'*	: तुम्हारे दुःख को लोग तुम्हारी कमजोरी समझेंगे	**प्र.ग्रं.**-4/187	प्रथम अंक/चन्द्रगुप्त
दुर्बलता अपनी बीती-	*'तब भी कहते हो कह डालूँ दुर्बलता अपनी बीती'*	: अपने विगत जीवन की कमियाँ	**प्र.ग्रं.**-1/292	मधुप गुनगुना कर कह जाता/लहर
दुर्बलता में नारी हूँ-	*'यह आज समझ तो पायी हूँ मैं दुर्बलता में नारी हूँ'*	: स्त्री-सुलभ भावुकता के कारण दृढ़ न रह पाना	**प्र.ग्रं.**-2/128	लज्जा/कामायनी
दुर्बल पद-बल-	*'मैंने निज दुर्बल पद-बल पर, उससे हारी-होड़ लगाई'*	: कमजोर पैरों में जो भी ताकत थी उसके आधार पर	**प्र.ग्रं.**-4/141	पंचम अंक/स्कन्दगुप्त
दुर्बल प्राणों-	*'मैंने दुर्बल प्राणों की/वह आज सुला दी कम्पन'*	: प्रेम के वशीभूत होकर जो प्राण भावुक हो गए हैं	**म.सा.**-1/54	जो मुखरित कर जाती थी/नीहार
दुर्बोध-	*'ओ नील आवरण जगती के/दुर्बोध न तू ही है इतना;'*	: जिसे समझना कठिन हो	**प्र.ग्रं.**-2/98	काम/कामायनी
दुर्भर-	*'दुर्भर थी गर्भ मधुर पीड़ा झेलती जिसे जननी सलील'*	: जिस भार को उठाये रखना कठिन हो	**प्र.ग्रं.**-2/160	ईर्ष्या/कामायनी
दुर्भेद्य-	*'कौशल यह कोमल कितना है सुषमा दुर्भेद्य बनेगी क्या?'*	: जिसमें प्रवेश मुश्किल हो	**प्र.ग्रं.**-2/102	काम/कामायनी

शब्द- काव्य-पंक्ति	: अर्थ	ग्रंथावली/पृ.सं.	स्रोत/संदर्भ
दुर्भेद्य अचल दृढ़ता- *'उस दुर्भेद्य अचल दृढ़ता का करता चारण सदृश प्रचार'*	: हिमालय की दृढ़ता और अभेद्यता	**प्र.ग्रं.-2**/72	आशा/कामायनी
दुर्भेद्य तम- *'नींद-सी दुर्भेद्य तम की, फेंकती यह दृष्टि'*	: जिस अंधकार को भेद कर देखा न जा सके	**प्र.ग्रं.-2**/118	वासना/कामायनी
दुर्मद- *'दुर्मद दुरन्त धर्म दस्युओं की त्रासिनी'*	: अत्यन्त अहंकारी	**प्र.ग्रं.-1**/333	शेरसिंह का शस्त्र-समर्पण/लहर
♦ *'दुर्मद ज्यों सिन्धुनद'*	: मुश्किल से उतरनेवाला नशा, घमंड, अहंकार	**नि.र.-1**/157	महाराज शिवाजी का पत्र
दुर्मिल- *'बिंध गए पगों में शूल व्यथा के दुर्मिल'*	: दुर्लभ अर्थात् विशेष प्रकार के (काँटे मिले)	**म.सा.-1**/339	तू धूल-भरा ही आया! /दीप-शिखा
दुर्लक्ष्यी धनु- *'श्वास लिया, टंकार किया दुर्लक्ष्यी धनु ने'*	: कठिन लक्ष्य को बेधनेवाला धनुष	**प्र.ग्रं.-2**/208	संघर्ष/कामायनी
दुर्ललित- *'दुर्ललित हठीले बचपन-सी'*	: शरारत से भरा लालित्य भाव	**प्र.ग्रं.-1**/290	उठ उठ री लघु.../लहर
दुर्ललित लालसा- *'उठती अंतस्तल से सदैव दुर्ललित लालसा जो कि कांत'*	: ऐसी इच्छाएँ जो ललित भाव से वंचित हों, अदम्य और उद्दंड कामनाएँ।	**प्र.ग्रं.-2**/157	ईर्ष्या/कामायनी
दुर्वह- *'सहयोग सिखा शासित जन को शासन का दुर्वह हरा भार'*	: (सत्ता का) भारी बोझ	**पं.ग्रं.-2**/25	बापू के प्रति/युगपथ
दुर्वार- *'रावण-प्रहार-दुर्वार-विकल-वानर दल-बल,—'*	: जिसका वारण (रोकना) मुश्किल हो	**नि.र.-1**/329	राम की शक्ति-पूजा
दुलरा- *'दुलरा दे ना बहला दे ना/यह तेरा शिशु जग है उदास'*	: दुलारना, बच्चे को प्यार-दुलार करना	**म.सा.-1**/181	रूपसि तेरा घन-केश -पाश!/नीरजा
दुलराता- *'छू स्मृतियों के बाल जगाता/मूक वेदनाएँ दुलराता'*	: दुलारना, बच्चे को प्यार से बहलाना	**म.सा.-1**/132	सजनि कौन तम में परिचित सा/रश्मि
दुलारे- *'करुणा के दुलारे जाग'*	: करुणा ने जिसे दुलार किया हो (मनुष्य जाति)	**म.सा.-1**/236	जाग बेसुधा जाग!/नीरजा
दुष्कर- *'तृण-थरथर कृश तन-मन,/दुष्कर गृह के साधन'*	: मुश्किल	**नि.र.-1**/239	सरि, धीरे बह री!
♦ *'करुण, कवल में दुष्कर/भरे प्राण रे पुष्कर'*	: कठिन	**नि.र.-1**/267	फूटो फिर
दुस्तर-*'तुम भवसागर दुस्तर'*	: जिसे पार करना कठिन हो (दुः+तर)	**नि.र.-1**/50	तुम और मैं
♦ *'दुस्तर सर-सागर का पार'*	: जिसे तैर कर पार करना मुश्किल हो	**नि.र.-1**/123	यमुना के प्रति
♦ *'दुस्तर तिमिर घोर— जड़ावर्त—'*	: जिसे पार करना मुश्किल हो	**नि.र.-1**/183	जागरण
♦ *'असहन निस्तल की/कहती, 'प्रिय-पथ दुन्तर'*	: जिसे पार करना कठिन हो	**नि.र.-1**/263	वे गये असह दुख भर
♦ *'छाया अम्बर पर जदल-जाल ज्यों दुस्तर'*	: जिसे पार करना कठिन हो	**नि.र.-1**/281	तुलसीदास
♦ *'व्याकुल आलिंगन को, दुस्तर'*	: कठिन	**नि.र.-1**/291	तुलसीदास
♦ *'तारूँगी कर गह दुस्तर तम?'*	: जिसे पार करना कठिन हो	**नि.र.-1**/315	सरोज-स्मृति
♦ *'दुस्तर आकांक्षा का बन्धन'*	: जिसे पार करना कठिन हो	**पं.ग्रं.-1**/268	एक तारा/गुंजन
♦ *'अरे, दुस्तर जग का आकाश'*	: जिसे (तैरकर) पार करना मुश्किल हो	**पं.ग्रं.-1**/276	तेरा कैसा गान/गुंजन

शब्द-	काव्य-पंक्ति	: अर्थ	ग्रंथावली/पृ.सं.	स्रोत/संदर्भ
◆	*'बढ़ती लहर, बुद्धि से दुस्तर!'*	: जिसे तैरकर पार करना मुश्किल हो	**पं.ग्रं.-2**/12	बढ़ो अभय, विश्वास चरण धर/युगपथ
दुस्तर काम-	*'मुझे क्यों देते हो अभिराम थाह पाने का दुस्तर काम'*	: कठिन कार्य	**म.सा.-1**/128	किसी नक्षत्रलोक से टूट/रश्मि
दुहरा विद्युद्दाम-	*'दुहरा विद्युद्दाम चढ़ा द्रुत'*	: आकाशीय बिजली की दुहरी लकीर (प्रत्यंचा की तरह चढ़ाकर)	**पं.ग्रं.-1**/214	बादल/पल्लव
दुहिता-सुत-	*'दुहिता-सुत, पिता-मात'*	: बेटी औए बेटा	**पं.ग्रं.-1**/315	तीन/ज्योत्स्ना
दूत-	*'चल चितवन के दूत सुना उनके, पल में रहस्य की बात'*	: संदेशवाहक हैं मानो तारे	**म.सा.-1**/31	रजत करों की मृदुल तूलिका/नीहार
दूत झाँझ-	*'दूत साँझ का इसे प्रभाती तक चलने दो!'*	: दीपक संध्या का दूत है, जो शाम से शुरू होकर सुबह तक जलता रहता है।	**म.सा.-1**/335	यह मंदिर का दीप... /दीप-शिखा
दूर-खग-	*'दूर-खग आ निकटता के/अमर बंधन में बसा है!'*	: जो सदा दूर रहता है, वह असीम प्रिय	**म.सा.-1**/282	कीर का प्रिय आज... /सांध्य गीत
दूरगत-	*'दूरगत सुकुमार'*	: दूर गया हुआ, दूर में स्थित	**नि.र.-1**/100	दिल्ली
दूरत्व-	*'अवगत हो जाम्बवान से पथ, दूरत्व, स्थान'*	: दूर स्थित	**नि.र.-1**/336	राम की शक्ति-पूजा
दूर-प्रसर-	*'वे हैं समृद्धि की दूर-प्रसर माया में'*	: दूर तक फैलाव	**नि.र.-1**/283	तुलसीदास
दूरस्थित-	*'मैं दूरस्थित प्रवास से चल'*	: निराला घर से दूर कलकत्ते में थे	**नि.र.-1**/318	सरोज-स्मृति
दूरागत-	*'दूरागत क्रंदन-ध्वनि फिर'*	: दूर से आती हुयी (रोने की आवाज)	**प्र.ग्रं.-1**/329	अशोक की चिंता/लहर
◆	*'दूरागत वंशी-रव'*	: दूर से आती हुई (बाँसुरी की आवाज)	**प्र.ग्रं.-1**/339	प्रलय की छाया/लहर
◆	*'जीवन भर के बल वैभव से सत्कृत करती दूरागत को'*	: दूर से आया हुआ	**प्र.ग्रं.-2**/124	लज्जा/कामायनी
◆	*' 'माँ' फिर एक किलक दूरागत, गूँज उठी कुटिया सूनी'*	: दूर से आयी हुई (ध्वनि)	**प्र.ग्रं.-2**/188	स्वप्न/कामायनी
दूरागत झंकार-	*'आज किसी के मसले तारों की वह दूरागत झंकार'*	: दूर से आती हुई मार्मिक ध्वनि	**म.सा.-1**/42	घायल मन लेकर सो जाती/नीहार
दूरागत वंशी-रव-	*'श्वास पवन पर चढ़कर मेरे दूरागत वंशी-रव सी'*	: कहीं दूर बजनेवाली बाँसुरी का मधुर स्वर	**प्र.ग्रं.-2**/226	निर्वेद/कामायनी
दूर्वादल-	*'विप्रवर स्नान कर चढ़ा सलिल शिव पर दूर्वादल, तण्डुल, तिल'*	: दूब घास	**नि.र.-1**/309	दान
दूषण-	*'ताड़का, सुबाहु, विराध, शिरस्त्रय, दूषण, खर;'*	: एक राक्षस	**नि.र.-1**/331	राम की शक्ति-पूजा
दृक्-करुणा-	*'नश्वरता पर आलोक— सुघर दृक्-करुणा'*	: आँखों में करुणा की चमक	**नि.र.-1**/296	तुलसीदास
दृक्पात-	*'तनये, ली कर दृक्पात तरुण जनक से जन्म की विदा अरुण!'*	: आँखें बंद कर लेना	**नि.र.-1**/315	सरोज-स्मृति
दृगंचल-	*'सरिता भर रही दृगंचल,'*	: पलक	**प्र.ग्रं.-1**/331	अशोक की चिंता/लहर
दृग अगम्य-	*'तुम अदृश्य हो, दृग आगम्य हो'*	: जो दिखाई न पड़े, आँखों के लिए अगमनशील	**पं.ग्रं.-1**/94	अब न अगोचर रहो सुजान!/वीणा

शब्द-	काव्य-पंक्ति	: अर्थ	ग्रंथावली/पृ.सं.	स्रोत/संदर्भ
दृग-इंदीवर-	*'मृदुल अंक धर; दर्पण सा सर आँज रही निशि दृग-इंदीवर'*	: कमल के फूल मानो रजनीबाला के नेत्र हैं	**म.सा.**-1/169	पुलक पुलक उर, सिहर सिहर तन/नीरजा
दृग के अंजन-	*'कुहुकिनि अपलक दृग के अंजन! हँसती तुझमें सुन्दर छलना'*	: आँखों का काजल	**प्र.ग्रं.-2**/173	इड़ा/कामायनी
दृग कोरों-	*'देखती सशंक दृग कोरों से'*	: तिरछी निगाहों से	**प्र.ग्रं.-1**/352	प्रलय की छाया/लहर
दृग-जल-	*'करूँ क्या दृग-जल से छिड़काव, बनाऊँ मैं यह बिछलन राह'*	: आँसू, भावनाओं का जल	**प्र.ग्रं.-4**/233	द्वितीय अंक/चन्द्रगुप्त
दृगजल-	*'जीवन शून्या के दृगजल का'*	: आँसू (ओसकण)	**पं.ग्रं.-1**/94	मकड़ी का मृदु मायाजाल/वीणा
दृगजल का हार-	*'पहन मेरे दृगजल का हार'*	: आँसू की धारा	**पं.ग्रं.-1**/89	मिले तुम राकापति में आज/वीणा
दृग-जलजात-	*'स्मित से झरतीं किरणें झर झर पीते दृग-जलजात'*	: आँखें कमल की तरह हैं	**म.सा.**-1/126	अलि अब सपने की बात-/रश्मि
दृग-द्वारों-	*'दृग-द्वारों को खोल विश्व-भिक्षुक पर, हँस बरसा आता'*	: आँख की पलकों (दरवाजों) को खोलकर दुःख आँसू बरसा देता है	**म.सा.**-1/108	रजतरश्मियों की छाया में.../रश्मि
दृग-पल कलंक-	*'प्रेयसी के अलक नील, व्योम; दृग-पल कलंक; — मुख मंजु, सोम;'*	: (चंद्रमुख पर) आँखें चंद्रकलंक की तरह हैं	**नि.र.**-1/292	तुलसीदास
दृग-पुतली-	*'दृग-पुतली कुछ नच पाती'*	: आँखों का काला गोलक	**प्र.ग्रं.-1**/331	अशोक की चिंता/लहर
दृग-पुलिनों-	*'दृग-पुलिनों पर/हिम से मृदुतर'*	: आँखों के किनारों पर	**म.सा.**-1/208	तेरी सुधि बिन क्षण क्षण सूना/नीरजा
दृग बाल-	*'सजनि तेरे दृग बाल! चकित से विस्मित से दृग बाल—'*	: जिन आँखों में कैशोर्य-भाव है	**म.सा.**-1/162	सजनि तेरे दृग बाल!/रश्मि
दृग-युगल-	*'वह दृश्य देखने को निज दृग-युगल सराह रही थी'*	: (इड़ा के) दोनों नेत्र	**प्र.ग्रं.-2**/273	आनन्द/कामायनी
दृगों के मापसे-	*'नाप ली निःसीमता/मैंने दृगों के मापसे'*	: आँखों के पैमाने से	**म.सा.**-1/216	कमलदल पर किरण अंकित/नीरजा
दृढ़-प्रतिज्ञ-	*'अमर्त्य वीरपुत्र हो, दृढ़-प्रतिज्ञ सोच लो'*	: अपनी प्रतिज्ञा पर टिके रहना	**प्र.ग्रं.-4**/290	चतुर्थ अंक/चन्द्रगुप्त
दृढ़ प्राचीरों-	*'दृढ़ प्राचीरों में मंदिर के द्वार दिखाई पड़े घने'*	: पक्की मजबूत चहारदीवारी	**प्र.ग्रं.-2**/190	स्वप्न/कामायनी
दृप्त-	*'दृप्त अत्याचार को—'*	: दीप्त, गर्वित	**प्र.ग्रं.-1**/334	शेरसिंह का शस्त्र-समर्पण/लहर
♦	*'लूटा था दृप्त अधिकार ने'*	: दीप्त, उग्र, प्रचण्ड	**प्र.ग्रं.-1**/353	प्रलय की छाया/लहर
दृप्त धार-	*'हर पिता-कण्ठ की दृप्त-धार उत्कलित रागिनी की बहार!'*	: तेज तथा गौरव से परिपूर्ण कंठ स्वर	**नि.र.**-1/320	सरोज-स्मृति
दृप्त फूत्कार-	*'धूलि सी उड़ेगी किस दृप्त फूत्कार से?'*	: गर्व से भरी वीरोचित ललकार	**प्र.ग्रं.-1**/338	पेशोला की प्रतिध्वनि/लहर
दृप्त-वासना-	*'यह सब क्यों फिर? दृप्त-वासना लगी गरजने ऐंठी'*	: प्रबल कामवासना	**प्र.ग्रं.-2**/138	कर्म/कामायनी
दृष्टि-दायिनी-	*'हम ज्योति-वाहिनी, दृष्टि-दायिनी जग की'*	: दृष्टि देनेवाली (होती हैं किरणें)	**पं.ग्रं.-1**/298	दो/ज्योत्स्ना
दृष्टि-पथ से ढार-	*'सकल संचित-स्नेह देता दृष्टि-पथ से ढार'*	: नजरों से (प्रेम) प्रवाहित करना	**प्र.ग्रं.-2**/112	वासना/कामायनी

शब्द-	काव्य-पंक्ति	: अर्थ	ग्रंथावली/पृ.सं.	स्रोत/संदर्भ
देव-	*'देव! बता दो अमर वेदना/लेकर कब मरना होगा?'*	: महादेव, ईश्वर	**प्र.ग्रं.-2**/71	आशा/कामायनी
देव-असफलताओं का ध्वंस-	*'देव-असफलताओं का ध्वंस प्रचुर उपकरण जुटा कर आज'*	: देव-सृष्टि के विनाश के बाद टूटे-फूटे रूप में बची हुई चीजें	**प्र.ग्रं.-2**/92	श्रद्धा/कामायन
देव 'आग'-	*'देव 'आग' ने उगली त्यों ही अपनी ज्वाला'*	: क्रुद्ध देवताओं ने मनु पर आग (क्रोध) से वार किया	**प्र.ग्रं.-2**/207	संघर्ष/कामायनी
देव कामिनी-	*'देव कामिनी के नयनों से जहाँ नील नलिनों की सृष्टि;'*	: देव-कन्याएँ, कामातुर सुर-बालाएँ	**प्र.ग्रं.-2**/58	चिंता/कामायनी
देव-दंभ-	*'देव-दम्भ के महा मेध में सब कुछ ही बन गया हविष्य'*	: देवताओं का अहंकार	**प्र.ग्रं.-2**/54	चिंता/कामायनी
देवदारु का कानन-	*' "वह अगला समतल जिस पर है देवदारु का कानन'*	: देवदार के वृक्षों का जंगल	**प्र.ग्रं.-2**/268	आनन्द/कामायनी
देवदारु निकुंज गह्वर-	*'देवदारु निकुञ्ज गह्वर सब सुधा में स्नात'*	: देवदारु के वृक्ष, लताओं के कुंज और घने जंगल	**प्र.ग्रं.-2**/116	वासना/कामायनी
देव-द्वंद्व-	*'इस देव-द्वंद्व का वह प्रतीक- मानव कर ले सब भूल ठीक'*	: देव-युग्म, श्रद्धा और मनु	**प्र.ग्रं.-2**/245	दर्शन/कामायनी
	◆ *'वह देव-द्वंद्व द्युतिमय था फिर क्यों न प्रणति में झुकते'*	: देव-दम्पती मनु और श्रद्धा	**प्र.ग्रं.-2**/273	आनन्द/कामायनी
देव-द्विज-देश-	*'धन्य हूँगा, देव-द्विज-देश को सौंप सर्वस्व निज'*	: ईश्वर, बौद्धिक (ब्राह्मण)	**नि.र.-1**/170	महाराज शिवाजी का पत्र
देव न थे हम-	*'देव न थे हम और न ये हैं, सब परिवर्त्तन के पुतले;'*	: हमलोग 'अमर' नहीं थे, मनु सोच रहे हैं कि हम देवताओं ने भूलवश अपने को कितना शक्तिशाली मान लिया था	**प्र.ग्रं.-2**/69	आशा/कामायनी
देवबाला-	*'खेलती है यह देवबाला सी'*	: देवताओं की कन्या की तरह	**प्र.ग्रं.-1**/270	देवबाला/झरना
देव-यजन-	*'देव-यजन के पशु यज्ञों की वह पूर्णाहुति की ज्वाला,'*	: देवताओं के द्वारा किया जानेवाला यज्ञ	**प्र.ग्रं.-2**/59	चिंता/कामायनी
देव यजन-	*'सजग हुई फिर से सुर-संस्कृति, देव यजन की वर माया,'*	: देवताओं के द्वारा किया जानेवाला यज्ञ-कर्म	**प्र.ग्रं.-2**/73	आशा/कामायनी
देव-विलास-वितान-	*'विस्तृत जो मोह रहा मेरा वह देव-विलास-वितान तना'*	: देवताओं के विलासी जीवन पर चँदोबे (कपड़े से बनी छत) की तरह तना हुआ	**प्र.ग्रं.-2**/103	काम/कामायनी
देव-वीणा-	*'स्वर्ग का था नीरव उच्छ्वास देव-वीणा का टूटा तार'*	: मानो देवताओं की वीणा के टूटे तार से मेरी उसाँसों की ध्वनि मिल रही हो	**म.सा.-1**/71	स्वर्ग का था नीरव उच्छ्वास/नीहार
देव सृष्टि-	*'देव सृष्टि की सुख विभावरी ताराओं की कलना थी'*	: देवताओं का संसार	**प्र.ग्रं.-2**/55	चिंता/कामायनी
देव सृष्टि का ध्वंस-	*'देव सृष्टि का ध्वंस अचानक श्वास लगा लेने फिर से'*	: देवताओं की सभ्यता का नष्टप्राय रूप, जो देव सृष्टि का अवशेष था	**प्र.ग्रं.-2**/62	चिंता/कामायनी
देव सृष्टि की रति रानी-	*'मैं देव-सृष्टि की रति-रानी निज पंचबाण से वंचित हो'*	: लज्जा देवलोक में रति के रूप में थी	**प्र.ग्रं.-2**/127	लज्जा/कामायनी

शब्द- काव्य-पंक्ति	: अर्थ	ग्रंथावली/पृ.सं.	स्रोत/संदर्भ
देवांगनादि- *'फिर कोटितीर्थ देवांगनादि लख सार्थक-श्रम हो विगत-व्याधि'*	: देवताओं के मंदिरों, गर्भगृहों आदि को	**नि.र.**-1/292	तुलसीदास
देवालय- *'धन-जन-देवालय'*	: मंदिर	**नि.र.**-1/165	महाराज शिवाजी का पत्र
देवीदह- *'जाओ देवीदह, उषःकाल होते सत्वर'*	: एक सरोवर जहाँ नीले कमल थे, शैव मतावलंबियों का मानसरोवर	**नि.र.**-1/336	राम की शक्ति-पूजा
देवेश इंद्र- *'देवेश इंद्र की विजय कथा की स्मृति देती थी दुख दूना'*	: देवताओं के राजा इन्द्र	**प्र.ग्रं.**-2/173	इड़ा/कामायनी
देवेश्वर- *'बैठे उस पर,/नरेन्द्र-वन्दित ज्यों देवेश्वर'*	: इंद्र	**नि.र.**-1/339	सम्राट् अष्टम एडवर्ड के प्रति
देवों को अर्पित- *'देवों को अर्पित मधु-मिश्रित सोम अधर से छू लो'*	: देवताओं को चढ़ाया गया प्रसाद	**प्र.ग्रं.**-2/148	कर्म/कामायनी
देश काल का लाघव- *'देश काल का लाघव करते वे प्राणी चंचल से हैं'*	: स्थान और समय की कठिनाई को आसान बनाने की कुशलता	**प्र.ग्रं.**-2/190	स्वप्न/कामायनी
देश जाति- *'रच देश जाति की भित्ति अमर!'*	: देश और जाति के बंधन, स्थान और जन्म के बंधन	**पं.ग्रं.**-2/11	वे डूब गये/युगपथ
देश-भाव- *'शत-वायु-वेग-बल, डुबा अतल में देश-भाव'*	: स्थानीयता का भाव	**नि.र.**-1/332	राम की शक्ति-पूजा
देश-राग- *'मर्मस्पर्शी देश-राग के-से प्रभाव से'*	: देशभक्ति के गीत	**नि.र.**-1/90	रास्ते के पूहल से
देह-गेह- *'यह हिंसा इतनी है प्यारी जो भुलवाती है देह-गेह'*	: अपना शरीर तथा घर-बार	**प्र.ग्रं.**-2/160	ईर्ष्या/कामायनी
देहज्ञान- *'जगा देहज्ञान,/फिर याद गेह की हुई;'*	: मानो होश आया हो	**नि.र.**-1/326	प्रेयसी
देह-ज्वाला- *'बीता कुछ काल,/देह-ज्वाला बढ़ने लगी'*	: प्रेम की शारीरिक अनुभूति	**नि.र.**-1/327	प्रेयसी
देह-डाल- *'मंजरित नवल मृदु देह-डाल खिल खिल उठता नव पुलक-जाल'*	: शरीर मानो डाली (शाखा) की तरह है जिसमें मंजर की तरह रोमांचित रोएँ होते हैं	**म.सा.**-1/104	किस सुधि-वसंत का सुमन-तीर/रश्मि
देह-द्युति- *'गौर देह-द्युति हिम शिखरों पर'*	: शरीर की कांति	**पं.ग्रं.**-1/273	अप्सरा/गुंजन
देहात्मबोध- *'जब आया फिर देहात्मबोध, बाहर चलने का हुआ शोध'*	: शरीर अपने नियंत्रण में आया	**नि.र.**-1/304	तुलसीदास
दैत्य-जड़-दंष्ट्राओं- *'दैत्य-जड़-दंष्ट्राओं के बीच पीसता तू ही अपनी मीच'*	: दैत्यरूपी जड़ दाँतों (के बीच)	**नि.र.**-1/215	पास ही रे, हीरे की खान
दैन्य- *'जो नहीं जानता दैन्य, नहीं जानता विनय'*	: दीनता, कमजोरी	**नि.र.**-1/337	राम की शक्ति-पूजा
दैन्य-डाल- *'दैन्य-डाल पर बैठी प्रतिपल/सुन. रही हो तान'*	: मेरी दीनता की डाल पर	**नि.र.**-1/262	तुम्हीं गाती हो
दैव- *'दीन हो दैव को पुकारोगे'*	: ईश्वर, भाग्य	**प्र.ग्रं.**-4/136	पंचम अंक/स्कन्दगुप्त
दैवी विधान- *'बोले— "आया न समझ में यह दैवी विधान;'*	: ईश्वरीय नियम	**नि.र.**-1/334	राम की शक्ति-पूजा
दो काठों की संधि बीच- *'दो काठों की संधि बीच उस निभृत गुफा में अपने'*	: दो लकड़ियों के बीच जलनेवाली आग (मनु-श्रद्धा के बीच की कामोत्तेजना)	**प्र.ग्रं.**-2/154	कर्म/कामायनी
दो टूक- *'वह आता— /दो टूक कलेजे के करता पछताता'*	: भावुक करना, मार्मिक कर देना	**नि.र.**-1/76	भिक्षुक
दोना- *'मुरझाया वह कंज बना जो मोती का दोना'*	: पत्ते से बना दोना	**म.सा.**-1/288	वह संध्या फूली सजीली!/सांध्य गीत
दो बूँदों में- *'दो बूँदों में जीवन का रस लो बरबस बहता है'*	: सोमरस की थोड़ी मात्रा	**प्र.ग्रं.**-2/148	कर्म/कामायनी

शब्द- काव्य-पंक्ति	: अर्थ	ग्रंथावली/पृ.सं.	स्रोत/संदर्भ
दोला- *'आशा दोला झूल न रे मन!'*	: झूला	**प्र.ग्रं.-4**/372	अग्निमित्र(अधूरा नाटक)
दोलित- *'जन्म मरण से हो जग दोलित'*	: दोलन (हिलना-डुलना, गति) से युक्त	**पं.ग्रं.-2**/16	नव हे, नव हे/युगपथ
दोलिता- *'हास औ' परिहास निरता, दोलिता'*	: डोलती हुई, चंचल	**पं.ग्रं.-1**/127	ग्रन्थि
दोहरी कथा- *'एक स्वर में विश्व की दोहरी कथा कहला चुकी हूँ!'*	: सुख और दुःख की दोहरी कथा, रोमांचित धरती के सुख और नीले आकाश के दुःख की कथा	**म.सा.-1**/323	आज तार मिला चुकी हूँ/दीप-शिखा
द्युति- *'मद भरी जैसे उठे सलज्ज भोर की तारक द्युति की गोद'*	: तारों की चमक	**प्र.ग्रं.-2**/85	श्रद्धा/कामायनी
द्युतिमान- *'व्यथा से नीली लहरों बीच बिखरते सुख-मणिगण द्युतिमान !'*	: चमकदार और सुन्दर	**प्र.ग्रं.-2**/89	श्रद्धा/कामायनी
◆ *'न जाने कौन, अये द्युतिमान'*	: प्रकाशमान, अलौकिक आभावाली सत्ता को संबोधन	**पं.ग्रं.-1**/196	मौन निमन्त्रण/पल्लव
द्रव-अमल- *'उस शरद प्रसन्न नदी में जीवन द्रव-अमल भरा हो'*	: निर्मल जीवन की जलधारा	**प्र.ग्रं.-2**/36	आँसू
द्रव-नीहार- *'द्रव-नीहार अचल-अधरों से'*	: कुहरा जो बरस रहा हो, तैर रहा हो	**नि.र.-1**/125	यमुना के प्रति
द्रुत- *'हिला हृदय, फिर जिला प्रेम नव, चूम अधर द्रुत फिर आओ'*	: शीघ्र	**नि.र.-1**/192	वसन्त-समीर
◆ *'द्रुत समीर-कम्पित थर थर थर/झरतीं धाराएँ झर झर झर'*	: शीघ्र, तुरंत	**नि.र.-1**/199	गीत 'ग'
◆ *'खोल देती द्रुत परिचय, प्राण?'*	: शीघ्र	**नि.र.-1**/216	'कहाँ उन नयनों की मुसकान'
◆ *'बदल गया द्रुत जगत जाल में'*	: शीघ्र, तुरंत	**पं.ग्रं.-1**/114	प्रथम रश्मि का आना रंगिणि!/वीणा
द्रुत अंतर्धान- *'हो जावें द्रुत अन्तर्धान'*	: शीघ्रतापूर्वक लीन हो जाना	**पं.ग्रं.-1**/206	छाया/पल्लव
द्रुत भोर- *'वातायन से आ द्रुत भोर'*	: बहुत सुबह	**पं.ग्रं.-1**/202	विश्व वेणु/पल्लव
द्रुततर- *'द्रुततर चक्कर काट पवन भी फिर से वहीं लौट आ जाता'*	: अधिक वेग से	**प्र.ग्रं.-2**/251	रहस्य/कामायनी
◆ *'मेरी निश्वासों से द्रुततर/सुभग न तू बुझने का भय कर'*	: तेज गति से चलनेवाली साँसें	**म.सा.-1**/188	मधुर मधुर मेरे दीपक जल/नीरजा
द्रुपद सुता-सी- *'तुम पथ श्रान्ता द्रुपद सुता-सी'*	: पांचाल नरेश द्रुपद की पुत्री द्रौपदी	**पं.ग्रं.-1**/204	छाया/पल्लव
द्रुमदल- *'हिलते-द्रुमदल कल किसलय/देती गलबाँही डाली'*	: वृक्षों के पत्ते	**प्र.ग्रं.-2**/13	आँसू
द्रुम-दल- *'सिहरे द्रुम-दल, नव पल्लव'*	: पल्लव, वृक्षों के पत्ते	**नि.र.-1**/189	वासन्ती
द्रुमदल निष्कम्प- *'कोमल द्रुमदल निष्कम्प रहे'*	: पेड़-पौधों के पत्ते स्थिर थे (मानो सब कुछ ठहर गया था)	**प्र.ग्रं.-4**/302	चतुर्थ अंक/चन्द्रगुप्त
द्रुम दल में- *'सप्त सिंधु के तरल कणों में, द्रुम दल में, आनन्द-विभोर'*	: वृक्षों के समूह, वन-प्रदेश	**प्र.ग्रं.-2**/56	चिंता/कामायनी
द्रुम-ललाट- *'द्रुम-ललाट से प्रतिपल झरते शिशिर-बिन्दु-श्रमशिथिल सकाल'*	: वृक्षों/पौधों के ललाट	**नि.र.-1**/193	वसन्त-समीर

शब्द-	काव्य-पंक्ति	: अर्थ	ग्रंथावली/पृ.सं.	स्रोत/संदर्भ
द्रुम-वृन्द-	*'हरित वन कुसुमित हैं द्रुम-वृन्द'*	: पेड़-पौधों का समूह	**प्र.ग्रं.**-1/244	असन्तोष/झरना
द्रुमों की मृदु छाया-	*'छोड़ द्रुमों की मृदु छाया'*	: वृक्षों की सघन-कोमल छाया, प्रकृति के प्रति आकर्षण	**पं.ग्रं.**-1/195	मोह/पल्लव
द्रोह-	*'वे द्रोह न करने के स्थल हैं जो पाले जा सकते सहेतु'*	: अपकार, हिंसा	**प्र.ग्रं.**-2/163	ईर्ष्या/कामायनी
♦	*'द्रोह, मोह, छल, मदन, मद मुझे'*	: विरोध करने की प्रवृत्ति	**पं.ग्रं.**-1/88	करुणा क्रन्दन करने दो!/वीणा
द्वंद्व-	*'जब चला द्वंद्व था असुरों में प्राणों की पूजा का प्रचार'*	: (देवताओं और असुरों के बीच का) संघर्ष	**प्र.ग्रं.**-2/174	इड़ा/कामायनी
द्वंद्व सुखद-	*'चिर-परिचित-सा चाह रहा था द्वंद्व सुखद करके अनुमान'*	: स्त्री-पुरुष की काम-क्रीड़ा का सुख	**प्र.ग्रं.**-2/76	आशा/कामायनी
द्वंद्वों का उद्गम-	*'द्वन्द्वों का उद्गम तो सदैव शाश्वत रहता वह एक मंत्र'*	: परस्पर विरोधी भाव का मूल कारण	**प्र.ग्रं.**-2/175	इड़ा/कामायनी
द्वयता-	*'द्वयता में लगी निरंतर ही वर्णों की करती रहे वृष्टि'*	: दुविधा, एकता का अभाव	**प्र.ग्रं.**-2/176	इड़ा/कामायनी
♦	*'द्वयता का जो भाव सदा मन में रहता है'*	: द्वंद्व, दुविधा, भेद-बुद्धि	**प्र.ग्रं.**-2/200	संघर्ष/कामायनी
♦	*'अपना ही अणु अणु कण कण द्वयता ही तो विस्मृति है'*	: अपना-पराया का भाव, भेद-बुद्धि	**प्र.ग्रं.**-2/275	आनन्द/कामायनी
द्वयता में विस्मृति में-	*'तुम भी नाचो अपनी द्वयता में विस्मृति में'*	: अपना भिन्न अस्तित्व बनाए रखते हुए भी (परम चैतन्य शिव) में सब कुछ भुलाकर लीन हो जाओ	**प्र.ग्रं.**-2/201	संघर्ष/कामायनी
द्वाभा-	*'द्वाभा के एकाकी प्रेमी'*	: सुबह और शाम के समय का मंद प्रकाश जो सूरज के क्षितिज रेखा के नीचे होने के कारण होता है	**पं.ग्रं.**-2/20	शुक्र/युगपथ
द्विज दल-	*'हो जावेगा यह द्विज दल'*	: पक्षीगण, पक्षी अंडज होते हैं इसलिए उनका जन्म दो बार माना जाता है	**पं.ग्रं.**-1/106	तब फिर कैसा होगा मात!/वीणा
द्विदल-	*'उषा-सी क्यों तुम कहो, द्विदल'*	: दो पत्ते (यहाँ 'पलकें')	**नि.र.**-1/142	स्मृति
♦	*'सञ्चित त्रिकुटी पर ध्यान द्विदल देवी-पद पर'*	: देवी के दोनों पैरों पर पंखुड़ी-रूपी दोनों आँखें केंद्रित हैं	**नि.र.**-1/337	राम की शक्ति-पूजा
द्विधा-रहित-	*'द्विधा-रहित अपलक नयनों की भूख भरी दर्शन की प्यास'*	: बेबाक, दुविधा से मुक्त	**प्र.ग्रं.**-2/58	चिंता/कामायनी
द्विप्रहर रात्रि-	*'द्विप्रहर रात्रि, साकार हुई दुर्गा छिपकर'*	: रात के दूसरे पहर में	**नि.र.**-1/337	राम की शक्ति-पूजा
द्विरद दंतों-	*'द्विरद दन्तों-से उठ सुन्दर'*	: हाथी के दो बड़े दाँत	**पं.ग्रं.**-1/185	आँसू/पल्लव
द्विविधा-	*'यह द्वैत, अरे यह द्विविधा तो है प्रेम बाँटने का प्रकार'*	: दुविधा, दो विधा, (मनु और जन्म लेनेवाला शिशु)	**प्र.ग्रं.**-2/167	ईर्ष्या/कामायनी
द्वीप-	*'जलधि के फूटें कितने उत्स/द्वीप, कच्छप डूबें-उतरायँ'*	: टापू (द्वीप-रूपी कछुआ)	**प्र.ग्रं.**-2/93	श्रद्धा/कामायनी
♦	*'मा के उर पर शिशु-सा, समीप, सोया धारा में एक द्वीप'*	: टापू, गंगा की जलधारा के बीच बालू का टीला	**पं.ग्रं.**-1/275	नौका-विहार/गुंजन
द्वेष-विष-जर्जर-	*'द्वेष-विष-जर्जर यह संसार'*	: नफरत के जहर से जो कमजोर हो गया है	**नि.र.**-1/83	अंजलि

शब्द-	काव्य-पंक्ति	: अर्थ	ग्रंथावली/पृ.सं.	स्रोत/संदर्भ
द्वैत-	*'यह द्वैत, अरे यह द्विविधा तो है प्रेम बाँटने का प्रकार'*	: दो के अस्तित्व को एक साथ मानने का भाव (मनु और जन्म लेनेवाला शिशु)	**प्र.ग्रं.**-2/167	ईर्ष्या/कामायनी
◆	*'विरह बना आराध्य/द्वैत क्या कैसी बाधा!'*	: दुविधा, अंतर्विरोध	**म.सा.**-1/259	प्रिय-पथ के यह शूल.../सांध्य गीत
◆	*'बाँधे दोनों को मैं चल चल/धो रही द्वैत के सौ कैतव!'*	: दुविधा, दो पक्षों का अस्तित्व	**म.सा.**-1/315	ओ चिर नीरव! /दीप-शिखा
द्वैतभाव-	*'इसीलिए द्वैतभाव-भावुकों में'*	: भिन्न मानना, दुविधा की मन: स्थिति	**नि.र.**-1/60	पंचवटी प्रसंग:4
◆	*'द्वैतभाव ही है भ्रम'*	: भिन्न मानना, दुविधा की मन: स्थिति	**नि.र.**-1/60	पंचवटी प्रसंग:4
धनि-	*'हँस अपने ही आप सकुच धनि/गति मृदु-मन्द चली'*	: स्त्री	**नि.र.**-1/198	गीत 'ख'
◆	*'रुके नहीं धनि, चरण घाट पर'*	: युवती	**नि.र.**-1/217	प्यार करती हूँ अलि
◆	*'स्पष्ट ध्वनि— आ, धनि सजी यामिनी भली'*	: स्त्री	**नि.र.**-1/250	कैसी बजी बीन?
धनु-गुण-	*'श्लथ धनु-गुण है, कटिबन्ध स्रस्त— तूणीर-धरण'*	: प्रत्यंचा, धनुष की रस्सी	**नि.र.**-1/330	राम की शक्ति-पूजा
धनुष भग्न-	*'धनुष भग्न सब छिन्न जाल है'*	: टूटा हुआ धनुष	**प्र.ग्रं.**-1/233	विषाद/झरना
धन्ये-	*'धन्ये, मैं पिता निरर्थक था, कुछ भी तेरे हित न कर सका!'*	: पुत्री को संबोधन	**नि.र.**-1/315	सरोज-स्मृति
धमनी की तंत्री-	*'धमनी की तन्त्री बजी, तू रहा लगाये कान'*	: रग-रग को झंकृत करनेवाली संवेदना (प्रेम)	**प्र.ग्रं.**-4/59	प्रथम अंक/स्कन्दगुप्त
धरण-	*'श्लथ धनु-गुण है, कटिबन्ध स्रस्त— तूणीर-धरण'*	: बाँधनेवाला, धारण करनेवाला	**नि.र.**-1/330	राम की शक्ति-पूजा
धरणि-धाम-	*'धरणि-धाम सुर सुखकर'*	: धरती-रूपी निवास स्थान (मानो देवताओं के लिए भी सुखकर है)	**पं.ग्रं.**-1/315	तीन/ज्योत्स्ना
धरणीतल-	*'छन-छनकर पुलकित धरणीतल'*	: भूतल, धरती का तल	**नि.र.**-1/150	पारस
धरती-	*'अपना स्वरूप धरती सुन्दर, कमनीय बना था भीषणतर'*	: धारण करती हुई	**प्र.ग्रं.**-2/247	दर्शन/कामायनी
धरधर-	*'भय में हूँ तन्मय/धरधर कम्पन'*	: धड़कन का तेज होना	**नि.र.**-1/201	खेवा
धर-धर-धर-	*'मूँद पलक प्रिय की शय्या पर रखते ही पग, उर धर-धर-धर'*	: धड़कन	**नि.र.**-1/198	गीत 'ख'
धरा की यह सिकुड़न-	*'धरा की यह सिकुड़न भयभीत आह कैसी है? क्या है पीर?'*	: धरती मानो भय से सिकुड़ कर हिमालय के रूप में दिखाई पड़ रही हो	**प्र.ग्रं.**-2/87	श्रद्धा/कामायनी
धरा रमण-	*'हे ऋतुपति! हे धरा रमण!'*	: वसंत ऋतु, धरती के साथ रमण करनेवाला वसंत	**पं.ग्रं.**-1/93	हाय! जगाने पर भी तो मैं/वीणा
धरा वधू-	*'सिंधु सेज पर धरा वधू अब तनिक संकुचित बैठी सी'*	: धरती-रूपी दुल्हन	**प्र.ग्रं.**-2/68	आशा/कामायनी
धरित्री-	*'आज धरित्री के पट पर'*	: धरती	**पं.ग्रं.**-1/102	लतिका के कम्पित अधरों से/वीणा
◆	*'नाचती धरित्री मुक्त-पाश'*	: धरती	**पं.ग्रं.**-2/8	द्रुत झरो जगत के जीर्ण पत्र/युगपथ
धर्म कृषि मर्म के-	*'धर्म कृषि मर्म के नवीन घनश्याम तुम'*	: खेती-बारी-रूपी धर्म का असली मर्म (बादलों में निहित है)	**प्र.ग्रं.**-1/261	तुम/झरना

शब्द-	काव्य-पंक्ति	: अर्थ	ग्रंथावली/पृ.सं.	स्रोत/संदर्भ
धर्म-चक्र-	*'जब धर्म-चक्र के सतत-प्रवर्तन की प्रसन्न-ध्वनि छाई थी'*	: बौद्ध धर्म के प्रथम उपदेश की घटना, धर्म की गति	**प्र.ग्रं.-1**/297	जगती की मंगलमयी उषा बन/लहर
धर्म-तुला-	*'यहाँ विभाजन धर्म-तुला का अधिकारों की व्याख्या करता'*	: धर्म या न्याय का तराजू	**प्र.ग्रं.-2**/261	रहस्य/कामायनी
धर्म दस्युओं-	*'दुर्मद दुरन्त धर्म दस्युओं की त्रासिनी'*	: धर्म को नुकसान पहुँचानेवाले	**प्र.ग्रं.-1**/333	शेरसिंह का शस्त्र-समर्पण/लहर
धर्म-धन-	*'साधु, साधु, साधक धीर, धर्म-धन धन्य राम!'*	: धर्म ही जिसके लिए धन हो	**नि.र.-1**/338	राम की शक्ति-पूजा
धर्मोत्तर-	*'है काम तुम्हारा धर्मोत्तर'*	: धर्म से भी बढ़कर	**नि.र.-1**/320	सरोज-स्मृति
धर्षिता-	*'वहीं धर्षिता खड़ी इड़ा सारस्वत रानी'*	: अत्याचार या बलात्कार-पीड़िता(इड़ा)	**प्र.ग्रं.-2**/209	संघर्ष/कामायनी
धवल-	*'धवल पताका देवत्व की'*	: सफेद, शुभ्र	**नि.र.-1**/186	जागरण
धवल धूलि-	*'धवल धूलि ने नहलाया'*	: सुन्दर धूलकण	**पं.ग्रं.-1**/87	बालकाल में जिसे जलद से/वीणा
धवल-नग-	*'सामने विराट धवल-नग अपनी महिमा से विलसित'*	: सफेद पर्वत, बर्फ से ढँका कैलाश पर्वत	**प्र.ग्रं.-2**/271	आनन्द/कामायनी
धवल स्मित-	*'धवल स्मित जैसे शारद घन बीच में'*	: सुन्दर (शुभ्र) मुस्कुराहट	**प्र.ग्रं.-1**/226	रूप/झरना
धवल हास-	*'हम सागर के धवल हास हैं'*	: सुन्दर हँसी (की तरह दिखनेवाले सफेद बादल)	**पं.ग्रं.-1**/216	बादल/पल्लव
धातृ-	*'धन्य मातृ धन्य धातृ'*	: धारण (पोषण) करनेवाली धरती	**पं.ग्रं.-1**/315	तीन/ज्योत्स्ना
धात्री-	*'मैं उसी चपल की धात्री हूँ गौरव महिमा हूँ सिखलाती'*	: पालन-पोषण करनेवाली धाई, दाई माँ	**प्र.ग्रं.-2**/127	लज्जा/कामायनी
धानी-	*'वसन तुम्हारा धानी'*	: हरे रंग की, धान के रंग की	**नि.र.-1**/218	कल्पना के कानन की रानी
धान्य-	*'शस्य, पशु या धान्य का होने लगा संचार'*	: अनाज	**प्र.ग्रं.-2**/112	वासना/कामायनी
धाय-	*'उसके निकट गया मैं धाय'*	: दौड़कर	**नि.र.-1**/48	अधिवास
धाराधर-	*'प्रांगण में पावस के/झरते हैं धाराधर'*	: मूसलाधार वर्षा	**नि.र.-1**/206	कवि
धार्य-	*'क्या असम्भाव्य हो यह राघव के लिए धार्य?'*	: स्वीकार कर पाना, धारण करना	**नि.र.-1**/333	राम की शक्ति-पूजा
धिक्-	*'धिक् जीवन को जो पाता ही आया विरोध'*	: धिक्कार है	**नि.र.-1**/337	राम की शक्ति-पूजा
♦	*'धिक् साधन, जिसके लिए सदा ही किया शोध!'*	: धिक्कार है	**नि.र.-1**/337	राम की शक्ति-पूजा
धिक्-धिक्-	*'मैं बना किन्तु लंकापति, धिक् राघव, धिक्-धिक्!'*	: धिक्कार है	**नि.र.-1**/333	राम की शक्ति-पूजा
धीमान्-	*'धीमान् कहते हैं तुम्हें लोग'*	: बुद्धिमान्	**नि.र.-1**/162	महाराज शिवाजी का पत्र
धीर-	*'मनु ने तप में जीवन अपना किया समर्पण होकर धीर'*	: धैर्य के साथ, स्थिर मन से	**प्र.ग्रं.-2**/73	आशा/कामायनी
धीर-पद-	*'धीर-पद अवनति ही/चरम परिणाम यहाँ'*	: धीमी चाल	**नि.र.-1**/205	कवि
धीर पद-विन्यास-	*'मदिर माधव यामिनी का धीर पद-विन्यास'*	: धीमी गति से आना	**प्र.ग्रं.-2**/114	वासना/कामायनी
धीर समीर परस-	*'धीर समीर परस से पुलकित विकल हो चला श्रांत शरीर;'*	: धीमी और सुखद वायु का स्पर्श	**प्र.ग्रं.-2**/77	आशा/कामायनी

शब्द- काव्य-पंक्ति	: अर्थ	ग्रंथावली/पृ.सं.	स्रोत/संदर्भ
धीवर- *'काल धीवर अनन्त में,'*	: नाविक, माँझी, केवट	**प्र.ग्रं.**-1/338	पेशोला की प्रतिध्वनि /लहर
धीवरों- *'गूँजता था धीवरों की छोटी-छोटी नावों से—'*	: मल्लाह, माँझी	**प्र.ग्रं.**-1/339	प्रलय की छाया/लहर
धुँआरे- *'धूम धुँआरे, काजरकारे'*	: धुँए के रंग के (बादल)	**पं.ग्रं.**-1/216	बादल/पल्लव
धुँधला विराग- *'यह क्षितिज बना धुँधला विराग नव अरुण अरुण मेरा सुहाग'*	: वैराग्य का धुँधला-सा भावबोध, वैराग्य की ओर आकर्षण-सा	**म.सा.**-1/249	प्रिय! सांध्य गगन, मेरा जीवन!/सांध्य गीत
धूत- *'धो दिया श्रेष्ठ कुल-धर्म धूत'*	: पवित्र	**नि.र.**-1/303	तुलसीदास
धूनी- *'निशा-तापसी की जलने को धधक उठी बुझती धूनी!'*	: साधु-तपस्वी आग जलाकर रखते हैं और अपने शरीर को तपाकर कष्ट देते हैं	**प्र.ग्रं.**-2/188	स्वप्न/कामायनी
धूप-अर्घ्य- *'धूप-अर्घ्य नैवेद्य अपरिमित तम में सब होंगे अंतर्हित'*	: धूपबत्ती और पूजन-सामग्री	**म.सा.**-1/335	यह मंदिर का दीप... /दीप-शिखा
धूपछाहीं- *'धूपछाहीं विरह-वेला/विश्व-कोलाहल बना वह'*	: धूप और छाँह (सुख और दु:ख) का मिला-जुला रूप	**म.सा.**-1/271	सो रहा है विश्व, पर.../सांध्य गीत
धूप-धूम-सुरभित-गृह- *'धूप-धूम-सुरभित-गृह, जिनमें थी आलोक-शिखा जलती'*	: चन्दन आदि से बनी धूप के धुएँ से सुगन्धित घर	**प्र.ग्रं.**-2/190	स्वप्न/कामायनी
धूमकेतु- *'टूट रहे नभ धूमकेतु अति नीले पीले'*	: पुच्छल तारे, अशुभ के लक्षण	**प्र.ग्रं.**-2/207	संघर्ष/कामायनी
धूमकेतु-सा- *'धूमकेतु-सा चला रुद्र-नाराच भयंकर'*	: पुच्छल तारा के समान	**प्र.ग्रं.**-2/209	संघर्ष/कामायनी
धूम-धार-सा- *'सघन हो रहा अविज्ञात यह देश मलिन है धूम-धार-सा'*	: धुएँ के समूह की भाँति (मैला)	**प्र.ग्रं.**-2/257	रहस्य/कामायनी
धूम पट- *'उधर वह्नि ज्वाला भी अपना लगी धूम पट थी बुनने'*	: धुआँ, धुएँ से लग रहा था मानो कोई बुना हुआ कपड़ा हो	**प्र.ग्रं.**-2/73	आशा/कामायनी
धूम-रेखा- *'एक धूम-रेखा मात्र शेष थी,'*	: धुएँ की लकीर	**प्र.ग्रं.**-1/351	प्रलय की छाया/लहर
धूम-रेखा- *'अब शेष धूम-रेखा से/चित्रित कर रहा अँधेरा'*	: धुँएँ की रेखा	**प्र.ग्रं.**-2/16	आँसू
धूम लतिका-सी- *'धूम लतिका-सी गगन तरु पर न चढ़ती दीन'*	: धुआँ-रूपी लता	**प्र.ग्रं.**-2/119	वासना/कामायनी
धूम-लेखा- *'उड़ रहा नित एक सौरभ - धूम-लेखा में बिखर तन'*	: धुएँ की रेखा	**म.सा.**-1/33	धूप-सा तन दीप-सी मैं!/दीप-शिखा
धूम-श्यामल- *'गंधवाही गहन कुंतल, तूल से मृदु धूम-श्यामल'*	: धुएँ के रंग के और काले रंग के (बादल)	**म.सा.**-1/277	दीप तेरा दामिनी! /सांध्य गीत
धूम-सा- *'तू घूम रहा अभिलाषा के नव ज्वलन-धूम-सा दुर्निवार'*	: धुएँ की तरह	**प्र.ग्रं.**-2/173	इड़ा/कामायनी
धूमायमान- *'धूमायमान वह घूर्ण्य प्रसर धूसर समुद्र शशि-ताराहर'*	: धुएँ के समुद्र-सा	**नि.र.**-1/304	तुलसीदास
धूमिल घन सा- *'रजतरश्मियों की छाया में धूमिल घन सा वह आता'*	: धुएँ के रंग के बादलों की तरह (का दु:ख)	**म.सा.**-1/108	रजतरश्मियों की छाया में.../रश्मि
धूमिल छायाएँ- *'धूमिल छायाएँ रहीं घूम, लहरी पैरों को रही चूम'*	: (वृक्षों की नदी में पड़ती हुई) अस्पष्ट छाया	**प्र.ग्रं.**-2/233	दर्शन/कामायनी

शब्द- काव्य-पंक्ति	: अर्थ	ग्रंथावली/पृ.सं.	स्रोत/संदर्भ
धूमिल पट- *'गोधूली के धूमिल पट में दीपक के स्वर में दिपती-सी'*	: धूल-भरा आवरण	**प्र.ग्रं.-2**/123	लज्जा/कामायनी
धूम्र-धूसर- *'दूर-विस्तृत धूम्र-धूसर पथ भविष्यत् का विपुल'*	: धुएँ और धूल से भरा, असूझ	**नि.र.**-1/139	नारायण मिलें हँस अन्त में
धूलि की डर- *'रहती नहीं धूलि की डर'*	: धूल से मलिन हो जाने का डर। 'की' का प्रयोग पन्त का ऐच्छिक प्रयोग है	**पं.ग्रं.**-1/97	माँ काले रंग का दुकूल नव/वीणा
धूलि की ढेरी- *'धूलि की ढेरी में अज्ञात'*	: तुच्छ वस्तुओं में, रास्ते की धूल में	**पं.ग्रं.**-1/109	चपल पलकों के साथ/वीणा
◆ *'धूलि की ढेरी में अनजान'*	: परागकणों की बहुतायतता में, तुच्छ परिस्थितियों में	**पं.ग्रं.**-1/179	उच्छ्वास/पल्लव
धूलि चंदन- *'हुए शूल अक्षत मुझे धूलि चंदन!'*	: धूल (मिट्टी) से बना यह शरीर ही मानो तुम्हारी पूजा के लिए चंदन की तरह प्रस्तुत है	**म.सा.-1**/321	हुए शूल अक्षत मुझे धूलि चंदन/दीप-शिखा
धूलि-जात- *'पुण्य धूलि-जात अमर'*	: मिट्टी से पैदा होनेवाली फसल आदि	**पं.ग्रं.**-1/315	तीन/ज्योत्स्ना
धूलि-व्यथा- *'और कहेंगे मुक्ति-कहानी, मैंने धूलि-व्यथा भर जानी'*	: धूल की तरह प्रेम की वेदना	**म.सा.-1**/403	जग अपना भाता है!/दीप-शिखा
धूसर- *'धूमायमान वह घूर्ण्य प्रसर/धूसर समुद्र शशि-ताराहर'*	: धुएँ की तरह	**नि.र.**-1/304	तुलसीदास
धूसर क्षितिज- *'उठ रही थी कालिमा धूसर क्षितिज से दीन'*	: धूमिल आकाश का निचला छोर	**प्र.ग्रं.-2**/112	वासना/कामायनी
धूसर छाया- *'सन्ध्या की धूसर छाया में शैल शृंग की रेखा'*	: मटमैली परछाई	**प्र.ग्रं.-2**/139	कर्म/कामायनी
धृत- *'जिनमें है क्षात्रधर्म का धृत पूर्णाभिषेक'*	: धारण करना	**नि.र.**-1/334	राम की शक्ति-पूजा
◆ *'धृत ज्योति-योनि में लोकाशय'*	: रखा हुआ	**पं.ग्रं.**-1/314	तीन/ज्योत्स्ना
◆ *'शतकर धृत, अंक लसित'*	: धारण करना, पकड़ना	**पं.ग्रं.**-1/347	चार/ज्योत्स्ना
धृत-विश्व-वर-करा- *'धृत-विश्व-वर-करा अजया, गया ज्ञान'*	: सुंदर हाथों से संसार को धारण करनेवाली	**नि.र.**-1/244	सार्थक करो प्राण
धृति- *'जग तम की धृति, ज्ञान, ध्यान तुम'*	: धारणा, धैर्य	**नि.र.**-1/238	सकल गुणों की खान, प्राण तुम
धोका- *'जग धोका, तो रो क्या?'*	: धोखा, मिथ्या	**नि.र.**-1/237	रे, कुछ न हुआ, तो क्या?
धोके- *'मुख चन्द्र चाँदनी जल से/मैं उठता था मुँह धोके'*	: धोकर	**प्र.ग्रं.-2**/14	आँसू
धोरे- *'नवल कलियों के धोरे झूम'*	: समीप, निकट	**पं.ग्रं.**-1/191	मधुकरी/पल्लव
धौत- *'मूर्ति अश्रुजल-धौत विमल'*	: धुली	**नि.र.**-1/223	नर-जीवन के स्वार्थ सकल
◆ *'धौत धवल विश्व-कमल पर, कर में आस्वद-शद'*	: सफेद	**नि.र.**-1/241	शरत् के प्रति
◆ *'अब, धौत धरा, खिल गया गगन'*	: धुली हुई (धरा)	**नि.र.**-1/283	तुलसीदास
◆ *'सजल शिशिर-धौत पुष्प ज्यों प्रात में'*	: धुला हुआ	**नि.र.**-1/326	प्रेयसी
ध्यान की भूमि- *'ध्यान की भूमि से उतरे, खोले पलक विमल'*	: राम का मन ध्यान की उर्ध्व भूमि पर पहुँच गया था	**नि.र.**-1/337	राम की शक्ति-पूजा
ध्यान-निरत- *'मनु बैठे ध्यान-निरत थे उस निर्मल मानस-तट में'*	: ध्यान में लीन, समाधि लगाये हुये	**प्र.ग्रं.-2**/273	आनन्द/कामायनी

शब्द- काव्य-पंक्ति	: अर्थ	ग्रंथावली/पृ.सं.	स्रोत/संदर्भ
ध्रुवतारा- *'मेरी ध्रुवतारा तुम/प्रसरित दिगन्त से'*	: एक तारा जो उत्तर दिशा में उगता है, स्थिरता/दृढ़ता का प्रतीक	**नि.र.**-1/172	रेखा 'क'
ध्रुव ध्यान- *'प्रियतम में लगवा ध्रुव ध्यान'*	: गंभीरतापूर्वक ध्यान लगाना	**पं.ग्रं.**-1/95	अब न अगोचर रहो सुजान!/वीणा
ध्रुव नियमों- *'अपवाद बने, मानवता के ध्रुव नियमों का करने प्रचार'*	: सुनिश्चित नियम	**पं.ग्रं.**-2/25	बापू के प्रति/युगपथ
ध्वंसों में वह झंकार- *'आज कितनी शताब्दियों बाद, उठी ध्वंसों में वह झंकार'*	: सारनाथ के जीर्ण अवशेषों में नयी आवाज उत्पन्न हुई (मूलगंध कुटी की स्थापना से)	**प्र.ग्रं.**-1/295	अरी वरुणा की शांत कछार/लहर
ध्वज-मुक्तकेश- *'अपने वश में कर पुरुष-देश है उड़ा रहा ध्वज-मुक्तकेश;'*	: स्त्री के मुक्त केश-रूपी ध्वजा	**नि.र.**-1/295	तुलसीदास
ध्वनि- (शीर्षक)	: तात्पर्य, अंतिम अर्थ	**नि.र.**-1/126	ध्वनि
ध्वनि गहरी- *'कानों के कान खोलकर के सुनती थी कोई ध्वनि गहरी'*	: धीमी और गंभीर आवाज	**प्र.ग्रं.**-2/103	काम/कामायनी
ध्वनिमय- *'ध्वनिमय ज्यों अंधकार'*	: ध्वनियों से युक्त, गतिशील, सजग	**नि.र.**-1/100	दिल्ली
ध्वन्यात्मक- *'यह अति अस्फुट, ध्वन्यात्मक है'*	: तात्पर्य की प्रधानतावाला, इस अभिव्यक्ति को कठोर कसौटी पर न कसा जाए	**पं.ग्रं.**-1/81	उत्सर्ग/वीणा
ध्वस्त- *'ध्वस्त होगा साम्राज्य'*	: ढह जाना, टूटकर बिखर जाना	**नि.र.**-1/169	महाराज शिवाजी का पत्र
ध्वांत- *'तृप्ति में आशा बढ़ती थी, चन्द्रिका में बढ़ता था ध्वान्त'*	: अंधकार	**प्र.ग्रं.**-1/266	झील में/झरना
◆ *'फैला कोमल ध्वान्त'*	: अंधकार	**प्र.ग्रं.**-1/273	सुधा में गरल/झरना
◆ *'फैला था चारों ओर ध्वांत'*	: अंधकार	**प्र.ग्रं.**-2/173	इड़ा/कामायनी
◆ *' "है रुद्र-रोष अब तक अशांत", श्रद्धा बोली, 'बन विषम ध्वान्त !'*	: अंधकार (अज्ञान)	**प्र.ग्रं.**-2/238	दर्शन/कामायनी
◆ *'सरिता तट तरु का क्षितिज प्रांत, केवल बिखेरता दीन ध्वांत'*	: अंधकार	**प्र.ग्रं.**-2/241	दर्शन/कामायनी
◆ *'था व्याप्त दिशावधि ध्वांत': भ्रान्त इतिहास विश्व उद्भव प्रमाण,'*	: अंधकार	**पं.ग्रं.**-2/25	बापू के प्रति/युगपथ
नंदन- *'नंदन की शत-शत दिव्य कुसुम कुंतला'*	: इन्द्र का उद्यान	**प्र.ग्रं.**-1/340	प्रलय की छाया/लहर
नंदन कानन- *'चला है मन्थर गति में पवन रसीला नन्दन कानन का'*	: 'नन्दन' नामक इन्द्र का उद्यान	**प्र.ग्रं.**-3/289	द्वितीय अंक/अजातशत्रु
◆ *'इस ऊसर में नन्दन कानन की रचना रच भी सकती'*	: इंद्र के उद्यान का नाम	**नि.र.**-1/45	बाबा और नाती
◆ *'मधुमाते हो विहँस रहे थे/जो नंदन कानन के फूल'*	: 'नन्दन' नामक इन्द्र का उद्यान	**म.सा.**-1/89	जिन चरणों पर देव लुटाते/नीहार
नंदन-कुसुम-सुरभि-मधु-मदिर- *'मेरे ही बन्धन से निश्चल नन्दन-कुसुम-सुरभि-मधु-मदिर समीर!'*	: नन्दन-वन के फूलों की सुगंध में पराग की मादकता (से युक्त समीर)	**नि.र.**-1/111	सन्तप्त

शब्द-	काव्य-पंक्ति	: अर्थ	ग्रंथावली/पृ.सं.	स्रोत/संदर्भ
नंदन तमाल-	*'तुम स्पर्श-हीन अनुभव-सी नन्दन तमाल के तल से;'*	: तमाल वृक्ष का सुन्दर जंगल	**प्र.ग्रं.-2**/28	आँसू
नंदन-निकुंज-	*'नन्दन-निकुञ्ज की रति को ज्यों मिला मरु'*	: इंद्र का उद्यान	**नि.र.-1**/327	प्रेयसी
नंदन पुलकित-	*'रोम-रोम में नंदन पुलकित साँस साँस में जीवन शत शत'*	: इन्द्र के नंदनवन की तरह पुलकित	**म.सा.-1**/183	तुम मुझ में प्रिय! फिर परिचय क्या!/नीरजा
नंदन-वन-	*'या नन्दन-वन के पारिजात-दल लेकर'*	: इंद्र का उद्यान	**नि.र.-1**/82	अंजलि
नंदन-वन-घन-	*'तुम नन्दन-वन-घन विटप'*	: इंद्र के उद्यान से भी घना उद्यान	**नि.र.-1**/49	तुम और मैं
नंदन-स्वरूप-	*'शत-शत वे बन्धन ही नन्दन-स्वरूप से आ/सम्मुख खड़े थे!'*	: हर्षप्रद के समान, हर्षदायक	**नि.र.-1**/174	रेखा 'क'
नई लजीली-	*'कुछ कृशता नई लजीली थी कंपित लतिका-सी लिये देह'*	: नए प्रकार की लज्जा से युक्त	**प्र.ग्रं.-2**/159	ईर्ष्या/कामायनी
नक्षत्र-कुमुद-	*'नक्षत्र-कुमुद की अलस माल'*	: आकाश में खिले तारे मानो श्वेत कमल हैं	**प्र.ग्रं.-1**/310	कोमल कुसुमों की मधुर रात/लहर
नक्षत्र-दीप-कक्ष-	*'जागती प्रिया नक्षत्र-दीप-कक्ष में'*	: नक्षत्रों के दीपक से प्रकाशित कक्ष, रात में सितारों से भरे आकाश के नीचे	**नि.र.-1**/145	शेफालिका
नक्षत्र निरखते निर्निमेष-	*'नक्षत्र निरखते निर्निमेष वसुधा की यह गति विकल वाम'*	: तारे (सत्ताईस नक्षत्र) अपलक देख रहे थे	**प्र.ग्रं.-2**/173	इड़ा/कामायनी
नक्षत्र प्रकाश-	*'बुझ गया वह नक्षत्र प्रकाश चमकती जिसमें मेरी आश'*	: वह सितारा जो मुझे अपने प्रकाश से रास्ता दिखा रहा था	**म.सा.-1**/46	घोर तम छाया चारों ओर/नीहार
नक्षत्र-माला-	*'झूमता है विश्व पी पी घूमती नक्षत्र-माला'*	: तारों का समूह	**म.सा.-1**/261	मेरा सजल मुख देख लेते!/सांध्य गीत
नक्षत्र मालिका-	*'बुलबुले सिन्धु के फूटे नक्षत्र मालिका टूटी'*	: नक्षत्रों(आकाशीय पिंड) की माला, तारों का क्रम	**प्र.ग्रं.-2**/5	आँसू
नक्षत्र-लोक-	*'नक्षत्र-लोक फैला है/जैसे इस नील निलय में'*	: आकाशीय पिंडों का संसार, सितारों से भरा आकाश	**प्र.ग्रं.-2**/4	आँसू
नक्षत्र समाज-	*'हँसता-सा छाया-पथ में/नक्षत्र समाज दिखाता'*	: आकाशीय पिंड, तारे	**प्र.ग्रं.-2**/24	आँसू
नक्षत्रों-	*'न जाने, नक्षत्रों से कौन'*	: आकाशीय पिंड, ग्रह-तारे	**पं.ग्रं.-1**/195	मौन निमन्त्रण/पल्लव
नक्षत्रोन्मेष-	*'निशा, अपलक नक्षत्रोन्मेष'*	: तारों का (आँखों की तरह) खुलना या अपलक होना	**पं.ग्रं.-1**/233	छाया काल/पल्लव
नख आभा-	*'जिन चरणों की नख आभा ने हीरक जाल लजाए'*	: उस प्रियतम के नखों की आभा की तरह है सुबह की उज्ज्वल सफेदी	**म.सा.-1**/38	रजनी ओढ़े जाती थी /नीहार
नख छाती छिलने-	*'लीन हो गयी लहर, लगे मेरे ही नख छाती छिलने'*	: प्रेम की पुरानी यादें मानो हृदय को कचोट रही हैं	**प्र.ग्रं.-4**/41	प्रथम अंक/स्कन्दगुप्त
नखत-	*'श्रम-सीकर सदृश नखत से/अम्बर-पट भींगा होता'*	: आकाशीय पिंड, तारे	**प्र.ग्रं.-2**/14	आँसू
नखत की आशा किरण-	*'नखत की आशा किरण समान, हृदय के कोमल कवि की कांत—'*	: नक्षत्रों (सितारों) की आशा-भरी चमक	**प्र.ग्रं.-2**/87	श्रद्धा/कामायनी
नखत-कुसुम-	*'राशि-राशि नखत-कुसुम की अर्चना अश्रांत'*	: आकाश के तारे फूलों की तरह हैं	**प्र.ग्रं.-2**/117	वासना/कामायनी

शब्द- काव्य-पंक्ति	: अर्थ	ग्रंथावली/पृ.सं.	स्रोत/संदर्भ
नखत पाँत- *'हो अलस उनींदी नखत पाँत'*	: नक्षत्रों (तारा-ग्रह आदि) की पंक्तियाँ	**प्र.ग्रं.**-1/317	अपलक जगती हो एक रात/लहर
नखत-माल- *'जिसने रचकर फैलाया है ग्रह, तारा, विद्युत्, नखत-माल'*	: आकाशीय पिंडों की माला, नक्षत्र-समूह	**प्र.ग्रं.**-2/180	इड़ा/कामायनी
नखदान- *'श्यामा का नखदान मनोहर मुक्ताओं से ग्रथित रहा'*	: तारे मानो रात्रि के चमकते सुन्दर नाखून का दान हैं	**प्र.ग्रं.**-4/41	प्रथम अंक/स्कन्दगुप्त
नखर- *'प्रखर नखर नव जीवन की'*	: नाखून, पंजा	**पं.ग्रं.**-2/13	गर्जन कर मानव केसरि/युगपथ
नख-शिख शोभन- *'कर, पद, अंगुलि, नख-शिख शोभन'*	: नख से शिख तक की शोभा	**पं.ग्रं.**-2/22	मानव/युगपथ
नग- *'भुनती वसुधा, तपते नग,'*	: पर्वत	**प्र.ग्रं.**-1/332	अशोक की चिंता/लहर
◆ *'नारी! तुम केवल श्रद्धा हो विश्वास-रजत-नग पगतल में'*	: पर्वत	**प्र.ग्रं.**-2/130	लज्जा/कामायनी
◆ *'तृण-गुल्मों से रोमांचित नग सुनते उस दुख की गाथा'*	: पर्वत	**प्र.ग्रं.**-2/186	स्वप्न/कामायनी
◆ *'मैं अपने मनु को खोज चली, सरिता मरु नग या कुंज-गली'*	: पर्वत	**प्र.ग्रं.**-2/240	दर्शन/कामायनी
नग तल- *'एक दिन सहसा सिंधु अपार लगा टकराने नग तल क्षुब्ध;'*	: पर्वत के निचले हिस्से में	**प्र.ग्रं.**-2/88	श्रद्धा/कामायनी
नगन- *'कुण्डली-नगन-लीन विश्व-जन'*	: नग्न	**नि.र.**-1/238	सकल गुणों की खान, प्राण तुम
नग्न-तनु- *'प्रथम विकच कलि वृन्त पर नग्न-तनु'*	: अपने प्राकृतिक रूप में, निर्वसन	**नि.र.**-1/325	प्रेयसी
नग्न-नीलिमा- *'नग्न-नीलिमा-सी व्यक्त भाषा सुरक्षित वह वेदों में आज भी'*	: खुला नीला आकाश	**नि.र.**-1/185	जागरण
नटनागर- *'कहाँ गये नटनागर श्याम?'*	: कृष्ण, नर्तक कृष्ण	**नि.र.**-1/115	यमुना के प्रति
नटराज- *'नटराज स्वयं थे नृत्य-निरत, था अंतरिक्ष प्रहसित मुखरित'*	: तांडव-नृत्य के प्रवर्त्तक नटेश्वर शिव	**प्र.ग्रं.**-2/246	दर्शन/कामायनी
नटवर- *'शिक्षास्थल यह विश्व मंच, तुम नायक नटवर'*	: श्रेष्ठ अभिनेता	**पं.ग्रं.**-1/232	परिवर्तन/पल्लव
नटी- *'गोमती क्षीण-कटि नटी नवल नृत्यपर मधुर-आवेश-चपल'*	: नृत्य और नाटक करनेवाली	**नि.र.**-1/308	दान
नटी-सी- *'नचती है नियति नटी-सी कन्दुक-क्रीड़ा सी करती'*	: नाटक में अभिनय करनेवाली स्त्री	**प्र.ग्रं.**-2/26	आँसू
नतनयना- *'भीरु पीनोरु नतनयना नवयौवना पर'*	: लज्जावती होने के कारण झुकी आँखों वाली (स्त्री)	**नि.र.**-1/163	महाराज शिवाजी का पत्र
नत निस्तब्ध रात- *' "प्रियतम! यह नत निस्तब्ध रात, है स्मरण करती विगत बात'*	: खामोश रात मानो सर झुकाये हुये है, अँधेरी स्तब्ध रात	**प्र.ग्रं.**-2/245	दर्शन/कामायनी
नत मुख जलजात- *'नयन मुकुलित, नत मुख जलजात'*	: झुके हुए कमल के फूल मानो संध्या का झुका हुआ चेहरा हैं	**पं.ग्रं.**-1/377	द्वितीय दृश्य/परी
नतवदना- *'खुलते स्तबकों की लज्जाकुल नतवदना मधुमाधवी अतुल;'*	: यौवनसुलभ लज्जा के कारण सिर झुकाए हुए	**नि.र.**-1/308	दान

शब्द- काव्य-पंक्ति	: अर्थ	ग्रंथावली/पृ.सं.	स्रोत/संदर्भ
नत वदना- *'कलप रही थी नत वदना'*	: सर झुकाए हुए स्त्री	**पं.ग्रं.**-1/117	दिवानाथ का विपुल विभव जब/वीणा
नत शिर- *'नत शिर देख मुझे'*	: सर झुकाये हुये	**प्र.ग्रं.**-1/340	प्रलय की छाया/लहर
नति- *'सुरधनु-सा अपना रंग बदल, मृति, संसृति, नति, उन्नति में ढल'*	: पतन	**प्र.ग्रं.**-2/235	दर्शन/कामायनी
नदि-कलकल- *'नदि-कलकल छल, छल-सी'*	: नदी की कल-कल ध्वनि	**नि.र.**-1/263	वे गये असह दुख भर
नदियाँ अबोध- *'अपनी समाधि में रहे सुखी बह जाती हैं नदियाँ अबोध'*	: भोली-भाली नदियाँ	**प्र.ग्रं.**-2/171	इड़ा/कामायनी
नदीश-नन्दिनी- *'करते समय नदीश-नन्दिनी का अभिनन्दन'*	: लक्ष्मी, नदीश (समुद्र) की नंदिनी (पुत्री)	**नि.र.**-1/90	रास्ते के फूल से
नभ-अंतःपुर- *'नील नभ-अन्तःपुर में, तन्वि'*	: आकाश मानो अन्तःपुर (मकान का वह हिस्सा जिसमें स्त्रियों के रहने की व्यवस्था होती थी) की तरह है चाँद-रूपी बालिका के लिए	**पं.ग्रं.**-1/250	भावी पत्नी के प्रति/गुंजन
नभ का फूल- *'या ठुकराया गिरा धूलि में हूँ मैं नभ का फूल'*	: आकाश-कुसुम की तरह दुर्लभ और अमूल्य	**म.सा.**-1/142	कहीं से, आई हूँ कुछ भूल!/रश्मि
नभ का शयनागार- *'उदधि हो नभ का शयनागार अनोखा एक नया संसार'*	: समुद्र मानो आकाश का शयनागार (सेज) बन जाए। समुद्र की तुलना में आकाश विराट है।	**म.सा.**-1/39	चाहता है यह पागल प्यार/नीहार
नभ की चाह- *'धूलि के कण में नभ की चाह बिंदु में दुख का जलधि अथाह'*	: अनन्त और असीम की अभिलाषा	**म.सा.**-1/114	तुहिन के पुलिनों पर छबिमान/रश्मि
नभ की दीपावलियों- *'हे नभ की दीपावलियों! तुम पल भर को बुझ जाना!'*	: आकाश के दीपों की पंक्तियाँ	**म.सा.**-1/54	जो मुखरित कर जाती थी/नीहार
नभकुसुमों- *'जीवन वन की बनी समस्या आशा नभकुसुमों का खिलना'*	: आकाश-कुसुम (काल्पनिक आनन्द)	**प्र.ग्रं.**-2/257	रहस्य/कामायनी
नभगंगा- *'नभगंगा की रजतधार में/धो आयी क्या इन्हें रात?'*	: आकाशगंगा	**म.सा.**-1/178	रूपसि तेरा घन-केश-पाश!/नीरजा
नभचारिणि- *'श्री सुख सौरभ नभचारिणि'*	: आकाश में विचरण करनेवाली (चिड़ियाँ)	**पं.ग्रं.**-1/114	प्रथम रश्मि का आना रंगिणि!/वीणा
नभजात- *'भुलाने को किसको नभजात वहाँ जाते कर-वीणा-कर?'*	: आकाश में पैदा हुए	**नि.र.**-1/231	चाहते हो किसको सुन्दर
नभ-तम- *'नभ-तम की-सी तारिका सुघर'*	: आकाश के अँधेरे में	**नि.र.**-1/290	तुलसीदास
नभ-निधि-आवर्त्त-मेघ- *'घिरते नभ-निधि-आवर्त्त-मेघ; मसि-वातचक्र सी वात चली'*	: आकाश के खजाने की तरह हैं ये घूमते बादल	**म.सा.**-1/383	तेरी छाया में अमिट रंग/दीप-शिखा
नभ-नील-पटल- *'निर्निमेष नभ-नील-पटल पर'*	: नीले आकाश के पटल (कैनवास) पर	**नि.र.**-1/124	यमुना के प्रति
नभ नील लता- *'नभ नील लता की डालों में उलझा अपने सुख से हताश'*	: नीले आकाश-रूपी लता, नीलवल्ली, परगाछा या परगाछी	**प्र.ग्रं.**-2/172	इड़ा/कामायनी
नभ मुक्त कुंतला धरणी- *'नभ मुक्त कुन्तला धरणी दिखलाई देती लूटी'*	: आकाश मानो धरती के खुले बालों की तरह है	**प्र.ग्रं.**-2/5	आँसू

शब्द- काव्य-पंक्ति	: अर्थ	ग्रंथावली/पृ.सं.	स्रोत/संदर्भ
नभवासिनि- *'अमृत प्रकाशिनि, नभवासिनि'*	: आकाश में निवास करनेवाली (प्रकृति-रूपी माँ)	**पं.ग्रं.-1**/83	तुहिन बिन्दु बनकर सुन्दर/वीणा
नभ-सागर के अंतस्तल में- *'नभ-सागर के अंतस्तल में जैसे छिप जाता महा मीन'*	: आकाश-रूपी समुद्र की गहराई में	**प्र.ग्रं.-2**/178	इड़ा/कामायनी
नभ-से लोचन- *'उमड़ते हैं नभ-से लोचन'*	: आकाश की तरह आँखों की अनंतता	**पं.ग्रं.-1**/187	आँसू/पल्लव
नभोदेश- *'कर रहा पार मन नभोदेश'*	: मन के आकाश की सीमा तक	**नि.र.-1**/286	तुलसीदास
नमित- *'श्रमित नमित सा—'*	: सिर झुकाये हुये	**प्र.ग्रं.-1**/337	पेशोला की प्रतिध्वनि/लहर
◆ *'खड़ी सोचती नमित नयन-मुख, रखती पग उर काँप पुलक-सुख'*	: झुका हुआ	**नि.र.-1**/198	गीत 'ख'
नमित-पलक-दृग-पात- *'जड़ित पद नमित-पलक-दृग-पात'*	: (लज्जा से) झुकी हुई पलकें और निगाहें	**पं.ग्रं.-1**/252	भावी पत्नी के प्रति/गुंजन
नमित-मुख- *'प्रशमित है वातावरण; नमित-मुख सान्ध्य कमल'*	: मुँह झुकाए	**नि.र.-1**/330	राम की शक्ति-पूजा
नयन अंजन सार- *'अगणित युगों की प्यास का अब नयन अंजन सार ले!'*	: आँखों के काजल को युगों की प्यास का प्रतीक बना लो	**म.सा.-1**/172	श्रृंगार कर ले री सजनि!/नीरजा
नयन की गति- *'सतत होता जा रहा हो, नयन की गति रोक'*	: देखने की क्षमता	**प्र.ग्रं.-2**/111	वासना/कामायनी
नयन की नीलम तुला- *'नयन की नीलम तुला पर मोतियों से प्यार तोला'*	: आँखें मानो नीलम से बने तराजू की तरह हैं	**म.सा.-1**/260	मेरा सजल मुख देख लेते!/सांध्य गीत
नयन के तारक- *'आज मेरे नयन के तारक हुए जलजात देखो!'*	: नेत्रगोलक-रूपी तारे	**म.सा.-1**/274	आज मेरे नयन के तारक.../सांध्य गीत
नयन-जल- *'नयन-जल ढल गये'*	: आँसू	**नि.र.-1**/149	जागो फिर एक बार
नयनता- *'नयनता से कुछ रुकी मुसकान से'*	: दृष्टि	**पं.ग्रं.-1**/135	ग्रन्थि
नयन-तारा- *'नयन-तारा बन मनोभिराम'*	: आँखों की पुतली, प्रिय होना	**पं.ग्रं.-1**/259	रूप-तारा तुम पूर्ण प्रकाम/गुंजन
नयन-नीर- *'पोंछो प्रिय, नयन-नीर'*	: आँसू	**नि.र.-1**/149	जागो फिर एक बार
नयन-नीरज- *'बिखरी छूटीं शफरी-अलकें निष्पात नयन-नीरज पलकें'*	: कमल की तरह आँखें	**नि.र.-1**/302	तुलसीदास
नयन-पथ- *'नयन-पथ से स्वप्न में मिल, प्यास में घुल साध में खिल'*	: आँखों के रास्ते, दृष्टि-पथ से	**म.सा.-1**/353	अलि कहाँ सन्देश भेजूँ!/दीप-शिखा
नयन-मनोरम- *'घूमते समोद थे नयन-मनोरम तुम!'*	: जो आँखों को सुंदर लगे अर्थात् राम	**नि.र.-1**/51	पंचवटी प्रसंग:1
नयन-महोत्सव- *'वह नयन-महोत्सव की प्रतीक अम्लान नलिन की नव-माला'*	: आँखों को सौन्दर्य दिखाने का मानो उत्सव मनाया जा रहा हो	**प्र.ग्रं.-2**/178	इड़ा/कामायनी
नयन मुकुलित- *'नयन मुकुलित, नत मुख जलजात'*	: कलियों की तरह के अधखुले नेत्र	**पं.ग्रं.-1**/377	द्वितीय दृश्य/परी
नयन वह्नि- *'ऐ त्रिनयन की नयन वह्नि के'*	: तीसरी आँख से निकली ज्वाला	**पं.ग्रं.-1**/195	अनंग/पल्लव
नयन श्रवणमय- *'नयन श्रवणमय श्रवण नयनमय आज हो रहे कैसी उलझन!'*	: आँखें मानो सुनने भी लगी हों	**म.सा.-1**/221	मुस्काता संकेत-भरा नभ/नीरजा
नयन-सलिल- *'नयन-सलिल के स्रोत अपार'*	: आँसू, करुणा, दया	**नि.र.-1**/117	यमुना के प्रति

शब्द-	काव्य-पंक्ति	: अर्थ	ग्रंथावली/पृ.सं.	स्रोत/संदर्भ
नयनसार-	*'रजनी से अंजन माँग सजनि दे मेरे अलसित नयनसार!'*	: आँखों में (काजल) लगा देना	**म.सा.**-1/257	जाने किस जीवन की सुधि ले/सांध्य गीत
नयनों का कल्याण-	*'हो नयनों का कल्याण बना आनन्द-सुमन-सा विकसा हो'*	: आँखों को धन्य-धन्य कर देनेवाला सौन्दर्य	**प्र.ग्रं.**-2/126	लज्जा/कामायनी
नयनों की नीलम की घाटी-	*'नयनों की नीलम की घाटी जिस रस घन से छा जाती हो'*	: आँखों की कजरारी लकीरें मानो नीलमणि पर्वत की घाटी का आभास दे रही हों	**प्र.ग्रं.**-2/126	लज्जा/कामायनी
नयनों के डोरे लाल-	*'नयनों के डोरे लाल गुलाल-भरे, खेली होली!'*	: आँखों में प्रेम के लाल डोरे हैं	**नि.र.**-1/226	नयनों के डोरे लाल गुलाल-भरे
नयनों के बाल-	*'प्रथम भी ये नयनों के बाल'*	: आँखों का बचपना	**पं.ग्रं.**-1/183	आँसू/पल्लव
नयनोन्मादवश-	*'विवश नयनोन्मादवश हँसकर तकी'*	: नयन के उन्माद के वश में; आँखों में जो प्रेम का नशा छाया है, उसके नशे में	**नि.र.**-1/155	शेष
नयनोन्मीलन-	*'तुम्हारा ही नयनोन्मीलन'*	: आँखों का खुलना, पलकों का उठना-गिरना	**पं.ग्रं.**-1/225	परिवर्तन/पल्लव
नर-तरु-	*'भुजलता फँसा कर नर-तरु से झूले-सी झोंके खाती हूँ'*	: पुरुष-रूपी वृक्ष	**प्र.ग्रं.**-2/130	लज्जा/कामायनी
नर-पशु-	*'तब तुम प्रजा बनो मत रानी' नर-पशु कर हुंकार उठा'*	: पशु के समान विवेकहीन और उच्छृंखल	**प्र.ग्रं.**-2/192	स्वप्न/कामायनी
नर-मुंड-मालिनी-	*'उपल-खण्ड नर-मुण्ड-मालिनी कहते उसे कालिका'*	: नर-मुंडों की माला पहनी स्त्री, देवी काली	**नि.र.**-1/84	धारा
नर-रुधिर-पान-	*'सरस-ज्ञान अनवरोध/करता नर-रुधिर-पान!'*	: मनुष्यों का खून पीता	**नि.र.**-1/267	फूटो फिर
नरेंद्र-	*'बैठे उस पर,/नरेन्द्र-वन्दित ज्यों देवेश्वर'*	: राजा	**नि.र.**-1/339	सम्राट् अष्टम एडवर्ड के प्रति
नरेंद्र-वंदित-	*'बैठे उस पर,/नरेन्द्र-वन्दित ज्यों देवेश्वर'*	: राजाओं द्वारा पूजित	**नि.र.**-1/339	सम्राट् अष्टम एडवर्ड के प्रति
नर्तन में निरत-	*'नर्तन में निरत, प्रकृति गल कर, उस कांति सिंधु में घुल-मिलकर'*	: नृत्य में लीन	**प्र.ग्रं.**-2/247	दर्शन/कामायनी
नर्तित-	*'उन्मुक्त-गुच्छ चक्रांक-पुच्छ, लख नर्तित कवि-शिखि-मन समुच्च'*	: नाचना	**नि.र.**-1/302	तुलसीदास
नर्तित नटेश-	*'देखा मनु ने नर्तित नटेश, हत चेत पुकार उठे विशेष'*	: तांडव-नृत्य करते हुए नटराज शिव	**प्र.ग्रं.**-2/247	दर्शन/कामायनी
नर्त्तित-	*'नर्त्तित पद-चिह्न बना जाती'*	: नृत्य में रत, नाचता हुआ-सा	**प्र.ग्रं.**-1/290	उठ उठ री लघु.../लहर
नल-	*'मूर्च्छित-सुग्रीवाङ्गद-भीषण-गवाक्ष-गय-नल,'*	: वानर सेना का एक पात्र	**नि.र.**-1/329	राम की शक्ति-पूजा
नल-सा-	*'अलि! नल-सा निष्ठुर कोई!'*	: महाभारत में नल-दमयंती की कहानी है । नल ने दमयंती को त्याग दिया था	**पं.ग्रं.**-1/204	छाया/पल्लव
नलिन-	*'नीरव-मुरली, कलरव चुप/अलिकुल थे बन्द नलिन में'*	: कमल का फूल	**प्र.ग्रं.**-2/16	आँसू
नलिनी बन-	*'नलिनी बन, की करुण पुकार'*	: कमलिनी का समूह	**पं.ग्रं.**-1/112	तेरा अद्भुत है व्यापार!/वीणा

शब्द-	काव्य-पंक्ति	: अर्थ	ग्रंथावली/पृ.सं.	स्रोत/संदर्भ
नव-	*'जिसके नव गैरिक अंचल की प्राची में भरी ललाई थी'*	: नया	**प्र.ग्रं.**-1/296	जगती की मंगलमयी उषा बन/लहर
◆	*'नव वन, नव जन, नव तन, नव मन'*	: नया, नूतन, जो हर बार नया लगे	**नि.र.**-1/65	जलद के प्रति
◆	*'नव घन! न्याय निराला है'*	: नया, नूतन, जो हर बार नया लगे	**नि.र.**-1/66	जलद के प्रति
◆	*'वह नव वसन्त की किसलय-कोमल लता'*	: ताजा	**नि.र.**-1/95	बहू
◆	*'आनन्द-पुलकित लोटता नव चूम कोमल चरणतल'*	: नया, जो नयेपन (सुंदरता) की अनुभूति कराए	**नि.र.**-1/95	वीणावादिनी
◆	*'ताल-मात्राएँ दिखाती भंग, नव गति, रंग भी'*	: मौलिक	**नि.र.**-1/95	वीणावादिनी
◆	*'नवल प्राण नव गान गगन में/फूटें नवल वृन्त पर फूल'*	: नया, सुंदर	**नि.र.**-1/191	वसन्त-समीर
◆	*'रूप की सजल प्रभा में आज तुम्हारी नग्न कान्ति, नव लाज'*	: नया, अछूता	**नि.र.**-1/204	भ्रमर-गीत
◆	*'नव गति, नव लय, ताल-छन्द नव'*	: नया, मौलिक	**नि.र.**-1/225	वर दे वीणावादिनि वरदे!
नव-अतीत-	*'नव-अतीत के तुषार-कण में'*	: नया और पुराना, वर्तमान और विगत	**प्र.ग्रं.**-4/93	तृतीय अंक/स्कन्दगुप्त
नव-अपांग-शर-हत-	*'नव-अपांग-शर-हत व्याकुल-उर आतुर वारिद वारि-धार स्फुर'*	: नये कटाक्ष के तीरों की मार खाया हुआ	**नि.र.**-1/256	बादल में आये जीवन-धन
नव-अरुण-संग-	*'तुम भी निज तरुण-तरंग खोल नव-अरुण-संग हो लो'*	: सुबह के लाल सूर्य के साथ	**नि.र.**-1/196	प्रभाती
नव उत्पल-	*'मेरे दृग के तारक में नव उत्पल का उन्मीलन रे!'*	: नए ताजे कमल की तरह आकर्षक आँखें	**म.सा.**-1/234	क्या पूजन क्या अर्चन रे?/नीरजा
नव उषा-	*'प्राची में नव उषा तमस को जीत रही है'*	: नयी उषा	**प्र.ग्रं.**-2/204	संघर्ष/कामायनी
नव एकांत-	*'देखा मनु ने वह अतिरंजित विजन विश्व का नव एकांत'*	: प्रलय के बाद मनु को निर्जन एकांत दिखाई पड़ा जो उन्हें नया-सा महसूस हुआ	**प्र.ग्रं.**-2/68	आशा/कामायनी
नव-कलना-	*'धूमिल रेखाओं से सजीव चंचल चित्रों की नव-कलना'*	: नयी कलात्मक रचना	**प्र.ग्रं.**-2/173	इड़ा/कामायनी
नव कुमार-	*'गीलीकेसर-मद झूम झूम पीते तितली के नव कुमार'*	: किशोरवय के (तितली के बच्चे)	**म.सा.**-1/103	चुभते ही तेरा अरुण बान!/रश्मि
नव गहनों-	*'तथा काँस के नव गहनों से'*	: (काँस के फूल आदि से बने) नये गहने, ये गहने नये ही हो सकते हैं	**पं.ग्रं.**-1/91	उस सीधे जीवन का श्रम/वीणा
नव गैरिक अंचल-	*'जिसके नव गैरिक अंचल की प्राची में भरी ललाई थी'*	: नया गेरुआ (रंग) आँचल	**प्र.ग्रं.**-1/296	जगती की मंगलमयी उषा बन/लहर
नव घन-	*'नव घन आज बनो पलकों में!'*	: नए बादल या नई उम्मीद	**म.सा.**-1/298	नव घन आज बनो पलकों में!/सांध्य गीत
नवचंद्र-	*'घटा से निकले बस नवचंद्र'*	: नया चाँद	**प्र.ग्रं.**-1/260	सुधासिंचन/झरना
नव छंद-	*'पशु हो कि पाषाण सब में नृत्य का नव छंद'*	: नयी लय	**प्र.ग्रं.**-2/114	वासना/कामायनी
नवछबि-	*'नवछबि पाने हो जाती मिट/तुझमें एकाकार'*	: नयी शोभा, नया रूपाकार	**म.सा.**-1/150	विश्व-जीवन के उपसंहार!/रश्मि

शब्द-	काव्य-पंक्ति	: अर्थ	ग्रंथावली/पृ.सं.	स्रोत/संदर्भ
नव-जलद-	*'नदी तट के क्षितिज में नव-जलद, सायंकाल'*	: नया(कांतिमय) बादल	**प्र.ग्रं.**-2/111	वासना/कामायनी
नव-जलधर-	*'सुरधनु रंजित नव-जलधर से—'*	: नये बादल	**प्र.ग्रं.**-1/312	वे कुछ दिन कितने सुन्दर थे/लहर
नवजात-	*'अहे निरुपम, नवजात'*	: जिसका जन्म कम ही समय पहले हुआ हो	**पं.ग्रं.**-1/207	शिशु/पल्लव
नवजीवन-	*'जाती नवजीवन बरसा जो करुण घटा कण-कण में'*	: नया जीवन, नया प्रारंभ	**म.सा.**-1/120	नव मेघों को रोता था/रश्मि
नव ज्वलन-धूम-सा-	*'तू घूम रहा अभिलाषा के नव ज्वलन-धूम-सा दुर्निवार'*	: सद्य:प्रज्वलित अग्नि के धुएँ की तरह	**प्र.ग्रं.**-2/173	इड़ा/कामायनी
नव तमाल-	*'नव तमाल श्यामल नीरद माला भली'*	: नया तमाल वृक्ष, यमुना के किनारे ब्रज में पाया जानेवाला एक वृक्ष जो गहरे हरे रंग (श्याम) का होता है	**प्र.ग्रं.**-1/228	पावस प्रवास/झरना
नव तुषार-	*'छायापथ में नव तुषार का सघन मिलन होता जितना'*	: बढ़ता हुआ कुहरा या कुहासा	**प्र.ग्रं.**-2/55	चिंता/कामायनी
नव दिक्-प्रसार-	*'यह गुहा, गर्त्त प्राचीन, रुद्ध नव दिक्-प्रसार, वह किरण शुद्ध'*	: दिशाओं का नया फैलाव	**नि.र.**-1/251	मैं रहूँगा न
नव-निधि-	*'सब कुछ देकर नव-निधि अपनी तुमसे ही तो वह छली गयी'*	: (श्रद्धा की) अमूल्य भावनाएँ, कुबेर की नवनिधि— पद्म, महापद्म, शंख, मकर, कच्छप, मुकुंद, कुंद, नील, खर्ब	**प्र.ग्रं.**-2/177	इड़ा/कामायनी
नवनिधियाँ-	*'चरणों पर नवनिधियाँ खेलीं पर तूने हँस पहनी सेली'*	: नौ निधियाँ, अमूल्य चीजें	**म.सा.**-1/197	जग ओ मुरली की मतवाली!/नीरजा
नवनिधियोंमय-	*'नवनिधियोंमय जीवन सूना तेरी सुधि बिन क्षण क्षण सूना'*	: नौ प्रकार की निधियों से भरा हुआ	**म.सा.**-1/208	तेरी सुधि बिन क्षण क्षण सूना/नीरजा
नवनीत-	*'अश्रु हैं नयनों का श्रृंगार/जहाँ ज्वाला बनती नवनीत'*	: मक्खन	**म.सा.**-1/87	गिरा जब हो जाती है मौन/नीहार
नवनीत-चरण-	*'रघुनायक आगे अवनी पर नवीनत-चरण'*	: मक्खन की तरह कोमल चरण	**नि.र.**-1/330	राम की शक्ति-पूजा
नवनीत हृदय-	*'जल उठा स्नेह,दीपक-सा नवनीत हृदय था मेरा'*	: मक्खन की तरह कोमल हृदय	**प्र.ग्रं.**-2/16	आँसू
नव पराग-सी-	*'रजत कुसुम के नव पराग-सी उड़ा न दे तू इतनी धूल;'*	: चाँदनी को चाँद-रूपी फूल के पराग-कण के रूप में यहाँ देखा गया है	**प्र.ग्रं.**-2/79	आशा/कामायनी
नव-प्रेम-प्रकम्पित-	*'भरो पुलक नव-प्रेम-प्रकम्पित कामिनियों के नव तन में'*	: नए प्रेम का रोमांच	**नि.र.**-1/191	वसन्त-समीर
नवमधुमय स्मिति-लतिका-प्रवाल-	*'उसके अधरों में फैलेगा नवमधुमय स्मिति-लतिका-प्रवाल'*	: (बच्चे की) नयी और मधुर मुस्कान लता पर निकले किसलय की तरह होगी	**प्र.ग्रं.**-2/167	ईर्ष्या/कामायनी
नव मानवता-	*'मनु! क्या यही तुम्हारी होगी उज्ज्वल नव मानवता?'*	: नूतन मानव संस्कृति	**प्र.ग्रं.**-2/149	कर्म/कामायनी
नव-माला-	*'वह नयन-महोत्सव की प्रतीक अम्लान नलिन की नव-माला'*	: कमल के ताजे फूलों से बनी माला	**प्र.ग्रं.**-2/178	इड़ा/कामायनी

शब्द-	काव्य-पंक्ति	: अर्थ	ग्रंथावली/पृ.सं.	स्रोत/संदर्भ
नव मुकुल-	*'नव मुकुल नीलमणि फलक अमल'*	: नयी कलियाँ	**प्र.ग्रं.-1**/326	ओ री मानस की गहराई/लहर
नव युग-अभिनायक-	*'नव युग-अभिनायक, उद्भासी'*	: नये युग के श्रेष्ठ नायक (की तरह हैं देवता)	**पं.ग्रं.-1**/313	तीन/ज्योत्स्ना
नव युग-प्रात-	*'दृगों में नव युग-प्रात'*	: नए युग को प्रकट करनेवाली सुबह	**पं.ग्रं.-1**/340	चार/ज्योत्स्ना
नवयौवना-	*'भीरु पीनोरु नतनयना नवयौवना पर'*	: नवयुवती, मुग्धा	**नि.र.-1**/163	महाराज शिवाजी का पत्र
नवरंगोंमय-	*'सस्मित पुलकित नित परिमलमय, इंद्रधनुष सा नवरंगोंमय'*	: नए रंगों से युक्त	**म.सा.-1**/223	झरते नित लोचन मेरे हों!/नीरजा
नवरत्न-	*'मिला अब कौन-सा नवरत्न जो पहले न था तुझमें'*	: नया रत्न, नयी अनमोल वस्तु या भावना	**प्र.ग्रं.-4**/129	पंचम अंक/स्कन्दगुप्त
नव रस-	*'व्यथित विश्व के सात्विक शीतल बिंदु, भरे नव रस सारा'*	: नया आनन्द, काव्यशास्त्र में वर्णित नौ रस— शृंगार, हास्य, करुण, रौद्र, वीर, वीभत्स, भयानक, अद्भुत्, शांत	**प्र.ग्रं.-2**/78	आशा/कामायनी
	◆ *'नव रस भरी अराएँ अविरल चक्रवाल को चकित चूमतीं'*	: भावों के नौ रस, आनन्द के विभिन्न पक्ष	**प्र.ग्रं.-2**/256	रहस्य/कामायनी
नव-रस-धार-	*'सदा ही बहती नव-रस-धार - वहीं जाना, इस जग के पार'*	: नए रस की धारा	**नि.र.-1**/200	गीत 'घ'
नव रहस्य के भार-	*'झुकी जातीं पलकें सुकुमार कौन से नव रहस्य के भार?'*	: प्रेम के नये रहस्य का भार आँखों में समा गया है	**म.सा.-1**/162	सजनि तेरे दृग बाल!/रश्मि
नव-रूप-विभा-	*'हे अरूप, नव-रूप-विभा के चिर स्वरूप पाके जाओ!'*	: नए रूप के प्रकाश	**नि.र.-1**/213	मेरे प्राणों में आओ!
नवल-	*'खोलो नवल प्रात मुख ढक-ढक अलख-बादलों से, क्षण में'*	: नया, सुंदर, सुहावना	**नि.र.-1**/191	वसन्त-समीर
नवल चंद्रिका-	*'उस नवल चंद्रिका के बिछले जो मानस की लहरों पर से'*	: नवोदित चाँदनी	**प्र.ग्रं.-2**/127	लज्जा/कामायनी
नवल चित्र-सी-	*'उस रम्य फलक पर नवल चित्र-सी प्रकट हुई सुन्दर बाला'*	: नये सुन्दर चित्र की तरह, चित्रलिखित की तरह सुन्दर	**प्र.ग्रं.-2**/178	इड़ा/कामायनी
नवल प्रवाल-	*'अभी तो हैं ये नवल प्रवाल'*	: नव पल्लव, नया कोमल पत्ता, समुद्री मूँगा की तरह लाल	**पं.ग्रं.-1**/177	पल्लव/पल्लव
नवल रस-	*'मधु मुकुल नवल रस गागरी'*	: नये पराग से बना पुष्परस	**प्र.ग्रं.-1**/303	बीती विभावरी जाग री/लहर
नवल राग-	*'शून्य हृदय को नवल राग रंजित किया'*	: नया संगीत, नया स्वर, नयापन	**प्र.ग्रं.-1**/224	प्रथम प्रभात/झरना
नवल वसन-	*'कटि में लिपटा था नवल वसन वैसा ही हल्का बुना नील'*	: आकर्षक परिधान	**प्र.ग्रं.-2**/160	ईर्ष्या/कामायनी
नवल-वयसिके-	*'प्रथम मधु-संचय, नवल-वयसिके, नव सम्मान'*	: नई उम्रवाली	**नि.र.-1**/233	रहा तेरा ध्यान
नवल-सर्ग-	*'उस नवल-सर्ग के कानन में मृदु मलयानिल से फूल चले'*	: नयी सृष्टि	**प्र.ग्रं.-2**/105	काम/कामायनी

शब्द- काव्य-पंक्ति	: अर्थ	ग्रंथावली/पृ.सं.	स्रोत/संदर्भ
नवला- *'नवला का आश्रय आलिंगन'*	: नवयौवना	**पं.ग्रं.-1**/352	चार/ज्योत्स्ना
नव-वय-लतिका- *'किसलय-वसना नव-वय-लतिका मिली मधुर प्रिय-उर तरु-पतिका'*	: नयी उम्र की लता, नयी नाजुक लता	**नि.र.-1**/253	सखि, वसन्त आया
नव विधान- *'अपने निर्मित नव विधान से स्वयं दंड साकार बना'*	: (सारस्वत नगर के) नये नियम-कानून	**प्र.ग्रं.-2**/216	निर्वेद/कामायनी
नव श्रृंगार- *'तुम्हारा कर नित नव श्रृंगार'*	: नित-नूतन सौन्दर्यबोध कल्पित कर	**पं.ग्रं.-1**/188	आँसू/पल्लव
नव श्रम कन- *'बन कर संसृति के नव श्रम कन'*	: किसी नये काम के लिये हुये परिश्रम से उत्पन्न पसीने की बूँदें	**प्र.ग्रं.-1**/326	ओ री मानस की गहराई/लहर
नव-श्री-सुख-शोभा- *'देखा, नव-श्री-सुख-शोभा से लहराता जग विविध प्रकार'*	: नयी शोभा (श्री), समृद्धि और सुख की शोभा	**नि.र.-1**/193	वसन्त-समीर
नव-स्वप्नाकुल- *'उसी का नील-शयन यौवन लखा जग ने नव-स्वप्नाकुल'*	: नए सपनों से उत्साहित	**नि.र.-1**/272	विश्व के वारिद-जीवन में
नवोज- *'नवोज सरोज उरोज उभार'*	: नव+ऊज, नया और पूरा (कमल का फूल)	**पं.ग्रं.-1**/339	चार/ज्योत्स्ना
नवोढ़ा- *'नवोढ़ा की लज्जा सुकुमार'*	: लज्जा और भय से युक्त नवविवाहिता या नायिका	**पं.ग्रं.-1**/177	पल्लव/पल्लव
◆ *'नवोढ़ा बाल लहर'*	: लज्जा और भय से युक्त नवविवाहिता या प्रेमिका	**पं.ग्रं.-1**/185	आँसू/पल्लव
नवोत्कर्ष- *'भरा हर्ष वन के मन,/नवोत्कर्ष छाया'*	: नवीन उन्नति	**नि.र.-1**/253	सखि, वसन्त आया
नवोर्मियों- *'तू तूर्ण और हो पूर्ण सफल नव-नवोर्मियों के पार उतर'*	: नयी लहरें	**नि.र.-1**/263	जीवन की तरी खोल दे रे
नव्य- *'आये अभ्यन्तर संयत चरणों में नव्य विराट'*	: नया	**नि.र.-1**/104	उद्‌बोधन
नव्य विधान- *'आदि में छिप आता अवसान अंत में बनता नव्य विधान'*	: नये नियम, नयी संहिता	**म.सा.-1**/106	शून्यता में निद्रा की बन/रश्मि
नश्वर-छाया-सी- *'कर्त्तृत्व सकल बनकर आवे नश्वर-छाया-सी ललित-कला'*	: नश्वरता के प्रतीक की तरह (ललित कला)	**प्र.ग्रं.-2**/177	इड़ा/कामायनी
नश्वर-परिणामी- *'दृश्य सकल नश्वर-परिणामी, किसको दु:ख, किसको धन है'*	: जो अंतत: नष्ट होनेवाला हो	**प्र.ग्रं.-3**/265	प्रथम अंक/अजातशत्रु
नश्वर बीज- *'गल जाता लघु बीज असंख्यक नश्वर बीज बनाने को'*	: बीज स्वयं को न्योछावरकर पौधों को जन्म देता है ताकि असंख्य बीज बन सकें (नश्वरता में अमरता)	**म.सा.-1**/192	मेरे हँसते अधर नहीं जग—/नीरजा
'नहीं नहीं'- *'महाशून्य में ज्वाल सुनहली सब को कहती 'नहीं नहीं' सी'*	: निषेध (पार्थक्य का निषेध)	**प्र.ग्रं.-2**/263	रहस्य/कामायनी
नाँघ- *'नाँघ क्षितिज की अंतिम दहली, भेंट ज्वाल की वेला पहली'*	: लाँघकर, पारकर	**म.सा.-1**/325	कहाँ से आए काले बादल?/दीप-शिखा
नाग-केसरों- *'नाग-केसरों की क्यारी में अन्य सुमन भी थे बहुरंग'*	: एक सदाबहार वृक्ष जिसके फूल के केसर नाग की तरह होते हैं	**प्र.ग्रं.-2**/191	स्वप्न/कामायनी
नागरियों- *'व्रज-नागरियों के गागर?'*	: स्त्रियाँ	**नि.र.-1**/124	यमुना के प्रति

शब्द-	काव्य-पंक्ति	: अर्थ	ग्रंथावली/पृ.सं.	स्रोत/संदर्भ
नागरी-	*'तारा-घट ऊषा नागरी'*	: स्त्री	**प्र.ग्रं.**-1/303	बीती विभावरी जाग री/लहर
नाट्य-सूत्राधार-	*'यवनिका नव खोल देगा नाट्य-सूत्राधार'*	: नाटक का सूत्र पकड़नेवाला	**नि.र.**-1/228	खोलो दृगों के द्वय द्वार
नाद-वेद-	*'तुम नाद-वेद ओंकार-सार'*	: वेदध्वनि, वेद की ऋचाओं के पाठ से उत्पन्न ध्वनि	**नि.र.**-1/50	तुम और मैं
नादित-	*'नित्य नादित रखता सोल्लास'*	: गुंजित, नाद से भरा हुआ	**पं.ग्रं.**-1/267	विहग के प्रति/गुंजन
नानृतं जयति सत्यं-	*'नानृतं जयति सत्यं, मा भैः, जय ज्ञान ज्योति, तुमको प्रणाम'*	: असत्य की नहीं सत्य की जीत होती है	**पं.ग्रं.**-2/26	बापू के प्रति/युगपथ
नाम-नाल-	*'नाम-नाल पर विपुल रूप-दल'*	: प्रत्येक वृन्त (नाल) पर खिले फूल का एक नाम है। नाम और रूप का सम्बन्ध	**पं.ग्रं.**-1/352	चार/ज्योत्स्ना
नाम-शोभन-	*'वह रत्नावली, नाम-शोभन पति-रति में प्रतनु, अतः लोभन'*	: सुंदर नामवाली	**नि.र.**-1/295	तुलसीदास
नामों-	*'नामों में बाँधे सब सपने,/रूपों में भर स्पंदन अपने'*	: सपनों ने मानो रूप धरकर अपने नाम प्राप्त कर लिए	**म.सा.**-1/325	कहाँ से आए काले बादल?/दीप-शिखा
नाराच-	*'छूट चले नाराच धनुष से तीक्ष्ण नुकीले'*	: लोहे के बाण	**प्र.ग्रं.**-2/207	संघर्ष/कामायनी
	◆ *'धूमकेतु-सा चला रुद्र-नाराच भयंकर'*	: लोहे के बाण	**प्र.ग्रं.**-2/209	संघर्ष/कामायनी
नारीत्व का जो मूल-	*'और वह नारीत्व का जो मूल मधु अनुभाव'*	: नारी होने का मूल भाव, स्त्री होने का मूल अहसास (शृंगारिक अर्थ में)	**प्र.ग्रं.**-2/119	वासना/कामायनी
नाल-	*'गड़ी है बिना बाल की नाल'*	: नाभिनाल, बच्चे की नाभि की नली	**पं.ग्रं.**-1/227	परिवर्तन/पल्लव
	◆ *'जिसमें न नाल, दल कुड्मल'*	: डंठल	**पं.ग्रं.**-1/269	चाँदनी/गुंजन
नाल-सा-	*'सरल नाल-सा सीधा जीवन'*	: सीधी नली, धान का पौधा सीधी नली के डंठल से बना होता है	**पं.ग्रं.**-1/91	उस सीधे जीवन का श्रम/वीणा
नालों-	*'अपने नालों पर, वह सरसी श्रद्धा थी, न मधुप आये'*	: कमल की डंडी (रूपी श्रद्धा की देहयष्टि)	**प्र.ग्रं.**-2/185	स्वप्न/कामायनी
	◆ *'जग के गौरव के सहस्र-दल दुर्बल नालों ही पर प्रतिपल'*	: कमल नाल, कमल की डंठल जिसके छोर पर कमल खिलता है	**नि.र.**-1/212	छोड़ दो, जीवन यों न मलो
नाव पर झेल-	*'बचाकर बीज-रूप से सृष्टि, नाव पर झेल प्रलय का शीत'*	: जलमग्न धरती पर सब विपदाओं को नाव पर रहकर झेला गया	**प्र.ग्रं.**-4/138	पंचम अंक/स्कन्दगुप्त
नाविक-	*'मेरे नाविक! धीरे धीरे'*	: नियति, प्रारब्ध, भाग्य	**प्र.ग्रं.**-1/298	ले चल वहाँ भुलावा देकर/लहर
	◆ *'नाविक अतीत की उतराई!'*	: नियति, प्रारब्ध	**प्र.ग्रं.**-1/326	ओ री मानस की गहराई/लहर
	◆ *'नाविक! इस सूने तट पर/किन लहरों में खे आया'*	: नियति, प्रारब्ध	**प्र.ग्रं.**-2/20	आँसू
	◆ *'हँस खेल-खेल रे नाविक'*	: जीवन की कठिनाइयों के बीच जीता हुआ प्रत्येक मनुष्य	**पं.ग्रं.**-1/318	तीन/ज्योत्स्ना
	◆ *'फिर भी इस पार न आवे/जो मेरा नाविक निर्मम'*	: वह अज्ञात असीम प्रियतम	**म.सा.**-1/56	कितनी रातों की मैंने/नीहार
नाविक नादान-	*'लिए जाते तरणी किस ओर अरे मेरे नाविक नादान'*	: मेरी नियति मानो नादान (अपरिपक्व) नाविक की तरह है	**म.सा.**-1/61	घोर घन की अवगुण्ठन डाल/नीहार

शब्द- काव्य-पंक्ति	: अर्थ	ग्रंथावली/पृ.सं.	स्रोत/संदर्भ
नाश-पथ- *'पर तुझे है नाश-पथ पर चिह्न अपने छोड़ आना'*	: जिस मार्ग पर विनाश अपना तांडव मचाता जा रहा है	**म.सा.-1**/280	चिर सजग आँखें उनींदी.../सांध्य गीत
नाश में जीवित- *'नाश में जीवित किसी की साध सुंदर हूँ!'*	: नाश की तरफ बढ़ते हुए जीवंतता बनाए रखना	**म.सा.-1**/264	शलभ मैं शापमय वर हूँ!/सांध्य गीत
नाश-विश्लेषण- *'प्रत्येक नाश-विश्लेषण भी संश्लिष्ट हुए, बन सृष्टि रही;'*	: ध्वंस और अलगाव	**प्र.ग्रं.-2**/105	काम/कामायनी
नासा- *'नासा में हो वात'*	: नाक (साँस)	**पं.ग्रं.-1**/331	तीन/ज्योत्स्ना
नासिका नुकीली- *'नासिका नुकीली के पतले पुट फरक रहे कर स्मित अमोल'*	: (इड़ा की) नाक नुकीली थी (जो सौन्दर्यवर्द्धक थी)	**प्र.ग्रं.-2**/179	इड़ा/कामायनी
नास्ति- *'अस्ति-नास्ति का भेद, निरंकुश करते ये अणु तर्क-युक्ति से'*	: असत्, नहीं है, अविद्यमान (पारमार्थिक प्रश्नों के सन्दर्भ नें)	**प्र.ग्रं.-2**/260	रहस्य/कामायनी
नाहर- *'लगा खेलने खेल, अरे, नाहर था'*	: शेर	**प्र.ग्रं.-1**/272	अतिथि/झरना
नाहर नख- *'नाहर नख से हृदय लड़ाना, और कहूँ, क्या हाय?'*	: शेर के नाखून या पंजा	**प्र.ग्रं.-1**/279	बिंदु(1)/झरना
निःशब्द- *'शिशिर का जैसे निःशब्द अभिसार हो शिविर में विश्व के'*	: खामोशी से, चुपचाप	**नि.र.-1**/195	स्मृति-चुम्बन
निःशरण- *'स्तब्ध चरण मैं आज निःशरण'*	: आश्रयविहीन, निरावलंब	**नि.र.-1**/260	कब से मैं पथ देख रही
निःशस्त्र- *'नहीं तो कर दूँगा निःशस्त्र'*	: शस्त्रविहीन	**प्र.ग्रं.-1**/276	वेदने ठहरो/झरना
निःशूला- *'बह चली सुरभि की ज्यों उत्कल, निःशूला—'*	: निष्कंटक, निर्बाध	**नि.र.-1**/304	तुलसीदास
निःशेष- *'हृदय में क्या है नहीं अधीर, लालसा जीवन की निःशेष?'*	: बचा हुआ	**प्र.ग्रं.-2**/88	श्रद्धा/कामायनी
निःश्वसना- *'जीवन-समीर-शुचि-निःश्वसना, वरदात्री'*	: साँस छोड़ना	**नि.र.-1**/303	तुलसीदास
निःश्वास- *'परिरम्भ कुम्भ की मदिरा, निःश्वास मलय के झोंके,'*	: साँस	**प्र.ग्रं.-2**/14	आँसू
♦ *'चलते थे सुरभित अञ्चल से जीवन के मधुमय निःश्वास;'*	: निकलनेवाली साँस	**प्र.ग्रं.-2**/55	चिंता/कामायनी
निःश्वास-पवन- *'आँसू मरन्द का गिरना मिलना निःश्वास-पवन में'*	: साँसें मानो हवा की तरह गतिशील हैं	**प्र.ग्रं.-2**/5	आँसू
निःसंग- *'उपवन में मैं, छिन्न-हार/मुक्ता-सी निःसंग'*	: अकेला	**नि.र.-1**/325	प्रेयसी
निःसंग- *'नित्य नीरव, निःसंग, नवीन'*	: आसक्ति से मुक्त	**पं.ग्रं.-1**/371	द्वितीय दृश्य/परी
निःसलिला- *'निःसलिला, कंकाल'*	: जलविहीन, सूखी नदी	**पं.ग्रं.-1**/111	सखी! सूखी बिन्दाल/वीणा
निःसार- *'कौन रोएगा सुमन!/हमसे मनुज निःसार को?'*	: जो मूलतः सारहीन हो, नश्वर मनुष्य	**म.सा.-1**/60	था कली के रूप शैशव/नीहार
निःसीमता- *'नाप ली निःसीमता/मैंने दृगों के मापसे'*	: सीमाहीन, असीमता, अनंतता	**म.सा.-1**/216	कमलदल पर किरण अंकित/नीरजा
♦ *'आज है निःसीमता/लघु प्राण की अनुगामिनो सी!'*	: उस अनंत प्रिय की अनुभूति	**म.सा.-1**/263	विरह की घड़ियाँ हुई अलि.../सांध्य गीत
♦ *'सिंधु की निःसीमता पर लघु लहर का लास कैसा!'*	: अनंतता	**म.सा.-1**/278	फिर विकल हैं प्राण मेरे!/सांध्य गीत

शब्द-	काव्य-पंक्ति	: अर्थ	ग्रंथावली/पृ.सं.	स्रोत/संदर्भ
निःसुरभि-	*'निःसुरभि, हंत, हेमन्त-पद्म!'*	: गंधहीन	**नि.र.**-1/299	तुलसीदास
निःसृत-	*'निःसृत प्रकाश जो, तरुण क्षोम प्रिय तन पर'*	: निकलना, फैलना	**नि.र.**-1/292	तुलसीदास
निःस्व-	*'निःस्व होंगे प्राण मेरा शून्य उर होगा सवेरे'*	: अस्तित्वविहीन	**म.सा.**-1/381	शेषयामा यामिनी मेरा/दीप-शिखा
निःस्व त्याग-	*'तुम धन्य! तुम्हारा निःस्व त्याग हो विश्व भोग का वर साधन'*	: अपने को धनहीन कर देने की सीमा तक त्याग करना	**पं.ग्रं.**-2/24	बापू के प्रति/युगपथ
निःस्वन-	*'मिला हृदय-निःस्वन अलि-गुञ्जन'*	: स्वरविहीन, मौन	**नि.र.**-1/259	अपने सुख-स्वप्न से खिला
♦	*'पृथ्वी के अधरों पर निःस्वन'*	: चुपचाप	**नि.र.**-1/283	तुलसीदास
निःस्वन राग-	*'साँझ का निःस्वन राग'*	: निःशब्द गान, मौनभाव की लयबद्धता	**पं.ग्रं.**-1/177	पल्लव/पल्लव
निकर-	*'बनकर तारा निकर मनोहर उदय हुआ वह उसी नियम से'*	: समूह	**प्र.ग्रं.**-1/241	बिखरा हुआ प्रेम/झरना
♦	*'करता मैं योजित बार-बार शर-निकर निशित'*	: समूह	**नि.र.**-1/334	राम की शक्ति-पूजा
निकष-	*'प्रलयोल्का-खंड के निकष पर कस कर'*	: कसौटी	**प्र.ग्रं.**-1/338	पेशोला की प्रतिध्वनि/लहर
♦	*'नवल हेम-लेखा सी मेरे हृदय-निकष पर खिंची भला'*	: कसौटी (काले रंग की होती है)	**प्र.ग्रं.**-2/224	निर्वेद/कामायनी
♦	*'मलिन पट में मनोहर है निकष पर हेम-रेखा-सी'*	: कसौटी, एक काला पत्थर जिस पर रगड़कर सोने की शुद्धता की जाँच करते हैं	**प्र.ग्रं.**-3/181	प्रथम अंक/विशाख
निकाम-	*'नभ में उसके रत्न निकाम'*	: विपुल मात्रा में, खजाना	**पं.ग्रं.**-1/215	बादल/पल्लव
निकुंज-	*'विरह डालियों के निकुंज सब ले दुख के निःश्वास रहे'*	: लता-गुल्मों से घिरा सुरम्य स्थान	**प्र.ग्रं.**-2/186	स्वप्न/कामायनी
♦	*'नवल मधुऋतु निकुंज में प्रात'*	: पौधों-लताओं से घिरी सुंदर जगह	**पं.ग्रं.**-1/250	भावी पत्नी के प्रति/गुंजन
♦	*'नील नभ के निकुंज में लीन'*	: सुंदर लता-गुल्मों से युक्त मनोरम स्थल की तरह है (नीला आकाश)	**पं.ग्रं.**-1/371	द्वितीय दृश्य/परी
निकुंज गह्वर-	*'देवदारु निकुञ्ज गह्वर सब सुधा में स्नात'*	: लताओं के कुंज और घने जंगल	**प्र.ग्रं.**-2/116	वासना/कामायनी
निकुरंब-	*'सुखी सो रहे थे इतने दिन, कैसे हे नीरद निकुरम्ब'*	: समूह	**प्र.ग्रं.**-3/319	तृतीय अंक/अजातशत्रु
निक्षेपों-	*'पद के निक्षेपों से रज में—'*	: संचालन, चलने से	**म.सा.**-1/304	सखि मैं हूँ अमर सुहाग भरी!/सांध्य गीत
निखिल-	*'निखिल कल्पनामयि अयि अप्सरि!'*	: पूरी तरह से	**पं.ग्रं.**-1/270	अप्सरा/गुंजन
निखिल छवि की छवि-	*'निखिल छवि की छवि! तुम छवि-हीन'*	: प्रकृति की प्रत्येक शोभा को शोभा प्रदान का आधार (वायु है)	**पं.ग्रं.**-1/371	द्वितीय दृश्य/परी
निखिल शस्य-	*'निखिल शस्य पुष्प-निकर'*	: धरती की संपूर्ण फसल	**पं.ग्रं.**-1/315	तीन/ज्योत्स्ना
निज अलकों के अंधकार में-	*'निज अलकों के अन्धकार में तुम कैसे छिप आओगे ?'*	: अपनी घनी केश-राशि की छाया में (मानो तुम स्वयं को छिपाना चाहते हो)	**प्र.ग्रं.**-1/291	निज अलकों के.../लहर
निज अस्तित्व-	*'निज अस्तित्व बना रखने में जीवन आज हुआ था व्यस्त'*	: अपना वजूद, आत्मसत्ता	**प्र.ग्रं.**-2/75	आशा/कामायनी

शब्द-	काव्य-पंक्ति	: अर्थ	ग्रंथावली/पृ.सं.	स्रोत/संदर्भ
निज उद्‌गम-	*'निज उद्‌गम का मुख बंद किये कब तक सोएँगे अलस प्राण'*	: अपने आगे बढ़ने का क्रम	**प्र.ग्रं.-2**/158	ईर्ष्या/कामायनी
निज कृत्रिम स्वरूप-	*'अपने को आवृत किये रहो दिखलाओ निज कृत्रिम स्वरूप'*	: अपना नकली (उज्ज्वल) रूप	**प्र.ग्रं.-2**/177	इड़ा/कामायनी
निज घर निःसंशय-	*'जाना, भिन्न भी देह, निज घर निःसंशय'*	: निःशंक होकर उसी सत्य के घर पहुँचना है	**नि.र.-1**/289	तुलसीदास
निज-निर्मित-पथ-	*'अद्‌भुत था! निज-निर्मित-पथ का वह पथिक चल रहा निर्विवाद'*	: (नदी) अपने द्वारा निर्मित रास्ते से (बह रही थी)	**प्र.ग्रं.-2**/178	इड़ा/कामायनी
निज पदचाप-	*'आज निज पदचाप की भेजो न झंझावात देखो!'*	: प्रिय के कदमों की आहट	**म.सा.-1**/274	आज मेरे नयन के तारक.../सांध्य गीत
निजपद निर्धार-	*'पैरों ही से लिपटा लिपटा कर लूँगा निजपद निर्धार'*	: अपनी उचित स्थिति का निर्धारण	**प्र.ग्रं.-1**/225	खोलो द्वार/झरना
निज महाकार-	*'नीचे जल में निज महाकार'*	: (पर्वत) अपने विशाल आकार को (पानी में देख रहा है)	**पं.ग्रं.-1**/180	उच्छ्वास/पल्लव
निज विकृत वक्र रेखाओं से-	*'निज विकृत वक्र रेखाओं से, प्राणी का भाग्य बनी अशान्त'*	: अपनी बिगड़ी हुई टेढ़ी-मेढ़ी रेखाओं से, दुर्भाग्य की कुटिल रेखाओं से	**प्र.ग्रं.-2**/173	इड़ा/कामायनी
निज-शक्ति-तरंगायित-	*'निज-शक्ति-तरंगायित था आनन्द-अम्बु-निधि शोभन'*	: (मानो परमेश्वर की)निजी पराशक्ति हिलोरें ले रही हो	**प्र.ग्रं.-2**/273	आनन्द/कामायनी
निज श्रम के उपहार-	*'आश्रय की भूखी जनता ने निज श्रम के उपहार दिये !'*	: (जनता ने) अपने परिश्रम से सहयोग दिया	**प्र.ग्रं.-2**/189	स्वप्न/कामायनी
निज सरोज-मुख पति-	*'केवल निज सरोज-मुख पति को ताकना'*	: कमल की तरह सुंदर मुखवाला उसका पति	**नि.र.-1**/96	बहू
निज सुहाग-	*'अनुरागिनी उषा लेती थी निज सुहाग मधुमाया में'*	: अपना सौभाग्य और सौन्दर्य	**प्र.ग्रं.-1**/292	मधुप गुनगुना कर कह जाता/लहर
निजस्व-	*'उत्तमता इनका निजस्व है अम्बुज वाले सर सा देखो'*	: अपने अधिकार की संपत्ति	**प्र.ग्रं.-2**/261	रहस्य/कामायनी
निठुर-	*'क्रन्दन चुम्बित निठुर निधन की— बनती वनमाला'*	: निष्ठुर, हृदयहीन	**प्र.ग्रं.-3**/521	एक घूँट(एकांकी)
♦	*'निठुर वह मेरी कहानी'*	: अत्यंत निर्मम, दया रहित	**म.सा.-1**/218	क्या नई मेरी कहानी!/नीरजा
निठुर उपहार-	*'कह न जीवन तू इसे प्रिय का निठुर उपहार रे कह!'*	: प्रेम की पीड़ा की स्मृति मानो उपहार है	**म.सा.-1**/229	प्राणपिक प्रिय-नाम रे कह!/नीरजा
निठुर दीपक-	*'शलभ जिसके प्राण में वह निठुर दीपक हूँ'*	: निष्ठुर प्रेमी— जैसा दीपक, दीपक अपने प्रेम करनेवाले फतिंगे को जला देता है।	**म.सा.-1**/177	बीन भी हूँ मैं तुम्हारी/नीरजा
नितंब-भार-	*'नितम्ब-भार— चरण सुकुमार'*	: स्त्री-सुंदरता का प्रतीक, कमर के नीचे का भारी-सुडौल हिस्सा	**नि.र.-1**/57	पंचवटी प्रसंग:3
नित-	*'करते हम नित वायु विहार'*	: नित्य, सदैव	**पं.ग्रं.-1**/214	बादल/पल्लव
नित वर्धित-	*'नित विकसित, नित वर्धित, अर्चित'*	: सदैव विकसित होनेवाले	**पं.ग्रं.-1**/313	तीन/ज्योत्स्ना
नितांत-	*'कितना बीहड़ पथ चला और पद रहा कही थक कर नितांत'*	: अत्यधिक	**प्र.ग्रं.-2**/172	इड़ा/कामायनी

शब्द-	काव्य-पंक्ति	: अर्थ	ग्रंथावली/पृ.सं.	स्रोत/संदर्भ
नित्य-	*'नित्य समरसता का अधिकार, उमड़ता कारण जलधि समान;'*	: शाश्वत, सदा रहनेवाला	**प्र.ग्रं.**-2/89	श्रद्धा/कामायनी
नित्य-किशोर-	*'आज भी है क्या नित्य-किशोर'*	: किशोरावस्था के भाव का बना रहना	**प्र.ग्रं.**-1/308	तुम्हारी आँखों का बचपन/लहर
नित्यता-	*'नित्यता विभाजित हो पल-पल में काल निरंतर चले ढला'*	: काल की सीमा का अतिक्रमण करने की शक्ति	**प्र.ग्रं.**-2/177	इड़ा/कामायनी
नित्य नीरव-	*'नित्य नीरव, नि:संग, नवीन'*	: अपने-आप में सदा से स्वरविहीन रही है वायु	**पं.ग्रं.**-1/371	द्वितीय दृश्य/परी
नित्य नूतनता का आनंद-	*'नित्य नूतनता का आनन्द किये है परिवर्तन में टेक'*	: निरन्तर नवीनता का आह्लाद	**प्र.ग्रं.**-2/90	श्रद्धा/कामायनी
नित्य-विरुद्ध-	*'संघर्ष सदा उर-अंतर में जीवित रह नित्य-विरुद्ध रहा'*	: सदैव प्रतिकूल रहा	**प्र.ग्रं.**-2/130	लज्जा/कामायनी
नित्य विलासी-	*'चिर किशोर-वय, नित्य विलासी, सुरभित जिससे रहा दिगंत;'*	: आमोद-प्रमोद में डूबे रहना	**प्र.ग्रं.**-2/56	चिंता/कामायनी
निदय-	*'निदय हृदय में हूक उठी क्या'*	: दयाविहीन, निष्ठुर	**प्र.ग्रं.**-1/325	निर्दय तूने ठुकराया तब/लहर
निदाघ मरु-	*'इस निदाघ मरु में, सूखे से स्रोतों के तट जैसे जगते'*	: ग्रीष्म ऋतु का रेगिस्तान (एकदम सूखा-उचाट)	**प्र.ग्रं.**-2/261	रहस्य/कामायनी
निदाघ सा दाह-	*'झुलसाता निदाघ सा दाह नहीं'*	: गर्मी की तपन	**म.सा.**-1/130	इन आँखों ने देखी न राह कहीं/रश्मि
निदाघ से-	*'इस निदाघ से मानस में करुणा के स्रोत बहा जाता'*	: गर्मी के मौसम की तरह	**म.सा.**-1/108	रजतरश्मियों की छाया में.../रश्मि
निदाघों के दिन-	*'दृगों में सोते हैं अज्ञात निदाघों के दिन पावस-रात'*	: ग्रीष्म ऋतु, दु:ख का ताप, गर्मियों के दिन का ताप	**म.सा.**-1/115	तुहिन के पुलिनों पर छबिमान/रश्मि
निद्राकर्षण-	*'यदि आलस से विपथ नयन हों निद्राकर्षण से अति दीन'*	: नींद से बोझिल, नींद से आकर्षित	**नि.र.**-1/192	वसन्त-समीर
निद्रा के श्वासों-	*'बहती जिस नक्षत्र-लोक में निद्रा के श्वासों से वात'*	: नींद में चलती गहरी साँसें मानो उस प्रिय के लोक में वायु को वेग प्रदान करती हों	**म.सा.**-1/41	बहती जिस नक्षत्र लोक में/नीहार
निद्रा-पंखों-	*'मृदु रजत-रश्मियाँ देखूँ/उलझी निद्रा-पंखों में'*	: नींद में डूबी पलकें	**म.सा.**-1/134	कह दे माँ क्या अब देखूँ!/रश्मि
निद्रालस-	*'निद्रालस वंकिम विशाल नेत्र मूँदे रही'*	: नींद से अलसाया हुआ	**नि.र.**-1/41	जुही की कली
निद्रित-	*'क्लान्ति की सरल मूर्ति निद्रित'*	: नींद में	**नि.र.**-1/141	स्मृति
♦	*'उस निद्रित विस्मृति के संग'*	: सोयी हुई (विस्मृति)	**पं.ग्रं.**-1/197	स्वप्न/पल्लव
निधन-	*'क्रन्दन चुम्बित निठुर निधन की— बनती वनमाला'*	: धनहीन	**प्र.ग्रं.**-3/521	एक घूँट(एकांकी)
निधि क्षीर-	*'कहाँ जल बिन्दु, कहाँ निधि क्षीर'*	: क्षीर सागर, विराट् और मूल्यवान	**प्र.ग्रं.**-1/219	समर्पण/झरना
निधियाँ-	*'जीवन है उन्माद तभी से/निधियाँ प्राणों के छाले'*	: प्रेम के छाले मानो खजाने की तरह हैं	**म.सा.**-1/31	रजत करों की मृदुल तूलिका/नीहार

शब्द- काव्य-पंक्ति	: अर्थ	ग्रंथावली/पृ.सं.	स्रोत/संदर्भ
निधियोंमय- *'यह लो प्रिय! निधियोंमय जीवन जग की अक्षय स्मृतियों का धन'*	: निधियों (समृद्धियों) से युक्त	**म.सा.**-1/250	प्रिय मेरे गीले नयन बनेंगे आरती!/सांध्य गीत
निनाद- *'दिव्य अनाहत पर निनाद में श्रद्धायुत मनु बस तन्मय थे'*	: ध्वनि की आवृत्ति	**प्र.ग्रं.**-2/263	रहस्य/कामायनी
◆ *'शृंग और डमरू निनाद बस सकल विश्व में बिखर उठा सा'*	: अविराम ध्वनि	**प्र.ग्रं.**-2/263	रहस्य/कामायनी
निनादित- *'कितनी मधु-संगीत-निनादित—'*	: गुंजायमान	**प्र.ग्रं.**-1/311	कितने दिन जीवन-जलनिधि में/लहर
निपट अनभिज्ञा- *'निपट अनभिज्ञा अभी तुम हो बहिन'*	: नितांत सरल और निष्कपट स्वभाववाली, बहुत नादान	**पं.ग्रं.**-1/131	ग्रन्थि
निबल- *'अरे! प्रकृति के शक्ति-चिह्न ये फिर भी कितने निबल रहे!'*	: बलहीन(देवता)	**प्र.ग्रं.**-2/68	आशा/कामायनी
निबल कलिका- *'यही निबल कलिका लतिका का'*	: कोमल कली, बलहीन कली	**पं.ग्रं.**-1/93	निज अंचल में धर सादर/वीणा
निबाह की रीति- *'जो हुआ जल दीपकमय उससे, कभी पूछी निबाह की रीति नहीं'*	: प्रेम को निबाहने का तरीका	**म.सा.**-1/129	इन आँखों ने देखी न राह कहीं/रश्मि
निभृत- *'निभृत था, पर हम दोनों में वृत्तियाँ रह न सकीं फिर दान्त'*	: एकांत, गोपनीय स्थान	**प्र.ग्रं.**-1/266	झील में/झरना
निभृत अनंत- *'इसी निभृत अनंत में बसने लगा अब लोक'*	: एकांत आकाश	**प्र.ग्रं.**-2/115	वासना/कामायनी
निभृत गुफा- *'दो काठों की संधि बीच उस निभृत गुफा में अपने'*	: एकांत कंदरा (जिसमें श्रद्धा रहती थी)	**प्र.ग्रं.**-2/154	कर्म/कामायनी
निभृत निर्जन- *'दूर सुदूर निभृत निर्जन में'*	: अनजाना और सुनसान	**प्र.ग्रं.**-1/233	विषाद/झरना
निभृत-निवास- *'विश्व-हृत्-शतदल निभृत-निवास'*	: एकांत और गुप्त आवास	**पं.ग्रं.**-1/371	द्वितीय दृश्य/परी
निभृत प्रभात- *'शीतल निभृत प्रभात में बैठ हृदय के कुंज'*	: एकान्त और रहस्यमय सुबह	**प्र.ग्रं.**-3/188	प्रथम अंक/विशाख
निमिष- *'एक निमिष के लिए देख तन'*	: पल, क्षण	**नि.र.**-1/260	कब से मैं पथ देख रहा
◆ *'पलक में निमिष, पदों में चाप'*	: क्षण	**पं.ग्रं.**-2/24	सन्ध्या/युगपथ
◆ *'आज जीवन के निमिष भी दूत हैं अज्ञात से'*	: क्षण मानो संदेशवाहक हैं	**म.सा.**-1/200	मैं बनी मधुमास आली/नीरजा
◆ *'निमिष में होगा अरुण जग'*	: क्षण भर में	**म.सा.**-1/293	जाग जाग सुकेशिनी री!/सांध्य गीत
निमिष की गति- *'छिपे मानस में पवि नवनीत निमिष की गति निर्झर के गीत'*	: पल या क्षण की क्रमबद्ध गतिशीलता	**म.सा.**-1/115	तुहिन के पुलिनों पर छबिमान/रश्मि
निमिष-गुँथी- *'मिलन-विरह के निमिष-गुँथी साँसों की स्रज ले!'*	: (मिलन और विरह) के क्षणों में गुँथी हुई	**म.सा.**-1/327	यह सपने सुकुमार /दीप-शिखा
निमिष पल- *'नाच उठते निमिष पल मेरे चरण की चाप से'*	: क्षण के साथ उठती-गिरती पलकें	**म.सा.**-1/216	कमलदल पर किरण अंकित/नीरजा
निमिषों- *'मेरे निमिषों में भी नीरव हैं उसकी पदचाप'*	: पलकों के उठने-गिरने (से उत्पन्न ध्वनि)	**म.सा.**-1/189	मेरी निश्वासों से द्रुततर/नीरजा

शब्द-	काव्य-पंक्ति	: अर्थ	ग्रंथावली/पृ.सं.	स्रोत/संदर्भ
◆	*'निमिषों में संसार ढला है, ज्वाला में उर-फूल पला है'*	: पलों में, क्षणभंगुरता, नश्वरता	**म.सा.**-1/385	आँसू से धो आज इन्हीं/दीप-शिखा
निमीलित-	*'इन्हीं निमीलित ताराओं में कितनी शांति पिये हो'*	: मुँदी हुई (आँखें)	**प्र.ग्रं.**-2/143	कर्म/कामायनी
◆	*'मदिर नयन— वे अर्द्ध-निमीलित लोचन'*	: बंद	**नि.र.**-1/86	वन-कुसुमों की शय्या
◆	*'निमीलित नयन चूम, निज छाप लगा दी कमल-नाल-छवि पर'*	: बंद, मुँदा हुआ	**नि.र.**-1/231	चाहते हो किसको सुन्दर
निमेष-	*'बहते छोड़ शेष सब तुम पर/लव-निमेष-कणिके!'*	: पल, क्षण	**नि.र.**-1/256	जागो, जीवन-धनिके!
◆	*'और फिर रहे न एक निमेष/लुटा चुपके से सौरभ भार'*	: पल, क्षण	**म.सा.**-1/139	विहग-शावक से जिस दिन मूक/रश्मि
◆	*'आँक डाला वह दृगों ने एक सजल निमेष में!'*	: पल, क्षण, पलकों के गिरने में	**म.सा.**-1/343	आँसुओं के देश में/दीप-शिखा
निमेष-विहीन-	*'भाव में कहते थे वे नेत्र निमेष-विहीन—'*	: अपलक, निमेष (पलक)	**नि.र.**-1/94	स्वप्न-स्मृति
◆	*'रहें देखते प्रिय को उसके नेत्र निमेष-विहीन'*	: अपलक	**नि.र.**-1/96	बहू
◆	*'ढूँढ़ती अपना पता विस्मित निमेषविहीन'*	: अपलक, एकटक देखतीं आँखें	**म.सा.**-1/123	स्मित तुम्हारी से छलक.../रश्मि
नमेषहीन-	*'देखते निमेषहीन नयनों से तुम मुझे'*	: अपलक	**नि.र.**-1/326	प्रेयसी
निम्न देश-	*'प्रवहमान थे निम्न देश में शीतल शत शत निर्झर ऐसे'*	: (हिमालय के) निचले हिस्से में	**प्र.ग्रं.**-2/252	रहस्य/कामायनी
नियति-	*'दो अपरिचित से नियति अब चाहती थी मेल'*	: भाग्य, संयोग, प्रारब्ध	**प्र.ग्रं.**-2/111	वासना/कामायनी
◆	*'नियति चलाती कर्म-चक्र यह तृष्णा-जनित ममत्व-वासना'*	: ईश्वर, प्रारब्ध, भाग्य, नियामिका शक्ति	**प्र.ग्रं.**-2/258	रहस्य/कामायनी
◆	*'नियति बन कुशली चितेरा-/रँग गई सुखदुख रंगों से'*	: प्रारब्ध, भाग्य, संयोग	**म.सा.**-1/271	सो रहा है विश्व, पर.../सांध्य गीत
नियति अवधि-	*'तज कर अपनी यह नियति अवधि'*	: प्रारब्ध और काल की सीमा	**प्र.ग्रं.**-1/299	हे सागर संगम अरुण नील/लहर
नियति का खेल-	*'मनु चमत्कृत निज नियति का खेल बन्धन-मुक्त'*	: भाग्य-चक्र, भाग्य-लीला	**प्र.ग्रं.**-2/112	वासना/कामायनी
नियति-चक्र-	*'अब विकल प्रवर्त्तन हो ऐसा जो नियति-चक्र का बने यंत्र'*	: ईश्वर या प्रकृति की अपनी योजना और गति	**प्र.ग्रं.**-2/175	इड़ा/कामायनी
नियति-तिमिर-सागर-	*'यह नियति-तिमिर-सागर अपार बुझते जिसमें तारक-अँगार'*	: प्रारब्ध (भाग्य) मानो अंधकार के समुद्र की तरह विस्तृत है	**म.सा.**-1/228	जग करुण करुण, मैं मधुर मधुर!/नीरजा
नियति-नटी-	*'नियति-नटी थी आई सहसा गगन में'*	: प्रारब्ध मानो नाटकीय तरीके से (अपना खेल खेल गया)	**प्र.ग्रं.**-1/342	प्रलय की छाया/लहर
नियति नटी-	*'इस नियति नटी के अति भीषण अभिनय की छाया नाच रही'*	: प्रारब्ध-रूपी अभिनेत्री, ईश्वरीय शक्ति मानो अभिनय करनेवाली नटी के समान है	**प्र.ग्रं.**-2/172	इड़ा/कामायनी
नियति नटी-सी-	*'नचती है नियति नटी-सी कन्दुक-क्रीड़ा सी करती'*	: प्रारब्ध (भाग्य) मानो नर्तक और अभिनेता की तरह है	**प्र.ग्रं.**-2/26	आँसू
नियति-प्रेरणा-	*'व्यापकता नियति-प्रेरणा बन अपनी सीमा में रहे बंद'*	: नियति (प्रारब्ध/भाग्य) के रूप में प्रेरक बनकर	**प्र.ग्रं.**-2/177	इड़ा/कामायनी

शब्द-	काव्य-पंक्ति	: अर्थ	ग्रंथवली/पृ.सं.	स्रोत/संदर्भ
◆	*'कर्म-चक्र सा घूम रहा है यह गोलक, बन नियति-प्रेरणा'*	: नियति (प्रारब्ध या भाग्य) की प्रेरणा से	**प्र.ग्रं.**-2/258	रहस्य/कामायनी
नियति वंचिता-	*'नियति वंचिता, आश्रय रहिता'*	: जिस स्त्री को भाग्य (प्रारब्ध) ने प्रेम से वंचित कर दिया हो	**पं.ग्रं.**-1/203	छाया/पल्लव
नियति विकर्षणमयी-	*'नियति विकर्षणमयी, त्रास से सब व्याकुल थे'*	: नियमानुसार चलनेवाली प्रकृति विघटन की ओर बढ़ रही थी	**प्र.ग्रं.**-2/207	संघर्ष/कामायनी
नियति शासन-	*'उस एकांत नियति शासन में चले विवश धीरे-धीरे,'*	: प्रकृति की सत्ता, यह सत्ता मनुष्य की इच्छा के अनुसार नहीं है इसलिए इसे नियति या भाग्य से जोड़ा गया है	**प्र.ग्रं.**-2/75	आशा/कामायनी
नियति-संध्या-	*'नियति-सन्ध्या में मुँदे सकल'*	: जो संध्या नियति बन गयी हो, जिस संध्या को आना ही था	**नि.र.**-1/141	स्मृति
नियति-सा कुंचित-	*'नियति-सा कुंचित, कोमल दर्शन'*	: दुर्भाग्य की तरह वक्र	**पं.ग्रं.**-1/114	गहन कानन!/वीणा
नियमन-	*'सबका नियमन शासन करते बस बढ़ा चलो अपनी क्षमता'*	: नियम-अनुशासन से कोई व्यवस्था बनाना	**प्र.ग्रं.**-2/180	इड़ा/कामायनी
◆	*'नियमन एक झुकाव दबा-सा, टूटे या ऊपर उठ जाय'*	: नियम से चलनेवाला शासन	**प्र.ग्रं.**-2/193	स्वप्न/कामायनी
◆	*'वह शासन का सूत्रधार था नियमन का आधार बना'*	: विधि-विधान, नियम-कानून, व्यवस्था	**प्र.ग्रं.**-2/216	निर्वेद/कामायनी
नियम-परतंत्र-	*'इड़ा नियम-परतंत्र चाहती मुझे बनाना'*	: नियमों के अधीन बनाना	**प्र.ग्रं.**-2/198	संघर्ष/कामायनी
नियममयी उलझन-	*'नियममयी उलझन लतिका का भाव विटपी से आकर मिलना'*	: नियमों से बँधी हुई(उलझन-रूपी लतिका)	**प्र.ग्रं.**-2/257	रहस्य/कामायनी
नियामक-	*'वशी नियामक रहे, न ऐसा मैंने माना'*	: नियम बनानेवाला	**प्र.ग्रं.**-2/199	संघर्ष/कामायनी
निरंजन-	*'निरञ्जन बने नयन-अञ्जन!'*	: अंजन (कालिख) से मुक्त, स्वच्छ, ईश्वर	**नि.र.**-1/134	बादल-राग
◆	*'जगमग जग में पग-पग एक निरञ्जन आशीर्वाद'*	: पवित्र, उज्ज्वल	**नि.र.**-1/188	विस्मृत भोर
◆	*'अखिल-उर-रञ्जन निरञ्जन एक अनित उदार'*	: बिना रंग का	**नि.र.**-1/226	जग का एक देखा तार
◆	*'कैसा निरञ्जन यह अञ्जन आ लग गया!'*	: उज्ज्वल, पवित्र, निर्मल	**नि.र.**-1/326	प्रेयसी
निरखते-	*'नक्षत्र निरखते निर्निमेष वसुधा की यह गति विकल वाम'*	: ध्यान से देखना	**प्र.ग्रं.**-2/173	इड़ा/कामायनी
निरखा-	*'मैं अपलक इन नयनों से निरखा करता उस छवि को'*	: ध्यान से टकटकी लगाकर देखना	**प्र.ग्रं.**-2/9	आँसू
निरत-	*'उस ओर आत्मविश्वास-निरत सुर वर्ग कह रहा था पुकार'*	: निरंतर लगा हुआ, अनुरक्त	**प्र.ग्रं.**-2/174	इड़ा/कामायनी
◆	*'जीवन प्रात-समीरण-सा लघु/विचरण-निरत करो'*	: लगातार, लगा हुआ	**नि.र.**-1/146	प्रार्थना
निरदई-	*'बूढ़ेपन में किया अहो निरदई दईने नूरा घात'*	: निर्दय	**नि.र.**-1/45	बाबा और नाती
निरभ्र-	*'निरभ्र नभ, ऊषा के मुख पर'*	: बिना मेघों का	**नि.र.**-1/263	जीवन की तरी खोल दे रे
निरर्थ-	*'हो गयी निरर्थ सकल गीता'*	: अर्थहीन	**नि.र.**-1/264	कितने बार पुकारा
◆	*'गूढ़, निरर्थ, असम्भव, अस्फुट'*	: निरर्थक, अर्थ की निश्चितता का अभाव	**पं.ग्रं.**-1/271	अप्सरा/गुंजन

शब्द- काव्य-पंक्ति	: अर्थ	ग्रंथावली/पृ.सं.	स्रोत/संदर्भ
निरलंकार- *'अलक-मण्डल में यथा मुख-चन्द्र निरलंकार'*	: प्रकृत-भाव में, बिना सजावट के भी सुंदर	**नि.र.**-1/226	जग का एक देखा तार
निरलस- *'दिवस-द्युति छवि निरलस अविकार'*	: स्फूर्तिमय, आलस्यविहीन	**नि.र.**-1/141	स्मृति
◆ *'कैसी निरलस दृष्टि!'*	: स्फूर्तिमय	**नि.र.**-1/326	प्रेयसी
◆ *'चक्र से चक्र मन चढ़ता गया उर्ध्व निरलस'*	: स्फूर्तिपूर्वक	**नि.र.**-1/336	राम की शक्ति-पूजा
निरवधि- *'पागल-सी इस पथ निरवधि में'*	: समय की सीमा से परे	**प्र.ग्रं.**-1/311	कितने दिन जीवन-जलनिधि में/लहर
◆ *' 'कवि' निरवधि नव-रस-निधि में तू'*	: समय से परे	**नि.र.**-1/138	'कवि' के प्रति
निरवलंब- *'पश्चिम के व्योम में है आज निरवलंब सा'*	: असहाय, निराधार	**प्र.ग्रं.**-1/337	पेशोला की प्रतिध्वनि/लहर
◆ *'क्षीण-गंध निरवलंब'*	: बेसहारा, अवलंबविहीन	**प्र.ग्रं.**-1/351	प्रलय की छाया/लहर
◆ *'कल्पना में निरवलम्ब'*	: अवलंबविहीन, बेसहारा	**नि.र.**-1/174	रेखा 'क'
निरस्त्र- *'होकर निरस्त्र, सत्याग्रह से रोका मिथ्या का बल प्रहार'*	: अस्त्रविहीन, अहिंसक आंदोलन	**पं.ग्रं.**-2/25	बापू के प्रति/युगपथ
निराकार तम- *'निराकार तम मानो सहसा'*	: आकारहीन अंधकार	**पं.ग्रं.**-1/114	प्रथम रश्मि का आना रंगिणि!/वीणा
निराकृति- *'तिमिर में बन रश्मि-संसृति रूपमय रंगमय निराकृति'*	: जिसकी कोई स्पष्ट आकृति न हो	**म.सा.**-1/272	री कुञ्ज की शेफालिके!/सांध्य गीत
निरानंद- *'होगा कोई, जो निरानन्द, कर मलता'*	: जो आनंदित न होता हो	**नि.र.**-1/283	तुलसीदास
निरापद- *'कौन-सी ऐसी निरापद है दशा'*	: आपदा से मुक्त	**पं.ग्रं.**-1/138	ग्रन्थि
◆ *'वेदना से भी निरापद क्या अहा'*	: आपदा से मुक्त, सुरक्षित	**पं.ग्रं.**-1/138	ग्रन्थि
निरामय- *'आदि नग्न सौन्दर्य निरामय'*	: निर्दोष (सुंदरता)	**पं.ग्रं.**-1/210	नक्षत्र/पल्लव
निराली- *'फूलों का चुम्बन, छिड़ती – मधुपों की तान निराली'*	: नया और आकर्षक, विशिष्ट	**प्र.ग्रं.**-2/13	आँसू
निराशा- *'निराशा है जिसका परिणाम सफलता का वह कल्पित गेह!'*	: असफलता से उत्पन्न दुःख और निष्क्रियता	**प्र.ग्रं.**-2/90	श्रद्धा/कामायनी
निराश्रिति- *'प्रिय! निराश्रिति की कठिन बाँहें नहीं'*	: आश्रयविहीनता, निरावलंब हो जाना, किसी का भी सहारा न मिलना	**पं.ग्रं.**-1/125	ग्रन्थि
निरीक्षक सा- *'भयमय मौन निरीक्षक सा था सजग सतत चुपचाप खड़ा'*	: (मूक) दर्शक की तरह	**प्र.ग्रं.**-2/214	निर्वेद/कामायनी
निरुद्ध- *'निरुद्ध निज धर्म-कर्म कर कर'*	: बँधे हुए	**नि.र.**-1/242	गयी निशा वह, हँसीं दिशाएँ
निरुपम- *'खिल उठे निरुपम तुम्हारी देख स्मित का प्रात'*	: अनुपम, वह अज्ञात अनंत प्रियतम किसी भी उपमा से परे है	**म.सा.**-1/176	विरह का जलजात जीवन/नीरजा
◆ *'हँस हँस दे डाला था निरुपम!'*	: अनुपम (उपहार की तरह चाँद)	**म.सा.**-1/209	टूट गया वह दर्पण निर्मम/नीरजा
निरुपमिता- *'वह खड़ी शीर्ण प्रिय-भाव-मग्न निरुपमिता'*	: अनुपम सौंदर्यवाली	**नि.र.**-1/302	तुलसीदास
निरुपमिते- *'प्रेयसि कविते! हे निरुपमिते!'*	: कविता मानो अनुपम है, जो किसी भी उपमा से परे हो, निरुपमिता	**पं.ग्रं.**-1/82	नव वसंत ऋतु में आओ/वीणा
निरुपमे- *'निरुपमे, नव वेश!—'*	: अनुपमा, जिसके लिए उपमा न दी जा सके	**नि.र.**-1/229	मेघ के घन केश

शब्द-	काव्य-पंक्ति	: अर्थ	ग्रंथावली/पृ.सं.	स्रोत/संदर्भ
निरुपाय-	*'किन्तु जीवन कितना निरुपाय! लिया है देख नहीं संदेह,'*	: लाचार, असमर्थ	**प्र.ग्रं.**-2/90	श्रद्धा/कामायनी
◆	*'शक्ति के विद्युत्कण, जो व्यस्त विकल बिखरे हैं, हो निरुपाय ;'*	: लाचार, असमर्थ, अनुपयोगी	**प्र.ग्रं.**-2/93	श्रद्धा/कामायनी
◆	*'बहते प्रिय-वक्ष पर ऐसे ही निरुपाय'*	: उपायविहीन	**नि.र.**-1/172	रेखा 'क'
निर्घोष-	*'उठा केवल निर्मल निर्घोष'*	: बिना आवाज के	**नि.र.**-1/104	उद्‌बोधन
निर्घोष घटाओं-	*'निर्घोष घटाओं में छिप तड़पन चपला की सोती'*	: गतिहीन और गर्जनविहीन घने बादल	**म.सा.**-1/54	जो मुखरित कर जाती थी/नीहार
निर्जन की भारति-	*'ऐ अवाक् निर्जन की भारति'*	: एकांत की वाणी (के समान है छाया)	**पं.ग्रं.**-1/205	छाया/पल्लव
निर्जनता-	*'मैं उसे फिराती रहती हूँ अपनी निर्जनता बीच पैठ'*	: अकेलापन	**प्र.ग्रं.**-2/165	ईर्ष्या/कामायनी
निर्जनता की उखड़ी साँस-	*'पवन पी रहा था शब्दों को निर्जनता की उखड़ी साँस,'*	: जनशून्यता, चारों तरफ वीराना था	**प्र.ग्रं.**-2/64	चिंता/कामायनी
निर्जन निलय-	*'शोक भर निर्जन निलय से बिछुड़ते थे कोक'*	: सूना आवास	**प्र.ग्रं.**-2/112	वासना/कामायनी
निर्जन-प्रियता-	*'निर्जन-प्रियता में था मौन-दु:ख साथी बिना'*	: जब निर्जन (एकांत) स्थान प्रिय लगने लगे	**नि.र.**-1/172	रेखा 'क'
निर्जन रजनी-	*'कितनी निर्जन रजनी में/तारों के दीप जलाये'*	: सुनसान रात, विरह की रात का अकेलापन	**प्र.ग्रं.**-2/8	आँसू
निर्जर-	*'उठा तू भैरव निर्जर राग'*	: ताजा, युवा, बुढ़ापा से मुक्त	**नि.र.**-1/103	उद्‌बोधन
◆	*'निर्जर हो जाओगे— /अमर कहलाओगे'*	: बुढ़ापे से मुक्त युवा	**नि.र.**-1/163	महाराज शिवाजी का पत्र
◆	*'अक्षर, निर्जर, दुर्धर्ष, अमर, जगतारण'*	: जराहीन, बुढ़ापे से मुक्त, देवता	**नि.र.**-1/282	तुलसीदास
◆	*'भल्लूक विगत-श्रम हो पाते जीवन-निर्जर;'*	: जो कभी बूढ़ा (जर) न हो	**नि.र.**-1/333	राम की शक्ति-पूजा
निर्जल सरसी-सी-	*'परियों की निर्जल सरसी-सी'*	: जलविहीन सरोवर की तरह	**पं.ग्रं.**-1/204	छाया/पल्लव
निर्जीवन-	*'सूखते हुए, निर्जीवन/होने से पहले तक, मन,'*	: जीवन-विहीन	**नि.र.**-1/278	गर्जित-जीवन झरना
निर्जीवित-	*'अधरामृत से इन निर्जीवित'*	: जिन शब्दों में अभी जीवन का संचार नहीं हुआ है	**पं.ग्रं.**-1/82	नव वसंत ऋतु में आओ/वीणा
निर्झरी-	*'उतरकर पर्वत से निर्झरी भूमि पर पंकिल हुई, सलिल-देह कलुषित हुआ'*	: छोटा झरना	**नि.र.**-1/327	प्रेयसी
निर्दोषा-	*'उस निर्दोषा का क्या जिसकी'*	: भोली-भाली निरीह प्रेमिका	**पं.ग्रं.**-1/99	इस पीपल के तरु के नीचे/वीणा
निर्द्वंद्व-	*'जीवन, प्रात के लघुपात से, उत्थान-पतनाघात से/रह जाए चुप, निर्द्वंद्व'*	: दुविधा रहित	**नि.र.**-1/170	मौन
निर्धन के दीपक सी-	*'वे निर्धन के दीपक सी, बुझती सी मूक व्यथाएँ'*	: गरीब के बुझते दीपक की तरह मेरी व्यथाएँ सुषुप्त हो गयी हैं	**म.सा.**-1/57	इसमें अतीत सुलझाता /नीहार
निर्धार-	*'उसी के (?)शुभ ज्योति से हो सत्य पथ निर्धार'*	: निर्धारण	**प्र.ग्रं.**-2/344	कामना/असंकलित कविताएँ
निर्धूम-	*'वह निर्धूम भस्म रहित ज्वलन पिंड!'*	: धुआँ-रहित (सूरज का गोलक)	**प्र.ग्रं.**-1/337	पेशोला की प्रतिध्वनि/लहर

शब्द- काव्य-पंक्ति	: अर्थ	ग्रंथावली/पृ.सं.	स्रोत/संदर्भ
निर्निमेष- *'नक्षत्र निरखते निर्निमेष वसुधा की वह गति विकल वाम'*	: अपलक, पलकों को झपकाए बिना	**प्र.ग्रं.-2**/173	इड़ा/कामायनी
◆ *'भूमिका बनी वह स्निग्ध मलिन, थे निर्निमेष मनु के लोचन'*	: अपलक, एकटक	**प्र.ग्रं.-2**/245	दर्शन/कामायनी
◆ *'निर्निमेष नभ-नील-पटल पर'*	: अपलक, एकटक	**नि.र.-1**/124	यमुना के प्रति
◆ *'एक मेषमाता ही/रहती है निर्निमेष—'*	: अपलक, एकटक	**नि.र.-1**/153	जागो फिर एक बार
◆ *'यूथपति अन्य जो, यथास्थान, हो निर्निमेष'*	: अपलक, एकटक	**नि.र.-1**/330	राम की शक्ति-पूजा
निर्निमेष ताराओं- *'निर्निमेष ताराओं से वह ओस बूँद भर लाती है'*	: अपलक ताकते तारे	**प्र.ग्रं.-3**/252	प्रथम अंक/अजातशत्रु
निर्निमेष पलकों- *'मेरे निर्निमेष पलकों में मचा गए क्या क्या उत्पात!'*	: एकटक देखती निगाहें	**म.सा.-1**/31	रजत करों की मृदुल तूलिका/नीहार
◆ *'या निर्निमेष पलकों में चिंता का अभिनय देखूँ'*	: चिंताग्रस्त एकटक खुली पलकें	**म.सा.-1**/134	कह दे माँ क्या अब देखूँ!/रश्मि
निर्निमेषी- *'चल पलक हैं निर्निमेषी, कल्प पल सब तिमिरवेषी'*	: अपलक देखतीं निगाहें	**म.सा.-1**/355	मोम-सा तन घुल चुका/दीप-शिखा
निर्बंध- *'ऐ निर्बन्ध!/अन्ध-तम-अगम-अनर्गल-बादल!'*	: बंधनमुक्त, आजाद	**नि.र.-1**/129	बादल राग
◆ *'बाँधती निर्बंध को मैं/बंदिनी निज बेड़ियाँ गिन!'*	: जो बन्धनों से मुक्त है अर्थात् वह असीम प्रियतम	**म.सा.-1**/30	क्यों मुझे प्रिय हो न बंधन!/सांध्य गीत
निर्बलों के बल- *'हमारे निर्बलों के बल कहाँ हो'*	: कमजोर लोगों की ताकत, ईश्वर	**प्र.ग्रं.-4**/55	प्रथम अंक/स्कन्दगुप्त
निर्बाधित अधिकार- *'निर्बाधित अधिकार आज तक किसने भोगा?'*	: बन्धनहीन असीमित अधिकार	**प्र.ग्रं.-2**/200	संघर्ष/कामायनी
निर्बीज- *'निर्बीज हुआ मैं— /पाया स्वरूप निज'*	: जिसका बीज नष्ट कर दिया गया हो, पुनर्सृष्टि या पुनर्जन्म से मुक्त	**नि.र.-1**/184	जागरण
निर्बोध श्रवण- *'ये तो हैं निर्बोध श्रवण! जिन्हे वारि ने उपजाया'*	: सुनने की सहज क्षमतावाले कान, इन्हें जटिल-कुटिल ध्वनियाँ सुनायी नहीं पड़ती हैं	**पं.ग्रं.-1**/90	ये तो हैं नादान नयन!/वीणा
निर्भार- *'लखोगे, उर-कुञ्ज में निज कञ्ज पर निर्भार'*	: हल्की	**नि.र.-1**/228	खोलो दृगों के द्वय द्वार
निर्मम कर- *'किसी निर्मम कर का आघात छेड़ता जब वीणा के तार'*	: जिन हाथों में आत्मीयता न हो	**म.सा.-1**/127	किसी नक्षत्रलोक से टूट/रश्मि
निर्मम देव- *'साथ है मेरे निर्मम देव! एक बस तेरा ही सन्देश!'*	: निष्ठुर बेदर्द प्रिय	**म.सा.-1**/79	गरजता सागर तम है घोर/नीहार
निर्मम निदाघ- *'निर्मम निदाघ में मेरे करुणा का नव घन भी हो'*	: अकरुण ग्रीष्म ऋतु	**म.सा.-1**/220	यह पतझर मधुवन भी हो!/नीरजा
निर्मम-प्रसन्नता- *'वेदी की निर्मम-प्रसन्नता, पशु की कातर वाणी'*	: क्रूरता के बावजूद खुश होना	**प्र.ग्रं.-2**/138	कर्म/कामायनी
निर्मल तिमिर- *'शरद के निर्मल तिमिर की ओट में'*	: रात का पवित्र वातावरण	**पं.ग्रं.-1**/126	ग्रन्थि
निर्मल विभुता- *'खेल खिलाती, भुलवाती जो उस निर्मल विभुता को'*	: शुद्ध मनोभाव को धारण करनेवाली व्यापक चेतना	**प्र.ग्रं.-2**/153	कर्म/कामायनी

शब्द- काव्य-पंक्ति	: अर्थ	ग्रंथावली/पृ.सं.	स्रोत/संदर्भ
निर्माल्य- *'निराशा का सूना निर्माल्य चढ़ाकर देखा फीका प्रात'*	: देवता को चढ़ा दी गयी पूजन-सामग्री	**म.सा.**-1/84	तरल आँसू की लड़ियाँ गूँथ/नीहार
निर्माल्यों- *'झरा धूल-सा चंदन, छाई निर्माल्यों में दीन उदासी!'*	: पूजा की वस्तुएँ	**म.सा.**-1/399	पुजारी दीप कहीं सोता है!/दीप-शिखा
निर्मेघ गगन- *'शुभ्र जो था निर्मेघ गगन सुभग मेरा संगी जीवन!'*	: साफ आकाश, बादलविहीन आकाश	**म.सा.**-1/71	स्वर्ग का था नीरव उच्छ्वास/नीहार
निर्मोक- *'पुरातनता का यह निर्मोक सहन करती न प्रकृति पल एक'*	: त्याज्य, केंचुल	**प्र.ग्रं.**-2/90	श्रद्धा/कामायनी
निर्मोह काल- *'निर्मोह काल के काले-पट पर कुछ अस्फुट लेखा'*	: काल (समय-चक्र) की गति दया-मोह से परे होती है	**प्र.ग्रं.**-2/23	आँसू
निर्मोही- *'हेरती है सौरभ की हाट कहो किस निर्मोही की बाट?'*	: बेदर्द प्रियतम	**म.सा.**-1/93	मधुरिमा के, मधु के अवतार/नीहार
निर्लिप्त भाव-सी- *'बहती थी श्यामल घाटी में निर्लिप्त भाव-सी अप्रमाद'*	: अनासक्त भावबोध के समान	**प्र.ग्रं.**-2/178	इड़ा/कामायनी
निर्वसन नग्न- *'अब वह आगंतुक गुफा बीच पशु-सा न रहे निर्वसन नग्न'*	: वस्त्र के अभाव में नंगा	**प्र.ग्रं.**-2/166	ईर्ष्या/कामायनी
निर्वसना प्रकृति- *'जिसमें निर्वसना प्रकृति सरल ढँक ले प्रकाश से नवल गात'*	: (प्रकाश की किरणें) नग्न प्रकृति को मानो रंगीन वस्त्रों से ढँक देती हैं	**प्र.ग्रं.**-2/166	ईर्ष्या/कामायनी
निर्वाण- *'टलमल पद, प्रदीप निर्वाण'*	: मुक्त हो जाना, मुक्ति, मोक्ष, लक्ष्य	**नि.र.**-1/121	यमुना के प्रति
♦ *'निर्वाण के पथिक के वारण, करुणामय;'*	: मुक्ति	**नि.र.**-1/293	तुलसीदास
♦ *'प्रणति में है निर्वाण'*	: मुक्ति, मोक्ष, सिद्धि-प्राप्ति	**पं.ग्रं.**-1/203	निर्झर गान/पल्लव
♦ *'गए तब से कितने युग बीत हुए कितने दीपक निर्वाण!'*	: साधक ने मानो परमगति पा ली हो, मृत्यु के द्वारा सार्थक जीवन की पूर्णता	**म.सा.**-1/29	निशा को, धो देता राकेश/नीहार
♦ *'मिटना था निर्वाण जहाँ/नीरव रोदन था पहरेदार'*	: मानो प्रेम के उस अज्ञात लोक में निर्वाण या मोक्ष का भाव भी तिरोहित हो गया था	**म.सा.**-1/31	रजत करों की मृदुल तूलिका/नीहार
♦ *'विस्मृति के चरणों पर आकर लौटेंगे सौ सौ निर्वाण!'*	: मोक्ष (से भी उच्चकोटि का वह मिलन होगा)	**म.सा.**-1/33	मैं अनंत पथ में लिखती जो/नीहार
♦ *'जलने में विश्राम जहाँ मिटने में हो निर्वाण'*	: प्रेम में न्योछावर हो जाना ही माना मोक्ष हो	**म.सा.**-1/39	चाहता है यह पागल प्यार/नीहार
♦ *'निर्वाण हुआ है देखो/वह दीप लुटाकर चाहें'*	: अपनी साधना में तिरोहित होकर समाप्त हो जाना, मोक्ष	**म.सा.**-1/54	जो मुखरित कर जाती थी/नीहार
♦ *'भू का निर्वाण हुई तेरी वह करुण पीर!'*	: धरती को तकलीफ से मुक्ति (निर्वाण) दी	**म.सा.**-1/351	मिट चली घटा अधीर! /दीप-शिखा
♦ *'शेषयामा यामिनी मेरा निकट निर्वाण!'*	: लक्ष्य या मोक्ष की प्राप्ति	**म.सा.**-1/381	शेषयामा यामिनी मेरा /दीप-शिखा
निर्वाण का वरदान- *'दान क्या प्रिय ने दिया निर्वाण का वरदान रे कह!'*	: मोक्ष की प्राप्ति का आशीर्वाद	**म.सा.**-1/229	प्राणपिक प्रिय-नाम रे कह!/नीरजा

शब्द-	काव्य-पंक्ति	: अर्थ	ग्रंथावली/पृ.सं.	स्रोत/संदर्भ
निर्वाण का संदेश-	*'वार देते मुक्ति, खो निर्वाण का संदेश देते!'*	: मुक्ति का सन्देश	**म.सा.-1**/261	मेरा सजल मुख देख लेते!/सांध्य गीत
निर्वाण के वरदान-	*'एक लघु क्षण दे रहा निर्वाण के वरदान शत शत'*	: जीवन के अंतिम उद्देश्य की प्राप्ति-रूपी वरदान	**म.सा.-1**/173	कौन तुम मेरे हृदय में?/नीरजा
निर्वाणोन्मुख दीप-	*'तुम्हें क्या निर्वाणोन्मुख दीप?'*	: निर्वाण की ओर उन्मुख दीपक, रात भर जलकर प्रकाश देने की अपनी संकल्प-साधना पूरी करके सुबह बुझकर निर्वाण प्राप्त (मोक्ष-प्राप्त) करनेवाला दीपक	**म.सा.-1**/83	मूक करके मानस का ताप/नीहार
निर्वात मेघ-	*'निर्वात मेघ ज्यों पूरित जल—'*	: मेघ छाये हों और हवा बन्द हो	**प्र.ग्रं.-1**/326	ओ री मानस की गहराई/लहर
निर्वाधित-	*'निर्वाधित अधिकार उसी ने एक न माना'*	: बाधा-रहित, बिना अंकुश के	**प्र.ग्रं.-2**/198	संघर्ष/कामायनी
निर्वापित-	*'आकर्षण घन सा वितरे जल, निर्वापित हों संताप सकल'*	: बुझाकर शांत कर देना	**प्र.ग्रं.-2**/241	दर्शन/कामायनी
निर्वासन-	*'हारूँ तो खोऊँ अपनापन पाऊँ प्रियतम में निर्वासन'*	: अकेले और उपेक्षित हो जाने का भाव	**म.सा.-1**/183	तुम मुझ में प्रिय! फिर परिचय क्या!/नीरजा
निर्वासित-	*'निर्वासित हम दोनों खोजते शरण थे,'*	: अपने स्थान से बाहर निकाल दिया जाना	**प्र.ग्रं.-1**/344	प्रलय की छाया/लहर
	◆ *'निर्वासित तुम, क्यों लगे डंक? दो लो प्रसन्न, यह स्पष्ट अंक'*	: किसी भू-भाग से बाहर कर दिया गया हो	**प्र.ग्रं.-2**/244	दर्शन/कामायनी
निर्वासित अशांत-	*'उन्मुक्त शिखर हँसते मुझ पर रोता मैं निर्वासित अशांत'*	: निष्कासित और क्षुब्ध	**प्र.ग्रं.-2**/172	इड़ा/कामायनी
निर्वासित का उत्साह-	*'सिन्धु-सा विस्तृत और अथाह एक निर्वासित का उत्साह'*	: अपनी अयोध्या से वनवास में भेजे गये राम का हौसला	**प्र.ग्रं.-4**/139	पंचम अंक/स्कन्दगुप्त
निर्विरोध-	*'निर्विरोध, प्रतिहत भी/अप्रतिहत आलिंगन?'*	: विरोध-रहित	**नि.र.-1**/154	परलोक
निर्वैर विहार-	*'हरि-मृग का निर्वैर विहार'*	: मित्रतापूर्ण भ्रमण, बैर मुक्त घूमना-टहलना	**नि.र.-1**/125	यमुना के प्रति
निर्व्याज-	*'विकल क्यों हुए आज निर्व्याज'*	: बिना वजह, जब कोई बहाना भी न हो	**पं.ग्रं.-1**/106	तुम्हारे कोमल अंग/वीणा
	◆ *'सजाती हैं मुझको निर्व्याज'*	: बिना कारण के, अकारण	**पं.ग्रं.-1**/112	मेरे इस अन्तिम विलास में/वीणा
	◆ *'यहाँ आया छिप-छिप निर्व्याज'*	: सहजता से, बिना किसी बहाना के	**पं.ग्रं.-1**/222	स्याही की बूँद/पल्लव
निलय नवल-	*'निर्मलता के निलय नवल क्यों'*	: (सुन्दर बादल मानो) नये घर (की तरह हैं)	**पं.ग्रं.-1**/90	ये तो हैं नादान नयन!/वीणा
निविड़-	*'शान्ति के निविड़ नीड़'*	: बड़े आकार का, कसा हुआ, घना	**नि.र.-1**/186	जागरण
निविड़-जटा-दृढ़-	*'वह नहीं सोहता निविड़-जटा-दृढ़ मुकुट-बन्ध'*	: घनी जटा जो कसकर (बँधती थी)	**नि.र.-1**/336	राम की शक्ति-पूजा

शब्द-	काव्य-पंक्ति	: अर्थ	ग्रंथवली/पृ.सं.	स्रोत/संदर्भ
निविड़ निशा-	*'इस निविड़ निशा में संसृति की आलोकमयी रेखा क्या है?'*	: घने अंधकार से भरी रात	**प्र.ग्रं.-2**/128	लज्जा/कामायनी
निविड़-सुख-दुख-गृह-	*'वह अविकार निविड़-सुख-दुख-गृह'*	: गहरे सुख-दुख से युक्त घर के समान	**नि.र.-1**/120	यमुना के प्रति
निशा-	*'निशा को, धो देता राकेश चाँदनी में जब अलकें खोल'*	: रात, रात का अँधेरा	**म.सा.-1**/29	निशा को, धो देता राकेश/नीहार
निशा के शेष में-	*'शलभ जलकर दीप बन जाता निशा के शेष में!'*	: रात्रि की समाप्ति के क्रम में (शलभ स्वयं जलकर दीपक बन जाता है)	**म.सा.-1**/343	आँसुओं के देश में/दीप-शिखा
निशाचर-	*'हिंस्र निशाचर, भूधर, कन्दर पशु-संकुल'*	: रात में चलने वाले जानवर या भूत-प्रेत	**नि.र.-1**/130	स्वागत
निशा-तापसी-	*'निशा-तापसी की जलने को धधक उठी बुझती धूनी!'*	: रात भर जाग कर तपस्या करनेवाली (की तरह हो गयी है श्रद्धा)	**प्र.ग्रं.-2**/188	स्वप्न/कामायनी
निशानाथ-	*'निशानाथ का प्रकाश'*	: चंद्रमा, रात का स्वामी	**नि.र.-1**/132	स्वाधीनता पर (2)
◆	*'निशानाथ के प्रियवर सहचर'*	: चन्द्रमा, रात के स्वामी	**पं.ग्रं.-1**/94	अब न अगोचर रहो सुजान!/वीणा
◆	*'निशानाथ दें दर्शन दान'*	: चन्द्रमा	**पं.ग्रं.-1**/211	नक्षत्र/पल्लव
निशा-प्रिय-उर-शयन-	*'निशा-प्रिय-उर-शयन सुख-धन सार या कि असार?— (रे, कह)'*	: निशा (रूपी स्त्री) का प्रियतम के हृदय पर शयन	**नि.र.-1**/255	कौन तम के पार
निशाभिसार-	*'औ' चकोर ने निशाभिसार'*	: मिलन की रात, रात की मुलाकात	**पं.ग्रं.-1**/193	अनंग/पल्लव
निशा-माधवी-	*'सुनी बहुत आनन्द-भैरवी विगत हो चुकी निशा-माधवी'*	: वसन्त ऋतु की रात	**प्र.ग्रं.-4**/39	प्रथम अंक/स्कन्दगुप्त
निशामुख-	*'इस निशामुख की मनोहर सुधामय मुसक्यान,'*	: संध्या, रात की शुरुआत	**प्र.ग्रं.-2**/115	वासना/कामायनी
निशा श्याम-	*'बहती सरस्वती वेग भरी निस्तब्ध हो रही निशा श्याम'*	: अँधेरी रात	**प्र.ग्रं.-2**/173	इड़ा/कामायनी
निशा-सी नारी-	*'रूप-चंद्रिका में उज्ज्वल थी आज निशा-सी नारी'*	: श्रद्धा रात की तरह लग रही थी	**प्र.ग्रं.-2**/145	कर्म/कामायनी
निशा-हृदय-	*'निशा-हृदय के स्वप्न-लोक में लघु पंखों से उड़ जाओ'*	: रात के हृदय में	**नि.र.-1**/192	वसन्त-समीर
निशि के आँगन-	*'अश्रु नयन निशि के आँगन में'*	: रात के आँगन में, रात में ओसकण का बिखर जाना	**पं.ग्रं.-1**/110	तिलक! हा! भाल-तिलक !/वीणा
निशि के श्रम-	*'निशि के श्रम से हो श्रीहीन'*	: रात भर आकाश में चाँद चलता (श्रम करता) रहा, मानो नायिका अपने प्रिय-संयोग में रात-भर रति-श्रम करती रही	**पं.ग्रं.-1**/114	प्रथम रश्मि का आना रंगिणि!/वीणा
निशिचर-	*'चक्र चर रहे थे खल निशिचर'*	: रात में चलनेवाले, भूत-प्रेत	**पं.ग्रं.-1**/113	प्रथम रश्मि का आना रंगिणि!/वीणा
निशिचारी-	*'निशिचारी भीषण विचार के पंख भर रहे सर्राटे'*	: रात में विचरण करनेवाले	**प्र.ग्रं.-2**/213	निर्वेद/कामायनी

शब्द-	काव्य-पंक्ति	: अर्थ	ग्रंथावली/पृ.सं.	स्रोत/संदर्भ
निशि जाग्रत्-	*'ऐ निशि जाग्रत्, वासर निद्रित'*	: रात भर जागनेवाले (तारे)	**पं.ग्रं.-1**/209	नक्षत्र/पल्लव
निशित-	*'करता मैं योजित बार-बार शर-निकर निशित'*	: सान पर चढ़ाया हुआ, तेज किया हुआ, तीक्ष्ण	**नि.र.-1**/334	राम की शक्ति-पूजा
निशि-तम-डाल-मौन-	*'निशि-तम-डाल-मौन मेरा खग'*	: रात की अँधेरी डाल में मौन हुआ	**नि.र.-1**/261	प्रतिक्षण मेरा मोह-मलिन मन
निशि-निभृत-	*'आयी निशि-निभृत शयन पर'*	: रात के गोपन में	**पं.ग्रं.-1**/269	चाँदनी/गुंजन
निशि-मूक तान-	*'धो स्वर्ण-प्रात में तिमिर-गात दुहराते अलि निशि-मूक तान'*	: (भौंरों) की आवाज रात भर बंद थी	**म.सा.-1**/103	चुभते ही तेरा अरुण बान!/रश्मि
निशि स्वप्नों-	*'मधुर निशि स्वप्नों के वे गान'*	: रात के मीठे सपने	**पं.ग्रं.-1**/191	मधुकरी/पल्लव
निशीथ-	*'मेरे जीवन के सुख निशीथ!'*	: रात	**प्र.ग्रं.-1**/322	शशि-सी वह सुंदर रूपविभा/लहर
	◆ *'धवल मनोहर चंद्र बिम्ब से/अंकित सुन्दर स्वच्छ निशीथ;'*	: रात	**प्र.ग्रं.-2**/76	आशा/कामायनी
	◆ *'दबी शिशिर निशीथ में ज्यों ओस भार नवीन'*	: रात	**प्र.ग्रं.-2**/119	वासना/कामायनी
	◆ *'इस जगती के प्रतिनिधि जिनसे प्रकट निशीथ सवेरा'*	: रात	**प्र.ग्रं.-2**/137	कर्म/कामायनी
	◆ *'अश्रुमय सुन्दर विरह निशीथ भरे तारे न ढुलकते आह!'*	: रात	**प्र.ग्रं.-4**/187	प्रथम अंक/चन्द्रगुप्त
	◆ *'मैं हूँ निशीथ-मधुरिमा'*	: रात, आधी रात	**नि.र.-1**/50	तुम और मैं
	◆ *'वह निशीथ की नग्न वेदना'*	: रात	**नि.र.-1**/122	यमुना के प्रति
	◆ *'जो देख चुके जीवन निशीथ'*	: रात	**पं.ग्रं.-2**/10	जगती के जन-पथ, कानन में/युगपथ
	◆ *'वह उड़ता दीपक निशीथ का'*	: रात	**पं.ग्रं.-2**/20	खद्योत/युगपथ
निशीथ-नीरवता-	*'प्रिय मेरा निशीथ-नीरवता में आता चुपचाप'*	: रात की खामोशी	**म.सा.-1**/189	मेरी निश्वासों से द्रुततर/नीरजा
निशीथ-मधुरिमा-	*'मैं हूँ निशीथ-मधुरिमा'*	: रात (निशीथ) की सुंदरता/कोमलता	**नि.र.-1**/50	तुम और मैं
निशीथिनी-	*'अंचल लटकाती निशीथिनी अपनी ज्योत्स्ना-शाली'*	: रात	**प्र.ग्रं.-2**/140	कर्म/कामायनी
निश्चल-	*'लेटी हैं श्रान्त, क्लान्त, निश्चल!'*	: धीमी गति वाली गंगा	**पं.ग्रं.-1**/274	नौका-विहार/गुंजन
निश्चल जल-	*'निश्चल जल के शुचि दर्पण पर बिम्बित हो रजत पुलिन निर्भर'*	: स्थिर पानी	**पं.ग्रं.-1**/275	नौका-विहार/गुंजन
निश्चल जलनिधि-	*'निश्चल जलनिधि, रवि शशिम्लान'*	: (सृष्टि के प्रारंभ में मानो) समुद्र भी शांतभाव से युक्त था	**पं.ग्रं.-1**/192	अनंग/पल्लव
निश्चलत्प्राण-	*'है उर्मिल जल, निश्चलत्प्राण पर शतदल'*	: प्राणहीन, स्पंदनहीन	**नि.र.-1**/281	तुलसीदास
निश्चिंत जाति का जीव-	*'मनन करावेगी तू कितना ? उस निश्चिन्त जाति का जीव;'*	: देव-जाति चिंतामुक्त थी और मनु उसी जाति के एक सदस्य (जीव) थे	**प्र.ग्रं.-2**/53	चिंता/कामायनी
निश्चिंत विहार-	*'उषा ज्योत्स्ना-सा यौवन-स्मित मधुप सदृश निश्चिंत विहार'*	: स्वच्छन्द प्रेम-क्रीड़ा	**प्र.ग्रं.-2**/56	चिंता/कामायनी
निश्छल प्रेम-कथा-	*'निश्छल प्रेम-कथा कहती हो'*	: छल से मुक्त प्रेम की कथा	**प्र.ग्रं.-1**/298	ले चल वहाँ भुलावा देकर/लहर
निश्वास-दूत-	*'खोजने फिर शिथिल पग, निश्वास-दूत निकल चुका है!'*	: लम्बी-गहरी साँसें मानो दूत की तरह प्रिय की तलाश में निकल चुकी हैं	**म.सा.-1**/355	मोम-सा तन घुल चुका/दीप-शिखा

शब्द-	काव्य-पंक्ति	: अर्थ	ग्रंथावली/पृ.सं.	स्रोत/संदर्भ
निश्वासों का नीड़-	*'निश्वासों का नीड़, निशा का बन जाता जब शयनागार'*	: रात में सुप्त संसार की साँसों के स्वर से मानो घोंसले जैसा निर्मित हो जाता है	**म.सा.-1**/34	निश्वासों का नीड़, निशा का/नीहार
निश्वासों के तार-	*'मिलाकर निश्वासों के तार गूँथती हो जब तारे रात'*	: नींद की गहरी साँसों के क्रम-रूपी धागे/तार में	**म.सा.-1**/50	थकी पलकें सपनों पर डाल/नीहार
निश्शरण-	*'या चरण चलते रहेंगे/निश्शरण पर सर्वथा'*	: जहाँ शरण प्राप्त होने की संभावना न हो	**नि.र.-1**/266	चाल ऐसी मत चलो
निषंग-	*'खाली न काल का है निषंग'*	: तरकश	**प्र.ग्रं.-1**/331	अशोक की चिंता/लहर
निषाद-	*'कोमल निषाद भर/उठे वे कितने स्वर!'*	: संगीत के सप्तक का अंतिम स्वर जिसका संक्षिप्त रूप 'नि' है	**नि.र.-1**/101	दिल्ली
निषिद्ध-	*'मैं जनपद-कल्याणी प्रसिद्ध, अब अवनति कारण हूँ, निषिद्ध'*	: वर्जित, कुख्यात	**प्र.ग्रं.-2**/237	दर्शन/कामायनी
निषेध-	*'स्वप्न-विहगों को हुआ/यह क्षितिज मूक निषेध!'*	: पाबंदी लग जाना	**म.सा.-1**/317	प्राण हँस कर ले चला जब/दीप-शिखा
निषेध की व्यवस्था-	*'विधि के विरोध हो, निषेध की व्यवस्था तुम'*	: रूढ़ियों को नकारने की व्यवस्था बनानेवाले	**प्र.ग्रं.-1**/261	तुम/झरना
निष्कंप-	*'कोमल द्रुमदल निष्कम्प रहे'*	: स्थिर, ठहर जाना	**प्र.ग्रं.-4**/302	चतुर्थ अंक/चन्द्रगुप्त
निष्काम कर्म-	*'हम श्री, समृद्धि, निष्काम कर्म'*	: फल की इच्छा रखे बगैर किया गया काम	**पं.ग्रं.-1**/313	तीन/ज्योत्स्ना
निष्किंचन-	*'हाय! मुझे निष्किंचन क्योंकर डाला रे! मेरे अभिमान'*	: तुच्छ, अकिंचन	**प्र.ग्रं.-1**/241	बिखरा हुआ प्रेम/झरना
निष्क्रिय लय-	*'मुझ में नित बनते मिटते प्रिय स्वर्ग मुझे क्या, निष्क्रिय लय क्या?'*	: खामोशी के साथ अपने प्रिय में लीन हो जाना	**म.सा.-1**/183	तुम मुझ में प्रिय! फिर परिचय क्या!/नीरजा
निष्ठुर-	*'श्री बिखेर, मुख-फेर कली के निष्ठुर पीड़न'*	: प्रेम की पीड़ा देने वाला प्रेमी	**नि.र.-1**/129	बादल राग
निष्ठुर क्रीड़ा-	*'तुम अपनी निष्ठुर क्रीड़ा के विभ्रम से, बहकाने से'*	: प्रेम का उत्तर रूखे व्यवहार से देना	**प्र.ग्रं.-4**/41	प्रथम अंक/स्कन्दगुप्त
निष्ठुर जड़ विषाद-	*'सब उपल उपेक्षित पड़े रहे जैसे वे निष्ठुर जड़ विषाद'*	: (नदी किनारे के पत्थर मानो) निर्दय, गतिहीन और शोक से युक्त थे	**प्र.ग्रं.-2**/178	इड़ा/कामायनी
निष्ठुर दंशन-	*'जीवन के वे निष्ठुर दंशन जिनकी आतुर पीड़ा'*	: निर्दय चुभन	**प्र.ग्रं.-2**/143	कर्म/कामायनी
निष्ठुर विजय-	*'प्रिय की निष्ठुर विजय हुई, पर यह तो मेरी हार नहीं !'*	: (मनु ने) निर्दयतापूर्वक (श्रद्धा की उपेक्षा करके) विजयभाव को प्राप्त किया	**प्र.ग्रं.-2**/187	स्वप्न/कामायनी
निष्ठुर व्यापार-	*'यह कैसी छलना निर्मम कैसा तेरा निष्ठुर व्यापार?'*	: प्रेम-प्रकरण में दिल दुखानेवाली गतिविधियाँ	**म.सा.-1**/94	प्रथम प्रणय की सुषमा सा/नीहार
निष्पात-	*'बिखरी छूटीं शफरी-अलकें निष्पात नयन-नीरज पलकें'*	: (पलकों का) गिरना बंद हो गया, आँखें तरेर कर	**नि.र.-1**/302	तुलसीदास
निष्प्रश्रय-	*'भारती-रूप में सुरभि-छन्द निष्प्रश्रय'*	: विकसित होना	**नि.र.-1**/304	तुलसीदास
निष्प्रीति-	*'नैतिक-नीरस, निष्प्रीति, छद्म ज्यों, पाते'*	: प्रेमविहीन, प्रेम न पाना	**नि.र.-1**/299	तुलसीदास
निष्फल-	*'एक विराग-पूर्ण संसृति में ज्यों निष्फल आरम्भ नवीन'*	: बेकार, व्यर्थ, परिणामविहीन	**प्र.ग्रं.-2**/75	आशा/कामायनी

शब्द- काव्य-पंक्ति	: अर्थ	ग्रंथावली/पृ.सं.	स्रोत/संदर्भ
निष्फल अंधकार- *'श्रद्धा की अब वह मधुर निशा फैलाती निष्फल अंधकार!'*	: नकारात्मक अँधेरा, घना अँधेरा	**प्र.ग्रं.-2**/157	ईर्ष्या/कामायनी
निष्फल जीवन- *'जिसके निष्फल जीवन ने जल जल कर देखीं राहें'*	: साधक का दीपक-रूपी जीवन जल-जल कर राह देखते हुए समाप्त हो जाने के कारण निष्फल है	**म.सा.-1**/54	जो मुखरित कर जाती थी/नीहार
निसंग- *'निर्गुण, निसंग, निस्पृह, वितान'*	: निस्संग, अनासक्त	**पं.ग्रं.-2**/15,	ए मिट्टी के ढेले/युगपथ
निसंग आकाश- *'शून्य जीवन निसंग आकाश'*	: अनासक्त-भाव का प्रतीक आकाश	**पं.ग्रं.-1**/260	रूप-तारा तुम पूर्ण प्रकाम/गुंजन
निसर्ग- *'स्वर में निसर्ग संगीत सार!'*	: प्राकृतिक	**पं.ग्रं.-2**/22	मानव/युगपथ
निसर्ग सुन्दरता- *'जिसमें इतराई फिरती/नारी निसर्ग सुन्दरता;'*	: प्राकृतिक सौन्दर्य	**प्र.ग्रं.-2**/34	आँसू
निस्तब्ध- *'बहती सरस्वती वेग भरी निस्तब्ध हो रही निशा श्याम'*	: ठहरी हुई शांत (रात)	**प्र.ग्रं.-2**/173	इड़ा/कामायनी
निस्तब्ध- *'सब सभा रही निस्तब्ध : राम के स्तिमित नयन'*	: खामोश, चुपचाप	**नि.र.-1**/334	राम की शक्ति-पूजा
निस्तब्ध अलस- *'निस्तब्ध अलस बनकर सोयी चलती न रही चंचल बयार'*	: ठहरी हुई और आलस्य से युक्त (वायु)	**प्र.ग्रं.-2**/179	इड़ा/कामायनी
निस्तरंग- *'मूर्च्छित जीवन सर निस्तरंग नीहार घिर रहा था अपार'*	: तरंगहीन, भावशून्य	**प्र.ग्रं.-2**/179	इड़ा/कामायनी
♦ *'उड़ गया मुक्त नभ निस्तरंग'*	: तरंगहीन, अचंचल	**नि.र.-1**/286	तुलसीदास
♦ *'रंगों के बादल निस्तरंग, रूपों के शत-शत वीचि-भंग'*	: स्थिर, तरंगहीन, रुका हुआ	**म.सा.-1**/379	क्यों अश्रु न हों शृंगार मुझे!/दीप-शिखा
निस्तल- *'असहन निस्तल की/कहती, 'प्रिय-पथ दुस्तर'*	: तल रहित, अतल, बहुत गहराई में	**नि.र.-1**/263	वे गये असह दुख भर
♦ *'गाती हो निस्तल के गान'*	: अतल, गहराई (के गान गाती है लहर)	**पं.ग्रं.-1**/190	वीचि विलास/पल्लव
निस्तल जल- *'सुनता हूँ, इस निस्तल जल में'*	: अथाह पानी	**पं.ग्रं.-1**/262	जीवन की चंचल सरिता में/गुंजन
निस्तल विभ्रम- *'प्रेयसी के, प्रणय के, निस्तल विभ्रम के'*	: अन्तहीन विलास के	**नि.र.-1**/293	तुलसीदास
निस्तार- *'ओ यायावर! अब तेरा निस्तार कहाँ है?'*	: बचाव, उद्धार	**प्र.ग्रं.-2**/207	संघर्ष/कामायनी
निस्तेज गोलक- *'गिर रहा निस्तेज गोलक जलधि में असहाय'*	: डूबता हुआ सूरज	**प्र.ग्रं.-2**/112	वासना/कामायनी
निस्पंद- *'उस निस्पंद रंग मंदिर के व्योम में'*	: स्पन्दन-विहीन, निश्चल	**प्र.ग्रं.-1**/351	प्रलय की छाया/लहर
♦ *'निस्पंद पड़ी हैं आँखें/बरसाने वाली आँधी!'*	: निश्चेष्ट, शांत, सूनापन	**म.सा.-1**/54	जो मुखरित कर जाती थी/नीहार
♦ *'निस्पंद पड़ी वीणा से/या बिखरे मानस देखूँ'*	: खामोश, गतिहीन, नीरव, उदास	**म.सा.-1**/134	कह दे माँ क्या अब देखूँ!/रश्मि
♦ *'धूमहीन निस्पंद जगत में जल बुझ, यह क्रंदन करता क्यों?'*	: स्पंदन से हीन, जड़वत्	**म.सा.-1**/213	प्रिय! जिसने दुख पाला हो!/नीरजा
निस्पंद कण कण- *'नींद थी मेरी अचल निस्पंद कण कण में'*	: गतिहीन जड़वत् प्रत्येक कण	**म.सा.-1**/177	बीन भी हूँ मैं तुम्हारी/नीरजा
निस्पंदता- *'पर न हो निस्पंदता में चञ्चला भी स्नात देखो!'*	: गतिहीनता	**म.सा.-1**/274	आज मेरे नयन के तारक.../सांध्य गीत

शब्द-	काव्य-पंक्ति	: अर्थ	ग्रंथावली/पृ.सं.	स्रोत/संदर्भ
निस्पृह-	*'छिपी रहूँ निस्पृह, निर्भय,/कहूँ दिखा दे चन्द्रोदय'*	: बिना किसी आकांक्षा के	**पं.ग्रं.**-1/92	मैं सबसे छोटी होऊँ/वीणा
♦	*'निर्गुण, निसंग, निस्पृह, वितान'*	: स्पृहा (तीव्र इच्छा) से मुक्त	**पं.ग्रं.**-2/15	ए मिट्टी के ढेले/युगपथ
निस्पृह न्यायासन-	*'ये निस्पृह न्यायासन वाले चूक न सकते तनिक वित्त से'*	: निष्काम भाववाले न्यायाधीश	**प्र.ग्रं.**-2/261	रहस्य/कामायनी
निस्वन-	*'गूँजता किलकारी निस्वन'*	: आवाज	**प्र.ग्रं.**-1/307	तुम्हारी आँखों का बचपन/लहर
♦	*'स्वर का मधु-निस्वन रंध्रों में/जैसे कुछ दूर बजे बंसी'*	: नीरव, ध्वनि-रहित	**प्र.ग्रं.**-2/101	काम/कामायनी
♦	*'यह क्या तम में करता सनसन? धारा का ही क्या यह निस्वन!'*	: शब्द, ध्वनि से व्यक्त शब्द	**प्र.ग्रं.**-2/242	दर्शन/कामायनी
♦	*'जिस मुरली के निस्वन से यह शून्य रागमय होता'*	: ध्वनि से युक्त शब्द	**प्र.ग्रं.**-2/277	आनन्द/कामायनी
♦	*'स्वर का मधु निस्वन रंध्रों में'*	: ध्वनि	**प्र.ग्रं.**-2/350	आवरण/असंकलित कविताएँ
निस्वन दिगंत में रहे रुद्ध-	*'निस्वन दिगंत में रहे रुद्ध सहसा बोले मनु 'अरे कौन'*	: नीरव क्षितिज मानो अवरूद्ध था	**प्र.ग्रं.**-2/179	इड़ा/कामायनी
निस्संग-	*'ये निस्संग, किन्तु कर लेते कुछ सम्बन्ध-विधान मुक्ति से'*	: अनासक्त	**प्र.ग्रं.**-2/260	रहस्य/कामायनी
♦	*'दृढ़ सहता निस्संग मौन रह,/ज्योति-सिन्धु-ज्वाला असहन'*	: निष्काम, निर्लिप्त	**नि.र.**-1/192	वसन्त-समीर
♦	*'केलि-कलिकाओं में निस्सङ्ग खुल गये गीतों के आकार'*	: स्वाभाविक रूप से	**नि.र.**-1/265	तुम्हें ही चाहा
निस्संबल-	*'निस्संबल होकर तिरती हूँ इस मानस की गहराई में'*	: आधारहीन	**प्र.ग्रं.**-2/129	लज्जा/कामायनी
♦	*'जब निस्संबल होकर कोई जोड़ रहा बिखरी कड़ियाँ'*	: असहाय, बेबस	**प्र.ग्रं.**-2/187	स्वप्न/कामायनी
निस्सहाय-	*'निस्सहाय, त्रस्त भी उपाय शून्य!'*	: असहाय, जिसे सहायता नहीं मिल पा रही हो	**नि.र.**-1/157	महाराज शिवाजी का पत्र
निस्सार-	*'यह मूर्च्छित मूर्च्छना आह-सी/निकलेगी निस्सार'*	: सारहीन, निरर्थक	**प्र.ग्रं.**-3/272	प्रथम अंक/अजातशत्रु
♦	*'इसकी वीणा को निस्सार?'*	: जिसमें सार तत्त्व का अभाव हो, प्रारम्भिक काव्य-कौशल का कच्चापन	**पं.ग्रं.**-1/81	उत्सर्ग/वीणा
निस्सार मानस-कोष-	*'निस्सार मानस-कोष में हो मञ्जु हीरक की कनी'*	: सारविहीन मन की दुनिया, मन की अस्थिर परिधि	**म.सा.**-1/85	विस्मृति तिमिर में दीप हो/नीहार
निस्सीम-	*'उन्हें खींच निस्सीम व्योम की'*	: सीमाहीन, असीम, अनन्त	**नि.र.**-1/126	यमुना के प्रति
निस्सीम गगन-	*'भावना के निस्सीम गगन'*	: अनन्त आकाश	**प्र.ग्रं.**-1/305	आह रे, वह अधीर यौवन/लहर
♦	*'पर समा गये थे,मेरे मन के निस्सीम गगन में'*	: सीमाहीन आकाश की तरह मन है	**प्र.ग्रं.**-2/10	आँसू
निस्सीम प्रिय-	*'मैं मिटी निस्सीम प्रिय में, वह गया बँध लघु हृदय में'*	: प्रिय की अनंतता या विराटता	**म.सा.**-1/229	प्राणपिक प्रिय-नाम रे कह!/नीरजा
निस्सीम हिलोर-	*'हम नभ की निस्सीम हिलोर'*	: अनन्त तक पहुँचतीं स्वर-लहरियाँ	**पं.ग्रं.**-1/202	विश्व वेणु/पल्लव
निहत-	*'कोटि मनुजों के, निहत अकाल'*	: हत किया हुआ, मारा गया हुआ	**पं.ग्रं.**-1/228	परिवर्तन/पल्लव

शब्द- काव्य-पंक्ति	: अर्थ	ग्रंथावली/पृ.सं.	स्रोत/संदर्भ
निहाल- *'तुम्हारे चल पद चूम निहाल'*	: धन्य-धन्य हो जाना, खुश और आबाद हो जाना	**पं.ग्रं.**-1/257	मधुवन/गुंजन
नींद का जल- *'पलक सीपें नींद का जल स्वप्नमुक्ता रच रहे, मिल'*	: नींद-रूपी जल-बिंदु	**म.सा.**-1/227	मत अरुण घूँघट खोल री!/नीरजा
नींद-निशि-क्षितिज-पार- *'फैला अपने मृदु स्वप्न-पंख उड़ गई नींद-निशि-क्षितिज-पार'*	: रात की नींद क्षितिज के पार चली गयी	**म.सा.**-1/103	चुभते ही तेरा अरुण बान!/रश्मि
नीचा हो उठता जो- *'नीचा हो उठता जो धीमे-धीमे निश्वासों से'*	: (साँसों के आने-जाने से छाती का) उठना-गिरना	**प्र.ग्रं.**-2/145	कर्म/कामायनी
नीड़ मनोहर कृतियों का- *'यह नीड़ मनोहर कृतियों का यह विश्व कर्म रंगस्थल है'*	: मन को सुन्दर लगनेवाली रचनाओं से बना यह संसार मानो घोंसले की तरह आकर्षक है	**प्र.ग्रं.**-2/106	काम/कामायनी
नीड़-विहंगम- *'कम्पित जंगम, — नीड़-विहंगम'*	: पक्षियों के घोसले	**नि.र.**-1/129	बादल राग
नीड़स्थ- *'नीड़स्थ पक्षी की/तम-विभावरी गयी'*	: घोसले में स्थित, आवागमन के बंधन में बँधा जीव	**नि.र.**-1/184	जागरण
नीति-निधान- *'आवर्तन-परिवर्तन के तुम नायक नीति-निधान'*	: नीतियों के संरक्षक	**नि.र.**-1/113	कण
नीप- *'तोलते कुरबक सलिल-घन, कण्टकित है नीप का तन'*	: कदंब या कदम का पेड़	**म.सा.**-1/277	दीप तेरा दामिनी! /सांध्य गीत
नीरज सित- *'इसमें उपजा यह नीरज सित कोमल कोमल लज्जित मीलित'*	: आँसुओं के बीच आँखों का सफेद हिस्सा श्वेत कमल की तरह दिख रहा है	**म.सा.**-1/167	प्रिय इन नयनों का अश्रु-नीर/नीरजा
नीरजा- काव्य-संग्रह का नाम	: धूलरहित	**म.सा.**-1	
नीरद जलधि- *'नीरद जलधि लुब्ध हो भीमा प्रकृति, हृदय भय भरे हुए'*	: बादल और समुद्र	**प्र.ग्रं.**-3/209	द्वितीय अंक/विशाख
नीरद माला- *'नव तमाल श्यामल नीरद माला भली'*	: मेघमाला, मेघ-समूह	**प्र.ग्रं.**-1/228	पावस प्रवास/झरना
नीरदमाला- *'झंझा झकोर गर्जन था/बिजली थी, नीरदमाला'*	: बादलों की श्रृंखला, मेघों का जमावड़ा	**प्र.ग्रं.**-2/7	आँसू
◆ *'शरद नीरदमाला के बीच तड़प ले चपला-सी भयभीत'*	: मेघमाला	**प्र.ग्रं.**-4/187	प्रथम अंक/चन्द्रगुप्त
नीरदों- *'नीरदों में मंद्र गति-स्वन,/वात में उर का प्रकंपन'*	: बादलों में, नीरद	**म.सा.**-1/361	निमिष से मेरे विरह के.../दीप-शिखा
नीरधर- *'चिर निराशा नीरधर से, प्रतिच्छायित अश्रु-सर से'*	: बादल	**प्र.ग्रं.**-2/221	निर्वेद/कामायनी
नीर बहा- *' "आह प्राणप्रिय! यह क्या? तुम यों।" घुला हृदय बन नीर बहा'*	: आँसू बह पड़े	**प्र.ग्रं.**-2/219	निर्वेद/कामायनी
नीर भरी- *'मैं नीर भरी दुख की बदली!'*	: जल-बिंदुओं या आँसुओं से भरी हुई बदली या स्त्री	**म.सा.**-1/273	मैं नीर भरी दुख की बदली!/सांध्य गीत
नीरव- *'श्रद्धा नीरव सर सहलाती आँखों में विश्वास भरे'*	: चुपचाप	**प्र.ग्रं.**-2/222	निर्वेद/कामायनी
◆ *'चल रही इड़ा भी वृष के दूसरे पार्श्व में नीरव'*	: चुपचाप	**प्र.ग्रं.**-2/267	आनन्द/कामायनी
नीरव आवाहन- *'जो मुखरित कर जाती थी मेरा नीरव आवाहन'*	: मौन पुकार, अजपा जाप	**म.सा.**-1/54	जो मुखरित कर जाती थी/नीहार
नीरव उच्छ्वास- *'स्वर्ग का था नीरव उच्छ्वास देव-वीणा का टूटा तार'*	: उदास और खामोश साँसों का आना-जाना	**म.सा.**-1/71	स्वर्ग का था नीरव उच्छ्वास/नीहार

शब्द-	काव्य-पंक्ति	: अर्थ	ग्रंथावली/पृ.सं.	स्रोत/संदर्भ
नीरव कूल-	*'विधुर हृदय की मृदु कंपन सा सिहर उठा वह नीरव कूल'*	: निष्कंप क्षितिज मानो नक्षत्र लोक का किनारा है	**म.सा.**-1/30	रजत करों की मृदुल तूलिका/नीहार
नीरव कोर-	*'करुण नयनों की नीरव कोर'*	: आँखों का खामोश किनारा (दु:ख और निराशा के कारण)	**पं.ग्रं.**-1/115	गहन कानन!/वीणा
नीरव घन-	*'परिमल भर लावे नीरव घन गले न मृदु उर आँसू बन बन'*	: खामोश बादल, बारिश के पहले बादलों का चुपचाप घिरना	**म.सा.**-1/196	आ मेरी चिर मिलन-यामिनी!/नीरजा
नीरव जलने दो-	*'यह मंदिर का दीप इसे नीरव जलने दो!'*	: खामोशी से जलते हुए दीप को अपनी साधना पूरी करने दो	**म.सा.**-1/335	यह मंदिर का दीप... /दीप-शिखा
नीरव तम की छाया-	*'नीरव तम की छाया में छिप सौरभ की अलकों में'*	: रात के खामोश गहरे अँधेरे में	**म.सा.**-1/52	इन हीरक से तारों को/नीहार
नीरवता-	*'नीरवता ही करती उसकी पूरी भाव-व्यञ्जना'*	: खामोशी, मौन	**नि.र.**-1/96	बहू
नीरवता की गहराई-	*'नीरवता की गहराई में मग्न अकेले रहते थे'*	: निर्जनता के कारण चारों तरफ खामोशी छाई रहती थी और मनु उस मौन की गहराई में रहने को अभिशप्त थे	**प्र.ग्रं.**-2/74	आशा/कामायनी
नीरवते-	*'विस्मृति आ, अवसाद घेर ले, नीरवते! बस चुप कर दे;'*	: खामोशी, ध्वनिविहीनता	**प्र.ग्रं.**-2/54	चिंता/कामायनी
नीरव दिगन्त-	*'नीरव दिगन्त के शब्द मौन'*	: सुनसान क्षितिज	**पं.ग्रं.**-2/20	शुक्र/युगपथ
नीरव नभ-	*'नीरव नभ के नयनों पर हिलती हैं रजनी की अलकें'*	: निशब्द आकाश, आकाश मानो प्रेम के वशीभूत हो अवाक् है	**म.सा.**-1/32	बनबाला के गीतों सा /नीहार
नीरव निशीथ-	*'नीरव निशीथ में लतिका-सी तुम कौन आ रही हो बढ़ती?'*	: मौन रात्रि, रात की खामोशी	**प्र.ग्रं.**-2/123	लज्जा/कामायनी
नीरव पद-	*'पलकों में नीरव पद की गति लघु उर में पुलकों की संसृति'*	: तुम्हारे मौन पद-चाप (पलकों के नीरव संचालन में महसूस करती हूँ)	**म.सा.**-1/182	तुम मुझ में प्रिय! फिर परिचय क्या!/नीरजा
नीरव-पद-संचार-	*'कुसुमित कानन में नीरव-पद-सञ्चार'*	: दबे पाँव जाना	**नि.र.**-1/72	विधवा
नीरव प्रशांति-	*'नीरव प्रशांति का मौन बना'*	: अत्यधिक शांति, ध्वनिविहीन शांत वातावरण	**प्र.ग्रं.**-1/317	अपलक जगती हो एक रात/लहर
नीरव भाषा-	*'खुलकर अति प्रिय नीरव भाषा ठंडी उस चितवन से'*	: मौन भाषा, शब्दहीन बातचीत	**नि.र.**-1/97	बहू
नीरव भिक्षा-	*'आँखों की नीरव भिक्षा में आँसू के मिटते दागों में'*	: आँखें निशब्द भिक्षा माँग रही हों	**म.सा.**-1/40	मिल जाता काले अंजन में/नीहार
नीरव भूतल-	*'अपलक अनन्त, नीरव भूतल'*	: धरती मौन है	**पं.ग्रं.**-1/274	नौका-विहार/गुंजन
नीरव मानस-	*'मेरे नीरव मानस में/वे धीरे-धीरे आए!'*	: जिस मन में कोई उथल-पुथल न हो	**म.सा.**-1/90	उच्छ्वासों की छाया में/नीहार
नीरव माला-	*'आँसू की नीरव माला!'*	: ओस की लड़ी मानो चुपचाप बहते आँसुओं की माला है	**पं.ग्रं.**-1/248	चाँदनी/गुंजन
नीरव-मुरली-	*'नीरव-मुरली, कलरव चुप, अलिकुल थे बन्द नलिन में'*	: बाँसुरी खामोश है	**प्र.ग्रं.**-2/16	आँसू
नीरव रसाल-	*'जग पतझर का नीरव रसाल पहने हिमजल की अश्रुमाल'*	: सन्नाटे से भरा पत्रविहीन आम का पेड़	**म.सा.**-1/228	जग करुण करुण, मैं मधुर मधुर!/नीरजा

शब्द-	काव्य-पंक्ति	: अर्थ	ग्रंथावली/पृ.सं.	स्रोत/संदर्भ
नीरव राग-	*'वेदना की वीणा पर देव शून्य गाता हो नीरव राग'*	: केवल अनुभूत होनेवाला गायन, निश्शब्द गायन	**म.सा.**-1/50	थकी पलकें सपनों पर डाल/नीहार
नीरव रोदन-	*'मिटना था निर्वाण जहाँ नीरव रोदन था पहरेदार'*	: प्रेम की पीड़ा के साम्राज्य की पहरेदारी मानो निःशब्द रुलाई कर रही थी	**म.सा.**-1/31	रजत करों की मृदुल तूलिका/नीहार
◆	*'हमारा मानसकुञ्ज उजाड़/दे गया नीरव रोदन कौन?'*	: निश्शब्द रुलाई	**म.सा.**-1/66	समीरण के पंखों में गूँथ/नीहार
नीरव संगीत-	*'किन्तु तेरा नीरव संगीत निरंतर करता है आह्वान'*	: उस प्रियतम/नियति की आवाज अनुगूँज बनकर मौन संगीत की तरह मन में बजती रहती है	**म.सा.**-1/61	घोर घन की अवगुण्ठन डाल/नीहार
नीरस वन का फूल-	*'किसी अपरिचित डाली से गिरकर जो नीरस वन का फूल'*	: एकांत वन में खिला निर्गंध कुसुम (अनासक्त मनुष्य)	**म.सा.**-1/97	जिसमें नहीं सुवास नहीं जो/नीहार
नील-	*'हे सागर संगम अरुण नील'*	: नीले रंग का समुद्र	**प्र.ग्रं.**-1/299	हे सागर संगम अरुण नील/लहर
◆	*'कटि में लिपटा था नवल वसन वैसा ही हल्का बुना नील'*	: नीले रंग का	**प्र.ग्रं.**-2/160	ईर्ष्या/कामायनी
नील आवरण-	*'ओ नील आवरण जगती के दुर्बोध न तू ही है इतना;'*	: अँधेरा	**प्र.ग्रं.**-2/98	काम/कामायनी
नील-कंचु-	*'सजल-छबि, नील-कंचु, तन गौर'*	: केंचुल की तरह नीला आवरण (आकाश)	**पं.ग्रं.**-1/265	प्राण! तुम लघु-लघु गात/गुंजन
नील कुंज-	*'नव नील कुञ्ज हैं झीम रहे, कुसुमों की कथा न बंद हुई;'*	: हरे-भरे लता-वितान	**प्र.ग्रं.**-2/99	काम/कामायनी
नील-कमल-कलिकाएँ-	*'काँपी भीरु मृणाल वृन्त पर नील- कमल-कलिकाएँ थर-थर'*	: नीले रंग के कमल की कलियाँ	**नि.र.**-1/211	बह चली अब अलि, शिशिर-समीर!
नील-कुमकुम-	*'धूम-लेखा स्वर्ण-अक्षत नील-कुमकुम वारती ले'*	: नीली बिंदी	**म.सा.**-1/393	पूछता क्यों शेष कितनी रात?/दीप-शिखा
नील-गगन-सागर-	*'प्रिय, नील-गगन-सागर तिर'*	: समुद्र-रूपी नीला आकाश	**नि.र.**-1/189	वासन्ती
नील गरल-	*'नील गरल से भरा हुआ यह चंद्र-कपाल लिये हो'*	: काले रंग का कालकूट जहर, हलाहल, काली रात	**प्र.ग्रं.**-2/143	कर्म/कामायनी
नील घन-शावक-	*'नील घन-शावक से सुकुमार सुधा भरने को विधु के पास'*	: नीले बादलों के बच्चे, बादल के छोटे-छोटे टुकड़ों की तरह श्रद्धा के घुँघराले बाल लग रहे हैं	**प्र.ग्रं.**-2/84	श्रद्धा/कामायनी
नील चीर-	*'उड़ता नभ में अछोर तेरा नव नील चीर!'*	: बादलों के कपड़े मानो नीले रंग की साड़ी है	**म.सा.**-1/351	मिट चली घटा अधीर!/दीप-शिखा
नील-ज्योति-वसन-	*'यही नील-ज्योति-वसन पहन नीलनयनहसन'*	: नीली ज्योति में ऐसे डूबा मानो नीला वस्त्र पहने हो	**नि.र.**-1/270	डूबा रवि अस्ताचल
नील झंकार-	*'जहाँ तक गयी नील झंकार'*	: नीले आकाश के विस्तार तक पहुँची हुई कवि की वाणी	**पं.ग्रं.**-1/263	आज शिशु के कवि को अनजान/गुंजन
नील तमस-	*'ऊर्ध्व देश उस नील तमस में स्तब्ध हो रही अचल हिमानी'*	: गहरा नीला (काला) अंधकार	**प्र.ग्रं.**-2/251	रहस्य/कामायनी

शब्द- काव्य-पंक्ति	: अर्थ	ग्रंथावली/पृ.सं.	स्रोत/संदर्भ
नील तमाल- *'निशा का नील तमाल—'*	: गहरे हरे रंग (नीला) के तमाल वृक्ष की तरह है श्यामल रात	**पं.ग्रं.-1**/378	द्वितीय दृश्य/परी
नील तुहिन-जलनिधि- *'तू नील तुहिन-जलनिधि बन कर फैला है कितना वार-पार'*	: गहरे आसमानी रंग का फैला कुहासा समुद्र की तरह है	**प्र.ग्रं.-2**/172	इड़ा/कामायनी
नीलनभ-गर्ज्जित-स्वर- *'शतशेलसम्वरणशील, नीलनभ-गर्ज्जित-स्वर'*	: नीले आकाश में गरजता स्वर	**नि.र.-1**/329	राम की शक्ति-पूजा
नील नयन- *'नील नयन से ढुलकाती हो,'*	: (आकाश-रूपी) नीली आँखों (से)	**प्र.ग्रं.-1**/298	ले चल वहाँ भुलावा देकर/लहर
नीलनयनहसन- *'यही नील-ज्योति-वसन पहन नीलनयनहसन'*	: नीली आँखों की हँसी	**नि.र.-1**/270	डूबा रवि अस्ताचल
नील नलिन- *'नील नलिन से नेत्र चपल मद से भरे'*	: नीले कमल (की तरह आँखें)	**प्र.ग्रं.-1**/226	रूप/झरना
♦ *'नील नलिन-सी हैं वे आँख!'*	: नीलकमल, नीले रंग के कमल का फूल	**पं.ग्रं.-1**/253	नील कमल-सी हैं वे आँखें/गुंजन
नील-नलिन रस- *'विस्मृति का नील-नलिन रस बरसे अपांग के घन से'*	: मानो नीलकमल से उत्पन्न नीला रस हो	**प्र.ग्रं.-2**/28	आँसू
नील नलिनों की सृष्टि- *'देव कामिनी के नयनों से जहाँ नील नलिनों की सृष्टि;'*	: नीले कमल-पुष्पों की रचना, देव-कन्याएँ नील नयन से मानो इंदीवर के समूह की सृष्टि कर देती थीं	**प्र.ग्रं.-2**/58	चिंता/कामायनी
नील निलय- *'नक्षत्र-लोक फैला है/जैसे इस नील निलय में'*	: नीला आकाश	**प्र.ग्रं.-2**/4	आँसू
♦ *'दिवा-श्रांत आलोक-रश्मियाँ नील निलय में छिपी कहीं'*	: (शाम के बाद रात का) नीला और अँधेरा आकाश	**प्र.ग्रं.-2**/189	स्वप्न/कामायनी
नील निशा- *'किसी नयन की नील निशा में क्या कर चुका क्षणिक विश्राम'*	: रोमानियत से भरी हुई रात	**प्र.ग्रं.-1**/327	मधुर माधवी संध्या में/लहर
नील निशा अंचल- *'जब नील निशा अंचल में हिमकर थक सो जाते हैं;'*	: रात के नीले आँचल में	**प्र.ग्रं.-2**/30	आँसू
नील-नीरद- *'यही विरुद क्या तुम्हें सुहाता कि नील-नीरद सदय नहीं है'*	: नीले बादल	**प्र.ग्रं.-3**/285	द्वितीय अंक/अजातशत्रु
♦ *'नील नीरद! क्या न बरसोगे कभी'*	: नीले-काले बादल	**प्र.ग्रं.-4**/110	चतुर्थ अंक/स्कन्दगुप्त
नीलपट परिधान- *'तारक-खचित नीलपट परिधान था'*	: रात मानो नीले वस्त्र पहने हुये थी	**प्र.ग्रं.-1**/340	प्रलय की छाया/लहर
नील पटी- *'बरसते हों तारों के फूल छिपे तुम नील पटी में कौन'*	: नीले रंग का आकाश (आवरण)	**प्र.ग्रं.-1**/265	होली की रात/झरना
नील परिधान- *'नील परिधान बीच सुकुमार खुल रहा मृदुल अधखुला अंग;'*	: नीले रंग का वस्त्र, श्रद्धा ने भेड़ की खाल से बना नीला वस्त्र पहन रखा था	**प्र.ग्रं.-2**/84	श्रद्धा/कामायनी
नील प्रतिध्वनि- *'बन नील प्रतिध्वनि नभ अपार'*	: आकाश से लौटती दुखद अनुगूँज, लौटती ध्वनि	**प्र.ग्रं.-2**/173	इड़ा/कामायनी
नीलम- *'तिर रही अतृप्ति जलधि में नीलम की नाव निराली'*	: एक काला रत्न, काली आँखों को नीलम की नाव की तरह बताया गया है	**प्र.ग्रं.-2**/11	आँसू

शब्द-	काव्य-पंक्ति	: अर्थ	ग्रंथावली/पृ.सं.	स्रोत/संदर्भ
◆	*'नव नीलम आम-दलों के'*	: नीले रंग का एक कीमती और सुंदर पत्थर	**नि.र.**-1/189	वासन्ती
नीलम की निस्सीम पटी-	*'नीलम की निस्सीम पटी पर, तारों के बिखरे सित अक्षर'*	: आकाश मानो नीले रंग की पाटिया या स्लेट है	**म.सा.**-1/345	गोधूलि अब दीप जगा ले!/दीप-शिखा
नीलम की प्याली-	*'मानिक मदिरा से भर दी किसने नीलम की प्याली?'*	: काली आँखें मानो नीलम रत्न से बनी प्याली की तरह हैं	**प्र.ग्रं.**-2/11	आँसू
नीलम-कूलों-	*'दूर उन्हीं नीलम-कूलों पर पीड़ा का ले झीना तार'*	: आकाश का गहरा नीला किनारा (क्षितिज)	**म.सा.**-1/41	बहती जिस नक्षत्र लोक में/नीहार
◆	*'तम के नीलम-कूलों पर नित जो ले आती अरुणा सस्मित'*	: गहरे नीले रंग का क्षितिज मानो तट है	**म.सा.**-1/199	कैसे संदेश प्रिय पहुँचाती!/नीरजा
नीलम के अलियों से-	*'पद्मराग-कलियों से विकसित, नीलम के अलियों से मुखरित'*	: नीलम की तरह भौंरे	**म.सा.**-1/222	झरते नित लोचन मेरे हों!/नीरजा
नीलम के मेघ-	*'वे नीलम के मेघ; नहीं— जिनको है घुल जाने की चाह'*	: उस अज्ञात प्रियतम के संसार के मेघ मानो नीलम पत्थर से बने हैं जो घुलना नहीं जानते। वहाँ सब कुछ अनश्वर है	**म.सा.**-1/35	वे मुस्कुराते फूल, नहीं—/नीहार
नीलमणि-	*'नव मुकुल नीलमणि फलक अमल'*	: नीलमणि की तरह नीला आकाश	**प्र.ग्रं.**-1/326	ओ री मानस की गहराई/लहर
नीलम-मंदिर-	*'नीलम-मंदिर की हीरक प्रतिमा सी हो चपला निस्पंद'*	: काले बादलों से घिरा आकाश मानो नीलम से निर्मित मन्दिर की तरह था	**म.सा.**-1/117	फूलों का गीला सौरभ पी/रश्मि
◆	*'रजनी ने नीलम-मंदिर के वातायन खोले'*	: रात मानो नीलम पत्थर से बने घर की तरह है	**म.सा.**-1/288	वह संध्या फूली सजीली!/सांध्य गीत
नीलम मरकत-	*'नीलम मरकत के संपुट दो जिनमें बनता जीवन-मोती'*	: नीलम (नीला) और मरकत (हरा) के आवरणों से बनी आँखें	**म.सा.**-1/363	सब आँखों के आँसू उजले/दीप-शिखा
नीलम-यानों-	*'कनक औ' नीलम-यानों पर दौड़ते जिस पर निशि-वासर'*	: नीलम के बने जहाज पर मानो रात चलती है	**म.सा.**-1/141	न थे जब परिवर्तन दिनरात/रश्मि
नीलम-राज-	*'सजनि नीलम-रज भरे रँग चूनरी के अरुण पीले'*	: नीले चूर्ण की तरह अँधेरे का बरसना	**म.सा.**-1/253	रागभीनी तू सजनि निश्वास भी.../सांध्य गीत
नीलम-शृंगों-	*'जड़ नीलम-शृंगों का वितान मरकत की क्रूर शिला धरती'*	: नीलम के पर्वत की चोटियों की तरह बादल छाए हैं	**म.सा.**-1/383	तेरी छाया में अमिट रंग/दीप-शिखा
नीलम-सोपानों-	*'देखा नीलम-सोपानों पर'*	: आकाश की नीलम-निर्मित सीढ़ियों पर	**नि.र.**-1/299	तुलसीदास
नील लोक-	*'शनि का सुदूर वह नील लोक'*	: (शनि का) कष्टदायक रूपाकार	**प्र.ग्रं.**-2/180	इड़ा/कामायनी
नील-लोहित ज्वाला-	*'यहाँ नील-लोहित ज्वाला कुछ जला-गला कर नित्य ढालती'*	: नीले और लाल रंग की आग की लपट, कष्ट से युक्त कर्म-साधना	**प्र.ग्रं.**-2/260	रहस्य/कामायनी
नील वसन-	*'फटा हुआ था नील वसन क्या ओ यौवन की मतवाली!'*	: रजनी ने गहरे नीले रंग की साड़ी पहन रखी है, नीला आकाश	**प्र.ग्रं.**-2/79	आशा/कामायनी

शब्द-	काव्य-पंक्ति	: अर्थ	ग्रंथावली/पृ.सं.	स्रोत/संदर्भ
नील-वसना-	*'देखा, शारदा नील-वसना हैं सम्मुख स्वयं सृष्टि- रशना'*	: नीले वस्त्र पहने	**नि.र.-1**/303	तुलसीदास
नील-शयन-	*'उसी का नील-शयन यौवन लखा जग ने नव-स्वप्नाकुल'*	: नील है शयन जिसका	**नि.र.-1**/272	विश्व के वारिद-जीवन में
नील सरोरुह-	*'नील सरोरुह-सी वे आँख'*	: नीलकमल	**पं.ग्रं.-1**/254	नील कमल-सी हैं वे आँखें/गुंजन
नील सिंधु-	*'लख ये काले-काले बादल नील सिन्धु में खुले कमल-दल'*	: आकाश	**नि.र.-1**/199	गीत 'ग'
नीलांबर-	*'चंचल अंचल-सा नीलाम्बर!'*	: नीला आकाश (मानो नीला आँचल है)	**पं.ग्रं.-1**/274	नौका-विहार/गुंजन
नीलांबरा-	*'सूर्य-हीरकधरा प्रकृति नीलाम्बरा'*	: नीले वस्त्र पहनी हुई स्त्री, आकाश	**नि.र.-1**/326	प्रेयसी
नीलांशुक-	*'शोभित मृदु नीलांशुक तन पर'*	: आकाश-रूपी नीला वस्त्र	**पं.ग्रं.-1**/351	चार/ज्योत्स्ना
नीला अंचल-	*'आशा का फैल रहा है यह सूना नीला अंचल;'*	: नीला आकाश मानो आँचल है	**प्र.ग्रं.-2**/33	आँसू
नीलाकाश-	*'सरल आँखों का नीलाकाश'*	: आँखें मानो नीले आसमान की तरह अनंत आकर्षण से भरी हैं	**पं.ग्रं.-1**/254	तुम्हारी आँखों का आकाश/गुंजन
नीलालका-	*'घन-नीलालका दामिनी जित ललना वह;'*	: नील+अलका, काले केशवाली	**नि.र.-1**/302	तुलसीदास
नीलिमा-	*'इस गंभीर अनन्त नीलिमा में असंख्य जीवन इतिहास'*	: नीला रंग मानो अनन्तता का प्रतीक हो, आकाश और समुद्र अनन्त हैं और नीले हैं	**प्र.ग्रं.-1**/292	मधुप गुनगुना कर कह जाता/लहर
	◆ *'नीलिमा शयन पर बैठी/अपने नभ के आँगन में'*	: आकाश	**प्र.ग्रं.-2**/28	आँसू
	◆ *'नग्न-नीलिमा-सी व्यक्त भाषा सुरक्षित वह वेदों में आज भी'*	: नीला आकाश	**नि.र.-1**/185	जागरण
	◆ *'नीलिमा ज्यों शून्य से;'*	: आकाश, अनन्त	**नि.र.-1**/326	प्रेयसी
नीलिमा का न्यास-	*'पूछता किसने दिया यह नीलिमा का न्यास'*	: आकाश को दु:ख के नीले रंग से बना ढाँचा किसने दिया है!	**म.सा.-1**/123	स्मित तुम्हारी से छलक.../रश्मि
नीलिमोद्धार-	*'वृष्टि के बाद नीलिमोद्धार'*	: नीलिमा का उद्धार, खुला आकाश, वर्षा के बाद का नीला आकाश	**पं.ग्रं.-1**/100	विलोड़ित सघन गगन में आज/वीणा
नीली किरनों-	*'वरदान सदृश हो डाल रही नीली किरनों से बुना हुआ'*	: शृंगार और आनंद का रंग	**प्र.ग्रं.-2**/124	लज्जा/कामायनी
नीली लहरों बीच-	*'व्यथा से नीली लहरों बीच बिखरते सुख-मणिगण द्युतिमान!'*	: समुद्र की नीली लहरें मानो दु:ख की अभिव्यक्ति हैं	**प्र.ग्रं.-2**/89	श्रद्धा/कामायनी
नीले अंचल-	*'उस असीम नीले अंचल में देख किसी की मृदु मुसक्यान'*	: नीला आकाश	**प्र.ग्रं.-2**/72	आशा/कामायनी
नीलोत्पल-	*'बाल-रवि-किरणों से हँसते नव नीलोत्पल'*	: नीलकमल	**नि.र.-1**/51	पंचवटी प्रसंग:1
	◆ *'छन्द-भ्रमर-गुंजित नीलोत्पल'*	: नीलकमल	**नि.र.-1**/248	घोर शिशिर
	◆ *'ध्यान लग्न नैश गगन,/मूदे पल नीलोत्पल'*	: नीलकमल	**नि.र.-1**/270	डूबा रवि अस्ताचल

शब्द-	काव्य-पंक्ति	: अर्थ	ग्रंथावली/पृ.सं.	स्रोत/संदर्भ
◆	*'नीलोत्पल, ए— (हम)—'*	: नीलकमल (की तरह हैं तारे)	**पं.ग्रं.**-1/293	दो/ज्योत्स्ना
नीहार-	*'ज्योत्स्ना-सी निकल आई! पार कर नीहार'*	: कुहासा, ओस का घना रूप	**प्र.ग्रं.**-2/118	वासना/कामायनी
◆	*'मूर्च्छित जीवन सर निस्तरंग नीहार घिर रहा था अपार'*	: कुहासा	**प्र.ग्रं.**-2/179	इड़ा/कामायनी
◆	*'अशिव उपलाकार मंगल,/द्रवित जल नीहार! (रे, कह)'*	: बर्फ, पानी का घनीभूत रूप	**नि.र.**-1/255	कौन तम के पार
◆	काव्य-संग्रह का नाम	: कुहरा	**म.सा.**-1	
नूपुर-	*'कंकण क्वणित, रणित नूपुर थे, हिलते थे छाती पर हार'*	: घुँघरू से युक्त पायल	**प्र.ग्रं.**-2/57	चिंता/कामायनी
◆	*'गूँजते मधुर नूपुर से मदमाते होकर मधुकर'*	: स्त्री के पैरों का एक आभूषण जिससे 'रणन' की ध्वनि निकलती है	**प्र.ग्रं.**-2/278	आनन्द/कामायनी
◆	*'नूपुरों की झनकार'*	: छोटे घुंघरुओं से युक्त पायल	**नि.र.**-1/93	यहीं
◆	*'नूपुर-सी मैं बजी तुम्हारे लिए'*	: घुँघरूयुक्त पायल	**नि.र.**-1/97	विफल-वासना
◆	*'नूपुर मधुर बज रहे तेरे'*	: घुँघरूयुक्त पायल	**नि.र.**-1/98	प्रिया से
◆	*'बाजे नूपुर रुन-रिन रन-झन/लाज-विवश-सिहरी'*	: एक आभूषण, छोटे घुँघरुओं से युक्त पायल	**नि.र.**-1/198	गीत 'ख'
◆	*'रणन-रणन नूपुर, उर लाज,/लौट रङ्किणी'*	: एक आभूषण	**नि.र.**-1/254	मौन रही हार
◆	*'जिसका नूपुर नाद नवल'*	: घुँघरू-युक्त पैर का आभूषण	**पं.ग्रं.**-1/105	श्रवण चाहिए अलि! केवल/वीणा
नूपुर-उर-	*'शरण-विमुख नूपुर-उर क्षुब्ध'*	: नूपुर जैसा हृदय, उमंग से भरा मन	**नि.र.**-1/122	यमुना के प्रति
नूपुर-चरण-रणन-	*'नूपुर-चरण-रणन जीवन नित वङ्किम चितवन चित-चारु मरण'*	: पैरों में नूपुरों का बजना (जीवन है)	**नि.र.**-1/240	आओ मधुर-सरण मानसि, मन
नूपुर-मंजीर-	*'सजे हुए बजते उसके अधीर नूपुर-मंजीर!'*	: नूपुर-रूपी मंजीर (एक बाजा)	**नि.र.**-1/108	क्या गाऊँ
◆	*'अब अधीर नूपुर-मञ्जीर?'*	: नूपुर का मंजीर (घुँघरू)	**नि.र.**-1/118	यमुना के प्रति
नूपुर-शिंजित-चरण-	*'फेर लो नयन,/चलो मंजु-गुंजर, धर नूपुर-शिञ्जित-चरण'*	: नुपूर की ध्वनि से युक्त चरण, चलने से नूपुर की आवाज हो रही है	**नि.र.**-1/252	लाज लगे तो
नूपुर-सी लिपट मनाती-	*'मतवाली सुन्दरता पग में नूपुर-सी लिपट मनाती हूँ'*	: नूपुर की तरह पैरों से लिपट कर अपनी बात मनवाना	**प्र.ग्रं.**-2/128	लज्जा/कामायनी
नूपुर-स्वन-	*'दिश रचता जाता नूपुर-स्वन जगता जर्जर जग का शैशव!'*	: नूपुर (घुँघरू जड़ा पैर का आभूषण) की झंकार	**म.सा.**-1/315	ओ चिर नीरव!/दीप-शिखा
नूपुरों-	*'नूपुरों की झनकार घुली-मिली जाती थी'*	: घुँघरू वाली पायल	**प्र.ग्रं.**-1/340	प्रलय की छाया/लहर
◆	*'नूपुरों में भी रुन-झुन रुन-झुन रुन-झुन नहीं'*	: घुँघरू वाली पायल	**नि.र.**-1/77	सन्ध्या-सुन्दरी
नृत्य-चपल-	*'नृत्य-चपल अधरों पर आज'*	: नृत्य की चंचलता	**नि.र.**-1/122	यमुना के प्रति
नृत्य-निरत-	*'नटराज स्वयं थे नृत्य-निरत, था अंतरिक्ष प्रहसित मुखरित'*	: तांडव-नृत्य में लीन (शिव)	**प्र.ग्रं.**-2/246	दर्शन/कामायनी
◆	*'नृत्य-निरत सकल सतत'*	: नृत्यशील, नाचते हुए	**पं.ग्रं.**-1/293	दो/ज्योत्स्ना
नृत्यपर-	*'गाती यमुना नृत्यपर, गीत कल-कल स्वर'*	: नाचती हुई	**नि.र.**-1/299	तुलसीदास
◆	*'गोमती क्षीण-कटि नटी नवल नृत्यपर मधुर-आवेश-चपल'*	: नृत्य में	**नि.र.**-1/308	दान
नृत्यपरा-	*'साथ-साथ नृत्यपरा कलि-कलि की अप्सरा'*	: नृत्य में कुशल	**नि.र.**-1/276	रही आज मन में

शब्द- काव्य-पंक्ति	: अर्थ	ग्रंथावली/पृ.सं.	स्रोत/संदर्भ
नृत्य विकंपित-पद- *'प्रकृति त्रस्त थी, भूतनाथ ने नृत्य विकंपित-पद अपना'*	: तांडव-नृत्य के लिए व्यग्र होते शिव के पैर	**प्र.ग्रं.**-2/193	स्वप्न/कामायनी
नृत्य-शिथिल- *'नृत्य-शिथिल बिछली पड़ती है वहन कर रहा उसे समीर'*	: नृत्य के श्रम से थकी हुई (कोकिल की कूक)	**प्र.ग्रं.**-1/327	मधुर माधवी संध्या में/लहर
◆ *'उस नृत्य शिथिल विश्वासों की'*	: नृत्य करने से हुई थकावट	**प्र.ग्रं.**-2/348	आवरण/असंकलित कविताएँ
नृत्यशीला- *'नृत्यशीला शैशव की स्फूर्तियाँ'*	: नृत्य की प्रवृत्ति वाली	**प्र.ग्रं.**-1/339	प्रलय की छाया/लहर
नृशंस नृप-से- *'तुम नृशंस नृप-से जगती पर चढ़ अनियन्त्रित'*	: मनुष्य को सतानेवाले राजा की तरह	**पं.ग्रं.**-1/225	परिवर्तन/पल्लव
नेक- *'शिष्ट पर न अभीष्ट जिनका नेक है'*	: अच्छा	**नि.र.**-1/40	जन्मभूमि
नेगी- *'गरलामृत शिव आशुतोष-बल/विश्व सकल नेगी'*	: प्रार्थी	**नि.र.**-1/227	रूखी री यह डाल
नेत्र निमीलन- *'नेत्र निमीलन करती है फिर खोलती'*	: आँखों को मूँद लेना	**प्र.ग्रं.**-1/228	पावस प्रवास/झरना
◆ *'नेत्र निमीलन करती मानो प्रकृति प्रबुद्ध लगी होने;'*	: आँखें बन्द करना	**प्र.ग्रं.**-2/67	आशा/कामायनी
नेह-कन- *'पलकों में भर नवल नेह-कन प्राणों में पीड़ा की कसकन'*	: स्नेह के आँसू	**म.सा.**-1/132	सजनि कौन तम में परिचित सा/रश्मि
नेह का नीर- *'इन आँखों ने देखी न राह कहीं, इन्हें धो गया नेह का नीर नहीं'*	: प्रेम का जल आँसू	**म.सा.**-1/129	इन आँखों ने देखी न राह कहीं/रश्मि
नेही की रीत- *'प्रतीक्षा का आलोकित पंथ सिखा दो ना नेही की रीति'*	: प्रेमी की पद्धति, प्रेमी के उसूल	**म.सा.**-1/83	मूक करके मानस का ताप/नीहार
नेही दीप- *'अनोखे मेरे नेही दीप'*	: प्रेमी की तरह दीपक	**म.सा.**-1/83	मूक करके मानस का ताप/नीहार
नैन पखार- *'रजत किरणों से नैन पखार अनोखा ले सौरभ का भार'*	: आँखें धोकर, फूल अपनी आँखों को चाँदनी से धोते हैं	**म.सा.**-1/93	मधुरिमा के, मधु के अवतार/नीहार
नैमित्तिक- *'कुल कान्यकुब्ज, यह नैमित्तिक'*	: निमित्त से युक्त, सोद्देश्य	**नि.र.**-1/322	सरोज-स्मृति
नैया मेरे मन की- *'सूखे सिकता सागर में यह नैया मेरे मन की'*	: मन-रूपी नौका	**प्र.ग्रं.**-2/21	आँसू
नैराश्य- *'तुम्हें ठुकरा जाता नैराश्य हँसा जाती है तुमको आश'*	: निराशा का भाव, उदासी का भाव	**म.सा.**-1/72	स्वर्ग का था नीरव उच्छ्वास/नीहार
नैवेद्य- *'धूप-अर्घ्य नैवेद्य अपरिमित तम में सब होंगे अंतर्हित'*	: प्रसाद, पूजा में चढ़ायी गयी भोज्य सामग्री	**म.सा.**-1/335	यह मंदिर का दीप.../दीप-शिखा
नैश- *'ध्यान लग्न नैश गगन,/मूदे पल नीलोत्पल'*	: रात का	**नि.र.**-1/270	डूबा रवि अस्ताचल
नैश अन्ध पथ- *'प्रात तव द्वार पर, आया, जननि, नैश अन्ध पथ पार कर'*	: रात के अँधेरे रास्ते	**नि.र.**-1/275	प्रात तव द्वार पर
नैश तम- *'नैश तम में, सघन छा जाती घटा'*	: रात के अँधेरे में	**म.सा.**-1/113	कुमुद-दल से वेदना के दाग को/रश्मि
नैश तिमिर- *'भेद रहे हों नैश तिमिर को मेघों के बंदों के तीर'*	: रात का अंधकार	**म.सा.**-1/117	फूलों का गीला सौरभ पी/रश्मि
नैश स्मृति- *'खो जाता विरह-विदग्ध नैश स्मृति का विहाग-राग'*	: रात की यादगार बातें	**नि.र.**-1/145	अमृत में गरल

शब्द- काव्य-पंक्ति	: अर्थ	ग्रंथावली/पृ.सं.	स्रोत/संदर्भ
नैश स्वप्न- *'नैश स्वप्न ज्यों तू मन्द-मन्द फूटी ऊषा जागरण-छन्द'*	: रात के सपने (की तरह)	**नि.र.-1**/319	सरोज-स्मृति
नैशांधकार- *'उतरा ज्यों दुर्गम पर्वत पर नैशान्धकार'*	: रात का अँधेरा	**नि.र.-1**/330	राम की शक्ति-पूजा
नैसर्गिक बात- *'जलना ही रहस्य है बुझना है नैसर्गिक बात'*	: वास्तविकता, प्राकृतिक तथ्य	**म.सा.-1**/112	किन उपकरणों का दीपक/रश्मि
नैसर्गिक वेश- *'अहा! कैसा नैसर्गिक वेश !'*	: प्राकृतिक सजधज, प्राकृतिक सौन्दर्य	**प्र.ग्रं.-1**/264	प्रार्थना/झरना
नैहर- *'केवल कहने को है नैहर?'*	: मायका	**नि.र.-1**/297	तुलसीदास
न्यस्त- *'वे ही सुख-दुख में रहे न्यस्त'*	: जुड़े हुए, निहित	**नि.र.-1**/323	सरोज-स्मृति
न्याय निर्मम- *'यहाँ न्याय निर्मम, चलता है बुद्धि-चक्र, जिसमें न दीनता'*	: पक्षपात-रहित उचित -अनुचित का निर्णय	**प्र.ग्रं.-2**/260	रहस्य/कामायनी
न्यायासन- *'ये निस्पृह न्यायासन वाले चूक न सकते तनिक वित्त से'*	: न्यायाधीश का आसन	**प्र.ग्रं.-2**/261	रहस्य/कामायनी
न्यारा- *'क्षीरनिधि की थी सुप्त तरंग/सरलता का न्यारा निर्झर'*	: विशिष्ट, अनोखा	**म.सा.-1**/71	स्वर्ग का था नीरव उच्छ्वास/नीहार
न्यारी- *'जीवन-अंकुर-सी, सृजन-सूत्र-सी न्यारी'*	: अनोखी, विशिष्ट	**पं.ग्रं.-1**/298,	दो/ज्योत्स्ना
न्यास- *'मैं चिर पथिक वेदना का लिये न्यास!'*	: अमानत, धरोहर, सम्पत्ति	**म.सा.-1**/405	मैं चिर पथिक वेदना का/दीप-शिखा
पंकज-कली- *'पंकज-कली!'*	: कमल के फूल की कली	**म.सा.-1**/265	पंकज-कली!/सांध्य गीत
पंकज-दृग- *'अलस पंकज-दृग अरुण-मुख-/तरुण-अनुरागी'*	: कमल-जैसे नेत्र	**नि.र.-1**/253	(प्रिय) यामिनी जागी
पंकज वन- *'तू भूल न री पंकज वन में,'*	: कमल के फूलों का विस्तृत सरोवर में खिलना	**प्र.ग्रं.-1**/290	उठ उठ री लघु.../लहर
◆ *'खिलती पँखुरी पंकज-वन की'*	: कमल के फूलों का दूर-दूर तक विस्तार	**प्र.ग्रं.-1**/296	जगती की मंगलमयी उषा बन/लहर
पँखुरी- *'खिलती पँखुरी पंकज-वन की'*	: दल, पंखुड़ी	**प्र.ग्रं.-1**/296	जगती की मंगलमयी उषा बन/लहर
पंगु- *'यह छल चलने में अब पंगु हुआ सा समझो'*	: जिसके पाँव खराब हो गए हों, जिसकी गति कुंठित हो गयी हो	**प्र.ग्रं.-2**/205	संघर्ष/कामायनी
पंचतीर्थ- *'फिर पंचतीर्थ को चढ़े सकल गिरिमाला पर, हैं प्राण चपल'*	: पाँचतीर्थों का समाहार, अलग अलग स्थान पर ये तीर्थ भिन्न हैं	**नि.र.-1**/291	तुलसीदास
पंचदश- *'पंचदश में खो, स्व-मातुल के यहाँ'*	: पंद्रह (वर्ष की उम्र)	**पं.ग्रं.-1**/132	ग्रन्थि
पंचदशी- *'कितनी पंचदशी कामिनियाँ'*	: पंद्रहवीं, पूर्णिमा की तरह गोरी	**नि.र.-1**/108	क्या गाऊँ
पंचनद- *'लालसिंह! जीवित कलुष पंचनद का'*	: पंजाब, पाँच नदियों से सिंचित भूमि— सतलज, झेलम, चनाब, रावी, व्यास	**प्र.ग्रं.-1**/333	शेरसिंह का शस्त्र-समर्पण/लहर
पंचबाण- *'बिंधे प्राण पंचबाण/के भी, परिचय-शर'*	: कामदेव	**नि.र.-1**/247	बन्दूँ पद सुन्दर तव
◆ *'मैं देव-सृष्टि की रति-रानी निज पंचबाण से वंचित हो'*	: कामदेव, कामदेव के पाँच प्रकार के बाण— सम्मोहन, उन्मादन, स्तम्भन, शोषण और तापन	**प्र.ग्रं.-2**/127	लज्जा/कामायनी

शब्द-	काव्य-पंक्ति	: अर्थ	ग्रंथावली/पृ.सं.	स्रोत/संदर्भ
पंचभूत-	*'पंचभूत का भैरव मिश्रण, शम्पाओं के शकल-निपात,'*	: आस्तिक दर्शन के अनुसार संसार के पाँच मूल तत्त्व— धरती, आकाश, अग्नि, जल, वायु	**प्र.ग्रं.-2**/59	चिंता/कामायनी
◆	*'पंचभूत का यह तांडवमय/नृत्य हो रहा था कब का'*	: आस्तिक दर्शन के अनुसार संसार के पाँच मूल तत्त्व— धरती, आकाश, अग्नि, जल, वायु	**प्र.ग्रं.-2**/61	चिंता/कामायनी
◆	*'बुद्धि, चित्त, अहंकार पञ्चभूत'*	: पाँच मूल तत्त्व— धरती (मिट्टी) आकाश, आग, पानी और हवा	**नि.र.-1**/184	जागरण
पंच-भूत-	*'पाणि-पादमय पंच-भूत की यहाँ हो रही है उपासना'*	: पाँच मूल भौतिक तत्त्व- आकाश, वायु, तेज, जल, पृथिवी	**प्र.ग्रं.-2**/258	रहस्य/कामायनी
पंचभूत की रचना-	*'इस पंचभूत की रचना में मैं रमण करूँ बन एक तत्त्व'*	: पाँच मूल तत्वों से बना भौतिक संसार— पृथ्वी, आकाश, वायु, अग्नि और जल	**प्र.ग्रं.-2**/167	ईर्ष्या/कामायनी
पंचभूतात्मक-	*'कार्य पंचभूतात्मक तुम हो'*	: पाँच मूल तत्त्वों से यह सृष्टि बनी है— क्षिति (धरती), जल, पावक, गगन, समीर	**नि.र.-1**/113	कण
पंचम-	*'स्वर उठता है कोमल मध्यम, कभी तीव्र होकर भी पंचम'*	: मूल सात स्वरों में से पाँचवाँ स्वर 'पा' का स्वर । कोयल इसी स्वर में गाती है। ध्यातव्य है कि नर कोयल गाता है मादा नहीं, किन्तु हिन्दी में यही प्रचलित है कि 'कोयल गाती है'	**प्र.ग्रं.-3**/230	तृतीय अंक/विशाख
पंचम स्वर-	*'कुहरित भी पञ्चम स्वर/रहे बन्द कर्ण-कुहर'*	: कोयल की आवाज	**नि.र.-1**/311	मित्र के प्रति
◆	*'जब मुरली का मृदु पंचम स्वर कर जाता मन पुलकित अस्थिर'*	: कोयल का मधुर स्वर	**म.सा.-1**/126	अलि अब सपने की बात-/रश्मि
◆	*'गा तेरे ही पंचम स्वर से कुसुमित हो यह डाली डाली!'*	: कोयल का गान	**म.सा.-1**/197	जग ओ मुरली की मतवाली!/नीरजा
पंचम स्वर पिक-सा-	*'वासंती के वन-वैभव में जिसका पंचम स्वर पिक-सा हो'*	: कोयल के पंचम स्वर की तरह	**प्र.ग्रं.-2**/126	लज्जा/कामायनी
पंचसिन्धु-	*'पंचसिन्धु ब्रह्मपुत्र रवितनया गंगा'*	: सिंधु आदि (रावी, सतलज, व्यास, ताप्ती) पाँच नदियाँ	**नि.र.-1**/39	जन्मभूमि
पंथ की बाधा-	*'पंथ की बाधा बनेंगे तितलियों के पर रँगीले?'*	: तुम्हारे रास्ते को रोकनेवाले	**म.सा.-1**/280	चिर सजग आँखें उनींदी .../सांध्य गीत
पंथा-	*'उसकी स्मृति पाथेय बनी है थके पथिक की पन्था की'*	: रास्ता	**प्र.ग्रं.-1**/292	मधुप गुनगुना कर कह जाता/लहर
पंथी-	*'युग युग का पंथी आकुल मन बाँध रहा पथ के रजकण चुन'*	: पथिक, यात्री	**म.सा.-1**/306	तिमिर में वे पद-चिह्न मिले!/सांध्य गीत
पक्ष्मल-	*'फिर लिये मूँद वे पल पक्ष्मल'*	: बड़ी बरौनियोंवाली	**नि.र.-1**/290	तुलसीदास
पखनों-	*'अयि, पल्लव के पखनों पर/पालो कोमल तन पालो'*	: पलकें	**नि.र.-1**/189	वासन्ती
पखार-	*'रजत किरणों से नैन पखार अनोखा ले सौरभ का भार'*	: धोकर	**म.सा.-1**/93	मधुरिमा के, मधु के अवतार/नीहार
◆	*'अनुराग भरा उन्माद राग/आँसू लेते वे पद पखार'*	: प्रियतम के पाँव धोना	**म.सा.-1**/95	जो तुम आ जाते एक बार/नीहार
पगतल-	*'नारी! तुम केवल श्रद्धा हो विश्वास-रजत-नग पगतल में'*	: तलहटी, शरण में	**प्र.ग्रं.-2**/130	लज्जा/कामायनी

शब्द- काव्य-पंक्ति	: अर्थ	ग्रंथावली/पृ.सं.	स्रोत/संदर्भ
पग-द्रवित- *'फिर उर-उर के पथ बन्धुर, पग-द्रवित मसृण ऋजु कर दो,'*	: पैरों के स्पर्श से कोमल कर देना	**नि.र.-1**/191	वासन्ती
पगली- *'पगली हाँ सम्हाल ले कैसे/छूट पड़ा तेरा अंचल;'*	: बावली, अल्हड़, रात के उद्दाम सौन्दर्य को मनु अल्हड़ स्त्री के रूप में देख रहे हैं	**प्र.ग्रं.-2**/79	आशा/कामायनी
पगली-सी- *'पगली-सी कोई अंतर में बैठी जैसे अनुदिन बकती'*	: व्याकुल चेतना	**प्र.ग्रं.-2**/129	लज्जा/कामायनी
पछेड़ा- *'पतवार पुरानी, पवन प्रलय का, कैसा किये पछेड़ा है'*	: पीछे रखना	**प्र.ग्रं.-3**/183	प्रथम अंक/विशाख
पट- *'किसने यह पट है दिया डाल'*	: पर्दा, आवरण	**प्र.ग्रं.-2**/180	इड़ा/कामायनी
◆ *'सुख आता प्यासों के पग धर रुद्ध हृदय के पट लेता कर'*	: कपाट, दरवाजा, हृदय का द्वार	**म.सा.-1**/108	रजतरश्मियों की छाया में.../रश्मि
पटह- *'विकट पटह-से निर्घोषित हो'*	: नगाड़ा, डुगडुगी	**पं.ग्रं.-1**/214	बादल/पल्लव
पटु- *'ले आये कर-पद-क्षालनार्थ पटु हनूमान;'*	: कुशल	**नि.र.-1**/330	राम की शक्ति-पूजा
पटु नभचर- *'हम पटु नभचर, हँसमुख सुन्दर'*	: आकाश में उड़ने में कुशल (जुगनू)	**पं.ग्रं.-1**/307	तीन/ज्योत्स्ना
पट्टिका- *'कोमल काले ऊनों की नव पट्टिका बनाती रुचिर साज'*	: चौड़े पट्टे की तरह ऊन से बना वस्त्र	**प्र.ग्रं.-2**/159	ईर्ष्या/कामायनी
पण- *'फिर भी लड़े थे हम निज प्राण पण से'*	: बाजी, शर्त, प्रण, दृढ़ निश्चय	**प्र.ग्रं.-1**/335	शेरसिंह का शस्त्र-समर्पण/लहर
पण्य- *'जागो, जीवन-धनिके!/ विश्व-पण्य-प्रिय वणिके!'*	: द्रव्य, धन	**नि.र.-1**/256	जागो, जीवन-धनिके!
पतंग- *'आये जो पतंग तुम्हें देखने जले गये'*	: फतिंगा, परवाना	**प्र.ग्रं.-1**/261	तुम/झरना
पतझड़-निस्वन- *'पवन के पतझड़-निस्वन में सुना उत्तर उसने वन में'*	: खामोश पतझड़	**नि.र.-1**/272	विश्व के वारिद-जीवन में
पतझार- *'इस शीत निशा का अंत नहीं, आता पतझार वसंत नहीं'*	: पत्तों को झाड़ देनेवाला	**म.सा.-1**/197	जग ओ मुरली की मतवाली!/नीरजा
◆ *'माँगने पतझार से/हिम-बिंदु तब मधुमास आया!'*	: पतझड़	**म.सा.-1**/254	अश्रु मेरे माँगने जब/सांध्य गीत
◆ *'प्राण-रमा पतझार सजनि अब नयन बसी बरसात री!'*	: पतझड़	**म.सा.-1**/275	प्राण-रमा पतझार सजनि.../सांध्य गीत
◆ *'चितवन करती पतझार हरा!'*	: पतझड़	**म.सा.-1**/304	सखि मैं हूँ अमर सुहाग भरी!/सांध्य गीत
◆ *'लौटते युग कल्प पल,/पतझार औ' मधुमास लौटे'*	: पतझड़	**म.सा.-1**/323	आज तार मिला चुकी हूँ/दीप-शिखा
पतझारें- *'कितनी बीती पतझारें/कितने मधु के दिन आए'*	: पतझड़, उदासी के दिन	**म.सा.-1**/76	जिस दिन नीरव तारों से/नीहार
पतनाघात- *'जीवन, प्रात के लघुपात से, उत्थान-पतनाघात से/रह जाए चुप, निर्द्वंद्व'*	: पतन + आघात, अवनति की चोट	**नि.र.-1**/170	मौन
पतले पत्र- *'सजनि! पतले पत्र से चित्रित जलद'*	: विरल बादलों से बनी सुंदर छवियाँ	**पं.ग्रं.-1**/129	ग्रन्थि

शब्द- काव्य-पंक्ति	: अर्थ	ग्रंथावली/पृ.सं.	स्रोत/संदर्भ
पतवार- *'समर्पण लो सेवा का सार सजल संसृति की यह पतवार,'*	: पार लगाने का साधन, नाव की पतवार	**प्र.ग्रं.-2**/91	श्रद्धा/कामायनी
◆ *'पतवार पुरानी, पवन प्रलय का, कैसा किये पछेड़ा है'*	: नाव को दिशा देनेवाली तिकोनी लकड़ी	**प्र.ग्रं.-3**/183	प्रथम अंक/विशाख
◆ *'टूट गयी पतवार— /जीवन-खेवनहार—'*	: चप्पू	**नि.र.-1**/201	खेवा
◆ *'पतवार घुमा, अब प्रतनु भार'*	: चप्पू, जिस लकड़ी से नाव खेते हैं	**पं.ग्रं.-1**/275	नौका-विहार/गुंजन
पता- *'प्रलय में मेरा पता पदचिह्न जीवन में'*	: पहचान	**म.सा.-1**/177	बीन भी हूँ मैं तुम्हारी/नीरजा
पति- *'वानर-वाहिनी खिन्न, लख निज-पति-चरण-चिह्न'*	: स्वामी (राम)	**नि.र.-1**/329	राम की शक्ति-पूजा
पति-रति में प्रतनु- *'वह रत्नावली, नाम-शोभन पति-रति में प्रतनु, अत: लोभन'*	: पति को प्रसन्न करने में कोमल और तन्वंगी	**नि.र.-1**/295	तुलसीदास
पत्रं पुष्पं- *'ग्रहण करो पत्रं पुष्पम्'*	: उपहार की तुच्छ सामग्री, पत्ते और फूल	**पं.ग्रं.-1**/91	उस सीधे जीवन का श्रम/वीणा
पत्र जीर्ण- *'इन ढेरों में दुखभरी कुरुचि दब रही अभी बन पत्र जीर्ण'*	: जर्जर पत्ते, सूखे पुराने पत्ते	**प्र.ग्रं.-2**/173	इड़ा/कामायनी
पत्र-पुष्प-अर्घ्य- *'पत्र-पुष्प-अर्घ्य ही/सञ्चित था हो रहा'*	: चढ़ाने के लिए फूल-पत्ते	**नि.र.-1**/173	रेखा 'क'
पत्रांक- *'दृग बंद किये, शिथिल,— पत्राङ्क में'*	: पत्तों की गोद	**नि.र.-1**/41	जुही की कली
पथ-धूली- *'आज सजनि उनसे परिचय क्या! वे घन-चुंबित मैं पथ-धूली'*	: रास्ते की धूल की तरह सतह पर होना या लघुता	**म.सा.-1**/235	प्रिय सुधि भूले री मैं पथ भूली!/नीरजा
पथ निरवधि- *'पागल-सी इस पथ निरवधि में'*	: काल (समय) की सीमा में न बँधनेवाला रास्ता	**प्र.ग्रं.-1**/311	कितने दिन जीवन-जलनिधि में/लहर
पथ-निर्देशिनी- *'पथ-निर्देशिनी री!'*	: रास्ता दिखलानेवाली, नींद में सपनों को रात ही रास्ता दिखलाती है	**म.सा.-1**/293	जाग जाग सुकेशिनी री!/सांध्य गीत
पथ-पीड़ा- *'श्रम, ताप और पथ-पीड़ा क्षण भर में थे अन्तर्हित'*	: यात्रा-मार्ग के कष्ट	**प्र.ग्रं.-2**/271	आनन्द/कामायनी
पथ-प्रदर्शिका-सी- *'पथ-प्रदर्शिका-सी चलती धीरे-धीरे डग भरती'*	: मार्ग-दर्शिका, रास्ता दिखानेवाली	**प्र.ग्रं.-2**/269	आनन्द/कामायनी
पथ-प्रदीप- *'हम पथ-प्रदीप उर के बनते'*	: रास्ते को प्रकाशित करनेवाले दीपक	**पं.ग्रं.-1**/308	तीन/ज्योत्स्ना
पथ में बिछकर- *'फिर पथ में बिछकर आँखों में चुपके से भर लेता धूल'*	: रास्ते में फूलों का झड़कर बिखर जाना (गुमनाम अंत)	**म.सा.-1**/97	जिसमें नहीं सुवास नहीं जो/नीहार
पथ-व्यय- *'पथ-व्यय के हित अंचल में कुछ बाँध अश्रु के कन जाता'*	: रास्ते का खर्च मानो आँसू की बूँदें हैं	**म.सा.-1**/132	सजनि कौन तम में परिचित सा/रश्मि
पथ-शूलों- *'जिसको पथ-शूलों का भय हो,'*	: मार्ग के काँटे (व्यवधान)	**म.सा.-1**/304	सखि मैं हूँ अमर सुहाग भरी!/सांध्य गीत
पथ श्रांत- *'पथ श्रान्त तू सुप्त कान्त की स्मृति में चलकर सोती'*	: पथ पर चलने से थका व्यक्ति	**नि.र.-1**/98	प्रिया से
पथ श्रांता- *'तुम पथ श्रान्ता द्रुपद सुता-सी'*	: वनगमन के समय रास्ते में चलकर थकी हुई (द्रौपदी)	**पं.ग्रं.-1**/204	छाया/पल्लव

शब्द- काव्य-पंक्ति	: अर्थ	ग्रंथावली/पृ.सं.	स्रोत/संदर्भ
पथिक- *'उसकी स्मृति पाथेय बनी है थके पथिक की पन्था की'*	: यात्री	**प्र.ग्रं.**-1/292	मधुप गुनगुना कर कह जाता/लहर
पथिक छायामय- *'पथ बिन अंत, पथिक छायामय साथ कुहकिनी रात री!'*	: मेरा प्रिय पथिक छाया की तरह है, वह अज्ञात है	**म.सा.**-1/275	प्राण-रमा पतझार सजनि.../सांध्य गीत
पथिक-प्रिया-सी- *'पथिक-प्रिया-सी जगा रही है'*	: यात्री की पत्नी, जिसका पति यात्रा पर हो और वह दुखी होकर घर में हो	**नि.र.**-1/115	यमुना के प्रति
पथिकिनि- *'मुझ पथिकिनि को भी आश्रय दो'*	: स्त्री यात्री	**पं.ग्रं.**-1/87	कौन-कौन तुम परिहत वसना/वीणा
पथिकों के कान- *'आकुल कर पथिकों के कान'*	: आते-जाते प्राणियों के कानों में (प्रकृति का संगीत प्रवेश करता है)	**पं.ग्रं.**-1/202	विश्व वेणु/पल्लव
पदचाप-मदिर- *'प्रिय की पदचाप-मदिर/गा मलार री'*	: पैरों की आहटें (पग-ध्वनि) जो नशा पैदा कर दें	**म.सा.**-1/211	ओ विभावरी/नीरजा
पद-चार- *'चपल वीचि पद-चार'*	: कदमों की गति	**पं.ग्रं.**-1/273	अप्सरा/गुंजन
◆ *'चुम्बित लघु पदचार'*	: कदमों की चाल	**पं.ग्रं.**-1/274	अप्सरा/गुंजन
◆ *'दूब से कर लघु-लघु पदचार'*	: कदमों की गति	**पं.ग्रं.**-1/277	चींटियों की-सी काली पाँति/गुंजन
पद-चार- *'देख चंचल मृदु-पटु पद-चार'*	: पैरों की गति, चलने का सौन्दर्य	**पं.ग्रं.**-1/257	मधुवन/गुंजन
पद-चिह्न-*'प्रत्यावर्तन के पथ में/पद-चिह्न न शेष रहा है'*	: पैरों की निशानी	**प्र.ग्रं.**-2/20	आँसू
◆ *'युगों की चट्टानों पर सृष्टि डाल पद-चिह्न चली गंभीर;'*	: यादगार निशानियाँ	**प्र.ग्रं.**-2/91	श्रद्धा/कामायनी
पदतल- *'पदतल में विजित पड़ा गिर'*	: पैरों के नीचे, पराजित	**प्र.ग्रं.**-1/329	अशोक की चिंता/लहर
◆ *'आज से यह जीवन उत्सर्ग इसी पदतल में विगत विकार'*	: सेवा में	**प्र.ग्रं.**-2/91	श्रद्धा/कामायनी
◆ *'यहाँ भूख से विकल दलित को पदतल में फिर-फिर गिरवाती'*	: पैरों के नीचे दबा हुआ	**प्र.ग्रं.**-2/259	रहस्य/कामायनी
◆ *'शक्ति-वाह उच्छृङ्खल/भूयोभूय: मङ्गल उद्धत पदतल दलमल'*	: पैरों के नीचे	**नि.र.**-1/274	कहाँ परित्राण?
पद-तल- *'शक्ति रही हाँ शक्ति, प्रकृति थी पद-तल में विनम्र विश्रांत;'*	: (देवताओं के) पैरों तले	**प्र.ग्रं.**-2/56	चिंता/कामायनी
पद-दलित- *'पद-दलित किया है जिसने भूमंडल को'*	: पैरों से कुचल देना, दलन करके पराधीन बनाना	**प्र.ग्रं.**-3/408	तृतीय अंक/जन्मेजय का नाग-यज्ञ
◆ *'पीड़ित पद-दलित मैं एक ओर पड़ा हुआ'*	: कुचला हुआ, दबाया हुआ (पैरों से)	**नि.र.**-1/180	रेखा 'ग'
◆ *'पद-दलित धरा तल'*	: पैरों से कुचला हुआ	**पं.ग्रं.**-1/225	परिवर्तन/पल्लव
पददलित व्यवस्था- *'बढ़ा विपक्ष समूह मौन पददलित व्यवस्था'*	: सारस्वत प्रदेश की व्यवस्था नष्ट-भ्रष्ट हो गयी थी	**प्र.ग्रं.**-2/207	संघर्ष/कामायनी
पददलित-सी- *'पददलित-सी थकी व्रज्या ज्यों सदा आक्रांत'*	: पैरों के नीचे कुचली जाती हुई (पगडंडी)	**प्र.ग्रं.**-2/119	वासना/कामायनी

शब्द- काव्य-पंक्ति	: अर्थ	ग्रंथावली/पृ.सं.	स्रोत/संदर्भ
पद दलिता-सी- *'जर्जरिता, पद दलिता-सी'*	: पैरों के नीचे दबा-कुचल दी गयी स्त्री के समान	**पं.ग्रं.**-1/203	छाया/पल्लव
पद-ध्वनि नितांत- *'मैं यहाँ अकेली देख रही पथ, सुनती-सी पद-ध्वनि नितांत'*	: केवल पैरों की आवाज	**प्र.ग्रं.**-2/161	ईर्ष्या/कामायनी
पद नखों- *'पद नखों को गिन, समय के भार को'*	: लज्जा से व्याकुल नायिका के द्वारा पैर के नाखूनों को गिनते हुए समय के दबाव को कम करना	**पं.ग्रं.**-1/126	ग्रन्थि
पदनत- *'बीते अविरत शत-शत/अब्द, शब्द अप्रतिहत उठता— ये जो पदनत'*	: पैरों पर झुका हुआ	**नि.र.**-1/274	कहाँ परित्राण?
पद-निक्षेपों- *'पाया कुछ पद-निक्षेपों में मधु सा मेरी साध मधुप ने!'*	: चलने का कलात्मक तरीका	**म.सा.**-1/266	हे मेरे चिर सुंदर अपने!/सांध्य गीत
पद पखार- *'अनुराग भरा उन्माद राग आँसू लेते वे पद पखार'*	: प्रियतम के पाँव मेरे आँसू धो देते	**म.सा.**-1/95	जो तुम आ जाते एक बार/नीहार
पद पद्म- *'विकसा दो पद पद्म अमर'*	: चरण-कमल	**पं.ग्रं.**-1/92	इस अबोध की अन्धकारमय/वीणा
पद पद्मों- *'मा! तेरे प्रिय पद पद्मों में'*	: कमल के फूल मानो प्रकृति -जननी के चरण हैं	**पं.ग्रं.**-1/82	तुहिन बिन्दु बनकर सुन्दर/वीणा
पद-प्रणत- *'जन-शोषण की बढ़ती यमुना तुमने की नत, पद-प्रणत, शान्त'*	: पैर लटकाकर (शिशु कृष्ण ने यमुना के उफान को रोक दिया था)	**पं.ग्रं.**-2/26	बापू के प्रति/युगपथ
पद में मेंहदी- *'सज केशर-पट तारक-बेंदी दृग अंजन मृदु पद में मेंहदी'*	: पैरों की मेंहदी की तरह गहराती शाम	**म.सा.**-1/199	कैसे संदेश प्रिय पहुँचाती!/नीरजा
पद-रज-भर- *'पद-रज-भर भी है नहीं'*	: पगधूलि (के वजन के) बराबर	**नि.र.**-1/154	जागो फिर एक बार
पदाघात- *'अहे निरंकुश! पदाघात से जिनके विह्वल'*	: पैरों का आघात, दमन करना	**पं.ग्रं.**-1/225	परिवर्तन/पल्लव
पदों में चाप- *'पलक में निमिष, पदों में चाप'*	: अपने कदमों में संध्या पग-ध्वनि को निश्शब्द समेटे है	**पं.ग्रं.**-1/377	द्वितीय दृश्य/परी
पद्म-जल-विन्दु- *'प्रतनु, शरदिन्दु-वर,/पद्म-जल-विन्दु पर'*	: कमल के आँसुओं पर (कमल पर जो ओस पड़ी है)	**नि.र.**-1/237	पावन करो नयन!
पद्म-पलाश- *'दो पद्म-पलाश चषक से दृग देते अनुराग विराग ढाल'*	: कमल के पत्ते	**प्र.ग्रं.**-2/179	इड़ा/कामायनी
पद्म-मन- *'पद्म-मन पर थी, रहा अवसन्न वन'*	: कमल रूपी मन	**नि.र.**-1/155	शेष
पद्मराग-उद्गम- *'इस मुसक्यान के, पद्मराग-उद्गम से'*	: कमल की सुगन्ध का स्रोत (मानो कमला की मुस्कान में था)	**प्र.ग्रं.**-1/351	प्रलय की छाया/लहर
पद्मराग-कलियों से- *'पद्मराग-कलियों से विकसित, नीलम के अलियों से मुखरित'*	: माणिक्य (पद्मराग) की तरह लाल फूल	**म.सा.**-1/222	झरते नित लोचन मेरे हों!/नीरजा
पद्मरागों से सजीं- *'तरल सोने से धुलीं ये पद्मरागों से सजीं ये'*	: पद्मराग (माणिक्य, लाल) के लाल रंग से सजा प्रभात का घूँघट	**म.सा.**-1/227	मत अरुण घूँघट खोल री!/नीरजा
पद्मिनी- *'पद्मिनी का बिम्ब सर में देख कर'*	: कमल	**पं.ग्रं.**-1/128	ग्रन्थि

शब्द- काव्य-पंक्ति	: अर्थ	ग्रंथावली/पृ.सं.	स्रोत/संदर्भ
पद्मों की किंकिणि- *'मर्मर की सुमधुर नूपुर-ध्वनि अलि गुंजित पद्मों की किंकिणि'*	: कमलक्रोड में बंद भौंरों की गुंजार मानो वसंतरजनी की करधनी की आवाज है	**म.सा.-1**/168	धीरे-धीरे उतर क्षितिज से/नीरजा
पनातिन- *'अहो पनातिन पर न करो क्यों कृपा'*	: नाती की बेटी, परनातिन	**नि.र.-1**/45	बाबा और नाती
पपीहा का पी- *'पपीहा का पी सुनता कभी! अरे कोकिल की देख दशा न'*	: पपीहा (चातक पक्षी) की पुकार— 'प्रिय कहाँ हो'	**प्र.ग्रं.-4**/187	प्रथम अंक/चन्द्रगुप्त
पपीहा-वधू- *'विकल पपीहा-वधू डाल पर पिया कहाँ, कह, रही पुकार'*	: चातकी, यह हल्के काले रंग की होती है जो वसंत से वर्षा तक 'पी-कहाँ' की रट लगाती है। वह स्वाति नक्षत्र के जल की बूँद से प्यास बुझाती है	**नि.र.-1**/192	वसन्त-समीर
पपीहे- *'रे पपीहे पी कहाँ?'*	: पपीहा, चातक पक्षी, प्रेम की उत्कंठा का प्रतीक	**म.सा.-1**/262	रे पपीहे पी कहाँ? /सांध्य गीत
पय-पीयूष-पूर्ण- *'पय-पीयूष-पूर्ण पानी से'*	: दूध और अमृत से पूर्ण (दोनों जीवनदायी हैं)	**नि.र.-1**/65	जलद के प्रति
पयस्विनी- *'पथ-पयस्विनी सरि मृदुल धार;'*	: चित्रकूट की एक नदी	**नि.र.-1**/292	तुलसीदास
पयोधर- *'पयोधर बने उरोज उदार'*	: दूध से भरी माँ की छाती	**पं.ग्रं.-1**/227	परिवर्तन/पल्लव
पयोधर पीन- *'मातृत्व-बोझ से झुके हुए बँध रहे पयोधर पीन आज'*	: गर्भावस्था के कारण भारी हो गये स्तन	**प्र.ग्रं.-2**/159	ईर्ष्या/कामायनी
पयोधर श्याम- *'यह पी का विहाग भुलाता नहीं नभ देख पयोधर श्याम घिरा'*	: जल से युक्त काले बादल	**म.सा.-1**/149	जिसको अनुराग सा दान दिया/रश्मि
पयोधार- *'यह श्री पावन, गृहिणी उदार; गिरि-वर उरोज, सरि पयोधार'*	: दूध की धारा	**नि.र.-1**/291	तुलसीदास
पयोधि- *'प्रेम का पयोधि तो उमड़ता है सदा ही निःसीम भू पर'*	: समुद्र	**नि.र.-1**/51	पंचवटी प्रसंग:1
पर- *'नव पर, नव स्वर दे!'*	: पंख	**नि.र.-1**/225	वर दे वीणावादिनि वरदे!
परदेसी- *'किन्तु न आया वह परदेसी युग छिप गया प्रतीक्षा में'*	: किसी दूसरी जगह गये हुए मनु	**प्र.ग्रं.-2**/188	स्वप्न/कामायनी
पर निनाद- *'दिव्य अनाहत पर निनाद में श्रद्धायुत मनु बस तन्मय थे'*	: लोकोत्तर ध्वनि	**प्र.ग्रं.-2**/263	रहस्य/कामायनी
परम प्रकाश- *'परम प्रकाश हो, स्वयं ही पूर्णकाम हो'*	: आध्यात्मिक प्रकाश	**प्र.ग्रं.-1**/261	तुम/झरना
परमाणु- *'धरा से ले परमाणु उधार किया किसने मानव साकार?'*	: इकाई, सूक्ष्म अंश	**म.सा.-1**/115	तुहिन के पुलिनों पर छबिमान/रश्मि
परमाणु पराग- *'उड़ाती हो परमाणु पराग'*	: मकरन्द के सूक्ष्म कण	**प्र.ग्रं.-1**/231	किरण/झरना
परमाणु-पुंज- *'ले साथ विकल परमाणु-पुंज नभ, अनिल, अनल, क्षिति और नीर'*	: मूलभूत भौतिक-कणों का समूह	**प्र.ग्रं.-2**/171	इड़ा/कामायनी
परमाणु बाल- *'परमाणु बाल सब दौड़ पड़े जिसका सुन्दर अनुराग लिये'*	: बालक-रूपी सूक्ष्मतम कण	**प्र.ग्रं.-2**/104	काम/कामायनी

शब्द-	काव्य-पंक्ति	: अर्थ	ग्रंथावली/पृ.सं.	स्रोत/संदर्भ
परमाणु विकल-	*'तांडव में भी तीव्र प्रगति, परमाणु विकल थे'*	: सृष्टि का कण-कण व्याकुल था	**प्र.ग्रं.**-2/207	संघर्ष/कामायनी
परमानंद-	*'प्रकृति को देती परमानन्द'*	: परम आनन्द, पारलौकिक आनन्द	**प्र.ग्रं.**-1/232	किरण/झरना
परलोक-वंचना-	*'अतिचारी मिथ्या मान इसे परलोक-वंचना से भर जा'*	: स्वर्ग आदि का भ्रम	**प्र.ग्रं.**-2/177	इड़ा/कामायनी
परवशता-	*'चुपके से तब मत रो तू/यह कैसी परवशता है?'*	: बेबसी, पराधीनता	**प्र.ग्रं.**-2/29	आँसू
◆	*'यह असंख्य चीत्कार और परवशता इतनी'*	: मजबूरी	**प्र.ग्रं.**-2/199	संघर्ष/कामायनी
परवशा-	*'आज मेरी द्रौपदी-सी परवशा'*	: पराधीन	**पं.ग्रं.**-1/139	ग्रन्थि
परशुधर-	*'देखा नहीं कोप इसका परशुधर प्रसंग में?'*	: परशुराम ऋषि, विष्णु के एक अवतार	**नि.र.**-1/53	पंचवटी प्रसंग:1
परस-	*'प्रिय-कर-कठिन-उरोज-परस कस कसक मसक गयी चोली'*	: छूना	**नि.र.**-1/226	नयनों के डोरे लाल गुलाल-भरे
पराग की रोली-	*'अरुण सजल पाटल बरसाता तम पर मृदु पराग की रोली'*	: परागकण लाल रोली की तरह उड़ रहे हैं	**म.सा.**-1/169	पुलक पुलक उर, सिहर सिहर तन/नीरजा
पराग-बिछौने-	*'हौले डाल पराग-बिछौने आज न दे कलियों को रोने'*	: पराग मानो बिछावन की तरह रात में चारों तरफ बिछा है	**म.सा.**-1/196	आ मेरी चिर मिलन -यामिनी!/नीरजा
परागमय धूल-	*'सिंची आँसुओं से मृदुल है परागमय धूल'*	: पुष्पकण से युक्त धूल, (प्रेम-प्रकरण में मानो) जीवन की धूल-जैसी नीरसता भी पराग से युक्त होकर मधुर हो जाती है	**प्र.ग्रं.**-4/65	द्वितीय अंक/स्कन्दगुप्त
पराग शरीर-	*'रचित परमाणु पराग शरीर खड़ा हो ले मधु का आधार'*	: श्रद्धा मानो फूल के परागकणों से निर्मित थी	**प्र.ग्रं.**-2/85	श्रद्धा/कामायनी
पराग-समुदय-	*'काँपते हुए किसलय,— झरते पराग-समुदय'*	: सुगंधित मकरंद (भारी मात्रा में)	**नि.र.**-1/331	राम की शक्ति-पूजा
परार्थ-	*'स्वार्थ सदा रहता परार्थ से दूर'*	: दूसरों की भलाई	**नि.र.**-1/137	दीन
परिकर-	*'फैल फिर कटि के-से परिकर'*	: कमरबंद, घेरा	**पं.ग्रं.**-1/185	आँसू/पल्लव
◆	*'हम खर-कण्टक परिकर'*	: परिवार, समूह	**पं.ग्रं.**-1/335	चार/ज्योत्स्ना
परिकर कसकर-	*'तुम उसका पटल खोलने में परिकर कसकर बन कर्मलीन'*	: कमरबंद कसकर, किसी काम को करने के लिए अच्छी तरह तैयार हो जाना	**प्र.ग्रं.**-2/180	इड़ा/कामायनी
परिचय हीन-	*'झड़ जाने दो जीवन-माली मुझको रहकर परिचय हीन'*	: लोकप्रसिद्धि से दूर, किसी परिचय का आग्रह न रखना, गुमनाम	**म.सा.**-1/97	जिसमें नहीं सुवास नहीं जो/नीहार
परिचालित-	*'अंध प्रेरणा से परिचालित कर्त्ता में करते निज गिनती'*	: संचालित, नियोजित	**प्र.ग्रं.**-2/259	रहस्य/कामायनी
परिजन-	*'पुरजन, परिजन, सहचर'*	: परिवार, रिश्तेदार, मित्र आदि जो हमारे नजदीकी हैं	**पं.ग्रं.**-1/315	तीन/ज्योत्स्ना
परिणीत-	*'परिणीत उभय चिन्मय-मृण्मय'*	: प्रेमभाव से परस्पर जुड़े हुए	**पं.ग्रं.**-1/314	तीन/ज्योत्स्ना
परितोषों-	*'वे संकेत दंभ के चलते भ्रू-चालन मिस परितोषों से'*	: परम संतुष्टि	**प्र.ग्रं.**-2/262	रहस्य/कामायनी
परित्राण-	*'करने मानव का परित्राण'*	: उद्धार	**पं.ग्रं.**-2/14	जग जीवन में जो चिर महान/युगपथ
◆	*'कहाँ परित्राण?/बुला रहे, बन्धु, तुम्हें प्राण'*	: राहत, बचाव	**नि.र.**-1/274	कहाँ परित्राण?

शब्द- काव्य-पंक्ति	: अर्थ	ग्रंथावली/पृ.सं.	स्रोत/संदर्भ
परित्राण-पथ- *'वह अतिचारी, दुर्बल नारी परित्राण-पथ नाप उठी!'*	: अपने बचाव का रास्ता	**प्र.ग्रं.-2**/192	स्वप्न/कामायनी
परित्राण प्रार्थना विकल थी- *'परित्राण प्रार्थना विकल थी देव क्रोध से बन विद्रोह'*	: प्रजा के द्वारा अपनी रक्षा के लिए की गयी प्रार्थना ठुकरा दी गई थी, अत: वह व्याकुल हो उठी	**प्र.ग्रं.-2**/193	स्वप्न/कामायनी
परिधान- *'अशन जल का जल ही परिधान रचा था बूँदों में संसार'*	: आवरण, पोशाक, जल का आवरण जल ही है	**म.सा.**-1/84	तरल आँसू की लड़ियाँ गूँथ/नीहार
◆ *'नील परिधान बीच सुकुमार खुल रहा मृदुल अधखुला अंग;'*	: वस्त्र, पोशाक	**प्र.ग्रं.-2**/84	श्रद्धा/कामायनी
परिपुष्ट- *'बाहर परिपुष्ट रूप'*	: पूर्णत: पुष्ट (ठोस)	**नि.र.-1**/179	रेखा 'ग'
परिपूरन- *'यह जीवन हो परिपूरन'*	: परिपूर्ण, पूरा होना	**पं.ग्रं.-1**/241	मैं नहीं चाहता चिर सुख/गुंजन
परिप्रोत- *'उमड़ पड़ा पावस परिप्रोत'*	: चारों तरफ पिरोया हुआ	**पं.ग्रं.-1**/264	लायी हूँ फूलों का हास/गुंजन
परिमल- *'न हैं वे कुसुम, न वह परिमल'*	: सुगंध, पराग की खुशबू	**नि.र.-1**/142	स्मृति
◆ *'मार पलक परिमल के शीतल'*	: सुगंधित (वायु)	**नि.र.-1**/150	पारस
◆ *'बही साँस में शीतल परिमल'*	: सुगंध, कुमकुम-चंदन आदि की गंध यह पु. शब्द है, निराला ने स्त्री. प्रयोग किया है	**नि.र.-1**/198	गीत 'क'
परिमल-अंचल- *'दिशि का चंचल,/परिमल-अंचल'*	: केसर की फैली सुगंध मानो दिशाओं के आँचल हैं	**म.सा.**-1/225	लाए कौन सन्देश नए घन!/नीरजा
परिमल-घन- *'फैला, फैला परिमल-घन!'*	: पराग मानो बादल की तरह छा गए हैं	**पं.ग्रं.-1**/245	खिलतीं मधु की नव कलियाँ/गुंजन
परिमल-घूँघट- *'परिमल-घूँघट ढँक रहा दंत'*	: पराग की सुगंध मानो घूँघट है	**प्र.ग्रं.-1**/310	कोमल कुसुमों की मधुर रात/लहर
परिमलपूरित- *'परिमलपूरित पवन-कंठ से, लगने की अभिलाषा में'*	: मकरन्द (सुगन्ध) से युक्त (पवन)	**प्र.ग्रं.-1**/252	पाईबाग/झरना
परिमल बूँदों- *'अति मधुर गंधवह बहता परिमल बूँदों से सिंचित'*	: मकरन्द के कण, पराग-कण	**प्र.ग्रं.-2**/277	आनन्द/कामायनी
परिमल-मधु-लुब्ध- *'देख पुष्प-द्वार परिमल-मधु-लुब्ध मधुप करता गुंजार'*	: पराग की मिठास का लोभी (प्रेमी)	**नि.र.-1**/151	बदला
परिमलमय- *'सस्मित पुलकित नित परिमलमय, इंद्रधनुष सा नवरंगोंमय'*	: केसर की सुगंध से युक्त	**म.सा.**-1/223	झरते नित लोचन मेरे हों!/नीरजा
परिमल से व्याकुल- *'जिसके परिमल से व्याकुल हो श्यामल कलरव सब उठे जाग'*	: सुगंध से बेचैन, गंध की मादकता से उत्तेजित	**प्र.ग्रं.-2**/178	इड़ा/कामायनी
परिमाण- *'कल्पना हो, जाने, परिमाण?'*	: भावी पत्नी का व्यक्तित्व और आकार	**पं.ग्रं.-1**/250	भावी पत्नी के प्रति/गुंजन
परिमित- *'नर हृदय, परिमित, पूरित स्वार्थ'*	: नापा-जोखा हुआ, सीमित	**प्र.ग्रं.-1**/244	असन्तोष/झरना
◆ *'उखड़ी साँसें उलझ रही हों धड़कन से कुछ परिमित हो'*	: सीमित, घिरकर	**प्र.ग्रं.-4**/134	पंचम अंक/स्कन्दगुप्त

शब्द- काव्य-पंक्ति	: अर्थ	ग्रंथावली/पृ.सं.	स्रोत/संदर्भ
परिमित पात्र- *'अपना परिमित पात्र लिये ये बूँद-बूँद वाले निर्झर से'*	: छोटा-सा भिक्षा-पात्र	**प्र.ग्रं.-2**/261	रहस्य/कामायनी
परिरंभ- *'परिरम्भ कुम्भ की मदिरा, निःश्वास मलय के झोंके,'*	: आलिंगन	**प्र.ग्रं.-2**/14	आँसू
परिरंभ-मुकुल- *'मैं आकुल परिरम्भ-मुकुल में बन्दी अलि-सा काँप रहा'*	: कमल के बंद आलिंगन में, बंद कमल-क्रोड़	**प्र.ग्रं.-4**/41	प्रथम अंक/स्कन्दगुप्त
परिवर्तन में टेक- *'नित्य नूतनता का आनन्द किये है परिवर्तन में टेक'*	: बदलाव की निरन्तरता	**प्र.ग्रं.-2**/90	श्रद्धा/कामायनी
परिवर्त्तन- *'कल ही यदि परिवर्त्तन होगा तो फिर कौन बचेगा'*	: मनोभाव का बदल जाना	**प्र.ग्रं.-2**/148	कर्म/कामायनी
परिवर्त्तन का पट- *'यहाँ विश्व झूलता रहा दोल, परिवर्त्तन का पट रहा खोल'*	: परिवर्तनशील विश्व के नये-नये रूप (दिखायी पड़ने लगे)	**प्र.ग्रं.-2**/247	दर्शन/कामायनी
परिवर्त्तन के पुतले- *'देव न थे हम और न ये हैं, सब परिवर्त्तन के पुतले;'*	: सबलोग परिवर्तन के हाथों मजबूर हैं, कोई स्थायी नहीं है। देवताओं ने स्वयं को स्थायी और अमर मान लिया था।	**प्र.ग्रं.-2**/69	आशा/कामायनी
परिवारी- *'जिस दिन सुना अकिंचन परिवारी ने'*	: परिवार से जुड़ा हुआ, कुटुम्बी	**प्र.ग्रं.-1**/353	प्रलय की छाया/लहर
परिषदें- *'स्निग्ध तरु की छाया में बैठ परिषदें करती थीं सुविचार—'*	: परिषद्, किसी उद्देश्य से बना आधिकारिक समूह	**प्र.ग्रं.-1**/294	अरी वरुणा की शांत कछार/लहर
परिहत- *'कौन-कौन तुम परिहत वसना'*	: अस्त-व्यस्त वस्त्रों में स्त्री	**पं.ग्रं.-1**/86	कौन-कौन तुम परिहत वसना/वीणा
परिहत वसना- *'कौन कौन तुम परिहत वसना'*	: जिसके कपड़े अस्त-व्यस्त हों या छीन लिए गए हों	**पं.ग्रं.-1**/203	छाया/पल्लव
परिहार- *'उस विहार में पड़े हुए तुम मेरा यों करते हो परिहार'*	: उपेक्षा	**नि.र.-1**/82	अंजलि
◆ *'पाप का भी परिहार'*	: निराकरण	**पं.ग्रं.-1**/181	उच्छ्वास/पल्लव
परिहास-*'था परिहास एक दो क्षण का, वह रोने का विषय हुआ'*	: मजाक	**प्र.ग्रं.-3**/391	द्वितीय अंक/जन्मेजय का नाग-यज्ञ
◆ *'करते परिहास/खिली युवती कुमारियों से'*	: मजाक, ठिठोली	**नि.र.-1**/206	कवि
◆ *'अयि परिहास-हास-रस-रङ्गिनि'*	: हँसी-मजाक	**नि.र.-1**/261	देख दिव्य छवि लोचन हार
◆ *'गिरा का है क्या यह परिहास'*	: मजाक	**पं.ग्रं.-1**/222	स्याही की बूँद/पल्लव
◆ *'तुम्हें जगाने आई पीड़ा/स्वप्नों का परिहास नहीं यह'*	: उपहास, मजाक	**म.सा.-1**/242	जागो बेसुध रात नहीं यह!/नीरजा
परिहास गीत- *'मैं सिमट रही-सी अपने में परिहास गीत सुन पाती हूँ'*	: मजाक उड़ाया जानेवाला गीत, विवाह के अवसर पर गायी जानेवाली गाली	**प्र.ग्रं.-2**/124	लज्जा/कामायनी
परिहास निरता- *'हास औ' परिहास निरता, दोलिता'*	: हँसी-मजाक में डूबी हुई	**पं.ग्रं.-1**/127	ग्रन्थि
पर्णमय- *'थे वातायन भी कटे हुए प्राचीर पर्णमय रचित शुभ्र'*	: पत्तों से निर्मित	**प्र.ग्रं.-2**/164	ईर्ष्या/कामायनी
पर्णों- *'द्विज चाटुकार हत इतर वर्ग पर्णों के'*	: पर्ण-कुटी में रहने वाले साधारण लोग	**नि.र.-1**/287	तुलसीदास
पर्यटक- *'पर्यटक एक अटवी का अज्ञात'*	: घूमने के उद्देश्य से यात्रा करनेवाला	**नि.र.-1**/174	रेखा 'क'

शब्द-	काव्य-पंक्ति	: अर्थ	ग्रंथावली/पृ.सं.	स्रोत/संदर्भ
पर्यटनार्थ-	*'मैं प्रातः पर्यटनार्थ चला'*	: घूमने के लिए	**नि.र.**-1/308	दान
पर्वतचय-	*'केशर-रज-कण अब है हीरे-पर्वतचय;'*	: पर्वतों के समूह	**नि.र.**-1/290	तुलसीदास
पर्वतमूल-	*'वेग मारुत का है प्रतिकूल/हिले जाते हैं पर्वतमूल'*	: पर्वत मानो अपनी जड़ से हिल जाते हैं	**म.सा.**-1/46	घोर तम छाया चारों ओर/नीहार
पल-आँसुओं-	*'काल इसको दे गया पल-आँसुओं का हार'*	: जीवन का एक-एक क्षण मानो वेदना के आँसुओं में डूबा है	**म.सा.**-1/176	विरह का जलजात जीवन/नीरजा
पलक गीले-	*'अलस नभ के पलक गीले कुंतलों से पोंछ आई'*	: आकाश की पलकों पर ओस की बूँदें हैं	**म.सा.**-1/274	आज मेरे नयन के तारक.../सांध्य गीत
पलक-चुलुक-	*'स्मृति-सागर में पलक-चुलुक से बनता नहीं उलीचे'*	: आँखों की पलकें मानो हथेलियों से बनी अंजलि (चुल्लू) हैं	**प्र.ग्र.**-3/437	प्रथम अंक/कामना
पलक-दोलों-	*'चाह शैशव सा परिचयहीन पलक-दोलों में पलभर झूल'*	: पलकें मानो झूले की तरह हैं	**म.सा.**-1/127	किसी नक्षत्रलोक से टूट/रश्मि
पलक-निपात-	*'भूलो पलक-निपात'*	: पलकों का उठना-गिरना	**पं.ग्रं.**-1/331	तीन/ज्योत्स्ना
पलक-पात-	*'पलक-पात उत्थित-जग-कारण'*	: पलकों का गिरना	**नि.र.**-1/240	आओ मधुर-सरण मानसि, मन
	◆ *'कर रहा पलक-पात कर-दान'*	: पलकों का गिरना	**नि.र.**-1/268	भावना रँग दी तुमने
पलक पुलिनों पर-	*'पलक पुलिनों पर, अधर उपकूल पर दोनों खिले हैं'*	: पलकों के किनारों पर आँसू खिलते हैं	**म.सा.**-1/323	आज तार मिला चुकी हूँ/दीप-शिखा
पलक-प्रवाल-	*'अपलक पलक-प्रवाल!'*	: प्रवाल (समुद्री मूँगा) की तरह सुंदर पलकें	**पं.ग्रं.**-1/272	अप्सरा/गुंजन
पलक-भुज-	*'बाँध, बाँध कवि, बाँध पलक-भुज शून्य सार कर, कर तज भूरुज'*	: पलकों की भुजाओं में, नजरों से	**नि.र.**-1/231	रे अपलक मन
पलक में निमिष-	*'पलक में निमिष, पदों में चाप'*	: अपनी पलकों में मानो सौन्दर्य के एक-एक क्षण को संध्या समेटे हुए है	**पं.ग्रं.**-1/377	द्वितीय दृश्य/परी
पलक यवनिका-	*'पलक यवनिका के भीतर छिप'*	: पलक-रूपी पर्दा	**पं.ग्रं.**-1/198	स्वप्न/पल्लव
पलक सीपें-	*'पलक सीपें नींद का जल स्वप्नमुक्ता रच रहे, मिल'*	: पलक-रूपी सीपियाँ	**म.सा.**-1/227	मत अरुण घूँघट खोल री!/नीरजा
पलकें मदिर-	*'पलकें मदिर, भार से थीं झुकी पड़ती'*	: नशीली आँखें	**प्र.ग्रं.**-1/340	प्रलय की छाया/लहर
पल के मनके-	*'पल के मनके फेर पुजारी विश्व सो गया'*	: क्षण-क्षण को जोड़कर बनी समय की माला	**म.सा.**-1/335	यह मंदिर का दीप... /दीप-शिखा
पलकों का उन्मीलन-	*'युग हैं पलकों का उन्मीलन स्पंदन में अगणित लय-जीवन'*	: पलकों का खुलना	**म.सा.**-1/237	लय गीत मदिर, गति ताल अमर/नीरजा
पल-प्रकाश-	*'खुल पड़ती पल-प्रकाश को, चल परिचय वह'*	: समय के आलोक में	**नि.र.**-1/294	तुलसीदास
पला ताल-	*'जिसके चरणों में पला ताल'*	: बड़े तालाब मानो पर्वत से उतरे पानी से पालित हैं	**पं.ग्रं.**-1/180	उच्छ्वास/पल्लव
पलास-	*'हँसता रक्ताम्बर वर पलास'*	: एक पेड़ जिसमें गर्मियों में लाल फूल निकलते हैं और पत्तियाँ झर जाती हैं	**नि.र.**-1/308	दान
पल्लव-	*'पल्लव के डाल हिंडोले/सौरभ सोता कलियों में'*	: नये पत्ते	**म.सा.**-1/37	रजनी ओढ़े जाती थी/नीहार

शब्द-	काव्य-पंक्ति	: अर्थ	ग्रंथावली/पृ.सं.	स्रोत/संदर्भ
पल्लव-कपोलों-	*'पल्लव-कपोलों में/उत्सुकता खुली थी'*	: पल्लव की तरह सुंदर गाल	**नि.र.**-1/177	रेखा 'ख'
पल्लव का घूँघट-	*'नए पल्लव का घूँघट डाल अछूता ले अपना मकरंद,'*	: नए पत्तों के घूँघट डालकर फूल खिलते हैं	**म.सा.**-1/92	मधुरिमा के, मधु के अवतार/नीहार
पल्लव-पर्यंक-	*'पल्लव-पर्यंक पर सोती शेफालि के'*	: पल्लवों से निर्मित पलंग	**नि.र.**-1/144	शेफालिका
पल्लव बाल-	*'अरे, ये पल्लव बाल'*	: नये पत्ते, पल्लव मानो नवीनता या किशोरवय के प्रतीक हैं	**पं.ग्रं.**-1/177	पल्लव/पल्लव
पल्लव-वसना-	*'शैल-सुता अपर्ण-अशना, पल्लव-वसना बनेगी'*	: पल्लवों की साड़ीवाली	**नि.र.**-1/227	रूखी री यह डाल
पल्लव सदृश हथेली-	*'जलदागम-मारुत से कम्पित पल्लव सदृश हथेली'*	: नये पत्ते की तरह रक्तिम हथेली	**प्र.ग्रं.**-2/147	कर्म/कामायनी
पल्लवित-	*'पल्लवित विष-वल्लरी को करने के हेतु'*	: हरा-भरा, बढ़ाना, नए पत्ते निकलना	**नि.र.**-1/167	महाराज शिवाजी का पत्र
पवन-	*'चली पवन पहली'*	: हवा, निराला 'पवन' का प्रयोग स्त्री. में भी करते हैं	**नि.र.**-1/198	गीत 'ख'
पवन-उनचास-	*'हो श्वसित पवन-उनचास, पिता-पक्ष में तुमुल'*	: उनचास प्रकार के पवन	**नि.र.**-1/332	राम की शक्ति-पूजा
पवन-कंठ-	*'परिमलपूरित पवन-कंठ से, लगने की अभिलाषा में'*	: पवन का स्पर्श पाकर (वृक्ष का झूमना)	**प्र.ग्रं.**-1/252	पाईबाग/झरना
पवन-चार-	*'खो रहा दिशा का ज्ञान; स्तब्ध है पवन-चार;'*	: पवन की गति	**नि.र.**-1/330	राम की शक्ति-पूजा
पवन-तनय-	*'कह हुए मौन शिव; पवन-तनय में भर विस्मय'*	: आश्चर्य	**नि.र.**-1/332	राम की शक्ति-पूजा
पवन-तम-विस्तार-	*'अखिल-ज्योतिर्गठित छवि, कच पवन-तम विस्तार'*	: हवा और अंधकार का विस्तार (जिसके बाल है)	**नि.र.**-1/228	खोलो दृगों के द्वय द्वार
पवन-पटल-	*'धरा बह जाती बिम्ब अटल, खुलता था धीरे पवन-पटल'*	: वायु का पर्दा (परत, स्तर)	**प्र.ग्रं.**-2/233	दर्शन/कामायनी
पवन प्रेरित सौरभ-	*'कुसुम कानन-अंचल में मन्द पवन प्रेरित सौरभ साकार,'*	: हवा के प्रवाह में मिली सुगंध	**प्र.ग्रं.**-2/85	श्रद्धा/कामायनी
पवमान-	*'नीरवता-सी शिला चरण से टकराता फिरता पवमान'*	: पवन, हवा	**प्र.ग्रं.**-2/51	चिंता/कामायनी
♦	*'विश्वदेव, सविता या पूषा सोम, मरुत, चंचल पवमान;'*	: पवन देवता, मरुत से भिन्न हवा के एक वैदिक देवता	**प्र.ग्रं.**-2/68	आशा/कामायनी
♦	*'तेरी महिमा की, पवमान'*	: पवन, हवा	**पं.ग्रं.**-1/108	छोटे ही की क्या पहचान?/वीणा
♦	*'साँस-सा नभ उर में पवमान'*	: पवन, वायु	**पं.ग्रं.**-1/252	भावी पत्नी के प्रति/गुंजन
पवि-	*'पुरन्दर ने पवि से है लिखा अस्थि युग का मेरा इतिहास'*	: वज्र	**प्र.ग्रं.**-4/139	पंचम अंक/स्कन्दगुप्त
♦	*'बुझ गई पवि के हृदय में काँपकर विद्युत्-शिखा रे!'*	: वज्र, कठोरतम	**म.सा.**-1/393	पूछता क्यों शेष कितनी रात?/दीप-शिखा
पवि नवनीत-	*'छिपे मानस में पवि नवनीत निमिष की गति निर्झर के गीत'*	: वज्र की तरह कठोर और मक्खन की तरह कोमल मन:स्थितियाँ	**म.सा.**-1/115	तुहिन के पुलिनों पर छबिमान/रश्मि

शब्द- काव्य-पंक्ति	: अर्थ	ग्रंथावली/पृ.सं.	स्रोत/संदर्भ
पविपात- *'पविपात से व्योम का मुग्ध परिहास!'*	: वज्रपात, उल्का का गिरना	**म.सा.**-1/405	मैं चिर पथिक वेदना का/दीप-शिखा
पशु यज्ञों- *'देव-यजन के पशु यज्ञों की वह पूर्णाहुति की ज्वाला,'*	: पशुओं की बलि से पूरे होनेवाले यज्ञ	**प्र.ग्रं.**-2/59	चिंता/कामायनी
पशु-संकुल- *'हिंस्र निशाचर, भूधर, कन्दर पशु-संकुल'*	: पशुओं से भरा हुआ	**नि.र.**-1/130	स्वागत
पश्चिम का मारुत- *'चलता है पश्चिम का मारुत, लेकर शीतलता का भार'*	: पछुआ हवा, पश्चिम दिशा से आनेवाली हवा	**प्र.ग्रं.**-1/225	खोलो द्वार/झरना
पस्त- *'पस्त हौसला होगा'*	: थक जाना	**नि.र.**-1/169	महाराज शिवाजी का पत्र
पहल- *'पहल न उसमें था बना, चढ़ा न रहा खराद'*	: पटल, परत	**प्र.ग्रं.**-1/267	रत्न/झरना
पहला दीप- *'गुलालों से रवि का पथ लीप जला पश्चिम में पहला दीप'*	: शाम में पश्चिम दिशा में निकलनेवाला पहला तारा, शुक्रग्रह	**म.सा.**-1/106	शून्यता में निद्रा की बन/रश्मि
पहला संचित अग्नि- *'पहला संचित अग्नि जल रहा पास मलिन द्युति रवि कर से;'*	: पहले से बचाकर रखी हुई आग, संस्कृत में 'अग्नि' पुंलिंग है	**प्र.ग्रं.**-2/73	आशा/कामायनी
पहली लेखा कांत- *'उषा की पहली लेखा कांत, माधुरी से भींगी भर मोद'*	: (उषाकाल की) पहली चमकती किरण जो तारों की अंतिम उपस्थिति में प्रकट हो जाती है	**प्र.ग्रं.**-2/85	श्रद्धा/कामायनी
पहिला कवि- *'वियोगी होगा पहिला कवि'*	: आदिकवि, वाल्मीकि	**पं.ग्रं.**-1/183	आँसू/पल्लव
पहेली- *'प्रिय! मैं हूँ एक पहेली भी'*	: रहस्य, सारगर्भित	**म.सा.**-1/217	प्रिय ! मैं हूँ एक पहेली भी!/नीरजा
पाँति- *'ताराओं की पाँति घनी रे!'*	: पंक्ति	**प्र.ग्रं.**-1/298	ले चल वहाँ भुलावा देकर/लहर
पांथ- *'आओ यदि, पान्थ! पास'*	: पथिक, यात्री	**पं.ग्रं.**-1/286	एक/ज्योत्स्ना
पाँवड़े- *'गुर्ज्जरेश पाँवड़े बिछाते रहे पलकों के,'*	: पायंदाज, आदरणीय व्यक्ति के चलने के रास्ते में बिछा कपड़ा	**प्र.ग्रं.**-1/341	प्रलय की छाया/लहर
पाँवड़े पल के- *'शून्य हूँ जिसको बिछे हैं पाँवड़े पल के'*	: शून्य के लिए पल (क्षण) के पाँवड़े (प्रिय के मार्ग में बिछाई गयी दरी/गलीचा आदि)	**म.सा.**-1/177	बीन भी हूँ मैं तुम्हारी /नीरजा
पाँवड़े मधुस्नात- *'सजल रोमों में बिछे हैं, पाँवड़े मधुस्नात से'*	: सुगंध से परिपूर्ण पायंदाज (कार्पेट) की तरह सिहरते रोम	**म.सा.**-1/200	मैं बनी मधुमास आली /नीरजा
पांशुल श्रम- *'पवन धेनु, रवि के पांशुल श्रम'*	: श्रम करते हुए धूल-धूसरित हो जाना, धूल की तरह मटमैले बादल	**पं.ग्रं.**-1/216	बादल/पल्लव
पाईबाग- *'अपना पाईबाग बना लोगे प्रिय! इस मन को आकर'*	: घर के सामने लगा हुआ बाग, नजर बाग	**प्र.ग्रं.**-1/252	पाईबाग/झरना
पाकयज्ञ- *'पाकयज्ञ करना निश्चित कर लगे शालियों को चुनने'*	: एक यज्ञ जिसमें दही, घी, खीर आदि की आहुति दी जाती है। मनु के पास केवल धान उपलब्ध था, उन्होंने धान से पाकयज्ञ किया	**प्र.ग्रं.**-2/73	आशा/कामायनी
पाके- *'श्रम मानो विश्राम कर रहा मृदु आलस को पाके'*	: पा कर	**प्र.ग्रं.**-2/140	कर्म/कामायनी
पागल प्राण- *'गूँथना मेरे पागल प्राण/हठीले मेरे छोटे प्राण'*	: उस अज्ञात प्रियतम के प्रेम में व्याकुल मन	**म.सा.**-1/50	थकी पलकें सपनों पर डाल/नीहार

शब्द-	काव्य-पंक्ति	: अर्थ	ग्रंथावली/पृ.सं.	स्रोत/संदर्भ
पागल मन का मोह-	*'और मधुर विश्वास! अरे वह पागल मन का मोह रहा!'*	: श्रद्धा मनु के प्रति अपने प्रेम को अब अपने 'पागल मन का मोह' समझ रही है	**प्र.ग्रं.**-2/187	स्वप्न/कामायनी
पागल सुख-	*'वह पागल सुख इस जगती का आज विराट बना था'*	: काम-वासना का उत्तेजक सुख	**प्र.ग्रं.**-2/146	कर्म/कामायनी
पाटल-	*'अरुण सजल पाटल बरसाता तम पर मृदु पराग की रोली'*	: गुलाब	**म.सा.**-1/169	पुलक पुलक उर, सिहर सिहर तन/नीरजा
◆	*'हैं पलकों में करुणा के अणु पाटल पर हिमहास नहीं यह!'*	: गुलाब	**म.सा.**-1/242	जागो बेसुध रात नहीं यह!/नीरजा
◆	*'पाटल के सुरभित रंगों से रँग दे हिम सा उज्ज्वल दुकूल'*	: गुलाब	**म.सा.**-1/257	जाने किस जीवन की सुधि ले/सांध्य गीत
पाटल-पटल-	*'देख, आरक्त पाटल-पटल खुल गये'*	: कमल की पंखुड़ियाँ	**नि.र.**-1/250	कैसी बजी बीन?
पाटी-	*'खिल पड़ीं निखिल पर्वत पाटी'*	: लकड़ी की तख्ती जिस पर बच्चे लिखना सीखते हैं, पर्वत मानो पाटी की तरह हैं	**पं.ग्रं.**-2/10	विद्रुम औ' मरकत की छाया/युगपथ
पाणि-पादमय-	*'पाणि-पादमय पंच-भूत की यहाँ हो रही है उपासना'*	: हाथ और पैर से युक्त, स्थूल शरीर	**प्र.ग्रं.**-2/258	रहस्य/कामायनी
पात-	*'यह लघु पोत, पात, तृण, रज कण'*	: पत्ता	**पं.ग्रं.**-1/213	जीवन यान/पल्लव
पात-मर्मर-	*'निशि पिलाती ओस-मद भर आ झुलाता पात-मर्मर'*	: पत्तों की कोमल ध्वनि	**म.सा.**-1/272	री कुञ्ज की शेफालिके!/सांध्य गीत
पातों-	*'सूखे पातों ही को पा क्या'*	: पत्ते	**पं.ग्रं.**-1/205	छाया/पल्लव
पात्र-	*'पात्र भी मधु भी मधुप भी मधुर विस्मृति भी'*	: जाम, प्याला	**म.सा.**-1/177	बीन भी हूँ मैं तुम्हारी /नीरजा
पाथेय-	*'उसकी स्मृति पाथेय बनी है थके पथिक की पन्था की'*	: यात्रा के लिये भोजन	**प्र.ग्रं.**-1/292	मधुप गुनगुना कर कह जाता/लहर
◆	*'मैं गति विह्वल/पाथेय रहे तेरा दृग-जल'*	: रास्ते का सहारा	**म.सा.**-1/315	ओ चिर नीरव!/दीप-शिखा
◆	*'पंथ माँगना इन्हें नहीं पाथेय न लेना'*	: यात्रा का सहारा (भोजन आदि)	**म.सा.**-1/327	यह सपने सुकुमार /दीप-शिखा
पाथेय-हीन-	*'पाथेय-हीन जब छोड़ गए सब सपने'*	: रास्ते में बेसहारा हो जाना	**म.सा.**-1/339	तू धूल-भरा ही आया!/दीप-शिखा
पाद-पद्म-	*'सुग्रीव, प्रान्त पर पाद-पद्म के, महावीर;'*	: कमल की तरह (राम के) चरण	**नि.र.**-1/330	राम की शक्ति-पूजा
पाद पद्म-	*'पाद पद्म विकसा सुन्दर'*	: कमल-रूपी चरण	**पं.ग्रं.**-1/85	मम जीवन की प्रमुदित प्रात/वीणा
पाद-प्रहार-	*'शक्ति थी जर्जर पर अविचल पाद-प्रहार'*	: पैरों से चोट मारना	**नि.र.**-1/180	रेखा 'ग'
पादाग्र-	*'वह अपलक लोचन अपने पादाग्र विलोकन करती'*	: पैरों का अगला हिस्सा, पैरों की उँगलियाँ	**प्र.ग्रं.**-2/269	आनन्द/कामायनी
पान-	*'मौन पान करती अधरासव/कण्ठ लगी उरगी'*	: पीना	**नि.र.**-1/220	स्पर्श से लाज लगा
पापाचार-	*'नहीं कहलाया पापाचार'*	: चरित्रहीनता	**पं.ग्रं.**-1/186	आँसू/पल्लव
पार-	*'रह गया एक इन्दीवर, मन देखता-पार'*	: सहस्रार चक्र के पार	**नि.र.**-1/337	राम की शक्ति-पूजा

शब्द- काव्य-पंक्ति	: अर्थ	ग्रंथावली/पृ.सं.	स्रोत/संदर्भ
पारद- *'चपल पारद सा विकल तन सजल नीरद सा भरा मन'*	: पारा, एक धातु	**म.सा.**-1/282	कीर का प्रिय आज... /सांध्य गीत
◆ *'पारद से अनबींधे मोती/साँस इन्हें बिन तार पिरोती'*	: पारा, एक धातु	**म.सा.**-1/329	तरल मोती से नयन भरे!/दीप-शिखा
पारद की रेखाओं- *'पारद की रेखाओं में चिर चाँदी के रंगों से चित्रित'*	: पारे की रेखाओं की तरह चमकदार	**म.सा.**-1/397	तू भू के प्राणों का शतदल!/दीप-शिखा
पारद के मोती- *'पारद के मोती से चंचल मिटते जो प्रतिपल बन ढुल ढुल'*	: पारा का गोलाकार रूप पकड़ने पर टूट-टूट जाता है	**म.सा.**-1/242	जागो बेसुध रात नहीं यह!/नीरजा
पारदर्शिका- *'ओ पारदर्शिका! चिर चंचल'*	: आर-पार देखने या दिखानेवाली	**प्र.ग्रं.**-1/326	ओ री मानस की गहराई/लहर
पारद-सी- *'पारद-सी गल हुई शिलाएँ दुर्गम नभ चंदन-आँगन-सा'*	: पारा की तरह	**म.सा.**-1/387	पथ मेरा निर्वाण बन गया!/दीप-शिखा
पारस- (शीर्षक)	: प्रियतम, अपने स्पर्श से श्रेष्ठता प्रदान करने वाला	**नि.र.**-1/150	पारस
पारस-साँसें- *'पारस-साँसें बेमोल ले चला हर क्षण'*	: पारस (जिसे छूकर लोहा सोना हो जाता है) की तरह कीमती साँसें	**म.सा.**-1/357	कोई यह आँसू आज माँग ले जाता!/दीप-शिखा
पारा- *'चंचल अनिल, अनल, जल थल, सब चंचल जैसे पारा है'*	: एक धातु, मरकरी (अँग्रेजी)	**प्र.ग्रं.**-3/265	प्रथम अंक/अजातशत्रु
पारायण- *'कर रामायण का पारायण/जपते हैं श्रीमन्नारायण;'*	: आत्मसात करना	**नि.र.**-1/309	दान
पारावार- *'सूने नभ में स्वर तरंग का फैलाकर मधु पारावार?'*	: समुद्र	**प्र.ग्रं.**-1/327	मधुर माधवी संध्या में /लहर
◆ *'अंधकार पारावार गहन नियति-सा—'*	: समुद्र	**प्र.ग्रं.**-1/338	पेशोला की प्रतिध्वनि/लहर
◆ *'यह पारावार तरल हो/फेनिल हो गरल उगलता'*	: वियोग का समुद्र	**प्र.ग्रं.**-2/21	आँसू
◆ *'वे सब डूबे; डूबा उनका/विभव, बन गया पारावार;'*	: समुद्र	**प्र.ग्रं.**-2/55	चिंता/कामायनी
◆ *'ऐ जीवन के पारावार!'*	: समुद्र, अनन्त	**नि.र.**-1/136	बादल-राग
◆ *'पारावार-केलि-कौतूहल'*	: समुद्र	**नि.र.**-1/183	जागरण
◆ *'बढ़ती ही जाती है/अतिशयता/पारावार अपार'*	: समुद्र	**नि.र.**-1/201	खेवा
◆ *'अति अपार यह पारावार'*	: अनंत (समुद्र की तरह)	**पं.ग्रं.**-1/104	वैसे ही तेरा संसार/वीणा
◆ *'हँसकर तब उस पार तिमिर का कहता बढ़-बढ़ पारावार'*	: समुद्र की तरह रात का अँधेरा बढ़ रहा है	**म.सा.**-1/34	निश्वासों का नीड़, निशा का/नीहार
◆ *'अपने आँसू आज पिला दो/कहता किन से पारावार?'*	: समुद्र, वह असीम प्रिय	**म.सा.**-1/42	घायल मन लेकर सो जाती/नीहार
◆ *'मत्त हो स्वप्निल हाला ढाल महानिद्रा में पारावार'*	: समुद्र की तरह अचल निद्रा	**म.सा.**-1/51	थकी पलकें सपनों पर डाल/नीहार
◆ *'जहाँ मानस के रत्न विलीन/तुम्हीं हो ऐसा पारावार'*	: वह अज्ञात प्रियतम मानो समुद्र की तरह अथाह है	**म.सा.**-1/78	जहाँ है निद्रामग्न वसंत/नीहार
◆ *'वीचियों पर गा करुण विहाग सुनाता किसको पारावार'*	: अनंत की तरह फैला समुद्र	**म.सा.**-1/157	नींद में सपना बन अज्ञात/रश्मि

शब्द- काव्य-पंक्ति	: अर्थ	ग्रंथावली/पृ.सं.	स्रोत/संदर्भ
◆ *'सोता पारावार दृगों में/भर भर लाया कौन?'*	: अथाह समुद्र	**म.सा.**-1/171	आज क्यों तेरी वीणा मौन?/नीरजा
पारिजात कानन- *'स्मिति मधुराका थी, श्वासों से पारिजात कानन खिलता'*	: पारिजात(एक देववृक्ष) का वन, इसकी उत्पत्ति समुद्र-मंथन से हुई थी	**प्र.ग्रं.**-2/226	निर्वेद/कामायनी
पारिजात-दल- *'या नन्दन-वन के पारिजात-दल लेकर'*	: एक फूल की पंखुड़ी, हरसिंगार, कचनार, एक देववृक्ष	**नि.र.**-1/82	अंजलि
पारिषद-दल- *'कहता रण की जय-कथा पारिषद-दल से घिर;'*	: मंत्रिपरिषद् आदि	**नि.र.**-1/333	राम की शक्ति-पूजा
पार्थिव- *'छोड़कर पार्थिव भोग विभूति, प्रेयसी का दुर्लभ वह प्यार'*	: भौतिक, ऐंद्रिक	**प्र.ग्रं.**-1/294	अरी वरुणा की शांत कछार/लहर
पार्थिवैश्वर्य- *'पार्थिवैश्वर्य का अन्धकार पीड़ाकर'*	: पार्थिव ऐश्वर्य, भौतिक समृद्धि	**नि.र.**-1/288	तुलसीदास
पार्श्व- *'चल रही इड़ा भी वृष के दूसरे पार्श्व में नीरव'*	: बगल में	**प्र.ग्रं.**-2/267	आनन्द/कामायनी
पालना-*'पालना बनें प्रलय की लहरें'*	: शिशुओं को सुलानेवाला झूला	**प्र.ग्रं.**-4/74	द्वितीय अंक/स्कन्दगुप्त
◆ *'किसी का हमने छीना नहीं, प्रकृति का रहा पालना यहीं'*	: शैशव-भूमि	**प्र.ग्रं.**-4/139	पंचम अंक/स्कन्दगुप्त
पालें- *'लो, पालें चढ़ीं, उठा लंगर!'*	: नाव पर लगा मोटा कपड़ा जिस पर हवा के दबाव से नाव में गति आती है	**पं.ग्रं.**-1/275	नौका-विहार/गुंजन
पालों के पर- *'तिर रही, खोल पालों के पर'*	: नाव-रूपी हंसिनी के पंखों की तरह हैं नाव की पालें	**पं.ग्रं.**-1/275	नौका-विहार/गुंजन
पावक कण- *'गा, कोकिल, बरसा पावक कण!'*	: क्रांति, परिवर्तन, आग की चिंगारियाँ	**पं.ग्रं.**-2/7	द्रुत झरो जगत के जीर्ण पत्र/युगपथ
पावक के तूल- *'दिन के तम, पावक के तूल'*	: रुई में लगी आग की तरह दीखते हैं बादल	**पं.ग्रं.**-1/216	बादल/पल्लव
पावक-पग- *'पावक-पग धर आवे नूतन'*	: क्रांतिकारी पहल, मानो आग की तरह ज्वलंत कदम उठे हों	**पं.ग्रं.**-2/7	द्रुत झरो जगत के जीर्ण पत्र/युगपथ
पावक पुंज- *'वह पावक पुंज हुआ अब किरनों की लट बिखराये'*	: अग्नि-पुंज, आग	**प्र.ग्रं.**-2/19	आँसू
पावक पुकार- *'पिक के उर में पावक पुकार'*	: प्रेम के वियोग की विह्वल पुकार, जिस पुकार में दाहकता हो	**पं.ग्रं.**-2/18	मंजरित आम्र-वन-छाया में/युगपथ
पावक सरोवर- *'पावक सरोवर में अवभृथ स्नान था'*	: मानो आग का तालाब हो	**प्र.ग्रं.**-1/342	प्रलय की छाया/लहर
पावन आदेश- *'मिला था वह पावन आदेश, आज भी साक्षी हैं रवि चन्द्र'*	: पवित्र आदेश (बौद्ध धर्म के प्रचारक का आदेश)	**प्र.ग्रं.**-1/295	अरी वरुणा की शांत कछार/लहर
पावन उद्‌गीथ- *'जिसमें शीतल पवन गा रहा पुलकित हो पावन उद्‌गीथ'*	: पवित्र सामवेद के गान	**प्र.ग्रं.**-2/76	आशा/कामायनी
पावन-कर-सिञ्चन- *'तुम अपने ही अमृत के पावन-कर-सिञ्चन से'*	: पवित्र हाथों के आशीर्वाद से	**नि.र.**-1/207	कवि
पावन गंगा स्नान- *'संग में पावन गंगा स्नान'*	: तुम्हारा साहचर्य मानो गंगा स्नान की तरह पवित्र था	**पं.ग्रं.**-1/187	आँसू/पल्लव
पावन-तम- *'फिर सम्मुख तीर्थ मिलेगा वह अति उज्ज्वल पावन-तम'*	: पवित्रतम, परमपवित्र	**प्र.ग्रं.**-2/269	आनन्द/कामायनी

शब्द- काव्य-पंक्ति	: अर्थ	ग्रंथावली/पृ.सं.	स्रोत/संदर्भ
पावन प्रेम- *'कभी तो अब तक पावन प्रेम'*	: निर्दोष भाववाला प्रेम	**पं.ग्रं.-1**/186	आँसू/पल्लव
पावस- *'पावस की प्रगल्भ धारा में'*	: बरसात	**नि.र.-1**/125	यमुना के प्रति
◆ *'अलि, घिरि आये घन पावस के'*	: बरसात	**नि.र.-1**/199	गीत 'ग'
पावस नयन- *'किसलिए पावस नयन में प्राण में चातक बसाती?'*	: आँखें मानो बरसात की तरह बरसती रहती हैं	**म.सा.-1**/341	जो न प्रिय पहिचान पाती!/दीप-शिखा
पावस-प्यार- *'ले रहा किसका पावस-प्यार विपुल लघु प्राणों में अवतार?'*	: बरसात की तरह आँसुओं में डूबी हुई प्रेम की अनुभूतियाँ	**म.सा.-1**/114	तुहिन के पुलिनों पर छबिमान/रश्मि
पावस प्रवास- 'शीर्षक'	: 'पावस प्रभात' शीर्षक भी मिलता है जो ज्यादा ठीक है, बरसात ऋतु की एक सुबह	**प्र.ग्रं.-1**/228	पावस प्रवास/झरना
पावस-यामिनी- *'घुल रही इनमें अमा ले आज पावस-यामिनी!'*	: बरसात की रात	**म.सा.-1**/277	दीप तेरा दामिनी! /सांध्य गीत
पावस रजनी- *'पावस रजनी में जुगनू गण को दौड़ पकड़ता मैं निराश'*	: वर्षा ऋतु की रात	**प्र.ग्रं.-2**/172	इड़ा/कामायनी
◆ *'मुझमें पावस रजनी होगी'*	: बरसात की रात	**म.सा.-1**/293	तब क्षण क्षण मधु प्याले होंगे!/सांध्य गीत
पावस-रात- *'दृगों में सोते हैं अज्ञात निदाघों के दिन पावस-रात'*	: बरसात की रात की तरह के आँसू आँखों में बसे हैं	**म.सा.-1**/115	तुहिन के पुलिनों पर छबिमान/रश्मि
पावस लास- *'पावस लास प्रमत्त शिखी ने'*	: बरसात में काम-क्रीड़ा	**पं.ग्रं.-1**/193	अनंग/पल्लव
पावस-लास- *'बाल-विद्युत् का पावस-लास'*	: बारिश में (आकाशीय बिजली का) लास्य-भाव से नर्तन	**पं.ग्रं.-1**/251	भावी पत्नी के प्रति/गुंजन
पाश- *'माया-राज्य! यही परिपाटी पाश बिछा कर जीव फाँसना'*	: (ऐन्द्रिक विषयों का) जाल, फन्दा	**प्र.ग्रं.-2**/256	रहस्य/कामायनी
◆ *'कह, वे किसके निर्दय पाश?'*	: बंधन	**नि.र.-1**/117	यमुना के प्रति
◆ *'छिन्न हुए सीमा-दृढ़ पाश'*	: बंधन	**नि.र.-1**/122	यमुना के प्रति
◆ *'मोगलों की दासता के/पाश मालाएँ हैं फूलों की आज तुम्हें'*	: बंधन, रस्सी	**नि.र.-1**/167	महाराज शिवाजी का पत्र
◆ *'दासता के पाश कट जायँगे'*	: बंधन	**नि.र.-1**/169	महाराज शिवाजी का पत्र
◆ *'बँधा हुआ पाश में ही'*	: बंधन	**नि.र.-1**/175	रेखा 'क'
◆ *'चिर-ऋण के पाश से'*	: बंधन	**नि.र.-1**/178	रेखा 'ख'
पाहन दल- *'पिघल पड़ते हैं पाहन दल'*	: पत्थरों का समूह, पहाड़	**पं.ग्रं.-1**/181	उच्छ्वास/पल्लव
पाहुन- *'वह उर में आता बन पाहुन कहता मन से, अब न कृपण बन'*	: मेहमान की तरह दुःख बिना बताए आता है	**म.सा.-1**/108	रजतरश्मियों की छाया में.../रश्मि
◆ *'अपने तम-श्यामल पाहुन को पुतली की निशा में सुलाता नहीं'*	: मेहमान, पत्नी के मायके में पति 'पाहुन' कहलाता है	**म.सा.-1**/149	जिसको अनुराग सा दान दिया/रश्मि
◆ *'प्राणों के अंतिम पाहुन'*	: अतिथि, प्रिय अतिथि, ससुराल में पुरुष 'पाहुन' कहलाता है	**म.सा.-1**/154	प्राणों के अंतिम पाहुन!/रश्मि
◆ *'तुम विद्युत् बन, आओ पाहुन मेरी पलकों में पग धर धर'*	: वह असीम अनंत प्रिय	**म.सा.-1**/169	पुलक पुलक उर, सिहर सिहर तन/नीरजा
◆ *'उतरो अब पलकों में पाहुन!'*	: मेरे असीम अनंत अज्ञात प्रिय	**म.सा.-1**/249	प्रिय! सांध्य गगन, मेरा जीवन!/सांध्य गीत

शब्द- काव्य-पंक्ति	: अर्थ	ग्रंथावली/पृ.सं.	स्रोत/संदर्भ
◆ *'पाहुन अब उतरो पलकों में!'*	: वह अज्ञात असीम प्रियतम	**म.सा.**-1/298	नव घन आज बनो पलकों में!/सांध्य गीत
पिंग अरुण- *'कुछ पिंग अरुण कुछ सित श्यामल'*	: पीले और लाल (रंग के बादल)	**म.सा.**-1/397	तू भू के प्राणों का शतदल!/दीप-शिखा
पिंग पराग- *'सित सरोज पर क्रीड़ा करता जैसे मधुमय पिंग पराग'*	: पीला पुष्प-रज	**प्र.ग्रं.**-2/67	आशा/कामायनी
पिंगल- *'पिंगल किरणों-सी मधु-लेखा'*	: पीला और लाल रंग	**प्र.ग्रं.**-1/299	हे सागर संगम अरुण नील/लहर
पिंगल-पराग- *'पिंगल-पराग से मचले आनन्द-सुधा-रस छलके'*	: पीले और सुनहले रंग के मकरंद (की तरह प्रत्येक कण)	**प्र.ग्रं.**-2/277	आनन्द/कामायनी
पिंजर- *'कीर का प्रिय आज पिञ्जर खोल दो'*	: पिंजड़ा, वेदना का बंधन	**म.सा.**-1/282	कीर का प्रिय आज... /सांध्य गीत
पिउ-रव- *'पिउ-रव पपीहे प्रिय बोल रहे'*	: प्रिय को पुकारती आवाज	**नि.र.**-1/148	जागो फिर एक बार
पिक- *'पिक के पावन पंचम में'*	: नरकोयल	**नि.र.**-1/189	वासन्ती
पिक-कल-कूजन- *'और मैं पिक-कल-कूजन तान'*	: नरकोयल की मधुर आवाज (मादा कोयल की आवाज मधुर नहीं होती)	**नि.र.**-1/50	तुम और मैं
पिक-कुहरित- *'मग में पिक-कुहरित डाल-डाल'*	: कोयलों की आवाज से गुंजायमान	**नि.र.**-1/300	तुलसीदास
पिक प्राणों की पुकार- *'इस चिर प्रवास श्यामल पथ में छाई पिक प्राणों की पुकार'*	: कोयल-रूपी प्राणों की मार्मिक पुकार	**प्र.ग्रं.**-2/173	इड़ा/कामायनी
पिकप्रिय-वसंत- *'मिलनातुर कल्पनाएँ शरत्-हेमन्त-शिशिर-पिकप्रिय-वसन्त की'*	: कोयल को प्रिय वसंत ऋतु	**नि.र.**-1/207	कवि
पिच्छल- *'अविश्वास सी पिच्छल है'*	: फिसलन से भरा	**प्र.ग्रं.**-1/271	कसौटी/झरना
◆ *'ले घट श्लथ लखती, पथ/पिच्छल तू गहरी!'*	: फिसलन से भरा	**नि.र.**-1/239	सरि, धीरे बह री!
पिच्छल-शिला-संलग्न- *'अरी नीच कृतघ्नते! पिच्छल-शिला-संलग्न'*	: फिसलन वाले चिकने पत्थर से युक्त	**प्र.ग्रं.**-2/113	वासना/कामायनी
पिच्छिल-सी- *'खड़ी हुई जीवन की पिच्छिल-सी भूमि पर'*	: फिसलन से भरी-सी	**प्र.ग्रं.**-1/350	प्रलय की छाया/लहर
पिछड़ा- *'सब में एक अचेतन गति थी, जिससे पिछड़ा रहे समीर'*	: मंद, पीछे रह जाना	**प्र.ग्रं.**-2/57	चिंता/कामायनी
पिण्डवत्- *'जड़ पिण्डवत् पड़े,/लुप्त बुद्धि, हृदय में'*	: पिण्ड की तरह, शरीर की तरह	**नि.र.**-1/179	रेखा 'ग'
पितः - *'चढ़ मृत्यु-तरणि पर तूर्ण-चरण कह— ''पितः, पूर्ण आलोक वरण'*	: पिता को संबोधन	**नि.र.**-1/315	सरोज स्मृति
पिता का वक्ष भरा वात्सल्य- *'पिता का वक्ष भरा वात्सल्य, पुत्र का शैशव सुलभ दुलार'*	: पिता के रूप में गौतम का हृदय वात्सल्य भाव से परिपूर्ण था	**प्र.ग्रं.**-1/294	अरी वरुणा की शांत कछार/लहर
पिन्हाए- *'उसे तुमने सिखलाया हास पिन्हाए मैंने आँसू-हार'*	: पहनाए	**म.सा.**-1/147	छिपाए थी कुहरे सी नींद/रश्मि
पिपीलिका- *'अब पिपीलिका के विवरों से'*	: चींटी	**पं.ग्रं.**-1/210	नक्षत्र/पल्लव
पिष्ट- *'पिष्ट कठिन साधना-शिला से कितना पावन हुआ प्रणय यह'*	: पिसा हुआ	**नि.र.**-1/203	प्रिया के प्रति

शब्द- काव्य-पंक्ति	: अर्थ	ग्रंथावली/पृ.सं.	स्रोत/संदर्भ
पींजरा- *'यह रंगमहल बना सुवर्ण पींजरा'*	: पिंजड़ा	**प्र.ग्रं.-1**/348	प्रलय की छाया/लहर
पी- *'प्रकृति की यह मदमाती चाल, देख ले दृग भर पी के संग'*	: प्रिय, पिया	**प्र.ग्रं.-3**/386	द्वितीय अंक/जन्मेजय का नाग-यज्ञ
◆ *'पपीहा का पी सुनता कभी! अरे कोकिल की देख दशा न'*	: 'प्रिय कहाँ हो', पपीहे की पुकार	**प्र.ग्रं.-4**/187	प्रथम अंक/चन्द्रगुप्त
◆ *'वह कौन सा पी है पपीहा तेरा:'*	: प्रिय	**म.सा.-1**/149	जिसको अनुराग सा दान दिया/रश्मि
◆ *'रे पपीहे पी कहाँ?'*	: प्रिय	**म.सा.-1**/262	रे पपीहे पी कहाँ? /सांध्य गीत
पी का विहाग- *'यह पी का विहाग भुलाता नहीं नभ देख पयोधर श्याम घिरा'*	: मानो पपीहे की आवाज में वियोग का विहाग राग है	**म.सा.-1**/149	जिसको अनुराग सा दान दिया/रश्मि
पी पी- *'गले न मृदु उर आँसू बन बन हो न करुण पी पी का क्रंदन'*	: पपीहे की आवाज	**म.सा.-1**/196	आ मेरी चिर मिलन-यामिनी!/नीरजा
◆ *'प्रिय! तेरे उर में जग जावे, प्रतिध्वनि जब मेरे पी पी की'*	: प्रिय-प्रिय की रट	**म.सा.-1**/231	तुम दु:ख बन इस पथ से आना!/नीरजा
◆ *'झूमता है विश्व पी पी घूमती नक्षत्र-माला'*	: पी-पीकर	**म.सा.-1**/261	मेरा सजल मुख देख लेते!/सांध्य गीत
पी! कहाँ?- 'शीर्षक'	: पपीहा पक्षी की आवाज, प्रिय तुम कहाँ हो!	**प्र.ग्रं.-1**/251	पी कहाँ/झरना
पीड़न- *'पीड़न का चञ्चल संसार'*	: तकलीफ	**नि.र.-1**/120	यमुना के प्रति
◆ *'श्री बिखेर, मुख-फेर कली के निष्ठुर पीड़न'*	: पीड़ा, तकलीफ	**नि.र.-1**/129	बादल राग
पीड़नमय- *'श्रममय कोलाहल, पीड़नमय विकल प्रवर्तन महायंत्र का'*	: व्यथित (कर्म-लोक के लोग)	**प्र.ग्रं.-2**/258	रहस्य/कामायनी
पीड़ा- *'साम्राज्य मुझे दे डाला/उस चितवन ने पीड़ा का!!'*	: प्रेम की पीड़ा	**म.सा.-1**/38	रजनी ओढ़े जाती थी/नीहार
◆ *'तुम में ढूँढूँगी पीड़ा'*	: दर्द से भरे प्रेम को तुममें ढूँढूँगी	**म.सा.-1**/62	इस एक बूँद आँसू में/नीहार
◆ *'तुमको पीड़ा में ढूँढ़ा'*	: प्रेम के दर्द में तुमको ढूँढ़ा	**म.सा.-1**/62	इस एक बूँद आँसू में/नीहार
पीड़ाकर- *'पार्थिवैश्वर्य का अन्धकार पीड़ाकर'*	: पीड़ादायी	**नि.र.-1**/288	तुलसीदास
पीड़ा का भार- *'लिए कैसे पीड़ा का भार देव आऊँ अनंत की ओर?'*	: प्रेम की पीड़ा का तनाव या दबाव	**म.सा.-1**/79	गरजता सागर तम है घोर/नीहार
पीड़ा का राग- *'विश्व होगा पीड़ा का राग, निराशा जब होगी वरदान'*	: प्रेम की पीड़ा मानो अपनी लय में संसार को डुबो लेगी	**म.सा.-1**/58	शून्य से टकरा कर सुकुमार/नीहार
पीड़ा का राज्य- *'हो जाएगा तेरा ही पीड़ा का राज्य अँधेरा'*	: हे प्रिय, तुम्हारे पास प्रेम की पीड़ा का साम्राज्य है। तुमने मुझे यही दिया है।	**म.सा.-1**/38	रजनी ओढ़े जाती थी /नीहार
पीड़ा का साम्राज्य- *'पीड़ा का साम्राज्य बस गया उस दिन दूर क्षितिज के पार'*	: उस अज्ञात के प्रति अगाध प्रेम की पीड़ा का मानो विस्तृत साम्राज्य सृजित हो गया	**म.सा.-1**/31	रजत करों की मृदुल तूलिका/नीहार

शब्द- काव्य-पंक्ति	: अर्थ	ग्रंथावली/पृ.सं.	स्रोत/संदर्भ
पीड़ा का सार- *'पीड़ा का सार मिला कर प्राणों का आसव ढाला'*	: प्रेम के दु:ख का निचोड़	**म.सा.**-1/52	इन हीरक से तारों के /नीहार
पीड़ा की सीमा- *'है पीड़ा की सीमा यह दु:ख का चिर सुख हो जाना!'*	: जिस सीमा पर जाकर पीड़ा का स्वरूप बदलने लगे, वह आत्मीय लगने लगे	**म.सा.**-1/109	चिर तृप्ति कामनाओं का/रश्मि
पीड़ा के हास- *'मर्म पीड़ा के हास'*	: पीड़ा का विस्तार	**पं.ग्रं.**-1/181	उच्छ्वास/पल्लव
पीत पराग- *'कल कपोल था जहाँ बिछलता कल्पवृक्ष का पीत पराग'*	: फूलों के सुनहले पराग-कण	**प्र.ग्रं.**-2/57	चिंता/कामायनी
पीत पात झर- *'गए स्वप्न के पीत पात झर'*	: पीले पत्ते की तरह सपने पुराने होकर झड़ गए	**म.सा.**-1/298	नव घन आज बनो पलकों में!/सांध्य गीत
पीता मन मुकुलित कंज आप- *'पीता मन मुकुलित कंज आप अपनी मधु बूँदें मधुर मौन'*	: (मनु का) मन-रूपी अधमुँदा कमल (अपना पराग) उदासी के मारे स्वयं पीकर खुद में सिमटा था	**प्र.ग्रं.**-2/179	इड़ा/कामायनी
पीन- *'कभी तृप्ति-सी हो फिर पीन'*	: गाढ़ा, घना	**पं.ग्रं.**-1/206	छाया/पल्लव
◆ *'वरुण व्यस्त थे, घनी कालिमा/स्तर-स्तर जमती पीन हुई'*	: मोटा, पुष्ट	**प्र.ग्रं.**-2/59	चिंता/कामायनी
◆ *'वहीं विटप शत-वर्ष-पुरातन/पीन प्रशाखाएँ फैला घन'*	: मोटा, पुष्ट	**नि.र.**-1/213	छोड़ दो, जीवन यों न मलो
पीन उभार- *'दृढ़ यौवन का पीन उभार'*	: पुष्ट वक्ष	**नि.र.**-1/123	यमुना के प्रति
पीन पुकार- *'पपीहों की वह पीन पुकार'*	: गंभीर पुकार, विकल आवाज	**पं.ग्रं.**-1/186	आँसू/पल्लव
पीन यौवन- *'मानिनी-सी, पीन यौवन भार से'*	: युवावस्था का मांसल सौन्दर्य, स्तन का भार	**पं.ग्रं.**-1/127	ग्रन्थि
पीनोरु- *'पीनोरु स्कन्ध जीवन तरु के'*	: स्थूल जंघा	**पं.ग्रं.**-2/22	मानव/युगपथ
◆ *'भीरु पीनोरु नतनयना नवयौवना पर'*	: पीन+उरु, पुष्ट जंघावाली (स्त्री)	**नि.र.**-1/163	महाराज शिवाजी का पत्र
पीयूष-वर्षा- *'चन्द्र-कर पीयूष वर्षा कर रहा'*	: अमृत वर्षा	**प्र.ग्रं.**-1/257	मिलन/झरना
पीयूष-सलिल- *'यह व्यर्थ रिक्त-जीवन-घट पीयूष-सलिल से भरने'*	: अमृत-रूपी जल	**प्र.ग्रं.**-2/271	आनन्द/कामायनी
पीयूष-सा- *'(कौन जाने, किस तरह?) पीयूष-सा'*	: अमृततुल्य	**पं.ग्रं.**-1/124	ग्रन्थि
पीयूष-स्रोत-सी- *'पीयूष-स्रोत-सी बहा करो जीवन के सुन्दर समतल में'*	: अमृत की धारा के समान	**प्र.ग्रं.**-2/130	लज्जा/कामायनी
पीर- *'धरा की यह सिकुड़न भयभीत आह कैसी है? क्या है पीर?'*	: तकलीफ, दु:ख	**प्र.ग्रं.**-2/87	श्रद्धा/कामायनी
पीला कपोल- *'चुम्बन-अंकित प्राची का पीला कपोल दिखलाता'*	: पूरब दिशा प्रात: पीली है	**प्र.ग्रं.**-2/16	आँसू
पीलापन- *'तिस पर यह पीलापन कैसा यह क्यों बुनने का श्रम सखेद?'*	: खराब स्वास्थ्य के कारण त्वचा का पीला हो जाना	**प्र.ग्रं.**-2/162	ईर्ष्या/कामायनी
पीला मुख- *'आँखों में रात बिता जब विधु ने पीला मुख फेरा'*	: अस्त होते चाँद का रंग पीला हो रहा था	**म.सा.**-1/37	रजनी ओढ़े जाती थी/नीहार

शब्द- काव्य-पंक्ति	: अर्थ	ग्रंथावली/पृ.सं.	स्रोत/संदर्भ
पीले सेंदुर- *'धो डाली है संध्या के/पीले सेंदुर से लाली'*	: शाम की पीली आभा	**म.सा.-1**/55	कितनी रातों की मैंने/नीहार
पी-सी- *'छपी-सी पी-सी मृदु मुसकान'*	: मानो उसके होंठों ने मुस्कान को पी लिया हो और उसकी शोभा उसके होंठों पर दिख रही हो	**पं.ग्रं.-1**/179	उच्छ्वास/पल्लव
पुंजीभूत- *'रजनी-तम-पुंजीभूत-सदृश मनु श्वास ले रहे थे अशांत'*	: जमकर घना हो जाना, इकट्ठा हो जाना	**प्र.ग्रं.-2**/178	इड़ा/कामायनी
पुंजीभूत रजत- *'श्रद्धे! वह उज्ज्वल कैसा है जैसे पुंजीभूत रजत है'*	: ढेर के रूप में विद्यमान चाँदी(उज्ज्वल रूप)	**प्र.ग्रं.-2**/260	रहस्य/कामायनी
पुआलों- *'उस गुफा समीप पुआलों की छाजन छोटी-सी शांति-पुंज'*	: अनाज निकाल लिए जाने के बाद धान का पौधा	**प्र.ग्रं.-2**/164	ईर्ष्या/कामायनी
पुच्छ- *'चमत्कार पुच्छ आवर्तन कर बार-बार नाचते मयूर ऊर्ध्वमुख'*	: पूँछ	**नि.र.-1**/177	रेखा 'ख'
पुट- *'नासिका नुकीली के पतले पुट फरक रहे कर स्मित अमोल'*	: नाक के दोनों निचले हिस्से	**प्र.ग्रं.-2**/179	इड़ा/कामायनी
पुण्य-घोष- *'यह सत्य यही स्वर्ग यही पुण्य-घोष है'*	: पवित्र उद्घोषणा	**प्र.ग्रं.-3**/191	प्रथम अंक/विशाख
पुण्य-प्राप्य- *'श्रद्धा! पुण्य-प्राप्य है मेरी वह अनंत अभिलाषा'*	: अच्छे कर्मों से प्राप्त फल	**प्र.ग्रं.-2**/136	कर्म/कामायनी
पुतलियाँ- *'शब्द, स्पर्श, रस, रूप, गंध की पारदर्शिनी सुघड़ पुतलियाँ'*	: सुडौल	**प्र.ग्रं.-2**/255	रहस्य/कामायनी
पुतली- *'पुतली बनकर रहें चमकते, प्रियतम! हम दृग में तेरे'*	: आँखों के काले गोल तारक	**प्र.ग्रं.-1**/246	प्रियतम/झरना
◆ *'आयी पुतली तू खिल-खिल-खिल'*	: बच्ची सरोज पुतली की तरह सुंदर लग रही थी	**नि.र.-1**/319	सरोज स्मृति
पुतली प्रणयिनी- *'पुतली प्रणयिनी का बाहुपाश खोलकर'*	: गुड़िया-जैसी कोमल-सुन्दर प्रेमिका या पत्नी	**प्र.ग्रं.-1**/335	शेरसिंह का शस्त्र-समर्पण/लहर
पुतली श्याम- *'पहन कर जब आँसू के हार मुस्कराती वे पुतली श्याम'*	: आँखों की काली पुतली	**म.सा.-1**/88	गिरा जब हो जाती है मौन/नीहार
पुतलों के दल- *'प्रकृति और उसके पुतलों के दल भीषण में'*	: सारस्वत प्रदेश के निवासियों को मनु पुतलों का समूह बताकर तिरस्कृत कर रहे हैं	**प्र.ग्रं.-2**/207	संघर्ष/कामायनी
पुत्र का शैशव सुलभ दुलार- *'पिता का वक्ष भरा वात्सल्य, पुत्र का शैशव सुलभ दुलार'*	: शैशवावस्था के राहुल के प्रति दुलार का भाव	**प्र.ग्रं.-1**/294	अरी वरुणा की शांत कछार/लहर
पुनरावर्तन- *'कभी-कभी हम वही देखते पुनरावर्तन'*	: दोबारा वही घटित होना, पुनरावृत्ति	**प्र.ग्रं.-2**/199	संघर्ष/कामायनी
पुनर्वार- *'काँपे पुनर्वार पृथ्वी शाखा-कर-परिणय-माल'*	: दोबारा, फिर से	**नि.र.-1**/104	उद्बोधन
◆ *'पुनर्वार गायें नूतन स्वर, नव कर से दे ताल'*	: फिर से	**नि.र.-1**/104	उद्बोधन
◆ *'हर धनुर्भंग को पुनर्वार ज्यों उठा हस्त'*	: एक बार फिर से	**नि.र.-1**/331	राम की शक्ति-पूजा
पुरंदर- *'पुरन्दर ने पवि से है लिखा अस्थि युग का मेरा इतिहास'*	: इन्द्र	**प्र.ग्रं.-4**/139	पंचम अंक/स्कन्दगुप्त
पुरइन- *'मुख-कमल समीप सजे थे/दो किसलय से पुरइन के'*	: कमल	**प्र.ग्रं.-2**/12	आँसू
पुरजन- *'पुरजन, परिजन, सहचर'*	: अपने पुर (शहर, कस्बा, क्षेत्र आदि अर्थ में) के निवासी	**पं.ग्रं.-1**/315	तीन/ज्योत्स्ना

शब्द-	काव्य-पंक्ति	: अर्थ	ग्रंथवली/पृ.सं.	स्रोत/संदर्भ
पुर-पुर-	*'गन्ध-मुख मकरन्द-उर सानन्द पुर-पुर लोग घूमे'*	: शहर-शहर, गाँव-गाँव, बसावट	**नि.र.**-1/245	बुझे तृष्णाशा-विषानल झरे
पुर-लक्ष्मी-	*'पुर-लक्ष्मी खगरव के मिस कुछ कह उठती थी करुण कथा'*	: नगर की लक्ष्मी, सारस्वत नगर की वैभवश्री	**प्र.ग्रं.**-2/214	निर्वेद/कामायनी
पुरश्चरण-	*'दो नील कमल हैं शेष अभी, वह पुरश्चरण'*	: आहुति देते हुए मंत्र जाप	**नि.र.**-1/337	राम की शक्ति-पूजा
◆	*'निज पुरश्चरण इस भाँति रहे हैं पूरा कर'*	: किसी देवता/मंत्र का जाप करते हुए हवन करना	**नि.र.**-1/336	राम की शक्ति-पूजा
पुराचीन-	*'तुम वीतराग, जड़ पुराचीन!!'*	: प्राचीन, पुराना हो जाना, अप्रासंगिक	**पं.ग्रं.**-2/7	द्रुत झरो जगत के जीर्ण पत्र/युगपथ
पुराण-नूतन-	*'सुन्दर पुराण-नूतन रे'*	: पुराना और नया— दोनों	**पं.ग्रं.**-1/246	सुन्दर मृदु-मृदु रज का तन/गुंजन
पुरातन अमृत-	*'अरे पुरातन अमृत! अगतिमय मोहमुग्ध जर्जर अवसाद!'*	: स्वयं को अमर समझने का पुराना विचार (देवताओं के सन्दर्भ में)	**प्र.ग्रं.**-2/63	चिंता/कामायनी
पुरातनता-	*'पुरातनता का यह निर्मोक सहन करती न प्रकृति पल एक'*	: जीर्ण-शीर्ण	**प्र.ग्रं.**-2/90	श्रद्धा/कामायनी
पुरातन-प्रियता-	*'मेरी अखिल पुरातन-प्रियता हर दो'*	: पुरानेपन का प्यार	**नि.र.**-1/219	कल्पना के कानन की रानी
पुरातन स्मृति की मलिन गोद-	*'बैठी हुई पुरातन स्मृति की मलिन गोद पर प्रियतम'*	: पुरानी यादों की गोद अब मलिन हो गयी है	**नि.र.**-1/97	विफल-वासना
पुरुष का नर्ममय उपचार-	*'लद गयी पाकर पुरुष का नर्ममय उपचार'*	: पुरुष के द्वारा प्रेम-प्रसंग में किया गया कोमल व्यवहार	**प्र.ग्रं.**-2/119	वासना/कामायनी
पुरुषकार-	*'पुरुषकार उपहार में है संयोग से/जिन्हें मिला—'*	: पुरुषार्थ, पौरुष, परिश्रम	**नि.र.**-1/159	महाराज शिवाजी का पत्र
पुरुषत्व मोह-	*'तुम भूल गये पुरुषत्व मोह में कुछ सत्ता है नारी की'*	: पुरुषवादी वर्चस्व का मोह या आग्रह	**प्र.ग्रं.**-2/174	इड़ा/कामायनी
पुरुष-देश-	*'अपने वश में कर पुरुष-देश है उड़ा रहा ध्वज-मुक्तकेश;'*	: पुरुष-रूपी देश	**नि.र.**-1/295	तुलसीदास
पुरुष-पुराण-	*'बरसो आशीस, हे पुरुष-पुराण'*	: पूर्वज	**नि.र.**-1/81	खँडहर के प्रति
पुरुष पुरातन-	*'वह चन्द्र किरीट रजत नग स्पन्दित-सा पुरुष पुरातन'*	: पुराण-पुरुष शिव	**प्र.ग्रं.**-2/280	आनन्द/कामायनी
पुरुष-पुरातन-	*'आशीर्वाद पुरुष-पुरातन का'*	: पूर्वज	**नि.र.**-1/81	खँडहर के प्रति
पुरुष-प्रकृति-	*'पुरुष-प्रकृति पिता-मात'*	: विश्व की उत्पत्ति के मूल कारण हैं ये दोनों। पुरुष के संयोग से प्रकृति ने सृष्टि को रचा।	**पं.ग्रं.**-1/348	चार/ज्योत्स्ना
पुरोडाश-	*'सोम-पात्र भी भरा, धरा था पुरोडाश भी आगे'*	: आहुति की सामग्री, आहुति से बचा हुआ मांस	**प्र.ग्रं.**-2/138	कर्म/कामायनी
◆	*'पुरोडाश के साथ सोम का पान लगे मनु करने'*	: आहुति की सामग्री, आहुति से बचा हुआ मांस	**प्र.ग्रं.**-2/139	कर्म/कामायनी
पुलक-	*'कितने प्रेमियों का यहाँ पुलक समाया था!'*	: रोमांच के साथ उत्साह	**नि.र.**-1/93	यहीं
◆	*'पुलक हूँ वह जो पला है कठिन प्रस्तर में'*	: सिहरन (जो पत्थर में पली-बढ़ी है)	**म.सा.**-1/177	बीन भी हूँ मैं तुम्हारी /नीरजा

शब्द-	काव्य-पंक्ति	: अर्थ	ग्रंथावली/पृ.सं.	स्रोत/संदर्भ
पुलक-उज्ज्वल-	*'औ' विसर्जन पुलक-उज्ज्वल'*	: सात्विक सिहरन	**म.सा.-1**/337	धूप-सा तन दीप-सी मैं!/दीप-शिखा
पुलक-कंपन-लास-	*'अश्रुमय अवसाद क्यों यह पुलक-कंपन-लास क्यों?'*	: पुलकित भाव से रागात्मकता महसूस करना	**म.सा.-1**/216	कमलदल पर किरण अंकित/नीरजा
पुलक की चाँदनी-	*'बरस सुधि के इंदु से छिटकी पुलक की चाँदनी'*	: चाँदनी मानो स्मृतियों को जगाकर रोमांचित कर रही है	**म.सा.-1**/200	मैं बनी मधुमास आली /नीरजा
पुलक-गीले-	*'तिमिर की दीपावली हैं रोम मेरे पुलक-गीले'*	: सिहरन से भरे हुए (रोएँ)	**म.सा.-1**/263	विरह की घड़ियाँ हुई अलि.../सांध्य गीत
पुलक-जाल-	*'मंजरित नवल मृदु देह-डाल खिल खिल उठता नव पुलक-जाल'*	: रोमांचित रोओं की श्रृंखला	**म.सा.-1**/104	खिल खिल उठता नव पुलक-जाल/रश्मि
पुलक-पंखी-	*'पुलक-पंखी विरह पर उड़ आ रहा है मिलन मेरा;'*	: मेरे विरह-रूपी पंछी के पंख पुलकित हैं	**म.सा.-1**/302	क्यों मुझे प्रिय हो न बंधन!/सांध्य गीत
पुलकप्लुत-	*'पुलकप्लुत आलोड़ित सागर'*	: पुलक से भरा हुआ, उत्साहित, रोमांचित	**नि.र.-1**/138	प्याला
पुलकराशि-	*'भरते अन्तर पुलकराशि से बार-बार'*	: अत्यधिक रोमांच	**नि.र.-1**/324	प्रेयसी
पुलक-रोमावलि-	*'सोता, तारक-किरन-पुलक -रोमावलि मलयज वात,'*	: रोमों का सिहरन से भर जाना	**प्र.ग्रं.-1**/328	अंतरिक्ष में अभी सो रही /लहर
पुलक-लहरी-	*'वीचियों-सी पुलक-लहरी, शून्य में बन कुहक ठहरी'*	: लहर की तरह उठतीं सिहरनें	**म.सा.-1**/349	झिप चलीं पलकें तुम्हारी/दीप-शिखा
पुलक-सुख-	*'खड़ी सोचती नमित नयन-मुख, रखती पग उर काँप पुलक-सुख'*	: सिहरन/रोमांच का सुख	**नि.र.-1**/198	गीत 'ख'
पुलकाकुल-	*'पुलकाकुल अलि-मुकुल-विपुल हिलते तरु-पात'*	: रोमांच से व्याकुल	**नि.र.-1**/188	विस्मृत भोर
	◆ *'प्रमुद, पुलकाकुल कोकिल-बाल'*	: रोमांचित होकर, पुलकित होकर	**पं.ग्रं.-1**/256	मधुवन/गुंजन
	◆ *'डोलता पुलकाकुल वातास'*	: पुलकित और व्याकुल	**पं.ग्रं.-1**/276	तेरा कैसा गान/गुंजन
	◆ *'मैं पुलकाकुल/पल पल जाती रस-गागर ढुल'*	: सिहरन से भरे रोएँ, रोमांचित	**म.सा.-1**/315	ओ चिर नीरव!/दीप-शिखा
	◆ *'ओ पुलकाकुल, तू दे दिव को'*	: हे पर्वत! तू पुलक से भरा हुआ है, तू जड़ नहीं है	**म.सा.-1**/397	तू भू के प्राणों का शतदल!/दीप-शिखा
पुलकाया-	*'मृदु लहरों ने पुलकाया;'*	: पुलकित किया, रोमांचित किया	**पं.ग्रं.-1**/87	बालकाल में जिसे जलद से/वीणा
पुलकावलि-	*'मधु संसृति की पुलकावलि जागो, अपने यौवन में'*	: रोमांच	**प्र.ग्रं.-2**/33	आँसू
	◆ *'पुलकावलि में हँस अविराम'*	: रोमावलियों में, सिहरनों में	**पं.ग्रं.-1**/192	अनंग/पल्लव
पुलकित-	*'कुसुमित कुञ्जों में वे पुलकित प्रेमालिंगन हुए विलीन;'*	: रोमांच से भरा	**प्र.ग्रं.-2**/57	चिंता/कामायनी
पुलकित कदंब-	*'पुलकित कदंब की माला-सी पहना देती हो अंतर में'*	: कदंब के खिले हुए फूल(रोमांच का प्रतीक)	**प्र.ग्रं.-2**/124	लज्जा/कामायनी
पुलकित-पर-	*'पद-लालिमा उषा, पुलकित-पर'*	: सिहरन से भरे रोएँ, उल्लास का वातावरण	**पं.ग्रं.-1**/273	अप्सरा/गुंजन

शब्द-	काव्य-पंक्ति	: अर्थ	ग्रंथवली/पृ.सं.	स्रोत/संदर्भ
पुलकें लहरीं-	*'प्रतिरोमों में पुलकें लहरीं!'*	: पुलक की लहरें समायी हैं	**म.सा.**-1/304	सखि मैं हूँ अमर सुहाग भरी!/सांध्य गीत
पुलकें सलिल-	*'एक अचल समाधि में थक, सो गई पुलकें सलिल की'*	: पानी की छोटी लहरें मानो सिहरन की तरह हैं	**म.सा.**-1/274	आज मेरे नयन के तारक.../सांध्य गीत
पुलकों-	*'पुलकों से भर फूल बन गए जितने प्राणों के छाले हैं'*	: रोमांच से भरकर	**म.सा.**-1/221	मुस्काता संकेत-भरा नभ/नीरजा
पुलकों की संसृति-	*'पलकों में नीरव पद की गति लघु उर में पुलकों की संसृति'*	: प्रेम की पुलक का संसार मानो मेरे हृदय में बसा है	**म.सा.**-1/182	तुम मुझ में प्रिय! फिर परिचय क्या!/नीरजा
पुलिन-	*'आ चूम पुलिन के विरस अधर!'*	: तट	**प्र.ग्रं.**-1/290	उठ उठ री लघु.../लहर
♦	*'हरा भरा पुलिन अलस नींद ले रहा'*	: किनारा	**प्र.ग्रं.**-1/341	प्रलय की छाया/लहर
♦	*'उस करुणा की सरिता के मलिन पुलिन पर'*	: तट, किनारा	**नि.र.**-1/73	विधवा
♦	*'यमुना-पुलिन से चल'*	: तट, किनारा	**नि.र.**-1/100	दिल्ली
♦	*'क्रन्दन-मलिन पुलिन का रोर?'*	: तट, किनारा	**नि.र.**-1/119	यमुना के प्रति
पुलिन अंक-	*'आकांक्षा लहरी दुख-तटिनी पुलिन अंक में थी ढलती'*	: (निराशा-रूपी) तटों की गोद में	**प्र.ग्रं.**-2/188	स्वप्न/कामायनी
पुलिन सिकतामय-	*'पुलिन सिकतामय मेरे प्राण!'*	: बालू से भरे तट (की तरह मेरे प्राण हैं)	**म.सा.**-1/233	दूर घर मैं पथ से अनजान!/नीरजा
पुलिनों-	*'शून्य काल के पुलिनों पर/जाकर चुपके से मौन'*	: काल की सीमाएँ (तट)	**म.सा.**-1/112	किन उपकरणों का दीपक/रश्मि
♦	*'सूखे पुलिनों सी वरुणी से फेनिल फूल झरे!'*	: किनारों (तटों) की तरह हैं बरौनियाँ	**म.सा.**-1/329	तरल मोती से नयन भरे!/दीप-शिखा
पुष्कर-	*'करुण, कवल में दुष्कर/भरे प्राण रे पुष्कर'*	: कमल	**नि.र.**-1/267	फूटो फिर
पुष्कल-	*'फिर हुई अदृश्य शक्ति पुष्कल उस तन से'*	: वह श्रेष्ठ शक्ति	**नि.र.**-1/290	तुलसीदास
♦	*'प्राची-दिगन्त-उर में पुष्कल रवि-रेखा'*	: पर्याप्त और सुंदर	**नि.र.**-1/307	तुलसीदास
पुष्प-निकर-	*'निखिल शस्य पुष्प-निकर'*	: फूलों के समूह (की तरह हैं फसलें)	**पं.ग्रं.**-1/315	तीन/ज्योत्स्ना
पुष्प-पत्र-दल-भरे-	*'बहु-जाति, क्यारियों के पुष्प-पत्र -दल-भरे'*	: फूल, पत्ते और पंखुड़ियों से भरे, विविधता से भरे	**नि.र.**-1/156	महाराज शिवाजी का पत्र
पुष्प-मंजरी-	*'पुष्प-मंजरी के उर की प्रिय गन्ध मन्द गति ले आओ'*	: मंजर, बौर	**नि.र.**-1/192	वसन्त-समीर
पुष्प-रेणु-पूरित-	*'पुष्प-रेणु-पूरित वे आश्रम-तपोवन'*	: फूल के पराग से परिपूर्ण	**नि.र.**-1/186	जागरण
पुष्पलावियाँ-	*'पुष्पलावियाँ चुनती हैं वन-कुसुमों की अध-विकच कली'*	: फूल चुननेवाली स्त्रियाँ	**प्र.ग्रं.**-2/190	स्वप्न/कामायनी
पुष्प-लोचन-	*'नाचतीं ऋतु, चपल/पुष्प-लोचन नवल'*	: फूल जैसी आँखोंवाली	**नि.र.**-1/266	बहती निराधार
पुष्पवती-	*'उस प्रकृति लता के यौवन में उस पुष्पवती के माधव का;'*	: फूलों से भरी, रजस्वला	**प्र.ग्रं.**-2/104	काम/कामायनी
पुष्पवर-	*'खिल गया जब पूर्ण तू/मंजुल सुकोमल पुष्पवर'*	: खिला हुआ परिपक्व फूल	**म.सा.**-1/59	था कली के रूप शैशव/नीहार
पुष्प-सेज-	*'पुष्प-सेज तेरी स्वयं रची'*	: सुहाग-सेज	**नि.र.**-1/323	सरोज स्मृति

शब्द-	काव्य-पंक्ति	: अर्थ	ग्रंथावली/पृ.सं.	स्रोत/संदर्भ
पुष्पाकुल-	*'बहकर समीर ज्यों पुष्पाकुल'*	: फूलों की सुगंध से व्याकुल	**नि.र.**-1/286	तुलसीदास
पुष्पाभरण-	*'गूँथकर पुष्पाभरण पहनूँ,'*	: फूलों के आभूषण/आवरण	**नि.र.**-1/58	पंचवटी प्रसंग:3
पूँछ से जुड़े-	*'हुए रूख हरे शाल, हाय रे, मयूर-व्याल/पूँछ से जुड़े!'*	: परस्पर विरोधी का मिलना	**नि.र.**-1/310	मित्र के प्रति
पूजार्घ्यदान-	*'कुन्द के शेष पूजार्घ्यदान मल्लिका प्रथम-यौवन-शयान;'*	: पूजा में चढ़ाने हेतु	**नि.र.**-1/308	दान
पूत-	*'हे नग्न! नग्न पशुता ढँक दी बन नव संस्कृत मनुजत्व पूत'*	: पवित्र (मानवता)	**पं.ग्रं.**-2/24	बापू के प्रति/युगपथ
पूत अंजन-	*'घुल हुई इन लोचनों में चिर प्रतीक्षा पूत अञ्जन!'*	: पवित्र काजल की तरह (प्रिय की चिर प्रतीक्षा आज आँखों में सजल हो गयी)	**म.सा.**-1/302	क्यों मुझे प्रिय हो न बंधन!/सांध्य गीत
पूरित जल-	*'निर्वात मेघ ज्यों पूरित जल—'*	: जल से भरे हुये बादल	**प्र.ग्रं.**-1/326	ओ री मानस की गहराई/लहर
पूरित ताल-	*'तरल हीरक लहराता शांत सरल आशा सा पूरित ताल'*	: भरा हुआ सरोवर	**प्र.ग्रं.**-1/265	होली की रात/झरना
पूरित स्वार्थ-	*'नर हृदय, परिमित, पूरित स्वार्थ'*	: स्वार्थ से भरा हुआ, अपने हित की भावना से भरा हुआ	**प्र.ग्रं.**-1/244	असन्तोष/झरना
पूर्ण-	*'तू तूर्ण और हो पूर्ण सफल नव-नवोर्मियों के पार उतर'*	: संपूर्णता का भाव	**नि.र.**-1/263	जीवन की तरी खोल दे रे
पूर्ण आलोक वरण-	*'चढ़ मृत्यु-तरणि पर तूर्ण-चरण कह— ''पित:, पूर्ण आलोक वरण'*	: ईश्वरीय आभा को आत्मसात कर लेना, मृत्यु हो जाना	**नि.र.**-1/315	सरोज-स्मृति
पूर्णकाम-	*'परम प्रकाश हो, स्वयं ही पूर्णकाम हो'*	: इच्छाओं की अतृप्ति को समाप्त करनेवाले	**प्र.ग्रं.**-1/261	तुम/झरना
पूर्ण-काम-	*'फिर क्यों न हुआ मैं पूर्ण-काम'*	: सफल मनोरथ, जिसकी इच्छाएँ पूरी हो गयी हों	**प्र.ग्रं.**-2/175	इड़ा/कामायनी
पूर्ण पुरातन-	*'कहाँ आज वह पूर्ण पुरातन, वह सुवर्ण का काल?'*	: गौरवशाली अतीत	**पं.ग्रं.**-1/223	परिवर्तन/पल्लव
पूर्ण-मनोरथ-	*'पूर्ण मनोरथ! आये—/तुम आये;'*	: जिसकी मनोकामनाएँ पूरी हो गयी हों	**नि.र.**-1/130	बादल राग
पूर्ण विरति-	*'सकल कामना स्रोत लीन हो पूर्ण विरति कब पावेगी?'*	: पूरी तरह मुक्त हो जाना	**प्र.ग्रं.**-1/242	कब/झरना
पूर्णाभिषेक-	*'जिनमें है क्षात्रधर्म का धृत पूर्णाभिषेक'*	: पूरा असर, पूर्णत: डूबा हुआ	**नि.र.**-1/334	राम की शक्ति-पूजा
पूर्णाहुति-	*'आत्मसम्मान यज्ञ की वह पूर्णाहुति'*	: यज्ञ की अंतिम आहुति जिसमें संपूर्ण हवन-सामग्री को यज्ञ-कुंड में अर्पित कर देते हैं	**प्र.ग्रं.**-1/342	प्रलय की छाया/लहर
पूर्णाहुति की ज्वाला-	*'देव-यजन के पशु यज्ञों की वह पूर्णाहुति की ज्वाला,'*	: यज्ञ की अंतिम आहुति जिसमें बची हुई पूरी समिधा एक साथ डाल देते हैं। इससे अग्नि तेज प्रज्ज्वलित हो जाती है	**प्र.ग्रं.**-2/59	चिंता/कामायनी
पूर्ति-विकास-	*'नष्ट कब अणु का हुआ प्रयास विफलता में है पूर्ति-विकास'*	: विकास की परिपूर्णता का स्रोत असफलताओं में छिपा होता है	**म.सा.**-1/116	तुहिन के पुलिनों पर छबिमान/रश्मि

शब्द-	काव्य-पंक्ति	: अर्थ	ग्रंथावली/पृ.सं.	स्रोत/संदर्भ
पूर्व प्रीति-	*'क्रोध से, विषाद से, दया से पूर्व प्रीति ही से'*	: पुराना प्रेम, पहले प्रेम था (अब न हो)	**प्र.ग्रं.**-1/245	अनुनय/झरना
पूर्व-श्रुत-	*'सुनाती है पूर्व-श्रुत बात'*	: पहले सुनी हुई, पुरानी बात	**नि.र.**-1/143	स्मृति
पूर्वाचल-	*'झरता भर ज्योतिर्मय प्रपात पूर्वाचल'*	: उदयगिरि, पूर्व का पर्वत	**नि.र.**-1/305	तुलसीदास
पूर्वापर-	*'बँध गति-प्रकाश में बुद्ध सकल पूर्वापर'*	: आगे-पीछे का	**नि.र.**-1/294	तुलसीदास
पूषा-	*'विश्वदेव, सविता या पूषा/सोम, मरुत, चंचल पवमान;'*	: सूरज का एक वैदिक पर्याय	**प्र.ग्रं.**-2/68	आशा/कामायनी
पृथु-	*'वसन विमल तनु-वल्कल/पृथु उर सुर-पल्लव-दल'*	: पीन, मांसल	**नि.र.**-1/235	अमरण भर वरण-गान
♦	*'भावातुर पृथु उर की छलकें उपशमिता'*	: प्रभूत, ज्यादा	**नि.र.**-1/302	तुलसीदास
पृथु उर उरोज-	*'पृथु उर उरोज, ज्यों सर, सरोज'*	: पुष्ट स्तन	**पं.ग्रं.**-2/22	मानव/युगपथ
पृथु उर-भार-	*'स्पन्दित पृथु उर-भार'*	: स्थूल वक्षस्थल, हृदय मानो अनेक मधुर आकांक्षाओं के भार से भारी हो गया है	**पं.ग्रं.**-1/274	अप्सरा/गुंजन
पृथुल-	*'मूक सन्ताप हृदय में/पृथुल प्रणय-भार'*	: भारी	**नि.र.**-1/326	प्रेयसी
♦	*'मृदुल छवि, पृथुल सरलपन'*	: विस्तृत, विस्तीर्ण	**पं.ग्रं.**-1/217	विश्वछवि/पल्लव
पृथ्वी-तनया-कुमारिका-छवि-	*'जागी पृथ्वी-तनया-कुमारिका-छवि, अच्युत'*	: पृथ्वी की पुत्री सीता की अविवाहित छवि	**नि.र.**-1/331	राम की शक्ति-पूजा
पृष्ठ-	*'फैला पृष्ठ पर, बाहुओं पर, वक्ष पर, विपुल'*	: पीठ	**नि.र.**-1/330	राम की शक्ति-पूजा
पृष्ठ पल के-	*'उड़ रहे यह पृष्ठ पल के, अंक मिटते श्वास चल के'*	: प्रेम के व्याकुल क्षण के पन्ने	**म.सा.**-1/353	अलि कहाँ सन्देश भेजूँ! /दीप-शिखा
पेंगों-	*'पेंगों में झूले हार-जीत'*	: झूले का ऊपर-नीचे जाने की प्रक्रिया	**प्र.ग्रं.**-2/176	इड़ा/कामायनी
पेटिका दुहरी-	*'पेटिका दुहरी पिता के यत्न की'*	: दुहरा सहारा, पिता ने मानो माता और पिता का सहारा एक साथ दिया	**पं.ग्रं.**-1/132	ग्रन्थि
पेया-	*'राग रञ्जित थी वह पेया'*	: शराब, पेय	**प्र.ग्रं.**-1/249	प्यास/झरना
पेशोला-	शीर्षक	: मेवाड़ की एक झील, पिछोला झील	**प्र.ग्रं.**-1/337	पेशोला की प्रतिध्वनि /लहर
पैंग-	*'नील डोर का हिंडोर चढ़ी— 'पैंग रहना'*	: झूला-झूलना	**नि.र.**-1/276	रही आज मन में
पैंगें-	*'पैंगें भर पवन कुशल/गाती मल्लार'*	: झूलना	**नि.र.**-1/310	मित्र के प्रति
पैठ-	*'मैं उसे फिराती रहती हूँ अपनी निर्जनता बीच पैठ'*	: स्थित होकर	**प्र.ग्रं.**-2/165	ईर्ष्या/कामायनी
पोतों-से-	*'गिर-गिर पड़ते भीत पक्षि पोतों-से उडुगन'*	: वायुयानों की तरह	**पं.ग्रं.**-1/226	परिवर्तन/पल्लव
पौर-	*'खुलता अब अंचल, नाथ, पौर साड़ी का!'*	: साड़ी का किनारा, आँचल	**नि.र.**-1/301	तुलसीदास
पौरुषोन्मेष-	*'अविचल थे/पौरुषोन्मेष कुछ लिये हुए'*	: पौरुष+उन्मेष, आवेश/आवेग का संचार	**नि.र.**-1/176	रेखा 'ख'
प्यार-पुलक-	*'ओ प्यार-पुलक से भरी ढुलक!'*	: प्रेम का रोमांच	**प्र.ग्रं.**-1/290	उठ उठ री लघु.../लहर
प्यारी प्यास-	*'व्यथा मीठी ले प्यारी प्यास सो गया बेसुध अंतर्नाद'*	: जिसे बेचैनी से बहुत लगाव हो	**म.सा.**-1/36	ढुलकते आँसू सा सुकुमार/नीहार
प्यारे-	*'प्यारे जगाते हुए हारे सब तारे तुम्हें'*	: भारतीय जनता जिससे कवि प्रेम करता है	**नि.र.**-1/148	जागो फिर एक बार
प्यालाकर्षण-	*'शत-सहस्र-जीवन-पुलकित, प्लुत प्यालाकर्षण?'*	: प्याला+आकर्षण, प्याले का आकर्षण, जीवन के आनंद का आकर्षण	**नि.र.**-1/154	परलोक

शब्द- काव्य-पंक्ति	: अर्थ	ग्रंथावली/पृ.सं.	स्रोत/संदर्भ
प्याले में- *'मेरे प्याले में मद बनकर कब तू छली समाया'*	: शरीर-रूपी प्याला	**प्र.ग्रं.**-4/343	द्वितीय अंक/ध्रुवस्वामिनी
प्रकंपन- *'सघन गगन में भीम प्रकंपन/झंझा के चलते झटके'*	: काँपना, जोर से हिलना	**प्र.ग्रं.**-2/59	चिंता/कामायनी
प्रकंपित- *'मरुत्-पुलक भर अंग प्रकम्पित बार-बार देखती चपल-चित'*	: चंचल	**नि.र.**-1/255	बादल में आये जीवन-धन
प्रकाम- *'इसी से सुख अति सरस, प्रकाम'*	: तीव्र इच्छा	**पं.ग्रं.**-1/230	परिवर्तन/पल्लव
◆ *'रूप-तारा तुम पूर्ण प्रकाम'*	: तीव्र कामनाओं के आकर्षण से युक्त	**पं.ग्रं.**-1/259	रूप-तारा तुम पूर्ण प्रकाम/गुंजन
प्रकाश-बालिके- *'मैं अतृप्त आलोक-भिखारी ओ प्रकाश-बालिके! बता'*	: उषा के समान कांतियुक्त (इड़ा)	**प्र.ग्रं.**-2/192	स्वप्न/कामायनी
प्रकृत प्रकाश- *'कौन भरेगा प्रकृत प्रकाश'*	: स्वाभाविक चेतना या प्रेरणा	**पं.ग्रं.**-1/200	स्वप्न/पल्लव
प्रकृत-शक्ति- *'प्रकृत-शक्ति तुमने यंत्रों से सब की छीनी!'*	: नैसर्गिक सामर्थ्य, स्वाभाविक खुशियाँ	**प्र.ग्रं.**-2/206	संघर्ष/कामायनी
प्रकृति-*'मैं प्रकृति, प्रेम-जंजीर'*	: स्वभाव, सृष्टि की संपूर्णता दो भागों में— प्रकृति और पुरुष	**नि.र.**-1/50	तुम और मैं
◆ *'प्रकृति की सारी सौन्दर्य-राशि लज्जा से'*	: सृष्टि	**नि.र.**-1/56	पंचवटी प्रसंग:3
◆ *'प्रकृति मेरी अनुचरी है'*	: सृष्टि	**नि.र.**-1/56	पंचवटी प्रसंग:3
◆ *'निर्मम कठोर प्रकृति त्रस्त किया करती प्राण'*	: सृष्टि, पर्यावरण	**नि.र.**-1/57	पंचवटी प्रसंग:3
◆ *'प्रकृति करती है क्रीड़ा उसे ले अनन्तकाल'*	: सृष्टि	**नि.र.**-1/59	पंचवटी प्रसंग:4
◆ *'अस्तु भाई, हैं वे सब प्रकृति के गुण'*	: सृष्टि, स्वभाव	**नि.र.**-1/59	पंचवटी प्रसंग:4
◆ *'सच है, तब प्रकृति उसे सर्वशक्ति देती है'*	: सृष्टि	**नि.र.**-1/59	पंचवटी प्रसंग:4
◆ *'प्रकृति के तीनों गुण सम तब हो जाते हैं'*	: संसार, सृष्टि	**नि.र.**-1/60	पंचवटी प्रसंग:4
◆ *'प्रकृति के तब सारे बीज'*	: सृष्टि	**नि.र.**-1/60	पंचवटी प्रसंग:4
◆ *'प्रकृति को देख, मींचती आँखें'*	: सृष्टि	**नि.र.**-1/84	धारा
प्रकृति की क्रीड़ा- *'प्रकृति की क्रीड़ा के सब छंद'*	: प्रकृति की विविध लीलाएँ, प्रकृति की अनेकविध घटनाएँ	**प्र.ग्रं.**-1/263	हृदय का सौन्दर्य/झरना
प्रकृति-कृत- *'अत्याचार प्रकृति-कृत हम सब जो सहते हैं'*	: प्रकृति के द्वारा किया गया (अत्याचार)	**प्र.ग्रं.**-2/206	संघर्ष/कामायनी
प्रकृति के शक्ति-चिह्न- *'अरे! प्रकृति के शक्ति-चिह्न ये फिर भी कितने निबल रहे!'*	: देवता स्वयं को प्रकृति की विभिन्न शक्तियों का प्रतीक मानते थे	**प्र.ग्रं.**-2/68	आशा/कामायनी
प्रकृति प्रबुद्ध- *'नेत्र निमीलन करती मानो प्रकृति प्रबुद्ध लगी होने;'*	: प्रकृति मानो जाग उठी	**प्र.ग्रं.**-2/67	आशा/कामायनी
प्रकृति रमा- *'दारिद्र्य दलित बिलखाती हो यह शस्य श्यामला प्रकृति रमा'*	: प्रकृति-रूपी लक्ष्मी	**प्र.ग्रं.**-2/176	इड़ा/कामायनी
प्रकृति रही दुर्जेय- *'प्रकृति रही दुर्जेय, पराजित हम सब थे भूले मद में'*	: प्रकृति को जीतना कठिन था, वह दुर्जेय थी और दुर्जेय रही	**प्र.ग्रं.**-2/55	चिंता/कामायनी
प्रकृति लता- *'उस प्रकृति लता के यौवन में उस पुष्पवती के माधव का;'*	: प्रकृति मानो लता की तरह थी	**प्र.ग्रं.**-2/104	काम/कामायनी
प्रकृति वेश- *'पल-पल परिवर्तित प्रकृति वेश'*	: प्रकृति का रूप, बरसात में बार-बार बदलता वातावरण	**पं.ग्रं.**-1/179	उच्छ्वास/पल्लव

शब्द– काव्य-पंक्ति	: अर्थ	ग्रंथावली/पृ.सं.	स्रोत/संदर्भ
प्रकृति वैभव से भरा– *'एक तुम, यह विस्तृत भूखंड प्रकृति वैभव से भरा अमन्द,'*	: प्रकृति के संसाधन और सौन्दर्य से भरा हुआ	**प्र.ग्रं.**–2/91	श्रद्धा/कामायनी
प्रकृति संग संघर्ष– *'प्रकृति संग संघर्ष सिखाया तुमको मैंने'*	: प्रकृति की विषमता का समाधान	**प्र.ग्रं.**–2/204	संघर्ष/कामायनी
प्रकृति सकर्मक– *'अर्ध प्रस्फुटित उत्तर मिलते प्रकृति सकर्मक रही समस्त;'*	: प्रकृति अपने कर्म-चक्र में नियमित हो रही थी	**प्र.ग्रं.**–2/75	आशा/कामायनी
प्रकृति से भी माया– *'तोड़ प्रकृति से भी माया'*	: प्रकृति के प्रति अपने आकर्षण को तिरस्कृत कर	**पं.ग्रं.**–1/195	मोह/पल्लव
प्रखर– *'प्रखर उत्ताप के फूल-से रहोगे म्लान'*	: तीखा, तीक्ष्ण	**नि.र.**–1/167	महाराज शिवाजी का पत्र
प्रखरतर– *'मधुर स्नेह के मेह प्रखरत बरस गये रस-निर्झर झरझर'*	: घनीभूत	**नि.र.**–1/220	स्पर्श से लाज लगी
प्रखर प्रलय पावस– *'प्रखर प्रलय पावस में जगमग, ज्योतिरिंगणों से जगते'*	: प्रलय की मूसलाधार बारिश	**प्र.ग्रं.**–2/62	चिंता/कामायनी
प्रखर विलासमयी– *'जीवन की लालसा आज क्यों इतनी प्रखर विलासमयी?'*	: सुख-भोग की तीव्र इच्छा पुनः मनु में जागने लगी, जीवन के प्रति आकर्षण महसूस होने लगा।	**प्र.ग्रं.**–2/70	आशा/कामायनी
प्रखर शिशिर– *'अरुणाई प्रखर शिशिर से डर'*	: तीखी ठंड, जाड़े की ऋतु	**पं.ग्रं.**–1/268	एक तारा/गुंजन
प्रगति– *'जगत प्रगति से अपने चंचल, मन की चंचल लीला है'*	: आगे बढ़ने की गति, विकास	**प्र.ग्रं.**–3/265	प्रथम अंक/अजातशत्रु
♦ *'करता मेरी प्रगति अनन्त, किन्तु तो भी मैं नहीं विमर्ष'*	: आध्यात्मिक विकास	**नि.र.**–1/48	अधिवास
♦ *'प्रगति की फिर से जब सूचना दिखाते हैं'*	: विकास	**नि.र.**–1/55	पंचवटी प्रसंग:2
♦ *'बन्ध के बिना, कह, कहाँ प्रगति?'*	: मुक्ति	**नि.र.**–1/294	तुलसीदास
प्रगतिशील मन– *'प्रगतिशील मन रुका एक क्षण करवट लेकर'*	: विशेषरूप से गतिशील मन	**प्र.ग्रं.**–2/200	संघर्ष/कामायनी
प्रगल्भ– *'पावस की प्रगल्भ धारा में'*	: मुखरित, तीव्र, स्पष्ट	**नि.र.**–1/125	यमुना के प्रति
♦ *'मान से प्रगल्भ प्रिय-प्रणय निवेदन का'*	: मुखर	**नि.र.**–1/144	जागृति में सुप्ति थी
♦ *'चंचल, प्रगल्भ, हँसमुख, उदार'*	: प्रतिभाशाली, जिसकी बुद्धि अवसर पर ठीक-ठीक काम करे।	**पं.ग्रं.**–2/18	मंजरित आम्र-वन-छाया में/युगपथ
प्रगल्भ प्रेम– (शीर्षक)	: मुखर प्रेम, साहसी प्रेम, अभिमानी प्रेम	**नि.र.**–1/102	प्रगल्भ प्रेम
प्रचुर उपकरण– *'देव-असफलताओं का ध्वंस प्रचुर उपकरण जुटा कर आज'*	: पर्याप्त सामग्री	**प्र.ग्रं.**–2/92	श्रद्धा/कामायनी
प्रच्छाय– *'पलक पल्लव प्रच्छाय निवास'*	: घनी छाया, पलकों की छाँव	**पं.ग्रं.**–1/254	तुम्हारी आँखों का आकाश/गुंजन
♦ *'विश्व-नीड़ प्रच्छाय करो, हे!'*	: छाया प्रदान करना, सुरक्षा और आश्रय प्रदान करना	**पं.ग्रं.**–1/291	एक/ज्योत्स्ना
प्रजातंत्र– *'हो शाप भरा तव प्रजातंत्र'*	: संतति का क्रम, लोकतांत्रिक व्यवस्था, प्रजा के दो अर्थ हैं— संतान और जनता। कामदेव का अभिशाप है कि तुम्हारी संतति अथवा तुम्हारे द्वारा बनाई गयी व्यवस्था दु:खपूर्ण होगी।	**प्र.ग्रं.**–2/175	इड़ा/कामायनी

शब्द–	काव्य-पंक्ति	: अर्थ	ग्रंथावली/पृ.सं.	स्रोत/संदर्भ
प्रजापति–	*'प्रजा तुम्हारी, तुम्हें प्रजापति सबका ही गुनती हूँ मैं'*	: पिता, राजा, जिसने रचा हो	**प्र.ग्रं.**–2/192	स्वप्न/कामायनी
प्रजापतियों–	*'जो हुए प्रजापतियों से संयत से रक्षित,'*	: ब्रह्मा ने दक्ष आदि दस प्रजापतियों को बनाया था, जिनका काम था सृष्टि के संचालन में सहायता करना।	**नि.र.**–1/334	राम की शक्ति-पूजा
प्रजावर्ग–	*'आये पण्डितजी, प्रजावर्ग आमन्त्रित साहित्यिक, ससर्ग'*	: विवाह में आने वाले पवनिये, श्रम से जुड़ी कुछ निचली जातियाँ	**नि.र.**–1/322	सरोज-स्मृति
प्रजा सृष्टि–	*'यह अभिनव मानव प्रजा सृष्टि'*	: संतति या जनता का विस्तार (निर्माण)	**प्र.ग्रं.**–2/176	इड़ा/कामायनी
प्रज्ञा–	*'वही प्रज्ञा का सत्य स्वरूप'*	: भावप्रवण बुद्धि	**पं.ग्रं.**–1/229	परिवर्तन/पल्लव
प्रज्ञापारमिता–	*'प्रज्ञापारमिता की गरिमा'*	: पूर्ण ज्ञान, सर्वज्ञता, बौद्ध दर्शन में छह पारमिताएँ (पूर्णताएँ)— दान, शील, शांति, वीर्य, ध्यान और प्रज्ञा।	**प्र.ग्रं.**–1/297	जगती की मंगलमयी उषा बन/लहर
प्रणत–	*'और थे प्रणत वहीं गुर्जर-महीप भी'*	: झुके हुये	**प्र.ग्रं.**–1/340	प्रलय की छाया/लहर
◆	*'कह इड़ा प्रणत ले चरण धूल, पकड़ा कुमार कर मृदुल फूल'*	: झुक कर, प्रणाम करके	**प्र.ग्रं.**–2/241	दर्शन/कामायनी
प्रणत लौ–	*'प्रणत लौ की आरती ले'*	: झुककर ली गयी आरती की लौ	**म.सा.**–1/393	पूछता क्यों शेष कितनी रात?/दीप-शिखा
प्रणत शिरों के अंक–	*'प्रणत शिरों के अंक लिए चंदन की दहली'*	: श्रद्धालुओं के मस्तक टेकने के निशान (मानो चौखट पर हैं)	**म.सा.**–1/335	यह मंदिर का दीप... /दीप-शिखा
प्रणति–	*'वह देव-द्वंद्व द्युतिमय था फिर क्यों न प्रणति में झुकते'*	: प्रणाम, नमन	**प्र.ग्रं.**–2/273	आनन्द/कामायनी
◆	*'प्रणति में है निर्वाण'*	: झुका हुआ, निवेदन के भाव से, शरणागत	**पं.ग्रं.**–1/203	निर्झर गान/पल्लव
प्रणति भ्रान्त–	*'भय की उपासना! प्रणति भ्रान्त! अनुशासन की छाया अशांत!'*	: भूले-भटके लोगों को विनम्र बनाकर (अनुशासित किया)	**प्र.ग्रं.**–2/238	दर्शन/कामायनी
प्रणय–	*'वीचियों में कलरव सुख चुम्बित प्रणय का'*	: प्रेम, लगाव	**नि.र.**–1/170	रेखा 'क'
प्रणय अनल–	*'हिम-शीतल प्रणय अनल बन अब लगा विरह से जलने'*	: प्रेम जब संताप देने लगे	**प्र.ग्रं.**–2/15	आँसू
प्रणय-अवधि–	*'छायापथ में राह देखती गिनती प्रणय-अवधि की रेख'*	: प्रेम के क्रिया-कलाप में व्यतीत हुआ समय	**प्र.ग्रं.**–4/238	द्वितीय अंक/चन्द्रगुप्त
प्रणय कपूर–	*'शशि से दीपित प्रणय कपूर'*	: (लहरें चाँदनी से रँगकर) प्रेम से परिपूर्ण कपूर की तरह लगती हैं, जो बनती हैं और मानो विलुप्त हो जाती हैं।	**पं.ग्रं.**–1/190	वीचि विलास/पल्लव
प्रणय कलिका–	*'प्रणय कलिका की तुम्हीं प्रिय कान्ति हो'*	: प्रेम की अनुभूति का अविकसित रूप	**पं.ग्रं.**–1/125	ग्रन्थि
प्रणय की महिमा–	*'प्रणय की महिमा का मधु मोद'*	: प्रेम की महत्ता	**प्र.ग्रं.**–1/244	असन्तोष/झरना
प्रणय-क्लम–	*'सुख के भय काँपती प्रणय-क्लम*	: प्रेम-दुर्बल	**नि.र.**–1/235	रँग गयी पग-पग धन्य धरा

शब्द-	काव्य-पंक्ति	: अर्थ	ग्रंथावली/पृ.सं.	स्रोत/संदर्भ
प्रणय बाण-	*'मधु के कर में था प्रणय बाण'*	: कामदेव के तीर	**पं.ग्रं.-2**/18	मंजरित आम्र-वन-छाया में/युगपथ
प्रणयन-	*'पलकों पर रख नयन/करता प्रणयन, शब्द'*	: रचना मानो प्रेम की निर्मिति हो रही हो	**नि.र.-1**/327	प्रेयसी
प्रणय-पिपासा-	*'किस अतीत की प्रणय-पिपासा, जगती चपला-सी स्मृति से'*	: प्रेम की प्यास	**प्र.ग्रं.-3**/319	तृतीय अंक/अजातशत्रु
प्रणय-पीड़ित-	*'प्रणय-पीड़ित वे अस्फुट बोल'*	: प्रेम के कारण दुखी	**नि.र.-1**/141	स्मृति
प्रणय-प्रकाश-	*'तुमने तो प्राणमयी ज्वाला का प्रणय-प्रकाश न ग्रहण किया'*	: प्रेममय ज्योति, प्रेम की पवित्र अग्नि	**प्र.ग्रं.-2**/175	इड़ा/कामायनी
प्रणय-प्रभाकर-	*'प्रणय-प्रभाकर कर से चढ़कर इस अनन्त का करते माप'*	: प्रेम-रूपी सूर्य	**प्र.ग्रं.-3**/319	तृतीय अंक/अजातशत्रु
प्रणय-रोष-	*'यह लगा पिघलने मानिनियों का हृदय मृदु प्रणय-रोष भरा'*	: प्रेम-प्रसंग से सम्बंधित नाराजगी	**प्र.ग्रं.-4**/346	द्वितीय अंक/ध्रुवस्वामिनी
प्रणय विधु-	*'प्रणय विधु है खड़ा नभ में लिये तारक हार'*	: प्रेमी(प्रेम-रूपी) चन्द्रमा	**प्र.ग्रं.-2**/118	वासना/कामायनी
प्रणय विहीन-	*'प्रणय विहीन एक वासना की छाया में,'*	: प्रेम की शुद्ध भावना से रहित	**प्र.ग्रं.-1**/335	शेरसिंह का शस्त्र-समर्पण/लहर
प्रणय-शिला-	*'प्रणय-शिला प्रत्यावर्त्तन में उसको लौटा देती'*	: प्रेम-रूपी पर्वत	**प्र.ग्रं.-2**/147	कर्म/कामायनी
प्रणय-समीरण-	*'बही हृदय-हर प्रणय-समीरण छोड़ छोर नभ-ओर उड़ा मन'*	: प्रेम की वायु	**नि.र.-1**/197	गीत 'क'
प्रणय-सिंधु-	*'बाड़वज्वाला सोती थी इस प्रणय-सिंधु के तल में'*	: प्रेम के समुद्र में	**प्र.ग्रं.-2**/4	आँसू
प्रणय-सुहाग-	*'खुला जीवन में प्रणय-सुहाग, कलाप्रिय-अकल-ध्यान में लीन'*	: प्रेम का सौभाग्य	**नि.र.-1**/271	विश्व की ही वाणी प्राचीन
प्रणय-हंसिनि-	*'प्रणय-हंसिनि सुकुमार'*	: जो हंसिनी प्रेम का प्रतीक बन गयी हो	**पं.ग्रं.-1**/259	रूप-तारा तुम पूर्ण प्रकाम/गुंजन
प्रणयाख्यान-	*'कहेंगे नीरव प्रणयाख्यान'*	: प्रणय का आख्यान, प्रेम कथा	**पं.ग्रं.-1**/252	भावी पत्नी के प्रति/गुंजन
प्रणयिनी-	*'पुतली प्रणयिनी का बाहुपाश खोलकर'*	: प्रेमिका या पत्नी	**प्र.ग्रं.-1**/335	शेरसिंह का शस्त्र-समर्पण/लहर
प्रणयियों-	*'प्रणयियों की प्रिय कथा'*	: प्रेम करने वाले, प्रेमी-प्रेमिका	**नि.र.-1**/100	दिल्ली
प्रणयी प्रणत-	*'प्रणयी प्रणत बनूँ मैं क्योंकर, दुर्बलता निज समझ, क्षोभ से'*	: प्रेम-निवेदन में झुका हुआ प्रेमी	**प्र.ग्रं.-1**/241	बिखरा हुआ प्रेम/झरना
प्रणव-	*'प्रणव से लेकर प्रतिमन्त्र के अर्थ में'*	: ओंकार, परमेश्वर	**नि.र.-1**/54	पंचवटी प्रसंग:2
◆	*'प्राण प्रणव ओंकार'*	: परमेश्वर	**नि.र.-1**/247	भारति, जय, विजयकरे!
प्रणव मध्य गुंजार-	*' 'तू मैं ही हूँ' इस चेतन का प्रणव मध्य गुंजार किया'*	: परमेश्वर के ओंकार नाम के मध्य एक चेतना का गुंजार करना	**प्र.ग्रं.-3**/426	तृतीय अंक/जन्मेजय का नाग-यज्ञ
प्रतनु-	*'प्रतनु, शरदिन्दु-वर,/पद्म-जल-विन्दु पर'*	: हे कोमलांगी	**नि.र.-1**/237	पावन करो नयन!
◆	*'वहाँ स्नेह की प्रतनु देह की'*	: कोमल अंगोंवाली	**नि.र.-1**/246	अस्ताचल रवि
◆	*'वह रत्नावली, नाम-शोभन पति-रति में प्रतनु, अतः लोभन'*	: तन्वंगी, सुंदर शरीरवाली स्त्री	**नि.र.-1**/295	तुलसीदास

शब्द-	काव्य-पंक्ति	: अर्थ	ग्रंथावली/पृ.सं.	स्रोत/संदर्भ
◆	*'प्रतनु! तुम उससे मनोरम हो कहीं'*	: सुन्दर देहयष्टि	**पं.ग्रं.**-1/136	ग्रन्थि
◆	*'प्रतनु, यह पार्थिव परिवर्तन'*	: प्रकृष्ट तन अर्थात् सुंदर-कोमल शरीरवाला व्यक्ति	**पं.ग्रं.**-1/218	विश्वछवि/पल्लव
◆	*'पतवार घुमा, अब प्रतनु भार'*	: बहुत पतला, हल्का शरीर	**पं.ग्रं.**-1/275	नौका-विहार/गुंजन
प्रतनु-भार-	*'कम्पित प्रतनु-भार, विस्तृत दिगन्त के पार प्रिय बद्ध-दृष्टि'*	: छरहरी काया, यौवन भार से कंपित शरीर	**नि.र.**-1/325	प्रेयसी
प्रतारणा-	*'निकल, चली जा तू प्रतारणा के कर से'*	: दमन-शोषण, अत्याचार	**प्र.ग्रं.**-1/333	शेरसिंह का शस्त्र-समर्पण/लहर
◆	*'सो गये, प्रतारणा की थपकी लगी उन्हें'*	: उत्पीड़न, धोखे से दिया गया कष्ट	**प्र.ग्रं.**-1/335	शेरसिंह का शस्त्र-समर्पण/लहर
प्रतारित-	*'युग-युग की वह विकल प्रतारित मिटी हुई बन लेख रही'*	: प्रताड़ित, शोषित	**प्र.ग्रं.**-2/189	स्वप्न/कामायनी
प्रतिकृति-	*'मैं रति की प्रतिकृति लज्जा हूँ मैं शालीनता सिखाती हूँ'*	: प्रतीक, प्रतिमूर्ति	**प्र.ग्रं.**-2/128	लज्जा/कामायनी
◆	*'ढलते सब, स्वभाव प्रतिकृति बन गल ज्वाला से मधुर ताप की'*	: कृति के अनुसार बना रूप, अनुकरण से बना रूप	**प्र.ग्रं.**-2/257	रहस्य/कामायनी
प्रतिकृति-सी-	*'पद्मिनी की प्रतिकृति-सी किरणों में बनकर'*	: प्रतिरूप, किसी की तरह का होना, किसी की नकल	**प्र.ग्रं.**-1/344	प्रलय की छाया/लहर
प्रतिघात-	*'बाधा-विघ्न-आपदा के तीव्र प्रतिघात का'*	: वार का जवाब वार से देना	**प्र.ग्रं.**-1/352	प्रलय की छाया/लहर
◆	*'तरल तिमिर से प्रलय पवन का होता आलिंगन, प्रतिघात'*	: बार-बार प्रहार	**प्र.ग्रं.**-2/60	चिंता/कामायनी
प्रतिघातों-	*'परमाणुओं के प्रतिघातों से बचने को'*	: उलट कर आक्रमण करना	**नि.र.**-1/186	जागरण
प्रतिच्छवि-	*'मुकुर चूर्ण बन रहे प्रतिच्छवि कितनी साथ लिये बिखरे'*	: प्रतिबिम्ब	**प्र.ग्रं.**-2/188	स्वप्न/कामायनी
प्रतिच्छायित-	*'चिर निराशा नीरधर से, प्रतिच्छायित अश्रु-सर से'*	: छाया हुआ, आच्छन्न	**प्र.ग्रं.**-2/221	निर्वेद/कामायनी
प्रतिछाया-	*'अपनी प्रतिछाया से भोले! प्यार इतनी अनुनय मनुहार न कर!'*	: प्रतिरूप, प्रतिबिम्ब, मैं तुम्हारी छाया हूँ	**म.सा.**-1/226	कहता जग दुःख को न कर!/नीरजा
प्रतिदान-	*'सभी मेरी हैं, सभी करती रहें प्रतिदान'*	: उपकार के बदले किया गया कार्य, दान के बदले दान, वापस करना	**प्र.ग्रं.**-2/113	वासना/कामायनी
◆	*'तुमने भी प्रतिदान दिया कुछ कह सकती हो?'*	: ली हुई वस्तु के बदले में कुछ देना	**प्र.ग्रं.**-2/202	संघर्ष/कामायनी
◆	*'अग्निपंथी मैं तुझे दूँ/कौन-सा प्रतिदान?'*	: (बदले में) वापस दी जानेवाली वस्तु	**म.सा.**-1/381	शेषयामा यामिनी मेरा /दीप-शिखा
प्रतिदेशयुक्त-	*'सौरभ प्रमुक्त!/प्रेयसी के हृदय से हो तुम प्रतिदेशयुक्त'*	: प्रत्येक देश से जुड़ जाना	**नि.र.**-1/340	सम्राट् अष्टम एडवर्ड के प्रति
प्रतिद्वार-	*'भीख दुख की माँगने फिर जो गया प्रतिद्वार'*	: प्रत्येक व्यक्ति के दरवाजे पर	**म.सा.**-1/236	जाग बेसुधा जाग!/नीरजा
प्रतिध्वनि-	*'प्रतिध्वनि जिसकी सुने दिगंत, विश्ववाणी का बने विहार'*	: गूँजकर दुहराई जाती ध्वनि	**प्र.ग्रं.**-1/295	अरी वरुणा की शांत कछार/लहर

शब्द- काव्य-पंक्ति	: अर्थ	ग्रंथावली/पृ.सं.	स्रोत/संदर्भ
प्रतिध्वनि का इतिहास- *'प्रतिध्वनि का इतिहास प्रस्तरों बीच खो गया'*	: ध्वनियों की गूँज-अनुगूँज का क्रम	**म.सा.**-1/335	यह मंदिर का दीप.../दीप-शिखा
प्रतिपग- *'ज्योतित प्रतिपग करते जगमग'*	: प्रत्येक कदम को, कदम-कदम पर	**पं.ग्रं.**-1/307	तीन/ज्योत्स्ना
प्रतिपद-*'प्रतिपद व्याकुल आज छन्द क्यों होते हैं प्रियतम! ऐसे?'*	: प्रत्येक चरण पर	**प्र.ग्रं.**-1/247	कहो/झरना
◆ *'निर्माण और प्रतिपद विनाश में दिखलाता अपनी क्षमता'*	: पग-पग पर	**प्र.ग्रं.**-2/171	इड़ा/कामायनी
◆ *'खोखली शून्यता में प्रतिपद असफलता अधिक कुलाँच रही'*	: पग-पग पर	**प्र.ग्रं.**-2/172	इड़ा/कामायनी
प्रतिपद शशि- *'एक बाँकपन प्रतिपद शशि का, भरे भाव कुछ रिस के हैं'*	: दूज का चाँद, चन्द्रमा की पहली तिथि को प्रतिपदा कहते हैं	**प्र.ग्रं.**-2/192	स्वप्न/कामायनी
प्रतिपर्व- *'प्रतिपर्व सुमन-संकुल थे छिप गयी उन्हीं में डाली'*	: प्रत्येक पोर (पर्व, वृन्त, गाँठ)	**प्र.ग्रं.**-2/272	आनन्द/कामायनी
प्रतिबिंब का आवास- *'पूछता आधार क्या प्रतिबिंब का आवास?'*	: छाया का निवास मानो वस्तु में होता है, उस असीम में मानो हमारी लघुता का निवास है।	**म.सा.**-1/125	स्मित तुम्हारी से छलक.../रश्मि
प्रतिभात- *'देखा था जो शशि प्रतिभात'*	: प्रतिबिम्बित (चमक के साथ)	**नि.र.**-1/120	यमुना के प्रति
प्रतिमंत्र- *'प्रणव से लेकर प्रतिमन्त्र के अर्थ में'*	: प्रत्येक मंत्र	**नि.र.**-1/54	पंचवटी प्रसंग:2
प्रतियाम- *'हरती मन प्रतियाम'*	: हर समय, हमेशा	**पं.ग्रं.**-1/271	अप्सरा/गुंजन
प्रतिरोमों- *'मेरे प्रतिरोमों से अविरत झरते हैं निर्झर और आग'*	: प्रत्येक रोएँ में	**म.सा.**-1/217	प्रिय! मैं हूँ एक पहेली भी!/नीरजा
◆ *'प्रतिरोमों में पुलकें लहरीं!'*	: मेरे रोम-रोम में	**म.सा.**-1/304	सखि मैं हूँ अमर सुहाग भरी!/सांध्य गीत
प्रतिलट- *'दृढ़ जटा-मुकुट हो विपर्यस्त प्रतिलट से खुल'*	: प्रत्येक लट, जटा की प्रत्येक लट	**नि.र.**-1/330	राम की शक्ति-पूजा
प्रतिवर्तन- *'दोनों का समुचित प्रतिवर्तन जीवन में शुद्ध विकास हुआ;'*	: फिर से आ जाना, वापसी, प्रत्यावर्त्तन	**प्र.ग्रं.**-2/107	काम/कामायनी
◆ *'मैं बैठी गाती हूँ तकली के प्रतिवर्तन में स्वर विभोर'*	: घूमने की प्रक्रिया	**प्र.ग्रं.**-2/165	ईर्ष्या/कामायनी
प्रतिवार- *'सजा दे, प्रिय-पथ पर प्रतिवार लजाती रहे स्नेह-दल तूम'*	: रोज, प्रतिदिन	**नि.र.**-1/258	धन्य कर दे माँ
◆ *'बनती मधुरकटु, प्रतिवार/समझा फूल मधु का प्यार'*	: प्रतिदिन	**म.सा.**-1/305	कोकिल गा न ऐसा राग! /सांध्य गीत
प्रति शिरा- *'दौड़ती क्यों प्रति शिरा में प्यास विद्युत-सी तरल बन?'*	: मेरी प्रत्येक शिरा (रक्तनलिका) में, मेरे रोम-रोम में	**म.सा.**-1/341	जो न प्रिय पहिचान पाती!/दीप-शिखा
प्रतिशोध-दावानल- *'वात्याचक्र! उठा प्रतिशोध-दावानल से'*	: बदला लेने की तीव्र भावना, प्रतिशोध की आग	**प्र.ग्रं.**-1/353	प्रलय की छाया/लहर
प्रति-श्वास-शब्द-गति- *'बढ़ जाता प्रति-श्वास-शब्द-गति से उस ओर'*	: प्रत्येक साँस में शब्दों की गति (संख्या)	**नि.र.**-1/188	विस्मृत भोर
प्रतिहत- *'निर्विरोध, प्रतिहत भी/अप्रतिहत आलिंगन?'*	: अवरुद्ध, रोका हुआ	**नि.र.**-1/154	परलोक
प्रतिहत-चेतन- *'सोचता कौन प्रतिहत-चेतन'*	: बेहोश	**नि.र.**-1/294	तुलसीदास

शब्द-	काव्य-पंक्ति	: अर्थ	ग्रंथावली/पृ.सं.	स्रोत/संदर्भ
प्रतिहार-	*'रोओं में पुलकित प्रतिहार'*	: द्वारपाल, पहरेदार	**पं.ग्रं.**-1/194	अनंग/पल्लव
प्रतीति-	*'श्रान्ति और प्रतीति की/चल रही थी तूलिका'*	: प्रतीत होना, मालूम पड़ना	**नि.र.**-1/139	नारायण मिलें हँस अन्त में
प्रतीप-	*'फाड़ सुनहली साड़ी उसकी तू हँसती क्यों अरी प्रतीप?'*	: विपरीत, रजनी का विपरीत आचरण	**प्र.ग्रं.**-2/78	आशा/कामायनी
◆	*'ऊर्मिल प्रवाह को कर प्रतीप'*	: उल्टा, प्रवाह को लौटा देना	**पं.ग्रं.**-1/275	नौका-विहार/गुंजन
प्रत्यंचा-	*'शिथिल पडी प्रत्यंचा किसकी'*	: धनुष की डोरी	**प्र.ग्रं.**-1/233	विषाद/झरना
◆	*'बिखरे थे सब उपकरण वहीं आयुध, प्रत्यंचा, शृंग, तीर'*	: धनुष की डोरी	**प्र.ग्रं.**-2/159	ईर्ष्या/कामायनी
प्रत्यय-	*'मानव का मानव पर प्रत्यय'*	: विश्वास	**पं.ग्रं.**-2/22	मानव/युगपथ
प्रत्यावर्तन-	*'प्रत्यावर्तन के पथ में/पद-चिह्न न शेष रहा है'*	: लौटने का क्रम	**प्र.ग्रं.**-2/20	आँसू
◆	*'उसी वासना की उपासना, /वह तेरा प्रत्यावर्तन'*	: पुनः आगमन, लौट कर आना	**प्र.ग्रं.**-2/54	चिंता/कामायनी
प्रत्यावर्त्तन-	*'तोड़ा गया पुल प्रत्यावर्त्तन के पथ में'*	: लौटना, वापसी	**प्र.ग्रं.**-1/334	शेरसिंह का शस्त्र-समर्पण/लहर
◆	*'गत-प्रत्यागत में और प्रत्यावर्त्तन में'*	: वापस लौटना	**प्र.ग्रं.**-1/344	प्रलय की छाया/लहर
◆	*'प्रणय-शिला प्रत्यावर्त्तन में उसको लौटा देती'*	: लौटा देना, प्रत्यावर्तित कर देना	**प्र.ग्रं.**-2/147	कर्म/कामायनी
प्रत्याशा-	शीर्षक	: आशा करते हुये, आशान्वित, उम्मीद रखना	**प्र.ग्रं.**-1/253	प्रत्याशा/झरना
◆	*'प्रत्याशा की उत्कंठा में पूर्ण था'*	: आशान्वित	**प्र.ग्रं.**-1/255	स्वप्नलोक/झरना
◆	*'धुँधली संध्या प्रत्याशा/हम एक-एक को रोते'*	: उम्मीद	**प्र.ग्रं.**-2/15	आँसू
◆	*'प्रत्याशा विरह-निशा की/हम होंगे औ' दुख होगा'*	: उम्मीद	**प्र.ग्रं.**-2/19	आँसू
प्रत्युत-	*'प्रत्युत, अपने ही शृंगार'*	: बल्कि, इसके विपरीत	**पं.ग्रं.**-1/105	वैसे ही तेरा संसार/वीणा
प्रत्यूष-	*'जगा एक प्रत्यूष मनोहर'*	: प्रातःकाल, सुबह	**नि.र.**-1/126	ध्वनि
प्रत्यूह-	*'राक्षस-विरुद्ध प्रत्यूह,—/क्रुद्ध-कपि-विषम-हूह,'*	: विघ्न, बाधा	**नि.र.**-1/329	राम की शक्ति-पूजा
प्रथम कंप सी-	*'ज्वालामुखी स्फोट के भीषण, प्रथम कंप सी मतवाली!'*	: पहली बार भूकंप की अनुभूति की तरह चिंता मनु के जीवन में आयी है।	**प्र.ग्रं.**-2/52	चिंता/कामायनी
प्रथम कल्पना-	*'प्रथम कल्पना कवि के मन में'*	: कवि के मन में कल्पना की शुरुआत इसी कामचेतना के कारण हुई होगी।	**पं.ग्रं.**-1/192	अनंग/पल्लव
प्रथम कवि-	*'किये मुख नीचा कमल समान प्रथम कवि का ज्यों सुन्दर छंद;'*	: वाल्मीकि को पहला कवि माना गया है, अत्यंत भावुक क्षण में उनके मुख से कविता स्वतः निकली थी।	**प्र.ग्रं.**-2/83	श्रद्धा/कामायनी
प्रथम-किरण-कंप-	*'प्रथम-किरण-कम्प प्राची के दृगों में,'*	: सुबह की किरणों से उत्पन्न उत्साहजनक रोमांच	**नि.र.**-1/325	प्रेयसी
प्रथम किरणों-	*'हिमालय के आँगन में उसे प्रथम किरणों का दे उपहार'*	: ज्ञान का प्रारम्भ	**प्र.ग्रं.**-4/138	पंचम अंक/स्कन्दगुप्त
प्रथम परिचय-	*'जब प्रणय का प्रथम परिचय मूकता'*	: प्रेम की पहली अनुभूति	**पं.ग्रं.**-1/125	ग्रन्थि
प्रथम प्रकंपन-	*'प्रथम प्रकम्पन उडगन में'*	: (खगोलीय पिंडों में) पहली बार कंपन और गति की शुरुआत इसी कामचेतना से हुई होगी।	**पं.ग्रं.**-1/192	अनंग/पल्लव
प्रथम प्रणय की सुषमा-	*'प्रथम प्रणय की सुषमा सा यह कलियों की चितवन में कौन?'*	: प्रेम के प्रथम अनुभव की उष्मा, पहले प्रेम की गर्माहट	**म.सा.**-1/94	प्रथम प्रणय की सुषमा सा/नीहार

शब्द-	काव्य-पंक्ति	: अर्थ	ग्रंथावली/पृ.सं.	स्रोत/संदर्भ
प्रथम प्रभात-	*'अन्ध अन्तर में वह प्रथम प्रभात आया'*	: पहली सुबह, प्रेम का प्रथम अनुभव	**नि.र.**-1/179	रेखा 'ग'
प्रथम प्रात-	*'प्रथम प्रात जग के आँगन में'*	: सृष्टि की पहली सुबह भी मानो कामचेतना के वशीभूत होकर हुई होगी।	**पं.ग्रं.**-1/192	अनंग/पल्लव
प्रथम भान-	*'हो गया भस्म वह प्रथम भान'*	: पहला मोह	**नि.र.**-1/303	तुलसीदास
प्रथम यौवन-मदिरा-	*'प्रथम यौवन-मदिरा से मत्त, प्रेम करने की थी परवाह'*	: अपने भीतर नवयौवन की मादकता की प्रारम्भिक अनुभूति	**प्र.ग्रं.**-4/233	द्वितीय अंक/चन्द्रगुप्त
प्रथम-यौवन-शयान-	*'कुन्द के शेष पूजार्घ्यदान मल्लिका प्रथम-यौवन-शयान;'*	: नवयौवना (मल्लिका) सोयी है	**नि.र.**-1/308	दान
प्रथम रश्मि-	*'प्रथम रश्मि का स्पर्शन कर नित'*	: सुबह की पहली किरण	**पं.ग्रं.**-1/95	अब न अगोचर रहो सुजान!/वीणा
◆	*'प्रथम रश्मि का स्वागत कल?'*	: सुबह की पहली किरण	**पं.ग्रं.**-1/107	तब फिर कैसा होगा मात!/वीणा
◆	*'प्रथम रश्मि का आना रंगिणि!'*	: सुबह की पहली किरण	**पं.ग्रं.**-1/113	प्रथम रश्मि का आना रंगिणि!/वीणा
◆	*'बुझते जिसमें तारक-अँगार/मैं प्रथम रश्मि सी कर शृंगार'*	: सुबह की पहली किरण, जागरण	**म.सा.**-1/228	जग करुण करुण, मैं मधुर मधुर!/नीरजा
प्रथम वीचि-	*'प्रथम वीचि वारिधि चितवन में'*	: पहली लहर	**पं.ग्रं.**-1/192	अनंग/पल्लव
प्रथम शृंगार-	*'प्रथम शृंगार स्मित तरुणी वधू का'*	: पहला सिंगार, पति से पहला शृंगार-मिलन	**नि.र.**-1/175	रेखा 'क'
प्रथम स्तम्भ-	*'विश्व-विद्यालय के वे प्रथम स्तम्भ - विटप-मूल, छायाछन्द'*	: प्रारम्भ करने वाला, पुरस्कर्ता	**नि.र.**-1/186	जागरण
प्रथम स्पन्दन में-	*'प्रथम जागृति थी जगत के प्रथम स्पन्दन में'*	: संसार की पहली गतिशीलता में, प्रभात का जागरण	**म.सा.**-1/177	बीन भी हूँ मैं तुम्हारी /नीरजा
प्रथम स्वप्न-	*'प्रथम स्वप्न उसमें जीवन का'*	: बुनियादी इच्छाएँ या आकांक्षाएँ	**पं.ग्रं.**-1/199	स्वप्न/पल्लव
प्रथमोत्थान-पतन-	*'पलकों का नव पलकों पर प्रथमोत्थान-पतन'*	: प्रेम की अनुभूति को पहली बार पलकों पर उठते-गिरते हुए जानना, ये पलकें क्रमशः राम और सीता की हैं।	**नि.र.**-1/331	राम की शक्ति-पूजा
प्रथित-	*'प्रेम अजर, अमर प्रथित'*	: प्रसिद्ध, विख्यात (है कि प्रेम अमर है)	**पं.ग्रं.**-1/293	दो/ज्योत्स्ना
प्रदीप-	*'टलमल पद, प्रदीप निर्वाण'*	: नाम कमाने वाला, दीपक, रौशन करने वाला	**नि.र.**-1/121	यमुना के प्रति
◆	*'बुझाते हो प्रदीप, बन वात'*	: दीपक	**पं.ग्रं.**-1/89	वीणा/मिले तुम राकापति में आज/वीणा
◆	*'जब प्रदीप के सम्मुख मैं भी'*	: दीपक, ज्ञान, चेतना	**पं.ग्रं.**-1/95	अब न अगोचर रहो सुजान!/वीणा
◆	*'वेदना के प्रदीप की ज्वाल'*	: दीपक	**पं.ग्रं.**-1/178	पल्लव/पल्लव
◆	*'किस स्वर्णाकांक्षा का प्रदीप वह लिये हुए? किसके समीप?'*	: सुंदर दीपक	**पं.ग्रं.**-1/268	एक तारा/गुंजन

शब्द-	काव्य-पंक्ति	: अर्थ	ग्रंथावली/पृ.सं.	स्रोत/संदर्भ
प्रदोष-प्रभा-	*'कैलास प्रदोष-प्रभा में स्थिर बैठा किसी लगन में'*	: सांध्य-काल की आभा	**प्र.ग्रं.-2**/272	आनन्द/कामायनी
प्रपंच-	*'सारा प्रपंच ही हो अशुद्ध'*	: छल-कपट एवं झंझट से भरा कार्य-कलाप	**प्र.ग्रं.-2**/177	इड़ा/कामायनी
प्रपात-	*'अचल के चंचल क्षुद्र प्रपात!'*	: झरना, छायावादी कविता में प्रतीकात्मक प्रयोग, मुक्ति और जागृति का प्रतीक।	**नि.र.-1**/108	प्रपात के प्रति
प्रपूरित-	*'देश समृद्धि प्रपूरित हो— जनता नीरोग'*	: पूरी तरह से भरा हुआ	**प्र.ग्रं.-3**/227	तृतीय अंक/विशाख
प्रपूर्ण-	*'इस्लाम-कलाओं से प्रपूर्ण जन-जनपद'*	: परिपूर्ण, आच्छादित	**नि.र.-1**/283	तुलसीदास
प्रबल प्रभंजन-	*'प्रबल प्रभंजन मलय-मरुत हो, फहरे प्रेम पताका'*	: शोर करती हुई तेज वायु	**प्र.ग्रं.-1**/283	बिंदु(5)/झरना
प्रबुद्ध शुद्ध भारती-	*'हिमाद्रि तुंग शृंग से प्रबुद्ध शुद्ध भारती'*	: जागृत और पवित्र सरस्वती, भारत की प्रबुद्ध-शुद्ध स्वतंत्रता	**प्र.ग्रं.-4**/290	चतुर्थ अंक/चन्द्रगुप्त
प्रबोध-	*'विद्या का ले आश्रय इस मन को दो प्रबोध'*	: सीख, समझ	**नि.र.-1**/332	राम की शक्ति-पूजा
◆	*'गर्जित-प्रलयाब्धि-क्षुब्ध-हनुमत्-केवल-प्रबोध,'*	: चेतनायुक्त	**नि.र.-1**/329	राम की शक्ति-पूजा
प्रभंजन-	*'प्रबल प्रभंजन मलय-मरुत हो, फहरे प्रेम पताका'*	: शोर करती बहनेवाली हवा	**प्र.ग्रं.-1**/283	बिंदु(5)/झरना
◆	*'बहता अन्ध प्रभञ्जन ज्यों, यह त्योंही स्वर-प्रवाह'*	: हवा का एक रूप, तेज हवा	**नि.र.-1**/104	उद्‌बोधन
◆	*'कभी क्रीड़ारत सात प्रभञ्जन'*	: शोर करती वायु, वायु का एक प्रकार	**नि.र.-1**/134	बादल-राग
◆	*'वन-वन, उपवन/पवन, प्रभंजन!'*	: आँधी, शोर करती वायु	**पं.ग्रं.-1**/289	एक/ज्योत्स्ना
प्रभव-	*'पल-पल नव प्रलय प्रभव'*	: उत्पत्ति	**पं.ग्रं.-1**/320	तीन/ज्योत्स्ना
प्रभा की धारा-	*'कर रहे निर्जन का चुपचाप प्रभा की धारा से अभिषेक?'*	: मनु के व्यक्तित्व की चमक	**प्र.ग्रं.-2**/83	श्रद्धा/कामायनी
प्रभा के पलक-	*'प्रभा के पलक मार, उर चीर'*	: बिजली की चमक	**पं.ग्रं.-1**/184	आँसू/पल्लव
प्रभात की चितवन-	*'तुम हो प्रभात की चितवन मैं विधुर नशा बन आऊँ'*	: उजालों से भरी सुबह की तरह तुम्हारी निगाहें हों	**म.सा.-1**/111	चिर तृप्ति कामनाओं का/रश्मि
प्रभात की स्वर्ग किरन सी-	*'यह प्रभात की स्वर्ग किरन सी झिलमिल चंचल सी छाया'*	: प्रातःकालीन स्वर्णिम सूर्य -किरणों (की तरह कान्तिमयी श्रद्धा)	**प्र.ग्रं.-2**/229	निर्वेद/कामायनी
प्रभात-सर-स्नान-	*'विजन की श्री सुहाग अम्लान, जाग, फिर कर प्रभात-सर-स्नान'*	: प्रभात के प्रकाश-रूपी सरोवर में स्नान किया हुआ	**नि.र.-1**/216	'कहाँ उन नयनों की मुसकान'
प्रभात हिमकन-सा-	*'बरसो प्रभात हिमकन-सा आँसू इस विश्व-सदन में'*	: सुबह के ओसकण की तरह	**प्र.ग्रं.-2**/41	आँसू
प्रभाती-	(शीर्षक)	: सुबह में गाया जानेवाला गीत, ग्रामीण जीवन में लोग बहुत सुबह उठकर बिछावन पर बैठे-बैठे गीत गाकर उजाला फैलने की प्रतीक्षा करते थे।	**नि.र.-1**/196	प्रभाती
प्रभा-दृगों-	*'तिमिर तर, प्रभा-दृगों में ज्ञान'*	: चमकीली आँखों में	**नि.र.-1**/265	तुम्हें ही चाहा
प्रभा-पुंज-	*'लीला का स्पन्दित आह्लाद, वह प्रभा-पुंज चितिमय प्रसाद'*	: (शिव का) ज्योतिर्मय स्वरूप	**प्र.ग्रं.-2**/246	दर्शन/कामायनी
प्रभापूर्य-	*'भारत के नभ का प्रभापूर्य शीतलच्छाय सांस्कृतिक सूर्य'*	: प्रकाश भरनेवाला	**नि.र.-1**/281	तुलसीदास

शब्द-	काव्य-पंक्ति	: अर्थ	ग्रंथावली/पृ.सं.	स्रोत/संदर्भ
प्रभा-भयंकर-	*'तमिस्र-संक्षर छिपे निशाचर प्रभा-भयंकर विनाश से डर'*	: प्रकाश के कारण भीषण	**नि.र.**-1/242	गयी निशा वह, हँसीं दिशाएँ
प्रभूत-	*'जग पीड़ित छूतों से प्रभूत, छू अमृत स्पर्श से, हे अछूत!'*	: भारी मात्रा में	**पं.ग्रं.**-2/24	बापू के प्रति/युगपथ
प्रमत्त-	*'किसको प्रमत्त नहीं करते ?'*	: मदहोश कर देना	**प्र.ग्रं.**-1/343	प्रलय की छाया/लहर
प्रमत्त शिखी-	*'पावस लास प्रमत्त शिखी ने'*	: कामोत्तेजित मोर-मोरनी	**पं.ग्रं.**-1/193	अनंग/पल्लव
प्रमदा-	*'कितनी अबला थी और प्रमदा थी रूप को'*	: सुन्दर स्त्री	**प्र.ग्रं.**-1/346	प्रलय की छाया/लहर
◆	*'प्रमदा ने सेवा, शृंगार'*	: स्त्री, सुंदर युवती	**पं.ग्रं.**-1/193	अनंग/पल्लव
प्रमन-	*'कालाकाँकर का राजभवन सोया जल में निश्चिन्त प्रमन'*	: पूरे मन से, निश्चिंत होकर	**पं.ग्रं.**-1/275	नौका-विहार/गुंजन
◆	*'भूले थे अब तक बन्धु, प्रमन?'*	: भ्रमित मन, मन की एक विशेष स्थिति	**नि.र.**-1/285	तुलसीदास
◆	*'हैं वही भल्लपति, वानरेन्द्र सुग्रीव प्रमन,'*	: पूरे मन से	**नि.र.**-1/333	राम की शक्ति-पूजा
◆	*'राम में जगी स्मृति, हुए सजग पा भाव प्रमन'*	: प्रसन्न, आशान्वित	**नि.र.**-1/337	राम की शक्ति-पूजा
प्रमाता-	*'प्रमाता अखिल विश्व का सत्य'*	: किसी विषय या ज्ञान का साक्षात्कार करनेवाला	**प्र.ग्रं.**-1/268	कुछ नहीं/झरना
प्रमुक्त-	*'सौरभ प्रमुक्त!/प्रेयसी के हृदय से हो तुन/प्रतिदेशयुक्त'*	: बंधनविहीन और मुक्त	**नि.र.**-1/340	सम्राट् अष्टम एडवर्ड के प्रति
प्रमुखता मुख की-	*'प्रमुखता मुख की सुछबि के काव्य में'*	: मुख की विशिष्टता को अलकें ठुड्डी के नीचे से मुड़कर रेखांकित कर रही है।	**पं.ग्रं.**-1/124	ग्रन्थि
प्रमुद-	*'कहता तरंग का प्रमुद फूल?'*	: प्रसन्न	**नि.र.**-1/283	तुलसीदास
◆	*'प्रमुद, पुलकाकुल कोकिल-बाल'*	: खुश होकर, प्रसन्नचित्त	**पं.ग्रं.**-1/256	मधुवन/गुंजन
प्रमुदित-	*'पूछने से वे प्रमुदित हुए'*	: प्रसन्न, खुश	**प्र.ग्रं.**-1/249	प्यास/झरना
◆	*'खेतों में हैं कृषक चलते हल प्रमुदित श्रम-स्वेद सने'*	: प्रसन्न	**प्र.ग्रं.**-2/190	स्वप्न/कामायनी
प्रमुदित प्रात-	*'मम जीवन की प्रमुदित प्रात'*	: खुशनुमा सुबह, जीवन का प्रसन्न पक्ष	**पं.ग्रं.**-1/84	मम जीवन की प्रमुदित प्रात/वीणा
प्रमुदित विहग-	*'कहो हे प्रमुदित विहग कुमारि'*	: प्रसन्न पक्षी	**पं.ग्रं.**-1/211	सोने का गान/पल्लव
प्रमोद-	*'निर्जन में क्या एक अकेले, तुम्हें प्रमोद मिलेगा?'*	: आनन्द	**प्र.ग्रं.**-2/152	कर्म/कामायनी
प्रयत प्रभा-	*'पल-पल अपनी प्रयत प्रभा है'*	: उज्ज्वल (पवित्र) आभा (प्रकाश)	**पं.ग्रं.**-1/101	कुमुद कला को लेने जब मैं/वीणा
◆	*'प्रयत प्रभा की प्रथम किरण'*	: पवित्र आभा, उज्ज्वल प्रकाश	**पं.ग्रं.**-1/109	मरु भी होगा नन्दन वन!/वीणा
प्रयत्न-प्रथा-	*'उनकी मिलित प्रयत्न-प्रथा से पुर की श्री दिखती निखरी'*	: (मिल-जुलकर) प्रयास करने की पद्धति से	**प्र.ग्रं.**-2/190	स्वप्न/कामायनी
प्रयाण-	*'अन्ध-प्रगति-बन्ध किया/सिन्धु को प्रयाण'*	: जाना, चल देना	**नि.र.**-1/313	मित्र के प्रति
◆	*'कहता तेरा प्रयाण सविनय,— /कोई न अन्य था भावोदय'*	: पार कर जाना, मृत्यु	**नि.र.**-1/315	सरोज-स्मृति
प्ररोह-	*'मृदु त्वच, सौन्दर्य प्ररोह अंग'*	: आरोह, चढ़ाव, तना हुआ	**पं.ग्रं.**-2/22	मानव/युगपथ
प्रलंब-	*'दृढ़ बाहु प्रलम्ब प्रेम बन्धन'*	: लंबी (भुजा), अजानबाहु	**पं.ग्रं.**-2/22	मानव/युगपथ
प्रलंब भुज-	*'देवदारु के वे प्रलंब भुज, जिनमें उलझी वायु-तरंग'*	: लंबी बाँहें (देवदारु वृक्ष की शाखाएँ)	**प्र.ग्रं.**-2/191	स्वप्न/कामायनी

शब्द- काव्य-पंक्ति	: अर्थ	ग्रंथावली/पृ.सं.	स्रोत/संदर्भ
प्रलयंकर- *'लिये पूँछ में ज्वाला अपनी अति प्रलयंकर'*	: प्रलय उत्पन्न करनेवाला	**प्र.ग्रं.-2**/209	संघर्ष/कामायनी
प्रलय- *'प्रलय की छाया में'*	: मौजूदा सृष्टि को नष्ट कर नयी सृष्टि की सम्भावना बनानेवाली घटना।	**प्र.ग्रं.-1**/354	प्रलय की छाया/लहर
◆ *'खड़े देखा, झेला हँसते, प्रलय में पले हुए हम वीर'*	: सृष्टि का अन्त	**प्र.ग्रं.-4**/139	पंचम अंक/स्कन्दगुप्त
प्रलयकर- *'एक कठोर कटाक्ष तुम्हारा अखिल प्रलयकर'*	: प्रलय-जैसी बर्बादी कर देनेवाला	**पं.ग्रं.-1**/226	परिवर्तन/पल्लव
प्रलयकर वात- *'शिशिर की सर्व प्रलयकर वात'*	: प्रलय की तरह कष्टदायक जाड़े की हवा	**पं.ग्रं.-1**/229	परिवर्तन/पल्लव
प्रलय कारिणी- *'होती थी, अब वहाँ हो रही प्रलय कारिणी भीषण वृष्टि'*	: प्रलय उत्पन्न करनेवाली, सब कुछ नष्ट कर देनेवाली	**प्र.ग्रं.-2**/58	चिंता/कामायनी
प्रलय का वात- *'सजनि मैंने स्वर्ण-पिञ्जर में प्रलय का वात पाला;'*	: प्रेम की वेदना मानो प्रलय की तूफानी हवा की तरह वेगवान है।	**म.सा.**-1/301	क्यों मुझे प्रिय हो न बंधन!/सांध्य गीत
प्रलय का शीत- *'बचाकर बीज-रूप से सृष्टि, नाव पर झेल प्रलय का शीत'*	: प्रलयकालीन प्रकृति के कोप	**प्र.ग्रं.-4**/138	पंचम अंक/स्कन्दगुप्त
प्रलय के आँसुओं में- *'या प्रलय के आँसुओं में मौन अलसित व्योम रो ले'*	: प्रलय की भयानक बारिश -जैसी कठिन स्थिति	**म.सा.**-1/280	चिर सजग आँखें उनींदी.../सांध्य गीत
प्रलय घटाएँ- *'घिर जातीं प्रलय घटाएँ/कुटिया पर आकर मेरी'*	: जिन बादलों में प्रलय मचा देनेवाली बारिश की क्षमता हो, हृदय में प्रलय-तुल्य बेचैनी हो।	**प्र.ग्रं.-2**/8	आँसू
प्रलय-जलधि में संगम- *'प्रलय-जलधि में संगम जिसका देख हृदय था उठा कराह'*	: प्रलय के कारण समुद्र का जो विकराल रूप सामने आया उसमें विलय हो जाना।	**प्र.ग्रं.-2**/56	चिंता/कामायनी
प्रलय निशा- *'सौरचक्र में आवर्तन था प्रलय निशा का होता प्रात!'*	: प्रलय की भयानक रात	**प्र.ग्रं.-2**/64	चिंता/कामायनी
प्रलय निशा की हलचल- *'प्रलय निशा की हलचल स्मृति में मान किये सी ऐंठी सी'*	: प्रलय की रात की उठा-पटक, संकेत शृंगारपरक है कि सुहाग-रात में काम-क्रीड़ा की हलचल को दुल्हन याद कर रही है।	**प्र.ग्रं.-2**/68	आशा/कामायनी
प्रलय-नृत्य- *'देखा क्या तुमने कभी नहीं स्वर्गीय सुखों का प्रलय-नृत्य'*	: प्रलय की विध्वंस-लीला	**प्र.ग्रं.-2**/163	ईर्ष्या/कामायनी
प्रलय-पयोधर- *'प्रलय-पयोधर बरस रहे हैं— रक्त-अश्रु की धार'*	: प्रलयकाल के भयानक बादल	**प्र.ग्रं.-4**/54	प्रथम अंक/स्कन्दगुप्त
प्रलय-पयोनिधि- *'प्रलय-पयोनिधि की लहरें भी लौट गयी ही होंगी'*	: प्रलयकालीन समुद्र का रौद्र रूप	**प्र.ग्रं.-2**/150	कर्म/कामायनी
प्रलय पवन- *'तरल तिमिर से प्रलय पवन का होता आलिंगन, प्रतिघात'*	: प्रलय काल में चलनेवाली तेज हवा	**प्र.ग्रं.-2**/60	चिंता/कामायनी
प्रलय-पावक- *'शक्ति-तरंग प्रलय-पावक का उस त्रिकोण में निखर उठा सा'*	: प्रलयंकर ज्वाला, शिव के तीसरे नेत्र से निकली अग्नि	**प्र.ग्रं.-2**/263	रहस्य/कामायनी
प्रलय पावस- *'प्रखर प्रलय पावस में जगमग, ज्योतिरिंगणों से जगते'*	: प्रलय की बरसात	**प्र.ग्रं.-2**/62	चिंता/कामायनी
प्रलय प्रवाह- *'एक पुरुष, भीगे नयनों से, देख रहा था प्रलय प्रवाह!'*	: प्रलय के कारण जलराशि का अथाह प्रवाह	**प्र.ग्रं.-2**/51	चिंता/कामायनी

शब्द-	काव्य-पंक्ति	: अर्थ	ग्रंथावली/पृ.सं.	स्रोत/संदर्भ
प्रलय बीच भी रक्षित-	*'प्रलय बीच भी रक्षित मनु से वह फैला उत्साह भरा'*	: प्राकृतिक विप्लव के बीच भी बचे हुए (मनु)	**प्र.ग्रं.**-2/190	स्वप्न/कामायनी
प्रलय-भीत-	*'हो प्रलय-भीत तन रक्षा में पूजन करने की व्याकुलता'*	: प्रलय की विनाशक घटनाओं से डरा हुआ	**प्र.ग्रं.**-2/174	इड़ा/कामायनी
प्रलय शांति-	*'वह प्रलय शांति वह कोलाहल, जब अर्पित कर जीवन सम्बल'*	: प्रलय के बाद की शान्ति	**प्र.ग्रं.**-2/245	दर्शन/कामायनी
प्रलय-सा-	*'किसका था भ्रू-भंग प्रलय-सा जिसमें ये सब विकल रहे!'*	: प्रलय के समान	**प्र.ग्रं.**-2/68	आशा/कामायनी
प्रलय सिंधु-	*'नीचे प्रलय सिंधु लहरों का, होता था सकरुण अवसान'*	: प्रलयकालीन समुद्र का रूप	**प्र.ग्रं.**-2/51	चिंता/कामायनी
प्रलयानिल-	*'लिपटा है इससे प्रलयानिल क्या यह दीप जलेगा तुझसे'*	: प्रलय में चलनेवाली तेज हवा	**म.सा.**-1/184	बताता जा रे अभिमानी! /नीरजा
प्रलयाब्धि-	*'गर्ज्जित-प्रलयाब्धि-क्षुब्ध-हनुमत्-केवल-प्रबोध,'*	: प्रलय के समुद्र की तरह	**नि.र.**-1/329	राम की शक्ति-पूजा
प्रलयोल्का-खंड-	*'प्रलयोल्का-खंड के निकष पर कस कर'*	: प्रलय के समय आकाश से टूट-टूटकर गिरनेवाले उल्का पिंड	**प्र.ग्रं.**-1/338	पेशोला की प्रतिध्वनि /लहर
प्रवंचकों-	*'अपने प्रवंचकों से'*	: धोखेबाजों	**प्र.ग्रं.**-1/334	शेरसिंह का शस्त्र-समर्पण/लहर
प्रवंचना-	*'भूलें अपनी या प्रवंचना औरों की दिखलाऊँ मैं'*	: ठगी, धोखेबाजी	**प्र.ग्रं.**-1/292	मधुप गुनगुना कर कह जाता/लहर
◆	*'छल वाणी की वह प्रवंचना हृदयों की शिशुता को'*	: ठगी, धोखा	**प्र.ग्रं.**-2/153	कर्म/कामायनी
प्रवर-	*'देखें वे; हँसते हुए प्रवर/जो रहे देखते सदा समर,'*	: श्रेष्ठ जन	**नि.र.**-1/316	सरोज-स्मृति
◆	*'विविध जाति, वंश प्रवर'*	: श्रेष्ठ	**पं.ग्रं.**-1/315	तीन/ज्योत्स्ना
◆	*'पतित, क्षुद्र, उच्च प्रवर'*	: श्रेष्ठ	**पं.ग्रं.**-1/329	तीन/ज्योत्स्ना
प्रवर्तन-	*'जब धर्म-चक्र के सतत-प्रवर्तन की प्रसन्न-ध्वनि छाई थी'*	: आरम्भ करना	**प्र.ग्रं.**-1/297	जगती की मंगलमयी उषा बन/लहर
◆	*'श्रममय कोलाहल, पीड़नमय विकल प्रवर्तन महायंत्र का'*	: प्रारंभ, शुरू करके गति प्रदान करना	**प्र.ग्रं.**-2/258	रहस्य/कामायनी
प्रवर्त्तन-	*'अब विकल प्रवर्त्तन हो ऐसा जो नियति-चक्र का बने यंत्र'*	: शुरुआत, गति का प्रारंभ	**प्र.ग्रं.**-2/175	इड़ा/कामायनी
प्रवर्त्तनों-	*'विकल विवर्त्तनों से/विरल प्रवर्त्तनों से'*	: प्रेरित करने की प्रवृत्तियाँ	**प्र.ग्रं.**-1/337	पेशोला की प्रतिध्वनि /लहर
प्रवाद-	*'मानवी कला के सूत्रधार, हर लिया यन्त्र कौशल प्रवाद'*	: लोगों में प्रचलित बात, अफवाह	**पं.ग्रं.**-2/25	बापू के प्रति/युगपथ
प्रवाल-	*'उसके अधरों में फैलेगा नवमधुमय स्मिति-लतिका-प्रवाल'*	: किसलय	**प्र.ग्रं.**-2/167	ईर्ष्या/कामायनी
◆	*'बन गया नीलम व्योम प्रवाल'*	: पल्लव	**पं.ग्रं.**-1/184	आँसू/पल्लव
◆	*'अरे अब जल-जल नवल प्रवाल'*	: नव पल्लव, नये लाल पत्ते	**पं.ग्रं.**-1/255	नवल मेरे जीवन की डाल/गुंजन
◆	*'बनती प्रवाल का मृदुल कूल जो क्षितिज-रेख थी कुहर-म्लान'*	: लाल मूँगा (की तरह क्षितिज तट)	**म.सा.**-1/103	चुभते ही तेरा अरुण बान!/रश्मि

शब्द- काव्य-पंक्ति	: अर्थ	ग्रंथावली/पृ.सं.	स्रोत/संदर्भ
◆ *'बुनते नव प्रवाल कुंजों में/रजत श्याम तारों से जाली'*	: नये पत्ते, किसलय	**म.सा.-1**/169	पुलक पुलक उर, सिहर सिहर तन/नीरजा
प्रवाल-तरिणी- *'अज्ञात पुलिन से, उज्ज्वलतर किरणें प्रवाल-तरिणी में भर'*	: लाल मूँगे की नाव की तरह बालसूर्य दिख रहा है	**म.सा.-1**/199	कैसे संदेश प्रिय पहुँचाती!/नीरजा
प्रवासी हृदय- *'बरस पड़े अश्रु-जल, हमारा मान प्रवासी हृदय हुआ'*	: अन्यत्र लगा हुआ मन	**प्र.ग्रं.-3**/391	द्वितीय अंक/जन्मेजय का नाग-यज्ञ
प्रवाहिका- *'मधुर लालसा की लहरों से यह प्रवाहिका स्पन्दित होती'*	: प्रवाह से युक्त, नदी की तरह	**प्र.ग्रं.-2**/256	रहस्य/कामायनी
प्रवीर- *'शेर पंचनद का प्रवीर रणजीत सिंह'*	: बहुत वीर	**प्र.ग्रं.-1**/336	शेरसिंह का शस्त्र-समर्पण/लहर
◆ *'प्रवीर हो जयी बनो— बढ़े चलो, बढ़े चलो'*	: श्रेष्ठ वीर	**प्र.ग्रं.-4**/291	चतुर्थ अंक/चन्द्रगुप्त
प्रशमन- *'मेरा जीवन/छाया, छाया-प्रशमन'*	: शमित हो जाना, कष्ट दूर होना	**नि.र.-1**/252	लाज लगे तो
प्रशमित- *'उगा रहा उर में प्रेमांकुर मधुर-मधुर कर-कर प्रशमित मन'*	: राहत पहुँचाना	**नि.र.-1**/256	बादल में आये जीवन-धन
◆ *'प्रशमित है वातावरण; नमित-मुख सान्ध्य कमल'*	: दुखी और स्थिर, दुख का मौन, उदासी	**नि.र.-1**/330	राम की शक्ति-पूजा
प्रशस्त पुण्य पन्थ- *'प्रशस्त पुण्य पन्थ है— बढ़े चलो, बढ़े चलो'*	: पुण्य का रास्ता विस्तृत होता है	**प्र.ग्रं.-4**/290	चतुर्थ अंक/चन्द्रगुप्त
प्रशांत- *'श्रद्धा का सुख साधन निवास जब छोड़ चले आये प्रशांत'*	: शांत और आरामदायक (श्रद्धा का निवास)	**प्र.ग्रं.-2**/173	इड़ा/कामायनी
◆ *'नीरव सन्ध्या में प्रशान्त'*	: गहरी शांति	**पं.ग्रं.-1**/267	एक तारा/गुंजन
प्रशांत-वक्ष- *'हुई आज शान्त, प्राप्त/कर प्रशान्त-वक्ष;'*	: मानो छाती ठंडी हो गयी, मन स्थिर हुआ	**नि.र.-1**/313	मित्र के प्रति
प्रशांति- *'झींगुर के स्वर का प्रखर तीर केवल प्रशान्ति को रहा चीर'*	: गहरी शांति	**पं.ग्रं.-1**/267	एक तारा/गुंजन
◆ *'नीरव प्रशांति का मौन बना'*	: अत्यधिक शांति	**प्र.ग्रं.-1**/317	अपलक जगती हो एक रात/लहर
प्रशाखाएँ- *'वहीं विटप शत-वर्ष-पुरातन पीन प्रशाखाएँ फैला घन'*	: शाखाएँ, मोटी डालें	**नि.र.-1**/213	छोड़ दो, जीवन यों न मलो
प्रसन्नाकाश- *'प्रिय शान्त प्रसन्नाकाश हमें'*	: प्रसन्न+आकाश, आकाश का शांत-स्वच्छ रूप	**पं.ग्रं.-1**/332	तीन/ज्योत्स्ना
प्रसर- *'धूमायमान वह घूर्ण्य प्रसर/धूसर समुद्र शशि-ताराहर'*	: व्याप्त	**नि.र.-1**/304	तुलसीदास
प्रसरित- *'मेरी ध्रुवतारा तुम/प्रसरित दिगन्त से'*	: फैला हुआ, पसरा हुआ, जिसका प्रसार हुआ हो	**नि.र.-1**/172	रेखा 'क'
◆ *'प्रसरित दिगन्त तक माया की प्रेमराशि'*	: फैला हुआ	**नि.र.-1**/177	रेखा 'ख'
प्रसरित दिगंत तक- *'प्रसरित दिगन्त तक माया की प्रेमराशि'*	: अनंत तक फैलाव	**नि.र.-1**/177	रेखा 'ख'
प्रसव- *'जो प्रसव करता जगत को, तेज का आकार'*	: जन्म देना, निर्माण करना	**प्र.ग्रं.-2**/344	कामना/असंकलित कविताएँ

शब्द-	काव्य-पंक्ति	: अर्थ	ग्रंथवली/पृ.सं.	स्रोत/संदर्भ
प्रसार-कामी-	*'ऋजु-कुटिल प्रसार-कामी केश-गुच्छ'*	: प्रसार की इच्छावाले (केश), फैलने को इच्छुक	**नि.र.-1**/149	जागो फिर एक बार
प्रसुप्त-	*'रँग देता प्रसुप्त जग से रँग गीत जागरण मंजुल अमरण'*	: सोया हुआ	**नि.र.-1**/261	प्रतिक्षण मेरा मोह-मलिन मन
◆	*'थी प्रसुप्त, मृतवत्, हत ज्ञान'*	: सुषुप्ता अवस्था में, अविकसित अवस्था में जब सृष्टि थी	**पं.ग्रं.-1**/191	अनंग/पल्लव
प्रसुप्ति-	*'इस प्रसुप्ति से जगा रही जो'*	: नींद	**नि.र.-1**/120	यमुना के प्रति
◆	*'वह प्रसुप्ति नयनों में लीन'*	: नींद	**नि.र.-1**/121	यमुना के प्रति
प्रसून-	*'जगती के चुन प्रसून गूँथो स्वर-हार'*	: फूल (सुंदर स्वर)	**नि.र.-1**/156	वेदना
◆	*'धन्य कर दे माँ, वन्य प्रसून; दिखा जग ज्योतिर्मय, मुख चूम'*	: फूल	**नि.र.-1**/258	धन्य कर दे माँ
प्रस्तर-	*'सुन्दर बन, जड़ निर्मम प्रस्तर'*	: चट्टान	**पं.ग्रं.-2**/11	वे डूब गये/युगपथ
◆	*'मृत्यु का प्रस्तर सा उर चीर/प्रवाहित होता जीवन नीर'*	: पत्थर की तरह कठोर	**म.सा.-1**/141	न थे जब परिवर्तन दिनरात/रश्मि
◆	*'चाह चाह थक थक कर हो जाते प्रस्तर से प्राण'*	: पत्थर की तरह कठोर	**म.सा.-1**/153	विश्व-जीवन के उपसंहार!/रश्मि
◆	*'प्रस्तर के अणु घुल घुल अधीर उसमें भरते नव स्नेह-नीर'*	: पत्थर	**म.सा.-1**/207	जाने किसकी स्मित रूम झूम/नीरजा
◆	*'प्रस्तर के जाते बंधन खुल लुट रहीं व्यथा-निधियाँ नव-नव!'*	: पत्थर, कठोर भाव	**म.सा.-1**/315	ओ चिर नीरव! /दीप-शिखा
प्रस्तरमय-	*'प्रस्तरमय जग में निर्झर बन/उतरी रसाराधना!'*	: पत्थरों से बना, पत्थर की तरह कठोर	**नि.र.-1**/102	प्रगल्भ प्रेम
प्रस्तर रसमय-	*'काँटे कलियाँ प्रस्तर रसमय!'*	: पत्थर मानो रस से भर जाते	**म.सा.-1**/304	सखि मैं हूँ अमर सुहाग भरी!/सांध्य गीत
प्रस्तरों-	*'प्रतिध्वनि का इतिहास प्रस्तरों बीच खो गया'*	: (मंदिर की दीवार आदि के) पत्थरों में	**म.सा.-1**/335	यह मंदिर का दीप... /दीप-शिखा
प्रस्तार-	*'हृदय-वीणा कर रही प्रस्तार अब,'*	: फैलाव, विस्तार, एक प्रकार का ताल	**प्र.ग्रं.-1**/257	मिलन/झरना
प्रस्रवण-	*'प्रस्रवण झरते आनन्द के चतुर्दिक'*	: झरना	**नि.र.-1**/324	प्रेयसी
प्रहत-	*'आज प्रभु भक्त प्रहत, लोहित तन'*	: आहत, अत्यधिक घायल	**पं.ग्रं.-1**/115	गहन कानन!/वीणा
प्रहर-	*'प्रहर, दिवस, रजनी आती थी चल जाती सन्देश-विहीन;'*	: पहर, तीन घंटे की अवधि	**प्र.ग्रं.-2**/75	आशा/कामायनी
◆	*'राघव-लाघव— रावण-वारण— गत-युग्म-प्रहर,'*	: 24 घंटे के दिन-रात को 8 प्रहरों में बाँटा गया है, 3 घंटे की अवधि	**नि.र.-1**/329	राम की शक्ति-पूजा
प्रहर दिवस-	*'प्रहर दिवस कितने बीते, अब इसको कौन बता सकता!'*	: पहर और दिन, आठ पहर में चौबीस घंटे को बाँटा गया है अर्थात् एक पहर में तीन घंटे।	**प्र.ग्रं.-2**/62	चिंता/कामायनी
प्रहसित-	*'प्रहसित जग-शतदल हो'*	: प्रसन्न, हँसता-मुस्कुराता	**पं.ग्रं.-1**/329	तीन/ज्योत्स्ना
प्रहसित मुखरित-	*'नटराज स्वयं थे नृत्य-निरत, था अंतरिक्ष प्रहसित मुखरित'*	: आलोकित-आनन्दित एवं अनुनादित	**प्र.ग्रं.-2**/246	दर्शन/कामायनी

शब्द-	काव्य-पंक्ति	: अर्थ	ग्रंथावली/पृ.सं.	स्रोत/संदर्भ
प्रागंण-	*'प्रागंण विभूति का'*	: आँगन, परिसर	**नि.र.**-1/186	जागरण
प्रांत-	*'सुग्रीव, प्रान्त पर पाद-पद्म के, महावीर;'*	: नीचे, किनारे	**नि.र.**-1/330	राम की शक्ति-पूजा
प्रांतर-	*'निर्जन गोधूलि प्रान्तर में खोले पर्णकुटी के द्वार'*	: लंबा रास्ता, वन	**प्र.ग्रं.**-3/302	द्वितीय अंक/अजातशत्रु
	◆ *'खोले दृग, वैसी ही प्रान्तर की रेखा;'*	: वन	**नि.र.**-1/291	तुलसीदास
	◆ *'बैठा प्रान्तर में दीर्घ प्रहर/व्यतीत करता था गुन-गुन कर'*	: कहीं किनारे, एकांत में	**नि.र.**-1/317	सरोज-स्मृति
	◆ *'होती उड़ने को, अपना स्वर भर करती ध्वनित मौन प्रान्तर'*	: आकाश और दिशाओं में	**नि.र.**-1/320	सरोज-स्मृति
प्रांतों-	*'अधर के प्रान्तों से'*	: किनारा, कोर	**नि.र.**-1/100	दिल्ली
प्राकृत-	*'वह उतरा प्राकृत भूमि में छोड़ कल्पना-वेदना'*	: आदिम रूप, प्रकृति ने जो रूप प्रदान किया है	**नि.र.**-1/71	कविप्रिया
प्राकृतिक भूख-	*'नव हो जगी अनादि वासना मधुर प्राकृतिक भूख समान'*	: काम-वासना की स्वाभाविक इच्छा	**प्र.ग्रं.**-2/76	आशा/कामायनी
प्राग्वर्ण-	*'काव्य के प्राग्वर्ण पर भी हैं रुके'*	: वर्णों के पहले की स्थिति में रची गयी कविता, मन की आदिम कविता।	**पं.ग्रं.**-1/129	ग्रन्थि
प्राची-	*'उषा का प्राची में आभास'*	: पूरब दिशा	**प्र.ग्रं.**-1/220	परिचय/झरना
	◆ *'प्राची रज कुंकुम ले चाहे अपना भाल सजावेगी'*	: पूरब दिशा	**प्र.ग्रं.**-1/291	निज अलकों के.../लहर
	◆ *'जिसके नव गैरिक अंचल की प्राची में भरी ललाई थी'*	: पूरब दिशा	**प्र.ग्रं.**-1/296	जगती की मंगलमयी उषा बन/लहर
	◆ *'प्राची की लाज भरी चितवन—'*	: पूरब	**प्र.ग्रं.**-1/304	आँखों से अलख जगाने को/लहर
	◆ *'मेरी लघु प्राची में'*	: पूरब दिशा	**प्र.ग्रं.**-1/323	अरे आ गई है भूली-सी/लहर
	◆ *'देखा तो सुन्दर प्राची में/अरुणोदय का रस-रंग हुआ'*	: पूरब दिशा	**प्र.ग्रं.**-2/108	काम/कामायनी
	◆ *'प्राची में फैला मधुर राग'*	: पूरब दिशा	**प्र.ग्रं.**-2/178	इड़ा/कामायनी
	◆ *'प्राची में नव उषा तमस को जीत रही है'*	: पूरब दिशा	**प्र.ग्रं.**-2/204	संघर्ष/कामायनी
	◆ *'वह प्राची का विमल प्रभात'*	: पूरब	**नि.र.**-1/120	यमुना के प्रति
	◆ *'प्राची के भाल पर/स्वर्ण-सूर्यादय होगा'*	: पूरब	**नि.र.**-1/166	महाराज शिवाजी का पत्र
	◆ *'प्रथम कनक-रेखा प्राची के भाल पर'*	: पूरब	**नि.र.**-1/175	रेखा 'क'
	◆ *'प्राची के, उगो, अरुण!'*	: पूरब	**नि.र.**-1/267	फूटो फिर
	◆ *'प्रथम-किरण-कम्प प्राची के दृगों में,'*	: पूरब	**नि.र.**-1/325	प्रेयसी
	◆ *'आया फिर चित्र बनाने/प्राची में प्रात चितेरा'*	: पूरब दिशा	**म.सा.**-1/37	रजनी ओढ़े जाती थी/नीहार
प्राची की मधुशाला-	*'अरे खुली भी नहीं अभी तो प्राची की मधुशाला'*	: पूरब दिशा अपनी लालिमा के कारण मानो मदिरालय की तरह है।	**प्र.ग्रं.**-1/328	अंतरिक्ष में अभी सो रही/लहर
प्राची के अंचल में-	*'तब प्राची के अंचल में हो स्मित से चर्चित रोली'*	: पूरब दिशा के क्षितिज पर	**म.सा.**-1/220	यह पतझर मधुवन भी हो!/नीरजा
प्राची के घर से-	*'हो चकित निकल आई सहसा जो अपने प्राची के घर से'*	: पूरब दिशा-रूपी घर	**प्र.ग्रं.**-2/127	लज्जा/कामायनी
प्राची-दिगन्त-उर-	*'प्राची-दिगन्त-उर में पुष्कल रवि-रेखा'*	: पूरब दिशा के मन में	**नि.र.**-1/307	तुलसीदास

शब्द- काव्य-पंक्ति	: अर्थ	ग्रंथावली/पृ.सं.	स्रोत/संदर्भ
प्राची पट-सी- *'मेरा भाग्य गगन धुँधला-सा, प्राची पट-सी तुम उसमें'*	: पूरब दिशा-रूपी चित्रपट के समान प्रकाशमान	**प्र.ग्रं.-2**/192	स्वप्न/कामायनी
प्राची प्रांगण- *'लगी टहलने प्राची प्रांगण में तभी'*	: पूरब दिशा के आँगन में	**प्र.ग्रं.-1**/228	पावस प्रवास/झरना
प्राचीर-*'थे वातायन भी कटे हुए प्राचीर पर्णमय रचित शुभ्र'*	: दीवार, घेरा	**प्र.ग्रं.-2**/164	ईर्ष्या/कामायनी
♦ *'उच्च प्राचीर ज्यों घेरे जो थे मुझे'*	: चहारदीवारी, सीमाएँ, बंधन	**नि.र.-1**/327	प्रेयसी
♦ *'क्यों मुझे प्राचीर बन कर/आज मेरे श्वास घेरे?'*	: चहारदीवारी	**म.सा.-1**/278	फिर विकल हैं प्राण मेरे!/सांध्य गीत
♦ *'दिश नहीं प्राचीर जिसको, पथ नहीं जंजीर जिसको'*	: घेरा, चहारदीवारी, सीमा	**म.सा.-1**/343	आँसुओं के देश में /दीप-शिखा
प्राण-*'भावना रँग दी तुमने, प्राण, छन्द-बन्दों में निज आह्वान'*	: प्राणों की तरह प्रिय	**नि.र.-1**/268	भावना रँग दी तुमने
♦ *'देवि! मा! सहचरि! प्राण!'*	: जान की तरह प्रेमिका, सुजान, प्राणप्रिया	**पं.ग्रं.-1**/209	नारी रूप/पल्लव
♦ *'प्राण, तुम लघु-लघु गात !'*	: वायु	**पं.ग्रं.-1**/371	द्वितीय दृश्य/परी
प्राण के रिक्त अंश को- *'लगे प्राण के रिक्त अंश को मादकता से भरने'*	: मन का सूनापन	**प्र.ग्रं.-2**/139	कर्म/कामायनी
प्राण तत्त्व- *'प्राण तत्त्व की सघन साधना जल, हिम उपल यहाँ है बनता'*	: प्राण तत्त्व (से युक्त शरीर), जीवन	**प्र.ग्रं.-2**/260	रहस्य/कामायनी
प्राणदा- *'स्निग्ध चितवन प्राणदा ले, चिर मिलन हित चिर विदा ले'*	: प्राण देनेवाली वायु	**म.सा.-1**/349	झिप चलीं पलकें तुम्हारी /दीप-शिखा
प्राण दास- *'क्षण भर भी विश्राम नहीं है प्राण दास है क्रिया-तंत्र का'*	: प्राणी मानो (कर्म-चक्र का) गुलाम बन गया है	**प्र.ग्रं.-2**/258	रहस्य/कामायनी
प्राण-धन- *'प्राण-धन को स्मरण करते नयन झरते— नयन झरते'*	: प्रिय, जो मेरे प्राणों के लिए धन की तरह हैं	**नि.र.-1**/241	प्राण-धन को स्मरण करते
प्राण पण- *'फिर भी लड़े थे हम निज प्राण पण से'*	: जान की बाजी लगाकर	**प्र.ग्रं.-1**/335	शेरसिंह का शस्त्र-समर्पण/लहर
प्राण पपीहा- *'प्राण पपीहा बोल उठा आनन्द में'*	: पपीहा पक्षी की तरह अतृप्त मन	**प्र.ग्रं.-1**/224	प्रथम प्रभात/झरना
♦ *'प्राण पपीहा के स्वर वाली'*	: प्राण-रूपी चातक पक्षी (जिसे 'प्रिय' की रट लगी है)	**प्र.ग्रं.-1**/312	वे कुछ दिन कितने सुन्दर थे/लहर
प्राणपिक- *'प्राणपिक प्रिय-नाम रे कह'*	: कोयल-रूपी मेरा अंतर्मन	**म.सा.-1**/229	प्राणपिक प्रिय-नाम रे कह!/नीरजा
प्राण प्रदीप- *'प्राण प्रदीप न करता है आलोक वह'*	: प्राण-रूपी दीपक	**प्र.ग्रं.-1**/239	अर्चना/झरना
प्राणप्रिय- *' "आह प्राणप्रिय! यह क्या? तुम यों।" घुला हृदय बन नीर बहा'*	: प्राणों की तरह प्रिय मनु	**प्र.ग्रं.-2**/219	निर्वेद/कामायनी
प्राणमयी ज्वाला- *'तुमने तो प्राणमयी ज्वाला का प्रणय-प्रकाश न ग्रहण किया'*	: ईश्वरीय ज्योति, शैव-दर्शन के अनुसार शिव महाज्वाला हैं और आत्माएँ उससे निकली चिंगारियाँ हैं।	**प्र.ग्रं.-2**/175	इड़ा/कामायनी
प्राण में चातक- *'किसलिए पावस नयन में प्राण में चातक बसाती?'*	: प्राण चातक की तरह प्रिय को पुकारते रहते हैं	**म.सा.-1**/341	जो न प्रिय पहिचान पाती!/दीप-शिखा

शब्द- काव्य-पंक्ति	: अर्थ	ग्रंथावली/पृ.सं.	स्रोत/संदर्भ
प्राण-रमा- *'प्राण-रमा पतझार सजनि अब नयन बसी बरसात री!'*	: जो प्राणों में बस गया है	**म.सा.**-1/275	प्राण-रमा पतझार सजनि.../सांध्य गीत
प्राण-वंशी- *'गूँजती क्यों प्राण-वंशी?'*	: प्राण मानो बंसी की तरह हैं	**म.सा.**-1/377	गूँजती क्यों प्राण-वंशी? /दीप-शिखा
प्राण-वाहक- *'लिए जाओ अनंत के पार प्राण-वाहक सूना संदेश'*	: साँस, वायु	**म.सा.**-1/74	हुए हैं कितने अंतर्धान /नीहार
प्राण-संघात- *'प्राण-संघात के सिन्धु के तीर मैं'*	: प्राणों का युद्ध, उत्थान-पतन-व्यापार	**नि.र.**-1/243	दे, मैं करूँ वरण
प्राण-सत्ता- *'प्राण-सत्ता के मनोहर भेद-सी सुकुमार'*	: प्राणों की सत्ता, जीवन का अस्तित्व	**प्र.ग्रं.**-2/117	वासना/कामायनी
प्राण समीर- *'व्याकुलता सी व्यक्त हो रही आशा बनकर प्राण समीर'*	: साँस, प्राण-वायु	**प्र.ग्रं.**-2/70	आशा/कामायनी
प्राणाशय- *'अपनी असीमता में अवसित प्राणाशय;'*	: प्राणशक्ति	**नि.र.**-1/304	तुलसीदास
प्राणों का आसव- *'पीड़ा का सार मिला कर प्राणों का आसव ढाला'*	: अपने हृदय की मादकता, संपूर्ण समर्पण का भाव	**म.सा.**-1/52	इन हीरक से तारों को/नीहार
प्राणों का मँहगापन- *'करुणामय तब समझोगे इन प्राणों का मँहगापन!'*	: मेरे प्राणों की अमूल्य भावनाएँ	**म.सा.**-1/44	छाया की आँखमिचौनी /नीहार
प्राणों का संन्यास- *'भस्म जिसमें हो जाता काल तुम्हीं वह प्राणों का संन्यास'*	: आत्मचेतना में संन्यास का भाव आ जाना है	**म.सा.**-1/78	जहाँ है निद्रामग्न वसंत /नीहार
प्राणों की क्रीड़ा- *'पर शेष नहीं होगी यह मेरे प्राणों की क्रीड़ा'*	: हृदय में उद्वेलित प्रेम के विभिन्न भाव	**म.सा.**-1/62	इस एक बूँद आँसू में /नीहार
प्राणों की चित्रपटी- *'प्राणों की चित्रपटी में आँकी सी करुण कथाएँ'*	: मानो मन में करुण कथाओं के चित्रों का संग्रह है	**म.सा.**-1/57	इसमें अतीत सुलझाता /नीहार
प्राणों की पूजा- *'जब चला द्वंद्व था असुरों में प्राणों की पूजा का प्रचार'*	: असुरों ने देह को प्राण अथवा आत्मा माना और उसे पूजा	**प्र.ग्रं.**-2/174	इड़ा/कामायनी
प्राणों की प्राण- *'प्रिये, प्राणों की प्राण'*	: अत्यधिक प्रिय, प्रेमिका को अपने प्राणों के प्राण की तरह बताया गया है।	**पं.ग्रं.**-1/250	भावी पत्नी के प्रति /गुंजन
प्राणों के छाले- *'जीवन है उन्माद तभी से निधियाँ प्राणों के छाले'*	: हृदय में प्रेम की चोट बस गयी है	**म.सा.**-1/31	रजत करों की मृदुल तूलिका/नीहार
♦ *'पुलकों से भर फूल बन गए जितने प्राणों के छाले हैं'*	: मन का दर्द	**म.सा.**-1/221	मुस्काता संकेत-भरा नभ/नीरजा
प्राणों के सुख-साधन- *'प्राणों के सुख-साधन में ही, संलग्न असुर करते सुधार'*	: (असुरों ने शरीर को ही प्राण माना इसलिए वे) भौतिक सुख के साधन (जुटाने में लगे रहे)	**प्र.ग्रं.**-2/174	इड़ा/कामायनी
प्राणों में स्मृति- *'तारक में छबि प्राणों में स्मृति पलकों में नीरव पद की गति'*	: अपने प्राणों में तुम्हारी स्मृति महसूस करती हूँ	**म.सा.**-1/182	तुम मुझ में प्रिय! फिर परिचय क्या!/नीरजा
प्रात-अरुण- *'प्रात-अरुण को करुण अश्रु भर लखतीं अहा अधीर'*	: सुबह का सूर्य	**नि.र.**-1/211	बह चली अब अलि, शिशिर-समीर!
प्रात चितेरा- *'आया फिर चित्र बनाने/प्राची में प्रात चितेरा'*	: प्रभात-रूपी चित्रकार	**म.सा.**-1/37	रजनी ओढ़े जाती थी /नीहार

शब्द-	काव्य-पंक्ति	: अर्थ	ग्रंथावली/पृ.सं.	स्रोत/संदर्भ
प्रादुर्भाव-	*'देवताओं के प्रादुर्भाव, स्वर्ग के सपनों के संवाद'*	: (देवताओं के) जन्म या अवतरण (पर बहस)	**प्र.ग्रं.-1**/294	अरी वरुणा की शांत कछार/लहर
प्राप्तवर-	*'अवसन्न भी हूँ प्रसन्न मैं प्राप्तवर'*	: वर पाया हुआ	**नि.र.-1**/276	प्रात तव द्वार पर
प्राप्य-	*'और देते फेंक मेरा प्राप्य तुच्छ विराग'*	: जो मिलना चाहिए	**प्र.ग्रं.-2**/113	वासना/कामायनी
प्रारंभ माधुरी छाया-	*'वह आकर्षण, वह मिलन हुआ प्रारम्भ माधुरी छाया में;'*	: सृष्टि का प्रथम माधुर्यपूर्ण मिलन-स्थल	**प्र.ग्रं.-2**/104	काम/कामायनी
प्रारंभिक जीवन-	*'जब छोड़ चला आया सुन्दर प्रारम्भिक जीवन का निवास'*	: प्रलय के बाद नये सिरे से शुरू किया गया जीवन	**प्र.ग्रं.-2**/172	इड़ा/कामायनी
प्रालेय हलाहल नीर-	*'व्यस्त बरसने लगा अश्रुमय यह प्रालेय हलाहल नीर!'*	: प्रलयकालीन जहरीली वर्षा	**प्र.ग्रं.-2**/59	चिंता/कामायनी
प्रासाद-	*'बैठी झरोखे में उन्नत प्रासाद के?'*	: महल, ऊँचा मकान	**नि.र.-1**/100	दिल्ली
प्रि' आह्लाद-	*'प्रिय प्रि' आह्लाद रे इसका!'*	: प्रिय आह्लाद, 'प्रिय' का संक्षिप्त रूप प्रि' (पन्त का प्रयोग)	**पं.ग्रं.-1**/242	सागर की लहर लहर में/गुंजन
प्रियंगु-	*'सम्राट! उसी स्पर्श से खिली प्रणय के प्रियंगु की डाल डाल!'*	: एक फूल जो कवि-प्रसिद्धि के अनुसार स्त्री-स्पर्श से फूलता है	**नि.र.-1**/338	सम्राट् अष्टम एडवर्ड के प्रति
प्रियंगु की बाल-	*'सतत सिंचित प्रियंगु की बाल!'*	: प्रियंगु की नयी लता	**पं.ग्रं.-1**/257	मधुवन/गुंजन
प्रिय-अनुसरण-प्रयास-	*'वन-वन प्रिय-अनुसरण-प्रयास'*	: प्रिय के अनुसरण का प्रयास	**नि.र.-1**/122	यमुना के प्रति
प्रिय-कर-कठिन-उरोज-परस-	*'प्रिय-कर-कठिन-उरोज-परस कस कसक मसक गयी चोली'*	: प्रिय के हाथ ने पुष्ट स्तनों को छुआ	**नि.र.-1**/226	नयनों के डोरे लाल गुलाल-भरे
प्रियकरालम्ब-	*'प्रियकरालम्ब को सत्य-यष्टि; प्रतिमा में श्रद्धा की समष्टि'*	: प्रिय (के हाथ) का सहारा	**नि.र.-1**/295	तुलसीदास
प्रिय-चरण-नूपुर-	*'मैं बनी प्रिय-चरण-नूपुर!'*	: प्रिय मुझमें बसा है, इसलिए मैं उसके चरणों के नूपुर की तरह झंकृत हूँ।	**म.सा.-1**/262	रे पपीहे पी कहाँ? /सांध्य गीत
प्रियतम का पथ-	*'युग युग प्रतिदिन प्रतिक्षण प्रतिपल प्रियतम का पथ आलोकित कर'*	: उस अज्ञात प्रियतम के आने के मार्ग को (प्रकाशित करो)	**म.सा.**-1/187	मधुर मधुर मेरे दीपक जल/नीरजा
प्रिय-दृग-श्यामता-	*'एक प्रिय-दृग-श्यामता सा, दूसरा स्मित की विभा सा'*	: आँखों की प्यारी कालिमा	**म.सा.-1**/229	प्राणपिक प्रिय-नाम रे कह!/नीरजा
प्रिय-नाम-	*'प्राणपिक प्रिय-नाम रे कह'*	: उस असीम अज्ञात प्रियतम का नाम	**म.सा.-1**/229	प्राणपिक प्रिय-नाम रे कह!/नीरजा
प्रिय-पथ-	*'मौन रही हार/प्रिय-पथ पर चलती, सब कहते शृंगार'*	: प्रियतम तक जानेवाला रास्ता	**नि.र.-1**/254	मौन रही हार
◆	*'सजा दे, प्रिय-पथ पर प्रतिवार लजाती रहे स्नेह-दल तूम'*	: प्रिय तक जाने का रास्ता	**नि.र.-1**/258	धन्य कर दे माँ
◆	*'असहन निस्तल की/कहती, 'प्रिय-पथ दुस्तर'*	: प्रिय तक जाने का मार्ग	**नि.र.-1**/263	वे गये असह दुख भर
◆	*'प्रिय-पथ के यह शूल मुझे अति प्यारे ही हैं!'*	: प्रिय तक पहुँचनेवाला मार्ग	**म.सा.-1**/259	प्रिय-पथ के यह शूल... /सांध्य गीत
प्रिय-पद-	*'मेघ-पथ में चिह्न विद्युत् के गए जो छोड़ प्रिय-पद'*	: प्रिय के पैरों की निशानी मानो आकाशीय बिजली हैं	**म.सा.-1**/341	जो न प्रिय पहिचान पाती!/दीप-शिखा
प्रिय बर्ताव-	*'श्रवण नयनों में प्रिय बर्ताव'*	: कोमल और मोहक व्यवहार	**पं.ग्रं.-1**/187	आँसू/पल्लव

शब्द-	काव्य-पंक्ति	: अर्थ	ग्रंथावली/पृ.सं.	स्रोत/संदर्भ
प्रिय-भाव-मग्न-	*'वह खड़ी शीर्ण प्रिय-भाव-मग्न निरुपमिता'*	: प्रिय के भाव (प्रेम) में मग्न	**नि.र.**-1/302	तुलसीदास
प्रिय-वक्ष-	*'बहते प्रिय-वक्ष पर ऐसे ही निरुपाय'*	: प्रिय के आलिंगन में	**नि.र.**-1/172	रेखा 'क'
प्रियवर सहचर-	*'निशानाथ के प्रियवर सहचर'*	: प्रिय दोस्त, अंधकार चन्द्रमा का प्रिय सहचर है	**पं.ग्रं.**-1/94	अब न अगोचर रहो सुजान!/वीणा
प्रिय-शयन-	*'मायायन में प्रिय-शयन व्यष्टि भर सोयी;—'*	: प्रिय का शयन	**नि.र.**-1/295	तुलसीदास
प्रिय-स्कन्ध-	*'केश-सुख-भार रख मुख प्रिय-स्कन्ध पर'*	: प्रिय का कंधा	**नि.र.**-1/101	दिल्ली
प्रियावरण-	*'उस प्रियावरण प्रकाश में बँध,* *सोचता, "सहज पड़ते पग सध;'*	: प्रिया के आवरण में	**नि.र.**-1/293	तुलसीदास
प्रीति-भरण-	*'तृण-तृण कण प्रीति-भरण'*	: प्रेम के आह्लाद को भर देनेवाली (किरणें)	**पं.ग्रं.**-1/347	चार/ज्योत्स्ना
प्रीति-भीति-	*'भूषण-वसन सजे गोरे तन* *प्रीति-भीति काँपे पग उर-मन'*	: प्रेम-प्रसंग में उत्पन्न भय (संचारी की तरह)	**नि.र.**-1/198	गीत 'ख'
प्रीति-साधना-तत्पर-	*'जब दो साधक थे प्रीति-साधना-तत्पर'*	: प्रेम को साधना की तरह तत्परतापूर्वक निबाहना	**नि.र.**-1/91	रास्ते के फूल से
प्रेम कंटक-	*'प्रेम कण्टक से अचानक विद्ध हो'*	: प्रेम की चुभन	**पं.ग्रं.**-1/125	ग्रन्थि
प्रेम-कला-	*'यह लीला जिसकी विकस चली* *वह मूलशक्ति थी प्रेम-कला'*	: कामदेव और रति की चेतना	**प्र.ग्रं.**-2/107	काम/कामायनी
प्रेम-ग्रथित-	*'निखिल जगत प्रेम-ग्रथित'*	: प्रेम में सना हुआ	**पं.ग्रं.**-1/293	दो/ज्योत्स्ना
प्रेम-चयन-	*'प्रेम-चयन के उठा नयन नव,* *विधु-चितवन, मन में मधु-कलरव'*	: प्रेम को चुनने वाले	**नि.र.**-1/220	स्पर्श से लाज लगी
प्रेम-छल-	*'मूर्च्छित हुए से मूर्च्छना करती उठाकर प्रेम-छल'*	: प्रेम के छल जो प्रेम के विकास में सहयोगी होते हैं	**नि.र.**-1/95	वीणावादिनी
प्रेम-जलद-माला-	*'शून्य हृदय में प्रेम-जलद-माला* *कब फिर घिर आवेगी?'*	: प्रेम के बादलों का समूह (क्रम)	**प्र.ग्रं.**-1/242	कब/झरना
प्रेम-तरु-तले-	*'घने— प्रेम-तरु-तले'*	: प्रेम-रूपी वृक्ष के नीचे, प्रेम की छाया में	**प्र.ग्रं.**-4/65	द्वितीय अंक/स्कन्दगुप्त
प्रेम-निकेत-	*'किसे दिखलाती प्रेम-निकेत?'*	: प्रेम का संकेत	**प्र.ग्रं.**-1/232	किरण/झरना
♦	*'हृदय एक निःश्वास फेंककर खोज रहा था प्रेम-निकेत'*	: प्रेम का घर, प्रेम करनेवाला हृदय	**प्र.ग्रं.**-1/236	चिह्न/झरना
प्रेमनिधि-	*'हमारा प्रेमनिधि सुन्दर सरल है'*	: प्रेम-रूपी समुद्र	**प्र.ग्रं.**-3/273	प्रथम अंक/अजातशत्रु
प्रेम-पिपासा-	*'दौड़-दौड़ कर थका हुआ है,* *पड़कर प्रेम-पिपासा में'*	: प्रेम की प्यास	**प्र.ग्रं.**-1/248	निवेदन/झरना
प्रेम-प्रलाप-	*'मधु पीकर पागल हुआ, करता प्रेम-प्रलाप'*	: प्रेम की अव्यवस्थित अभिव्यक्ति	**प्र.ग्रं.**-4/258	तृतीय अंक/चन्द्रगुप्त
प्रेम प्रशस्ति-	*'स्वीकृति प्रेम प्रशस्ति पर कंचन कर की छाप'*	: प्रेम की प्रशंसा का लिखित या प्रतीकात्मक रूप	**प्र.ग्रं.**-3/207	द्वितीय अंक/विशाख
प्रेम-बन्ध-	*'प्रेम-बन्ध का मैं ही था सम्बन्ध'*	: प्रेम का जुड़ाव	**नि.र.**-1/91	रास्ते के फूल से
प्रेम बेगुन की-	*'आँसू की धार बहाकर/खे चला प्रेम बेगुन की'*	: प्रेम की अदृश्य रस्सी	**प्र.ग्रं.**-2/21	आँसू
प्रेममय दुख-	*'किस प्रेममय दुख से हृदय में* *अश्रु में मिश्री घुली?'*	: जिस दुःख से प्रेम (लगाव) हो जाए	**म.सा.**-1/265	पंकज-कली!/सांध्य गीत

शब्द- काव्य-पंक्ति	: अर्थ	ग्रंथावली/पृ.सं.	स्रोत/संदर्भ
प्रेममयी रजनी- *'सखे! वह प्रेममयी रजनी'*	: प्रेम की भावना से भरी हुयी रात	**प्र.ग्रं.-4**/302	चतुर्थ अंक/चन्द्रगुप्त
प्रेम-वड़वाग्नि- *'याद कर प्रेम-वड़वाग्नि की प्रचण्ड ज्वाला'*	: प्रेम की ज्वाला	**नि.र.-1**/52	पंचवटी प्रसंग:1
प्रेम विह्वल हृदयदल- *'भर अमृत-धारा आज कर दो प्रेम विह्वल हृदयदल'*	: प्रेम से गदगद हृदय की पंखुड़ियाँ	**नि.र.-1**/95	वीणावादिनी
प्रेम-वीचियों- *'आज हर्षोत्साह में/तैर प्रेम-वीचियों को पार करना चाहती'*	: प्रेम की लहरें	**नि.र.-1**/177	रेखा 'ख'
प्रेम-वेणु- *'प्रेम-वेणु की स्वर-लहरी में जीवन-गीत सुना जाओ'*	: प्रेम-रूपी बाँसुरी	**प्र.ग्रं.-1**/314	जग की सजल कालिमा /लहर
प्रेमांकुर- *'उगा रहा उर में प्रेमांकुर मधुर-मधुर कर-कर प्रशमित मन'*	: प्रेम का उदय	**नि.र.-1**/256	बादल में आये जीवन-धन
प्रेमानल- *'ऐसे जले हम प्रेमानल में जैसे नहीं थे पतंगे जले'*	: प्रेम की आग, प्रेम-सम्बन्ध का मानसिक तनाव	**प्र.ग्रं.-3**/205	द्वितीय अंक/विशाख
प्रेमालिंगन- *'कुसुमित कुञ्जों में वे पुलकित प्रेमालिंगन हुए विलीन;'*	: प्रेम से परिपूर्ण आलिंगन	**प्र.ग्रं.-2**/57	चिंता/कामायनी
प्रेमास्पद- *'तब अभिन्न प्रेमास्पद उसमें अपना चित्र बना जाता!'*	: प्रेम का आलंबन, प्रिय (मनु)	**प्र.ग्रं.-2**/189	स्वप्न/कामायनी
प्लावन- *'ऐ विप्लव के प्लावन!'*	: बाढ़, तेज बहाव	**नि.र.-1**/129	बादल राग
◆ *'भरते हो प्रबल वेग प्लावन का'*	: बाढ़, जो सबको बहा ले जाए	**नि.र.-1**/157	महाराज शिवाजी का पत्र
प्लावन-पटु- *'प्रीति की प्लावन-पटु'*	: बहा ले जाने में कुशल	**नि.र.-1**/171	रेखा 'क'
प्लावित- *'कर गई प्लावित तन-मन सारा'*	: डुबो देना	**प्र.ग्रं.-1**/221	झरना/झरना
◆ *'प्लावित करती मन अजिर रही, था तुच्छ विश्व वैभव सारा'*	: (रस में) डूबा हुआ	**प्र.ग्रं.-2**/98	काम/कामायनी
◆ *'प्लावित करती वन कुंजों को लक्ष्य प्राप्ति सरिता बह जाती'*	: बाढ़ के पानी में डुबा देना या बहा देना (अपनी मनोरथ-सिद्धि के लिए विध्वंस)	**प्र.ग्रं.-2**/260	रहस्य/कामायनी
◆ *'उत्फुल्ल हर्ष से प्लावित कर जाती तट'*	: बाढ़ के पानी में डूबा	**नि.र.-1**/93	यहीं
◆ *'प्रेम की प्लावित/करने की शक्ति कहती है'*	: डुबोना, सराबोर करना	**नि.र.-1**/94	यहीं
◆ *'निर्दय विप्लव की प्लावित माया'*	: तैरता हुआ, छहलाया, उपराया	**नि.र.-1**/135	बादल-राग
◆ *'बादलों के दल मिलकर/घेरते धरा को ज्यों प्लावित करते हैं'*	: डुबो देना (बाढ़ के पानी से)	**नि.र.-1**/166	महाराज शिवाजी का पत्र
◆ *'प्रेम की असीमता ने/प्लावित कर दी सीना'*	: डुबोना	**नि.र.-1**/177	रेखा 'ख'
◆ *'किरणों से प्लावित'*	: नहाया हुआ	**नि.र.-1**/187	'सरोज' के प्रति
प्लुत- *'अन्धकार उर को कर दो रवि-किरणों का प्लुत प्रात;'*	: भरा हुआ, सराबोर	**नि.र.-1**/107	क्या दूँ
◆ *'शत-सहस्र-जीवन-पुलकित, प्लुत/प्यालाकर्षण?'*	: सराबोर, निमग्न, आवृत	**नि.र.-1**/154	परलोक
फतहयाब- *'भेजा है फतहयाब होने को दक्षिण में'*	: विजयी, कामयाब	**नि.र.-1**/160	महाराज शिवाजी का पत्र
फलक अमल- *'नव मुकुल नीलमणि फलक अमल'*	: स्वच्छ आकाश की तरह	**प्र.ग्रं.-1**/326	ओ री मानस की गहराई /लहर

शब्द- काव्य-पंक्ति	: अर्थ	ग्रंथावली/पृ.सं.	स्रोत/संदर्भ
फलभरता के डर में- *'झुक जाती है मन की डाली अपनी फलभरता के डर में'*	: गर्भ-धारण और उससे संबंधित भय-संकोच	**प्र.ग्रं.-2**/124	लज्जा/कामायनी
फाड़ सुनहली साड़ी- *'फाड़ सुनहली साड़ी उसकी तू हँसती क्यों अरी प्रतीप?'*	: शाम के सुनहले रंग को समाप्त कर रात ने कालिमा फैला दी, सुनहले रंग को साड़ी के रूप में मनु ने देखा, इसमें उनकी काम-भावना की छाया मिली हुई है।	**प्र.ग्रं.-2**/78	आशा/कामायनी
फिर जा- *'पवन वेग प्रतिकूल उधर था कहता, "फिर जा अरे बटोही!'*	: लौट जाओ	**प्र.ग्रं.-2**/251	रहस्य/कामायनी
फिर जावे मन- *'सुख की चिर पूर्ति यही है उस मधु से फिर जावे मन'*	: मन का भर जाना, उस सुख के प्रति उदासीन हो जाना	**म.सा.-1**/109	चिर तृप्ति कामनाओं का/रश्मि
फिरदौस- *'आज वह 'फिरदौस'/सुनसान है पड़ा'*	: सुंदर उद्यान, स्वर्ग	**नि.र.-1**/101	दिल्ली
फीका प्रात- *'निराशा का सूना निर्माल्य चढ़ाकर देखा फीका प्रात'*	: उदास सबेरा, प्रेम की निराशा का परिणाम	**म.सा.-1**/84	तरल आँसू की लड़ियाँ गूँथ/नीहार
फीके- *'उनके कुछ अधिकार नहीं क्या वे सब ही हैं फीके!*	: महत्त्वहीन	**प्र.ग्रं.-2**/149	कर्म/कामायनी
फीके नयनों में- *'किरणों की अंजन-रेखा फीके नयनों में आज लगा ले'*	: संध्या की उदास आँखें	**म.सा.-1**/345	गोधूलि अब दीप जगा ले!/दीप-शिखा
फुल्ल- *'स्नेह से फुल्ल आयी उमड़ मुसकान'*	: प्रफुल्लित, प्रसन्न	**नि.र.-1**/273	जागा दिशा ज्ञान
◆ *'प्रथम पुलक फुल्ल चुम्बित वसन्त की'*	: फूलों या मंजरों से युक्त	**नि.र.-1**/325	प्रेयसी
फुल्ल कुसुम- *'जिसमें सौन्दर्य निखर आवे लतिका में फुल्ल कुसुम समान'*	: खिले हुए फूल के समान	**प्र.ग्रं.-2**/166	ईर्ष्या/कामायनी
फुल्ल मल्लिका- *'फुल्ल मल्लिका सदृश वह भी'*	: फूलों से युक्त मल्लिका की लता	**प्र.ग्रं.-1**/250	प्यास/झरना
फूट की बेल- *'कहाँ रही प्यारी मानवता, बढ़ी फूट की बेल'*	: भेद-भाव-रूपी लताएँ	**प्र.ग्रं.-3**/505	तृतीय अंक/कामना
फूत्कार- *'धूलि सी उड़ेगी किस दृप्त फूत्कार से?'*	: फुँफकार, वीरोचित ललकार	**प्र.ग्रं.-1**/338	पेशोला की प्रतिध्वनि /लहर
फूल-सोदर- *'किसलिए ये फूल-सोदर शूल आज बखानती री?'*	: फूल के साथ-साथ जो पैदा हुआ (काँटा)	**म.सा.-1**/347	मैं न यह पथ जानती री!/दीप-शिखा
फूलों का चुम्बन- *'फूलों का चुम्बन, छिड़ती— मधुपों की तान निराली'*	: फूल मानो खिलकर और झूमकर चुंबन के रोमांच को प्रकट कर रहे हों।	**प्र.ग्रं.-2**/13	आँसू
फेन-लोमिल- *'फेन-लोमिल हिम-पंख प्रसार'*	: फेन की तरह रोएँदार, सुकोमल	**पं.ग्रं.-1**/374	द्वितीय दृश्य/परी
फेन-स्फार- *'डाँडों के चल करतल पसार, भर-भर मुक्ताफल फेन-स्फार'*	: फैली हुई फेन-राशि	**पं.ग्रं.-1**/275	नौका-विहार/गुंजन
फेनिल चुंबन- *'तारों से फेनिल चुम्बन'*	: समुद्र की लहरों ने फेन की ओट में मानो तारों को चूम लिया	**पं.ग्रं.-1**/192	अनंग/पल्लव
फेनिल फन- *'अपना फेनिल फन पटक रहा मणियों का जाल लुटाता-सा;'*	: फेन से भरा फण	**प्र.ग्रं.-2**/101	काम/कामायनी
फेनिल फूल- *'बिना नाल के फेनिल फूल'*	: फेन से बने फूल (की तरह हैं लहरें)	**पं.ग्रं.-1**/189	वीचि विलास/पल्लव

शब्द- काव्य-पंक्ति	: अर्थ	ग्रंथावली/पृ.सं.	स्रोत/संदर्भ
फेनिल लहरों- *'तुहिन कणों, फेनिल लहरों नें, मच जावेगी फिर अंधेर'*	: फेन से भरी लहरें (जैसी प्रलय के समय उठी थीं)	**प्र.ग्रं.-2**/79	आशा/कामायनी
फेनोज्ज्वल- *'बनवाऊँगी फेनोज्ज्वल'*	: फेन की तरह स्वच्छ-निर्मल	**पं.ग्रं.-1**/97	माँ काले रंग का दुकूल नव/वीणा
फेनोपम- *'मृदु मरुत लहर में फेनोपम तारागण झिलमिल हुए दीन'*	: फेन (झाग) के बुलबुलों के समान (तारे)	**प्र.ग्रं.-2**/178	इड़ा/कामायनी
बंकिम- *'बंकिम कर ग्रीवा'*	: वक्र, सौंदर्यपरक बाँकापन	**नि.र.-1**/93	यहीं
◆ *'मदिर बंकिम वे नयन दोनों'*	: बाँके, तिरछे	**नि.र.-1**/206	कवि
बंकिम भ्रू युगल- *'ये बंकिम भ्रू युगल, कुटिल कुन्तल घने'*	: दोनों तिरछी भौंहें	**प्र.ग्रं.-1**/226	रूप/झरना
बंकिम भ्रू-चाप- *'भाव-संकुल बंकिम भ्रू-चाप'*	: तिरछी भौंह-रूपी धनुष	**पं.ग्रं.-1**/377	द्वितीय दृश्य/परी
बँटा श्रम- *'चार वर्ण बन गये बँटा श्रम उनका अपना'*	: सारस्वत प्रदेश में— श्रम-विभाजन किया गया और चार वर्ण बनाए गए।	**प्र.ग्रं.-2**/203	संघर्ष/कामायनी
बंद- *'रच-रच मृदु छन्दों के बन्द'*	: कविता के टुकड़े, एक पूर्ण परिच्छेद	**नि.र.-1**/116	यमुना के प्रति
◆ *'लता-मुकुल-हार-गन्ध-भार भर बही पवन बन्द मन्द मन्दतर,'*	: रुकी हुई हवा	**नि.र.-1**/253	सखि, वसन्त आया
बंदनवार- *'किरण तारों पर हुए हिम-बिंदु बंदनवार!'*	: पत्तों-फूलों आदि से बनाया गया झालर	**म.सा.-1**/317	प्राण हँस कर ले चला जब/दीप-शिखा
बंद-बंद- *'मन्द्र उठा तू बन्द-बन्द पर जलने वाली तान'*	: गीत-संगीत के बंद (चरण/टुकड़े), आंतरिक इकाई	**नि.र.-1**/104	उद्‌बोधन
बंदिनी- *'मैं सोचती हूँ, वहाँ बन्दिनी थी'*	: बन्धनों में, अनुशासन में, घर की मर्यादा में	**नि.र.-1**/51	पंचवटी प्रसंग:1
◆ *'बंदिनी बनकर हुई/मैं बंधनों की स्वामिनी सी!'*	: उस अज्ञात प्रियतम के प्रेम की अनुभूति से बँधकर	**म.सा.-1**/263	विरह की घड़ियाँ हुई अलि.../सांध्य गीत
◆ *'बाँधती निर्बंध को मैं/बंदिनी निज बेड़ियाँ गिन!'*	: मैं स्वयं प्रेमकी पीड़ा के अधीन हूँ	**म.सा.-1**/302	क्यों मुझे प्रिय हो न बंधन!/सांध्य गीत
बंदी- *'मधुप-वृन्द बन्दी—/पिक-स्वर नभ सरसाया'*	: वन्दना गानेवाला	**नि.र.-1**/253	सखि, वसन्त आया
बंदी था अलि- *'कमल क्रोड में बन्दी था अलि'*	: भौंरा रात भर कमल की बंद पंखुड़ियों में कैद था	**पं.ग्रं.-1**/114	प्रथम रश्मि का आना रंगिणि!/वीणा
बंदों- *'कितने बन्दों में, कितने छन्दों में तेरी लड़ी गयी'*	: कविता लेखन की छंद-संबंधी पद्धति, जैसे दोहा-चौपाई पद्धति, कडवक	**नि.र.-1**/98	प्रिया से
बंध- *'मुक्त बन्ध, घनानंद मुदमंगलकारी'*	: जो बिखरा हुआ न हो,	**नि.र.-1**/39	जन्मभूमि
◆ *'बाधा-विहीन बन्ध छन्द ज्यों'*	: कविता की एक कड़ी, परिच्छेद	**नि.र.-1**/154	जागो फिर एक बार
◆ *'टूटें सकल बन्ध/कलि के, दिशा-ज्ञान-गत हो बहे गन्ध'*	: बन्धन	**नि.र.-1**/268	टूटें सकल बन्ध
◆ *'बन्ध के बिना, कह, कहाँ प्रगति?'*	: बन्धन, लगाव	**नि.र.-1**/294	तुलसीदास
बंधन- *'आज हो गये ढीले सारे बन्धन'*	: बाध्यताएँ, रुकावटें	**नि.र.-1**/84	धारा
◆ *'ढीले हो जायें ये सारे बंधन'*	: रुकावटें	**नि.र.-1**/89	प्रलाप
बंधन-उन्मोचन- *'ओ मेरे!— मेरे बन्धन-उन्मोचन!'*	: बंधन से मुक्ति	**नि.र.-1**/112	सन्तप्त

शब्द- काव्य-पंक्ति	: अर्थ	ग्रंथावली/पृ.सं.	स्रोत/संदर्भ
बंधनमय- *'प्रिये, छोड़कर बन्धनमय छन्दों की छोटी राह!'*	: जो बंधनों से भरा हो, स्वतंत्रता का अभाव	**नि.र.-1**/102	प्रगल्भ प्रेम
बंधन-स्तर- *'काट अन्ध-उर के बन्धन-स्तर'*	: बन्धनों के क्रम जो तहों से वर्ण, जाति, सम्प्रदाय आदि के द्वारा मनुष्य को बाँधे हुए हैं।	**नि.र.-1**/224	वर दे वीणावादिनि वरदे!
बंधनों की कामना- *'आज वर दो मुक्ति आवे बंधनों की कामना ले!'*	: बंधन में बँध जाने की कामना लेकर (यहाँ मुक्ति आए)	**म.सा.-1**/267	मैं सजग चिर साधना ले!/सांध्य गीत
बंधनों की स्वामिनी सी- *'बंदिनी बनकर हुई मैं बंधनों की स्वामिनी सी!'*	: उस प्रिय की मौजूदगी मेरे भीतर है, इसलिए इस प्रेम-बंधन की स्वामिनी-सी मैं स्वयं को महसूस करती हूँ।	**म.सा.-1**/263	विरह की घड़ियाँ हुई अलि.../सांध्य गीत
बंध-प्रतिसन्ध- *'तोड़ता बन्ध-प्रतिसन्ध धरा, हो स्फीत-वक्ष'*	: बंधनों, किनारों, संधिस्थलों को	**नि.र.-1**/332	राम की शक्ति-पूजा
बँधा सत्य- *'समझ नहीं सकी, हाय,/बँधा सत्य अञ्चल से खुलकर कहाँ गिरा।'*	: जिस सत्य (प्रेम) की मैंने गाँठ बाँध ली थी	**नि.र.-1**/327	प्रेयसी
बंधु- *'सत्य, बन्धु, सत्य; वहाँ/नहीं अर्र-बर्र'*	: अपनी कविता के निंदकों को निराला यहाँ 'बन्धु' कह रहे हैं।	**नि.र.-1**/310	मित्र के प्रति
बंधुर- *'फिर उर-उर के पथ बन्धुर, पग-द्रवित मसृण ऋजु कर दो,'*	: वक्र, ऊँचा-नीचा	**नि.र.-1**/191	वासन्ती
◆ *'बन्धुर पथ, पंकिल सरि, कगार'*	: दुर्गम, ऊँचे-नीचे	**नि.र.-1**/286	तुलसीदास
बंधूक- *'पाणि! कोमल पाणि! निज बन्धूक की'*	: बंधु, सखा, मित्र	**पं.ग्रं.-1**/134	ग्रन्थि
बंसरी- *'मूक पिक की बंसरी है,/आज तो वानीर-वन के'*	: बाँसुरी (की तरह कोयल का स्वर)	**म.सा.-1**/391	लौट जा ओ मलय-मारुत के झकोरे!/दीप-शिखा
बक- *'मीनों में बक की धार्मिकता प्रसिद्ध है'*	: बगुला	**नि.र.-1**/181	गुरुडम के प्रति
बक-पाँत- *'उड़ चली बक-पाँत तेरी चरण-ध्वनि-अनुसारिणी!'*	: बगुलों की पंक्तियाँ	**म.सा.-1**/277	दीप तेरा दामिनी! /सांध्य गीत
बक-पाँतों- *'उच्छ्वसित वक्ष पर चंचल है बक-पाँतों का अरविंद-हार'*	: आकाश में उड़तीं बगुलों की पंक्तियाँ	**म.सा.-1**/181	रूपसि तेरा घन-केश-पाश!/नीरजा
बच्चों के साँस- *'विचारों में बच्चों के साँस'*	: बच्चों का कोमल-निर्दोष भावबोध	**पं.ग्रं.-1**/188	आँसू/पल्लव
बटोही- *'पवन वेग प्रतिकूल उधर था कहता, "फिर जा अरे बटोही!'*	: पथिक (श्रद्धा और मनु)	**प्र.ग्रं.-2**/251	रहस्य/कामायनी
बड़पन- *'बड़े अभाव बढ़े, बड़पन की बेलि नहीं किसने बोई'*	: अपने को बड़ा बताना	**नि.र.-1**/45	बाबा और नाती
बड़वानल- *'मथ डाला किस तृष्णा से तल में बड़वानल जलता'*	: समुद्री आग, मन की दाहक पीड़ा	**प्र.ग्रं.-2**/21	आँसू
◆ *'किस मानस-निधि में न बुझा था बड़वानल जिससे बन भाप'*	: समुद्र में लगनेवाली आग	**प्र.ग्रं.-3**/319	तृतीय अंक/अजातशत्रु
बतास- *'सुख की मंद बतास खोलती पलकें दे दे ताल'*	: हवा	**म.सा.-1**/219	मधुवेला है आज/नीरजा
◆ *'लाई भर अंचल में बतास प्रतिध्वनि का कण कण बीन बीन!'*	: वायु	**म.सा.-1**/287	तंद्रिल निशीथ में ले आए/सांध्य गीत
◆ *'परिमल मल मल जाता बतास!'*	: हवा	**म.सा.-1**/303	हे चिर महान्!/सांध्य गीत
बदा- *'किन्तु मुझे तो हाय भटकना ही बदा!'*	: भाग्य में लिखा	**नि.र.-1**/92	शंकिता

शब्द- काव्य-पंक्ति	: अर्थ	ग्रंथावली/पृ.सं.	स्रोत/संदर्भ
बदी- *'बदी बिदाई में भी अच्छी होड़'*	: भाग्य, नियति, जो भाग्य में लिखा था	**नि.र.**-1/79	शरत्पूर्णिमा की बिदाई
बद्ध- *'विद्धाङ्ग— बद्ध-कोदण्ड-मुष्टि— खर-रुधिर-स्राव,'*	: बँधा हुआ, पकड़े हुए	**नि.र.**-1/329	राम की शक्ति-पूजा
बद्ध-दृष्टि- *'कम्पित प्रतनु-भार, विस्तृत दिगन्त के पार प्रिय बद्ध-दृष्टि'*	: निगाहें अपने लक्ष्य पर लगी हैं	**नि.र.**-1/325	प्रेयसी
बनजारों-से- *'थके प्रवासी बनजारों-से लौटे हो मन्थर गति से'*	: एक घुमंतू जाति	**प्र.ग्रं.**-3/319	तृतीय अंक/अजातशत्रु
बनते मिटते प्रिय- *'मुझ में नित बनते मिटते प्रिय स्वर्ग मुझे क्या, निष्क्रिय लय क्या?'*	: बनने और मिटने का क्रम मेरे भीतर निरंतर चलता रहता है।	**म.सा.**-1/183	तुम मुझ में प्रिय! फिर परिचय क्या!/नीरजा
बनबाला- *'बनबाला के गीतों सा निर्जन में बिखरा है मधुमास'*	: जंगल में रहनेवाली कन्याएँ, वनवासी या आदिवासी लड़कियाँ	**म.सा.**-1/32	बनबाला के गीतों सा /नीहार
बन-राजी- *'बन-राजी माँगती है जीवन का बिंदु-बिंदु ओस-सा'*	: वन के वृक्ष-समूह	**प्र.ग्रं.**-1/347	प्रलय की छाया/लहर
बरजती- *'संकेत कर रही रोमाली चुपचाप बरजती खड़ी रही'*	: रोकती हुई, वर्जना करती हुई	**प्र.ग्रं.**-2/125	लज्जा/कामायनी
बरजोरी- *'चली आतीं, कर रहीं अभीत कुमुद पर बरजोरी विश्राम'*	: जबरन	**प्र.ग्रं.**-1/265	होली की रात/झरना
◆ *'बरजोरी रस छीन ले गया, करके मीठी बात'*	: जबरदस्ती	**प्र.ग्रं.**-3/356	प्रथम अंक/जन्मेजय का नाग-यज्ञ
बरसाती- *'मधु मानस का बरसाती/वारिदमाला रोती थी'*	: बारिश करती हुई	**म.सा.**-1/52	इन हीरक से तारों को/नीहार
बरसाती आँखों के बादल- *'बरसाती आँखों के बादल— बनते जहाँ भरे करुणा जल'*	: करुणा के भाव से भरी हुयी नम आँखें	**प्र.ग्रं.**-4/215	द्वितीय अंक/चन्द्रगुप्त
बरुनी- *'आँसू बरुनी से उलझे हों, अधर प्रेम के प्याला से'*	: पलक के बाल	**प्र.ग्रं.**-4/133	पंचम अंक/स्कन्दगुप्त
बरौनी- *'कोर बरौनी का न लगे हाँ, इस कोमल मन को मेरे'*	: पलकों के बाल	**प्र.ग्रं.**-1/246	प्रियतम/झरना
◆ *'अंकित कर क्षितिज पटी को/तूलिका बरौनी तेरी'*	: पलकों के किनारे के बाल	**प्र.ग्रं.**-2/11	आँसू
बल खाता जाता- *'मैं बल खाता जाता था मोहित बेसुध बलिहारी'*	: चलते हुए लहराना, नशे में बहकते हुए चलना	**प्र.ग्रं.**-2/7	आँसू
बलने का सम्बल- *'बलने का सम्बल लेकर दीपक पतंग से मिलता'*	: जलने की क्षमता, कुर्बान हो जाने का हौसला	**प्र.ग्रं.**-2/22	आँसू
बलाहक- *'सन्देशवाहक बलाहक विदेश के'*	: बादल	**नि.र.**-1/326	प्रेयसी
बलि का अन्न- *'यहाँ देखा कुछ बलि का अन्न भूत-हित-रत किसका यह दान?'*	: यज्ञ के बाद अवशिष्ट अन्न जीव-जंतुओं के खाने के लिए रख दिया जाता था।	**प्र.ग्रं.**-2/88	श्रद्धा/कामायनी
बलि-सा- *'पटक रवि को बलि-सा पाताल'*	: राजा बलि के समान	**पं.ग्रं.**-1/184	आँसू/पल्लव
बलिहारी- *'सौन्दर्य सुधा बलिहारी/चुगता चकोर अंगारे'*	: न्योछावर	**प्र.ग्रं.**-2/22	आँसू
◆ *'बलिहारी मैं, कौन तू है मेरा जीवन-प्रान'*	: (प्रेम में) न्योछावर हो जाना	**प्र.ग्रं.**-4/59	प्रथम अंक/स्कन्दगुप्त
बहार- *'जग-वीणा के स्वर के बहार रे, जागो;'*	: वसंत	**नि.र.**-1/306	तुलसीदास
बहिया- *'आँधी की बहिया बह जाती चिढ़कर चल जाती चपला'*	: बाढ़, प्रवाह	**प्र.ग्रं.**-3/493	तृतीय अंक/कामना
बहु-अर्थ-भरे- *'धोता शुचि चरण युगल स्तव कर बहु-अर्थ-भरे'*	: अनेक आर्थों से परिपूर्ण	**नि.र.**-1/246	भारति, जय, विजयकरे!

शब्द-	काव्य-पंक्ति	: अर्थ	ग्रंथावली/पृ.सं.	स्रोत/संदर्भ
बहु छिद्रित द्वार-	*'पत्रों के बहु छिद्रित द्वार'*	: पत्तों की सघनता से बना द्वार अनेक खाली स्थानों से युक्त है, अनेक छिद्रों से युक्त द्वार।	**पं.ग्रं.-1**/201	विश्व वेणु/पल्लव
बहुजन्म-	*'उठता जग जो बहुजन्म गान'*	: अनेक जन्म लेनेवाला	**नि.र.-1**/252	मैं रहूँगा न
बहु-जाति-	*'बहु-जाति, क्यारियों के पुष्प-पत्र-दल-भरे'*	: अनेक जातियाँ	**नि.र.-1**/156	महाराज शिवाजी का पत्र
बहुत्व-	*'विश्लेषण चरम एकत्व का बहुत्व में'*	: जीव का अनेक रूप में दिखाई पड़ना	**नि.र.-1**/186	जागरण
बहु दर्शिनि-	*'तूने ही पहले बहु दर्शिनि'*	: अनेक चीजों को देखने की क्षमता रखनेवाली	**पं.ग्रं.-1**/114	प्रथम रश्मि का आना रंगिणि!/वीणा
बहु-भाव-भंगों-	*'बहु-भाव-भंगों की यौवन-तरंगों में'*	: अनेक प्रकार के भावों की भंगिमाएँ	**नि.र.-1**/172	रेखा 'क'
बहुमणि-	*'बहुमणि ज्यों जटित स्वर्ण'*	: अनेक कीमती मणियाँ या रत्न	**पं.ग्रं.-1**/348	चार/ज्योत्स्ना
बहु-मन-मृग-भावुकों-	*'बहु-मन-मृग-भावुकों की हत्या करने को यहाँ'*	: व्यापक पाठक समुदाय, भावुक मृगों के मन	**नि.र.-1**/181	गुरुडम के प्रति
बहु-मृणाल-	*'करती, बाहु-मृणाल!'*	: मृणाल (कमलनाल) की तरह कोमल-लचीली बाँहें (हैं अप्सरा की)	**पं.ग्रं.-1**/271	अप्सरा/गुंजन
बहुरूप विहार-	*'करती हो बहुरूप विहार'*	: अनेक रूप धारण कर (लहरें जल में) विचरण करती हैं	**पं.ग्रं.-1**/190	वीचि विलास/पल्लव
बहु-रूप-रसास्वाद-	*'बहु-रूप-रसास्वाद— घोर-घन्माद-ग्रस्त'*	: अनेक रूप और रस का आस्वादन	**नि.र.-1**/183	जागरण
बहु हँसमुख-	*'मधुर रूप-रंग ले बहु हँसमुख'*	: अनेक प्रकार का मुस्कुराता हुआ चेहरा लेकर (मृत्यु आती है)	**पं.ग्रं.-1**/366	द्वितीय दृश्य/परी
बाँकपना-	*'स्मित बन जाती है तरल हँसी नयनों में भरकर बाँकपना'*	: कटाक्ष, कनखियों से देखना	**प्र.ग्रं.-2**/124	लज्जा/कामायनी
बाँधता आवेश-	*'वात चक्र समान कुछ था बाँधता आवेश'*	: बेचैनी किसी तरह रोक ली गई हो	**प्र.ग्रं.-2**/118	वासना/कामायनी
बाँधा था विधु को-	*'बाँधा था विधु को किसने इन काली जंजीरों से'*	: चाँद को बादलों ने बाँध लिया था, चन्द्रमुख को केश-राशि की लड़ियों ने मानो बाँध रखा था।	**प्र.ग्रं.-2**/11	आँसू
बाजीं-	*'बाजीं बहती लहरें कलकल/जागे भावाकुल शब्दोच्छल'*	: स्वर के साथ	**नि.र.-1**/305	तुलसीदास
बाट-	*'हेरती है सौरभ की हाट/कहो किस निर्मोही की बाट?'*	: राह (देखना), प्रतीक्षा करना	**म.सा.-1**/93	मधुरिमा के, मधु के अवतार/नीहार
बाड़व का दाह-	*'बूँद में है बाड़व का दाह'*	: वाडवाग्नि (समुद्र में जलनेवाली काल्पनिक आग) की तपन	**पं.ग्रं.-1**/183	आँसू/पल्लव
♦	*'स्वर्ग की छवि रौरव की छाँह शीत हिम की बाड़व का दाह?'*	: समुद्री आग की ज्वलनशीलता	**म.सा.-1**/115	तुहिन के पुलिनों पर छबिमान/रश्मि
बाड़व-ज्वलन-	*'बाड़व-ज्वलन उसी में जल कर कंचन सा जल रँग देता'*	: समुद्र के भीतर चट्टानों में रहनेवाली आग (इड़ा के हृदय में क्रोध की अग्नि भी थी)	**प्र.ग्रं.-2**/215	निर्वेद/कामायनी
बाड़वज्वाला-	*'बाड़वज्वाला सोती थी इस प्रणय-सिंधु के तल में'*	: समुद्री आग	**प्र.ग्रं.-2**/4	आँसू

शब्द- काव्य-पंक्ति	: अर्थ	ग्रंथावली/पृ.सं.	स्रोत/संदर्भ
बाड़व ज्वालायें- *'ज्यों विराट बाड़व ज्वालायें खंड-खंड हो रोती थीं'*	: समुद्री आग	**प्र.ग्रं.**-2/61	चिंता/कामायनी
बाड़व लेलिहान- *'बाड़व लेलिहान जिह्वा का करता है विस्तार'*	: समुद्र में जलनेवाली अग्नि (बाड़व) लालची हो गयी है	**प्र.ग्रं.**-4/54	प्रथम अंक/स्कन्दगुप्त
बाड़वानल-जल- *'बढ़ विषम बाड़वानल-जल तर'*	: वाडवानल वाला जल, वह जल जिसमें समुद्री आग लगी हो	**नि.र.**-1/262	जीवन की तरी खोल दे रे
बातास- *'बहती नहीं कहीं बातास'*	: हवा	**नि.र.**-1/124	यमुना के प्रति
बादलों की प्यालियाँ- *'बादलों की प्यालियाँ भर चाँदनी के सार से'*	: बादल मानो प्यालियों की तरह हैं, जिनमें चाँदनी का गाढ़ा रूप भरा है।	**म.सा.**-1/215	कमलदल पर किरण अंकित/नीरजा
बादलों की मृदु तरी- *'गीत तेरे पार जाते बादलों की मृदु तरी ले'*	: बादल मानो छोटी नौका की तरह हैं	**म.सा.**-1/253	रागभीनी तू सजनि निश्वास भी.../सांध्य गीत
बाधा-बंध-विहीन- *'बन्धु, वे बाधा-बन्ध-विहीन'*	: बाधाओं और बन्धनों से मुक्त	**नि.र.**-1/103	उद्‌बोधन
बाधा-विघ्न-आपदा- *'बाधा-विघ्न-आपदा के तीव्र प्रतिघात का'*	: रुकावटें और विपत्तियाँ	**प्र.ग्रं.**-1/352	प्रलय की छाया/लहर
बाधाहर- *'भर उद्दाम वेग से बाधाहर तू कर्कश प्राण'*	: बाधाओं को दूर करना	**नि.र.**-1/104	उद्‌बोधन
बान- *'तुम्हीं अपने गौरव की बान'*	: आदत, सज-धज, वेष	**नि.र.**-1/265	तुम्हें ही चाहा
◆ *'नयी सीखी पलकों ने बान'*	: आदत	**पं.ग्रं.**-1/183	आँसू/पल्लव
◆ *'सीखकर मुसकाने की बान/कहाँ आए हो कोमल प्राण?'*	: आदत	**म.सा.**-1/92	मधुरिमा के, मधु के अवतार/नीहार
बार ले- *'उर तिमिरमय घर तिमिरमय चल सजनि दीपक बार ले!'*	: (दीपक) जला लेना	**म.सा.**-1/239	उर तिमिरमय घर तिमिरमय/नीरजा
बाल-इन्दु- *'तुम शरत्-काल के बाल-इन्दु'*	: चंद्रमा का बालक रूप	**नि.र.**-1/50	तुम और मैं
बालक-इव- *'कहता है बालक-इव, क्या है आदेश माता?'*	: बच्चे की तरह (इव)	**नि.र.**-1/53	पंचवटी प्रसंग:1
बालकेलि- *'जहाँ हृदय में बालकेलि की कलाकौमुदी नाच रही थी'*	: बचपन के प्रेम-पूर्ण खेल, जैसे गोपियाँ कृष्ण के साथ बचपन से खेली थीं— 'लरिकाई कौ प्रेम कहौ अलि कैसे छूटै'- सूरदास	**नि.र.**-1/91	अनुताप
बाल जाल- *'बाले! तेरे बाल जाल में कैसे उलझा दूँ लोचन'*	: केश-राशि का सौन्दर्य	**पं.ग्रं.**-1/195	मोह/पल्लव
बाल जाल से- *'बाँध वायु के बाल जाल से'*	: केश-राशि (वायु-रूपी)	**पं.ग्रं.**-1/116	दिवानाथ का विपुल विभव जब/वीणा
बाल प्रकृति- *'आदि काल में बाल प्रकृति जब'*	: प्रकृति का आदिम रूप, सृष्टि का प्रारंभ	**पं.ग्रं.**-1/191	अनंग/पल्लव
बाल-यौवन- *'याद मुझको जो किरण/बाल-यौवन पर पड़ी थी'*	: किशोरावस्था में यौवन के प्रारंभिक एहसास	**नि.र.**-1/139	नारायण मिलें हँस अन्त में
बाल रजनी-सी अलक- *'बाल रजनी-सी अलक थी डोलती'*	: उसकी केशराशि मानो युवती रात की तरह श्यामा थी	**पं.ग्रं.**-1/124	ग्रन्थि
बाल-विद्युत्- *'बाल-विद्युत् का पावस-लास'*	: आकाशीय बिजली का छोटा रूप	**पं.ग्रं.**-1/251	भावी पत्नी के प्रति/गुंजन
बाल-विहंग- *'मुखरित आभूषण से कलरव करते सुन्दर बाल-विहंग'*	: छोटी-छोटी चिड़ियाँ, पक्षियों के बच्चे	**प्र.ग्रं.**-2/191	स्वप्न/कामायनी
बाल विहंगिनि- *'कहाँ, कहाँ हे बाल विहंगिनि'*	: चिड़ियों की बालिका को संबोधित	**पं.ग्रं.**-1/113	प्रथम रश्मि का आना रंगिणि!/वीणा

शब्द- काव्य-पंक्ति	: अर्थ	ग्रंथावली/पृ.सं.	स्रोत/संदर्भ
बाला- *'दिवा रात्रि या— मित्र वरुण की बाला का अक्षय शृंगार;'*	: लड़की, कन्या	**प्र.ग्रं.**-2/76	आशा/कामायनी
बालापन- *'मेरा भोला बालापन'*	: बचपन	**पं.ग्रं.**-1/219	बालापन/पल्लव
◆ *'मेरा छीना बालापन फिर'*	: बचपन	**पं.ग्रं.**-1/220	बालापन/पल्लव
◆ *'दिव्य हो भोला बालापन'*	: बचपन	**पं.ग्रं.**-1/233	छाया काल/पल्लव
बालारुण- *'वासन्ती की गोद में तरुण, सोहता स्वस्थ-मुख बालारुण;'*	: सुबह का सूरज	**नि.र.**-1/307	दान
◆ *'मैं फूलों में रोती वे/बालारुण में मुस्काते'*	: सुबह का लाल सूरज	**म.सा.**-1/75	जिस दिन नीरव तारों से/नीहार
बालारुण का कलश- *'कर बालारुण का कलश विहग-रव मंगल सा'*	: प्रभातकालीन बालसूर्य मानो स्वागत के कलश की तरह है।	**म.सा.**-1/190	पथ देख बिता दी रैन/नीरजा
बाली- *'उमर अधखिली बाली में!'*	: अनाज की बाली, धान/गेहूँ की बाली	**पं.ग्रं.**-1/82	तुहिन बिन्दु बनकर सुन्दर/वीणा
◆ *'बाली से शृंगार तुम्हारा'*	: अनाज की बाली	**पं.ग्रं.**-1/91	उस सीधे जीवन का श्रम/वीणा
बाले- *' "मनु मेरा नाम सुनो बाले! मैं विश्व पथिक सह रहा क्लेश"*	: बाला, लड़की,	**प्र.ग्रं.**-2/179	इड़ा/कामायनी
◆ *'केवल बाले! न लुभा ले'*	: बाला, किशोरी, तरुणी	**पं.ग्रं.**-1/87	बालकाल में जिसे जलद से/वीणा
◆ *'बाले! तेरे बाल जाल में कैसे उलझा दूँ लोचन'*	: किशोर उम्र की लड़की को संबोधन, बाला	**पं.ग्रं.**-1/195	मोह/पल्लव
◆ *'पग पग पर दीपक बाले!'*	: जलाए हुए	**म.सा.**-1/325	कहाँ से आए काले बादल?/दीप-शिखा
◆ *'शून्यता भर तरल मोती से मधुर सुधि-दीप बाले'*	: दीप जलाए हुए	**म.सा.**-1/341	जो न प्रिय पहिचान पाती! /दीप-शिखा
बावला- *'बावला— रंगरली का है'*	: प्रेम में दीवाना	**प्र.ग्रं.**-4/282	चतुर्थ अंक/चन्द्रगुप्त
बावली- *'इस ज्योत्स्ना की, अरी बावली! तू इसमें जावेगी भूल'*	: पगली (आत्मीयता और प्यार से कहा जा रहा है)	**प्र.ग्रं.**-2/79	आशा/कामायनी
◆ *'विजन विपिन में आज बावली/बिखराती हो क्यों शृंगार?'*	: पगली, दीवानी	**म.सा.**-1/82	झिलमिल तारों की पलकों में/नीहार
बावलों-से- *'भगा बावलों-से बे-आप'*	: पागलों के समान	**पं.ग्रं.**-1/202	विश्व वेणु/पल्लव
बासी फूल- *'प्रकृति के यौवन का शृंगार करेंगे कभी न बासी फूल;'*	: मुरझाये हुये फूल प्रकृति की शोभा को नहीं बढ़ा पाते	**प्र.ग्रं.**-2/90	श्रद्धा/कामायनी
बाहु मृणाल- *'फैला छबि के बाहु मृणाल'*	: कोमल डंठल-रूपी बाँहें	**पं.ग्रं.**-1/94	मकड़ी का मृदु मायाजाल/वीणा
बाहुपाश- *'पुतली प्रणयिनी का बाहुपाश खोलकर'*	: आलिंगन का घेरा	**प्र.ग्रं.**-1/335	शेरसिंह का शस्त्र-समर्पण/लहर
बाहु-बल्लियों- *'बाहु-बल्लियों से मुझको है एक कल्पना-लता?'*	: बाँह लता (नाल) की तरह कोमल, लचीली	**नि.र.**-1/89	प्रलाप

शब्द- काव्य-पंक्ति	: अर्थ	ग्रंथावली/पृ.सं.	स्रोत/संदर्भ
बाहु-बल्ली- *'बाहु-बल्ली कर-सरोज'*	: पतली लता (कमल नाल) की तरह बाँह	**नि.र.**-1/57	पंचवटी प्रसंग:3
बाहु-लता- *'बेला बीत चली है चंचल बाहु-लता से आ जकड़ो'*	: बाँह-रूपी लताएँ	**प्र.ग्रं.**-1/291	निज अलकों के.../लहर
बाहु-वल्लरी- *'बाहु-वल्लरियों को बढ़ाकर'*	: पतली-कोमल लताओं की तरह बाँहें	**नि.र.**-1/93	यहीं
बाह्य उदार- *'हृदय की अनुकृति बाह्य उदार एक लम्बी काया, उन्मुक्त;'*	: लंबी-चौड़ी काया	**प्र.ग्रं.**-2/84	श्रद्धा/कामायनी
बिंदाल- *'सखी! सूखी बिन्दाल/सन्मुख बहती है वह नीरव'*	: देहरादून की एक नदी	**पं.ग्रं.**-1/111	सखी! सूखी बिन्दाल /वीणा
बिंदु- *'बिन्दु में थी तुम सिन्धु अनन्त'*	: ससीम, लघुता, एक व्यक्ति	**पं.ग्रं.**-1/188	आँसू/पल्लव
बिंदु-परिचय- *'चल क्षणों का क्षणिक संचय, बालुका से बिंदु-परिचय'*	: जल की बूँदों (का बालुकाराशि में मिलना)	**म.सा.**-1/229	प्राणपिक प्रिय-नाम रे कह!/नीरजा
बिंदु हिमजल के- *'आग हूँ जिसके ढुलकते बिंदु हिमजल के'*	: ओस की बूँदें	**म.सा.**-1/177	बीन भी हूँ मैं तुम्हारी /नीरजा
बिंध- *'बिंध महोल्लास से बार-बार आकाश विकल'*	: छेद-छेद हो जाना, चुभना	**नि.र.**-1/329	राम की शक्ति-पूजा
बिंधे हृदय- *'एक बार बिंधे हृदय को बाँधकर'*	: प्रेम में आहत हृदय	**पं.ग्रं.**-1/123	ग्रन्थि
बिंब अटल- *'धरा बह जाती बिम्ब अटल, खुलता था धीरे पवन-पटल'*	: तारे अपनी जगह अटल थे	**प्र.ग्रं.**-2/233	दर्शन/कामायनी
बिंबग्राहकता- *'बिंबग्राहकता कणों को शलभ को चिर साधना दी'*	: बिंब (वस्तु) को धारण करने की ताकत कणों को दे दी है। लघुता को क्षमता दी कि वह असीम को अपने में समाहित कर ले।	**म.सा.**-1/278	फिर विकल हैं प्राण मेरे!/सांध्य गीत
बिंबित- *'अपने आँसुओं अतः बिम्बित देखे हैं अपने ही मुख-चित'*	: छवि बनना	**नि.र.**-1/316	सरोज-स्मृति
बिखरीं अलकें- *'बिखरीं अलकें ज्यों तर्क जाल'*	: (इड़ा की) घुँघराली केश-राशि	**प्र.ग्रं.**-2/179	इड़ा/कामायनी
बिखरी विभूति- *'मैंने इस बिखरी विभूति पर तुमको स्वामी'*	: विस्तृत विपुल सम्पदा	**प्र.ग्रं.**-2/204	संघर्ष/कामायनी
बिखरे तारों को जोड़- *'हाथ में लेकर जर्जर बीन इन्हीं बिखरे तारों को जोड़'*	: दुःख के बिखरे तारों को जोड़कर गीतों में पिरोने की कोशिश	**म.सा.**-1/79	गरजता सागर तम है घोर/नीहार
बिछल- *'उस पर से जो बिछल पड़ा था, वह चपल'*	: फिसल जाना	**प्र.ग्रं.**-1/228	पावस प्रवास/झरना
♦ *'बिछल, चल थक जाता जब हार'*	: फिसल जाना	**प्र.ग्रं.**-1/307	तुम्हारी आँखों का बचपन /लहर
बिछल छना- *'चुपके किसलय से बिछल छना'*	: फिसलकर फैल जाना	**प्र.ग्रं.**-1/317	अपलक जगती हो एक रात/लहर
बिछलते- *'चाँदनी धुली हुई है आज बिछलते हैं तितली के पंख'*	: फिसलते	**प्र.ग्रं.**-1/265	होली की रात/झरना
बिछलन- *'तब शिथिल सुरभि से धरणी में बिछलन न हुई थी? सच कहना'*	: फिसलना, चंचल हो उठना	**प्र.ग्रं.**-2/97	काम/कामायनी
♦ *'करूँ क्या दृग-जल से छिड़काव, बनाऊँ मैं यह बिछलन राह'*	: फिसलन, कीचड़ से फिसलन	**प्र.ग्रं.**-4/233	द्वितीय अंक/चन्द्रगुप्त

शब्द-	काव्य-पंक्ति	: अर्थ	ग्रंथावली/पृ.सं.	स्रोत/संदर्भ
बिछली-	*'नृत्य-शिथिल बिछली पड़ती है वहन कर रहा उसे समीर'*	: फिसलना	**प्र.ग्रं.-1**/327	मधुर माधवी संध्या में /लहर
बिजली का फूल-	*'खिला हो ज्यों बिजली का फूल मेघ-वन बीच गुलाबी रंग'*	: आकाशीय बिजली-रूपी	**प्र.ग्रं.-2**/84	श्रद्धा/कामायनी
बिजली की दिवा-रात्रि-	*'अरी आँधियो! ओ बिजली की दिवा-रात्रि तेरा नर्त्तन;'*	: बिजली के चमकने और लोप होने से दिन और रात का आभास हो रहा था।	**प्र.ग्रं.-2**/54	चिंता/कामायनी
बिजली की माला सी-	*'उस पर बिजली की माला सी झूम पडीं तुम प्रभा भरी'*	: आकाशीय बिजली मानो फूलों की माला लग रही थी	**प्र.ग्रं.-2**/227	निर्वेद/कामायनी
बिथुरा-	*'बना बिथुरा देती अज्ञात'*	: फैलाकर बिगाड़ देना	**पं.ग्रं.-1**/196	मौन निमन्त्रण/पल्लव
बिना नाल-	*'बिना नाल के फेनिल फूल'*	: बिना डंठल (के फूल की तरह हैं लहरें)	**पं.ग्रं.-1**/189	वीचि विलास/पल्लव
बिरानी-	*'बन गया तब सर अपरिचित हो गई कलिका बिरानी'*	: अकेली हो गयी, अपरिचित	**म.सा.-1**/218	क्या नई मेरी कहानी! /नीरजा
बिलखाती-	*'टकराती बिलखाती सी/पगली सी देती फेरी'*	: रुलाती हुई	**प्र.ग्रं.-2**/3	आँसू
	◆ *'और चेतना थी बिलखाती, दृष्टि विकल होती थी क्रुद्ध'*	: बिलख कर रोती	**प्र.ग्रं.-2**/62	चिंता/कामायनी
	◆ *'दारिद्र्य दलित बिलखाती हो यह शस्य श्यामला प्रकृति रमा'*	: बिलख-बिलखकर रोती हुई प्रकृति	**प्र.ग्रं.-2**/176	इड़ा/कामायनी
बिलखायी-	*'एक विरक्ति बोझ-सी ढोती मन ही मन बिलखायी'*	: रोती हुई-सी	**प्र.ग्रं.-2**/139	कर्म/कामायनी
बिलम अलि-	*'बिलम अलि ध्वनि में, लिपटा धूल'*	: प्रेम में बँधा भौंरा	**पं.ग्रं.-1**/221	विश्व व्याप्ति/पल्लव
बिवाई-	*'वे जो जमुना के-से कछार पद फटे बिवाई के, उधार'*	: पैर का फटना	**नि.र.-1**/321	सरोज-स्मृति
बिसराया-	*'पहुँची पास और फिर पूछा "तुमको बिसराया किसने?'*	: भुला देना	**प्र.ग्रं.-2**/219	निर्वेद/कामायनी
बिहरे-	*'अग-जग तत्त्वों में बिहरे— /मन सिहरे बारम्बार!'*	: विहार करना, संचरित होना	**नि.र.-1**/265	छिपा मन
बिहारी-	*'बिहारी कुंज-गली का है'*	: विहार करनेवाला, प्रेमपूर्वक घूमने-टहलनेवाला	**प्र.ग्रं.-4**/282	चतुर्थ अंक/चन्द्रगुप्त
बीच धार-	*'अब पहुँची चपला बीच धार'*	: गंगा के प्रवाह के बीच में	**पं.ग्रं.-1**/275	नौका-विहार/गुंजन
बीज-निकर-	*'बोता नव बीज-निकर'*	: बीज-समूह	**पं.ग्रं.-1**/336	चार/ज्योत्स्ना
बीज-रूप से सृष्टि-	*'बचाकर बीज-रूप से सृष्टि, नाव पर झेल प्रलय का शीत'*	: प्रलय के बाद बीज की तरह बचे हुये सृष्टि के लक्षण	**प्र.ग्रं.-4**/138	पंचम अंक/स्कन्दगुप्त
बीते का लेश-	*'भुला डालो जीवन की साध मिटा डालो बीते का लेश'*	: अतीत की पहचान के चिह्न	**म.सा.-1**/78	जहाँ है निद्रामग्न वसंत /नीहार
बीते युग को-	*'वह स्पर्श दुलार पुलक से भर बीते युग को उठता पुकार'*	: (मनु का) पूर्व जीवन (सुख से भरा था)	**प्र.ग्रं.-2**/179	इड़ा/कामायनी
बीन-	*'स्वच्छंद सुमन जो खिले रहे जीवन वन से हो बीन रही!'*	: फूल चुनना	**प्र.ग्रं.-2**/125	लज्जा/कामायनी
	◆ *'अपनी रुचि से तुम बिंधे हुए जिसको चाहे ले रहे बीन'*	: चयन करना, चुन लेना	**प्र.ग्रं.-2**/175	इड़ा/कामायनी

शब्द-	काव्य-पंक्ति	: अर्थ	ग्रंथावली/पृ.सं.	स्रोत/संदर्भ
◆	*'उषा और सन्ध्या-किरनों ने तार बीन के खींचे'*	: वीणा	**प्र.ग्रं.-3**/437	प्रथम अंक/कामना
◆	*'बीन भी हूँ मैं तुम्हारी रागिनी भी हूँ'*	: वीणा, जिसमें जीवन के राग समाए हैं	**म.सा.-1**/177	बीन भी हूँ मैं तुम्हारी /नीरजा
◆	*'युग से थी प्रिय की मूक बीन थे तार शिथिल कंपनविहीन'*	: वीणा-रूपी हृदय	**म.सा.-1**/228	जग करुण करुण, मैं मधुर मधुर!/नीरजा
बीन-तार-	*'न छेड़ना उस अतीत स्मृति से खिंचे हुए बीन-तार कोकिल'*	: वीणा के तार	**प्र.ग्रं.-4**/38	प्रथम अंक/स्कन्दगुप्त
बीनती-	*'तुम बीज बीनती क्यों? मेरा मृगया का शिथिल हुआ न कर्म'*	: चुनना	**प्र.ग्रं.-2**/162	ईर्ष्या/कामायनी
बीन-बंदी तार की-	*'बीन-बंदी तार की झंकार है आकाशचारी;'*	: वीणा मानो तार के अधीन होती है, सब बंधनमय है	**म.सा.-1**/302	क्यों मुझे प्रिय हो न बंधन!/सांध्य गीत
बीन लिए-	*'तम ने बढ़कर बीन लिए, वे लघु कण बिन तोले!'*	: चुन लिए	**म.सा.-1**/288	वह संध्या फूली सजीली! /सांध्य गीत
बीहड़ वेला-	*'इस बीहड़ वेला में क्या अब तक था कोई आया'*	: डरावना समय, अकेलेपन ने काल की गति को बीहड़ बना दिया है।	**प्र.ग्रं.-2**/20	आँसू
बुद-बुद-	*'उस विराट आलोड़न में, ग्रह/तारा बुद-बुद से लगते'*	: बुलबुले की तरह	**प्र.ग्रं.-2**/62	चिंता/कामायनी
बुद्ध-	*'बँध गति-प्रकाश में बुद्ध सकल पूर्वापर'*	: बँधा हुआ	**नि.र.-1**/294	तुलसीदास
बुद्धि-चक्र-	*'यहाँ न्याय निर्मम, चलता है बुद्धि-चक्र, जिसमें न दीनता'*	: अंत:करण की निश्चयात्मक वृत्ति की क्रमवार गतिमयता	**प्र.ग्रं.-2**/260	रहस्य/कामायनी
बुद्धि-चपला-	*'बुद्धि-चपला का क्षण-नर्त्तन'*	: बिजली की तरह चंचल बुद्धि	**प्र.ग्रं.-1**/305	आह रे, वह अधीर यौवन/लहर
बुद्धि दैव-बल-	*'बुद्धि दैव-बल से प्रमाण का सतत निरखता सपना'*	: बुद्धि का बल और ईश्वरीय (भाग्य) बल	**प्र.ग्रं.**-2/134	कर्म/कामायनी
बुद्धिवाद-	*'अवलम्ब छोड़ कर औरों का जब बुद्धिवाद को अपनाया'*	: बुद्धि के अनुसार विकसित जीवन-दर्शन और कार्य-पद्धति	**प्र.ग्रं.-2**/181	इड़ा/कामायनी
बुद्धि विभव-	*'आशाओं में अपने निराश निज बुद्धि विभव से रहे भ्रांत'*	: बौद्धिक समृद्धि	**प्र.ग्रं.-2**/177	इड़ा/कामायनी
बुद्‌बुद-	*'नभ में नखत अधिक, सागर में या बुद्‌बुद हैं गिन दोगी?'*	: बुलबुले, फेन	**प्र.ग्रं.-2**/186	स्वप्न/कामायनी
बुद्‌बुद-सा रूप-	*'इस ज्योत्स्ना के जलनिधि में बुद्‌बुद-सा रूप बनाये'*	: पानी के बुलबुलों के रूप में (मानो प्राणी मौजूद हैं)	**प्र.ग्रं.-2**/275	आनन्द/कामायनी
बुद्‌बुद्-	*'बुद्‌बुद् से बह चलते अपार उसमें विहगों के मधुर राग'*	: बुलबुले (की तरह पक्षियों के गान)	**म.सा.-1**/103	चुभते ही तेरा अरुण बान!/रश्मि
◆	*'सोते जो असंख्य बुद्‌बुद् से/बेसुध सुख नेरे सुकुमार'*	: समुद्री बुलबुले की तरह बेसुध सुख	**म.सा.-1**/122	वे मधुदिन जिनकी स्मृतियों की/रश्मि
◆	*'बिखराती मंजुल मोती से/बुद्‌बुद् में उल्लास'*	: बुलबुले, ओसकण	**म.सा.-1**/135	तुम हो विधु के बिम्ब और मैं/रश्मि
बुद्‌बुद् की लड़ियों-	*'बुद्‌बुद् की लड़ियों में गूँथा फैला श्यामल केश-कलाप'*	: बुलबुलों की तरह दिखते तारे	**म.सा.-1**/117	फूलों का गीला सौरभ पी/रश्मि

शब्द- काव्य-पंक्ति	: अर्थ	ग्रंथावली/पृ.सं.	स्रोत/संदर्भ
बुद्-बुद् चल- *'किरण-नाल पर घन के शतदल, कलरव-लहर विहग बुद्-बुद् चल'*	: चंचल बुलबुले की तरह चिड़ियों का उड़ना	**म.सा.-1**/345	गोधूलि अब दीप जगा ले!/दीप-शिखा
बुद्बुद्-प्राण- *'क्षुद्र हैं मेरे बुद्बुद्-प्राण तुम्हीं में सृष्टि तुम्हीं में नाश'*	: बुलबुलों का नश्वर जीवन	**म.सा.-1**/128	किसी नक्षत्रलोक से टूट/रश्मि
बुलबुल- *'यह बहुरंग बुलबुल चल जल में'*	: पानी का बुलबुला	**पं.ग्रं.-1**/365	द्वितीय दृश्य/परी
बुलबुलों- *'सरल, उड़ते बुलबुलों को पकड़कर'*	: प्रेम की पीड़ा के गीत गानेवाली बुलबुल (पक्षी)	**पं.ग्रं.-1**/130	ग्रन्थि
बुल्ले- *'बुल्ले, लहर, हवा के झोंके, मेघ और बिजली के टोंके'*	: बुलबुले	**प्र.ग्रं.-2**/346	गाने दो/असंकलित कविताएँ
◆ *'बुल्ले, लहर, हवा के झोंके'*	: बुलबुले	**प्र.ग्रं.-4**/93	तृतीय अंक/स्कन्दगुप्त
बुल्ले का विभव- *'सुरभित लहरों की छाया में बुल्ले का विभव बिखरता ज्यों'*	: बुलबुले का सौन्दर्य	**प्र.ग्रं.-2**/123	लज्जा/कामायनी
बृंदाविपिनवाले- *'बृंदाविपिनवाले जाग!'*	: वृन्दावनवाले कृष्ण	**म.सा.-1**/236	जाग बेसुधा जाग!/नीरजा
बे-आप- *'भगा बावलों-से बे-आप'*	: अनियंत्रित, आत्मनियंत्रण खोकर	**पं.ग्रं.-1**/202	विश्व वेणु/पल्लव
बेकल- *'जब करता हूँ बेकल चंचल'*	: बेचैन	**प्र.ग्रं.-1**/223	अव्यवस्थित/झरना
◆ *'बहने को महाविकल-बेकल'*	: बेचैन, जिसे कल (चैन) नहीं हो	**नि.र.-1**/128	बादल राग
बेगुन- *'आँसू की धार बहाकर/खे चला प्रेम बेगुन की'*	: बिना रस्सी के	**प्र.ग्रं.-2**/21	आँसू
बेताब- *'ताब, बेताब हुई हठ भी हटी'*	: जोश की कमी, यहाँ 'बेचैन' अर्थ नहीं होगा	**नि.र.-1**/46	तुम हमारे हो
बेपीर- *'अँधेरी सी रजनी में पार/बुलाते हो कैसे बेपीर'*	: बेदर्द, प्रेमिका की तकलीफ को न समझ पानेवाला प्रेमी	**म.सा.-1**/79	गरजता सागर तम है घोर/नीहार
◆ *'इन्हीं पलकों ने कंटक हीन/किया था वह पथ हे बेपीर'*	: बेदर्द प्रियतम	**म.सा.-1**/84	तरल आँसू की लड़ियाँ गूँथ/नीहार
◆ *'पूछते फिर किसलिए मेरा पता बेपीर'*	: निष्ठुर प्रिय	**म.सा.-1**/125	स्मित तुम्हारी से छलक.../रश्मि
बेमोल- *'एक लघु आँसू बन बेमोल/हठीले हौले हौले बोल'*	: व्यर्थ होकर (गिर पड़ेगी ओस की बूँद)	**म.सा.-1**/189	मेरी निश्वासों से द्रुततर /नीरजा
बेल- *'बनो संसृति के मूल रहस्य/तुम्हीं से फैलेगी वह बेल'*	: लता-रूपी सृष्टि	**प्र.ग्रं.-2**/92	श्रद्धा/कामायनी
बेला बीत चली- *'बेला बीत चली है चंचल बाहु-लता से आ जकड़ो'*	: समय बीत चुका है, संकेत है कि प्रेम की पहल करो	**प्र.ग्रं.-1**/291	निज अलकों के.../लहर
बेला विभ्रम की- *'बेला विभ्रम की बीत चली रजनीगंधा की कली खिली'*	: युवावस्था की भ्रांतियों की समय-सीमा (बीत चुकी है)	**प्र.ग्रं.-4**/186	प्रथम अंक/चन्द्रगुप्त
बेला-सी- *'सिंधु बेला-सी घन मंडली'*	: (समुद्र के) तट के समान	**प्र.ग्रं.-1**/305	आह रे, वह अधीर यौवन /लहर
बेली- *'छूते थे मनु और कंटकित होती थी वह बेली'*	: श्रद्धा की लता-रूपी देहयष्टि	**प्र.ग्रं.-2**/146	कर्म/कामायनी
बेसुध- *'बेसुध तम की छाया का/तटनी करती आलिंगन'*	: नदी मानो मदहोश है	**म.सा.-1**/37	रजनी ओढ़े जाती थी/नीहार

शब्द-	काव्य-पंक्ति	: अर्थ	ग्रंथावली/पृ.सं.	स्रोत/संदर्भ
◆	*'फूलों का गीला सौरभ पी/बेसुध सा हो मंद समीर'*	: अलमस्त (की तरह बहती वायु)	**म.सा.-1**/117	फूलों का गीला सौरभ पी/रश्मि
◆	*'जाग बेसुध जाग!'*	: जो किसी तरह के ख्याल में खोया हुआ हो	**म.सा.-1**/236	जाग बेसुधा जाग!/नीरजा
बेसुध चैतन्य-	*'वह एक अबोध अकिंचन बेसुध चैतन्य हमारा'*	: होश खोना, चेतना का सुध-बुध खो देना	**प्र.ग्रं.-2**/5	आँसू
बेसुध पीड़ा-	*'ठहरो बेसुध पीड़ा को/मेरी न कहीं छू लेना!'*	: मुझे प्रेम में जो पीड़ा मिली है वह अपनी सुध-बुध खोए हुए है।	**म.सा.-1**/57	इसमें अतीत सुलझाता /नीहार
बेसुध बलिहारी-	*'मैं बल खाता जाता था मोहित बेसुध बलिहारी'*	: सुध-बुध खोकर न्योछावर हो जाना	**प्र.ग्रं.-2**/7	आँसू
बेसुध राग-	*'हो गया विस्तृत मानव-लोक हुए जाते हैं बेसुध प्राण'*	: मेरी चेतना अपनी सुध-बुध खो रही है	**म.सा.-1**/61	घोर घन की अवगुण्ठन डाल/नीहार
बेसुरे-	*'तुम्हारी बीन ही में बज रहे हैं बेसुरे सब तार!'*	: बिना सुर के, असंतुलित	**म.सा.-1**/395	तुम्हारी बीन ही में बज.../दीप-शिखा
बैठाल-	*'भेद तुझे ऊँचे बैठाल'*	: बैठाकर, आसन, कुर्सी	**नि.र.-1**/66	जलद के प्रति
बैठाला-	*'बैठाला देकर मान-पान; कुछ जन बतलाये कान-कान;'*	: बैठने का आसन	**नि.र.-1**/300	तुलसीदास
बोधन-विवेक-बीज-	*'बोधन-विवेक-बीज अंकुरित कीजिए दाता सुमति दीजिए'*	: समझदारी और विवेक-संपन्न होने का आधार	**प्र.ग्रं.-3**/296	द्वितीय अंक/अजातशत्रु
बोर-	*'विश्व को देती है जब बोर'*	: डुबो देना, सराबोर कर देना	**पं.ग्रं.-1**/196	मौन निमन्त्रण/पल्लव
बौने जलनिधि-	*'देखा बौने जलनिधि का शशि छूने को ललचाना;'*	: समुद्र की लहरें चाँद तक पहुँच नहीं पाती हैं, इसलिए समुद्र को 'बौना' कहा गया है।	**प्र.ग्रं.-2**/39	आँसू
बौरे-	*'आज बौरे रे तरुण रसाल'*	: आम के पेड़ में मंजर लगना	**पं.ग्रं.-1**/255	नवल मेरे जीवन की डाल/गुंजन
ब्याज-	*'अक्षर, क्षर होता हुआ, ब्याज'*	: बहाने से	**नि.र.-1**/250	वह कितना सुख
ब्रह्मन्-	*'कुशल लेखनी की ब्रह्मन्'*	: ब्रह्मा, संसार के रचयिता	**पं.ग्रं.-1**/219	बालापन/पल्लव
ब्रह्मशर-	*'कहकर देखा तूणीर ब्रह्मशर रहा झलक'*	: ब्रह्मास्त्र	**नि.र.-1**/337	राम की शक्ति-पूजा
ब्रह्मांड-भांड-	*'और अनगिनत ब्रह्माण्ड-भाण्ड'*	: ब्रह्माण्ड-रूपी बरतन	**नि.र.-1**/59	पंचवटी प्रसंग:4
ब्रह्मांड विवर-	*'क्षितिज पटी को उठा बढ़ो ब्रह्माण्ड विवर में'*	: विश्व का अनन्त अवकाश (यह मन के भीतर भी है)	**प्र.ग्रं.-2**/201	संघर्ष/कामायनी
ब्रीड़ा-	*'ब्रीड़ा है यह चंचल कितनी'*	: लज्जा का भाव	**प्र.ग्रं.-2**/350	आवरण/असंकलित कविताएँ
◆	*'ब्रीड़ा से तनिक न लेना?'*	: लज्जा, संकोच (जीवन में लज्जा का भी महत्त्व है)	**पं.ग्रं.-1**/241	आते कैसे सूने पल/गुंजन
◆	*'इन ललचाई पलकों पर/पहरा जब था ब्रीड़ा का'*	: ब्रीड़ा, लज्जा, संकोच	**म.सा.-1**/38	रजनी ओढ़े जाती थी/नीहार
◆	*'मेरी लघुता पर आती जिस/दिव्य-लोक को ब्रीड़ा'*	: ब्रीड़ा, लज्जा	**म.सा.-1**/45	छाया की आँखमिचौनी /नीहार
भंग-	*'ताल-मात्राएँ दिखाती भंग, नव गति, रंग भी'*	: लय के बीच रुकावट (यति), लय की ऐसी बनावट कि बीच में भंग आता है।	**नि.र.-1**/95	वीणावादिनी

शब्द– काव्य-पंक्ति	: अर्थ	ग्रंथावली/पृ.सं.	स्रोत/संदर्भ
भंगिमय– *'दिखा भंगिमय भृकुटि विलास'*	: वक्रता, लहरों से युक्त	**पं.ग्रं.**–1/212	निर्झरी/पल्लव
भँवर पात्र– *'लहरों में प्यास भरी है/है भँवर पात्र भी खाली'*	: स्मृतियों में घुमावदार जटिल प्रसंग हैं जो भँवर-रूपी पात्र की तरह रिक्तता का एहसास देते हैं।	**प्र.ग्रं.**–2/14	आँसू
भक्ति-कर्म-योग-ज्ञान– *'भक्ति-कर्म-योग-ज्ञान एक ही हैं'*	: इन चारों की अभिन्न स्थिति, ये चारों वेदांत के मूलाधार है	**नि.र.**–1/60	पंचवटी प्रसंग:4
भक्ति-भाव-भूषित– *'अहा, वह भक्ति-भाव-भूषित मुख विनय-नम्र'*	: भक्ति-भाव का आभूषण	**नि.र.**–1/52	पंचवटी प्रसंग:1
भग रहा– *'भग रहा क्षितिज के अंचल में मुख आवृत कर तुमको निहार'*	: तिरोहित हो रहा, डूब रहा	**प्र.ग्रं.**–2/181	इड़ा/कामायनी
भगवति– *'भगवति! वह पवन मधु-धारा! देख अमृत भी ललचाए'*	: अतिशय सम्मान-योग्य स्त्री, भगवती, संबोधन— भगवति	**प्र.ग्रं.**–2/225	निर्वेद/कामायनी
◆ *'भगवति, समझी मैं! सचमुच कुछ भी न समझ थी मुझको'*	: सम्मानित स्त्री को संबोधन	**प्र.ग्रं.**–2/274	आनन्द/कामायनी
भगवती– *'कह लिया भगवती ने राघव का हस्त थाम'*	: देवी दुर्गा	**नि.र.**–1/338	राम की शक्ति-पूजा
भगा– *'मैं भगा प्राण जिनसे लेकर, उसकी भी, उन सबको देकर'*	: भाग जाना, पलायन करना	**प्र.ग्रं.**–2/243	दर्शन/कामायनी
भगिनी-भ्रात– *'भगिनी-भ्रात सजात'*	: बहन और भाई (रात और दिन)	**पं.ग्रं.**–1/272	अप्सरा/गुंजन
भग्न भावी– *'भग्न भावी को डुबा दे आँख-सी'*	: ध्वस्त भविष्य, टूटा-फूटा भाग्य	**पं.ग्रं.**–1/134	ग्रन्थि
भग्न-मग्न– *'दे रही अभी दिखाई भग्न-मग्न रत्नाकर में वह राह'*	: (राम के द्वारा समुद्र पर बनाये गये पुल का) टूटा और डूबा हुआ रूप।	**प्र.ग्रं.**–4/139	पंचम अंक/स्कन्दगुप्त
भग्नाश– *'साहस छूट गया है मेरा निस्संबल भग्नाश पथिक हूँ'*	: जिसकी आशाएँ भग्न हो गयी हों, निराश	**प्र.ग्रं.**–2/252	रहस्य/कामायनी
भयकरी– *'रुधिर भरी वेदियाँ भयकरी उनमें ज्वाला'*	: भय पैदा करनेवाली	**प्र.ग्रं.**–2/203	संघर्ष/कामायनी
◆ *'विक्षत उसके अंग, प्रगट थे भीषण खड्ड भयकरी खाँई'*	: डरावनी, भय पैदा करनेवाली	**प्र.ग्रं.**–2/251	रहस्य/कामायनी
भय का क्रंदन– *'आलिंगन! फिर भय का क्रंदन! वसुधा जैसे काँप उठी!'*	: डर के मारे इड़ा का चीत्कार	**प्र.ग्रं.**–2/192	स्वप्न/कामायनी
भय की उपासना– *'भय की उपासना! प्रणति भ्रान्त! अनुशासन की छाया अशांत!'*	: (कानून-व्यवस्था) का अनुशासन मानना	**प्र.ग्रं.**–2/238	दर्शन/कामायनी
भय-चकित निशा– *'भैरव रव से हो व्याप्त दिशा, हो काँप रही भय-चकित निशा'*	: डर से चौंकी हुयी रात	**प्र.ग्रं.**–4/341	प्रथम अंक/ध्रुवस्वामिनी
भयमय मौन– *'भयमय मौन निरीक्षक सा था सजग सतत चुपचाप खड़ा'*	: (युद्ध के बाद) भय से युक्त सन्नाटा	**प्र.ग्रं.**–2/214	निर्वेद/कामायनी
भय-श्रम-निर्मम– *'कण्टक, कर्दम, भय-श्रम-निर्मम कितने शूल'*	: भय प्रदान करने वाले, कठिन (श्रम) और निष्ठुर	**नि.र.**–1/130	स्वागत
भय-संकुल– *'भय-संकुल रजनी बीत गयी'*	: डर से भरी हुई	**प्र.ग्रं.**–1/296	जगती की मंगलमयी उषा बन/लहर
भयसंकुल व्यापार– *'विनिमय प्राणों का यह कितना भयसंकुल व्यापार अरे!'*	: जिस काम में डर और खतरा हमेशा बना रहे	**प्र.ग्रं.**–2/187	स्वप्न/कामायनी

शब्द-	काव्य-पंक्ति	: अर्थ	ग्रंथावली/पृ.सं.	स्रोत/संदर्भ
भय सूचन-	*'तुम्हारा ही भय सूचन'*	: भय की सूचना देनेवाला	**पं.ग्रं.**-1/225	परिवर्तन/पल्लव
भयानक भक्ति-	*'प्राण में भरी भयानक भक्ति'*	: भक्ति का रूढ़ रूप	**प्र.ग्रं.**-1/276	वेदने ठहरो/झरना
भर-	*'भर अमृत-धारा आज कर दो प्रेम विह्वल हृदयदल'*	: भरकर, आप्लावित कर, सिंचित कर	**नि.र.**-1/95	वीणावादिनी
भरतकूप-	*'फिर भरतकूप, रह इस प्रकार'*	: चित्रकूट का एक दर्शनीय स्थल	**नि.र.**-1/292	तुलसीदास
भरा प्याला-	*'प्रकृति भरा प्याला दिखलाकर व्योम में—'*	: खिला हुआ चाँद (मानो सुधा से भरा हो)	**प्र.ग्रं.**-1/256	दर्शन/झरना
भरी वासना-सरिता-	*'भरी वासना-सरिता का वह कैसा था मदमत्त प्रवाह'*	: प्रेम की उद्दाम इच्छा की मानो नदी बह रही थी, वासना का आधिक्य	**प्र.ग्रं.**-2/56	चिंता/कामायनी
भल्लधीर-	*'पीछे लक्ष्मण, सामने विभीषण, भल्लधीर,'*	: धैर्यवान जामवंत	**नि.र.**-1/330	राम की शक्ति-पूजा
भल्लनाथ-	*'खिल गयी सभा 'उत्तम निश्चय यह, भल्लनाथ!'*	: जामवंत	**नि.र.**-1/335	राम की शक्ति-पूजा
भल्लपति-	*'वारित-सौमित्र-भल्लपति— अगणित-मल्ल-रोध'*	: भालुओं के राजा जाम्बवान् या जामवंत	**नि.र.**-1/329	राम की शक्ति-पूजा
◆	*'हैं वही भल्लपति, वानरेन्द्र सुग्रीव प्रमन,'*	: भालुओं के राजा जाम्बवान्	**नि.र.**-1/333	राम की शक्ति-पूजा
भल्ल-सैन्य-	*'मैं भल्ल-सैन्य; हैं वाम पार्श्व में हनूमान'*	: भालुओं की सेना	**नि.र.**-1/335	राम की शक्ति-पूजा
भव-	*'भव प्रेममयी रजनी'*	: संसार	**प्र.ग्रं.**-3/486	तृतीय अंक/कामना
◆	*'बन्धन-विहीन भव!'*	: होना	**नि.र.**-1/81	खँडहर के प्रति
भव-अंचल-	*'सुख-परिमल पुलकित भव-अंचल'*	: धरती का आँचल	**पं.ग्रं.**-1/352	चार/ज्योत्स्ना
भव-अंध-	*'यह कूप-कूप भव-अन्ध कूप'*	: संसार की दासता	**नि.र.**-1/289	तुलसीदास
भव-अतलसागर-	*'उमड़ता भव-अतलसागर लहर लेते सुख-सरोवर'*	: संसार और अनन्त समुद्र	**म.सा.**-1/232	अलि वरदान मेरे नयन!/नीरजा
भव-आतप-	*'बैठ छाँह लो भव-आतप से तापित और जले'*	: संसार का ताप (धूप), सांसारिक तनाव	**प्र.ग्रं.**-4/65	द्वितीय अंक/स्कन्दगुप्त
भव-कलरव-	*'एक तत्त्व में, ज्यों भव-कलरव'*	: सांसारिक शोरगुल	**नि.र.**-1/224	मन चंचल न करो!
भव की व्याकुलता-	*'भव की व्याकुलता दूर गई'*	: सांसारिक बेचैनी	**प्र.ग्रं.**-1/296	जगती की मंगलमयी उषा बन/लहर
भव के भविष्य का द्वार-	*'भव के भविष्य का द्वार खोल!'*	: संसार को सुखमय भविष्य की ओर ले जानेवाला द्वार	**प्र.ग्रं.**-2/179	इड़ा/कामायनी
भव जलनिधि-	*'पशु से यदि हम कुछ ऊँचे हैं तो भव जलनिधि में बने सेतु'*	: संसार-रूपी समुद्र	**प्र.ग्रं.**-2/163	ईर्ष्या/कामायनी
भव-तम-भीति-	*'द्रुत भव-तम-भीति हरण'*	: संसार के अंधकार का भय	**पं.ग्रं.**-1/347	चार/ज्योत्स्ना
भव तृष्णा-	*'भव तृष्णा न मिटेगी तेरी'*	: सांसारिक विषय-वासना की प्यास	**प्र.ग्रं.**-4/372	अग्निमित्र(अधूरा नाटक)
भवधाम-	*'तिरस्कृत कर उसको तुम भूल बनाते हो असफल भवधाम'*	: सांसारिक जीवन, संसार	**प्र.ग्रं.**-2/89	श्रद्धा/कामायनी
भवन-यूथिका-	*'भुवन-भुवन की भवन-यूथिका खोल रही, दृग खोल रही'*	: भवन (भाव) रूपी जूही के फूल, मानो जूही में भाव व्यक्त हो रहे हों	**नि.र.**-1/192	वसन्त-समीर
भव पथिकों-	*'भव पथिकों का लेतीं दुख हर'*	: धरती की यात्रा करनेवाले	**पं.ग्रं.**-1/350	चार/ज्योत्स्ना

शब्द-	काव्य-पंक्ति	: अर्थ	ग्रंथावली/पृ.सं.	स्रोत/संदर्भ
भव-पादप-	*'लहरा भव-पादप, मर्षण-मन मोड़ेगी'*	: विश्व के वृक्ष, संसार का जीवन	**नि.र.-1**/306	तुलसीदास
भव-बन्ध-	*'तोड़ सकते जो तुम भव-बन्ध, तुम्हें है यह पूरा अधिकार'*	: सांसारिक दुःख-दर्द के बंधन	**प्र.ग्रं.-1**/295	अरी वरुणा की शांत कछार/लहर
भव-भय-	*'भव-भय तम-भ्रम-जित्वर'*	: संसार में डरानेवाली चीजें	**पं.ग्रं.-1**/335	चार/ज्योत्स्ना
भव भीति-भार-	*'गा गा-एकोहं बहुस्याम, हर लिये भेद, भव भीति-भार'*	: संसार के भय का भार	**पं.ग्रं.-2**/25	बापू के प्रति/युगपथ
भव-रजनी भीमा-	*'श्रद्धे, होगी चन्द्रशालिनी यह भव-रजनी भीमा'*	: संसार-रूपी भयानक रात	**प्र.ग्रं.-2**/153	कर्म/कामायनी
	♦ *'आती है रह रह पुकार सी यह भव-रजनी भीमा है'*	: संसार-रूपी भयानक रात	**प्र.ग्रं.-2**/213	निर्वेद/कामायनी
भवसागर-	*'तुम भवसागर दुस्तर'*	: संसार को समुद्र बताया गया है (शास्त्रों में)	**नि.र.-1**/50	तुम और मैं
भवानी-	*'संगिनी सहेलियाँ भवानी की'*	: देवी काली	**नि.र.-1**/170	महाराज शिवाजी का पत्र
भवितव्य-	*'विस्मृति तिमिर में दीप हो भवितव्य का उपहार हो'*	: अवश्यंभावी, प्रारब्ध के उपहार की तरह है स्मृति	**म.सा.-1**/85	विस्मृति तिमिर में दीप हो/नीहार
भवितव्यते-	*'हा! अभय भवितव्यते! किस प्रलय के'*	: नियति, प्रारब्ध, भाग्य	**पं.ग्रं.-1**/133	ग्रन्थि
भविष्यतम-	*'छवि-प्रकाश-किरणें उलझी हों जीवन के भविष्यतम से'*	: भविष्य की अनिश्चितता में	**प्र.ग्रं.-4**/133	पंचम अंक/स्कन्दगुप्त
भविष्य-रण-	*'हमें लगाकर भविष्य-रण में'*	: भविष्य की चिंता में किया जानेवाला संघर्ष	**प्र.ग्रं.-4**/93	तृतीय अंक/स्कन्दगुप्त
भस्म रहित-	*'वह निर्धूम भस्म रहित ज्वलन पिंड !'*	: बिना राख के (जलता हुआ सूरज)	**प्र.ग्रं.-1**/337	पेशोला की प्रतिध्वनि /लहर
भाँवरों-	*'भाँवरों से निज बनाता अतिथि सन्निधि जाल'*	: परिक्रमा करना, श्रद्धा के चारों तरफ वह पशु प्रेमवश चक्कर लगा रहा था।	**प्र.ग्रं.-2**/112	वासना/कामायनी
भागिनेय-	*'कोई भागिनेय कर्क?'*	: भगिना; बगुला, मछली और केंकड़े की कहानी का संदर्भ	**नि.र.-1**/181	गुरुडम के प्रति
भाग्य चक्र-	*'भारत का भाग्य चक्र?'*	: नियति, प्रारब्ध, भाग्य का चक्र चलता रहता है जिससे सुख-दुख का क्रम चलता रहता है।	**नि.र.-1**/99	दिल्ली
भाग्य-विधाता-	*'दाता— भाग्य-विधाता से क्या पाते?—'*	: भाग्य बनाने वाला	**नि.र.-1**/77	भिक्षुक
भाग्य-विधायक-	*'भाग्य-विधायक है बलवान?'*	: भाग्य के विधान (नियम) को बनाने वाला	**नि.र.-1**/113	कण
भाती-	*'भाती तम की मुक्ति नहीं, प्रिय रागों का बंधन;'*	: भाना, पसंद आना	**म.सा.-1**/289	वह संध्या फूली सजीली! /सांध्य गीत
भानुकुलभूषण-	*'कह हुए भानुकुलभूषण वहाँ मौन क्षण-भर'*	: सूर्यवंश के भूषण राम	**नि.र.-1**/335	राम की शक्ति-पूजा
भानु-बल-	*'उदित शुक्र, अब अस्त भानु-बल'*	: सूर्य का ताप	**पं.ग्रं.-1**/291	एक/ज्योत्स्ना
भार-गुरुता-	*'पाया आधार/भार-गुरुता मिटाने को'*	: गुरुता का भार, बड़े होने की गरिमा	**नि.र.-1**/174	रेखा 'क'
भारत-	*'श्रीमुख से कृष्ण के सुना था जहाँ भारत ने'*	: भरतवंशी अर्जुन	**नि.र.-1**/99	दिल्ली

शब्द- काव्य-पंक्ति	: अर्थ	ग्रंथावली/पृ.सं.	स्रोत/संदर्भ
◆ *'दु:ख-भार भारत तम-केवल, वीर्य-सूर्य के ढके सकल दल'*	: भा-रत, प्रकाश से युक्त	**नि.र.**-1/256	जागो, जीवन-धनिके!
◆ *'भारत के नभ का प्रभापूर्य शीतलच्छाय सांस्कृतिक सूर्य'*	: भारत देश जो ज्ञान (भा) में लीन (रत) था	**नि.र.**-1/281	तुलसीदास
भारत का भ्रम- *'उमड़े भारत का भ्रम अपार हरने को'*	: भारत का अज्ञान	**नि.र.**-1/289	तुलसीदास
भारति- *'ऐ अशब्द भारति अविषय'*	: भारती, सरस्वती	**पं.ग्रं.**-1/209	नक्षत्र/पल्लव
◆ *'भारति, जय, विजयकरे!/कनक-शस्य-कमलधरे!'*	: भारतमाता	**नि.र.**-1/246	भारति, जय, विजयकरे!
भारति-उर- *'भारति-उर में अपना, देख दृग थके'*	: सरस्वती (भाषा) के मन में	**नि.र.**-1/314	मित्र के प्रति
भारती- *'हिमाद्रि तुंग शृंग से प्रबुद्ध शुद्ध भारती'*	: भारतमाता, भारत की सरस्वती	**प्र.ग्रं.**-4/290	चतुर्थ अंक/चन्द्रगुप्त
◆ *'दृष्टि से भारती से बँधकर'*	: सरस्वती	**नि.र.**-1/303	तुलसीदास
भारती-रति- *'आयी भारती-रति कवि-कण्ठ में'*	: विद्या/ज्ञान/कवि-कर्म के प्रति लगाव, भारती (सरस्वती) के प्रति रति (लगाव)।	**नि.र.**-1/149	जागो फिर एक बार
भारतेश्वरी- *'भारतेश्वरी का पद लेने को'*	: भारत की रानी, अलाउद्दीन खिलजी की बेगम	**प्र.ग्रं.**-1/350	प्रलय की छाया/लहर
भारवाही थे भृत्य- *'आकर्षण विहीन विद्युत्कण बने भारवाही थे भृत्य'*	: भार ढोनेवाले दासों की तरह	**प्र.ग्रं.**-2/64	चिंता/कामायनी
भार विचार- *'कैसे हो? क्या हो? इसका तो भार विचार न सह सकता'*	: विचार मानो इन प्रश्नों के भार को सहने की स्थिति में नहीं हैं।	**प्र.ग्रं.**-2/69	आशा/कामायनी
भाल-अनल- *'सत् श्री अकाल, भाल-अनल धक-धक कर जला'*	: तेजस्वी ललाट, तप के तेज से चमकता ललाट	**नि.र.**-1/153	जागो फिर एक बार
भाव- *'खेत में पड़ भाव की जड़ गड़ गयी'*	: विचार	**नि.र.**-1/40	जन्मभूमि
◆ *'भाव, जिसका चाव है छाया यहाँ'*	: मन के तात्कालिक विचार, बोध	**नि.र.**-1/40	जन्मभूमि
◆ *'मार अनात्म भाव अजरामर परमात्मा से नाता जोड़'*	: मानसिक अवस्था, विचार, बोध	**नि.र.**-1/44	नहीं डरेंगे
◆ *'प्रेम के भाव तुर्त भर लेना'*	: मन की अवस्था	**नि.र.**-1/47	तुम हमारे हो
◆ *'तुम मृदु मानस के भाव'*	: मन की अवस्था	**नि.र.**-1/49	तुम और मैं
भाव-चक्र- *'भाव-चक्र यह चला रही है इच्छा की रथ-नाभि घूमती'*	: चित्तवृत्तियों का क्रमवार चलना	**प्र.ग्रं.**-2/256	रहस्य/कामायनी
भावचक्र- *'हाँ भावचक्र में पिस-पिसकर, चलता ही आया हूँ बढ़कर'*	: मनोविकारों की चक्की में	**प्र.ग्रं.**-2/244	दर्शन/कामायनी
भावन- *'अन्धकार ही भरता क्षण-क्षण/जन-भय-भावन हो'*	: उत्पन्न करना	**नि.र.**-1/213	छोड़ दो, जीवन यों न मलो
भावन मेल- *'भव्य भक्ति का भावन मेल, तेरा मेरा मंजुल खेल'*	: मन को भानेवाला मिलन	**पं.ग्रं.**-1/90	मेरे मानस का आवेश /वीणा
भाव-निधि- *'भाव-निधि में लहरियाँ उठतीं तभी'*	: भावनाओं का समुद्र	**प्र.ग्रं.**-4/110	चतुर्थ अंक/स्कन्दगुप्त
भाव प्रवण- *'तुम मुग्धा थीं, अति भाव प्रवण'*	: भावुक	**पं.ग्रं.**-2/17	मंजरित आम्र-वन-छाया में/युगपथ

शब्द- काव्य-पंक्ति	: अर्थ	ग्रंथावली/पृ.सं.	स्रोत/संदर्भ
भाव-प्रहर- *'फिर कैसे असमय हुआ उदय यह भाव-प्रहर?'*	: (बुरे) समय का भाव (कैसे जगा)	**नि.र.-1**/333	राम की शक्ति-पूजा
भाव-भूमिका- *'भाव-भूमिका इसी लोक की जननी है सब पुण्य-पाप की'*	: भावनाएँ पृष्ठभूमि हैं	**प्र.ग्रं.-2**/257	रहस्य/कामायनी
भावमयी प्रतिमा- *'छायामय कमनीय कलेवर भावमयी प्रतिमा का मंदिर'*	: भावना-रूपी प्रतिमा, इच्छा-लोक भावना-निर्मित प्रतिमा की तरह है।	**प्र.ग्रं.-2**/255	रहस्य/कामायनी
भाव-राज्य- *'भाव-राज्य के सकल मानसिक सुख यों दुःख में बदल रहे हैं'*	: इच्छा-लोक(मनोजगत्)	**प्र.ग्रं.-2**/258	रहस्य/कामायनी
भाव-राष्ट्र- *'भाव-राष्ट्र के नियम यहाँ पर दण्ड बने हैं, सब कराहते'*	: इच्छा-लोक	**प्र.ग्रं.-2**/258	रहस्य/कामायनी
भाव विटपि- *'नियममयी उलझन लतिका का भाव विटपि से आकर मिलना'*	: भाव-रूपी वृक्ष	**प्र.ग्रं.-2**/257	रहस्य/कामायनी
भाव-व्यञ्जना- *'नीरवता ही करती उसकी पूरी भाव-व्यञ्जना'*	: भावों की अभिव्यक्ति	**नि.र.-1**/96	बहू
भाव-संकुल- *'भाव-संकुल बंकिम भ्रू-चाप'*	: विभिन्न प्रकार के भावों से भरा हुआ	**पं.ग्रं.-1**/377	द्वितीय दृश्य/परी
भाव-सुमन- *'सहसा निकल लाज-चितवन के भाव-सुमन छाये'*	: भाव रूपी फूल, ये फूल मानो भावों की अभिव्यक्ति हैं।	**नि.र.-1**/197	गीत 'क'
भावस्थ- *'बोले भावस्थ चन्द्र-मुख-निन्दित रामचन्द्र'*	: भाव में डूबे	**नि.र.-1**/336	राम की शक्ति-पूजा
भावाकुल- *'बाजीं बहती लहरें कलकल जागे भावाकुल शब्दोच्छल'*	: भाव से आकुल, भावुक	**नि.र.-1**/305	तुलसीदास
भावाकुल भाषा- *'अविदित भावाकुल भाषा-सी'*	: व्याकुल भावों से बनी भाषा	**पं.ग्रं.-1**/204	छाया/पल्लव
भावातुर- *'भावातुर पृथु उर की छलकें उपशमिता'*	: भावों से आंदोलित	**नि.र.-1**/302	तुलसीदास
भाविक- *'नित बूड़-बूड़ रे भाविक'*	: भावुक व्यक्ति (सम्बोधन)	**पं.ग्रं.-1**/242	सागर की लहर लहर में/गुंजन
◆ *'नित बूड़-बूड़ रे भाविक!'*	: भावुक	**पं.ग्रं.-1**/318	तीन/ज्योत्स्ना
भावित- *'भावित नयनों से सजल गिरे दो मुक्ता-दल'*	: भावपूर्ण, चिंतित	**नि.र.-1**/331	राम की शक्ति-पूजा
भावी जननी- *'श्रम-बिंदु बना-सा झलक रहा भावी जननी का सरस गर्व'*	: (गर्भवती) स्त्री जो माँ बननेवाली है	**प्र.ग्रं.-2**/160	ईर्ष्या/कामायनी
भावे- *'भावे क्या अलि! अस्थिर मधुदिन दो दिन का मृदु मधुकर-गुंजन'*	: भाना, अच्छा लगना	**म.सा.-1**/205	क्यों जग कहता मतवाली /नीरजा
भावों के झाग- *'छन्द की बाढ़, वृष्टि अनुराग, भर गये रे भावों के झाग'*	: भावनाओं की तीव्रता	**नि.र.-1**/272	छन्द की बाढ़
भावोदधि- *'भावोदधि से किरणों के मग, स्वाती कन से बन भरते जग'*	: भावनाओं का समुद्र, मन-रूपी समुद्र	**प्र.ग्रं.-2**/234	दर्शन/कामायनी
भावोदय- *'कहता तेरा प्रयाण सविनय,— कोई न अन्य था भावोदय'*	: विचार, भावना	**नि.र.-1**/315	सरोज-स्मृति
भाष- *'जगमग जीवन का अन्त्य भाष—'*	: बात	**नि.र.-1**/306	तुलसीदास
◆ *'अशब्द अधरों का, सुना, भाष, मैं कवि हूँ, पाया है प्रकाश'*	: आवाज, स्वर, बात	**नि.र.-1**/315	सरोज-स्मृति

शब्द- काव्य-पंक्ति	: अर्थ	ग्रंथावली/पृ.सं.	स्रोत/संदर्भ
भाषासी- *'दिवसन विरहाशासी/पद्म विकच भाषासी'*	: भाषा के समान	**नि.र.**-1/156	वेदना
भास- *'भास होता ज्ञान का'*	: अनुभव, एहसास	**नि.र.**-1/194	स्मृति-चुम्बन
भासमान- *'भासमान एकमात्र ज्ञान, उज्ज्वल आनन्द'*	: प्रकाशमान	**नि.र.**-1/180	रेखा 'ग'
♦ *'भासमान अर्घ्य पुष्प-चन्दन-समर्पित वे'*	: चमकदार, प्रकाशमान, सूरज	**नि.र.**-1/187	'सरोज' के प्रति
भास्वर- *'समायी उर-सर, मधुर विहार कर बनी चिन्तामणि भास्वर'*	: चमकदार	**नि.र.**-1/269	तपा जब यौवन का दिनकर
♦ *'अविनश्वर वही ज्ञान भीतर बाहर भ्रम, भ्रमरों को, भास्वर;'*	: प्रकाशमान	**नि.र.**-1/293	तुलसीदास
♦ *'यह नहीं हार मेरी भास्वार/वह रत्नहार-लोकोत्तर वर'*	: प्रकाशमान	**नि.र.**-1/316	सरोज-स्मृति
♦ *'देखा राम ने— सामने श्री दुर्गा, भास्वर'*	: प्रकाशमान, उज्ज्वल	**नि.र.**-1/338	राम की शक्ति-पूजा
♦ *'तमस-मूढ़ हों भास्वर'*	: प्रकाश से भर जाना, ज्ञान से जुड़ा हुआ	**पं.ग्रं.**-1/329	तीन/ज्योत्स्ना
भिक्षु- *'भिक्षु होकर रहते सम्राट् दया दिखलाते घर-घर घूम'*	: बौद्ध भिक्षु	**प्र.ग्रं.**-4/139	पंचम अंक/स्कन्दगुप्त
भिक्षुक जीवन- *'उनसे कैसे छोटा है मेरा यह भिक्षुक जीवन?'*	: अनासक्त भाव से व्यतीत होता जीवन	**म.सा.**-1/45	छाया की आँखमिचौनी /नीहार
भिन्न-जाति- *'दोनों हम भिन्न-वर्ण, भिन्न जाति, भिन्न रूप'*	: अलग जाति	**नि.र.**-1/328	प्रेयसी
भिन्न धर्मभाव- *'भिन्न धर्मभाव, पर केवल अपनाव से, प्राणों से एक थे'*	: अलग धर्म-संप्रदाय	**नि.र.**-1/328	प्रेयसी
भिन्न भी देह- *'जाना, भिन्न भी देह, निज घर निःसंशय'*	: देह के नष्ट होने पर भी	**नि.र.**-1/289	तुलसीदास
भिन्न-रूप- *'दोनों हम भिन्न-वर्ण, भिन्न जाति, भिन्न रूप'*	: अलग रूप-सौंदर्य	**नि.र.**-1/328	प्रेयसी
भिन्न-वर्ण- *'दोनों हम भिन्न-वर्ण, भिन्न जाति, भिन्न रूप*	: अलग वर्ण या रंग	**नि.र.**-1/328	प्रेयसी
भींगी पाँखें- *'हृदय-कुसुम की खुली अचानक मधु से वे भींगी पाँखें'*	: पराग-कण से भीगी फूल की पंखुड़ियाँ	**प्र.ग्रं.**-2/76	आशा/कामायनी
भीख दुख की- *'भीख दुख की माँगने फिर जो गया प्रतिद्वार'*	: बुद्ध ने लोगों से उनके दुःख की भीख माँगी थी	**म.सा.**-1/236	जाग बेसुधा जाग! /नीरजा
भीगी अलकों- *'भीगी अलकों के छोरों से चूतीं बूँदें कर विविध लास!'*	: भीगी केशराशि की तरह हैं बरसे हुए बादल	**म.सा.**-1/178	रूपसि तेरा घन-केश -पाश!/नीरजा
भीगी पलकों- *'सुख का सपना हो जाना, भीगी पलकों का लगना'*	: आँसू और दुःख से भरी आँखें	**प्र.ग्रं.**-2/5	आँसू
भीगे अधरों पर- *'सुरधनु नव रचतीं निश्वासें, स्मिति का इन भीगे अधरों पर'*	: सजल आकाश मानो सरस होंठों की तरह है	**म.सा.**-1/221	मुस्काता संकेत-भरा नभ/नीरजा
भीजिए- *'छिपिये उसी में मत बाहर हो भीजिए'*	: भीग जाइए, सराबोर हो जाइए	**प्र.ग्रं.**-1/245	अनुनय/झरना
भीड़- *'पर इसमें कलरव करने की आकुल न हो रही अभी भीड़'*	: बाल-बच्चे	**प्र.ग्रं.**-2/165	ईर्ष्या/कामायनी
भीत तारक- *'भीत तारक मूँदते दृग/भ्रांत मारुत पथ न पाता'*	: सहमे हुए सितारे	**म.सा.**-1/319	सब बुझे दीपक जला लूँ/दीप-शिखा

शब्द- काव्य-पंक्ति	: अर्थ	ग्रंथावली/पृ.सं.	स्रोत/संदर्भ
भीत-विवश- *'प्रतिक्षण करते ही जाते हैं भीत-विवश ये सब कम्पित से'*	: भयभीत एवं बेबस	**प्र.ग्रं.-2**/258	रहस्य/कामायनी
भीति- *'कायरों के चित्त की तू भीति है'*	: भय	**नि.र.-1**/43	माया
◆ *'उत्सुकता वेदना/भीति, मौन, प्रार्थना'*	: संकोचजनित भय, लज्जा के कारण भय	**नि.र.-1**/173	रेखा 'क'
◆ *'उगा अमर-अंकुर उर-भीतर/संसृति-भीति भगी'*	: भय	**नि.र.-1**/220	स्पर्श से लाज लगी
◆ *'होगा मुझको, यह लोक-रीति/कर दूँ पूरी, गो नहीं भीति'*	: भय	**नि.र.-1**/321	सरोज-स्मृति
◆ *'भीति क्या नभ है व्यथा का/आँसुओं से सिक्त अंचल!'*	: भय, डरने की क्या बात है!	**म.सा.-1**/311	दीप मेरे जल अकंपित /दीप-शिखा
भीति-उत्पात- *'भीति-उत्पात सब रात के दूर होंगे'*	: अँधेरे का प्रकोप, अँधेरे में किया जाने वाला उत्पात	**नि.र.-1**/166	महाराज शिवाजी का पत्र
भीति-बंधन- *'हमें सब भीति-बन्धन से छुड़ा दो'*	: भय के बन्धन, अभय (प्रदान करो)	**प्र.ग्रं.-4**/122	चतुर्थ अंक/स्कन्दगुप्त
भीम- *'उद्गीरित-वह्नि-भीम-पर्वत-कपि-चतुः प्रहर,'*	: बड़ा और भयंकर	**नि.र.-1**/329	राम की शक्ति-पूजा
भीम प्रकंपन- *'सघन गगन में भीम प्रकंपन, झंझा के चलते झटके'*	: भयंकर कंपन	**प्र.ग्रं.-2**/59	चिंता/कामायनी
भीमा- *'श्रद्धे, होगी चन्द्रशालिनी यह भव-रजनी भीमा'*	: भयंकर	**प्र.ग्रं.-2**/153	कर्म/कामायनी
◆ *'आती है रह रह पुकार सी यह भव-रजनी भीमा है'*	: भयानक (रात)	**प्र.ग्रं.-2**/213	निर्वेद/कामायनी
◆ *'देख नहीं सकते तुम दोनों चकित निराशा है भीमा'*	: भयंकर (निराशा)	**प्र.ग्रं.-4**/284	चतुर्थ अंक/चन्द्रगुप्त
भीमाकाश- *'सघन मेघों का भीमाकाश'*	: विशाल और भयानक आकाश	**पं.ग्रं.-1**/195	मौन निमन्त्रण/पल्लव
भीमा प्रकृति- *'नीरद जलधि लुब्ध हो भीमा प्रकृति, हृदय भय भरे हुए'*	: विराट प्रकृति	**प्र.ग्रं.-3**/209	द्वितीय अंक/विशाख
भीमा मूर्ति- *'फिर देखी भीमा मूर्ति आज रण देखी जो'*	: बड़ी और भंयकर आकृति (देवी की)	**नि.र.-1**/331	राम की शक्ति-पूजा
भीर- *'साथ लेकर भौंरों की भीर/विलासी हे उपवन के फूल!'*	: भीड़	**म.सा.-1**/68	कामना की पलकों में झूल/नीहार
भीरु- *'काँपी भीरु मृणाल वृन्त पर नील-कमल-कलिकाएँ थर-थर'*	: डरी हुई	**नि.र.-1**/211	बह चली अब अलि, शिशिर-समीर!
◆ *'भीरु पीनोरु नतनयना नवयौवना पर'*	: सहमी हुई (स्त्री)	**नि.र.-1**/163	महाराज शिवाजी का पत्र
भीरु घनों सा- *'भीरु घनों-सा गरज-गरजकर'*	: डरपोक बादलों की तरह	**पं.ग्रं.-1**/90	मेरे मानस का आवेश/वीणा
भीरु-दृग-संकुल- *'वह संसार भीरु-दृग-संकुल'*	: संकोच/लिहाज की निगाह से भरा हुआ	**नि.र.-1**/120	यमुना के प्रति
भीरु मना- *'कहाँ गयी वह भीरु मना'*	: भय से भरे मनवाली स्त्री	**पं.ग्रं.-1**/117	दिवानाथ का विपुल विभव जब/वीणा
भीलनी- *'भीलनी का जूठा उपहार'*	: भील जाति की स्त्री, शबरी ने राम को जूठे बेर खिलाए थे	**पं.ग्रं.-1**/113	हृदय के बन्दी तार/वीणा
भीषण- *'मूर्च्छित-सुग्रीवाङ्गद-भीषण-गवाक्ष-गय-नल,'*	: (जो युद्ध करने में) भयंकर भाव वाले थे	**नि.र.-1**/329	राम की शक्ति-पूजा
भीषण चेतनता- *'जिस क्षण भूल सकें हम अपनी यह भीषण चेतनता'*	: दुखों को याद रखने और महसूस करते रहने की चेतना	**प्र.ग्रं.-2**/148	कर्म/कामायनी

शब्द-	काव्य-पंक्ति	: अर्थ	ग्रंथावली/पृ.सं.	स्रोत/संदर्भ
भीषण हासों में-	*'लहरों के भीषण हासों में'*	: (समुद्र की लहरें मानो) अट्टहास हैं	**प्र.ग्रं.**-1/299	हे सागर संगम अरुण नील/लहर
भुक्ति-	*'वह एक भुक्ति, ज्यों मिली शुक्ति से मुक्ता'*	: भोग	**नि.र.**-1/295	तुलसीदास
	♦ *'विश्वानुरक्त हे अनासक्त, सर्वस्व त्याग को बना भुक्ति'*	: (गाँधीजी ने त्याग को ही) भोग बना लिया था	**पं.ग्रं.**-2/25	बापू के प्रति/युगपथ
भुजभर-	*'मैं सुख-दु:ख भेंटूँगी भुजभर;'*	: आलिंगन में भरकर, गले लगाकर	**म.सा.**-1/304	सखि मैं हूँ अमर सुहाग भरी!/सांध्य गीत
भुजभर मिली-	*'उन्मुक्त उर अस्तित्व खो क्यों तू उसे भुजभर मिली?'*	: हुलसकर (प्रसन्नतापूर्वक) आलिंगनबद्ध हो जाना	**म.सा.**-1/265	पंकज-कली!/सांध्य गीत
भुज मूलों-	*'भुज मूलों में, शिथिल वसन की व्यस्त न होती है अब माप'*	: भुजा जहाँ से प्रारम्भ होती है, काँख, कन्धा	**प्र.ग्रं.**-2/57	चिंता/कामायनी
भुज-मूलों-	*'खुले मसृण भुज-मूलों से वह आमंत्रण था मिलता'*	: बाँहों के मूल से मानो आलिंगन का निमंत्रण था	**प्र.ग्रं.**-2/145	कर्म/कामायनी
भुज-मृणाल-	*'तैर तिमिर-तल भुज-मृणाल से सलिल काटती'*	: बाँह जो कमल नाल की तरह कोमल है	**नि.र.**-1/106	तरंगों के प्रति
भुज-लता-	*'भुज-लता पड़ी सरिताओं की शैलों के गले सनाथ हुए;'*	: लताओं की तरह कोमल बाँहें	**प्र.ग्रं.**-2/105	काम/कामायनी
भुजलता-	*'भुजलता फँसा कर नर-तरु से झूले-सी झोंके खाती हूँ'*	: बाहु-रूपी लता	**प्र.ग्रं.**-2/130	लज्जा/कामायनी
भुनती-	*'भुनती वसुधा, तपते नग,'*	: दु:ख के ताप से जलती (धरती)	**प्र.ग्रं.**-1/332	अशोक की चिंता/लहर
भुवन-	*'भुवन-भुवन की भवन-यूथिका खोल रही, दृग खोल रही'*	: संसार	**नि.र.**-1/192	वसन्त-समीर
भुवन-भास्कर-	*'सिद्ध, भगवान भुवन-भास्कर जगाते तुम्हें'*	: सूर्य, संसार को प्रकाशित करने वाला	**नि.र.**-1/187	'सरोज' के प्रति
भू की थाती-	*'लौटाता है इन्हें स्वर्ग से भू की थाती'*	: धरती की विरासत	**म.सा.**-1/327	यह सपने सुकुमार /दीप-शिखा
भू-किन्नरी-	*'भ्रमर-नूपुर-रव गया थम/मूर्च्छिता भू-किन्नरी है'*	: धरती मानो किन्नरी की तरह गीत-नृत्य से युक्त है	**म.सा.**-1/391	लौट जा ओ मलय-मारुत के झकोरे!/दीप-शिखा
भू की शिराएँ-	*'स्वर-प्रकंपित कर दिशाएँ मीड़ सब भू की शिराएँ'*	: धरती के रेशे-रेशे में	**म.सा.**-1/311	दीप मेरे जल अकंपित /दीप-शिखा
भूत-	*'तुमने पावन कर, मुक्त किये मृत संस्कृतियों के विकृत भूत'*	: बुराइयाँ, बुरी ताकतें	**पं.ग्रं.**-2/24	बापू के प्रति/युगपथ
	♦ *'विकल हुआ-सा काँप रहा था, सकल भूत चेतन समुदाय;'*	: भौतिक चीजें, पाँच महाभूत माने गए हैं— धरती, आकाश, अग्नि, जल, वायु	**प्र.ग्रं.**-2/69	आशा/कामायनी
भूतगण-	*'या कि तुम्हारे कार्य भूतगण?'*	: पाँच मूल तत्त्व— धरती, आकाश, जल, अग्नि, हवा	**नि.र.**-1/113	कण
भूतनाथ-	*'प्रकृति त्रस्त थी, भूतनाथ ने नृत्य विकंपित-पद अपना'*	: महादेव, शिव	**प्र.ग्रं.**-2/193	स्वप्न/कामायनी

शब्द- काव्य-पंक्ति	: अर्थ	ग्रंथावली/पृ.सं.	स्रोत/संदर्भ
भूत-सृष्टि- *'उधर उठाया, भूत-सृष्टि सब होने जाती थी सपना'*	: जड़-चेतन से बनी सृष्टि	**प्र.ग्रं.-2**/193	स्वप्न/कामायनी
भूत-हित-रत- *'यहाँ देखा कुछ बलि का अन्न भूत-हित-रत किसका यह दान?'*	: जीव-जंतुओं की भलाई के लिए	**प्र.ग्रं.-2**/88	श्रद्धा/कामायनी
भूति- *'क्या संसृति की अचिर भूति तुम'*	: विभूति, वैभव, ऐश्वर्य	**पं.ग्रं.-1**/206	छाया/पल्लव
◆ *'विभव भूति ही-से निस्सार'*	: विभूति, भभूत, वैभव	**पं.ग्रं.-1**/215	बादल/पल्लव
◆ *'भूति—! भारत को ज्ञात'*	: विभूति, कृष्णकथा मानो वैभव की तरह है	**पं.ग्रं.-1**/217	स्मृति/पल्लव
◆ *'नष्ट-भ्रष्ट साम्राज्य-भूति के मेघाडम्बर!'*	: ऐश्वर्य, वैभव	**पं.ग्रं.-1**/226	परिवर्तन/पल्लव
भूतियाँ- *'मानसी भूतियाँ से अमन्द'*	: ऐश्वर्य, सम्पदा	**पं.ग्रं.-2**/22	मानव/युगपथ
भूतियों- *'भूतियों का दिगन्त छबि जाल'*	: ऐश्वर्य, वैभव	**पं.ग्रं.-1**/223	परिवर्तन/पल्लव
भूति-सी- *'दिव्य भूति-सी आ तुम पास'*	: विभूति के समान, वैभव के समान, भभूत (राख) के समान	**पं.ग्रं.-1**/190	वीचि विलास/पल्लव
भूति-से- *'भूति-से शोभित बिखर-बिखर'*	: बादल मानो सजे हाथी की तरह हैं, हाथी का शृंगार	**पं.ग्रं.-1**/185	आँसू/पल्लव
भूधर- *'बड़े दम्भ से खड़े हुए ये भूधर'*	: पर्वत, जिसने धरती को धारण किया हो	**नि.र.-1**/84	धारा
◆ *'हिंस्र निशाचर, भूधर, कन्दर पशु-संकुल'*	: पर्वत	**नि.र.-1**/130	स्वागत
◆ *'भूधर ज्यों ध्यान-मग्न; केवल जलती मशाल'*	: पर्वत	**नि.र.-1**/330	राम की शक्ति-पूजा
भू-नभ-चारी- *'हम चिर अदृश्य अप्सरियाँ भू-नभ-चारी'*	: धरती और आकाश तक विचरण करनेवाली चंद्र-किरणें	**पं.ग्रं.-1**/298	दो/ज्योत्स्ना
भू-पतिता- *'म्लान मना, भू-पतिता सी?'*	: धरती पर गिरी हुई, उपेक्षिता स्त्री	**पं.ग्रं.-1**/86	कौन-कौन तुम परिहत वसना/वीणा
भू पतिता-सी- *'म्लान मना, भू पतिता-सी'*	: धरती पर पड़ी हुई स्त्री की तरह	**पं.ग्रं.-1**/203	छाया/पल्लव
भू-भार- *'उतारोगे अब कब भू-भार'*	: धरती पर पड़ा अन्याय-अत्याचार का बोझ	**प्र.ग्रं.-4**/54	प्रथम अंक/स्कन्दगुप्त
भूमा का मधुमय दान- *'यही दुख सुख विकास का सत्य यही भूमा का मधुमय दान'*	: ईश्वर के आनन्दमय वरदान की तरह है दुःख	**प्र.ग्रं.-2**/89	श्रद्धा/कामायनी
भूमिकंप- *'आता जब भूमिकम्प'*	: भूकंप	**नि.र.-1**/133	स्वाधीनता पर (2)
भूमि-रंध्र- *'सुमन-संकुलित भूमि-रंध्र से मधुर गंध उठती रस भीनी'*	: धरातल के रेशे-रेशे से	**प्र.ग्रं.-2**/256	रहस्य/कामायनी
भूयोभूयः - *'शक्ति-वाह उच्छृङ्खल भूयोभूयः मङ्गल/उद्धत पदतल दलमल'*	: बार-बार	**नि.र.-1**/274	कहाँ परित्राण?
भूरि- *'भूरि भिन्नता में अभिन्नता'*	: अनेक प्रकार की	**पं.ग्रं.-1**/100	निर्झर की अजस्र झर्-झर्!/वीणा
भूरि दुखों- *'मेरे भूरि दुखों का भार'*	: अनेक प्रकार के दुःख	**पं.ग्रं.-1**/189	विनय/पल्लव
भूरुज- *'बाँध, बाँध कवि, बाँध पलक-भुज शून्य सार कर, कर तज भूरुज'*	: संसार का दुःख	**नि.र.-1**/231	रे अपलक मन

शब्द- काव्य-पंक्ति	: अर्थ	ग्रंथावली/पृ.सं.	स्रोत/संदर्भ
भूल- *'स्खलन चेतना के कौशल का भूल जिसे कहते हैं'*	: चूक	**प्र.ग्रं.-2**/143	कर्म/कामायनी
भूल महा- *'क्षणिक सुखों को स्थायी कहना दुःख-मूल यह भूल महा'*	: बहुत बड़ी भूल	**प्र.ग्रं.-3**/265	प्रथम अंक/अजातशत्रु
भूल-सुधारों- *'जड़-चेतनता की गाँठ वही सुलझन है भूल-सुधारों की'*	: अपने स्वरूप को न समझ पाने की भूल को (वह श्रद्धा) सुधारती है।	**प्र.ग्रं.-2**/107	काम/कामायनी
भूले, भोले बालकों- *'भूले भोले बालकों के इस विश्व खेल में भी'*	: संसार के लोग मूलतः उन बच्चों की तरह हैं जो या तो भूले-भटके हैं या भोले-भाले हैं।	**प्र.ग्रं.-1**/262	तुम/झरना
भूलोंमय- *'भूल गया जग भूल विपुल भूलोंमय सृष्टि रचाने को'*	: भूलों से युक्त, ऐसी सृष्टि जिसकी रचना करते हुए अनेक दुःख-दर्द-अपमान को भूलकर सृजनशील हुआ जाता है।	**म.सा.-1**/192	मेरे हँसते अधर नहीं जग—/नीरजा
भूषण-वसन- *'भूषण-वसन सजे गोरे तन प्रीति-भीति काँपे पग उर-मन'*	: आभूषण और वस्त्र	**नि.र.-1**/198	गीत 'ख'
भू-स्वर्लोक- *'भगिनि-भ्रात से भू-स्वर्लोक'*	: धरती और स्वर्ग (आकाश)	**पं.ग्रं.-1**/339	चार/ज्योत्स्ना
भृत्य- *'आकर्षण विहीन विद्युत्कण/बने भारवाही थे भृत्य'*	: दास, नौकर	**प्र.ग्रं.-2**/64	चिंता/कामायनी
भेक- *'नहीं वहाँ भेक, वहाँ/नहीं टर्र-टर्र'*	: मेढक	**नि.र.-1**/310	मित्र के प्रति
भेद-बुद्धि- *'भेद-बुद्धि निर्मम ममता की समझ, बची ही होगी'*	: अच्छे-बुरे को पहचानने की समझ	**प्र.ग्रं.-2**/150	कर्म/कामायनी
भेद-समर-नाशक- *'पूजा-भाव, भेद-समर-नाशक, विज्ञान आनन्दप्रद'*	: युद्ध के रहस्यों को समाप्त करने वाला, शांतिदायक	**नि.र.-1**/186	जागरण
भेदों- *'भेदों की श्रृंगार'*	: नायिका-भेद, सौन्दर्य के अनेक रूप	**पं.ग्रं.-1**/271	अप्सरा/गुंजन
भेरी-*'भैरवी! भेरी तेरी झंझा'*	: एक बाजा जिससे तेज आवाज निकलती है	**नि.र.-1**/85	आवाहन
◆ *'बजा दीर्घ साँसों की भेरी'*	: एक बाजा, युद्ध का बाजा	**पं.ग्रं.-1**/194	अनंग/पल्लव
भेरी-गर्जन- *'घन, भेरी-गर्जन से सजग सुप्त अंकुर'*	: युद्ध के बाजा (भेरी) की तरह गर्जन	**नि.र.-1**/135	बादल-राग
भैरव- *'वधिर विश्व चकित भीत सुन भैरव वाणी'*	: गंभीर आवाज	**नि.र.-1**/39	जन्मभूमि
◆ *'तो मैं भी तुझे सुनाऊँगा भैरव के पद दो-चार'*	: एक राग	**नि.र.-1**/89	प्रलाप
◆ *'उठा तू भैरव निर्जर राग'*	: एक राग, गंभीर तथा करुण स्वभाव का एक राग	**नि.र.-1**/103	उद्बोधन
◆ *'भैरव के घोष में स्वभाव भूल'*	: राग भैरवी	**नि.र.-1**/145	अमृत में गरल
भैरव जल संघात- *'बढ़ने लगा विलास-वेग-सा वह अति भैरव जल संघात;'*	: भीषण आवाज के साथ आनेवाली बाढ़	**प्र.ग्रं.-2**/60	चिंता/कामायनी
भैरव मिश्रण- *'पंचभूत का भैरव मिश्रण, शम्पाओं के शकल-निपात,'*	: शोर के साथ मिश्रण, पाँचों तत्त्वों (धरती, आकाश, अग्नि, जल, वायु) का मानो प्रचंड शोर के साथ मिश्रण हो रहा था।	**प्र.ग्रं.-2**/59	चिंता/कामायनी
भैरव रव- *'भैरव रव से हो व्याप्त दिशा, हो काँप रही भय-चकित निशा'*	: भयंकर ध्वनि	**प्र.ग्रं.-4**/341	प्रथम अंक/ध्रुवस्वामिनी

शब्द- काव्य-पंक्ति	: अर्थ	ग्रंथावली/पृ.सं.	स्रोत/संदर्भ
भैरवी- *'यह आज भैरवी आई है'*	: एक राग, सूर्योदय के पहले भोर में गाया जानेवाला राग, देवीगीत का एक राग	**प्र.ग्रं.-1**/304	आँखों से अलख जगाने को/लहर
◆ *'फूलों पर आनन्द भैरवी गाते मधुकर वृन्द'*	: भोर में गाया जानेवाला एक राग	**प्र.ग्रं.-3**/289	द्वितीय अंक/अजातशत्रु
◆ *'हो रही है भैरवी तू नागिनी'*	: भैरवी राग जो सुबह गाते हैं	**नि.र.-1**/42	माया
◆ *'भैरवी! भेरी तेरी झंझा'*	: भीषण रव (आवाज) करनेवाली, भयंकर	**नि.र.-1**/85	आवाहन
भोग का कर्म- *'कर्म का भोग, भोग का कर्म यही जड़ का चेतन आनन्द'*	: उपभोग के लिए फल की प्राप्ति हो इसलिए कर्म करते हैं, फल-भोग के लिए प्रयत्न।	**प्र.ग्रं.-2**/91	श्रद्धा/कामायनी
भोग विभूति- *'छोड़कर पार्थिव भोग विभूति, प्रेयसी का दुर्लभ वह प्यार'*	: सुख-भोग के साधन और ऐश्वर्य	**प्र.ग्रं.-1**/294	अरी वरुणा की शांत कछार/लहर
भोगावती- *'क्या दृष्टि! अतल की सिक्त-धार ज्यों भोगावती उठी अपार'*	: पाताल गंगा	**नि.र.-1**/320	सरोज-स्मृति
भोर की तारक द्युति- *'मद भरी जैसे उठे सलज्ज भोर की तारक द्युति की गोद'*	: उषाकाल में तारों की चमक	**प्र.ग्रं.-2**/85	श्रद्धा/कामायनी
भोले मेघ- *'तरल हृदय की उच्छ्वासें जब भोले मेघ लुटा जाते'*	: भोली-भाली भावनाओं से भरे हुए बादल, बादल में नमी और पानी के साथ छाया और शीतल वायु का मेल है। ये सब मिलकर बादल को भोला बना देते हैं।	**म.सा.-1**/30	रजत करों की मृदुल तूलिका/नीहार
भौतिक-विप्लव- *'भौतिक-विप्लव देख विकल वे थे घबराये'*	: प्राकृतिक उथल-पुथल, प्रकृति का भयानक रूप	**प्र.ग्रं.-2**/197	संघर्ष/कामायनी
भौतिक सदेह- *'ये भौतिक सदेह कुछ करके जीवित रहना यहाँ चाहते'*	: भौतिक तत्त्व से बने शरीर (सहारे)	**प्र.ग्रं.-2**/258	रहस्य/कामायनी
भौतिक हलचल- *'भौतिक हलचल से यह चंचल हो उठा देश ही था मेरा'*	: प्रलय की तबाही	**प्र.ग्रं.-2**/179	इड़ा/कामायनी
भ्रंश- *'ध्वंस भ्रंश जग के जड़ बन्धन!'*	: टूटा हुआ अंश	**पं.ग्रं.-2**/7	द्रुत झरो जगत के जीर्ण पत्र/युगपथ
भ्रम- *'जो धूल-धूसरित खड़े हुए हैं— कबसे प्रियतम, है भ्रम?'*	: सत्य को न पहचान पाना	**नि.र.-1**/48	प्रकाश
◆ *'द्वैतभाव ही है भ्रम'*	: सत्य का आभास	**नि.र.-1**/60	पंचवटी प्रसंग:4
◆ *'भ्रम के ही भीतर से/भ्रम के पार जाना है'*	: सत्य का अभाव	**नि.र.-1**/60	पंचवटी प्रसंग:4
भ्रम-अनूप- *'अपने पै आप मर रहा यह भ्रम-अनूप है'*	: विशेष प्रकार का भ्रम, अनुपम भ्रम	**प्र.ग्रं.-3**/191	प्रथम अंक/विशाख
भ्रम-ममता- *'हों कर्म निरतजन, राग विरत रति-विरति-व्यतिक्रम भ्रम-ममता'*	: भ्रम और मोहमाया	**पं.ग्रं.-2**/25	बापू के प्रति/युगपथ
भ्रमर- *'जो करे गन्ध-मधु का वर्जन/वह नहीं भ्रमर;'*	: भौंरा, गुणग्राहक	**नि.र.-1**/339	सम्राट् अष्टम एडवर्ड के प्रति
भ्रमर-नूपुर-रव- *'भ्रमर-नूपुर-रव गया थम मूर्च्छिता भू-किन्नरी है'*	: भौंरे मानो नूपुर की तरह ध्वनि करते हैं	**म.सा.-1**/391	लौट जा ओ मलय-मारुत के झकोरे!/दीप-शिखा

शब्द-	काव्य-पंक्ति	: अर्थ	ग्रंथवली/पृ.सं.	स्रोत/संदर्भ
भ्रांत-	*'एक उल्का-सा जलता भ्रांत, शून्य में फिरता हूँ असहाय'*	: दुविधा-ग्रस्त, भ्रमित	**प्र.ग्रं.**-2/85	श्रद्धा/कामायनी
◆	*'क्रमशः प्रदेश सब हुए भ्रान्त, घिर-घिरकर'*	: भ्रमित, शिकार	**नि.र.**-1/281	तुलसीदास
भ्रांत निशा-	*'मनु! देखो यह भ्रान्त निशा अब बीत रही है'*	: भ्रम में डालनेवाली अँधेरी रात	**प्र.ग्रं.**-2/204	संघर्ष/कामायनी
भ्रांत पथिक-	*'भ्रांत पथिक से फिर फिर आते विस्मित पल क्षण मतवाले हैं?'*	: भटका हुआ मुसाफिर	**म.सा.**-1/221	मुस्काता संकेत-भरा नभ/नीरजा
भ्रांत मारुत-	*'भीत तारक मूँदते दृग/भ्रांत मारुत पथ न पाता'*	: दिग्भ्रमित पवन, दिशाहीन हवा	**म.सा.**-1/319	सब बुझे दीपक जला लूँ/दीप-शिखा
भ्रांत साधना-	*'बोले मनु- "क्या मैं भ्रान्त साधना में ही अब तक लगा रहा'*	: विवेकहीन प्रयत्न	**प्र.ग्रं.**-2/175	इड़ा/कामायनी
भ्रांति-	*'मैं हूँ मतवाली भ्रान्ति'*	: असत्य को सत्य मान लेना	**नि.र.**-1/49	तुम और मैं
भ्रांतिमय कण-	*'भ्रांतिमय कण/श्रांतिमय क्षण'*	: संसार का कण-कण मुझे भ्रमों से भरा हुआ मालूम पड़ा	**म.सा.**-1/260	मेरा सजल मुख देख लेते!/सांध्य गीत
भ्रुवों-	*'भ्रुवों में भंग, दृगों में वाण'*	: भ्रुव, भौंहों	**पं.ग्रं.**-1/258	मधुवन/गुंजन
भ्रू-कुटिलता-	*'भ्रू-कुटिलता, सरल हास'*	: भौंहों का टेढ़ा होना	**नि.र.**-1/173	रेखा 'क'
भ्रू-चालन-	*'वे संकेत दंभ के चलते भ्रू-चालन मिस परितोषों से'*	: भौंहों के संचालन (से अपने मनोभावों को छुपाना)	**प्र.ग्रं.**-2/262	रहस्य/कामायनी
भ्रू पात-	*'कर सहसा शीतल भ्रू पात'*	: भौंहों की भंगिमा बदल लेना, मिजाज बदल लेना	**पं.ग्रं.**-1/201	विश्व वेणु/पल्लव
भ्रू-भंग-	*'किसका था भ्रू-भंग प्रलय-सा जिसमें ये सब विकल रहे!'*	: भौंहों का टेढ़ा होना, क्रोध का प्रतीक	**प्र.ग्रं.**-2/68	आशा/कामायनी
◆	*'चटकतीं कलियाँ पा भ्रू-भंग'*	: भौंहों के संकेत पर	**पं.ग्रं.**-1/371	द्वितीय दृश्य/परी
भ्रू-भंग-लास-	*'अखिल-लोक-रञ्जन कर नर्तन समीर में यति की भ्रू-भंग-लास'*	: भौंहों के संचालन के लास्य भाव (सौंदर्यपरक)	**नि.र.**-1/206	कवि
भ्रू भंगों-	*'तेरे भ्रू भंगों से कैसे बिंधवा दूँ निज मृग-सा मन'*	: भौंहों का सुन्दर संचालन	**पं.ग्रं.**-1/195	मोह/पल्लव
भ्रू युगल-	*'भ्रू युगल मटका चुकी हूँ सेतु-से'*	: दोनों भौंहें	**पं.ग्रं.**-1/130	ग्रन्थि
भ्रू-लता थी कान तक-	*'भ्रू-लता थी कान तक चढ़ती रही बेरोक'*	: भौंह-रूपी लता मानो कानों तक फैल गयी थी (रतिभाव के अनुभाव)	**प्र.ग्रं.**-2/119	वासना /कामायनी
भ्रू-विलास-	*'उनके अचपल भ्रू-विलास में लाल-रंग-रस सरसाओ!'*	: भौंहों की सुखाशयता	**नि.र.**-1/213	मेरे प्राणों में आओ!
भ्रू वीचि-	*'मन्द मुसकातीं, चपल भ्रू वीचि में'*	: भौंहों के संचालन की लहरें	**पं.ग्रं.**-1/127	ग्रन्थि
◆	*'कुछ गिरी भ्रू वीचि से, कुछ-कुछ खुली'*	: भौंहें मानो लहर की तरह लचीली हैं	**पं.ग्रं.**-1/135	ग्रन्थि
मंगल-आशी-	*'उर-उरवासी, मंगल-आशी'*	: कल्याण की कामना करनेवाले	**पं.ग्रं.**-1/313	तीन/ज्योत्स्ना
मंगल-कामना-अकेली-	*'वह कामायनी जगत की मंगल-कामना-अकेली'*	: कल्याण की अद्वितीय अभिलाषा (की तरह है श्रद्धा)	**प्र.ग्रं.**-2/276	आनन्द/कामायनी
मंगल किरणों-	*'मंगल किरणों से रंजित/मेरे सुन्दरतम जागो'*	: मंगलमय आभा से युक्त	**प्र.ग्रं.**-2/33	आँसू

शब्द-	काव्य-पंक्ति	: अर्थ	ग्रंथावली/पृ.सं.	स्रोत/संदर्भ
मंगल की माया-	*'किन्तु अधम मैं समझ न पाया उस मंगल की माया को'*	: सर्वमंगला नारी की कल्याणकारिणी शक्ति, शिव की विद्या माया, शिव(मंगल) की शक्तिस्वरूप माया।	**प्र.ग्रं.-2**/227	निर्वेद/कामायनी
मंगल कुंकुम-	*'छिटका जीवन हरियाली पर— मंगल कुंकुम सारा'*	: शुभ और सौभाग्य के प्रतीक केसर, रोली आदि	**प्र.ग्रं.-4**/215	द्वितीय अंक/चन्द्रगुप्त
मंगल के मधुर गान-	*'कितने मंगल के मधुर गान उसके कोनों को रहे चूम'*	: कल्याण की भावना से परिपूर्ण मधुर गीत	**प्र.ग्रं.-2**/165	ईर्ष्या/कामायनी
मंगल चेतन-	*'वह रजत गौर, उज्ज्वल जीवन, आलोक पुरुष! मंगल चेतन!'*	: कल्याण की चेतना से युक्त (शिव)	**प्र.ग्रं.-2**/246	दर्शन/कामायनी
मंगलमय वृद्धि-	*'डरो मत अरे अमृत संतान अग्रसर है मंगलमय वृद्धि;'*	: मंगल-भाव से भरी हुई सृष्टि का विकास	**प्र.ग्रं.-2**/92	श्रद्धा/कामायनी
मंगलमयी-	*'जगती की मंगलमयी उषा बन'*	: कल्याण करनेवाली	**प्र.ग्रं.-1**/296	जगती की मंगलमयी उषा बन/लहर
मंगली-	*''मैं हूँ मंगली'', मुड़े सुनकर'*	: मंगल-दोष वाला व्यक्ति (जन्म कुंडली से)	**नि.र.-1**/318	सरोज-स्मृति
मंजरित-	*'मंजरित नवल मृदु देह-डाल खिल खिल उठता नव पुलक-जाल'*	: बौर या मंजर की तरह रोमांचित	**म.सा.-1**/104	किस सुधि-वसंत का सुमन-तीर/रश्मि
मंजरित रसाल-	*'देख मंजरित रसाल हिला'*	: बौर से भरा आम का पेड़	**प्र.ग्रं.-3**/188	प्रथम अंक/विशाख
मंजरियों-	*'मञ्जरियों के मुकुटों में'*	: मौर, आम के बौर, आम के फूल	**नि.र.-1**/189	वासन्ती
मंजरी-	*'किन्तु मंजरी से भूषित'*	: अनाज लगने से पहले बाली में लगे फूल	**पं.ग्रं.-1**/91	उस सीधे जीवन का श्रम /वीणा
मंजरी-जयकिरीट-	*'जहाँ मञ्जरी-जयकिरीट वनदेवी की स्तुति कवि पढ़ते थे'*	: मंजरी (बौर) रूपी विजयी मुकुट	**नि.र.-1**/91	अनुताप
मँजीर-	*'आलोक-तिमिर सित-असित चीर सागर-गर्जन रुनझुन मँजीर'*	: घुँघरू, नूपुर	**म.सा.-1**/237	लय गीत मदिर, गति ताल अमर/नीरजा
♦	*'गर्जन-मृदंग-हरहर-मँजीर पर गाती दुख बरसात भली!'*	: नूपुर, घुँघरू	**म.सा.-1**/383	तेरी छाया में अमिट रंग/दीप-शिखा
मंजीर-	*'कर न तू मंजीर का स्वन, अलस पग धर सँभल गिन गिन'*	: नूपुर	**म.सा.-1**/277	दीप तेरा दामिनी! /सांध्य गीत
मंजु-	*'किसलयों के अधर यौवन-मद रक्ताभ; मञ्जु उड़ते षट्पद'*	: सुंदर	**नि.र.-1**/307	दान
मंजु-गुंजर-	*'फेर लो नयन,/चलो मंजु-गुंजर, धर नूपुर-शिञ्जित-चरण'*	: मधुर स्वर में गूँजती हुई	**नि.र.-1**/252	लाज लगे तो
मंजु ममता-	*'मंजु ममता से मिला बन हृदय का सद्भाव'*	: सुन्दर ममता का भाव	**प्र.ग्रं.-2**/113	वासना/कामायनी
मंजु-मीन-	*'मंजु-मीन केतन अनंग का'*	: सुन्दर मछली	**प्र.ग्रं.-1**/352	प्रलय की छाया/लहर
मंजु मुकुल-	*'मधुप क्यों मंजु मुकुल से मिला'*	: सुन्दर कली	**प्र.ग्रं.-3**/188	प्रथम अंक/विशाख
मंजु मेल-	*'मंजु मेल की मूर्ति विमल'*	: सुन्दर मेल-जोल (से बने बादल)	**पं.ग्रं.-1**/90	ये तो हैं नादान नयन! /वीणा

शब्द- काव्य-पंक्ति	: अर्थ	ग्रंथावली/पृ.सं.	स्रोत/संदर्भ
मंजुल- *'जोड़ो मञ्जुल घड़ियों में'*	: सुंदर	**नि.र.-1**/189	वासन्ती
◆ *'रँग देता प्रसुप्त जग के रँग गीत जागरण मंजुल अमरण'*	: सुंदर	**नि.र.-1**/261	प्रतिक्षण मेरा मोह-मलिन मन
मंजुलता- *'जीवन का कोमल तंतु बढ़े तेरी ही मंजुलता समान'*	: सुंदरता	**प्र.ग्रं.-2**/166	ईर्ष्या/कामायनी
मँझधार- *'तरी को ले जाओ मँझधार/डूबकर हो जाओगे पार'*	: नदी की धारा के बीच	**म.सा.-1**/49	घोर तम छाया चारों ओर/नीहार
मंडन- *'मेरे मण्डन को आज मधुर ला रजनीगंधा का पराग'*	: शृंगार, सजावट	**म.सा.-1**/257	जाने किस जीवन की सुधि ले/सांध्य गीत
मंडप- *'मंडप के सोपान पड़े थे सूने, कोई अन्य नहीं'*	: यज्ञ-मंडप, यज्ञ-वेदी के पास की जगह	**प्र.ग्रं.-2**/214	निर्वेद/कामायनी
मंडल- *'जिसके मंडल में एक कमल खिल उठा सुनहला भर पराग'*	: परिधि	**प्र.ग्रं.-2**/178	इड़ा/कामायनी
मंडली- *'सिंधु बेला-सी घन मंडली'*	: समूह	**प्र.ग्रं.-1**/305	आह रे, वह अधीर यौवन/लहर
मंत्र- *'द्वन्द्वों का उद्गम तो सदैव शाश्वत रहता वह एक मंत्र'*	: मूल सूत्र, शिव, ईश्वर, द्वंद्वरहित मंत्रमूर्ति शिव	**प्र.ग्रं.-2**/175	इड़ा/कामायनी
मंत्रपूत- *'वे आये याद दिव्य शर अगणित मन्त्रपूत'*	: मंत्रों से पवित्र किए गए (बाण)	**नि.र.-1**/331	राम की शक्ति-पूजा
◆ *'हत मन्त्रपूत शर संवृत करतीं बार-बार'*	: मंत्रों से पवित्र (बाण)	**नि.र.-1**/334	राम की शक्ति-पूजा
मंथर- *'पवन में है पुलक मंथर, चल रहा मधु-भार'*	: मंद-मंद	**प्र.ग्रं.-2**/116	वासना/कामायनी
मंद-चंचल-समीर-रथ- *'ऐ स्वच्छन्द! मन्द-चञ्चल-समीर-रथ पर उच्छृंखल'*	: मंद और चंचल वायु-रूपी रथ	**नि.र.-1**/129	बादल राग
मंद बतास- *'इन कुञ्जों में खोज रहा है सूना कोना मंद बतास'*	: धीमी गति से चलनेवाली वसंती हवा	**म.सा.-1**/32	बनबाला के गीतों सा/नीहार
मंदर- *'शुचि चन्दन-वन्दन-सुन्दर,/मन्दर-सज्जित;'*	: आठ या सोलह लड़ियों वाला मोतियों का हार	**नि.र.-1**/146	प्रार्थना
मंदर धनु- *'तुड़ा मरालों से मन्दर धनु'*	: धनुष की तरह वक्राकर मन्दर पर्वत	**पं.ग्रं.-1**/194	अनंग/पल्लव
मंद-हास-मृदु- *'मन्द-हास-मृदु वह'*	: धीमी और मधुर हँसी	**नि.र.-1**/144	जागृति में सुप्ति था
मंदाकिनी- *'बह चली मंदाकिनी मरन्द'*	: स्वर्ग में बहनेवाली गंगा की एक जलधारा (की तरह पराग की सुगंध फैली)	**प्र.ग्रं.-1**/264	प्रार्थना/झरना
◆ *'जीवन में सुख अधिक या कि दुख, मंदाकिनि कुछ बोलोगी?'*	: मंद गति से बह रही किसी नदी (के किनारे श्रद्धा बैठी है)	**प्र.ग्रं.-2**/186	स्वप्न/कामायनी
◆ *'मन्दाकिनी समीप भरी फिर प्यासी आँखें क्यों नादान'*	: आकाशगंगा की एक धारा	**प्र.ग्रं.-4**/238	द्वितीय अंक/चन्द्रगुप्त
मंदार- *'नर्म-मर्मज्ञ मुग्ध मन्दार!'*	: एक वृक्ष, एक फूल	**पं.ग्रं.-1**/257	मधुवन/गुंजन
मंद्र- *'चूम चरण ताल मार गरज जलधि मधुर मन्द्र'*	: गंभीर	**नि.र.-1**/39	जन्मभूमि
◆ *'मन्द्र उठा तू बन्द-बन्द पर जलने वाली तान'*	: गंभीर स्वर	**नि.र.-1**/104	उद्बोधन
◆ *'मधुर मन्द्र, उठ पुनः पुनः ध्वनि'*	: गंभीर	**नि.र.-1**/134	बादल-राग

शब्द- काव्य-पंक्ति	: अर्थ	ग्रंथावली/पृ.सं.	स्रोत/संदर्भ
◆ *'हृदय-कम्प के जलद-मन्द्र स्वर मेरी तृष्णा के, करुणाकर/तृप्ति-प्रेम-सर हे'*	: गंभीर	**नि.र.**-1/218	नयनों में हेर प्रिये
◆ *'नवल कण्ठ, नव जलद-मन्द्र रव'*	: गंभीर	**नि.र.**-1/225	वर दे वीणावादिनि वरदे!
◆ *'मौन में मन्द्र'*	: गंभीर	**नि.र.**-1/338	सम्राट् अष्टम एडवर्ड के प्रति
◆ *'नीरदों में मंद्र गति-स्वन,/वात में उर का प्रकंपन'*	: गंभीर और धीर	**म.सा.**-1/361	निमिष से मेरे विरह के.../दीप-शिखा
मंद्रस्वर- *'श्यामा के पदतल भारधरण हर मन्द्रस्वर'*	: गंभीर स्वर	**नि.र.**-1/332	राम की शक्ति-पूजा
मंद्रित घन- *'यह है उपाय' कह उठे राम ज्यों मन्द्रित घन'*	: बादलों की गंभीर (आवाज)	**नि.र.**-1/337	राम की शक्ति-पूजा
मकरंद- *'नए पल्लव का घूँघट डाल अछूता ले अपना मकरंद,'*	: पराग	**म.सा.**-1/92	मधुरिमा के, मधु के अवतार/नीहार
◆ *'है अंतरिक्ष आमोद भरा/हिम-कणिका ही मकरंद हुई'*	: परागकण	**प्र.ग्रं.**-2/99	काम/कामायनी
मकरंद घोल- *'मेरी पीड़ा पर छिड़केगा जो कुसुम-धूलि मकरंद घोल'*	: परागकण घोलकर अर्थात् राहत प्रदान करना	**प्र.ग्रं.**-2/167	ईर्ष्या/कामायनी
मकरंद-जलद-सा- *'नव कनक-कुसुम-रज धूसर मकरंद-जलद-सा फूला'*	: पराग से युक्त बादल के समान (प्रसन्न)	**प्र.ग्रं.**-2/277	आनन्द/कामायनी
मकरंद-पगी- *'मकरंद-पगी केसर पर/जीती मधु-परियाँ ढूँढूँ'*	: परागकणों से भरा-पूरा	**म.सा.**-1/133	कह दे माँ क्या अब देखूँ!/रश्मि
मकरंद बिंदु- *'सरस न हो मकरंद बिंदु से खुलकर तो ये मर लें'*	: परागकण का तरल रूप, पुष्प-रस की बूँदें	**प्र.ग्रं.**-2/151	कर्म/कामायनी
मकरंद-भार- *'मकरन्द-भार से दब कर श्रवणों में स्वर जा बसते'*	: परागकण मिश्रित होकर	**प्र.ग्रं.**-2/14	आँसू
मकरंद मेघ-माला-सी- *'मकरन्द मेघ-माला-सी वह स्मृति मदमाती आती'*	: पराग से बने मेघों की माला की तरह	**प्र.ग्रं.**-2/18	आँसू
मकरंद लुटी सी- *'छिन्नपत्र मकरन्द लुटी सी ज्यों मुरझायी हुई कली'*	: रसमयता से वंचित	**प्र.ग्रं.**-2/218	निर्वेद/कामायनी
मकरंद वृष्टि- *'तरुणाब्ज अतीत था खिला, करुणा की मकरन्द वृष्टि थी'*	: पराग की मानो बारिश हो रही थी	**प्र.ग्रं.**-3/179	प्रथम अंक/विशाख
मकरंद-सा अनूप- *'मुकुलों में कौन मकरंद-सा अनूप है'*	: अनुपम पराग की तरह	**प्र.ग्रं.**-1/261	तुम/झरना
मख- *'पी प्रचुर रचनामृत शुचि सोम, सुरति की मूर्ति, प्राण मख होम;'*	: यज्ञ	**नि.र.**-1/269	तपा जब यौवन का दिनकर
◆ *'कौन यह मधुर मौन मख, याग'*	: यज्ञ	**नि.र.**-1/274	खुल गया रे
मग- *'जलती सिकता का यह मग,'*	: मार्ग	**प्र.ग्रं.**-1/332	अशोक की चिंता/लहर
◆ *'थे केवल जीवन-संगी/कल्याण कलित इस मग के'*	: रास्ता, जीवन की राहें	**प्र.ग्रं.**-2/8	आँसू
◆ *'भावोदधि से किरणों के मग, स्वाती कन से बन भरते जग'*	: किरणों के रास्ते, माध्यम	**प्र.ग्रं.**-2/234	दर्शन/कामायनी
◆ *'अलस पग, मग में ठगी-सी रह गयी'*	: रास्ता	**नि.र.**-1/155	शेष
◆ *'शत शत वर्षों का मग/हुआ पार देश का, न*	: रास्ता, परंपरा	**नि.र.**-1/271	शत शत वर्षों का मग
◆ *'पग उठे उसी मग को अजान'*	: मार्ग	**नि.र.**-1/300	तुलसीदास

शब्द- काव्य-पंक्ति	: अर्थ	ग्रंथावली/पृ.सं.	स्रोत/संदर्भ
♦ *'मग में पिक-कुहरित डाल-डाल'*	: मार्ग	**नि.र.**-1/300	तुलसीदास
♦ *'किस गुहा-नीड़ में रे किस मग'*	: रास्ता	**पं.ग्रं.**-1/268	एक तारा/गुंजन
♦ *'जग के मग में उदास'*	: रास्ता, जीवन-पथ	**पं.ग्रं.**-1/286	एक/ज्योत्स्ना
मगध-शिर- *'है ऊँचा आज मगध-शिर—'*	: अशोक मौर्य के साम्राज्य मगध का मस्तक	**प्र.ग्रं.**-1/329	अशोक की चिंता/लहर
मग्न- *'यह विलम्ब! कठोर हृदये! मग्न को'*	: जो प्रेम में डूब चुका है	**पं.ग्रं.**-1/125	ग्रन्थि
मघा की फुहार- *'रही न अब शारदी कैरवी न तो मघा की फुहार कोकिल'*	: मघा नक्षत्र की बारिश	**प्र.ग्रं.**-4/39	प्रथम अंक/स्कन्दगुप्त
मज्जन- *'मेरे पड़ोस के वे सज्जन/करते प्रतिदिन सरिता-मज्जन'*	: नहाना	**नि.र.**-1/309	दान
मज्जनानंद- *'रस में मज्जनानन्द'*	: मज्जन+आनंद, सराबोर होने की खुशी	**नि.र.**-1/174	रेखा 'क'
मज्जनावेदन- *'मज्जनावेदन मृदु फूटता सागर में'*	: मज्जन+आवेदन, स्नान का आग्रह	**नि.र.**-1/171	रेखा 'क'
मज्जित-*'स्वर-सा कर दो अविनश्वर,/ईश्वर-मज्जित'*	: नहाना, सराबोर	**नि.र.**-1/146	प्रार्थना
♦ *'खुल गये, रहा निष्पलक भाव में मज्जित मन'*	: डूबा हुआ, नहाया हुआ	**नि.र.**-1/335	राम की शक्ति-पूजा
♦ *'मज्जित कर लो अपने साथ'*	: नहा लेना, सराबोर कर देना	**पं.ग्रं.**-1/92	इस अबोध की अन्धकारमय/वीणा
मटका- *'भ्रू युगल मटका चुकी हूँ सेतु-से'*	: भौंहों का संचालन	**पं.ग्रं.**-1/130	ग्रन्थि
मणि ज्वाल- *'लहकता है, फैला मणि ज्वाल'*	: मणि से निकलनेवाली आभा (की तरह चाँद की आभा)	**पं.ग्रं.**-1/184	आँसू/पल्लव
मणि-दीप- *'मणि-दीप लिए निज कर में पथ दिखलाने को आये'*	: दीपक की तरह प्रकाश देनेवाली मणियाँ	**प्र.ग्रं.**-2/19	आँसू
♦ *'हिम खंड रश्मि मंडित हो मणि-दीप प्रकाश दिखाता'*	: मणि से बना दीपक, मणि-रूपी दीपक	**प्र.ग्रं.**-2/279	आनन्द/कामायनी
मणिदीप- *'मणिदीप विश्व-मन्दिर की/पहने किरणों की माला;'*	: चन्द्रमा	**प्र.ग्रं.**-2/30	आँसू
मणि-दीपों- *'मणि-दीपों के अंधकारमय अरे निराशापूर्ण भविष्य!'*	: देवता दीपक के रूप में चमकीली मणियों का उपयोग करते थे।	**प्र.ग्रं.**-2/54	चिंता/कामायनी
मणि-द्युति- *'मणि-द्युति गल जाये'*	: मणियों की आभा (मानो ओसकणों की चमक के आगे फीकी पड़ जाए)	**पं.ग्रं.**-1/303	तीन/ज्योत्स्ना
मणिबंधों- *'जिन युवकों के मणिबंधों में अबंध बल'*	: मणिबंध, कलाई	**प्र.ग्रं.**-1/335	शेरसिंह का शस्त्र-समर्पण/लहर
मणि-मेखला- *'मणि-मेखला में रही कठिन कृपाणी जो'*	: मणि-जड़ित कमरबन्द (जिसमें तलवार बाँध सकते हैं)	**प्र.ग्रं.**-1/346	प्रलय की छाया/लहर
मणियों का जाल- *'अपना फेनिल फन पटक रहा मणियों का जाल लुटाता-सा;'*	: अनेक मणियाँ	**प्र.ग्रं.**-2/101	काम/कामायनी
मणि-रचित- *'वे अम्लान कुसुम सुरभित, मणि-रचित मनोहर मालायें,'*	: मणि-माला, मणियों की माला	**प्र.ग्रं.**-2/58	चिंता/कामायनी
मणि रत्न निधान- *'और डूबती सी अचला का अवलम्बन मणि रत्न निधान'*	: अनमोल मणियों और रत्नों का खजाना है हिमालय	**प्र.ग्रं.**-2/71	आशा/कामायनी

शब्द- काव्य-पंक्ति	: अर्थ	ग्रंथावली/पृ.सं.	स्रोत/संदर्भ
मणिराजी- *'देख, बिखरती है मणिराजी अरी उठा बेसुध चंचल'*	: रत्न या मणियाँ, यहाँ आशय तारों से है	**प्र.ग्रं.**-2/79	आशा/कामायनी
मणि वाले फणियों- *'मणि वाले फणियों का मुख क्यों भरा हुआ हीरों से?'*	: मणिवाले नाग, केश-राशि से बनी चोटी मणिधर सर्प की तरह लग रही है; उसके मुख में मणि होनी चाहिए थी, मगर यहाँ तो हीरों की तरह सितारे जड़े हैं।	**प्र.ग्रं.**-2/11	आँसू
मतंगज- *'मत्त मतंगज कभी झूमते'*	: हाथी	**पं.ग्रं.**-1/214	बादल/पल्लव
मत कर पसार- *'मत कर पसार निज पैरों चल, चलने की जिसको रहे झोंक'*	: हाथ मत फैलाओ, भीख मत माँगो	**प्र.ग्रं.**-2/180	इड़ा/कामायनी
मतवाला- *'अगर कहेगी तू मुझको 'यह है मतवाला निरा'*	: मनमौजी	**नि.र.**-1/89	प्रलाप
मतवाली- *'जिसको कहते सब सृष्टि, बनी मतवाली अपनी माया में'*	: अपनी लय में गतिशील	**प्र.ग्रं.**-2/104	काम/कामायनी
मतवाली सुंदरता- *'मतवाली सुन्दरता पग में नूपुर-सी लिपट मनाती हूँ'*	: कामोद्दीप्त सुन्दरी	**प्र.ग्रं.**-2/128	लज्जा/कामायनी
मति-गति- *'पति की इस मति-गति से मरकर'*	: समझ और व्यवहार	**नि.र.**-1/301	तुलसीदास
मति मल- *'मुझको मति मल धोने दो'*	: बुद्धि और विचार की मलिनता	**पं.ग्रं.**-1/88	करुणा क्रन्दन करने दो!/वीणा
मत्त गज-से- *'मत्त गज-से पुरुष को जिसने नहीं'*	: उत्तेजित हाथी के समान	**पं.ग्रं.**-1/131	ग्रन्थि
मत्तता- *'इस रसीली मूर्च्छना की मत्तता'*	: होश छीन लेने की ताकत, मदहोशी	**प्र.ग्रं.**-1/257	मिलन/झरना
मत्त पंचनद- *'खेलता था यौवन-विलासी मत्त-पंचनद'*	: जोशीला पंजाब	**प्र.ग्रं.**-1/334	शेरसिंह का शस्त्र-समर्पण/लहर
मत्त बाल गयन्द- *'मत्त बाल गयन्द को कृश सूत्र से'*	: किशोर उम्र का उत्तेजित हाथी	**पं.ग्रं.**-1/129	ग्रन्थि
मत्त-भृंग-सम- *'मत्त-भृंग-सम सङ्ग-सङ्ग तम-तारा मुख-अम्बुज-मधु-लुब्ध'*	: भौंरों की तरह नशे में	**नि.र.**-1/122	यमुना के प्रति
मत्त मारुत- *'मत्त मारुत पर चढ़ उद्भ्रांत,'*	: तेज हवा (मानो नशे से उग्र हो)	**प्र.ग्रं.**-1/305	आह रे, वह अधीर यौवन /लहर
मत्त समीर- *'यहाँ मत आओ मत्त समीर सो रहा है मेरा एकांत'*	: सुगंध के नशे में डूबी वायु	**म.सा.**-1/68	कामना की पलकों में झूल/नीहार
मत्त समीरण- *'निर्झर मानस आँसूमय कर इस क्षण के हित मत्त समीरण'*	: नशे में झूमती हवा	**म.सा.**-1/243	केवल जीवन का क्षण मेरे!/नीरजा
मत्सर मान- *'प्रिय! लपेटकर मत्सर मान'*	: कालुष्य से भरा अहंकार, द्वेषपूर्ण अभिमान	**पं.ग्रं.**-1/95	अब न अगोचर रहो सुजान!/वीणा
मद- *'द्रोह, मोह, छल, मदन, मद मुझे'*	: नशा, अभिमान, अहंकार	**पं.ग्रं.**-1/88	करुणा क्रन्दन करने दो!/वीणा
मद-उर- *'आया कलियों में मधुर/मद-उर यौवन-उभार'*	: मद से भरा हृदय, आकर्षक वक्ष	**नि.र.**-1/148	जागो फिर एक बार
मदकल- *'मदकल मलय पवन ले-ले फूलों से'*	: नशे में, मदोन्मत्त	**प्र.ग्रं.**-1/341	प्रलय की छाया/लहर
मदन- *'मदन! तुम्हारा प्रखर प्रहार'*	: कामदेव	**पं.ग्रं.**-1/194	अनंग/पल्लव

शब्द- काव्य-पंक्ति	: अर्थ	ग्रंथावली/पृ.सं.	स्रोत/संदर्भ
मदन-पंच-शर-हस्त- *'तुम मदन-पंच-शर-हस्त'*	: कामदेव के हाथ में पाँच फूलों (चंपा, आम, शमी, कमल, कनेर) के बाण। कामदेव के पाँच बाण— सम्मोहन, उन्मादन, स्तम्भन, शोषण, तापन।	**नि.र.**-1/50	तुम और मैं
मद भरी- *'मद भरी जैसे उठे सलज्ज भोर की तारक द्युति की गोद'*	: नशीली, आकर्षक	**प्र.ग्रं.**-2/85	श्रद्धा/कामायनी
मदमत्त प्रवाह- *'भरी वासना-सरिता का वह कैसा था मदमत्त प्रवाह'*	: नशीला वेग	**प्र.ग्रं.**-2/56	चिंता/कामायनी
मदमोचन- *'लोहितलोचन— रावण-मदमोचन-महीयान'*	: घमंड तोड़नेवाले	**नि.र.**-1/329	राम की शक्ति-पूजा
मद-विष-सम- *'रक्खा उन पर गुरु-भार, विषम जो पहला पद, अब मद-विष-सम'*	: नशीले जहर के समान	**नि.र.**-1/288	तुलसीदास
मद विह्वल- *'हँसी का मद विह्वल प्रतिबिम्ब मधुरिमा खेला सदृश अबाध!'*	: नशीला, जो मादकता देखनेवाले को व्याकुल कर दे	**प्र.ग्रं.**-2/85	श्रद्धा/कामायनी
मद से भरे- *'नील नलिन से नेत्र चपल मद से भरे'*	: नशीले (नेत्र), नशे से भरे हुए	**प्र.ग्रं.**-1/226	रूप/झरना
मदिर- *'मदिर बंकिम वे नयन दोनों'*	: नशीला	**नि.र.**-1/206	कवि
♦ *'लय गीत मदिर, गति ताल अमर अप्सरि तेरा नर्तन सुंदर!'*	: नशीला	**म.सा.**-1/237	लय गीत मदिर, गति ताल अमर/नीरजा
मदिर अधर- *'तुम मदिर अधर पर मधुर अधर'*	: जिन होंठों ने शराब पी रखी है, नशीला भाव पैदा करनेवाले होंठ	**पं.ग्रं.**-1/297	दो/ज्योत्स्ना
मदिर ऊँघते- *'मदिर ऊँघते रहते जब— जगकर रजनी भर तारा'*	: (तारे सुबह में मानो) नशे से ऊँघ रहे थे	**प्र.ग्रं.**-4/215	द्वितीय अंक/चन्द्रगुप्त
मदिर कण-सा- *'बरसता था मदिर कण-सा स्वच्छ सतत अनन्त'*	: मदिरा की फुहार की तरह	**प्र.ग्रं.**-2/117	वासना/कामायनी
मदिर घन- *'गूँजते सब मदिर घन में वासना के गीत'*	: मादक और मस्त बादल	**प्र.ग्रं.**-2/116	वासना/कामायनी
मदिर नव- *'लोचनों में क्या मदिर नव?'*	: नयी लगन या नया नशा	**म.सा.**-1/252	रागभीनी तू सजनि निश्वास भी.../सांध्य गीत
मदिर भाव- *'मधुकर के मरंद-उत्सव-सा मदिर भाव से आवर्त्तन'*	: नशे में होना	**प्र.ग्रं.**-2/57	चिंता/कामायनी
मदिर भीनी- *'आ रही थी मदिर भीनी माधवी की गंध'*	: मादक और मंद-मंद	**प्र.ग्रं.**-2/116	वासना/कामायनी
मदिर माधव यामिनी- *'मदिर माधव यामिनी का धीर पद-विन्यास'*	: मादक वसंत की रात	**प्र.ग्रं.**-2/114	वासना/कामायनी
मदिर विलास- *'नयनों में मदिर विलास लिये'*	: आमोद-प्रमोद का नशीला प्रभाव	**प्र.ग्रं.**-4/302	चतुर्थ अंक/चन्द्रगुप्त
मदिर हर तार- *'विहंगम! मधुर स्वर तेरे मदिर हर तार है मेरा!'*	: मेरे प्रत्येक तार (वीणा के स्वर) में वेदना का नशा है।	**म.सा.**-1/331	विहंगम-मधुर स्वर तेरे /दीप-शिखा
मदिरा अश्रांत- *'बरसने ज्यों मदिरा अश्रांत'*	: मानो लगातार मदिरा बरसकर नशीला वातावरण बना रही हो।	**प्र.ग्रं.**-1/305	आह रे, वह अधीर यौवन /लहर
मदिरा का व्यवसाय- *'मदिरा का व्यवसाय नहीं जिसके प्राणों ने पाया सीख'*	: प्रेम की मादकता का विलास-भाव (ये निर्गंध फूल नहीं जानते)	**म.सा.**-1/96	जिसमें नहीं सुवास नहीं जो/नीहार

शब्द-	काव्य-पंक्ति	: अर्थ	ग्रंथावली/पृ.सं.	स्रोत/संदर्भ
मदिराभ-	*'खोलता लोचन-दल मदिराभ'*	: नशे की लाली (आँखों में)	**पं.ग्रं.**-1/256	मधुवन/गुंजन
मदिरा-मकरंद-	*'एक क्षण बैठ हमारे पास, पिला दोगे मदिरा-मकरंद'*	: पराग-कण-रूपी (सुगन्धित और मादक) शराब	**प्र.ग्रं.**-1/229	वसन्त की प्रतीक्षा/झरना
मदिरा-मोद पराग सने-	*'गूँज रहे थे मधुप रसीले, मदिरा-मोद पराग सने'*	: मकरंद-रूपी शराब के नशे में आनन्दित	**प्र.ग्रं.**-2/191	स्वप्न/कामायनी
मदिरालस-	*'छलकता ज्यों मदिरालस, प्राण'*	: नशे से अलसाया हुआ (प्राणों में प्रकृति की सुषमा ने मादकता घोल दी है)	**पं.ग्रं.**-1/256	मधुवन/गुंजन
मदिरा से गगरी-	*'आती भर मदिरा से गगरी संध्या अनुराग सुहागभरी'*	: चाँद मानो मदिरा से भरी गगरी के समान है	**म.सा.**-1/199	कैसे संदेश प्रिय पहुँचाती! /नीरजा
मदीय-	*'छीन लो छीन ममत्व मदीय'*	: मेरा	**प्र.ग्रं.**-1/219	समर्पण/झरना
मदोद्धत-	*'जिसमें मदोद्धत कटाक्ष की अरुणिमा'*	: नशे से उद्दण्ड बना देनेवाला	**प्र.ग्रं.**-1/351	प्रलय की छाया/लहर
मदोन्मत्त-	*'विश्व-भर को मदोन्मत्त करने की मादकता'*	: नशे (मद) से उन्मत्त (आवेशित) करना	**नि.र.**-1/57	पंचवटी प्रसंग:3
मद्यप-मंडली-	*'क्लान्त तारकगण की मद्यप-मण्डली'*	: नशा करनेवालों का समूह (तारा-समूह)	**प्र.ग्रं.**-1/228	पावस प्रवास/झरना
मधु-	*'मधु के कर में था प्रणय बाण'*	: वसंत ऋतु	**पं.ग्रं.**-2/18	मंजरित आम्र-वन-छाया में/युगपथ
◆	*'सुख की चिर पूर्ति यही है/उस मधु से फिर जावे मन'*	: सुख की मिठास	**म.सा.**-1/109	चिर तृप्ति कामनाओं का /रश्मि
◆	*'पात्र भी मधु भी मधुप भी मधुर विस्मृति भी'*	: मदिरा	**म.सा.**-1/177	बीन भी हूँ मैं तुम्हारी /नीरजा
मधु-अंध-	*'पवन के घन घिरे पड़ते थे बने मधु-अंध!'*	: पराग के मतवाले	**प्र.ग्रं.**-2/116	वासना/कामायनी
मधु-अतीत-	*'सुखदुख की मरकत-प्याली से मधु-अतीत कर पान'*	: गुजरे जीवन में जो प्रिय और मधुर था	**म.सा.**-1/137	तुम हो विधु के बिम्ब और मैं/रश्मि
मधु अनुभाव-	*'और वह नारीत्व का जो मूल मधु अनुभाव'*	: हृदय में रति(स्थायी भाव) की उत्पत्ति ने श्रद्धा के शरीर में कुछ चिह्न प्रकट किए।	**प्र.ग्रं.**-2/119	वासना/कामायनी
मधु अभिषेक-	*'मेरी उस क्रीड़ा के मधु अभिषेक में'*	: मीठा और मादक अभिसिंचन	**प्र.ग्रं.**-1/340	प्रलय की छाया/लहर
मधु-आसव-	*'काल के प्याले में अभिनव ढाल जीवन का मधु-आसव'*	: मीठी मदिरा की तरह जीवन की खुशियाँ	**म.सा.**-1/116	तुहिन के पुलिनों पर छबिमान/रश्मि
मधु उत्सव-	*'अंतरिक्ष के मधु उत्सव के विद्युत्कण मिले झलकते-से'*	: वसंत का उत्सव, होली	**प्र.ग्रं.**-2/104	काम/कामायनी
मधु ऋतु-	*'तारक हार, चन्द्र मुख, मधु ऋतु सुकृत-पुञ्ज-अशना'*	: वसंत ऋतु, सुहाना मौसम	**नि.र.**-1/221	कौन तुम शुभ्र-किरण -वसना?
मधुऋतु-	*'सुरभि-सुमानवली खुली, मधुऋतु अवनि!'*	: वसंत काल	**नि.र.**-1/239	अनगिनित आ गये शरण में
◆	*'मधुऋतु की तरु डाली में'*	: वसंत ऋतु	**पं.ग्रं.**-1/197	वसन्त श्री/पल्लव
मधुऋतु की ज्वाल-	*'फैल गयी मधुऋतु की ज्वाल'*	: वसंत ऋतु की सुंदरता का प्रसार	**पं.ग्रं.**-1/264	लायी हूँ फूलों का हास /गुंजन
मधु-ऋतु-रात-	*'मधु-ऋतु-रात, मधुर अधरों की पी मधु सुध-बुध खो ली'*	: वसंत की रात	**नि.र.**-1/226	नयनों के डोरे लाल गुलाल-भरे

शब्द-	काव्य-पंक्ति	: अर्थ	ग्रंथावली/पृ.सं.	स्रोत/संदर्भ
मधु ऋतु रातें-	*'जब शिरीष की मधुर गंध से मान-भरी मधु ऋतु रातें'*	: वसंत ऋतु की प्रेममय रातें	**प्र.ग्रं.-2**/187	स्वप्न/कामायनी
मधु-कन-	*'मधु-कन सा छलका नयन-नीर!'*	: पराग-कण (की तरह आँसू हैं)	**म.सा.-1**/104	किस सुधि-वसंत का सुमन-तीर/रश्मि
मधुकरियों की भीख-	*'मैंने भ्रमवश जीवन संचित, मधुकरियों की भीख लुटाई'*	: भीख माँगकर मिली चीजें	**प्र.ग्रं.-4**/141	पंचम अंक/स्कन्दगुप्त
मधुकरी-	*'विश्व कमल की मृदुल मधुकरी रजनी तू किस कोने से-'*	: भ्रमरी, मादा भौंरा	**प्र.ग्रं.-2**/78	आशा/कामायनी
	◆ *'सुना यह मनु ने मधु गुंजार मधुकरी का-सा जब सानंद,'*	: मादा भौंरा, भ्रमरी	**प्र.ग्रं.-2**/83	श्रद्धा/कामायनी
	◆ *'मधुकरी का सुरस-संचय हो चला अब बन्द'*	: मधुमक्खी	**प्र.ग्रं.-2**/112	वासना/कामायनी
	◆ *'नहीं मधुकरी भी गाती थी'*	: भ्रमरी, मादा भौंरा	**पं.ग्रं.-1**/109	मरु भी होगा नन्दन वन!/वीणा
	◆ *'मधुकरी की मधुभरी वीणा चुरा'*	: युवती मादा भौंरा	**पं.ग्रं.-1**/131	ग्रन्थि
	◆ 'शीर्षक'	: भ्रमरी, मादा भौंरा	**पं.ग्रं.-1**/191	मधुकरी/पल्लव
मधु-कलरव-	*'प्रेम-चयन के उठा नयन नव, विधु-चितवन, मन में मधु-कलरव'*	: मधुर संगीत	**नि.र.-1**/220	स्पर्श से लाज लगी
मधु कांति-	*'उषा सौन्दर्यमयी मधु कान्ति,'*	: कोमल और आकर्षक चमक (सुबह की)	**प्र.ग्रं.-1**/264	प्रार्थना/झरना
मधु का आधार-	*'रचित परमाणु पराग शरीर खड़ा हो ले मधु का आधार'*	: श्रद्धा मानो पुष्परज का आधार हो अर्थात् श्रद्धा स्वयं पराग-निर्मित-सी है जो पुष्परज का आधार है।	**प्र.ग्रं.-2**/85	श्रद्धा/कामायनी
मधु का मास-	*'शाप मुझे बन जाता वर सा पतझर मधु का मास अजर सा'*	: वसंत ऋतु	**म.सा.-1**/170	तुम्हें बाँध पाती सपने में!/नीरजा
मधु का संदेश-	*'बन मलय-पवन चढ़ रश्मि-यान मैं आती ले मधु का सँदेश'*	: प्रेम का मधुर सन्देश	**म.सा.-1**/228	जग करुण करुण, मैं मधुर मधुर!/नीरजा
मधु के अवतार-	*'मधुरिमा के, मधु के अवतार सुधा से, सुषमा से, छविमान'*	: मीठी मादकता के अवतार की तरह हैं फूल	**म.सा.-1**/92	मधुरिमा के, मधु के अवतार/नीहार
मधु के निर्झर से-	*'बहते कन कन से फूट फूट, मधु के निर्झर से सजल गान'*	: कोमल ध्वनि के साथ झरनेवाले झरने की तरह	**म.सा.-1**/103	चुभते ही तेरा अरुण बान!/रश्मि
मधुगंध अधीर-	*'आशा की उलझी अलकों से उठी लहर मधुगंध अधीर'*	: धैर्य को समाप्त कर देनेवाली मादक सुगंध	**प्र.ग्रं.-2**/77	आशा/कामायनी
मधु-गंध-लुब्ध-	*'है कहाँ यहाँ मधु-गन्ध-लुब्ध वह वायु विमल आलिङ्नकर?'*	: मधुर गंध का लोभी	**नि.र.-1**/251	मैं रहूँगा न
मधु-गलित-	*'वही मधु-गलित पुष्प-संसार!'*	: मधु (पराग/मिठास) से भरा हुआ (गला हुआ)	**नि.र.-1**/142	स्मृति
मधु गुंजार-	*'सुना यह मनु ने मधु गुंजार मधुकरी का-सा जब सानंद,'*	: श्रद्धा की आवाज भौंरों के मधुर गुंजार की तरह मालूम पड़ रही थी।	**प्र.ग्रं.-2**/83	श्रद्धा/कामायनी
मधुगृह-से-	*'मधुगृह-से हम गगन पटल में'*	: मधुछत्ता के समान (हैं बादल)	**पं.ग्रं.-1**/214	बादल/पल्लव

शब्द- काव्य-पंक्ति	: अर्थ	ग्रंथावली/पृ.सं.	स्रोत/संदर्भ
मधुघड़ियों- *'फूलों में मधु से लिखती जो/मधुघड़ियों के नाम'*	: जीवन के कोमल और मधुर क्षण	**म.सा.**-1/136	तुम हो विधु के बिम्ब और मैं/रश्मि
मधु-जलनिधि- *'मिलन-क्षितिज-तट मधु-जलनिधि में मृदु हिलकोर उठा जाना'*	: मीठे जल के समुद्र की तरह प्रेम की अनन्त मधुर स्मृतियाँ	**प्र.ग्र.**-4/41	प्रथम अंक/स्कन्दगुप्त
मधुदान- *'सुखसारिका उसकी मुकुल फिर मधुर मधुदान से नव'*	: पराग या मधुरता दान करना	**नि.र.**-1/266	चाल ऐसी मत चलो
◆ *'हृदय में खिल कलिका सी चाह दृगों को जब देती मधुदान!'*	: प्रेम का भाव प्रदान करना	**म.सा.**-1/157	नींद में सपना बन अज्ञात/रश्मि
मधुदिन- *'वे मधुदिन जिनकी स्मृतियों की धुँधली रेखाएँ खोई'*	: अच्छे दिन, प्रेम की अनुभूतियों से भरे दिन	**म.सा.**-1/122	वे मधुदिन जिनकी स्मृतियों की/रश्मि
मधु धन- *'उर उर में पूर्ण प्रेम मधु धन'*	: मीठे धन (की तरह है प्रेम का भाव)	**पं.ग्रं.**-1/316	तीन/ज्योत्स्ना
मधु धारा- *'सृष्टि ने मधु धारा में स्नान'*	: (नजरों में बसी हुई) मीठी-सी जलधारा हो मानो, मधुर दृष्टि	**प्र.ग्रं.**-1/264	प्रार्थना/झरना
◆ *'श्रुतियों में चुपके-चुपके से कोई मधु-धारा घोल रहा;'*	: मीठी ध्वनि की धारा	**प्र.ग्रं.**-2/100	काम/कामायनी
◆ *'सर नीचा कर हो गूँथ रही माला जिससे मधु धार ढरे?'*	: मकरंद की मधुर धारा, प्रेम-प्रवाह	**प्र.ग्रं.**-2/123	लज्जा/कामायनी
◆ *'भगवति! वह पवन मधु-धारा! देख अमृत भी ललचाए'*	: प्रेम का मधुर प्रवाह	**प्र.ग्रं.**-2/225	निर्वेद/कामायनी
मधु धाराएँ- *'महाश्वेत गजराज गंड से बिखरीं मधु धाराएँ जैसे'*	: (मानो ऐरावत के गंडस्थल से) मदजल बह रहा हो	**प्र.ग्रं.**-2/252	रहस्य/कामायनी
मधु-धीर- *'बहती मधु-धीर समीर ज्ञात, आलिंगित'*	: मधुपान करने के कारण धीमी गतिवाला	**नि.र.**-1/300	तुलसीदास
मधु-निर्झर-ललित-गान- *'हँस कर बोले, बोलते हुए, निकले मधु-निर्झर-ललित-गान'*	: मीठे झरने की तरह सुन्दर वाणी	**प्र.ग्रं.**-2/162	ईर्ष्या/कामायनी
मधु निस्वन- *'स्वर का मधु निस्वन रंध्रों में जैसे कुछ दूर बजे बंसी'*	: मीठी शब्दहीनता	**प्र.ग्रं.**-2/101	काम/कामायनी
मधुप- *'अपने नालों पर, वह सरसी श्रद्धा थी, न मधुप आये'*	: भौंरा-रूपी मनु	**प्र.ग्रं.**-2/185	स्वप्न/कामायनी
◆ *'मधुप कब एक कली का है'*	: भौंरा (अविश्वासी प्रेमी-हृदय)	**प्र.ग्रं.**-4/282	चतुर्थ अंक/चन्द्रगुप्त
◆ *'लोरियाँ गाकर मधुप/निद्रा विवश करते तुझे'*	: भौंरे	**म.सा.**-1/59	था कली के रूप शैशव /नीहार
◆ *'पात्र भी मधु भी मधुप भी मधुर विस्मृति भी'*	: मदिरा पीनेवाला	**म.सा.**-1/177	बीन भी हूँ मैं तुम्हारी /नीरजा
मधुप की मधुर गुनगुन- *'विश्व का क्रंदन भुला देगी मधुप की मधुर गुनगुन'*	: भौंरों की मधुर गुनगुनाहट में माधुर्य का भ्रम	**म.सा.**-1/280	चिर सजग आँखें उनींदी.../सांध्य गीत
मधुप कुमारि- *'सिखा दो ना, हे मधुप कुमारि'*	: भ्रमरी, मादा भौंरा, मधुकरी	**पं.ग्रं.**-1/191	मधुकरी/पल्लव
मधुप-निकर- *'मधुप-निकर कलरव भर, गीति-मुखर पिक प्रिय-स्वर'*	: भौंरों का समूह	**नि.र.**-1/235	अमरण भर वरण-गान

शब्द-	काव्य-पंक्ति	: अर्थ	ग्रंथावली/पृ.सं.	स्रोत/संदर्भ
मधुप बालिका-	*'मधुप बालिका का क्या यह ही मा! मानस बहलायेगी'*	: भ्रमरी, कैशोर्य-भाव से युक्त भ्रमरी	**पं.ग्र.-1**/93	निज अंचल में धर सादर /वीणा
मधुप बालिकाएँ-	*'मधुप बालिकाएँ गाएँगी सर्वदा'*	: प्रेम का गान करनेवाले सहृदय लोग	**पं.ग्र.-1**/188	आँसू/पल्लव
मधुप-भीर-	*'इसको न जगाती मधुप-भीर'*	: भौरों की भीड़	**म.सा.-1**/167	प्रिय इन नयनों का अश्रु-नीर/नीरजा
मधुप मालिका-	*'विकसित हों कमल-वृन्द, मधुप मालिका'*	: भौरों की पंक्तियाँ	**प्र.ग्र.-3**/403	तृतीय अंक/जन्मेजय का नाग-यज्ञ
मधुप-मुखर-	*'मधुप-मुखर मरंद-मुकुलित, मैं सजल जलजात रे मन!'*	: भौरों के गुंजार से युक्त, मधुर वाणी से युक्त	**प्र.ग्र.-2**/221	निर्वेद/कामायनी
मधुप-रशना-	*'बाँधने प्रतिध्वनि बढ़ीं लहरें बजीं जब मधुप-रशना!'*	: भौरों का समूह करधनी की तरह बज रहा है	**म.सा.-1**/284	ओ अरुण वसना! /सांध्य गीत
मधुप रसीले-	*'गूँज रहे थे मधुप रसीले, मदिरा-मोद पराग सने'*	: रस-लोभी भौंरे	**प्र.ग्र.-2**/191	स्वप्न/कामायनी
मधु-परियाँ-	*'मकरंद-पगी केसर पर/जीती मधु-परियाँ ढूँढूँ'*	: भौरों की परियाँ	**म.सा.-1**/133	कह दे माँ क्या अब देखूँ!/रश्मि
मधुपर्क-	*'शूलों का विष कलियों के नव मधुपर्क समान बन गया!'*	: एक प्रसाद जिसमें दही, घी, शहद, जल और शकर मिलाते हैं।	**म.सा.-1**/387	पथ मेरा निर्वाण बन गया! /दीप-शिखा
◆	*'अतिथि रे अब रंगमय/मिश्री-घुला मधुपर्क कैसा?'*	: एक प्रसाद	**म.सा.-1**/391	लौट जा ओ मलय-मारुत के झकोरे!/दीप-शिखा
मधु-पवन-क्रीड़ित-	*'मधु-पवन-क्रीड़ित ज्यों शिशु साल सुशोभित हो सौरभ संयुक्त'*	: बसंती हवा से झूमता हुआ	**प्र.ग्र.-2**/84	श्रद्धा/कामायनी
मधुप विलास-	*'खिले यौवन का मधुप विलास'*	: मुग्ध भौरे की तरह यौवन की क्रीड़ाएँ	**पं.ग्र.-1**/180	उच्छ्वास/पल्लव
मधुप-वृंद-	*'मधुप-वृन्द बन्दी—/पिक-स्वर नभ सरसाया'*	: भौरों का समूह	**नि.र.-1**/253	सखि, वसन्त आया
मधुप सदृश निश्चिंत विहार-	*'उषा ज्योत्स्ना-सा यौवन-स्मित मधुप सदृश निश्चिंत विहार'*	: भौरों की तरह निश्चिन्त होकर प्रेम-क्रीड़ा करना	**प्र.ग्र.-2**/56	चिंता/कामायनी
मधुपान-	*'कर चुके मधुर मधुपान भृंग'*	: पुष्परस को पीना (भौरों के द्वारा)	**प्र.ग्र.-1**/332	अशोक की चिंता/लहर
◆	*'मधुपान कर चुके मधुप, सुमन मुरझाये'*	: पराग या पुष्परस पीना (भौरा के द्वारा)	**प्र.ग्र.-3**/216	तृतीय अंक/विशाख
मधु पारावार-	*'सूने नभ में स्वर तरंग का फैलाकर मधु पारावार?'*	: मीठे और मादक समुद्र की तरह (आकाश में प्रेम की मधुर यादों के स्वर फैल गये)	**प्र.ग्र.-1**/327	मधुर माधवी संध्या में /लहर
मधुपालाप-	*'मूँद अधरों में मधुपालाप'*	: मधुप+आलाप, भौरों का गुंजार	**पं.ग्र.-1**/377	द्वितीय दृश्य/परी
◆	*'मूँद अधरों में मधुपालाप'*	: मधुप+आलाप, भौरों का गुंजार	**पं.ग्र.-2**/24	सन्ध्या/युगपथ

शब्द-	काव्य-पंक्ति	: अर्थ	ग्रंथावली/पृ.सं.	स्रोत/संदर्भ
मधुपावलियाँ-	*'इच्छाओं की मधुपावलियाँ'*	: भौंरों की पंक्तियाँ	**पं.ग्रं.**-1/344	चार/ज्योत्स्ना
मधु-पिंगल-	*'बन मधु-पिंगल संध्या सुरंग'*	: मीठी और मादक लाल-पीले रंग (की शाम)	**प्र.ग्रं.**-1/331	अशोक की चिंता/लहर
◆	*'मधु-पिंगल उस तरल अग्नि में शीतलता संसृति रचती'*	: शहद की तरह नीली-पीली (ज्वाला)	**प्र.ग्रं.**-2/215	निर्वेद/कामायनी
मधु पीकर-	*'मधु पीकर पागल हुआ, करता प्रेम-प्रलाप'*	: (कोयल ने मानो) मादकता पी ली है	**प्र.ग्रं.**-4/258	तृतीय अंक/चन्द्रगुप्त
मधुपुर-	*'आते हैं तेरे मधुपुर में'*	: स्नेह के पुर में	**नि.र.**-1/219	वह रूप जगा उर में
◆	*'प्रिय अपने मधुपुर के'*	: सुंदर प्रिय स्थान या नगर	**नि.र.**-1/259	अपने सुख-स्वप्न से खिला
◆	*'सुमन-शत-रङ्ग, सुवासाह्वान, भ्रमर-उर की मधु-पुर की प्यार'*	: प्रेमलोक	**नि.र.**-1/265	तुम्हें ही चाहा
मधुपों की तान-	*'फूलों का चुम्बन, छिड़ती— मधुपों की तान निराली'*	: भौंरों का गुंजार	**प्र.ग्रं.**-2/13	आँसू
मधुपों के बाल-	*'सुरभि पीड़ित मधुपों के बाल'*	: किशोरवय के भौंरे	**पं.ग्रं.**-1/196	मौन निमन्त्रण/पल्लव
मधुपों मुकुलों-	*'मधुपों मुकुलों के चले घात'*	: भौंरों और कलियों (के प्रेम-व्यापार)	**प्र.ग्रं.**-1/320	काली आँखों का अंधकार/लहर
मधुपों से करुणा की भीख-	*'जिसके आँसू नहीं माँगते मधुपों से करुणा की भीख'*	: भौंरों से प्रेम पाने की याचना (निर्गंध फूल नहीं करते)	**म.सा.**-1/96	जिसमें नहीं सुवास नहीं जो/नीहार
मधु-प्रभात-	*'मधु-प्रभात में भर देगा वह अंतहीन लय कण कण में'*	: वसंत ऋतु की सुंदर सुबह	**म.सा.**-1/122	वे मधुदिन जिनकी स्मृतियों की/रश्मि
मधु-प्रात-	*'आज लोहित मधु-प्रात'*	: सुंदर और सुखद सुबह	**पं.ग्रं.**-1/255	मधुवन/गुंजन
मधु-बतास-	*'पाती न जगा क्यों मधु-बतास हे हिम के चिर निस्पंद भार?'*	: वसंती हवा	**म.सा.**-1/160	बीते वसंत की चिर-समाधि!/रश्मि
मधुबन-	*'कहाँ छिपा था, ऐसा मधुबन!'*	: प्रेम और श्रद्धा का एकत्र रूप, मधुबन में राधा-कृष्ण का प्रेम	**प्र.ग्रं.**-1/302	उस दिन जब जीवन के पथ में/लहर
◆	*'है रात घूम आई मधुबन'*	: राधा-कृष्ण का प्रेम-वन	**प्र.ग्रं.**-1/304	आँखों से अलख जगाने को/लहर
मधु-बयार-	*'जाने किस जीवन की सुधि ले लहराती आती मधु-बयार!'*	: सुगंधित मधुर वायु	**म.सा.**-1/257	जाने किस जीवन की सुधि ले/सांध्य गीत
मधु बरसती-	*'मधु बरसती विधु किरन हैं काँपती सुकुमार'*	: अमृत बरसाती हुई (चाँदनी)	**प्र.ग्रं.**-2/116	वासना/कामायनी
मधुबाल-	*'जिनमें बस उर का मधुबाल'*	: भ्रमर	**पं.ग्रं.**-1/254	नील कमल-सी हैं वे आँखें/गुंजन
मधु-बाल-	*'मधु-बाल/छेड़ मधु-स्वप्नों की गुंजार!'*	: किशोरवय के भौंरे (तरुणाई की रागात्मक भावनाओं के प्रतीक)	**पं.ग्रं.**-1/374	द्वितीय दृश्य/परी
मधुबाला-	*'अंतरिक्ष में अभी सो रही है ऊषा मधुबाला,'*	: मदिरा पिलाने का काम करनेवाली, साकी	**प्र.ग्रं.**-1/328	अंतरिक्ष में अभी सो रही/लहर
◆	*'सो जाती है मधुबाला'*	: साकी, मदिरा पिलानेवाली	**प्र.ग्रं.**-1/330	अशोक की चिंता/लहर

शब्द-	काव्य-पंक्ति	: अर्थ	ग्रंथवली/पृ.सं.	स्रोत/संदर्भ
मधु बाला-	*'मधु बाला की भी गुंजार'*	: भ्रमरी, मादा भौंरा	**पं.ग्रं.-1**/111	तेरा अद्भुत है व्यापार! /वीणा
मधु बालों-	*'मधु बालों-सी, छाया-वन की'*	: किशोरवय के भौंरे (तरुणाई के प्रतीक)	**पं.ग्रं.-1**/198	स्वप्न/पल्लव
मधु-बौछार-	*'मोतियों की कर मधु-बौछार'*	: बारिश की सुहावनी रिमझिम	**पं.ग्रं.-1**/374	द्वितीय दृश्य/परी
मधु-भार-	*'पवन में है पुलक मंथर, चल रहा मधु-भार'*	: पराग के भार से युक्त (पवन)	**प्र.ग्रं.-2**/116	वासना/कामायनी
मधु-भार-मंथर-	*'है तुम्हारी श्वास के मधु-भार-मंथर वात मेरी!'*	: प्रेम की मधुर स्मृति के भार से जो साँसें धीमी गति से चल रही हैं।	**म.सा.-1**/276	झिलमिलाती रात मेरी! /सांध्य गीत
मधु-भिक्षा-	*'मधु-भिक्षा की रटन अधर में'*	: प्रेम की भीख, प्रणय निवेदन	**प्र.ग्रं.-1**/301	उस दिन जब जीवन के पथ में/लहर
मधु-मंगल-	*'मधु-मंगल की वर्षा होती'*	: मधुरता और कल्याण की वर्षा	**प्र.ग्रं.-1**/302	उस दिन जब जीवन के पथ में/लहर
मधु-मंथन-	*'तम जलनिधि का बन मधु-मंथन, ज्योत्स्ना सरिता का आलिंगन'*	: अमृत के लिए किया गया समुद्र-मंथन	**प्र.ग्रं.-2**/246	दर्शन/कामायनी
मधु-मंदिर-सा-	*'मधु-मन्दिर-सा वह विश्व बना'*	: मधुशाला की तरह, मधुरता के वास-स्थान की तरह	**प्र.ग्रं.-4**/303	चतुर्थ अंक/चन्द्रगुप्त
मधुमत्त-	*'मधुमत्त मिलिन्द माधुरी'*	: पराग के नशे में मदहोश	**प्र.ग्रं.-3**/194	प्रथम अंक/विशाख
मधु-मद वितरण-	*'दो दिन का मृदु मधुकर-गुंजन पल भर का यह मधु-मद वितरण'*	: मधुरता और मादकता की क्षणिकता	**म.सा.-1**/205	क्यों जग कहता मतवाली /नीरजा
मधु मदिरा-	*'कली से कहता था मधुमास बता दो मधु मदिरा का मोल'*	: शराब की तरह नशीले परागकण	**म.सा.-1**/29	निशा को, धो देता राकेश/नीहार
मधुमदिरा-	*'वेदना मधुमदिरा की धार अनोखा एक नया संसार'*	: प्रेम की पीड़ा मानो मधुर मदिरा की तरह सुस्वादु और मादक हो	**म.सा.-1**/39	चाहता है यह पागल प्यार/नीहार
मधुमय-	*'रति, उनके मन को सुलझाती वह राग भरी थी, मधुमय थी'*	: मधुर और आकर्षक	**प्र.ग्रं.-2**/105	काम/कामायनी
मधुमय अभिशाप-	*'अरी व्याधि की सूत्र-धारिणी! अरी आधि, मधुमय अभिशाप!'*	: किसी की नशीली बद्दुआ की तरह चिंता हमें बेचैन रखती है	**प्र.ग्रं.-2**/53	चिंता/कामायनी
मधुमय चुंबन-	*'मधुमय चुंबन कातरतायें आज न मुख को सता रहीं'*	: नशीला चुंबन	**प्र.ग्रं.-2**/58	चिंता/कामायनी
मधुमय तान-	*'स्मिति की लहरों सी उठती है नाच रही ज्यों मधुमय तान'*	: मधुर आलाप या गायन	**प्र.ग्रं.-2**/70	आशा/कामायनी
मधुमय देश-	*'अरुण यह मधुमय देश हमारा'*	: आर्यावर्त मानो प्रेम की मधुरता से भरा देश है	**प्र.ग्रं.-4**/215	द्वितीय अंक/चन्द्रगुप्त
मधुमय निःश्वास-	*'चलते थे सुरभित अञ्चल से जीवन के मधुमय निःश्वास:'*	: मधुर-मादक साँसों का संचार	**प्र.ग्रं.-2**/55	चिंता/कामायनी
मधुमय पिंग पराग-	*'सित सरोज पर क्रीड़ा करता जैसे मधुमय पिंग पराग'*	: मकरंद-युक्त पीला पराग	**प्र.ग्रं.-2**/67	आशा/कामायनी
मधुमय पीड़ा-	*'गई वह अधरों की मुस्कान मुझे मधुमय पीड़ा में बोर'*	: प्रेम की मधुर पीड़ा, प्रेम-प्रकरण में प्राप्त मीठा-मीठा दर्द	**म.सा.-1**/29	निशा को, धो देता राकेश/नीहार

शब्द-	काव्य-पंक्ति	: अर्थ	ग्रंथावली/पृ.सं.	स्रोत/संदर्भ
मधुमय पीड़ा-	*'मेरी मधुमय पीड़ा को/कोई पर ढूँढ़ न जाए'*	: प्रेम का मीठा दर्द	**म.सा.-1**/76	जिस दिन नीरव तारों से/नीहार
मधुमय पीड़ा का न्यास-	*'छिपाए से फिरते क्यों आज, किसी मधुमय पीड़ा का न्यास'*	: प्रेम की मधुर पीड़ा को अमानत/विरासत की तरह माना	**म.सा.-1**/162	सजनि तेरे दृग बाल! /रश्मि
मधुमय रचना-	*'तब एक झलक! वह कितनी मधुमय रचना हो सुलझी'*	: मधुर सृष्टि की तरह	**प्र.ग्रं.-2**/34	आँसू
मधुमय विश्व-	*'मेरा सुन्दर विश्राम बना सृजता हो मधुमय विश्व एक'*	: सुन्दर और प्रिय संसार	**प्र.ग्रं.-2**/164	ईर्ष्या/कामायनी
मधुमय विषमय-	*'देते हो मधुमय विषमय क्या?'*	: मादक या जहरीला	**म.सा.-1**/183	तुम मुझ में प्रिय! फिर परिचय क्या!/नीरजा
	◆ *'है एक मुझे मधुमय विषमय'*	: सुखद और दुखद— दोनों मेरे लिए बराबर हैं	**म.सा.-1**/304	सखि मैं हूँ अमर सुहाग भरी!/सांध्य गीत
मधु मरंद-	*'हँस, बिखरें मधु मरंद के कन,'*	: मीठा मादक पराग	**प्र.ग्रं.-1**/326	ओ री मानस की गहराई /लहर
मधुमल-गृह-	*'विशद विश्व मधुमल-गृह अविकल'*	: शहद का छत्ता	**पं.ग्रं.-1**/352	चार/ज्योत्स्ना
मधुमाधवी-	*'खुलते स्तबकों की लज्जाकुल नतवदना मधुमाधवी अतुल;'*	: मधु (पराग) से परिपूर्ण माधवी के फूल	**नि.र.-1**/308	दान
मधु मानस का-	*'मधु मानस का बरसाती वारिदमाला रोती थी'*	: मानस का मधु, मन का अनुराग	**म.सा.-1**/52	इन हीरक से तारों को /नीहार
मधुमाया-	*'अनुरागिनी उषा लेती थी निज सुहाग मधुमाया में'*	: मधुर और सुन्दर जादुई दृश्य	**प्र.ग्रं.-1**/292	मधुप गुनगुना कर कह जाता/लहर
मधु मालतियाँ-	*'मधु मालतियाँ सोती हैं/कोमल उपधान सहारे'*	: मालती के मधुर फूल	**प्र.ग्रं.-2**/18	आँसू
मधुमास-	*'प्रणय के ये मधुमास'*	: वसंत ऋतु	**पं.ग्रं.-1**/178	पल्लव/पल्लव
	◆ *'गूँज उठता है जब मधुमास'*	: वसंत (रूपी नायक)	**पं.ग्रं.-1**/196	मौन निमन्त्रण/पल्लव
	◆ *'कली से कहता था मधुमास बता दो मधु मदिरा का मोल'*	: वसंत, सुंदर ऋतु	**म.सा.-1**/29	निशा को, धो देता राकेश /नीहार
	◆ *'बनबाला के गीतों सा निर्जन में बिखरा है मधुमास'*	: वसंत ऋतु	**म.सा.-1**/32	बनबाला के गीतों सा /नीहार
	◆ *'अश्रु से मधुकण लुटाता आ यहाँ मधुमास'*	: वसंत ऋतु (भी मानो अपने परागकणों में दर्द छिपाए रहती है)	**म.सा.-1**/176	विरह का जलजात जीवन /नीरजा
	◆ *'मैं बनी मधुमास आली!'*	: मैं वसंत ऋतु बन गयी हूँ	**म.सा.-1**/200	मैं बनी मधुमास आली /नीरजा
	◆ *'माँगने पतझार से/हिम-बिंदु तब मधुमास आया!'*	: वसंत ऋतु	**म.सा.-1**/254	अश्रु मेरे माँगने जब /सांध्य गीत
मधुमासों-	*'इसमें असीम गिनता है वे मधुमासों की घड़ियाँ'*	: गुजरे हुए प्रिय और यादगार पल, वसंत ऋतु	**म.सा.-1**/57	इसमें अतीत सुलझाता /नीहार
मधु-मिश्रित-	*'देवों को अर्पित मधु-मिश्रित सोम अधर से छू लो'*	: शहद मिला हुआ	**प्र.ग्रं.-2**/148	कर्म/कामायनी
	◆ *'अलसाती थीं लहरें पी कर मधु-मिश्रित तारों की ओस'*	: मदिरा मिली हुई (नशीली लहरें)	**म.सा.-1**/41	बहती जिस नक्षत्र लोक में/नीहार

शब्द-	काव्य-पंक्ति	: अर्थ	ग्रंथावली/पृ.सं.	स्रोत/संदर्भ
मधु मुकुल-	*'मधु मुकुल नवल रस गागरी'*	: मिठास से भरी कली	**प्र.ग्रं.-1**/303	बीती विभावरी जाग री /लहर
मधु-मुखरित-	*'मधु-मुखरित चंचल-अलिदल में'*	: मधुर गान से युक्त भौंरों की आवाज	**पं.ग्रं.-1**/367	द्वितीय दृश्य/परी
मधु-मुग्ध-	*'बहता है, भौंरा मधु-मुग्ध'*	: मधु पर मोहित	**नि.र.-1**/151	बदला
मधुमूल-	*'धूल बन जाती है मधुमूल'*	: पराग-कण	**पं.ग्रं.-1**/191	मधुकरी/पल्लव
मधु मोद-	*'प्रणय की महिमा का मधु मोद'*	: मीठा आनन्द, मधुर सुख	**प्र.ग्रं.-1**/244	असन्तोष/झरना
मधु यामिनी-	*'उस मधु यामिनी में'*	: मीठी मादक रात	**प्र.ग्रं.-1**/341	प्रलय की छाया/लहर
मधुर अतीत-	*'पूर्व-जन्म कहूँ कि था स्पृहणीय मधुर अतीत'*	: बीता हुआ अच्छा समय	**प्र.ग्रं.-2**/116	वासना/कामायनी
मधुर अधर-	*'हरित कूल युग मधुर अधर थे'*	: प्रेम की मादक मिठास से भरे दोनों होंठ	**प्र.ग्रं.-1**/312	वे कुछ दिन कितने सुन्दर थे/लहर
◆	*'तुम मदिर अधर पर मधुर अधर'*	: जिन होंठों पर माधुर्य-भाव मौजूद है	**पं.ग्रं.-1**/297	दो/ज्योत्स्ना
मधुर अभय अवलंब-	*'दूसरा विचारों के नभ को था मधुर अभय अवलम्ब दिये'*	: सुखद और निर्भीक सहारा	**प्र.ग्रं.-2**/179	इड़ा/कामायनी
मधुर आलाप कथा-सा-	*'दिवस मधुर आलाप कथा-सा कहता छा जाता नभ में'*	: प्रेमियों के सरस संवाद की कथा, प्रेमी की मीठी बातें	**प्र.ग्रं.-2**/187	स्वप्न/कामायनी
मधुर-आवेश-चपल-	*'गोमती क्षीण-कटि नटी नवल नृत्यपर मधुर-आवेश-चपल'*	: (नृत्य करते हुए) उसमें मधुर आवेश और चंचलता है	**नि.र.-1**/308	दान
मधुर इंगित-	*'अपने एक मधुर इंगित से बदल सके जो छल में'*	: प्रेमपूर्ण इशारा, आकर्षक संकेत	**प्र.ग्रं.-2**/153	कर्म/कामायनी
मधुर क्रय-	*'पा लिया मैने किसे इस वेदना के मधुर क्रय में?'*	: प्रेम में वेदना की खरीदारी मानो मिठास से भरी थी	**म.सा.-1**/173	कौन तुम मेरे हृदय में?/नीरजा
मधुर चाँदनी रातों की-	*'उज्ज्वल गाथा कैसे गाऊँ मधुर चाँदनी रातों की'*	: प्रेम से उज्ज्वल जीवन-प्रसंग	**प्र.ग्रं.-1**/292	मधुप गुनगुना कर कह जाता/लहर
मधुर छाया-	*'वासना की मधुर छाया, स्वास्थ्य बल विश्राम'*	: मनोरम प्रतिबिम्ब	**प्र.ग्रं.-2**/115	वासना/कामायनी
मधु रज में भर-	*'सुरभि साँस में, मधु रज में भर'*	: धूल में पराग लपेटकर	**पं.ग्रं.-1**/366	द्वितीय दृश्य/परी
मधुरतम सुर बालाओं-	*'गया, सभी कुछ गया, मधुरतम सुर बालाओं का श्रृंगार;'*	: सुन्दर और मधुर स्वभाववाली देव-कन्याएँ	**प्र.ग्रं.-2**/56	चिंता/कामायनी
मधुर दुराव-	*'मृदुल अधरों में मधुर दुराव'*	: प्यारी-सी हिचक, एक शालीन दूरी	**पं.ग्रं.-1**/187	आँसू/पल्लव
मधुर नाद-	*'करती सरस्वती मधुर नाद'*	: मीठी ध्वनि से बहती नदी	**प्र.ग्रं.-2**/178	इड़ा/कामायनी
मधुर-भार-भरण-छन्द-	*'मधुर-भार-भरण-छन्द, मिली नहीं तुम्हें, बन्द/रहे, बन्धु द्वार?'*	: मधुर भावों के भार को भरकर चलनेवाली कविता	**नि.र.-1**/311	मित्र के प्रति
मधुर मधु-	*'रूप, रंग, रज, सुरभि, मधुर मधु'*	: मादक पुष्परज	**पं.ग्रं.-1**/197	पल्लव
मधुर माधव ऋतु-	*'मधुर माधव ऋतु की रजनी, रसीली सुन कोकिल की तान'*	: मधुर वसंत ऋतु	**प्र.ग्रं.-3**/386	द्वितीय अंक/जन्मेजय का नाग-यज्ञ
◆	*'मधुर माधव ऋतु में अनुकूल'*	: मधुर वसंत ऋतु	**प्र.ग्रं.-3**/404	तृतीय अंक/जन्मेजय का नाग-यज्ञ

शब्द-	काव्य-पंक्ति	: अर्थ	ग्रंथावली/पृ.सं.	स्रोत/संदर्भ
मधुर मेरी पीड़ा का चंदन-	*'अक्षत पुलकित रोम, मधुर मेरी पीड़ा का चंदन रे!'*	: प्रेम में मिली हुई मधुर पीड़ा मानो चन्दन है	**म.सा.**-1/234	क्या पूजन क्या अर्चन रे?/नीरजा
मधुर रहस्य-	*'एक अतीन्द्रिय स्वप्न लोक का मधुर रहस्य उलझता था;'*	: इन्द्रियों के परे का सुख मधुर तो था मगर स्पष्ट आलंबन के बिना मनु को रहस्यमय लगता था।	**प्र.ग्रं.**-2/76	आशा/कामायनी
मधुर राग-	*'प्राची में फैला मधुर राग'*	: (सुबह की) सुखद लालिमा	**प्र.ग्रं.**-2/178	इड़ा/कामायनी
मधुरवादिनी-	*'अयि मधुरवादिनि, सदा तुम रागिनी-अनुरागिनी'*	: मधुर वादन (बजाना) करने वाली	**नि.र.**-1/95	वीणावादिनी
मधुर विरक्ति-	*'मधुर विरक्ति भरी आकुलता, घिरती हृदय-गगन में'*	: राग और विराग का मिश्रित भाव	**प्र.ग्रं.**-2/141	कर्म/कामायनी
मधुर विश्रांत-	*'मधुर विश्रांत और एकांत— जगत का सुलझा हुआ रहस्य,'*	: प्रिय और शान्त, मनु का व्यक्तित्व श्रद्धा को प्यारा और शान्त स्वभाव का लगा।	**प्र.ग्रं.**-2/83	श्रद्धा/कामायनी
मधुर विश्वास-	*'और मधुर विश्वास! अरे वह पागल मन का मोह रहा!'*	: प्रेम की भावना के कारण उत्पन्न मधुर विश्वास	**प्र.ग्रं.**-2/187	स्वप्न/कामायनी
मधुर विषाद-	*'आज मधुर विषाद की घिर करुण आई यामिनी'*	: प्रेम की मधुरता और वियोग का दुःख	**म.सा.**-1/200	मैं बनी मधुमास आली /नीरजा
मधुर विस्मृति-	*'पात्र भी मधु भी मधुप भी मधुर विस्मृति भी'*	: मदिरा के नशे में बहुत-सी बातों को भूल जाने का सुख	**म.सा.**-1/177	बीन भी हूँ मैं तुम्हारी /नीरजा
मधुर व्यथा-	*'मूक प्रणय से, मधुर व्यथा से, स्वप्नलोक के से आह्वान'*	: प्रेम का मीठा दर्द	**म.सा.**-1/30	रजत करों की मृदुल तूलिका/नीहार
मधुर व्यथा-सा-	*'तू मधुर व्यथा-सा शून्य चीर'*	: प्रेम की मधुर पीड़ा के समान	**प्र.ग्रं.**-1/320	काली आँखों का अंधकार/लहर
मधुर व्रीड़ा-मिश्र चिंता-	*'मधुर व्रीड़ा-मिश्र चिंता साथ ले उल्लास'*	: मधुर-कोमल लज्जा के साथ मिली हुई चिंता	**प्र.ग्रं.**-2/119	वासना/कामायनी
मधुरस-मज्जित-	*'मधुरस-मज्जित कर मम जीवन'*	: मधुरता से सराबोर कर देना	**पं.ग्रं.**-1/266	नीरव तार हृदय में/गुंजन
मधुर-सरण-	*'आओ मधुर-सरण मानसि, मन'*	: धीरे-धीरे चलने वाली	**नि.र.**-1/240	आओ मधुर-सरण मानसि, मन
मधुर स्वप्न-सी झिलमिल-	*'यह क्या मधुर स्वप्न-सी झिलमिल सदय हृदय में अधिक अधीर;'*	: मनमोहक सपनों की तरह आभासित	**प्र.ग्रं.**-2/70	आशा/कामायनी
मधु राका-	*'कभी मधु राका देख इसे, करेगी इठलाती मधुहास'*	: वसंत ऋतु की रात	**प्र.ग्रं.**-1/229	वसन्त की प्रतीक्षा/झरना
मधु-राका-	*'और पड़ती हो उस पर शुभ्र नवल मधु-राका मन की साध;'*	: वसंत की रात, चैत्र पूर्णिमा की रात	**प्र.ग्रं.**-2/85	श्रद्धा/कामायनी
मधुराका-	*'मधुराका मुसक्याती थी/पहले देखा जब तुमको'*	: मधुर रात	**प्र.ग्रं.**-2/9	आँसू
	◆ *'स्मिति मधुराका थी, श्वासों से पारिजात कानन खिलता'*	: वसंत पूर्णिमा की रात	**प्र.ग्रं.**-2/226	निर्वेद/कामायनी
	◆ *'मधुराका जग कर बिता चुके'*	: वसंत की रात	**प्र.ग्रं.**-3/194	प्रथम अंक/विशाख
	◆ *'मधुराका आगमन कलरवों के मिस— कहला दो'*	: मधुर रातें	**प्र.ग्रं.**-4/275	चतुर्थ अंक/चन्द्रगुप्त
मधुरिमा-	*'हँसी का मद विह्वल प्रतिबिम्ब मधुरिमा खेला सदृश अबाध!'*	: रमणीय, आकर्षक	**प्र.ग्रं.**-2/85	श्रद्धा/कामायनी

शब्द-	काव्य-पंक्ति	: अर्थ	ग्रंथावली/पृ.सं.	स्रोत/संदर्भ
◆	*'मधुरिमा में अपनी ही मौन,/एक सोया संदेश महान,'*	: मिठास से भरा सौन्दर्य	**प्र.ग्रं.**-2/87	श्रद्धा/कामायनी
◆	*'दया, माया, ममता लो आज, मधुरिमा लो, अगाध विश्वास;'*	: प्रेम, मधुर भावनाएँ	**प्र.ग्रं.**-2/91	श्रद्धा/कामायनी
◆	*'मधुरिमा के मधुमास'*	: मधुर और कोमल भाव	**पं.ग्रं.**-1/179	उच्छ्‌वास/पल्लव
◆	*'मधुरिमा के, मधु के अवतार सुधा से, सुषमा से, छविमान'*	: मधुर होने का भाव (फूलों में साकार होता है)	**म.सा.**-1/92	मधुरिमा के, मधु के अवतार/नीहार
मधुरिमा जाल-	*'खेलता ज्यों दो बिजलियों से मधुरिमा जाल'*	: मनोहर जादू की तरह	**प्र.ग्रं.**-2/111	वासना/कामायनी
मधुरिमामय साज-	*'देखता हूँ दूसरा कुछ मधुरिमामय साज'*	: माधुर्य और सौन्दर्य से भरा सिंगार	**प्र.ग्रं.**-2/118	वासना/कामायनी
मधु-लीला-	*'छाया-पथ में तारक-द्युति-सी झिलमिल करने की मधु-लीला'*	: सुखद प्रेममयी क्रीड़ा	**प्र.ग्रं.**-2/129	लज्जा/कामायनी
मधु-लेखा-	*'पिंगल किरणों-सी मधु-लेखा'*	: मधुरता से परिपूर्ण किरणें	**प्र.ग्रं.**-1/299	हे सागर संगम अरुण नील/लहर
मधु लेखा-	*'जिसमें अंकित हो मधु लेखा'*	: मधुर (मुस्कान) की रेखा	**प्र.ग्रं.**-1/313	मेरी आँखों की पुतली में/लहर
मधुवन-	*'वह मेरे प्रेम विहँसते/जागो मेरे मधुवन में'*	: हृदय रूपी मधुर वन में	**प्र.ग्रं.**-2/32	आँसू
मधुवन की कालिंदी-	*'यौवन मधुवन की कालिंदी बह रही चूम कर सब दिगन्त'*	: कृष्ण यमुना के तट पर स्थित 'मधुवन' नामक जंगल में गोचारण, रास आदि लीलाएँ करते थे।	**प्र.ग्रं.**-2/173	इड़ा/कामायनी
मधु वर्षा-	*'है हृदय शिशिरकण पूरित मधु वर्षा से शशि! तेरी'*	: प्रेम की बारिश	**प्र.ग्रं.**-2/18	आँसू
मधुवात-	*'डोलने लगी मधुर मुधवात'*	: सुबह की सुखद हवा	**पं.ग्रं.**-1/256	मधुवन/गुंजन
मधुवात-भीत-	*'हिम-ताप-पीत, मधुवात-भीत'*	: मधुर वायु से डरा हुआ, नयापन से भयभीत	**पं.ग्रं.**-2/7	द्रुत झरो जगत के जीर्ण पत्र/युगपथ
मधु-वार-	*'सुमुखि, वह मधु-क्षण! वह मधु-वार!'*	: प्रेम की मिठास से भरा हुआ दिन, मधुर दिन	**पं.ग्रं.**-1/252	भावी पत्नी के प्रति/गुंजन
मधुवाली-	*'मेरी मदिरा मधुवाली/आकर सारी ढुलका दी'*	: मीठे उन्मादवाली (मदिरा)	**म.सा.**-1/91	उच्छ्‌वासों की छाया में/नीहार
मधुवेला-	*'मधुवेला है आज/अरे तू जीवन-पाटल फूल'*	: प्रेम का सुंदर समय, वसंत ऋतु की तरह	**म.सा.**-1/219	मधुवेला है आज/नीरजा
मधु-व्रत-	*'मधु-व्रत में रत वधू मधुर फल देगी जग को स्वाद-तोष-दल'*	: वसंत (यौवन) के व्रत में	**नि.र.**-1/227	रूखी री यह डाल
मधुशाला-	*'अरे खुली भी नहीं अभी तो प्राची की मधुशाला'*	: मदिरालय	**प्र.ग्रं.**-1/328	अंतरिक्ष में अभी सो रही/लहर
मधु-शीकर-	*'वह मधु-शीकर निर्झर झरती झरने को'*	: मधुर फुहार	**नि.र.**-1/301	तुलसीदास
मधु-श्री-	*'तुम परिचित ऋतुराज मूक मैं मधु-श्री कोमलगात'*	: पराग की शोभा और सुंदरता	**म.सा.**-1/136	तुम हो विधु के बिम्ब और मैं/रश्मि
मधु-संगीत-निनादित-	*'कितनी मधु-संगीत-निनादित— '*	: मीठे गीत-संगीत से गुंजायमान	**प्र.ग्रं.**-1/311	कितने दिन जीवन-जलनिधि में/लहर

शब्द-	काव्य-पंक्ति	: अर्थ	ग्रंथावली/पृ.सं.	स्रोत/संदर्भ
मधु संसृति-	*'मधु संसृति की पुलकावलि जागो, अपने यौवन में'*	: मधुरता से निर्मित सृष्टि	**प्र.ग्रं.-2**/33	आँसू
मधुसरिता-	*'मधुसरिता-सी यह हँसी तरल अपनी पीते रहते हो क्यों?'*	: मधुर और सुन्दर नदी	**प्र.ग्रं.-4**/186	प्रथम अंक/चन्द्रगुप्त
मधु सरिता-	*'मधु सरिता उफनी अकुलाई,'*	: कोमलता-मधुरता की नदी	**प्र.ग्रं.-1**/301	उस दिन जब जीवन के पथ में/लहर
मधु सेवा-	*'गूँज उठे इस मधु सेवा से'*	: पराग का सेवन	**पं.ग्रं.-1**/102	उस विकसित, वासित वन में/वीणा
मधु-सौरभ-	*'व्याकुल उस मधु-सौरभ से/मलयानिल धीरे-धीरे'*	: पराग की सुगंध	**प्र.ग्रं.-2**/16	आँसू
मधुस्नात-	*'सजल रोमों में बिछे हैं, पाँवड़े मधुस्नात से'*	: सुगंध से परिपूर्ण	**म.सा.-1**/200	मैं बनी मधुमास आली /नीरजा
मधु-स्वप्नों की गुंजार-	*'मधु-बाल छेड़ मधु-स्वप्नों की गुंजार!'*	: मधुर सपनों के गीत की तरह है भौंरों का गुंजार	**पं.ग्रं.-1**/374	द्वितीय दृश्य/परी
मधु-हास-	*'मधु-हास हुआ था वह पहला दो रूप मधुर जो ढाल सका'*	: परस्पर प्रेम से भरी हुई मधुर हँसी	**प्र.ग्रं.-2**/104	काम/कामायनी
मधुहास-	*'कभी मधु राका देख इसे, करेगी इठलाती मधुहास'*	: मीठी हँसी(चाँदनी)	**प्र.ग्रं.-1**/229	वसन्त की प्रतीक्षा/झरना
मध्यदेश-	*'मध्यदेश में, गुडाकेश!'*	: धरती और आकाश के बीच का स्थान	**नि.र.-1**/134	बादल-राग
मध्य पथ-	*'छोड़कर जीवन के अतिवाद, मध्य पथ से लो सुगति सुधार'*	: मध्यम प्रतिपदा, मध्य-मार्ग, अतिवाद को छोड़कर बीच का रास्ता अपनाना	**प्र.ग्रं.-1**/295	अरी वरुणा की शांत कछार /लहर
मध्यभूमि-	*'यह जीवन की मध्यभूमि है रस धारा से सिंचित होती'*	: (इच्छा-लोक जीवन का) केन्द्रीय आधार है	**प्र.ग्रं.-2**/256	रहस्य/कामायनी
मध्याह्न-किरण-	*'तपती थी मध्याह्न-किरण सी प्राणों की गति लोम विलोम'*	: दोपहर की धूप	**प्र.ग्रं.-1**/236	चिह्न/झरना
मध्याह्न निखरता-	*'जागरण प्रात-सा हँसता हो जिसमें मध्याह्न निखरता हो'*	: दोपहर की तरह का ओज	**प्र.ग्रं.-2**/126	लज्जा/कामायनी
मन:स्वर्ग-	*'हम मन:स्वर्ग के अधिवासी'*	: मन का सुंदर पक्ष	**पं.ग्रं.-1**/313	तीन/ज्योत्स्ना
मन-	*'मैंने वन में, अपने मन में'*	: हृदय	**नि.र.-1**/98	प्रिया से
मन-अभिरामा-	*'कर-मेखला मुण्ड-मालाओं से बन मन-अभिरामा'*	: मन को सुंदर लगने वाली	**नि.र.-1**/85	आवाहन
मन-कंज-कोष-	*'वेदना-गगन से रजतओस चू चू भरती मन-कंज-कोष'*	: मन का कोष मानो कमल-क्रोड की तरह कोमल और मधुर है।	**म.सा.-1**/104	किस सुधि-वसंत का सुमन-तीर/रश्मि
मन का उपकार-	*'इतना न चमत्कृत हो बाले! अपने मन का उपकार करो'*	: प्रेम के वशीभूत मन का परिष्कार करो	**प्र.ग्रं.-2**/125	लज्जा/कामायनी
मन की डाली-	*'झुक जाती है मन की डाली अपनी फलभरता के डर में'*	: मन-रूपी डाली	**प्र.ग्रं.-2**/124	लज्जा/कामायनी
मन की परवशता-	*'मन की परवशता महा-दु:ख मैं यही जपूँगा महामन्त्र'*	: मन से किसी के अधीन हो जाना	**प्र.ग्रं.-2**/168	ईर्ष्या/कामायनी
मन की प्यास-	*'है वहाँ महानद निर्मल जो मन की प्यास बुझाता'*	: मानसिक विषय-तृष्णा	**प्र.ग्रं.-2**/270	आनन्द/कामायनी

शब्द-	काव्य-पंक्ति	: अर्थ	ग्रंथावली/पृ.सं.	स्रोत/संदर्भ
मन की मरोर-	*'कुंचित अलकों-सी घुँघराली मन की मरोर बन कर जगती'*	: मन की चंचलता	**प्र.ग्रं.-2**/128	लज्जा/कामायनी
मन की साध-	*'और पड़ती हो उस पर शुभ्र नवल मधु-राका मन की साध;'*	: चाँदनी श्रद्धा पर ऐसे पड़ रही थी मानो किसी के मन की साध(इच्छा) पूरी हो रही हो	**प्र.ग्रं.-2**/85	श्रद्धा/कामायनी
मन-कुरंग-	*'उलझा है चंचल मन-कुरंग'*	: मन-रूपी हिरण	**प्र.ग्रं.-1**/331	अशोक की चिंता/लहर
मनके-	*'चुने तूने विरल तिनके/गिने मैंने तरल मनके'*	: मन में वेदना के मोती हैं	**म.सा.-1**/331	विहंगम-मधुर स्वर तेरे/दीप-शिखा
मन गल जाता-	*'मन गल जाता नत विश्व देख'*	: अपने कदमों में झुके विश्व को देखकर हिमालय का मन द्रवीभूत हो जाता है, फलतः नदियाँ निकल पडती हैं।	**म.सा.-1**/303	हे चिर महान्!/सांध्य गीत
मन-बालशिखी-	*'मेरे मन-बालशिखी में संगीत मधुर जाता बन'*	: मन-रूपी बाल मयूर	**म.सा.-1**/118	नव मेघों को रोता था /रश्मि
मन में रूप-	*'भरा नैनों में मन में रूप'*	: मन में किसी की छवि का बस जाना, किसी से प्रेम हो जाना	**प्र.ग्रं.-4**/58	प्रथम अंक/स्कन्दगुप्त
मनमोहन-	*'बजा दो वेणु मनमोहन! बजा दो'*	: मन को मोहनेवाले, ईश्वर	**प्र.ग्रं.-4**/122	चतुर्थ अंक/स्कन्दगुप्त
♦	*'वह वंशी-ध्वनि मनमोहन'*	: मन को मोहित करनेवाली वंशी-ध्वनि	**पं.ग्रं.-1**/87	कौन-कौन तुम परिहत वसना/वीणा
मन-यंत्र-	*'अति, दुर्बल जन का मन-यन्त्र'*	: मस्तिष्क, दिमाग, मन-रूपी यंत्र	**नि.र.-1**/118	यमुना के प्रति
मन-रसाल-	*'मन-रसाल की मुकुल माल 'जीवनधन' कैसी आज'*	: मन-रूपी आम का पेड़	**प्र.ग्रं.-1**/284	बिंदु(6)/झरना
मनस्काम-	*'परमात्मन्, मनस्काम-कल्पतरु तुम्हें लोग कहते हैं'*	: मन की कामना	**नि.र.-1**/55	पंचवटी प्रसंग:2
मनस्ताप-	*'मनस्ताप से सब के भीतर रोष भरा था'*	: मानसिक तनाव	**प्र.ग्रं.-2**/197	संघर्ष/कामायनी
♦	*'मनस्ताप मेरा हरके!'*	: मानसिक कष्ट, चिंता	**पं.ग्रं.-1**/87	कौन-कौन तुम परिहत वसना/वीणा
मनहर-	*'ललित कल्पना'— 'कोमल पद' का मैं था 'मनहर' छन्द!''*	: एक छंद, घनाक्षरी	**नि.र.-1**/91	रास्ते के फूल से
♦	*'षड्ऋतु-नर्तन मनहर'*	: मन को हर लेनेवाला, मोहक, मनमोहन	**पं.ग्रं.-1**/315	तीन/ज्योत्स्ना
मनहर-वसुधा-	*'आँसू के कन मनहर-वसुधा के अंचल पर'*	: मन को अपनी तरफ आकर्षित करनेवाली सुन्दर धरती	**प्र.ग्रं.-1**/316	वसुधा के अंचल पर/लहर
मनीषा-	*'बुद्धि, मनीषा, मति, आशा, चिंता/तेरे हैं कितने नाम!'*	: मानसिक क्षमता, बुद्धि, मन की गति	**प्र.ग्रं.-2**/53	चिंता/कामायनी
मनुहार-	*'यह मनुहार! रुकेगा प्याला पीने से फिर मुख क्या?'*	: रूठे हुए को मनाने की कोशिश में अपनायी गई निवेदन भरी भाषा।	**प्र.ग्रं.-2**/152	कर्म/कामायनी
♦	*'जला जिसमें आशा के दीप तुम्हारी करती थी मनुहार'*	: मनाने की कोशिश	**म.सा.-1**/70	निराशा के झोंकों ने देव! /नीहार
♦	*'मनुहार से, वरदान से/अज्ञात पथ, है दूर प्रिय चल'*	: आग्रह कर-करके रूठे हुए को मनाना	**म.सा.-1**/172	शृंगार कर ले री सजनि! /नीरजा

शब्द- काव्य-पंक्ति	: अर्थ	ग्रंथावली/पृ.सं.	स्रोत/संदर्भ
◆ *'स्पंदन मिस प्रतिपल भेज रही क्या युग युग से मनुहार नहीं?'*	: प्रिय को मनाने का प्रयास	**म.सा.**-1/255	क्यों वह प्रिय आता पार नहीं?/सांध्य गीत
मनुहारें- *'निशि अभिसारों में आँसू से/मेरी मनुहारें धो जाती'*	: रूठे प्रिय को मनाने की कोशिशें	**म.सा.**-1/199	कैसे संदेश प्रिय पहुँचाती!/नीरजा
मनुहारों- *'क्या अनुनय में मनुहारों में क्या आँसू में उद्‌गारों में'*	: रूठे हुए प्रिय को मनाने की कोशिश करना, फुसलाना	**म.सा.**-1/205	क्यों जग कहता मतवाली /नीरजा
मनो- *'सुशीतलकारी शशि आया/सुधा की मनो बड़ी-सी बूँद'*	: मानो, ऐसा लगा	**प्र.ग्रं.**-1/227	दो बूँदें/झरना
मनोज्ञ- *'वासना-मंजु साधनासीन/आओ मर्म पर, मनोज्ञ भ्रमर!'*	: सुंदर	**नि.र.**-1/228	आओ मेरे आतुर उर पर
◆ *'चुगा मनोज्ञ मराल'*	: मनोहर, सुंदर	**पं.ग्रं.**-1/272	अप्सरा/गुंजन
मनोनभ-देश- *'दीप्त कर दिया - मनोनभ-देश'*	: मन-रूपी विस्तृत आकाश	**पं.ग्रं.**-1/259	रूप-तारा तुम पूर्ण प्रकाम/गुंजन
मनोभाव- *'मनोभाव के काय-कर्म का सम-तोलन में दत्त-चित्त से'*	: मन के भाव, अंतर्वृत्ति	**प्र.ग्रं.**-2/261	रहस्य/कामायनी
मनोभाव आकार- *'मनोभाव आकार स्वयं ही रहा बिगड़ता बनता'*	: मन के भाव का चेहरे पर व्यक्त होना	**प्र.ग्रं.**-2/146	कर्म/कामायनी
मनोभाव सोये विहंग- *'कलरव कर जाग पड़े मेरे ये मनोभाव सोये विहंग'*	: मन के सुप्त भाव-रूपी पक्षी	**प्र.ग्रं.**-2/181	इड़ा/कामायनी
मनोभिराम- *'नयन-तारा बन मनोभिराम'*	: मन को सुंदर लगनेवाला	**पं.ग्रं.**-1/259	रूप-तारा तुम पूर्ण प्रकाम/गुंजन
मनोभिलाष- *'पूरे करते हो तुम सबके मनोभिलाष'*	: मन की अभिलाषा, इच्छा	**नि.र.**-1/55	पंचवटी प्रसंग:2
मनोमय विश्व- *'यहाँ मनोमय विश्व कर रहा रागारुण चेतन उपासना'*	: पाँच ज्ञानेन्द्रियों (नाक, कान, जीभ, त्वचा, कान) के साथ मन को 'मनोमय कोश' कहते हैं, मनोमय कोश में स्थित संसार।	**प्र.ग्रं.**-2/256	रहस्य/कामायनी
मनोमोहिनी- *'मैं मनोमोहिनी माया'*	: मन को मोहने वाली	**नि.र.**-1/49	तुम और मैं
◆ *'मनोमोहिनी है वह मनोरमा है'*	: मन को मोहनेवाली	**नि.र.**-1/96	बहू
मनोरंजना- *'सरलता ही से उसकी होती मनोरञ्जना'*	: मन का उल्लास	**नि.र.**-1/96	बहू
मनोरथ-फूल- *'रैन बोली सज कृष्ण दुकूल विसर्जन करो मनोरथ-फूल'*	: मनोकामना के समय संकल्प लेने के क्रम में अर्पित किए जानेवाले फूल की तरह हैं तारे।	**म.सा.**-1/46	घोर तम छाया चारों ओर/नीहार
मनोरम मित्र- *'बालिका मेरी मनोरम मित्र थी'*	: मन को रमानेवाली मित्र की तरह वह लड़की थी। वह लड़की मेरी अच्छी दोस्त थी।	**पं.ग्रं.**-1/180	उच्छ्वास/पल्लव
मनोरमा- *'मनोमोहिनी है वह मनोरमा है'*	: मन को रमाने वाली, सुंदर, आकर्षक	**नि.र.**-1/96	बहू
मनोवेदना- *'झलक रही है मनोवेदना, करुणा, पर-उपहास'*	: मानसिक तकलीफ	**नि.र.**-1/107	क्या दूँ
मनोहर भेद-सी- *'प्राण-सत्ता के मनोहर भेद-सी सुकुमार'*	: सुन्दर रहस्य के समान	**प्र.ग्रं.**-2/117	वासना/कामायनी
मनोहर मुक्ताओं- *'श्यामा का नखदान मनोहर मुक्ताओं से ग्रथित रहा'*	: मन को हर लेनेवाले मोती की तरह सितारे	**प्र.ग्रं.**-4/41	प्रथम अंक/स्कन्दगुप्त
मनोहर राग- *'बैठ गुलाबी विजन उषा में गाते कौन मनोहर राग?'*	: मन को अपनी तरफ आकर्षित कर लेनेवाला संगीत	**प्र.ग्रं.**-4/283	चतुर्थ अंक/चन्द्रगुप्त

शब्द-	काव्य-पंक्ति	: अर्थ	ग्रंथावली/पृ.सं.	स्रोत/संदर्भ
मनोहरा-	*'रँग गयी पग-पग धन्य धरा हुई जग जगमग मनोहरा'*	: निराला की पत्नी मनोहरा देवी, मन को हरनेवाली	**नि.र.-1**/234	रँग गयी पग-पग धन्य धरा
मम-	*'मचल रहा मानस मम'*	: मेरा	**नि.र.-1**/61	पंचवटी प्रसंग:5
मम अंतर-	*'एक गान कर मम अन्तर!'*	: मेरे हृदय में	**पं.ग्रं.-1**/85	मम जीवन की प्रमुदित प्रात/वीणा
मम जीवन-	*'मम जीवन की प्रमुदित प्रात'*	: मेरा जीवन, जीवन का आत्मीय पक्ष	**पं.ग्रं.-1**/84	मम जीवन की प्रमुदित प्रात/वीणा
ममत्व-	*'छीन लो छीन ममत्व मदीय'*	: 'मेरा' होने का भाव	**प्र.ग्रं.-1**/219	समर्पण/झरना
ममत्वमय आत्ममोह-	*'मुझमें ममत्वमय आत्ममोह स्वातंत्र्यमयी उच्छृंखलता'*	: अपना अधिकार सिद्ध करने का मोह, मोह और अज्ञान से उत्पन्न अधिकार-भाव।	**प्र.ग्रं.-2**/174	इड़ा/कामायनी
ममत्व मोह-	*'सबको ममत्व मोह का आसव पिला दिया'*	: स्वयं के होने का आकर्षण या भ्रम	**प्र.ग्रं.-3**/191	प्रथम अंक/विशाख
ममत्व-वासना-	*'नियति चलाती कर्म-चक्र यह तृष्णा-जनित ममत्व-वासना'*	: अपना अधिकार जमाने की भावना	**प्र.ग्रं.-2**/258	रहस्य/कामायनी
ममाखियों-	*'जीवन-मधु एकत्र कर रहीं उन ममाखियों-सा बस लेखो'*	: मधुमक्खियों	**प्र.ग्रं.-2**/261	रहस्य/कामायनी
मयंक-	*'गगन में हँसता देख मयंक उमड़ती क्यों जलराशि अपार'*	: चंद्रमा	**म.सा.-1**/157	नींद में सपना बन अज्ञात/रश्मि
मयूर-व्याल-	*'हुए रूख हरे शाल, हाय रे, मयूर-व्याल/पूँछ से जुड़े!'*	: मोर और साँप, परस्पर विरोधी	**नि.र.-1**/310	मित्र के प्रति
मरंद-	*'बह चली मंदाकिनी मरन्द'*	: पराग, फूलों की सुगन्ध	**प्र.ग्रं.-1**/264	प्रार्थना/झरना
◆	*'गुर्ज्जर के थाले में मरंद वर्षा करती मैं'*	: पराग	**प्र.ग्रं.-1**/341	प्रलय की छाया/लहर
◆	*'ऋतुपति के घर कुसुमोत्सव था, मादक मरंद की वृष्टि रही'*	: पराग	**प्र.ग्रं.-2**/105	काम/कामायनी
◆	*'करता प्रभात का मधुर पवन सब ओर वितरने को मरंद'*	: किरण-रूपी मकरंद	**प्र.ग्रं.-2**/178	इड़ा/कामायनी
◆	*'मानस का स्मृति शतदल खिलता, झरते बिंदु मरंद घने'*	: (आँसू-रूपी) पराग-कण	**प्र.ग्रं.-2**/188	स्वप्न/कामायनी
मरंद-उत्सव-सा-	*'मधुकर के मरंद-उत्सव-सा मदिर भाव से आवर्त्तन'*	: पराग पीने का उत्सव, मदपान का उत्सव	**प्र.ग्रं.-2**/57	चिंता/कामायनी
मरंद-उद्गम-	*'फिर से मरंद-उद्गम हो कोमल कुसुमों के वन में'*	: परागकणों की उत्पत्ति, खुशी का संचार	**प्र.ग्रं.-2**/33	आँसू
मरंद-बिंदु-	*'मधुर मरन्द-बिन्दु उसमें मिलाता था'*	: परागकण	**प्र.ग्रं.-1**/341	प्रलय की छाया/लहर
मरंद-मंथर-	*'गति मरन्द-मन्थर मलयज सी स्वर में वेणु कहाँ मिलता!'*	: फूलों के रस (पराग) से भारी हो जाने के कारण धीमी गति से (बहती वायु)	**प्र.ग्रं.-2**/226	निर्वेद/कामायनी
मरंद-मुकुलित-	*'मधुप-मुखर मरंद-मुकुलित, मैं सजल जलजात रे मन!'*	: पराग से भरी कलियाँ (अधखिले फूल)	**प्र.ग्रं.-2**/221	निर्वेद/कामायनी
मरकत-	*'विद्रुम औ' मरकत की छाया'*	: पन्ना (के हरे रंग की तरह गहरी छाया)	**पं.ग्रं.-2**/9	विद्रुम औ' मरकत की छाया/युगपथ
◆	*'जड़ नीलम-शृंगों का वितान मरकत की क्रूर शिला धरती'*	: हरे मरकत मणि की तरह धरती कठोर है	**म.सा.-1**/383	तेरी छाया में अमिट रंग/दीप-शिखा

शब्द– काव्य-पंक्ति	: अर्थ	ग्रंथावली/पृ.सं.	स्रोत/संदर्भ
मरकत का प्याला– *'कब माँगा मरकत का प्याला? कब छलकी विद्रुम सी हाला?'*	: मरकत मणि से बना शराब का प्याला	**म.सा.**–1/205	क्यों जग कहता मतवाली /नीरजा
मरकत की वेदी– *'मरकत की वेदी पर ज्यों रक्खा हीरे का पानी'*	: (हरे रंग की) मरकत-मणि (पन्ना) से निर्मित चबूतरे (वेदी) की तरह मानसरोवर की बनावट थी	**प्र.ग्रं.**–2/272	आनन्द/कामायनी
मरकत-नील-तरी– *'सित दृग हुए क्षीर लहरी से, तारे मरकत-नील-तरी से'*	: मरकत और नीलम से बनी छोटी नौका की तरह तारे दिख रहे हैं	**म.सा.**–1/329	तरल मोती से नयन भरे!/दीप-शिखा
मरकत प्याली– *'सुखदुख की मरकत-प्याली से मधु-अतीत कर पान'*	: मानो पन्ना से बनी हरे रंग की प्याली हो	**म.सा.**–1/137	तुम हो विधु के बिम्ब और मैं/रश्मि
मरकत सिंहासन– *'क्यों आज दिए देते हो अपना मरकत सिंहासन'*	: मरकत मणि की तरह चमकते तारों का सिंहासन	**म.सा.**–1/44	छाया की आँखमिचौनी /नीहार
मरजाद– *'आ रही है याद यदि अपनी मरजाद की'*	: मर्यादा	**नि.र.**–1/162	महाराज शिवाजी का पत्र
◆ *'मरजाद चाहती है आत्मत्याग—'*	: मर्यादा	**नि.र.**–1/165	महाराज शिवाजी का पत्र
मरजादवालों– *'दगाबाज, लाज जो उतारता है मरजादवालों की'*	: मर्यादा वाले, सम्मान के साथ जीने वाले	**नि.र.**–1/159	महाराज शिवाजी का पत्र
मरण का उत्सव– *'मरण का उत्सव अजर है, गीत जीवन का अमर है'*	: मृत्यु की घटना	**म.सा.**–1/343	आँसुओं के देश में /दीप-शिखा
मरण के पर्व– *'इस मरण के पर्व को मैं आज दीपावली बना लूँ!'*	: दीपक के जलने का क्रम वस्तुतः उसे मृत्यु की तरफ ले जाता है	**म.सा.**–1/319	सब बुझे दीपक जला लूँ/दीप-शिखा
मरण-पर्व– *'मरण-पर्व था; नेता आकुलि औ' किलात थे'*	: युद्ध मानो मृत्यु का उत्सव था	**प्र.ग्रं.**–2/208	संघर्ष/कामायनी
मराल– *'अवकाश-सरोवर का मराल, कितना सुन्दर कितना विशाल'*	: हंस(–रूपी सूरज)	**प्र.ग्रं.**–2/235	दर्शन/कामायनी
◆ *'लख चतुर्दिक चली मन्द मराल'*	: राजहंस	**नि.र.**–1/253	(प्रिय) यामिनी जागी
◆ *'मूक मानस के मुखर मराल'*	: राजहंस (मन-रूपी सरोवर में)	**पं.ग्रं.**–1/233	छाया काल/पल्लव
◆ *'चुगा मनोज्ञ मराल'*	: हंस	**पं.ग्रं.**–1/272	अप्सरा/गुंजन
मराल-चाल– *'कह, किस अलस मराल-चाल पर'*	: राजहंस की चाल	**नि.र.**–1/119	यमुना के प्रति
मरालिनी– *'गूँथ मुक्ता हार एक मरालिनी'*	: हंसिनी	**पं.ग्रं.**–1/129	ग्रन्थि
मराली– *'मधुर मराली! कहो 'प्रणय के मोती अब चुनती हूँ मैं'*	: हंसिनी	**प्र.ग्रं.**–2/192	स्वप्न/कामायनी
मरालों– *'तुड़ा मरालों से मन्दर धनु'*	: हंसों	**पं.ग्रं.**–1/194	अनंग/पल्लव
मरीचिका– *'यहाँ राशिकृत विपुल विभव सब मरीचिका से दीख पड़ रहे'*	: मृगतृष्णा, भ्रम	**प्र.ग्रं.**–2/259	रहस्य/कामायनी
◆ *'मृग की मरीचिका है'*	: पानी का भ्रम (गर्मी में)	**नि.र.**–1/158	महाराज शिवाजी का पत्र
मरीचिका-सी– *'बन मरीचिका-सी चंचल'*	: मरुभूमि में जलाशय का भ्रम	**पं.ग्रं.**–1/83	तुहिन बिन्दु बनकर सुन्दर/वीणा
मरीचिमाली– *'मरीचिमाली का चारु चयन'*	: सूर्य जो किरणों (मरीचि) की माला पहने हो	**नि.र.**–1/129	बादल राग
मरु-अंचल– *'क्या हो सूने मरु-अंचल में अन्तःसलिला की धारा-सी'*	: रेगिस्तान	**प्र.ग्रं.**–2/100	काम/कामायनी

शब्द- काव्य-पंक्ति	: अर्थ	ग्रंथवली/पृ.सं.	स्रोत/संदर्भ
मरु अंचल- *'वन, गुहा, कुंज, मरु अंचल में हूँ खोज रहा अपना विकास'*	: जलहीन पर्वतीय प्रदेश	**प्र.ग्रं.-2**/172	इड़ा/कामायनी
मरुत- *'विश्वदेव, सविता या पूषा सोम, मरुत, चंचल पवमान;'*	: एक गणदेवता, रुद्र के पुत्र, पवमान से भिन्न गतिशील हवा के देवता का एक वैदिक रूप	**प्र.ग्रं.-2**/68	आशा/कामायनी
मरुत रखवाल- *'शिखर पर विचर मरुत रखवाल'*	: पवन मानो पहरेदार है	**पं.ग्रं.-1**/185	आँसू/पल्लव
मरुताकाश- *'सुरभि से अस्थिर मरुताकाश'*	: वायुमंडल, हवा और आकाश	**पं.ग्रं.-1**/178	पल्लव/पल्लव
मरुत्-पुलक- *'मरुत्-पुलक भर अंग प्रकम्पित बार-बार देखती चपल-चित'*	: हवा के स्पर्श से उत्पन्न पुलक	**नि.र.-1**/255	बादल में आये जीवन-धन
मरु-धरणी- *'मरु-धरणी सम तुमने सब शोषित किया'*	: रेगिस्तान, बंजर भूमि	**प्र.ग्रं.-1**/243	स्व-भाव/झरना
मरुमय जीवन- *'मेरे मरुमय जीवन के हे सुधा-स्रोत! दिखला जाओ'*	: नीरस जिंदगी	**प्र.ग्रं.-1**/248	निवेदन/झरना
मरु मरीचिका- *'ओ जीवन की मरु मरीचिका, कायरता के अलस विषाद!'*	: मृग-तृष्णा, रेगिस्तान में जल का भ्रम	**प्र.ग्रं.-2**/63	चिंता/कामायनी
मरु-मरीचिका- *'मारी मरु-मरीचिका की-सी'*	: रेगिस्तान में पानी का भ्रम	**नि.र.-1**/119	यमुना के प्रति
मरु-मरीचिका-वन- *'इस मरु-मरीचिका-वन में'*	: मरुस्थल में फैली मरीचिका (जल का भ्रम) का जंगल	**प्र.ग्रं.-1**/331	अशोक की चिंता/लहर
मरु मानस- *'यह है मेरे मरु मानस— का चमकीला सिकता-कन'*	: मरुभूमि की तरह उदास मन	**म.सा.-1**/44	छाया की आँखमिचौनी /नीहार
मरुशेष- *'मरुशेष हुआ यह मानस-सर गतिहीन मौन दृग के निर्झर'*	: केवल मरुभूमि बची हो, बंजर हो जाना, प्रेमविहीन हो जाना	**म.सा.-1**/197	जग ओ मुरली की मतवाली!/नीरजा
मरोर- *'कोरों में निज नयन मरोर!'*	: लोच, भंगिमा, मरोड़	**नि.र.-1**/125	यमुना के प्रति
मर्कट- *'मर्कट गण'*	: बंदर, मनुष्य का आदिम रूप	**पं.ग्रं.-2**/13	गर्जन कर मानव केसरि/युगपथ
मर्त्य- *'मर्त्य में स्वर्गसुख पाने के अर्थ, प्रिय'*	: मरणशील संसार	**नि.र.-1**/326	प्रेयसी
मर्दित- *'उद्धत-लंकापति-मर्दित-कपि-दल-बल-विस्तर,'*	: मर्दन करना, कुचलना	**नि.र.-1**/329	राम की शक्ति-पूजा
मर्म पीड़ा- *'मर्म पीड़ा के हास'*	: पीड़ा की मार्मिकता	**पं.ग्रं.-1**/181	उच्छ्वास/पल्लव
मर्मर- *'पत्रों के मर्मर में मधुर गन्धर्वगान?'*	: पत्तों की आवाज	**नि.र.-1**/51	पंचवटी प्रसंग:1
◆ *'मर्मर में रोते हैं कौन फिर?'*	: धीमी आवाज	**नि.र.-1**/131	स्वाधीनता पर (1)
◆ *'मृदु मर्मर भर मर्मर स्वर'*	: पत्तों की आवाज	**नि.र.-1**/191	वसन्त-समीर
◆ *'मर्मर का रोदन कहता है 'कितना निष्ठुर है संसार!'*	: पत्तों के आपस में स्पर्श से उत्पन्न कोमल स्वर मानो रुलाई की तरह है।	**म.सा.-1**/34	निश्वासों का नीड़, निशा का/नीहार
◆ *'मर्मर की सुमधुर नूपुर-ध्वनि अलि गुंजित पद्मों की किंकिणि'*	: पत्तियों के आपस में टकराने से उत्पन्न धीमी ध्वनि	**म.सा.-1**/168	धीरे-धीरे उतर क्षितिज से/नीरजा
मर्मर की वंशी- *'मर्मर की वंशी में गूँजेगा मधुऋतु का प्यार'*	: मुरली की मधुर ध्वनि की तरह भौंरों का गुंजार	**म.सा.-1**/189	मेरी निश्वासों से द्रुततर/नीरजा
मर्मर युत- *'अधर मर्मर युत, पुलकित अंग'*	: धीमे स्वरों से युक्त (होंठ)	**पं.ग्रं.-1**/265	प्राण! तुम लघु-लघु गात /गुंजन
मर्मरयुत- *'अधर मर्मरयुत, पुलकित-अंग'*	: धीमे स्वरों से युक्त (होंठ)	**पं.ग्रं.-1**/371	द्वितीय दृश्य/परी
मर्मर रव- *'कोमल किसलय मर्मर रव से जिसका जयघोष सुनाते हों'*	: कोमल ध्वनि	**प्र.ग्रं.-2**/127	लज्जा/कामायनी

शब्द-	काव्य-पंक्ति	: अर्थ	ग्रंथावली/पृ.सं.	स्रोत/संदर्भ
मर्मर संगीत-	*'न पत्रों का मर्मर संगीत,'*	: कोमल और धीमा संगीत	**पं.ग्रं.**-1/177	पल्लव/पल्लव
मर्मरित छत्र-	*'मर्मरित छत्र, पत्र-दल व्याज'*	: बड़े पत्तों के आपस में टकराने से उत्पन्न कोमल-मधुर ध्वनि	**पं.ग्रं.**-1/258	मधुवन/गुंजन
मर्-मर्-	*'कहते कुछ तरु दल मर्-मर्'*	: पत्तियों की कोमल ध्वनि	**पं.ग्रं.**-1/97	तजकर वसन विभूषण भार/वीणा
मर्मस्पृह-	*'मर्मस्पृह गर्जन, जग जावे जग में फिर से'*	: मर्मस्थल में स्पृहा उत्पन्न करनेवाला, हृदय को उत्सुक करनेवाला	**पं.ग्रं.**-2/12	गर्जन कर मानव केसरि /युगपथ
मर्यादा बाहर-	*'फिर भी जलनिधि उछल बहे मर्यादा बाहर'*	: सीमा का अतिक्रमण करना	**प्र.ग्रं.**-2/203	संघर्ष/कामायनी
मर्यादागर्भित-	*'मर्यादागर्भित धर्म विपुल'*	: मर्यादा से बँधा (धर्म प्रकट हुआ)	**नि.र.**-1/297	तुलसीदास
मर्य्यादा हीन-	*'उदधि डुबाकर अखिल धरा को बस मर्य्यादा हीन हुआ'*	: अपनी सीमा का अतिक्रमण	**प्र.ग्रं.**-2/60	चिंता/कामायनी
मर्ष-	*'यौवन दुर्धर्ष कर्ष-/मर्ष से लड़ा'*	: सहन करना, धैर्य	**नि.र.**-1/312	मित्र के प्रति
मर्षण-	*'तेरे ही दृग रूप-तिल रहा,/खोज न कर मर्षण'*	: चुप, खामोश	**नि.र.**-1/230	रे अपलक मन
मर्षण-मन-	*'लहरा भव-पादप, मर्षण-मन मोड़ेगी'*	: ग्रस्त मन को	**नि.र.**-1/306	तुलसीदास
मल-	*'धो दो मेरा मल, निर्मल'*	: दु:ख, चिंता, प्रेम का अभाव	**पं.ग्रं.**-1/86	द्वार भिखारी आया है /वीणा
मलय-	*'मै मृदुगति मलय-समीर'*	: चंदन वन से आने वाली दक्षिणी हवा जो शीतल, मंद और सुगंधित होती है।	**नि.र.**-1/50	तुम और मैं
मलय की वात-	*'चेतना थक सी रही तब मैं मलय की वात रे मन!'*	: मलय पवन (की तरह शीतल-मंद-सुगन्धित)	**प्र.ग्रं.**-2/221	निर्वेद/कामायनी
मलय के झोंके-	*'परिरम्भ कुम्भ की मदिरा, नि:श्वास मलय के झोंके,'*	: साँसों के सुगन्धित झोंके	**प्र.ग्रं.**-2/14	आँसू
मलयज-	*'छिप गयीं कहाँ छूकर वे/मलयज की मृदुल हिलोरें'*	: सुगन्धित, मादक स्मृतियाँ	**प्र.ग्रं.**-2/15	आँसू
♦	*'मलयज सुवास स्वच्छ'*	: सुगंधित	**नि.र.**-1/186	जागरण
मलयज आवास-	*'अचानक फूल खिल उठेंगे, कुंज होगा मलयज आवास'*	: सुगन्ध का बसेरा	**प्र.ग्रं.**-1/229	वसन्त की प्रतीक्षा/झरना
मलयज का स्पर्श -	*'लहलहाते कर मलयज का स्पर्श'*	: सुगन्धित दक्षिणी पवन का स्पर्श	**प्र.ग्रं.**-3/404	तृतीय अंक/जन्मेजय का नाग-यज्ञ
मलयज बंद किये-	*'अलकों में मलयज बंद किये'*	: सुगन्धित पदार्थ (इत्र आदि बालों में मानो कैद हैं)	**प्र.ग्रं.**-1/303	बीती विभावरी जाग री /लहर
मलयज वात-	*'सोता, तारक-किरन-पुलक-रोमावलि मलयज वात,'*	: सुगन्धित वायु	**प्र.ग्रं.**-1/328	अंतरिक्ष में अभी सो रही /लहर
मलय-जात-	*'मधुर मरुत मलय-जात'*	: मलय पर्वत के चंदन वन से जन्मा (मधुर पवन)	**पं.ग्रं.**-1/315	तीन/ज्योत्स्ना
मलय ताड़ित किसलय-	*'मलय ताड़ित किसलय कोमल हिल उठी ऊँगली, देखा; भ्रांत'*	: दक्षिणी पवन से हिलता पल्लव	**प्र.ग्रं.**-1/266	झील में/झरना
मलय-निकुंज-पाली-	*'बह चली निश्वास की मृदु वात मलय-निकुंज-पाली!'*	: चंदन के कुंजों में पली हुई सुगन्धित हवा	**म.सा.**-1/200	मैं बनी मधुमास आली /नीरजा

शब्द- काव्य-पंक्ति	: अर्थ	ग्रंथवली/पृ.सं.	स्रोत/संदर्भ
मलय-बयार- *'नभ के नव रंग बुनते दुकूल, छाया में मलय-बयार पली!'*	: सुगन्धित वायु	**म.सा.-1**/273	मैं नीर भरी दुख की बदली!/सांध्य गीत
मलय-बालिका-सी- *'श्रद्धा उस आश्चर्य-लोक में मलय-बालिका-सी चलती'*	: मलय पवन की बालिका की तरह श्रद्धा (स्वप्न में निर्बाध गति से संचारशील थी)	**प्र.ग्रं.-2**/190	स्वप्न/कामायनी
मलय-मरुत- *'प्रबल प्रभंजन मलय-मरुत हो, फहरे प्रेम पताका'*	: मलय पवन, दक्षिणी हवा	**प्र.ग्रं.-1**/283	बिंदु(5)/झरना
मलय-वतास- *'हैं बिखरे उर की निश्वासें मादक मलय-वतास नहीं यह!'*	: मलय पवन, सुगन्धित वायु	**म.सा.-1**/242	जागो बेसुध रात नहीं यह!/नीरजा
मलय-वलय- *'गाते खग-नव-जीवन-परिचय— तरु मलय-वलय— '*	: सुगंध ने मानो घेरा डाल रखा है	**नि.र.-1**/331	राम की शक्ति-पूजा
मलय-वात- *'थकता हो पंथी मलय-वात'*	: दक्षिणी (सुगन्धित) पवन	**प्र.ग्रं.-1**/317	अपलक जगती हो एक रात/लहर
मलय-श्वास- *'अस्थिर सौरभ से मलय-श्वास'*	: मलय पवन-रूपी साँस	**पं.ग्रं.-1**/239	वन-वन उपवन/गुंजन
मलय-समीरण- *'साँसों का मलय-समीरण'*	: दक्षिणी सुगन्धित वायु	**पं.ग्रं.-1**/245	खिलतीं मधु की नव कलियाँ/गुंजन
मलय-सुरभित अंक- *'किस मलय-सुरभित अंक रह आया विदेशी गंधवह?'*	: चंदन वन की सुगन्ध में डूबी गोद	**म.सा.-1**/265	पंकज-कली!/सांध्य गीत
मलयानिल- *'मन में मलयानिल चन्दन हो'*	: दक्षिणी पवन (सुगन्धित)	**प्र.ग्रं.-1**/313	मेरी आँखों की पुतली में/लहर
◆ *'व्याकुल उस मधु-सौरभ से/मलयानिल धीरे-धीरे'*	: सुगन्धित वायु, मलय पवन	**प्र.ग्रं.-2**/16	आँसू
◆ *'किसी दूर देश में था पवन/जिसे कहते हैं मलयानिल'*	: मलय पवन (मलय+अनिल)	**नि.र.-1**/41	जुही की कली
◆ *'अलक-सुगन्ध मन्द मलयानिल धीरे-धीरे ढोती'*	: मलय पवन	**नि.र.-1**/98	प्रिया से
◆ *'लहरे मलयानिल, कलरव'*	: दक्षिणी पवन	**नि.र.-1**/189	वासन्ती
◆ *'मलयानिल मुख-वास, जलधि मन'*	: मलय पवन, सुगन्धित वायु	**पं.ग्रं.-1**/87	बालकाल में जिसे जलद से/वीणा
◆ *'अपनी जब करुण कहानी कह जाता है मलयानिल'*	: मलय वन (दक्षिण) से आनेवाली सुखद हवा	**म.सा.-1**/37	रजनी ओढ़े जाती थी /नीहार
मलयानिल की परछाईं-सी- *'मलयानिल की परछाईं-सी'*	: शीतल और सुगन्धित प्रभाव, दक्षिणी पवन की छाया की तरह	**प्र.ग्रं.-1**/290	उठ उठ री लघु.../लहर
मलयानिल की लहर- *'मलयानिल की लहर उठ रही उल्लासों की माया थी!'*	: सुगन्धित वायु का प्रवाह, देवबालाओं की सुरभित साँसें	**प्र.ग्रं.-2**/223	निर्वेद/कामायनी
मलयानिल परिमल से अंजलि भर- *'हिमकण पर आता जाता— मलयानिल परिमल से अंजलि भर'*	: मलय पवन मानो केसर से भरा हो	**म.सा.-1**/221	मुस्काता संकेत-भरा नभ/नीरजा
मलार- *'प्रिय की पदचाप-मदिर/गा मलार री'*	: एक राग जो वर्षा ऋतु में गाया जाता है, मल्हार	**म.सा.-1**/211	ओ विभावरी/नीरजा
मलिंद- *'जिस मलिन्द की छबि मदिरा की'*	: भौंरा	**पं.ग्रं.-1**/84	आज वेदने! आ, तुझको भी/वीणा
मलिंदों- *'मलिन्दों से उलझी गुंजार'*	: मलिन्द, भौंरा	**पं.ग्रं.-1**/209	नारी रूप/पल्लव
◆ *'झूम मलिन्दों-से अभिराम'*	: मलिन्द भौंरा	**पं.ग्रं.-1**/215	बादल/पल्लव

शब्द-	काव्य-पंक्ति	: अर्थ	ग्रंथावली/पृ.सं.	स्रोत/संदर्भ
मलिन उदासी-	*'घुली जा रही है दिशि-दिशि की नभ में मलिन उदासी'*	: उदासी का मटमैला रंग	**प्र.ग्रं.-2**/142	कर्म/कामायनी
मलिन उर-	*'मलिन उर छूकर तिमिर का अरुण कर'*	: अंधकार, प्रकृति का हृदय रात में मानो अँधेरे में डूबा होता है।	**पं.ग्रं.-1**/125	ग्रन्थि
मलिन कालिमा के कर से-	*'क्षितिज भाल का कुंकुम मिटता मलिन कालिमा के कर से'*	: मलिन आभावाले अंधकार ने मानो अपने हाथ से (लालिमा को पोंछ दिया)	**प्र.ग्रं.-2**/185	स्वप्न/कामायनी
मलिन दीप-	*'खद्योतों के मलिन दीप में'*	: धीमी रोशनी वाले दीपकों (की तरह हैं जुगनू)	**पं.ग्रं.-1**/193	अनंग/पल्लव
मलिन द्युति रवि कर-	*'पहला संचित अग्नि जल रहा पास मलिन द्युति रवि-कर से;'*	: धूप (रवि कर) के कारण वह आग मंद दिखाई पड़ रही थी	**प्र.ग्रं.-2**/73	आशा/कामायनी
मलिन मित्र-	*'अंधकार में मलिन मित्र की धुँधली आभा लीन हुई;'*	: प्रलय के बादलों के कारण सूर्य (मित्र) की आभा मंद पड़ गयी	**प्र.ग्रं.-2**/59	चिंता/कामायनी
मलिन-मुख-	*'ढल रहे थे मलिन-मुख रवि, दुख-किरण'*	: आभाहीन चेहरा, सूरज का निस्तेज होना	**नि.र.-1**/155	शेष
मलिनांचल-	*'गोधूली के मलिनाञ्चल में'*	: मलिन आँचल (शाम का झुटपुटा)	**प्र.ग्रं.-1**/233	विषाद/झरना
मलीन-	*'अचानक हो क्यों छिन्न मलीन लिया फूलों का जीवन छीन?'*	: दोषयुक्त, जो निर्मल न हो	**म.सा.-1**/65	समीरण के पंखों में गूँथ/नीहार
♦	*'उसी सुमन सा पल भर हँसकर/सूने में हो छिन्न मलीन'*	: मलिन, अस्वच्छ	**म.सा.-1**/97	जिसमें नहीं सुवास नहीं जो/नीहार
मलीन अवकाश-	*'विह्वल सी थी दीन वेदना, मुँह खोले मलीन अवकाश'*	: उदास आकाश, धुँधला आकाश	**प्र.ग्रं.-1**/236	चिह्न/झरना
मलीन-मुख-	*'इस जग के मलीन-मुख से द्रुत'*	: उदास चेहरा, अँधेरे के प्रभाव में सुबह	**पं.ग्रं.-1**/339	चार/ज्योत्स्ना
मल्ल-रोध-	*'वारित-सौमित्र-भल्लपति— अगणित-मल्ल-रोध'*	: वीर योद्धा रोक दिए गए या हरा दिए गए	**नि.र.-1**/329	राम की शक्ति-पूजा
मल्लिका-	*'खिली स्वर्ण मल्लिका की सुरभित वल्लरी-सी'*	: एक लता	**प्र.ग्रं.-1**/341	प्रलय की छाया/लहर
♦	*'हो मल्लिका, सरोजिनी, या यूथी का पुंज'*	: सुगन्धित फूलों की एक लता	**प्र.ग्रं.-4**/282	चतुर्थ अंक/चन्द्रगुप्त
♦	*'कुन्द के शेष पूजार्घ्यदान मल्लिका प्रथम-यौवन-शयान;'*	: एक फूल	**नि.र.-1**/308	दान
मल्लिका-पुंज-	*'सींचता दृग-जल से सानंद, खिलेगा कभी मल्लिका-पुंज'*	: मल्लिका (एक लता) का झुरमुट	**प्र.ग्रं.-1**/229	वसन्त की प्रतीक्षा/झरना
मशालची-	*'अंचल? लजी मशालची की लालटेन काली'*	: मशाल दिखाने वाला (बरात आदि में)	**नि.र.-1**/43	विरहिणी पर व्यंग
मसक-	*'धँस गया धरा में कपि गह युग पद मसक दण्ड'*	: मसोसना, विवशता की पीड़ा अनुभव करना	**नि.र.-1**/334	राम की शक्ति-पूजा
मसले तारों-	*'आज किसी के मसले तारों की वह दूरागत झंकार'*	: हृदय-रूपी वीणा के तार मानो बेरहमी से झकझोर दिये गए हों	**म.सा.-1**/42	घायल मन लेकर सो जाती/नीहार
मसि-	*'मसि से पत्रों पर लिख दो— '*	: स्याही	**नि.र.-1**/190	वासन्ती

शब्द-	काव्य-पंक्ति	: अर्थ	ग्रंथावली/पृ.सं.	स्रोत/संदर्भ
मसि-प्याली-	*'दृग-जल की सित-मसि है अक्षय मसि-प्याली, झरते तारक-द्वय'*	: स्याही की प्याली की तरह काली आँखें	**म.सा.**-1/198	कैसे संदेश प्रिय पहुँचाती! /नीरजा
मसि-वातचक्र-	*'घिरते नभ-निधि-आवर्त्त-मेघ; मसि-वातचक्र सी वात चली'*	: अँधेरा और हवा का तेज बहाव	**म.सा.**-1/383	तेरी छाया में अमिट रंग /दीप-शिखा
मसि-सागर-	*'मसि-सागर का पंथ गया बन'*	: रात के अँधेरे में यह संसार स्याही के समुद्र की तरह दिखता है।	**म.सा.**-1/335	यह मंदिर का दीप... /दीप-शिखा
मसृण-	*'मसृण गांधार देश के, नील रोम वाले मेषों के चर्म,'*	: कोमल और चिकना	**प्र.ग्रं.**-2/84	श्रद्धा/कामायनी
◆	*'खुले मसृण भुज-मूलों से वह आमंत्रण था मिलता'*	: कोमल और चिकना	**प्र.ग्रं.**-2/145	कर्म/कामायनी
◆	*'फिर उर-उर के पथ बन्धुर, पग-द्रवित मसृण ऋजु कर दो,'*	: अत्यधिक कोमल	**नि.र.**-1/191	वासन्ती
◆	*'जाने क्या हँसते मसृण-मसृण'*	: कोमल	**नि.र.**-1/285	तुलसीदास
◆	*'बुनते मृदुल मसृण छायांचल'*	: कोमल	**पं.ग्रं.**-1/272	अप्सरा/गुंजन
मसृण बाल-	*'वह आवेगा मृदु मलयज-सा लहराता अपने मसृण बाल'*	: चिकने सुन्दर बाल	**प्र.ग्रं.**-2/167	ईर्ष्या/कामायनी
मसृण-सुचिक्कण-	*'दर्पण बन तू मसृण-सुचिक्कण'*	: चमकीला और चिकना	**नि.र.**-1/230	रे अपलक मन
महती-	*'हे सर्वमंगले! तुम महती, सबका दु:ख अपने पर सहती'*	: महिमाशालिनी (श्रद्धा)	**प्र.ग्रं.**-2/244	दर्शन/कामायनी
महा ओक-	*'उसके भी परे सुना जाता कोई प्रकाश का महा ओक'*	: विशाल आश्रय या घर	**प्र.ग्रं.**-2/180	इड़ा/कामायनी
महाकच्छप-सी-	*'व्यस्त महाकच्छप-सी धरणी ऊभ-चूभ थी विकलित सी'*	: विशाल कछुआ, दशावतार में विष्णु का एक अवतार कछुए का भी है।	**प्र.ग्रं.**-2/60	चिंता/कामायनी
महाकर्षण-	*'प्रति जप से खिंच-खिंच होने लगा महाकर्षण;'*	: देवी के प्रति आकर्षण को तीव्रता से महसूस करने लगे	**नि.र.**-1/337	राम की शक्ति-पूजा
महाकवि-कलित-कंठ-	*'किसी महाकवि-कलित-कण्ठ से'*	: महाकवि की सुंदर वाणी	**नि.र.**-1/110	सिर्फ एक उन्माद
महाकाल-	*'रखवाली आप करता है— महाकाल ही,'*	: भगवान शंकर, महादेव	**प्र.ग्रं.**-1/336	शेरसिंह का शस्त्र-समर्पण/लहर
◆	*'सागर की भीषणतम तरंग सा खेल रहा वह महाकाल'*	: शिव, ईश्वर, शैव दर्शन में ईश्वर की अवधारणा	**प्र.ग्रं.**-2/180	इड़ा/कामायनी
◆	*'चितिमय चिता धधकती अविरल महाकाल का विषम नृत्य था'*	: शिव का रुद्र रूप	**प्र.ग्रं.**-2/263	रहस्य/कामायनी
◆	*'महाकाल के खरतर शर सह'*	: मृत्यु की अनिवारता	**नि.र.**-1/223	नर-जीवन के स्वार्थ सकल
◆	*'महाकाल को कवलित क्षण में'*	: समय का विराट रूप	**पं.ग्रं.**-2/17	बाँधो, छवि के नव बन्धन/युगपथ
महाकाश-	*'वज्रांग तेजघन बना पवन को, महाकाश'*	: शिव और शक्ति का निवास स्थान	**नि.र.**-1/332	राम की शक्ति-पूजा
◆	*'यह महाकाश, है जहाँ वास शिव का निर्मल'*	: शिव और शक्ति का निवास स्थान	**नि.र.**-1/333	राम की शक्ति-पूजा

शब्द- काव्य-पंक्ति	: अर्थ	ग्रंथावली/पृ.सं.	स्रोत/संदर्भ
♦ *'भर जाता सूना महाकाश!'*	: विशाल आकाश, विस्तृत संसार	**पं.ग्रं.**-2/8	झर पड़ता जीवन-डाली से/युगपथ
महा चषक- *'इंद्रनील मणि महा चषक था सोम-रहित उल्टा लटका;'*	: बहुत बड़ा प्याला, जाम	**प्र.ग्रं.**-2/68	आशा/कामायनी
महाचिति- *'कर रही लीलामय आनन्द, महाचिति सजग हुई सी व्यक्त;'*	: सृष्टि की महाचेतना	**प्र.ग्रं.**-2/89	श्रद्धा/कामायनी
महाजनों- *'यदि महाजनों को, तो विवाह'*	: व्यापारी	**नि.र.**-1/322	सरोज-स्मृति
महाज्ञान- *'कर्म था क्रन्दन/सुख-मौन एक महाज्ञान'*	: अंतिम ज्ञान	**नि.र.**-1/180	रेखा 'ग'
महाज्योति-रेखा-सी- *'महाज्योति-रेखा-सी बनकर श्रद्धा की स्मिति दौड़ी उनमें'*	: ईश्वरीय प्रकाश की रेखा के समान (श्रद्धा की मुस्कान)	**प्र.ग्रं.**-2/263	रहस्य/कामायनी
महादंभ का दानव- *'यह महादंभ का दानव'*	: अत्यधिक अहंकार मानो दानव की तरह है	**प्र.ग्रं.**-1/330	अशोक की चिंता/लहर
महादेश- *'निराधार उस महादेश में उदित सचेतनता नवीन सी'*	: (भौतिक आधार से रहित उस) परम व्योम में	**प्र.ग्रं.**-2/254	रहस्य/कामायनी
महानंद- *'चिर महानन्द के पुलकों से'*	: पारलौकिक आनन्द का भाव	**पं.ग्रं.**-1/314	तीन/ज्योत्स्ना
♦ *'महानन्द की मधुर उमंग'*	: परम आनन्द, आध्यात्मिक आनन्द	**पं.ग्रं.**-1/190	वीचि विलास/पल्लव
महानिद्रा- *'मत्त हो स्वप्निल हाला ढाल महानिद्रा में पारावार'*	: गहरी नींद मानो समुद्र की तरह अचल है	**म.सा.**-1/51	थकी पलकें सपनों पर डाल/नीहार
महानिलय- *'पा महानिलय उस तन में क्षण में हुए लीन;'*	: महाकाश, अंतरिक्ष	**नि.र.**-1/331	राम की शक्ति-पूजा
महानील- *'महानील इस परम व्योम में, अंतरिक्ष में ज्योतिर्मान,'*	: नीले रंग का विशाल आकाश	**प्र.ग्रं.**-2/69	आशा/कामायनी
महानील-लोहित-ज्वाला- *'महानील-लोहित-ज्वाला का नृत्य सभी से उधर परे'*	: शिव की तीसरी आँख से निकली नीली और लाल ज्वाला	**प्र.ग्रं.**-2/193	स्वप्न/कामायनी
महानीला अंजन- *'बाहर भीतर उन्मुक्त सघन, था अचल महानीला अंजन'*	: नीलगिरि पर्वत या काजल की घनी कालिमा के समान, सृष्टि के पूर्व शिव या ब्रह्म असत् रूप में मौजूद थे जो अंधकारमय था।	**प्र.ग्रं.**-2/245	दर्शन/कामायनी
महानृत्य का विषम सम- *'महानृत्य का विषम सम, अरी अखिल स्पन्दनों की तू माप,'*	: शिव के ताण्डव नृत्य का 'विषम सम' है मृत्यु, 'विषम सम' पर पहुँचकर नृत्य की गति समाप्त हो जाती है उसी तरह मृत्यु भी गति को समाप्त करती है।	**प्र.ग्रं.**-2/63	चिंता/कामायनी
महाप्राण- *'महाप्राण! जीवों में देते हो/जीवन ही जीवन जोड़'*	: विशाल हृदय वाला	**नि.र.**-1/205	कवि
महा-बट- *'बँधी महा-बट से नौका थी सूखे में अब पड़ी रही;'*	: बरगद का विशाल वृक्ष	**प्र.ग्रं.**-2/52	चिंता/कामायनी
महाब्धि- *'विंशति शताब्दि, धन के, मान के बाँध को जर्जर कर महाब्धि'*	: महासागर, समुद्र	**नि.र.**-1/338	सम्राट् अष्टम एडवर्ड के प्रति
महाभाव- *'लख महाभाव-मंगल पदतल धँस रहा गर्व'*	: ऊँचा भावबोध	**नि.र.**-1/336	राम की शक्ति-पूजा
महामत्स्य- *'महामत्स्य का एक चपेटा दीन पोत का मरण रहा'*	: बहुत बड़ी कोई मछली	**प्र.ग्रं.**-2/62	चिंता/कामायनी

शब्द- काव्य-पंक्ति	: अर्थ	ग्रंथावली/पृ.सं.	स्रोत/संदर्भ
महा मिलन- *'कुछ शेष चिह्न हैं केवल मेरे उस महा मिलन के'*	: ईश्वर से जीव का मिलन 'महामिलन' है। शैव-दर्शन के अनुसार ईश्वर ज्योति-पुंज है और जीव उससे उत्पन्न चिंगारी। यह चिंगारी मृत्यु के बाद उसी ज्योति-पुंज से महामिलन करती है।	**प्र.ग्रं.**-2/4	आँसू
महा मीन- *'नभ-सागर के अंतस्तल में जैसे छिप जाता महा मीन'*	: विशाल मछली, तिमिंगिल मछली	**प्र.ग्रं.**-2/178	इड़ा/कामायनी
महा मेध- *'देव-दम्भ के महा मेध में सब कुछ ही बन गया हविष्य'*	: बड़े पैमाने पर होनेवाले यज्ञ जिनमें पशुओं की बलि दी जाती थी	**प्र.ग्रं.**-2/54	चिंता/कामायनी
महामोदमय धाम- *'रमणीय आप महामोदमय धाम तो भी'*	: अत्यन्त आनन्द के आधारस्वरूप	**प्र.ग्रं.**-1/261	तुम/झरना
महायंत्र- *'श्रममय कोलाहल, पीड़नमय विकल प्रवर्तन महायंत्र का'*	: (कर्म-लोक मानो) विशाल मशीन (की तरह निरंतर चलायमान है)	**प्र.ग्रं.**-2/258	रहस्य/कामायनी
महाराव- *'जलराशि विपुल मथ मिला अनिल में महाराव'*	: भयानक आवाज	**नि.र.**-1/332	राम की शक्ति-पूजा
महाविकल- *'बहने को महाविकल-बेकल'*	: अत्यधिक व्याकुल	**नि.र.**-1/128	बादल राग
महाशक्ति- *'कह महाशक्ति राम के वदन में हुई लीन'*	: देवी दुर्गा	**नि.र.**-1/338	राम की शक्ति-पूजा
महाशून्य- *'महाशून्य में ज्वाल सुनहली सब को कहती 'नहीं नहीं' सी'*	: असीम अनन्त आकाश	**प्र.ग्रं.**-2/263	रहस्य/कामायनी
◆ *'महाशून्य के पट में पहला चित्रकार क्यों आता है'*	: महाकाश, आकाश	**प्र.ग्रं.**-3/377	द्वितीय अंक/जन्मेजय का नाग-यज्ञ
◆ *'चले बसाने महाशून्य का कोना कोना'*	: आकाश, विराट	**म.सा.**-1/327	यह सपने सुकुमार /दीप-शिखा
महाश्वेत गजराज गंड- *'महाश्वेत गजराज गंड से बिखरीं मधु धाराएँ जैसे'*	: अतिशुभ्रवर्ण गजेन्द्र ऐरावत की कनपटी (हस्तिकपोल)	**प्र.ग्रं.**-2/252	रहस्य/कामायनी
महासक्ति- *'या कभी अपूर्ण अहंता में हो रागमयी-सी महासक्ति'*	: अत्यधिक आसक्ति	**प्र.ग्रं.**-2/177	इड़ा/कामायनी
महासद्म- *'वह महासद्म लक्ष्मी का शत-मणि-लाल-जटित/ज्यों रक्त पद्म'*	: महल, राजभवन	**नि.र.**-1/339	सम्राट् अष्टम एडवर्ड के प्रति
महासिंधु-से- *'गान गाये महासिन्धु-से'*	: महासागर की (गर्जना) की तरह	**नि.र.**-1/152	जागो फिर एक बार
महाह्रद निर्मल- *'है वहाँ महाह्रद निर्मल जो मन की प्यास बुझाता'*	: स्वच्छ विशाल सरोवर	**प्र.ग्रं.**-2/270	आनन्द/कामायनी
महिमा-ज्योति-हिरण- *'फूटी, रघुनन्दन के दृग महिमा-ज्योति-हिरण'*	: (राम की आँखों में) महिमा की ज्योति (फूटी) जो मन का हरण करनेवाली थी।	**नि.र.**-1/336	राम की शक्ति-पूजा
महिमाधर- *'जागी विश्वाश्रय महिमाधर, फिर देखा'*	: महिमा से युक्त	**नि.र.**-1/307	तुलसीदास
महि-शतदल- *'स्वर्णिम महि-शतदल पर'*	: धरती-रूपी कमल (सौ पंखुड़ियोंवाला)	**पं.ग्रं.**-1/347	चार/ज्योत्स्ना
मही- *'सुधा से सींची जाय मही'*	: धरती	**प्र.ग्रं.**-1/260	सुधासिंचन/झरना
◆ *'स्वाद का अपवाद कर भरते मही'*	: जिसे मथ दिया गया हो, छाछ, मट्ठा, स्वादविहीन	**नि.र.**-1/40	जन्मभूमि

शब्द-	काव्य-पंक्ति	: अर्थ	ग्रंथावली/पृ.सं.	स्रोत/संदर्भ
◆	*'जितने हैं जी जला मरेंगे मरघट बन जायेगी मही'*	: धरती	**नि.र.**-1/45	बाबा और नाती
◆	*'रति-रूप प्राप्त कर रहा वही आकाश बदलकर बना मही'*	: धरती	**नि.र.**-1/323	सरोज-स्मृति
महीयान-	*'लोहितलोचन— रावण-मदमोचन-महीयान'*	: धरती मानो रथ (यान) बन गयी थी	**नि.र.**-1/329	राम की शक्ति-पूजा
महोर्मि-माला-	*'प्रेम की महोर्मि-माला तोड़ देती है क्षुद्र ठाट'*	: ऊँची लहरों की शृंखला	**नि.र.**-1/51	पंचवटी प्रसंग:1
महोल्लास-	*'बिंध महोल्लास से बार-बार आकाश विकल'*	: अत्यधिक उल्लास	**नि.र.**-1/329	राम की शक्ति-पूजा
मांसल परमाणु किरण-	*'वे मांसल परमाणु किरण से विद्युत् थे बिखराते'*	: श्रद्धा का अंग-सौन्दर्य किरणों के सूक्ष्म परमाणुओं की तरह प्रभावशाली था।	**प्र.ग्रं.**-2/146	कर्म/कामायनी
मांसल-सी-	*'मांसल-सी आज हुई थी हिमवती प्रकृति पाषाणी'*	: जीवंत-सी हो गयी (थी हिमालय की प्रकृति)	**प्र.ग्रं.**-2/279	आनन्द/कामायनी
मा भैः-	*'नानृतं जयति सत्यं, मा भैः, जय ज्ञान ज्योति, तुमको प्रणाम'*	: डरो मत	**पं.ग्रं.**-2/26	बापू के प्रति/युगपथ
माझी-	*'माझी? साहस है? खे लोगे?*	: नाविक, कोई भी व्यक्ति	**प्र.ग्रं.**-4/99	तृतीय अंक/स्कन्दगुप्त
मातः-	*'मातः, दशभुजा, विश्व-ज्योतिः, मैं हूँ आश्रित;'*	: माता को संबोधन	**नि.र.**-1/335	राम की शक्ति-पूजा
मात-	*'उठो भ्रात! अब जागो मात'*	: माता, प्रकृति-जननी	**पं.ग्रं.**-1/108	नीरव व्योम! विश्व, नीरव! /वीणा
माती-	*'मादकता माती नींद लिये/सोऊँ मन में अवसाद भरे'*	: मतवाली, नशे में	**प्र.ग्रं.**-2/102	काम/कामायनी
मातृत्व-बोझ-	*'मातृत्व-बोझ से झुके हुए बँध रहे पयोधर पीन आज'*	: गर्भावस्था का भार	**प्र.ग्रं.**-2/159	ईर्ष्या/कामायनी
मातृ-मूर्ति-	*'मनु ने देखा इतना विचित्र! वह मातृ-मूर्ति थी विश्व-मित्र'*	: मातृत्व की सजीव प्रतिमा (श्रद्धा), वात्सल्य से परिपूर्ण	**प्र.ग्रं.**-2/243	दर्शन/कामायनी
◆	*' "तुम देवि! आह कितनी उदार, यह मातृ-मूर्ति है निर्विकार'*	: वात्सल्य से परिपक्व श्रद्धा का व्यक्तित्व	**प्र.ग्रं.**-2/244	दर्शन/कामायनी
मादकता-	*'मादकता से आये तुम/संज्ञा से चले गये थे'*	: नशे की तरह, होश उड़ाते हुए	**प्र.ग्रं.**-2/17	आँसू
मादकता दोला-	*'मादकता दोला पर प्रेयसि! आओ मिलकर झूलो'*	: मस्ती का झूला	**प्र.ग्रं.**-2/148	कर्म/कामायनी
मादकता माती-	*'मादकता माती नींद लिये सोऊँ मन में अवसाद भरे'*	: नशे के कारण मतवाली	**प्र.ग्रं.**-2/102	काम/कामायनी
मादक मरंद-	*'ऋतुपति के घर कुसुमोत्सव था, मादक मरंद की वृष्टि रही'*	: उन्माद पैदा करनेवाले पराग	**प्र.ग्रं.**-2/105	काम/कामायनी
मादन-	*'या मादन मृदुतम कंपन छायी सम्पूर्ण सृजन पर'*	: मादक, नशीला	**प्र.ग्रं.**-2/278	आनन्द/कामायनी
मादन-विकास-	*'जैसे असंख्य मुकुलों का मादन-विकास कर आया'*	: मादक विकास	**प्र.ग्रं.**-2/277	आनन्द/कामायनी
माधव-	*'उस प्रकृति लता के यौवन में उस पुष्पवती के माधव का;'*	: वसंत ऋतु	**प्र.ग्रं.**-2/104	काम/कामायनी
◆	*'माधव सुमनों में गूँथ रहा'*	: वसंत (ऋतु)	**प्र.ग्रं.**-4/302	चतुर्थ अंक/चन्द्रगुप्त
माधव का प्रात-	*'अश्रु की उर्म्मि हास का वात कुहू का तम माधव का प्रात'*	: वसंत ऋतु की सुंदर सुबह (भी है जीवन में)	**म.सा.**-1/115	तुहिन के पुलिनों पर छबिमान/रश्मि

शब्द-	काव्य-पंक्ति	: अर्थ	ग्रंथावली/पृ.सं.	स्रोत/संदर्भ
माधव के सरस कुतूहल का-	*'माधव के सरस कुतूहल का आँखों में पानी भरे हुए'*	: प्रियतम के प्रति आनन्दपूर्ण उत्सुकता का	**प्र.ग्रं.-2**/123	लज्जा/कामायनी
माधविका-	*'मधुप माधविका कुसुम से कुञ्ज में'*	: माधवी लता	**प्र.ग्रं.-1**/257	मिलन/झरना
माधवी-	*'माधवी के नये खुले गुच्छे नये'*	: एक लता जिसमें फूल निकलते हैं	**नि.र.-1**/250	कैसी बजी बीन?
माधवी की गंध-	*'आ रही थी मदिर भीनी माधवी की गंध'*	: माधवी नामक लता के फूलों की गंध	**प्र.ग्रं.-2**/116	वासना/कामायनी
माधवी-कुंज-	*'निर्झर-सा झिर-झिर करता माधवी-कुंज छाया में'*	: माधवी की लताओं से बना सुन्दर कुंज	**प्र.ग्रं.-2**/9	आँसू
माधवी कुंज-	*'आज इस यौवन के माधवी कुंज में कोकिल बोल रहा!'*	: सुगन्ध की मादकता और सौन्दर्य से परिपूर्ण लता-गुल्मों से बना सुन्दर स्थान।	**प्र.ग्रं.-4**/258	तृतीय अंक/चन्द्रगुप्त
माधवी निशा-	*'माधवी निशा की अलसाई अलकों में लुकते तारा-सी'*	: वसंत ऋतु की रात	**प्र.ग्रं.-2**/100	काम/कामायनी
♦	*'माधवी निशा की अलसाई'*	: वसंत ऋतु की रात	**प्र.ग्रं.-2**/349	आवरण/असंकलित कविताएँ
माधवी रजनी-	*'एक लघु ज्वालामुखी अचेत माधवी रजनी में अश्रांत'*	: वसंत की रात	**प्र.ग्रं.-2**/84	श्रद्धा/कामायनी
माधवी संध्या-	*'मधुर माधवी संध्या में जब रागारुण रवि होता अस्त'*	: मीठी और मादक शाम	**प्र.ग्रं.-1**/327	मधुर माधवी संध्या में /लहर
माधुरी छाया-	*'वह आकर्षण, वह मिलन हुआ प्रारम्भ माधुरी छाया में;'*	: माधुर्यपूर्ण मिलन-स्थल	**प्र.ग्रं.-2**/104	काम/कामायनी
माधुरी से भींगी-	*'उषा की पहली लेखा कांत, माधुरी से भींगी भर मोद'*	: माधुर्य-भाव से युक्त, सुमधुर	**प्र.ग्रं.-2**/85	श्रद्धा/कामायनी
मान-पान-	*'बैठाला देकर मान-पान; कुछ जन बतलाये कान-कान;'*	: सम्मानपूर्वक नाश्ता-पानी दिया गया	**नि.र.-1**/300	तुलसीदास
मान-भरी-	*'जब शिरीष की मधुर गंध से मान-भरी मधु ऋतु रातें'*	: प्रणय-कोप, अपने प्रिय के प्रति सकारण या अकारण रोष	**प्र.ग्रं.-2**/187	स्वप्न/कामायनी
मान-मोचन-	*'कुछ अनुरोध मान-मोचन का करता आँखों में संकेत'*	: मनुहार कर रूठे को मनाना	**प्र.ग्रं.-2**/192	स्वप्न/कामायनी
मानव-	*'मानव था साथ उसी के मुख पर था तेज अपरिमित'*	: मनु और श्रद्धा का पुत्र	**प्र.ग्रं.-2**/267	आनन्द/कामायनी
मानव केसरि-	*'गर्जन कर मानव केसरि'*	: शेर की तरह साहसी मनुष्य	**पं.ग्रं.-2**/12	गर्जन कर मानव केसरि /युगपथ
मानवता की कीर्ति-	*'आज से मानवता की कीर्ति अनिल, भू, जल में रहे न बंद'*	: मनुष्य का यश	**प्र.ग्रं.-2**/93	श्रद्धा/कामायनी
मानवती की माया-	*'कहने लगे— 'अरे यह कैसी मानवती की माया'*	: रूठनेवाली का रहस्यमय खेल	**प्र.ग्रं.-2**/147	कर्म/कामायनी
मानव-संतति-	*'मानव-संतति ग्रह-रश्मि-रज्जु से भाग्य बाँध पीटे लकीर'*	: मानव-जाति, मानव सभ्यता	**प्र.ग्रं.-2**/177	इड़ा/कामायनी

शब्द-	काव्य-पंक्ति	: अर्थ	ग्रंथावली/पृ.सं.	स्रोत/संदर्भ
मानव-संपत्ति-	*'पड़ा है बन मानव-संपत्ति पूर्ण हो मन का चेतन-राज'*	: मनुष्य जाति की संपत्ति	**प्र.ग्रं.-2**/92	श्रद्धा/कामायनी
मानव साकार-	*'धरा से ले परमाणु उधार किया किसने मानव साकार?'*	: मनुष्य को अपना आकार प्राप्त हुआ होगा	**म.सा.-1**/115	तुहिन के पुलिनों पर छबिमान/रश्मि
मानव-हृदय-भूमि-	*'मानव-हृदय-भूमि करुणा से सींचकर'*	: मनुष्य के मन-रूपी भूमि को	**प्र.ग्रं.-3**/296	द्वितीय अंक/अजातशत्रु
मानस-	*'मानस उसको कहते हैं सुख पाता जो है जाता'*	: मानसरोवर	**प्र.ग्रं.-2**/270	आनन्द/कामायनी
◆	*'आओ, आओ मृदु-पद, मेरे/मानस की कुसुमित वाणी'*	: मन की, मानसिक	**नि.र.-1**/218	कल्पना के कानन की रानी
◆	*'मेरा मानस तो शशि हासिनि'*	: मन का संसार	**पं.ग्रं.-1**/85	काला तो यह बादल है! /वीणा
मानस-अलि-गुंजन-	*'अब नीरव मानस-अलि-गुञ्जन कुसुमित मृदु भावों का स्पंदन'*	: मन-रूपी भौंरा गुंजार (रहित हो चुका है)	**म.सा.-1**/126	अलि अब सपने की बात-/रश्मि
मानस का आवेश-	*'मेरे मानस का आवेश, तेरी करुणा का उन्मेष'*	: मन की बेचैनी	**पं.ग्रं.-1**/90	मेरे मानस का आवेश /वीणा
मानस का ताप-	*'मूक करके मानस का ताप सुलाकर वह सारा उन्माद'*	: मानसिक दु:ख, मनस्ताप	**म.सा.-1**/83	मूक करके मानस का ताप/नीहार
मानस का दृश्य-	*'यात्री दल ने रुक देखा मानस का दृश्य निराला'*	: मानसरोवर की छवियाँ	**प्र.ग्रं.-2**/272	आनन्द/कामायनी
मानस का सब रस-	*'मानस का सब रस पीकर लुढ़का दी तुमने प्याली'*	: मन के लगाव और प्रेम	**प्र.ग्रं.-2**/14	आँसू
मानस का स्मृति शतदल-	*'मानस का स्मृति शतदल खिलता, झरते बिंदु मरंद घने'*	: श्रद्धा के मन-रूपी मानसरोवर में अनेक स्मृति-रूपी सौ पंखुड़ियों वाले कमल खिलते हैं।	**प्र.ग्रं.-2**/188	स्वप्न/कामायनी
मानस की आशा-	*'इसी विपिन में मानस की आशा का कुसुम खिलेगा'*	: मन की इच्छाएँ	**प्र.ग्रं.-2**/136	कर्म/कामायनी
मानस की गहराई में-	*'निस्संबल होकर तिरती हूँ इस मानस की गहराई में'*	: प्रेम में डूबे हुए मन की परतों में	**प्र.ग्रं.-2**/129	लज्जा/कामायनी
मानस की जलजात-	*'तेरे मानस की जलजात'*	: मन की सुन्दर भावना मानो कमल की तरह है	**पं.ग्रं.-1**/88	जब मैं थी अज्ञात प्रभात /वीणा
मानस की लहरों-	*'उस नवल चंद्रिका के बिछले जो मानस की लहरों पर से'*	: सरोवर की लहरें या मन की अनुभूतियाँ	**प्र.ग्रं.-2**/127	लज्जा/कामायनी
मानसकुंज-	*'हमारा मानसकुञ्ज उजाड़ दे गया नीरव रोदन कौन?'*	: कुंज की तरह सुंदर मन	**म.सा.-1**/66	समीरण के पंखों में गूँथ/नीहार
मानस के रत्न-	*'जहाँ मानस के रत्न विलीन तुम्हीं हो ऐसा पारावार'*	: मन की अनमोल भावनाएँ रत्न की तरह हैं	**म.सा.-1**/78	जहाँ है निद्रामग्न वसंत /नीहार
मानस-कोष-	*'निस्सार मानस-कोष में हो मञ्जु हीरक की कनी'*	: मन के भीतर का संग्रह	**म.सा.-1**/85	विस्मृति तिमिर में दीप हो/नीहार
मानस-चकोर-	*'पुलकित प्रतिपल मानस-चकोर'*	: मन मानो चकोर है	**नि.र.-1**/292	तुलसीदास
मानस-चित्र-	*'मेरा मानस-चित्र खींचना सुन्दर-सा सपना हो'*	: मन में खींचा गया आदर्श चित्र	**प्र.ग्रं.-2**/141	कर्म/कामायनी

शब्द- काव्य-पंक्ति	: अर्थ	ग्रंथावली/पृ.सं.	स्रोत/संदर्भ
मानस जलधि- *'मानस जलधि रहे चिर चुम्बित—'*	: मन-रूपी समुद्र	**प्र.ग्रं.-1**/291	निज अलकों के.../लहर
मानस-जलनिधि- *'मानस-जलनिधि का क्षुद्र-यान'*	: हृदय-रूपी समुद्र, विराट मन	**प्र.ग्रं.-2**/175	इड़ा/कामायनी
मानस-तट- *'थी ज्योतिष्मती प्रफुल्लित मानस-तट की वन बेली'*	: मन-रूपी मानसरोवर का क्षेत्र	**प्र.ग्रं.-2**/276	आनन्द/कामायनी
♦ *'मनु बैठे ध्यान-निरत थे उस निर्मल मानस-तट में'*	: मानसरोवर के किनारे	**प्र.ग्रं.-2**/273	आनन्द/कामायनी
मानस-तरंग- *'सोचा कवि ने, मानस-तरंग, यह भारत-संस्कृति पर सभंग'*	: भारतीय मन की गति (संस्कृति)	**नि.र.-1**/289	तुलसीदास
मानस-तरी- *'मानस-तरी भरी करुना-जल होती ऊपर-नीचे'*	: मन-रूपी-नाव	**प्र.ग्रं.-3**/437	प्रथम अंक/कामना
मानस-देश- *'देश बसाया पर उजड़ा है सूना मानस-देश यहाँ'*	: मन या हृदय का पक्ष	**प्र.ग्रं.-2**/191	स्वप्न/कामायनी
मानस-दोलों- *'मानस-दोलों में सोती शिशु/इच्छाएँ अनजान'*	: मन-रूपी झूले में	**म.सा.-1**/137	तुम हो विधु के बिम्ब और मैं/रश्मि
मानस-निधि- *'किस मानस-निधि में न बुझा था बड़वानल जिससे बन भाप'*	: मानसरोवर-रूपी जल का भांडार या मन-रूपी विराट कोश	**प्र.ग्रं.-3**/319	तृतीय अंक/अजातशत्रु
मानस-मकरंद- *'दिया, ढुलका मानस-मकरंद मधुर अपनी स्मृति का उपहार'*	: मन की अच्छी भावनाएँ मानो पराग हैं	**म.सा.-1**/65	समीरण के पंखों में गूँथ /नीहार
मानस मधुशाला- *'तेरी ही स्मित-मिश्रित हाला तेरा ही मानस मधुशाला'*	: मन-रूपी मदिरालय, आकर्षक मनोभाव	**म.सा.-1**/183	तुम मुझ में प्रिय! फिर परिचय क्या!/नीरजा
मानस-शतदल- *'मानस-शतदल झूम उठा जब तुम उसमें मकरंद बनीं'*	: मन-रूपी मानसरोवर का कमल	**प्र.ग्रं.-2**/225	निर्वेद/कामायनी
मानस-सर- *'मरुशेष हुआ यह मानस-सर गतिहीन मौन दृग के निर्झर'*	: मन-रूपी मानसरोवर झील	**म.सा.-1**/197	जग ओ मुरली की मतवाली!/नीरजा
मानस सागर- *'मानस सागर के तट पर क्यों लोल लहर की घातें'*	: मन मानो समुद्र की तरह विशाल है	**प्र.ग्रं.-2**/3	आँसू
मानसि- *'आओ मधुर-सरण मानसि, मन'*	: मन से संबंधित	**नि.र.-1**/240	आओ मधुर-सरण मानसि, मन
मानसी गौरी- *'देखता मानसी गौरी लहरों का कोमल नर्तन'*	: मानसरोवर-सी उज्ज्वल पार्वती	**प्र.ग्रं.-2**/280	आनन्द/कामायनी
मानसी भूतियाँ- *'मानसी भूतियाँ से अमन्द'*	: मानस का ऐश्वर्य, बौद्धिक सम्पदा	**पं.ग्रं.-2**/22	मानव/युगपथ
मानिक- *'मानिक युवक अब'*	: एक युवक का नाम, जो बाद में खुसरो खाँ के नाम से 1320 में सुल्तान बना था।	**प्र.ग्रं.-1**/348	प्रलय की छाया/लहर
मानिक मदिरा- *'मानिक मदिरा से भर दी किसने नीलम की प्याली?'*	: लाल रंग की शराब, आँखों की लाली नशीली है	**प्र.ग्रं.-2**/11	आँसू
♦ *'लो, मानिक मदिरा की धारा अब बहने लगी निराली है'*	: लाल शराब (शाम की लाल किरणें)	**प्र.ग्रं.-4**/346	द्वितीय अंक/ध्रुवस्वामिनी
मानिनियों- *'यह लगा पिघलने मानिनियों का हृदय मृदु प्रणय-रोष भरा'*	: रूठ कर मान प्रकट करनेवाली प्रेमिकाएँ या स्त्रियाँ	**प्र.ग्रं.-4**/346	द्वितीय अंक/ध्रुवस्वामिनी

शब्द-	काव्य-पंक्ति	: अर्थ	ग्रंथावली/पृ.सं.	स्रोत/संदर्भ
माया-	*'विश्व चित्रपट चल माया में—'*	: सत्य को समझने में जो भ्रम उत्पन्न करे	**प्र.ग्रं.**-1/298	ले चल वहाँ भुलावा देकर/लहर
	◆ *'जिसको कहते सब सृष्टि, बनी मतवाली अपनी माया में'*	: सृष्टि का रहस्यपूर्ण रचाव	**प्र.ग्रं.**-2/104	काम/कामायनी
	◆ *'भेद उपजाता भ्रम— /माया जिसे कहते हैं'*	: सत्य को जानने से रोकने वाली	**नि.र.**-1/58	पंचवटी प्रसंग:4
	◆ *'किन्तु मुझे बहकाती है जब उसकी निष्ठुर माया'*	: भ्रान्त धारणा	**नि.र.**-1/75	देवि! कौन वह?
मायाकर-	*'विचरते हो सुर, मायाकर!'*	: माया करनेवाला	**नि.र.**-1/231	चाहते हो किसको सुन्दर
	◆ *'अभिनय करते विश्व मंच पर तुम मायाकर'*	: माया करनेवाला, मायावी, जादूगर	**पं.ग्रं.**-1/232	परिवर्तन/पल्लव
माया-कर-	*'जय, इधर ईश, हैं उधर सबल माया-कर'*	: माया करनेवाले दैत्य	**नि.र.**-1/305	तुलसीदास
माया पट-	*'एक यवनिका हटी, पवन से प्रेरित माया पट जैसी;'*	: माया का आवरण	**प्र.ग्रं.**-2/71	आशा/कामायनी
मायापुरी-	*'हुई ज्योत्स्नामयी अखिल मायापुरी'*	: संसार	**नि.र.**-1/250	कैसी बजी बीन?
माया-मंत्र-	*'किस छाया का माया-मन्त्र'*	: माया फैलाने वाले मंत्र	**नि.र.**-1/118	यमुना के प्रति
मायामयि-	*'स्वप्नमयि! हे मायामयि'*	: माया से परिपूर्ण, जिसके रूप में कल्पना जगाने की क्षमता हो।	**पं.ग्रं.**-1/209	नारी रूप/पल्लव
माया में लिपटी-	*'वैसी ही माया में लिपटी अधरों पर ऊँगली धरे हुए'*	: मोहक रूप धारण करके	**प्र.ग्रं.**-2/123	लज्जा/कामायनी
मायायन-	*'मायायन में प्रिय-शयन व्यष्टि भर सोयी; —'*	: माया के गृह में	**नि.र.**-1/295	तुलसीदास
माया-राज्य-	*'माया-राज्य! यही परिपाटी पाश बिछा कर जीव फाँसना'*	: माया के द्वारा शासित लोक (है इच्छा लोक)	**प्र.ग्रं.**-2/256	रहस्य/कामायनी
मायारानी-	*'मायारानी के केशभार'*	: विश्व को अपने इशारों पर नचानेवाली माया-रूपी सुन्दरी	**प्र.ग्रं.**-2/172	इड़ा/कामायनी
मायावरण-	*'कर गया भेद वह मायावरण प्राप्त कर जय'*	: माया का आवरण, भ्रम	**नि.र.**-1/337	राम की शक्ति-पूजा
मायाविनि-	*'मायाविनि! मैं न उसे लूँगा वरदान समझ कर जानु टेक'*	: माया फैलानेवाली	**प्र.ग्रं.**-2/168	ईर्ष्या/कामायनी
	◆ *'मायाविनि! बस पा ली तुमने ऐसी छुट्टी'*	: जादू का-सा मोहक प्रभाव डालनेवाली	**प्र.ग्रं.**-2/203	संघर्ष/कामायनी
मायावृत-	*'मायावृत 'मैं' का परिवार—'*	: माया (भ्रम) से ढका हुआ	**नि.र.**-1/183	जागरण
मायाशय-	*'सुरभित दिशि-दिशि, कवि हुआ धन्य, मायाशय'*	: माया से अभिभूत	**नि.र.**-1/291	तुलसीदास
माया-स्तूप-सा-	*'एक माया-स्तूप-सा हो रहा है लोप इन आँखों के सामने'*	: माया के स्तूप (एक स्थापत्य-विशेष) के समान, भ्रम के जाल-सा।	**प्र.ग्रं.**-1/353	प्रलय की छाया/लहर
मार-	*'केशर के शर मार गन्धवह खिला न सकता था तन-मन'*	: मारकर, तीर से प्रहारकर	**पं.ग्रं.**-1/109	मरु भी होगा नन्दन वन! /वीणा
	◆ *'मार केशर-शर मलय-समीर'*	: (तीर) मारकर या चलाकर	**पं.ग्रं.**-1/258	मधुवन/गुंजन
मारण-	*'वशीकरण-मारण-उच्चाटन भी कभी-कभी'*	: किसी को मारने के उद्देश्य से की गयी तांत्रिक प्रक्रिया	**नि.र.**-1/57	पंचवटी प्रसंग:3
मारुत-	*'मत्त मारुत पर चढ़ उद्भ्रांत,'*	: हवा	**प्र.ग्रं.**-1/305	आह रे, वह अधीर यौवन/लहर

शब्द- काव्य-पंक्ति	: अर्थ	ग्रंथवली/पृ.सं.	स्रोत/संदर्भ
◆ *'जल-थल, मारुत; व्योम में, जो— छाया है सब ओर'*	: हवा	**प्र.ग्रं.-4**/58	प्रथम अंक/स्कन्दगुप्त
◆ *'मारुत ने जिसकी अलकों में'*	: हवा	**पं.ग्रं.-1**/87	बालकाल में जिसे जलद से/वीणा
मारुत का इठलाना- *'यह सूखी पंखड़ियों में मारुत का इठलाना है'*	: हवा की व्यग्रता मानो सूखी पंखुड़ियों का उपहास है	**म.सा.-1**/91	उच्छ्वासों की छाया में /नीहार
मारुत के फूल- *'सलिल भस्म, मारुत के फूल'*	: हवा में खिले हुए फूल की तरह है बादल	**पं.ग्रं.-1**/216	बादल/पल्लव
मारुत परिमल का आसन- *'मारुत परिमल का आसन नभ दे नयनों का पानी'*	: केसर (परिमल) हवा की सेज पर उड़ रहे हैं	**म.सा.-1**/220	यह पतझर मधुवन भी हो!/नीरजा
मारुत-प्रेरित- *'अस्तु रे, विवश, मारुत-प्रेरित'*	: हवा से उड़ाई हुई	**नि.र.-1**/302	तुलसीदास
मारुतामोद- *'मिल गये सहज मारुतामोद'*	: मारुत+आमोद, परम प्रसन्नता की वायु	**पं.ग्रं.-2**/18	मंजरित आम्र-वन-छाया में/युगपथ
मारुति- *'बैठे मारुति देखते राम-चरणारविन्द'*	: हनुमान	**नि.र.-1**/331	राम की शक्ति-पूजा
मार्ग-मृत्तिका-मलिन- *'कभी देखता, मार्ग-मृत्तिका -मलिन गोद में'*	: मार्ग की मिट्टी से मलिन, धूल-धूसरित	**नि.र.-1**/113	कण
मार्जार- *'तूल-सी मार्जार बाला सामने'*	: बिल्ली	**पं.ग्रं.-1**/127	ग्रन्थि
मार्जार बाला- *'लक्ष कर मार्जार बाला को पुनः'*	: बिल्ली की बच्ची	**पं.ग्रं.-1**/128	ग्रन्थि
मार्जित- *'जो नव संस्कृति की सुनी/विशद, मार्जित, उदार,'*	: परिष्कृत	**नि.र.-1**/340	सम्राट् अष्टम एडवर्ड के प्रति
मार्त्तण्ड- *'चण्ड मार्त्तण्ड की सहायता से'*	: सूर्य	**नि.र.-1**/57	पंचवटी प्रसंग:3
मालकौश- *'काँपा कोमलता पर सस्वर ज्यों मालकौश नव वीणा पर'*	: एक राग	**नि.र.-1**/319	सरोज-स्मृति
मालती-मुकुल- *'रस जलकन मालती-मुकुल से—'*	: मालती लता की कलियाँ	**प्र.ग्रं.-1**/312	वे कुछ दिन कितने सुन्दर थे/लहर
◆ *'मेरे उस यौवन के मालती-मुकुल में'*	: मालती की कली	**प्र.ग्रं.-1**/339	प्रलय की छाया/लहर
मालिका- *'स्निग्ध कामना कुसुम रचित यह मालिका'*	: माला	**प्र.ग्रं.-1**/239	अर्चना/झरना
◆ *'सामने तरु-मालिका अट्टालिका, प्राकार'*	: माला, पंक्ति, श्रृंखला	**नि.र.-1**/343	तोड़ती पत्थर
मालिन- *'भीग मालिन की तरल जलधार से'*	: बाग-बगीचे की देखभाल	**पं.ग्रं.-1**/127	ग्रन्थि
मालिनी- *'अमलिन वन की मालिनी मलिन'*	: एक फूल	**नि.र.-1**/236	बैठ देखी वह छबि सब दिन
मिजराब- *'केवल मिजराब ही रहा'*	: तार का बना छल्ला जिसकी नोंक से आघात कर सितार आदि बजाते हैं।	**नि.र.-1**/229	तुम छोड़ गये द्वार
मिट आज चली- *'परिचय इतना इतिहास यही उमड़ी कल थी मिट आज चली!'*	: और आज उसकी (स्त्री की) मृत्यु हो गयी	**म.सा.-1**/273	मैं नीर भरी दुख की बदली!/सांध्य गीत
मिटने का अधिकार- *'रहने दो हे देव! अरे यह मेरा मिटने का अधिकार'*	: प्रेम के उत्सर्ग का अधिकार, अपने को न्योछावर कर देने का अधिकार	**म.सा.-1**/35	वे मुस्कुराते फूल, नहीं- /नीहार
मिति-सी- *'नित नयी मिति-सी, मनोरम रूप-सी'*	: (आशा का मूर्त रूप) एक रूपाकार की तरह	**पं.ग्रं.-1**/136	ग्रन्थि
मित्र- *'अंधकार में मलिन मित्र की/धुँधली आभा लीन हुई;'*	: सूर्य	**प्र.ग्रं.-2**/59	चिंता/कामायनी

शब्द- काव्य-पंक्ति	: अर्थ	ग्रंथावली/पृ.सं.	स्रोत/संदर्भ
◆ 'मित्र के प्रति' (शीर्षक)	: अपनी कविता के निंदकों को निराला ने यहाँ 'मित्र' कहा है।	**नि.र.**-1/309	मित्र के प्रति
मित्र-प्रवर- *'विश्राम के लिए मित्र-प्रवर'*	: प्रिय मित्र	**नि.र.**-1/291	तुलसीदास
मित्र वरुण- *'दिवा रात्रि या— मित्र वरुण की बाला का अक्षय शृंगार;'*	: सूर्य और जलदेवता	**प्र.ग्रं.**-2/76	आशा/कामायनी
'मित्र वरुण'- *' 'मित्र वरुण' जिनकी छाया है यह आलोक-अँधेरा'*	: सूर्य (मित्र) और जल के देवता, पश्चिम दिशा के दिक्पाल भी वरुण हैं, संतान प्राप्ति के लिए 'मैत्रावरुण' यज्ञ का प्रावधान है।	**प्र.ग्रं.**-2/137	कर्म/कामायनी
मिलन- *'मिलन लगा हँसने जीवन के उर्मिल सागर के उस पार'*	: वह व्यक्ति जिससे मिलने की कल्पना जगी है, मनु कामोद्रेक की मन:स्थिति में किसी प्रेयसी की कल्पना कर ले रहे हैं।	**प्र.ग्रं.**-2/76	आशा/कामायनी
मिलन-इंदु- *'मिलन-इंदु बुनता जीवन पर विस्मृति के तारों से चादर'*	: चाँद मानो मिलन का साक्षी बन जाता है	**म.सा.**-1/126	अलि अब सपने की बात-/रश्मि
मिलन-कुंज- *'सोयेगी कभी न वैसी फिर मिलन-कुंज में मेरे'*	: तरु-गुल्मों के बीच बना मिलन-स्थल	**प्र.ग्रं.**-2/14	आँसू
मिलन-क्षितिज-तट- *'मिलन-क्षितिज-तट मधु-जलनिधि में मृदु हिलकोर उठा जाना'*	: समुद्र और आकाश मानो क्षितिज के तट पर मिल रहे हों	**प्र.ग्रं.**-4/41	प्रथम अंक/स्कन्दगुप्त
मिलन-मधु-दिन- *'क्या नहा आई विरह-निशि मिलन-मधु-दिन के उदय में?'*	: प्रिय से मिलन के सुंदर वासंती दिन	**म.सा.**-1/174	कौन तुम मेरे हृदय में? /नीरजा
मिलन-मुखर- *'मिलन-मुखर तट की रागिनियों का निर्भय गुंजार'*	: जो अपने प्रिय से मिलने की इच्छा को स्पष्ट रूप से प्रकट करे।	**नि.र.**-1/106	तरंगों के प्रति
मिलन-यामिनी- *'आ मेरी चिर मिलन-यामिनी'*	: प्रिय से मिलन की रात	**म.सा.**-1/196	आ मेरी चिर मिलन-यामिनी!/नीरजा
मिलन-विरह-पुलिनों- *'चिर मिलन-विरह-पुलिनों की सरिता हो मेरा जीवन'*	: मिलन और विरह के दो तटों के बीच (प्रवाहित जीवन-रूपी नदी)	**म.सा.**-1/110	चिर तृप्ति कामनाओं का /रश्मि
मिलन-विरह-शिशुओं- *'इन मिलन-विरह-शिशुओं के बिन'*	: मिलना और बिछड़ना मानो भोले-भाले शिशुओं की तरह मोहक है।	**म.सा.**-1/208	तेरी सुधि बिन क्षण क्षण सूना/नीरजा
मिलनाग्रह- *'मिलनाग्रह कितना विहार एक वृन्त पर'*	: मिलन का आग्रह	**नि.र.**-1/206	कवि
मिलनातुर- *'अपनी सुहाग-राशि,/मिलनातुर कल्पनाएँ'*	: मिलन को व्याकुल	**नि.र.**-1/207	कवि
मिलने की प्रथा- *'रुदन में सुख की कथा है, विरह मिलने की प्रथा है'*	: मिलने की रीति का अनिवार्य पक्ष है विरह	**म.सा.**-1/343	आँसुओं के देश में /दीप-शिखा
मिलिंद- *'रहे रजनी में कहाँ मिलिन्द?'*	: भौंरा	**प्र.ग्रं.**-1/220	परिचय/झरना
◆ *'चेतना बने अधीर मिलिन्द, आह वह आवे विमल वसंत'*	: भौंरा	**प्र.ग्रं.**-1/229	वसन्त की प्रतीक्षा/झरना
◆ *'मधुमत्त मिलिन्द माधुरी'*	: भौंरा	**प्र.ग्रं.**-3/194	प्रथम अंक/विशाख
◆ *'देते मिलिन्द, कुसुमाकर की दुहाई'*	: भौंरा	**प्र.ग्रं.**-3/203	द्वितीय अंक/विशाख
◆ *'खंजन, शुक, पिक, हंस, मिलिन्द'*	: भौंरा	**नि.र.**-1/125	यमुना के प्रति
मिश्री- *'गल गया मन मिश्री का कन'*	: मिसरी, एक मीठा पदार्थ	**पं.ग्रं.**-1/183	आँसू/पल्लव
मिष्ट- *'मिष्ट है, पर इष्ट उनका है नहीं'*	: मीठा, स्वादिष्ट	**नि.र.**-1/40	जन्मभूमि
मिस- *'दुख की निर्ममता निरख कुसुम-रस के मिस जो भर आई थी'*	: बहाने, ब्याज	**प्र.ग्रं.**-1/296	जगती की मंगलमयी उषा बन/लहर

शब्द- काव्य-पंक्ति	: अर्थ	ग्रंथावली/पृ.सं.	स्रोत/संदर्भ
◆ *'यों समीर मिस हाँफ रही-सी/चली जा रही किसके पास'*	: बहाना, ब्याज	**प्र.ग्रं.-2**/79	आशा/कामायनी
◆ *'शीतल प्राण धधक उठता है तृषा-तृप्ति के मिस से'*	: बहाने, जरिए	**प्र.ग्रं.-2**/154	कर्म/कामायनी
◆ *'पुर-लक्ष्मी खगरव के मिस कुछ कह उठती थी करुण कथा'*	: बहाने से	**प्र.ग्रं.-2**/214	निर्वेद/कामायनी
◆ *'वे संकेत दंभ के चलते भ्रू-चालन मिस परितोषों से'*	: बहाना	**प्र.ग्रं.-2**/262	रहस्य/कामायनी
◆ *'मधुराका आगमन कलरवों के मिस— कहला दो'*	: के बहाने, ब्याज रूप में	**प्र.ग्रं.-4**/275	चतुर्थ अंक/चन्द्रगुप्त
◆ *'काँप उठी विटपी, यौवन के प्रथम कम्प मिस, मन्द पवन से'*	: के बहाने	**नि.र.-1**/197	गीत 'क'
◆ *'मैं तुम्हें ढूँढ़ने के मिस/परिचित हो लूँ कण-कण से!'*	: बहाने	**म.सा.-1**/111	चिर तृप्ति कामनाओं का/रश्मि
◆ *'मुरझाने के मिस देते तुम/नव शैशव उपहार'*	: के बहाने	**म.सा.-1**/150	विश्व-जीवन के उपसंहार! /रश्मि
◆ *'रजनी-दिन-परिणय से खिलते आँसू मिस हिम के कण ढुलते'*	: के बहाने	**म.सा.-1**/249	प्रिय! सांध्य गगन, मेरा जीवन!/सांध्य गीत
◆ *'स्पंदन मिस प्रतिपल भेज रही क्या युग युग से मनुहार नहीं?'*	: के बहाने	**म.सा.-1**/255	क्यों वह प्रिय आता पार नहीं?/सांध्य गीत
◆ *'मैं कण-कण में ढाल रही अलि आँसू के मिस प्यार किसी का!'*	: के बहाने, के एवज में	**म.सा.-1**/375	मैं पलकों में पाल रही हूँ/दीप-शिखा
मिहिर- *'तिमिर-आवरण/फट जाएगा मिहिर से'*	: सूर्य	**नि.र.-1**/166	महाराज शिवाजी का पत्र
मिहिर-द्वार- *'करना होगा यह तिमिर पार— देखना सत्य का मिहिर-द्वार'*	: सूर्य की आभा से प्रकाशित सत्य का द्वार	**नि.र.-1**/289	तुलसीदास
मींच- *'छिपने पर स्वयं मृदुल कर से/क्यों मेरी आँखें मींच रही!'*	: बंद करना, ढँकना	**प्र.ग्रं.-2**/100	काम/कामायनी
◆ *'अश्रु-सिञ्चित दृग दोनों मींच'*	: बंद करके	**नि.र.-1**/105	खोज और उपहार
◆ *'खींच मींच औ' फेंक, उछाल'*	: मींचना, बंद करना, रोकना	**पं.ग्रं.-1**/202	विश्व वेणु/पल्लव
मींड़- *'प्राणों की व्याकुल पुकार पर एक मींड़ ठहरा जाओ'*	: सुंदर राग में उतरना	**प्र.ग्रं.-1**/314	जग की सजल कालिमा /लहर
मींड- *'यों अधीरता से न मींड लो अभी हुए हैं पुलकित प्रान!'*	: राग बदलना	**प्र.ग्रं.-4**/284	चतुर्थ अंक/चन्द्रगुप्त
मीच- *'दैत्य-जड़-दंष्ट्राओं के बीच पीसता तू ही अपनी मीच'*	: बंद करना (जैसे-आँखें मींचना)	**नि.र.-1**/215	पास ही रे, हीरे की खान
मीठी चितवन- *'फूलों की मीठी चितवन नभ की ये दीपावलियाँ'*	: फूलों की मधुर दृष्टि की तरह हैं तारे	**म.सा.-1**/44	छाया की आँखमिचौनी /नीहार
मीठी पीर- *'पड़ रहे पावन प्रेम-फुहार, जलन कुछ-कुछ, है मीठी पीर'*	: मीठा-मीठा दर्द, प्रेम का गहरा दर्द	**प्र.ग्रं.-4**/187	प्रथम अंक/चन्द्रगुप्त
मीड़- *'मीड़ मत खिंचे बीन के तार'*	: मसलना, तार पर आघात करना	**प्र.ग्रं.-3**/272	प्रथम अंक/अजातशत्रु
◆ *'कौन कल्पना करके उसमें मीड़ लगाकर गाता है'*	: संगीत के एक सुर से दूसरे में उतरने का क्रम	**प्र.ग्रं.-3**/377	द्वितीय अंक/जन्मेजय का नाग-यज्ञ
◆ *'स्वर-प्रकंपित कर दिशाएँ/मीड़ सब भू की शिराएँ'*	: एक स्वर से दूसरे स्वर में उतरने का सुंदर क्रम	**म.सा.-1**/311	दीप मेरे जल अकंपित /दीप-शिखा

शब्द- काव्य-पंक्ति	: अर्थ	ग्रंथावली/पृ.सं.	स्रोत/संदर्भ
मीड़ों- *'आने दो मीठी मीड़ों से नूपुर की झनकार, रहो'*	: संगीत के स्वर का बदलना	**प्र.ग्रं.**-1/235	बालू की वेला/झरना
◆ *'मीठी मीड़ों को आने दो'*	: एक स्वर से दूसरे स्वर में उतरना	**प्र.ग्रं.**-4/93	तृतीय अंक/स्कन्दगुप्त
मीत- *'हाय! उठाई कैसी मीत!'*	: मित्र, सहधर्मी, जीवन साथी	**नि.र.**-1/46	बाबा और नाती
◆ *'अपरिचित हो जाता है मीत तुम्हीं हो ऐसा अञ्जन सार!'*	: जाना-पहचाना प्रिय है	**म.सा.**-1/78	जहाँ है निद्रामग्न वसंत /नीहार
◆ *'स्वर्ण बनता जाता है प्यार/चिता है तेरी प्यारी मीत'*	: मित्र, प्रिय, स्नेही, आत्मीय	**म.सा.**-1/83	मूक करके मानस का ताप/नीहार
मीन-केतन- *'वह केवल वहाँ मीन-केतन, युवती में'*	: युवती के बाल पताका की तरह हैं जिस पर आँख रूपी मछली अंकित है।	**नि.र.**-1/295	तुलसीदास
मीन दृग- *'चला मीन दृग चारों ओर'*	: मछलियाँ मानो (लहर की) आँखें हैं	**पं.ग्रं.**-1/190	वीचि विलास/पल्लव
मीन दृगों- *'इन्हीं मीन दृगों का चपल संकेत बन'*	: मछली-जैसी आँखें	**प्र.ग्रं.**-1/351	प्रलय की छाया/लहर
मीन-मदन- *'मीन-मदन फाँसने की वंशी-सी विचित्र नासा'*	: मछली-रूपी कामदेव, प्रेमास्पद रूपी मीन	**नि.र.**-1/57	पंचवटी प्रसंग:3
मीनाकार- *'विजय ध्वजा में मीनाकार'*	: मछली का आकार, कामदेव के झंडे पर मछली का निशान होता है	**पं.ग्रं.**-1/194	अनंग/पल्लव
मीलित- *'इसमें उपजा यह नीरज सित कोमल कोमल लज्जित मीलित'*	: (लज्जा में) घुला-मिला हुआ	**म.सा.**-1/167	प्रिय इन नयनों का अश्रु-नीर/नीरजा
◆ *'अलि-गुंजित मीलित पंकज/नूपुर रुनझुन ले'*	: युक्त, भौंरों के गुंजार से युक्त कमल	**म.सा.**-1/191	पथ देख बिता दी रैन/नीरजा
मीलित कलियों- *'यूथी की मीलित कलियों से अलि दे मेरी कवरी सँवार!'*	: मुँदी हुई कलियाँ	**म.सा.**-1/257	जाने किस जीवन की सुधि ले/सांध्य गीत
मीलित नयनों- *'मीलित नयनों का अपना ही'*	: (नींद में) मुँदी आँखें	**पं.ग्रं.**-1/198	स्वप्न/पल्लव
मुकुर- *'विश्व-माधुरी जिसके सम्मुख मुकुर बनी रहती हो'*	: छाया, दर्पण	**प्र.ग्रं.**-2/150	कर्म/कामायनी
◆ *'मेरा मानस का मुकुर रहे, प्रतिबिंबित तुमसे ही अनन्य'*	: दर्पण	**प्र.ग्रं.**-2/163	ईर्ष्या/कामायनी
◆ *'देखकर मुकुर, पवित्र चित्र पद्मिनी का'*	: दर्पण	**प्र.ग्रं.**-1/343	प्रलय की छाया/लहर
◆ *'तोड़ कर वह मुकुर जिसमें रूप करता लास'*	: आईना, दर्पण	**म.सा.**-1/125	स्मित तुम्हारी से छलक.../रश्मि
मुकुर चूर्ण- *'मुकुर चूर्ण बन रहे प्रतिच्छवि कितनी साथ लिये बिखरे'*	: (श्रद्धा का हृदय-रूपी) दर्पण चूर-चूर हो गया था	**प्र.ग्रं.**-2/188	स्वप्न/कामायनी
मुकुरता- *'तुम रहो, सजल आँखों की सित-असित मुकुरता बन कर'*	: आईना बन जाना	**म.सा.**-1/110	चिर तृप्ति कामनाओं का/रश्मि
मुकुर प्रकृति का- *'छोटा सा मुकुर प्रकृति का या सोयी राका रानी'*	: (मानसरोवर मानो) प्रकृति-सुंदरी का दर्पण हो	**प्र.ग्रं.**-2/272	आनन्द/कामायनी
मुकुर-मानस- *'अपनेपन की छाया तब देखी न मुकुर-मानस ने'*	: दर्पण-रूपी मन	**म.सा.**-1/119	नव मेघों को रोता था /रश्मि
मुकुर वक्ष- *'इसके मुकुर वक्ष में निर्मल'*	: दर्पण की तरह जिसका हृदय हो	**प्र.ग्रं.**-1/311	कितने दिन जीवन -जलनिधि में/लहर

शब्द- काव्य-पंक्ति	: अर्थ	ग्रंथावली/पृ.सं.	स्रोत/संदर्भ
मुकुल- *'कूकी थी कोकिल, हिले मुकुल'*	: कलियाँ	**पं.ग्रं.-2**/18	मंजरित आम्र-वन-छाया में/युगपथ
♦ *'मधु मुकुल नवल रस गागरी'*	: कलियाँ	**प्र.ग्रं.-1**/303	बीती विभावरी जाग री /लहर
♦ *'नव मुकुल नीलमणि फलक अमल'*	: कलि	**प्र.ग्रं.-1**/326	ओ री मानस की गहराई /लहर
♦ *'सुखसारिका उसकी मुकुल/फिर मधुर मधुदान से नव'*	: कली	**नि.र.-1**/266	चाल ऐसी मत चलो
मुकुल अधर- *'मुकुल अधर पर मृदुल हास भरतीं'*	: (मानो) कलियों के होंठों पर	**पं.ग्रं.-1**/301	तीन/ज्योत्स्ना
मुकुल-दशना- *'रात के मोती हुए पानी हँसी तू मुकुल-दशना!'*	: कलियों की तरह सुंदर दाँतोंवाली	**म.सा.-1**/284	ओ अरुण वसना! /सांध्य गीत
मुकुल मधुपों- *'मुकुल मधुपों का मृदु मधुमास'*	: कलियों और भौंरों (का परस्पर प्रेम-व्यापर)	**पं.ग्रं.-1**/251	भावी पत्नी के प्रति/गुंजन
मुकुल माल- *'मन-रसाल की मुकुल माल 'जीवनधन' कैसी आज'*	: मंजरियों की माला	**प्र.ग्रं.-1**/284	बिंदु(6)/झरना
मुकुल-व्याकुल- *'मुकुल-व्याकुल श्रीसुरभि बह कह गयी—'*	: कलियों की सुगंध से व्याकुल (हवा)	**नि.र.-1**/155	शेष
मुकुल सदृश- *'गुंजरित मधुप से मुकुल सदृश वह आनन जिसमे भरा गान'*	: (कमल की) कली के समान	**प्र.ग्रं.-2**/179	इड़ा/कामायनी
मुकुलित- *'मधुप-मुखर मरंद-मुकुलित, मैं सजल जलजात रे मन!'*	: कलियों (अधखिले फूलों) से युक्त	**प्र.ग्रं.-2**/221	निर्वेद/कामायनी
♦ *'वह मुकुलित लावण्य लुप्तमधु'*	: अधखिली कलियों की तरह	**नि.र.-1**/121	यमुना के प्रति
♦ *'भर-भर मुकुलित अंगों में'*	: कलियों के रूप में विकसित सुकोमल नव अंग	**पं.ग्रं.-1**/197	वसन्तश्री/पल्लव
मुकुलिता- *'किसी विटप के आश्रय में मुकुलिता'*	: कलियों से युक्त	**नि.र.-1**/95	बहू
मुकुलों- *'जैसे असंख्य मुकुलों का मादन-विकास कर आया'*	: अधखिला फूल	**प्र.ग्रं.-2**/277	आनन्द/कामायनी
♦ *'नींबू आड़ू के मुकुलों के'*	: कलियाँ	**पं.ग्रं.-2**/18	वह विजन चाँदनी की घाटी/युगपथ
मुकुलों के अधर- *'मुरली मुखरित होती थी मुकुलों के अधर विहँसते'*	: कलियों के होंठों पर मानो मुस्कुराहट आ जाती थी	**प्र.ग्रं.-2**/14	आँसू
मुक्त- *'मुक्त बन्ध, घनानंद मुदमंगलकारी'*	: मुक्त स्वभाव, सांसारिक दुविधाओं से मुक्त	**नि.र.-1**/39	जन्मभूमि
♦ *'तुम स्वेच्छाचारी मुक्त पुरुष'*	: सांसारिक दबावों से आजादी, भ्रम की समाप्ति, आध्यात्मिक दृष्टि का खुलना।	**नि.र.-1**/50	तुम और मैं
♦ *'और यहाँ खेलती हूँ मुक्त खेल'*	: स्वतंत्र, अपने अधीन, अपने अनुशासन में	**नि.र.-1**/51	पंचवटी प्रसंग:1
♦ *'हृदय खोल-मुक्त होता'*	: बंधनविहीन	**नि.र.-1**/54	पंचवटी प्रसंग:2
♦ *'मुक्त जो हो जाता है'*	: स्वतंत्र	**नि.र.-1**/59	पंचवटी प्रसंग:4
♦ *'स्वच्छन्द गगन-सी मुक्त, वायु-सी चञ्चल'*	: निर्बाध	**नि.र.-1**/70	उसकी स्मृति

शब्द-	काव्य-पंक्ति	: अर्थ	ग्रंथावली/पृ.सं.	स्रोत/संदर्भ
◆	*'मुक्त हो मान से!'*	: बाधाविहीन	**नि.र.**-1/93	यहीं
◆	*'बँधा बाहुओं में भी मुक्त?'*	: निश्चिंत, सुखी, मग्न	**नि.र.**-1/120	यमुना के प्रति
◆	*'जाते हैं अपनी ही इच्छा से मुक्त— स्वाधीन'*	: बंधनविहीन	**नि.र.**-1/131	स्वाधीनता पर (1)
◆	*'चढ़ते हो तुम मुक्त गगन पर'*	: सीमाहीन, असीम	**नि.र.**-1/134	बादल-राग
◆	*'मुक्त! तुम्हारे मुक्त कण्ठ में'*	: बादल के लिए प्रयुक्त	**नि.र.**-1/134	बादल-राग
◆	*'मुक्त शैशव मृदु-मधुर मलय'*	: स्वतंत्र	**नि.र.**-1/140	स्मृति
◆	*'बहती है वायु, मुक्त कुन्तल'*	: स्वतंत्र	**नि.र.**-1/150	पारस
◆	*'मुक्त हो सदा ही तुम'*	: स्वतंत्र	**नि.र.**-1/154	जागो फिर एक बार
◆	*'बँधे हो बहा दो न/मुक्त तरंगों में प्राण'*	: स्वतंत्र	**नि.र.**-1/167	महाराज शिवाजी का पत्र
◆	*'हिन्दुस्तान मुक्त होगा घोर अपमान से'*	: स्वतंत्र	**नि.र.**-1/169	महाराज शिवाजी का पत्र
◆	*'एक दूसरे के मोचन में मुक्त'*	: स्वतंत्र	**नि.र.**-1/182	नेत्र
◆	*'मुक्त हो गये प्राण'*	: बाध्यताएँ, रुकावटें	**नि.र.**-1/84	धारा
◆	*'अये मुक्त! शुचि मुक्ता दो'*	: बादल 'मुक्त' स्वभाव के होते हैं, स्वतंत्र	**पं.ग्रं.**-1/86	द्वार भिखारी आया है वीणा
मुक्त उदास गगन-	*'मुक्त उदास गगन के उर में छाले बनकर जा छलके'*	: खुले आकाश का सूनापन	**प्र.ग्रं.**-2/189	स्वप्न/कामायनी
मुक्त-कंठ-	*'मुक्त-कण्ठ है तुम्हें देख कवि'*	: मुखरित स्वर	**नि.र.**-1/135	बादल-राग
मुक्त-कुंतल-	*'मुक्त-कुन्तल मुख व्याकुल लोल!'*	: खुले केश	**नि.र.**-1/141	स्मृति
मुक्त कुंतला-	*'नभ मुक्त कुन्तला धरणी दिखलाई देती लूटी'*	: (आकाश) मानो (धरती) के खुले बालों की तरह है	**प्र.ग्रं.**-2/5	आँसू
◆	*'धूलि धूसरित, मुक्त कुन्तला'*	: बिखरे हुए बालों में दुखी स्त्री	**पं.ग्रं.**-1/86	कौन-कौन तुम परिहत वसना/वीणा
मुक्त छंद-	*'भाषा सुरक्षित वह वेदों में आज भी— मुक्त छन्द, /सहज प्रकाशन वह मन का'*	: ऐसा छंद जो वर्ण या मात्रा के रूढ़ नियमों से मुक्त हो	**नि.र.**-1/185	जागरण
◆	*'लिखता अबाध गति मुक्त छन्द, पर संपादकगण निरानन्द'*	: मुक्त छंद की कविता, निराला ने छंद को आधार बनाकर छंद के बंधनों को तोड़ा।	**नि.र.**-1/317	सरोज-स्मृति
मुक्त जाल से-	*'मुझको भी अब मुक्त जाल से अपने समझो'*	: इंद्रजाल अथवा सम्बन्ध-सूत्र से स्वतंत्र	**प्र.ग्रं.**-2/205	संघर्ष/कामायनी
मुक्त झंझा-	*'अतल सागर में जली जो, मुक्त झंझा पर चली जो'*	: बेलगाम शोर करती वायु	**म.सा.**-1/343	आँसुओं के देश में /दीप-शिखा
मुक्त नील नभ-	*'मुक्त नील नभ के नीचे या कहीं गुहा में रह लेंगे'*	: खुला नीला आकाश, स्वतन्त्र जगह	**प्र.ग्रं.**-2/223	निर्वेद/कामायनी
मुक्त प्रान-	*'भूले वे मुक्त प्रान, साम-गान, सुधा-पान'*	: दुविधाओं से मुक्त मन:स्थिति	**नि.र.**-1/81	खँडहर के प्रति
मुक्त-बंध-	*'मुक्त-बन्ध सन्ध्या-समीर-सुन्दरी-संग'*	: सुसम्बद्ध और स्वतंत्र	**नि.र.**-1/75	कविता
मुक्त-भाल-	*'हो सकेगा न रे मुक्त-भाल'*	: आजाद, स्वतंत्रतापूर्वक माथा ऊँचा रखना	**नि.र.**-1/288	तुलसीदास
मुक्त मीन-	*'वह रे अनन्त का मुक्त मीन, अपने असंग सुख में विलीन'*	: आकाश-रूपी समुद्र में मुक्त मछली की तरह एकाकी शुक्र तारा विचरण करता है	**पं.ग्रं.**-1/268	एक तारा/गुंजन
मुक्त विहार-	*'अपना मुक्त विहार'*	: स्वच्छन्द आवागमन	**नि.र.**-1/130	बादल राग

शब्द- काव्य-पंक्ति	: अर्थ	ग्रंथावली/पृ.सं.	स्रोत/संदर्भ
मुक्ता-*'मिले नहीं जो वांछित मुक्ता अपना कंठ सजाने को'*	: मोती	**प्र.ग्रं.**-1/252	पाईबाग/झरना
◆ *'जीवन-जलनिधि के तल से जो मुक्ता थे वे निकल पड़े'*	: मोती, सद्भाव	**प्र.ग्रं.**-2/226	निर्वेद/कामायनी
◆ *'वासना की मुक्ति, मुक्ता/त्याग में तागी'*	: मोती	**नि.र.**-1/253	(प्रिय) यामिनी जागी
◆ *'वह एक भुक्ति, ज्यों मिली शुक्ति से मुक्ता'*	: मोती	**नि.र.**-1/295	तुलसीदास
◆ *'शुक्ति के हृदस से बन/मुक्ता झलके'*	: मोती	**नि.र.**-1/314	मित्र के प्रति
◆ *'अये मुक्त! शुचि मुक्ता दो'*	: मोती-रूपी जल की बूँदें	**पं.ग्रं.**-1/86	द्वार भिखारी आया है/वीणा
मुक्ताएँ- *'मेरी मुक्ताएँ प्रकाश में चमकें अपने सहज हास में'*	: बारिश की बूँदें जो मोती की तरह चमकदार हैं	**नि.र.**-1/213	मेरे प्राणों में आओ!
मुक्ताओं- *'ओस की मुक्ताओं की माँग'*	: मोतियों	**नि.र.**-1/270	विश्व की ही वाणी प्राचीन
मुक्ताकर- *'छिपा हुआ है मुक्ताकर'*	: मुक्ता (मोती) का आकर (भांडार), आँसू	**पं.ग्रं.**-1/105	आँखों के अविरल जल को/वीणा
◆ *'सुभग स्वाति के मुक्ताकर'*	: मोती का खजाना (मुक्ता+ आकर), बादल मानो स्वाति नक्षत्र के जल की बूँदों से निर्मित मोतियों का खजाना है।	**पं.ग्रं.**-1/213	बादल/पल्लव
मुक्ता की ढेरी- *'मन मन्दिर पर बरसाता कोई मुक्ता की ढेरी'*	: ओस मानो मोती की ढेर लगा दे रहे हैं	**प्र.ग्रं.**-2/18	आँसू
मुक्तागण- *'मुक्तागण हैं लिपटे कोमल कम्बु में'*	: मोती (माला)	**प्र.ग्रं.**-1/226	रूप/झरना
मुक्तागार- *'तेरा मुक्तागार'*	: मुक्त भांडार, पानी का भांडार बादलों में	**पं.ग्रं.**-1/100	विलोड़ित सघन गगन में आज/वीणा
मुक्ता-चयन- *'स्वप्न के मुक्ता-चयन से/विकल कर तन'*	: जिसे मुक्तभाव से चुना गया हो, सपने हमारे चयन से मुक्त होते हैं	**म.सा.**-1/349	झिप चलीं पलकें तुम्हारी /दीप-शिखा
मुक्ता-दल- *'भावित नयनों से सजल गिरे दो मुक्ता-दल'*	: मोती के दाने (की तरह के आँसू)	**नि.र.**-1/331	राम की शक्ति-पूजा
मुक्ताफल- *'डाँडों के चल करतल पसार, भर-भर मुक्ताफल फेन-स्फार'*	: मोती (की तरह फेनराशि)	**पं.ग्रं.**-1/275	नौका-विहार/गुंजन
मुक्ताभा- *'मुक्ताभा सदृश उमड़ आयीं'*	: मुक्त प्रकाश (के समान है ज्योत्स्ना)	**पं.ग्रं.**-1/303	तीन/ज्योत्स्ना
मुक्तामय उपहार- *'तुम्हारा मुक्तामय उपहार. हो रहा अश्रुकणों का हार'*	: मोतियों से बना उपहार (आँसू से बना उपहार), मुक्तभाव प्रदान करनेवाला उपहार	**प्र.ग्रं.**-1/244	असन्तोष/झरना
मुक्तामयी- *'मुँह खोले मुक्तामयी सीपी स्वाती आस'*	: मोती से युक्त रहनेवाली सीपी	**प्र.ग्रं.**-4/129	पंचम अंक/स्कन्दगुप्त
मुक्ता माल- *'पहने है शुचि मुक्तामाल'*	: (मकड़ी के जाले पर ओसकण ऐसे सुशोभित हैं मानो) मोतियों की माला हो।	**पं.ग्रं.**-1/94	मकड़ी का मृदु मायाजाल/वीणा
मुक्तालंकार- *'श्रमजलमय मुक्तालंकार'*	: मुक्त भाव प्रदान करनेवाली शोभा	**पं.ग्रं.**-1/189	विनय/पल्लव
मुक्तावलियों- *'लुट जाते अभिराम छिन्न मुक्तावलियों के बंदनवार'*	: मोती-जैसे ओस	**म.सा.**-1/34	निश्वासों का नीड़, निशा का/नीहार

शब्द-	काव्य-पंक्ति	: अर्थ	ग्रंथावली/पृ.सं.	स्रोत/संदर्भ
मुक्ता-सी-	*'उपवन में मैं, छिन्न-हार/मुक्ता-सी निःसंग'*	: मोती का एक दाना	**नि.र.**-1/325	प्रेयसी
मुक्ताहल-	*'मुक्ताहल अभिराम बिछा दे/चितवन से अपनी'*	: मोतियों के ढेर की तरह ओसकण	**म.सा.**-1/168	धीरे-धीरे उतर क्षितिज से/नीरजा
	◆ *'जलती जो युग युग से उज्ज्वल, आभा से रच रच मुक्ताहल'*	: मुक्ताफल, मोती-रूपी आँसू	**म.सा.**-1/222	झरते नित लोचन मेरे हों!/नीरजा
	◆ *'जिस मुक्ताहल से मेघ भरे'*	: मोती की तरह जल की बूँदें	**म.सा.**-1/411	अलि मैं कण-कण को जान चली/दीप-शिखा
मुक्ता-हीर-	*'उन हीरों के मुक्ता-हीर?'*	: माला	**नि.र.**-1/118	यमुना के प्रति
मुक्ति-	*'अपराध तुम्हारा वह बंधन— लो बना मुक्ति, अब छोड़ स्वजन'*	: (इड़ा के पास मानव को छोड़कर) मनु को अपराध-बोध से मुक्ति मिल गयी	**प्र.ग्रं.**-2/244	दर्शन/कामायनी
	◆ *'ये निस्संग, किन्तु कर लेते कुछ सम्बन्ध-विधान मुक्ति से'*	: मोक्ष, आवागमन के चक्र से छुटकारा	**प्र.ग्रं.**-2/260	रहस्य/कामायनी
	◆ *'मुक्ति की तब युक्ति से मिल खिल गया'*	: दुविधाओं से परे हो जाना	**नि.र.**-1/40	जन्मभूमि
	◆ *'मुक्ति नहीं जानता मैं, भक्ति रहे, काफी है'*	: आध्यात्मिक स्वतंत्रता	**नि.र.**-1/54	पंचवटी प्रसंग:2
	◆ *'हमें दु:ख से मुक्ति मिलेगी'*	: बाधाविहीनता	**नि.र.**-1/94	स्वप्न-स्मृति
	◆ *'युग युग के बंधन को प्रिय पल में हँस 'मुक्ति' करूँगी मैं'*	: बंधनविहीन कर देना	**म.सा.**-1/214	आँसू का मोल न लूँगी मैं!/नीरजा
मुक्ति-कहानी-	*'और कहेंगे मुक्ति-कहानी, मैंने धूलि-व्यथा भर जानी'*	: प्रेम की वेदना से मुक्त हो जाने की कहानी	**म.सा.**-1/403	जग अपना भाता है! /दीप-शिखा
मुक्ति जल-	*'मुक्ति जल की वह शीतल बाढ़, जगत की ज्वाला करती शांत'*	: (बुद्ध के उपदेश मानो) मुक्ति के जल-प्रवाह की तरह थे	**प्र.ग्रं.**-1/295	अरी वरुणा की शांत कछार/लहर
मुख-अंबुज-मधु-लुब्ध-	*'मत्त-भृंग-सम सङ्ग-सङ्ग तम-तारा मुख-अम्बुज-मधु-लुब्ध'*	: कमलमुख के पराग (सौंदर्य) पर लुब्ध	**नि.र.**-1/122	यमुना के प्रति
मुख आवृत कर-	*'भग रहा क्षितिज के अंचल में मुख आवृत कर तुमको निहार'*	: मुँह ढँककर (रात का अँधेरा भाग रहा है)	**प्र.ग्रं.**-2/181	इड़ा/कामायनी
मुख की सुरभित भाप-	*'अब न कपोलों पर छाया-सी पड़ती मुख की सुरभित भाप;'*	: मुख से निकली सुगन्धित और गर्म साँस	**प्र.ग्रं.**-2/57	चिंता/कामायनी
मुख-चंद्र-	*'थक जाती थी सुख-रजनी मुख-चन्द्र हृदय में होता'*	: प्रिय का चाँद-जैसा चेहरा	**प्र.ग्रं.**-2/14	आँसू
मुख-चंद्र-किरण-	*'मुख-चन्द्र-किरण से खिंचकर आती समीप हो धरणी'*	: प्रिया का चन्द्रमुख, उम्मीद का आधार	**प्र.ग्रं.**-2/21	आँसू
मुख चंद्र चाँदनी जल-	*'मुख चन्द्र चाँदनी जल से मैं उठता था मुँह धोके'*	: चन्द्रमुख की चाँदनी मानो जल की तरह थी जिसमें मैं स्वयं को स्वच्छ महसूस करने लगता था।	**प्र.ग्रं.**-2/14	आँसू
मुखचंद्र-विभा-	*'फैले नव प्रकाश जीवनधन! तव मुखचन्द्र-विभा का'*	: मुख-रूपी चन्द्रमा की चमक	**प्र.ग्रं.**-1/283	बिंदु(5)/झरना
मुख-चित-	*'अपने आँसुओं अत: बिम्बित देखे हैं अपने ही मुख-चित'*	: अपना चेहरा और मन	**नि.र.**-1/316	सरोज-स्मृति
मुख-चुंबन-रोली-	*'मली मुख-चुम्बन-रोली'*	: मुख पर चुंबन की रोली (लाली) मल दी	**नि.र.**-1/226	नयनों के डोरे लाल गुलाल-भरे

शब्द- काव्य-पंक्ति	: अर्थ	ग्रंथावली/पृ.सं.	स्रोत/संदर्भ
मुख-बहुल- *'गम्य-दुर्गम मुख-बहुल नद-सा भरा'*	: अनेक मुँह वाला	**नि.र.**-1/139	नारायण मिलें हँस अन्त में
मुखमय- *'कहाँ आज वह मुखमय साज?'*	: मुख पर होने योग्य (साज), मुखमंडल की शोभा	**नि.र.**-1/122	यमुना के प्रति
मुखरता-वर्जित वाणी- *'भावमग्न कवि की वह एक मुखरता-वर्जित वाणी'*	: मुखरता से वर्जित भाषा, जो बात खुलकर न कही गयी हो	**नि.र.**-1/96	बहू
मुखर पिक- *'मुखर पिक हौले बोल! हठीले हौले हौले बोल!'*	: मुक्तभाव से कूक लगानेवाला पिक (कोयल)	**म.सा.**-1/189	मेरी निश्वासों से द्रुततर /नीरजा
मुखरित- *'मुरली मुखरित होती थी/मुकुलों के अधर विहँसते'*	: ध्वनियुक्त होना	**प्र.ग्रं.**-2/14	आँसू
♦ *'जो मुखरित कर जाती थी/मेरा नीरव आवाहन'*	: स्पष्ट और प्रकट रूप से बोलना	**म.सा.**-1/54	जो मुखरित कर जाती थी/नीहार
♦ *'पद्मराग-कलियों से विकसित, नीलम के अलियों से मुखरित'*	: गुंजरित	**म.सा.**-1/222	झरते नित लोचन मेरे हों!/नीरजा
मुख-लट- *'उठी सँभाल बाल, मुख-लट, पट, दीप बुझा, हँस बोली/रही यह एक ठठोली'*	: चेहरे पर आई लट	**नि.र.**-1/227	नयनों के डोरे लाल गुलाल-भरे
मुख-वास- *'मलयानिल मुख-वास, जलधि मन'*	: मुँह से निकली साँस, मुँह की गंध	**पं.ग्रं.**-1/87	बालकाल में जिसे जलद से/वीणा
♦ *'तुम्हारी पी मुख-वास तरंग'*	: मुँह की सुगंध (शृंगार-भाव)	**पं.ग्रं.**-1/257	मधुवन/गुंजन
मुग्ध- *'मुग्ध मनोहर लुब्ध क्षुब्ध उद्वेलित सक्रिय'*	: मोहित	**नि.र.**-1/183	प्रतिध्वनि
मुग्ध-माधुरी- *'अरुणाचल मन मंदिर की वह मुग्ध-माधुरी नव प्रतिमा'*	: मोहक और मधुर (श्रद्धा)	**प्र.ग्रं.**-2/224	निर्वेद/कामायनी
मुग्ध मानस अधीर- *'किस सुधि-वसंत का सुमन-तीर कर गया मुग्ध मानस अधीर'*	: प्रेम में डूबे मन को व्याकुल कर देना	**म.सा.**-1/104	किस सुधि-वसंत का सुमन-तीर/रश्मि
मुग्धा- *'और मैं हूँ मुग्धा अनजान'*	: यौवन प्राप्त सरल स्वभाव की लड़की	**नि.र.**-1/50	तुम और मैं
♦ *'भर मुग्धा की चितवन में अनजान'*	: नवयौवना जो अपनी सुंदरता पर स्वयं ही मुग्ध है	**नि.र.**-1/109	प्रथम प्रभात
♦ *'मुग्धा के लज्जित पलकों पर'*	: नवयौवना	**नि.र.**-1/117	यमुना के प्रति
♦ *'मुग्धा की-सी मृदु मुसकान'*	: सरल स्वभाववाली युवती, यौवनप्राप्त सरल स्वभाववाली नायिका	**पं.ग्रं.**-1/190	वीचि विलास/पल्लव
♦ *'तुम मुग्धा थीं, अति भाव प्रवण'*	: सरल स्वभाव की नवयुवती	**पं.ग्रं.**-2/17	मंजरित आम्र-वन-छाया में/युगपथ
मुद- *'मैं सोया पथ पर खिन्नमना/मुद गयी दृष्टि ज्योतिःकारा'*	: बंद होना	**नि.र.**-1/264	कितने बार पुकारा
मुदमंगलकारी- *'मुक्त बन्ध, घनानंद मुदमंगलकारी'*	: मुद (आमोद) और मंगल (कल्याण) देने वाली	**नि.र.**-1/39	जन्मभूमि
मुद्राकर- *'ऐ अविदित युग के मुद्राकर'*	: जिसके पास राजमुद्रा रखी जाती थी, खजांची, नक्षत्र मानो मुद्राकर हैं।	**पं.ग्रं.**-1/210	नक्षत्र/पल्लव
मुद्रित- *'कलियों की मुद्रित पलकों में'*	: मुँदी हुई	**नि.र.**-1/117	यमुना के प्रति
♦ *'चूम कलियों के मुद्रित-दल'*	: मुँदे हुए	**नि.र.**-1/143	स्मृति
♦ *'प्रिय, मुद्रित दृग खोलो!/गत स्वप्न-निशा का तिमिर जाल'*	: मुँदा हुआ, बंद	**नि.र.**-1/196	प्रभाती

शब्द-	काव्य-पंक्ति	: अर्थ	ग्रंथावली/पृ.सं.	स्रोत/संदर्भ
मुद्रित कलियाँ दल में-	*'ये मुद्रित कलियाँ दल में सब सौरभ बन्दी कर लें'*	: मुँदी हुई कलियों की पंखुड़ियों में	**प्र.ग्रं.-2**/151	कर्म/कामायनी
मुद्रित दृग-	*'प्रिय, मुद्रित दृग खोलो! गत स्वप्न-निशा का तिमिर जाल'*	: मुँदी हुई आँख	**नि.र.-1**/196	प्रभाती
मुद्रित-नयना-	*'मुद्रित-नयना कलिकाएँ फिर खोल नयन निज हेरें'*	: मुँदी हुई आँखों वाली	**नि.र.-1**/189	वासन्ती
मुमूर्षु-	*'अलाउद्दीन का मुमूर्षु सुल्तान का'*	: मरने की इच्छा रखनेवाला, जो मर रहा हो	**प्र.ग्रं.-1**/352	प्रलय की छाया/लहर
◆	*'और गिरी मनु पर, मुमूर्षु वे गिरे वहीं पर'*	: मरणासन्न, लगभग मृत	**प्र.ग्रं.-2**/209	संघर्ष/कामायनी
◆	*'आज पड़ा है वह मुमूर्षु सा वह अतीत सब सपना था'*	: मृतप्राय, मरणासन्न	**प्र.ग्रं.-2**/216	निर्वेद/कामायनी
मुरलिका-	*'क्या न अब प्रिय की बजेगी मुरलिका मधु-रागवाली?!'*	: मुरली	**म.सा.-1**/200	मैं बनी मधुमास आली /नीरजा
मुरली की मतवाली-	*'जग ओ मुरली की मतवाली!'*	: कृष्ण की मुरली की धुन पर न्योछावर होनेवाली राधा या गोपी या कोकिल	**म.सा.-1**/197	जग ओ मुरली की मतवाली!/नीरजा
मुरली मुखरित-	*'मुरली मुखरित होती थी मुकुलों के अधर विहँसते'*	: वंशी की मधुर ध्वनि	**प्र.ग्रं.-2**/14	आँसू
मुर्झाई साध-	*'साथ लेकर मुर्झाई साध बिखर जाएँगे प्यासे प्राण'*	: निराश हो चुकी इच्छाएँ	**म.सा.-1**/58	शून्य से टकरा कर सुकुमार/नीहार
मुष्टि-खर-रुधिर-स्राव-	*'विद्धाङ्ग— बद्ध-कोदण्ड -मुष्टि-खर-रुधिर-स्राव,'*	: (राम की) मुट्ठी से रक्त की तेज धारा बह रही थी	**नि.र.-1**/329	राम की शक्ति-पूजा
मुसकाने की बान-	*'सीखकर मुसकाने की बान कहाँ आए हो कोमल प्राण?'*	: मुस्कुराते रहने की आदत	**म.सा.-1**/92	मधुरिमा के, मधु के अवतार/नीहार
मुसक्याय-	*'चुप रहे जीवनधन मुसक्याय'*	: मुस्कुरा कर	**प्र.ग्रं.-1**/250	प्यास/झरना
मुस्किराती-	*'देखती है कुछ मुस्किराती हुई'*	: मुस्कुराती	**नि.र.-1**/61	पंचवटी प्रसंग:5
मूक अजान-	*'आँसुओं में सहमे अभिराम तारकों से हे मूक अजान'*	: अबोध व्यक्ति की तरह गुमशुम (फूल)	**म.सा.-1**/92	मधुरिमा के, मधु के अवतार/नीहार
मूक छाया-	*'मैं किसी की मूक छाया हूँ न क्यों पहचान पाता!'*	: मौन धारण की हुई छाया की तरह हूँ मैं	**म.सा.-1**/268	मैं किसी की मूक छाया हूँ.../सांध्य गीत
मूक तम-	*'मूक तम, वाचाल नग्न शिशिर, दबी'*	: सुनसान अँधेरा	**पं.ग्रं.-1**/135	ग्रन्थि
मूक तिमिर-	*'मूक तिमिर की भाँति मुझे भी'*	: बेजुबान अँधेरा	**पं.ग्रं.-1**/117	दिवानाथ का विपुल विभव जब/वीणा
मूक प्रणय-	*'मूक प्रणय से, मधुर व्यथा से'*	: मौन प्रेम, मन ही मन किया गया प्रेम, ऐसा प्रेम जिसे प्रेमास्पद के सामने व्यक्त न किया गया हो	**म.सा.-1**/30	रजत करों की मृदुल तूलिका/नीहार
मूकप्राण-	*'विस्मृत-शशि के हिम-किरण-बाण करते जीवन-सर मूकप्राण'*	: जो पूरी तरह खामोश हो	**म.सा.-1**/228	जग करुण करुण, मैं मधुर मधुर!/नीरजा
मूक प्राणायाम-	*'मूक प्राणायाम में लय— हो गई कंपन अनिल की'*	: हवा मानो मूक-क्रियावाले प्राणायाम कर रही है, वह बह नहीं रही है।	**म.सा.-1**/274	आज मेरे नयन के तारक.../सांध्य गीत

शब्द-	काव्य-पंक्ति	: अर्थ	ग्रंथावली/पृ.सं.	स्रोत/संदर्भ
मूक-भाष-	*'वे शेष-श्वास, पशु, मूक-भाष पाते प्रहार अब हताश्वास;'*	: अपनी वेदना मुँह से कह भी नहीं सकते	**नि.र.**-1/288	तुलसीदास
मूक मिलन-	*'कैसे कहती हो सपना है अलि! उस मूक मिलन की बात?'*	: उस अज्ञात से निश्शब्द अभिसार हुआ है। मौन रहकर भाव-विह्वल मिलन।	**म.सा.**-1/31	रजत करों की मृदुल तूलिका/नीहार
◆	*'विश्व में यह भोला जीवन स्वप्न-जागृति का मूक-मिलन'*	: निश्शब्द मेल	**म.सा.**-1/114	तुहिन के पुलिनों पर छबिमान/रश्मि
◆	*'संध्या का नभ से मूक मिलन यह अश्रुमती हँसती चितवन!'*	: ऐसा मिलन जिसमें मौन का बर्ताव हो	**म.सा.**-1/249	प्रिय! सांध्य गगन, मेरा जीवन!/सांध्य गीत
मूक वसंत-	*'तुम्हीं में रहता मूक वसंत अरे सूखे फूलों के हास!'*	: वसंत ऋतु मानो मौन होकर मौजूद हो	**म.सा.**-1/81	झूमते से सौरभ के साथ /नीहार
मूक विलाप-	*'सेतु बाँधती हो सरिता सुन सुन चकवी का मूक विलाप'*	: गहरा निश्शब्द दुःख	**म.सा.**-1/117	फूलों का गीला सौरभ पी/रश्मि
मूक व्यथा-	*'यह अबोध मन मूक व्यथा से ले पागलपन मोल'*	: जो दुःख हृदय की गहराइयों में बस कर निश्शब्द हो गया हो	**म.सा.**-1/39	चाहता है यह पागल प्यार/नीहार
मूक व्यथाएँ-	*'भरती थीं सपने गिन-गिन कर मूक व्यथाएँ अपने कोष'*	: दुःख अत्यधिक गहरा होकर बे-आवाज हो गया हो	**म.सा.**-1/41	बहती जिस नक्षत्र लोक में/नीहार
◆	*'वे निर्धन के दीपक सी,/बुझती सी मूक व्यथाएँ*	: मौन पीड़ा, दुःख की गहराई ने निश्शब्द कर दिया है	**म.सा.**-1/57	इसमें अतीत सुलझाता /नीहार
मूदे-	*'ध्यान लग्न नैश गगन,/मूदे पल नीलोत्पल'*	: मूँदे हुए, बंद	**नि.र.**-1/270	डूबा रवि अस्ताचल
मूर्च्छना-	*'जो गूँज उठे फिर नस-नस में मूर्च्छना समान मचलता-सा'*	: संगीत का सुर-ताल के साथ लय में उठना-गिरना	**प्र.ग्रं.**-2/126	लज्जा/कामायनी
मूर्च्छित तानें-	*'मौन हुई हैं मूर्च्छित तानें और न सुन पड़ती अब बीन'*	: सुर की लहरियाँ अब होश खो बैठी हैं	**प्र.ग्रं.**-2/57	चिंता/कामायनी
मूर्च्छित नीरवता-	*'उस मूर्च्छित नीरवता में कुछ हलके से स्पन्दन आये'*	: बेहोशी के कारण मौन	**प्र.ग्रं.**-2/220	निर्वेद/कामायनी
मूर्त राग-	*'तृष्णा की जागृति का/मूर्त राग नयनों में'*	: प्रेम का मूर्तिमान रूप, प्रेम की झलक	**नि.र.**-1/173	रेखा 'क'
मूर्ति-धीति-	*'देखा मैंने, वह मूर्ति-धीति मेरे वसन्त की प्रथम गीति—'*	: संतुष्ट व्यक्तित्व, मानो सरोज के चेहरे पर मनोहरा देवी (निराला की पत्नी) का संतुष्ट भाव दिख रहा हो।	**नि.र.**-1/323	सरोज-स्मृति
मूर्तिमती अभिशाप-	*'मूर्तिमती अभिशाप बनी सी सम्मुख आयी'*	: अमंगल की साक्षात् प्रतिमा	**प्र.ग्रं.**-2/203	संघर्ष/कामायनी
मूर्तिमत् कर वेदना-	*'मूर्तिमत् कर वेदना तुमने गढ़े जो प्राण!'*	: दुःख को साकार बनाने के लिए मानो प्राण को शरीर में ढाला गया है।	**म.सा.**-1/123	स्मित तुम्हारी से छलक.../रश्मि
मूल रहस्य-	*'बनो संसृति के मूल रहस्य तुम्हीं से फैलेगी वह बेल'*	: मूल कारण	**प्र.ग्रं.**-2/92	श्रद्धा/कामायनी
मूल शक्ति-	*'वह मूल शक्ति उठ खड़ी हुई अपने आलस का त्याग किये;'*	: काम-शक्ति, मूल प्रकृति	**प्र.ग्रं.**-2/104	काम/कामायनी

शब्द- काव्य-पंक्ति	: अर्थ	ग्रंथावली/पृ.सं.	स्रोत/संदर्भ
मूलशक्ति- *'यह लीला जिसकी विकस चली वह मूलशक्ति थी प्रेम-कला'*	: परम कारण, सृष्टि का मूल कारण	**प्र.ग्रं.-2**/107	काम/कामायनी
मूल-स्वत्व- *'मूल-स्वत्व कुछ और बताते इच्छाओं को झुठलाते हैं'*	: जीवन का असली लक्ष्य, परम पुरुषार्थ	**प्र.ग्रं.-2**/262	रहस्य/कामायनी
मृग- *'मृग डाल दिया, फिर धनु को भी मनु बैठ गये शिथिलित शरीर'*	: पशु	**प्र.ग्रं.-2**/159	ईर्ष्या/कामायनी
मृग जुतते- *'धीरे-धीरे खिलते तारे मृग जुतते विधुरथ में'*	: चन्द्रमा के रथ से जुते हुए हिरण-रूपी तारे	**प्र.ग्रं.-2**/140	कर्म/कामायनी
मृग-दृग- *'भटक रहे हैं किसके मृग-दृग?'*	: मृग की आँखें	**नि.र.-1**/119	यमुना के प्रति
मृग-दृग-तारे- *'पलक तरल तम, मृग-दृग-तारे'*	: हिरण की आँखों जैसे नेत्र-तारक	**नि.र.-1**/260	देख दिव्य छवि लोचन हारे
मृगनैन- *'हुए चपल मृगनैन मोह-वश बजी विपंची काम की'*	: हिरण-जैसी चंचल आँखें	**प्र.ग्रं.-4**/283	चतुर्थ अंक/चन्द्रगुप्त
मृगमरीचिका- *'मृगमरीचिका के चिर पथ पर सुख आता प्यासों के पग धर'*	: भ्रम, धोखा, मृगतृष्णा	**म.सा.-1**/108	रजतरश्मियों की छाया में.../रश्मि
मृग-मरीचिका- *'हृदय खूब ही भटक चुका है, मृग-मरीचिका आशा में'*	: गर्मी में कुछ दूरी पर पानी होने का भ्रम	**प्र.ग्रं.-1**/248	निवेदन/झरना
मृगया- *'मनु को अब मृगया छोड़ नहीं रह गया और था अधिक काम'*	: शिकार खेलना	**प्र.ग्रं.-2**/157	ईर्ष्या/कामायनी
◆ *'लौटे थे मृगया से थक कर दिखलाई पड़ता गुफा-द्वार'*	: शिकार खेलकर	**प्र.ग्रं.-2**/159	ईर्ष्या/कामायनी
मृगया के उपहार- *'कहीं साहसी ले आते हैं मृगया के उपहार नये'*	: शिकार से जुड़ी भेंट	**प्र.ग्रं.-2**/190	स्वप्न/कामायनी
मृगवारि का सिंधु- *'मृगवारि का सिंधु अथाह नहीं'*	: मृगतृष्णा, गर्मी में पानी का भ्रम	**म.सा.-1**/130	इन आँखों ने देखी न राह कहीं/रश्मि
मृगियों- *'मृगियों ने चंचल अवलोकन'*	: मृगी, हिरणियाँ	**पं.ग्रं.-1**/193	अनंग/पल्लव
मृगी- *'तप्त मरुभूमि की/मृगी का-सा हुआ भ्रम'*	: हिरनी, पशु	**नि.र.-1**/63	पंचवटी प्रसंग:5
मृगी-मृग- *'मृगी-मृग, कलि-अलि, किरण-पतंग'*	: हिरणी और हिरण	**पं.ग्रं.-1**/258	मधुवन/गुंजन
मृगेंद्र-सा- *'मेरा चाबुक खा, मृगेन्द्र-सा'*	: शेर की तरह	**पं.ग्रं.-1**/289	एक/ज्योत्स्ना
मृगेक्षिणि- *'अवनि से, उर से मृगेक्षिणि ने उठा'*	: हिरण की सुन्दर आँखोंवाली वह युवती	**पं.ग्रं.-1**/126	ग्रन्थि
◆ *'मृगेक्षिणि इनमें खग अज्ञान!'*	: मृग+ईक्षिणी, हिरण-शावक की चंचल आँखोंवाली लड़की	**पं.ग्रं.-1**/254	तुम्हारी आँखों का आकाश /गुंजन
◆ *'मृगेक्षिणि! सार्थक-नाम!'*	: हिरण की आँखों-जैसी आँखोंवाली (किशोरी)	**पं.ग्रं.-1**/259	रूप-तारा तुम पूर्ण प्रकाम/गुंजन
मृणमयी- *'मृणमयी तू रच रही यह तरल विद्युत्-ज्वार-सा क्या?'*	: मिट्टी से बनी हुई प्राण-वंशी, नाशवान	**म.सा.-1**/377	गूँजती क्यों प्राण-वंशी? /दीप-शिखा
मृणमरण- *'मृणमरण बाँध दो जग का'*	: मिट्टी की मरणशीलता (को स्थगित कर दो)	**पं.ग्रं.-1**/265	जग के उर्वर आँगन में/गुंजन
मृणाल- *'काँपी भीरु मृणाल वृन्त पर नील-कमल-कलिकाएँ थर-थर'*	: कमल	**नि.र.-1**/211	बह चली अब अलि, शिशिर-समीर!

शब्द-	काव्य-पंक्ति	: अर्थ	ग्रंथावली/पृ.सं.	स्रोत/संदर्भ
मृणाल तंतु-	*'मुझे मृणाल तन्तु में बाँध'*	: कोमल डंठल के बंधन	**पं.ग्रं.**-1/94	मकड़ी का मृदु मायाजाल/वीणा
मृणालिनी-	*'बाँधती है एक मृदुल मृणालिनी'*	: कमलिनी	**पं.ग्रं.**-1/129	ग्रन्थि
मृणालों-	*'मृणालों से मृदु तार'*	: मृणाल, कमलनाल	**पं.ग्रं.**-1/209	नारी रूप/पल्लव
मृण्मय-प्रदीप-	*'मृण्मय-प्रदीप में दीपित हम'*	: मिट्टी के दीपक (की तरह यह मानव-शरीर)	**पं.ग्रं.**-1/316	तीन/ज्योत्स्ना
मृण्मयी अनुरागिनी-	*'बह रहे आराध्य चिन्मय मृण्मयी अनुरागिनी मैं!'*	: मिट्टी की बनी मैं अनुरागमयी	**म.सा.**-1/283	प्रिय चिरंतन है सजनि /सांध्य गीत
मृतवत्-	*'थी प्रसुप्त, मृतवत्, हत ज्ञान'*	: अचेत, मरे हुए के समान, चेतना का अधूरापन	**पं.ग्रं.**-1/191	अनंग/पल्लव
मृति-	*'सुरधनु-सा अपना रंग बदल, मृति, संसृति, नति, उन्नति में ढल'*	: मृत्यु, संहार	**प्र.ग्रं.**-2/235	दर्शन/कामायनी
मृत्तिका-	*'कभी देखता, मार्ग-मृत्तिका-मलिन गोद में'*	: मिट्टी	**नि.र.**-1/113	कण
♦	*'मृत्तिका एक कर सार-ग्रहण'*	: मिट्टी	**नि.र.**-1/295	तुलसीदास
मृत्पिंडों-	*'गला कर मृत्पिण्डो में प्राण बीज करता असंख्य निर्माण'*	: मरणशील पिंड की तरह है बीज, वह अपने प्राण देकर पौधों को जन्म देता है।	**म.सा.**-1/116	तुहिन के पुलिनों पर छबिमान/रश्मि
मृत्युंजय व्योमकेश-	*'मृत्युञ्जय व्योमकेश के समान'*	: मृत्यु को जीतने वाले भगवान् शंकर (व्योमरूपी केश)	**नि.र.**-1/153	जागो फिर एक बार
मृत्यु के उर में-	*'मृत्यु के उर में समा क्या पाएँगे अब प्राण मेरे?'*	: मौत के दायरे का अतिक्रमण	**म.सा.**-1/216	कमलदल पर किरण अंकित/नीरजा
मृत्यु-छाया-	*'जहाँ के हँसते विहग ललाम मृत्यु-छाया का सुनकर नाम'*	: मृत्यु की काली छाया (उस लोक में हँसी की बात है)	**म.सा.**-1/49	घोर तम छाया चारों ओर/नीहार
मृत्यु जननी-	*'ओ चंचल जीवन-बाल! मृत्यु जननी ने अंक लगाया!'*	: जीवन-रूपी बालक अपने विविध खेलों से थककर मृत्यु-रूपी माँ की गोद में सना जाता है	**म.सा.**-1/339	तू धूल-भरा ही आया! /दीप-शिखा
मृत्यु-तरणि-	*'चढ़ मृत्यु-तरणि पर तूर्ण-चरण कह— ''पितः, पूर्ण आलोक वरण'*	: मृत्यु-रूपी नाव	**नि.र.**-1/315	सरोज-स्मृति
मृत्यु-दशन-	*'आओ छवि, मृत्यु-दशन/करो दंश जीवन-फल'*	: मृत्यु के दाँतों से	**नि.र.**-1/270	डूबा रवि अस्ताचल
मृत्यु-प्राय-	*'एक ओर पथ के, कृष्णकाय कंकालशेष नर मृत्यु-प्राय'*	: मृत्यु के करीब पहुँचा हुआ	**नि.र.**-1/308	दान
मृत्यु-भीत-	*'मृत्यु-भीत नित्य, अमर'*	: मौत से डरा हुआ	**पं.ग्रं.**-1/329	तीन/ज्योत्स्ना
मृत्यु-मंदिर-	*'फिर कहाँ पालूँ तुझे मैं मृत्यु-मंदिर हूँ!'*	: यह जीवन मानो मृत्यु का आराधना-स्थल है	**म.सा.**-1/264	शलभ मैं शापमय वर हूँ!/सांध्य गीत
मृत्यु शेष-	*'बस मृत्यु शेष है जीवन'*	: मृत्यु होने तक जीवन का थोड़ा ही हिस्सा बचा है	**पं.ग्रं.**-1/248	चाँदनी/गुंजन
मृत्यु-सीमा-उल्लंघन-	*'मैं चिर-बंधन-हीन मृत्यु-सीमा-उल्लंघन'*	: मृत्यु के बंधन को भी तोड़ देना	**प्र.ग्रं.**-2/199	संघर्ष/कामायनी

शब्द-	काव्य-पंक्ति	: अर्थ	ग्रंथावली/पृ.सं.	स्रोत/संदर्भ
मृदंग-	*'जल-तरंग ध्वनि; कलकल/बजा तट-मृदंग सदल'*	: ढोलक का एक रूप	**नि.र.-1**/310	मित्र के प्रति
◆	*'जिनसे समीर टकराकर अति मधुर मृदंग बजाता'*	: ढोलक का एक रूप	**प्र.ग्रं.-2**/279	आनन्द/कामायनी
मृदु आलस-	*'श्रम मानो विश्राम कर रहा मृदु आलस को पाके'*	: कोमल शिथिलता	**प्र.ग्रं.-2**/140	कर्म/कामायनी
मृदु कंपन-	*'तुहिनकणों पर मृदु कम्पन से सेज बिछा दें गान'*	: अपनी कोमल थरथराहट से सुंदर गायन मानो सेज की तरह बिछ जाए।	**म.सा.-1**/39	चाहता है यह पागल प्यार/नीहार
मृदु-कठिन तीर-	*'बिंध गया अजान आज किसका मृदु-कठिन तीर?'*	: कोमल और कठोर वाण	**म.सा.-1**/351	मिट चली घटा अधीर! /दीप-शिखा
मृदुकर-संपुट-	*'जिस किरणांगुलि ने स्वप्न भरे मृदुकर-संपुट में गोद लिया'*	: कोमल हथेलियों की अंजुलि में	**म.सा.-1**/383	तेरी छाया में अमिट रंग /दीप-शिखा
मृदु-गंभीर-घोष-	*'बोली वह, मृदु-गम्भीर-घोष'*	: सुंदर गंभीर स्वर में बोली	**नि.र.-1**/298	तुलसीदास
मृदु गात-	*'लेते अँगड़ाई नीदों में अलस विहग मृदु गात'*	: कोमल शरीरवाले (पक्षी)	**प्र.ग्रं.-1**/328	अंतरिक्ष में अभी सो रही/लहर
मृदु तार-	*'मृणालों से मृदु तार'*	: कोमल और चिकने तार की तरह हैं केश	**पं.ग्रं.-1**/209	नारी रूप/पल्लव
मृदु दल-	*'है मूँद चुका अपने मृदु दल!'*	: कोमल पंखुड़ियाँ	**पं.ग्रं.-1**/267	एक तारा/गुंजन
मृदु-पटु-	*'देख चंचल मृदु-पटु पद-चार'*	: कोमलतापूर्वक एवं कुशलतापूर्वक	**पं.ग्रं.-1**/257	मधुवन/गुंजन
मृदु-पद-	*'आओ, आओ मृदु-पद, मेरे मानस की कुसुमित वाणी'*	: कोमल कदमों से	**नि.र.-1**/218	कल्पना के कानन की रानी
मृदु-पद-रज-	*'अमरण-रणमय मृदु-पद-रज? विद्युद्-घन-चुम्बन?'*	: कोमल पैरों पर लगी धूल, जीवन कठोर है और इस कठोरता से हर व्यक्ति प्रभावित है।	**नि.र.-1**/154	परलोक
मृदु-पद-संचार-	*'किस अतीत के स्वप्न-लोक में'*	: पगध्वनि के बिना चलना, कोमल चरणों से संचरण	**नि.र.-1**/116	यमुना के प्रति
मृदु पाटल-	*'शूलों में नित मृदु पाटल सा, खिलने देना मेरा जीवन'*	: कोमल गुलाब की तरह	**म.सा.-1**/230	तुम दुःख बन इस पथ से आना!/नीरजा
मृदु-भंग-	*'लजा लहरों की गति, मृदु-भङ्ग मिली उर से फिर लता-लवङ्ग'*	: कोमल और लहरीली	**नि.र.-1**/265	तुम्हें ही चाहा
मृदु मरुत लहर में फेनोपम-	*'मृदु मरुत लहर में फेनोपम तारागण झिलमिल हुए दीन'*	: धीमी वायु की तरंगों से उत्पन्न फेन के बुदबुदों की तरह (तारे)	**प्र.ग्रं.-2**/178	इड़ा/कामायनी
मृदु मलयज-सा-	*'वह आवेगा मृदु मलयज-सा लहराता अपने मसृण बाल'*	: कोमल और सुगन्धित वायु के समान	**प्र.ग्रं.-2**/167	ईर्ष्या/कामायनी
मृदु मलयानिल-	*'उस नवल-सर्ग के कानन में मृदु मलयानिल से फूल चले'*	: कोमल वसंती हवा(मलय पवन)	**प्र.ग्रं.-2**/105	काम/कामायनी
मृदु मानस की ज्वाला-	*'अपने मृदु मानस की ज्वाला गीतों से नहलाता सागर'*	: अपने कोमल मन की तड़प को मानो सागर लहरों के गीतों से शीतल करता रहता है	**म.सा.-1**/221	मुस्काता संकेत-भरा नभ/नीरजा
मृदुल-	*'विरल मृदुल दलवाली डालों से उलझा समीर जब व्यस्त'*	: कोमल (डाली)	**प्र.ग्रं.-1**/327	मधुर माधवी संध्या में/लहर
◆	*'मेरे वन में मृदुल वसन्त'*	: कोमल	**नि.र.-1**/126	ध्वनि

शब्द- काव्य-पंक्ति	: अर्थ	ग्रंथावली/पृ.सं.	स्रोत/संदर्भ
◆ 'आप बह गयी मृदुल समीरण हिला वसन, कुछ गिरा स्वेद-कण'	: कोमल	**नि.र.**-1/212	सोचती अपलक आप खड़ी
मृदुल अधखुला अंग- 'नील परिधान बीच सुकुमार खुल रहा मृदुल अधखुला अंग;'	: थोड़ा-थोड़ा दिखता हुआ कोमल अंग, श्रद्धा के वस्त्र को बनावट ऐसी थी कि आंशिक रूप से अनावृत वक्षस्थल सुन्दर मालूम पड़ रहे थे।	**प्र.ग्रं.**-2/84	श्रद्धा/कामायनी
मृदुल अनी- 'अलकों की मृदुल अनी'	: कोमल नोक	**प्र.ग्रं.**-4/302	चतुर्थ अंक/चन्द्रगुप्त
मृदुल कर- 'छिपने पर स्वयं मृदुल कर से क्यों मेरी आँखें मींच रही!'	: कोमल हाथ	**प्र.ग्रं.**-2/100	काम/कामायनी
मृदुल कलियाँ बिछाना- 'है तुझे अंगार-शय्या पर मृदुल कलियाँ बिछाना!'	: कोमल भावनाओं को अर्पित करना	**म.सा.**-1/281	चिर सजग आँखें उनींदी.../सांध्य गीत
मृदुल कूल- 'बनती प्रवाल का मृदुल कूल जो क्षितिज-रेख थी कुहर-म्लान'	: कोमलता का एहसास दिलानेवाले तट की तरह (क्षितिज की रेखा लाल दिख रही है)	**म.सा.**-1/103	चुभते ही तेरा अरुण बान!/रश्मि
मृदुल चर्म- 'यह क्यों क्या मिलते नहीं तुम्हें शावक के सुन्दर मृदुल चर्म'	: कोमल खाल	**प्र.ग्रं.**-2/162	ईर्ष्या/कामायनी
मृदुल जीवन-पात्र- 'रँग गई सुखदुख रंगों से मृदुल जीवन-पात्र मेरा!'	: मेरे कोमल जीवन-रूपी पात्र (बर्तन) को	**म.सा.**-1/271	सो रहा है विश्व, पर... /सांध्य गीत
मृदुल दर्पण- 'तोड़ देता खीझकर जब तक न प्रिय यह मृदुल दर्पण'	: मेरा व्यक्तित्व प्रिय के मृदुल दर्पण की तरह है। मेरे भीतर है वह और मैं उसको प्रतिबिंबित करती हूँ	**म.सा.**-1/269	मैं किसी की मूक छाया हूँ.../सांध्य गीत
मृदुल मधुकरी- 'विश्व कमल की मृदुल मधुकरी रजनी तू किस कोने से—'	: सुकुमार भ्रमरी	**प्र.ग्रं.**-2/78	आशा/कामायनी
मृदु वर्त्तिका- 'लय बनी मृदु वर्त्तिका हर स्वर जला बन लौ सजीली'	: कोमल बाती लय में जल रही है	**म.सा.**-1/319	सब बुझे दीपक जला लूँ/दीप-शिखा
मृदु-वास- 'चुरा चम्पक तुमसे मृदु-वास'	: सुंदर साहचर्य	**पं.ग्रं.**-1/257	मधुवन/गुंजन
मृदु हास- 'आँसू औ' तम घोल लिख रही तू सहसा करती मृदु हास'	: मंद हँसी, व्यंग्यात्मक हँसी	**प्र.ग्रं.**-2/78	आशा/कामायनी
मृदु होली- 'इस व्यथित विश्व पतझड़ की तुम जलती हो मृदु होली'	: होलिका की तरह पतझड़ को जलानेवाली	**प्र.ग्रं.**-2/31	आँसू
मृदूर्मिल- 'मृदूर्मिल सरसी में सुकुमार'	: मृदु+ऊर्मिल, कोमल (छोटी) लहरों से युक्त	**पं.ग्रं.**-1/251	भावी पत्नी के प्रति/गुंजन
मृन्मय- 'निश्चय मृन्मय तन नश्वर'	: मिट्टी से बना हुआ, नश्वर	**पं.ग्रं.**-1/326	तीन/ज्योत्स्ना
मृषा- 'बस इतना ही भाग तुम्हारा तृषा! मृषा, वंचित होने दो'	: मिथ्या, व्यर्थ	**प्र.ग्रं.**-2/262	रहस्य/कामायनी
◆ 'मैं रहूँ सत्य, तुम रहो मृषा'	: झूठ	**पं.ग्रं.**-2/19	छाया/युगपथ
मेंहदी-युत- 'मेंहदी-युत मृदु करतल छबि से'	: मेंहदी लगी (हथेली)	**पं.ग्रं.**-1/273	अप्सरा/गुंजन
मेखला- 'हो रही सरिता मनोहर मेखला'	: कमरबंद	**नि.र.**-1/43	माया

शब्द-	काव्य-पंक्ति	: अर्थ	ग्रंथावली/पृ.सं.	स्रोत/संदर्भ
मेखलाकार-	*'मेखलाकार पर्वत अपार'*	: वृत्ताकार, गोलाकार, पर्वत नीचे से ऊपर तक क्रमशः गोलाकार छल्ले की तरह होते हैं।	**पं.ग्रं.-1**/180	उच्छ्वास/पल्लव
मेघ-चूनर-	*'स्वर्ण-कुमकुम में बसा कर/है रँगी नव मेघ-चूनर'*	: बादल-रूपी चुनरी	**म.सा.-1**/227	मत अरुण घूँघट खोल री!/नीरजा
मेघज्योति-सा-	*'अथक अबाध और तीव्र मेघज्योति-सा'*	: बादलों में चमकती बिजली के समान	**प्र.ग्रं.-1**/352	प्रलय की छाया/लहर
मेघदूत-	*'मेघदूत की सजल कल्पना'*	: मेघ को दूत (बनाने की भावुक कल्पना)	**पं.ग्रं.-1**/213	बादल/पल्लव
मेघनाद-जित-रण-	*'हैं वही सुमित्रानन्दन मेघनाद-जित-रण'*	: मेघनाद को युद्ध में जीतने वाले (लक्ष्मण)	**नि.र.-1**/333	राम की शक्ति-पूजा
मेघ-पट-	*'नील मेघ-पट पर वह विरला'*	: बादल-रूपी आवरण या वस्त्र	**प्र.ग्रं.-1**/312	वे कुछ दिन कितने सुन्दर थे/लहर
मेघ-पथ-	*'मेघ-पथ में चिह्न विद्युत् के गए जो छोड़ प्रिय-पद'*	: आकाश में, बादलों के रास्ते में	**म.सा.-1**/341	जो न प्रिय पहिचान पाती! /दीप-शिखा
मेघव्रती-	*'जिसको मरुभूमि समुद्र हुआ, उस मेघव्रती की प्रतीति नहीं'*	: मेघ के लिए व्रती चातक पक्षी, स्वाति नक्षत्र की वर्षा की बूँद पीना चाहती है चातकी	**म.सा.-1**/129	इन आँखों ने देखी न राह कहीं/रश्मि
मेघमंद्र-	*'प्राणों में पावन कम्पन भर, स्वर मेघमन्द्र'*	: मेघ की गंभीर (ध्वनि की तरह)	**नि.र.-1**/336	राम की शक्ति-पूजा
मेघ-मलार-	*'चितवन ज्वलित दीपक-गान, दृग में सजल मेघ-मलार'*	: एक राग जिसे सिद्ध गायक गाए तो मेघ छा जाते हैं, आँखें अश्रुपूर्ण हैं	**म.सा.-1**/395	तुम्हारी बीन ही में बज.../दीप-शिखा
मेघमाला-	*'चपल बन बन कर मिटेगी झूम तेरी मेघमाला!'*	: बादलों की श्रृंखला	**म.सा.-1**/262	रे पपीहे पी कहाँ? /सांध्य गीत
मेघरूँधा-	*'मेघरूँधा अजिर गीला—/टूटता सा इंदु-कंदुक'*	: मेघों के प्रभाव से नम या गीला	**म.सा.-1**/271	सो रहा है विश्व, पर... /सांध्य गीत
मेघ-वन-	*'खिला हो ज्यों बिजली का फूल मेघ-वन बीच गुलाबी रंग'*	: बादल मानो जंगल की तरह घने हो गये हों	**प्र.ग्रं.-2**/84	श्रद्धा/कामायनी
मेघ सित -	*'नव क्षीरनिधि की उर्म्मियों से रजत झीने मेघ सित'*	: सफेद बादल	**म.सा.-1**/172	श्रृंगार कर ले री सजनि!/नीरजा
मेघाडंबर-	*'वह क्या है? क्या तुम देख रहे वर्णों के मेघाडंबर में?'*	: बादल का रूप निर्धारित नहीं होता है, इसलिए उसके एकत्र होने को आडम्बर कहा गया है।	**प्र.ग्रं.-2**/106	काम/कामायनी
मेघासार-	*'रोक देता था मेघासार'*	: मेघ के आसार, बरसनेवाले बादलों की संभावना	**पं.ग्रं.-1**/185	आँसू/पल्लव
मेघों के बंदों के तीर-	*'भेद रहे हों नैश तिमिर को मेघों के बंदों के तीर'*	: चमकती हुई बिजली मानो मेघ के सेवकों के तीर हैं	**म.सा.-1**/117	फूलों का गीला सौरभ पी/रश्मि

शब्द- काव्य-पंक्ति	: अर्थ	ग्रंथावली/पृ.सं.	स्रोत/संदर्भ
मेघों के बाल- *'मेमनों-से मेघों के बाद'*	: बादलों के किशोर-रूप	**पं.ग्रं.**-1/185	आँसू/पल्लव
मेदिनी- *'स्वर्ग आकर मेदिनी से मिल रहा'*	: धरती	**प्र.ग्रं.**-1/257	मिलन/झरना
◆ *'उतर रहे थे मेघ/मेदिनी के हृदय पर'*	: मेद से युक्त, धरती	**नि.र.**-1/176	रेखा 'ख'
मेरा खग- *'खो गया मेरा खग अनजान'*	: मेरी निगाहें मानो पक्षी की तरह हैं	**पं.ग्रं.**-1/254	तुम्हारी आँखों का आकाश /गुंजन
मेरा नाविक- *'फिर भी इस पार न आवे जो मेरा नाविक निर्मम'*	: मेरा वह अज्ञात असीम प्रियतम	**म.सा.**-1/56	कितनी रातों की मैंने /नीहार
मेरा परदेश- *'एक रहने देना यह ध्यान क्षणिक है यह मेरा परदेश'*	: यह संसार मेरे लिए परदेश की तरह है। मेरा अपना देश वही लोक है जहाँ तुम हो है।	**म.सा.**-1/78	जहाँ है निद्रामग्न वसंत /नीहार
मेरी ज्वाला- *'तुम एक अकेली तब भी जलती हो मेरी ज्वाला'*	: मेरी पीड़ा, अकेले उगनेवाला तारा मानो अपनी जलन के साथ उदित होता है और रहता है	**प्र.ग्रं.**-2/30	आँसू
◆ *'किरणों के केसर-रज से भव भर दो मेरी ज्वाला'*	: मेरी पीड़ा	**प्र.ग्रं.**-2/31	आँसू
◆ *'तब भी तुम सतत अकेली/जलती हो मेरी ज्वाला!'*	: मेरी पीड़ा, छायावादी कविता अपनी पीड़ा को शक्ति भी मानती है	**प्र.ग्रं.**-2/31	आँसू
मेरी वीणा- *'बिखरे से हैं तार आज/मेरी वीणा के मतवाले'*	: मेरे हृदय-रूपी वीणा (के भाव या तार अनियंत्रित हैं)	**म.सा.**-1/32	बनबाला के गीतों सा /नीहार
मेरे आँसू- *'भरे हुए अब तक फूलों में मेरे आँसू उनके हास'*	: प्रेम की पीड़ा के मेरे आँसू फूलों पर ओस की तरह भरे हुए हैं।	**म.सा.**-1/31	रजत करों की मृदुल तूलिका/नीहार
मेरे क्षितिज- *'मेरे क्षितिज! उदार बनो'*	: मन का विस्तार	**प्र.ग्रं.**-1/291	निज अलकों के.../लहर
मेरे जाति- *'मेरे साथ मेरे विचार—/मेरे जाति—'*	: जन्मे	**नि.र.**-1/132	स्वाधीनता पर (2)
मेरे दीपक- *'मधुर मधुर मेरे दीपक जल युग युग प्रतिदिन प्रतिक्षण प्रतिपल'*	: मेरी साधना या भावना के प्रतीक दीपक	**म.सा.**-1/187	मधुर मधुर मेरे दीपक जल/नीरजा
मेरे नाविक- *'मेरे नाविक! धीरे धीरे'*	: मेरी नियति (प्रारब्ध), प्रसाद 'नियतिवादी' कहे गये हैं	**प्र.ग्रं.**-1/298	ले चल वहाँ भुलावा देकर/लहर
मेरे नाविक नादान- *'लिए जाते तरणी किस ओर अरे मेरे नाविक नादान'*	: मेरी नियति मानो अकुशल नाविक की तरह है	**म.सा.**-1/61	घोर घन की अवगुण्ठन डाल/नीहार
मेरे भारत- *'मेरे भारत मेरे विशाल मुझको कह लेने दो उदार'*	: मेरे भारत देश!	**म.सा.**-1/63	मैं कंपन हूँ तू करुण राग/नीहार
मेरे विशाल- *'मेरे भारत मेरे विशाल मुझको कह लेने दो उदार'*	: मेरे विशाल भारत देश!	**म.सा.**-1/63	मैं कंपन हूँ तू करुण राग/नीहार
मेरे शशि- *'रतनाकर बनी चमकती/मेरे शशि की परछाई'*	: मेरी प्रिया चाँद की तरह थी	**प्र.ग्रं.**-2/17	आँसू
मेषमाता- *'एक मेषमाता ही/रहती है निर्निमेष—'*	: भेड़ की माता	**नि.र.**-1/153	जागो फिर एक बार
मेह- *'बरसाया जब मेह, धरा की/सारी ज्वाला कर दी शीतल'*	: मेघ	**नि.र.**-1/86	वन-कुसुमों की शय्या
◆ *'मधुर स्नेह के मेह प्रखरतर/बरस गये रस-निर्झर झरझर'*	: मेघ	**नि.र.**-1/220	स्पर्श से लाज लगी
मैं- *'केवल मैं, केवल मैं, केवल/मैं, केवल मैं, केवल ज्ञान'*	: वैयक्तिकता का बोध	**नि.र.**-1/192	वसन्त-समीर
'मैं'- *'मायावृत 'मैं' का परिवार—'*	: वैयक्तिकता	**नि.र.**-1/183	जागरण

शब्द- काव्य-पंक्ति	: अर्थ	ग्रंथावली/पृ.सं.	स्रोत/संदर्भ
मैं एक पकड़ हूँ- *'मैं एक पकड़ हूँ जो कहती ठहरो कुछ सोच-विचार करो'*	: 'लज्जा' एक अनुशासन की तरह है	**प्र.ग्रं.**-2/125	लज्जा/कामायनी
'मैं रहूँ'- *'मैं भी कहने लगा, 'मैं रहूँ' शाश्वत नभ के गानों में'*	: मुझे संसार में रहने का आत्मविश्वास उत्पन्न करना चाहिए	**प्र.ग्रं.**-2/70	आशा/कामायनी
'मैं'-शैली- *'मैंने 'मैं'— शैली अपनायी'*	: वैयक्तिकता (छायावाद की एक पहचान)	**नि.र.**-1/47	अधिवास
मैं हूँ- *'मैं हूँ, यह वरदान सदृश क्यों/लगा गूँजने कानों में'*	: अपने अस्तित्व का बोध	**प्र.ग्रं.**-2/70	आशा/कामायनी
मोगल-दल- *'मोगल-दल बल के जलद-यान दर्पित-पद उन्मद-नद पठान'*	: मुगलों की सेना (बादल की तरह) है	**नि.र.**-1/281	तुलसीदास
मोगल-दल-विगलित-बल- *'मोगल-दल-विगलित-बल हो रहे हैं राजपूत'*	: मुगलों के कारण जिनकी शक्ति घट गयी है	**नि.र.**-1/157	महाराज शिवाजी का पत्र
मोगल-सिंहासन- *'मोगल-सिंहासन के— औरंग के पैरों के/नीचे तुम रक्खोगे'*	: मुगल शासन	**नि.र.**-1/157	महाराज शिवाजी का पत्र
मोचन- *'एक दूसरे के मोचन में मुक्त'*	: मुक्त करना, मुक्ति	**नि.र.**-1/182	नेत्र
मोती का जल- *'मोती का जल सोने की रज विद्रुम का रंग फेरा!'*	: मोती का पानी (चमक) लेकर	**म.सा.**-1/297	आज सुनहली वेला! /सांध्य गीत
मोम के बंधन सजीले- *'बाँध लेंगे क्या तुझे यह मोम के बंधन सजीले?'*	: मोम के बने सुंदर बंधन अर्थात् आकर्षण का भ्रमपूर्ण आधार।	**म.सा.**-1/280	चिर सजग आँखें उनींदी.../सांध्य गीत
मोम फलक-सा- *'सुधि-विद्युत् की तूली लेकर मृदु मोम फलक-सा उर उन्मन'*	: मोम की चित्रपटी (की तरह हृदय)	**म.सा.**-1/389	प्रिय मैं जो चित्र बना पाती!/दीप-शिखा
मोह-अयन- *'मिला उसे तुम मोह-अयन में'*	: मोह के गृह में	**नि.र.**-1/224	मन चंचल न करो!
मोह-जलद-छाया- *'रे चिरनिवास विश्राम प्राण के मोह-जलद-छाया उदार'*	: मोह-रूपी बादल की छाया	**प्र.ग्रं.**-2/172	इड़ा/कामायनी
मोहन- *'उस मोहन मुख का दर्शन होने लगा'*	: मोह लेने में सक्षम	**प्र.ग्रं.**-1/256	दर्शन/झरना
◆ *'हिंसा धूल उड़ रही मोहन, सूखी क्यारी को भर दो'*	: ईश्वर, आकर्षक, मोहने की क्षमता रखनेवाला	**प्र.ग्रं.**-3/418	तृतीय अंक/जन्मेजय का नाग-यज्ञ
◆ *'संसृति के रूप रंग मोहन'*	: मन को मोह लेनेवाला	**पं.ग्रं.**-2/15	ए मिट्टी के ढेले/युगपथ
मोह निशा- *'तुम कुहुकिनि, जग की मोह निशा'*	: मोहक रात	**पं.ग्रं.**-2/19	छाया/युगपथ
मोह मदिरा- *'मोह मदिरा का आस्वादन किया क्यों हे भोले जीवन'*	: मोह-रूपी मदिरा, आसक्ति का नशा	**म.सा.**-1/72	स्वर्ग का था नीरव उच्छ्वास/नीहार
मोह-माया- *'मिटी मोह-माया की निद्रा गये रूप पहचान'*	: सत्य को जानने में जो बाधक हो	**नि.र.**-1/67	गये रूप पहचान
मोहांध हृदय- *'मानव के मोहान्ध हृदय में किये हुए घर'*	: मोह में डूबा अविवेकी मन, मोह में अंधा हृदय	**पं.ग्रं.**-2/21	ताज/युगपथ
मौन अलसित व्योम- *'या प्रलय के आँसुओं में मौन अलसित व्योम रो ले'*	: मौन और स्थिर आकाश	**म.सा.**-1/280	चिर सजग आँखें उनींदी.../सांध्य गीत
मौन अश्रुओं- *'मौन अश्रुओं के अंचल-सी'*	: दु:ख की गहराई ने आँसुओं को सुखा दिया हो	**पं.ग्रं.**-1/204	छाया/पल्लव

शब्द- काव्य-पंक्ति	: अर्थ	ग्रंथावली/पृ.सं.	स्रोत/संदर्भ
मौन-नयन- *'जब मिलते मौन-नयन पल-भर'*	: जिन आँखों में प्रेम की भावना चुपचाप बैठी है	**पं.ग्रं.**-1/297	दो/ज्योत्स्ना
मौन निमंत्रण- *'तुम्हारा मौन निमंत्रण, मीत'*	: संकेतात्मक निमंत्रण	**पं.ग्रं.**-1/104	मधुरिमा के मृदु हास!/वीणा
◆ *'मौन निमंत्रण भेज रहा वह'*	: चुपके से निमंत्रण भेजना	**पं.ग्रं.**-1/200	स्वप्न/पल्लव
◆ शीर्षक	: सांकेतिक आमंत्रण	**पं.ग्रं.**-1/195	मौन निमन्त्रण/पल्लव
मौन-भंग उच्छ्वास- *'गन्ध-मन्द गति कभी पवन का मौन-भंग उच्छ्वास'*	: मौन को भंग करता उच्छ्वास, तेज साँस छोड़कर खामोशी तोड़ना	**नि.र.**-1/106	तरंगों के प्रति
मौन मुकुल- *'मौन मुकुल, अलि गुंजन में'*	: कलियों में मौन का सौन्दर्य (कामचेतना की देन है)	**पं.ग्रं.**-1/193	अनंग/पल्लव
◆ *'मौन मुकुल में छिपा हुआ जो'*	: खामोश कलियाँ, कलियों की चुप्पी में, अबोल कलियाँ	**पं.ग्रं.**-1/198	स्वप्न/पल्लव
मौनमुखी- *'प्रियतम में लीन ज्यों/मौनमुखी कामिनी'*	: मौन मुखवाली, खामोश, चुप	**नि.र.**-1/206	कवि
मौन रही हार- *'मौन रही हार, प्रिय-पथ पर चलती/सब कहते शृंगार'*	: हार कर मौन रह गयी	**नि.र.**-1/254	मौन रही हार
मौन व्यथा- *'अभी समय भी नहीं थकी सोई है मेरी मौन व्यथा'*	: खामोश दर्द, दुःख मानो नीरव हो चुका है	**प्र.ग्रं.**-1/293	मधुप गुनगुना कर कह जाता/लहर
मौनालाप- *'करते जो मृदु मौनालाप'*	: बिना बोले बातचीत कर लेने की कला	**पं.ग्रं.**-1/199	स्वप्न/पल्लव
◆ *'मृदुल मुकुलों का मौनालाप'*	: चुप रहकर भी बातें कर लेना, सुखद साहचर्य का अनुभूतिजन्य वार्तालाप	**पं.ग्रं.**-1/253	मुसकुरा दी थीं क्या तुम, प्राण/गुंजन
मौर- *'चौंक गिरेंगे पीले पल्लव अंब चलेंगे मौर'*	: मंजरित हो जाना	**म.सा.**-1/189	मेरी निश्वासों से द्रुततर/नीरजा
मौलश्री- *'सकुच सलज खिलती शेफाली अलस मौलश्री डाली डाली'*	: झाड़ीदार पौधा, इसमें सफेद फूल गुच्छे में निकलते हैं	**म.सा.**-1/169	पुलक पुलक उर, सिहर सिहर तन/नीरजा
◆ *'कण्टकित मौलश्री हरसिंगार रोके हैं अपने श्वास शिथिल'*	: एक सदाबहार पेड़ जिसके फूल सुगन्धित होते हैं, बकुल	**म.सा.**-1/256	क्यों वह प्रिय आता पार नहीं?/सांध्य गीत
मौलिक कल्पना- *'शक्ति की करो मौलिक कल्पना, करो पूजन'*	: आत्मप्रेरणा से की गयी कल्पना	**नि.र.**-1/335	राम की शक्ति-पूजा
म्रियमाण- *'व्योम चिर विस्मृति से म्रियमाण'*	: समाप्त हो जानेवाली (स्मृति के समान)	**पं.ग्रं.**-1/252	भावी पत्नी के प्रति/गुंजन
म्लान- *'प्रखर उत्ताप के फूल-से रहोगे म्लान'*	: मलिन, आभाहीन	**नि.र.**-1/167	महाराज शिवाजी का पत्र
◆ *'मुरझायें, जीवन हो म्लान'*	: मलिन, आभाहीन, निराश	**नि.र.**-1/182	हताश
◆ *'काल-कपोलों पर आँसू सा/ढुल जाता हो म्लान'*	: निस्तेज, प्रभाहीन	**म.सा.**-1/131	दिया क्यों जीवन का वरदान?/रश्मि
म्लान-अधर- *'रह गयी सुरभि की म्लान-अधर वर-माला'*	: मुरझायी हुई पंखुड़ियाँ (पंखुड़ी मानो अधर है)	**नि.र.**-1/301	तुलसीदास
म्लान कुसुम की माला- *'रजनी रानी की बिखरी है म्लान कुसुम की माला'*	: मुरझाये हुये फूलों (तारों) की माला (पंक्ति)	**प्र.ग्रं.**-1/328	अंतरिक्ष में अभी सो रही/लहर

शब्द- काव्य-पंक्ति	: अर्थ	ग्रंथावली/पृ.सं.	स्रोत/संदर्भ
म्लान तम- *'म्लान तम में ही कलाधर की कला'*	: मलिन अंधकार, विपरीत परिस्थिति	**पं.ग्रं.**-1/125	ग्रन्थि
म्लान मना- *'विश्व-पादप-छाया में म्लान— मना बैठा; व्याकुल थे प्राण'*	: खिन्न या उदास मन से	**नि.र.**-1/265	तुम्हें ही चाहा
◆ *'म्लान मना, भू-पतिता सी?'*	: जिस स्त्री के मन में चिंता -दु:ख-अभाव आदि भरे हों	**पं.ग्रं.**-1/86	कौन-कौन तुम परिहत वसना/वीणा
◆ *'म्लान मना, भू पतिता-सी'*	: दुखी मनवाली	**पं.ग्रं.**-1/203	छाया/पल्लव
यंत्र- *'अब विकल प्रवर्त्तन हो ऐसा जो नियति-चक्र का बने यंत्र'*	: उपकरण, उपाय	**प्र.ग्रं.**-2/175	इड़ा/कामायनी
यंत्र कौशल प्रवाद- *'मानवी कला के सूत्रधार, हर लिया यन्त्र कौशल प्रवाद'*	: यंत्रों की कुशलता-संबंधी लोकप्रचलित बातें	**पं.ग्रं.**-2/25	बापू के प्रति/युगपथ
यंत्राभिभूत- *'यन्त्राभिभूत युग में करने मानव जीवन का परित्राण'*	: मशीनों से अत्यधिक प्रभावित (संसार)	**पं.ग्रं.**-2/25	बापू के प्रति/युगपथ
य- *'रात को सोते य' सपना देखा'*	: यह	**नि.र.**-1/47	तुम हमारे हो
यक्ष- *'गुप्त निधियों का रक्षक यक्ष'*	: एक पौराणिक प्रजाति	**प्र.ग्रं.**-1/268	कुछ नहीं/झरना
◆ *'यक्ष विरही की कठिन विरह-व्यथा'*	: 'मेघदूतम्' का नायक यक्ष, पौराणिक आख्यानों में उल्लिखित एक जाति	**नि.र.**-1/42	माया
यजन- *'सजग हुई फिर से सुर-संस्कृति, देव यजन की वर माया,'*	: यज्ञ	**प्र.ग्रं.**-2/73	आशा/कामायनी
◆ *'अकेले तुम कैसे असहाय यजन कर सकते? तुच्छ विचार!'*	: यज्ञ	**प्र.ग्रं.**-2/91	श्रद्धा/कामायनी
◆ *'यजन करोगे क्या तुम? फिर यह किसको खोज रहे हो'*	: यज्ञ का अनुष्ठान	**प्र.ग्रं.**-2/137	कर्म/कामायनी
यज्ञ-पुरुष- *'रचना-मूलक सृष्टि-यज्ञ यह यज्ञ-पुरुष का जो है'*	: यज्ञ-रूपी पुरुष अर्थात् ईश्वर	**प्र.ग्रं.**-2/151	कर्म/कामायनी
यज्ञ-यज्ञ की कटु पुकार- *'यज्ञ-यज्ञ की कटु पुकार से रह न सके अब थिर वे'*	: यज्ञ करने की प्रेरणा मन में बलवती होने लगी	**प्र.ग्रं.**-2/133	कर्म/कामायनी
यज्ञ-शकल- *'मैं न बन सकूँगा यज्ञ-शकल'*	: हवन-सामग्री	**नि.र.**-1/250	वह कितना सुख
यति- *'अखिल-लोक-रञ्जन कर नर्तन समीर में यति की भ्रू-भंग-लास'*	: रुकावट	**नि.र.**-1/206	कवि
◆ *'गूढ़ साँस-सी यति गतिहीन'*	: गति-भंग, रुक जाना, रुकावट	**पं.ग्रं.**-1/189	वीचि विलास/पल्लव
यति-गति- *'लोल लहरों-से यति-गति हीन'*	: रुकना और चलना	**पं.ग्रं.**-1/277	चीटियों की-सी काली पाँति/गुंजन
यथार्थ- *'बात जँचती कुछ नहीं यथार्थ'*	: वास्तव में, बुनियादी तौर पर	**प्र.ग्रं.**-1/244	असन्तोष/झरना
यदपि- *'जागृत था सौंदर्य्य यदपि वह सोती थी सुकुमारी'*	: यद्यपि, हालाँकि	**प्र.ग्रं.**-2/145	कर्म/कामायनी
यवन- *'यवन को दिया दया का दान चीन को मिली धर्म की दृष्टि'*	: यूनानी	**प्र.ग्रं.**-4/139	पंचम अंक/स्कन्दगुप्त
यवनिका- *'एक यवनिका हटी, पवन से प्रेरित माया पट जैसी;'*	: नाटक का पर्दा	**प्र.ग्रं.**-2/71	आशा/कामायनी

शब्द- काव्य-पंक्ति	: अर्थ	ग्रंथावली/पृ.सं.	स्रोत/संदर्भ
◆ *'यवनिका नव खोल देगा नाट्य-सूत्राधार'*	: पर्दा	**नि.र.-1**/228	खोलो दृगों के द्वय द्वार
◆ *'मोह यवनिका हटा, कर दिया'*	: नाटक के मंच का पर्दा	**पं.ग्रं.-1**/194	अनंग/पल्लव
◆ *'सजनि! यवनिका हो सुकुमार'*	: रंगमंच का पर्दा	**पं.ग्रं.-1**/205	छाया/पल्लव
◆ *'स्वप्न-शाला में यवनिका डाल जो'*	: रंगमंच का पर्दा	**म.सा.-1**/113	कुमुद-दल से वेदना के दाग को/रश्मि
यवनों- *'स्थिर न रहेंगे पैर यवनों के'*	: मुसलमानों	**नि.र.-1**/169	महाराज शिवाजी का पत्र
यशोराशि- *'किंवा, हे यशोराशि!'*	: यशस्वी, कीर्तिवान्, जो यश की राशि से पूर्ण है	**नि.र.-1**/81	खँडहर के प्रति
यशोलिप्सा- *'हाय री यशोलिप्सा'*	: यश की लिप्सा, यश का लालच	**नि.र.-1**/158	महाराज शिवाजी का पत्र
यष्टि- *'प्रियकरालम्ब को सत्य-यष्टि; प्रतिमा में श्रद्धा की समष्टि'*	: लकड़ी (सहारा)	**नि.र.-1**/295	तुलसीदास
◆ *'सत्य तुम्हारी राज यष्टि, सम्मुख नत त्रिभुवन'*	: छड़ी, दण्ड (राजदण्ड)	**पं.ग्रं.-1**/232	परिवर्तन/पल्लव
यांत्रिक जीवन- *'इस यांत्रिक जीवन में क्या ऐसी थी कोई क्षमता'*	: आधुनिक मशीनी जिन्दगी, जीवन जब यंत्रवत चलता हो, संवेदनशून्य गतिशील जीवन	**प्र.ग्रं.-2**/22	आँसू
याग- *'कौन यह मधुर मौन मख, याग'*	: यज्ञ	**नि.र.-1**/274	खुल गया रे
याज्ञिक- *'यह विजयी याज्ञिक अश्व चला है आगे'*	: यज्ञ-संबंधी	**प्र.ग्रं.-3**/408	तृतीय अंक/जन्मेजय का नाग-यज्ञ
याम- *'कमरे में, मध्य याम,/करते तब तुम विराम'*	: समय, 'मध्य याम' अर्थात् दोपहर	**नि.र.-1**/313	मित्र के प्रति
◆ *'मेरे हर लहर में अंक,/हर कण में पुलक के याम'*	: अवधि, समय	**म.सा.-1**/371	प्राणों ने कहा कब दूर/दीप-शिखा
यामिनी- *'मदिर माधव यामिनी का धीर पद-विन्यास'*	: रात	**प्र.ग्रं.-2**/114	वासना/कामायनी
◆ *'शीत की नीरस निठुर तू यामिनी'*	: रात	**नि.र.-1**/42	माया
◆ *'विरह-परी-सी खड़ी कामिनी व्यर्थ बह गयी शिशिर-यामिनी'*	: रात	**नि.र.-1**/211	बह चली अब अलि, शिशिर-समीर!
◆ *'स्पष्ट ध्वनि— आ, धनि सजी यामिनी भली'*	: रात	**नि.र.-1**/250	कैसी बजी बीन?
◆ *'(प्रिय) यामिनी जागी'*	: रात	**नि.र.-1**/253	(प्रिय) यामिनी जागी
◆ *'आज मधुर विषाद की घिर करुण आई यामिनी'*	: रात	**म.सा.-1**/200	मैं बनी मधुमास आली/नीरजा
◆ *'विरह की घड़ियाँ हुईं अलि मधुर मधु की यामिनी सी!'*	: रात	**म.सा.-1**/263	विरह की घड़ियाँ हुईं अलि.../सांध्य गीत
◆ *'प्रात में हँस छिप गई/ले छलकते दृग यामिनी मैं!'*	: रात	**म.सा.-1**/283	प्रिय चिरंतन है सजनि/सांध्य गीत
यामिनी का रूप- *'मनु निरखने लगे ज्यों-ज्यों यामिनी का रूप'*	: रात का सुन्दर रूप	**प्र.ग्रं.-2**/117	वासना/कामायनी
यामिनी-गंधा- *'यामिनी-गन्धा जगी'*	: रजनीगन्धा, एक सुगंधित फूल जो रात में ज्यादा महकता है	**नि.र.-1**/148	जागो फिर एक बार
यायावर- *'ओ यायावर! अब तेरा निस्तार कहाँ है?"*	: भटकता व्यक्ति, बिना घर-बार वाला	**प्र.ग्रं.-2**/207	संघर्ष/कामायनी

शब्द- काव्य-पंक्ति	: अर्थ	ग्रंथावली/पृ.सं.	स्रोत/संदर्भ
युग- *'सोहते मध्य में हीरक युग या दो कौस्तुभ'*	: दो	**नि.र.**-1/332	राम की शक्ति-पूजा
युग कल्प- *'जा रहे जिस पंथ से युग कल्प उसका छोर क्या है?'*	: युग और कल्प समय की बहुत बड़ी इकाई है	**म.सा.**-1/278	फिर विकल हैं प्राण मेरे!/सांध्य गीत
युग कूलों- *'प्रतिपल होता रहता हो युग कूलों का आलिंगन!'*	: मिलन और विरह के दो तट	**म.सा.**-1/110	चिर तृप्ति कामनाओं का/रश्मि
युग छिप गया- *'किन्तु न आया वह परदेसी युग छिप गया प्रतीक्षा में'*	: काफी समय व्यतीत हो गया	**प्र.ग्रं.**-2/188	स्वप्न/कामायनी
युग तन- *'नयनों का नयनों से बन्धन काँपे थर-थर थर-थर युग तन'*	: दोनों के शरीर	**नि.र.**-1/248	नयनों का नयनों से बंधन
युग तृषित तीर- *'शीतल करता युग तृषित तीर'*	: युग-युग से प्यासे मन के तटों को आँसू शीतलता पहुँचाते हैं	**म.सा.**-1/167	प्रिय इन नयनों का अश्रु-नीर/नीरजा
युग पद- *'धँस गया धरा में कपि गह युग पद मसक दण्ड'*	: चरण-युग्म (राम के)	**नि.र.**-1/334	राम की शक्ति-पूजा
युग मधुर अधर- *'हरित कूल युग मधुर अधर थे'*	: प्रेम की मादक मिठास से भरे दोनों होंठ	**प्र.ग्रं.**-1/312	वे कुछ दिन कितने सुन्दर थे/लहर
युग-दल- *'लौटे युग-दल राक्षस-पदतल पृथ्वी टलमल,'*	: दोनों दल (राम तथा रावण)	**नि.र.**-1/329	राम की शक्ति-पूजा
युग-योग- *'दिवस-मास-ऋतु-अयन-वर्ष भर अयुत-वर्ण युग-योग निरन्तर'*	: युग से जुड़ते जाना	**नि.र.**-1/256	जागो, जीवन-धनिके!
युगल- *'लड़ रहे अविरत युगल थे चेतना के पाश'*	: मनु और श्रद्धा	**प्र.ग्रं.**-2/111	वासना/कामायनी
युगल पाद- *'संहार सृजन से युगल पाद, गतिशील, अनाहत हुआ नाद'*	: (शिव के) दोनों पैर, चरण-युग्म	**प्र.ग्रं.**-2/246	दर्शन/कामायनी
युगल-मिलन- *'युगल-मिलन पर प्रेम-पूर्ण सम्पात'*	: प्रेमी-प्रेमिका का मिलन	**नि.र.**-1/91	रास्ते के फूल से
युगल-मूर्ति की बलिहारी- *'कैसा है यह प्रेम तुम्हारा युगल-मूर्ति की बलिहारी'*	: स्मृति और अनुराग का संयुक्त रूप और उस पर न्योछावर हो जाना	**प्र.ग्रं.**-4/284	चतुर्थ अंक/चन्द्रगुप्त
युगों की चट्टानों- *'युगों की चट्टानों पर सृष्टि डाल पद-चिह्न चली गंभीर;'*	: समय की शिला पर, समय-रूपी चट्टान पर सृष्टि अमिट छाप छोड़ जाती है	**प्र.ग्रं.**-2/91	श्रद्धा/कामायनी
युगों की प्यास का संसार- *'हँस डुबा देगा युगों की प्यास का संसार भर तू'*	: प्रेम की उत्कंठा मानो शाश्वत है	**म.सा.**-1/262	रे पपीहे पी कहाँ? /सांध्य गीत
युत- *'दल बल युत घुस वातुल चोर'*	: युक्त होकर, सहित	**पं.ग्रं.**-1/214	बादल/पल्लव
युवाकुल- *'दर्शन-समुत्सुक युवाकुल पतंग ज्यों'*	: आकुल युवा	**नि.र.**-1/324	प्रेयसी
यूथपति- *'यूथपति अन्य जो, यथास्थान, हो निर्निमेष'*	: अलग- अलग सैन्य समूह (यूथ) के सेनानायक	**नि.र.**-1/330	राम की शक्ति-पूजा
◆ *'सुग्रीव, विभीषण, अन्य यूथपति यथासमय'*	: सैन्य टुकड़ियों के नायक	**नि.र.**-1/335	राम की शक्ति-पूजा
यूथिका- *'इस गगन-यूथिका-वन में/तारे जूही से खिलते'*	: जूही का फूल	**प्र.ग्रं.**-2/22	आँसू
◆ *'भ्रमर-भार-कम्पित यह यूथिका झुकेगी जब'*	: जूही	**नि.र.**-1/62	पंचवटी प्रसंग:5
◆ *'भुवन-भुवन की भवन-यूथिका खोल रही, दृग खोल रही'*	: जूही के फूल/पौधा	**नि.र.**-1/192	वसन्त-समीर
यूथी- *'यूथी की मीलित कलियों से अलि दे मेरी कवरी सँवार!'*	: जूही के फूल	**म.सा.**-1/257	जाने किस जीवन की सुधि ले/सांध्य गीत
यूथी का पुंज- *'हो मल्लिका, सरोजिनी, या यूथी का पुंज'*	: जूही के पुष्पों का समूह	**प्र.ग्रं.**-4/282	चतुर्थ अंक/चन्द्रगुप्त

शब्द- काव्य-पंक्ति	: अर्थ	ग्रंथावली/पृ.सं.	स्रोत/संदर्भ
योग- *'वर्त्तमान जीवन के सुख से योग जहाँ होता है'*	: संयोग, मेल	**प्र.ग्रं.**-2/150	कर्म/कामायनी
♦ *'तुम योग और मैं सिद्धि'*	: साधना की प्रक्रिया योग-क्रियाओं से चलाते हैं	**नि.र.**-1/49	तुम और मैं
योग-क्षेम- *'तुमने योग-क्षेम से अधिक संचय वाला'*	: अप्राप्त को प्राप्त करना 'योग' है और प्राप्त की रक्षा करना 'क्षेम' है, प्राप्ति और उसकी रक्षा	**प्र.ग्रं.**-2/206	संघर्ष/कामायनी
योग्य जन जीता है- *'योग्य जन जीता है, पश्चिम की उक्ति नहीं— गीता है, गीता है'*	: 'सर्वाइवल ऑफ द फिटेस्ट' -हर्बर्ट स्पेंसर ने 'प्रिंसिपल्स ऑफ बायलॉजी' में यह लिखा है। वही बचेगा जिसमें बचे रहने की क्षमता होगी।	**नि.र.**-1/153	जागो फिर एक बार
'योग्य बनो'- *'उसके पाने की इच्छा हो तो 'योग्य बनो' कहती-कहती;'*	: उसके लायक होना	**प्र.ग्रं.**-2/107	काम/कामायनी
योजन-गंध-पुष्प-जैसा- *'योजन-गन्ध-पुष्प-जैसा प्यारा यह मुखमंडल'*	: जिस फूल की सुगंध एक योजन तक फैले	**नि.र.**-1/57	पंचवटी प्रसंग:3
योजित- *'करता मैं योजित बार-बार शर-निकर निशित'*	: संधान करना	**नि.र.**-1/334	राम की शक्ति-पूजा
यौवन-उपवन- *'यौवन-उपवन का पति वसन्त'*	: यौवन-रूपी उद्यान	**नि.र.**-1/97	बहू
यौवन-उभार- *'बन्द कंचुकी के सब खोल दिये प्यार से यौवन-उभार ने'*	: फूल का खिल जाना	**नि.र.**-1/144	शेफालिका
♦ *'आया कलियों में मधुर मद-उर यौवन-उभार'*	: यौवनोचित उभार, पुष्ट वक्ष आदि	**नि.र.**-1/148	जागो फिर एक बार
यौवन की मतवाली- *'फटा हुआ था नील वसन क्या ओ यौवन की मतवाली!'*	: यौवन के उन्माद में बहकी हुई	**प्र.ग्रं.**-2/79	आशा/कामायनी
यौवन के घन- *'नत मस्तक गर्व वहन करते यौवन के घन, रस कन ढरते'*	: यौवन-रूपी बादल	**प्र.ग्रं.**-4/186	प्रथम अंक/चन्द्रगुप्त
यौवन-धूम- *'क्या पलकों पर विचरे ही गी/यौवन-धूम?'*	: यौवन के नशे का धुआँ, यौवन की धूम	**नि.र.**-1/202	युक्ति
यौवन-पराग-मधु- *'वे अपना यौवन-पराग-मधु खो जाते हैं'*	: यौवन-रूपी पराग की मिठास	**नि.र.**-1/98	विफल-वासना
यौवन-प्रति- *'डरती हुई चली यौवन-प्रति उर-निकुञ्ज की पुञ्ज-पुञ्ज रति'*	: यौवन की ओर	**नि.र.**-1/237	बैठ देखी वह छबि सब दिन
यौवन भार- *'देख वसुधा का यौवन भार'*	: यौवन को परिलक्षित करनेवाले लक्षण, वसुधा-रूपी नायिका के स्तन-नितम्ब आदि का सुन्दर भारीपन (संभार)	**पं.ग्रं.**-1/196	मौन निमन्त्रण/पल्लव
यौवन-मद- *'किसलयों के अधर यौवन-मद रक्ताभ; मञ्जु उड़ते षट्पद'*	: यौवन का नशा	**नि.र.**-1/307	दान
यौवन मधुवन की कालिंदी- *'यौवन मधुवन की कालिंदी बह रही चूम कर सब दिगन्त'*	: यौवन-रूपी मधुवन की यमुना नदी	**प्र.ग्रं.**-2/173	इड़ा/कामायनी
यौवन-वन- *'मेरे जीवन पर, प्रिय, यौवन-वन के बहार!'*	: 'यौवन-रूपी वन, यौवन की अल्हड़ता	**नि.र.**-1/150	पारस
यौवन-विलासी- *'खेलता था यौवन-विलासी मत्त-पंचनद'*	: युवावस्था के जोश से भरा	**प्र.ग्रं.**-1/334	शेरसिंह का शस्त्र-समर्पण/लहर

शब्द- काव्य-पंक्ति	: अर्थ	ग्रंथावली/पृ.सं.	स्रोत/संदर्भ
यौवन-स्मित- *'उषा ज्योत्स्ना-सा यौवन-स्मित मधुप सदृश निश्चिंत विहार'*	: यौवन की मुस्कुराहट	**प्र.ग्रं.**-2/56	चिंता/कामायनी
रंकिणी- *'रणन-रणन नूपुर, उर लाज,/लौट रङ्किणी'*	: बेचारी, मानो सबकुछ हार चुकी हो	**नि.र.**-1/254	मौन रही हार
रंग- *'खेल रंग, प्यारे संग'*	: प्रेम, केलि	**नि.र.**-1/42	जुही की कली
रँग-दल- *'वह रँग-दल बदल-बदलकर नव-नव परिमल मल-मलकर'*	: पंखुड़ियों के रंग, अलग-अलग रूप	**नि.र.**-1/264	छिपा मन
रंगमय- *'रंगमय है देव दूरी!/छू तुम्हें रह जाएगी यह'*	: रंगों से परिपूर्ण	**म.सा.**-1/271	सो रहा है विश्व, पर... /सांध्य गीत
रंगमहल- *'यह रंगमहल बना सुवर्ण पींजरा'*	: अन्तःपुर, भोग-विलास का स्थान	**प्र.ग्रं.**-1/348	प्रलय की छाया/लहर
रँगरलियाँ- *'मिटनेवालों की हे निष्ठुर!/बेसुध रँगरलियाँ देखो'*	: न्योछावर होते हुए आनन्दपूर्ण शहादत का भाव	**म.सा.**-1/192	मेरे हँसते अधर नहीं जग-/नीरजा
रंग-रली- *'दिव्य तुम्हारी अमर अमिट छवि लगी खेलने रंग-रली'*	: आमोद-प्रमोद	**प्र.ग्रं.**-2/224	निर्वेद/कामायनी
रंगरली- *'बावला— रंगरली का है'*	: प्रेम की आनन्दपूर्ण क्रीड़ा	**प्र.ग्रं.**-4/282	चतुर्थ अंक/चन्द्रगुप्त
रंग-रस-संसृति- *'रंग-रस-संसृति समेटे/रात लौटी, प्रात लौटे'*	: रंग और रस की सृष्टि को (समेटे रहती है रात)	**म.सा.**-1/323	आज तार मिला चुकी हूँ /दीप-शिखा
रँग-रेणु-गंध- *'रँग-रेणु-गन्ध भर व्याकुल-सुख'*	: फूल के रंग, पराग और सुगंध	**नि.र.**-1/294	तुलसीदास
रंगशाला- *'ज्वाल अक्षय कोष सी/अंगार मेरी रंगशाला'*	: नाटक आदि के प्रदर्शन का स्थान	**म.सा.**-1/264	शलभ मैं शापमय वर हूँ! /सांध्य गीत
रंगस्थल- *'तब कूक हूक-सी बन तुम/आ जाती रंगस्थल में'*	: सक्रियता के मंच पर, संसार	**प्र.ग्रं.**-2/39	आँसू
◆ *'यह नीड़ मनोहर कृतियों का यह विश्व कर्म रंगस्थल है'*	: रंगमंच, अनायास या सायास अभिनय और नाट्य करने की जगह	**प्र.ग्रं.**-2/106	काम/कामायनी
रंगिणि- *'प्रथम रश्मि का आना रंगिणि!'*	: रंगीन तितली को संबोधित	**पं.ग्रं.**-1/113	प्रथम रश्मि का.../युगपथ
◆ *'रंगिणि! सब तेरे ही संग'*	: रंगोंवाली (लहरें)	**पं.ग्रं.**-1/190	वीचि विलास/पल्लव
◆ *'फिरती हो रंगिणि, रल मल'*	: रंगों से भरी हुई (निर्झरी), प्रकाश के विभिन्न कोणों से निर्झरी का रंगीन हो जाना	**पं.ग्रं.**-1/212	निर्झरी/पल्लव
◆ *'क्या बाहर से आया, रंगिणि'*	: रंगीन तितली को संबोधित	**पं.ग्रं.**-2/23	तितली/युगपथ
रंगीन ज्वाला- *'चेतना रंगीन ज्वाला परिधि में सानन्द,'*	: प्रेम की रोमानी जलन, वासना की मोहक आग	**प्र.ग्रं.**-2/117	वासना/कामायनी
रंगीन हास- *'बरसा जाती रंगीन हास;'*	: रंग-बिरंगी हँसी की तरह सुनहली किरणें बर्फीली चोटी से बरस रही हैं	**म.सा.**-1/303	हे चिर महान्!/सांध्य गीत
रँगेगा- *'राग रँगेगा दिन को'*	: रंग से रँग देगा	**प्र.ग्रं.**-1/323	अरे आ गई है भूली-सी/लहर
रंगोमय- *'उर जलकणमय,/सुधि रंगोमय'*	: अनेक रंगों से युक्त स्मृतियाँ	**म.सा.**-1/297	आज सुनहली वेला! /सांध्य गीत

शब्द-	काव्य-पंक्ति	: अर्थ	ग्रंथावली/पृ.सं.	स्रोत/संदर्भ
रंजक उपकरण-	*'रजनी के रंजक उपकरण बिखर गये'*	: रंग प्रदान करनेवाले साधन	**प्र.ग्रं.**-1/228	पावस प्रवास/झरना
रंजन-	*'प्रिय, केशर के रञ्जन की'*	: रंग	**नि.र.**-1/190	वासन्ती
रंजित-	*'सुरधनु रंजित नव-जलधर से—'*	: रँगे हुये	**प्र.ग्रं.**-1/312	वे कुछ दिन कितने सुन्दर थे/लहर
◆	*'रञ्जित सहज सरल चितवन में'*	: काजल लगा, रंगीन	**नि.र.**-1/115	यमुना के प्रति
◆	*'उधर क्यों हँसता दिन का बाल अरुणिमा से रंजित कर गाल?'*	: रँगकर	**म.सा.**-1/105	शून्यता में निद्रा की बन/रश्मि
◆	*'रञ्जित कर दे यह शिथिल चरण ले नव अशोक का अरुण राग'*	: रँग देना	**म.सा.**-1/257	जाने किस जीवन की सुधि ले/सांध्य गीत
रंजित किरण से-	*'दूसरा रंजित किरण से श्री-कलित घनश्याम'*	: किरणों से रँगा हुआ	**प्र.ग्रं.**-2/111	वासना/कामायनी
रंजित तारा-	*'तम के सुन्दरतम रहस्य, हे कांति किरण रंजित तारा!'*	: प्रकाश से रँगे हुए सितारे	**प्र.ग्रं.**-2/78	आशा/कामायनी
रंजित दल-	*'बहु-छवि, बहुरँग-रुचि रंजित दल'*	: रंगीन पंखुड़ियाँ	**पं.ग्रं.**-1/352	चार/ज्योत्स्ना
रंज़ोगम-	*'फिर, क्या रंज़ोगम है'*	: क्रोधमिश्रित दु:ख	**नि.र.**-1/151	बदला
रंध्र-	*'रंध्र खोजती थीं, रजनी की नीली किरणें'*	: जगह, छेद (मौका)	**प्र.ग्रं.**-1/339	प्रलय की छाया/लहर
रंध्र-मग-गामी-	*'अये रन्ध्र-मग-गामी! स्वागत'*	: प्रकाश की किरणें, बारीक छिद्रों के रास्ते पर गमन करनेवाला।	**पं.ग्रं.**-1/91	इस अबोध की अन्धकारमय/वीणा
रंध्रों-	*'स्वर का मधु निस्वन रंध्रों में/जैसे कुछ दूर बजे बंसी'*	: छिद्र, कर्ण-छिद्र	**प्र.ग्रं.**-2/101	काम/कामायनी
रक्त, अग्नि की वर्षा में-	*'उस रक्त, अग्नि की वर्षा में बह जायँ सभी जो भाव शुद्ध'*	: युद्धोन्माद, रक्तपात और विध्वंस	**प्र.ग्रं.**-2/177	इड़ा/कामायनी
रक्त-अश्रु-	*'प्रलय-पयोधर बरस रहे हैं— रक्त-अश्रु की धार'*	: खून के आँसू (की तरह बादल बरसकर विध्वंस ला रहे हैं)	**प्र.ग्रं.**-4/54	प्रथम अंक/स्कन्दगुप्त
रक्त किसलय-	*'और उस मुख पर वह मुसक्यान! रक्त किसलय पर ले विश्राम'*	: लाल रंग के कोंपल	**प्र.ग्रं.**-2/85	श्रद्धा/कामायनी
रक्त खौलता-	*'और एक फिर व्याकुल चुम्बन रक्त खौलता जिससे'*	: कामोत्तेजना के कारण रक्तप्रवाह का तेज हो जाना	**प्र.ग्रं.**-2/154	कर्म/कामायनी
रक्त-तृष्ण-	*'शान्त रक्त-तृष्ण समर'*	: खून का प्यासा (युद्ध)	**पं.ग्रं.**-1/329	तीन/ज्योत्स्ना
रक्त दिग्ध धरणी-	*'रक्त दिग्ध धरणी में रूप की विजय में'*	: खून से लथ-पथ धरती	**प्र.ग्रं.**-1/352	प्रलय की छाया/लहर
रक्त पद्म-	*'वह महासद्म लक्ष्मी का शत-मणि-लाल-जटित/ज्यों रक्त पद्म,'*	: लाल कमल	**नि.र.**-1/339	सम्राट् अष्टम एडवर्ड के प्रति
रक्तांबर-	*'हँसता रक्ताम्बर वर पलास'*	: लाल रंग के कपड़े, पलास में लाल फूल निकले हैं	**नि.र.**-1/308	दान
रक्ताभ-	*'किसलयों के अधर यौवन-मद रक्ताभ; मञ्जु उड़ते षट्पद'*	: लाल रंग की आभा	**नि.र.**-1/307	दान
रक्तारुण-	*'ढल गया दिवस पीला-पीला तुम रक्तारुण बन रहे घूम'*	: शिकार के कारण खून से सने हुए	**प्र.ग्रं.**-2/161	ईर्ष्या/कामायनी
रक्तार्णव-	*'पश्चिम के रक्तार्णव में'*	: लाल समुद्र, सूर्यास्त के समय रक्त वर्ण की पश्चिम दिशा	**पं.ग्रं.**-1/107	नीरव व्योम! विश्व, नीरव!/वीणा
रक्तिम-उन्माद-	*'वह रक्तिम-उन्माद नाचता कर निर्मम में'*	: खून बहाने का पागलपन	**प्र.ग्रं.**-2/207	संघर्ष/कामायनी

शब्द- काव्य-पंक्ति	: अर्थ	ग्रंथावली/पृ.सं.	स्रोत/संदर्भ
रक्तिम-मुख- *'रूठ चली जातीं रक्तिम-मुख, न सह जागरण की घातें'*	: जिसका मुख लाल हो गया हो	**प्र.ग्रं.-2**/187	स्वप्न/कामायनी
रक्तिम यौवन- *'दिखलाती रक्तिम यौवन'*	: युवावस्था की लाली (मानो उद्दाम इच्छाओं की अग्निशिखा है)	**प्र.ग्रं.-1**/329	अशोक की चिंता/लहर
रक्तोत्पल- *'प्रात जब ऊषा रो-रो रात देख पड़ती रक्तोत्पल गात'*	: लाल कमल	**नि.र.-1**/231	चाहते हो किसको सुन्दर
◆ *'गंगा के चल जल में निर्मल, कुम्हला किरणों का रक्तोत्पल'*	: रक्त की तरह लाल कमल, किरणों से बना रक्त-कमल	**पं.ग्रं.-1**/267	एक तारा/गुंजन
रक्तोन्मद- *'रक्तोन्मद मनु का न हाथ अब भी रुकता था'*	: रक्तपात करने के लिए उन्मत्त (मनु)	**प्र.ग्रं.-2**/208	संघर्ष/कामायनी
रक्ष- *'नहीं त्रास, अत: मित्र,/नहीं 'रक्ष, रक्ष'*	: बचाना	**नि.र.-1**/314	मित्र के प्रति
रचना-मूलक- *'रचना-मूलक सृष्टि-यज्ञ यह यज्ञ-पुरुष का जो है'*	: निर्माण की प्रवृत्तिवाला	**प्र.ग्रं.-2**/151	कर्म/कामायनी
रचनामृत- *'पी प्रचुर रचनामृत शुचि सोम, सुरति की मूर्ति, प्राण मख होम'*	: रचना-रूपी अमृत	**नि.र.-1**/269	तपा जब यौवन का दिनकर
रचित परमाणु- *'रचित परमाणु पराग शरीर खड़ा हो ले मधु का आधार'*	: फूलों के सूक्ष्म परागकण से निर्मित	**प्र.ग्रं.-2**/85	श्रद्धा/कामायनी
रज- *'क्यों रज, विरज के लिए ही इतना सहते हो?'*	: धूल, कण	**नि.र.-1**/114	कण
◆ *'रूप, रंग, रज, सुरभि, मधुर मधु'*	: पराग-कण	**पं.ग्रं.-1**/197	वसन्त श्री/पल्लव
◆ *'यह क्षण क्या? द्रुत मेरा स्पंदन यह रज क्या? नव मेरा मृदु तन'*	: धूलकण, लघुतम इकाई	**म.सा.-1**/214	आँसू का मोल न लूँगी मैं!/नीरजा
◆ *'वर्ती ने यह स्नेह, स्नेह ने/रज का अंचल पहचाना है'*	: मिट्टी (जिससे दीपक बना है)	**म.सा.-1**/333	जब यह दीप थके तब आना/दीप-शिखा
◆ *'रज में शूलों का मृदु चुंबन,/नभ में मेघों का आमंत्रण'*	: मिट्टी, धूल, धरती, वास्तविक जीवन	**म.सा.-1**/375	मैं पलकों में पाल रही हूँ/दीप-शिखा
रजकण- *'दोनों मिल कर देते रजकण चिर करुण-मधुर सुंदर सुंदर'*	: धूलकण, लघुतम इकाई (करुणा और मधुरता की)	**म.सा.-1**/228	जग करुण करुण, मैं मधुर मधुर!/नीरजा
रज का मंजु मुकुर- *'रहने दो रज का मंजु मुकुर इस बिन शृंगार-सदन सूना'*	: सुंदर आईना धूल से भर गया है	**म.सा.-1**/208	तेरी सुधि बिन क्षण क्षण सूना/नीरजा
रज कुंकुम- *'प्राची रज कुंकुम ले चाहे अपना भाल सजावेगी'*	: धूल-रूपी रोली	**प्र.ग्रं.-1**/291	निज अलकों के.../लहर
रज के रंगों में- *'रज के रंगों में अपना तू झीना सुरभि-दुकूल रँगा ले'*	: पुष्प के परागकणों के रंगों में	**म.सा.-1**/345	गोधूलि अब दीप जगा ले!/दीप-शिखा
रजत- *'श्रद्धे! वह उज्ज्वल कैसा है जैसे पुंजीभूत रजत है'*	: चाँदी (उज्ज्वल प्रकाश)	**प्र.ग्रं.-2**/260	रहस्य/कामायनी
रजतओस- *'वेदना-गगन से रजतओस चू चू भरती मन-कंज-कोष'*	: चाँदी की तरह चमकते ओसकण	**म.सा.-1**/104	किस सुधि-वसंत का सुमन-तीर/रश्मि
रजत करों- *'रजत करों में फिर अभिराम'*	: चाँदी की किरणों की तरह है चाँदनी	**पं.ग्रं.-1**/214	बादल/पल्लव
◆ *'रजत करों की मृदुल तूलिका से ले तुहिनबिंदु सुकुमार'*	: चाँदी की तरह चमकती चाँद की किरणें (मानो ब्रश/कूची की तरह हैं)	**म.सा.-1**/30	रजत करों की मृदुल तूलिका/नीहार

शब्द-	काव्य-पंक्ति	: अर्थ	ग्रंथावली/पृ.सं.	स्रोत/संदर्भ
रजत किरण-	*'रजत किरण, रजत वरण'*	: चाँदी की तरह उज्ज्वल किरणें	**पं.ग्रं.**-1/299	दो/ज्योत्स्ना
रजत कुसुम-	*'रजत कुसुम के नव पराग-सी उड़ा न दे तू इतनी धूल;'*	: चाँदी से बना फूल अर्थात् चन्द्रमा	**प्र.ग्रं.**-2/79	आशा/कामायनी
रजत गौर-	*'वह रजत गौर, उज्ज्वल जीवन, आलोक पुरुष! मंगल चेतन!'*	: चाँदी या चाँदनी के समान श्वेतवर्ण (का दिव्य पुरुष)	**प्र.ग्रं.**-2/246	दर्शन/कामायनी
रजत चित्र-सी-	*'समय-विहग के कृष्णपक्ष में रजत चित्र-सी अंकित कौन'*	: सफेद चाँदी से बने चित्र के समान	**प्र.ग्रं.**-4/238	द्वितीय अंक/चन्द्रगुप्त
रजत तार से-	*'रजत तार से हे शुचि रुचिमय'*	: चाँदी के पतले तार की तरह, उज्ज्वल किरणों की तरह	**पं.ग्रं.**-1/91	इस अबोध की अन्धकारमय/वीणा
रजतधार-	*'नभगंगा की रजतधार में धो आयी क्या इन्हें रात?'*	: आकाशगंगा की उज्ज्वल धारा में	**म.सा.**-1/178	रूपसि तेरा घन-केश -पाश!/नीरजा
रजत-नग-	*'नारी! तुम केवल श्रद्धा हो विश्वास-रजत-नग पगतल में'*	: चाँदी का पहाड़, कैलाश पर्वत जो बर्फ (और चाँदनी) से ढँककर चाँदी का पहाड़ लगता है।	**प्र.ग्रं.**-2/130	लज्जा/कामायनी
◆	*'वह चन्द्र किरीट रजत नग स्पन्दित-सा पुरुष पुरातन'*	: चाँदी के समान शुभ्र कैलाश पर्वत	**प्र.ग्रं.**-2/280	आनन्द/कामायनी
रजतपारावार-	*'ज्योत्स्ना के रजतपारावार में'*	: चाँदी के समुद्र की तरह फैली है चाँदनी	**म.सा.**-1/113	कुमुद-दल से वेदना के दाग को/रश्मि
रजत पुलिन-	*'निश्चल जल के शुचि दर्पण पर बिम्बित हो रजत पुलिन निर्भर'*	: गंगा की रेती से बना तट मानो चाँदी-निर्मित लग रहा है	**पं.ग्रं.**-1/275	नौका-विहार/गुंजन
रजतप्याले-	*'रजतप्याले में निद्रा ढाल बाँट देती जो रजनी बाल'*	: चाँदी के प्याले की तरह चंद्रमा	**म.सा.**-1/105	शून्यता में निद्रा की बन/रश्मि
रजत मराल-	*'शत-शत रजत मराल'*	: चाँदी की तरह सफेद हंस (बादल के सफेद टुकड़े)	**पं.ग्रं.**-1/271	अप्सरा/गुंजन
रजत मरीचिका-	*'खेलती थी एक रजत मरीचिका'*	: उज्ज्वल भ्रम, प्रेम का भ्रम	**पं.ग्रं.**-1/133	ग्रन्थि
रजत-रति-	*'रजत-रति स्वर्ण-विहार'*	: चाँदनी मानो रतिभाव की तरह फैली है	**पं.ग्रं.**-1/259	रूप-तारा तुम पूर्ण प्रकाम/गुंजन
रजत-रश्मियाँ-	*'मृदु रजत-रश्मियाँ देखूँ/उलझी निद्रा-पंखों में'*	: चाँदी की तरह चमकीली चाँद की किरणें	**म.सा.**-1/134	कह दे माँ क्या अब देखूँ!/रश्मि
रजत-रश्मियों-	*'रजत-रश्मियों के तारों पर बेसुध सी गाती थी रात'*	: चाँदी की तरह चाँद की किरणें	**म.सा.**-1/41	बहती जिस नक्षत्र लोक में/नीहार
रजतरश्मियों-	*'रजतरश्मियों की छाया में धूमिल घन सा वह आता'*	: चाँदी के रंग की किरणें, चाँदनी	**म.सा.**-1/108	रजतरश्मियों की छाया में.../रश्मि
रजत वरण-	*'रजत किरण, रजत वरण'*	: (मानो किरणों ने) चाँदी की आभा को अंगीकार कर लिया हो	**पं.ग्रं.**-1/299	दो/ज्योत्स्ना
रजत-शंख-	*'ध्वनित सिंधु में है रजत-शंख का स्वन!'*	: चाँदी की तरह के शंख	**म.सा.**-1/321	हुए शूल अक्षत मुझे धूलि चंदन/दीप-शिखा
रजत शंख-घड़ियाल-	*'रजत शंख-घड़ियाल स्वर्ण वंशी-वीणा-स्वर'*	: चाँदी की तरह के शंख और घड़ियाल (पूजा का घंटा)	**म.सा.**-1/335	यह मंदिर का दीप... /दीप-शिखा

शब्द-	काव्य-पंक्ति	: अर्थ	ग्रंथावली/पृ.सं.	स्रोत/संदर्भ
रजत सीप-	*'मुक्तालोकित ज्यों रजत सीप'*	: चाँदी की तरह उज्ज्वल सीपी	**पं.ग्रं.**-1/268	एक तारा/गुंजन
रजत-स्वप्नों-	*'रजत-स्वप्नों में उदित अपलक विरल तारावली'*	: चाँदनी मानो सपनों की तरह फैली है	**म.सा.**-1/200	मैं बनी मधुमास आली/नीरजा
रजत-हिलोरें-	*'स्वर्ण-सूत्र में रजत-हिलोरें'*	: चाँदी-सी लहरों को (अप्सरा की कंचुकी में पिरोना है)	**पं.ग्रं.**-1/272	अप्सरा/गुंजन
रजत् तारों-	*'रजत् तारों से घटा बुन'*	: चाँदी के धागों की तरह हैं चाँद की किरणें	**म.सा.**-1/293	जाग जाग सुकेशिनी री!/सांध्य गीत
रज-धूसर-	*'लुटरी खुली अलक, रज-धूसर बाँहें आकर लिपट गयीं'*	: धूल से धूसरित	**प्र.ग्रं.**-2/188	स्वप्न/कामायनी
रजनी-	*'भय-संकुल रजनी बीत गयी'*	: रात	**प्र.ग्रं.**-1/296	जगती की मंगलमयी उषा बन/लहर
◆	*'एक लघु ज्वालामुखी अचेत/माधवी रजनी में अश्रांत'*	: रात	**प्र.ग्रं.**-2/84	श्रद्धा/कामायनी
◆	*'रजनी ओढ़े जाती थी/झिलमिल तारों की जाली'*	: रात-रूपी स्त्री	**म.सा.**-1/37	रजनी ओढ़े जाती थी/नीहार
रजनीकर-	*'इन आहों पर तैरा कर/रजनीकर पार उतारे'*	: चन्द्रमा	**म.सा.**-1/55	कितनी रातों की मैंने/नीहार
रजनी की अलकें-	*'नीरव नभ के नयनों पर हिलती हैं रजनी की अलकें'*	: रात का अँधेरा	**म.सा.**-1/32	बनबाला के गीतों सा/नीहार
रजनी की भींगी पलकों से-	*'रजनी की भींगी पलकों से तुहिन बिंदु कण-कण बरसे'*	: ओस-कण से रात का वातावरण आँसुओं में डूबा-सा मालूम पड़ रहा था।	**प्र.ग्रं.**-2/188	स्वप्न/कामायनी
रजनी की लाज-	*'रजनी की लाज समेटो तो'*	: रात्रि-रूपी स्त्री लज्जा के प्रतीकों को (सुबह में समेट रही है)	**प्र.ग्रं.**-1/309	अब जागो जीवन के प्रभात/लहर
रजनीचर-	*'देखते राम, जल रहे शलभ ज्यों रजनीचर'*	: रात में चलनेवाले (राक्षस)	**नि.र.**-1/331	राम की शक्ति-पूजा
रजनी-तम-पुंजीभूत-सदृश-	*'रजनी-तम-पुंजीभूत-सदृश मनु श्वास ले रहे थे अशांत'*	: रात का अँधेरा मानो जमकर घना हो गया था	**प्र.ग्रं.**-2/178	इड़ा/कामायनी
रजनी-दिन-परिणय-	*'रजनी-दिन-परिणय से खिलते आँसू मिस हिम के कण ढुलते'*	: रात और दिन का मिलन मानो वैवाहिक वातावरण में संपन्न होता है।	**म.सा.**-1/249	प्रिय! सांध्य गगन, मेरा जीवन!/सांध्य गीत
रजनी बाल-	*'रजतप्याले में निद्रा ढाल बाँट देती जो रजनी बाल'*	: रात-रूपी स्त्री	**म.सा.**-1/105	शून्यता में निद्रा की बन/रश्मि
रजनी रानी-	*'रजनी रानी की बिखरी है म्लान कुसुम की माला'*	: रात मानो रानी है	**प्र.ग्रं.**-1/328	अंतरिक्ष में अभी सो रही/लहर
रजभरे जग-बाल-	*'रजभरे जग-बाल से है; अंक विद्युत् का मलिन सा;'*	: शाम में संसार-रूपी बालक धूल से भरा हुआ है	**म.सा.**-1/301	क्यों मुझे प्रिय हो न बंधन!/सांध्य गीत
रज-रंजित-	*'रज-रंजित कर तन'*	: पराग से भर देना	**पं.ग्रं.**-1/266	नीरव तार हृदय में/गुंजन
रज से रंजित-	*'सुख-स्पर्श कमल-केसर का कर आया रज से रंजित'*	: पराग-कण के रंग में रँगा हुआ	**प्र.ग्रं.**-2/277	आनन्द/कामायनी
रटन-	*'मधु-भिक्षा की रटन अधर में'*	: पुकार	**प्र.ग्रं.**-1/301	उस दिन जब जीवन के पथ में/लहर

शब्द- काव्य-पंक्ति	: अर्थ	ग्रंथावली/पृ.सं.	स्रोत/संदर्भ
रण-तरी- *'यह तेरी रण-तरी/भरी आकांक्षाओं से'*	: युद्धपोत, युद्ध की नौका	**नि.र.**-1/135	बादल-राग
रण-तांडव-उन्माद- *'तुम रण-ताण्डव-उन्माद नृत्य'*	: युद्ध की भीषण आवाज जो अतिशय उत्साह से भरी हो। रण (युद्ध), ताण्डव (रौद्र-रूप में नृत्य)	**नि.र.**-1/50	तुम और मैं
रणन- *'नूपुर-चरण-रणन जीवन नित वङ्किम चितवन चित-चारु मरण'*	: नूपुर की आवाज	**नि.र.**-1/240	आओ मधुर-सरण मानसि, मन
रणन-रणन- *'रणन-रणन नूपुर, उर लाज,/लौट रङ्किणी'*	: नूपुर की आवाज	**नि.र.**-1/254	मौन रही हार
रण भूषण- *'हा----मेरे रण भूषण!!!'*	: युद्ध में महत्त्वपूर्ण (अमूल्य)	**पं.ग्रं.**-1/115	गहन का कानन!/वीणा
रण मण- *'रण मण रोड़ों पर सायास'*	: पत्थर के छोटे टुकड़ों से टकराते हुए झरने की जलधारा के गिरने की ध्वनि।	**पं.ग्रं.**-1/212	निर्झरी/पल्लव
रणमय- *'अमरण-रणमय मृदु-पद रज?/विद्युद्-घन-चुम्बन?'*	: संघर्षमय, संघर्ष से भरा हुआ	**नि.र.**-1/154	परलोक
रण-रंग राग- *'दक्षिण गणेश, कार्तिक बाँये रण-रंग राग'*	: युद्ध के रंग से रँगे, युद्धोन्मुख	**नि.र.**-1/338	राम की शक्ति-पूजा
रण रंगिनी- *'अरी रण रंगिनी!'*	: युद्ध को रंग से रँग देनेवाली तलवार	**प्र.ग्रं.**-1/333	शेरसिंह का शस्त्र-समर्पण/लहर
रणांगण- *'देख चिर संगिनी रणांगण में, रंग में,'*	: युद्ध-भूमि	**प्र.ग्रं.**-1/344	प्रलय की छाया/लहर
रणित नूपुर- *'कंकण क्वणित, रणित नूपुर थे, हिलते थे छाती पर हार'*	: नूपुर की ध्वनि	**प्र.ग्रं.**-2/57	चिंता/कामायनी
रतनाकर- *'रतनाकर बनी चमकती/मेरे शशि की परछाईं'*	: समुद्र	**प्र.ग्रं.**-2/17	आँसू
रति- *'जो आकर्षण बन हँसती थी रति थी अनादि वासना वही'*	: कामदेव की पत्नी, स्त्री के मोहक आकर्षण की देवी	**प्र.ग्रं.**-2/104	काम/कामायनी
◆ *'देख रति ने मोतियों की लूट यह'*	: प्रेम-भाव की देवी, लज्जा की प्रतिकृति	**पं.ग्रं.**-1/126	ग्रन्थि
◆ *'मेरे रति, कृति, व्रत, आचार'*	: प्रेम की भावना	**पं.ग्रं.**-1/189	विनय/पल्लव
रति-काम- *'रति-काम बने उस रचना में जो रही नित्य यौवन वय में'*	: रति और कामदेव, कामदेव तृष्णा को जगाता है और रति भोग-विलास से उसकी पूर्ति करती है।	**प्र.ग्रं.**-2/105	काम/कामायनी
रति की छवि- *'बनी रति की छवि भोली'*	: मानो वह कामदेव की पत्नी रति की तरह आकर्षक लग रही थी।	**नि.र.**-1/226	नयनों के डोरे लाल गुलाल-भरे
रति की प्रतिकृति- *'मैं रति की प्रतिकृति लज्जा हूँ मैं शालीनता सिखाती हूँ'*	: रति की प्रतिमूर्ति	**प्र.ग्रं.**-2/128	लज्जा/कामायनी
रति-रहित- *'रति-रहित कहाँ सुख? केवल क्षति— केवल क्षति;'*	: प्रेम या लगाव से रहित	**नि.र.**-1/294	तुलसीदास
रति-रानी- *'मैं देव-सृष्टि की रति-रानी निज पंचबाण से वंचित हो'*	: कामदेव की पत्नी रति	**प्र.ग्रं.**-2/127	लज्जा/कामायनी
रति-रूप- *'रति-रूप प्राप्त कर रहा वही आकाश बदलकर बना मही'*	: सरोज मानो रति की तरह सुंदर थी	**नि.र.**-1/323	सरोज-स्मृति
रति-विरति-व्यतिक्रम- *'हों कर्म निरतजन, राग विरत रति-विरति-व्यतिक्रम भ्रम-ममता'*	: रति और विरति का उल्टा क्रम, काम और निष्काम का क्रम बदल जाए।	**पं.ग्रं.**-2/25	बापू के प्रति/युगपथ
रति श्रांता- *'रति श्रान्ता व्रज वनिता-सी'*	: रति-कर्म के कारण थकी हुई (गोपी की तरह)	**पं.ग्रं.**-1/203	छाया/पल्लव

शब्द- काव्य-पंक्ति	: अर्थ	ग्रंथावली/पृ.सं.	स्रोत/संदर्भ
रत्न-अचल- *'रजत, स्वर्ण रत्न-अचल'*	: रत्न (कीमती पत्थरों) के पहाड़	**पं.ग्रं.-1**/315	तीन/ज्योत्स्ना
रत्नचेतन- *'युवकों में प्रमुख रत्न-चेतन समधीत-शास्त्र-काव्यालोचन'*	: रत्न के समान अपनी चेतना से शोभित	**नि.र.-1**/284	तुलसीदास
रत्न-छाय- *'शत रत्न-छाय रंगों में खिल'*	: रत्नों की तरह छायी हुई (लगती हैं तितलियाँ)	**पं.ग्रं.-2**/23	तितली/युगपथ
रत्नधर- *'पहुँचे रत्नधर रमा के पुर'*	: रत्न अर्थात् रत्नावली को धारण करनेवाले तुलसीदास	**नि.र.-1**/300	तुलसीदास
रत्नमयी प्याली- *'भर ली पहाड़ियों ने अपनी'*	: (पहाड़ी झील मानो) रत्न से बनी हुयी प्याली है	**प्र.ग्रं.-4**/346	द्वितीय अंक/ध्रुवस्वामिनी
रत्न राजि- *'रत्न राजि, सींची जाती सुमन-मरन्द से'*	: अमूल्य रत्नों का ढेर	**प्र.ग्रं.-1**/351	प्रलय की छाया/लहर
रत्न शील- *'मिला था स्वर्ण-भूमि को रत्न शील की सिंहल को थी सृष्टि'*	: बौद्ध धर्म से जुड़े हैं— रत्न और शील	**प्र.ग्रं.-4**/139	पंचम अंक/स्कन्दगुप्त
रत्न सौध- *'रत्न सौध के वातायन, जिनमें आता मधु-मदिर समीर;'*	: रत्नों से सुसज्जित महल	**प्र.ग्रं.-2**/58	चिंता/कामायनी
रत्नहार-लोकोत्तर- *'यह नहीं हार मेरी भास्वार वह रत्नहार-लोकोत्तर वर'*	: अलौकिक रत्नों की माला निराला को अपने साहित्य-कर्म पर भरोसा है।	**नि.र.-1**/316	सरोज-स्मृति
रत्नाकर- *'शांत रत्नाकर का नाविक'*	: समुद्र	**प्र.ग्रं.-1**/268	कुछ नहीं/झरना
◆ *'इस छोटी-सी सीपी में/रत्नाकर खेल रहा हो'*	: समुद्र	**प्र.ग्रं.-2**/37	आँसू
◆ *'दे रही अभी दिखाई भग्न-मग्न रत्नाकर में वह राह'*	: समुद्र, हिन्द महासागर	**प्र.ग्रं.-4**/139	पंचम अंक/स्कन्दगुप्त
रत्नाकर हृदय- *'निठुर इन्हीं चरणों में मैं रत्नाकर हृदय उलीच रहा'*	: हृदय-रूपी समुद्र(रत्नों की खान)	**प्र.ग्रं.-1**/235	बालू की वेला/झरना
रत्नावली-सूत्रधर- *'वह रत्नावली-सूत्रधर पर आशय से'*	: रत्नावली मानो इस जगत् की सूत्रधार है	**नि.र.-1**/293	तुलसीदास
रत्नावली-हार- *'त्यों रत्नावली-हार में बँध मन चमका'*	: रत्नावली के मोह बंधन में	**नि.र.-1**/295	तुलसीदास
रथ-नाभि- *'भाव-चक्र यह चला रही है इच्छा की रथ-नाभि घूमती'*	: (इच्छा-रूपी) रथ की धुरी (केन्द्रीय स्थान)	**प्र.ग्रं.-2**/256	रहस्य/कामायनी
रन-झन- *'बाजे नूपुर रुन-रिन रन-झन/लाज-विवश-सिहरी'*	: नूपुर की आवाज	**नि.र.-1**/198	गीत 'ख'
रमणीय- *'थी अनन्त की गोद सदृश जो विस्तृत गुहा वहाँ रमणीय;'*	: मन को भानेवाला	**प्र.ग्रं.-2**/73	आशा/कामायनी
रमणीय रूप बन- *'आँखों के साँचे में आकर रमणीय रूप बन ढलता-सा'*	: सुन्दर रूप धारण करके	**प्र.ग्रं.-2**/126	लज्जा/कामायनी
रम रहे- *'रोम रोम में रम रहे कैसे तुम राम हो'*	: तल्लीन हो रहे	**प्र.ग्रं.-1**/261	तुम/झरना
रमा- *'दारिद्र्य दलित बिलखाती हो यह शस्य श्यामला प्रकृति रमा'*	: लक्ष्मी	**प्र.ग्रं.-2**/176	इड़ा/कामायनी
रमा के पुर- *'पहुँचे रत्नधर रमा के पुर'*	: रमा अर्थात् अपनी पत्नी (लक्ष्मी-रूपा) के गाँव	**नि.र.-1**/300	तुलसीदास
रम्यता- *'या वसन्त-विभावरी की रम्यता?'*	: सुंदरता, रमणीयता	**नि.र.-1**/42	माया
रम्य प्रासाद- *'ऊँचे स्तम्भों पर वलभी-युत बने रम्य प्रासाद वहाँ'*	: सुन्दर महल	**प्र.ग्रं.-2**/190	स्वप्न/कामायनी

शब्द- काव्य-पंक्ति	: अर्थ	ग्रंथावली/पृ.सं.	स्रोत/संदर्भ
रम्य फलक- *'उस रम्य फलक पर नवल चित्र-सी प्रकट हुई सुन्दर बाला'*	: सुन्दर परिदृश्य	**प्र.ग्रं.-2**/178	इड़ा/कामायनी
रम्य सौन्दर्य-शैल से- *'बही, रम्य सौन्दर्य-शैल से जिसमें जीवन घुल जाए'*	: रमणीयता और सुंदरता के पर्वत की तरह (श्रद्धा)	**प्र.ग्रं.-2**/225	निर्वेद/कामायनी
रम्योद्यान- *'रम्योद्यान से भी मुझे/बढ़कर प्रतीत होती'*	: सुंदर (रम्य) बाग (उद्यान)	**नि.र.-1**/52	पंचवटी प्रसंग:1
रल मल- *'फिरती हो रंगिणि, रल मल'*	: चमकदार चीज का लड़ी की तरह घूमना, रंगों का आरोह-अवरोह।	**पं.ग्रं.-1**/212	निर्झरी/पल्लव
रलमल- *'चाँदी के साँपों-सी रलमल नाचतीं रश्मियाँ जल में चल'*	: चमचम चमकना	**पं.ग्रं.-1**/275	नौका-विहार/गुंजन
रव-घोर-कठोर- *'आनन-आनन में, रव-घोर-कठोर—'*	: गंभीर (घोर) और कठोर आवाज	**नि.र.-1**/128	बादल राग
रव शेष- *'रव शेष रह गये हैं निर्झर'*	: जिसकी आवाज समाप्त हो गयी हो, झरने की आवाज बारिश के शोर में सुनायी नहीं दे रही है।	**पं.ग्रं.-1**/180	उच्छ्वास/पल्लव
रवि- *'रवि हुआ अस्त : ज्योति के पत्र पर लिखा अमर'*	: सूर्य	**नि.र.-1**/329	राम की शक्ति-पूजा
रवि कर- *'पहला संचित अग्नि जल रहा पास मलिन द्युति रवि-कर से;'*	: धूप	**प्र.ग्रं.-2**/73	आशा/कामायनी
◆ *'रवि कर हिम खण्डों पर पड़कर हिमकर कितने नये बनाता'*	: सूरज की किरण(-रूपी हाथ)	**प्र.ग्रं.-2**/251	रहस्य/कामायनी
रविकर- *'ज्यों रविकर से श्यामल जलधर'*	: सूर्य की किरणें	**नि.र.-1**/295	तुलसीदास
रवि-कर- *'रवि-कर ज्यों विन्दु-विन्दु जीवन'*	: सूरज की किरण	**नि.र.-1**/305	तुलसीदास
रवि-कर-तार- *'ग्रीष्म का ले मृदु रवि-कर-तार'*	: सूरज की किरणों के तार, किरण-रूपी तार	**नि.र.-1**/105	खोज और उपहार
रविकरों- *'रविकरों में जल हुए फिर/जलद में साकार सीकर'*	: सूरज की किरणें, धूप	**म.सा.-1**/254	अश्रु मेरे माँगने जब /सांध्य गीत
रवि का पथ- *'गुलालों से रवि का पथ लीप जला पश्चिम में पहला दीप'*	: सूरज की किरणें लालिमा फैलाती हुई अपने मार्ग पर बढ़ती हैं	**म.सा.-1**/106	शून्यता में निद्रा की बन /रश्मि
रविकुल-जीवन-चुंबनकर- *'रविकुल-जीवन-चुम्बनकर मानस-धन जो'*	: सूर्य की किरणों के संस्पर्श से जीवन रक्षित है।	**नि.र.-1**/289	तुलसीदास
रवि-कुल-मणि- *'हृदयाधिकारी रवि-कुल-मणि रघुनाथ के'*	: सूर्यवंश के गौरव	**नि.र.-1**/156	महाराज शिवाजी का पत्र
रवि-छवि- *'रवि-छवि से स्मित लघु पर'*	: सूर्य का सौन्दर्य	**पं.ग्रं.-1**/347	चार/ज्योत्स्ना
रवितनया- *'पंचसिन्धु ब्रह्मपुत्र रवितनया गंगा'*	: सूर्य की पुत्री यमुना	**नि.र.-1**/39	जन्मभूमि
रवि-पात्र- *'पी उजाला तिमिर पल में फेंकता रवि-पात्र जल में'*	: सूर्य मानो एक सुंदर बर्तन की तरह है	**म.सा.-1**/232	अलि वरदान मेरे नयन! /नीरजा
रवि-रेखा- *'प्राची-दिगन्त-उर में पुष्कल रवि-रेखा'*	: सूरज की किरणें	**नि.र.-1**/307	तुलसीदास
रवि-शशि-तारे-विश्व-विराट- *'दीप रहे जिनके मस्तक पर रवि-शशि-तारे-विश्व-विराट?'*	: सूर्य, चंद्रमा और तारों से युक्त आकाश और धरती	**नि.र.-1**/116	यमुना के प्रति
रवि शशि म्लान- *'निश्चल जलनिधि, रवि शशि म्लान'*	: (सृष्टि के प्रारंभ में मानो) सूरज और चंद्रमा निस्तेज थे।	**पं.ग्रं.-1**/192	अनंग/पल्लव

शब्द– काव्य-पंक्ति	: अर्थ	ग्रंथावली/पृ.सं.	स्रोत/संदर्भ
रशना– *'देखा, शारदा नील-वसना/हैं सम्मुख स्वयं सृष्टि-रशना'*	: जिह्वा	**नि.र.–1**/303	तुलसीदास
◆ *'गुथ दे रशना में अलि-गुञ्जन से पूरित झरते वकुल-फूल'*	: करधनी, कमर का आभूषण	**म.सा.–1**/257	जाने किस जीवन की सुधि ले/सांध्य गीत
रश्मि– *'काव्य-संग्रह का नाम'*	: किरण	**म.सा.–1**	
रश्मि-अप्सरियाँ– *'तारकित नभ-सेज से वे रश्मि-अप्सरियाँ जगातीं'*	: किरणों की अप्सराएँ	**म.सा.–1**/284	ओ अरुण वसना! /सांध्य गीत
रश्मि-चमत्कृत– *'रश्मि-चमत्कृत स्वर्णालंकृत नवल प्रभात'*	: किरणों से चमकता हुआ	**नि.र.–1**/188	विस्मृत भोर
रश्मि-तार– *'माँग में सजा पराग/रश्मि-तार बाँध मृदुल'*	: चाँद की किरणें मानो तार की तरह हैं	**म.सा.–1**/211	ओ विभावरी/नीरजा
रश्मि मंडित– *'हिम खंड रश्मि मंडित हो मणि-द्वीप प्रकाश दिखाता'*	: किरणों से सुशोभित	**प्र.ग्रं.–2**/279	आनन्द/कामायनी
रश्मि-यान– *'बन मलय-पवन चढ़ रश्मि-यान मैं आती ले मधु का सँदेश'*	: किरण-रूपी यान (जहाज)	**म.सा.–1**/228	जग करुण करुण, मैं मधुर मधुर!/नीरजा
रश्मि-रोमों– *'रश्मि-रोमों में हुआ निस्पंद तम भी सिहर पुलकित'*	: किरण के रोम-रोम में	**म.सा.–1**/254	अश्रु मेरे माँगने जब /सांध्य गीत
रश्मि-वलय– *'शीश-फूल कर शशि का नूतन रश्मि-वलय सित घन-अवगुण्ठन'*	: किरणों का छल्ला (रिंग) मानो कानों में पहन रखा है।	**म.सा.–1**/168	धीरे-धीरे उतर क्षितिज से/नीरजा
रश्मि-संसृति– *'तिमिर में बन रश्मि-संसृति रूपमय रंगमय निराकृति'*	: चाँदनी से बुनी हुई सृष्टि	**म.सा.–1**/272	री कुञ्ज की शेफालिके! /सांध्य गीत
रस कन– *'नत मस्तक गर्व वहन करते यौवन के घन, रस कन ढरते'*	: श्रृंगार रस के जलकण	**प्र.ग्रं.–4**/186	प्रथम अंक/चन्द्रगुप्त
रस गागरी– *'मधु मुकुल नवल रस गागरी'*	: (कलियाँ मानो) रस की गगरी हैं	**प्र.ग्रं.–1**/303	बीती विभावरी जाग री/लहर
रस-ग्राहिका– *'रसना रस-नाम-रहित/किन्तु रस-ग्राहिका'*	: रस को ग्रहण करने वाली	**नि.र.–1**/174	रेखा 'क'
रसघन– *'नयनों की नीलम की घाटी जिस रसघन से छा जाती हो'*	: श्रृंगार रस से भरे बादल, आँखों में अनुराग झलकना	**प्र.ग्रं.–2**/126	लज्जा/कामायनी
रस जलकन– *'रस जलकन मालती-मुकुल से—''*	: पराग से मिले ओसकण, पुष्परस	**प्र.ग्रं.–1**/312	वे कुछ दिन कितने सुन्दर थे/लहर
रसना– *'उनकी आमिष लोलुप रसना आँखों से कुछ कहती'*	: जीभ	**प्र.ग्रं.–2**/135	कर्म/कामायनी
◆ *'अपनी मीठी रसना से वह बोलेगा ऐसे मधुर बोल'*	: जीभ	**प्र.ग्रं.–2**/167	ईर्ष्या/कामायनी
◆ *'तारों से अलक गुँथी थी पहने कदंब की रसना'*	: करधनी, कमरधनी	**प्र.ग्रं.–2**/272	आनन्द/कामायनी
◆ *'रसना रस-नाम-रहित/किन्तु रस-ग्राहिका'*	: जीभ	**नि.र.–1**/173	रेखा 'क'
◆ *'रसना न भोग की'*	: जीभ	**नि.र.–1**/185	जागरण
रस-नाम-रहित– *'रसना रस-नाम-रहित/किन्तु रस-ग्राहिका'*	: रस के नाम से रहित, जिस रस का कोई नाम न हो	**नि.र.–1**/173	रेखा 'क'
रस-निधि– *'रस-निधि में जीवन रहा, मिटी न फिर भी प्यास'*	: रस का समुद्र, प्रेमी	**प्र.ग्रं.–4**/129	पंचम अंक/स्कन्दगुप्त
रस-निर्झर– *'मधुर स्नेह के मेह प्रखरतर बरस गये रस-निर्झर झरझर'*	: रस के झरने की तरह	**नि.र.–1**/220	स्पर्श से लाज लगी
रस-पार– *'अमिट छवि की परिधि तेरी अचल रस-पार है मेरा!'*	: रस की अंतिम सीमा या दूसरा छोर	**म.सा.–1**/331	विहंगम-मधुर स्वर तेरे/दीप-शिखा

शब्द- काव्य-पंक्ति	: अर्थ	ग्रंथावली/पृ.सं.	स्रोत/संदर्भ
रस-बस- *'रह-रह आती हैं रस-बस में'*	: जिसमें रस बसा हुआ हो	**नि.र.-1**/150	पारस
रस भार प्रफुल्ल सुमन- *'रस भार प्रफुल्ल सुमन सब धीरे-धीरे से बरसे'*	: पराग के रस से युक्त विकसित फूल	**प्र.ग्रं.-2**/279	आनन्द/कामायनी
रस-रंग- *'देखा तो सुन्दर प्राची में अरुणोदय का रस-रंग हुआ'*	: सूर्योदय के प्रकाश में रंग और रस के सम्मिलन का एहसास हुआ।	**प्र.ग्रं.-2**/108	काम/कामायनी
रस-रंग-सुमन-तृण-कण-पल्लव- *'तट पर रूपों का कोलाहल रस-रंग-सुमन-तृण-कण-पल्लव!'*	: रस और रंग से युक्त फूल, घास, कण और नए पत्ते	**म.सा.-1**/315	ओ चिर नीरव! /दीप-शिखा
रस-रूप-राशि- *'सीमा में दृष्टि की असीम रस-रूप राशि'*	: रस और रूप की राशि (मात्रा)	**नि.र.-1**/195	स्मृति-चुम्बन
रस-सिन्धु- *'शिशिर-बिन्दु रस-सिन्धु बहाता सुन्दर'*	: रस का समुद्र	**नि.र.-1**/76	कविता
रस-सृष्टि- *'शुचिदृष्टि मूक रस-सृष्टि को'*	: शृंगार कर देना, सज-धज	**नि.र.-1**/325	प्रेयसी
रसाराधना- *'प्रस्तरमय जग में निर्झर बन/उतरी रसाराधना!'*	: रस+ आराधना, रस की आराधना, काव्य-रसों की अनंदमय स्थिति।	**नि.र.-1**/102	प्रगल्भ प्रेम
रसाल- *'इस रसाल के सघन शाल में'*	: आम का पेड़	**पं.ग्रं.-1**/94	मकड़ी का मृदु मायाजाल/वीणा
रसास्वाद- *'बहु-रूप-रसास्वाद— /घोर-घन्माद-ग्रस्त'*	: रस का आस्वादन	**नि.र.-1**/183	जागरण
रसिक पिक- *'रसिक पिक से सरस तरुण रसाल थे'*	: रसों की मर्मज्ञ कोयल	**पं.ग्रं.-1**/123	ग्रन्थि
रसिक वाचक- *'रसिक वाचक! कामनाओं के चपल'*	: रस से भरी प्रेम-कथा सुनानेवाला	**पं.ग्रं.-1**/127	ग्रन्थि
रसीला- *'चला है मन्थर गति में पवन रसीला नन्दन कानन का'*	: रस से भरा हुआ (पवन)	**प्र.ग्रं.-3**/289	द्वितीय अंक/अजातशत्रु
रहस-मिलन- *'जब रहस-मिलन होता सुखकर'*	: प्रसन्न-भाव से मुलाकात	**पं.ग्रं.-1**/297	दो/ज्योत्स्ना
रहस-स्पर्श- *'रहस-स्पर्श से अरुणोदय में'*	: आनंदपूर्ण स्पर्श	**पं.ग्रं.-1**/266	नीरव तार हृदय में/गुंजन
रहस्यनिधान- *'काल-सीमा-हीन सूने में रहस्यनिधान'*	: रहस्य से युक्त अज्ञात प्रियतम	**म.सा.-1**/123	स्मित तुम्हारी से छलक.../रश्मि
रहस्य निरुपाय- *'कहा मनु ने, "नभ धरणी बीच बना जीवन रहस्य निरुपाय;'*	: वैसा रहस्य जो बेबस कर दे	**प्र.ग्रं.-2**/85	श्रद्धा/कामायनी
रहस्य वरदान- *'ईश का यह रहस्य वरदान कभी मत इसको जाओ भूल;'*	: दुःख ईश्वर का रहस्यमय वरदान है, इसे अभिशाप नहीं समझना चाहिए।	**प्र.ग्रं.-2**/89	श्रद्धा/कामायनी
रहस्य-स्मित- *'कर स्नान-शेष, उन्मुक्त-केश सासुजी रहस्य-स्मित सुवेश'*	: रहस्य भरी मुस्कान	**नि.र.-1**/319	सरोज-स्मृति
राई-सा- *'लावण्य-शैल राई-सा/जिस पर वारी-बलिहारी'*	: सरसों का दाना, सरसों का दाना पीला होता है और राई का काला	**प्र.ग्रं.-2**/10	आँसू
राका- *'सब कह दें 'वह राका आई!'*	: रात	**प्र.ग्रं.-1**/326	ओ री मानस की गहराई/लहर
♦ *'वह राका की निर्मल छवि, वह'*	: रात	**नि.र.-1**/120	यमुना के प्रति
राका जलनिधि- *'परिचय राका जलनिधि का जैसे होता हिमकर से'*	: रात और समुद्र	**प्र.ग्रं.-2**/9	आँसू
राकापति- *'मिले तुम राकापति में आज'*	: चन्द्रमा	**पं.ग्रं.-1**/89	मिले तुम राकापति में आज/वीणा

शब्द- काव्य-पंक्ति	: अर्थ	ग्रंथावली/पृ.सं.	स्रोत/संदर्भ
राका रच दीवाली- *'करती राका रच दीवाली'*	: रात मानो सितारों को सजाकर दीपावली मनाती है	**म.सा.**-1/304	सखि मैं हूँ अमर सुहाग भरी!/सांध्य गीत
राका रानी- *'छोटा सा मुकुर प्रकृति का या सोयी राका रानी'*	: रात मानो रानी (की तरह मानसरोवर की श्वेत शय्या पर सोयी हो)	**प्र.ग्रं.**-2/272	आनन्द/कामायनी
राकेश- *'निशा को, धो देता राकेश चाँदनी में जब अलकें खोल'*	: चाँद, प्रकाश से भरा चाँद	**म.सा.**-1/29	निशा को, धो देता राकेश/नीहार
राकेश का आभास- *'उर्म्मियों में झूलता राकेश का आभास'*	: चाँद का प्रतिबिम्ब लहरों में चाँद का आभास दिलाता है	**म.सा.**-1/125	स्मित तुम्हारी से छलक.../रश्मि
राक्षसत्व- *'मानवता में राक्षसत्व का अब है पूर्ण प्रचार'*	: राक्षसी-भाव, अमानवीय भाव	**प्र.ग्रं.**-4/54	प्रथम अंक/स्कन्दगुप्त
राक्षस-पदतल- *'लौटे युग-दल राक्षस-पदतल पृथ्वी टलमल,'*	: राक्षसों के पैरों के नीचे	**नि.र.**-1/329	राम की शक्ति-पूजा
राखी- *'कहीं राखी बनता सुकुमार'*	: रक्षा-बंधन, भाई-बहन का कोमल भाव-बंधन	**पं.ग्रं.**-1/230	परिवर्तन/पल्लव
राग- *'अधरों में राग अमंद पिये'*	: रंग (लिप्स्टिक)	**प्र.ग्रं.**-1/303	बीती विभावरी जाग री /लहर
राग-पटल- *'गोधूली के राग-पटल में स्नेहांचल फहराती है'*	: लाल रंग का आकाश (शाम में)	**प्र.ग्रं.**-3/252	प्रथम अंक/अजातशत्रु
राग-भाव- *' 'कुछ मेरा हो' यह राग-भाव संकुचित पूर्णता है अजान'*	: आसक्ति का भाव	**प्र.ग्रं.**-2/175	इड़ा/कामायनी
रागभीनी- *'रागभीनी तू सजनि निश्वास भी तेरे रँगीले!'*	: प्रेम की भावना से परिपूर्ण	**म.सा.**-1/252	रागभीनी तू सजनि निश्वास भी.../सांध्य गीत
राग मद- *'राग मद की दूर लाली/साध भी इसमें न पाली'*	: प्रेम और उसका नशा	**म.सा.**-1/258	शून्य मंदिर में बनूँगी... /सांध्य गीत
रागमयी संध्या- *'पश्चिम की रागमयी संध्या अब काली थी हो चली, किन्तु'*	: शाम की रंगीन प्रकृति	**प्र.ग्रं.**-2/159	ईर्ष्या/कामायनी
रागमयी-सी- *'या कभी अपूर्ण अहंता में हो रागमयी-सी महासक्ति'*	: आसक्ति से परिपूर्ण	**प्र.ग्रं.**-2/177	इड़ा/कामायनी
राग-रंजित चंद्रिका- *'राग-रंजित चंद्रिका थी, उड़ा सुमन-पराग'*	: प्रेम की भावनाओं से रँगी हुई चाँदनी	**प्र.ग्रं.**-2/115	वासना/कामायनी
राग-रक्त- *'राग-रक्त होते कपोल हैं'*	: प्रेम की लाली	**प्र.ग्रं.**-3/478	द्वितीय अंक/कामना
♦ *'व्यथित विश्व का राग-रक्त क्षत हूँ मुझको पहचानो तो'*	: प्रेम की लालिमा	**प्र.ग्रं.**-3/493	तृतीय अंक/कामना
राग विरत- *'हों कर्म निरतजन, राग विरत रति-विरति-व्यतिक्रम भ्रम-ममता'*	: आकर्षण और मोह से मुक्त	**पं.ग्रं.**-2/25	बापू के प्रति/युगपथ
राग-विराग- *'तुम राग-विराग करो सबसे अपने को कर शतशः विभक्त'*	: (किसी से) प्रेम तथा (किसी से) घृणा-द्वेष	**प्र.ग्रं.**-2/176	इड़ा/कामायनी
राग-विरागों- *'राग-विरागों के दोनों तट मेरे प्राणों में,'*	: आसक्ति (राग) और	**म.सा.**-1/289	वह संध्या फूली सजीली!/सांध्य गीत
रागहीन- *'पर रागहीन तू हिमनिधान!'*	: रागात्मकता से मुक्त हिमालय	**म.सा.**-1/303	हे चिर महान्!/सांध्य गीत
रागानुग- *'तुम हो रागानुग निश्छल तप'*	: राग+अनु-ग = प्रेमपूर्ण भक्ति के अनुगामी	**नि.र.**-1/49	तुम और मैं

शब्द- काव्य-पंक्ति	: अर्थ	ग्रंथावली/पृ.सं.	स्रोत/संदर्भ
◆ *'समझे युग रागानुग मुक्ति रे'*	: राग से आनेवाली	**नि.र.**-1/249	नयनों का नयनों से बन्धन
रागारुण- *'मधुर माधवी संध्या में जब रागारुण रवि होता अस्त'*	: लाल रंग का, प्रेम की भावना से मुँह का लाल हो जाना	**प्र.ग्रं.**-1/327	मधुर माधवी संध्या में/लहर
◆ *'वह देखो रागारुण है जो ऊषा के कंदुक-सा सुन्दर'*	: अनुराग के लाल रंग का (आलोक-बिन्दु), 'राग' नामक माया-कंचुक, इच्छा-लोक	**प्र.ग्रं.**-2/255	रहस्य/कामायनी
रागारुण किरण-कला-सी- *'रागारुण किरण-कला-सी विकसीं बन स्मिति लेखाएँ'*	: (प्रभातकालीन सूर्य) की लाल किरणों के सौन्दर्य के समान, रागरंजित रश्मियों की ज्योति (के समान श्रद्धा की मुस्कान)।	**प्र.ग्रं.**-2/276	आनन्द/कामायनी
रागारुण चेतन- *'यहाँ मनोमय विश्व कर रहा रागारुण चेतन उपासना'*	: 'राग' नामक माया-कंचुक से आवृत्त प्राणी, विषयासक्त जीव	**प्र.ग्रं.**-2/256	रहस्य/कामायनी
रागिनी- *'रागिनी गावे तुंग तरंग'*	: लय-युक्त गीत	**प्र.ग्रं.**-1/260	सुधासिंचन/झरना
◆ *'मैं व्याकुल विरह-रागिनी'*	: संगीत की लय जिसमें गीतों को गाया जाता है	**नि.र.**-1/49	तुम और मैं
◆ *'बीन भी हूँ मैं तुम्हारी रागिनी भी हूँ'*	: राग और रागिनी, सुर-ताल-लय में गायन की पद्धति	**म.सा.**-1/177	बीन भी हूँ मैं तुम्हारी /नीरजा
रागिनी-अनुरागिनी- *'अयि मधुरवादिनि, सदा तुम रागिनी-अनुरागिनी'*	: राग-रागिनियों से अनुराग (प्रेम) करने वाली (सरस्वती)	**नि.र.**-1/95	वीणावादिनी
रागिनी वह्नि- *'बन जन्मसिद्ध गायिका, तन्वि, मेरे स्वर की रागिनी वह्नि'*	: निराला की सतेज रागिनी मानो उदात्त रूप में सरोज में प्रकट हुई।	**नि.र.**-1/320	सरोज-स्मृति
रागों का बंधन- *'भाती तम की मुक्ति नहीं, प्रिय रागों का बंधन;'*	: प्रेम की पीड़ा का बंधन	**म.सा.**-1/289	वह संध्या फूली सजीली! /सांध्य गीत
राघव- *'राघव-लाघव— रावण-वारण— गत-युग्म-प्रहर,'*	: रघुकुल के राम	**नि.र.**-1/329	राम की शक्ति-पूजा
राज- *'राज के सुख-साज-सौरभ-अंग का'*	: शासन, सत्ता	**नि.र.**-1/40	जन्मभूमि
राज यष्टि- *'सत्य तुम्हारी राज यष्टि, सम्मुख नत त्रिभुवन'*	: राजदण्ड, राजतन्त्र का प्रतीक छोटी छड़ी	**पं.ग्रं.**-1/232	परिवर्तन/पल्लव
राजचिह्नों- *'शून्य राजचिह्नों से मंदिर बस समाधि सा रहा खड़ा'*	: राजसी प्रतीक (ठाट-बाट, वैभव)	**प्र.ग्रं.**-2/214	निर्वेद/कामायनी
राजदंड- *'सजग हुए मनु वज्र-खचित ले राजदंड तब'*	: राजसत्ता का प्रतीक दंड या छड़ी	**प्र.ग्रं.**-2/206	संघर्ष/कामायनी
राजदंड को वज्र बनाकर- *'राजदंड को वज्र बनाकर सचमुच देखें'*	: राजदंड का दमन के लिए उपयोग करना	**प्र.ग्रं.**-2/207	संघर्ष/कामायनी
राजलक्ष्मी- *'बाबर के वंश की/देखो आज राजलक्ष्मी'*	: राज्य-रूपी लक्ष्मी, साम्राज्य का वैभव	**नि.र.**-1/157	महाराज शिवाजी का पत्र
राजस-प्रभाव-भरे- *'राजभवन राजस-प्रभाव-भरे'*	: राजाओं की जीवन-पद्धति से परिपूर्ण, सुख की सामग्री से युक्त	**नि.र.**-1/52	पंचवटी प्रसंग:1
राजापुर- *'यह एक उन्हीं में राजापुर'*	: तुलसीदास का जन्म स्थान	**नि.र.**-1/283	तुलसीदास
राजि- *'रत्न राजि, सींची जाती सुमन-मरन्द से'*	: ढेर, भांडार	**प्र.ग्रं.**-1/351	प्रलय की छाया/लहर

शब्द- काव्य-पंक्ति	: अर्थ	ग्रंथावली/पृ.सं.	स्रोत/संदर्भ
राजीवनयन- *'विच्छुरितवह्नि-राजीवनयन-हत-लक्ष्य-बाण'*	: नीलकमल की तरह आँखें, नीली आँखें, राम	**नि.र.**-1/329	राम की शक्ति-पूजा
♦ *'कहती थीं माता मुझे सदा राजीवनयन!'*	: जिसकी आँखें नीले कमल की तरह हों	**नि.र.**-1/337	राम की शक्ति-पूजा
राजे- *'विन्ध्य विपिन राजे घन घेरि युगल जंघा'*	: शोभित	**नि.र.**-1/39	जन्मभूमि
रात के उर में- *'रात के उर में दिवस की चाह का शर हूँ!'*	: निराशा और नाउम्मीदी की भीतरी तहों में बसी अदम्य इच्छा-शक्ति।	**म.सा.**-1/264	शलभ मैं शापमय वर हूँ! /सांध्य गीत
राम-पूजन-प्रताप- *'यह रुद्र राम-पूजन-प्रताप तेजः प्रसार'*	: राम की पूजा के प्रताप से	**नि.र.**-1/332	राम की शक्ति-पूजा
रावण-जय-भय- *'रह-रह उठता जग जीवन में रावण-जय-भय'*	: रावण के विजयी हो जाने का भय	**नि.र.**-1/330	राम की शक्ति-पूजा
रावण-प्रहार-दुर्वार- *'रावण-प्रहार-दुर्वार- विकल-वानर दल-बल,—'*	: रावण के प्रहार को रोकना कठिन था	**नि.र.**-1/329	राम की शक्ति-पूजा
रावण-वारण- *'राघव-लाघव— रावण-वारण— गत-युग्म-प्रहर,'*	: रावण को वारित करना	**नि.र.**-1/329	राम की शक्ति-पूजा
राशिकृत- *'यहाँ राशिकृत विपुल विभव सब मरीचिका से दीख पड़ रहे'*	: विशाल भांडार	**प्र.ग्रं.**-2/259	रहस्य/कामायनी
राष्ट्र-नीति- *'तुम दोनों देखो राष्ट्र-नीति, शासक बन फैलाओ न भीति'*	: सारस्वत प्रदेश की राज्य-व्यवस्था	**प्र.ग्रं.**-2/240	दर्शन/कामायनी
राष्ट्र-स्वामिनी- *'राष्ट्र-स्वामिनी! यह लो सब कुछ वैभव अपना'*	: सारस्वत प्रदेश की स्वामिनी या रानी	**प्र.ग्रं.**-2/204	संघर्ष/कामायनी
रास- *'कहाँ हो रहा है वह रास?'*	: रास-लीला, कृष्ण-गोपियों का नृत्य	**नि.र.**-1/122	यमुना के प्रति
राहु-ग्रस्त- *'ज्यों राहु-ग्रस्त आभा रवि की'*	: राहु से बाधित	**नि.र.**-1/286	तुलसीदास
राहुग्रस्त-सी- *'ज्यों राहुग्रस्त-सी शशि-लेखा, जिस पर विषाद की विष-रेखा'*	: मानो राहु ने ग्रस लिया हो	**प्र.ग्रं.**-2/235	दर्शन/कामायनी
रिक्त- *'अट्टहास कर उठा रिक्त का/वह अधीर-तम, सूना राज'*	: निर्जन स्थान	**प्र.ग्रं.**-2/77	आशा/कामायनी
♦ *'विकृत अंग, सब रिक्त रंग था,/प्रजा हुई थी दीन मलीन'*	: रंग (प्रेम) का अभाव	**नि.र.**-1/193	वसन्त-समीर
♦ *'जो न होकर भी बना सीमा क्षितिज वह रिक्त हूँ मैं'*	: खालीपन, ससीमता, क्षितिज सीमा का आभास है उसी तरह मैं 'रिक्त' का आभास हूँ।	**म.सा.**-1/268	मैं किसी की मूक छाया हूँ.../सांध्य गीत
रिक्त चषक- *'रिक्त चषक सा चन्द्र लुढ़ककर है गिरा'*	: खाली प्याला(जाम, मधुपात्र)	**प्र.ग्रं.**-1/228	पावस प्रवास/झरना
रिक्त-जीवन-घट- *'यह व्यर्थ रिक्त-जीवन-घट पीयूष-सलिल से भरने'*	: जीवन के खाली पड़े घड़े को	**प्र.ग्रं.**-2/271	आनन्द/कामायनी
रिक्त-हस्त- *'बोला मैं— "मैं हूँ रिक्त-हस्त'*	: खाली हाथ, अर्थाभाव में	**नि.र.**-1/322	सरोज-स्मृति
रिन-रिन- *'चाहता, बनूँ उस पग-पायल की रिन-रिन'*	: पायल की आवाज	**नि.र.**-1/244	निशि-दिन तन
रिपु-दम्य-श्रांत- *'जो नहीं हुआ आज तक हृदय रिपु-दम्य-श्रान्त,'*	: जो दुश्मनों के दमन करने से (न) थका हो	**नि.र.**-1/330	राम की शक्ति-पूजा
रिलमिल- *'रिलमिल अन्तर में स्वर अनन्त'*	: सब मिलकर एक हो जाना	**पं.ग्रं.**-2/9	चंचल पग दीपशिखा के धर/युगपथ

शब्द- काव्य-पंक्ति	: अर्थ	ग्रंथावली/पृ.सं.	स्रोत/संदर्भ
रिस- *'एक बाँकपन प्रतिपद शशि का, भरे भाव कुछ रिस के हैं'*	: (प्रणय का) कोप या रोष	**प्र.ग्रं.-2**/192	स्वप्न/कामायनी
♦ *'श्वास से स्पंदन रहे झर,/लोचनों से रिस रहा उर'*	: धीमी गति से नम होते रहना	**म.सा.**-1/229	प्राणपिक प्रिय-नाम रे कह!/नीरजा
रीती- *'तुम सुनकर सुख पाओगे देखोगे यह गागर रीती'*	: खाली, रिक्त	**प्र.ग्रं.**-1/292	मधुप गुनगुना कर कह जाता/लहर
♦ *'दु:ख से, रीती जीवन-गगरी!'*	: खाली	**म.सा.**-1/304	सखि मैं हूँ अमर सुहाग भरी!/सांध्य गीत
रीते- *'रोमों में भर भर पुलक/लौटते पल रीते'*	: अकेलेपन के क्षण	**म.सा.**-1/191	पथ देख बिता दी रैन/नीरजा
♦ *'रीते कर ले कोष/नहीं कल सोना होगा धूल'*	: खाली कर देना	**म.सा.**-1/219	मधुवेला है आज/नीरजा
रुंड- *'रुण्ड मुण्डों की कर बौछार'*	: धड़, सरविहीन शरीर	**पं.ग्रं.**-1/228	परिवर्तन/पल्लव
रुँधी- *'रुँधी दुर्बलता की ध्वनि क्षीण'*	: अवरूद्ध, जिसे कई बंधनों में बाँधा गया हो	**पं.ग्रं.**-1/115	इस विस्तृत हॉस्टल में/वीणा
रुग्णा- *'यह रुग्णा जीवन-बाला'*	: बीमार (लड़की), फीकी चाँदनी	**पं.ग्रं.**-1/248	चाँदनी/गुंजन
रुचिमान- *'ऐ मानस लोचन रुचिमान'*	: सौन्दर्य से युक्त	**पं.ग्रं.**-1/210	नक्षत्र/पल्लव
रुचिर रजत किरणें- *'रुचिर रजत किरणें सुकुमार'*	: चाँदी के रंग की सुन्दर किरणें (चाँदनी)	**पं.ग्रं.**-1/199	स्वप्न/पल्लव
रुचिर साज- *'कोमल काले ऊनों की नव पट्टिका बनाती रुचिर साज'*	: सुन्दर सजावट	**प्र.ग्रं.**-2/159	ईर्ष्या/कामायनी
रुचि-शुचि-कलियों- *'रुचि-शुचि-कलियों को अलियों-सा— घेर-घेरकर मृदु गुंजन'*	: सुंदर-स्वच्छ कलियाँ	**नि.र.**-1/138	'कवि' के प्रति
रुद्ध- *'हो वर्त्तमान से वंचित तुम अपने भविष्य में रहो रुद्ध'*	: उलझा हुआ	**प्र.ग्रं.**-2/177	इड़ा/कामायनी
♦ *'यह गुहा, गर्त्त प्राचीन, रुद्ध नव दिक्-प्रसार, वह किरण शुद्ध'*	: अवरुद्ध, बाधित, जो गतिमय न हो	**नि.र.**-1/251	मैं रहूँगा न
रुद्ध कंठ- *'रुद्ध कण्ठ का राग अधूरा कैसे तुझे सुनाऊँ?'*	: रुँधी आवाज, भर्राया गला	**नि.र.**-1/108	क्या गाऊँ
रुद्ध कोष- *'रुद्ध कोष है, क्षुब्ध तोष'*	: खजाना खुला नहीं है, कोष पर कब्जा है, यह कोष अनिवार्य रूप से धन-संग्रह नहीं है। जल-कोष का यहाँ संदर्भ है।	**नि.र.**-1/136	बादल-राग
रुद्ध द्वार- *'रुद्ध द्वार पर रक्खे थे मैंने कितने ही बार'*	: बंद दरवाजे	**नि.र.**-1/97	विफल-वासना
रुद्र- *'यह रुद्र राम-पूजन-प्रताप तेज: प्रसार'*	: शिव का एक रूप	**नि.र.**-1/332	राम की शक्ति-पूजा
रुद्र-नयन- *'रुद्र-नयन खुल गया अचानक, व्याकुल काँप रही नगरी'*	: शिव की तीसरी आँख	**प्र.ग्रं.**-2/192	स्वप्न/कामायनी
रुद्र-नाराच- *'धूमकेतु-सा चला रुद्र-नाराच भयंकर'*	: शिव का बाण	**प्र.ग्रं.**-2/209	संघर्ष/कामायनी
रुद्र-रोष- *' "है रुद्र-रोष अब तक अशांत", श्रद्धा बोली, 'बन विषम ध्वान्त !'*	: महादेव (भगवान् शंकर) का रोष	**प्र.ग्रं.**-2/238	दर्शन/कामायनी
रुद्र-हुंकार- *'अंतरिक्ष में हुआ रुद्र-हुंकार भयानक हलचल थी'*	: क्रोधित शिव की भयंकर गर्जना	**प्र.ग्रं.**-2/192	स्वप्न/कामायनी

शब्द- काव्य-पंक्ति	: अर्थ	ग्रंथावली/पृ.सं.	स्रोत/संदर्भ
रुन-रिन- *'बाजे नूपुर रुन-रिन रन-झन/लाज-विवश सिहरी'*	: नूपुर की आवाज	**नि.र.**-1/198	गीत 'ख'
रुपहरे- *'रुचिर रुपहरे पंख पसार'*	: रुपहले, चाँदी के रंग जैसा	**पं.ग्रं.**-1/190	वीचि विलास/पल्लव
रुपहरे कचों- *'रुपहरे कचों में हो ओझल!'*	: चाँदी की आभा से युक्त केशराशि की तरह शुक्र की झलमल छवि गंगा की जलधारा में दिख रही है।	**पं.ग्रं.**-1/275	नौका-विहार/गुंजन
रूँधा- *'खुल जाये पथ रूँधा कण्टक-वन का'*	: रुका हुआ, बंद	**नि.र.**-1/219	कल्पना के कानन की रानी
रूख- *'हुए रूख हरे शाल,/हाय रे, मयूर-व्याल/पूँछ से जुड़े!'*	: रूखे वृक्ष	**नि.र.**-1/310	मित्र के प्रति
रूखी सिकता- *'बढ़ उमंग-सरिता आवेगी आर्द्र किये रूखी सिकता'*	: रुखाई-रूपी बालू	**प्र.ग्रं.**-1/242	कब/झरना
रूप- *'रूप की सजल प्रभा में आज तुम्हारी नग्न कान्ति, नव लाज'*	: शोभा, सौंदर्य	**नि.र.**-1/204	भ्रमर-गीत
रूप-इन्दु- *'रूप-इन्दु से सुधा-विन्दु लह,/रह-रह और तुलीं'*	: रूप का चाँद	**नि.र.**-1/220	दृगों की कलियाँ नवल खुलीं
रूप के जल में- *'प्यासी मछली-सी आँखें थीं विकल रूप के जल में'*	: तरल सौन्दर्य, नित-नूतन सौन्दर्य	**प्र.ग्रं.**-2/4	आँसू
रूप-चंद्रिका- *'रूप-चंद्रिका में उज्ज्वल थी आज निशा-सी नारी'*	: उज्ज्वल सौन्दर्य मानो चाँदनी की तरह है	**प्र.ग्रं.**-2/145	कर्म/कामायनी
रूप जलधि- *'रूप जलधि में लोल लहरियाँ उठ रहीं'*	: सौन्दर्य-रूपी समुद्र	**प्र.ग्रं.**-1/226	रूप/झरना
रूप ज्वाल- *'फैली नव मधु की रूप ज्वाल'*	: सौन्दर्य मानो अग्नि की तरह तेज है	**पं.ग्रं.**-1/239	वन-वन उपवन/गुंजन
रूप-तारा- *'रूप-तारा तुम पूर्ण प्रकाम'*	: जिसकी आँखों की पुतली अत्यंत आकर्षक हो	**पं.ग्रं.**-1/259	रूप-तारा तुम पूर्ण प्रकाम/गुंजन
रूप-तिल- *'तेरे ही दृग रूप-तिल रहा,/खोज न कर मर्षण'*	: (तेरी आँखों में) रूप का तिल है, जिससे देख पड़ता है	**नि.र.**-1/230	रे अपलक मन!
रूप-निशा- *'रूप-निशा की ऊषा में फिर कौन सुनेगा तेरा गान'*	: सौन्दर्य-रूपी रात	**प्र.ग्रं.**-4/238	द्वितीय अंक/चन्द्रगुप्त
रूप-बाग- *'कहाँ सूर के रूप-बाग के'*	: 'देखियत एक अनूपम बाग' -सूरदास। राधा के व्यक्तित्व को सूर ने 'रूप के बाग' के रूपक से विश्लेषित किया है।	**नि.र.**-1/125	यमुना के प्रति
रूप-रत्नाकर- *'और दुर्लभ होगी पहचान, रूप-रत्नाकर भरा अथाह'*	: (प्रिय के) सौन्दर्य का अथाह सागर	**प्र.ग्रं.**-4/233	द्वितीय अंक/चन्द्रगुप्त
रूप-राशि- *'रूप-राशि इस व्यथित हृदय सागर को— बहला दो'*	: अत्यधिक सुन्दर, जिसके पास सौन्दर्य का भांडार हो	**प्र.ग्रं.**-4/275	चतुर्थ अंक/चन्द्रगुप्त
रूप-विधु- *'रूप-विधु का करते मधुपान'*	: रूप जो चंद्रमा की तरह सुंदर है	**नि.र.**-1/204	भ्रमर-गीत
रूपविभा- *'शशि-सी वह सुंदर रूपविभा'*	: रूप की सुंदरता का प्रकाश	**प्र.ग्रं.**-1/322	शशि-सी वह सुंदर रूपविभा/लहर

शब्द- काव्य-पंक्ति	: अर्थ	ग्रंथावली/पृ.सं.	स्रोत/संदर्भ
रूपसि- *'कौन, तुम रूपसि! कौन?'*	: रूपवती स्त्री (की तरह है शाम की ढलती धूप)	**पं.ग्रं.**-1/377	द्वितीय दृश्य/परी
रूप-सीमा- *'माना कि रूप-सीमा है सुन्दर! तव चिर यौवन में'*	: सौन्दर्य का अंतिम रूप, प्रिय का रूप सौन्दर्य का चरम है।	**प्र.ग्रं.**-2/10	आँसू
रूप-सुवास-रंग- *'रूप-सुवास-रंग चरणों पर यद्यपि अर्जित कर पाये'*	: सुंदरता, सुगंध और रंग (फूल के संदर्भ में)	**नि.र.**-1/91	रास्ते के फूल से
रूप-सुषमा- *'देखकर वह रूप-सुषमा मनु हुए कुछ शांत'*	: सुंदरता की शोभा	**प्र.ग्रं.**-2/114	वासना/कामायनी
रूपाभास- *'रचते रूपाभास'*	: रूप का अनुमान लगाना	**पं.ग्रं.**-1/271	अप्सरा/गुंजन
रूम- *'मेरा भी है सखि! छोटा-सा रूम'*	: कमरा	**पं.ग्रं.**-1/115	इस विस्तृत हॉस्टल में/वीणा
◆ *'जाने किसकी स्मित रूम झूम जाती कलियों को चूम चूम'*	: रोआँ, रोम	**म.सा.**-1/206	जाने किसकी स्मित रूम झूम/नीरजा
रेख- *'छायापथ में राह देखती गिनती प्रणय-अवधि की रेख'*	: निशानियाँ, संकेत	**प्र.ग्रं.**-4/238	द्वितीय अंक/चन्द्रगुप्त
◆ *'कब से मैं पथ देख रही, प्रिय; उर न तुम्हारे रेख रही, प्रिय!'*	: निशान, पहचान	**नि.र.**-1/259	कब से मैं पथ देख रही
◆ *'इसके झुलसे पंख, धूम की/ उसके रेख रही,'*	: रेखा, लकीर	**म.सा.**-1/299	क्या जलने की रीति शलभ...!/सांध्य गीत
रेख-अर्चित- *'बाँध नव विद्रुम-सुमन-चय,/रेख-अर्चित'*	: पूजा-अर्चना के धुएँ की रेखा	**म.सा.**-1/349	झिप चलीं पलकें तुम्हारी/दीप-शिखा
रेखांकित- *'अचल, रेखांकित कभी थी कर रही'*	: चेहरे के नीचे से अलकों का मुड़ना मानो मुख की विशिष्टता को रेखांकित करना है।	**पं.ग्रं.**-1/124	ग्रन्थि
रेखाएँ- *'अधरों के प्रान्तों पर खेलती रेखाएँ'*	: मुस्कान	**नि.र.**-1/93	यहीं
रेखा-क्रम- *'चित्रित तू मैं हूँ रेखा-क्रम मधुर राग तू मैं स्वर-संगम'*	: चित्र की इकाई रेखा का क्रमिक ढाँचा	**म.सा.**-1/183	तुम मुझ में प्रिय! फिर परिचय क्या!/नीरजा
रेणु- *'तुमने ही रेणु को सुमेरु बना रक्खा है'*	: धूल, छोटा	**नि.र.**-1/167	महाराज शिवाजी का पत्र
रेला- *'कहाँ मिलोगे? किसी विजन में— न हो भीड़ का जब रेला'*	: प्रवाह, बहाव, अधिकता	**प्र.ग्रं.**-1/235	बालू की वेला/झरना
रेशमी विभा- *'साड़ी की सिकुड़न सी जिस पर, शशि की रेशमी विभा से भर'*	: रेशम की चमकीली आभा	**पं.ग्रं.**-1/274	नौका-विहार/गुंजन
रैन- *'रैन बोली सज कृष्ण दुकूल/विसर्जन करो मनोरथ-फूल'*	: रात-रूपी स्त्री	**म.सा.**-1/46	घोर तम छाया चारों ओर/नीहार
रोंओं- *'जगा रोंओं में सौ अभिलाषा'*	: रोमावली, रोंएँ	**पं.ग्रं.**-1/255	आज रहने दो यह गृह-काज/गुंजन
◆ *'मुग्ध रोओं में मेरे, प्राण'*	: रोएँ, रोमावली	**पं.ग्रं.**-1/267	विहग के प्रति/गुंजन
रोध- *'झुक जायेगा कपि, निश्चय होगा दूर रोध'*	: बाधा	**नि.र.**-1/332	राम की शक्ति-पूजा
रोध-प्रतिकूला- *'रह निर्विरोध, गति हुई रोध-प्रतिकूला'*	: बाधा-विरोधहीन	**नि.र.**-1/304	तुलसीदास
रोमराजी- *'कभी पुलकित रोमराजी से शरीर उछाल'*	: रोओं की पंक्ति	**प्र.ग्रं.**-2/112	वासना/कामायनी

शब्द- काव्य-पंक्ति	: अर्थ	ग्रंथावली/पृ.सं.	स्रोत/संदर्भ
रोम रोमों- *'आज बेसुध रोम रोमों—/में हुई वह चेतना भी'*	: रोम-रोम में, प्रत्येक रोएँ में	**म.सा.**-1/274	आज मेरे नयन के तारक.../सांध्य गीत
रोमाली- *'संकेत कर रही रोमाली चुपचाप बरजती खड़ी रही'*	: रोओं की पंक्ति	**प्र.ग्रं.**-2/125	लज्जा/कामायनी
रोमावलि- *'सोता, तारक-किरन-पुलक- रोमावलि मलयज वात,'*	: रोमों (रोओं) की पंक्तियाँ	**प्र.ग्रं.**-1/328	अंतरिक्ष में अभी सो रही/लहर
रोमिल पंख- *'फैला कोमल रोमिल पंख'*	: रोएँदार पंख (बीज मानो पक्षी की तरह हैं)	**पं.ग्रं.**-1/213	बादल/पल्लव
रोर- *'क्रन्दन-मलिन पुलिन का रोर?'*	: तेज आवाज	**नि.र.**-1/119	यमुना के प्रति
◆ *'राग-अमर! अम्बर में भर निज रोर!'*	: तेज आवाज	**नि.र.**-1/128	बादल राग
◆ *'मेरे उर में भर यह रोर'*	: ऊर्जा से भरा हुआ स्वर, लहरों से उत्पन्न स्वर	**पं.ग्रं.**-1/189	वीचि विलास/पल्लव
◆ *'अनिल के खग, कर चल-कल रोर'*	: तेज आवाज	**पं.ग्रं.**-1/374	द्वितीय दृश्य/परी
◆ *'आता कौन नीड़ तज पूछेगा विहगों का रोर'*	: सम्मिलित तेज स्वर	**म.सा.**-1/189	मेरी निश्वासों से द्रुततर/नीरजा
रोरी- *'बालाएँ डालें रोरी!'*	: रोली, रंगीन चूर्ण, अबीर	**नि.र.**-1/189	वासन्ती
रोल- *'मधुर नूपुर ध्वनि खगकुल रोल'*	: कोलाहल	**पं.ग्रं.**-1/377	द्वितीय दृश्य/परी
◆ *'मधुर नूपुर ध्वनि खग कुल रोल'*	: कोलाहल	**पं.ग्रं.**-2/24	सन्ध्या/युगपथ
रोली- *'हे अरुणे! सदा सुहागिनि/मानवता सिर की रोली'*	: ललाट का लाल टीका	**प्र.ग्रं.**-2/31	आँसू
◆ *'हँस देता जब प्रात, सुनहरे/अञ्चल में बिखरा रोली'*	: लाल रोली (माथे पर टीका लगाने का एक चूर्ण) की तरह किरणें।	**म.सा.**-1/34	निश्वासों का नीड़, निशा का/नीहार
रोहित-रंजित- *'रोहित-रंजित गिरि मण्डन'*	: लोहित (लाल) रंग से रँगे हुए (बादल)	**पं.ग्रं.**-1/90	ये तो हैं नादान नयन!/वीणा
रौरव- *'स्वर्ग की छवि रौरव की छाँह शीत हिम की बाड़व का दाह?'*	: नरक का एक भीषण रूप	**म.सा.**-1/115	तुहिन के पुलिनों पर छबिमान/रश्मि
लंपट- *'रावण, रावण, लम्पट, खल, कल्मष-गताचार'*	: चरित्रहीन	**नि.र.**-1/333	राम की शक्ति-पूजा
लक-लक- *'ले लिया हस्त, लक-लक करता वह महाफलक'*	: चमकना	**नि.र.**-1/337	राम की शक्ति-पूजा
लक्ष अलक्षित चरण- *'लक्ष अलक्षित चरण तुम्हारे चिह्न निरन्तर'*	: लाखों अदृश्य पैर, 'परिवर्तन' वासुकि साँप की तरह है जिसके लाखों पैर हैं मगर अदृश्य हैं, परिवर्तन चुपचाप भी होता है।	**पं.ग्रं.**-1/225	परिवर्तन/पल्लव
लक्ष-वक्षःस्थलार्गलित- *'तिमिर-ही-तिमिर रहा कर पार लक्ष-वक्षः स्थलार्गलित द्वार'*	: लाखों हृदय (द्वार) बंद हो गए। लक्ष = लाख, अर्गलित = सिटकिनी लगा हुआ द्वार।	**नि.र.**-1/142	स्मृति
लक्षहार- *'पूरा कर देता लक्षहार,'*	: लाखों की कीमतवाली माला	**प्र.ग्रं.**-1/319	मुझको न मिला रे कभी प्यार/लहर
लक्ष्य-क्षितिज- *'हों मेरे लक्ष्य-क्षितिज/आलोक-तिमिर दो छोरें'*	: क्षितिज-रूपी अंतिम उद्देश्य	**म.सा.**-1/111	चिर तृप्ति कामनाओं का/रश्मि
लख- *'काँपे सदा रे अधर जहाँ रक्तधारा लख'*	: देखकर	**नि.र.**-1/100	दिल्ली
◆ *'लख लूँगा, कुछ लख लूँगा!'*	: देखना	**नि.र.**-1/190	वासन्ती

शब्द- काव्य-पंक्ति	: अर्थ	ग्रंथावली/पृ.सं. स्रोत/संदर्भ
लखतीं- *'प्रात-अरुण को करुण अश्रु भर/लखतीं अहा अधीर'*	: देखतीं	**नि.र.**-1/211 बह चली अब अलि, शिशिर-समीर!
लख लाली- *'लख लाली प्रकृति कपोलों में गिरता तारा दल मतवाला'*	: (प्रकृति-सुन्दरी के कपोलों पर) फैली लाली देखकर	**प्र.ग्रं.**-2/181 इड़ा/कामायनी
लखूँ- *'लखूँ तुझे ही चकित चतुर्दिक'*	: देखूँ	**नि.र.**-1/102 प्रगल्भ प्रेम
लखोगे- *'लखोगे, उर-कुञ्ज में निज कञ्ज पर निर्भार'*	: देखोगे	**नि.र.**-1/228 खोलो दृगों के द्वय द्वार
लगे जगाने विश्व- *'जगे हम, लगे जगाने विश्व लोक में फैला फिर आलोक'*	: विश्व को ज्ञान भारत ने दिया	**प्र.ग्रं.**-4/138 पंचम अंक/स्कन्दगुप्त
लग्गी- *'अब उथला सरिता का प्रवाह, लग्गी से ले-ले सहज थाह'*	: लंबा हल्का बाँस	**पं.ग्रं.**-1/276 नौका-विहार/गुंजन
लग्न- *'लग्न एक ही स्मृति में'*	: लगा हुआ, अंतर्निहित, शामिल	**नि.र.**-1/171 रेखा 'क'
लघिमा- *'युक्त भी मुक्त यों आजीवन, लघिमा में'*	: लघुता, सूक्ष्मता, अमूर्तता	**नि.र.**-1/294 तुलसीदास
◆ *'अपनी ही लघिमा पर निर्भर'*	: लघु रूप या लघु रूप धारण करने की विद्या	**पं.ग्रं.**-1/351 चार/ज्योत्स्ना
लघिमा का व्यापार- *'हुआ वह लघिमा का व्यापार'*	: छोटेपन (तुच्छता) का प्रतीक, तुच्छ कार्य	**प्र.ग्रं.**-1/244 असन्तोष/झरना
लघिमा पर वार- *'अपनी ही लघिमा पर वार'*	: अपने छोटे आकार पर वार करना, लहरें अपने ही आकार पर परस्पर वार करती हैं।	**पं.ग्रं.**-1/190 वीचि विलास/पल्लव
लघु उर- *'पलकों में नीरव पद की गति लघु उर में पुलकों की संसृति'*	: अपनी लघुता में	**म.सा.**-1/182 तुम मुझ में प्रिय! फिर परिचय क्या!/नीरजा
लघु कंपन- *'भर देंगी उन्माद प्रलय का मानस की लघु कंपन में'*	: मन की सूक्ष्म अनुभूतिमयता	**म.सा.**-1/122 वे मधुदिन जिनकी स्मृतियों की/रश्मि
लघु क्षण- *'जीवन कितना? अति लघु क्षण,'*	: क्षणिक, अस्थायी, भंगुर, नश्वर	**प्र.ग्रं.**-1/329 अशोक की चिंता/लहर
◆ *'एक लघु क्षण दे रहा निर्वाण के वरदान शत शत'*	: प्रिय की अनुभूति के सूक्ष्म क्षण	**म.सा.**-1/173 कौन तुम मेरे हृदय में?/नीरजा
लघु जलधर- *'लघु जलधर का सृजन हुआ था जिसको शशि-लेखा घेरे'*	: बादलों (भावनाओं) से निर्मित छोटी-सी (दुनिया)	**प्र.ग्रं.**-2/226 निर्वेद/कामायनी
लघुतम जीवन- *'उस असीम का सुंदर मंदिर मेरा लघुतम जीवन रे!'*	: जीवन की ससीमता	**म.सा.**-1/234 क्या पूजन क्या अर्चन रे?/नीरजा
लघुतरणि- *'मृदु मन्द-मन्द, मन्थर-मन्थर, लघुतरणि, हंसिनी-सी सुन्दर'*	: छोटी नौका	**पं.ग्रं.**-1/275 नौका-विहार/गुंजन
लघुता- *'लघुता मत देखो वक्ष चीर, जिसमें अनुशय बन घुसा तीर'*	: तुच्छता, क्षुद्रता	**प्र.ग्रं.**-2/244 दर्शन/कामायनी
लघुता का बंधन- *'सीमा ही लघुता का बंधन है अनादि तू मत घड़ियाँ गिन'*	: सीमा में बँधा होना, ससीमता	**म.सा.**-1/188 मधुर मधुर मेरे दीपक जल/नीरजा

शब्द- काव्य-पंक्ति	: अर्थ	ग्रंथावली/पृ.सं.	स्रोत/संदर्भ
लघु त्राण- *'जगत नश्वरता से लघु त्राण, लता, पादप, सुमनों के पुंज'*	: मुक्ति की सीमित अनुभूति	**प्र.ग्रं.**-1/294	अरी वरुणा की शांत कछार/लहर
लघु निश्वासों- *'अपनी लघु निश्वासों में अपनी साधों की कम्पन'*	: सीमित जीवन, ससीमता	**म.सा.**-1/120	नव मेघों को रोता था/रश्मि
लघुपद- *'शशि-कर-सी लघुपद, सरसी में'*	: धीमी मनोरम गति	**पं.ग्रं.**-1/273	अप्सरा/गुंजन
लघु-पद-भार- *'करती लघु-पद-भार'*	: छोटे कदमों से किया गया लास्य-भाव का मनोरम नृत्य, सूक्ष्म पद-विक्षेप।	**पं.ग्रं.**-1/271	अप्सरा/गुंजन
लघुपद-विहार- *'तब तुम लघुपद-विहार/अनिल ज्यों बार-बार'*	: धीमी चाल से	**नि.र.**-1/327	प्रेयसी
लघु परों से- *'लघु परों से नाप सागर'*	: छोटे पंखों के सहारे, लघुता, साधक की ससीमता	**म.सा.**-1/262	रे पपीहे पी कहाँ? /सांध्य गीत
लघु-पल- *'जीवन रे हिमजल का लघु-पल'*	: क्षणिक जीवन	**पं.ग्रं.**-1/365	द्वितीय दृश्य/परी
लघुपात- *'जीवन, प्रात के लघुपात से, उत्थान-पतनाघात से/रह जाए चुप, निर्द्वंद्व'*	: संक्षिप्त/जरा-सा दिखाई पड़ना	**नि.र.**-1/170	मौन
लघु बंधन- *'निस्पंद पड़ी सोती वह अब मन के लघु बंधन में'*	: अत्यंत सीमित दायरा	**म.सा.**-1/120	नव मेघों को रोता था/रश्मि
लघु बिंदु- *'कण्ठगत लघु बिंदु कर तू'*	: जल की छोटी बूँद	**म.सा.**-1/262	रे पपीहे पी कहाँ? /सांध्य गीत
लघु भव- *'मेरे किसलय का लघु भव यह'*	: छोटा संसार	**प्र.ग्रं.**-1/323	अरे आ गई है भूली-सी/लहर
लघु भार- *'हृदय में है काँपती धड़कन, लिए लघु भार!'*	: मन पर हल्का बोझ महसूस करना	**प्र.ग्रं.**-2/116	वासना/कामायनी
लघु-लघु गात- *'प्राण, तुम लघु-लघु गात!'*	: वायु सूक्ष्म शरीरी है अर्थात् अदृश्य होकर भी अनुभूत है।	**पं.ग्रं.**-1/371	द्वितीय दृश्य/परी
लघु लहर का लास- *'सिंधु की नि:सीमता पर लघु लहर का लास कैसा!'*	: छोटी-छोटी लहरों का लास्य भाव से नर्तन	**म.सा.**-1/278	फिर विकल हैं प्राण मेरे!/सांध्य गीत
लघु लहरी- *'इस ग्रह कक्षा की हलचल! री तरल गरल की लघु लहरी!'*	: छोटी लहर, धीरे-धीरे प्रभाव डालती है चिंता	**प्र.ग्रं.**-2/53	चिंता/कामायनी
लघु विचार- *'मैं भूला हूँ तुमको निहार, नारी सा ही! वह लघु विचार'*	: तुच्छ विचार	**प्र.ग्रं.**-2/244	दर्शन/कामायनी
लघु विश्व- *'सूना न रहेगा यह मेरा लघु विश्व कभी जब रहोगे न'*	: छोटा-सा अपना घर-संसार	**प्र.ग्रं.**-2/166	ईर्ष्या/कामायनी
लघु शिर- *'दीप लघु शिर पर धरे आलोक का आकाश कैसा!'*	: अपने छोटे-से मस्तक पर दीपक ने आलोक की विराटता धारण की है।	**म.सा.**-1/278	फिर विकल हैं प्राण मेरे! /सांध्य गीत
लघु शृंग- *'या कि, नव इन्द्रनील लघु शृंग फोड़ कर धधक रही हो कांत;'*	: छोटे पर्वत की चोटी	**प्र.ग्रं.**-2/84	श्रद्धा/कामायनी
लघु सीमा- *'जब असीम से हो जाएगा मेरी लघु सीमा का मेल'*	: मनुष्य की ससीमता, साधक की अपनी छोटी हद	**म.सा.**-1/33	मैं अनंत पथ में लिखती जो/नीहार
लघु सुरधनु- *'लघु सुरधनु से पंख पसारे— शीतल मलय समीर सहारे'*	: छोटे-छोटे इन्द्रधनुष (के समान रंगीन पक्षी)	**प्र.ग्रं.**-4/215	द्वितीय अंक/चन्द्रगुप्त

शब्द-	काव्य-पंक्ति	: अर्थ	ग्रंथावली/पृ.सं.	स्रोत/संदर्भ
लघु हीरक-	*'जुगनू के लघु हीरक के कण! लाए कौन सँदेश नए घन!'*	: हीरे के छोटे टुकड़े की तरह जुगनू	**म.सा.**-1/225	लाए कौन सन्देश नए घन!/नीरजा
लघु हृदय-	*'मैं मिटी निस्सीम प्रिय में, वह गया बँध लघु हृदय में'*	: मेरी ससीमता या लघुता	**म.सा.**-1/229	प्राणपिक प्रिय-नाम रे कह!/नीरजा
लचका गान-	*'अधूरा उसका लचका गान'*	: सुर की प्रशिक्षित साधना के बिना किया गया गायन	**पं.ग्रं.**-1/179	उच्छ्वास/पल्लव
लजी-	*'अंचल? लजी मशालची की लालटेन काली'*	: लजा जाए	**नि.र.**-1/43	विरहिणी पर व्यंग
लज्जा-	*'मैं रति की प्रतिकृति लज्जा हूँ मैं शालीनता सिखाती हूँ'*	: कामक्रीड़ा के प्रति संकोच का भाव	**प्र.ग्रं.**-2/128	लज्जा/कामायनी
लज्जाकुल-	*'खुलते स्तबकों की लज्जाकुल नतवदना मधुमाधवी अतुल;'*	: लज्जा से आकुल, शर्मायी हुई	**नि.र.**-1/308	दान
लज्जा-सज्जा-	*'लज्जा-सज्जा, आशाऽभिलाष'*	: लज्जा-भाव के कारण उत्पन्न शोभा और सौन्दर्य	**पं.ग्रं.**-1/313	तीन/ज्योत्स्ना
लटों-	*'इन स्निग्ध लटों से छा दे तन पुलकित अंकों में भर विशाल'*	: केश-रूपी बादल	**म.सा.**-1/181	रूपसि तेरा घन-केश-पाश!/नीरजा
लड़ी-	*'कितने बन्दों में, कितने छन्दों में तेरी लड़ी गयी'*	: शृंखला, कड़ी	**नि.र.**-1/98	प्रिया से
लतांतराल-	*'विदेह का, — प्रथम स्नेह का लतान्तराल मिलन'*	: लताओं के अन्तराल (बीच) में	**नि.र.**-1/331	राम की शक्ति-पूजा
लता-अंक-	*'पड़ा पालने पर मैं सुख से लता-अंक के झूलूँ'*	: लता-रूपी गोद	**नि.र.**-1/102	प्रगल्भ प्रेम
लता कलित-	*'अचल हिमालय का शोभनतम लता कलित शुचि सानु शरीर,'*	: लताओं से युक्त होकर सुन्दर	**प्र.ग्रं.**-2/71	आशा/कामायनी
लता के अधर-	*'सुमन की स्मिति में, लता के अधर में'*	: लताओं के होंठों पर	**पं.ग्रं.**-1/126	ग्रन्थि
लता-मुकुल-हार-गंध-भार-	*'लता-मुकुल-हार-गन्ध-भार भर बही पवन बन्द मन्द मन्दतर,'*	: लता की कलियों के हार का सुगंध-भार (अपने में) भरकर। लता में कलियाँ हार की तरह लग रही हैं और गंध से भरी हैं।	**नि.र.**-1/253	सखि, वसन्त आया
लता-लवंग-	*'लजा लहरों की गति, मृदु-भङ्ग मिली उर से फिर लता-लवङ्ग'*	: लौंग की लता	**नि.र.**-1/265	तुम्हें ही चाहा
लता-वीरुध-	*'लता-वीरुध दिया करते जिसे छाया दान'*	: पेड़-पौधे और लताएँ	**प्र.ग्रं.**-2/114	वासना/कामायनी
लतावृत-	*'ना, गुहा लतावृत एक पास, कोई जीवित ले रहा साँस'*	: लताओं से घिरी हुई (गुफा)	**प्र.ग्रं.**-2/242	दर्शन/कामायनी
लतिका-	*'लो यह लतिका भी भर लाई'*	: लता	**प्र.ग्रं.**-1/303	बीती विभावरी जाग री/लहर
लतिका घूँघट-	*'लतिका घूँघट से चितवन की वह कुसुम दुग्ध-सी मधु-धारा,'*	: लता-रूपी घूँघट	**प्र.ग्रं.**-2/98	काम/कामायनी
लतिका-प्रवाल-	*'उसके अधरों में फैलेगा नवमधुमय स्मिति-लतिका-प्रवाल'*	: लता पर निकले किसलय की तरह	**प्र.ग्रं.**-2/167	ईर्ष्या/कामायनी
लतिका-लास-	*'देखता हूँ चकित जैसे ललित लतिका-लास'*	: लताओं का लास्य भाव से झूमना	**प्र.ग्रं.**-2/114	वासना/कामायनी
लय-	*'स्वप्न, स्वाप, जागरण भस्म हो इच्छा क्रिया ज्ञान मिल लय थे'*	: लीन (पराशक्तियों का मिल जाना)	**प्र.ग्रं.**-2/263	रहस्य/कामायनी

शब्द- काव्य-पंक्ति	: अर्थ	ग्रंथावली/पृ.सं.	स्रोत/संदर्भ
लय-गौरव- *'चिर निद्रा में सपने का पल ले चली लास में लय-गौरव!'*	: गौरवपूर्ण प्रवाह और भंगिमा	**म.सा.**-1/315	ओ चिर नीरव! /दीप-शिखा
लय-भार- *'वात उठता, किरण के निर्झर झुके, लय-भार जिसके'*	: लय के भार से मानो किरणें झुककर तिरछी पड़ रही हैं।	**म.सा.**-1/323	आज तार मिला चुकी हूँ/दीप-शिखा
लयवान वंशी- *'आज मूक अभाव किसने कर दिया लयवान वंशी?'*	: लय में बजती बाँसुरी की तरह मेरे प्राणों को बना दिया	**म.सा.**-1/377	गूँजती क्यों प्राण-वंशी? /दीप-शिखा
लय-सीमा- *'लय-सीमा में यह कंपन,'*	: लय की सीमा, मानो दुःख भी क्रमबद्ध हो	**प्र.ग्रं.**-1/331	अशोक की चिंता/लहर
ललकों- *'सुख की प्यासी ललकों में'*	: व्यग्र इच्छाएँ, ललक	**प्र.ग्रं.**-1/330	अशोक की चिंता/लहर
ललना- *'घन-नीलालका दामिनी जित ललना वह;'*	: स्त्री	**नि.र.**-1/302	तुलसीदास
ललनाओं- *'ललनाओं का मृदु उद्गार'*	: स्त्रियाँ	**नि.र.**-1/123	यमुना के प्रति
ललाई- *'मादकता भरी ललाई है'*	: लालिमा	**प्र.ग्रं.**-1/304	आँखों से अलख जगाने को/लहर
ललाट की खल लेखा- *'हे अभाव की चपल बालिके, री ललाट की खल लेखा!'*	: चिंता ललाट की दुर्भाग्य-रेखा है, मस्तक पर दुर्भाग्य की रेखाएँ, रेखा-ज्योतिष के अनुसार मस्तक पर भाग्य-दुर्भाग्य की रेखाएँ होती हैं।	**प्र.ग्रं.**-2/53	चिंता/कामायनी
ललाम- *'कल्पना ललाम की लगाम थाम कविदल'*	: सुंदर	**नि.र.**-1/44	विरहिणी पर व्यंग
◆ *'रचते अथवा ललाम/गतालोक लोक,'*	: सुंदर	**नि.र.**-1/313	मित्र के प्रति
◆ *'कहते प्रिय सन्देश ललाम'*	: सुंदर, आकर्षक	**पं.ग्रं.**-1/214	बादल/पल्लव
◆ *'जहाँ के हँसते विहग ललाम/मृत्यु-छाया का सुनकर नाम'*	: सुंदर	**म.सा.**-1/49	घोर तम छाया चारों ओर/नीहार
ललाम वामा- *'ऐसी ललाम वामा चित्रित न होगी कभी'*	: सुंदर स्त्री	**नि.र.**-1/56	पंचवटी प्रसंग:3
ललित कर्ण कपोल- *'स्पर्श करने लगी लज्जा ललित कर्ण कपोल'*	: (श्रद्धा के) लालित्यपूर्ण (सुन्दर) कान और गाल	**प्र.ग्रं.**-2/119	वासना/कामायनी
ललित-कल्पना-गति- *'ललित-कल्पना-गति अभिराम'*	: सुंदर कल्पना की मनोरम गति	**नि.र.**-1/120	यमुना के प्रति
ललित लतिका-लास- *'देखता हूँ चकित जैसे ललित लतिका-लास'*	: सुन्दर लताओं का लास्य भाव से झूमना	**प्र.ग्रं.**-2/114	वासना/कामायनी
ललित लालसा- *'ललक रही थी ललित लालसा सोम-पान की प्यासी'*	: मन को खींच लेनेवाली उत्कट इच्छा	**प्र.ग्रं.**-2/133	कर्म/कामायनी
लवंग- *'चुनाती नित लवंग निज अंग'*	: लौंग की लता	**पं.ग्रं.**-1/257	मधुवन/गुंजन
लव-निमेष-कणिके- *'बहते छोड़ शेष सब तुम पर लव-निमेष-कणिके!'*	: लव, निमेष और कणमात्र में रहनेवाली अयि! लव- 36 पल (निमेष) का समय	**नि.र.**-1/256	जागो, जीवन-धनिके!
लवलीन- *'लालिमा में लय हो लवलीन'*	: प्रेम में मग्न, लीन हो जाना	**प्र.ग्रं.**-4/89	तृतीय अंक/स्कन्दगुप्त
लह- *'रूप-इन्दु से सुधा-विन्दु लह,/रह-रह और तुलीं'*	: प्राप्त कर	**नि.र.**-1/220	दृगों की कलियाँ नवल खुला
लहर-कच- *'गन्ध-व्याकुल-कूल-उर-सर, लहर-कच कर कमल-मुख-पर'*	: लहरें केश-राशि की तरह हैं	**नि.र.**-1/255	कौन तम के पार

शब्द- काव्य-पंक्ति	: अर्थ	ग्रंथावली/पृ.सं.	स्रोत/संदर्भ
लहर-सर- *'लहर-सर, सुरभि-समीर विहान'*	: सरोवर की लहरें	**पं.ग्रं.**-1/258	मधुवन/गुंजन
लहरांचल- *'तार-तरल लहरा लहरांचल'*	: लहरों से बना हुआ आँचल (है अप्सरा का)	**पं.ग्रं.**-1/273	अप्सरा/गुंजन
लहरियों की माला- *'जलनिधि में बन जलती कैसी आज लहरियों की माला'*	: तरंगों का क्रमबद्ध उठना-गिरना	**प्र.ग्रं.**-2/59	चिंता/कामायनी
लहरी- *'लहरी, कूल चूमने चल कर'*	: छोटी लहरें	**प्र.ग्रं.**-1/311	कितने दिन जीवन-जलनिधि में/लहर
♦ *'हाला सी, हालाहल सी/बह गई अचानक लहरी'*	: उस अज्ञात प्रियतम के प्रेम की अनुभूति हाला और हालाहल की लहर की तरह आई और चली गयी।	**म.सा.**-1/53	इन हीरक से तारों को /नीहार
लहरी का कर- *'शशि को छूने मचली सी लहरी का कर कर चुम्बन'*	: लहर या तरंग-रूपी हाथ	**म.सा.**-1/37	रजनी ओढ़े जाती थी /नीहार
लहरों में प्यास- *'लहरों में प्यास भरी है है भँवर पात्र भी खाली'*	: स्मृति-रूपी लहरों में अतीत की अतृप्ति भरी है	**प्र.ग्रं.**-2/14	आँसू
लहलह- *'जीवन की लहलह लतिका में'*	: लहलहाती हुई, स्वस्थ और विकसित	**पं.ग्रं.**-1/351	चार/ज्योत्स्ना
लाख-सी- *'लाख-सी दी त्वरित लगवा, बन्द कर'*	: लाख (लाह) से सील करने या खोखले आभूषण को भरने का काम करते हैं	**पं.ग्रं.**-1/126	ग्रन्थि
लाघव- *'देश काल का लाघव करते वे प्राणी चंचल से हैं'*	: लघु बना देना, आसान बना देना, कुशलता	**प्र.ग्रं.**-2/190	स्वप्न/कामायनी
♦ *'राघव-लाघव— रावण-वारण— गत-युग्म-प्रहर,'*	: कुशलता	**नि.र.**-1/329	राम की शक्ति-पूजा
लाज भरे सौन्दर्य- *'हे लाज भरे सौन्दर्य! बता दो मौन बने रहते हो क्यों?'*	: लज्जभाव से भरी (स्त्री-सुलभ) सुन्दरता	**प्र.ग्रं.**-4/186	प्रथम अंक/चन्द्रगुप्त
लाज-भीरु- *'हम लाज-भीरु खुल पड़ता तन'*	: लज्जा का भय जिसे हो	**पं.ग्रं.**-1/351	चार/ज्योत्स्ना
लाजमयी- *'थककर वह चेतना भी लाजमयी'*	: शर्मायी हुई, लजायी हुई	**नि.र.**-1/144	जागृति में सुप्ति थी
लाज-विवश-सिहरी- *'बाजे नूपुर रुन-रिन रन-झन लाज-विवश-सिहरी'*	: लज्जा के वशीभूत होकर रोमांच से भर जाना, लज्जा रोक रही है और रोओं की सिहरन भाव को गुप्त नहीं रहने दे रही है।	**नि.र.**-1/198	गीत 'ख'
लाज-शृंखला- *'जकड़ी हुई थी अपनी ही लाज-शृंखला में'*	: लज्जा के बंधन में	**प्र.ग्रं.**-1/349	प्रलय की छाया/लहर
लाल- *'साथ लिये लाल को'*	: लक्ष्मण	**नि.र.**-1/51	पंचवटी प्रसंग:1
लाल अपना राग- *'लाल अपना राग तुझ पर प्रात बरसाता नहीं'*	: अपने प्रेम का लाल रंग (अरुण किरण)	**म.सा.**-1/60	था कली के रूप शैशव /नीहार
लालस-सालस- *'प्रिये, लालस-सालस वातास'*	: लालसा और आलस्य से भरकर, शृंगारोचित लालसा और आलस्य की देह-भाषा	**पं.ग्रं.**-1/255	आज रहने दो यह गृह-काज/गुंजन
लालसा- *'हृदय में क्या है नहीं अधीर, लालसा जीवन की नि:शेष?'*	: उत्कट इच्छा	**प्र.ग्रं.**-2/88	श्रद्धा/कामायनी
लालसा की मदिरा- *'लालसा की मदिरा में चूर क्षणिक भंगुर यौवन पर भूल'*	: इच्छाएँ मानो शराब की तरह हैं	**म.सा.**-1/68	कामना की पलकों में झूल/नीहार

शब्द-	काव्य-पंक्ति	: अर्थ	ग्रंथावली/पृ.सं.	स्रोत/संदर्भ
लालसी-	*'मूक-आह्वान-भरे लालसी कपोलों के'*	: लाल रंग वाली, गालों का गुलाबी रंग	**नि.र.-1**/144	शेफालिका
लाली-	*'छिपा कर लाली में चुपचाप सुनहला प्याला लाया कौन?'*	: सुबह की लालिमा	**म.सा.-1**/36	ढुलकते आँसू सा सुकुमार /नीहार
लाली के डोरे-	*'मादकता लाली के डोरे इधर फँसे हों पलकों से'*	: आँखों में प्रेम की लाल लकीरें	**प्र.ग्रं.-4**/133	पंचम अंक/स्कन्दगुप्त
लाली घोल-	*'जिसकी चाह तुम्हें है उसने छिड़की मुझ पर लाली घोल'*	: प्रेम का लाल रंग घोलकर (मानो उस असीम प्रियतम ने सुबह की प्रकृति पर छिड़क दी है)	**म.सा.-1**/94	प्रथम प्रणय की सुषमा सा/नीहार
लाली से ललाम-	*'लग गया रक्त था उस मुख में हिंसा-सुख लाली से ललाम!'*	: शिकार के रक्त की लाली में सौन्दर्य की अनुभूति	**प्र.ग्रं.-2**/157	ईर्ष्या/कामायनी
लावण्य-भार-	*'कर पार, कुञ्ज-तारुण्य सुघर आयी, लावण्य-भार थर-थर'*	: लावण्य का भार अर्थात् सरोज बड़ी हुई	**नि.र.-1**/319	सरोज-स्मृति
लावण्य-माधुरी-मदिरा-	*'तो तुझे बताऊँगा मैं भी लावण्य-माधुरी-मदिरा'*	: लावण्य की मदिरा जो नमकीन भी है और मीठी भी	**नि.र.-1**/89	प्रलाप
लावण्य-शैल-	*'लावण्य-शैल राई-सा जिस पर वारी-बलिहारी'*	: लावण्य का विराट रूप, यदि लुनाई को पर्वत की तरह मान लिया जाए।	**प्र.ग्रं.-2**/10	आँसू
लास-	*'अहर्निश साँस-साँस में लास'*	: लास्य-भाव से मौजूदगी	**पं.ग्रं.-1**/265	प्राण! तुम लघु-लघु गात/गुंजन
◆	*'अहर्निशि साँस-साँस में लास'*	: लास्यभाव या ललितभाव से नृत्य	**पं.ग्रं.-1**/372	द्वितीय दृश्य/परी
◆	*'तोड़ कर वह मुकुर जिसमें रूप करता लास'*	: सौन्दर्य-भाव की भंगिमाएँ यदि लुनाई को पर्वत की तरह मान लिया जाए।	**म.सा.-1**/125	स्मित तुम्हारी से छलक.../रश्मि
◆	*'सिंधु की जैसे तप्त उसाँस/दिखा नभ में लहरों सा लास'*	: सुंदर-कोमल नृत्य-भंगिमा	**म.सा.-1**/140	न थे जब परिवर्तन दिनरात/रश्मि
◆	*'चिर निद्रा में सपने का पल ले चली लास में लय-गौरव!'*	: लास्य भाव, कोमल लयात्मकता	**म.सा.-1**/315	ओ चिर नीरव! /दीप-शिखा
लास-अंक-	*'वह विलास का लास-अङ्क, वह'*	: लास्य भाव से भरी गोद, प्रेमालिंगन	**नि.र.-1**/121	यमुना के प्रति
लास-तन्मय-	*'अब घटाओं में न रुकती लास-तन्मय तड़ित् बाँधी'*	: अपने लास्यभाव के नृत्य में तन्मय रहनेवाली आकाशीय बिजली	**म.सा.-1**/319	सब बुझे दीपक जला लूँ/दीप-शिखा
लास-निरत-	*'अविरत गायक विहंग,/लास-निरत किरण संग'*	: जो निरंतर लास्यभाव के नृत्य में मग्न है	**म.सा.-1**/351	मिट चली घटा अधीर! /दीप-शिखा
लासमय-	*'तुझे पा बज उठे कण-कण मुझे छू लासमय क्षण-क्षण!'*	: नृत्य का लास्य-रूप (कोमल और मोहक)	**म.सा.-1**/331	विहंगम-मधुर स्वर तेरे /दीप-शिखा
लास-रंग-रस-	*'उनके अचपल भ्रू-विलास में लास-रंग-रस सरसाओ!'*	: नृत्य-रस-रंग, लास्य भाव से होने वाले नृत्य का रस तथा उस नृत्य के विभिन्न रूप (रंग)	**नि.र.-1**/213	मेरे प्राणों में आओ!

शब्द–	काव्य–पंक्ति	: अर्थ	ग्रंथवली/पृ.सं.	स्रोत/संदर्भ
लास रास–	*'लास रास कर रहे लटकते हुए अधर में'*	: लास्यभाव से रास–नृत्य करना	**प्र.ग्रं.–2**/199	संघर्ष/कामायनी
लास–रास–	*'उस लास–रास में विह्वल थी हँसती सी कल्याणी'*	: कोमल मधुमय नृत्य की आनंदमयी क्रीड़ा	**प्र.ग्रं.–2**/279	आनन्द/कामायनी
लिपि–	*'मन्द–गन्ध कुसुमों में लिख दी/लिपि जय की हँसके'*	: अक्षर, पहचान, निशान, संकेत	**नि.र.–1**/199	गीत 'ग'
लिबास–	*'तुमने यह कुसुम–विहग लिबास'*	: पोशाक	**पं.ग्रं.–2**/23	तितली/युगपथ
लीप–	*'गुलालों से रवि का पथ लीप जला पश्चिम में पहला दीप'*	: कच्ची जमीन को मिट्टी आदि के घोल से लीपकर बराबर और साफ किया जाता है। सूरज लाल किरणों के गुलाल से अपने मार्ग को लीप रहा है।	**म.सा.–1**/106	शून्यता में निद्रा की बन/रश्मि
♦	*'प्रति पग सुरभि की लहर ही रही लीप'*	: लीपना, पोत देना	**म.सा.–1**/405	मैं चिर पथिक वेदना का/दीप–शिखा
लीप से–	*'वनपथ दिए हैं लीप से गाती कमल के कक्ष में'*	: लीप देना, पोत देना, एक सजल आवरण चढ़ा देना	**म.सा.–1**/172	शृंगार कर ले री सजनि! /नीरजा
लीपा–	*'ले ले तरल रजत औ' कंचन, निशि–दिन ने लीपा जो आँगन'*	: लीपना, कच्ची जमीन को मिट्टी–गोबर आदि से लीपते हैं।	**म.सा.–1**/222	झरते नित लोचन मेरे हों!/नीरजा
लील–	*'आँखों से प्रिय छबि लील लील'*	: निगलना, समा लेना	**पं.ग्रं.–2**/19	छाया/युगपथ
लीलाकमल–	*'जो तुम्हारा हो सके लीलाकमल यह आज'*	: क्रीड़ाभाव से हाथ में लिया गया कमल, मेरा जीवन–कमल तुम्हारे हाथ का लीलाकमल बन जाए!	**म.सा.–1**/176	विरह का जलजात जीवन/नीरजा
लीला निष्ठुर–	*'कब रुकती लीला निष्ठुर'*	: (प्रकृति के) क्रिया–व्यापार किसी की परवाह किये बगैर संपन्न होते रहते हैं।	**प्र.ग्रं.–1**/315	वसुधा के अंचल पर /लहर
लीलाभूमि–	*'बनाओ इसे न लीलाभूमि/तपोवन है मेरा एकांत'*	: प्रेम–व्यापार का क्रीड़ा–स्थल	**म.सा.–1**/68	कामना की पलकों में झूल/नीहार
लीलामय आनंद–	*'कर रही लीलामय आनन्द, महाचिति सजग हुई सी व्यक्त;'*	: सृष्टि की महाचेतना आनन्द और क्रीड़ा–कौतुक से परिपूर्ण है।	**प्र.ग्रं.–2**/89	श्रद्धा/कामायनी
लीलायुध थाम–	*'कुसुमों का लीलायुध थाम'*	: (कामदेव ने) लीला के लिए हथियार उठाया था (जिसमें पाँच फूलों से बने तीर थे, पंचबाण)	**पं.ग्रं.–1**/192	अनंग/पल्लव
लीला विलास–	*'लीला विलास की खेद भरी अवसादमयी श्रम–दलिता–सी'*	: कामक्रीड़ा की विलासमयी लीला	**प्र.ग्रं.–2**/128	लज्जा/कामायनी
लीलासहचर–	*'लीलासहचर, दिव्यभावधर, इन पर प्रहार'*	: (जो राम की) लीला में सहचर की तरह शामिल रहे।	**नि.र.–1**/332	राम की शक्ति–पूजा
लीला–हिलोर–	*'आती है वाणी में न कभी वह चाव भरी लीला–हिलोर'*	: क्रीड़ा–भाव से भरी हुई लहरें	**प्र.ग्रं.–2**/158	ईर्ष्या/कामायनी
लुकते–	*'माधवी निशा की अलसाई/अलकों में लुकते तारा–सी'*	: छिपते	**प्र.ग्रं.–2**/100	काम/कामायनी
लुक रहना–	*'जब लीला से तुम सीख रहे कोरक–कोने में लुक रहना;'*	: छिप जाना	**प्र.ग्रं.–2**/97	काम/कामायनी

शब्द- काव्य-पंक्ति	: अर्थ	ग्रंथावली/पृ.सं.	स्रोत/संदर्भ
लुट जाता- *'छा जाता जीवन में वसंत लुट जाता चिर संचित विराग'*	: समाप्त हो जाता (वियोग का भाव)	**म.सा.-1**/95	जो तुम आ जाते एक बार/नीहार
लुटरी खुली अलक- *'लुटरी खुली अलक, रज-धूसर बाँहें आकर लिपट गयीं'*	: मुख पर लटकते हुए घुँघराले बाल	**प्र.ग्रं.-2**/188	स्वप्न/कामायनी
लुटे-से- *'एक झिटका-सा लगा सहर्ष, निरखने लगे लुटे-से, कौन—'*	: मोहित हो जाना, बलिहारी हो जाना	**प्र.ग्रं.-2**/83	श्रद्धा/कामायनी
लुप्तमधु- *'वह मुकुलित लावण्य लुप्तमधु'*	: जिसकी मिठास (प्रेम, स्नेह) गायब हो गयी हो	**नि.र.-1**/121	यमुना के प्रति
लुब्ध- *'नीरद जलधि लुब्ध हो भीमा प्रकृति, हृदय भय भरे हुए'*	: लोभ करना, मुग्ध होना	**प्र.ग्रं.-3**/209	द्वितीय अंक/विशाख
◆ *'मुग्ध मनोहर लुब्ध क्षुब्ध उद्वेलित सक्रिय'*	: लोभ से भरा	**नि.र.-1**/183	प्रतिध्वनि
◆ *'क्षुब्ध लुब्ध, नील-अंग—/अवगाहन-स्नान'*	: लोभ के आकर्षण के साथ	**नि.र.-1**/313	मित्र के प्रति
लेख- *'युग-युग की वह विकल प्रतारित मिटी हुई बन लेख रही'*	: लिखावट	**प्र.ग्रं.-2**/189	स्वप्न/कामायनी
लेखो- *'जीवन-मधु एकत्र कर रहीं उन ममाखियों-सा बस लेखो'*	: निश्चित रूप से समझो	**प्र.ग्रं.-2**/261	रहस्य/कामायनी
लेलिहान- *'बाड़व लेलिहान जिह्वा का करता है विस्तार'*	: लालची, लुब्ध	**प्र.ग्रं.-4**/54	प्रथम अंक/स्कन्दगुप्त
लेश- *'धैर्य का कुछ भी न मनु के हृदय में था लेश'*	: निशानी, चिह्न	**प्र.ग्रं.-2**/118	वासना/कामायनी
◆ *'भुला डालो जीवन की साध/मिटा डालो बीते का लेश'*	: निशान, चिह्न	**म.सा.-1**/78	जहाँ है निद्रामग्न वसंत /नीहार
लेशावकाश- *'अब रहा नहीं लेशावकाश रहने का'*	: नाम मात्र का अवकाश, अब बिल्कुल देर नहीं है	**नि.र.-1**/307	तुलसीदास
लोक-अग्नि- *'मैं लोक-अग्नि में तप नितांत, आहुति प्रसन्न देती प्रशांत'*	: सांसारिक जीवन की ज्वाला (कष्ट)	**प्र.ग्रं.-2**/239	दर्शन/कामायनी
◆ *'वह लोक-अग्नि में तप-गलकर, थी ढली स्वर्ण प्रतिमा बनकर'*	: सांसारिक जीवन के संतापों की ज्वाला	**प्र.ग्रं.-2**/243	दर्शन/कामायनी
लोक-निचय- *'झर-झर नित अगणित लोक-निचय'*	: लोक-संग्रह, लोकजीवन का समूहगत रूप	**पं.ग्रं.-1**/314	तीन/ज्योत्स्ना
लोक-पथिक- *'चले आ रहे छायापथ में लोक-पथिक जो थकते'*	: संसार के लोग मानो यात्री हैं	**प्र.ग्रं.-2**/144	कर्म/कामायनी
लोक सेवा- *'लोक सेवा में शिव अविकार'*	: आम जन की सेवा का भाव	**पं.ग्रं.-1**/229	परिवर्तन/पल्लव
लोकाशय- *'धृत ज्योति-योनि में लोकाशय'*	: लोक का कल्याण या सन्दर्भ	**पं.ग्रं.-1**/314	तीन/ज्योत्स्ना
लोकेश- *'कर सकी है मन्द? क्या लोकेश की?'*	: भगवान्	**पं.ग्रं.-1**/138	ग्रन्थि
लोकोन्नति- *'लोकोन्नति का हो खुला द्वार'*	: जन सामान्य के आगे बढ़ने (के रास्ते)	**पं.ग्रं.-1**/323	तीन/ज्योत्स्ना
लोचन-गोचर-सकल-लोक- *'यह लोचन-गोचर-सकल-लोक, संसृति के कल्पित हर्ष शोक'*	: आँख (इन्द्रिय) से दिखनेवाला सारा संसार	**प्र.ग्रं.-2**/234	दर्शन/कामायनी

शब्द- काव्य-पंक्ति	: अर्थ	ग्रंथावली/पृ.सं.	स्रोत/संदर्भ
लोड़ित साँप- *'जगा रेणु के लोड़ित साँप'*	: लोटते-रेंगते हुए साँप की तरह (हवा के कारण धूल इधर-उधर होती है)	**पं.ग्रं.**-1/202	विश्व वेणु/पल्लव
लोध्र कुसुम रज- *'गंध चूर्ण था लोध्र कुसुम रज, जुटे नवीन प्रसाधन थे'*	: लोध नामक फूल के पराग-कण	**प्र.ग्रं.**-2/190	स्वप्न/कामायनी
लोभन- *'वह रत्नावली, नाम-शोभन पति-रति में प्रतनु, अतः लोभन'*	: लोभ करने योग्य, लोभ उत्पन्न करनेवाला	**नि.र.**-1/295	तुलसीदास
लोम-लतिका- *'लोम-लतिका बन कोमल-गात'*	: कलियों से युक्त लता मानो सिहरन भरे कोमल शरीर की तरह है	**पं.ग्रं.**-1/258	मधुवन/गुंजन
लोम विलोम- *'तपती थी मध्याह्न-किरण सी प्राणों की गति लोम विलोम'*	: क्रम और व्यतिक्रम, सीधा क्रम और उल्टा क्रम	**प्र.ग्रं.**-1/236	चिह्न/झरना
लोल- *'कुसुम-कपोलों पर वे लोल शिशिर-कण'*	: चंचल, सुंदर	**नि.र.**-1/112	भर देते हो
◆ *'किसकी लोल लहर अज्ञात'*	: चंचल	**नि.र.**-1/118	यमुना के प्रति
◆ *'देख लोल लहरों की छल-छल'*	: चंचल	**नि.र.**-1/197	गीत 'क'
◆ *'वहाँ के बल केवल वे लोल/नयन दिखलाते निश्छल प्यार'*	: चंचल	**नि.र.**-1/201	गीत 'घ'
◆ *'अनिल पुलकित स्वर्णांचल लोल'*	: चंचल	**पं.ग्रं.**-2/24	सन्ध्या/युगपथ
◆ *'जो निर्झर उसको देगा क्या मेरा जीवन लोल?'*	: चंचल	**म.सा.**-1/159	चुका पाएगा कैसे बोल!/रश्मि
◆ *'बिछल मत धुल जाएगी/इन लहरियों में लोल री'*	: चंचल	**म.सा.**-1/227	मत अरुण घूँघट खोल री!/नीरजा
लोल तारक- *'लोल तारक भी अचञ्चल चल न मेरा एक कुंतल'*	: चंचल तारे	**म.सा.**-1/258	शून्य मंदिर में बनूँगी... /सांध्य गीत
लोल पीला- *'टूटता सा इंदु-कंदुक/रवि झुलसता लोल पीला!'*	: चंचल पीले रंग का सूर्य	**म.सा.**-1/271	सो रहा है विश्व, पर.../सांध्य गीत
लोल लहर- *'उठ उठ री लघु लघु लोल लहर!'*	: चंचल लहरें (स्मृतियाँ)	**प्र.ग्रं.**-1/290	उठ उठ री लघु.../लहर
◆ *'मानस सागर के तट पर क्यों लोल लहर की घातें'*	: स्मृतियाँ मानो चंचल लहरें हैं	**प्र.ग्रं.**-2/3	आँसू
◆ *'बहती माया सरिता ऊपर, उठती किरणों की लोल लहर'*	: चंचल लहर (की तरह किरणें)	**प्र.ग्रं.**-2/242	दर्शन/कामायनी
लोल लहरियाँ- *'रूप जलधि में लोल लहरियाँ उठ रहीं'*	: चंचल लहरें	**प्र.ग्रं.**-1/226	रूप/झरना
◆ *'लोल लहरियाँ करतीं नर्तन'*	: चंचल लहरें	**पं.ग्रं.**-1/289	एक/ज्योत्स्ना
लोल हिलोर- *'अरी सलिल की लोल हिलोर'*	: चंचल गतिमयता	**पं.ग्रं.**-1/189	वीचि विलास/पल्लव
◆ *'वे मन्थर सी लोल हिलोर फैला अपने अञ्चल छोर'*	: चंचल लहरें	**म.सा.**-1/94	प्रथम प्रणय की सुषमा सा/नीहार
लोलुप रसना- *'उनकी आमिष लोलुप रसना आँखों से कुछ कहती'*	: स्वादिष्ट भोजन के लिए लालायित जीभ	**प्र.ग्रं.**-2/135	कर्म/कामायनी
लोह- *'लोह काटता खरतर'*	: लोहा	**पं.ग्रं.**-1/335	चार/ज्योत्स्ना
◆ *'हरते भव-मोह, लोह'*	: लोहा	**पं.ग्रं.**-1/335	चार/ज्योत्स्ना
लोहित- *'आज लोहित मधु-प्रात'*	: लाल रंग का, सुबह की लाली	**पं.ग्रं.**-1/255	मधुवन/गुंजन

शब्द- काव्य-पंक्ति	: अर्थ	ग्रंथावली/पृ.सं.	स्रोत/संदर्भ
लोहित तन- *'आज प्रभु भक्त प्रहत, लोहित तन'*	: खून से लथपथ शरीर	**पं.ग्रं.-1**/115	गहन का कानन!/वीणा
लोहितलोचन- *'लोहितलोचन— रावण-मदमोचन-महीयान'*	: लाल- लाख आँखें	**नि.र.**-1/329	राम की शक्ति-पूजा
वंक- *'वङ्क भौंह, शङ्कित दृग, नत मुख'*	: तिरछा	**नि.र.**-1/238	सकल गुणों की खान, प्राण तुम
वंचक- *'वञ्चक कहीं का शठ'*	: ठग, भ्रमित करने वाला	**नि.र.**-1/62	पंचवटी प्रसंग:5
वंचकता- *'वंचकता, पीड़ा, घृणा, मोह'*	: धोखाधड़ी, फरेब	**प्र.ग्रं.**-1/319	मुझको न मिला रे कभी प्यार/लहर
वंचना- *'अतिचारी मिथ्या मान इसे परलोक-वंचना से भर जा'*	: भ्रम, धोखा	**प्र.ग्रं.**-2/177	इड़ा/कामायनी
वंचित- *'वंचित रे! यह किस अतीत की विकल कल्पना का परिणाम'*	: (जिसे प्रेम का) अभाव हो	**प्र.ग्रं.**-1/327	मधुर माधवी संध्या में /लहर
वंचित जीवन- *'वंचित जीवन बना समर्पण यह अभिमान अकिंचन का'*	: अभावमय जीवन	**प्र.ग्रं.**-2/187	स्वप्न/कामायनी
वंशी-ध्वनि- *'वह वंशी-ध्वनि मनमोहन'*	: प्रिय की मुरली की मधुर ध्वनि	**पं.ग्रं.**-1/87	कौन-कौन तुम परिहत वसना/वीणा
वंशी नीरव- *'वंशी नीरव पड़ी धूल में'*	: मौन बाँसुरी	**प्र.ग्रं.**-1/233	विषाद/झरना
वंशी-रव- *'दूरागत वंशी-रव'*	: बाँसुरी की आवाज	**प्र.ग्रं.**-1/339	प्रलय की छाया/लहर
◆ *'श्वास पवन पर चढ़कर मेरे दूरागत वंशी-रव सी'*	: बाँसुरी की मधुर ध्वनि	**प्र.ग्रं.**-2/226	निर्वेद/कामायनी
वंशीवट- *'बता, कहाँ अब वह वंशीवट?'*	: बरगद का पेड़ जिसके नीचे कृष्ण बाँसुरी बजाते थे	**नि.र.**-1/115	यमुना के प्रति
वंशी-वीणा-स्वर- *'रजत शंख-घड़ियाल स्वर्ण वंशी-वीणा-स्वर'*	: वंशी और वीणा के स्वर (पूजा के समय गुंजित थे)	**म.सा.**-1/335	यह मंदिर का दीप... /दीप-शिखा
व- *'कि व' कहते हैं "तुम हमारे हो'*	: वह	**नि.र.**-1/47	तुम हमारे हो
◆ *'व क्या समझेगा माली निष्ठुर—'*	: वह	**नि.र.**-1/74	पहचाना
वकुल-फूल- *'गुथ दे रशना में अलि-गुञ्जन से पूरित झरते वकुल-फूल'*	: वकुल या बकुल के फूल, मौलश्री या मौलसिरी	**म.सा.**-1/257	जाने किस जीवन की सुधि ले/सांध्य गीत
वकुलहार- *'पहिन सुरभि का दुकूल/वकुलहार री!'*	: वकुल के फूलों से बनी माला	**म.सा.**-1/211	ओ विभावरी/नीरजा
वक्र कुंडल- *'अखिल विश्व ही विवर, वक्र कुण्डल'*	: उस 'वासुकि' की वक्राकार कुंडली	**पं.ग्रं.**-1/225	परिवर्तन/पल्लव
वक्ष विकल अशांत- *'धधकती ज्वाला मधुर, था वक्ष विकल अशांत'*	: (काम की उत्तेजना के कारण) मन की व्याकुलता और बेचैनी	**प्र.ग्रं.**-2/118	वासना/कामायनी
वक्षस्थल- *'वक्षस्थल पर एकत्र धरे संसृति के सब विज्ञान ज्ञान'*	: छाती, स्तन	**प्र.ग्रं.**-2/179	इड़ा/कामायनी
वचन-चयनों- *'रचना-रहित वचन-चयनों में चकित सकल श्रुतिधर'*	: वाक्यों के चुनाव में	**नि.र.**-1/222	स्नेह की सरिता के तट पर
वज्र-कठिन- *'तू वज्र-कठिन किशलय-कोमल?'*	: हे पर्वत! तू वज्र से भी कठोर है	**म.सा.**-1/397	तू भू के प्राणों का शतदल!/दीप-शिखा
वज्र का उर- *'वज्र का उर एक छोटे अश्रु-कण में धो गलाया'*	: मजबूत इरादेवाला मन	**म.सा.**-1/281	चिर सजग आँखें उनींदी.../सांध्य गीत

शब्द-	काव्य-पंक्ति	: अर्थ	ग्रंथावली/पृ.सं.	स्रोत/संदर्भ
वज्र-खचित-	*'सजग हुए मनु वज्र-खचित ले राजदंड तब'*	: वज्र की ताकत से युक्त (राजदंड)	**प्र.ग्रं.-2**/206	संघर्ष/कामायनी
वज्र-निर्घोष-सा-	*'वज्र-निर्घोष-सा सुनाई पड़ा भीषणतम—'*	: वज्र गिरने की गम्भीर आवाज के समान	**प्र.ग्रं.-1**/349	प्रलय की छाया/लहर
वज्र प्रगति-	*'फिर झंझा हो वज्र प्रगति से भीतर बाहर'*	: आकाशीय बिजली की तीव्र गति से	**प्र.ग्रं.-2**/203	संघर्ष/कामायनी
वज्र-हुंकार-	*'सुन-सुन घोर वज्र-हुंकार'*	: वज्राघात से उत्पन्न कठोर ध्वनि की तरह हुंकार भरना	**नि.र.-1**/135	बादल-राग
वज्रांग-	*'वज्रांग तेजघन बना पवन को, महाकाश'*	: हनुमान के अंग वज्र की तरह कठोर हैं	**नि.र.-1**/332	राम की शक्ति-पूजा
वज्रायुध-	*'चूर्ण-चूर्ण कर वज्रायुध से'*	: वज्र के हथियार से, आकाशीय बिजली	**पं.ग्रं.-1**/214	बादल/पल्लव
वट-	*'वट के पादप का महाकार'*	: बरगद	**पं.ग्रं.-2**/21	सृष्टि/युगपथ
वत्सला-	*'एक पुत्र वत्सला दुराशामयी विधवा'*	: वात्सल्य-भाव से युक्त	**प्र.ग्रं.-1**/334	शेरसिंह का शस्त्र-समर्पण/लहर
वदन-	*'कह महाशक्ति राम के वदन में हुई लीन'*	: मुख	**नि.र.-1**/338	राम की शक्ति-पूजा
वदन अरुण-	*'सुरा सुरभिमय वदन अरुण वे नयन भरे आलस अनुराग;'*	: गोरा चेहरा	**प्र.ग्रं.-2**/57	चिंता/कामायनी
वदन निहार-	*'कभी निज भोले नयन से अतिथि वदन निहार'*	: श्रद्धा का चेहरा	**प्र.ग्रं.-2**/112	वासना/कामायनी
वदान्यता-	*'तेज ओज बल जो वदान्यता कदम्ब-सा'*	: उदारता, वाणी से संतुष्ट करना	**प्र.ग्रं.-1**/337	पेशोला की प्रतिध्वनि /लहर
वधिक-	*'बैठो हो वधिक— कुछ सोचो भी—'*	: वध करने वाला, हत्यारा	**नि.र.-1**/181	गुरुडम के प्रति
वधिर-	*'वधिर विश्व के कानों में'*	: बहरा, जिसे सुनाई न पड़े	**नि.र.-1**/134	बादल-राग
वन का मर्मर-	*'पत्रों के आनत अधरों पर सो गया निखिल वन का मर्मर'*	: वन की पत्तियों की मधुर ध्वनियाँ	**पं.ग्रं.-1**/267	एक तारा/गुंजन
वनचर-मृग-	*'चंचल तू, वनचर-मृग बन कर भरता है चौकड़ी कहीं'*	: जंगली हिरण	**प्र.ग्रं.-2**/188	स्वप्न/कामायनी
वन-पथ-	*'दूर, जैसे सघन वन-पथ अंत का आलोक'*	: जंगल का अगम्य रास्ता	**प्र.ग्रं.-2**/111	वासना/कामायनी
वनपथ-	*'वनपथ दिए हैं लीप से/गाती कमल के कक्ष में'*	: हरियाली से भरा एकांत रास्ता	**म.सा.-1**/172	शृंगार कर ले री सजनि! /नीरजा
वन फूली-	*'लघु कलिका के चल परिमल से वे नभ छाए री मैं वन फूली!'*	: मैं वन के फूल की तरह खिली (एकांत में)	**म.सा.-1**/235	प्रिय सुधि भूले री मैं पथ भूली!/नीरजा
वन बालाओं-	*'वन बालाओं के निकुंज सब भरे वेणु के मधु स्वर से'*	: वन की देवियाँ, वन मानो कुछ देवियों के नियंत्रण में हैं	**प्र.ग्रं.-2**/188	स्वप्न/कामायनी
वन बेली-	*'थी ज्योतिष्मती प्रफुल्लित मानस-तट की वन बेली'*	: वनलता ('ज्योतिष्मती' नाम की)	**प्र.ग्रं.-2**/276	आनन्द/कामायनी
वन-वल्लरियों-	*'सघन वन-वल्लरियों के नीचे'*	: वन की लताएँ	**प्र.ग्रं.-3**/437	प्रथम अंक/कामना
वन-श्री-	*'सुख के भय काँपती प्रणय-क्लम/वन-श्री चारुतरा'*	: वन की खूबसूरती	**नि.र.-1**/235	रँग गयी पग-पग धन्य धरा

शब्द- काव्य-पंक्ति	: अर्थ	ग्रंथावली/पृ.सं.	स्रोत/संदर्भ
◆ *'गोपी-जन-यौवन-मोहन-तम वह वन-श्री'*	: वन की शोभा	**नि.र.**-1/300	तुलसीदास
◆ *'उस पर छलका देती हो वन-श्री मधु भर चितवन में'*	: वन का सौंदर्य, वन की देवी/रानी	**म.सा.**-1/220	यह पतझर मधुवन भी हो!/नीरजा
वनस्थली- *'और जलद वह रिमझिम बरसा मन वनस्थली हुई हरी'*	: वन प्रदेश (मन-रूपी)	**प्र.ग्रं.**-2/227	निर्वेद/कामायनी
वनस्पतियाँ अलसाई- *'जगीं वनस्पतियाँ अलसाई मुख धोती शीतल जल से'*	: बर्फ के कारण पेड़-पौधे कुम्हला गये थे	**प्र.ग्रं.**-2/67	आशा/कामायनी
वनिता- *'या किसी तरु की तरुण वनिता-लता'*	: स्त्री	**नि.र.**-1/42	माया
वन्य- *'धन्य कर दे माँ, वन्य प्रसून; दिखा जग ज्योतिर्मय, मुख चूम'*	: जंगली	**नि.र.**-1/258	धन्य कर दे माँ
वन्य-लावण्य-लुब्ध- *'वन्य-लावण्य-लुब्ध संसार, देखता छवि रुक बारम्बार'*	: वन की सुंदरता पर मुग्ध	**नि.र.**-1/203	भ्रमर-गीत
वन्य विहगों- *'वन्य विहगों के गान'*	: जंगल से मुक्त पक्षी	**पं.ग्रं.**-1/177	पल्लव/पल्लव
वन्यहार- *'कवि कुरूप, बुला रहा वन्यहार थाम'*	: जंगली फूलों की माला	**नि.र.**-1/342	कविता के प्रति
वन्या- *'प्रणय वन्या ने किया पसारा'*	: बाढ़, जल-प्लावन	**प्र.ग्रं.**-1/222	झरना/झरना
वपु- *'मैंने कोमल वपु भरा गोद'*	: शरीर	**पं.ग्रं.**-2/18	मंजरित आम्र-वन-छाया में/युगपथ
वपु कांत- *'ढँक रहे थे उसका वपु कांत बन रहा था वह कोमल वर्म'*	: कांतिमय शरीर	**प्र.ग्रं.**-2/84	श्रद्धा/कामायनी
वपुमान- *'मृदुल उर कम्पन-सी वपुमान'*	: सुंदर शरीर	**पं.ग्रं.**-1/250	भावी पत्नी के प्रति/गुंजन
◆ *'हो गए क्या उर में वपुमान क्षुद्रता रज की नभ का मान'*	: साकार, मूर्तिमान	**म.सा.**-1/115	तुहिन के पुलिनों पर छबिमान/रश्मि
◆ *'हुआ सौरभ से नभ वपुमान और कंपन से बही बयार'*	: शरीर से युक्त, साकार	**म.सा.**-1/146	छिपाए थी कुहरे सी नींद/रश्मि
वय बाली- *'करता है वय बाली में'*	: कच्ची उम्र (से ही किसान की बेटी प्रकृति-जननी का शृंगार अनाज की बाली से करती है)	**पं.ग्रं.**-1/91	उस सीधे जीवन का श्रम/वीणा
◆ *'वह अपनी वय बाली में?'*	: बाली उम्र, किशोर उम्र, तरुणाई	**पं.ग्रं.**-1/197	वसन्त श्री/पल्लव
वयस्या- *'यों वयस्या से दबे स्वर में कहा'*	: सखी	**पं.ग्रं.**-1/127	ग्रन्थि
वय हीन- *'चारु नभचारों-से वय हीन'*	: उम्र की सीमा से मुक्त	**पं.ग्रं.**-1/201	विश्व वेणु/पल्लव
वर-क्षार-शेष- *'वर-क्षार-शेष का माँग रही जो ज्वाला'*	: राख के रूप में बचे रहने का वरदान (मानो ज्वाला माँग रही है)	**म.सा.**-1/357	कोई यह आँसू आज माँग ले जाता!/दीप-शिखा
वरण-गान- *'अमरण भर वरण-गान/वन-वन उपवन-उपवन'*	: स्वागत गीत	**नि.र.**-1/235	अमरण भर वरण-गान
वरण-मधुरा- *'आवरण शून्य वे बिना वरण-मधुरा के'*	: मधुर स्वभाववाली रत्नावली के साथ	**नि.र.**-1/299	तुलसीदास
वरणीय- *'उसमें मनु ने स्थान बनाया सुन्दर, स्वच्छ और वरणीय'*	: वरण करने योग्य, अपनाने के लायक	**प्र.ग्रं.**-2/73	आशा/कामायनी
वरद- *'वरद मैं मुझे कौन वरदान देगा?'*	: वरदान देनेवाला	**म.सा.**-1/321	हुए शूल अक्षत मुझे धूलि चंदन/दीप-शिखा

शब्द- काव्य-पंक्ति	: अर्थ	ग्रंथावली/पृ.सं.	स्रोत/संदर्भ
वरदात्री- *'जीवन-समीर-शुचि-नि:श्वसना, त्ररदात्री'*	: वर देनेवाली	**नि.र.-1**/303	तुलसीदास
वरदानी- *'इनका हर कण हुआ अमर करुणा वरदानी'*	: वरदान प्रदान करनेवाला	**म.सा.-1**/327	यह सपने सुकुमार /दीप-शिखा
वरदानों के संधान- *'यही तो हैं इनके लघु प्राण शाप वरदानों के संधान'*	: अभिशाप अनेक प्रकार के वरदानों की खोज के अवसर प्रदान करते हैं।	**म.सा.-1**/114	तुहिन के पुलिनों पर छबिमान/रश्मि
वरदे- *'वर दे, वीणावादिनि वरदे!'*	: वर देनेवाली, वरदा	**नि.र.-1**/224	वर दे वीणावादिनि वरदे!
वरना- *'बाधाएँ अपसारित कर,/कहता— ''वर यों वरना''*	: वरण करना, आत्मसात करना	**नि.र.-1**/278	गर्ज्जित-जीवन झरना
वर माया- *'सजग हुई फिर से सुर-संस्कृति, देव यजन की वर माया,'*	: (मनु के मन को) सुर-संस्कृति का आकर्षक मोह माया की तरह घेरने लगा।	**प्र.ग्रं.-2**/73	आशा/कामायनी
वरवेषिनी- *'सुमन वरवेषिनी री!'*	: सुंदर वेश-भूषा धारण करनेवाली रात	**म.सा.-1**/290	जाग जाग सुकेशिनी री!/सांध्य गीत
वर श्रमप्रसूति- *'वर श्रमप्रसूति से की कृतार्थ तुमने विचार-परिणीत उक्ति'*	: उच्च कोटि के परिश्रम से उत्पन्न (विचार)	**पं.ग्रं.-2**/25	बापू के प्रति/युगपथ
वरुण- *'वरुण आदि सब घूम रहे हैं किसके शासन में अम्लान?'*	: जल के देवता	**प्र.ग्रं.-2**/68	आशा/कामायनी
◆ *'दिवा रात्रि या— मित्र वरुण की बाला का अक्षय शृंगार;'*	: जलदेवता	**प्र.ग्रं.-2**/76	आशा/कामायनी
◆ *'चल-चक्र वरुण का ज्योति भरा व्याकुल तू क्यों देता फेरी?'*	: जल के देवता(वैदिक मान्यता है कि वरुण के प्रभाव से चन्द्रमा रात में विचरण करता है)	**प्र.ग्रं.-2**/98	काम/कामायनी
वरुण पथ- *'अरुण-केतन लेकर निज हाथ वरुण पथ में हम बढ़े अभीत'*	: जलमार्ग	**प्र.ग्रं.-4**/138	पंचम अंक/स्कन्दगुप्त
वरुणा- *'अरी वरुणा की शांत कछार'*	: सारनाथ के पास की एक नदी	**प्र.ग्रं.-1**/294	अरी वरुणा की शांत कछार/लहर
वरुणा द्रव होकर- *'वरुणा द्रव होकर शांति-वारि शीतलता-सी भर ली थी'*	: वरुणा नदी मानो दयाभाव से पिघलकर	**प्र.ग्रं.-1**/296	जगती की मंगलमयी उषा बन/लहर
वरुणालय- *'वरुणालय चित्त शान्त था, अरुणा की पहली नयी उषा'*	: समुद्र	**प्र.ग्रं.-3**/179	प्रथम अंक/विशाख
वरुणी- *'सूखे पुलिनों सी वरुणी से फेनिल फूल झरे!'*	: बरौनी, पलकों के किनारे के बाल	**म.सा.-1**/329	तरल मोती से नयन भरे!/दीप-शिखा
वरुनियों- *'वरुनियों में उलझ बिखरे स्वप्न के सूखे सुमन ले'*	: पलकों के किनारों के बाल, किसी तरह बचे हुए सपने	**म.सा.-1**/355	मोम-सा तन घुल चुका /दीप-शिखा
वरों- *'मोह क्या निशि के वरों का शलभ के झुलसे परों का'*	: वर, तारे, रात की श्रेष्ठ उपलब्धि, रात के प्रेमी तारे	**म.सा.-1**/311	दीप मेरे जल अकंपित /दीप-शिखा
वर्ग बनाया- *'मैंने ही श्रम-भाग किया फिर वर्ग बनाया'*	: चार वर्ग बनाया— ब्राह्मण, क्षत्रिय, वैश्य, शूद्र	**प्र.ग्रं.-2**/206	संघर्ष/कामायनी
वर्जन- *'जो करे गन्ध-मधु का वर्जन/वह नहीं भ्रमर;'*	: निषेध	**नि.र.-1**/339	सम्राट् अष्टम एडवर्ड के प्रति

शब्द- काव्य-पंक्ति	: अर्थ	ग्रंथावली/पृ.सं.	स्रोत/संदर्भ
वर्जित मादकता- *'धरणी की वर्जित मादकता, संचित तम की छाया'*	: जिस मधुर आनंद को निषिद्ध कर दिया गया हो	**प्र.ग्रं.**-2/143	कर्म/कामायनी
वर्ण गंध- *'ये अशरीरी रूप, सुमन से केवल वर्ण गंध में फूले'*	: रंग और सुगंध (के रूप में इच्छा-लोक के प्राणी मौजूद हैं)	**प्र.ग्रं.**-2/257	रहस्य/कामायनी
वर्ण-जीवन- *'चित्र शत रङ्ग के,/वर्ण-जीवन फले'*	: रंगों का जीवन प्रतिफलित हो	**नि.र.**-1/268	टूटें सकल बन्ध
वर्ण-दल- *'भाव के वर्ण-दल,/सिक्त-हिम-जल-धार'*	: रंगों का समूह	**नि.र.**-1/267	बहती निराधार
वर्ण-वस्तु- *'सब वर्ण-वस्तु से विश्व हीन!'*	: रंग और वस्तुएँ	**पं.ग्रं.**-1/267	एक तारा/गुंजन
वर्ण-संकर- *'दूर हो तम-भेद यह जो वेद बनकर वर्ण-संकर'*	: जातिवाद, भेद-भाव	**नि.र.**-1/245	बुझे तृष्णाशा-विषानल झरे
वर्णाधम- *'वे वर्णाधम, रे द्विज उत्तम'*	: वर्ण की दृष्टि से अधम, शूद्र	**नि.र.**-1/288	तुलसीदास
वर्णों- *'द्रयता में लगी निरंतर ही वर्णों की करती रहे वृष्टि'*	: चार वर्णों में बँटा समाज—ब्राह्मण, क्षत्रिय, वैश्य, शूद्र	**प्र.ग्रं.**-2/176	इड़ा/कामायनी
♦ *'कितने वर्णों में, कितने चरणों में तू उठ खड़ी हुई'*	: वार्णिक छंद की कविता के वर्ण	**नि.र.**-1/98	प्रिया से
वर्ती- *'अपना जीवन-दीप मृदुलतर वर्ती कर निज स्नेह-सिक्त उर'*	: बाती	**म.सा.**-1/175	ओ पागल संसार!/नीरजा
♦ *'लौ ने वर्ती को जाना है/वर्ती ने यह स्नेह, स्नेह ने'*	: बाती, दीपक की बत्ती	**म.सा.**-1/333	जब यह दीप थके तब आना/दीप-शिखा
♦ *'सुख से भीनी दुख से गीली/वर्ती सी साँस अशेष रही!'*	: बाती (की तरह बची हुई साँसें)	**म.सा.**-1/367	मैं क्यों पूछूँ यह विरह-निशा/दीप-शिखा
♦ *'चाहो तो दृग स्नेह-तरल दो, वर्ती से निश्वास विकल दो'*	: बाती-रूपी कष्ट-साधना	**म.सा.**-1/385	आँसू से धो आज इन्हीं/दीप-शिखा
वर्तुल- *'सिमटी हैं वर्तुल, मृदुल लहर!'*	: गोल और लंबी (लहर)	**पं.ग्रं.**-1/274	नौका-विहार/गुंजन
वर्त्ति- *'किसकी वर्त्ति कौन करता/इसका ज्वाला से मेल?'*	: जीवन-दीपक की बाती (बत्ती) किस चीज से बनी है?	**म.सा.**-1/112	किन उपकरणों का दीपक/रश्मि
वर्म- *'ढँक रहे थे उसका वपु कांत बन रहा था वह कोमल वर्म'*	: कवच, आवरण	**प्र.ग्रं.**-2/84	श्रद्धा/कामायनी
वर्ष के हर्ष- *'अरे वर्ष के हर्ष'*	: वर्ष की खुशी, वर्षा पूरे वर्ष की खुशी का आधार है, बादल वर्ष के हर्ष हैं।	**नि.र.**-1/128	बादल राग
वर्षण- *'मन के गगन के/अभिलाष-घन उस समय, जानते थे वर्षण ही'*	: बारिश	**नि.र.**-1/185	जागरण
♦ *'संचित कर करता है वर्षण'*	: बारिश कराना	**नि.र.**-1/306	तुलसीदास
♦ *'उड़े हुए थे जो कण,/उतरे पा शुभ वर्षण'*	: बारिश	**नि.र.**-1/314	मित्र के प्रति
वर्षा-जल-मुक्ता-हार- *'गूँथ वर्षा-जल-मुक्ता-हार'*	: बारिश की बूँदों को मुक्तामणि मानकर गूँथा गया हार	**नि.र.**-1/105	खोज और उपहार
वर्षा धूप शिशिर- *'वर्षा धूप शिशिर में छाया के साधन संपन्न हुए'*	: गर्मी, बरसात और जाड़ा	**प्र.ग्रं.**-2/190	स्वप्न/कामायनी

शब्द- काव्य-पंक्ति	: अर्थ	ग्रंथावली/पृ.सं.	स्रोत/संदर्भ
वर्षा विरह कुहू- *'वर्षा विरह कुहू में जलाते स्मृति के जुगुनू डरे डरे'*	: वर्षा ऋतु की अमावस्या के समान वियोग की रातें	**प्र.ग्रं.**-2/188	स्वप्न/कामायनी
वर्षा-सलिल-संचार- *'वही निर्झर, विषम वर्षा-सलिल-संचार में बढ़कर'*	: बारिश के पानी की धारा	**नि.र.**-1/69	गरीबों की पुकार
वर्षोपल- *'दलमल देते, वर्षोपल बन, वांछित कृषिफल!'*	: ओला, वर्षा+उपल	**पं.ग्रं.**-1/225	परिवर्तन/पल्लव
वलभी-युत- *'ऊँचे स्तम्भों पर वलभी-युत बने रम्य प्रासाद वहाँ'*	: अटारी या छत से युक्त	**प्र.ग्रं.**-2/190	स्वप्न/कामायनी
वलय-हार- *'टूटे सब वलय-हार,/व्यस्त चीर अलक पाश'*	: कंगण और हार	**म.सा.**-1/351	मिट चली घटा अधीर! /दीप-शिखा
वलयित- *'यह उसी शक्ति से है वलयित'*	: घिरा हुआ	**नि.र.**-1/287	तुलसीदास
वल्कल-वसना- *'संध्या समीप आयी थी उस सर के, वल्कल-वसना'*	: (संध्या-सुन्दरी) लालिमा और सुनहला रंग लिये आयी (मानो वल्कल वस्त्र पहने हो)	**प्र.ग्रं.**-2/272	आनन्द/कामायनी
वल्लरी- *'डोल उठी वल्लरी की लड़ी जैसे हिण्डोल'*	: कोमल लता	**नि.र.**-1/41	जुही की कली
◆ *'विजन-वन-वल्लरी पर/सोती थी सुहाग-भरी'*	: पतली लता, लत्तर	**नि.र.**-1/41	जुही की कली
◆ *'तू किसी वन की विषम विष-वल्लरी'*	: लता	**नि.र.**-1/42	माया
वशंवद- *'बहती नदियाँ, नद; जन-जन हार वशंवद'*	: वशवर्ती हो जाना, अधीन हो जाना	**नि.र.**-1/283	तुलसीदास
वशीकर- *'चमक-झमकमय मन्त्र वशीकर'*	: वशीकरण करनेवाले मंत्र, किसी को अपने वश में करने के लिए किया जानेवाला तांत्रिक अनुष्ठान।	**पं.ग्रं.**-1/216	बादल/पल्लव
वशीकरण- *'वशीकरण-मारण-उच्चाटन भी कभी-कभी'*	: वश में करने की तांत्रिक प्रक्रिया	**नि.र.**-1/57	पंचवटी प्रसंग:3
वशी नियामक- *'वशी नियामक रहे, न ऐसा मैंने माना'*	: नियम बनानेवाले को वश में रखना	**प्र.ग्रं.**-2/199	संघर्ष/कामायनी
वसंत के दूत- *'कौन हो तुम वसंत के दूत विरस पतझड़ में अति सुकुमार!'*	: वसंत के आने की सूचना देनेवाला, आशा का संचार करनेवाला	**प्र.ग्रं.**-2/86	श्रद्धा/कामायनी
वसंत-रजनी- *'धीरे-धीरे उतर क्षितिज से/आ वसंत-रजनी'*	: वसंत ऋतु की रात (को संबोधित)	**म.सा.**-1/168	धीरे-धीरे उतर क्षितिज से/नीरजा
वसंत श्री- शीर्षक	: वसंत ऋतु की शोभा	**पं.ग्रं.**-1/197	वसन्त श्री/पल्लव
वसंती-कोमल-किसलय-वलय-सुशोभित- *'जहाँ वसन्ती-कोमल-किसलय-वलय-सुशोभित कर बढ़ते थे'*	: वसंत ऋतु के कोमल किसलय (पल्लव) गोलाकार रूप में शोभायमान हैं।	**नि.र.**-1/91	अनुताप
वसन- *'आप बह गयी मृदुल समीरण हिला वसन, कुछ गिरा स्वेद-कण'*	: वस्त्र	**नि.र.**-1/212	सोचती अपलक आप खड़ी
◆ *'प्रेयसी, बदलती वसन सृष्टि नव लेती'*	: वस्त्र	**नि.र.**-1/291	तुलसीदास
वसन-मुक्त- *'आतुर उर वसन-मुक्त कर दो'*	: कोई पर्दा न रहे, बाधाहीन	**नि.र.**-1/149	जागो फिर एक बार
वसन विश्रृंखल- *'शिथिल शरीर वसन विश्रृंखल कबरी अधिक अधीर खुली'*	: (श्रद्धा के)कपड़े परेशानी के कारण अस्त-व्यस्त थे	**प्र.ग्रं.**-2/218	निर्वेद/कामायनी

शब्द- काव्य-पंक्ति	: अर्थ	ग्रंथावली/पृ.सं.	स्रोत/संदर्भ
वसन-स्रस्त- *'निशि, तिमिर-ग्रस्त/वसन-स्रस्त, अस्त नयन छलके'*	: अस्त-व्यस्त कपड़े	**नि.र.**-1/263	वे गये असह दुख भर
वसुधा की वह गति- *'नक्षत्र निरखते निर्निमेष वसुधा की वह गति विकल वाम'*	: (सारस्वत प्रदेश) की धरती की दुर्गति	**प्र.ग्रं.**-2/173	इड़ा/कामायनी
वसुधा चरण-चिह्न-सी- *'वसुधा चरण-चिह्न-सी बनकर यहीं पड़ी रह जावेगी'*	: धरती तुम्हारे पैरों के निशान को धरोहर समझकर सँजो लेगी	**प्र.ग्रं.**-1/291	निज अलकों के.../लहर
वसुधा-जीवन-रस-सार- *'था एक हाथ में कर्म-कलश वसुधा-जीवन-रस-सार लिये'*	: धरती पर जीवन का रस-सार है— पानी	**प्र.ग्रं.**-2/179	इड़ा/कामायनी
वसुधा विस्मृत थी- *'वसुधा विस्मृत थी सकल शोक'*	: धरती (मानो विषाद को) भूल गयी थी	**प्र.ग्रं.**-2/181	इड़ा/कामायनी
वह अस्तित्व- *'सदा मौन हो प्रवचन करते जिसका, वह अस्तित्व कहाँ?'*	: वह ईश्वर, अस्तित्व की अवधारणा से परे	**प्र.ग्रं.**-2/69	आशा/कामायनी
वह आकर्षण- *'वह आकर्षण, वह मिलन हुआ प्रारम्भ माधुरी छाया में;'*	: विपरीत आवेश के कणों के बीच खिंचाव	**प्र.ग्रं.**-2/104	काम/कामायनी
वहन कर रहा- *'नृत्य-शिथिल बिछली पड़ती है वहन कर रहा उसे समीर'*	: (समीर कोयल की कूक को) ढो रहा है	**प्र.ग्रं.**-1/327	मधुर माधवी संध्या में/लहर
वहने- *'लेता मैं, जो वर जीवन-भर वहने का'*	: वहन करने का, जिम्मेदारी लेने का	**नि.र.**-1/307	तुलसीदास
वह मिलन- *'वह आकर्षण, वह मिलन हुआ प्रारम्भ माधुरी छाया में;'*	: विपरीत आवेश के कणों का संयोग	**प्र.ग्रं.**-2/104	काम/कामायनी
वह रहस्यमय- *'इसे बहा जाता लहरों में वह रहस्यमय कौन?'*	: वह अज्ञात प्रियतम	**म.सा.**-1/112	किन उपकरणों का दीपक/रश्मि
वह्नि ज्वाला- *'उधर वह्नि ज्वाला भी अपना लगी धूम पट थी बुनने'*	: यज्ञ की आग की लपटें	**प्र.ग्रं.**-2/73	आशा/कामायनी
वह्नि-भीम-पर्वत- *'उद्‌गीरित-वह्नि-भीम-पर्वत-कपि-चतु: प्रहर,—'*	: बड़ा ज्वालामुखी पर्वत	**नि.र.**-1/329	राम की शक्ति-पूजा
वह्नि शिखा- *'चली इड़ा के साथ जहाँ पर वह्नि शिखा प्रज्वलित रही'*	: आग की लौ	**प्र.ग्रं.**-2/219	निर्वेद/कामायनी
वांछाओं- *'वांछाओं को सोने दो,'*	: इच्छाएँ, अभिलाषाएँ	**पं.ग्रं.**-1/88	करुणा क्रन्दन करने दो!/वीणा
वाचाल नग्न शिशिर- *'मूक तम, वाचाल नग्न शिशिर, दबी'*	: शिशिर ऋतु वायु के शोर से भरी है और उसके साथ पतझड़ ने वनस्पतियों को पत्रविहीन कर नग्नता फैला दी है।	**पं.ग्रं.**-1/135	ग्रन्थि
वाडव-वह्नि- *'यही तो, मैं ज्वलित वाडव-वह्नि नित्य अशांत'*	: समुद्र में लगनेवाली कल्पित आग	**प्र.ग्रं.**-2/113	वासना/कामायनी
वाणी- *'छल वाणी की वह प्रवंचना हृदयों की शिशुता को'*	: भाषा	**प्र.ग्रं.**-2/153	कर्म/कामायनी
♦ *'तुम्हारी वाणी में कल्याणि! त्रिवेणी की लहरों का गान'*	: बातचीत, कंठ-स्वर	**पं.ग्रं.**-1/187	आँसू/पल्लव
वात उठता- *'वात उठता, किरण के*	: हवा मानो राग के उठाए जाने की तरह बह रही है	**म.सा.**-1/323	आज तार मिला चुकी हूँ/दीप-शिखा

शब्द- काव्य-पंक्ति	: अर्थ	ग्रंथावली/पृ.सं.	स्रोत/संदर्भ
वात उत्पात- *'आधि, व्याधि, बहु वृष्टि, वात उत्पात, अमंगल'*	: तेज हवा से होनेवाली बर्बादी	**पं.ग्रं.**-1/225	परिवर्तन/पल्लव
वात चक्र- *'वात चक्र समान कुछ था बाँधता आवेश'*	: चक्करदार हवा (बवंडर) के समान	**प्र.ग्रं.**-2/118	वासना/कामायनी
◆ *'लौट चलो, इस वात-चक्र से मैं दुर्बल अब लड़ न सकूँगा'*	: चक्रवात, प्रचण्ड बवंडर	**प्र.ग्रं.**-2/252	रहस्य/कामायनी
वात-विकंपित- *'वात-विकंपित दीपशिखा सा'*	: हवा से काँपती लौ	**म.सा.**-1/131	दिया क्यों जीवन का वरदान?/रश्मि
वात हत- *'वात हत लतिका वह सुकुमार'*	: तेज हवा से चोट खायी हुई लता	**पं.ग्रं.**-1/227	परिवर्तन/पल्लव
वात-हता- *'वात-हता विच्छिन्न लता-सी'*	: तेज हवा से आहत (लता के समान)	**पं.ग्रं.**-1/203	छाया/पल्लव
वातायन- *'रत्न सौध के वातायन, जिनमें आता मधु-मदिर समीर;'*	: खिड़की, गवाक्ष, झरोखा	**प्र.ग्रं.**-2/58	चिंता/कामायनी
◆ *'थे वातायन भी कटे हुए प्राचीर पर्णमय रचित शुभ्र'*	: खिड़की, झरोखा	**प्र.ग्रं.**-2/164	ईर्ष्या/कामायनी
◆ *'वातायन में कर कोमल आघात'*	: खिड़की	**नि.र.**-1/109	प्रथम प्रभात
◆ *'मेरे वातायन के पथ से/प्रखर सुनाना अपनी बीन'*	: खिड़की, हवा आने-जाने की जिससे व्यवस्था हो	**नि.र.**-1/193	वसन्त-समीर
वातायन-मन-लीन- *'शयित, उठ, वातायन-मन-लीन सोचती कोई प्रिया नवीन'*	: खुले वातावरण में मन से लीन होना	**नि.र.**-1/231	चाहते हो किसको सुन्दर
वातास- *'हृदय की तृप्ति, प्यास,/दोनों एक साथ ही उड़तीं वातास में—*	: हवा	**नि.र.**-1/204	कवि
◆ *'ज्वाला-सी, पाकर वातास'*	: हवा	**पं.ग्रं.**-1/190	वीचि विलास/पल्लव
◆ *'आज जाने कैसी वातास'*	: हवा	**पं.ग्रं.**-1/255	आज रहने दो यह गृह-काज/गुंजन
◆ *'डोलता पुलकाकुल वातास'*	: हवा	**पं.ग्रं.**-1/276	तेरा कैसा गान/गुंजन
वाताहत- *'सुकुमार लता के वाताहत मृदु छिन्न पुष्प-से दीन'*	: वात + आहत, हवा से चोटिल	**नि.र.**-1/94	स्वप्न-स्मृति
◆ *'वाताहत हो गगन'*	: हवा के थपेड़े से चोट खाया हुआ	**पं.ग्रं.**-1/226	परिवर्तन/पल्लव
वातुल चोर- *'दल बल युत घुस वातुल चोर'*	: तूफान-रूपी चोर, तेज हवा	**पं.ग्रं.**-1/214	बादल/पल्लव
वात्या उद्गम- *'आरम्भिक वात्या उद्गम मैं अब प्रगति बन रहा संसृति का;'*	: (वासना की) आँधी का उठना	**प्र.ग्रं.**-2/106	काम/कामायनी
वात्याचक्र- *'वात्याचक्र! उठा प्रतिशोध-दावानल से'*	: बवंडर, अंधड़	**प्र.ग्रं.**-1/353	प्रलय की छाया/लहर
वाद- *'तुम्हारे कुंजों में तल्लीन, दर्शनों के होते थे वाद'*	: सिद्धान्तों की पक्षधरता	**प्र.ग्रं.**-1/294	अरी वरुणा की शांत कछार/लहर
वानरेंद्र- *'हैं वही भल्लपति, वानरेन्द्र सुग्रीव प्रमन,'*	: वानरराज (सुग्रीव)	**नि.र.**-1/333	राम की शक्ति-पूजा
वानीर-वन- *'मूक पिक की बंसरी है, आज तो वानीर-वन के'*	: सरकंडे (नरकट) का जंगल	**म.सा.**-1/391	लौट जा ओ मलय-मारुत के झकोरे!/दीप-शिखा

शब्द- काव्य-पंक्ति	: अर्थ	ग्रंथावली/पृ.सं.	स्रोत/संदर्भ
वानीरों- *'कंपित वानीरों के वन भी रह रह करुण विहाग सुनाते'*	: वानीर, सरकंडा, बेंत	**म.सा.**-1/169	पुलक पुलक उर, सिहर सिहर तन/नीरजा
वाम- *'नक्षत्र निरखते निर्निमेष वसुधा की वह गति विकल वाम'*	: प्रतिकूल	**प्र.ग्रं.**-2/173	इड़ा/कामायनी
वाम कर- *'वृष-रज्जु वाम कर में था दक्षिण त्रिशूल से शोभित'*	: बायाँ हाथ (मानव का)	**प्र.ग्रं.**-2/267	आनन्द/कामायनी
वाम-कर- *'साधना-मध्य भी साम्य-वाम-कर दक्षिण-पद'*	: बायाँ हाथ	**नि.र.**-1/331	राम की शक्ति-पूजा
वाम कर से- *'लिखता अदृष्ट था विधाता वाम कर से'*	: बायें हाथ से (विपरीत भाग्य लिखना)	**प्र.ग्रं.**-1/334	शेरसिंह का शस्त्र-समर्पण/लहर
वामचरण- *'दक्षिण-कर-तल पर वाम चरण, कपिवर गद्गद'*	: बायाँ पैर	**नि.र.**-1/331	राम की शक्ति-पूजा
वामता- *'वामता होती सहायक है कभी'*	: विपरीत स्थित	**पं.ग्रं.**-1/132	ग्रन्थि
वामन पग- *'एक ही वामन पग में'*	: वामन अवतार लेकर विष्णु ने पग से नापने का चमत्कार किया था।	**पं.ग्रं.**-1/184	आँसू/पल्लव
वाम वर्द्धित- *'वाम वर्द्धित अल्पता में, तिमिर में—'*	: विपरीत परिस्थिति में बढ़ोत्तरी	**पं.ग्रं.**-1/123	ग्रन्थि
वाम सरितोपम- *'वामा, इस पथ पर हुई वाम सरितोपम'*	: उनके मार्ग में वह वाम हुई, जैसे किसी राही की राह में नदी पड़ जाए	**नि.र.**-1/290	तुलसीदास
वामा- *'ऐसी ललाम वामा चित्रित न होगी कभी'*	: स्त्री	**नि.र.**-1/56	पंचवटी प्रसंग:3
◆ *'वामा, इस पथ पर हुई वाम सरितोपम'*	: स्त्री	**नि.र.**-1/290	तुलसीदास
◆ *'देखा, वामा, वह न थी, अनल-प्रतिमा वह;'*	: नारी	**नि.र.**-1/303	तुलसीदास
◆ *'झक-झक झलकती वह्नि वामा के दृग त्यों-त्यों;'*	: देवी, शक्ति	**नि.र.**-1/335	राम की शक्ति-पूजा
वायु भक्षिणी वेणी- *'वायु भक्षिणी वेणी में'*	: सर्पिणी (वायु का सेवनकर जीवित रहनेवाली) की तरह काली लचकदार चोटी	**पं.ग्रं.**-1/99	इस पीपल के तरु के नीचे/वीणा
वायु-व्याकुल- *'वायु-व्याकुल शतदल-सा हाय'*	: हवा के थपेड़े से परेशान	**नि.र.**-1/140	स्मृति
वारण- *'किन्तु क्रूर मनु वारण करते उन बाणों को'*	: प्रतिकार रोकना	**प्र.ग्रं.**-2/207	संघर्ष/कामायनी
◆ *'निर्वाण के पथिक के वारण, करुणामय;'*	: बाधक	**नि.र.**-1/293	तुलसीदास
◆ *'राघव-लाघव— रावण-वारण— गत-युग्म-प्रहर,'*	: रोकना, निदान करना	**नि.र.**-1/329	राम की शक्ति-पूजा
◆ *'पाप पुण्य, सुख दुख का वारण'*	: निवारण, रोकना, समाधान	**पं.ग्रं.**-2/12	बढ़ो अभय, विश्वास चरण धर/युगपथ
वारती- *'वारती थी सेवा में, सत्य-आदर्श की'*	: न्योछावर कर देना	**नि.र.**-1/185	जागरण
◆ *'रात तुझ पर वारती थी/मोतियों की सम्पदा!'*	: न्योछावर करती थी	**म.सा.**-1/59	था कली के रूप शैशव /नीहार
◆ *'पद-ध्वनि पर आलोक रहूँगी वारती!'*	: वार देना, न्योछावर करती रहूँगी, दीपक जलाती रहूँगी	**म.सा.**-1/250	प्रिय मेरे गीले नयन बनेंगे आरती!/सांध्य गीत
◆ *'धूम-लेखा स्वर्ण-अक्षत नील-कुमकुम वारती ले'*	: न्योछावर करना	**म.सा.**-1/393	पूछता क्यों शेष कितनी रात?/दीप-शिखा
वार देते- *'वार देते मुक्ति, खो/निर्वाण का संदेश देते!'*	: न्योछावर कर देते	**म.सा.**-1/261	मेरा सजल मुख देख लेते!/सांध्य गीत

शब्द- काव्य-पंक्ति	: अर्थ	ग्रंथावली/पृ.सं.	स्रोत/संदर्भ
वार-पार- *'तू नील तुहिन-जलनिधि बन कर फैला है कितना वार-पार'*	: इस छोर से उस छोर तक	**प्र.ग्रं.**-2/172	इड़ा/कामायनी
वार री- *'मोतियों के सुमन-कोष/वार वार री!'*	: न्योछावर कर दो (विभावरी को संबोधित)	**म.सा.**-1/211	ओ विभावरी/नीरजा
वारि-कण-समूह- *'मानस-सरोवर के स्वच्छ वारि-कण-समूह'*	: ओस की बूँदें	**नि.र.**-1/55	पंचवटी प्रसंग:2
वारि की परी किशोर- *'अरी वारि की परी किशोर'*	: (लहरें मानो) पानी से बनी तरुणी परी हैं	**पं.ग्रं.**-1/190	वीचि विलास/पल्लव
वारिज-वारिद- *'वारिज-वारिद में बस/रहा विवश प्यार;'*	: कमल और बादल	**नि.र.**-1/310	मित्र के प्रति
वारि पीकर- *'वारि पीकर पूछता है घर सदा?'*	: पानी पीने के बाद घर के बारे में पूछना अर्थात् प्रेम हो जाने के बाद परिचय जानने की इच्छा का जगना।	**पं.ग्रं.**-1/126	ग्रन्थि
वारि बेलि-सी- *'वारि बेलि-सी फैल अमूल'*	: पानी से बनी लता के समान हैं (लहरें)	**पं.ग्रं.**-1/189	वीचि विलास/पल्लव
वारि वसन- *'वारि वसन, वसुधा के मूल'*	: पानी से बने कपड़े (की तरह हैं बादल)	**पं.ग्रं.**-1/216	बादल/पल्लव
वारि विनिर्मित- *'वारि विनिर्मित वारिद दल'*	: पानी (भाप) से बने हुए	**पं.ग्रं.**-1/90	ये तो हैं नादान नयन! /वीणा
वारि विहार- *'हंसों ने गति, वारि विहार'*	: (हंसों का) जलविहार करना	**पं.ग्रं.**-1/193	अनंग/पल्लव
वारित- *'वारित-सौमित्र-भल्लपति— अगणित-मल्ल-रोध'*	: रोक दिया गया	**नि.र.**-1/329	राम की शक्ति-पूजा
वारिद- *'नव-अपांग-शर-हत व्याकुल-उर आतुर वारिद वारि-धार स्फुर'*	: बादल	**नि.र.**-1/256	बादल में आये जीवन-धन
♦ *'वारिद झरझर झरकर'*	: बादल	**नि.र.**-1/263	वे गये असह दुख भर
♦ *'वारिज-वारिद में बस/रहा विवश प्यार;'*	: बादल	**नि.र.**-1/310	मित्र के प्रति
♦ *'अह! वह वर्षा ऋतु! वे वारिद !'*	: बादल	**पं.ग्रं.**-1/105	श्रवण चाहिए अलि! केवल/वीणा
♦ *'वह वारिद तुम आना बन'*	: बादल की तरह घुमड़ते हुए (हे मृत्यु! तुम आना!)	**म.सा.**-1/154	प्राणों के अंतिम पाहुन! /रश्मि
वारिद की निशानी- *'मिट गयी उससे तड़ित सी हाय वारिद की निशानी'*	: बादलों की निशानी मानो आकाशीय बिजली है	**म.सा.**-1/218	क्या नई मेरी कहानी! /नीरजा
वारिद के पर- *'फड़का अपार वारिद के पर'*	: बादल-रूपी पंख	**पं.ग्रं.**-1/180	उच्छ्वास/पल्लव
वारिद-घोष- *'मूक हो जाता वारिद-घोष जगा कर जब सारा संसार'*	: बादलों की गूँज-अनुगूँज	**म.सा.**-1/127	किसी नक्षत्रलोक से टूट /रश्मि
वारिद-जीवन- *'विश्व के वारिद-जीवन में, उषा बन गयी रे गगन में'*	: बादल-रूपी जीवन	**नि.र.**-1/271	विश्व के वारिद-जीवन में
वारिद दल- *'वारि विनिर्मित वारिद दल'*	: बादल समूह, मेघ-खंड	**पं.ग्रं.**-1/90	ये तो हैं नादान नयन!/वीणा
वारिदमाला- *'मधु मानस का बरसाती/वारिदमाला रोती थी'*	: मेघमाला, बादलों का समूह	**म.सा.**-1/52	इन हीरक से तारों को/नीहार
वारिदों- *'क्या नहीं लघु वारि-बूँदों में छिपी वारिदों की गहनता गंभीरता'*	: वारिद, बादल, असीम का प्रतीक	**म.सा.**-1/145	अश्रु ने सीमित कणों में बाँध ली/रश्मि

शब्द- काव्य-पंक्ति	: अर्थ	ग्रंथावली/पृ.सं.	स्रोत/संदर्भ
वारि-धार- *'नव-अपांग-शर-हत व्याकुल-उर आतुर वारिद वारि-धार स्फुर'*	: वर्षा की धारा	**नि.र.-1**/256	बादल में आये जीवन-धन
वारिधि चितवन- *'प्रथम वीचि वारिधि चितवन में'*	: आँखों का अनन्त सौन्दर्य	**पं.ग्रं.-1**/192	अनंग/पल्लव
वारिधि छंदों- *'गा वारिधि छन्दों में गान'*	: समुद्र की लहरों की लय में	**पं.ग्रं.-1**/202	विश्व वेणु/पल्लव
वारि-बिंदु- *'क्या पता देते घनों को वारि-बिंदु असार?'*	: जल की बूँदों की तरह है साधक	**म.सा.-1**/124	स्मित तुम्हारी से छलक.../रश्मि
वारी- *'मार दी तुझे पिचकारी,/कौन री, रँगी छबि वारी?'*	: वाली	**नि.र.-1**/242	मार दी तुझे पिचकारा
वारी-बलिहारी- *'लावण्य-शैल राई-सा जिस पर वारी-बलिहारी'*	: न्योछावर हो जाना	**प्र.ग्रं.-2**/10	आँसू
वारीश- *'धूल से लिखते हो इतिहास/बिंदु में भरते हो वारीश'*	: समुद्र	**म.सा.-1**/81	झूमते से सौरभ के साथ /नीहार
वासंती- *'वासंती के वन-वैभव में जिसका पंचम स्वर पिक-सा हो'*	: वसंत के माहौल में	**प्र.ग्रं.-2**/126	लज्जा/कामायनी
◆ *'काँपता है वासन्ती वात'*	: वसंत ऋतु से संबंधित	**नि.र.-1**/138	प्याला
◆ (शीर्षक)	: वसंत ऋतु की	**नि.र.-1**/189	वासन्ती
◆ *'फिर वासन्ती अखिल लोक में ज्योत्स्ना का होता अभिसार'*	: वसंत ऋतु से संबंधित	**नि.र.-1**/192	वसन्त-समीर
वासना के गीत- *'गूँजते सब मदिर घन में वासना के गीत'*	: कामभावना से युक्त स्वर	**प्र.ग्रं.-2**/116	वासना/कामायनी
वासना-प्रेयसी- *'वासना-प्रेयसी बार-बार श्रुति-मधुर मन्द स्वर से पुकार'*	: प्रेयसी-सी आकर्षक वासना	**नि.र.-1**/196	प्रभाती
वासना-मंजु- *'वासना-मंजु साधनासीन आओ मर्म पर, मनोज्ञ भ्रमर!'*	: अभिलाषा से सुघर बनी	**नि.र.-1**/228	आओ मेरे आतुर उर पर
वासना-सरिता- *'भरी वासना-सरिता का वह कैसा था मदमत्त प्रवाह'*	: वासना की नदी	**प्र.ग्रं.-2**/56	चिंता/कामायनी
वासर निद्रित- *'ऐ निशि जाग्रत्, वासर निद्रित'*	: दिन में सोये रहनेवाले (तारे)	**पं.ग्रं.-1**/209	नक्षत्र/पल्लव
वासव- *'वे वासव के शुचि वाहन'*	: इन्द्र, वर्षा के देवता	**पं.ग्रं.-1**/90	ये तो हैं नादान नयन! /वीणा
◆ *'मदोन्मत्त वासव सेना-से'*	: इन्द्र	**पं.ग्रं.-1**/214	बादल/पल्लव
वास विहीन- *'नग्न, क्षुधातुर, वास विहीन रहें जीवित जन'*	: जिनके रहने के लिए मकान न हों, गरीब	**पं.ग्रं.-2**/21	ताज/युगपथ
वासित वन- *'उस विकसित, वासित वन में'*	: सुगंध से भरा जंगल	**पं.ग्रं.-1**/102	उस विकसित, वासित वन में/वीणा
वासित वसना- *'विकसित वदना, वासित वसना'*	: सुगंध से युक्त पोशाकवाली (कली)	**पं.ग्रं.-1**/111	तेरा अद्भुत है व्यापार! /वीणा
वाहन साज- *'सरल हँसमुख विधु जलद लघु खण्ड वाहन साज !'*	: सवारी सजाकर	**प्र.ग्रं.-2**/115	वासना/कामायनी
वाहिनी- *'वाहिनी संसृति की'*	: सेना, वहन करने वाली	**नि.र.-1**/171	रेखा 'क'
◆ *'वानर-वाहिनी खिन्न, लख निज-पति-चरण-चिह्न'*	: सेना	**नि.र.-1**/329	राम की शक्ति-पूजा

शब्द- काव्य-पंक्ति	: अर्थ	ग्रंथावली/पृ.सं.	स्रोत/संदर्भ
विंशति- *'विंशति शताब्दि, धन के, मान के बाँध को जर्जर कर महाब्धि'*	: बीसवीं (शताब्दी)	**नि.र.**-1/338	सम्राट् अष्टम एडवर्ड के प्रति
विकंपित- *'प्रकृति सतत आतंक विकंपित घड़ी घड़ी है'*	: काँपती हुई (प्रकृति)	**प्र.ग्रं.**-2/203	संघर्ष/कामायनी
◆ *'दीनता के ही विकम्पित पात्र में'*	: काँपता हुआ, थरथराता हुआ	**पं.ग्रं.**-1/125	ग्रन्थि
विकंपित पुलक- *'चपलता ने इस विकम्पित पुलक से'*	: प्रेम की सिहरन से काँपती रोमराशि	**पं.ग्रं.**-1/125	ग्रन्थि
विकच- *'किसकी विकच वीचि-चितवन पर'*	: खिला हुआ	**नि.र.**-1/119	यमुना के प्रति
◆ *'फूल, वृन्त पर विकच अधीर'*	: खिला हुआ, प्रस्फुटित	**नि.र.**-1/123	यमुना के प्रति
◆ *'दाड़िम, कुन्द, विकच अरविन्द'*	: खिला हुआ	**नि.र.**-1/125	यमुना के प्रति
◆ *'रह, बह, कह जा विकच वचन'*	: स्पष्ट	**नि.र.**-1/138	'कवि' के प्रति
◆ *'दिवसन विरहाशासी/पद्म विकच भाषासी'*	: खिला हुआ	**नि.र.**-1/156	वेदना
◆ *'विकच स्वप्न-नयनों से मिली, फिर मिली'*	: खुले हुए	**नि.र.**-1/259	अपने सुख-स्वप्न से खिला
◆ *'प्रथम विकच कलि वृन्त पर नग्न-तनु'*	: खिला हुआ	**नि.र.**-1/325	प्रेयसी
◆ *'विपुल वासना विकच विश्व का मानस शतदल'*	: खिला हुआ	**पं.ग्रं.**-1/225	परिवर्तन/पल्लव
◆ *'शत भावों के विकच दलों से'*	: विकसित, प्रस्फुटित	**पं.ग्रं.**-1/273	अप्सरा/गुंजन
◆ *'विश्व विकच प्रेम-कमल'*	: खिला हुआ, विकसित	**पं.ग्रं.**-1/301	तीन/ज्योत्स्ना
विकच अलकों- *'अगरु-गंध बयार ला ला विकच अलकों को बसातीं!'*	: खुले हुए बाल	**म.सा.**-1/284	ओ अरुण वसना! /सांध्य गीत
विकच पुष्प- *'विकच पुष्प शोभा सुकुमार'*	: खिला हुआ फूल	**पं.ग्रं.**-1/194	अनंग/पल्लव
विकच बचपन- *'विकच बचपन को, मन को खींच'*	: बचपन का अंतिम दौर, किशोरावस्था की ओर उन्मुख	**पं.ग्रं.**-1/179	उच्छ्वास/पल्लव
विकर्षण- *'कर्षण-विकर्षण-भाव/जारी रहेगा यदि इसी तरह आपस में'*	: अपने से दूर करना, आकर्षण के विपरीत	**नि.र.**-1/167	महाराज शिवाजी का पत्र
विकर्षणमय- *'और है विकर्षणमय'*	: दूर करना, बिखरा हुआ	**नि.र.**-1/168	महाराज शिवाजी का पत्र
विकर्षणमयी- *'नियति विकर्षणमयी, त्रास से सब व्याकुल थे'*	: विघटन की ओर बढ़ना	**प्र.ग्रं.**-2/207	संघर्ष/कामायनी
विकल- *'किसी अज्ञात विश्व की विकल'*	: व्याकुल	**प्र.ग्रं.**-1/231	किरण/झरना
◆ *'धीर समीर परस से पुलकित/विकल हो चला श्रांत शरीर;'*	: व्याकुल, उद्दीप्त	**प्र.ग्रं.**-2/77	आशा/कामायनी
◆ *'मनु का मन था विकल हो उठा/संवेदन से खा कर चोट;'*	: व्याकुल, बेचैन	**प्र.ग्रं.**-2/77	आशा/कामायनी
◆ *'सुप्त पुष्प में विकल विकास'*	: व्याकुल	**नि.र.**-1/121	यमुना के प्रति
◆ *'विकल विलोड़ित चरण-अंक पर'*	: व्याकुल	**नि.र.**-1/122	यमुना के प्रति
◆ *'विकल पपीहा-वधू डाल पर/पिया कहाँ, कह, रही पुकार'*	: व्याकुल	**नि.र.**-1/192	वसन्त-समीर
◆ *'हैं विकल देखने को सत्वर'*	: व्याकुल	**नि.र.**-1/296	तुलसीदास
◆ *'बिंध महोल्लास से बार-बार आकाश विकल'*	: व्याकुल, परेशान	**नि.र.**-1/329	राम की शक्ति-पूजा
◆ *'मैं भय से हो गयी विकल'*	: व्याकुल	**पं.ग्रं.**-1/116	दिवानाथ का विपुल विभव जब/वीणा
विकल अकूल- *'रही विस्मृति सिंधु में स्मृति नाव विकल अकूल'*	: किनारा न मिलने से व्याकुल	**प्र.ग्रं.**-2/118	वासना/कामायनी
विकल अनिल- *'विकल अनिल से प्रेरित होकर'*	: व्याकुल पवन	**प्र.ग्रं.**-1/311	कितने दिन जीवन-जलनिधि में/लहर

शब्द–	काव्य-पंक्ति	: अर्थ	ग्रंथावली/पृ.सं.	स्रोत/संदर्भ
विकल कल्पना–	*'वंचित रे! यह किस अतीत की विकल कल्पना का परिणाम'*	: व्याकुल भावनात्मक उड़ान	**प्र.ग्रं.–1**/327	मधुर माधवी संध्या में /लहर
विकल कोक–	*'वह कौन विहग? क्या विकल कोक, उड़ता हरने निज विरह शोक?'*	: व्याकुल चातक पक्षी	**पं.ग्रं.–1**/275	नौका-विहार/गुंजन
विकल खिलखिलाती है क्यों–	*'विकल खिलखिलाती है क्यों तू? इतनी हँसी न व्यर्थ बिखेर;'*	: उन्मत्त होकर जोर से हँसना, मनु पूछ रहे हैं कि हे रजनी तू उन्मादिनी की तरह हँसती क्यों है	**प्र.ग्रं.–2**/79	आशा/कामायनी
विकल दलित–	*'यहाँ भूख से विकल दलित को पदतल में फिर-फिर गिरवाती'*	: व्याकुल और शोषित-पीड़ित	**प्र.ग्रं.–2**/259	रहस्य/कामायनी
विकल प्रवर्तन–	*'श्रममय कोलाहल, पीड़नमय विकल प्रवर्तन महायंत्र का'*	: बेचैन गतिशीलता(कर्म-लोक में), बेचैनी को जन्म देना	**प्र.ग्रं.–2**/258	रहस्य/कामायनी
विकल प्रवर्त्तन–	*'अब विकल प्रवर्त्तन हो ऐसा जो नियति-चक्र का बने यंत्र'*	: व्याकुल कर देनेवाला घटनाक्रम, विक्षोभ की चक्राकार गति।	**प्र.ग्रं.–2**/175	इड़ा/कामायनी
विकल बिखरे हैं–	*'शक्ति के विद्युत्कण, जो व्यस्त विकल बिखरे हैं, हो निरुपाय;'*	: तितर-बितर होकर फैले हुए	**प्र.ग्रं.–2**/93	श्रद्धा/कामायनी
विकल रंग–	*'नारी जीवन का चित्र यही क्या? विकल रंग भर देती हो'*	: अधूरा रूप	**प्र.ग्रं.–2**/129	लज्जा/कामायनी
विकल रागिनी–	*'इस करुणा कलित हृदय में अब विकल रागिनी बजती'*	: व्याकुल मनःस्थिति, रुदन मानो संगीत की बज रहा हो	**प्र.ग्रं.–2**/3	आँसू
विकल-वानर दल-बल–	*'रावण-प्रहार-दुर्वार-विकल-वानर दल-बल—,'*	: वानर सेनाबल व्याकुल हो रहा था	**नि.र.–1**/329	राम की शक्ति-पूजा
विकल वाम–	*'नक्षत्र निरखते निर्निमेष वसुधा की वह गति विकल वाम'*	: व्याकुल और प्रतिकूल (परिस्थिति)	**प्र.ग्रं.–2**/173	इड़ा/कामायनी
विकल वासना के प्रतिनिधि–	*'विकल वासना के प्रतिनिधि वे सब मुरझाये चले गये;'*	: देवता व्याकुलता की हद तक पहुँची वासना के प्रतिनिधि बनकर रह गए।	**प्र.ग्रं.–2**/58	चिंता/कामायनी
विकल विरहिणी–	*'अलका की किस विकल विरहिणी की पलकों का ले अवलम्ब'*	: विरह में डूबी व्याकुल स्त्री	**प्र.ग्रं.–3**/319	तृतीय अंक/अजातशत्रु
विकल विलासमयी–	*'ज्योतिमयी, हासमयी, विकल विलासमयी'*	: विलास की व्याकुलता से युक्त	**प्र.ग्रं.–1**/341	प्रलय की छाया/लहर
विकल विवर्त्तनों–	*'विकल विवर्त्तनों से/विरल प्रवर्त्तनों से'*	: (सूरज मानो) व्याकुल होकर परिक्रमा लगाता है	**प्र.ग्रं.–1**/337	पेशोला की प्रतिध्वनि /लहर
विकल विश्रांत–	*'दिवाकर दिन या परिश्रम का विकल विश्रांत'*	: व्याकुल और अथक (बेचैन)	**प्र.ग्रं.–2**/118	वासना/कामायनी
विकल वेदना–	*'इस विकल वेदना को ले किसने सुख को ललकारा'*	: दुःख की व्याकुलता	**प्र.ग्रं.–2**/5	आँसू
विकस–	*'यह लीला जिसकी विकस चली वह मूलशक्ति थी प्रेम-कला'*	: विकसित हुई, फैली	**प्र.ग्रं.–2**/107	काम/कामायनी
विकसित वदना–	*'विकसित वदना, वासित वसना'*	: पूरी तरह खिली (कली)	**पं.ग्रं.–1**/111	तेरा अद्भुत है व्यापार! /वीणा

शब्द-	काव्य-पंक्ति	: अर्थ	ग्रंथावली/पृ.सं.	स्रोत/संदर्भ
विकार-	*'आज से यह जीवन उत्सर्ग इसी पदतल में विगत विकार'*	: असमंजस, उलझन	**प्र.ग्रं.**-2/91	श्रद्धा/कामायनी
विकास का सत्य-	*'यही दुख सुख विकास का सत्य यही भूमा का मधुमय दान'*	: विकास का सत्य यही है कि दुःख से सुख का जन्म होता है	**प्र.ग्रं.**-2/89	श्रद्धा/कामायनी
विकीर्ण-	*'कितनी सुखमय स्मृतियाँ, अपूर्ण रुचि बन कर मँडरातीं विकीर्ण'*	: बिखर कर फैली हुई (स्मृतियाँ)	**प्र.ग्रं.**-2/173	इड़ा/कामायनी
विकीर्ण दिव्य दाह-सी-	*'असंख्य कीर्ति-रश्मियाँ, विकीर्ण दिव्य दाह-सी'*	: अलौकिक अग्नि के समान फैली हुयी	**प्र.ग्रं.**-4/290	चतुर्थ अंक/चन्द्रगुप्त
विकृत वक्र रेखाओं से-	*'निज विकृत वक्र रेखाओं से, प्राणी का भाग्य बनी अशान्त'*	: बिगड़ी हुई टेढ़ी-मेढ़ी (दुर्भाग्य की) रेखाओं से	**प्र.ग्रं.**-2/173	इड़ा/कामायनी
विक्षत-	*'संसृति के विक्षत पग रे!'*	: आहत, चोटिल	**प्र.ग्रं.**-1/332	अशोक की चिंता/लहर
♦	*'विक्षत उसके अंग, प्रगट थे भीषण खड्ड भयकरी खाँई'*	: (पर्वत के खड्ड और खाई मानो) उसके बुरी तरह घायल अंग थे।	**प्र.ग्रं.**-2/251	रहस्य/कामायनी
विक्षत वक्षःस्थल-	*'छोड़ रहे हैं जग के विक्षत वक्षःस्थल पर'*	: (संसार की) क्षत-विक्षत छाती, 'परिवर्तन' संसार की छाती पर साँप की तरह अपने डँसने के निशान छोड़ता जाता है।	**पं.ग्रं.**-1/225	परिवर्तन/पल्लव
विक्षिप्त झकोरे-	*'मुझमें विक्षिप्त झकोरे! उन्माद मिला दो अपना'*	: दिग्भ्रमित वायु के झोंके, असंतुलन	**म.सा.**-1/56	कितनी रातों की मैंने /नीहार
विक्षुब्ध-	*'देव कर से पीड़ित विक्षुब्ध, प्राणियों से कह उठा पुकार—'*	: क्षोभ से भरा हुआ, दुःख और क्रोध से युक्त	**प्र.ग्रं.**-1/295	अरी वरुणा की शांत कछार/लहर
♦	*'बता, कहाँ विक्षुब्ध हुआ वह'*	: विशेष रूप से क्षोभ (दुख और क्रोध) से भरा हुआ	**नि.र.**-1/123	यमुना के प्रति
♦	*'तुम्हारे कुञ्चित केशों में/अधीर विक्षुब्ध ताल पर'*	: अशांत और चंचल	**नि.र.**-1/133	बादल-राग
विक्षुब्ध महासमीर-	*'झंझा प्रवाह-सा निकला यह जीवन विक्षुब्ध महासमीर'*	: व्याकुल तेज गति वायु के समान	**प्र.ग्रं.**-2/171	इड़ा/कामायनी
विगत-	*'आज भी सुनाती है विगत सुहाग-गाथा'*	: पिछला, बीता हुआ	**नि.र.**-1/94	यहीं
विगत कर्म-	*'जिसके ऊपर विगत कर्म का विष-विषाद-आवरण तना'*	: पिछले कार्य-कलाप, सारस्वत नगर में मनु का जनता से संघर्ष हो चुका था।	**प्र.ग्रं.**-2/213	निर्वेद/कामायनी
विगत बात-	*' "प्रियतम! यह नत निस्तब्ध रात, है स्मरण करती विगत बात'*	: बीती हुई बातें, श्रद्धा-मनु के जीवन की बीती बातें	**प्र.ग्रं.**-2/245	दर्शन/कामायनी
विगत विकार-	*'आज से यह जीवन उत्सर्ग इसी पदतल में विगत विकार'*	: खुशी के साथ, निर्विकार भाव से	**प्र.ग्रं.**-2/91	श्रद्धा/कामायनी
♦	*'एक गृहपति, दूसरा था अतिथि विगत-विकार'*	: विकारों से मुक्त	**प्र.ग्रं.**-2/111	वासना/कामायनी
विगत विचारों-	*'विगत विचारों के श्रम-सीकर बने हुए थे मोती'*	: पहले किये गये विचार य चिंता	**प्र.ग्रं.**-2/146	कर्म/कामायनी
विगत-व्याधि-	*'फिर कोटितीर्थ देवांगनादि लख सार्थक-श्रम हो विगत-व्याधि'*	: तकलीफ भूल जाना	**नि.र.**-1/292	तुलसीदास
विगत-श्रम-	*'भल्लूक विगत-श्रम हो पाते जीवन-निर्जर;'*	: थकावट दूर हो जाना	**नि.र.**-1/333	राम की शक्ति-पूजा

शब्द-	काव्य-पंक्ति	: अर्थ	ग्रंथावली/पृ.सं.	स्रोत/संदर्भ
विगलित-बल-	*'मोगल-दल-विगलित-बल/हो रहे हैं राजपूत'*	: घटी हुई शक्तिवाले	**नि.र.**-1/157	महाराज शिवाजी का पत्र
विग्रहों-	*'बहु भेद विग्रहों में खोयी ली जीर्ण जाति क्षय से उबार'*	: आपसी बिखराव	**पं.ग्रं.**-2/25	बापू के प्रति/युगपथ
विघात-	*'मुक्त! तुम्हारे मुक्त कण्ठ में स्वरारोह, अवरोह, विघात'*	: सुर बदलना, एक सुर से दूसरे सुर में जाना	**नि.र.**-1/134	बादल-राग
विचरण-निरत-	*'जीवन प्रात-समीरण-सा लघु विचरण-निरत करो'*	: गतिमान, लगातार विचरता हुआ	**नि.र.**-1/146	प्रार्थना
विचरे ही गी-	*'क्या पलकों पर विचरे ही गी/यौवन-धूम?'*	: विचरण करेगी ही	**नि.र.**-1/202	युक्ति
विचरो-	*'सुखद स्वप्न बनकर विचरो हे!'*	: विचरण करो, आने-जाने का क्रम	**पं.ग्रं.**-1/291	एक/ज्योत्स्ना
विचार-परिणीत उक्ति-	*'वर श्रमप्रसूति से की कृतार्थ तुमने विचार-परिणीत उक्ति'*	: विचारों का वचन में रूपांतरण हो जाना	**पं.ग्रं.**-2/25	बापू के प्रति/युगपथ
विचारों के नभ को-	*'दूसरा विचारों के नभ को था मधुर अभय अवलम्ब दिये'*	: अनन्त ज्ञान, उच्च विचार	**प्र.ग्रं.**-2/179	इड़ा/कामायनी
विच्छुरित-	*'दृगों को रँग गयी प्रथम प्रणय-रश्मि— चूर्ण हो विच्छुरित'*	: विकीर्ण होना, फैलना	**नि.र.**-1/324	प्रेयसी
◆	*'विच्छुरित छटा— जल, स्थल, नभ में'*	: छूटना, फैलना, छिटकना	**नि.र.**-1/339	सम्राट् अष्टम एडवर्ड के प्रति
विच्छुरितवह्नि-	*'विच्छुरितवह्नि-राजीवनयन-हत-लक्ष्य-बाण'*	: आग छोड़ते हुए	**नि.र.**-1/329	राम की शक्ति-पूजा
विच्छेद-	*'विच्छेद बाह्य, था आलिंगन— वह हृदयों का, अति मधुर-मिलन'*	: अलगाव, बिछुड़ना	**प्र.ग्रं.**-2/241	दर्शन/कामायनी
विजड़ित-	*'अंग अलसित/प्राण विजड़ित'*	: ठहर-सा जाना, गति की समाप्ति	**म.सा.**-1/261	मेरा सजल मुख देख लेते!/सांध्य गीत
◆	*'चरण हुए थे विजड़ित मधु भार से'*	: जम जाना, ठहर जाना	**प्र.ग्रं.**-1/339	प्रलय की छाया/लहर
◆	*'कंपित उर विजड़ित अधरों की'*	: मूक, जो दुखी होकर चुप हो गया हो	**म.सा.**-1/397	तू भू के प्राणों का शतदल!/दीप-शिखा
विजन-	*'कहाँ मिलोगे? किसी विजन में— न हो भीड़ का जब रेला'*	: सुनसान स्थान, जनशून्य स्थान	**प्र.ग्रं.**-1/235	बालू की वेला/झरना
◆	*'विजन-वन-वल्लरी पर/सोती थी सुहाग-भरी'*	: जहाँ प्राय: कोई आता-जाता न हो, इसे निर्जन नहीं कह सकते	**नि.र.**-1/41	जुही की कली
◆	*'पथरीले टीले में, कभी विजन में'*	: जनशून्य स्थान	**नि.र.**-1/79	पथ
◆	*'किरण बालिका जहाँ विजन- उपवन-कुसुमों को जाँच रही थी'*	: जनशून्य, एकांत	**नि.र.**-1/91	अनुताप
◆	*'विजन का पथिक/चुपचाप कहीं सो जाय'*	: निर्जन	**नि.र.**-1/206	कवि
◆	*'विजन की श्री सुहाग अम्लान, जाग, फिर कर प्रभात-सर-स्नान'*	: एकांत	**नि.र.**-1/216	'कहाँ उन नयनों की मुसकान'
◆	*'वह विजन चाँदनी की घाटी'*	: एकांत	**पं.ग्रं.**-2/18	वह विजन चाँदनी की घाटी/युगपथ
विजन-उपवन-कुसुम-	*'किरण बालिका जहाँ विजन- उपवन-कुसुमों को जाँच रही थी'*	: सुनसान/एकांत उद्यान के फूल	**नि.र.**-1/91	अनुताप

शब्द- काव्य-पंक्ति	: अर्थ	ग्रंथावली/पृ.सं.	स्रोत/संदर्भ
विजन उषा- *'बैठ गुलाबी विजन उषा में गाते कौन मनोहर राग?'*	: एकाकी सुबह, सुबह का अकेलापन	**प्र.ग्रं.-4**/283	चतुर्थ अंक/चन्द्रगुप्त
विजन कानन- *'गुंजित कुंज, विजन कानन'*	: जनशून्य वन प्रदेश	**प.ग्रं.-1**/97	तजकर वसन विभूषण भार/वीणा
विजन गगन- *'विजन गगन में किसी भूल-सी किसको स्मृति-पथ में लाती?'*	: सुनसान आकाश	**प्र.ग्रं.-2**/79	आशा/कामायनी
विजन-गहन-कानन- *'मन में, विजन-गहन-कानन में'*	: वीरान घने जंगल में	**नि.र.-1**/128	बादल राग
विजन जगत- *'विजन जगत की तंद्रा में तब चलता था सूना सपना;'*	: निर्जन संसार, आबादी से शून्य स्थान	**प्र.ग्रं.-2**/75	आशा/कामायनी
विजनता- *'विजनता का-सा विशद विषाद'*	: एकांत, सूनापन	**पं.ग्रं.-1**/203	निर्झर गान/पल्लव
विजन निशा- *'विजन निशा में किन्तु गले तुम'*	: एकांत रात में	**पं.ग्रं.-1**/87	कौन-कौन तुम परिहत वसना/वीणा
विजन नीड़- *'विजन नीड़ में चौंक अचानक'*	: एकांत में बना घोंसला	**पं.ग्रं.-1**/199	स्वप्न/पल्लव
विजन-पथ- *'चल रहा था विजन-पथ पर मधुर जीवन-खेल'*	: निर्जन रास्ता	**प्र.ग्रं.-2**/111	वासना/कामायनी
विजन प्रांत- *'इस विजन प्रांत में बिलख रही मेरी पुकार उत्तर न मिला'*	: सुनसान इलाका	**प्र.ग्रं.-2**/172	इड़ा/कामायनी
♦ *'निस्तब्ध मौन था अखिल लोक तंद्रालस था वह विजन प्रांत'*	: सुनसान इलाका	**प्र.ग्रं.-2**/178	इड़ा/कामायनी
विजन-मन-मुदित- *'विजन-मन-मुदित सहेलरियाँ— स्नेह-उपवन की सुख, शृंगार'*	: एकांत (शांत) में प्रसन्न मन	**नि.र.-1**/141	स्मृति
विजन वन- *'विजन वन में बिखरा कर राग जगा सोते प्राणों की प्यास'*	: सुनसान जंगल	**म.सा.-1**/69	कामना की पलकों में झूल/नीहार
विजन विपिन- *'विजन विपिन में आज बावली बिखराती हो क्यों शृंगार?'*	: निर्जन वन, सुनसान एकांत	**म.सा.-1**/82	झिलमिल तारों की पलकों में/नीहार
विजन विश्व- *'देखा मनु ने वह अतिरंजित विजन विश्व का नव एकांत'*	: जन-शून्य विश्व	**प्र.ग्रं.-2**/68	आशा/कामायनी
विजन वेदना- *'भग्न भावना, विजन वेदना'*	: अकेलापन की पीड़ा	**पं.ग्रं.-1**/205	छाया/पल्लव
विजय निशा- *'विजय निशा में, मैं उस पार'*	: विजय की खुशी की रात	**पं.ग्रं.-1**/85	हाय कहेगा क्या संसार! /वीणा
विजय-मद-गर्वित- *'वह संगीत विजय-मद-गर्वित'*	: विजय के मद से गौरवपूर्ण, जीत के प्रभाव से उल्लसित	**नि.र.-1**/122	यमुना के प्रति
विजयिनी तारा- *'मनु की सतत सफलता की वह उदय विजयिनी तारा थी'*	: सौभाग्य का प्रतीक और विजय दिलानेवाली तारिका के समान (थी इड़ा)	**प्र.ग्रं.-2**/189	स्वप्न/कामायनी
विजयिनी मानवता- *'समन्वय उसका करे समस्त विजयिनी मानवता हो जाय!'*	: मनुष्यता की जीत हो, मानव जाति को नयी सृष्टि बनाने में सफलता मिले	**प्र.ग्रं.-2**/93	श्रद्धा/कामायनी
विजित- *'पदतल में विजित पड़ा गिर'*	: जिसे जीत लिया गया हो, पराजित	**प्र.ग्रं.-1**/329	अशोक की चिंता/लहर
♦ *'किया आहूत जहाँ विजित स्वजातियों को'*	: पराजित	**नि.र.-1**/100	दिल्ली
♦ *'विजित भी न होगे तुम औ' गुलाम भी नहीं?'*	: पराजित	**नि.र.-1**/163	महाराज शिवाजी का पत्र

शब्द-	काव्य-पंक्ति	: अर्थ	ग्रंथावली/पृ.सं.	स्रोत/संदर्भ
विज्ञ-	*'देखते हैं जन विज्ञ अजान'*	: ज्ञानी	**नि.र.**-1/233	विश्व-नभ-पलकों का आलोक
विज्ञ वाचक-	*'विज्ञ वाचक! और भी उपकरण है'*	: ज्ञानी पाठक	**पं.ग्रं.**-1/140	ग्रन्थि
विज्ञान ज्ञान-	*'वक्षस्थल पर एकत्र धरे संसृति के सब विज्ञान ज्ञान'*	: विज्ञान और ज्ञान का जानकार भी इन सबको भूलकर इड़ा के सौन्दर्य से आकर्षित हो जाए।	**प्र.ग्रं.**-2/179	इड़ा/कामायनी
विज्ञान भरे अनुशासन-	*'ये विज्ञान भरे अनुशासन क्षण-क्षण परिवर्त्तन में ढलते'*	: विशिष्ट ज्ञान से भरी हुई विद्या, विशिष्ट ज्ञान के निरूपक शास्त्र	**प्र.ग्रं.**-2/262	रहस्य/कामायनी
विटप-	*'किसी विटप के आश्रय में मुकुलिता'*	: वृक्ष, पेड़	**नि.र.**-1/95	बहू
♦	*'विटप के गर्वोन्नत वक्षःस्थल पर सुकुमार'*	: वृक्ष	**नि.र.**-1/96	बहू
♦	*'तरुण विटप सब हुए, लताएँ तरुणी'*	: पौधे	**नि.र.**-1/97	विफल-वासना
♦	*'वहीं विटप शत-वर्ष-पुरातन/पीन प्रशाखाएँ फैला घन'*	: वृक्ष जो शाखाओं से भरा हो	**नि.र.**-1/213	छोड़ दो, जीवन यों न मलो
विटप बालिका-	*'विटप बालिका पुलकित गात'*	: वन-सुन्दरी, वन-रूपी सुन्दरी	**पं.ग्रं.**-1/199	स्वप्न/पल्लव
विटप-माल-	*'अति दूर क्षितिज पर विटप-माल लगती भ्रू-रेखा-सी अराल'*	: वृक्षों की पंक्तियाँ	**पं.ग्रं.**-1/275	नौका-विहार/गुंजन
विटप-मूल-	*'विश्व-विद्यालय के वे प्रथम स्तम्भ-विटप-मूल, छायाछन्द'*	: वृक्ष की जड़ (प्रतीक), आज जो विकसित रूप में है उसका स्रोत	**नि.र.**-1/186	जागरण
विटप-विहग-	*'विटप-विहग ज्यों फिरा नीड़ में'*	: पेड़ पर का पक्षी	**नि.र.**-1/120	यमुना के प्रति
विटपि-	*'नियममयी उलझन लतिका का भाव विटपि से आकर मिलना'*	: वृक्ष	**प्र.ग्रं.**-2/257	रहस्य/कामायनी
विटपी-	*'काँप उठी विटपी, यौवन के प्रथम कम्प मिस, मन्द पवन से'*	: शाखाओंवाला, वृक्ष	**नि.र.**-1/197	गीत 'क'
♦	*'ऐ विटपी की व्याकुल प्रेयसि'*	: शाखाओंवाला वृक्ष	**पं.ग्रं.**-1/206	छाया/पल्लव
वितरती-	*'वितरती गृह-वन मलय-समीर'*	: वितरण करती, बाँटती हुई	**पं.ग्रं.**-1/257	मधुवन/गुंजन
वितरने को मरंद-	*'करता प्रभात का मधुर पवन सब ओर वितरने को मरंद'*	: (सूर्य-रूपी कमल के किरण-रूपी) मकरंद को बिखेरने का क्रम	**प्र.ग्रं.**-2/178	इड़ा/कामायनी
वितरित-	*'मैं सबको वितरित करता ही सतत रहूँ क्या?'*	: दान देना	**प्र.ग्रं.**-2/202	संघर्ष/कामायनी
वितरो न बिंदु-	*'तुम दानशीलता से अपनी बन सजल जलद वितरो न बिंदु'*	: अंश वितरित करना अर्थात् मनु और शिशु में प्यार का बँटवारा	**प्र.ग्रं.**-2/168	ईर्ष्या/कामायनी
वितान-	*'किस वितान से तनी प्राण तक'*	: चादर जो छाया के लिए तानी गयी हो	**नि.र.**-1/118	यमुना के प्रति
♦	*'सुरभि-समीर, अधीर वितान'*	: छाया के लिए तनी चादर	**नि.र.**-1/121	यमुना के प्रति
♦	*'फेन के अस्फुट, अचिर, वितान'*	: चँदोबा, कपड़े की बनी छत	**पं.ग्रं.**-1/203	निर्झर गान/पल्लव
♦	*'वीचि में पड़ी वितान'*	: आकाश मानो लहर में चँदोबे की तरह दिख रहा है	**पं.ग्रं.**-1/207	शिशु/पल्लव
♦	*'निर्गुण, निसंग, निस्पृह, वितान'*	: छाजन, छत-जैसा आवरण	**पं.ग्रं.**-2/15	ए मिट्टी के ढेले/युगपथ
♦	*'नव कुंद-कुसुम से मेघ-पुंज/बन गए इंद्रधनुषी वितान'*	: छत की तरह का आवरण	**म.सा.**-1/103	चुभते ही तेरा अरुण बान!/रश्मि

शब्द- काव्य-पंक्ति	: अर्थ	ग्रंथावली/पृ.सं.	स्रोत/संदर्भ
◆ *'कलियों के उच्छ्वास शून्य में ताने एक वितान'*	: चँदोबा-जैसा आवरण या छत	**म.सा.-1**/39	चाहता है यह पागल प्यार/नीहार
वितान तना- *'विस्तृत जो मोह रहा मेरा वह देव-विलास-वितान तना'*	: चँदोबे(कपड़े से बनी छत) की तरह तना हुआ	**प्र.ग्रं.-2**/103	काम/कामायनी
वित्त- *'ये निस्पृह न्यायासन वाले चूक न सकते तनिक वित्त से'*	: धन (का लोभ)	**प्र.ग्रं.-2**/261	रहस्य/कामायनी
विथुरी अलक- *'विथुरी अलक पकड़ लेती है'*	: बिखरी हुयी केश-राशि	**प्र.ग्रं.-3**/478	द्वितीय अंक/कामना
विदग्धता- *'जगती का कलुष अपावन/तेरी विदग्धता पावे'*	: कुशलता, वैदुष्य, प्रतिभा का सौन्दर्य	**प्र.ग्रं.-2**/38	आँसू
विदाई- *'आह! वेदना मिली विदाई'*	: विदा होते समय उपहारस्वरूप मिलनेवाली वस्तु	**प्र.ग्रं.-4**/141	पंचम अंक/स्कन्दगुप्त
विदारित- *'कठिन गिरि कहाँ विदारित करना'*	: फोड़ना	**प्र.ग्रं.-1**/221	झरना/झरना
विदिशा- *'क्या तिमिर कैसी निशा है! आज विदिशा ही दिशा है'*	: दिशा का भ्रम, दिग्भ्रम	**म.सा.-1**/282	कीर का प्रिय आज... /सांध्य गीत
विदेश- *'हृदय की लेकर प्यासी साध बसाया है अब कौन विदेश?'*	: इस लोक से परे का लोक	**म.सा.-1**/66	समीरण के पंखों में गूँथ/नीहार
विदेशी गंधवह- *'किस मलय-सुरभित अंक रह आया विदेशी गंधवह?'*	: दूर से आयी हुई सुगन्धित हवा	**म.सा.-1**/265	पंकज-कली!/सांध्य गीत
विदेह- *'विदेह का,— प्रथम स्नेह का लतान्तराल मिलन'*	: जनक, सीता के पिता	**नि.र.-1**/331	राम की शक्ति-पूजा
विद्धांग- *'विद्धाङ्ग— बद्ध-कोदण्ड-मुष्टि— खर-रुधिर-स्राव,'*	: (राम के) अंग-अंग बिंधे (घायल) हुए थे	**नि.र.-1**/329	राम की शक्ति-पूजा
विद्धांग— बद्ध-कोदंड- *'विद्धाङ्ग— बद्ध-कोदण्ड-मुष्टि— खर-रुधिर-स्राव,'*	: (राम के) अंग-अंग बिंधे (घायल) हुए थे, परंतु धनुष पर मजबूत पकड़ बनी हुई थी।	**नि.र.-1**/329	राम की शक्ति-पूजा
विद्याध्ययनांतर- *'क्रीड़ितवय-विद्याध्ययनान्तर है संस्थित;'*	: विद्याध्ययन के बाद	**नि.र.-1**/284	तुलसीदास
विद्यु- *'विद्यु में पाया तुम्हारा/अश्रु से उजला निमंत्रण!'*	: विद्युत्, दामिनी, आकाशीय बिजली	**म.सा.-1**/361	निमिष से मेरे विरह के.../दीप-शिखा
विद्युत् अंतर्धान- *'कसक में विद्युत् अंतर्धान!'*	: आकाशीय बिजली का चमककर बुझ जाना (मानो मेरी टीस है)	**म.सा.-1**/233	दूर घर मैं पथ से अनजान!/नीरजा
विद्युत् कटाक्ष- *'विद्युत् कटाक्ष चल गया जिधर, कम्पित संसृति बन रही उधर'*	: (शिव की) बिजली-सी दीप्तिमती एवं तीव्र दृष्टि	**प्र.ग्रं.-2**/247	दर्शन/कामायनी
विद्युत्कण- *'ग्रह, नक्षत्र और विद्युत्कण किसका करते थे संधान!'*	: आवेशित कण	**प्र.ग्रं.-2**/69	आशा/कामायनी
◆ *'अंतरिक्ष के मधु उत्सव के विद्युत्कण मिले झलकते-से'*	: आवेशित कण	**प्र.ग्रं.-2**/104	काम/कामायनी
विद्युत् के चल स्वर्णपाश- *'विद्युत् के चल स्वर्णपाश में बँध हँस देता रोता जलधर'*	: आकाशीय बिजली मानो सोने से बनी चंचल जंजीर है	**म.सा.-1**/221	मुस्काता संकेत-भरा नभ/नीरजा
विद्युत्-ज्वार-सा- *'मृणमयी तू रच रही यह तरल विद्युत्-ज्वार-सा क्या?'*	: विद्युत् की ऊँची लहरों की तरह	**म.सा.-1**/377	गूँजती क्यों प्राण-वंशी? /दीप-शिखा

शब्द- काव्य-पंक्ति	: अर्थ	ग्रंथावली/पृ.सं.	स्रोत/संदर्भ
विद्युत्-विलास- *'हीरक-गिरि पर विद्युत्-विलास, उल्लसित महा हिम धवल हास'*	: बिजली की क्रीड़ा(की तरह शिव की हँसी)	**प्र.ग्रं.-2**/247	दर्शन/कामायनी
विद्युद्-घन-चुम्बन- *'अमरण-रणमय मृदु-पद-रज? विद्युद्-घन- चुम्बन?'*	: बादल और बिजली की प्रेम-क्रीड़ा (बादल में बिजली का चमकना)	**नि.र.-1**/154	परलोक
विद्युद्दाम- *'दुहरा विद्युद्दाम चढ़ा द्रुत'*	: आकाशीय बिजली की लकीर (प्रत्यंचा की तरह चढ़ाकर)	**पं.ग्रं.-1**/214	बादल/पल्लव
विद्युद्द्युति- *'विद्युद्द्युति बार-बार/खून की पियेंगी धार'*	: बिजली की चमक	**नि.र.-1**/169	महाराज शिवाजी का पत्र
विद्यु-शिखा- *'फूटो शत-शत विद्यु-शिखा से'*	: आकाशीय बिजली की लौ की तरह	**म.सा.-1**/298	नव घन आज बनो पलकों में!/सांध्य गीत
विद्यु-हीरक- *'इन्द्रधनु से नित सजी सी विद्यु-हीरक से जड़ी सी'*	: आकाशीय बिजली मानो हीरे का हार है	**म.सा.-1**/285	देव अब वरदान कैसा! /सांध्य गीत
विद्रुम- *'विद्रुम औ' मरकत की छाया'*	: प्रवाल या मूँगा (की तरह सुखद छाया)	**पं.ग्रं.-2**/9	विद्रुम औ' मरकत की छाया/युगपथ
विद्रुम का रंग- *'मोती का जल सोने की रज विद्रुम का रंग फेरा!'*	: मूँगा का लाल रंग लेकर	**म.सा.-1**/297	आज सुनहली वेला! /सांध्य गीत
विद्रुम के रथ- *'विद्रुम के रथ पर आता दिन जब मोती की रेणु उड़ाता'*	: मोती की तरह उज्ज्वल प्रभात के रथ पर	**म.सा.-1**/399	पुजारी दीप कहीं सोता है!/दीप-शिखा
विद्रुमपंखी- *'विद्रुमपंखी मेघ इन्हें भी क्या जीना क्षण भर ही?'*	: मूँगे के लाल रंग की तरह के मेघ मानो लाल पंख धारण किए हुए हैं।	**म.सा.-1**/297	आज सुनहली वेला! /सांध्य गीत
विद्रुम वेला नीली- *'हुई विद्रुम वेला नीली!'*	: मूँगे की तरह शाम का लाल आकाश धीरे-धीरे नीला हो गया	**म.सा.-1**/288	वह संध्या फूली सजीली!/सांध्य गीत
विद्रुम सीपी- *'विद्रुम सीपी सम्पुट में/मोती के दाने कैसे'*	: प्रवाल और सीप	**प्र.ग्रं.-2**/12	आँसू
विद्रुम सी हाला- *'कब माँगा मरकत का प्याला? कब छलकी विद्रुम सी हाला?'*	: मूँगे की तरह लाल मदिरा	**म.सा.-1**/205	क्यों जग कहता मतवाली /नीरजा
विद्रुम-सुमन-चय- *'बाँध नव विद्रुम-सुमन-चय/रेख-अर्चित'*	: मूँगे की तरह लाल चुने हुए फूल	**म.सा.-1**/349	झिप चलीं पलकें तुम्हारी/दीप-शिखा
विधाता- *'लिखता अदृष्ट था विधाता वाम कर से'*	: ईश्वर	**प्र.ग्रं.-1**/334	शेरसिंह का शस्त्र-समर्पण/लहर
♦ *'विधाता की कल्याणी सृष्टि/सफल हो इस भूतल पर पूर्ण;'*	: ईश्वर	**प्र.ग्रं.-2**/92	श्रद्धा/कामायनी
विधान- *'किस विधान से करूँ यज्ञ यह पथ किस ओर गया है!'*	: विधि, रीति	**प्र.ग्रं.-2**/136	कर्म/कामायनी
विधि के विरोध- *'विधि के विरोध हो, निषेध की व्यवस्था तुम'*	: रूढ़िग्रस्त विधि-विधान से मुक्ति दिलानेवाले	**प्र.ग्रं.-1**/261	तुम/झरना
विधु- *'आँखों में रात बिता जब/विधु ने पीला मुख फेरा'*	: चन्द्रमा	**म.सा.-1**/37	रजनी ओढ़े जाती थी /नीहार
विधु कांत- *'सिताबी छिड़क रहा विधु कांत बिछा है सेज कमलिनी जाल'*	: चाँद की आभा	**प्र.ग्रं.-1**/265	होली की रात/झरना
विधु किरन- *'मधु बरसती विधु किरन हैं काँपती सुकुमार'*	: चाँदनी	**प्र.ग्रं.-2**/116	वासना/कामायनी
विधु-चितवन- *'प्रेम-चयन के उठा नयन नव, विधु-चितवन, मन में मधु-कलरव'*	: चाँद के जैसी चितवन (दृष्टि)	**नि.र.-1**/220	स्पर्श से लाज लगी

शब्द-	काव्य-पंक्ति	: अर्थ	ग्रंथावली/पृ.सं.	स्रोत/संदर्भ
विधुपात्र-	*'मधु से भरा विधुपात्र है/मद से उनींदी रात है'*	: चाँद-रूपी मदिरा का प्याला	**म.सा.**-1/265	पंकज-कली!/सांध्य गीत
विधु-प्याले-	*'जगा न निद्रित विश्व ढालने विधु-प्याले से मधुर चाँदनी'*	: चंद्रमा मानो प्याला है जिससे चाँदनी मदिरा की तरह ढरक रही है।	**म.सा.**-1/196	आ मेरी चिर मिलन-यामिनी!/नीरजा
विधुप्लावित-	*'प्रात, फिर विधुप्लावित मधु-रात'*	: तैरता (खिला) हुआ चाँद	**नि.र.**-1/138	प्याला
विधुमणि-	*'पिघल चलते विधुमणि के प्राग रश्मियाँ छूते ही सुकुमार'*	: चंद्रमणि, यह एक मणि है जो चाँद की किरणों के स्पर्श से पिघलने लगती है (कवि समय)	**म.सा.**-1/157	नींद में सपना बन अज्ञात/रश्मि
विधुयुत नभ के नीचे-	*'इस निर्जन में ज्योत्स्ना-पुलकित विधुयुत नभ के नीचे'*	: चन्द्रमा से युक्त आकाश के तले	**प्र.ग्रं.**-2/147	कर्म/कामायनी
विधुर-	*'जो मदमाते गंध विधुर थे'*	: वियोगी	**प्र.ग्रं.**-1/312	वे कुछ दिन कितने सुन्दर थे/लहर
♦	*'चिर तृषित कंठ से तृप्ति विधुर'*	: वियोगी	**प्र.ग्रं.**-1/318	मुझको न मिला रे कभी प्यार/लहर
♦	*'विरह-विधुर-प्रिया-संग छोड़'*	: विरही	**नि.र.**-1/41	जुही की कली
♦	*'मधुर जीवन था मुग्ध बसंत विधुर बन कर आती क्यों याद?'*	: वियोगी	**म.सा.**-1/66	समीरण के पंखों में गूँथ/नीहार
विधुर उर-	*'विधुर उर के तारों में आज'*	: वियोगी हृदय	**पं.ग्रं.**-1/106	तुम्हारे कोमल अंग/वीणा
♦	*'विधुर उर के मृदु भावों से'*	: वियोगी मन, वियोग के भावबोध से परिपूर्ण	**पं.ग्रं.**-1/188	आँसू/पल्लव
♦	*'विधुर उर के-से मृदु उद्‌गार'*	: वियोगी व्यक्ति के हृदय की तरह	**पं.ग्रं.**-1/196	मौन निमन्त्रण/पल्लव
विधुर चराचर-	*'श्रम जर्जर विधुर चराचर पर'*	: वियोग या विछोह के भाव से युक्त जड़-चेतन	**पं.ग्रं.**-2/13	बाँसों का झुरमुट/युगपथ
विधुरथ-	*'धीरे-धीरे खिलते तारे मृग जुतते विधुरथ में'*	: चन्द्रमा-रूपी रथ	**प्र.ग्रं.**-2/140	कर्म/कामायनी
विधुर निशा-	*'तुम हो प्रभात की चितवन मैं विधुर निशा बन आऊँ'*	: मैं वियोग की रात बन जाऊँ	**म.सा.**-1/111	चिर तृप्ति कामनाओं का/रश्मि
विधुर हृदय-	*'विधुर हृदय की मृदु कंपन सा सिहर उठा वह नीरव कूल'*	: वियोगी मन, अपने प्रिय से बिछुड़े हुए व्यक्ति का मन	**म.सा.**-1/30	रजत करों की मृदुल तूलिका/नीहार
विधुरा-सी-	*'विरह मलिन, दुख विधुरा-सी'*	: वियोगिनी के समान	**पं.ग्रं.**-1/204	छाया/पल्लव
विधृत-	*'आज का, तीक्ष्ण-शर-विधृत-क्षिप्र-कर, वेग-प्रखर'*	: (तीर) छोड़ना, फेंकना	**नि.र.**-1/329	राम की शक्ति-पूजा
विध्वस्त-	*'जिसमें सुख-दुःख की परिभाषा विध्वस्त शिल्प-सी हो नितांत'*	: नष्ट हो जाना, टूट-फूट जाना	**प्र.ग्रं.**-2/173	इड़ा/कामायनी
विनत-	*'लाज के विनत वृन्त पर ज्यों अभिराम'*	: झुका हुआ	**पं.ग्रं.**-1/256	मधुवन/गुंजन
विनत-नवल-	*'अञ्जलि-कल विनत-नवल/पदतल-उपहार'*	: नया-विनम्र और सुंदर	**नि.र.**-1/277	देकर अन्तिम कर
विनता-	*'पा ऊर्ध्व ब्रह्म, माया विनता'*	: विनम्र	**पं.ग्रं.**-2/19	छाया/युगपथ
विनतानन-	*'दिक् पिंजर में बद्ध, गजाधिप-सा विनतानन'*	: विनयपूर्वक सर झुकाए हुए	**पं.ग्रं.**-1/226	परिवर्तन/पल्लव
विनम्र अभिमान-	*'बनकर विनम्र अभिमान मुझे'*	: आत्मगौरव का अटूट भाव जो प्रत्यक्षतः विनय से झुका मालूम पड़े	**प्र.ग्रं.**-4/329	प्रथम अंक/ध्रुवस्वामिनी
विनम्र विश्रांत-	*'शक्ति रही हाँ शक्ति, प्रकृति थी पद-तल में विनम्र विश्रांत;'*	: झुकी और थकी हुई (धरती)	**प्र.ग्रं.**-2/56	चिंता/कामायनी

शब्द–	काव्य–पंक्ति	: अर्थ	ग्रंथावली/पृ.सं.	स्रोत/संदर्भ
विनयन–	*'विनयन का उपचार तुम्हीं से सीख निकाला'*	: अनुशासन की कार्य–विधि	**प्र.ग्रं.–2**/203	संघर्ष/कामायनी
विनश्वर–	*'उतर बैठी हो शिखर पर/भूल अपनापन विनश्वर'*	: नष्ट हो जानेवाला	**नि.र.–1**/230	मेघ के घन केश
विनष्टि–	*'अनजान समस्याएँ गढ़ती रचती हो अपनी ही विनष्टि'*	: विनाश, बर्बादी	**प्र.ग्रं.–2**/176	इड़ा/कामायनी
विनिद्र-खग-स्वर-मुखर–	*'विनिद्र-खग-स्वर-मुखर दिगम्बर'*	: जगे हुए पक्षियों के स्वर से बोलता हुआ	**नि.र.–1**/242	गयी निशा वह, हँसीं दिशाएँ
विनिमय–	*'रह सौम्य! यहीं; हो सुखद प्रांत, विनिमय कर देते कर्म कांत'*	: आदान–प्रदान, प्रतिदान	**प्र.ग्रं.–2**/239	दर्शन/कामायनी
◆	*'यह विनिमय है या परिवर्त्तन बन रहा तुम्हारा ऋण अब धन'*	: आदान–प्रदान	**प्र.ग्रं.–2**/244	दर्शन/कामायनी
◆	*'वह विनिमय का निर्दय भाव'*	: लेन–देन	**नि.र.–1**/123	यमुना के प्रति
◆	*'जहाँ है भावों का विनिमय/जहाँ इच्छाओं का संयोग'*	: आदान–प्रदान	**म.सा.–1**/88	गिरा जब हो जाती है मौन/नीहार
◆	*'यह उनका संकेत नहीं जिसके बिन विनिमय हो पाता!'*	: आदान–प्रदान	**म.सा.–1**/108	रजतरश्मियों की छाया में.../रश्मि
◆	*'मेरी स्मित से इसका विनिमय कर ले या चल व्यापार न कर!'*	: लेन–देन, आदान–प्रदान	**म.सा.–1**/226	कहता जग दु:ख को प्यार न कर!/नीरजा
विनिमय प्राणों–	*'विनिमय प्राणों का यह कितना भयसंकुल व्यापार अरे!'*	: हृदय की लेन–देन, प्रेम करना	**प्र.ग्रं.–2**/187	स्वप्न/कामायनी
विनीरव–	*'या किसी की यह विनीरव आह है'*	: मौन, चुपचाप	**पं.ग्रं.–1**/139	ग्रन्थि
विनीरव वेदना–	*'दग्ध शलभों की विनीरव वेदना'*	: खामोश तकलीफ, दु:ख की मौन स्थिति	**पं.ग्रं.–1**/130	ग्रन्थि
विनोद का साधन–	*'मैं काम रहा सहचर उनका, उनके विनोद का साधन था'*	: आमोद–प्रमोद का माध्यम	**प्र.ग्रं.–2**/103	काम/कामायनी
विपंची–	*'कोकिलों का स्वर विपंची नाद भी'*	: वीणा का एक रूप	**प्र.ग्रं.–1**/257	मिलन/झरना
◆	*'बीती बेला, नील गगन तुम, छिन्न विपंची, भूला प्यार'*	: वीणा	**प्र.ग्रं.–3**/302	द्वितीय अंक/अजातशत्रु
◆	*'खोल दे मुख-मंडल सुख पुंज, बोल दे बजे विपंची वृन्द'*	: वीणा	**प्र.ग्रं.–3**/386	द्वितीय अंक/जन्मेजय का नाग-यज्ञ
विपंची काम की–	*'हुए चपल मृगनैन मोह-वश बजी विपंची काम की'*	: कामदेव की वीणा	**प्र.ग्रं.–4**/283	चतुर्थ अंक/चन्द्रगुप्त
विपणि–	*'भारति, भारत को फिर दो वर/ज्ञान-विपणि-खनि के'*	: बाजार	**नि.र.–1**/256	जागो, जीवन-धनिके!
विपथ–	*'यदि आलस से विपथ नयन हों निद्राकर्षण से अति दीन'*	: राह भटकाना	**नि.र.–1**/192	वसन्त-समीर
विपथगामी–	*'विपथगामी न कभी करती थी पथिक को'*	: रास्ते से भटकाना	**नि.र.–1**/185	जागरण
विपद-नदी–	*'मनु का पथ आलोकित करती विपद-नदी में बनी तरी'*	: विपत्ति-रूपी नदी	**प्र.ग्रं.–2**/189	स्वप्न/कामायनी
विपदा–	*'विपदा से पूछ रहे किसकी पदध्वनि सुनने में आई थी'*	: दु:ख, तकलीफ	**प्र.ग्रं.–1**/296	जगती की मंगलमयी उषा बन/लहर
विपन्न–	*'क्षीण का न छीना कभी अन्न, मैं लख न सका वे दृग विपन्न'*	: गरीब, अभावग्रस्त	**नि.र.–1**/316	सरोज-स्मृति

शब्द-	काव्य-पंक्ति	: अर्थ	ग्रंथावली/पृ.सं.	स्रोत/संदर्भ
विपर्यस्त-	*'अन्धकार था हृदय अपने ही भार से झुका हुआ, विपर्यस्त'*	: बिखरा हुआ	**नि.र.**-1/328	प्रेयसी
◆	*'दृढ़ जटा-मुकुट हो विपर्यस्त प्रतिलट से खुल'*	: अस्त- व्यस्त, बिखरा हुआ	**नि.र.**-1/330	राम की शक्ति-पूजा
विपुल नीलिमा-	*'जिन नयनों की विपुल नीलिमा में मिलता नभ का आभास'*	: व्यापक और गहरी नीली आभा	**म.सा.**-1/43	जिन नयनों की विपुल नीलिमा/नीहार
विपुल विभव-	*'यहाँ राशिकृत विपुल विभव सब मरीचिका से दीख पड़ रहे'*	: अपार ऐश्वर्य	**प्र.ग्रं.**-2/259	रहस्य/कामायनी
विपुला धरणी-	*'नीचे विपुला धरणी है दु:ख भार वहन-सी करती'*	: विशाल धरती, धैर्यवान पृथ्वी	**प्र.ग्रं.**-2/25	आँसू
विप्र बालकों-	*'विप्र बालकों ने गाये थे'*	: पक्षियों के बालकों ने (एक सुर में प्रशंसा के गीत गाए थे)	**पं.ग्रं.**-1/111	तेरा अद्‌भुत है व्यापार! /वीणा
विप्रयोग-	*'रही विप्रयोग में न विरक्ति'*	: वियोग	**प्र.ग्रं.**-1/276	वेदने ठहरो/झरना
विप्रवर-	*'विप्रवर स्नान कर चढ़ा सलिल शिव पर दूर्वादल, तण्डुल, तिल'*	: ब्राह्मण, पुजारी	**नि.र.**-1/309	दान
विप्लव-	*'ऐ विप्लव के प्लावन!'*	: प्रलय, आमूल परिवर्तन की घटना, उलट-फेर	**नि.र.**-1/129	बादल राग
◆	*'निर्दय विप्लव की प्लावित माया'*	: प्रलय, आमूल परिवर्तन	**नि.र.**-1/135	बादल-राग
विप्लव-रव-	*'विप्लव-रव से छोटे ही हैं शोभा पाते'*	: क्रांति का स्वर	**नि.र.**-1/135	बादल-राग
विफल-वासना-	(शीर्षक)	: प्रेमाकर्षण की असफलता, वासना अपने रूढ़ अर्थ में यहाँ प्रयुक्त नहीं है।	**नि.र.**-1/97	विफल-वासना
विभक्त-	*'जपते सभक्ति अजपा विभक्त हो राम-नाम'*	: अलग अस्तित्व रखकर	**नि.र.**-1/331	राम की शक्ति-पूजा
विभव-	*'कन कन बिखरा विभव दान कर अपना यश ले लेना'*	: ऐश्वर्य	**प्र.ग्रं.**-1/328	अंतरिक्ष में अभी सो रही/लहर
◆	*'जितना विभव, रूप, शील और गौरव को'*	: ऐश्वर्य	**प्र.ग्रं.**-1/353	प्रलय की छाया/लहर
◆	*'वे सब डूबे; डूबा उनका/विभव, बन गया पारावार;'*	: वैभव, ऐश्वर्य	**प्र.ग्रं.**-2/55	चिंता/कामायनी
◆	*'ऐसे अतुल अनंत विभव में/जाग पड़ा क्यों तीव्र विराग?'*	: सौन्दर्य का वैभव	**प्र.ग्रं.**-2/80	आशा/कामायनी
◆	*'आशाओं में अपने निराश निज बुद्धि विभव से रहे भ्रांत'*	: समृद्धि, ऐश्वर्य	**प्र.ग्रं.**-2/177	इड़ा/कामायनी
◆	*'विभव नहीं बरसाती थी'*	: ऐश्वर्य, सौन्दर्य	**पं.ग्रं.**-1/109	मरु भी होगा नन्दन वन!/वीणा
◆	*'विभव भूति ही-से निस्सार'*	: वैभव, ऐश्वर्य, सौन्दर्य	**पं.ग्रं.**-1/215	बादल/पल्लव
विभव मतवाली-	*'विभव मतवाली प्रकृति का आवरण वह नील'*	: ऐश्वर्य के मद से भरी (प्रकृति)	**प्र.ग्रं.**-2/117	वासना/कामायनी
विभव वंचित-	*'विभव वंचित, तृषित, लालायित नयन'*	: वैभव से वंचित, जिसकी खुशी खो गयी हो	**पं.ग्रं.**-1/136	ग्रन्थि
विभा-	*'प्रथम वसन्त विभा वन में'*	: सौन्दर्य की आभा	**पं.ग्रं.**-1/192	अनंग/पल्लव
◆	*'सरस तामरस गर्भ विभा पर नाच रही तरुशिखा मनोहर'*	: वैभव, सौन्दर्य	**प्र.ग्रं.**-4/215	द्वितीय अंक/चन्द्रगुप्त
विभात में लीन-	*'एक छबि के विभात में लीन'*	: प्रभात की आभा में (तारों का) डूब जाना	**पं.ग्रं.**-1/229	परिवर्तन/पल्लव

शब्द- काव्य-पंक्ति	: अर्थ	ग्रंथावली/पृ.सं.	स्रोत/संदर्भ
विभावरी- *'बीती विभावरी जाग री'*	: रात	**प्र.ग्रं.-1**/303	बीती विभावरी जाग री/लहर
◆ *'देव सृष्टि की सुख विभावरी/ताराओं की कलना थी'*	: रात	**प्र.ग्रं.-2**/55	चिंता/कामायनी
◆ *'या वसन्त-विभावरी की रम्यता?'*	: रात	**नि.र.-1**/42	माया
◆ *'शशि-छवि विभावरी में'*	: रात, विभा (आभापूर्ण सौंदर्य) से भरी हुई	**नि.र.-1**/148	जागो फिर एक बार
◆ *'नीड़स्थ पक्षी की/तम-विभावरी गयी'*	: रात	**नि.र.-1**/184	जागरण
◆ *'रावण-महिमा श्यामा विभावरी अन्धकार'*	: रात	**नि.र.-1**/332	राम की शक्ति-पूजा
◆ *'ओ विभावरी!/चाँदनी का अंगराग'*	: रात, विभा से युक्त	**म.सा.-1**/211	ओ विभावरी/नीरजा
◆ *'अंतहीन विभावरी है,/पास अंगारक-तरी है'*	: रात	**म.सा.-1**/355	मोम-सा तन घुल चुका /दीप-शिखा
विभुता- *'विस्तृत वसुधा की विभुता को'*	: ऐश्वर्य	**प्र.ग्रं.-1**/297	जगती की मंगलमयी उषा बन/लहर
◆ *'विभुता विभु-सी पड़े दिखाई'*	: ऐश्वर्य (ईश्वरीय, प्राकृतिक)	**प्र.ग्रं.-1**/298	ले चल वहाँ भुलावा देकर/लहर
◆ *'खेल खिलाती, भुलवाती जो उस निर्मल विभुता को'*	: व्यापक चेतना, ईश्वर, वैभव	**प्र.ग्रं.-2**/153	कर्म/कामायनी
विभु-सी- *'विभुता विभु-सी पड़े दिखाई'*	: प्रभु के समान, ऐश्वर्य को धारण करनेवाले ईश्वर के समान।	**प्र.ग्रं.-1**/298	ले चल वहाँ भुलावा देकर/लहर
विभूति- *'छोड़कर पार्थिव भोग विभूति, प्रेयसी का दुर्लभ वह प्यार'*	: ऐश्वर्य से परिपूर्ण	**प्र.ग्रं.-1**/294	अरी वरुणा की शांत कछार/लहर
◆ *'उड़ती है धूल हृदय में/किसकी विभूति है ऐसी?'*	: वैभव	**प्र.ग्रं.-2**/6	आँसू
◆ *'चिरकालिक अन्धता/अपनी विभूति की'*	: वैभव, सौंदर्य	**नि.र.-1**/179	रेखा 'ग'
विभ्रम- *'व्रीड़ा है यह चंचल कितनी/विभ्रम से घूँघट खींच रही;'*	: भ्रम, चित्त की अस्थिरता	**प्र.ग्रं.-2**/100	काम/कामायनी
◆ *'यह भी अपनी बिजली के से विभ्रम से संकेत किया'*	: लालित्यपूर्ण प्रेम-संकेत	**प्र.ग्रं.-2**/227	निर्वेद/कामायनी
◆ *'विभ्रम से घूँघट खींच रही'*	: मन का भ्रमित होना	**प्र.ग्रं.-2**/350	आवरण/असंकलित कविताएँ
◆ *'तुम अपनी निष्ठुर क्रीड़ा के विभ्रम से, बहकाने से'*	: जो भ्रान्तियों से भरा हो	**प्र.ग्रं.-4**/41	प्रथम अंक/स्कन्दगुप्त
◆ *'सुन्दर वाणी का विभ्रम'*	: आभास	**पं.ग्रं.-1**/246	सुन्दर मृदु-मृदु रज का तन/गुंजन
◆ *'प्रेयसी के, प्रणय के, निस्तल विभ्रम के'*	: विलास को सत्य मानने का भ्रम	**नि.र.-1**/293	तुलसीदास
विभ्रम इंगित- *'लगते उनके विभ्रम इंगित क्षण में रहस्य क्षण में परिचित'*	: उनके संकेतों का भ्रम होना	**म.सा.-1**/198	कैसे संदेश प्रिय पहुँचाती!/नीरजा
विभ्रम मदिरा- *'विभ्रम मदिरा से उठकर आओ तममय अन्तर में;'*	: शराब की तरह नशीला भ्रम	**प्र.ग्रं.-2**/27	आँसू
विमन- *'छोड़ते हुए, शीतल प्रकाश देखते विमन'*	: उदास मन	**नि.र.-1**/334	राम की शक्ति-पूजा
विमना- *'प्रिया विमना, षटपट चुपचाप चले, सह सके न उर का ताप'*	: उद्विग्न मन	**नि.र.-1**/231	चाहते हो किसको सुन्दर
विमर्ष- *'करता मेरी प्रगति अनन्त, किंतु तो भी मैं नहीं विमर्ष'*	: उद्विग्न, क्षुब्ध	**नि.र.-1**/48	अधिवास

शब्द-	काव्य-पंक्ति	: अर्थ	ग्रंथावली/पृ.सं.	स्रोत/संदर्भ
विमर्षित-सा-	*'न हर्षित-सा, न विमर्षित-सा'*	: विक्षुब्ध की तरह	**पं.ग्रं.**-1/222	स्याही की बूँद/पल्लव
विमल-	*'हृदय बीच विमल हार'*	: पवित्र, स्वच्छ, सुंदर	**नि.र.**-1/39	जन्मभूमि
◆	*'तव भक्त भ्रमरों को हृदय में लिये वह शतदल विमल'*	: पवित्र, स्वच्छ	**नि.र.**-1/95	वीणावादिनी
विमल प्रचार-	*'तुम्हारा वह अभिनन्दन दिव्य और उस यश का विमल प्रचार'*	: शुद्ध और निर्मल विचारों का प्रचार-प्रसार	**प्र.ग्रं.**-1/295	अरी वरुणा की शांत कछार/लहर
विमल राका-	*'विमल राका मूर्ति बन कर स्तब्ध बैठा कौन!'*	: ज्योति से परिपूर्ण रात का व्यक्तित्व	**प्र.ग्रं.**-2/117	वासना/कामायनी
विमल वाणी-	*'विमल वाणी ने वीणा ली कमल-कोमल कर में सप्रीत'*	: पवित्र सरस्वती	**प्र.ग्रं.**-4/138	पंचम अंक/स्कन्दगुप्त
विमल विपुल-	*'सरल चटुल, विमल विपुल'*	: स्वच्छ और बड़ी मात्रा में (फैले ओसकण)	**पं.ग्रं.**-1/303	तीन/ज्योत्स्ना
विमला-	*'लेकर कर कल तूलिका कला, देखो क्या रँग भरती विमला'*	: सरस्वती	**नि.र.**-1/316	सरोज-स्मृति
विमुक्ति-	*'शत-शत प्राण विमुक्ति खोजते ललक रहे हैं'*	: मोक्ष, दुःख से निवृत्ति का उपाय	**प्र.ग्रं.**-2/199	संघर्ष/कामायनी
◆	*'पशुबल की कारा से जग को दिखलाई आत्मा की विमुक्ति'*	: विशेष प्रकार की मुक्ति	**पं.ग्रं.**-2/24	बापू के प्रति/युगपथ
विमुख-	*'मैं तब भी हूँगी न विमुख!'*	: मुँह मोड़ लेना	**पं.ग्रं.**-1/84	यह चरित्र मा! जो तूने है/वीणा
विमुग्ध-नयनों-	*'मेरे विमुग्ध-नयनों की'*	: मुग्ध दृष्टि, जिन आँखों में मोह का भाव भरा हो	**पं.ग्रं.**-1/248	मानव/गुंजन
विमूर्छित-	*'सजनि! विमूर्छित हो-होकर!'*	: संज्ञा खोकर, नशे में मस्त होकर	**पं.ग्रं.**-1/84	आज वेदने! आ, तुझको भी/वीणा
विमूर्छित नींद-	*'जब विमूर्छित नींद से मैं था जगा'*	: बेहोशी की नींद, अचेत	**पं.ग्रं.**-1/124	ग्रन्थि
वियोगी-	*'वियोगी मेरे बुझते दीप?'*	: बुझता हुआ दीपक मानो स्थायी रूप से वियोग में जा रहा होता है।	**म.सा.**-1/83	मूक करके मानस का ताप/नीहार
विरक्ति-	*'रही विप्रयोग में न विरक्ति'*	: अनासक्ति	**प्र.ग्रं.**-1/276	वेदने ठहरो/झरना
◆	*'बुझते ही प्यास हमारी/पल में विरक्ति जाती बन'*	: अनासक्ति, लगाव और ललक का अभाव	**म.सा.**-1/109	चिर तृप्ति कामनाओं का /रश्मि
विरक्ति अंचल-	*'मेरे विरक्ति अञ्चल में सौरभ समीर भर जातीं'*	: वैराग्य की वेश-भूषा की तरह वायुशून्य शांत दिशा/स्थान	**म.सा.**-1/121	नव मेघों को रोता था /रश्मि
विरक्ति बोझ-सी-	*'एक विरक्ति बोझ-सी ढोती मन ही मन बिलखायी'*	: उदासीनता का भार	**प्र.ग्रं.**-2/139	कर्म/कामायनी
विरचित-	*'कलियों की माला विरचित की थी कि, हाँ'*	: बनाना, रचना करना	**प्र.ग्रं.**-1/255	स्वप्नलोक/झरना
विरज विधु की चाँदनी-	*'बह रहे आराध्य चिन्मय मृण्मयी अनुरागिनी मैं!'*	: एकदम स्वच्छ उज्ज्वल चाँद की चाँदनी	**म.सा.**-1/283	प्रिय चिरंतन है सजनि /सांध्य गीत
विरज विशोक-	*'बना दोगी क्या विरज विशोक'*	: धूलि और शोक से मुक्त, सुन्दर और सुखद	**प्र.ग्रं.**-1/232	किरण/झरना
विरति-	*'सकल कामना स्रोत लीन हो पूर्ण विरति कब पावेगी?'*	: मुक्ति	**प्र.ग्रं.**-1/242	कब/झरना

शब्द- काव्य-पंक्ति	: अर्थ	ग्रंथावली/पृ.सं.	स्रोत/संदर्भ
◆ *'साथ गति के भर रही हूँ विरति या आसक्ति के स्वर'*	: अनासक्त हो जाना	**म.सा.**-1/262	रे पपीहे पी कहाँ? /सांध्य गीत
◆ *'विरति में भी चिरविरति की बन गई अनुरक्ति हूँ मैं'*	: निवृत्त हो जाना, लगाव से दूर हो जाना	**म.सा.**-1/268	मैं किसी की मूक छाया हूँ.../सांध्य गीत
विरथ- *'दुर्गम पथ में विरथ दौड़कर खेल न था मैंने खेला'*	: रथविहीन, साधनहीन	**प्र.ग्रं.**-1/235	बालू की वेला/झरना
विरल- *'विरल मृदुल दलवाली डालों से उलझा समीर जब व्यस्त'*	: जो सघन न हो, हल्की (डाली)	**प्र.ग्रं.**-1/327	मधुर माधवी संध्या में /लहर
विरल डालियों के निकुंज- *'विरल डालियों के निकुंज सब ले दुख के निःश्वास रहे'*	: लता-गुल्मों की शाखाओं पर फूल-पत्तियाँ नहीं हैं	**प्र.ग्रं.**-2/186	स्वप्न/कामायनी
विरल दशन पंक्ति- *'खोलकर ताराओं की विरल दशन पंक्ति'*	: आकाश में तारे (विरल दन्त-पंक्ति की तरह)	**प्र.ग्रं.**-1/345	प्रलय की छाया/लहर
विरल प्रवर्त्तनों- *'विकल विवर्त्तनों से/विरल प्रवर्त्तनों से'*	: आंशिक रूप से प्रेरित करने की प्रवृत्ति (मानो सूरज में बची है)	**प्र.ग्रं.**-1/337	पेशोला की प्रतिध्वनि /लहर
विरल वितान- *'सलिल अनल के विरल वितान'*	: झीना आवरण, बादल कभी-कभी हवा और पानी से निर्मित झीने चँदोबे की तरह लगते हैं।	**पं.ग्रं.**-1/216	बादल/पल्लव
विरला- *'नील मेघ-पट पर वह विरला'*	: जो कभी-कभार हो (चपला कभी-कभी चमकती है)	**प्र.ग्रं.**-1/312	वे कुछ दिन कितने सुन्दर थे/लहर
विरस- *'उन नयनों का विरस विषाद?'*	: सूखा, रसहीन	**नि.र.**-1/119	यमुना के प्रति
विरस उपदेश के- *'सान्त्वना मत दो, विरस उपदेश के'*	: नीरस उपदेशात्मक बातें	**पं.ग्रं.**-1/135	ग्रन्थि
विरस डालियों- *'विरस डालियों से यह कैसा'*	: सूखी शाखाएँ	**पं.ग्रं.**-1/200	स्वप्न/पल्लव
विरस पतझड़- *'कौन हो तुम वसंत के दूत विरस पतझड़ में अति सुकुमार!'*	: नीरस शिशिर ऋतु जिसमें पत्ते सूख कर गिरने लगते हैं	**प्र.ग्रं.**-2/86	श्रद्धा/कामायनी
विरस वदन- *'बिखरी किरन अलक व्याकुल हो विरस वदन पर चिन्ता लेख'*	: उदास चेहरा	**प्र.ग्रं.**-4/238	द्वितीय अंक/चन्द्रगुप्त
विरह का जलजात- *'विरह का जलजात जीवन, विरह का जलजात'*	: यह जीवन वियोग-रूपी कमल की तरह है	**म.सा.**-1/176	विरह का जलजात जीवन/नीरजा
विरह की आराधना- *'हो गई आराध्यमय मैं विरह की आराधना ले!'*	: मैंने विरह को आराधना माना है	**म.सा.**-1/267	मैं सजग चिर साधना ले!/सांध्य गीत
विरह-कृश- *'विरह-कृश होती चकनाचूर'*	: वियोग में दुबले हो जाना	**नि.र.**-1/64	सच्चा प्यार
विरह के कल्प- *'निमिष से मेरे विरह के कल्प बीते!'*	: विरह की अत्यंत दीर्घ अवधि	**म.सा.**-1/361	निमिष से मेरे विरह के.../दीप-शिखा
विरह के रंगीन क्षण- *'विरह के रंगीन क्षण ले, अश्रु के कुछ शेष कण ले'*	: प्रेम की वेदना के सुंदर-मोहक क्षण, वेदनाप्रियता	**म.सा.**-1/355	मोम-सा तन घुल चुका /दीप-शिखा
विरह कोक- *'कितने हृदयों के मधुर मिलन क्रंदन करते बन विरह कोक'*	: विरह से विह्वल चक्रवाक पक्षी	**प्र.ग्रं.**-2/181	इड़ा/कामायनी
विरह-तरंगिनि-तीरे- *'निःश्वास छोड़ जाता है अब विरह-तरंगिनि-तीरे'*	: विरह की तरंगायमान नदी के किनारे	**प्र.ग्रं.**-2/16	आँसू
विरह-निशा- *'प्रत्याशा विरह-निशा की हम होंगे औ' दुख होगा'*	: विरह की रात	**प्र.ग्रं.**-2/19	आँसू

शब्द- काव्य-पंक्ति	: अर्थ	ग्रंथावली/पृ.सं.	स्रोत/संदर्भ
विरह निशीथ- *'अश्रुमय सुन्दर विरह निशीथ भरे तारे न ढुलकते आह!'*	: वियोगमय रात	**प्र.ग्रं.**-4/187	प्रथम अंक/चन्द्रगुप्त
विरह-पथिक- *'तुम अमर-प्रतीक्षा हो, मैं पग विरह-पथिक का धीमा'*	: विरह के पथ पर चलनेवाले पथिक (की थकी चाल)	**म.सा.**-1/110	चिर तृप्ति कामनाओं का/रश्मि
विरह-परी-सी- *'विरह-परी-सी खड़ी कामिनी व्यर्थ बह गयी शिशिर-यामिनी'*	: विरह में डूबी परी का सौंदर्य	**नि.र.**-1/211	बह चली अब अलि, शिशिर-समीर!
विरह-पीर- *'अलि सी मँडराती विरह-पीर'*	: विरह की पीड़ा (मानो भौंरे की तरह व्याकुल है)	**म.सा.**-1/104	किस सुधि-वसंत का सुमन-तीर/रश्मि
विरह बना आराध्य- *'विरह बना आराध्य द्वैत क्या कैसी बाधा!'*	: मैंने विरह को अपनी आराधना का विषय बना लिया है।	**म.सा.**-1/259	प्रिय-पथ के यह शूल.../सांध्य गीत
विरह मलिन- *'विरह मलिन, दुख विधुरा-सी'*	: वियोग के दुःख ने जिसकी छवि को मंद कर दिया हो	**पं.ग्रं.**-1/204	छाया/पल्लव
विरह में चिर हूँ- *'मिलन का मत नाम ले मैं विरह में चिर हूँ!'*	: स्थायी रूप से विरह में होना	**म.सा.**-1/264	शलभ मैं शापमय वर हूँ!/सांध्य गीत
विरह-यामिनी- *'अलसायी है विरह-यामिनी पथ में लेकर सपने सुख-दुख'*	: वियोग की रात	**म.सा.**-1/204	एक बार आओ इस पथ से/नीरजा
विरह-राग- *'बेध गया उर किरण-तार के/विरह-राग का तीर'*	: वियोग का गीत	**नि.र.**-1/211	बह चली अब अलि, शिशिर-समीर!
विरह-रागिनी- *'मैं व्याकुल विरह-रागिनी'*	: विरह को व्यक्त करने वाला राग या रागिनी	**नि.र.**-1/49	तुम और मैं
विरह-वारीश- *'सेतु शूलों का बना बाँधा विरह-वारीश का जल'*	: विरह का समुद्र, अनंत विरह	**म.सा.**-1/260	मेरा सजल मुख देख लेते!/सांध्य गीत
विरह-विदग्ध- *'खो जाता विरह-विदग्ध नैश स्मृति का विहाग-राग'*	: विरह में जला हुआ, दुखी	**नि.र.**-1/145	अमृत में गरल
विरह-विदग्धा- *'सेज पर विरह-विदग्धा वधू'*	: विरह से बेचैन और दुखी	**नि.र.**-1/148	जागो फिर एक बार
विरह-विधुर- *'विरह-विधुर पर मधुर कण्ठ की निकली—'*	: विरह (वियोग) का अकेलापन, विरही को 'विधुर' कहा गया है।	**नि.र.**-1/88	श्रृंगारमयी
♦ *'विरह-विधुर उर में न मधुर आवेश'*	: विरह से दुखी	**नि.र.**-1/114	कण
♦ *'विरह-विधुर उर का उद्‌गार'*	: विरह से दुखी	**नि.र.**-1/115	यमुना के प्रति
विरह-विधुर अंतर- *'अग-जग का विरह-विधुर अन्तर'*	: प्रेम के दुःख से व्याकुल मन	**पं.ग्रं.**-1/297	दो/ज्योत्स्ना
विरह विषाद- *'तरु छाया में विरह विषाद'*	: वियोग का गहरा दुःख	**पं.ग्रं.**-1/193	अनंग/पल्लव
विरह-वृंत- *'खिली हुई वह विरह-वृन्त की कोमल कुन्द-कली'*	: जुदाई का डंठल अर्थात् डंठल पर से विरह आप खड़ी निश्चित है।	**नि.र.**-1/211	सोचती अपलक
विरह-व्यथित- *'मौन छोड़ता हुआ हृदय पर विरह-व्यथित प्रभाव'*	: वियोग से दुखी	**नि.र.**-1/103	प्रगल्भ प्रेम
विरहानल- *'कैसा था वह विरहानल'*	: वियोग का दुःख (आग)	**पं.ग्रं.**-1/105	श्रवण चाहिए अलि! केवल/वीणा
विरहाशासी- *'दिवसन विरहाशासी/पद्म विकच भाषासी'*	: विरह की समाप्ति की आशा	**नि.र.**-1/156	वेदना

शब्द-	काव्य-पंक्ति	: अर्थ	ग्रंथावली/पृ.सं.	स्रोत/संदर्भ
विराग-	*'ऐसे अतुल अनंत विभव में जाग पड़ा क्यों तीव्र विराग?'*	: संन्यास की भावना	**प्र.ग्रं.-2**/80	आशा/कामायनी
◆	*'संघर्ष कर रहा-सा सब से, सब से विराग सब पर ममता'*	: उदासीनता	**प्र.ग्रं.-2**/171	इड़ा/कामायनी
◆	*'सोया जीवन का तम विराग'*	: विरक्ति, नैराश्य	**प्र.ग्रं.-2**/178	इड़ा/कामायनी
◆	*'ढुलती बूँदों से ले विराग/दीपक से जलने का सुहाग'*	: अनासक्ति, विरक्ति	**म.सा.-1**/64	मैं कंपन हूँ तू करुण राग/नीहार
◆	*'पल में रागों को झंकृत कर फिर विराग का अस्फुट स्वर भर'*	: अनासक्ति, प्रेम से उदासीनता	**म.सा.-1**/107	क्यों इन तारों को उलझाते?/रश्मि
विराग की प्यार-	*'अरी वरुणा की शांत कछार तपस्वी के विराग की प्यार'*	: वैराग्य-भाव में जिससे प्रेम किया गया हो, बुद्ध ने सारनाथ में पहला उपदेश देकर मानो अपना प्रेम प्रकट किया था ('कछार' के अनुसार 'की' का प्रयोग किया गया है)	**प्र.ग्रं.-1**/294	अरी वरुणा की शांत कछार/लहर
विराग-निवेशिनी-	*'ओ विराग-निवेशिनी री!'*	: वैराग्य भाव प्रदान करनेवाली रात	**म.सा.-1**/293	जाग जाग सुकेशिनी री!/सांध्य गीत
विराग-पूर्ण-	*'एक विराग-पूर्ण संसृति में ज्यों निष्फल आरम्भ नवीन'*	: वैराग्य (संसार के प्रति उदासीनता का भाव) से भरा हुआ	**प्र.ग्रं.-2**/75	आशा/कामायनी
विराग-विभूति-	*'वह विराग-विभूति ईर्षा-पवन से हो व्यस्त'*	: वैराग्य और तप से प्राप्त ऐश्वर्य(राख), सांसारिक आकर्षण से मुक्त।	**प्र.ग्रं.-2**/113	वासना/कामायनी
विराट-	*'वह विराट था हेम घोलता/नया रंग भरने को आज;'*	: ईश्वर, सर्वशक्तिमान	**प्र.ग्रं.-2**/68	आशा/कामायनी
◆	*'हे विराट! हे विश्वदेव! तुम/कुछ हो, ऐसा होता भान'*	: सर्वव्यापक, जो सबसे विस्तृत है, ईश्वर	**प्र.ग्रं.-2**/70	आशा/कामायनी
◆	*'आये अभ्यन्तर संयत चरणों में नव्य विराट'*	: व्यापक, अनन्त, ईश्वर	**नि.र.-1**/104	उद्‌बोधन
विराट आलोड़न-	*'उस विराट आलोड़न में, ग्रह तारा बुद-बुद से लगते'*	: बड़े पैमाने पर प्रकृति द्वारा समुद्र आदि का मंथन चल रहा था	**प्र.ग्रं.-2**/62	चिंता/कामायनी
विराध-	*'ताड़का, सुबाहु, विराध, शिरस्त्रय, दूषण, खर;'*	: एक राक्षस	**नि.र.-1**/331	राम की शक्ति-पूजा
विराम-	*'कैसी शिक्षा, कैसे विराम पर आये!'*	: अन्त, मुकाम	**नि.र.-1**/303	तुलसीदास
◆	*'कमरे में, मध्य याम,/करते तब तुम विराम'*	: आराम, विश्राम	**नि.र.-1**/313	मित्र के प्रति
विराम-अलसित-	*'वह विराम-अलसित पलकों पर'*	: विराम का आलस्य	**नि.र.-1**/123	यमुना के प्रति
विरामहीन-	*'रातें विरामहीन करती हुई?'*	: अंतहीन; रात में सबकुछ ठहर जाता है, परंतु यहाँ ठहराव नहीं है।	**नि.र.-1**/101	दिल्ली
विरुद-	*'यही विरुद क्या तुम्हें सुहाता कि नील-नीरद सदय नहीं है'*	: प्रशंसा से भरी बात	**प्र.ग्रं.-3**/285	द्वितीय अंक/अजातशत्रु
विलंबित-	*'प्रिया आजानु-विलम्बित-केश शेष तनु में अशेष-निर्देश'*	: अवलंबित, लटकता हुआ	**नि.र.-1**/216	'कहाँ उन नयनों की मुसकान'
विलसती-	*'चेतनता एक विलसती आनन्द अखंड घना था'*	: (चित्सत्ता) आनंदमयी क्रीड़ा कर रही थी	**प्र.ग्रं.-2**/280	आनन्द/कामायनी
विलसित-	*'सामने विराट धवल-नग अपनी महिमा से विलसित'*	: शोभायमान	**प्र.ग्रं.-2**/271	आनन्द/कामायनी

शब्द-	काव्य-पंक्ति	: अर्थ	ग्रंथावली/पृ.सं.	स्रोत/संदर्भ
◆	*'तेरे करुणा-कण से विलसित हो तेरी चितवन से विकसित'*	: अपनी गतिशीलता में सुंदर	**म.सा.**-1/167	प्रिय इन नयनों का अश्रु-नीर/नीरजा
विलास-वेग-सा-	*'बढ़ने लगा विलास-वेग-सा वह अति भैरव जल संघात;'*	: भोग-विलास की तेज गति के समान	**प्र.ग्रं.**-2/60	चिंता/कामायनी
विलासिनी-	*'जहाँ हृदय की तृप्ति विलासिनी मधुर-मधुर कुछ गावे'*	: विलास के भाव से परिपूर्ण स्त्री को संबोधन	**प्र.ग्रं.**-2/149	कर्म/कामायनी
विलोक-	*'हूँ विलोक चुकी उषा की अधखुली'*	: देखना, ध्यान से देखना	**पं.ग्रं.**-1/130	ग्रन्थि
◆	*'हम कूल विलोक न पावें'*	: देखना	**पं.ग्रं.**-1/247	गाता खग प्रात: उठकर /गुंजन
◆	*'छाया की कोकी को विलोक!'*	: देख कर	**पं.ग्रं.**-1/275	नौका-विहार/गुंजन
◆	*'मंगल शशि लोलुप मानव थे विस्मित ब्रह्माण्ड परिधि विलोक'*	: देखकर	**पं.ग्रं.**-2/25	बापू के प्रति/युगपथ
विलोकन-	*'वह अपलक लोचन अपने पादाग्र विलोकन करती'*	: देखना, ध्यान से देखना	**प्र.ग्रं.**-2/269	आनन्द/कामायनी
विलोड़ित-	*'विकल विलोड़ित चरण-अंक पर'*	: आंदोलित, हिला- डुला, हिलोरा हुआ	**नि.र.**-1/122	यमुना के प्रति
विलोड़ित गृह-	*'हुआ विलोड़ित गृह, तब प्राणी कौन कहाँ कब! सुख पाते?'*	: घर का हिल-हिलकर टूट जाना, प्रलय ने समुद्र-रूपी घर को पूरी तरह से हिला-डुला दिया है।	**प्र.ग्रं.**-2/61	चिंता/कामायनी
विलोल-	*'वह विलोल हिल्लोल चरण, कटि'*	: विशेष रूप से चंचल	**नि.र.**-1/122	यमुना के प्रति
विल्वदल-	*'विल्वदल-गन्ध-पुष्प-मालाएँ'*	: बेल के पत्ते	**नि.र.**-1/53	पंचवटी प्रसंग:1
विवर-	*'क्या कहूँ, क्या हूँ मैं उद्भ्रांत? विवर में नील गगन के आज'*	: गुफा	**प्र.ग्रं.**-2/86	श्रद्धा/कामायनी
◆	*'जीवन में रे मृत्यु के विवर'*	: कोटर, सुरंग, छिद्र	**नि.र.**-1/251	मैं रहूँगा न
विवर में नील गगन के-	*'क्या कहूँ, क्या हूँ मैं उद्भ्रांत? विवर में नील गगन के आज'*	: विस्तृत नीला आकाश भी जिसके लिए गुफा की तरह हो गया है।	**प्र.ग्रं.**-2/86	श्रद्धा/कामायनी
विवरों-	*'अब पिपीलिका के विवरों से'*	: बिल, छेद	**पं.ग्रं.**-1/210	नक्षत्र/पल्लव
विवर्ण-	*'सुनते ही रहे खड़े भय से विवर्ण जहाँ'*	: होश उड़ जाना, चेहरे का रंग बदल जाना	**नि.र.**-1/100	दिल्ली
विवर्ण मुख-	*'वह विवर्ण मुख त्रस्त प्रकृति का आज लगा हँसने फिर से;'*	: जिस चेहरे का रंग उड़ गया हो, आभाहीन मुखड़ा	**प्र.ग्रं.**-2/67	आशा/कामायनी
विवर्तन-	*'विश्व का करुण विवर्तन'*	: पीछे की ओर घूमना, नीचे की ओर लुढ़कना, पतन की ओर बढ़ना	**पं.ग्रं.**-1/225	परिवर्तन/पल्लव
◆	*'विवर्तन जग, जग व्यावर्तन'*	: गोलाकार गति	**पं.ग्रं.**-1/228	परिवर्तन/पल्लव
◆	*'अहे विवर्तन हीन विवर्तन'*	: गोलाकार गति	**पं.ग्रं.**-1/233	परिवर्तन/पल्लव
विवर्त्तनों-	*'विकल विवर्त्तनों से/विरल प्रवर्त्तनों से'*	: विवर्त्तन, घूमना, परिक्रमा लगाना (सूरज परिक्रमा करता है)	**प्र.ग्रं.**-1/337	पेशोला की प्रतिध्वनि /लहर
विवसना-	*'विवसना, लाज में लिपटी'*	: वस्त्रविहीन (स्त्री), चाँदनी मानो लज्जावश स्वयं में संकुचित दिख रही है।	**पं.ग्रं.**-1/248	चाँदनी/गुंजन

शब्द-	काव्य-पंक्ति	: अर्थ	ग्रंथावली/पृ.सं.	स्रोत/संदर्भ
◆	*'विवसना, लता-सी तन्वंगिनि'*	: वस्त्रविहीन, अपने प्राकृतिक रूप में	**पं.ग्रं.-2**/19	छाया?/युगपथ
विवसना लहर-	*'नाचतीं संग विवसना लहर'*	: आवरणहीन लहरें	**पं.ग्रं.-1**/351	चार/ज्योत्स्ना
विविध-अस्त्र-सज्जित-	*'ज्योतिर्मय रूप, हस्त दश विविध-अस्त्र-सज्जित'*	: अनेक अस्त्रों से सजी (दुर्गा)	**नि.र.-1**/338	राम की शक्ति-पूजा
विविधाभास-	*'विश्व में पाता विविधाभास'*	: विभिन्न प्रकार से आभास (महसूस होना)	**पं.ग्रं.-1**/229	परिवर्तन/पल्लव
विवेक-शून्य-	*'उद्धत विवेक-शून्य'*	: विवेकहीन, अविवेकी, बुद्धि और समझ का अभाव	**नि.र.-1**/165	महाराज शिवाजी का पत्र
विशद-	*'जो नव संस्कृति की सुनी/विशद, मार्जित,उदार'*	: उज्ज्वल, स्वच्छ	**नि.र.-1**/340	सम्राट् अष्टम एडवर्ड के प्रति
◆	*'विश्व सुखद, विश्व विशद'*	: विस्तृत	**पं.ग्रं.-1**/301	तीन/ज्योत्स्ना
विशद अवसाद-	*'गगन जो तेरे विशद अवसाद का आभास'*	: व्यापक और गहरे दुःख की तरह फैला आकाश	**म.सा.-1**/123	स्मित तुम्हारी से छलक.../रश्मि
विशद विषाद-	*'विजनता का-सा विशद विषाद'*	: दुःख का विस्तृत रूप, विराट उदासी	**पं.ग्रं.-1**/203	निर्झर गान/पल्लव
विशिखों-	*'देख उड़ते-विशिखों की धार'*	: भाला, धूमकेतु	**पं.ग्रं.-1**/185	आँसू/पल्लव
◆	*'बरसा विशिखों-सा आसार'*	: बाण, तीर, विशिख	**पं.ग्रं.-1**/214	बादल/पल्लव
विशीर्ण-	*'हो कहराते व्याधि-विशीर्ण अधीर'*	: विशेष रूप से कमजोर	**नि.र.-1**/114	कण
विशुद्ध-आभास-	*'विशुद्ध-आभास, सिद्धि के धन'*	: महसूस होना, अनुमान होना	**नि.र.-1**/242	गयी निशा वह, हँसीं दिशाएँ
विशृंखल-	*'स्वयं देव थे हम सब, तो फिर क्यों न विशृंखल होती सृष्टि'*	: अस्त-व्यस्त और अनियमित	**प्र.ग्रं.-2**/56	चिंता/कामायनी
◆	*'शिथिल शरीर वसन विशृंखल कबरी अधिक अधीर खुली'*	: अव्यवस्थित	**प्र.ग्रं.-2**/218	निर्वेद/कामायनी
विशोक-	*'बना दोगी क्या विरज विशोक'*	: शोक से मुक्त, सुखद	**प्र.ग्रं.-1**/232	किरण/झरना
विश्रंभ-कथा-	*'सुख रजनी की विश्रंभ-कथा सुनती'*	: आत्मीयता और प्रेम की कहानी	**प्र.ग्रं.-1**/340	प्रलय की छाया/लहर
विश्रब्ध-	*'अकेला यह जीवन निरुपाय आज तक घूम रहा विश्रब्ध'*	: आत्मबल के सहारे	**प्र.ग्रं.-2**/88	श्रद्धा/कामायनी
विश्रांत-	*'शक्ति रही हाँ शक्ति, प्रकृति थी पद-तल में विनम्र विश्रांत;'*	: थकी हुई (धरती)	**प्र.ग्रं.-2**/56	चिंता/कामायनी
◆	*'मधुर विश्रांत और एकांत— जगत का सुलझा हुआ रहस्य,'*	: थकावट से शान्त, शिथिल	**प्र.ग्रं.-2**/83	श्रद्धा/कामायनी
◆	*'सो रही थी शिशिर-कण की सेज पर विश्रांत'*	: थककर	**प्र.ग्रं.-2**/116	वासना/कामायनी
विश्रांत चरण-	*'करुणा का विश्रान्त चरण है'*	: विशेष रूप से थकी हुई अवस्था	**प्र.ग्रं.-1**/234	विषाद/झरना
विश्राम-	*'और उस मुख पर वह मुसक्यान! रक्त किसलय पर ले विश्राम'*	: अवलम्ब प्राप्त करना, मुस्कराहट होंठों पर विश्राम कर रही है जैसे किसलय पर अरुण-किरण।	**प्र.ग्रं.-2**/85	श्रद्धा/कामायनी

शब्द-	काव्य-पंक्ति	: अर्थ	ग्रंथावली/पृ.सं.	स्रोत/संदर्भ
विश्राम प्राण-	*'रे चिरनिवास विश्राम प्राण के मोह-जलद-छाया उदार'*	: प्राणों को आराम प्रदान करनेवाला, मन को राहत देनेवाला	**प्र.ग्रं.-2**/172	इड़ा/कामायनी
विश्राम-धाम-	*'पा सत्य, सच्चिदानन्दरूप, विश्राम-धाम'*	: स्थायी विश्राम के धाम, जहाँ पहुँचना सबका लक्ष्य है	**नि.र.-1**/331	राम की शक्ति-पूजा
विश्राम राका-	*'चन्द्र की विश्राम राका बालिका-सी कांत'*	: आराम देनेवाली रात	**प्र.ग्रं.-2**/119	वासना/कामायनी
विश्राल-	*'यह विश्राल सँभल जायेगा सहज व्यथा के सोने में'*	: (यहाँ 'विश्राव' होना चाहिए- बहाव, प्रवाह)	**प्र.ग्रं.-3**/302	द्वितीय अंक/अजातशत्रु
विश्री-	*'लगती विश्री औ' विकृत आज मानवाकृति'*	: श्रीहीन, कांतिहीन	**पं.ग्रं.-2**/10	वे चहक रहीं कुंजों में/युगपथ
♦	*'विश्री जग की सन्ध्या की छवि'*	: कांतिहीन	**पं.ग्रं.-2**/13	बाँसों का झुरमुट/युगपथ
विश्लेष-	*'दैव! जीवन-भर का विश्लेष'*	: विश्लेषण, विशेष रूप से चिपका हुआ	**पं.ग्रं.-1**/188	आँसू/पल्लव
विश्व अभिमानी-	*'आज विश्व अभिमानी जैसे रूठ रहा अपराध बिना'*	: घमंडी संसार, कारुणिक स्थिति में पड़े व्यक्ति की उपेक्षा यह संसार करता है।	**प्र.ग्रं.-2**/186	स्वप्न/कामायनी
विश्व कमल-	*'विश्व कमल की मृदुल मधुकरी रजनी तू किस कोने से—'*	: संसार मानो कमल के फूल की तरह है	**प्र.ग्रं.-2**/78	आशा/कामायनी
विश्व कर्म रंगस्थल है-	*'यह नीड़ मनोहर कृतियों का यह विश्व कर्म रंगस्थल है'*	: यह विश्व कर्मठ लोगों की कर्मभूमि है	**प्र.ग्रं.-2**/106	काम/कामायनी
विश्व-कल्पना-सा ऊँचा-	*'विश्व-कल्पना-सा ऊँचा वह सुख शीतल संतोष निदान;'*	: विश्व में ऊँचाई की जो अधिकतम कल्पना की जा सकती है वह हिमालय है।	**प्र.ग्रं.-2**/71	आशा/कामायनी
विश्व का काव्य-	*'विश्व का काव्य अश्रु कन'*	: संसार की मूल कविता मानो आँसू हैं	**पं.ग्रं.-1**/187	आँसू/पल्लव
विश्व का क्रंदन-	*'विश्व का क्रंदन भुला देगी मधुप की मधुर गुनगुन'*	: संसार की वेदना	**म.सा.-1**/280	चिर सजग आँखें उनींदी.../सांध्य गीत
विश्व की दुर्बलता-	*'विश्व की दुर्बलता बल बने, पराजय का बढ़ता व्यापार'*	: नयी सृष्टि में दुर्बलता (बल बन जाये)	**प्र.ग्रं.-2**/93	श्रद्धा/कामायनी
विश्व कुहर-	*'गुंजारित घननाद सुनो इस विश्व कुहर में'*	: ब्रह्माण्ड की रहस्मय गुफा (यह मन के भीतर भी है)	**प्र.ग्रं.-2**/201	संघर्ष/कामायनी
विश्व-कुहर-	*'इस विश्व-कुहर में इंद्रजाल'*	: संसार-रूपी गुफा-लोक, संसार मानो गुफा की तरह रहस्मय है।	**प्र.ग्रं.-2**/180	इड़ा/कामायनी
♦	*'गूँज उठी तुम विश्व-कुहर में दिव्य-रागिनी-अभिनव-सी!'*	: अंतरिक्ष, हृदय	**प्र.ग्रं.-2**/226	निर्वेद/कामायनी
विश्व के पलकों -	*'विश्व के पलकों पर सुकुमार'*	: मानो विश्व की आँखें बंद हों और उसकी पलकों पर (स्वप्न विचरण कर रहे हों)	**पं.ग्रं.-1**/195	मौन निमन्त्रण/पल्लव
विश्व के वन-	*'आती मृत्यु विश्व के वन में'*	: विश्व मानो एक जंगल है	**पं.ग्रं.-1**/366	द्वितीय दृश्य/परी
विश्व के शतदल-	*'किसी नक्षत्रलोक से टूट विश्व के शतदल पर अज्ञात'*	: संसार मानो कमल के फूल की तरह है	**म.सा.-1**/127	किसी नक्षत्रलोक से टूट/रश्मि
विश्व कोश-	*'सत्कर्म कर्मयोग यही विश्व कोश है'*	: वह भांडार जिसमें विश्व की सारी वस्तुएँ संगृहीत हों	**प्र.ग्रं.-3**/191	प्रथम अंक/विशाख

शब्द- काव्य-पंक्ति	: अर्थ	ग्रंथावली/पृ.सं.	स्रोत/संदर्भ
विश्व गरिमा- *'विश्व गरिमा का जो था सार'*	: संसार के गौरव का आधार	**प्र.ग्रं.**-1/244	असन्तोष/झरना
विश्व चित्रपट- *'विश्व चित्रपट चल माया में—'*	: विश्व-रूपी चित्र-संग्रह (एलबम)	**प्र.ग्रं.**-1/298	ले चल वहाँ भुलावा देकर/लहर
विश्व-जलजात- *'खिले विश्व-जलजात'*	: विश्व-रूपी कमल	**पं.ग्रं.**-1/336	चार/ज्योत्स्ना
विश्वजित्- *'अहे दुर्जेय विश्वजित्'*	: विश्व को जीतने वाला	**पं.ग्रं.**-1/225	परिवर्तन/पल्लव
विश्वजिद्दिव्य- *'अनिमेष-राम— विश्वजिद्दिव्य- शर-भङ्ग-भाव,—'*	: विश्व को जीतने वाले दिव्य (बाण)	**नि.र.**-1/329	राम की शक्ति-पूजा
विश्वज्योति- *'मातः, दशभुजा, विश्व-ज्योतिः, मैं हूँ आश्रित;'*	: जो विश्व को ज्योति प्रदान करनेवाली देवी दुर्गा हैं	**नि.र.**-1/335	राम की शक्ति-पूजा
विश्वदेव- *'विश्वदेव, सविता या पूषा सोम, मरुत, चंचल पवमान;'*	: सभी देवताओं के समूह के अर्थ में इस शब्द का प्रयोग होता है।	**प्र.ग्रं.**-2/68	आशा/कामायनी
◆ *'हे विराट! हे विश्वदेव! तुम कुछ हो, ऐसा होता भान'*	: संसार के मालिक, पूरे विश्व के देवता, ईश्वर	**प्र.ग्रं.**-2/70	आशा/कामायनी
विश्व-पण्य-प्रिय- *'जागो, जीवन-धनिके! विश्व-पण्य-प्रिय वणिके!'*	: संसार भर के द्रव्यों को प्यार करनेवाली	**नि.र.**-1/256	जागो, जीवन-धनिके!
विश्व पतझड़- *'इस व्यथित विश्व पतझड़ की तुम जलती हो मृदु होली'*	: दुःख का वैश्विक विस्तार	**प्र.ग्रं.**-2/31	आँसू
विश्व पथिक- *' "मनु मेरा नाम सुनो बाले! मैं विश्व पथिक सह रहा क्लेश" '*	: लोक-यात्री, भटकते हुए मनु	**प्र.ग्रं.**-2/179	इड़ा/कामायनी
विश्व-पादप-छाया- *'विश्व-पादप-छाया में म्लान— मना बैठा; व्याकुल थे प्राण;'*	: विश्व रूपी पेड़ की छाया में	**नि.र.**-1/265	तुम्हें ही चाहा
विश्व प्रतिमा- *'और किस शिल्पी ने अनजान विश्व प्रतिमा कर दी निर्माण'*	: विश्व मानो उस अज्ञात ईश्वर की बनाई प्रतिमा है	**म.सा.**-1/105	शून्यता में निद्रा की बन/रश्मि
विश्व भर- *'विश्व भर सौरभ से भर जाय सुमन से खेलो सुन्दर खेल'*	: पूरे विश्व भर में	**प्र.ग्रं.**-2/92	श्रद्धा/कामायनी
विश्व-भिक्षुक- *'दृग-द्वारों को खोल विश्व-भिक्षुक पर, हँस बरसा आता'*	: दुःख संसार-रूपी भिक्षुक पर उन आँसुओं में निहित मन की निधि को बरसा जाता है।	**म.सा.**-1/108	रजतरश्मियों की छाया में.../रश्मि
विश्व-मंदिर- *'मणिदीप विश्व-मन्दिर की पहने किरणों की माला;'*	: आकाश मानो विश्व के मंदिर की तरह है	**प्र.ग्रं.**-2/30	आँसू
विश्व-मधु-ऋतु- *'विश्व-मधु-ऋतु के कुसुम-विलास'*	: (यौवन मानो) वसंत ऋतु से बनी दुनिया की तरह है	**प्र.ग्रं.**-1/306	आह रे, वह अधीर यौवन /लहर
विश्व-मनोरथ-पथ- *'विश्व-मनोरथ-पथ का मेरे प्रियतम'*	: पूरे संसार को जानने का रास्ता, विश्व-दृष्टि	**नि.र.**-1/82	अंजलि
विश्वमय- *'फूट रहे नित, अहे विश्वमय'*	: जो पूरे विश्व में मौजूद हो (कामदेव)	**पं.ग्रं.**-1/194	अनंग/पल्लव
विश्व महोदधि- *'हाथ पकड़, यह विश्व महोदधि'*	: संसार-रूपी महासागर	**पं.ग्रं.**-1/88	करुणा क्रन्दन करने दो!/वीणा
विश्व-माधुरी- *'विश्व-माधुरी जिसके सम्मुख मुकुर बनी रहती हो'*	: संसार की सुन्दरता	**प्र.ग्रं.**-2/150	कर्म/कामायनी

शब्द-	काव्य-पंक्ति	: अर्थ	ग्रंथावली/पृ.सं.	स्रोत/संदर्भ
विश्व-मानवता-	*'विश्व-मानवता का जय घोष, यहीं पर हुआ जलद-स्वर-मन्द्र'*	: मानवता का वैश्विक रूप, मनुष्य-मात्र को आधार बनाना	**प्र.ग्रं.-1**/295	अरी वरुणा की शांत कछार/लहर
विश्व-माया-कुहक-सी-	*'कौन हो तुम विश्व-माया-कुहक-सी साकार,'*	: अपने जादू से संसार को प्रभावित करनेवाली माया के समान (श्रद्धा है)	**प्र.ग्रं.-2**/117	वासना/कामायनी
विश्व-मित्र-	*'मनु ने देखा इतना विचित्र! वह मातृ-मूर्ति थी विश्व-मित्र'*	: संसार की मित्र (श्रद्धा), लोकहितैषी	**प्र.ग्रं.-2**/243	दर्शन/कामायनी
विश्व मुकुट-सा उज्ज्वलतम-	*'वह विश्व मुकुट-सा उज्ज्वलतम शशिखंड सदृश था स्पष्ट भाल'*	: (इड़ा का ललाट मानो) विश्व के मुकुट की तरह तेजोद्दीप्त था।	**प्र.ग्रं.-2**/179	इड़ा/कामायनी
विश्व रंध्र-	*'विश्व रंध्र ज्वाला से भरकर करता अपना विषम कृत्य था'*	: ब्रह्माण्ड-रूपी विवर, पूरा अंतरिक्ष	**प्र.ग्रं.-2**/263	रहस्य/कामायनी
विश्व रानी-	*'विश्व रानी! सुंदरी नारी! जगत की मान!'*	: वैश्विक स्तर पर (पुरुष के मन पर) शासन करनेवाली	**प्र.ग्रं.-2**/119	वासना/कामायनी
विश्व-रूप-	*'जय हो उसकी, जिसने अपना विश्व-रूप विस्तार किया'*	: संसार के रूप में मानो ईश्वर ने स्वयं को प्रकट किया है।	**प्र.ग्रं.-3**/426	तृतीय अंक/जन्मेजय का नाग-यज्ञ
विश्व-वंदन-सार-	*'गन्ध-शत अरविन्द-नन्दन विश्व-वन्दन-सार'*	: संसार की वंदना का सार	**नि.र.-1**/226	जग का एक देखा तार
विश्ववंदिते-	*'कहो, विश्ववन्दिते, उसने भी कुछ दिया?'*	: विश्व के द्वारा वंदित	**नि.र.-1**/341	कविता के प्रति
विश्व वन की व्याली-	*'ओ चिंता की पहली रेखा, अरी विश्व वन की व्याली;'*	: संसार-रूपी वन की सर्पिणी की तरह है चिंता	**प्र.ग्रं.-2**/52	चिंता/कामायनी
विश्व वाणी-	*'विश्व वाणी ही है क्रन्दन'*	: संसार का मूल स्वर मानो क्रंदन है। मनुष्य जन्म से रोना जानता है।	**पं.ग्रं.-1**/187	आँसू/पल्लव
विश्व-विद्यालय-	*'विश्व-विद्यालय के वे प्रथम स्तम्भ— विटप-मूल, छायाछन्द'*	: विश्व को विद्या प्रदान करने वाले केन्द्र	**नि.र.-1**/186	जागरण
विश्ववीणा-	*'विश्ववीणा में अपनी आज मिला लो यह अस्फुट झंकार'*	: पूरे संसार में जिस ईश्वरीय संगीत की गूँज बसी हुई है वैसी वीणा, विश्व को झंकृत कर देनेवाली वीणा।	**म.सा.-1**/29	निशा को, धो देता राकेश/नीहार
विश्व वेणु-	'शीर्षक'	: हवा की कोमल झकोर को विश्व की वीणा के समान बताया गया है।	**पं.ग्रं.-1**/201	विश्व वेणु/पल्लव
विश्व वेद-	*'जीवन जगत के, विकास विश्व वेद के हो,'*	: विश्व को उसके मूल रूप में जानने की विद्या	**प्र.ग्रं.-1**/261	तुम/झरना
विश्व-वेदना-	*'विश्व-वेदना का जो सुख से करता है आह्वान'*	: वेदना का वैश्विक रूप, संसार दुखमय है	**प्र.ग्रं.-3**/211	द्वितीय अंक/विशाख
विश्व-वेदना-बाला-	*'वह ज्वालामुखी जगत की वह विश्व-वेदना-बाला;'*	: संसार के दुःख का प्रतिनिधित्व करनेवाली एक स्त्री का रूपक	**प्र.ग्रं.-2**/31	आँसू
विश्व-शलभ-	*'विश्व-शलभ सिर धुन कहता 'मैं हाय न जल पाया तुझ में मिल'*	: विश्व-रूपी फतिंगा या साधक	**म.सा.-1**/187	मधुर मधुर मेरे दीपक जल/नीरजा
विश्व-सदन-	*'बरसो प्रभात हिमकन-सा आँसू इस विश्व-सदन में'*	: विश्व-रूपी विस्तृत निवास-स्थल पर	**प्र.ग्रं.-2**/41	आँसू

शब्द-	काव्य-पंक्ति	: अर्थ	ग्रंथावली/पृ.सं.	स्रोत/संदर्भ
विश्व-समीर-	*'चुरा लाया जो विश्व-समीर वही पीड़ा की पहली साँस!'*	: संसार को जीवित रखनेवाली वायु	**म.सा.-1**/128	किसी नक्षत्रलोक से टूट /रश्मि
विश्व-सुंदरी-	*'सिकुड़न कौशेय वसन की थी विश्व-सुन्दरी तन पर'*	: सृष्टि या प्रकृति-रूपी सुन्दरी	**प्र.ग्रं.-2**/278	आनन्द/कामायनी
विश्व-सृज-	*'बरस गयी जल-धार विश्व-सृज शैवलिनी पा गयी उदधि निज'*	: संसार का सृजन करनेवाली	**नि.र.-1**/256	बादल में आये जीवन-धन
विश्वसृज-	*'अहे विश्वसृज! पुनः गूँथ दो'*	: विश्व का सृजन करनेवाले, ब्रह्मा	**पं.ग्रं.-1**/219	बालापन/पल्लव
विश्व स्वप्न-से-	*'विश्व स्वप्न-से खिले अजान'*	: संसार ने मानो सुंदर सपने (की तरह कामचेतना को महसूस किया)	**पं.ग्रं.-1**/192	अनंग/पल्लव
विश्व-हृत्-शतदल-	*'विश्व-हृत्-शतदल निभृत-निवास'*	: विश्व का हृदय-कमल, कोमलता का भाव	**पं.ग्रं.-1**/265	प्राण! तुम लघु-लघु गात /गुंजन
♦	*'विश्व-हृत्-शतदल निभृत-निवास'*	: विश्व का हृदय-कमल (मानो वायु का निवास है)	**पं.ग्रं.-1**/371	द्वितीय दृश्य/परी
विश्वात्मा-	*'वह विश्वात्मा रे अग-जग का'*	: पूरे विश्व की आत्मा की तरह है परमब्रह्म	**पं.ग्रं.-1**/314	तीन/ज्योत्स्ना
विश्वानुरक्त-	*'विश्वानुरक्त हे अनासक्त, सर्वस्व त्याग को बना भुक्ति'*	: संसार के विभिन्न मुद्दों से जो जुड़े रहे (गाँधीजी)	**पं.ग्रं.-2**/25	बापू के प्रति/युगपथ
विश्वाश्रय-	*'जागी विश्वाश्रय महिमाधर, फिर देखा'*	: विश्व को आश्रय प्रदान करनेवाली	**नि.र.-1**/307	तुलसीदास
विश्वासमयी-	*'श्रद्धा इस संसृति की रहस्य व्यापक विशुद्ध विश्वासमयी'*	: आस्था, विश्वास और श्रद्धा से भरी हुई	**प्र.ग्रं.-2**/177	इड़ा/कामायनी
विश्वास-महा-तरु-छाया में-	*'सर्वस्व-समर्पण करने की विश्वास-महा-तरु-छाया में'*	: विश्वास-रूपी विशाल वृक्ष की छाया में	**प्र.ग्रं.-2**/129	लज्जा/कामायनी
विश्वास मूल-	*' "अति मधुर वचन विश्वास मूल, मुझको न कभी ये जायँ भूल'*	: विश्वास से परिपूर्ण	**प्र.ग्रं.-2**/241	दर्शन/कामायनी
विश्वास-रजत-नग-	*'नारी! तुम केवल श्रद्धा हो विश्वास-रजत-नग पगतल में'*	: विश्वास-रूपी कैलाश पर्वत जो बर्फ (और चाँदनी) से ढँककर चाँदी का पहाड़ लगता है, यहाँ मनु 'विश्वास' के प्रतीक हैं।	**प्र.ग्रं.-2**/130	लज्जा/कामायनी
विश्वास-स्तब्ध-	*'तू खुली एक-उच्छ्वास-संग, विश्वास-स्तब्ध बँध अङ्ग-अङ्ग'*	: मानो विश्वास ने निश्चिंतता दे दी हो	**नि.र.-1**/322	सरोज-स्मृति
विषण्ण-	*'नत-नयन भवन, विषण्ण आँगन'*	: दुखी	**नि.र.-1**/299	तुलसीदास
♦	*'जब विषण्ण, निर्जीव पड़ा हो जग का जीवन'*	: दुखी, विषाद से युक्त	**पं.ग्रं.-2**/21	ताज/युगपथ
विषण्ण उद्यान-	*'जीर्ण जग का विषण्ण उद्यान'*	: उजड़ा हुआ बाग, उदासी का प्रतीक	**पं.ग्रं.-1**/266	विहग के प्रति/गुंजन
विषण्णानन-	*'राम का विषण्णानन देखते हुए कुछ क्षण,'*	: विषण्ण आनन, तनावयुक्त चेहरा	**नि.र.-1**/333	राम की शक्ति-पूजा
विषम कृत्य-	*'विश्व रंध्र ज्वाला से भरकर करता अपना विषम कृत्य था'*	: विनाशकारी भीषण कार्य	**प्र.ग्रं.-2**/263	रहस्य/कामायनी

शब्द-	काव्य-पंक्ति	: अर्थ	ग्रंथावली/पृ.सं.	स्रोत/संदर्भ
विषमता की पीड़ा-	*'विषमता की पीड़ा से व्यस्त हो रहा स्पन्दित विश्व महान;'*	: असंतुलन का दर्द, प्रकृति तीन गुणों (सत्, रज, तम) के सामंजस्य से बनी है जिनके वैषम्य से इसे पीड़ा होती है।	**प्र.ग्रं.-2**/89	श्रद्धा/कामायनी
विषम तीर-	*'अस्तित्व-चिरंतन-धनु से कब, यह छूट पड़ा है विषम तीर'*	: दुखद पक्ष, कष्टदायक वाण	**प्र.ग्रं.-2**/171	इड़ा/कामायनी
विषम नृत्य-	*'चितिमय चिता धधकती अविरल महाकाल का विषम नृत्य था'*	: तांडव का विध्वंसक नृत्य	**प्र.ग्रं.-2**/263	रहस्य/कामायनी
विषमयी विषमता-	*'जगती-तल का सारा क्रंदन यह विषमयी विषमता'*	: जहरीला भेदभाव	**प्र.ग्रं.-2**/142	कर्म/कामायनी
विषम वायु-	*'नीचे ऊपर लचकीली वह विषम वायु में धधक रही सी'*	: प्रचण्ड पवन	**प्र.ग्रं.-2**/263	रहस्य/कामायनी
विषय-बेलि-	*'इस विषय-बेलि में विष ही फल'*	: इस विषय-रूपी लता में	**नि.र.-1**/321	सरोज-स्मृति
विषय-शून्य-	*'विषय-शून्य जिसकी चितवन है'*	: भाव-शून्य (निगाहें), उदास	**प्र.ग्रं.-1**/234	विषाद/झरना
विषयाधार-	*'आत्मा को विषयाधार बना, दिशि पल के दृश्यों को सँवार'*	: विषय (मुददा) का मूल आधार (आत्मा को बनाया)	**पं.ग्रं.-2**/25	बापू के प्रति/युगपथ
विष-रेखा-	*'ज्यों राहुग्रस्त-सी शशि-लेखा, जिस पर विषाद की विष-रेखा'*	: विष की निशानी, (दु:ख की) जहरीली रेखा	**प्र.ग्रं.-2**/235	दर्शन/कामायनी
विष-वल्लरी-	*'पल्लवित विष-वल्लरी को करने के हेतु'*	: जहरीली लता	**नि.र.-1**/167	महाराज शिवाजी का पत्र
विष-विषाद-आवरण-	*'जिसके ऊपर विगत कर्म का विष-विषाद-आवरण तना'*	: जहरीले शोक का आवरण	**प्र.ग्रं.-2**/213	निर्वेद/कामायनी
विषाद-	*'घोर विषाद!'*	: दु:ख	**नि.र.-1**/112	सन्तप्त
♦	*'सुधा वसुधा में लाया एक/प्राण में लाती एक विषाद'*	: गहरा अफसोस	**म.सा.-1**/66	समीरण के पंखों में गूँथ/नीहार
♦	*'हँस उठते पल में आर्द्र नैन धुल जाता ओठों से विषाद'*	: गहराया हुआ दु:ख	**म.सा.-1**/95	जो तुम आ जाते एक बार/नीहार
विषाद के नद-	*'एक बिंदु, जिसमें विषाद के नद उमड़े रहते हैं'*	: निराशा-रूपी विशाल नदी	**प्र.ग्रं.-2**/143	कर्म/कामायनी
विषाद के मोती-	*'गूँथें विषाद के मोती चाँदी सी स्मित के डोरे'*	: प्रेम के गहरे अवसाद में जो अनुभूति के मोती पाए हैं।	**म.सा.-1**/111	चिर तृप्ति कामनाओं का/रश्मि
विषाद-विष-	*'अपने विषाद-विष में मूर्च्छित'*	: मानसिक दु:ख-रूपी जहर	**प्र.ग्रं.-1**/319	मुझको न मिला रे कभी प्यार/लहर
विषानल-	*'बुझे तृष्णाशा-विषानल झरे भाषा अमृत-निर्झर'*	: विष की आग	**नि.र.-1**/245	बुझे तृष्णाशा-विषानल झरे
विष्कंभ-	*'आह सर्ग के प्रथम अंक का अधम-पात्र मय सा विष्कंभ'*	: विष्कंभक, सूच्य विषय-वस्तु को दर्शकों तक प्रेषित करनेवाला नाटक का मध्यम कोटि का पात्र, मगर हीनभाव के कारण मनु स्वयं को सृष्टि के इस नाटक का अधम पात्र कह रहे हैं।	**प्र.ग्रं.-2**/62	चिंता/कामायनी
विसमय-	*'विसमय विषमय सलिल अनिल चल'*	: विस-मय, कमल की घुंडियों से भरा	**नि.र.-1**/248	घोर शिशिर

शब्द- काव्य-पंक्ति	: अर्थ	ग्रंथावली/पृ.सं.	स्रोत/संदर्भ
विसर्जन- *'शीर्षक'*	: आकर्षित होकर पूर्णतः समर्पित हो जाना	**पं.ग्रं.**-1/208	विसर्जन/पल्लव
◆ *'रैन बोली सज कृष्ण दुकूल/विसर्जन करो मनोरथ-फूल'*	: न्योछावर करना, समर्पित करना	**म.सा.**-1/46	घोर तम छाया चारों ओर/नीहार
◆ *'विसर्जन ही है कर्णाधार/वही पहुँचा देगा उस पार'*	: समर्पित हो जाना, पूर्ण शरणागति	**म.सा.**-1/49	घोर तम छाया चारों ओर/नीहार
◆ *'औ' विसर्जन पुलक-उज्ज्वल'*	: स्वयं को न्योछावर करने का भाव	**म.सा.**-1/337	धूप-सा तन दीप-सी मैं!/दीप-शिखा
विस्तर- *'उद्धत-लंकापति-मर्दित-कपि-दल-बल-विस्तर,'*	: विस्तार, काफी संख्या में	**नि.र.**-1/329	राम की शक्ति-पूजा
विस्तृत गुहा- *'थी अनन्त की गोद सदृश जो विस्तृत गुहा वहाँ रमणीय;'*	: बड़ी और फैली हुई गुफा	**प्र.ग्रं.**-2/73	आशा/कामायनी
विस्तृत नभ- *'विस्तृत नभ का कोई कोना मेरा न कभी अपना होना'*	: विस्तृत और अनंत आकाश की तरह का यह संसार	**म.सा.**-1/273	मैं नीर भरी दुख की बदली!/सांध्य गीत
विस्तृत भूखंड- *'एक तुम, यह विस्तृत भूखंड प्रकृति वैभव से भरा अमन्द,'*	: हिमालय के पास का विशाल क्षेत्र	**प्र.ग्रं.**-2/91	श्रद्धा/कामायनी
विस्तृत वेला- *'नदी की विस्तृत वेला शांत'*	: फैला हुआ तट	**प्र.ग्रं.**-1/263	हृदय का सौन्दर्य/झरना
विस्फारित नयनों- *'विस्फारित नयनों से निश्चल कुछ खोज रहे चल तारक दल'*	: आँखें फाड़-फाड़कर	**पं.ग्रं.**-1/275	नौका-विहार/गुंजन
विस्मय का संसार- *'और-यह विस्मय का संसार अखिल वैभव का राजकुमार'*	: संसार आश्चर्यों से भरा है	**म.सा.**-1/115	तुहिन के पुलिनों पर छबिमान/रश्मि
विस्मय-कुंठन- *'तब क्यों इतना विस्मय-कुण्ठन? असमय-समय न करो, खड़ी, प्रिय'*	: आश्चर्य और हिचक	**नि.र.**-1/260	कब से मैं पथ देख रही
विस्मय-संचय-ज्ञान- *'रे चिरकालिक हास, ह्रास यह, विस्मय-सञ्चय-ज्ञान'*	: ज्ञान के संचय पर विस्मय (आश्चर्य)	**नि.र.**-1/232	चहकते नयनों में जो प्राण
विस्मयाकार- *'अखिल विस्मयाकार! अकथ, अलौकिक, अमर अगोचर'*	: आश्चर्य से परिपूर्ण	**पं.ग्रं.**-1/270	अप्सरा/गुंजन
विस्मित- *'अब जग के विस्मित नयनों में'*	: अचंभित, आश्चर्यचकित	**नि.र.**-1/125	यमुना के प्रति
विस्मित अधरों- *'पत्रों के विस्मित अधरों से'*	: आश्चर्य से खुले मुँह (होंठ) की तरह हैं पत्तियाँ	**पं.ग्रं.**-1/200	स्वप्न/पल्लव
विस्मित पल क्षण- *'भ्रांत पथिक से फिर फिर आते विस्मित पल क्षण मतवाले हैं?'*	: उत्सुकता और उत्तेजना से भरी हुई समय की इकाइयाँ	**म.सा.**-1/221	मुस्काता संकेत-भरा नभ/नीरजा
विस्मित लोचन- *'छाए मेरे विस्मित लोचन! लाए कौन सँदेश नए घन!'*	: आश्चर्य से भरी मेरी आँखें	**म.सा.**-1/225	लाए कौन सन्देश नए घन!/नीरजा
विस्मृत- *'विस्मृत हों वे बीती बातें, अब उनमें कुछ सार नहीं!'*	: भुला दिया जाना	**प्र.ग्रं.**-2/187	स्वप्न/कामायनी
विस्मृत-पथ-परिचायक- *'विस्मृत-पथ-परिचायक स्वर से'*	: भूले रास्ते को बताने वाला	**नि.र.**-1/122	यमुना के प्रति
विस्मृत-भोर- *(शीर्षक)*	: भूली हुई भोर	**नि.र.**-1/188	विस्मृत भोर
विस्मृत-शशि- *'विस्मृत-शशि के हिम-किरण-बाण करते जीवन-सर मूकप्राण'*	: याद के चाँद मानो भुलाए जा रहे हों	**म.सा.**-1/228	जग करुण करुण, मैं मधुर मधुर!/नीरजा
विस्मृति- *'ढले और विस्मृति के प्याले,'*	: भूल जाना, बेख्याली	**प्र.ग्रं.**-1/325	निर्दय तूने ठुकराया तब /लहर

शब्द- काव्य-पंक्ति	: अर्थ	ग्रंथावली/पृ.सं.	स्रोत/संदर्भ
◆ *'विस्मृति है, मादकता है/मूर्च्छना भरी है मन में'*	: स्मृति-विहीनता, भुलावा	**प्र.ग्रं.**-2/15	आँसू
◆ *'विस्मृति का नील-नलिन रस/बरसे अपांग के घन से'*	: भुलावा, याद न रहना	**प्र.ग्रं.**-2/28	आँसू
◆ *'विस्मृति आ, अवसाद घेर ले, नीरवते! बस चुप कर दे;'*	: अचेतनता, मानसिक भुलावा, स्मृति-लोप	**प्र.ग्रं.**-2/54	चिंता/कामायनी
◆ *'अपना ही अणु अणु कण कण द्वयता ही तो विस्मृति है'*	: विस्मरण, भूल जाना	**प्र.ग्रं.**-2/276	आनन्द/कामायनी
◆ *'दिखलाती फिर विस्मृति के वह कितने मीठे सपने'*	: भुलावा, चेतना की शांति	**नि.र.**-1/78	सन्ध्या-सुन्दरी
◆ *'दूर विस्मृति की मृत भाषा'*	: भुलावा, भूल जाना	**नि.र.**-1/142	स्मृति
◆ *'हो रही हो विस्मृति में पार'*	: भुलावा	**नि.र.**-1/142	स्मृति
◆ *'विस्मृति से जैसे खुल आयी हो कोई स्मृति'*	: भुलावा	**नि.र.**-1/172	रेखा 'क'
◆ *'विस्मृति के चरणों पर आकर/लोटेंगे सौ सौ निर्वाण!'*	: भूल जाना, बेखुदी का आलम, अचेतन का प्रभावी होना	**म.सा.**-1/33	मैं अनंत पथ में लिखती जो/नीहार
◆ *'यह विस्मृति है या सपना वह या जीवन-विनिमय की भूल'*	: भुलावा, अचेतनता, स्वप्नमय भ्रम	**म.सा.**-1/41	बहती जिस नक्षत्र लोक में/नीहार
विस्मृति का खुमार- *'अधखुले दृगों के कंज-कोष पर छाया विस्मृति का खुमार'*	: नींद के आलस्य में स्मृति की क्षीणता	**म.सा.**-1/103	चुभते ही तेरा अरुण बान!/रश्मि
विस्मृति का मार्ग- *'बताता है विस्मृति का मार्ग चल रहा हूँ बनकर अनजान'*	: बेखुदी का रास्ता, चेतना की सजगता का कम हो जाना	**प्र.ग्रं.**-2/86	श्रद्धा/कामायनी
विस्मृति का स्तूप अचेत- *'एक विस्मृति का स्तूप अचेत, ज्योति का धुँधला-सा प्रतिबिम्ब;'*	: मनु स्वयं को बेखुदी के मजार की तरह बता रहे हैं, वे देव-सृष्टि की स्मृतियों को अपने भीतर वैसे ही समेटे हुए हैं जैसे स्तूप के भीतर बुद्ध आदि के पावन अवशेषों को सुरक्षित रखा जाता था	**प्र.ग्रं.**-2/86	श्रद्धा/कामायनी
विस्मृति के पट- *'सब की विस्मृति के पट में छिप बैठा था अब निर्भय'*	: विस्मृति-रूपी पर्दा, नाटक में पर्दा मानो भूल जाने का आधार प्रदान करते हैं।	**प्र.ग्रं.**-2/279	आनन्द/कामायनी
विस्मृति के संग- *'उस निद्रित विस्मृति के संग'*	: भूली हुई बातों के संग	**पं.ग्रं.**-1/197	स्वप्न/पल्लव
विस्मृति तिमिर- *'विस्मृति तिमिर में दीप हो भवितव्य का उपहार हो'*	: विस्मृति (भूल जाना) मानो अँधेरे की तरह है और उसमें स्मृति मानो दीप की तरह है।	**म.सा.**-1/85	विस्मृति तिमिर में दीप हो/नीहार
विस्मृति-धन- *'बाँध अञ्चल में विस्मृति-धन कर रहा किसका अन्वेषण?'*	: अनेक बातों को भूल जाना मानो हमें स्वस्थ-समृद्ध बनता है	**म.सा.**-1/114	तुहिन के पुलिनों पर छबिमान/रश्मि
विस्मृति-पंथ- *'आज विस्मृति-पंथ में निधि से मिले पद-चिह्न उनके;'*	: भूली हुई यादों की राह में	**म.सा.**-1/302	क्यों मुझे प्रिय हो न बंधन!/सांध्य गीत
विस्मृति-मदिरा- *'किस विस्मृति-मदिरा का राग'*	: विस्मृति की मदिरा, भुलावे का नशा	**नि.र.**-1/116	यमुना के प्रति
विस्मृति-समाधि- *'विस्मृति-समाधि पर होगी वर्षा कल्याण-जलद की;'*	: सबकुछ भूलकर स्मृतियों की समाधि बना लेना, यादें तकलीफ देती हैं; इसलिए चेतना-शून्यता लाभप्रद है।	**प्र.ग्रं.**-2/28	आँसू
विस्मृति सरिता- *'क्यों अभाव छाए लेता विस्मृति सरिता के कूल'*	: भूली हुई बातों का प्रवाह मानो अवचेतन में मौजूद है	**म.सा.**-1/142	कहीं से, आई हूँ कुछ भूल!/रश्मि

शब्द-	काव्य-पंक्ति	: अर्थ	ग्रंथावली/पृ.सं.	स्रोत/संदर्भ
विस्मृति सिंधु-	*'रही विस्मृति सिंधु में स्मृति नाव विकल अकूल'*	: विस्मृति(भूल जाना) रूपी समुद्र	**प्र.ग्रं.-2**/118	वासना/कामायनी
विहंग-	*'उड़ते विहंग दृष्टि नत/नीड़ पर लगी'*	: पक्षी	**नि.र.-1**/177	रेखा 'ख'
विहंगम-	*'विहंगम! तेरा कैसा गान?'*	: पक्षी, चिड़िया	**पं.ग्रं.-1**/276	तेरा कैसा गान/गुंजन
◆	*'विहंगम! मधुर स्वर तेरे/मदिर हर तार है मेरा!'*	: पक्षी	**म.सा.-1**/331	विहंगम-मधुर स्वर तेरे/दीप-शिखा
विहँसते-	*'मुरली मुखरित होती थी/मुकुलों के अधर विहँसते'*	: हँसते, मुस्कुराते	**प्र.ग्रं.-2**/14	आँसू
विहँसे उपल-	*'विहँसे उपल तिमिर था खेला'*	: हँसते हुए (थे मानो मंदिर की दीवार आदि में प्रयुक्त) पत्थर	**म.सा.-1**/335	यह मंदिर का दीप... /दीप-शिखा
विहग-	*'लेते अँगड़ाई नीदों में अलस विहग मृदु गात'*	: पक्षी	**प्र.ग्रं.-1**/328	अंतरिक्ष में अभी सो रही/लहर
विहग कुमारि-	*'कहो हे प्रमुदित विहग कुमारि'*	: विहग कुमारी, युवती पक्षी	**पं.ग्रं.-1**/211	सोने का गान/पल्लव
विहग-कुमारिके-	*'प्रिय बनेगा प्रात ही तू गा न विहग-कुमारिके!'*	: विहगबाला, चिड़िया	**म.सा.-1**/272	री कुञ्ज की शेफालिके!/सांध्य गीत
विहग बाला-	*'सुन चुकी हूँ विहग बाला के रँगे'*	: युवती चिड़िया	**पं.ग्रं.-1**/130	ग्रन्थि
विहग बालिका-	*'विहग बालिका की बोली तब'*	: पक्षियों की बालिकाएँ, चिड़ियाँ	**पं.ग्रं.-1**/109	मरु भी होगा नन्दन वन!/वीणा
विहग-बालिकाओं-	*'प्रथम विहग-बालिकाओं का मुखर स्वर'*	: चिड़ियाँ	**नि.र.-1**/325	प्रेयसी
विहग-युगल-	*'देखो नीड़ों में विहग-युगल अपने शिशुओं को रहे चूम'*	: पक्षी का जोड़ा	**प्र.ग्रं.-2**/161	ईर्ष्या/कामायनी
विहग रव-	*'विहग रव बनकर मैं चितचोर!'*	: पक्षियों की आवाज	**पं.ग्रं.-1**/89	मिले तुम राकापति में आज/वीणा
विहग ललाम-	*'जहाँ के हँसते विहग ललाम मृत्यु-छाया का सुनकर नाम'*	: सुंदर पक्षी (हंस) की तरह आत्माएँ उस लोक में रहती हैं।	**म.सा.-1**/49	घोर तम छाया चारों ओर/नीहार
विहग-रव-	*'कर बालारुण का कलश/विहग-रव मंगल सा'*	: पक्षियों की चहचहाहट	**म.सा.-1**/190	पथ देख बिता दी रैन/नीरजा
विहग-शावक-	*'विहग-शावक से जिस दिन मूक, पड़े थे स्वप्न-नीड़ में प्राण'*	: पक्षी के नन्हे बच्चे की तरह कोमल और नाजुक	**म.सा.-1**/139	विहग-शावक से जिस दिन मूक/रश्मि
विहाग-	*'आँखों में भरे विहाग री'*	: रात्रि के तीसरे प्रहर (12 से 3 बजे) में गाया जानेवाला वियोग का राग	**प्र.ग्रं.-1**/303	बीती विभावरी जाग री/लहर
◆	*'बजा तब वर विहाग का छन्द'*	: एक राग जो रात्रि के तीसरे प्रहर में गाते हैं, वियोग का राग	**नि.र.-1**/65	लज्जिता
◆	*'विरहाकुल कमनीय कण्ठ से आप निकल पड़ता तब एक विहाग'*	: वियोग का एक राग	**नि.र.-1**/78	सन्ध्या-सुन्दरी
◆	*'उन तारों पर बनकर विहाग/मँडरा लेने दो हे उदार'*	: विहाग का राग, रात्रि के अंतिम प्रहर में गाया जानेवाला वियोग का राग	**म.सा.-1**/63	मैं कंपन हूँ तू करुण राग/नीहार
◆	*'जाना शूल करुण विहाग!'*	: वियोग का एक राग	**म.सा.-1**/305	कोकिल गा न ऐसा राग!/सांध्य गीत
विहाग की तान-	*'पथिक उनींदी श्रुति में किसने— यह विहाग की तान उठाई'*	: रात्रि के तीसरे पहर में गाया जानेवाला वियोग का एक राग	**प्र.ग्रं.-4**/141	पंचम अंक/स्कन्दगुप्त

शब्द- काव्य-पंक्ति	: अर्थ	ग्रंथावली/पृ.सं. स्रोत/संदर्भ
विहाग-राग- *'खो जाता विरह-विदग्ध नैश स्मृति का विहाग-राग'*	: वियोग का एक राग	**नि.र.**-1/145 अमृत में गरल
विहान- *'राह में रो रो गए हैं/रात और विहान तेरे'*	: सुबह	**म.सा.**-1/239 उर तिमिरमय घर तिमिरमय/नीरजा
विहार- *'उस विहार में पड़े हुए तुम मेरा/यों करते हो परिहार'*	: रहने की सुंदर जगह	**नि.र.**-1/82 अंजलि
◆ *'हरि-मृग का निर्वैर विहार'*	: स्वच्छंद घूमना-टहलना	**नि.र.**-1/125 यमुना के प्रति
◆ *'स्नानान्त, भजन, भोजन, विहार, गिरि-पद पर'*	: भ्रमण करना	**नि.र.**-1/292 तुलसीदास
◆ *'प्राथमिक पवन के स्पर्श से काँपती;/करती विहार'*	: विचरण	**नि.र.**-1/325 प्रेयसी
विहास- *'उस चिंतित चितवन में विहास बन जाने दो मुझको उदार!'*	: हँसी का भाव	**म.सा.**-1/64 मैं कंपन हूँ तू करुण राग/नीहार
विह्वल बाल- *'कल्पना के ये विह्वल बाल'*	: भावोत्तेजित किशोर या तरुण	**पं.ग्रं.**-1/177 पल्लव/पल्लव
वीक्षण- *'वीक्षण अराल': — /बज रहे जहाँ जीवन का स्वर भर छन्द, ताल'*	: विशेष दृष्टि से देखना	**नि.र.**-1/338 सम्राट् अष्टम एडवर्ड के प्रति
वीचि- *'व्यथा की वीचि— विरह, सुयोग-संयोग में'*	: लहर	**नि.र.**-1/145 अमृत में गरल
◆ *'वीचि में पड़ी वितान'*	: लहर	**पं.ग्रं.**-1/207 शिशु/पल्लव
◆ *'चपल वीचि पद-चार'*	: लहरें	**पं.ग्रं.**-1/273 अप्सरा/गुंजन
वीचि-चितवन- *'किसकी विकच वीचि-चितवन पर'*	: दृष्टि-रूपी तरंग	**नि.र.**-1/119 यमुना के प्रति
वीचि-भंग- *'रंगों के बादल निस्तरंग, रूपों के शत-शत वीचि-भंग'*	: रूप की लहरें बदले स्वरूप में सौंदर्य बिखेर रही हैं	**म.सा.**-1/379 क्यों अश्रु न हों श्रृंगार मुझे!/दीप-शिखा
वीचियाँ- *'नाचेंगी अनुरक्त वीचियाँ रंजित प्रभा सुनहरी में'*	: लहरें	**प्र.ग्रं.**-1/238 दीप/झरना
◆ *'वीचियाँ नचतीं बार-बार'*	: तरंगें, लहरें	**प्र.ग्रं.**-2/179 इड़ा/कामायनी
◆ *'वीचियाँ ही अगनित शुचि सच्चिदानन्द की'*	: लहरें	**नि.र.**-1/184 जागरण
वीचियों- *'वीचियों में कलरव सुख चुम्बित प्रणय का'*	: लहरों	**नि.र.**-1/170 रेखा 'क'
◆ *'आज हर्षोत्साह में/तैर प्रेम-वीचियों को पार करना चाहती'*	: लहरों को	**नि.र.**-1/177 रेखा 'ख'
◆ *'राग थीं मिलाती मृदु वीचियों में वायु की'*	: लहर, प्रवाह	**नि.र.**-1/194 स्मृति-चुम्बन
◆ *'उड़तीं वातास में— /वीचियों में तैरतीं अप्सर-कुमारियाँ'*	: लहरों	**नि.र.**-1/204 कवि
◆ *'आज पुलकित वीचियों में डूब जा'*	: लहरों	**पं.ग्रं.**-1/123 ग्रन्थि
◆ *'विपुल विचियों के श्रृंगार'*	: लहरों	**पं.ग्रं.**-1/191 अनंग/पल्लव
◆ *'वीचियों पर गा करुण विहाग/सुनाता किसको पारावार'*	: वीचि, लहरें मानो मनोवेग हैं	**म.सा.**-1/157 नींद में सपना बन अज्ञात/रश्मि
◆ *'कंज में साकार होते/वीचियों के स्वप्न सुंदर'*	: वीचि, लहरों के	**म.सा.**-1/276 झिलमिलाती रात मेरी! /सांध्य गीत
◆ *'उभर आए सिंधु उर में/वीचियों के लेख'*	: वीचि, लहरें, स्मृतियाँ	**म.सा.**-1/317 प्राण हँस कर ले चला जब/दीप-शिखा
वीचियों-सी- *'वीचियों-सी पुलक-लहरी, शून्य में बन कुहक ठहरी'*	: लहरों के समान	**म.सा.**-1/349 झिप चलीं पलकें तुम्हारी /दीप-शिखा
वीचिरहित- *'स्थित मैं आनंद में चिरकाल जालमुक्त ज्ञानाम्बुधि/वीचिरहित इच्छा हुई सृष्टि की'*	: तरंगों के बिना, निस्पन्द	**नि.र.**-1/184 जागरण

शब्द- काव्य-पंक्ति	: अर्थ	ग्रंथावली/पृ.सं.	स्रोत/संदर्भ
वीचि-विलास- *'सलिल से निर्भर वीचि-विलास मंद मलयानिल से उच्छ्वास'*	: लहरों की गति का सौंदर्य	**म.सा.**-1/115	तुहिन के पुलिनों पर छबिमान/रश्मि
◆ *'सिंधु को क्या परिचय दें देव बिगड़ते बनते वीचि-विलास?'*	: तरंगों का सौन्दर्य	**म.सा.**-1/128	किसी नक्षत्रलोक से टूट/रश्मि
वीण- *'धूलि की इस वीण पर मैं तार हर तृण का मिला लूँ!'*	: बीन, वीणा	**म.सा.**-1/319	सब बुझे दीपक जला लूँ/दीप-शिखा
वीणा- *'मेरे क्रन्दन में बजती/क्या वीणा? जो सुनते हो'*	: मेरे रोदन में वीणा की ध्वनि थोड़े ही है	**प्र.ग्रं.**-2/7	आँसू
वीणा-कर- *'वीणा-कर करती स्वर-साधन'*	: वीणापाणि	**नि.र.**-1/238	सकल गुणों की खान, प्राण तुम
वीणानंदित- *'वीणानन्दित वाणी बोल!'*	: वीणा+आनंदित, आनंदित वीणा (की वाणी)	**नि.र.**-1/89	प्रलाप
वीणावादिनि- *'वीणावादिनि, कर स्वीकार!'*	: विद्या की देवी सरस्वती	**पं.ग्रं.**-1/81	उत्सर्ग/वीणा
वीणावादिनी- शीर्षक	: सरस्वती, वीणा बजानेवाली	**नि.र.**-1/95	वीणावादिनी
वीणा होगी मूक- *'वीणा होगी मूक बजाने— वाला होगा अंतर्धान'*	: हृदय चुप हो जाएगा, सब कुछ प्रिय के अंतर्लय में घुल-मिल जाएगा	**म.सा.**-1/33	मैं अनंत पथ में लिखती जो/नीहार
वीतराग- *'जड़ में ज्यों वीतराग चेतन को खोजते'*	: वैराग्य, संन्यास-भाव, उदासीन होना	**नि.र.**-1/172	रेखा 'क'
◆ *'तुम वीतराग, जड़ पुराचीन!!'*	: जिसके भीतर प्रेम का आकर्षण न रह गया हो	**पं.ग्रं.**-2/7	द्रुत झरो जगत के जीर्ण पत्र/युगपथ
◆ *'नव अरुण अरुण मेरा सुहाग/छाया सी काया वीतराग'*	: जिसमें सांसारिक रागात्मकता की कमी हो	**म.सा.**-1/249	प्रिय! सांध्य गगन, मेरा जीवन!/सांध्य गीत
वीर- *'झरता झरना वीर पर प्रखर'*	: हनुमान	**नि.र.**-1/292	तुलसीदास
वीर-जन-मोहन- *'किसने सुनाया यह वीर-जन-मोहन अति/दुर्जय संग्राम-राग'*	: वीरों को अच्छा लगने वाला, वीरों को भाने वाला	**नि.र.**-1/152	जागो फिर एक बार
वीरासन- *'हैं देख रहे मन्त्री, सेनापति, वीरासन'*	: बैठने की एक मुद्रा, बायाँ घुटना जमीन पर और दायाँ मोड़ कर घुटनों पर हाथ रख कर बैठना।	**नि.र.**-1/335	राम की शक्ति-पूजा
वीरुध- *'लता-वीरुध दिया करते जिसे छाया दान'*	: पेड़-पौधे	**प्र.ग्रं.**-2/114	वासना/कामायनी
◆ *'उसकी तलहटी मनोहर श्यामल तृण-वीरुध वाली'*	: लता की प्रजाति के पौधे	**प्र.ग्रं.**-2/271	आनन्द/कामायनी
वीरुध्- *'तरु-तरु वीरुध्-वीरुध् तृण-तृण'*	: लताएँ	**नि.र.**-1/285	तुलसीदास
वीर्य-सूर्य- *'दु:ख-भार भारत तम-केवल, वीर्य-सूर्य के ढके सकल दल'*	: ऊर्जावान् सूरज	**नि.र.**-1/256	जागो, जीवन-धनिके!
वीर्य्य- *'अवयव की दृढ़ मांस-पेशियाँ, ऊर्जस्वित था वीर्य्य अपार;'*	: ओज, स्वास्थ्य की चमक	**प्र.ग्रं.**-2/52	चिंता/कामायनी
वृंत- *'तजता पल्लव वृंत पतन के/हेतु नए विकसाने को'*	: डंठल का सिरा जिसपर फूल या पत्ती का जन्म होता है।	**म.सा.**-1/192	मेरे हँसते अधर नहीं जग-/नीरजा
◆ *'अगणित कलि कुसुम वृन्त'*	: जिस आधार पर फूल खिलते हैं, घुंडी	**पं.ग्रं.**-1/320	तीन/ज्योत्स्ना

शब्द-	काव्य-पंक्ति	: अर्थ	ग्रंथावली/पृ.सं.	स्रोत/संदर्भ
वृंत बिन नभ में खिले-	*'वृंत बिन नभ में खिले जो अश्रु बरसाते हँसे जो'*	: डंठल के शीर्ष के बिना खिले फूल-रूपी तारे	**म.सा.**-1/227	मत अरुण घूँघट खोल री!/नीरजा
वृंत-शयन-	*'वृन्त-शयन हो, तुहिन-चयन हो'*	: (फूल मानो) वृन्त पर शयन करते हैं, डंठल पर नींद लेते फूल	**पं.ग्रं.**-1/341	चार/ज्योत्स्ना
वृत्त कोरे-	*'वृत्त कोरे गिन रही हो, पुनः वड़'*	: शून्य घेरे, तुम प्रेम-कथा को इतिहास की उदास कथाओं की तरह टुकड़ों में याद कर रही हो	**पं.ग्रं.**-1/132	ग्रन्थि
वृत्ति-	(शीर्षक)	: जीवन की चक्राकार गति जिसमें सुख और दुःख आते-जाते रहते हैं।	**नि.र.**-1/150	वृत्ति
वृत्रघ्नी-	*'वृत्रघ्नी का वह जनाकीर्ण उपकूल आज कितना सूना'*	: सरस्वती नदी, वृत्र आदि असुरों का संहार देवासुर-संग्राम में सरस्वती नदी के किनारे हुआ था।	**प्र.ग्रं.**-2/173	इड़ा/कामायनी
वृथा-	*'कोकिल की काकली वृथा ही अब कलियों पर मँडराती'*	: व्यर्थ, निरर्थक	**प्र.ग्रं.**-2/185	स्वप्न/कामायनी
◆	*'मानो कहती "तुम मेरे हो अब क्यों कोई वृथा डरे?"'*	: व्यर्थ, अकारण	**प्र.ग्रं.**-2/222	निर्वेद/कामायनी
वृद्ध अनुभव-	*'वृद्ध अनुभव की सिकोड़! वृथा मुझे'*	: थके-पुराने अनुभव (की तरह हैं दार्शनिक बातें)	**पं.ग्रं.**-1/135	ग्रन्थि
वृश्चिकों-	*'सैकड़ों ही वृश्चिकों का डंक लगा एक साथ'*	: बिच्छुओं	**प्र.ग्रं.**-1/353	प्रलय की छाया/लहर
वृष-	*'तो यह वृष क्यों तू यों ही वैसे ही चला रही है'*	: साँड़	**प्र.ग्रं.**-2/271	आनन्द/कामायनी
वृष धवल-	*'था सोम लता से आवृत वृष धवल, धर्म का प्रतिनिधि'*	: सफेद रंग का साँड़, धर्म का प्रतीक, बसहा बैल	**प्र.ग्रं.**-2/267	आनन्द/कामायनी
वृषभ धर्म-प्रतिनिधि-	*'इस वृषभ धर्म-प्रतिनिधि को उत्सर्ग करेंगे जाकर'*	: यह साँड़ धर्म का प्रतीक है	**प्र.ग्रं.**-2/271	आनन्द/कामायनी
वृष-रज्जु-	*'वृष-रज्जु वाम कर में था दक्षिण त्रिशूल से शोभित'*	: साँड़ के गले से बँधी रस्सी	**प्र.ग्रं.**-2/267	आनन्द/कामायनी
वेणी-	*'मैं वेणी काल-नागिनी'*	: चोटी, स्त्री की केशराशि से निर्मित चोटी	**नि.र.**-1/49	तुम और मैं
◆	*'जीवन की तम की वेणी में'*	: चोटी (अँधेरा मानो जीवन की काली केशराशि है)	**पं.ग्रं.**-2/17	बाँधो, छवि के नव बन्धन/युगपथ
वेणी-बंध-	*'शिथिल वेणी-बंध खोले,'*	: गुँथी हुई चोटी की तरह शान्त अँधेरी रात	**म.सा.**-1/290	जाग जाग सुकेशिनी री!/सांध्य गीत
वेणीबंधन-	*'तारकमय नव वेणीबंधन शीश-फूल कर शशि का नूतन'*	: केश-राशि को चोटी बनाकर गूँथ देना, वसंतबाला की चोटी में तारे गुँथे हुए हैं	**म.सा.**-1/168	धीरे-धीरे उतर क्षितिज से/नीरजा
वेणु-	*'बजा दो वेणु मनमोहन! बजा दो'*	: बाँसुरी	**प्र.ग्रं.**-4/122	चतुर्थ अंक/स्कन्दगुप्त
◆	*'मैं उन अधरों की वेणु'*	: बाँसुरी	**नि.र.**-1/50	तुम और मैं
◆	*'वेणु ध्वनि-सी न शरीराधीन!'*	: बाँसुरी	**नि.र.**-1/141	स्मृति
वेणु के मधु स्वर-	*'वन बालाओं के निकुंज सब भरे वेणु के मधु स्वर से'*	: जंगल के बाँस के छिद्रों से वायु-प्रवाह के कारण मधुर-ध्वनि निकलने लगी थी।	**प्र.ग्रं.**-2/188	स्वप्न/कामायनी
वेणु में-	*'तू जीवन में छिपा वेणु में ज्यों ज्वाला का वास'*	: बाँस के झुरमुट में	**म.सा.**-1/150	विश्व-जीवन के उपसंहार!/रश्मि

शब्द- *काव्य-पंक्ति*	: अर्थ	ग्रंथावली/पृ.सं.	स्रोत/संदर्भ
वेणु-रंध्र- *'फिर वेणु-रंध्र से उठकर मूर्च्छना कहाँ अब ठहरे'*	: बाँस के छिद्रों(से हवा गुजरती है तो मधुर ध्वनि निकलती है)	**प्र.ग्रं.**-2/278	आनन्द/कामायनी
वेणु-वर-वादन-निरत-विभु-गान- *'वेणु-वर-वादन-निरत-विभु-गान में है छिपा जो मर्म उसका, समझते'*	: वर (श्रेष्ठ) वेणु-वादन (बाँसुरी-वादन) में निरंतर (निरत) प्रभु का गान है, बाँसुरी की सुंदर आवाज में प्रभु की वाणी है।	**नि.र.**-1/68	नयन
वेणु सस्वर- *'हो उठी हैं चंचु छूकर/तीलियाँ भी वेणु सस्वर'*	: सुर में बजती हुई बाँसुरी	**म.सा.**-1/282	कीर का प्रिय आज... /सांध्य गीत
वेतसी लता- *'उसमें था झूला पड़ा हुआ वेतसी लता का सुरुचिपूर्ण'*	: बेंत की बेल	**प्र.ग्रं.**-2/165	ईर्ष्या/कामायनी
वेदना- *'आह! वेदना मिली विदाई'*	: गहरी पीड़ा	**प्र.ग्रं.**-4/141	पंचम अंक/स्कन्दगुप्त
◆ *'वेदना मधुमदिरा की धार/अनोखा एक नया संसार'*	: प्रेम की पीड़ा	**म.सा.**-1/39	चाहता है यह पागल प्यार/नीहार
वेदना असीम- *'क्यों हाहाकार स्वरों में/वेदना असीम गरजती'*	: गहरी पीड़ा	**प्र.ग्रं.**-2/3	आँसू
वेदना के दाग- *'कुमुद-दल से वेदना के दाग को'*	: दुःख-तकलीफ के निशान, दिन के ताप से पीड़ित फूल	**म.सा.**-1/113	कुमुद-दल से वेदना के दाग को/रश्मि
वेदना-गगन- *'वेदना-गगन से रजतओस चू चू भरती मन-कंज-कोष'*	: प्रेम की पीड़ा आकाश की तरह विराट है	**म.सा.**-1/104	किस सुधि-वसंत का सुमन-तीर/रश्मि
वेदना-चर्चित- *'श्वासों में सपने कर गुंफित वंदनवार वेदना-चर्चित'*	: वेदना से सजा हुआ (बंदनवार)	**म.सा.**-1/250	प्रिय मेरे गीले नयन बनेंगे आरती!/सांध्य गीत
वेदना-छद्म-मय- *'जीवन का लोभ नहीं, वह वेदना-छद्म-मय छल में'*	: दुःख का छद्म-रूप है जीवन	**प्र.ग्रं.**-2/20	आँसू
वेदना जलद- *'चढ़ जाय अनन्त गगन पर वेदना जलद की माला'*	: दुःख-रूपी बादल	**प्र.ग्रं.**-2/26	आँसू
वेदना-दूती- *'वेदना-दूती सी तुम कौन?'*	: दुःख का सन्देश ले जानेवाली सन्देशवाहिका	**प्र.ग्रं.**-1/231	किरण/झरना
वेदना-पय- *'तू अमर होने नभ-धरा के/वेदना-पय से पली'*	: वेदना-रूपी कड़वी घूँट	**म.सा.**-1/265	पंकज-कली!/सांध्य गीत
वेदनामय डाह- *'कौन देता है हृदय में वेदनामय डाह?'*	: दुखद संताप	**प्र.ग्रं.**-2/113	वासना/कामायनी
वेदना में जन्म- *'वेदना में जन्म करुणा में मिला आवास'*	: जीवन की शुरुआत (जन्म) पीड़ा से होती है	**म.सा.**-1/176	विरह का जलजात जीवन/नीरजा
वेदना विकल- *'वेदना विकल फिर आई/मेरी चौदहों भुवन में;'*	: व्याकुल दुःख	**प्र.ग्रं.**-2/27	आँसू
वेदना-विलोल-वीचि-मय- *'यह वेदना-विलोल-वीचि-मय समुद्र है'*	: वेदना की चंचल लहरों से युक्त	**प्र.ग्रं.**-3/300	द्वितीय अंक/अजातशत्रु
वेदने- *'वेदने ठहरो! कलह तुम न करो'*	: वेदना को संबोधन	**प्र.ग्रं.**-1/276	वेदने ठहरो/झरना
वेदियाँ- *'रुधिर भरी वेदियाँ भयकरी उनमें ज्वाला'*	: यज्ञ के लिए ऊँची जगह	**प्र.ग्रं.**-2/203	संघर्ष/कामायनी
वेदी- *'चलो आज फिर से वेदी पर हो ज्वाला की फेरी'*	: यज्ञ हेतु कुण्ड आदि तैयार करने के लिए साफ-सुथरी की गई जगह	**प्र.ग्रं.**-2/137	कर्म/कामायनी
वेदी ज्वाला- *'किन्तु सुन रहा कौन! धधकती वेदी ज्वाला'*	: यज्ञ की वेदी पर आग की लपटें थीं	**प्र.ग्रं.**-2/208	संघर्ष/कामायनी

शब्द- काव्य-पंक्ति	: अर्थ	ग्रंथावली/पृ.सं.	स्रोत/संदर्भ
वेला- *'पुलकित, प्लावित रहे, बनो मत सूखी बालू की वेला'*	: तट, किनारा	**प्र.ग्रं.**-1/235	बालू की वेला/झरना
◆ *'श्रम विश्राम क्षितिज वेला से—'*	: किनारा	**प्र.ग्रं.**-1/298	ले चल वहाँ भुलावा देकर/लहर
◆ *'वेला क्षण-क्षण निकट आ रही क्षितिज क्षीण, फिर लीन हुआ;'*	: समुद्र-तट, तरंगों का समूह	**प्र.ग्रं.**-2/60	चिंता/कामायनी
◆ *'आज सुनहली वेला!'*	: समय, दिन या रात का एक खंड	**म.सा.**-1/297	आज सुनहली वेला! /सांध्य गीत
वेला पहली- *'नाँघ क्षितिज की अंतिम दहली, भेंट ज्वाल की वेला पहली'*	: पहली वेला अर्थात् सुबह	**म.सा.**-1/325	कहाँ से आए काले बादल?/दीप-शिखा
वेष्टित- *'स्वर्ण भृंग तारावलि वेष्टित'*	: लिपटा हुआ, घिरा हुआ	**पं.ग्रं.**-1/214	बादल/पल्लव
◆ *'यौवन ज्वाला से वेष्टित तन'*	: आवेष्टित, लिपटा हुआ	**पं.ग्रं.**-2/22	मानव/युगपथ
वैभव-सी- *'वैभव-सी कंगाल'*	: ऐश्वर्य के समान	**पं.ग्रं.**-1/111	सखी! सूखी बिन्दाल /वीणा
वैश्वानर- *'वह वैश्वानर की ज्वाला-सी, मंच वेदिका पर बैठी'*	: यज्ञ की अग्नि	**प्र.ग्रं.**-2/191	स्वप्न/कामायनी
वोहित- *'वोहित के हित सरल अनिल-से'*	: वोहित्थ, जहाज, पोत	**नि.र.**-1/117	यमुना के प्रति
व्यंग-मलिन उपहास- *'देखो करते ही रहते हैं अपना व्यंग-मलिन उपहास'*	: व्यंग्य से मलिन उपहास, मजाक उड़ाकर बदनाम करना	**प्र.ग्रं.**-1/292	मधुप गुनगुना कर कह जाता/लहर
व्यंजित- *'व्यंजित नयनों का भाव सघन'*	: प्रकट होना, अभिव्यक्त होना	**नि.र.**-1/299	तुलसीदास
व्यक्त- *'कर रही लीलामय आनन्द, महाचिति सजग हुई सी व्यक्त;'*	: अप्रकट रहनेवाला स्वयं को प्रकट कर रहा है	**प्र.ग्रं.**-2/89	श्रद्धा/कामायनी
व्यक्त नील- *'व्यक्त नील में चल प्रकाश का कंपन सुख बन बजता था;'*	: खुले और विस्तृत आकाश में	**प्र.ग्रं.**-2/76	आशा/कामायनी
व्यक्त नील घन-माला- *'जीवन तेरा क्षुद्र अंश है व्यक्त नील घन-माला में,'*	: काले बादलों के बीच प्रकट (होनेवाली बिजली)	**प्र.ग्रं.**-2/63	चिंता/कामायनी
व्यक्ति चेतना- *'व्यक्ति चेतना इसीलिए परतंत्र बनी थी'*	: चेतना-संपन्न मनुष्य	**प्र.ग्रं.**-2/201	संघर्ष/कामायनी
व्यक्ति-राष्ट्र-गत- *'व्यक्ति-राष्ट्र-गत राग-द्वेष रण'*	: व्यक्तिगत और राष्ट्रविशेष से सम्बंधित सीमाएँ	**पं.ग्रं.**-2/7	द्रुत झरो जगत के जीर्ण पत्र/युगपथ
व्यजन- *'पङ्ख तितलियों के करते हैं व्यजन से'*	: पंखा	**प्र.ग्रं.**-1/226	रूप/झरना
◆ *'जलनिधि का अंचल व्यजन बना धरणी का, दो-दो साथ हुए'*	: पंखा	**प्र.ग्रं.**-2/105	काम/कामायनी
◆ *'थके पथिक समान करता व्यजन ग्लानि विनाश'*	: पंखा	**प्र.ग्रं.**-2/117	वासना/कामायनी
◆ *'औ' गन्ध पवन झल मन्द व्यजन'*	: हाथवाला पंखा	**पं.ग्रं.**-2/13	बाँसों का झुरमुट/युगपथ
व्यजन-सा- *'मुझे व्यजन-सा हिलकर अविरल'*	: पंखे की तरह	**पं.ग्रं.**-1/95	प्राण! प्रेम के मानस में/वीणा
व्यथा के घन- *'सुधा का मधु हाला का राग व्यथा के घन अतृप्ति की आग'*	: दुःख की तरह घनीभूत बादल	**म.सा.**-1/115	तुहिन के पुलिनों पर छबिमान/रश्मि
व्यथा-निधियाँ- *'प्रस्तर के जाते बंधन खुल लुट रहीं व्यथा-निधियाँ नव-नव!'*	: पीड़ाएँ मानो खजाना हैं	**म.सा.**-1/315	ओ चिर नीरव! /दीप-शिखा
व्यथा भार- *'हे सौम्य! इड़ा का शुचि दुलार हर लेगा तेरा व्यथा भार'*	: मार्मिक वेदना	**प्र.ग्रं.**-2/240	दर्शन/कामायनी

शब्द- काव्य-पंक्ति	: अर्थ	ग्रंथावली/पृ.सं.	स्रोत/संदर्भ
व्यथा-भार- *'लघुतर कर व्यथा-भार'*	: दुख का बोझ	**नि.र.**-1/149	जागो फिर एक बार
व्यथा मीठी- *'व्यथा मीठी ले प्यारी प्यास सो गया बेसुध अंतर्नाद'*	: प्रेम की मधुर पीड़ा	**म.सा.**-1/36	ढुलकते आँसू सा सुकुमार /नीहार
व्यथा-साथिन- *'नयी व्यथा-साथिन को'*	: दु:ख में साथ देनेवाली (वसंत ऋतु)	**प्र.ग्रं.**-1/323	अरे आ गई है भूली-सी/लहर
व्यथा-सिक्त- *'चरण-पीठ भू का व्यथा-सिक्त मृदु उर'*	: दु:ख से भीगा हुआ (हृदय)	**म.सा.**-1/321	हुए शूल अक्षत मुझे धूलि चंदन/दीप-शिखा
व्यथा-सिक्त चितवन- *'किसी की व्यथा-सिक्त चितवन जगाती कण कण में स्पंदन'*	: दु:ख से भरी हुई निगाहें	**म.सा.**-1/106	शून्यता में निद्रा की बन/रश्मि
व्यथित अधीर- *'नीचे दूर-दूर विस्तृत था उर्मिल सागर व्यथित अधीर;'*	: दुखी और बेचैन (समुद्र)	**प्र.ग्रं.**-2/76	आशा/कामायनी
व्यथित बसेरा- *'यह अनंत अवकाश नीड़-सा जिसका व्यथित बसेरा'*	: दु:ख को आश्रय प्रदान करनेवाला	**प्र.ग्रं.**-2/141	कर्म/कामायनी
व्यथित मौन- *'कहता है जिनका व्यथित मौन हम सा निष्फल है आज कौन?'*	: दु:ख से भरी चुप्पी, अवसादग्रस्त मौन	**म.सा.**-1/64	मैं कंपन हूँ तू करुण राग/नीहार
व्यथित विश्व- *'व्यथित विश्व के सात्विक शीतल बिंदु, भरे नव रस सारा'*	: दुखी संसार	**प्र.ग्रं.**-2/78	आशा/कामायनी
व्यथित विश्व पतझड़ - *'इस व्यथित विश्व पतझड़ की तुम जलती हो मृदु होली'*	: विश्वस्तरीय पतझड़ की पीड़ा, दु:ख ने पूरे विश्व को अपनी चपेट में ले रखा है।	**प्र.ग्रं.**-2/31	आँसू
व्यथित व्योम-गंगा- *'क्यों व्यथित व्योम-गंगा सी छिटका कर दोनों छोरें'*	: मन में मानो आकाश-गंगा की तरह अमूर्त रूप में दु:ख प्रवाहित हो रहा है।	**प्र.ग्रं.**-2/4	आँसू
व्यथिता रजनी- *'कुछ शून्य बिंदु उर के ऊपर, व्यथिता रजनी के श्रम-सीकर'*	: दुखियारी रात, दु:ख की अनुभूति के साथ बीतती रात	**प्र.ग्रं.**-2/241	दर्शन/कामायनी
व्यष्टि-*'व्यष्टि औ' समष्टि में नहीं है भेद'*	: व्यक्ति, सृष्टि की इकाई	**नि.र.**-1/58	पंचवटी प्रसंग:4
◆ *'व्यष्टि औ' समष्टि में समाया वही एक रूप'*	: व्यक्ति	**नि.र.**-1/58	पंचवटी प्रसंग:4
◆ *'व्यष्टि तो समष्टि से अभिन्न है'*	: व्यक्ति	**नि.र.**-1/59	पंचवटी प्रसंग:4
◆ *'जिस प्रकार व्यष्टि एक धरती है सूक्ष्म रूप'*	: सृष्टि की इकाई	**नि.र.**-1/60	पंचवटी प्रसंग:4
◆ *'व्यष्टि में सकल सृष्टि का सार'*	: सृष्टि की इकाई	**नि.र.**-1/216	पास ही रे, हीरे की खान
◆ *'मायायन में प्रिय-शयन व्यष्टि भर सोयी; —'*	: व्यक्ति	**नि.र.**-1/295	तुलसीदास
व्यस्त- *'विरल मृदुल दलवाली डालों से उलझा समीर जब व्यस्त'*	: जुड़ जाना, अत्यधिक संलग्न हो जाना	**प्र.ग्रं.**-1/327	मधुर माधवी संध्या में/लहर
◆ *'अंतरिक्ष में व्यस्त उसी-सा/रहा चंद्रिका-निधि गंभीर'*	: व्याकुल, बेचैन	**प्र.ग्रं.**-2/76	आशा/कामायनी
◆ *'पहेली-सा जीवन है व्यस्त/उसे सुलझाने का अभिमान,'*	: अव्यवस्थित	**प्र.ग्रं.**-2/86	श्रद्धा/कामायनी
◆ *'विषमता की पीड़ा से व्यस्त/हो रहा स्पन्दित विश्व महान;'*	: परेशान	**प्र.ग्रं.**-2/89	श्रद्धा/कामायनी
◆ *'शक्ति के विद्युत्कण, जो व्यस्त विकल बिखरे हैं, हो निरुपाय;'*	: बिखरे हुए, इधर-उधर फैले हुए	**प्र.ग्रं.**-2/93	श्रद्धा/कामायनी
◆ *'वह विराग-विभूति ईर्षा-पवन से हो व्यस्त'*	: बिखर जाना	**प्र.ग्रं.**-2/113	वासना/कामायनी

शब्द- काव्य-पंक्ति	: अर्थ	ग्रंथावली/पृ.सं.	स्रोत/संदर्भ
व्यस्त चीर- *'टूटे सब वलय-हार,/व्यस्त चीर अलक पाश'*	: वस्त्रों का अस्त-व्यस्त हो जाना	**म.सा.**-1/351	मिट चली घटा अधीर!/दीप-शिखा
व्यस्त बाना- *'चिर सजग आँखें उनींदी आज कैसा व्यस्त बाना!'*	: जिसके कपड़े-लत्ते अस्त-व्यस्त लग रहे हों	**म.सा.**-1/280	चिर सजग आँखें उनींदी.../सांध्य गीत
व्यस्त महाकच्छप-सी- *'व्यस्त महाकच्छप-सी धरणी ऊभ-चूभ थी विकलित सी'*	: विशाल कछुआ मानो परेशान हो; प्रलय के समय धरती कुछ ऐसी ही लग रही थी।	**प्र.ग्रं.**-2/60	चिंता/कामायनी
व्याकुल आलिंगन- *'जिसमें व्याकुल आलिंगन का अस्तित्व न तो है कुशल सूक्ति'*	: प्रेम की उत्तेजना से भरा आलिंगन	**प्र.ग्रं.**-2/158	ईर्ष्या/कामायनी
व्याकुल चुंबन- *'और एक फिर व्याकुल चुम्बन रक्त खौलता जिससे'*	: कामोत्तेजना से युक्त चुंबन	**प्र.ग्रं.**-2/154	कर्म/कामायनी
व्याज- *'परीक्षा का कठोर ले व्याज!'*	: बहाना	**पं.ग्रं.**-1/100	विलोड़ित सघन गगन में आज/वीणा
♦ *'एक चंचल चितवन के व्याज'*	: बहाने	**पं.ग्रं.**-1/257	मधुवन/गुंजन
♦ *'मर्मरित छत्र, पत्र-दल व्याज'*	: बहाने से	**पं.ग्रं.**-1/258	मधुवन/गुंजन
व्याधि की सूत्र-धारिणी- *'अरी व्याधि की सूत्र-धारिणी! अरी आधि, मधुमय अभिशाप!'*	: (चिंता) शारीरिक बीमारियों को जन्म देती है, वह बीमारियों को मानो शरीर में जाने के लिए निर्देशित करती है।	**प्र.ग्रं.**-2/53	चिंता/कामायनी
व्याधि-विशीर्ण- *'हो कहराते व्याधि-विशीर्ण अधीर'*	: व्याधि से कमजोर, बीमारी के कारण अत्यधिक लाचार	**नि.र.**-1/114	कण
व्यापकता- *'व्यापकता नियति-प्रेरणा बन अपनी सीमा में रहे बंद'*	: विराट दृष्टि, स्वतंत्रता का भाव, विश्व-दृष्टि	**प्र.ग्रं.**-2/177	इड़ा/कामायनी
व्यापार- *'मेरे सब सब में प्रिय तुम/किससे व्यापार करूँगी मैं?'*	: पेशेवर व्यवहार	**म.सा.**-1/214	आँसू का मोल न लूँगी मैं!/नीरजा
व्यापार-विसर्जन- *'अब हो व्यापार-विसर्जन'*	: संसार के क्रिया-कलापों की समाप्ति मानो मृत्यु के साथ हो जाए!	**म.सा.**-1/155	प्राणों के अंतिम पाहुन!/रश्मि
व्याल- *'हुए रूख हरे शाल,/हाय रे, मयूर-व्याल/पूँछ से जुड़े!'*	: साँप	**नि.र.**-1/310	मित्र के प्रति
व्यालों सी- *'चली आ रहीं फेन उगलती फन फैलाये व्यालों सी'*	: साँपों के समान	**प्र.ग्रं.**-2/60	चिंता/कामायनी
व्यावर्तन- *'विवर्तन जग, जग व्यावर्तन'*	: पीछे की ओर लौटना	**पं.ग्रं.**-1/228	परिवर्तन/पल्लव
व्यूह-भेद- *'प्रतिपल-परिवर्तित-व्यूह-भेद-कौशल-समूह'*	: युद्ध के व्यूह (नक्शा, घेराबंदी, योजना) को तोड़ना	**नि.र.**-1/329	राम की शक्ति-पूजा
व्योमकेश- *'मृत्युञ्जय व्योमकेश के समान'*	: भगवान् शंकर, व्योम जिनकी जटा हो	**नि.र.**-1/153	जागो फिर एक बार
व्योम-चुंबन-व्यस्त- *'देख लो, ऊँचे शिखर का व्योम-चुंबन-व्यस्त'*	: आकाश को चूमने में व्यस्त (है शिखर)	**प्र.ग्रं.**-2/115	वासना/कामायनी
व्योम-तम पुंज- *'व्योम-तम पुंज हुआ तब नष्ट, अखिल संसृति हो उठी अशोक'*	: आकाशव्यापी अँधेरा, विश्व का अज्ञान	**प्र.ग्रं.**-4/138	पंचम अंक/स्कन्दगुप्त
व्योम-तरण- *'अप्सरि-सी व्योम-तरण'*	: आकाश में तैरनेवाली (अप्सराओं की तरह हैं किरणें)	**पं.ग्रं.**-1/347	चार/ज्योत्स्ना

शब्द- काव्य-पंक्ति	: अर्थ	ग्रंथावली/पृ.सं.	स्रोत/संदर्भ
व्योम-बाला- *'व्योम-बाला का शरदाकाश'*	: आकाश मानो युवती की तरह हो	**पं.ग्रं.-1**/251	भावी पत्नी के प्रति /गुंजन
व्योम मरोर- *'अंग भंगि में व्योम मरोर'*	: लहरों के नर्तन में मानो वायुमंडल बल खाता नजर आता है।	**पं.ग्रं.-1**/190	वीचि विलास/पल्लव
व्योम-लतिका- *'व्योम-लतिका में छायाकार'*	: आकाश मानो लता के समान है (जिसमें लाल पल्लवों के समान प्रभात खिल रहा हो)	**पं.ग्रं.-1**/255	मधुवन/गुंजन
व्रज-नागरियों- *'व्रज-नागरियों के गागर?'*	: व्रज की गोपियाँ (कृष्ण काव्य)	**नि.र.-1**/124	यमुना के प्रति
व्रज वनिता-सी- *'रति श्रान्ता व्रज वनिता-सी'*	: ब्रज की गोपियों की तरह	**पं.ग्रं.-1**/203	छाया/पल्लव
व्रज्या- *'पददलित-सी थकी व्रज्या ज्यों सदा आक्रांत'*	: पगडंडी, पतला कच्चा रास्ता	**प्र.ग्रं.-2**/119	वासना/कामायनी
व्रतति- *'हिला तृण, व्रतति, कुंज तरु वात'*	: लता जो लिपट कर बढ़ती है	**पं.ग्रं.-1**/256	मधुवन/गुंजन
◆ *'कुसुम, कलि, व्रतति, विटप, सोच्छ्वास'*	: लता	**पं.ग्रं.-1**/258	मधुवन/गुंजन
व्रतति-प्रतति- *'बनी मृदु व्रतति-प्रतति का जाल'*	: लताओं का विस्तार	**पं.ग्रं.-1**/257	मधुवन/गुंजन
व्रतव्रती- *'किस व्रतव्रती तू तापसी जाती न सुख-दुख से छली?'*	: किसी व्रत का संकल्प ली हुई	**म.सा.-1**/265	पंकज-कली!/सांध्य गीत
व्रीड़ा- *'छिपकर चारों ओर व्रीड़ा की अँगुलियाँ'*	: लज्जा	**प्र.ग्रं.-1**/354	प्रलय की छाया/लहर
◆ *'व्रीड़ा है यह चंचल कितनी/विभ्रम से घूँघट खींच रही;'*	: लज्जा, शर्मीली नायिका	**प्र.ग्रं.-2**/100	काम/कामायनी
◆ *'जीवन की उद्दाम लालसा उलझी जिससे व्रीड़ा'*	: लज्जा, संकोच	**प्र.ग्रं.-2**/141	कर्म/कामायनी
व्रीड़ा-सी- *'नव अलम्बुषा की व्रीड़ा-सी खुल जाती है, फिर जा मुँदती'*	: लज्जा की तरह	**प्र.ग्रं.-2**/255	रहस्य/कामायनी
शंकाकुल- *'शंकाकुल कोमल मुख पर व्याकुलता का संचार'*	: शंका से व्याकुल, संदेह से बेचैन	**नि.र.-1**/106	तरंगों के प्रति
◆ *'लख शंकाकुल हो गये अतुल-बल शेष-शयन'*	: शंका से व्याकुल	**नि.र.-1**/331	राम की शक्ति-पूजा
शंकिता- (शीर्षक)	: जिसके मन में संदेह हो	**नि.र.-1**/92	शंकिता
शंपाओं- *'पंचभूत का भैरव मिश्रण, शम्पाओं के शकल-निपात,'*	: आकाशीय बिजली	**प्र.ग्रं.-2**/59	चिंता/कामायनी
शंब- *'वह्नि! बाढ़! उल्का! दृढ़ शम्ब'*	: वज्र	**पं.ग्रं.-1**/107	नीरव व्योम! विश्व, नीरव!/वीणा
शकल- *'मैं न बन सकूँगा यज्ञ-शकल'*	: हवन-सामग्री	**नि.र.-1**/250	वह कितना सुख
◆ *'गगन में? बन शशि कला शकल'*	: टुकड़ा (चाँद का टुकड़ा)	**पं.ग्रं.-1**/221	विश्व व्याप्ति/पल्लव
शकल-निपात- *'पंचभूत का भैरव मिश्रण, शम्पाओं के शकल-निपात,'*	: (बिजली के) टुकड़ों का गिरना, आकाशीय बिजली टूट-टूटकर गिरती है	**प्र.ग्रं.-2**/59	चिंता/कामायनी
शकुंतला- *'यौवन के वन की वह मेरी शकुन्तला'*	: कालिदास के नाटक 'अभिज्ञानशाकुंतलम्' की नायिका (रूपक)	**नि.र.-1**/195	स्मृति-चुम्बन
शकुन- *'क्यों किसी के आगमन के/शकुन स्पंदन में मनाती?'*	: शुभ संकेत	**म.सा.-1**/341	जो न प्रिय पहिचान पाती!/दीप-शिखा
शकुनि- *'मनन कर, मनन, शकुनि नादान!'*	: पक्षी, चिड़िया	**पं.ग्रं.-1**/276	तेरा कैसा गान/गुंजन
शक्त- *'निर्भीक बनो, साहसी, शक्त'*	: सक्षम, शक्ति से युक्त	**पं.ग्रं.-2**/12	जीवन का फल/युगपथ

शब्द- काव्य-पंक्ति	: अर्थ	ग्रंथावली/पृ.सं.	स्रोत/संदर्भ
शक्त द्रुम- *'शक्त द्रुम, कोमल-कलि पवन-जल-स्पर्श-चल'*	: दृढ़ वृक्ष, मजबूत पेड़	**नि.र.**-1/273	जागा दिशा ज्ञान
शक्ति- *'शक्ति रही हाँ शक्ति, प्रकृति थी पद-तल में विनम्र विश्रांत;'*	: देवताओं की असीमित शक्ति	**प्र.ग्रं.**-2/56	चिंता/कामायनी
◆ *'तुम शिव हो, मैं हूँ शक्ति'*	: प्रकृति-पुरुष से बनी सृष्टि, देवी, सृष्टि का मूलाधार	**नि.र.**-1/50	तुम और मैं
◆ *'आदि-शक्ति-रूपिणी, शक्ति से, जिनकी शक्तिशालियों में सत्ता है'*	: सृष्टि का कारण, प्रकृति, शिव की सहचरी	**नि.र.**-1/54	पंचवटी प्रसंग:2
◆ *'माता की चरण-रेणु मेरी परम शक्ति है'*	: आतंरिक, बल, आत्म बल	**नि.र.**-1/54	पंचवटी प्रसंग:2
शक्ति का खेल- *'आज शक्ति का खेल खेलने में आतुर नर'*	: वैज्ञानिक प्रगति से प्राप्त शक्ति का उपयोग	**प्र.ग्रं.**-2/204	संघर्ष/कामायनी
◆ *'यह रहा शक्ति का खेल समर, शंकर, शंकर!'*	: देवी का क्रीड़ा-कौतुक	**नि.र.**-1/334	राम की शक्ति-पूजा
शक्ति के विद्युत्कण- *'शक्ति के विद्युत्कण, जो व्यस्त विकल बिखरे हैं, हो निरुपाय ;'*	: सृष्टि में शक्ति के विभिन्न स्रोत(आवेशित कण), नयी सृष्टि के निर्माण के लिए बिखरी हुई प्राकृतिक शक्तियों को एकत्र करने की जरूरत।	**प्र.ग्रं.**-2/93	श्रद्धा/कामायनी
शक्ति-खेल-सागर- *'उद्वेल हो उठा शक्ति-खेल-सागर अपार'*	: (हनुमान) सागर की तरह हैं जिसमें शक्ति (देवी) क्रीड़ारत हैं	**नि.र.**-1/332	राम की शक्ति-पूजा
शक्ति-तरंगों में आंदोलन- *'शक्ति-तरंगों में आन्दोलन, रुद्र क्रोध भीषणतम था'*	: शक्ति के सभी स्रोत आंदोलित हो उठे, प्रजा की मानवीय शक्ति तथा शिव की मानवेतर शक्ति।	**प्र.ग्रं.**-2/193	स्वप्न/कामायनी
शक्ति-पूजा- *'राम की शक्ति-पूजा'* (शीर्षक)	: देवी दुर्गा की पूजा	**नि.र.**-1/329	राम की शक्ति-पूजा
शक्ति-भ्रांत- *'शृंखला दासता, प्रहरी बहु निर्मम शासन-पद शक्ति-भ्रान्त'*	: अपनी ताकत से बौखलाया हुआ	**पं.ग्रं.**-2/26	बापू के प्रति/युगपथ
शक्ति-वाह- *'शक्ति-वाह उच्छृङ्खल भूयोभूय: मङ्गल/उद्धत पदतल दलमल'*	: शक्ति को वहन करनेवाला	**नि.र.**-1/274	कहाँ परित्राण?
शक्ति-शरीरी- *'उस शक्ति-शरीरी का प्रकाश, सब शाप पाप का कर विनाश—'*	: (शिव का) शक्ति-युक्त विश्व-रूप, शक्ति का शरीरी रूप	**प्र.ग्रं.**-2/247	दर्शन/कामायनी
शक्तिशील- *'शक्तिशील होना अहोभाग्य है'*	: जिसके स्वभाव में शक्ति का भाव हो, शक्तिशाली	**प्र.ग्रं.**-1/352	प्रलय की छाया/लहर
शतकर धृत- *'शतकर धृत, अंक लसित'*	: सैकड़ों किरण-रूपी हाथों से पकडे हुए (शिशु को)	**पं.ग्रं.**-1/347	चार/ज्योत्स्ना
शत घात घूर्ण- *'एक साथ जब शत घात घूर्ण आते थे मुझ पर तुले तूर्ण'*	: सैकड़ों प्रहार जटिल तरीके से होते थे	**नि.र.**-1/316	सरोज-स्मृति
शतघ्नियों- *'जो उलटता शतघ्नियों को!'*	: एक बार में सौ शत्रुओं (बड़ी संख्या में) को मार गिरानेवाला हथियार	**प्र.ग्रं.**-1/335	शेरसिंह का शस्त्र-समर्पण/लहर
शत-तरंग-तनु-पालित- *'क्षालित शत-तरंग-तनु-पालित अवगाहित निकली द्युति निर्मल'*	: सैकड़ों तरंगों (सुख की तथा जल की लहरों) से कोमल तन मानो पालित हो रहा था	**नि.र.**-1/248	घोर शिशिर
शत-दल- *'सित शत-दल से शशि तुम क्यों उनमें जाकर हो मिलते?'*	: सौ पंखुड़ियाँ	**प्र.ग्रं.**-2/22	आँसू

शब्द- काव्य-पंक्ति	: अर्थ	ग्रंथावली/पृ.सं.	स्रोत/संदर्भ
शतदल- *'तव भक्त भ्रमरों को हृदय में लिये वह शतदल विमल'*	: सौ पंखुड़ियों वाला कमल	**नि.र.-1**/95	वीणावादिनी
◆ *'वायु-व्याकुल शतदल-सा हाय'*	: सौ पंखुड़ियों वाला कमल	**नि.र.-1**/140	स्मृति
शतद्रु- *'कहेगी शतद्रु शत-संगरों की साक्षिणी,'*	: सतलज नदी	**प्र.ग्रं.-1**/335	शेरसिंह का शस्त्र-समर्पण/लहर
शतद्रु-तन-ऊर्मिल- *'नील वसन शतद्रु-तन-ऊर्मिल किरणचुम्बि-मुख अम्बुज रे खिल'*	: शतद्रु नदी का लहरीला तन	**नि.र.-1**/240	आओ मधुर-सरण मानसि, मन
शतधा- *'शतधा उफन पारावार,/लेता जब दिशाएँ लील'*	: सैकड़ों धाराओं में	**म.सा.-1**/371	प्राणों ने कहा कब दूर /दीप-शिखा
शत-नीड़- *'सघन शाखाओं में शत-नीड़'*	: सैकड़ों घोंसले	**पं.ग्रं.-1**/378	द्वितीय दृश्य/परी
शत-मणि-लाल-जटित- *'वह महासद्म लक्ष्मी का शत-मणि-लाल-जटित/ज्यों रक्त पद्म,'*	: सैकड़ों मणियों और लालों (एक कीमती पत्थर) से जड़ा हुआ	**नि.र.-1**/339	सम्राट् अष्टम एडवर्ड के प्रति
शतरंगों- *'शतरंगों के इन्द्रधनुष सी स्मृति उर में छाई;'*	: बहुरंगी स्मृतियाँ	**म.सा.-1**/289	वह संध्या फूली सजीली! /सांध्य गीत
शतरत्न-छाय- *'शतरत्न-छाय, खग चित्रित नभ'*	: सैकड़ों रत्नों की तरह (आकाश में) छाये हुए पक्षी	**पं.ग्रं.-2**/9	विद्रुम औ' मरकत की छाया/युगपथ
शत-वर्ष-पुरातन- *'वहीं विटप शत-वर्ष-पुरातन पीन प्रशाखाएँ फैला घन'*	: सौ साल पुराना	**नि.र.-1**/213	छोड़ दो, जीवन यों न मलो
शत-वायु-वेग-बल- *'शत-वायु-वेग-बल, डुबा अतल में देश-भाव'*	: सैकड़ों वायु के वेग का बल (मानो हनुमान में आ गया)	**नि.र.-1**/332	राम की शक्ति-पूजा
शत विद्युतों- *'आर्द्र चितवन में यहाँ शत विद्युतों में दीप खेला!'*	: सैकड़ों आकाशीय बिजलियाँ, चुनौतियाँ	**म.सा.-1**/313	पंथ होने दो अपरिचित /दीप-शिखा
शतशः विभक्त- *'तुम राग-विराग करो सबसे अपने को कर शतशः विभक्त'*	: (स्वयं को) सैकड़ों टुकड़ों में तोड़कर	**प्र.ग्रं.-2**/176	इड़ा/कामायनी
शत-शत फेनोच्छ्वसित- *'शत-शत फेनोच्छ्वसित, स्फीत फूत्कार भयंकर'*	: सैकड़ों फुँफकारों से उत्पन्न विषैली फेन-राशि	**पं.ग्रं.-1**/225	परिवर्तन/पल्लव
शत-शर-जर्जर- *'जीवित-कविते, शत-शर-जर्जर छोड़कर पिता को पृथ्वी पर'*	: सैकड़ों तीरों से क्षत-विक्षत होकर जो कमजोर हो गया हो ऐसे निराला स्वयं	**नि.र.-1**/315	सरोज-स्मृति
शत-शुद्धि-बोध- *'शत-शुद्धि-बोध— सूक्ष्मातिसूक्ष्म मन का विवेक'*	: शत-शत शुद्धि का बोध (राम के बाणों में है)	**नि.र.-1**/334	राम की शक्ति-पूजा
शतशेलसम्वरणशील- *'शतशेलसम्वरणशील, नीलनभ-गर्जित-स्वर'*	: सैकड़ों भालों को रोकने में लगा हुआ	**नि.र.-1**/329	राम की शक्ति-पूजा
शत-श्वेतोत्पलसंचय- *'जपालक्त श्रीपदतल आसन शत-श्वेतोत्पलसञ्चय'*	: अनेक श्वेत कमलों को एकत्र कर	**नि.र.-1**/341	कविता के प्रति
शत-संगरों- *'कहेगी शतद्रु शत-संगरों की साक्षिणी,'*	: सैकड़ों युद्ध (मोर्चा)	**प्र.ग्रं.-1**/335	शेरसिंह का शस्त्र-समर्पण/लहर
शत-सहस्र-जीवन-पुलकित- *'शत-सहस्र-जीवन-पुलकित, प्लुत/प्यालाकर्षण?'*	: सैकड़ों-हजारों लोगों के जीवन पुलक से भरे हैं	**नि.र.-1**/154	परलोक
शत-हरित-गुल्म-तृण- *'शोभित शत-हरित-गुल्म-तृण से श्यामल सुन्दर,'*	: हरियाली से युक्त	**नि.र.-1**/336	राम की शक्ति-पूजा

शब्द- काव्य-पंक्ति	: अर्थ	ग्रंथावली/पृ.सं.	स्रोत/संदर्भ
शताब्दि- *'विंशति शताब्दि, धन के, मान के बाँध को जर्जर कर महाब्धि'*	: सदी	**नि.र.-1**/338	सम्राट् अष्टम एडवर्ड के प्रति
शद- *'धौत धवल विश्व-कमल पर, कर में आस्वद-शद'*	: खाद्य शाक (फल, मूल इत्यादि)	**नि.र.-1**/241	शरत् के प्रति
शनि- *'शनि का सुदूर वह नील लोक'*	: सौरमंडल का सातवाँ ग्रह जो अशुभ और कष्टप्रद माना जाता है	**प्र.ग्रं.-2**/180	इड़ा/कामायनी
शफरी- *'सरल शफरी फँस गयी थी सुमन-सी'*	: एक छोटी सुंदर चंचल मछली	**पं.ग्रं.-1**/128	ग्रन्थि
शफरी-अलकें- *'बिखरी छूटीं शफरी-अलकें निष्पात नयन-नीरज पलकें'*	: मछली के समान लटें	**नि.र.-1**/302	तुलसीदास
शब्दज- *'शब्दज संसार यह'*	: जिसका जन्म शब्द से हुआ हो, शब्दों से संसार को महसूस करते हैं	**नि.र.-1**/184	जागरण
शब्द-मणि- *'सुन्दरता में पुष्प बाह्य, आन्तरिक शब्द-मणि'*	: मणि की तरह सुंदर शब्द	**नि.र.-1**/183	प्रतिध्वनि
शब्द-रस-रूप-गंध- *'हुताशन विश्व के शब्द-रस-रूप-गन्ध'*	: चार इंद्रियों के पक्ष- कान (शब्द), जीभ (रस), आँख (रूप) तथा नाक (गंध)	**नि.र.-1**/173	रेखा 'क'
शब्द, स्पर्श, रस, रूप, गंध- *'शब्द, स्पर्श, रस, रूप, गंध की पारदर्शिनी सुघड़ पुतलियाँ'*	: पाँच भौतिक तत्त्वों (आकाश, वायु, अग्नि, जल, पृथ्वी) के कारण-तत्त्व हैं क्रमशः शब्द, स्पर्श, रूप, रस, गंध। इन्हें अनुभूत करनेवाली इन्द्रियाँ हैं क्रमशः कान, त्वचा, नेत्र, जीभ और नाक।	**प्र.ग्रं.-2**/255	रहस्य/कामायनी
शब्दित- *'सुन्दर! शब्दित करने दो, अपने गौरव के गीतों से'*	: शब्द की ध्वनि से गुंजायमान	**पं.ग्रं.-1**/96	प्राण! प्रेम के मानस में/वीणा
शब्दोच्छल- *'बाजीं बहती लहरें कलकल जागे भावाकुल शब्दोच्छल'*	: आकुल शब्द	**नि.र.-1**/305	तुलसीदास
शम-दम- *'जीवन के, भावों के विलास, शम-दम के'*	: मुक्ति एवं निवृत्ति	**नि.र.-1**/293	तुलसीदास
शमा- *'जलती अन्धकारमय जीवन की वह एक शमा है'*	: मोमबत्ती, दीपक	**नि.र.-1**/96	बहू
शयन-गुहा- *'श्रद्धा अपनी शयन-गुहा में दुखी लौट कर आयी'*	: जिस गुफा में श्रद्धा सोती थी	**प्र.ग्रं.-2**/139	कर्म/कामायनी
शयन-मुकुल-सी- *'वह स्वनिप्नल शयन-मुकुल-सी'*	: नींद-रूपी सुंदर कलियों के समान (चाँदनी फैली है)	**पं.ग्रं.-1**/270	चाँदनी/गुंजन
शयन लोचन- *'शयन लोचन, सुधि स्वप्न-विलास'*	: निद्रित आँखें (मानो स्मृतियों का स्वप्न-विलास हैं)	**पं.ग्रं.-1**/260	रूप-तारा तुम पूर्ण प्रकाम/गुंजन
शयन-शिथिल-बाहें- *'शयन-शिथिल-बाहें भर स्वप्निल आवेश में'*	: आलिंगनबद्ध होकर सोने से बाँहें भर गयी हैं, बाँहें दुख रही हैं।	**नि.र.-1**/149	जागो फिर एक बार
शयनागार- *'निश्वासों का नीड़, निशा का बन जाता जब शयनागार'*	: सोने का कमरा, नींद की सेज की तरह है निःश्वासों का संसार	**म.सा.-1**/34	निश्वासों का नीड़, निशा का/नीहार
शयान- *'कुन्द के शेष पूजार्घ्यदान मल्लिका प्रथम-यौवन-शयान;'*	: सो जाना	**नि.र.-1**/308	दान
शयित- *'शयित, उठ, वातायन-मन-लीन सोचती कोई प्रिया नवीन'*	: सोये से, निद्रित	**नि.र.-1**/231	चाहते हो किसको सुन्दर
◆ *'हो शयित देश की पृथ्वी पर'*	: समर भूमि में सोकर, वीरगति को प्राप्त	**नि.र.-1**/282	तुलसीदास

शब्द- काव्य-पंक्ति	: अर्थ	ग्रंथावली/पृ.सं.	स्रोत/संदर्भ
◆ *'खोलने लगीं, शयित चिरकाल'*	: सोयी हुई, निद्रित	**पं.ग्रं.**-1/256	मधुवन/गुंजन
शर- *'रात के उर में दिवस की चाह का शर हूँ!'*	: तीर, प्रेरक शक्ति	**म.सा.**-1/264	शलभ मैं शापमय वर हूँ!/सांध्य गीत
शर-केशर- *'अब स्मर के शर-केशर से झर'*	: केशर के तीर चल रहे हैं यानी विलासिता का वातावरण है	**नि.र.**-1/286	तुलसीदास
शर-क्षेप- *'देखता रहा मैं खड़ा अपल वह शर-क्षेप, वह रण-कौशल'*	: तीरों का चलना	**नि.र.**-1/316	सरोज-स्मृति
शर-खरतर- *'हैं बहा रहे दिग्देशज्ञान, शर-खरतर'*	: तीखे बाण	**नि.र.**-1/281	तुलसीदास
शरण-विमुख- *'शरण-विमुख नूपुर-उर क्षुब्ध'*	: शरण से विमुख, चंचल	**नि.र.**-1/122	यमुना के प्रति
शरत्-हेमंत-शिशिर-पिकप्रिय-वसन्त- *'मिलनातुर कल्पनाएँ शरत्-हेमन्त-शिशिर-पिकप्रिय-वसन्त की'*	: चार ऋतुएँ- शरद, हेमन्त, शिशिर और कोयल को प्रिय वसंत ऋतु	**नि.र.**-1/207	कवि
शरद इंदिरा- *'शरद इंदिरा के मंदिर की/मानो कोई गैल रही'*	: शरद ऋतु की लक्ष्मी, शरद ऋतु लहलहाती फसल की लक्ष्मी लेकर आती है।	**प्र.ग्रं.**-2/71	आशा/कामायनी
शरद-इंदु- *'इस सुख-नभ में मैं विचरूँगा बन सकल कलाधर शरद-इंदु'*	: सभी सोलह कलाओं को धारण करनेवाला शरद ऋतु का चन्द्रमा	**प्र.ग्रं.**-2/168	ईर्ष्या/कामायनी
शरद-दिशा- *'पावस-घन सी उमड़ बिखरती शरद-दिशा सी नीरव घिरती'*	: शरद् ऋतु की शांत दिशाएँ	**म.सा.**-1/170	तुम्हें बाँध पाती सपने में!/नीरजा
शरद नीरदमाला- *'शरद नीरदमाला के बीच तड़प ले चपला-सी भयभीत'*	: शरद् ऋतु में घिरी बादलों की शृंखला	**प्र.ग्रं.**-4/187	प्रथम अंक/चन्द्रगुप्त
शरद प्रसन्न नदी- *'उस शरद प्रसन्न नदी में जीवन द्रव-अमल भरा हो'*	: शरद ऋतु की जलपूरित स्वच्छ नदी	**प्र.ग्रं.**-2/36	आँसू
शरद प्रात की शेफाली- *'ले मकरन्द नया चू पड़ती शरद प्रात की शेफाली'*	: शरद ऋतु की सुबह शेफाली के फूलों से भरी होती थी	**प्र.ग्रं.**-2/224	निर्वेद/कामायनी
शरद-विकास- *'वर्षा बीती, हुआ सृष्टि में शरद-विकास नये सिर से'*	: वर्षा-ऋतु के बाद शरद-ऋतु का विकास अर्थात् रस और रंग से परिपूर्ण प्रकृति	**प्र.ग्रं.**-2/67	आशा/कामायनी
शरदाकाश- *'सरल भौंहों का शरदाकाश'*	: शरद ऋतु के आकाश की तरह स्वच्छ और व्यापक	**पं.ग्रं.**-1/224	परिवर्तन/पल्लव
◆ *'व्योम-बाला का शरदाकाश'*	: शरद ऋतु का स्वच्छ आकाश मानो व्योम-बाला का आकर्षक परिवेश हो।	**पं.ग्रं.**-1/251	भावी पत्नी के प्रति/गुंजन
शरदिंदु-वर- *'प्रतनु, शरदिन्दु-वर,/पद्म-जल-विन्दु पर'*	: (तुम्हीं) शरत् काल के सुन्दर चन्द्र (हो)	**नि.र.**-1/237	पावन करो नयन!
शर-निकर- *'करता मैं योजित बार-बार शर-निकर निशित'*	: तीरों का समूह	**नि.र.**-1/334	राम की शक्ति-पूजा
शर-भंग-भाव- *'अनिमेष-राम— विश्वजिद्दिव्य-शर-भङ्ग-भाव,—'*	: (राम के दिव्य) बाण टूटकर निष्फल हो रहे थे	**नि.र.**-1/329	राम की शक्ति-पूजा
शरभ- *'अंतक शरभ के'*	: टिड्डे	**प्र.ग्रं.**-1/354	प्रलय की छाया/लहर
शराबोर- *'शराबोर किसके खून से ये हुए?'*	: नहाया हुआ, लथपथ	**नि.र.**-1/158	महाराज शिवाजी का पत्र
शरासन- *'है नहीं शरासन आज हस्त— तूणीर स्कन्ध'*	: धनुष	**नि.र.**-1/336	राम की शक्ति-पूजा
शरीराधीन- *'वेणु ध्वनि-सी न शरीराधीन!'*	: शरीर के अधीन, शरीर पर आश्रित	**नि.र.**-1/141	स्मृति

शब्द- काव्य-पंक्ति	: अर्थ	ग्रंथावली/पृ.सं.	स्रोत/संदर्भ
शर्वरी- *'या प्रतीक्षा में किसी की शर्वरी'*	: रात	**नि.र.**-1/68	नयन
शलभ- *'दीप शलभ ने जिसे मिचौनी'*	: फतिंगा	**पं.ग्रं.**-1/87	बालकाल में जिसे जलद से/वीणा
◆ *'शलभ मैं शापमय वर हूँ!/किसी का दीप निष्ठुर हूँ!'*	: फतिंगा, व्यग्र प्रेमी, प्रेमी के प्रचलित रूप को अपने सन्दर्भ में महादेवी नकारती हैं	**म.सा.**-1/264	शलभ मैं शापमय वर हूँ!/सांध्य गीत
◆ *'क्या जलने की रीति शलभ समझा दीपक जाना?'*	: फतिंगा, साधक, वेदनामय प्रेम का प्रेमी	**म.सा.**-1/299	क्या जलने की रीति शलभ...!/सांध्य गीत
शलभ पुंज- *'ये शलभ पुंज से कण-कण'*	: फतिंगों का समूह	**प्र.ग्रं.**-1/329	अशोक की चिंता/लहर
शलभवर- *'किन्तु शलभवर! उसे न छेड़ो'*	: श्रेष्ठ जुगनू	**पं.ग्रं.**-1/99	इस पीपल के तरु के नीचे/वीणा
शल्य- *'अपमान शल्य से छिदी हुई है छाती'*	: बरछी, काँटा	**प्र.ग्रं.**-3/406	तृतीय अंक/जन्मेजय का नाग-यज्ञ
शवता- *'जिसमें सब कुछ ले लेना हो हंत! बची क्या शवता!'*	: मृत्यु, विनाश, शव का भाव	**प्र.ग्रं.**-2/149	कर्म/कामायनी
शवलित चाव- *'और वह पुचकारने का स्नेह शवलित चाव'*	: चाह से युक्त	**प्र.ग्रं.**-2/113	वासना/कामायनी
शव-शिव-शक्ति- *'ज्ञान-तन्तु तुम, जग-अजान-मन-शव-शिव-शक्ति महान'*	: निराला 'शिव' को शव से जोड़ रहे हैं 'शिव' जो 'शव' के साधक भी हैं।	**नि.र.**-1/262	तुम्हीं गाती हो
शव हे- *'यह जग का शव हे'*	: संसार की पतनशील प्रवृत्ति	**पं.ग्रं.**-2/17	नव हे, नव हे/युगपथ
शशधर- *'जलदजाल को चीर झरोखे में से शशधर'*	: चाँद	**नि.र.**-1/72	कविप्रिया
◆ *'झरते हैं शशधर से क्षण-क्षण'*	: चन्द्रमा	**नि.र.**-1/283	तुलसीदास
शशांक- *'तुम्हें न पाकर शशांक मेरे बना शून्य यह, हृदय नहीं है'*	: चन्द्रमा	**प्र.ग्रं.**-3/284	द्वितीय अंक/अजातशत्रु
◆ *'आते शशांक तब हृदय पर आप ही'*	: चंद्रमा, शश+अंक, खरगोश के चिह्न से युक्त चाँद	**नि.र.**-1/172	रेखा 'क'
◆ *'लाञ्छन को ले जैसे शशांक नभ में अशंक'*	: चंद्रमा	**नि.र.**-1/334	राम की शक्ति-पूजा
शशि के कर- *'शशि के कर खोलें शीतल!'*	: चाँद की किरण (-रूपी हाथ)	**पं.ग्रं.**-1/86	जब मैं कलिका ही थी केवल/वीणा
शशिखंड सदृश- *'वह विश्व मुकुट-सा उज्ज्वलतम शशिखंड सदृश था स्पष्ट भाल'*	: (इड़ा का ललाट मानो) चाँद के टुकड़े की तरह था	**प्र.ग्रं.**-2/179	इड़ा/कामायनी
शशि-छवि- *'शशि-छवि विभावरी में'*	: चंद्रमा की सुंदरता	**नि.र.**-1/148	जागो फिर एक बार
शशि-ताराहर- *'धूमायमान वह घूर्ण्य प्रसर धूसर समुद्र शशि-ताराहर'*	: चंद्रमा और तारों को डुबोनेवाला (अकाश)	**नि.र.**-1/304	तुलसीदास
शशिप्रभा-दृग- *'सिन्धु दूर, शशिप्रभा-दृग'*	: चाँद में प्रकाश पानेवाली प्रकृति की आँखों में	**नि.र.**-1/241	प्राण-धन को स्मरण करते
शशि-प्रेयसि- *'तुम शशि-प्रेयसि, प्रिय-परछाई'*	: चाँद की प्रिया पत्नी	**पं.ग्रं.**-1/303	तीन/ज्योत्स्ना
शशि बाला- *'छिपा रही थी मुख शशि बाला'*	: चाँद मानो अभिसार करके लौटती हुई नायिका हो	**पं.ग्रं.**-1/114	प्रथम रश्मि का आना रंगिणि!/वीणा
शशि-माधुरी- *'शरद की शशि-माधुरी अपार'*	: चंद्रमा की शीतलता, रम्यता	**नि.र.**-1/105	खोज और उपहार
शशि-मुख- *'शशि-मुख पर घूँघट डाले अंचल में दीप छिपाये'*	: चाँद की तरह सुन्दर चेहरा	**प्र.ग्रं.**-2/10	आँसू

शब्द- काव्य-पंक्ति	: अर्थ	ग्रंथावली/पृ.सं.	स्रोत/संदर्भ
शशि लाल- *'आग का-सा अँगार शशि लाल'*	: चंद्रमा का लालिमा से युक्त रूप	**पं.ग्रं.-1**/184	आँसू/पल्लव
शशि-लेखा- *'अंकित थी दिगंत अंबर में लिए मलिन शशि-लेखा'*	: चन्द्रमा की किरणें, चाँदनी	**प्र.ग्रं.-2**/139	कर्म/कामायनी
◆ *'लघु जलधर का सृजन हुआ था जिसको शशि-लेखा घेरे'*	: चाँदनी, चन्द्रकला	**प्र.ग्रं.-2**/226	निर्वेद/कामायनी
◆ *'ज्यों राहुग्रस्त-सी शशि-लेखा, जिस पर विषाद की विष-रेखा'*	: चाँद की कला, चाँदनी	**प्र.ग्रं.-2**/235	दर्शन/कामायनी
शशि-शतदल- *'शशि-शतदल का यह सुख विकास'*	: चाँद-रूपी श्वेत कमल	**प्र.ग्रं.-1**/310	कोमल कुसुमों की मधुर रात/लहर
शशि शावक- *'अहे तिमिर चरते शशि शावक'*	: चाँद मानो शावक (हिरण आदि के बच्चे की तरह) है	**पं.ग्रं.-1**/211	नक्षत्र/पल्लव
शशि-शोभित- *'नव-नव ऋतुमयि भू, शशि-शोभित'*	: चाँद की सुंदर उपस्थिति से शोभायमान	**पं.ग्रं.-2**/16	नव हे, नव हे/युगपथ
शशि हासिनि- *'मेरा मानस तो शशि हासिनि'*	: चन्द्रमा के रूप में अपनी हँसी बिखेरनेवाली (प्रकृति)	**पं.ग्रं.-1**/85	काला तो यह बादल है!/वीणा
शस्त्र यंत्र बन चले- *'शस्त्र यंत्र बन चले, न देखा जिनका सपना'*	: हथियारों को यंत्र बनाने की तकनीक का विकास किया	**प्र.ग्रं.-2**/203	संघर्ष/कामायनी
शस्त्र शास्त्र-रक्षा में पलते- *'स्वयं व्यस्त पर शांत बने-से शस्त्र शास्त्र-रक्षा में पलते'*	: शास्त्र की रक्षा के लिए शस्त्र को बढ़ावा देना, बलप्रयोग से अपनी बात मनवाना	**प्र.ग्रं.-2**/262	रहस्य/कामायनी
शस्य- *'शस्य, पशु या धान्य का होने लगा संचार'*	: फसल	**प्र.ग्रं.-2**/112	वासना/कामायनी
◆ *'उपल-दल/नष्ट जब करते हैं श्याम शस्य'*	: फसल	**नि.र.-1**/133	स्वाधीनता पर (2)
◆ *'शस्य अपार'*	: फसल	**नि.र.-1**/135	बादल-राग
◆ *'रण के अश्वों से शस्य सकल'*	: फसल	**नि.र.-1**/287	तुलसीदास
◆ *'निखिल शस्य पुष्प-निकर'*	: फसल	**पं.ग्रं.-1**/315	तीन/ज्योत्स्ना
शस्य शून्य- *'शस्य शून्य वसुधा का अंचल'*	: जब खेती-बारी की सभ्यता प्रारंभ नहीं हुई थी	**पं.ग्रं.-1**/192	अनंग/पल्लव
शस्य श्यामल भूमि- *'शस्य श्यामल भूमि में होती समाप्त अशांत'*	: हरी-भरी भूमि	**प्र.ग्रं.-2**/119	वासना/कामायनी
शस्य श्यामला- *'दारिद्र्य दलित बिलखाती हो यह शस्य श्यामला प्रकृति रमा'*	: हरी फसलों से भरी हुई	**प्र.ग्रं.-2**/176	इड़ा/कामायनी
शस्यावलि- *'सिहर उठी स्मित शस्यावलि में'*	: फसलें	**पं.ग्रं.-1**/192	अनंग/पल्लव
शांति जलद- *'नाथ, स्नेह की लता सींच दो, शान्ति जलद वर्षा कर दो'*	: शान्ति के जल से युक्त बादल	**प्र.ग्रं.-3**/418	तृतीय अंक/जन्मेजय का नाग-यज्ञ
शांति निलय- *'शोभामय शान्तिनिलय पाप ताप हारी'*	: शांत वातावरण वाला घर, मेरी जन्मभूमि शांत प्रकृतिवाली है	**नि.र.-1**/39	जन्मभूमि
शांति-पुंज- *'उस गुफा समीप पुआलों की छाजन छोटी-सी शांति-पुंज'*	: अत्यंत शांत स्थान	**प्र.ग्रं.-2**/164	ईर्ष्या/कामायनी
शांति-वारि- *'वरुणा द्रव होकर शांति-वारि शीतलता-सी भर ली थी'*	: शांति-रूपी जल	**प्र.ग्रं.-1**/296	जगती की मंगलमयी उषा बन/लहर

शब्द-	काव्य-पंक्ति	: अर्थ	ग्रंथावली/पृ.सं.	स्रोत/संदर्भ
शांति-सरोरुह-	*'पूर्ण काम के मानस में बस, शान्ति-सरोरुह खिलता है'*	: शान्ति-रूपी कमल का फूल	**प्र.ग्रं.-3**/206	द्वितीय अंक/विशाख
शाखा-कर-परिणय-माल-	*'काँपे पुनर्वार पृथ्वी शाखा-कर-परिणय-माल'*	: शाखा (डाली) रूपी हाथ में विवाह की जयमाला, फूलों से लदी शाखा	**नि.र.-1**/104	उद्‌बोधन
शात-	*'भुजों से भुज, कटि से कटि शात'*	: पतली (कमर)	**पं.ग्रं.-1**/258	मधुवन/गुंजन
शापित-	*'शापित न यहाँ है कोई तापित पापी न यहाँ है'*	: अभिशप्त, दुर्दशा को प्राप्त	**प्र.ग्रं.-2**/275	आनन्द/कामायनी
शायित-	*'अशनि-पात से शायित उन्नत शत-शत वीर'*	: गिरा, लेटा, लोटा हुआ	**नि.र.-1**/135	बादल-राग
शारद घन-	*'धवल स्मित जैसे शारद घन बीच में'*	: शरद् ऋतु के सफेद बादल	**प्र.ग्रं.-1**/226	रूप/झरना
शारद-शत-जीवन-	*'शारद-शत-जीवन की शरण न दो— वरण करो'*	: शतायु होना	**नि.र.-1**/241	शरत् के प्रति
शारदशशि-	*'तारिका तरल झलकती थी, अष्टमी के शारदशशि प्रान्त'*	: शरद् ऋतु का चाँद	**प्र.ग्रं.-1**/266	झील में/झरना
शारद हासिनि-	*'वह बैठी शारद हासिनि'*	: शरद ऋतु की स्वच्छ चाँदनी हँसती हुई मालूम पड़ रही है	**पं.ग्रं.-1**/269	चाँदनी/गुंजन
शारदा-	*'देखा, शारदा नील-वसना हैं सम्मुख स्वयं सृष्टि-रशना'*	: सरस्वती	**नि.र.-1**/303	तुलसीदास
शारदी कैरवी-	*'रही न अब शारदी कैरवी न तो मघा की फुहार कोकिल'*	: शरद् ऋतु की चाँदनी	**प्र.ग्रं.-4**/39	प्रथम अंक/स्कन्दगुप्त
शारदीय-	*'शारदीय चन्द्रिका दग्ध मरु के लिए'*	: शरद् ऋतु की	**नि.र.-1**/195	स्मृति-चुम्बन
शाल-	*'हुए रूख हरे शाल/हाय रे, मयूर-व्याल/पूँछ से जुड़े!'*	: एक वृक्ष	**नि.र.-1**/310	मित्र के प्रति
शाल-शाल-	*'डाल-डाल में, शाल-शाल में'*	: शाल के पेड़ों में	**पं.ग्रं.-1**/107	तब फिर कैसा होगा मात!/वीणा
शालियाँ बीन कर-	*'जब देखो बैठी हुई वहीं शालियाँ बीन कर नहीं श्रांत!'*	: धान चुन कर	**प्र.ग्रं.-2**/158	ईर्ष्या/कामायनी
शालियों-	*'पाकयज्ञ करना निश्चित कर/लगे शालियों को चुनने'*	: धान के दाने	**प्र.ग्रं.-2**/73	आशा/कामायनी
शालीनता-	*'मैं रति की प्रतिकृति लज्जा हूँ मैं शालीनता सिखाती हूँ'*	: संकोच और विनम्रता	**प्र.ग्रं.-2**/128	लज्जा/कामायनी
शावक-	*'यह क्यों क्या मिलते नहीं तुम्हें शावक के सुन्दर मृदुल चर्म'*	: पशु का बच्चा	**प्र.ग्रं.-2**/162	ईर्ष्या/कामायनी
शाश्वत-	*'द्वन्द्वों का उद्‌गम तो सदैव शाश्वत रहता वह एक मंत्र'*	: चिरस्थायी, सदैव रहनेवाला, रूप भले बदला हो मगर मूल वही रहे	**प्र.ग्रं.-2**/175	इड़ा/कामायनी
	◆ *'नश्वरता शाश्वत की'*	: सदा-सदा से मौजूद	**नि.र.-1**/179	रेखा 'ग'
	◆ *'इस धारा-सा ही जग का क्रम, शाश्वत इस जीवन का उद्‌गम'*	: चिरंतन, स्थिर, सदा रहनेवाला	**पं.ग्रं.-1**/276	नौका-विहार/गुंजन
शाश्वत नभ के गानों-	*'मैं भी कहने लगा, 'मैं रहूँ' शाश्वत नभ के गानों में'*	: आकाश स्थायी है, मनु को अब लग रहा है कि उसके शब्द-गुण में मैं भी स्वयं को शामिल कर लूँ, इससे जीवन के अमरत्व की इच्छा का एक सकारात्मक रूप भी प्रकट हो रहा है।	**प्र.ग्रं.-2**/70	आशा/कामायनी
शाश्वत विराम-	*'गीते मेरी, तज रूप-नान वर लिया अमर शाश्वत विराम'*	: अंतिम स्थायी विश्राम, मृत्यु	**नि.र.-1**/315	सरोज-स्मृति

शब्द- काव्य-पंक्ति	: अर्थ	ग्रंथावली/पृ.सं.	स्रोत/संदर्भ
शाश्वत-समुद्र-जग-मज्जन- *'शब्द अर्थ-भ्रम-भेद-निवारण, ध्वनि शाश्वत-समुद्र-जग-मज्जन'*	: नित्य के समुद्र में संसार का डूब जाना	**नि.र.**-1/240	आओ मधुर-सरण मानसि, मन
शासन की यह प्रगति- *'शासन की यह प्रगति सहज ही अभी रुकेगी'*	: राज्य का प्रशासनिक विकास-कार्य	**प्र.ग्रं.**-2/205	संघर्ष/कामायनी
शासनादेश घोषणा- *'यहाँ शासनादेश घोषणा विजयों की हुंकार सुनाती'*	: राजकीय आदेशों की घोषणा	**प्र.ग्रं.**-2/259	रहस्य/कामायनी
शास्ति- *'अटल शास्ति नित करते पालन!'*	: शासन, सत्ता	**पं.ग्रं.**-1/232	परिवर्तन/पल्लव
शाही दीवान-आम- *'शाही दीवान-आम स्तब्ध है हो रहा'*	: आम आदमी के लिए सभास्थल जहाँ बादशाह भी मौजूद होता था।	**नि.र.**-1/101	दिल्ली
शिंजन-मधुगुंजन- *'जहाँ मिलन शिंजन-मधुगुञ्जन युवक-युवति-जन मन हरता था'*	: भौंरों के गुंजार आभूषण की ध्वनि की तरह लग रहे थे	**नि.र.**-1/91	अनुताप
शिंजिनी- *'थी किस अनंग के धनु की वह शिथिल शिंजिनी दुहरी'*	: प्रत्यंचा, धनुष की डोरी	**प्र.ग्रं.**-2/12	आँसू
◆ *'नहीं, इसी से चढ़ी शिंजिनी अजगव पर प्रतिरोध भरी'*	: धनुष की डोरी, प्रत्यंचा	**प्र.ग्रं.**-2/192	स्वप्न/कामायनी
शिंजिनी-सी- *'चढ़ी शिंजिनी-सी, खींचा फिर उसने जीवन-धनु को'*	: धनुष की डोरी के समान	**प्र.ग्रं.**-2/133	कर्म/कामायनी
शिक्षाकर- *'शिक्षा दो, हे शिक्षाकर'*	: शिक्षा+ आकर, शिक्षा के भांडार	**पं.ग्रं.**-1/86	द्वार भिखारी आया है /वीणा
शिखी- *'मुग्ध शिखी के नृत्य मनोहर'*	: मोर	**पं.ग्रं.**-1/213	बादल/पल्लव
शिखी-शावक- *'देख वारिद की धूमिल छाँह शिखी-शावक क्यों होता भ्रांत'*	: मोर के बच्चे	**म.सा.**-1/157	नींद में सपना बन अज्ञात /रश्मि
शिथिल- *'शिथिल वेणी-बंध खोले,'*	: ढीले	**म.सा.**-1/290	जाग जाग सुकेशिनी री! /सांध्य गीत
शिथिल आह- *'इस शिथिल आह से खिंचकर तुम आओगे-आओगे;'*	: दर्द से थकी साँस की ध्वनि	**प्र.ग्रं.**-2/27	आँसू
शिथिल कवरी- *'हौले झरें शिथिल कवरी में गूँथे हर शृंगार कामिनी'*	: ढीली-ढाली चोटी	**म.सा.**-1/196	आ मेरी चिर मिलन-यामिनी!/नीरजा
शिथिल कारा- *'अब अलस बंदी युगों का— ले उड़ेगा शिथिल कारा!'*	: मानो कारावास की जड़ता टूट जाएगी	**म.सा.**-1/282	कीर का प्रिय आज... /सांध्य गीत
शिथिल चरण- *'रञ्जित कर दे यह शिथिल चरण ले नव अशोक का अरुण राग'*	: संकोच में पड़े कदम	**म.सा.**-1/257	जाने किस जीवन की सुधि ले/सांध्य गीत
शिथिल दर्शन- *'शिथिल दर्शन! ज्ञान जृम्भ के अलस!'*	: गतिहीन दार्शनिक बातें	**पं.ग्रं.**-1/135	ग्रन्थि
शिथिल मृदुल अंचल- *'सिहर भरे निज शिथिल मृदुल अंचल को अधरों से पकड़ो'*	: आँचल शिथिल और मृदुल है, इसमें संकेत उरोजों की तरफ है	**प्र.ग्रं.**-1/291	निज अलकों के.../लहर
शिथिल वसन- *'भुज मूलों में, शिथिल वसन की व्यस्त न होती है अब माप'*	: अस्त-व्यस्त वस्त्र, रति-कर्म में वस्त्रों का खुल जाना	**प्र.ग्रं.**-2/57	चिंता/कामायनी
◆ *'स्वप्निल मन, तन्द्रिल तन, शिथिल वसन भाया'*	: अस्त-व्यस्त पोशाक, छाया की पोशाक मानो रूप बदल रही है	**पं.ग्रं.**-1/286	एक/ज्योत्स्ना
शिथिल शयन- *'शिथिल शयन सम्भोग दलित कवरी के कुसुम सदृश कैसे'*	: रति के आलस्य से शयन करना	**प्र.ग्रं.**-1/247	कहो/झरना

शब्द-	काव्य-पंक्ति	: अर्थ	ग्रंथावली/पृ.सं.	स्रोत/संदर्भ
शिथिल शिंजिनी दुहरी-	*'थी किस अनंग के धनु की वह शिथिल शिंजिनी दुहरी'*	: ढीली लेकिन दुहरी प्रत्यंचा	**प्र.ग्रं.**-2/12	आँसू
शिथिल सुरभि-	*'तब शिथिल सुरभि से धरणी में बिछलन न हुई थी? सच कहना'*	: मकरन्द की धीमी मादक सुगन्ध, सुरा-सुरभित साँसें	**प्र.ग्रं.**-2/97	काम/कामायनी
शिथिल हँसी-	*'वह शिथिल हँसी की सजल जाल'*	: स्थिर भाव से टिकी मुस्कुराहट	**प्र.ग्रं.**-1/310	कोमल कुसुमों की मधुर रात/लहर
शिथिलाई-	*'डूबा जग भूला तन मन/आँखें शिथिलाई सिहरीं'*	: शिथिल पड़ जाना, होश खो बैठना	**म.सा.**-1/53	इन हीरक से तारों को /नीहार
शिथिलित शरीर-	*'मृग डाल दिया, फिर धनु को भी मनु बैठ गये शिथिलित शरीर'*	: थके शरीर को ढीला छोड़ देना	**प्र.ग्रं.**-2/159	ईर्ष्या/कामायनी
शिर-	*'किन्तु उसी ने ला टकराया/इस उत्तर-गिरि के शिर से,'*	: चोटी, शिखर	**प्र.ग्रं.**-2/62	चिंता/कामायनी
शिरस्त्रय-	*'ताड़का, सुबाहु, विराध, शिरस्त्रय, दूषण, खर;'*	: एक राक्षस	**नि.र.**-1/331	राम की शक्ति-पूजा
शिरस्त्राण-	*'उर के आसन पर शिरस्त्राण शासन करते हैं मुसलमान'*	: सिर की रक्षा करने के लिए	**नि.र.**-1/281	तुलसीदास
शिराओं-	*'शिराओं में उर की अज्ञात'*	: रग-रग में	**पं.ग्रं.**-1/177	पल्लव/पल्लव
शिरीष-	*'जब शिरीष की मधुर गंध से मान-भरी मधु ऋतु रातें'*	: सिरस के फूल, अतिशय सुकुमार और मीठी सुगंध से युक्त होते हैं ये फूल	**प्र.ग्रं.**-2/187	स्वप्न/कामायनी
शिरीष-कोमल-	*'हीरे-सा हृदय हमारा कुचला शिरीष-कोमल ने'*	: शिरीष का फूल सर्वाधिक कोमल माना जाता है	**प्र.ग्रं.**-2/15	आँसू
शिरीष-प्रसून-	*'क्या शिरीष-प्रसून से कुम्हलाएँगे यह साज मेरे?'*	: सर्वाधिक कोमल फूल माना गया है शिरीष को	**म.सा.**-1/215	कमलदल पर किरण अंकित/नीरजा
शिरीष सुमन-सा-	*'उस मृदुल शिरीष सुमन-सा मैं प्रात धूल में मिलता'*	: शिरीष के फूल की तरह	**प्र.ग्रं.**-2/16	आँसू
शिला की शीतल छाँह-	*'हिम गिरि के उत्तुंग शिखर पर, बैठ शिला की शीतल छाँह,'*	: चट्टान की शीतल छाया अर्थात् आश्रय प्राप्त हुआ	**प्र.ग्रं.**-2/51	चिंता/कामायनी
शिला-खण्ड-चय-	*'आज ढहाते शिला-खण्ड-चय देख'*	: पत्थर के टुकड़ों का समूह (चय)	**नि.र.**-1/84	धारा
शिला चरण-	*'नीरवता-सी शिला चरण से टकराता फिरता पवमान'*	: पर्वत के निचले हिस्से से	**प्र.ग्रं.**-2/51	चिंता/कामायनी
शिलामय हृदय-	*'स्वप्न-सुख मेरा शिलामय हृदय में'*	: कठोर मन, जो हृदय ठोकर खाकर पत्थर हो गया है	**पं.ग्रं.**-1/139	ग्रन्थि
शिलालग्न-	*'थे चमक रहे दो खुले नयन, ज्यों शिलालग्न अनगढ़े रतन'*	: पत्थर में जड़े हुए	**प्र.ग्रं.**-2/242	दर्शन/कामायनी
शिला-संधियों-	*'शिला-सन्धियों में टकराकर पवन भर रहा था गुंजार,'*	: चट्टानों के बीच की जगह से हवा का गुजरना संगीत उत्पन्न करता है।	**प्र.ग्रं.**-2/72	आशा/कामायनी
शिलोच्चय-	*'शिलोच्चय के गौरव संघात'*	: शिला+उच्चय, शिलाओं का समूह, पर्वत	**पं.ग्रं.**-1/203	निर्झर गान/पल्लव
शिल्पि सुजात-	*'छा दिये तूने, शिल्पि सुजात'*	: जन्मजात कारीगर, शिल्प-कर्म की जन्मजात प्रतिभा (पक्षियों में है)	**पं.ग्रं.**-1/266	विहग के प्रति/गुंजन

शब्द- काव्य-पंक्ति	: अर्थ	ग्रंथावली/पृ.सं.	स्रोत/संदर्भ
शिव- *'तुम शिव हो, मैं हूँ शक्ति'*	: प्रकृति-पुरुष से बनी सृष्टि, कल्याण, सृष्टि का मूलाधार	**नि.र.**-1/50	तुम और मैं
◆ *'लोक सेवा में शिव अविकार'*	: कल्याण का ईश्वरीय रूप, शिव	**पं.ग्रं.**-1/229	परिवर्तन/पल्लव
शिव अनुचर- *'नित्य सर्व शिव अनुचर'*	: भगवान शंकर के अनुयायी (भूत, प्रेत आदि)	**पं.ग्रं.**-1/335	चार/ज्योत्स्ना
शिशिर- *'मिलनातुर कल्पनाएँ शरत्-हेमन्त-शिशिर-पिकप्रिय-वसन्त की'*	: हेमंत के बाद की ऋतु— जाड़ा	**नि.र.**-1/207	कवि
शिशिर-कण की सेज- *'सो रही थी शिशिर-कण की सेज पर विश्रांत'*	: बिखरी हुई ओस, ओस की बूँदों से बनी शय्या	**प्र.ग्रं.**-2/116	वासना/कामायनी
शिशिरकण पूरित- *'है हृदय शिशिरकण पूरित मधु वर्षा से शशि! तेरी'*	: ओस (प्रेमानुभव) की बूँदों से भरा	**प्र.ग्रं.**-2/18	आँसू
शिशिर-कणों- *'शिशिर-कणों से लदी हुई, कमली के भींगे हैं सब तार'*	: ओसकण	**प्र.ग्रं.**-1/225	खोलो द्वार/झरना
शिशिर-काल- *'शिशिर-काल की क्षीण-स्रोत वह जो हिमतल में जम जाये'*	: शीत ऋतु, माघ-फाल्गुन का महीना	**प्र.ग्रं.**-2/185	स्वप्न/कामायनी
शिशिर का श्वान- *'भूँकता सिड़ी शिशिर का श्वान'*	: कामातुर कुत्ता	**पं.ग्रं.**-1/227	परिवर्तन/पल्लव
शिशिर-धौत- *'सजल शिशिर-धौत पुष्प ज्यों प्रात में'*	: शिशिर ऋतु के ओसकणों से धुला हुआ	**नि.र.**-1/326	प्रेयसी
शिशिर निशीथ- *'दबी शिशिर निशीथ में ज्यों ओस भार नवीन'*	: जाड़े की रात	**प्र.ग्रं.**-2/119	वासना/कामायनी
शिशिर-बिंदु- *'शिशिर-बिन्दु रस-सिन्धु बहाता सुन्दर'*	: ओस-कण	**नि.र.**-1/76	कविता
शिशिर-बिंदु-श्रम- *'द्रुम-ललाट से प्रतिपल झरते शिशिर-बिन्दु-श्रमशिथिल सकाल'*	: ओस-कण ऐसे झर रहे हैं मानों परिश्रम से पसीना चू रहा हो	**नि.र.**-1/193	वसन्त-समीर
शिशिर-भार-व्याकुल- *'शिशिर-भार-व्याकुल कुल खुले फूल झुके हुए'*	: शिशिर (ओसकण) के भार से व्याकुल (लदे हुए)	**नि.र.**-1/148	जागो फिर एक बार
शिशिर-यामिनी- *'विरह-परी-सी खड़ी कामिनी व्यर्थ बह गयी शिशिर-यामिनी'*	: जाड़े की रात	**नि.र.**-1/211	बह चली अब अलि, शिशिर-समीर!
शिशिर-समीर- *'बह चली अब अलि, शिशिर-समीर!'*	: जाड़े की हवा	**नि.र.**-1/211	बह चली अब अलि, शिशिर-समीर!
शिशिर-सुगंध-नीर- *'गिरते वन शिशिर-सुगंध-नीर'*	: शिशिर ऋतु के सुवासित जलकण, ओसकण	**प्र.ग्रं.**-1/310	कोमल कुसुमों की मधुर रात/लहर
शिशु-उर- *'शिशु-उर पल-पल, हरते छल-छल!'*	: बच्चों के मन को	**पं.ग्रं.**-1/307	तीन/ज्योत्स्ना
शिशु के दर्पण में- *'शिशु के दर्पण में देख देख मैंने सुलझाए तिमिर-केश'*	: शाम में निकला चाँद	**म.सा.**-1/255	क्यों वह प्रिय आता पार नहीं?/सांध्य गीत
शिशु चित्रकार- *'शिशु चित्रकार चंचलता में कितनी आशा चित्रित करते!'*	: मन-रूपी बालक चित्रकार	**प्र.ग्रं.**-2/98	काम/कामायनी
शिशु साल- *'मधु-पवन-क्रीड़ित ज्यों शिशु साल सुशोभित हो सौरभ संयुक्त'*	: साल का छोटा पेड़	**प्र.ग्रं.**-2/84	श्रद्धा/कामायनी

शब्द- काव्य-पंक्ति	: अर्थ	ग्रंथावली/पृ.सं.	स्रोत/संदर्भ
शीकर- *'वह मधु-शीकर निर्झर झरती झरने को'*	: वायु-प्रेरित जलकण, फुहार	**नि.र.-1**/301	तुलसीदास
शीत अधरों- *'क्या न इसके शीत अधरों से लगाई अमर ज्वाला?'*	: दीप की बाती जो अभी जलाई नहीं गयी है, दीप के अधर (बाती) मानो अभी शीतल हैं।	**म.सा.-1**/251	क्या न तुमने दीप बाला?/सांध्य गीत
शीतकर- *'शीतकर शत शत उदय होने लगे'*	: चन्द्रमा, शीतल किरणों (हाथों) वाला	**प्र.ग्रं.-1**/257	मिलन/झरना
शीतल किरण- *'है चन्द्र हृदय में बैठा उस शीतल किरण सहारे'*	: प्रिया की स्मृति के सहारे	**प्र.ग्रं.-2**/22	आँसू
शीतल खेल- *'विश्व में ऐसा शीतल खेल हृदय में जलन रहे, क्या बात'*	: (होली का खेल) मानो मन को ठंडक पहुँचाता है (इसे पानी से खेलते भी हैं)	**प्र.ग्रं.-1**/265	होली की रात/झरना
शीतलच्छाय- *'भारत के नभ का प्रभापूर्य शीतलच्छाय सांस्कृतिक सूर्य'*	: शीतल छायावाला; सूर्य चूँकि संस्कृति का है, अत: शीतल छाया देनेवाला है	**नि.र.-1**/281	तुलसीदास
शीतल छाँह- *'हिम गिरि के उत्तुंग शिखर पर, बैठ शिला की शीतल छाँह,'*	: शीतल छाया, सहारा	**प्र.ग्रं.-2**/51	चिंता/कामायनी
शीतल ज्वाला- *'शीतल ज्वाला जलती है ईंधन होता दृग जल का'*	: प्रेम की पीड़ा की ठंडी आग	**प्र.ग्रं.-2**/4	आँसू
शीतल तममय- *'ओ पागल संसार माँग न तू हे शीतल तममय'*	: प्रेम की अग्नि के अभाव में संसार का ठंडा और अँधेरा रूप	**म.सा.-1**/175	ओ पागल संसार!/नीरजा
शीतलता का भार- *'चलता है पश्चिम का मारुत, लेकर शीतलता का भार'*	: ठण्ड का भार (लिये पछुआ हवा)	**प्र.ग्रं.-1**/225	खोलो द्वार/झरना
शीतलता ठंडक पाती हो- *'वह कौंध कि जिसमें अंतर की शीतलता ठंडक पाती हो'*	: शान्ति को और निश्चिन्तता मिलती हो	**प्र.ग्रं.-2**/126	लज्जा/कामायनी
शीतल दाह- *'जीवन! जीवन! की पुकार है खेल रहा है शीतल दाह;'*	: ठण्डी ज्वाला, प्रलय ने प्राणलेवा संताप दिया है जो अभी भी मनु के मन में मौजूद है।	**प्र.ग्रं.-2**/70	आशा/कामायनी
शीतल पवन- *'जिसमें शीतल पवन गा रहा पुलकित हो पावन उद्गीथ'*	: सुखद वायु	**प्र.ग्रं.-2**/76	आशा/कामायनी
शीतल प्यार- *'वह जलती छाती न रही अव वैसा शीतल प्यार नहीं'*	: सुखद एवं शीतल प्रेम की भावना	**प्र.ग्रं.-2**/187	स्वप्न/कामायनी
शीतल प्राण- *'शीतल प्राण धधक उठता है तृषा-तृप्ति के मिस से'*	: शांत मन, कामोत्तेजना से रहित मन	**प्र.ग्रं.-2**/154	कर्म/कामायनी
शीतल शोक- *'किस समाधि पर बरसे आँसू, किसका है यह शीतल शोक'*	: गहरा दु:ख	**प्र.ग्रं.-3**/319	तृतीय अंक/अजातशत्रु
शीतानल- *'मूर्छित आतप, शीतानल'*	: शीत+अनल, आग मानो ठण्डी हो गयी हो	**पं.ग्रं.-1**/211	नक्षत्र/पल्लव
शीर्ण- *'जीर्ण बाहु, है शीर्ण शरीर'*	: दुबला, सूखा (शरीर)	**नि.र.-1**/136	बादल-राग
◆ *'दीनता के अंक पर शीर्ण था पड़ा हुआ'*	: टूटा-फूटा	**नि.र.-1**/180	रेखा 'ग'
◆ *'सविरत प्रवाह में शीर्ण एक ताल पर'*	: कुम्हलाया हुआ	**नि.र.-1**/187	'सरोज' के प्रति
◆ *'वह खड़ी शीर्ण प्रिय-भाव-मग्न निरुपमिता'*	: कृश, कमजोर	**नि.र.-1**/302	तुलसीदास

शब्द- काव्य-पंक्ति	: अर्थ	ग्रंथावली/पृ.सं.	स्रोत/संदर्भ
◆ *'हे स्रस्त ध्वस्त, हे शुष्क शीर्ण!'*	: टूटा-फूटा, पतनशील	**पं.ग्रं.-2**/7	द्रुत झरो जगत के जीर्ण पत्र/युगपथ
◆ *'साह्लाद, शिशिर का शीर्ण पात!'*	: टूटने की हद तक कमजोर	**पं.ग्रं.-2**/8	झर पड़ता जीवन-डाली से/युगपथ
शीर्ण-काय-कारण- *'है शीर्ण-काय-कारण हिम अरि;'*	: क्षीण शरीर का कारण (सूर्य है)	**नि.र.-1**/285	तुलसीदास
शील- *'मिला था स्वर्ण-भूमि को रत्न शील की सिंहल को थी सृष्टि'*	: आचरण का बृहत्तर रूप	**प्र.ग्रं.-4**/139	पंचम अंक/स्कन्दगुप्त
शील निधि- *'शील निधि का यह सुढर मोती है'*	: अच्छे स्वभाव-व्यवहार का खजाना	**प्र.ग्रं.-1**/270	देवबाला/झरना
शीश-फूल- *'तारकमय नव वेणीबंधन शीश-फूल कर शशि का नूतन'*	: वसंतबाला ने शीश-फूल (मँगटीका) की तरह चाँद को सजा रखा है।	**म.सा.-1**/168	धीरे-धीरे उतर क्षितिज से/नीरजा
शुक-नासा- *'विनत शुक-नासा का धर ध्यान'*	: तोते की चोंच की तरह लंबी और नुकीली नाक	**पं.ग्रं.-1**/257	मधुवन/गुंजन
शुक्ति- *'वह एक भुक्ति, ज्यों मिली शुक्ति से मुक्ता'*	: सीप	**नि.र.-1**/295	तुलसीदास
◆ *'शुक्ति के हृदय से बन/मुक्ता झलके'*	: सीप	**नि.र.-1**/314	मित्र के प्रति
शुक्र- *'इस उदित शुक्र की छाया में'*	: शुक्र ग्रह जो तारा की तरह शाम में ठगा हुआ दिखता है।	**प्र.ग्रं.-2**/350	आवरण/असंकलित कविताएँ
◆ *'वह शुद्ध, प्रबुद्ध, शुक्र वह सम'*	: शुक्र ग्रह जो तारे की तरह चमकता हुआ पश्चिम दिशा में शाम को अकेला उगता है।	**पं.ग्रं.-1**/268	एक तारा/गुंजन
◆ *'सामने शुक्र की छवि झलमल, पैरती परी-सी जल में कल'*	: शुक्र ग्रह जो तारा की तरह पश्चिम दिशा में उगता है	**पं.ग्रं.-1**/275	नौका-विहार/गुंजन
शुक्र की छाया में- *'उद्बुद्ध क्षितिज की श्याम छटा इस उदित शुक्र की छाया में;'*	: उगे हुए शुक्र तारा (ग्रह) के प्रकाश में	**प्र.ग्रं.-2**/101	काम/कामायनी
शुचि- *'शुचि चन्दन-वन्दन-सुन्दर,/मन्दर-सज्जित;'*	: पवित्र, स्वच्छ	**नि.र.-1**/146	प्रार्थना
◆ *'वीचियाँ ही अगनित शुचि सच्चिदानन्द की'*	: पवित्र	**नि.र.-1**/184	जागरण
◆ *'शुचि सरल सौन्दर्य के अनुपम पावन स्वरूप'*	: पवित्र	**नि.र.-1**/186	जागरण
◆ *'धोता शुचि चरण युगल/स्तव कर बहु-अर्थ-भरे'*	: पवित्र	**नि.र.-1**/246	भारति, जय, विजयकरे!
◆ *'पी प्रचुर रचनामृत शुचि सोम, सुरति की मूर्ति, प्राण मख होम'*	: पवित्र	**नि.र.-1**/269	तपा जब यौवन का दिनकर
◆ *'जिस शुचि प्रकाश का सौर-जगत् रुचि-रुचि में खुला, असत् भी सत्'*	: पवित्र	**नि.र.-1**/293	तुलसीदास
◆ *'जीवन-समीर-शुचि-निःश्वसना, वरदात्री'*	: पवित्र	**नि.र.-1**/303	तुलसीदास
◆ *'अये मुक्त! शुचि मुक्ता दो'*	: पवित्र, निर्मल, स्वच्छ	**पं.ग्रं.-1**/86	द्वार भिखारी आया है /वीणा
◆ *'सजनि! कहाँ शुचि जन्मस्थान'*	: पवित्र	**पं.ग्रं.-1**/197	स्वप्न/पल्लव
शुचि आँसुओं- *'मिलती शुचि आँसुओं की सरिता'*	: निश्छल भावनाओं से युक्त प्रेम के आँसू	**म.सा.-1**/130	इन आँखों ने देखी न राह कहीं/रश्मि

शब्द- काव्य-पंक्ति	: अर्थ	ग्रंथावली/पृ.सं.	स्रोत/संदर्भ
शुचि उलूक- *'शुचि उलूक, अब हुआ त्रिहान'*	: (नक्षत्र मानो) उज्ज्वल या सफेद उल्लू की तरह रात भर देखते रहते हैं।	**पं.ग्रं.**-1/211	नक्षत्र/पल्लव
शुचितर- *'पूरे कर शुचितर सपर्याय/जीवन के अष्टादशाध्याय'*	: अधिक पवित्र	**नि.र.**-1/315	सरोज-स्मृति
शुचिता- *'शुचिता से इस कुहक-जाल को तोड़ना'*	: पवित्रता	**प्र.ग्रं.**-3/195	प्रथम अंक/विशाख
◆ *'मैं शुचिता सरल समृद्धि'*	: पवित्रता	**नि.र.**-1/49	तुम और मैं
शुचिते- *'शुचिते, पहनाकर चीनांशुक रख सका न तुझे अतः दधिमुख'*	: बेटी को संबोधन, पवित्र भाव वाली बेटी	**नि.र.**-1/316	सरोज-स्मृति
शुचि दुलार- *'हे सौम्य! इड़ा का शुचि दुलार हर लेगा तेरा व्यथा भार'*	: पावन और स्नेहपूर्ण व्यवहार	**प्र.ग्रं.**-2/240	दर्शन/कामायनी
शुचिदृष्टि- *'शुचिदृष्टि मूक रस-सृष्टि को'*	: पवित्र दृष्टि	**नि.र.**-1/325	प्रेयसी
शुचि फूल- *'मधु की बूँदों में छलके जब तारक लोकों के शुचि फूल'*	: पवित्र/उज्ज्वल फूल की तरह दिखते हैं तारे	**म.सा.**-1/30	रजत करों की मृदुल तूलिका/नीहार
शुचि बात- *'तारक लोकों की शुचि बात?'*	: सुन्दर या पवित्र बातें	**पं.ग्रं.**-1/198	स्वप्न/पल्लव
शुचि वाहन- *'वे वासव के शुचि वाहन'*	: सुन्दर सवारी	**पं.ग्रं.**-1/90	ये तो हैं नादान नयन! /वीणा
शुचि शयनागार- *'वह किसका शुचि शयनागार!'*	: सुन्दर या निर्दोष शयन कक्ष	**पं.ग्रं.**-1/198	स्वप्न/पल्लव
शुचिसंधि- *'स्वर्ग की वसुधा से शुचिसंधि गूँजता था जिससे संसार'*	: पवित्र गठजोड़, आध्यात्मिक भावों का आदान-प्रदान	**प्र.ग्रं.**-1/294	अरी वरुणा की शांत कछार/लहर
शुचि सर- *'दिखा सकता है क्या शुचि सर'*	: सुन्दर सरोवर	**पं.ग्रं.**-1/95	बताऊँ मैं कैसे सुन्दर! /वीणा
शुचि सानु शरीर- *'अचल हिमालय का शोभनतम लता कलित शुचि सानु शरीर,'*	: पर्वत का सुन्दर सानु प्रदेश, पर्वत की ऊँचाई पर समतल स्थान को 'सानु' कहते हैं।	**प्र.ग्रं.**-2/71	आशा/कामायनी
शुचि हिमजल- *'मोती-सा शुचि हिमजल है,'*	: पवित्र ओस की बूँदें, निर्मल	**पं.ग्रं.**-1/85	काला तो यह बादल है!/वीणा
शुद्ध नाद- *'शुद्ध नाद था बड़ा सुरीला, कोई विकृति न थी उसमें'*	: ईश्वरीय विषय	**प्र.ग्रं.**-3/377	द्वितीय अंक/जन्मेजय का नाग-यज्ञ
शुद्ध बुद्ध आत्मा- *'तुम शुद्ध बुद्ध आत्मा केवल, हे चिर पुराण, हे चिर नवीन'*	: पवित्रता और बोध से युक्त आत्मा	**पं.ग्रं.**-2/24	बापू के प्रति/युगपथ
शुभ इच्छा- *'तुम समझ न सको, बुराई से शुभ इच्छा की है बड़ी शक्ति'*	: मंगल कामना (एक बड़ी शक्ति है)	**प्र.ग्रं.**-2/177	इड़ा/कामायनी
शुभाकांक्षिणी- *'सावधान! मैं शुभाकांक्षिणी और कहूँ क्या'*	: भलाई चाहनेवाली (इड़ा)	**प्र.ग्रं.**-2/203	संघर्ष/कामायनी
शुभ्र-किरण-वसना- *'कौन तुम शुभ्र-किरण-वसना'*	: सफेद किरणों की साड़ी पहने हुए	**नि.र.**-1/221	कौन तुम शुभ्र-किरण -वसना?
शूद्रगण- *'शूद्रगण क्षुद्र-जीवन-सम्बल, पुर-पुर में'*	: शूद्र वर्ण की जातियाँ	**नि.र.**-1/287	तुलसीदास
शून्य- *'वेदना की वीणा पर देव/शून्य गाता हो नीरव राग'*	: आकाश	**म.सा.**-1/50	थकी पलकें सपनों पर डाल/नीहार
◆ *'शून्य से टकरा कर सुकुमार/करेगी पीड़ा हाहाकार'*	: आकाश, अंतरिक्ष, अज्ञात	**म.सा.**-1/58	शून्य से टकरा कर सुकुमार/नीहार
◆ *'हो गया दिव की हँसी से/शून्य में सुरचाप अंकित'*	: आकाश	**म.सा.**-1/254	अश्रु मेरे माँगने जब /सांध्य गीत

शब्द-	काव्य-पंक्ति	: अर्थ	ग्रंथावली/पृ.सं.	स्रोत/संदर्भ
शून्य आँगन-	*'एकरस तम से भरा है/एक मेरा शून्य आँगन'*	: मेरा एकाकीपन या एकांत	**म.सा.-1**/274	आज मेरे नयन के तारक.../सांध्य गीत
शून्य काल-	*'शून्य काल के पुलिनों पर जाकर चुपके से मौन'*	: समय की सीमा से मुक्त, जिस पर समय का बंधन लागू न होता हो।	**म.सा.-1**/112	किन उपकरणों का दीपक /रश्मि
शून्य क्षितिज-	*'आती है शून्य क्षितिज से क्यों लौट प्रतिध्वनि मेरी'*	: मन का सूनापन क्षितिज में आभासित हो रहा है	**प्र.ग्रं.-2**/3	आँसू
शून्य गगन-	*'प्रथम गान तब शून्य गगन में'*	: (जब पहली बार कोई गीत गूँजा होगा) सूने आकाश में	**पं.ग्रं.-1**/192	अनंग/पल्लव
शून्य चीर-	*'किस लक्ष्य-भेद को शून्य चीर'*	: आकाश को चीरकर, अमूर्त को चीरकर	**प्र.ग्रं.-2**/171	इड़ा/कामायनी
शून्य जृंभा-	*'शून्य जृम्भा मात्र निद्रित बुद्धि की'*	: महज जम्हाई (की तरह है ज्ञान)	**पं.ग्रं.-1**/138	ग्रन्थि
शून्य नभ-	*'शून्य नभ पर उमड़ जब दुखभार सी'*	: सूने आकाश में	**म.सा.-1**/113	कुमुद-दल से वेदना के दाग को/रश्मि
शून्य प्रांत-	*'कह, ज्वलनशील अंतर लेकर मनु चले गये, था शून्य प्रांत'*	: उदासी से भरा स्थान	**प्र.ग्रं.-2**/168	ईर्ष्या/कामायनी
शून्य बना-	*'इनके विकार सा ही बनकर, मैं शून्य बना सत्ता खोकर'*	: खोखला हो जाना, अस्तित्वविहीन हो जाना	**प्र.ग्रं.-2**/244	दर्शन/कामायनी
शून्य मंदिर-	*'शून्य मंदिर में बनूँगी आज मैं प्रतिमा तुम्हारी!'*	: आकाश या मन के सूनेपन में	**म.सा.-1**/258	शून्य मंदिर में बनूँगी... /सांध्य गीत
शून्य में-	*'कलियों के उच्छ्वास शून्य में ताने एक वितान'*	: आकाश में	**म.सा.-1**/39	चाहता है यह पागल प्यार/नीहार
शून्य रागमय-	*'जिस मुरली के निस्वन से यह शून्य रागमय होता'*	: रागमय ध्वनि से युक्त आकाश (सूना मन)	**प्र.ग्रं.-2**/277	आनन्द/कामायनी
शून्य लोक-	*'हँस पड़ा गगन वह शून्य लोक'*	: उजड़ा हुआ सुनसान सारस्वत प्रदेश	**प्र.ग्रं.-2**/181	इड़ा/कामायनी
शून्य विश्व-	*'शून्य विश्व के उर में केवल'*	: रात के सन्नाटे में संसार शून्य की तरह लग रहा था	**पं.ग्रं.-1**/114	प्रथम रश्मि का आना रंगिणि!/वीणा
शून्य शय्या-	*'शून्य शय्या में, श्रमित अपार'*	: खाली बिछावन, बिस्तर के अकेलेपन में	**पं.ग्रं.-1**/196	मौन निमन्त्रण/पल्लव
शून्य हृदय-	*'शून्य हृदय को नवल राग रंजित किया'*	: सूना और उदास मन	**प्र.ग्रं.-1**/224	प्रथम प्रभात/झरना
	◆ *'पाकर इस शून्य हृदय को/सबने आ डेरा डाला'*	: हृदय मानो सूने आकाश की तरह खाली हो गया था	**प्र.ग्रं.-2**/7	आँसू
शून्यता का उजड़ा-सा राज-	*'वायु की भटकी एक तरंग, शून्यता का उजड़ा-सा राज'*	: मनु स्वयं को सन्नाटे के उजड़े हुए साम्राज्य की तरह बता रहे हैं	**प्र.ग्रं.-2**/86	श्रद्धा/कामायनी
शून्यता में शून्य का अभिमान-	*'शून्यता में शून्य का अभिमान ही मुझको बनाता!'*	: अपने खालीपन/एकाकीपन में एकांत का आत्मगौरव, वेदना से लगाव	**म.सा.-1**/268	मैं किसी की मूक छाया हूँ.../सांध्य गीत
शून्यते-	*'आह शून्यते! चुप होने में क्यों अब इतनी चतुर हुई;'*	: अपने जीवन के सूनेपन से मनु बात कर रहे हैं, शून्य को संबोधन	**प्र.ग्रं.-2**/78	आशा/कामायनी

शब्द- काव्य-पंक्ति	: अर्थ	ग्रंथावली/पृ.सं.	स्रोत/संदर्भ
शून्य-भेदिनी- *'अंतर्निनाद ध्वनि से पूरित, थी शून्य-भेदिनी सत्ता चित्'*	: शून्यता(अंधकार या असत्) को भेद डालनेवाली (शिव की सत्ता)	**प्र.ग्रं.**-2/246	दर्शन/कामायनी
शून्य-सार- *'इतना अनंत था शून्य-सार, दीखता न जिसके परे पार'*	: रिक्तता का प्रसार	**प्र.ग्रं.**-2/245	दर्शन/कामायनी
शूल अक्षत- *'हुए शूल अक्षत मुझे धूलि चंदन!'*	: मेरे पुलकित रोएँ मानो अक्षत (पूजा का चावल) का काम कर रहे हैं	**म.सा.**-1/321	हुए शूल अक्षत मुझे धूलि चंदन/दीप-शिखा
शूलों से श्रृंगार न कर- *'जाना कलियों के देश तुझे तो शूलों से श्रृंगार न कर!'*	: दु:ख का भावबोध लेकर मत जाओ	**म.सा.**-1/226	कहता जग दु:ख को प्यार न कर!/नीरजा
श्रृंखलित गाने- *'श्रृंखलित गाने में क्या छन्द?'*	: क्रमिक गीत, क्रमबद्ध गायन, गानों की कड़ी	**नि.र.**-1/142	स्मृति
श्रृंग- *'या कि, नव इन्द्रनील लघु श्रृंग फोड़ कर धधक रही हो कांत;'*	: पर्वत की चोटी	**प्र.ग्रं.**-2/84	श्रद्धा/कामायनी
◆ *'बिखरे थे सब उपकरण वहीं आयुध, प्रत्यंचा, श्रृंग, तीर'*	: सींग, नुकीली सींगों का उपयोग हथियार की तरह किया जाता था	**प्र.ग्रं.**-2/159	ईर्ष्या/कामायनी
◆ *'श्रृंग और डमरू निनाद बस सकल विश्व में बिखर उठा सा'*	: सींग से निर्मित बाजा, सिंगी, सींगी, यह शिव को प्रिय है	**प्र.ग्रं.**-2/263	रहस्य/कामायनी
◆ *'हिमाद्रि तुंग श्रृंग से प्रबुद्ध शुद्ध भारती'*	: चोटी	**प्र.ग्रं.**-4/290	चतुर्थ अंक/चन्द्रगुप्त
◆ *'तुम तुंग-हिमालय-श्रृंग'*	: चोटी, शिखर	**नि.र.**-1/49	तुम और मैं
◆ *'श्रृंग के निर्मल नाद'*	: ऊँचाई, शिखर	**पं.ग्रं.**-1/203	निर्झर गान/पल्लव
श्रृंगनाद- *'सूने गिरि-पथ में गुंजारित श्रृंगनाद की ध्वनि चलती'*	: सींग से निर्मित बाजे की ध्वनि (के समान ध्वनि करती नदी बह रही थी)	**प्र.ग्रं.**-2/188	स्वप्न/कामायनी
श्रृंगारमयी- *'श्रृंगारमयी वह खड़ी हुई'*	: श्रृंगार युक्त, सजी-धजी	**नि.र.**-1/88	श्रृंगारमयी
श्रृंगार-मुखर- *'प्रिय की अशब्द श्रृंगार-मुखर'*	: मानो श्रृंगार बोल रहा हो	**नि.र.**-1/322	सरोज-स्मृति
श्रृंगार-युग्म-गत- *'यह,— नहीं हुआ श्रृंगार-युग्म-गत, महावीर'*	: जो काम-क्रीड़ा में लीन (नहीं हुआ) वैसे हनुमान	**नि.र.**-1/332	राम की शक्ति-पूजा
श्रृंगार-सदन- *'रहने दो रज का मंजु मुकुर इस बिन श्रृंगार-सदन सूना'*	: सजने-सँवरने का कक्ष	**म.सा.**-1/208	तेरी सुधि बिन क्षण क्षण सूना/नीरजा
शेफालि- *'पल्लव-पर्यंक पर सोती शेफालि के'*	: एक फूल	**नि.र.**-1/144	शेफालिका
शेफालिका- *'शेफालिका को शुभ्र हीरक-सुमन-हार'*	: एक फूल	**नि.र.**-1/325	प्रेयसी
शेफालिके- *'री कुञ्ज की शेफालिके!'*	: शेफालिका का फूल	**म.सा.**-1/272	री कुञ्ज की शेफालिके! /सांध्य गीत
शेफाली- *'ले मकरन्द नया चू पड़ती शरद प्रात की शेफाली'*	: शेफालि, शेफालिका, गुलाबी घुंडी और सफेद दलोंवाला एक फूल जो सुबह वृन्त को छोड़कर चू पड़ता है।	**प्र.ग्रं.**-2/224	निर्वेद/कामायनी
◆ *'खुलती मेरी शेफाली/हँसती री, डाली डाली'*	: एक फूल	**नि.र.**-1/251	खुलती मेरी शेफाली
◆ *'सकुच सलज खिलती शेफाली अलस मौलश्री डाली डाली'*	: शेफालिका, हरसिंगार	**म.सा.**-1/169	पुलक पुलक उर, सिहर सिहर तन/नीरजा

शब्द- काव्य-पंक्ति	: अर्थ	ग्रंथावली/पृ.सं.	स्रोत/संदर्भ
शेष- *'पर शेष नहीं होगी यह/मेरे प्राणों की क्रीड़ा'*	: समाप्त, पूर्ण	**म.सा.-1**/62	इस एक बूँद आँसू में/नीहार
◆ *'झिप चलीं पलकें तुम्हारी पर कथा है शेष!'*	: बाकी, अधूरी (कथा)	**म.सा.-1**/347	मैं न यह पथ जानती री!/दीप-शिखा
शेषयामा- *'शेषयामा यामिनी मेरा निकट निर्वाण!'*	: (जिस रात) की समाप्ति में एक पहर (तीन घंटे) बच गया है	**म.सा.-1**/381	शेषयामा यामिनी मेरा /दीप-शिखा
शेष-शयन- *'लख शंकाकुल हो गये अतुल-बल शेष-शयन'*	: शेषनाग की शय्या पर सोने वाले (विष्णु अर्थात् राम)	**नि.र.-1**/331	राम की शक्ति-पूजा
शेष-श्वास- *'वे शेष-श्वास, पशु, मूक-भाष पाते प्रहार अब हताश्वास;'*	: (उन शूद्रों में) साँस लेने भर को जीवन है	**नि.र.-1**/288	तुलसीदास
शैथिल्य- *'शैथिल्य चरणों में'*	: प्रेमजनित आलस्य	**नि.र.-1**/173	रेखा 'क'
शैल- *'शैल निर्झर न बना हतभाग्य, गल नहीं सका जो कि हिम-खंड'*	: पर्वत	**प्र.ग्रं.-2**/86	श्रद्धा/कामायनी
◆ *'संचित जल ले शैल का, हुई नदी में बाढ़'*	: पर्वत (में एकत्र जलराशि, झील या कुंड आदि रूप में)	**प्र.ग्रं.-3**/216	तृतीय अंक/विशाख
शैल घाटियों के अंचल को- *'शैल घाटियों के अंचल को वे धीरे से भरते थे'*	: पर्वतीय घाटियों के प्रदेश	**प्र.ग्रं.-2**/186	स्वप्न/कामायनी
शैल-पावस के प्रश्नोत्तर- *'शैल-पावस के प्रश्नोत्तर'*	: पर्वत पर बारिश की अनुगूँज मानो प्रश्न-उत्तर की तरह थी	**पं.ग्रं.-1**/186	आँसू/पल्लव
शैल बाले- *'अरी शैल बाले नादान'*	: पर्वत की पुत्री की तरह है निर्झरी (झरना)	**पं.ग्रं.-1**/212	निर्झरी/पल्लव
शैल-मालाएँ- *'देखी अतीत के युग की चिर-मौन शैल-मालाएँ'*	: पर्वतों की श्रृंखलाएँ	**प्र.ग्रं.-2**/40	आँसू
शैल में जलद- *'शैल में जलद, जलद में शैल'*	: पर्वतों में मानो बादल घुल-मिल गए	**पं.ग्रं.-1**/185	आँसू/पल्लव
शैल-शृंग- *'देखे मैंने वे शैल-शृंग'*	: हिमालय पर्वत की ऊँची चोटियाँ	**प्र.ग्रं.-2**/171	इड़ा/कामायनी
शैल शृंग की रेखा- *'सन्ध्या की धूसर छाया में शैल शृंग की रेखा'*	: हिमालय पर्वत की चोटियों का क्रम	**प्र.ग्रं.-2**/139	कर्म/कामायनी
शैल-श्रेणियाँ- *'गगन चुम्बिनी शैल-श्रेणियाँ पहने हुए तुषार किरीट'*	: पर्वत की चोटियाँ	**प्र.ग्रं.-2**/72	आशा/कामायनी
शैल-सुता- *'शैल-सुता अपर्ण-अशना,/पल्लव-वसना बनेगी'*	: शैल (पहाड़) की लड़की, पार्वती के रूप में	**नि.र.-1**/227	रूखी री यह डाल
शैलेय- *'आती है शैलेय अगरु की धूम-गंध आमोद भरी'*	: धूप (हवन-सामग्री)	**प्र.ग्रं.-2**/191	स्वप्न/कामायनी
शैलों के गले- *'भुज-लता पड़ी सरिताओं की शैलों के गले सनाथ हुए;'*	: पर्वतों की ऊँची चोटियों के निचले हिस्से मानो गले की तरह हैं, जहाँ से उतरती नदियाँ गले में लिपटी बाँहों की तरह लग रही हैं।	**प्र.ग्रं.-2**/105	काम/कामायनी

शब्द-	काव्य-पंक्ति	: अर्थ	ग्रंथावली/पृ.सं.	स्रोत/संदर्भ
शैवलिनि-	*'शैवलिनि! जाओ, मिलो तुम सिन्धु से'*	: शैवलिनी, नदी	**पं.ग्रं.-1**/134	ग्रन्थि
शैवलिनी-	*'बरस गयी जल-धार विश्व-सृज शैवलिनी पा गयी उदधि निज'*	: नदी	**नि.र.-1**/256	बादल में आये जीवन-धन
शैवाल-	*'सलिल-प्रवाह में ज्यों बहता शैवाल-जाल'*	: काई की एक प्रजाति का पौधा	**नि.र.-1**/54	पंचवटी प्रसंग:2
शैशव-	*'पिता का वक्ष भरा वात्सल्य, पुत्र का शैशव सुलभ दुलार'*	: शिशु की अवस्था से सम्बंधित	**प्र.ग्रं.-1**/294	अरी वरुणा की शांत कछार/लहर
शैशव का संसार-	*'हास में शैशव का संसार'*	: बचपन का निर्दोष भाव मानो अपने व्यापक रूप में उसमें मौजूद था।	**पं.ग्रं.-1**/187	आँसू/पल्लव
शैशव स्मिति-सी-	*'तुम शैशव स्मिति-सी सुकुमार'*	: शैशवावस्था की मुस्कुराहट के समान	**पं.ग्रं.-1**/189	वीचि विलास/पल्लव
शोक सुमेरु-	*'यहाँ सुख सरसों, शोक सुमेरु'*	: सुमेरु पर्वत की तरह विराट दुःख	**पं.ग्रं.-1**/228	परिवर्तन/पल्लव
शोकहारी-	*'शोकहारी! पहुँचे थे वहाँ/जहाँ आसन है सहस्रार—'*	: शोक मिटाने वाले	**नि.र.-1**/153	जागो फिर एक बार
शोण कोण-	*'अरुण जलज के शोण कोण थे नव तुषार के बिंदु भरे'*	: लाल कोने (श्रद्धा की आँखों का सफेद हिस्सा रो-रोकर लाल हो गया था)	**प्र.ग्रं.-2**/188	स्वप्न/कामायनी
शोणिमा-	*'कीर्ति-शोणिमा में यह/कालिमा कलंक की'*	: लालिमा	**नि.र.-1**/158	महाराज शिवाजी का पत्र
शोध-	*'जब आया फिर देहात्मबोध, बाहर चलने का हुआ शोध'*	: खोज	**नि.र.-1**/304	तुलसीदास
♦	*'धिक् साधन, जिसके लिए सदा ही किया शोध!'*	: खोज	**नि.र.-1**/337	राम की शक्ति-पूजा
शोधक विहीन-	*'यह प्रकृति परम रमणीय अखिल ऐश्वर्य भरी शोधक विहीन'*	: खोज करनेवालों (अनुसंधाताओं) से रहित	**प्र.ग्रं.-2**/180	इड़ा/कामायनी
शोधशक्ति-	*'वह शोधशक्ति, जो गन्धोच्छल'*	: सत्य की खोज करनेवाली फूल की शक्ति	**नि.र.-1**/294	तुलसीदास
शोभन-	*'निज-शक्ति-तरंगायित था आनन्द-अम्बु-निधि शोभन'*	: शोभायमान हो रहा हो	**प्र.ग्रं.-2**/273	आनन्द/कामायनी
♦	*'देवता यही मानव शोभन'*	: अच्छे गुणों से युक्त शोभाशाली (मनुष्य मानो देवतुल्य है)	**पं.ग्रं.-1**/316	तीन/ज्योत्स्ना
शोभनतम-	*'अचल हिमालय का शोभनतम लता कलित शुचि सानु शरीर.'*	: अत्यंत सुन्दर	**प्र.ग्रं.-2**/71	आशा/कामायनी
शोभन विस्तार-	*'नील नभ में शोभन विस्तार'*	: सौन्दर्य का विस्तृत रूप	**प्र.ग्रं.-1**/244	असन्तोष/झरना
शोभालंकार-	*'यह शोभालंकार!!'*	: शोभा बढ़ानेवाले अलंकार (की तरह थे बाल गंगाधर तिलक)	**पं.ग्रं.-1**/110	तिलक! हा! भाल-तिलक !/वीणा
शोभावलयित-	*'चली स्नान-हित शोभावलयित'*	: शोभा से (एक ओर) झुकी हुई	**नि.र.-1**/248	घोर शिशिर
शोषण कर-	*'शोषण कर जीवनी बना दी जर्जर झीनी!'*	: किसी की कमाई को छलपूर्वक छीन लेने की व्यवस्था बनाना	**प्र.ग्रं.-2**/206	संघर्ष/कामायनी
श्याम अमा-	*'फैलेगा स्वजनों का विरोध बन कर तम वाली श्याम अमा'*	: काली अमावस्या की रात, दुखद	**प्र.ग्रं.-2**/176	इड़ा/कामायनी
श्याम छटा-	*'उद्बुद्ध क्षितिज की श्याम छटा इस उदित शुक्र की छाया में;'*	: रात का साँवला सौन्दर्य	**प्र.ग्रं.-2**/101	काम/कामायनी

शब्द-	काव्य-पंक्ति	: अर्थ	ग्रंथावली/पृ.सं.	स्रोत/संदर्भ
श्याम झलक-सी-	*'आँखों में काली पुतली पुतली में श्याम झलक-सी'*	: आँखों की काली पुतली में प्रिय की गहरी छवि	**प्र.ग्रं.-2**/10	आँसू
श्याम पराग बिखरते थे-	*'संध्या नील सरोरुह से जो श्याम पराग बिखरते थे'*	: (संध्या-रूपी नीलकमल से मानो) पुष्परज-रूपी काले कण बिखर रहे थे।	**प्र.ग्रं.-2**/186	स्वप्न/कामायनी
श्याम-मोह-कज्जल-	*'श्याम-मोह-कज्जल अभियुक्त?'*	: कृष्ण से मोहित होकर काजल (कृष्ण/श्याम) लगाए रखना	**नि.र.-1**/120	यमुना के प्रति
श्यामल अंचल-	*'श्यामल अंचल धरणी का भर मुक्ता आँसू कन से'*	: अत्यधिक हरा आँचल, हरियाली से भरी धरती 'श्यामल' कही जाती है।	**प्र.ग्रं.-2**/17	आँसू
श्यामल अंबर-	*'प्यार भरे श्यामल अंबर में जब कोकिल की कूक अधीर'*	: बादलों से भरा आकाश	**प्र.ग्रं.-1**/327	मधुर माधवी संध्या में/लहर
श्यामल कर्मलोक-	*' "मनु यह श्यामल कर्मलोक है धुँधला कुछ कुछ अंधकार सा'*	: काले रंग का कर्म-जगत् (तमोगुण से युक्त)	**प्र.ग्रं.-2**/257	रहस्य/कामायनी
श्यामल कलरव-	*'जिसके परिमल से व्याकुल हो श्यामल कलरव सब उठे जाग'*	: भौंरों का गुंजार	**प्र.ग्रं.-2**/178	इड़ा/कामायनी
श्यामल कूलों-	*'श्यामल कूलों के सुख-दुख के'*	: हरे-भरे नदी-तट	**नि.र.-1**/187	'सरोज' के प्रति
श्यामल केश-कलाप-	*'बुद्बुद् की लड़ियों में गूँथा फैला श्यामल केश-कलाप'*	: काले केश-विन्यास की तरह रात	**म.सा.-1**/117	फूलों का गीला सौरभ पी/रश्मि
श्यामल घाटी-	*'बहती थी श्यामल घाटी में निर्लिप्त भाव-सी अप्रमाद'*	: पर्वत की श्रेणियों के बीच की हरी-भरी भूमि	**प्र.ग्रं.-2**/178	इड़ा/कामायनी
श्यामल तृण-वीरुध-	*'उसकी तलहटी मनोहर श्यामल तृण-वीरुध वाली'*	: हरी-भरी घास और लताएँ	**प्र.ग्रं.-2**/271	आनन्द/कामायनी
श्यामल पथ-	*'इस चिर प्रवास श्यामल पथ में छाई पिक प्राणों की पुकार'*	: दुःख और निराशा से भरा रास्ता	**प्र.ग्रं.-2**/173	इड़ा/कामायनी
श्यामल पुलकों-	*'पृथ्वी की श्यामल पुलकों में सात्त्विक स्वेद-बिन्दु रंगीन'*	: हरी-भरी फसल या घास मानो धरती की पुलक हैं	**प्र.ग्रं.-3**/493	तृतीय अंक/कामना
श्यामलता-	*'वह जलधर जिसमें चपला या श्यामलता का नाम नहीं'*	: जल से युक्त घटा की श्यामलता-रूपी सजलता	**प्र.ग्रं.-2**/185	स्वप्न/कामायनी
श्याम-लता-सी-	*'जग छा दो श्याम-लता-सी तन्द्रा-पल्लव विह्वल से'*	: गहरे हरे रंग की घनी लताएँ, अँधेरा	**प्र.ग्रं.-2**/28	आँसू
श्यामल-सरोज-कांति-	*'श्यामल-सरोज-कान्ति छीन लेती सहज ही/संचित हृदय का प्रेम'*	: नील कमल की आभा (सुंदरता)	**नि.र.-1**/61	पंचवटी प्रसंग:5
श्याम लहरियाँ-	*'अगुरु-धूम की श्याम लहरियाँ उलझी हों इन अलकों से'*	: श्यामल धुएँ की लकीरें	**प्र.ग्रं.-4**/133	पंचम अंक/स्कन्दगुप्त
श्याम-वनशाली-	*'झील में झाई पड़ती थी, श्याम-वनशाली तट की कान्त'*	: हरे-भरे वन की शोभा से युक्त (तट प्रदेश)	**प्र.ग्रं.-1**/266	झील में/झरना
श्याम-विरह-	*'श्याम-विरह से तप्त शरीर'*	: कृष्ण के वियोग में	**नि.र.-1**/115	यमुना के प्रति
श्याम शस्य-	*'उपल-दल/नष्ट जब करते हैं श्याम शस्य'*	: हरी-भरी फसल (इतनी हरी कि श्याम दिखे)	**नि.र.-1**/133	स्वाधीनता पर (2)
श्यामांगिनि-	*'श्यामांगिनि! तेरे कौतुक को बनता जग मिट मिट सुंदरतर!'*	: श्याम रंगवाली रात	**म.सा.-1**/238	लय गीत मदिर, गति ताल अमर/नीरजा

शब्द-	काव्य-पंक्ति	: अर्थ	ग्रंथावली/पृ.सं.	स्रोत/संदर्भ
श्यामा-	*'एक बार बस और नाच तू श्यामा'*	: देवी काली	**नि.र.-1**/85	आवाहन
♦	*'आज मिटेगी व्याकुल श्यामा के अधरों की प्यास'*	: धरती, प्रेमिका	**नि.र.-1**/130	बादल राग
♦	*'ये नहीं चरण राम के, बने श्यामा के शुभ'*	: काली माँ, कालिका	**नि.र.-1**/331	राम की शक्ति-पूजा
♦	*'रावण-महिमा श्यामा विभावरी अन्धकार'*	: काले रंग की	**नि.र.-1**/332	राम की शक्ति-पूजा
♦	*'श्यामा के पदतल भारधरण हर मन्द्रस्वर'*	: शक्ति, देवी	**नि.र.-1**/332	राम की शक्ति-पूजा
श्यामा का नखदान-	*'श्यामा का नखदान मनोहर मुक्ताओं से ग्रथित रहा'*	: तारे मानो रात्रि के चमकते सुन्दर नाखून थे	**प्र.ग्रं.**-4/41	प्रथम अंक/स्कन्दगुप्त
श्यामा ध्वनि-	*'चातक की चकित पुकारें श्यामा ध्वनि सरल रसीली'*	: कोयल की मीठी आवाज	**प्र.ग्रं.-2**/6	आँसू
श्यामा सृष्टि-	*'श्यामा सृष्टि युवती थी'*	: रात के अँधेरे में संसार का रूप	**प्र.ग्रं.-1**/340	प्रलय की छाया/लहर
श्रद्धा-	*'नारी! तुम केवल श्रद्धा हो विश्वास-रजत-नग पगतल में'*	: आस्था और प्रेम का प्रतीक(स्त्री)	**प्र.ग्रं.-2**/130	लज्जा/कामायनी
श्रद्धा की स्मिति-	*'महाज्योति-रेखा-सी बनकर श्रद्धा की स्मिति दौड़ी उनमें'*	: श्रद्धा की मुस्कान (में ईश्वरीय ज्योति का आभास)	**प्र.ग्रं.-2**/263	रहस्य/कामायनी
श्रद्धायुत मनु-	*'दिव्य अनाहत पर-निनाद में श्रद्धायुत मनु बस तन्मय थे'*	: श्रद्धा-भाव से युक्त मनु, श्रद्धा का साहचर्य-प्राप्त मनु	**प्र.ग्रं.-2**/263	रहस्य/कामायनी
श्रद्धा-रहस्य-	*' 'कल्याण भूमि यह लोक' यही श्रद्धा-रहस्य जाने न प्रजा'*	: श्रद्धा से जुड़ी मूल चेतना, श्रद्धा द्वारा ज्ञापित गूढ़ सत्य	**प्र.ग्रं.-2**/177	इड़ा/कामायनी
श्रद्धा-वंचक-	*'दुखमय चिर चिंतन के प्रतीक! श्रद्धा-वंचक बनकर अधीर'*	: श्रद्धा को धोखा देनेवाले (मनु), श्रद्धा-भाव से रहित	**प्र.ग्रं.-2**/177	इड़ा/कामायनी
श्रद्धा-विहीन-	*'सचमुच मैं हूँ श्रद्धा-विहीन'*	: आस्था और विश्वास-जैसी भावनाओं से वंचित, श्रद्धा से दूर हुए मनु	**प्र.ग्रं.-2**/174	इड़ा/कामायनी
श्रद्धा-सरिता-कूल-	*'छाया है विश्वास की श्रद्धा-सरिता-कूल'*	: श्रद्धा-रूपी नदी का सुरम्य तट, प्रेम में श्रद्धा से राहत मिलती है	**प्र.ग्रं.**-4/65	द्वितीय अंक/स्कन्दगुप्त
श्रम-कण-	*'श्रम-कण में ले, ढुलते हीरक अंचल से ढक आशा दीपक'*	: श्रम से उत्पन्न पसीने की बूँद	**म.सा.-1**/242	जागो बेसुध रात नहीं यह!/नीरजा
श्रम कन-	*'बन कर संसृति के नव श्रम कन'*	: पसीने की बूँदें	**प्र.ग्रं.-1**/326	ओ री मानस की गहराई/लहर
श्रम के कन-	*'रजनी के श्याम कपोलों पर ढरकीले श्रम के कन'*	: चमकते हुए तारे	**म.सा.**-1/44	छाया की आँखमिचौनी /नीहार
श्रम जर्जर-	*'श्रम जर्जर विधुर चराचर पर'*	: परिश्रम करके बुरी तरह थके लोग	**पं.ग्रं.-2**/13	बाँसों का झुरमुट/युगपथ
श्रमजलमय-	*'श्रमजलमय मुक्तालंकार'*	: पसीने की बूँदें	**पं.ग्रं.-1**/189	विनय/पल्लव
श्रमजीवी-	*'कुछ श्रमजीवी धर डगमग डग'*	: मजदूर, श्रमपूर्वक जीवन व्यतीत करनेवाले लोग	**पं.ग्रं.-2**/13	बाँसों का झुरमुट/युगपथ
श्रम-ताप-	*'जीवन का श्रम-ताप हरो, हे!'*	: मेहनत से हुई थकावट	**पं.ग्रं.-1**/291	एक/ज्योत्स्ना
श्रम-दलिता-सी-	*'लीला विलास की खेद भरी अवसादमयी श्रम-दलिता-सी'*	: कामक्रीड़ा के श्रम के कारण निढाल-सी	**प्र.ग्रं.-2**/128	लज्जा/कामायनी

शब्द-	काव्य-पंक्ति	: अर्थ	ग्रंथावली/पृ.सं.	स्रोत/संदर्भ
श्रम-धूमिल-	*'देख श्रम-धूमिल उसे करते निशा की साँस जगमग'*	: जो परिश्रम करते हुए कांतिहीन या धूल-धूसरित लग रहा हो।	**म.सा.-1**/355	मोम-सा तन घुल चुका/दीप-शिखा
श्रम-निस्तार-	*'तत्त्व-नभ-तम में सकल-भ्रम-शेष, श्रम-निस्तार'*	: मेहनत से बचानेवाला	**नि.र.-1**/226	जग का एक देखा तार
श्रम-पथ-	*'मैं बहुत दूर का, थका हुआ, चल दुखकर श्रम-पथ, रुका हुआ'*	: मेहनत का रास्ता	**नि.र.-1**/264	कितने बार पुकारा
श्रमप्रसूति-	*'वर श्रमप्रसूति से की कृतार्थ तुमने विचार-परिणीत उक्ति'*	: परिश्रम से जन्मे (विचार)	**पं.ग्रं.-2**/25	बापू के प्रति/युगपथ
श्रम-बिंदु-	*'श्रम-बिंदु बना-सा झलक रहा भावी जननी का सरस गर्व'*	: पसीने की बूँदें	**प्र.ग्रं.-2**/160	ईर्ष्या/कामायनी
श्रम-भाग-	*'मैंने ही श्रम-भाग किया फिर वर्ग बनाया'*	: श्रम-विभाजन, कार्य-विभाजन	**प्र.ग्रं.-2**/206	संघर्ष/कामायनी
◆	*'श्रम-भाग वर्ग बन गया जिन्हें, अपने बल का है गर्व उन्हें'*	: श्रम-विभाजन, कार्य का बँटवारा	**प्र.ग्रं.-2**/237	दर्शन/कामायनी
श्रममय कोलाहल-	*'श्रममय कोलाहल, पीड़नमय विकल प्रवर्तन महायंत्र का'*	: श्रम करने के क्रम में उत्पन्न कोलाहल (कर्म-लोक में)	**प्र.ग्रं.-2**/258	रहस्य/कामायनी
श्रम विश्राम-	*'श्रम विश्राम क्षितिज वेला से—'*	: काम और आराम	**प्र.ग्रं.-1**/298	ले चल वहाँ भुलावा देकर/लहर
श्रमशीला-	*'अभिनय करती क्यों इस मन में कोमल निरीहता श्रमशीला?'*	: रति-श्रम की ओर प्रवृत्त	**प्र.ग्रं.-2**/129	लज्जा/कामायनी
श्रम-संताप-	*'जहाँ खो गया जगत का, सारा श्रम-सन्ताप'*	: परिश्रम की थकावट	**प्र.ग्रं.-3**/534	एक घूँट(एकांकी)
श्रम सखेद-	*'तिस पर यह पीलापन कैसा यह क्यों बुनने का श्रम सखेद?'*	: थकानेवाला परिश्रम	**प्र.ग्रं.-2**/162	ईर्ष्या/कामायनी
श्रम-सीकर-	*'श्रम-सीकर सदृश नखत से अम्बर-पट भींगा होता'*	: पसीना	**प्र.ग्रं.-2**/14	आँसू
◆	*'विगत विचारों के श्रम-सीकर बने हुए थे मोती'*	: पसीने की बूँदें	**प्र.ग्रं.-2**/146	कर्म/कामायनी
◆	*'कुछ शून्य बिंदु उर के ऊपर, व्यथिता रजनी के श्रम-सीकर'*	: पसीने की बूँदें	**प्र.ग्रं.-2**/241	दर्शन/कामायनी
श्रम-सुख-	*'खुले अलक, मुँद गये पलक-दल, श्रम-सुख की हद हो ली'*	: रति-श्रम का सुख	**नि.र.-1**/226	नयनों के डोरे लाल गुलाल-भरे
श्रम-स्वेद सने-	*'खेतों में हैं कृषक चलाते हल प्रमुदित श्रम-स्वेद सने'*	: पसीने से युक्त	**प्र.ग्रं.-2**/190	स्वप्न/कामायनी
श्रमित अपार-	*'शून्य शय्या में, श्रमित अपार'*	: अत्यधिक थकावट	**पं.ग्रं.-1**/196	मौन निमन्त्रण/पल्लव
श्रमित-चरण-	*'श्रमित-चरण आये/गृहिजन निज-निज द्वार'*	: थके हुए कदम	**नि.र.-1**/277	देकर अन्तिम कर
श्रमित नमित-	*'श्रमित नमित सा—'*	: परिश्रम से थककर सिर झुकाये हुये	**प्र.ग्रं.-1**/337	पेशोला की प्रतिध्वनि /लहर
श्रमित प्रवास-	*'आज अनिश्चित पूरा होगा श्रमित प्रवास'*	: श्रम से भरा प्रवास, कठिन प्रवास (घर से बाहर का निवास)	**नि.र.-1**/130	बादल राग
श्रमित स्वप्न-	*'श्रमित स्वप्न की मधुमाया में, गहन-विपिन की तरु-छाया में'*	: जिन सपनों ने बहुत परिश्रम किया हो	**प्र.ग्रं.-4**/141	पंचम अंक/स्कन्दगुप्त

शब्द- काव्य-पंक्ति	: अर्थ	ग्रंथावली/पृ.सं.	स्रोत/संदर्भ
श्रमी जीवों- *'थके श्रमी जीवों के पसीने भरे सीने लग,'*	: श्रम करनेवाले लोग	**प्र.ग्रं.**-1/262	तुम/झरना
श्रवण- *'श्रवण चाहिए अलि! केवल,'*	: सुनने की क्षमता, कान	**पं.ग्रं.**-1/105	श्रवण चाहिए अलि! केवल/वीणा
◆ *'मेरे श्रवण आज बैठे हैं इन पलकों की ओट'*	: कान	**म.सा.**-1/189	मेरी निश्वासों से द्रुततर/नीरजा
श्रवण नयनमय- *'नयन श्रवणमय श्रवण नयनमय आज हो रहे कैसी उलझन!'*	: कान मानो देखने भी लगे हों	**म.सा.**-1/221	मुस्काता संकेत-भरा नभ/नीरजा
श्रवण नयनों- *'श्रवण नयनों में प्रिय बर्तात्र'*	: सुनने और देखने की भंगिमा में कोमलता थी	**पं.ग्रं.**-1/187	आँसू/पल्लव
श्रवण पुटों- *'मा! तेरे दो श्रवण पुटों में'*	: कर्ण-कुहर, कानों का गोलाकार रूप	**पं.ग्रं.**-1/82	तुहिन बिन्दु बनकर सुन्दर/वीणा
श्रवणों में स्वर- *'मकरन्द-भार से दब कर श्रवणों में स्वर जा बसते'*	: कानों में ध्वनि का बस जाना	**प्र.ग्रं.**-2/14	आँसू
श्रवन- *'कह, तब तेरे ही प्रिय स्वर से कैसे भर लूँ सजनि! श्रवन?'*	: कान, श्रवण-पक्ष अर्थात् कानों में केवल एक ही प्रकार के स्वरों का गूँजना	**पं.ग्रं.**-1/195	मोह/पल्लव
श्रांत- *'जैसे कोलाहल सोया हो/हिम-शीतल-जड़ता-सा श्रांत'*	: थका हुआ	**प्र.ग्रं.**-2/68	आशा/कामायनी
◆ *'रुक जा, सुन ले ओ निर्मोही!' वह कहती रही अधीर श्रांत!'*	: थकी हुई	**प्र.ग्रं.**-2/168	ईर्ष्या/कामायनी
◆ *'वह चलता रहे सदैव श्रांत!'*	: थका और परेशान	**प्र.ग्रं.**-2/177	इड़ा/कामायनी
◆ *'श्रद्धा रुकी कुमार श्रान्त था मिलता है विश्राम यहीं'*	: थका हुआ	**प्र.ग्रं.**-2/219	निर्वेद/कामायनी
◆ *'तुम पथिक दूर के श्रान्त'*	: थके हुए	**नि.र.**-1/50	तुम और मैं
◆ *'पथ श्रान्त तू सुप्त कान्त की स्मृति में चलकर सोती'*	: थका हुआ	**नि.र.**-1/98	प्रिया से
◆ *'श्रान्त, सोती जब सन्ध्या-वात'*	: थकी हुई (हवा)	**पं.ग्रं.**-1/267	विहग के प्रति/गुंजन
◆ *'लेटी हैं श्रान्त, क्लान्त, निश्चल!'*	: थकी हुई (गंगा)	**पं.ग्रं.**-1/274	नौका-विहार/गुंजन
◆ *'रश्मि विद्युत् ले प्रलय-रथ पर भले तुम श्रांत आए'*	: थके हुए	**म.सा.**-1/337	धूप-सा तन दीप-सी मैं!/दीप-शिखा
श्रांत चराचर- *'लौटे गृह सब श्रान्त चराचर'*	: थके हुए प्राणी, चर-अचर का तात्पर्य संपूर्ण प्रकृति है (जीव-जंतु और वनस्पति)	**पं.ग्रं.**-1/291	एक/ज्योत्स्ना
श्रांत पक्ष- *'श्रांत पक्ष, कर नेत्र बंद बस विहग युगल से आज हम रहें'*	: थके हुए पंख (पक्षी के डैने)	**प्र.ग्रं.**-2/254	रहस्य/कामायनी
श्रांत वायु- *'अब सूनी दिशि औ' श्रान्त वायु'*	: थकी हुई हवा, धीमी हवा	**पं.ग्रं.**-2/20	शुक्र/युगपथ
श्रांत शरीर- *'धीर समीर परस से पुलकित विकल हो चला श्रांत शरीर;'*	: थका हुआ शरीर	**प्र.ग्रं.**-2/77	आशा/कामायनी
श्रांता- *'केवल श्रान्ता के साथी हैं'*	: थकी हुई स्त्री	**पं.ग्रं.**-1/91	उस सीधे जीवन का श्रम/वीणा

शब्द- काव्य-पंक्ति	: अर्थ	ग्रंथावली/पृ.सं.	स्रोत/संदर्भ
श्रांति- *'उन्नति का आरोहण, महिमा शैल-शृंग सी श्रांति नहीं'*	: थकावट	**प्र.ग्रं.-2**/189	स्वप्न/कामायनी
◆ *'श्रान्ति और प्रतीति की/चल रही थी तूलिका'*	: थकावट	**नि.र.-1**/139	नारायण मिलें हँस अन्त में
◆ *'श्रान्ति, अलस औ' श्रम अतिशय'*	: थकावट	**पं.ग्रं.-1**/91	उस सीधे जीवन का श्रम/वीणा
◆ *'ज्ञान? यह तो इन्द्रियों की श्रान्ति है'*	: थकावट	**पं.ग्रं.-1**/138	ग्रन्थि
श्रांतिमय क्षण- *'भ्रांतिमय कण/श्रांतिमय क्षण'*	: मुझे वरदान में मिला प्रत्येक क्षण मानो थकान से भरा था	**म.सा.-1**/260	मेरा सजल मुख देख लेते!/सांध्य गीत
श्रावण की राका- *'श्रावण की राका रजनी में घिर चुकी'*	: सावन महीने की रात	**प्र.ग्रं.-1**/228	पावस प्रवास/झरना
श्रावण-नभ- *'श्रावण-नभ का स्तब्धान्धकार शुक्ला प्रथमा, कर गयी पार!'*	: सावन का आकाश	**नि.र.-1**/315	सरोज-स्मृति
श्री- *'दूर तक फैलाओ अपनी श्री, अपना रंग'*	: शोभा, अच्छा प्रभाव	**नि.र.-1**/167	महाराज शिवाजी का पत्र
◆ *'श्री, सुख, सुखमा की कलि चुन-चुन'*	: ऐश्वर्य, सौन्दर्य	**पं.ग्रं.-1**/303	तीन/ज्योत्स्ना
श्री-कलित घनश्याम- *'दूसरा रंजित किरण से श्री-कलित घनश्याम'*	: किरणों की शोभा से सुन्दर बने हुए बादल	**प्र.ग्रं.-2**/111	वासना/कामायनी
श्रीपदतल- *'जपालक्त श्रीपदतल/आसन शत-श्वेतोत्पलसञ्चय'*	: सुंदर तलवे	**नि.र.-1**/341	कविता के प्रति
श्रीफल- *'कदली, चम्पक, श्रीफल, मृगशिशु'*	: बेल	**नि.र.-1**/125	यमुना के प्रति
श्रीमंत- *'मिलन का संगीत होने लगा था श्रीमंत'*	: घनीभूत	**प्र.ग्रं.-2**/117	वासना/कामायनी
◆ *'समय सुहाया कैसा भाया सुन्दर-तर श्रीमंत'*	: श्रीमान, आदरणीय व्यक्ति	**प्र.ग्रं.-1**/284	बिंदु(6)/झरना
श्रीमन्नारायण- *'कर रामायण का पारायण जपते हैं श्रीमन्नारायण;'*	: विष्णु का एक नाम	**नि.र.-1**/309	दान
श्रीमुख- *'श्रीमुख से कृष्ण के सुना था जहाँ भारत ने'*	: सुंदर मुख, शुभ मुख, आभामय मुख	**नि.र.-1**/99	दिल्ली
श्रीवरजी- *'पर तुझे भेजते क्यों श्रीवरजी डरते?'*	: श्रेष्ठ जन, बहनोई तुलसीदास	**नि.र.-1**/296	तुलसीदास
◆ *'प्रिय श्रीवरजी को जिवाँ शयन करने को'*	: श्रेष्ठ वर, पति	**नि.र.-1**/301	तुलसीदास
श्री सुरभि- *'मुकुल-व्याकुल श्रीसुरभि बह कह गयी—'*	: सुगंधित-स्वच्छ हवा	**नि.र.-1**/155	शेष
श्रीहत- *'वे शर हो गये आज रण में श्रीहत, खण्डित!'*	: तेजहीन, प्रभावविहीन	**नि.र.-1**/334	राम की शक्ति-पूजा
श्रीहीन- *'नहीं दीखता है श्रीहीन'*	: मलिन, शोभाविहीन	**पं.ग्रं.-1**/97	माँ काले रंग का दुकूल नव/वीणा
◆ *'निशि के श्रम से हो श्रीहीन'*	: आभाहीन, चाँद फीका पड़ने लगा, मानो नायिका प्रिय-समागम में अपने संपूर्ण सिंगार को अस्त-व्यस्त कर शिथिल लग रही है।	**पं.ग्रं.-1**/114	प्रथम रश्मि का आना रंगिणि! /वीणा
श्रुति- *'पथिक उनींदी श्रुति में किसने— यह विहाग की तान उठाई'*	: कान	**प्र.ग्रं.-4**/141	पंचम अंक/स्कन्दगुप्त
श्रुति-कटु- *'ज्योति में न लगती रे रेणु श्रुति-कटु स्वर नहीं वहाँ'*	: कर्णकटु, सुनने में तीखा	**नि.र.-1**/244	निशि-दिन तन

शब्द- काव्य-पंक्ति	: अर्थ	ग्रंथावली/पृ.सं.	स्रोत/संदर्भ
श्रुतिधर- *'रचना-रहित वचन-चयनों में चकित सकल श्रुतिधर'*	: वेदज्ञ पंडित	**नि.र.-1**/222	स्नेह की सरिता के तट पर
श्रुति-मधुर- *'वासना-प्रेयसी बार-बार श्रुति-मधुर मन्द स्वर से पुकार'*	: सुनने में प्यारा	**नि.र.-1**/196	प्रभाती
श्रुतियों- *'श्रुतियों में चुपके-चुपके से कोई मधु-धारा घोल रहा;'*	: कान	**प्र.ग्रं.-2**/100	काम/कामायनी
◆ *'श्रुतियों में चुपके-चुपके से'*	: कानों में	**प्र.ग्रं.-2**/349	आवरण/असंकलित कविताएँ
श्रुति-सी मूक- *'गिरा रहती है श्रुति-सी मूक'*	: जैसे कान सबकुछ सुनते हैं और चुपचाप रहते हैं	**पं.ग्रं.-1**/184	आँसू/पल्लव
श्रुति सुखकर- *'तान सुनाकर श्रुति सुखकर'*	: कानों को सुख देनेवाला	**पं.ग्रं.-1**/96	प्राण! प्रेम के मानस में /वीणा
◆ *'नूपुर ध्वनि कर श्रुति सुखकर'*	: जो सुनने में सुख प्रदान करे	**पं.ग्रं.-1**/118	मिला-मिलाकर सुन्दर स्वर/वीणा
श्रूयते- *'श्रूयते हि पुरा लोके—'*	: सुना जाता है	**पं.ग्रं.-1**/102	श्रूयते हि पुरा लोके /वीणा
श्रेय-उद्‌गम- *'हे देवि! तुम्हारा स्नेह प्रबल, बन दिव्य श्रेय-उद्‌गम अविरल'*	: कल्याण का स्रोत	**प्र.ग्रं.-2**/241	दर्शन/कामायनी
श्रेय-प्रेय- *'हों श्रेय-प्रेय रे एक प्राण'*	: हितकर और प्रिय	**पं.ग्रं.-1**/323	तीन/ज्योत्स्ना
श्लथ- *'ले घट श्लथ लखती, पथ/पिच्छल तू गहरी!'*	: शिथिल	**नि.र.-1**/239	सरि, धीरे बह री!
◆ *'बीता उत्सव ज्यों, चिह्न म्लान; छाया श्लथ'*	: ढीला पड़ जाना, शिथिल	**नि.र.-1**/282	तुलसीदास
◆ *'कुल-मान-ध्यान श्लथ स्नेह-दान-सक्षम से'*	: शिथिल	**नि.र.-1**/300	तुलसीदास
◆ *'श्लथ धनु-गुण है, कटिबन्ध स्रस्त— तूणीर-धरण'*	: ढीला	**नि.र.-1**/330	राम की शक्ति-पूजा
◆ *'श्लथ हुए अंग सब सिहर-सिहर'*	: शिथिल	**पं.ग्रं.-1**/352	चार/ज्योत्स्ना
◆ *'सौरभ श्लथ हो जाते तन मन'*	: शिथिल	**पं.ग्रं.-2**/18	वह विजन चाँदनी की घाटी/युगपथ
श्लथ-गात- *'संसृति के दु:ख-घात, श्लथ-गात, तुममें ज्यों/रही मैं बद्ध हो'*	: थका हुआ शरीर, निश्चेष्ट शरीर	**नि.र.-1**/327	प्रेयसी
श्लथ-पद- *'श्लथ-पद, उद्देश-भवन, वैभव-विहीन उन्माद-मन-पथिक की'*	: थके कदम	**नि.र.-1**/176	रेखा 'ख'
श्लथ माला- *'नीरव नूपुर श्लथ माला'*	: ढीली हो चुकी मालाएँ, आमोद-प्रमोद का पूरा होना	**प्र.ग्रं.-1**/330	अशोक की चिंता/लहर
श्लेष- *'अलंकार-लेश-रहित, श्लेष-हीन'*	: श्लेष अलंकार	**नि.र.-1**/185	जागरण
श्वशुर- *'लख सादर, उठी समाज श्वशुर-परिजन की'*	: रत्नावली के पिता, ससुर	**नि.र.-1**/300	तुलसीदास
श्वसित- *'विश्व की श्वसित छटा-विस्तार'*	: साँस लेता हुआ, जीवित, सचेत	**नि.र.-1**/141	स्मृति
श्वान- *'भूँकता सिड़ी शिशिर का श्वान'*	: कुत्ता	**पं.ग्रं.-1**/227	परिवर्तन/पल्लव
श्वापद- *'क्रोध और शंका के श्वापद नोच रहे थे'*	: हिंसक पशु	**प्र.ग्रं.-2**/197	संघर्ष/कामायनी
◆ *'ये श्वापद से हिंसक अधीर, कोमल शावक वह बाल वीर'*	: हिंसक पशु	**प्र.ग्रं.-2**/243	दर्शन/कामायनी

शब्द- काव्य-पंक्ति	: अर्थ	ग्रंथावली/पृ.सं.	स्रोत/संदर्भ
श्वास- *'सघन बादल भी प्रलय के/श्वास से मैं बाँध लाई'*	: साँस-रूपी हवा	**म.सा.**-1/274	आज मेरे नयन के तारक.../सांध्य गीत
श्वास रुद्ध- *'श्वास रुद्ध करनेवाले इस शीत पवन से अड़ न सकूँगा'*	: दम घोंटनेवाली (ठण्डी हवा)	**प्र.ग्रं.**-2/252	रहस्य/कामायनी
श्वास शून्य- *'श्वास शून्य थे तरु के पात,'*	: हवा गतिहीन थी, मानो पेड़ के पत्ते साँस भी नहीं ले रहे थे।	**पं.ग्रं.**-1/113	प्रथम रश्मि का आना रंगिणि!/वीणा
श्वासों की गति- *'घनीभूत हो उठे पवन, फिर श्वासों की गति होती रुद्ध ;'*	: हवा की सघनता के कारण साँस लेने में कठिनाई होने लगी।	**प्र.ग्रं.**-2/62	चिंता/कामायनी
श्वासों के अक्षर- *'पल पल के उड़ते पृष्ठों पर सुधि से लिख श्वासों के अक्षर'*	: साँसें मानो प्रिय को लिखे अक्षरों की तरह हैं	**म.सा.**-1/198	कैसे संदेश प्रिय पहुँचाती! /नीरजा
श्वासोच्छ्वास- *'अथक सुषमा का स्रजन-विनाश क्या जग का श्वासोच्छ्वास?'*	: श्वास और उच्छ्वास, साँस लेना और छोड़ना	**म.सा.**-1/106	शून्यता में निद्रा की *यही* बन/रश्मि
श्वेत- *'तारा-कुमार भी वही महाबल श्वेत-धीर'*	: राम की सेना के एक योद्धा	**नि.र.**-1/333	राम की शक्ति-पूजा
श्वेत भाल- *'यह स्वर्णरश्मि छू श्वेत भाल,'*	: हिमालय की बर्फीली चोटी मानो गोरे ललाट की तरह है	**म.सा.**-1/303	हे चिर महान्!/सांध्य गीत
श्वेतोत्पल- *'देख ले, सकल जल-बन्धन-बल पार कर खिला वह श्वेतोत्पल'*	: श्वेत कमल	**नि.र.**-1/236	बह जाता रे, परिमल-मन
षटपट- *'प्रिया विमना, षटपट चुपचाप चले, सह सके न उर का ताप'*	: 'ष' को 'ख' पढ़ें (देशीभाषा में प्रयुक्त) खटपट, मनमुटाव	**नि.र.**-1/231	चाहते हो किसको सुन्दर
षट्पद- *'किसलयों के अधर यौवन-मद रक्ताभ; मञ्जु उड़ते षट्पद'*	: भौंरे	**नि.र.**-1/307	दान
षड्-ऋतु- *'षड्-ऋतुओं का शृंगार'*	: छह ऋतुएँ— गर्मी, वर्षा, शरद, हेमन्त, शिशिर, बसन्त। षड्-ऋतु-वर्णन में नायक-नायिका के संयोग-शृंगार का वर्णन होता है	**नि.र.**-1/72	विधवा
षड्ऋतु- *'नवजीवन, षड्ऋतु परिवर्तन'*	: छह ऋतुएँ— गर्मी, वर्षा, शरद, हेमंत, शिशिर और वसंत	**पं.ग्रं.**-1/195	अनंग/पल्लव
षड्ऋतु-नर्तन- *'षड्ऋतु-नर्तन मनहर'*	: छह ऋतुओं (गर्मी, वर्षा, शरद, हेमन्त, शिशिर और वसंत) का आना-जाना मानो नृत्य की तरह मनोहर है।	**पं.ग्रं.**-1/315	तीन/ज्योत्स्ना
षड्दर्शन- *'न षड्दर्शन, न नीति विज्ञान'*	: छह आस्तिक दर्शन— वेदांत, मीमांसा, सांख्य, योग, न्याय, वैशेषिक	**पं.ग्रं.**-1/276	तेरा कैसा गान/गुंजन
षोड़शी- *'तरुणी है,— हो षोड़शी रही'*	: सोलह वर्ष की लड़की, तरुणी	**पं.ग्रं.**-2/19	छाया?/युगपथ
संकुचित-काय- *'जाना तो अर्थागमोपाय पर रहा सदा संकुचित-काय'*	: प्रयास के प्रति संकोच कर जाना, हिचकिचाना	**नि.र.**-1/315	सरोज-स्मृति
संकुल- *'प्रतिपर्व सुमन-संकुल थे छिप गयी उन्हीं में डाली'*	: भरा हुआ, युक्त	**प्र.ग्रं.**-2/272	आनन्द/कामायनी
◆ *'तुलसी अंचल में संकुल'*	: घना, संघनित	**पं.ग्रं.**-1/117	दिवानाथ का विपुल विभव जब/वीणा
संकेत नियति का- *'संकेत नियति का पाकर तम से जीवन उलझाये;'*	: प्रारब्ध का इशारा, अदृश्य का संकेत	**प्र.ग्रं.**-2/31	आँसू

शब्द- काव्य-पंक्ति	: अर्थ	ग्रंथावली/पृ.सं.	स्रोत/संदर्भ
संकेत-भरा नभ- *'मुस्काता संकेत-भरा नभ अलि क्या प्रिय आनेवाले हैं?'*	: आकाश में मानो प्रिय के आने के संकेत दिख रहे हों	**म.सा.-1**/221	मुस्काता संकेत-भरा नभ/नीरजा
संकेत-लिपि- *'सुमन में संकेत-लिपि चंचल विहग स्वर-ग्राम जिसके'*	: (फूलों पर) संगीत की संकेतात्मक लिपि अंकित कर चुकी हूँ, जिन्हें देखकर वीणा बजाऊँगी।	**म.सा.-1**/323	आज तार मिला चुकी हूँ /दीप-शिखा
संक्षर- *'तमिस्र-संक्षर छिपे निशाचर प्रभा-भयंकर विनाश से डर'*	: मारनेवाले	**नि.र.-1**/242	गयी निशा वह, हँसीं दिशाएँ
संगम- *'प्रलय-जलधि में संगम जिसका देख हृदय था उठा कराह'*	: मिलन, विलय, मिलकर एक हो जाना	**प्र.ग्रं.-2**/56	चिंता/कामायनी
संग में पावन गंगा स्नान- *'तुम्हारे छूने नें था प्राण संग में पावन गंगा स्नान'*	: तुम्हारा साहचर्य मानो गंगा स्नान की तरह पवित्र था	**पं.ग्रं.-1**/187	आँसू/पल्लव
संगरों- *'कहेगी शतद्रु शत-संगरों की साक्षिणी,'*	: युद्ध, मोर्चा	**प्र.ग्रं.-1**/335	शेरसिंह का शस्त्र-समर्पण/लहर
संगिनी- *'बज रही वीणा तुम्हारी संगिनी'*	: वीणा तुम्हारी संगिनी (साथ रहने वाली) है	**नि.र.-1**/95	वीणावादिनी
संग्रह मूल नहीं- *'सुख अपने संतोष के लिए संग्रह मूल नहीं है'*	: (सुख) मूलतः संग्रह की वस्तु नहीं है	**प्र.ग्रं.-2**/152	कर्म/कामायनी
संग्राम-राग- *'किसने सुनाया यह/वीर-जन-मोहन अति दुर्जय संग्राम-राग'*	: युद्ध का राग, युद्ध-गान	**नि.र.-1**/152	जागो फिर एक बार
संघर्ष- *'संघर्ष कर रहा-सा सब से, सब से विराग सब पर ममता'*	: प्रतिद्वंद्विता	**प्र.ग्रं.-2**/171	इड़ा/कामायनी
संघातोद्धत- *'ऊर्मि संघातोद्धत अप्रतिहत, उज्ज्वल, अछोर चिर-निर्मल सागर की ओर'*	: आघात से व्यग्र	**नि.र.-1**/187	'सरोज' के प्रति
संचरित- *'करती शिराओं में संचरित और गति'*	: संचार करना, फैलाना	**नि.र.-1**/93	यहीं
◆ *'सञ्चरित कर नूतन अनुराग'*	: संचार करके, मन-प्राण में आधान करके	**नि.र.-1**/104	उद्बोधन
संचारी दीप- *'यह संचारी दीप, ओट इनको झंझा दे'*	: गतिशील चंचल दीपक की तरह हैं तारे	**म.सा.-1**/327	यह सपने सुकुमार /दीप-शिखा
संचित अग्नि- *'पहला संचित अग्नि जल रहा पास मलिन द्युति रवि कर से;'*	: बचाकर रखी हुई आग, संस्कृत में 'अग्नि' पुंलिंग है	**प्र.ग्रं.-2**/73	आशा/कामायनी
संचित तम- *'धरणी की वर्जित मादकता, संचित तम की छाया'*	: बुराइयों का प्रभाव, घनीभूत अँधेरा	**प्र.ग्रं.-2**/143	कर्म/कामायनी
संचित सुधि- *'किन जन्मों की चिर संचित सुधि'*	: संचित की हुई यादें, धीरे-धीरे जमा हो गयी यादें	**पं.ग्रं.-1**/198	स्वप्न/पल्लव
संचित-स्नेह- *'सकल संचित-स्नेह देता दृष्टि-पथ से ढार'*	: अपना संपूर्ण प्रेम	**प्र.ग्रं.-2**/112	वासना/कामायनी
संजीवन रस- *'उस स्वर लहरी के अक्षर सब संजीवन रस से बने घुले'*	: संजीवनी बूटी के रस की तरह जीवनदायी	**प्र.ग्रं.-2**/221	निर्वेद/कामायनी
संज्ञा- *'मादकता से आये तुम/संज्ञा से चले गये थे'*	: चेतना, सुध-बुध	**प्र.ग्रं.-2**/17	आँसू
◆ *'है स्पर्श मलय के झिलमिल सा/संज्ञा को और सुलाता है;'*	: चेतना	**प्र.ग्रं.-2**/100	काम/कामायनी

शब्द- काव्य-पंक्ति	: अर्थ	ग्रंथावली/पृ.सं.	स्रोत/संदर्भ
◆ *'संज्ञा को और सुलाता है'*	: चेतना	**प्र.ग्रं.**-2/349	आवरण/असंकलित कविताएँ
संज्ञाहीन- *'अविश्वस्त, संज्ञाहीन, पतित, आत्मविस्मृत नर?'*	: अचेत, जिसकी चेतना ठीक से काम न कर रही हो	**नि.र.**-1/100	दिल्ली
◆ *'पड़ी है पीड़ा संज्ञाहीन/साधना में डूबा उद्गार'*	: चेतनाविहीन, अचेत	**म.सा.**-1/83	मूक करके मानस का ताप/नीहार
संतरण- *'इस विश्व दयासिन्धु बीच सन्तरण करो'*	: तैर कर पार करना	**प्र.ग्रं.**-3/191	प्रथम अंक/विशाख
◆ *'वक्ष पर सन्तरण-आशी आकाश है'*	: तैरना, पार करना	**नि.र.**-1/145	शेफालिका
◆ *'जीवन मरण समुद्र सन्तरण'*	: तैरकर पार करना	**पं.ग्रं.**-2/12	बढ़ो अभय, विश्वास चरण धर/युगपथ
संतरण-आशी- *'वक्ष पर सन्तरण-आशी आकाश है'*	: आशीर्वाद की मुद्रा में तैरता (आकाश)	**नि.र.**-1/145	शेफालिका
संताप- *'सन्ताप से निज जन्म-भू के'*	: चिंता, जिम्मेदारी, तनाव	**नि.र.**-1/164	महाराज शिवाजी का पत्र
◆ *'शूल जिसने फूल छू चंदन किया संताप'*	: तनाव, दु:ख	**म.सा.**-1/236	जाग बेसुधा जाग!/नीरजा
संदर्शन- *'सन्दर्शन को, आतुर-पद चलकर पहुँचे'*	: दर्शन के लिए	**नि.र.**-1/292	तुलसीदास
संदेश- *'ढूँढ़ पाया कैसे यह देश;/स्वर्ग के हे मोहक सन्देश?'*	: उपहार	**म.सा.**-1/92	मधुरिमा के, मधु के अवतार/नीहार
◆ *'कितनी करुणा कितने सन्देश पथ में बिछ जाते बन पराग;'*	: प्रिय तक पहुँचायी जाने लायक भावपूर्ण बातें	**म.सा.**-1/95	जो तुम आ जाते एक बार/नीहार
संदेह- *'किन्तु जीवन कितना निरुपाय!/लिया है देख नहीं संदेह,'*	: भ्रम, शक, दुविधा	**प्र.ग्रं.**-2/90	श्रद्धा/कामायनी
संधान- *'ग्रह, नक्षत्र और विद्युत्कण/किसका करते थे संधान!'*	: खोज, तलाश	**प्र.ग्रं.**-2/69	आशा/कामायनी
◆ *'प्रिय का अति उत्सुक सन्धान'*	: खोज, ढूँढ़ना	**नि.र.**-1/121	यमुना के प्रति
◆ *'यही तो हैं इनके लघु प्राण/शाप वरदानों के संधान'*	: खोज, अन्वेषण	**म.सा.**-1/114	तुहिन के पुलिनों पर छबिमान/रश्मि
संधि- *'संधि में आलोक-तम की क्या नहीं नभ जानता तब'*	: प्रकाश और अंधकार का मिलन-बिंदु	**म.सा.**-1/355	मोम-सा तन घुल चुका /दीप-शिखा
संधि-पत्र- *'तुमको अपनी स्मित-रेखा से यह सन्धि-पत्र लिखना होगा'*	: समझौते का दस्तावेज, मनु और श्रद्धा के बीच के सम्बन्ध को उस सन्धि-पत्र की तरह कहा गया है, जिसे मुस्कराहट से लिखा गया हो।	**प्र.ग्रं.**-2/130	लज्जा/कामायनी
संध्या-अंशुक- *'अरुण संध्या-अंशुक में आज;'*	: शाम का हल्का अँधेरा मानो रात-रूपी स्त्री का नीला दुपट्टा है	**म.सा.**-1/300	सपनों का रज...! /सांध्य गीत
संध्या का तारा दीप- *'जब कामना सिंधु तट आयी ले संध्या का तारा दीप,'*	: शाम में निकलनेवाला तारा मानो उम्मीद के दीये की तरह है	**प्र.ग्रं.**-2/78	आशा/कामायनी
संध्या-कुहुकिनि-अंचल- *'सन्ध्या-कुहुकिनि-अंचल में कौतुक अपना कर जाता'*	: शाम के जादुई वातावरण (आँचल) में	**प्र.ग्रं.**-2/17	आँसू
संध्या के श्रमकण- *'छलछल थे सन्ध्या के श्रमकण, आँसू-से गिरते थे प्रतिक्षण'*	: दिन भर के परिश्रम का परिणाम, शाम को पसीने की बूँदें हासिल हुयीं	**प्र.ग्रं.**-4/141	पंचम अंक/स्कन्दगुप्त

शब्द-	काव्य-पंक्ति	: अर्थ	ग्रंथावली/पृ.सं.	स्रोत/संदर्भ
संध्या नील सरोरुह-	*'संध्या नील सरोरुह से जो श्याम पराग बिखरते थे'*	: संध्या-रूपी नीलकमल	**प्र.ग्रं.-2**/186	स्वप्न/कामायनी
संध्या-प्रशांति-	*'सन्ध्या-प्रशान्ति को कर गभीर!'*	: शाम की गहरी खामोशी	**पं.ग्रं.-1**/267	एक तारा/गुंजन
संध्या-वात-	*'श्रान्त, सोती जब सन्ध्या-वात'*	: शाम की मनोरम हवा	**पं.ग्रं.-1**/267	विहग के प्रति/गुंजन
संध्या-विधान-	*'अन्य वीर सर के गये तीर सन्ध्या-विधान'*	: पूजा आदि के लिए	**नि.र.-1**/330	राम की शक्ति-पूजा
संध्या-समीर-सुंदरी-संग-	*'मुक्त-बन्ध सन्ध्या-समीर-सुन्दरी-संग'*	: शाम की हवा-रूपी सुंदरी के साथ	**नि.र.-1**/75	कविता
संध्या-सुंदरी-	*'वह सन्ध्या-सुन्दरी परी-सी'*	: शाम-रूपी सुंदरी	**नि.र.-1**/77	सन्ध्या-सुन्दरी
संपात-	*'युगल-मिलन पर प्रेम-पूर्ण सम्पात'*	: डालना, गिरना ; जैसे दृष्टि डालना	**नि.र.-1**/91	रास्ते के फूल से
	◆ *'शिशिर ज्यों पत्र पर कनक-प्रभात के/किरण-सम्पात से'*	: पड़ना, गिरना	**नि.र.-1**/324	प्रेयसी
संपुट-	*'विद्रुम सीपी सम्पुट में/मोती के दाने कैसे'*	: अंजलि की तरह गोलाकार	**प्र.ग्रं.-2**/12	आँसू
संपुट दो-	*'नीलम मरकत के संपुट दो जिनमें बनता जीवन-मोती'*	: दो आवरण (की तरह हैं पलकें)	**म.सा.-1**/363	सब आँखों के आँसू उजले/दीप-शिखा
संबंध-विधान-	*'ये निस्संग, किन्तु कर लेते कुछ सम्बन्ध-विधान मुक्ति से'*	: प्रेमपूर्ण सम्बन्धों की योजना	**प्र.ग्रं.-2**/260	रहस्य/कामायनी
संबद्ध-	*'वे सम्बद्ध हुए फिर सहसा जाग उठी थी ज्वाला जिनमें'*	: परस्पर मिलकर एकाकार हो गये	**प्र.ग्रं.-2**/263	रहस्य/कामायनी
संबल-	*'बलने का सम्बल लेकर/दीपक पतंग से मिलता'*	: क्षमता, ताकत, हौसला	**प्र.ग्रं.-2**/22	आँसू
संभार-	*'आँख की भूख मिटी यह देख आह कितना सुन्दर सम्भार!'*	: अपार सौन्दर्य	**प्र.ग्रं.-2**/88	श्रद्धा/कामायनी
संभाषण-	*'नयनों का— नयनों से गोपन— प्रिय सम्भाषण'*	: बातचीत, संवाद	**नि.र.-1**/331	राम की शक्ति-पूजा
संभोग-	*'शिथिल शयन सम्भोग दलित कवरी के कुसुम सदृश कैसे'*	: समान रूप से भोग करना	**प्र.ग्रं.-1**/247	कहो/झरना
संभ्रम-	*'मानव ही जहाँ पड़ा— /चढ़ जहाँ बड़ा सम्भ्रम'*	: व्यापक भ्रम	**नि.र.-1**/340	सम्राट् अष्टम एडवर्ड के प्रति
संयम का संचित बल-	*'तप में संयम का संचित बल तृषित और व्याकुल था आज;'*	: मनु ने तप आदि के द्वारा संयमपूर्वक शारीरिक और मानसिक बल प्राप्त कर लिया था।	**प्र.ग्रं.-2**/77	आशा/कामायनी
संयाम-	*'हृदय में संयाम, गोपन से पला'*	: संयम, धीरज	**पं.ग्रं.-1**/129	ग्रन्थि
संयुत-	*'मन्द्र गँभीर धीर स्वर संयुत/यही कर रहा सागर गान'*	: से युक्त	**प्र.ग्रं.-2**/70	आशा/कामायनी
संयोग-समय-	*'काटूँ वियोग-पल रोते/संयोग-समय छिप जाऊँ'*	: प्रभात और रात के मिलन के समय रात का छिप जाना, मिलन के समय	**म.सा.-1**/111	चिर तृप्ति कामनाओं का/रश्मि
संयोगिता-	*'नारियों की महिमा उस सती संयोगिता ने'*	: पृथ्वीराज चौहान की पत्नी	**नि.र.-1**/100	दिल्ली
संवर-	*'जानकी-भीरु-उर— आशाभर,— रावण-सम्वर'*	: रोकना	**नि.र.-1**/329	राम की शक्ति-पूजा
सँवरता-सा-	*'चाँदनी सदृश खुल जाय कहीं अवगुंठन आज सँवरता-सा;'*	: सुन्दर लगता हुआ	**प्र.ग्रं.-2**/101	काम/कामायनी
संवरो-	*'बोले— सम्वरो देवि, निज तेज, नहीं वानर'*	: सम्वरण करो, रोको	**नि.र.-1**/332	राम की शक्ति-पूजा

शब्द-	काव्य-पंक्ति	: अर्थ	ग्रंथावली/पृ.सं.	स्रोत/संदर्भ
संवर्धना-	*'हाँ-हाँ, औरों की भी तो सम्वर्धना'*	: बढ़ोत्तरी, विकास करना	**प्र.ग्रं.**-1/253	प्रत्याशा/झरना
संवाद-	*'सुनाने आरण्यक संवाद, तथागत आया तेरे द्वार'*	: उपदेश	**प्र.ग्रं.**-1/294	अरी वरुणा की शांत कछार/लहर
संवृत-	*'हत मन्त्रपूत शर संवृत करतीं बार-बार'*	: संवरण करना, रोकना, हटा देना	**नि.र.**-1/334	राम की शक्ति-पूजा
संवेदन-	*'मनु का मन था विकल हो उठा संवेदन से खा कर चोट;'*	: भावना, संवेदना, भावुकता	**प्र.ग्रं.**-2/77	आशा/कामायनी
◆	*'संवेदन! जीवन जगती को,/जो कटुता से देता घोट'*	: भावना, संवेदना, भावुकता	**प्र.ग्रं.**-2/77	आशा/कामायनी
संवेदन-भार-पुंज-	*'लो चला आज मैं छोड़ यहीं संचित संवेदन-भार-पुंज'*	: सभी संवेदनाओं(श्रद्धा के प्रति प्रेम आदि) के समूह का बोझ	**प्र.ग्रं.**-2/168	ईर्ष्या/कामायनी
संवेदनमय हृदय-	*'कितना आभारी हूँ, इतना संवेदनमय हृदय हुआ'*	: मन का भावुक हो जाना	**प्र.ग्रं.**-2/227	निर्वेद/कामायनी
संश्लिष्ट-	*'प्रत्येक नाश-विश्लेषण भी संश्लिष्ट हुए, बन सृष्टि रही;'*	: आपस में मिल जाना	**प्र.ग्रं.**-2/105	काम/कामायनी
संसरण-	*'जिनकी इच्छा से संसार में संसरण होता'*	: आवागमन, गमन, सृष्टि का चलना	**नि.र.**-1/59	पंचवटी प्रसंग:4
संसृति-	*'बन कर संसृति के नव श्रम कन'*	: सृष्टि, संसार	**प्र.ग्रं.**-1/326	ओ री मानस की गहराई/लहर
◆	*'संसृति के विक्षत पग रे!'*	: सृष्टि, सभ्यता	**प्र.ग्रं.**-1/332	अशोक की चिंता/लहर
◆	*'गरल जलद की खड़ी झड़ी में/बूँदें निज संसृति रचतीं'*	: संसार, सृष्टि	**प्र.ग्रं.**-2/61	चिंता/कामायनी
◆	*'एक विराग-पूर्ण संसृति में/ज्यों निष्फल आरम्भ नवीन'*	: संसार, सृष्टि	**प्र.ग्रं.**-2/75	आशा/कामायनी
◆	*'समर्पण लो सेवा का सार/सजल संसृति की यह पतवार,'*	: सृष्टि	**प्र.ग्रं.**-2/91	श्रद्धा/कामायनी
◆	*'जिससे संसृति का बनता है/आकर रूप के नर्तन-सा'*	: सृष्टि	**प्र.ग्रं.**-2/104	काम/कामायनी
◆	*'आरम्भिक वात्या उद्‌गम मैं/अब प्रगति बन रहा संसृति का;'*	: सृष्टि	**प्र.ग्रं.**-2/106	काम/कामायनी
◆	*'उसका संदेश सुनाने को/संसृति में आई वह अमला'*	: सृष्टि	**प्र.ग्रं.**-2/107	काम/कामायनी
◆	*'इस निविड़ निशा में संसृति की आलोकमयी रेखा क्या है?'*	: सांसारिक जीवन	**प्र.ग्रं.**-2/128	लज्जा/कामायनी
◆	*'श्रद्धा इस संसृति की रहस्य व्यापक विशुद्ध विश्वासमयी'*	: सृष्टि	**प्र.ग्रं.**-2/177	इड़ा/कामायनी
◆	*'सुषमा का मंडल सुस्मित-सा बिखराता संसृति पर सुराग'*	: सृष्टि	**प्र.ग्रं.**-2/178	इड़ा/कामायनी
◆	*'वक्षस्थल पर एकत्र धरे संसृति के सब विज्ञान ज्ञान'*	: सृष्टि	**प्र.ग्रं.**-2/179	इड़ा/कामायनी
◆	*'यह लोचन-गोचर-सकल-लोक, संसृति के कल्पित हर्ष शोक'*	: सृष्टि	**प्र.ग्रं.**-2/234	दर्शन/कामायनी
◆	*'सुरधनु-सा अपना रंग बदल, मृति, संसृति, नति, उन्नति में ढल'*	: सृजन, जन्म	**प्र.ग्रं.**-2/235	दर्शन/कामायनी
◆	*'संसृति के वे सुन्दरतम क्षण यों ही भूल नहीं जाना'*	: प्रकृति की गोद में (व्यतीत जीवन का अंश)	**प्र.ग्रं.**-4/41	प्रथम अंक/स्कन्दगुप्त
◆	*'संसृति के शक्तिमान दस्युओं का अदमनीय'*	: सृष्टि, संसार, सभ्यताएँ	**नि.र.**-1/99	दिल्ली
◆	*'जग की संसृति का परिहास'*	: सृष्टि	**नि.र.**-1/117	यमुना के प्रति
◆	*'और जागरण, जगत् का— इस संसृति का'*	: सृष्टि	**नि.र.**-1/137	दीन
◆	*'वाहिनी संसृति की'*	: सृष्टि	**नि.र.**-1/171	रेखा 'क'

शब्द- काव्य-पंक्ति	: अर्थ	ग्रंथावली/पृ.सं.	स्रोत/संदर्भ
◆ *'मृत्यु की शृंखला ही/संसृति का सुष्ठु रूप'*	: संसार	**नि.र.**-1/205	कवि
◆ *'चितवन संसृति की सरिता तर'*	: सृष्टि, संसार	**नि.र.**-1/261	देख दिव्य छवि लोचन हार
◆ *'संसृति के दु:ख-घात,/श्लथ-गात, तुम्में ज्यों रही मैं बद्ध हो'*	: संसार	**नि.र.**-1/327	प्रेयसी
◆ *'संसृति की सीमा के अपर पार जो गये'*	: सृष्टि	**नि.र.**-1/342	कविता के प्रति
◆ *'शून्य शिराओं में संसृति की'*	: सृष्टि	**पं.ग्रं.**-1/193	अनंग/पल्लव
◆ *'संसृति का अस्फुट संगीत'*	: सृष्टि, प्रकृति	**पं.ग्रं.**-1/200	स्वप्न/पल्लव
◆ *'वह एक बूँद संसृति की'*	: सृष्टि	**पं.ग्रं.**-1/270	चाँदनी/गुंजन
◆ *'यह दोनों दो ओरें थीं/संसृति की चित्रपटी की'*	: सृष्टि	**म.सा.**-1/119	नव मेघों को रोता था/रश्मि
◆ *'चेतना से जड़ का बंधन/यही संसृति की हृत्कंपन'*	: सृष्टि	**म.सा.**-1/141	न थे जब परिवर्तन दिनरात/रश्मि
◆ *'कुहरा जैसे घन आतप में/यह संसृति मुझमें लय होगी'*	: सृष्टि	**म.सा.**-1/231	तुम दु:ख बन इस पथ से आना!/नीरजा
संसृति का क्रंदन- *'भरती मैं संसृति का क्रंदन हँस जर्जर जीवन अपने में'*	: पूरे संसार का दु:ख	**म.सा.**-1/170	तुम्हें बाँध पाती सपने में!/नीरजा
संसृति के पट- *'हम संसृति के पट के तानों-बानों-सी'*	: सृष्टि के वस्त्र की तरह हैं किरणें	**पं.ग्रं.**-1/298	दो/ज्योत्स्ना
संसृति के मूल रहस्य- *'बनो संसृति के मूल रहस्य तुम्हीं से फैलेगी वह बेल'*	: सृष्टि का प्रवर्तक, प्रलय के बाद बननेवाली नयी सृष्टि का मूल कारण	**प्र.ग्रं.**-2/92	श्रद्धा/कामायनी
संसृति के सूने पृष्ठों में- *'संसृति के सूने पृष्ठों में करुणकाव्य वह लिख जाता'*	: सृष्टि के अवसादग्रस्त पक्ष पर	**म.सा.**-1/108	रजतरश्मियों की छाया में.../रश्मि
संसृति छाया- *'घूम रही है यहाँ चतुर्दिक् चलचित्रों सी संसृति छाया'*	: (इच्छा-लोक की) सृष्टि के छायामय प्राणियों की झलक	**प्र.ग्रं.**-2/256	रहस्य/कामायनी
संसृति-गत- *'संसृति-गत उत्साह'*	: सृष्टि से संबंधित	**नि.र.**-1/134	बादल-राग
संसृति-जलनिधि- *'कौन तुम? संसृति-जलनिधि तीर तरंगों से फेंकी मणि एक,'*	: संसार-रूपी समुद्र	**प्र.ग्रं.**-2/83	श्रद्धा/कामायनी
संसृति-भीति- *'उगा अमर-अंकुर उर-भीतर/संसृति-भीति भगी'*	: आवागमन का भय	**नि.र.**-1/220	स्पर्श से लाज लगी
संसृति-सेवा- *'संसृति-सेवा भाग हमारा उसे विकसने को है!'*	: संसार की सेवा	**प्र.ग्रं.**-2/151	कर्म/कामायनी
संस्कृत मनुजत्व पूत- *'हे नग्न! नग्न पशुता ढँक दी बन नव संस्कृत मनुजत्व पूत'*	: संस्कार-युक्त पवित्र मानवता	**पं.ग्रं.**-2/24	बापू के प्रति/युगपथ
संस्तुत- *'शत-सहस्र-नक्षत्र-चन्द्र रवि संस्तुत'*	: समान रूप से प्रशंसित, सम् + स्तुत	**नि.र.**-1/135	बादल-राग
संस्थानों- *'अप्रतिहत गति, संस्थानों से रहता था जो सदा बढ़ा'*	: मंजिल, लक्ष्य	**प्र.ग्रं.**-2/216	निर्वेद/कामायनी
संस्थित- *'क्रीड़ितवय-विद्याध्ययनान्तर है संस्थित'*	: प्रतिष्ठित, स्थापित	**नि.र.**-1/284	तुलसीदास
संस्मारक- *'प्रतिभा का मन्द-स्मित परिचय, संस्मारक'*	: दूसरों के लिए स्मरण करने के योग्य बनानेवाला	**नि.र.**-1/284	तुलसीदास

शब्द- काव्य-पंक्ति	: अर्थ	ग्रंथावली/पृ.सं.	स्रोत/संदर्भ
संहार-बध्य- *'तो क्या मैं भ्रम में थी नितांत, संहार-बध्य असहाय दांत'*	: सामूहिक रूप से बलि के योग्य, संहार और बलि के योग्य	**प्र.ग्रं.-2**/238	दर्शन/कामायनी
संहार सृजन- *'संहार सृजन से युगल पाद, गतिशील, अनाहत हुआ नाद'*	: विनाश और सृष्टि	**प्र.ग्रं.**-2/246	दर्शन/कामायनी
सकरुण अवसान- *'नीचे प्रलय सिंधु लहरों का, होता था सकरुण अवसान'*	: करुणा उत्पन्न करनेवाला अवसान (क्रमशः समाप्ति)	**प्र.ग्रं.-2**/51	चिंता/कामायनी
सकर्मक- *'अर्ध प्रस्फुटित उत्तर मिलते प्रकृति सकर्मक रही समस्त;'*	: कर्म में लीन	**प्र.ग्रं.-2**/75	आशा/कामायनी
सकल- *'आनन्द-पुलकित हों सकल तव चूम कोमल चरणतल!'*	: सभी	**नि.र.**-1/95	वीणावादिनी
◆ *'सकल लहरों में एक उठान'*	: समस्त, सभी प्रकार के	**नि.र.**-1/257	एक ही आशा में
सकल कमाई- *'मेरी आशा आह! बावली, तूने खो दी सकल कमाई'*	: जो भी कमाया था सब	**प्र.ग्रं.**-4/141	पंचम अंक/स्कन्दगुप्त
सकल कलाधर शरद-इंदु- *'इस सुख-नभ में मैं विचरूँगा बन सकल कलाधर शरद-इंदु'*	: सभी सोलह कलाओं को धारण करनेवाला शरद ऋतु का चन्द्रमा	**प्र.ग्रं.**-2/168	ईर्ष्या/कामायनी
सकल कुतूहल- *'सकल कुतूहल और कल्पना उन चरणों से उलझ पड़ी'*	: समस्त जिज्ञासाएँ(बेचैनियाँ)	**प्र.ग्रं.**-2/226	निर्वेद/कामायनी
सकल भूत चेतन समुदाय- *'विकल हुआ-सा काँप रहा था, सकल भूत चेतन समुदाय;'*	: सभी भौतिक और चेतनायुक्त जीव, भौतिक और जीवित का समुदाय	**प्र.ग्रं.**-2/69	आशा/कामायनी
सकल-भ्रम-शेष- *'तत्त्व-नभ-तम में सकल-भ्रम-शेष, श्रम-निस्तार'*	: सब भ्रम दूर कर देनेवाला	**नि.र.**-1/226	जग का एक देखा तार
सकल वसुधा- *'सकल वसुधा को दे सन्देश, धन्य होता है बारम्बार'*	: संपूर्ण धरती या संसार	**प्र.ग्रं.**-1/295	अरी वरुणा की शांत कछार/लहर
सकल-शुभ-फलप्रद- *'सकल-शुभ-फलप्रद एक विधान'*	: सब अच्छे फलों को देनेवाला	**नि.र.**-1/258	एक ही आशा में
सकल शोक- *'वसुधा विस्मृत थी सकल शोक'*	: समस्त दु:ख-पीड़ा	**प्र.ग्रं.**-2/181	इड़ा/कामायनी
सकल-शोक-संतापहर- *'जिनमें हैं भाव भरे हुए सकल-शोक-सन्तापहर'*	: सभी (सकल) शोक और तनाव (संताप) को हरने वाले	**नि.र.**-1/69	चुम्बन
सकाम- *'केशर शर भर दिये सकाम'*	: इच्छाओं से युक्त, कामचेतना से युक्त	**पं.ग्रं.**-1/192	अनंग/पल्लव
सकाल- *'द्रुम-ललाट से प्रतिपल झरते शिशिर-बिन्दु-श्रमशिथिल सकाल'*	: अच्छा काल, सुबह	**नि.र.**-1/193	वसन्त-समीर
◆ *'चहकते खगकुल सकल सकाल'*	: सुबह	**नि.र.**-1/270	विश्व की ही वाणी प्राचीन
◆ *'कनक छाया में, जबकि सकाल'*	: सुबह का सुन्दर समय	**पं.ग्रं.**-1/196	मौन निमन्त्रण/पल्लव
◆ *'सुप्त स्वप्नों के सजग सकाल!'*	: सुंदर समय, सुबह	**पं.ग्रं.**-1/233	छाया काल/पल्लव
◆ *'जननि-अंचल में झूल सकाल'*	: सुबह, सुंदर समय	**पं.ग्रं.**-1/250	भावी पत्नी के प्रति/गुंजन
◆ *'मंजरित अरुण अशोक सकाल'*	: सुबह	**पं.ग्रं.**-1/257	मधुवन/गुंजन
सकुच- *'हँस अपने ही आप सकुच धनि/गति मृदु-मन्द चली'*	: संकोच के साथ	**नि.र.**-1/198	गीत 'ख'

शब्द- काव्य-पंक्ति	: अर्थ	ग्रंथावली/पृ.सं.	स्रोत/संदर्भ
सकुचा नवजात- *'विकसा औ' सकुचा नवजात'*	: नये जन्मे बच्चे की तरह स्वयं में सिकुड़ा हुआ (की तरह हैं लहरें)	**पं.ग्रं.**-1/189	वीचि विलास/पल्लव
सकेल- *'खाये के मुख ज्यों, पिये तेल/चमरौधे जूते से सकेल'*	: सिमटे हुए	**नि.र.**-1/321	सरोज-स्मृति
सघन अलक- *'अलस पलक, सघन अलक'*	: घने बाल, घनी छाया	**पं.ग्रं.**-1/286	एक/ज्योत्स्ना
सघन गगन- *'सघन गगन में भीम प्रकंपन, झंझा के चलते झटके'*	: आकाश बादलों से भरा था	**प्र.ग्रं.**-2/59	चिंता/कामायनी
सघन मिलन- *'छायापथ में नव तुषार का सघन मिलन होता जितना'*	: मिलकर घनाकार हो जाना	**प्र.ग्रं.**-2/55	चिंता/कामायनी
सघन वन अस्थिर- *'दावाग्नि प्रखर लपटों ने कर दिया सघन वन अस्थिर'*	: जीव-जंतुओं सहित घने जंगल को विचलित कर दिया	**प्र.ग्रं.**-2/270	आनन्द/कामायनी
सघन वारिद- *'सघन वारिद अंबर से छूट सफल होते जल-कण में फूट'*	: घने बादल	**म.सा.**-1/116	तुहिन के पुलिनों पर छबिमान/रश्मि
सघन शाल- *'इस रसाल के सघन शाल में'*	: (आम के पेड़ों)का सघन घेरा	**पं.ग्रं.**-1/94	मकड़ी का मृदु मायाजाल/वीणा
सघन सुनहली छाया- *'मैं था, सुन्दर कुसुमों की वह सघन सुनहली छाया थी'*	: गहरी सुन्दर सुखद छाया, देवांगनाओं का साहचर्य खिले फूलों की सुखद छाया की तरह था।	**प्र.ग्रं.**-2/223	निर्वेद/कामायनी
सचराचर- *'बाँधे सचराचर भव!'*	: चर और अचर, संपूर्ण जगत्	**नि.र.**-1/247	बन्दूँ पद सुन्दर तव
♦ *'मंगलमय सचराचर'*	: चर-अचर (जड़-चेतन) सहित सृष्टि	**पं.ग्रं.**-1/329	तीन/ज्योत्स्ना
सच्चिदानंद- *'तुम शुद्ध सच्चिदानन्द ब्रह्म'*	: ईश्वर सत्, चित् एवं आनन्द से पूर्ण है	**नि.र.**-1/49	तुम और मैं
♦ *'मिलता वह अपने सच्चिदानन्द रूप से'*	: सत्, चित् और आनन्द से युक्त	**नि.र.**-1/59	पंचवटी प्रसंग:4
♦ *'वीचियाँ ही अगनित शुचि सच्चिदानन्द की'*	: ईश्वर (सत्, चित् और आनन्द से युक्त ब्रह्म)	**नि.र.**-1/184	जागरण
सच्चिदानंद ब्रह्म- *'तुम शुद्ध सच्चिदानन्द ब्रह्म'*	: ईश्वर सत्, चित् एवं आनन्द से पूर्ण है	**नि.र.**-1/49	तुम और मैं
सच्चिदानंदरूप- *'पा सत्य, सच्चिदानन्दरूप, विश्राम-धाम'*	: सत्, चित् एवं आनंद से युक्त ईश्वर के साकार रूप (राम)	**नि.र.**-1/331	राम की शक्ति-पूजा
सजग कुतूहल- *'इतना सजग कुतूहल! ठहरो, यह न कभी बन पाओगे!'*	: सचेत कौतुक भाव	**प्र.ग्रं.**-1/291	निज अलकों के.../लहर
सजग जीवन- *'क्यों अचेतन रोम पाते चिर व्यथामय सजग जीवन?'*	: जागृति के साथ जीवन व्यतीत कर रहे हैं अचेतन रोएँ	**म.सा.**-1/341	जो न प्रिय पहिचान पाती! /दीप-शिखा
सजग पलक- *'वही वेदना सजग पलक में भर कर अलस सबेरा'*	: नींद के बाद जगी हुई आँखें	**प्र.ग्रं.**-2/141	कर्म/कामायनी
सजग व्यथाएँ- *'चुन-चुन ले रे कन-कन से जगती की सजग व्यथाएँ;'*	: दु:ख मानो सजीव हों	**प्र.ग्रं.**-2/30	आँसू
सजनि- *'कल्पने, आओ, सजनि, उस प्रेम की'*	: कल्पना मानो सखी है	**पं.ग्रं.**-1/123	ग्रन्थि

शब्द- काव्य-पंक्ति	: अर्थ	ग्रंथावली/पृ.सं.	स्रोत/संदर्भ
◆ *'रागभीनी तू सजनि निश्वास भी तेरे रँगीले!'*	: सजनी, सखी, संध्या को सखी मानकर संबोधन	**म.सा.**-1/252	रागभीनी तू सजनि निश्वास भी.../सांध्य गीत
सजल- *'बंद दृगों में, चूम सजल सपनों के चित्र बना जाता'*	: करुण-भाव से युक्त	**म.सा.**-1/132	सजनि कौन तम में परिचित सा/रश्मि
सजल अभिलाषा कलित अतीत- *'भूलता ही जाता दिन रात सजल अभिलाषा कलित अतीत;'*	: मनु का बीता हुआ देव-जीवन मधुर और रसमय था	**प्र.ग्रं.**-2/86	श्रद्धा/कामायनी
सजल कुहू- *'दग्ध श्वास से आह न निकले सजल कुहू में आज यहाँ!'*	: बरसात की अँधेरी रात (आँसुओं से भरा निराश जीवन)	**प्र.ग्रं.**-2/186	स्वप्न/कामायनी
सजल गान- *'बहते कन कन से फूट फूट, मधु के निर्झर से सजल गान'*	: प्रेम और करुणा से युक्त संगीतमय ध्वनियाँ	**म.सा.**-1/103	चुभते ही तेरा अरुण बान!/रश्मि
सजल गुलाली- *'ऊषा की सजल गुलाली जो घुलती है नीले अंबर में;'*	: सुबह की लालिमा को 'सजल' (तरल) बताया गया है	**प्र.ग्रं.**-2/106	काम/कामायनी
सजल-घटा-सा- *'तन सजल-घटा-सा तड़ित-छटा-सा उर दे'*	: जल से युक्त बादल के समान कांतिमान	**म.सा.**-1/339	तू धूल-भरा ही आया! /दीप-शिखा
सजल छाया- *'अरुण घन की सजल छाया में दिनांत निवास'*	: शीतल छाँह, प्रेममय आश्रय	**प्र.ग्रं.**-2/114	वासना/कामायनी
सजल जलजात- *'मधुप-मुखर मरंद-मुकुलित, मैं सजल जलजात रे मन!'*	: सरस कमल, करुणामय और आनन्ददायी	**प्र.ग्रं.**-2/221	निर्वेद/कामायनी
सजल जलद- *'तुम दानशीलता से अपनी बन सजल जलद वितरो न बिंदु'*	: बारिश से युक्त बादल	**प्र.ग्रं.**-2/168	ईर्ष्या/कामायनी
सजल जलधर- *'सजल जलधर से बन जलधार'*	: पानी से भरे हुए बादल	**पं.ग्रं.**-1/183	आँसू/पल्लव
सजल जाल- *'वह शिथिल हँसी की सजल जाल'*	: प्रेम और करुणा (सजल) का ताना-बाना	**प्र.ग्रं.**-1/310	कोमल कुसुमों की मधुर रात/लहर
सजल दीपक राग- *'किसलिए हर साँस तम में सजल दीपक राग गाती?'*	: करुणा से भरा हुआ ओजस्वी दीपक राग (खुद को जलानेवाला) मानो साँसों में गाया जा रहा है	**म.सा.**-1/341	जो न प्रिय पहिचान पाती!/दीप-शिखा
सजल दृष्टि- *'आँसुओं सजल दृष्टि की छलक पूरी न हुई जो रही कलक'*	: करुणा से भरी हुई आँखें	**नि.र.**-1/317	सरोज-स्मृति
सजल भार- *'वह बोली "नील गगन अपार, जिसमें अवनत घन सजल भार'*	: जल के बोझ (से युक्त बादल)	**प्र.ग्रं.**-2/234	दर्शन/कामायनी
सजल मानस- *'सरल उपकृति का सजल मानस, प्रिये'*	: करुणा से भरा हुआ मन	**पं.ग्रं.**-1/126	ग्रन्थि
सजल मुख- *'मेरा सजल मुख देख लेते! यह करुण मुख देख लेते!'*	: रोता हुआ चेहरा	**म.सा.**-1/260	मेरा सजल मुख देख लेते!/सांध्य गीत
सजल लोचना- *'सजल लोचना हो जब मात'*	: नम आँखों से	**पं.ग्रं.**-1/98	कर पुट में पुष्पांजलि धर/वीणा
सजल संध्या अंचल- *'ज्वाल सजल सन्ध्या अंचल में'*	: शाम का सकरुण अवसान	**पं.ग्रं.**-1/368	द्वितीय दृश्य/परी
सजल संसृति- *'समर्पण लो सेवा का सार सजल संसृति की यह पतवार,'*	: दु:ख और करुणा से भरी हुई सृष्टि	**प्र.ग्रं.**-2/91	श्रद्धा/कामायनी

शब्द- काव्य-पंक्ति	: अर्थ	ग्रंथावली/पृ.सं.	स्रोत/संदर्भ
सजल सपने- *'पंख पर वे सजल सपने तोल दो!'*	: करुणा से भरे सपने	**म.सा.**-1/282	कीर का प्रिय आज... /सांध्य गीत
सजल सुधि- *'सजल सुधि में मग्न हो जावें पुन:'*	: भावनाप्रधान स्मृति	**पं.ग्रं.**-1/123	ग्रन्थि
सजला पुलकों में- *'मेरी इन सजला पुलकों में'*	: छलछलाई आँखों में या सजल बादलों में	**म.सा.**-1/28	नव घन आज बनो पलकों में!/सांध्य गीत
सजला बदली- *'सांध्य गगन-सी रंगमयी पर पावस की सजला बदली है'*	: जल से युक्त बादल, जलधर	**म.सा.**-1/333	जब यह दीप थके तब आना/दीप-शिखा
सजा-जागरण-जग- *'मन्द-हास-मृदु वह/सजा-जागरण-जग'*	: जागृति से शोभायमान संसार	**नि.र.**-1/144	जागृति में सुप्ति थी
सजीव- *'सिक्ख थे सजीव—'*	: सच्चे अर्थों में जीवित (स्वाभिमानी)	**प्र.ग्रं.**-1/335	शेरसिंह का शस्त्र-समर्पण/लहर
सजीव तपस्या- *'एक सजीव तपस्या जैसे पतझड़ में कर वास रहा'*	: मनु मानो तपस्या के साक्षात् जीवंत रूप हो गए थे	**प्र.ग्रं.**-2/74	आशा/कामायनी
सजीवता ममता- *'जगती थी ज्योति भरी-सी तेरी सजीवता ममता'*	: जीवन के लक्षणों से युक्त और ममतामयी	**प्र.ग्रं.**-2/22	आँसू
सतत अटकाव- *'थी प्रगति, पर अड़ा रहता था सतत अटकाव'*	: निरंतर रुकावट	**प्र.ग्रं.**-2/111	वासना/कामायनी
सतत आराध्य- *'मैं स्वयं सतत आराध्य, आत्म-मंगल-उपासना में विभोर'*	: (देवताओं ने स्वयं को) सदैव पूज्य माना	**प्र.ग्रं.**-2/174	इड़ा/कामायनी
सतत प्रवर्तन- *'जब धर्म-चक्र के सतत-प्रवर्तन की प्रसन्न-ध्वनि छाई थी'*	: निरंतर गतिशीलता (धर्म की)	**प्र.ग्रं.**-1/297	जगती की मंगलमयी उषा बन/लहर
सतत व्याकुलता के विश्राम- *'सतत व्याकुलता के विश्राम, अरे ऋषियों के कानन कुंज'*	: निरंतर बेचैन रहनेवाले बुद्ध को मानो यहीं आराम मिला था	**प्र.ग्रं.**-1/294	अरी वरुणा की शांत कछार/लहर
सतत संघर्ष- *'यहाँ सतत संघर्ष, विफलता कोलाहल का यहाँ राज है'*	: लगातार टकराव होना	**प्र.ग्रं.**-2/259	रहस्य/कामायनी
सतत सिंचित- *'सतत सिंचित प्रियंगु की बाल'*	: अनवरत अभिसिक्त (स्पर्श का अनवरत रोमांच)	**पं.ग्रं.**-1/257	मधुवन/गुंजन
सतरंगी पुलिन सा- *'बन गया तम-सिंधु का, आलोक सतरंगी पुलिन सा'*	: शाम में डूबती किरणें मानो अँधेरे के समुद्र के सतरंगे तटों की तरह दिख रही हैं	**म.सा.**-1/301	क्यों मुझे प्रिय हो न बंधन!/सांध्य गीत
सती-शिरोरत्न- *'गूँथकर माला स्वयं/सती-शिरोरत्न के पद-युगल-कमलों में/अर्पण करूँगी मैं'*	: सती (पतिव्रता) स्त्रियों में श्रेष्ठ (सिर पर धारण करने योग्य रत्न— शिरोरत्न) अनसूया (अत्रि ऋषि की पत्नी)	**नि.र.**-1/53	पंचवटी प्रसंग:1
सत्- *'जिस शुचि प्रकाश का सौर-जगत् रुचि-रुचि में खुला, असत् भी सत्'*	: सत्य	**नि.र.**-1/293	तुलसीदास
सत्कृत- *'जीवन भर के बल वैभव से सत्कृत करती दूरागत को'*	: जिसका स्वागत-सत्कार किया जाए	**प्र.ग्रं.**-2/124	लज्जा/कामायनी
सत्ता का स्पंदन- *'सत्ता का स्पन्दन चला डोल, आवरण पटल की ग्रंथि खोल'*	: परमसत्ता शिव (सृजन या कल्याण) की गतिमयता	**प्र.ग्रं.**-2/246	दर्शन/कामायनी
सत्ता खोकर- *'इनके विकार सा ही बनकर, मैं शून्य बना सत्ता खोकर'*	: अधिकार गँवाकर	**प्र.ग्रं.**-2/244	दर्शन/कामायनी

शब्द- काव्य-पंक्ति	: अर्थ	ग्रंथावली/पृ.सं.	स्रोत/संदर्भ
सत्ता चित्- *'अंतर्निनाद ध्वनि से पूरित, थी शून्य-भेदिनी सत्ता चित्'*	: सत्ता के रूप चैतन्यस्वरूप शिव की अनुभूति	**प्र.ग्रं.-2**/246	दर्शन/कामायनी
सत्य- *'वही एक जो सत्य बना था चिर सुंदरता में अपनी'*	: श्रद्धा के जीवन में एकमात्र 'सत्य' की तरह मनु आए थे	**प्र.ग्रं.-2**/187	स्वप्न/कामायनी
सत्य निदान- *'दु:ख का करके सत्य निदान, प्राणियों का करने उद्धार'*	: सच्चा समाधान	**प्र.ग्रं.-1**/294	अरी वरुणा की शांत कछार/लहर
सत्य-नीलिमा- *'वहाँ कहाँ कोई अपना? सब सत्य-नीलिमा में लयमान'*	: सत्य-रूपी आकाश	**नि.र.-1**/192	वसन्त-समीर
सत्य प्राण- *'सौन्दर्य पूर्ण औ' सत्य प्राण'*	: आत्मा की कसौटी पर कसा जानेवाला सत्य	**पं.ग्रं.-2**/14	जग जीवन में जो चिर महान/युगपथ
सत्य-यष्टि- *'प्रियकरालम्ब को सत्य-यष्टि; प्रतिमा में श्रद्धा की समष्टि'*	: सत्य का सहारा	**नि.र.-1**/295	तुलसीदास
सत्याग्रह- *'होकर निरस्त्र, सत्याग्रह से रोका मिथ्या का बल प्रहार'*	: सत्य को आन्दोलन का आधार बनाया	**पं.ग्रं.-2**/25	बापू के प्रति/युगपथ
सत्व- *'पाने को है निज सत्व, मुक्ति'*	: सत्त्व, अस्तित्व	**पं.ग्रं.-2**/21	सृष्टि/युगपथ
सत्वर- *'सब दुख श्रम हर लाज-रूप धर/अपनाओ सत्वर'*	: शीघ्र	**नि.र.-1**/222	स्नेह की सरिता के तट पर
◆ *'तन्वि के तरुण, आओ सत्वर!'*	: शीघ्र	**नि.र.-1**/228	आओ मेरे आतुर उर पर
◆ *'आता सत्वर मन निम्न उतर'*	: शीघ्र, तुरंत	**नि.र.-1**/294	तुलसीदास
◆ *'हैं विकल देखने को सत्वर'*	: शीघ्र	**नि.र.-1**/296	तुलसीदास
◆ *'वापस कर देते पढ़ सत्वर/दे एक-पंक्ति-दो में उत्तर'*	: शीघ्र	**नि.र.-1**/317	सरोज-स्मृति
◆ *'वन्दना ईश की करने को, लौटे सत्वर'*	: शीघ्र, जल्दी ही	**नि.र.-1**/330	राम की शक्ति-पूजा
◆ *'जाओ देवीदह, उष:काल होते सत्वर'*	: शीघ्र	**नि.र.-1**/336	राम की शक्ति-पूजा
◆ *'तुझे ढूँढ़ने को सत्वर!'*	: शीघ्र	**पं.ग्रं.-1**/83	बढ़ा और भी तो अन्तर/वीणा
◆ *'वह कृतार्थ होगा सत्वर'*	: शीघ्र, आसानी से	**पं.ग्रं.-1**/89	धनिक! तुम्हारे यहाँ भिखारी/वीणा
◆ *'सरकती है सत्वर'*	: शीघ्र	**पं.ग्रं.-1**/185	आँसू/पल्लव
◆ *'हम चले नाव लेकर सत्वर!'*	: शीघ्र, त्वरित	**पं.ग्रं.-1**/274	नौका-विहार/गुंजन
सत्व विहीना- *'तूने तब मुझ सत्व विहीना'*	: अस्तित्वविहीन स्त्री	**पं.ग्रं.-1**/117	दिवानाथ का विपुल विभव जब/वीणा
सत् श्री अकाल- *'सत् श्री अकाल, भाल-अनल धक-धक कर जला'*	: ईश्वर का नाम (सिख धर्म)	**नि.र.-1**/153	जागो फिर एक बार
सदय- *'पागल मैं, किस पर सदय रहा? क्या मैंने ममता ली न तोड़'*	: कृपालु	**प्र.ग्रं.-2**/172	इड़ा/कामायनी
◆ *'यही विरुद क्या तुम्हें सुहाता कि नील-नीरद सदय नहीं है'*	: दया से युक्त	**प्र.ग्रं.-3**/285	द्वितीय अंक/अजातशत्रु
◆ *'सब चले सदय राम की सोचते हुए विजय'*	: करुणा भाव से भरा	**नि.र.-1**/336	राम की शक्ति-पूजा
सदय हृदय- *'यह क्या मधुर स्वप्न-सी झिलमिल सदय हृदय में अधिक अधीर;'*	: संवेदनशील हृदय	**प्र.ग्रं.-2**/70	आशा/कामायनी
सदया- *'आती थी आप दया सदया'*	: दया से युक्त	**नि.र.-1**/264	कितने बार पुकारा

शब्द- काव्य-पंक्ति	: अर्थ	ग्रंथावली/पृ.सं.	स्रोत/संदर्भ
सदर्प- *'उन्हें चिनगारी सदृश सदर्प कुचलती रहे खड़ी सानन्द;'*	: गर्व और विश्वास के साथ	**प्र.ग्रं.-2**/93	श्रद्धा/कामायनी
सदल- *'चटका कलि का अवरोध सदल'*	: पंखुड़ियों से युक्त	**नि.र.-1**/294	तुलसीदास
सदसत्- *'सुख-दु:ख, सदसत् होते तन्मय'*	: सत् और असत्, यथार्थ और अयथार्थ	**पं.ग्रं.-1**/314	तीन/ज्योत्स्ना
सदा-सुख-छाया- *'आज सदा-सुख-छाया होगा कानन-गेह'*	: निरंतर सुख की छाया से युक्त	**नि.र.-1**/130	बादल राग
सद्म- *'अपहृत-श्री, सुख-स्नेह का सद्म,'*	: घर	**नि.र.-1**/299	तुलसीदास
सद्य:स्मित- *'लगता सारा जग सद्य:स्मित ज्यों शतदल!'*	: ताजा मुस्कुराहट	**पं.ग्रं.-2**/10	वे चहक रहीं कुंजों में/युगपथ
सद्यस्नात- *'कम्पित हैं तेरे सजल अंग, सिहरा सा तन हे सद्यस्नात!'*	: नहाने के तुरंत बाद की स्थिति	**म.सा.-1**/178	रूपसि तेरा घन-केश-पाश!/नीरजा
सध- *'उस प्रियावरण प्रकाश में बँध सोचता, ''सहज पड़ते पग सध'*	: सधा हुआ, ठीक, उचित	**नि.र.-1**/293	तुलसीदास
सनयन- *'मैं खड़ी रहूँगी सनयन'*	: ध्यानपूर्वक देखती हुई	**पं.ग्रं.-1**/208	विसर्जन/पल्लव
सनसन- *'यह क्या तम में करता सनसन? धारा का ही क्या यह निस्वन!'*	: 'सन सन' की ध्वनि	**प्र.ग्रं.-2**/242	दर्शन/कामायनी
सनातन-धर्म-धारा- *'सनातन-धर्म-धारा शुद्ध भारत से बह जाय चिरकाल के लिए?'*	: सनातन हिन्दू धर्म की परंपरा	**नि.र.-1**/168	महाराज शिवाजी का पत्र
सनाथ- *'भुज-लता पड़ी सरिताओं की शैलों के गले सनाथ हुए;'*	: सहारा, नाथ से युक्त, कृतकृत्य, आभारी	**प्र.ग्रं.-2**/105	काम/कामायनी
सने- *'गा गीत स्नेह वेदना सने'*	: सना हुआ, गूँथा हुआ	**पं.ग्रं.-2**/13	बाँसों का झुरमुट/युगपथ
सनेह-वेली- *'खारे दृग-जल से सींच सींच प्रिय की सनेह-वेली पाली'*	: प्रेम-रूपी लता	**म.सा.-1**/197	जग ओ मुरली की मतवाली!/नीरजा
सन्निधि जाल- *'भाँवरों से निज बनाता अतिथि सन्निधि जाल'*	: चारों तरफ(प्रेम का) जाल फैलाना	**प्र.ग्रं.-2**/112	वासना/कामायनी
सन्निपात- *'नारी के नयन! त्रिगुणात्मक ये सन्निपात'*	: एक प्रकार का बुखार (कफ, वात, पित्तजन्य), गिरना	**प्र.ग्रं.-1**/343	प्रलय की छाया/लहर
सन्मुख- *'विधु का आलोक-तरल पथ/सन्मुख देखा करता है'*	: सामने, प्रत्यक्ष	**प्र.ग्रं.-2**/37	आँसू
सपना सुकुमार- *'मैं पलकों में पाल रही हूँ यह सपना सुकुमार किसी का!'*	: प्रेम के सुकोमल सपने	**म.सा.-1**/375	मैं पलकों में पाल रही हूँ/दीप-शिखा
सपनों की माया- *'अपने जर्जर अञ्चल में भरकर सपनों की माया'*	: माया की तरह अवास्तविक सपने	**म.सा.-1**/76	जिस दिन नीरव तारों से/नीहार
सपनों की रज- *'सपनों का रज आँज गया नयनों में प्रिय का हास!'*	: आँखों में सपने दे गयी प्रिय की हँसी	**म.सा.-1**/300	सपनों की रज...! /सांध्य गीत
सपनों की सोनजुही- *'सपनों की सोनजुही सब बिखरें, ये बन कर तारा;*	: सोनजुही के सुन्दर फूल की तरह के सपने	**प्र.ग्रं.-2**/28	आँसू
सपर्याय- *'पूरे कर शुचितर सपर्याय/जीवन के अष्टादशाध्याय'*	: सोद्देश्य	**नि.र.-1**/315	सरोज स्मृति
सप्तक- *'पद-पद पर तांडव नर्तन हो, स्वर सप्तक होवें लय सारे'*	: संगीत के सात मूल स्वर— षड्ज, ऋषभ, गांधार, मध्यम, पंचम, धैवत, निषाद	**प्र.ग्रं.-4**/341	प्रथम अंक/ध्रुवस्वामिनी

शब्द-	काव्य-पंक्ति	: अर्थ	ग्रंथावली/पृ.सं.	स्रोत/संदर्भ
सप्तक-	*'इन्द्रधनुष के सप्तक'*	: सात रंग	**नि.र.**-1/134	बादल-राग
सप्तम सोपान-	*'चढ़ता है सप्तम सोपान पर'*	: योग का सातवाँ चक्र (सहस्रार चक्र जो एक हजार दल वाले कमल की तरह है)	**नि.र.**-1/59	पंचवटी प्रसंग:4
सप्तम सोपान-	*'पहुँचकर प्रणय-छाये अमर विराम के/सप्तम सोपान पर'*	: सातवाँ स्वर— निषाद	**नि.र.**-1/145	शेफालिका
सप्त-सागर-तरंग-दल-दत्त-माल-	*'वैभव विशाल, साम्राज्य सप्त-सागर-तरंग-दल-दत्त-माल'*	: सातों समुद्रों ने अपने तरंग -समूहों को उठाकर मानो माल्यार्पण किया है।	**नि.र.**-1/339	सम्राट् अष्टम एडवर्ड के प्रति
सप्त सिंधु-	*'सप्त सिंधु के तरल कणों में, द्रुम दल में, आनन्द-विभोर'*	: सातों समुद्र	**प्र.ग्रं.**-2/56	चिंता/कामायनी
सप्तसिंधु-	*'सप्तस्वर सप्तसिन्धु में उठे, छिड़ा तब मधुर साम-संगीत'*	: सातों समुद्र	**प्र.ग्रं.**-4/138	पंचम अंक/स्कन्दगुप्त
सप्तस्वर-	*'सप्तस्वर सप्तसिन्धु में उठे, छिड़ा तब मधुर साम-संगीत'*	: शास्त्रीय संगीत के मूल सात स्वर— सा, रे, गा, मा, पा, धा, नी	**प्र.ग्रं.**-4/138	पंचम अंक/स्कन्दगुप्त
सप्तावरण-मरण-लोक-	*'अमृत-सन्तान! तीव्र/भेदकर सप्तावरण-मरण-लोक, शोकहारी! पहुँचे थे वहाँ/जहाँ आसन है सहस्रार—'*	: मरण-लोक के सातों आवरण (सात चक्र) पारकर योगी आठवें सहस्रार चक्र में महाकुंडलिनी को प्रवेश कराता है और मृत्यु के भय से मुक्त होकर अमरत्व को प्राप्त करता है।	**नि.र.**-1/153	जागो फिर एक बार
सप्रीत-	*'विमल वाणी ने वीणा ली कमल-कोमल कर में सप्रीत'*	: प्रेमपूर्वक	**प्र.ग्रं.**-4/138	पंचम अंक/स्कन्दगुप्त
सफरी-	*'साँस, सफरी सी अटकी है किसी आशा में'*	: एक प्रकार की छोटी चमकीली मछली	**प्र.ग्रं.**-1/338	पेशोला की प्रतिध्वनि /लहर
सफलता का संकलित विलंब-	*'और जड़ता की जीवन-राशि: सफलता का संकलित विलम्ब'*	सफलता में हुए विलम्ब का पुंजीभूत रूप, असफलता का प्रतिरूप	**प्र.ग्रं.**-2/86	श्रद्धा/कामायनी
सब कहते श्रृंगार-	*'मौन रही हार, प्रिय-पथ पर चलती/सब कहते श्रृंगार'*	: उसके सब आभरण (बजते हुए) कुछ कह रहे हैं	**नि.र.**-1/254	मौन रही हार
सबल तरंगाघातों-	*'सबल तरंगाघातों से उस क्रुद्ध सिंधु के, विचलित सी'*	: प्रचण्ड लहरों की चोट से	**प्र.ग्रं.**-2/60	चिंता/कामायनी
सभंग-	*'सोचा कवि ने, मानस-तरंग, यह भारत-संस्कृति पर सभंग'*	: अव्यवस्थित किए हुए	**नि.र.**-1/289	तुलसीदास
सभक्ति-	*'जपते सभक्ति अजपा विभक्त हो राम-नाम'*	: भक्ति से युक्त	**नि.र.**-1/331	राम की शक्ति-पूजा
सभय शाल-	*'धँस गये धरा में सभय शाल'*	: भयभीत शाल के वृक्ष सघन वर्षा में दिखाई नहीं पड़ रहे हैं, मानो वे धरती में समा गए हैं	**पं.ग्रं.**-1/180	उच्छ्वास/पल्लव
सभीत-	*'तब क्या इस वसुधा के लघु-लघु प्राणी को करने को सभीत'*	: भयभीत, त्रस्त	**प्र.ग्रं.**-2/180	इड़ा/कामायनी
◆	*'उस अरण्य में बढ़ा रही है पैर, सभीत'*	: डरते हुए, सहम-सहम कर	**नि.र.**-1/127	आग्रह
◆	*'अन्धकार के पास सभीत'*	: डरते-डरते	**पं.ग्रं.**-1/200	स्वप्न/पल्लव
सम-	*'ये लायेंगी रंग सुलालित होने दो कम्पन सम से'*	: द्रुत या विलम्बित न होकर मध्यम (सम) गति पर	**प्र.ग्रं.**-4/133	पंचम अंक/स्कन्दगुप्त

शब्द- काव्य-पंक्ति	: अर्थ	ग्रंथावली/पृ.सं.	स्रोत/संदर्भ
◆ *'जागूँगा जब, सम में समा जाएगी तेरी तान'*	: संगीत में वह स्थान जहाँ लय की समाप्ति और ताल का आरंभ होता है।	**नि.र.-1**/103	प्रगल्भ प्रेम
◆ *'क्यों बहन, नहीं तू सम, उन पर बल करते?'*	: बराबर	**नि.र.-1**/297	तुलसीदास
समतल- *'पीयूष-स्रोत-सी बहा करो जीवन के सुन्दर समतल में'*	: मैदानी जीवन की तरह सरल	**प्र.ग्रं.-2**/130	लज्जा/कामायनी
समता- *'वही भाव भर लेगी जनता, भूल जायगी समता'*	: बराबरी का भाव, अपने समान समझने का भाव	**प्र.ग्रं.-3**/505	तृतीय अंक/कामना
समताऽनुराग- *'हम सत्य, श्रेय, समताऽनुराग'*	: समानता और लगाव के प्रतीक (देवता)	**पं.ग्रं.-1**/313	तीन/ज्योत्स्ना
समता की घोषणा- *'समता की घोषणा विश्व में, मन्द्र मेघ गर्जन कर दो'*	: सबके समान होने की घोषणा, बराबरी	**प्र.ग्रं.-3**/418	तृतीय अंक/जन्मेजय का नाग-यज्ञ
समतोल- *'तोल तू उच्च-नीच समतोल'*	: समान समझना	**नि.र.-1**/257	एक ही आशा में
सम-तोलन- *'मनोभाव के काय-कर्म का सम-तोलन में दत्त-चित्त से'*	: सामंजस्य	**प्र.ग्रं.-2**/261	रहस्य/कामायनी
समधीत- *'युवकों में प्रमुख रत्न-चेतन समधीत-शास्त्र-काव्यालोचन'*	: जिसने अध्ययन किया है, ज्ञान का पारायण किया है	**नि.र.-1**/284	तुलसीदास
समनुरक्ति- *'ज्यों हो वे शब्द मात्र,— मैत्री की समनुरक्ति,'*	: अनुराग या लगाव से युक्त	**नि.र.-1**/334	राम की शक्ति-पूजा
समन्वय- *'समन्वय उसका करे समस्त विजयिनी मानवता हो जाय!'*	: तालमेल, एकसूत्रता में पिरोना	**प्र.ग्रं.-2**/93	श्रद्धा/कामायनी
◆ *'हम भूख-प्यास से जाग उठे/आकांक्षा-तृप्ति समन्वय में;'*	: सामंजस्य	**प्र.ग्रं.-2**/105	काम/कामायनी
समय-विहग- *'समय-विहग के कृष्णपक्ष में रजत चित्र-सी अंकित कौन'*	: समय-रूपी पक्षी	**प्र.ग्रं.-4**/238	द्वितीय अंक/चन्द्रगुप्त
समय-सागर- *'निमिष के बुद्बुद् मिटाकर, एक रस है समय-सागर!'*	: सागर की तरह अनंत समय	**म.सा.-1**/267	मैं सजग चिर साधना ले!/सांध्य गीत
समर- *'धरा घिर घूम रही चञ्चल, काल-गुणत्रय-भय-रहित समर'*	: संघर्ष	**नि.र.-1**/138	प्याला
◆ *'रह गया राम-रावण का अपराजेय समर'*	: युद्ध	**नि.र.-1**/329	राम की शक्ति-पूजा
समर-वीर-कर- *'उनके समर-वीर-कर में तू नाचती'*	: युद्धवीर योद्धा के हाथ में (तलवार)	**प्र.ग्रं.-1**/333	शेरसिंह का शस्त्र-समर्पण/लहर
समर-शूर- *'समर-शूर क्रूर नहीं'*	: युद्धवीर, जो युद्ध के नियमों का पालन करते हुए लड़ता हो	**नि.र.-1**/154	जागो फिर एक बार
समरस- *'मिटते असत्य-से ज्ञान-लेश, समरस, अखंड, आनन्द-वेश!'*	: एकात्म और अभिन्नतया स्थित, शक्ति के साथ एकरस	**प्र.ग्रं.-2**/247	दर्शन/कामायनी
◆ *'जीवन-वसुधा समतल है समरस है जो कि जहाँ है'*	: संभव से युक्त, आनन्दमग्न	**प्र.ग्रं.-2**/275	आनन्द/कामायनी
◆ *'समरस थे जड़ या चेतन सुन्दर साकार बना था'*	: सभी द्वन्द्वों की समाप्ति, एकात्म	**प्र.ग्रं.-2**/280	आनन्द/कामायनी
समरसता- *'समरसता है सम्बन्ध बनी अधिकार और अधिकारी की'*	: भेदभाव को भुलाकर समानता का बोध उत्पन्न करना	**प्र.ग्रं.-2**/174	इड़ा/कामायनी

शब्द- काव्य-पंक्ति	: अर्थ	ग्रंथावली/पृ.सं.	स्रोत/संदर्भ
समरसता का अधिकार- *'नित्य समरसता का अधिकार, उमड़ता कारण जलधि समान;'*	: शिव और शक्ति का संतुलन शैव दर्शन में 'समरसता' कहलाता है, प्रकृति के पास समरस होने की स्वतंत्रता रही है इसलिए उस पर मनमाना अधिकार किसी का भी नहीं हो सकता	**प्र.ग्रं.**-2/89	श्रद्धा/कामायनी
समर-सरताज- *'आज तुम राजकुँवर!— समर-सरताज!'*	: युद्ध के महान् योद्धा	**नि.र.**-1/154	जागो फिर एक बार
समर्पण लो- *'समर्पण लो सेवा का सार सजल संसृति की यह पतवार,'*	: श्रद्धा मनु के प्रति अपना सम्पूर्ण समर्पण व्यक्त करती है	**प्र.ग्रं.**-2/91	श्रद्धा/कामायनी
समल- *'वासनाएँ समल निर्मल— /कर्दममय राशि-राशि'*	: मल से युक्त, गंदा, अस्वच्छ	**नि.र.**-1/183	जागरण
समवेदना- *'और यदि एकीभूत शक्तियों से एक ही बन जाय परिवार,/फैले समवेदना'*	: दूसरे की वेदना को अपनी वेदना के रूप में महसूस करना	**नि.र.**-1/169	महाराज शिवाजी का पत्र
समव्यथित निःश्वास- *'एक कोमल समव्यथित विःश्वास था'*	: किसी के दुःख को ठीक से समझनेवाले की दुखी साँस	**पं.ग्रं.**-1/124	ग्रन्थि
समष्टि- *'व्यष्टि औ' समष्टि में नहीं है भेद'*	: समग्र, समूह, व्यापक, संपूर्ण सृष्टि	**नि.र.**-1/58	पंचवटी प्रसंग:4
◆ *'व्यष्टि औ' समष्टि में समाया वही एक रूप'*	: सृष्टि	**नि.र.**-1/58	पंचवटी प्रसंग:4
◆ *'व्यष्टि तो समष्टि से अभिन्न है'*	: संपूर्ण	**नि.र.**-1/59	पंचवटी प्रसंग:4
◆ *'पार करता रेखा जब समष्टि-अहंकार की'*	: सम्पूर्णता	**नि.र.**-1/59	पंचवटी प्रसंग:4
◆ *'वैसे ही समष्टि का भी/सूक्ष्म भाव होता है'*	: व्यापक	**नि.र.**-1/60	पंचवटी प्रसंग:4
◆ *'प्रियकरालम्ब को सत्य-यष्टि;/प्रतिमा में श्रद्धा की समष्टि'*	: संपूर्ण	**नि.र.**-1/295	तुलसीदास
समसत्ता का भान- *'तृण से त्रयस्त्रिंश तक जिसको समसत्ता का भान'*	: ईश्वर की सत्ता को समान रूप से महसूस करना	**प्र.ग्रं.**-3/211	द्वितीय अंक/विशाख
समस्त संगीत- *'एक सुर में समस्त संगीत'*	: असीम, विराटता, अनंतता, समस्त राग-रागिनियाँ	**पं.ग्रं.**-1/188	आँसू/पल्लव
सम हर निमिष- *'सम हर निमिष, प्रति पग ताल, जीवन अमर स्वर-विस्तार'*	: मेरा प्रत्येक पल मानो 'सम' (संतुलन) है	**म.सा.**-1/395	तुम्हारी बीन ही में बज... /दीप-शिखा
समाभ्यस्त- *'पार्श्व में अन्य रख कुशल हस्त गद्य में पद्य में समाभ्यस्त'*	: समान रूप से सक्षम	**नि.र.**-1/316	सरोज-स्मृति
समारब्ध- *'हो गये दग्ध जीवन के तप के समारब्ध'*	: घटित	**नि.र.**-1/337	राम की शक्ति-पूजा
समाराधन- *'गहन से गहनतर होने लगा समाराधन'*	: समान रूप से चलने वाली पूजा-साधना	**नि.र.**-1/336	राम की शक्ति-पूजा
समाराध्य- *'बढ़ती थीं सुन्दर के समाराध्य मुख की ओर'*	: सम+आराध्य, जो सबको आराधना के योग्य लगे	**नि.र.**-1/93	यहीं
समा-सी- *'कुम्हला चले प्रसून सुहासी, धूप रही पाषाण समा-सी'*	: के समान (स्त्रीलिंग)	**म.सा.**-1/399	पुजारी दीप कहीं सोता है!/दीप-शिखा
समासीन- *'मंजु, मधु-गुंजरित कलि-दल-समासीन!'*	: आसीन हो जाना, सवार होकर बैठ जाना	**नि.र.**-1/250	कैसी बजी बीन?
◆ *'निज मर्यादा पर समासीन'*	: टिके रहना, स्थिर रहना, अपने मत में बने रहना	**नि.र.**-1/298	तुलसीदास
◆ *'आधार अमर, होगी जिस पर भावी की संस्कृति समासीन'*	: अच्छी तरह से स्थापित	**पं.ग्रं.**-2/24	बापू के प्रति/युगपथ

शब्द- काव्य-पंक्ति	: अर्थ	ग्रंथावली/पृ.सं.	स्रोत/संदर्भ
समिद्ध- *'यह ज्वाला इतनी है समिद्ध, आहुति बस चाह रही समृद्ध'*	: धधकती हुई	**प्र.ग्रं.-2**/237	दर्शन/कामायनी
समीर- कंपित- *'द्रुत समीर-कम्पित थर थर थर झरतीं धाराएँ झर झर झर'*	: वायु से काँपती हुई	**नि.र.-1**/199	गीत 'ग'
समीरण- *'सुखद समीरण में विहग-कल-कूजन-ध्वनि'*	: पवन, हवा	**नि.र.-1**/51	पंचवटी प्रसंग:1
♦ *'मलती थी कर-चरण समीरण धीरे-धीरे आती— '*	: हवा	**नि.र.-1**/87	वन-कुसुमों की शय्या
♦ *'जीवन प्रात-समीरण-सा लघु/विचरण-निरत करो'*	: वायु	**नि.र.-1**/146	प्रार्थना
♦ *'आप बह गयी मृदुल समीरण हिला वसन, कुछ गिरा स्वेद-कण'*	: हवा	**नि.र.-1**/211	सोचती अपलक आप खड़ी
♦ *'बही समीरण जुड़ा नयन-मन'*	: हवा	**नि.र.-1**/242	गयी निशा वह, हँसीं दिशाएँ
♦ *'धीर मैं ज्यों समीरण करूँगा तरण'*	: पवन	**नि.र.-1**/243	दे, मैं करूँ वरण
♦ *'सुप्त समीरण हुआ अधीर'*	: हवा	**पं.ग्रं.-1**/114	प्रथम रश्मि का आना रंगिणि!/वीणा
♦ *'साँसों का मलय-समीरण'*	: समीर, वायु	**पं.ग्रं.-1**/245	खिलतीं मधु की नव कलियाँ/गुंजन
♦ *'भूला सा मत्त समीरण/पागल सा देता फेरे!'*	: समीर, हवा	**म.सा.-1**/55	कितनी रातों की मैंने /नीहार
♦ *'समीरण के पंखों में गूँथ/लुटा डाला नौरभ का भार'*	: समीर, वायु	**म.सा.-1**/65	समीरण के पंखों में गूँथ/नीहार
♦ *'सौरभ पी पी कर बहता/देखूँ यह मंद समीरण'*	: हवा	**म.सा.-1**/133	कह दे माँ क्या अब देखूँ!/रश्मि
समीरण मत्त- *'समीरण मत्त उठेगा डोल हठीले हौले हौले बोल'*	: सुगंध और मादकता से युक्त वायु	**म.सा.-1**/189	मेरी निश्वासों से द्रुततर /नीरजा
समीर-माला- *'हीर-कसी समीर-माला जप'*	: समीर की माला (जिसमें ओस-रूपी हीरे गुँथे हैं)	**नि.र.-1**/227	रूखी री यह डाल
समीर मिस- *'यों समीर मिस हाँफ रही-सी चली जा रही किसके पास'*	: हवा के बहाने	**प्र.ग्रं.-2**/79	आशा/कामायनी
समीर-सत्वर- *'तुम्हें जब, मधुर चिन्त्य मन छीन कहाँ जाते समीर-सत्वर?'*	: समीर की तरह शीघ्र चलनेवाला, तेज हवा	**नि.र.-1**/231	चाहते हो किसको सुन्दर
समीर-सागर- *'तिरती है समीर-सागर पर'*	: हवा के समुद्र पर, वायुमंडल	**नि.र.-1**/135	बादल-राग
समुचित प्रतिवर्तन- *'दोनों का समुचित प्रतिवर्तन जीवन में शुद्ध विकास हुआ;'*	: सर्वथा उचित वापसी	**प्र.ग्रं.-2**/107	काम/कामायनी
समुच्च- *'उन्मुक्त-गुच्छ चक्रांक-पुच्छ, लख नर्तित कवि-शिखि-मन समुच्च'*	: उत्साहित हो जाना	**नि.र.-1**/302	तुलसीदास
♦ *'उपमिता न हुई समुच्च सकल तानों की'*	: सौंदर्य की उच्चता	**नि.र.-1**/306	तुलसीदास

शब्द- काव्य-पंक्ति	: अर्थ	ग्रंथावली/पृ.सं.	स्रोत/संदर्भ
समुज्ज्वला- *'स्वयंप्रभा समुज्ज्वला स्वतन्त्रता पुकारती'*	: ज्ञान की उज्ज्वलता से परिपूर्ण	**प्र.ग्रं.**-4/290	चतुर्थ अंक/चन्द्रगुप्त
समुत्सुक- *'फैला समुत्सुक पंख/उर्ध्व पथ पर उड़ता मैं'*	: सम् + उत्सुक, उत्सुकता के साथ	**नि.र.**-1/177	रेखा 'ख'
♦ *'दर्शन-समुत्सुक युवाकुल पतंग ज्यों'*	: व्याकुल, अधिक उत्सुक	**नि.र.**-1/324	प्रेयसी
समुद- *'विमल वायु ने समुद झुलाया जिन्हें खिलाकर अपनी गोद'*	: प्रसन्नतापूर्वक, आनन्दित होकर	**पं.ग्रं.**-1/90	ये तो हैं नादान नयन! /वीणा
समुद पैरते- *'समुद पैरते शुचि ज्योत्स्ना में'*	: प्रसन्नतापूर्वक तैरना	**पं.ग्रं.**-1/214	बादल/पल्लव
समुदय- *'दु:ख को समुदय उसका नाश, तुम्हारे कर्मों का व्यापार'*	: समुदाय, समूह	**प्र.ग्रं.**-1/295	अरी वरुणा की शांत कछार/लहर
♦ *'ऐ अनन्य छबि के समुदय'*	: समूह, एकत्र रूप	**पं.ग्रं.**-1/209	नक्षत्र/पल्लव
♦ *'वह अखिल चराचर का समुदय'*	: समुदाय, समूह	**पं.ग्रं.**-1/314	तीन/ज्योत्स्ना
समुद विहरते- *'जिनमें दम्पति समुद विहरते, प्यार भरे दे गलबाँही'*	: प्रसन्नतापूर्वक घूमते-फिरते	**प्र.ग्रं.**-2/191	स्वप्न/कामायनी
समुद्भासमान- *'सत्य समुद्भासमान'*	: सम्+उद्भासन, समान रूप से प्रकाशमान	**नि.र.**-1/185	जागरण
समुद्र-से मन- *'सिसकते हैं समुद्र-से मन'*	: समुद्र की तरह मन की अनंतता	**पं.ग्रं.**-1/187	आँसू/पल्लव
समुपकरण- *'पारकर जीवन-प्रलोभन समुपकरण'*	: साधन	**नि.र.**-1/243	दे, मैं करूँ वरण
समुल्लसित- *'जल स्थल दिशि समुल्लसित'*	: सम+उल्लसित, समान रूप से प्रसन्न	**पं.ग्रं.**-1/320	तीन/ज्योत्स्ना
समोद- *'घूमते समोद थे नयन-मनोरम तुम!'*	: खुशी-खुशी, मोद सहित	**नि.र.**-1/51	पंचवटी प्रसंग:1
सम्मोहन वेणु- *'छायानट! छवि-परदे में/सम्मोहन वेणु बजाता'*	: सम्मोहित कर देने वाली बाँसुरी की तान	**प्र.ग्रं.**-2/17	आँसू
सम्मोहन-शर- *'छूटते हैं जिनसे आदिरस के सम्मोहन-शर'*	: सम्मोहित (वशीभूत) करने वाले तीर	**नि.र.**-1/57	पंचवटी प्रसंग:3
सम्राट् अष्टम एडवर्ड- 'सम्राट् अष्टम एडवर्ड के प्रति' (शीर्षक)	: इंग्लैण्ड के तत्कालीन सम्राट	**नि.र.**-1/338	सम्राट् अष्टम एडवर्ड के प्रति
सर- *'संध्या समीप आयी थी उस सर के, वल्कल-वसना'*	: मानसरोवर	**प्र.ग्रं.**-2/272	आनन्द/कामायनी
♦ *'जो अश्रु, भारत का उसी से सर गया'*	: तालाब, भरना	**नि.र.**-1/73	विधवा
♦ *'भरे अखिल सर'*	: सरोवर, मानस, मन	**नि.र.**-1/99	प्रिया से
♦ *'हरित ज्योति-जल-भरित सरित, सर, प्रखर प्रपात'*	: तालाब	**नि.र.**-1/188	विस्मृत भोर
♦ *'हर्ष-अलि हर स्पर्श-शर, सर,/गूँज बारम्बार!— (रे, कह)'*	: चलता-फिरता, उड़ता-घूमता है— (वह भौंरा)	**नि.र.**-1/255	कौन तम के पार
♦ *'वह निष्कलंक,/हो कोई सर'*	: तालाब (यहाँ-जन्म का स्रोत)	**नि.र.**-1/339	सम्राट् अष्टम एडवर्ड के प्रति
सरण-द्वार- *'उर के सौरभ के सरण-द्वार'*	: निर्गमन द्वार, निकलने का मार्ग	**नि.र.**-1/236	बह जाता रे, परिमल-मन
सरणि-सरणि- *'सरणि-सरणि पर उतर रही भर'*	: सोपान-सोपान पर	**नि.र.**-1/248	घोर शिशिर
सरणि सागर- *'सरणि सागर की दिखायी थी, उसे'*	: समुद्र का रास्ता	**पं.ग्रं.**-1/130	ग्रन्थि

शब्द- काव्य-पंक्ति	: अर्थ	ग्रंथावली/पृ.सं.	स्रोत/संदर्भ
सरल कपोलों में- *'लाली बन सरल कपोलों में आँखों में अंजन-सी लगती'*	: युवतियों के सुन्दर गालों पर	**प्र.ग्रं.-2**/128	लज्जा/कामायनी
सरल चटुल- *'सरल चटुल, विमल विपुल'*	: स्वभाव से सहज और चंचल (ओसकण)	**पं.ग्रं.-1**/303	तीन/ज्योत्स्ना
सरल-निष्पाप- *'सुमन खिल रहे हों, जहाँ, सुखद सरल-निष्पाप'*	: पाप से मुक्त और सरल भाववाले	**प्र.ग्रं.-3**/534	एक घूँट(एकांकी)
सरल भौंहों- *'सरल भौंहों का शरदाकाश'*	: भौंहों की सरलता मानो स्वभाव की सरलता को बताती है	**पं.ग्रं.-1**/224	परिवर्तन/पल्लव
सरल विकास-मयी- *'यह संकेत कर रही सत्ता किसकी सरल विकास-मयी;'*	: प्राकृतिक विकास का सहज -सामान्य रूप मानो ईश्वर की सत्ता का आभास है।	**प्र.ग्रं.-2**/70	आशा/कामायनी
सरल विनोद- *'श्रद्धा का सरल विनोद नहीं रुचता अब था बन रहा दीन'*	: सहज हँसी-मजाक	**प्र.ग्रं.-2**/157	ईर्ष्या/कामायनी
सरल शासनयुक्त- *'चल रहा था सरल शासनयुक्त सुरुचि समेत'*	: सहजता से मिला हुआ अधिकार भाव	**प्र.ग्रं.-2**/112	वासना/कामायनी
सरल-शैशव-श्री- *'सरल-शैशव-श्री सुख-यौवन केलि अलि-कलियों की सुकुमार'*	: शैशव (बचपन) की सरल शोभा (सुंदरता)	**नि.र.-1**/141	स्मृति
सरव- *'नूपुरों का मूक छूना/सरव करदे विश्व सूना'*	: रव से युक्त, ध्वनि से युक्त	**म.सा.-1**/258	शून्य मंदिर में बनूँगी... /सांध्य गीत
सरस गर्व- *'श्रम-बिंदु बना-सा झलक रहा भावी जननी का सरस गर्व'*	: आनन्द से युक्त गर्व की भावना	**प्र.ग्रं.-2**/160	ईर्ष्या/कामायनी
सरस तामरस- *'सरस तामरस गर्भ विभा पर नाच रही तरुशिखा मनोहर'*	: पुष्परस से युक्त सुन्दर ताजा कमल का फूल	**प्र.ग्रं.-4**/215	द्वितीय अंक/चन्द्रगुप्त
सरस वसंत- *'साथ ले सहचर सरस वसंत'*	: प्रेम की भावना से युक्त वसंत ऋतु	**प्र.ग्रं.-1**/307	तुम्हारी आँखों का बचपन/लहर
सरस विकास- *'क्या न सरस विकास दोगी तुम उसे?'*	: प्रेम-सहित विकसित होने (के अवसर)	**पं.ग्रं.-1**/125	ग्रन्थि
सरसाओ- *'उनके अचपल भ्रू-विलास में लास-रंग-रस सरसाओ!'*	: सरस कर दो	**नि.र.-1**/213	मेरे प्राणों में आओ!
सर-सागर- *'दुस्तर सर-सागर का पार'*	: समुद्र, विशाल बाधा	**नि.र.-1**/123	यमुना के प्रति
सरसाने- *'शीतलता सरसाने दो'*	: सरस बनाने दो	**पं.ग्रं.-1**/95	प्राण! प्रेम के मानस में/वीणा
सरसाया- *'मधुप-वृन्द बन्दी— /पिक-स्वर नभ सरसाया'*	: सरस कर देना	**नि.र.-1**/253	सखि, वसन्त आया
सरसिज कानन- *'बरस पड़े क्यों आज अचानक सरसिज कानन का संकोच'*	: कमल वन	**प्र.ग्रं.-3**/319	तृतीय अंक/अजातशत्रु
सरसिज-सी आँखें- *'अभिलाषा के मानस में सरसिज-सी आँखें खोलो'*	: कमल-नयन	**प्र.ग्रं.-2**/33	आँसू
सरसी- *'सरसी के जल का समतल'*	: सरोवर	**पं.ग्रं.-1**/104	तरल तरंग रहित, अविचल/वीणा
♦ *'विरल उडु-से सरसी में तात'*	: सरोवर	**पं.ग्रं.-1**/207	शिशु/पल्लव

शब्द-	काव्य-पंक्ति	: अर्थ	ग्रंथावली/पृ.सं.	स्रोत/संदर्भ
◆	*'मृदूर्मिल सरसी में सुकुमार'*	: सरोवर	**पं.ग्रं.**-1/251	भावी पत्नी के प्रति/गुंजन
◆	*'शशि-कर-सी लघुपद, सरसी में'*	: सरोवर (चाँदनी से बना सरोवर)	**पं.ग्रं.**-1/273	अप्सरा/गुंजन
◆	*'सरसी में जलजात'*	: सरोवर, तालाब	**पं.ग्रं.**-1/331	तीन/ज्योत्स्ना
सरसी के प्राण-	*'चंचल कर सरसी के प्राण'*	: सरोवर का जल	**पं.ग्रं.**-1/202	विश्व वेणु/पल्लव
सरसी श्रद्धा-	*'अपने नालों पर, वह सरसी श्रद्धा थी, न मधुप आये'*	: सरोवर-रूपी श्रद्धा	**प्र.ग्रं.**-2/185	स्वप्न/कामायनी
सरस्वती-	*'करती सरस्वती मधुर नाद'*	: सरस्वती नदी, प्रसादजी अफगानिस्तान की हिलमंद नदी को ऋग्वेद की सरस्वती नदी मानते हैं।	**प्र.ग्रं.**-2/178	इड़ा/कामायनी
सरस्वती-सा-	*'तब सरस्वती-सा फेंक साँस, श्रद्धा ने देखा आस-पास'*	: सरस्वती नदी की तरह (प्रवाहित धारा-सी साँस छोड़कर)	**प्र.ग्रं.**-2/242	दर्शन/कामायनी
सरि-	*'अलक-सुगन्ध-मदिर सरि-शीतल'*	: नदी, झरना	**नि.र.**-1/122	यमुना के प्रति
◆	*'सरि, धीरे बह री'*	: नदी	**नि.र.**-1/239	सरि, धीरे बह री!
सरि-उद्‌गम-	*'फिर स्फटिकशिला, अनसूया-वन सरि-उद्‌गम,'*	: नदी का उद्‌गम स्थल	**नि.र.**-1/292	तुलसीदास
सरिगम-	*'निर्झर के झर-झर स्वर में तू सरिगम मुझे सुना मा—'*	: सरगम, संगीत	**नि.र.**-1/86	आवाहन
सरित-पुलिन-	*'वह सोयी सरित-पुलिन पर'*	: नदी के तट (पर)	**पं.ग्रं.**-1/269	चाँदनी/गुंजन
सरित विकल-	*'मैं सरित विकल तेरी समाधि की सिद्धि अकल'*	: व्याकुल गतिशील नदी की तरह हूँ मैं	**म.सा.**-1/315	ओ चिर नीरव!/दीप-शिखा
सरिता-उर-	*'सिहर-सिहर उठता सरिता-उर खुल खुल पड़ते सुमन सुधा-भर'*	: नदी का पानी तरंगों से भरकर मानो हृदय के रोमांच को प्रकट करता है।	**म.सा.**-1/168	धीरे-धीरे उतर क्षितिज से/नीरजा
सरिता-मज्जन-	*'मेरे पड़ोस के वे सज्जन, करते प्रतिदिन सरिता-मज्जन'*	: नदी में नहाना	**नि.र.**-1/309	दान
सरितोपम-	*'वामा, इस पथ पर हुई वाम सरितोपम'*	: नदी की तरह	**नि.र.**-1/290	तुलसीदास
सरित्-तड़ित-गति-चकित-	*'सरित्-तड़ित-गति-चकित पवन में'*	: नदी की तरह बिजली की चंचल (चकित कर देनेवाली) गति	**नि.र.**-1/128	बादल राग
सरि पयोधार-	*'यह श्री पावन, गृहिणी उदार; गिरि-वर उरोज, सरि पयोधार'*	: नदियाँ मानो दूध की धारा हैं	**नि.र.**-1/291	तुलसीदास
सरि-शीतल-	*'अलक-सुगन्ध-मदिर सरि-शीतल'*	: शीतल जल-प्रवाह (नदी, झरना)	**नि.र.**-1/122	यमुना के प्रति
सरोज-दाम-	*'प्रेयसी, प्राणसंगिनी, नाम शुभ रत्नावली— सरोज-दाम'*	: कमल की-सी कांतिवाली	**नि.र.**-1/290	तुलसीदास
सरोजिनी-	*'हो मल्लिका, सरोजिनी, या यूथी का पुंज'*	: कमलिनी	**प्र.ग्रं.**-4/282	चतुर्थ अंक/चन्द्रगुप्त
सरोरुह-	*'सरोरुह का सर बीच विकास'*	: कमल का फूल	**प्र.ग्रं.**-1/220	परिचय/झरना
◆	*'खुले सरोरुह, जगे अचेतन'*	: कमल	**नि.र.**-1/242	गयी निशा वह, हँसीं दिशाएँ
सर्ग-	*'काम मंगल से मंडित श्रेय/सर्ग, इच्छा का है परिणाम;'*	: संसार, सृष्टि	**प्र.ग्रं.**-2/89	श्रद्धा/कामायनी
सर्ग-अंकुर-	*'अरे सर्ग-अंकुर के दोनों पल्लव हैं ये भले बुरे'*	: सृष्टि के उद्‌भव और विकास में	**प्र.ग्रं.**-2/216	निर्वेद/कामायनी
सर्ग के अग्रदूत-	*'आह सर्ग के अग्रदूत! तुम असफल हुए, विलीन हुए;'*	: देवता सृष्टि के अग्रदूत थे क्योंकि वे इस सृष्टि में सबसे पहले आये थे।	**प्र.ग्रं.**-2/54	चिंता/कामायनी

शब्द-	काव्य-पंक्ति	: अर्थ	ग्रंथावली/पृ.सं.	स्रोत/संदर्भ
सर्ग के प्रथम अंक-	*'आह सर्ग के प्रथम अंक का अधम-पात्र मय सा विष्कंभ'*	: नयी सृष्टि-रूपी नाटक का पहला अंक अर्थात् प्रारम्भ	**प्र.ग्रं.**-2/62	चिंता/कामायनी
सर्ग प्रलय-	*'सन्ध्या हो सर्ग प्रलय की विच्छेद मिलन फिर होगा'*	: सृष्टि में प्रलय	**प्र.ग्रं.**-2/29	आँसू
सर्राटे-	*'निशिचारी भीषण विचार के पंख भर रहे सर्राटे'*	: तेजी से इधर-उधर जाना	**प्र.ग्रं.**-2/213	निर्वेद/कामायनी
सर्वकाल-	*'सर्वदेश, सर्वकाल'*	: काल की सीमा से मुक्त	**पं.ग्रं.**-1/315	तीन/ज्योत्स्ना
सर्वज्ञ-ज्ञान-	*'सर्वज्ञ-ज्ञान का क्षुद्र-अंश विद्या बनकर कुछ रचे छंद'*	: (मनुष्य की) सर्वज्ञता, सब कुछ जान लेने की शक्ति	**प्र.ग्रं.**-2/177	इड़ा/कामायनी
सर्वदेश-	*'सर्वदेश, सर्वकाल'*	: सभी जगहों के (लोग), स्थानीयता के बंधन से मुक्त	**पं.ग्रं.**-1/315	तीन/ज्योत्स्ना
सर्वमंगले-	*'हे सर्वमंगले! तुम महती, सबका दुःख अपने पर सहती'*	: पार्वती-स्वरूपा विश्वकल्याण-विधायिनी	**प्र.ग्रं.**-2/244	दर्शन/कामायनी
सर्वसृजन-	*'मन ही सर्वसृजन'*	: संपूर्ण सृजन, सृजन की व्यापकता	**नि.र.**-1/202	युक्ति
सर्वस्व-	*'धन्य हूँगा, देव-द्विज-देश को/सौंप सर्वस्व निज'*	: सबकुछ	**नि.र.**-1/170	महाराज शिवाजी का पत्र
सर्वस्व-त्याग-गर्जन-घन-	*'धड़कते हैं कलेजे उन कायरों के, सुन-सुन प्रेम-सिन्धु का/सर्वस्व-त्याग-गर्जन-घन'*	: सब कुछ छोड़-छाड़कर चल देने की मेघ गंभीर गर्जना, प्रेम में सबकुछ त्यागना पड़ सकता है।	**नि.र.**-1/52	पंचवटी प्रसंग:1
सर्वस्व वार-	*'आँखें देती सर्वस्व वार! जो तुम आ जाते एक बार!'*	: अपना सबकुछ उस असीम प्रियतम पर मेरी आँखें न्योछावर कर देतीं	**म.सा.**-1/95	जो तुम आ जाते एक बार/नीहार
सर्वस्व-समर्पण-	*'सर्वस्व-समर्पण करने की विश्वास-महा-तरु-छाया में'*	: अपना सम्पूर्ण विश्वास प्रकट करना	**प्र.ग्रं.**-2/129	लज्जा/कामायनी
सर्वांग ज्योतिमय-	*'बन गया तमस था अलक जाल, सर्वांग ज्योतिमय था विशाल'*	: (शिव के विराट शरीर) का अंग-अंग प्रकाशमय था	**प्र.ग्रं.**-2/246	दर्शन/कामायनी
सर्वेश-	*'क्यों रहोगे क्षुद्र प्राणों में नहीं क्या तुम्हीं सर्वेश एक महान हो?'*	: ईश्वर, वह असीम अज्ञात	**म.सा.**-1/145	अश्रु ने सीमित कणों में बाँध ली/रश्मि
सलज-	*'मैं सलज,— तुम्हें था रहा खोज'*	: शर्मीला	**पं.ग्रं.**-2/18	मंजरित आम्र-वन-छाया में/युगपथ
सलज लिली-	*'उन सबमें सुन्दर सलज लिली'*	: शर्मीली लिली (फूल)	**पं.ग्रं.**-1/344	चार/ज्योत्स्ना
सला-	*'यही क्या भली सला'*	: दावत का निमंत्रण	**नि.र.**-1/45	बाबा और नाती
सलाज-	*'श्वेत-वसन लौटीं सलाज घर'*	: शरमाकर	**नि.र.**-1/221	दृगों की कलियाँ नवल खुलीं
सलिल-	*'सलिल-प्रवाह में ज्यों बहता शैवाल-जाल'*	: पानी	**नि.र.**-1/54	पंचवटी प्रसंग:2
◆	*'बूदों से सींचती उच्छ्वास-सलिल'*	: पानी, नम हवा	**नि.र.**-1/55	पंचवटी प्रसंग:2
सलिल अभिषेक-	*'जीवनधन! क्या अश्रु सलिल अभिषेक भी'*	: (आँसुओं से) जलाभिषेक	**प्र.ग्रं.**-1/239	अर्चना/झरना
सलिल की वीचि-	*'अनिल की ध्वनि में, सलिल की वीचि में'*	: पानी में उठनेवाली लहरों में	**पं.ग्रं.**-1/126	ग्रन्थि
सलिल-घन-	*'तोलते कुरबक सलिल-घन, कण्टकित है नीप का तन'*	: पानी से भरे बादल	**म.सा.**-1/277	दीप तेरा दामिनी! /सांध्य गीत
सलिल-देह-	*'उतरकर पर्वत से निर्झरी भूमि पर पंकिल हुई, सलिल-देह कलुषित हुआ'*	: पानी-रूपी शरीर	**नि.र.**-1/327	प्रेयसी

शब्द- काव्य-पंक्ति	: अर्थ	ग्रंथावली/पृ.सं.	स्रोत/संदर्भ
सलिल भस्म- *'सलिल भस्म, मारुत के फूल'*	: पानी के भस्म (राख) की तरह हैं बादल, भाप से बने बादल	**पं.ग्रं.-1**/216	बादल/पल्लव
सलिल मोचन- *'करने लगे सलिल मोचन'*	: (खुशी के) आँसू पोंछना	**पं.ग्रं.-1**/192	अनंग/पल्लव
सलिल शोभे- *'सलिल शोभे! जो पतित, आहत भ्रमर'*	: जो जल की शोभा हो, कमल की तरह सुन्दर युवती	**पं.ग्रं.-1**/125	ग्रन्थि
सलिल-लेश- *'इसमें न पंक का चिह्न शेष इसमें न ठहरता सलिल-लेश'*	: पानी का अंशमात्र	**म.सा.-1**/167	प्रिय इन नयनों का अश्रु-नीर/नीरजा
सलील- *'अरुणज्योति की झील बनेगी कब सलील?'*	: लीला या चंचलता से युक्त	**प्र.ग्रं.-1**/300	हे सागर संगम अरुण नील/लहर
◆ *'दुर्भर थी गर्भ मधुर पीड़ा झेलती जिसे जननी सलील'*	: आनन्द और उल्लास सहित	**प्र.ग्रं.-2**/160	ईर्ष्या/कामायनी
◆ *'उमड़ता उर्ध्व को कल सलील जल टलमल करता नील-नील'*	: लीलापूर्वक, क्रीड़ाशील	**नि.र.-1**/320	सरोज-स्मृति
◆ *'लहरियों में सलील खिल-खिल'*	: लीला से युक्त, लास्यभाव से युक्त	**पं.ग्रं.-1**/221	विश्व व्याप्ति/पल्लव
सवा-सवा लाख पर- *'सवा-सवा लाख पर एक को चढ़ाऊँगा, गोविन्द सिंह निज/नाम जब कहाऊँगा'*	: सिक्खों के दसवें गुरु गोविंद सिंह ने एक-एक खालसा (धर्म-योद्धा) को सवा-सवा लाख दुश्मन के बराबर बताया।	**नि.र.-1**/152	जागो फिर एक बार
सविकल- *'अन्धकार देखा, — सविकल'*	: व्याकुलता के साथ	**पं.ग्रं.-1**/86	जब मैं कलिका ही थी केवल/वीणा
सविता- *'विश्वदेव, सविता या पूषा/सोम, मरुत, चंचल पवमान;'*	: सूरज का एक वैदिक पर्याय	**प्र.ग्रं.-2**/68	आशा/कामायनी
सविरत- *'सविरत प्रवाह में शीर्ण एक ताल पर'*	: लीन, अच्छी तरह मिल जाना	**नि.र.-1**/187	'सरोज' के प्रति
सविलास- *'अरुण शिशु के मुख पर सविलास'*	: शोभायमान, विलास-सहित	**प्र.ग्रं.-1**/231	किरण/झरना
◆ *'अधिक उत्साह तरंग अबाध/उठाते मानस में सविलास'*	: विशेष लास्य भाव से युक्त	**प्र.ग्रं.-2**/90	श्रद्धा/कामायनी
◆ *'इन हमारे आँसुओं में बरसते सविलास'*	: सुंदर तरीके से	**म.सा.-1**/125	स्मित तुम्हारी से छलक.../रश्मि
सविशेष- *'लगा कहने आगंतुक व्यक्ति/मिटाता उत्कंठा सविशेष;'*	: उत्कट, बहुत खास	**प्र.ग्रं.-2**/87	श्रद्धा/कामायनी
सव्यसाची- *'सव्यसाची-से तुम अध्ययन-अधीर'*	: अर्जुन, दोनों हाथों से समान वेग से तीर चलाने वाला	**नि.र.-1**/129	बादल राग
सव्रीड़- *'वही कुछ सव्रीड़, सस्मित कर रहा संकेत'*	: लज्जा या संकोच के साथ	**प्र.ग्रं.-2**/116	वासना/कामायनी
◆ *'झुक चली सव्रीड़ वह सुकुमारता के भार'*	: लज्जा से युक्त	**प्र.ग्रं.-2**/119	वासना/कामायनी
ससर्ग- *'आये पण्डितजी, प्रजावर्ग आमन्त्रित साहित्यिक, ससर्ग'*	: शुरू से, सर्ग सहित, सर्ग का अर्थ 'अध्याय' होता है अर्थात् विभिन्न लोग सरोज की शादी में आए।	**नि.र.-1**/322	सरोज-स्मृति
सस्पंद- *'मेरा जीवन-दीपक धर उसको सस्पंद बनाना'*	: सिहरन-सी गतिशीलता	**म.सा.-1**/154	प्राणों के अंतिम पाहुन!/रश्मि
सस्मित- *'वही कुछ सव्रीड़, सस्मित कर रहा संकेत'*	: मुस्कुराहट के साथ	**प्र.ग्रं.-2**/116	वासना/कामायनी
◆ *'निखिल कुसुम कलि सस्मित'*	: मुस्कुराहट के साथ, खुश	**पं.ग्रं.-1**/320	तीन/ज्योत्स्ना
सस्मित अधर- *'स्वप्न के सस्मित अधर पर, नींद में'*	: मुस्कुराते होंठ	**पं.ग्रं.-1**/130	ग्रन्थि

शब्द- काव्य-पंक्ति	: अर्थ	ग्रंथावली/पृ.सं.	स्रोत/संदर्भ
सस्मित गढ़ों- *'अधखुले सस्मित गढ़ों से सीप-से'*	: मुस्कुराने पर गाल में पड़नेवाले गड्ढे, 'डिम्पल' पड़ना	**पं.ग्रं.**-1/125	ग्रन्थि
सस्मित गोधूली- *'आज सुनहली रेणु मली सस्मित गोधूली ने'*	: मुस्कुराती हुई संध्या ने	**म.सा.**-1/288	वह संध्या फूली सजीली!/सांध्य गीत
सस्मित चितवन- *'सूने में सस्मित चितवन से जीवन-दीप जला जाता'*	: मुस्कुराती निगाहों से	**म.सा.**-1/132	सजनि कौन तम में परिचित सा/रश्मि
सस्मित निश्वास- *'सजल चितवन में क्यों है हास, अधर में क्यों सस्मित निश्वास?'*	: मुस्कुराते चेहरे पर दर्द की गहरी साँसें	**म.सा.**-1/162	सजनि तेरे दृग बाल! /रश्मि
सस्मित भोर- *'उमड़ी हिमजल सस्मित भोर'*	: मुस्कुराती हुई सुबह	**पं.ग्रं.**-1/192	अनंग/पल्लव
सस्मित मौन- *'कहता है 'मैंने सीखा उनकी आँखों से सस्मित मौन'*	: मौन-मधुर मुस्कान	**म.सा.**-1/94	प्रथम प्रणय की सुषमा सा/नीहार
सस्मित सपनों- *'मैं अनंत पथ में लिखती जो सस्मित सपनों की बातें'*	: प्रेम के हर्ष से भरे सपनों की शृंखला	**म.सा.**-1/33	मैं अनंत पथ में लिखती जो/नीहार
सहकार- *'आज बौरे भौंरे, सहकार'*	: आम का पेड़	**पं.ग्रं.**-1/257	मधुवन/गुंजन
सहचर- *'तुम्हारा सहचर बनकर क्या न उऋण होऊँ मैं बिना विलंब?'*	: सहयोगी, पत्नी का भाव	**प्र.ग्रं.**-2/91	श्रद्धा/कामायनी
◆ *'मैं काम रहा सहचर उनका,/उनके विनोद का साधन था'*	: साथ-साथ रहनेवाला	**प्र.ग्रं.**-2/103	काम/कामायनी
◆ *'साथ ले सहचर सरस वसंत'*	: साथ-साथ चलनेवाला	**प्र.ग्रं.**-1/307	तुम्हारी आँखों का बचपन/लहर
◆ *'अहे सुख-दुख के सहचर मौन'*	: साथी की तरह हमेशा संग-संग चलनेवाले	**पं.ग्रं.**-1/197	मौन निमन्त्रण/पल्लव
◆ *'जगत्प्राण के भी सहचर'*	: साथ-साथ चलनेवाला	**पं.ग्रं.**-1/213	बादल/पल्लव
सहचरि- *'देवि! मा! सहचरि! प्राण!'*	: पत्नी	**पं.ग्रं.**-1/209	नारी रूप/पल्लव
सहज- *'भाषा सुरक्षित वह वेदों में आज भी मुक्त छन्द,/सहज प्रकाशन वह मन का'*	: बिना आडंबर के	**नि.र.**-1/185	जागरण
◆ *'सहज ही नयन सहस्र अजान'*	: सामान्य भाव से, अनायास	**नि.र.**-1/204	भ्रमर-गीत
सहज खेद से भरा रूप- *'मनु ने देखा जब श्रद्धा का वह सहज खेद से भरा रूप'*	: गर्भावस्था की स्वाभाविक थकान से भरा व्यक्तित्व	**प्र.ग्रं.**-2/160	ईर्ष्या/कामायनी
सहज-भार-चरण-चार- *'निरुपमिते, सहज-भार-चरण-चार से लजे'*	: नितंब और उरोज के भार को 'सहज भार' कहा गया है, इसे 'संभार' भी कहते हैं। संभार से स्त्री के चरणों की गति (चार-संचार) बदल जाती है।	**नि.र.**-1/341	कविता के प्रति
सहधर्मिणी- *'पति का सहधर्मिणी से'*	: पत्नी	**नि.र.**-1/168	महाराज शिवाजी का पत्र
सहस्र दृग सुमन- *'अपने सहस्र दृग सुमन फाड़'*	: (पर्वत पर) खिले हुए फूल मानो पर्वत की हजार आँखों की तरह हैं।	**पं.ग्रं.**-1/180	उच्छ्वास/पल्लव
सहस्र-दल- *'जग के गौरव के सहस्र-दल दुर्बल नालों ही पर प्रतिपल'*	: हजार दल वाला कमल	**नि.र.**-1/212	छोड़ दो, जीवन यों न मलो
सहस्र-दश- *'दिशाओं के सहस्र-दश दल खुल गये नये-नये कोमल'*	: दस हजार, बड़ी संख्या में	**नि.र.**-1/268	भावना रँग दी तुमने

शब्द- काव्य-पंक्ति	: अर्थ	ग्रंथावली/पृ.सं.	स्रोत/संदर्भ
सहस्रार- *शोकहारी! पहुँचे थे वहाँ/जहाँ आसन है सहस्रार—'*	: हजार दल वाला कमल, आठवाँ चक्र	**नि.र.-1**/153	जागो फिर एक बार
◆ *'प्राय: करने को हुआ दुर्ग जो सहस्रार'*	: सहस्रार चक्र, अंतिम चक्र जहाँ कुंडलिनी को पहुँचाना योगी का लक्ष्य होता है।	**नि.र.-1**/337	राम की शक्ति-पूजा
सहाय- *'जो योग्य तुम्हारे, करो ब्याह होंगे सहाय हम सहोत्साह'*	: सहयोगी	**नि.र.-1**/321	सरोज-स्मृति
सहास- *'लख रत्नावली खुली सहास;'*	: हँसी के साथ	**नि.र.-1**/296	तुलसीदास
◆ *'तेरा मुख सहास अरुणोदय/परछाई रजनी विषादमय'*	: हँसता-मुस्कुराता हुआ अरुणोदय तुम्हारा मुखमंडल है	**म.सा.-1**/182	तुम मुझ में प्रिय! फिर परिचय क्या!/नीरजा
◆ *'बिखराती जाती तू सहास/नव तन्मयता उल्लास लास'*	: हँसते हुए	**म.सा.-1**/238	लय गीत मदिर, गति ताल अमर/नीरजा
सहेतु- *'वे द्रोह न करने के स्थल हैं जो पाले जा सकते सहेतु'*	: हेतु के साथ, निश्चित उद्देश्य के लिए	**प्र.ग्रं.-2**/163	ईर्ष्या/कामायनी
सहेलरियाँ- *'विजन-मन-मुदित सहेलरियाँ— स्नेह-उपवन की सुख, शृंगार'*	: (काव्य में प्रयुक्त) सहेलियाँ	**नि.र.-1**/141	स्मृति
सहोच्छ्वास- *'चल चित्रकूटगिरि, सहोच्छ्वास'*	: उत्साह से भरे हुए	**नि.र.-1**/284	तुलसीदास
सहोत्साह- *'जो योग्य तुम्हारे, करो ब्याह होंगे सहाय हम सहोत्साह'*	: उत्साह के साथ	**नि.र.-1**/321	सरोज-स्मृति
◆ *'हम बढ़े घाट को सहोत्साह!'*	: उत्साह के साथ	**पं.ग्रं.-1**/276	नौका-विहार/गुंजन
सांत- *'वह अनन्त का ध्वंस सान्त, वह— सान्त विश्व की अगणित सृष्टि'*	: स+अन्त, अन्त से युक्त, अन्त	**नि.र.-1**/123	यमुना के प्रति
◆ *'सान्त दीपों में जगी नभ/की समाधि अनंत'*	: स+अन्त, जिसका अंत सुनिश्चित हो	**म.सा.-1**/317	प्राण हँस कर ले चला जब/दीप-शिखा
सांत दीपों- *'सान्त दीपों में जगी नभ/की समाधि अनंत'*	: तारे-रूपी दीपक जिनका अंत सुबह तक हो जाता है।	**म.सा.-1**/317	प्राण हँस कर ले चला जब/दीप-शिखा
सांध्यगीत- *'काव्य-संग्रह का नाम'*	: संधि या मिलन के गीत, सुबह और शाम संधिकाल (संध्याकाल) हैं।	**म.सा.-1**	
सांध्य नभ- *'फैलते हैं सांध्य नभ में भाव ही मेरे रँगीले'*	: शाम का रंगीन आकाश	**म.सा.-1**/263	विरह की घड़ियाँ हुई अलि.../सांध्य गीत
सांध्य-मलय- *'अब सान्ध्य-मलय आकुलित दुकूल- कलित हो, यों छिपते हो क्यों?'*	: शाम की सुगन्धित दक्षिणी वायु	**प्र.ग्रं.-4**/186	प्रथम अंक/चन्द्रगुप्त
साँस के परदेश में- *'स्वप्न वह हठकर बसा इस साँस के परदेश में!'*	: साँसों में डूबी हुई नींद मानो सपनों के लिए परदेश की तरह है।	**म.सा.-1**/343	आँसुओं के देश में /दीप-शिखा
साँस-बल- *'कभी हास, फिर त्रास, साँस-बल उर-सरिता उमगी'*	: साँस के बल से	**नि.र.-1**/220	स्पर्श से लाज लगी
साँसों की स्रज ले- *'मिलन-विहर के निमिष-गुँथी साँसों की स्रज ले!'*	: साँसों की सृष्टि लेकर	**म.सा.-1**/327	यह सपने सुकुमार /दीप-शिखा
साँसों के पिंजर द्वार- *'निरे साँसों के पिंजर द्वार'*	: नवजात शिशु मानो एक ऐसे पिंजड़े की तरह है जिसके बाहर-भीतर साँस आ-जा रही है।	**पं.ग्रं.-1**/207	शिशु/पल्लव

शब्द-	काव्य-पंक्ति	: अर्थ	ग्रंथावली/पृ.सं.	स्रोत/संदर्भ
सांस्कृतिक सूर्य-	*'भारत के नभ का प्रभापूर्य शीतलच्छाय सांस्कृतिक सूर्य'*	: संस्कृति का सूर्य	**नि.र.**-1/281	तुलसीदास
साक्षिणी-	*'कहेगी शतद्रु शत-संगरों की साक्षिणी,'*	: गवाह बननेवाली, 'साक्षी' का स्त्रीलिंग रूप	**प्र.ग्रं.**-1/335	शेरसिंह का शस्त्र-समर्पण/लहर
साक्षी-	*'मिला था वह पावन आदेश, आज भी साक्षी हैं रवि चन्द्र'*	: गवाह	**प्र.ग्रं.**-1/295	अरी वरुणा की शांत कछार/लहर
साख-	*'तुम्हें कुछ पहचानने की खो गयी-सी साख'*	: प्रामाणिक सामर्थ्य	**प्र.ग्रं.**-2/114	वासना/कामायनी
सागर-तरंग-	*'पार करता है गिरिशृंग, सागर-तरंग'*	: समुद्र की लहरें	**नि.र.**-1/175	रेखा 'क'
सागर संगम-	*'हे सागर संगम अरुण नील'*	: बंगाल की खाड़ी में गंगा का संगम, समुद्र में नदी का मिलना	**प्र.ग्रं.**-1/299	हे सागर संगम अरुण नील/लहर
सागर-संगम-	*'किस अतीत सागर-संगम को'*	: सागर से संगम, समुद्र से नदी का मिलना	**नि.र.**-1/117	यमुना के प्रति
सागरांबरा-	*'सागराम्बरा भूमि/क्षत्रियों की जीतकर'*	: समुद्र से लेकर आकाश तक (पूरी धरती)	**नि.र.**-1/159	महाराज शिवाजी का पत्र
सागराभिमुखऽपार-	*'इसलाम-सागराभिमुखऽपार'*	: इस्लामी संस्कृति के सागर की ओर (जो अपार है)	**नि.र.**-1/283	तुलसीदास
साज-	*'अद्‌भुत अज्ञात उस पुरातन के मलिन साज!'*	: सजावट, सामान	**नि.र.**-1/81	खँडहर के प्रति
सातों ऋषियों-	*'सातों ऋषियों की समाधि गम्भीर'*	: सप्तर्षि	**नि.र.**-1/80	शरत्पूर्णिमा की बिदाई
सात्त्विक शीतल-	*'व्यथित विश्व के सात्त्विक शीतल बिंदु, भरे नव रस सारा'*	: सात्त्विक गुणों से परिपूर्ण और शांति प्रदान करनेवाला	**प्र.ग्रं.**-2/78	आशा/कामायनी
साथी-	*'कोरक अंकुर-सा जन्म रहा,/हम दोनों साथी झूल चले'*	: कामदेव और रति, हमसफर	**प्र.ग्रं.**-2/105	काम/कामायनी
♦	*'क्या जाने कोई साथी बन नूतन यज्ञ रचेगा'*	: किलात और आकुलि जैसा संगी, सहचर	**प्र.ग्रं.**-2/148	कर्म/कामायनी
साध-	*'जब जीवन में साध भरी थी उच्छृंखल अनुरोध भरा'*	: उत्कट अभिलाषा	**प्र.ग्रं.**-2/223	निर्वेद/कामायनी
♦	*'साध हे तुम,/बन सघन तम'*	: इच्छा, कामना	**म.सा.**-1/261	मेरा सजल मुख देख लेते!/सांध्य गीत
साध अनंत-	*'नहीं जिसका सीमा में अंत मिली है क्या वह साध अनंत?'*	: पूरी न हो पानेवाली इच्छा या चाह	**म.सा.**-1/65	समीरण के पंखों में गूँथ /नीहार
साधक धीर-	*'साधु, साधु, साधक धीर, धर्म-धन धन्य राम!'*	: धैर्यपूर्वक साधना करनेवाले	**नि.र.**-1/338	राम की शक्ति-पूजा
साधना प्रदेश-	*'साधना प्रदेश किसी का शीतल अति शांत तपोवन'*	: सिद्धि-प्राप्ति की प्रक्रिया जिस स्थान पर संपन्न हुई हो	**प्र.ग्रं.**-2/269	आनन्द/कामायनी
साधनासीन-	*'वासना-मंजु साधनासीन आओ मर्म पर, मनोज्ञ भ्रमर!'*	: बैठी साधना करती हुई	**नि.र.**-1/228	आओ मेरे आतुर उर पर
साध-बोझिल-	*'शून्य में यह साध-बोझिल पंख रचते रश्मि-रेखा'*	: अपनी इच्छाओं के बोझ से दबे हुए	**म.सा.**-1/407	मेरे ओ विहग से गान! /दीप-शिखा
साध सुंदर-	*'नाश में जीवित किसी की साध सुंदर हूँ!'*	: सुंदर कामना	**म.सा.**-1/264	शलभ मैं शापमय वर हूँ!/सांध्य गीत
साधिकार-	*'वे कुछ भी बोले नहीं, रहे चुपचाप देखते साधिकार'*	: स्वामित्व की भावना के साथ	**प्र.ग्रं.**-2/160	ईर्ष्या/कामायनी

शब्द-	काव्य-पंक्ति	: अर्थ	ग्रंथावली/पृ.सं.	स्रोत/संदर्भ
साधु, साधु-	*'साधु, साधु, साधक धीर, धर्म-धन धन्य राम!'*	: शाबास, धन्य-धन्य	**नि.र.-1**/338	राम की शक्ति-पूजा
साधें-	*'साधें करुणा-अंक ढली हैं/सांध्य गगन-सी रंगमयी पर'*	: इच्छाएँ	**म.सा.-1**/333	जब यह दीप थके तब आना/दीप-शिखा
साधों-	*'रच दी उसको यह धवल सौध ले साधों की रज नयन-नीर'*	: साध, गहरी इच्छाएँ	**म.सा.-1**/161	बीते वसंत की चिर-समाधि!/रश्मि
◆	*'मेरी साधों से निर्मित/उन अधरों का प्याला हो!'*	: इच्छाओं, कामनाओं	**म.सा.-1**/212	प्रिय! जिसने दुख पाला हो!/नीरजा
◆	*'साधों का आज सुनहलापन घिरता विषाद का तिमिर सघन'*	: साध, इच्छाएँ	**म.सा.-1**/249	प्रिय! सांध्य गगन, मेरा जीवन!/सांध्य गीत
◆	*'साधों ने पथ के कण मदिरा से सींचे'*	: कामनाओं, इच्छाओं	**म.सा.-1**/339	तू धूल-भरा ही आया! /दीप-शिखा
साधों का संबल-	*'पा तेरी साधों का संबल मैं फूट पड़ी ले स्वर-वैभव!'*	: चाहते रहने का सहारा, तुम्हें चाहते रहना मानो मुझे सहारा दे गया	**म.सा.-1**/315	ओ चिर नीरव! /दीप-शिखा
साधों की कंपन-	*'अपनी लघु निश्वासों में अपनी साधों की कम्पन'*	: इच्छाओं या सपनों की अनुभूति	**म.सा.-1**/120	नव मेघों को रोता था /रश्मि
साधो-	*'कोई सत्य न समझे साधो'*	: संतों को संबोधित (निर्गुण पद की शैली में)	**पं.ग्रं.-1**/365	द्वितीय दृश्य/परी
◆	*'पुन: देख ले कोई, साधो'*	: संतों को संबोधित	**पं.ग्रं.-1**/367	द्वितीय दृश्य/परी
सानंद-	*'उन्हें चिनगारी सदृश सदर्प/कुचलती रहे खड़ी सानन्द;'*	: आनन्द के साथ	**प्र.ग्रं.-2**/93	श्रद्धा/कामायनी
सानु-	*'अचल हिमालय का शोभनतम लता कलित शुचि सानु शरीर,'*	: पर्वत की ऊँचाई पर समतल स्थान	**प्र.ग्रं.-2**/71	आशा/कामायनी
◆	*'आये सब शिविर, सानु पर पर्वत के, मन्थर'*	: पर्वत की ऊँचाई/ढलान पर समतल स्थान	**नि.र.-1**/330	राम की शक्ति-पूजा
सानुप्रास-	*'लहरों में खिल सानुप्रास'*	: लहरों से ताल मिलाती हुई हवा की लय को अनुप्रास की तरह कहा गया है।	**पं.ग्रं.-1**/202	विश्व वेणु/पल्लव
सानुराग-	*'यह संचित क्यों हो रहा स्नेह किस पर इतना हो सानुराग'*	: प्रेम से मोहित	**प्र.ग्रं.-2**/164	ईर्ष्या/कामायनी
◆	*'अम्बे फिर क्यों इतना विराग, मुझ पर न हुई क्यों सानुराग'*	: अनुराग सहित, स्नेह और प्रेम की कृपा	**प्र.ग्रं.-2**/235	दर्शन/कामायनी
साभिमान-	*'पर कुछ अच्छा-सा नहीं लगा 'यह क्यों? किसका सुख साभिमान'*	: अभिमान सहित, ईर्ष्या के कारण मनु को सारी तैयारी गर्व से भरी हुई लगी।	**प्र.ग्रं.-2**/165	ईर्ष्या/कामायनी
साम-गान-	*'भूले वे मुक्त प्रान, साम-गान, सुधा-पान'*	: सामवेद के गीतों का गायन	**नि.र.-1**/81	खँडहर के प्रति
◆	*'फूटो फिर, फिर से तुम,/रुद्ध-कण्ठ साम-गान'*	: सामवेद के गान, गीत	**नि.र.-1**/267	फूटो फिर
साम-संगीत-	*'सप्तस्वर सप्तसिन्धु में उठे, छिड़ा तब मधुर साम-संगीत'*	: सामवेद की संगीतात्मक ऋचाएँ	**प्र.ग्रं.-4**/138	पंचम अंक/स्कन्दगुप्त
सामाजिक योग-	*'मैं सामाजिक योग के प्रथम'*	: सामाजिक नियम	**नि.र.-1**/322	सरोज-स्मृति
सामूहिक बलि-	*'सामूहिक बलि का निकला था पंथ निराला'*	: युद्ध मानो यज्ञ की वेदी पर दी जानेवाली सामूहिक बलि के समान था।	**प्र.ग्रं.-2**/208	संघर्ष/कामायनी
साम्य-	*'भीतर बाहर का साम्य'*	: समानता, बराबरी	**नि.र.-1**/179	रेखा 'ग'

शब्द-	काव्य-पंक्ति	: अर्थ	ग्रंथावली/पृ.सं.	स्रोत/संदर्भ
साम्य-तंत्र-	*'ये राज्य, प्रजा, जन, साम्य-तन्त्र शासन-चालन के कृतक यान'*	: साम्यवाद, समाजवाद	**पं.ग्रं.-2**/25	बापू के प्रति/युगपथ
साम्य-व्यवहार-	*'बुद्ध का या कि साम्य-व्यवहार!'*	: बराबरी का व्यवहार, मध्यम प्रतिपदा	**नि.र.-1**/109	प्रपात के प्रति
साम्राज्य-	*'साम्राज्य मुझे दे डाला/उस चितवन ने पीड़ा का!!'*	: प्रेम की पीड़ा का विराट अनुभव	**म.सा.-1**/38	रजनी ओढ़े जाती थी/नीहार
सायास-	*'रण मण रोड़ों पर सायास'*	: प्रयासपूर्वक, कोशिश करके	**पं.ग्रं.-1**/212	निर्झरी/पल्लव
सारंग-	*'भिखारी बन सारंग समाज'*	: चातक	**पं.ग्रं.-1**/100	विलोड़ित सघन गगन में आज/वीणा
सारस्वत देश-	*'यह सारस्वत देश या कि फिर ध्वंस हुआ सा'*	: इड़ा का देश	**प्र.ग्रं.-2**/204	संघर्ष/कामायनी
सारस्वत-नगर-निवासी-	*'सारस्वत-नगर-निवासी हम आये यात्रा करने'*	: सारस्वत प्रदेश के नागरिक	**प्र.ग्रं.-2**/271	आनन्द/कामायनी
सारस्वत प्रदेश-	*'वह पावन सारस्वत प्रदेश दु:स्वप्न देखता पड़ा क्लांत'*	: सरस्वती नदी के किनारे का स्थान जहाँ देवता निवास करते थे, प्रसाद के अनुसार वर्तमान अफगानिस्तान।	**प्र.ग्रं.-2**/173	इड़ा/कामायनी
◆	*' "स्वागत! पर देख रहे हो तुम यह उजड़ा सारस्वत प्रदेश"*	: वर्तमान अफगानिस्तान में हिलमंद नदी के किनारे स्थित	**प्र.ग्रं.-2**/179	इड़ा/कामायनी
सार्थक-श्रम-	*'फिर कोटितीर्थ देवांगनादि लख सार्थक-श्रम हो विगत-व्याधि'*	: मेहनत सफल हुई	**नि.र.-1**/292	तुलसीदास
सार्थवाह-	*'इनमें कौंधी गति की बिजली तू सार्थवाह बस इन्हें मान!'*	: रास्ता बनानेवाला (व्यापारी)	**म.सा.-1**/383	तेरी छाया में अमिट रंग /दीप-शिखा
सार्थवाही-	*'मेरे सार्थवाही स्वप्न/अंचल में व्यथा भरपूर'*	: नए रास्तों की तलाश करनेवाले मेरे सपने सौदागर की तरह हैं।	**म.सा.-1**/371	प्राणों ने कहा कब दूर /दीप-शिखा
साल-	*'मधु-पवन-क्रीड़ित ज्यों शिशु साल सुशोभित हो सौरभ संयुक्त'*	: साल का वृक्ष	**प्र.ग्रं.-2**/84	श्रद्धा/कामायनी
सालती-	*'चोट सहन कर रुकनेवाली धातु, न जिसको मृत्यु सालती'*	: रह-रहकर कष्ट महसूस करना	**प्र.ग्रं.-2**/260	रहस्य/कामायनी
सालस-	*'सालस सुख की सौरभ से'*	: आलस्य से भरा हुआ	**पं.ग्रं.-1**/245	खिलतीं मधु की नव कलियाँ/गुंजन
सावन-घन-	*'जब सावन-घन सघन बरसते'*	: सावन महीने के बादल	**प्र.ग्रं.-1**/312	वे कुछ दिन कितने सुन्दर थे/लहर
सावन-घोर-	*'सावन-घोर गगन के/ऐ सम्राट!'*	: बादलों से घनीभूत(घोर) सावन का महीना	**नि.र.-1**/129	बादल राग
साश्रु-नयन-	*'जीवन की साश्रु-नयन क्षण'*	: करुण-भाव से युक्त समय, आँसुओं से भरी आँखें	**पं.ग्रं.-1**/270	चाँदनी/गुंजन
साहसी-	*'कहीं साहसी ले आते हैं मृगया के उपहार नये'*	: शिकारी	**प्र.ग्रं.-2**/190	स्वप्न/कामायनी
सिंचन-	*'नयनों की नयनों से/सिञ्चन सुहाग— प्रेम'*	: सींचना, सराबोर कर देना	**नि.र.-1**/173	रेखा 'क'
सिंचाव-	*'तुम्हारी आशालता सिंचाव'*	: पोषण (प्रेम से प्राप्त)	**प्र.ग्रं.-1**/259	आशालता/झरना
सिंधु अतल-	*'मैं ऊर्म्मि विरल तू तुंग अचल, वह सिंधु अतल'*	: वह असीम प्रिय गहरे समुद्र की तरह है	**म.सा.-1**/315	ओ चिर नीरव! /दीप-शिखा

शब्द- काव्य-पंक्ति	: अर्थ	ग्रंथावली/पृ.सं.	स्रोत/संदर्भ
सिंधु की निःसीमता- *'सिंधु की निःसीमता पर लघु लहर का लास कैसा'*	: समुद्र की अनंतता	**म.सा.-1**/278	फिर विकल हैं प्राण मेरे!/सांध्य गीत
सिंधु के अश्रु- *'सिन्धु के अश्रु! धरा के खिन्न दिवस के दाह'*	: समुद्र के आँसू (बादलों के लिए प्रयुक्त)	**नि.र.-1**/129	बादल राग
सिंधु तट- *'जब कामना सिंधु तट आयी ले संध्या का तारा दीप,'*	: आकाश-रूपी समुद्र के किनारे	**प्र.ग्रं.-2**/78	आशा/कामायनी
सिंधु-नद-तीरवासी- *'गान गाये महासिन्धु-से सिन्धु-नद-तीरवासी!'*	: सिंधु नदी के तट पर रहने वाले पंजाबवासी	**नि.र.-1**/152	जागो फिर एक बार
सिंधु सेज पर धरा वधू- *'सिंधु सेज पर धरा वधू अब तनिक संकुचित बैठी सी'*	: मानो समुद्र-रूपी शय्या पर धरती-रूपी दुल्हन बैठी है	**प्र.ग्रं.-2**/68	आशा/कामायनी
सिंहद्वार- *'सिंहद्वार अरराया जनता भीतर आयी'*	: महल का विशाल मुख्य द्वार	**प्र.ग्रं.-2**/205	संघर्ष/कामायनी
सिकता- *'बढ़ उमंग-सरिता आवेगी आर्द्र किये रूखी सिकता'*	: बालू(रुखाई-रूपी)	**प्र.ग्रं.-1**/242	कब/झरना
◆ *'जलती सिकता का यह मग,'*	: बालू	**प्र.ग्रं.-1**/332	अशोक की चिंता/लहर
◆ *'सोने की सिकता में मानो कालिंदी बहती भर उसास'*	: बालू	**प्र.ग्रं.-2**/160	ईर्ष्या/कामायनी
◆ *'सिकता की सस्मित सीपी पर मोती की ज्योत्स्ना रही विचर'*	: बालू, रेती	**पं.ग्रं.-1**/275	नौका-विहार/गुंजन
◆ *'मन माँग रहा है मेरा/सिकता हीरक-प्याली में'*	: सफेद रेती की तरह जीवन	**म.सा.-1**/121	नव मेघों को रोता था/रश्मि
◆ *'सिकता में अंकित रेखा सा'*	: रेती, बालू	**म.सा.-1**/131	दिया क्यों जीवन का वरदान?/रश्मि
सिकता-कन- *'यह है मेरे मरु मानस का चमकीला सिकता-कन'*	: बालू के चमकीले कण की तरह हैं तारे	**म.सा.-1**/44	छाया की आँखमिचौनी /नीहार
सिकता की रेखाएँ- *'सिकता की रेखाएँ उभार—'*	: बालू में निशान छोड़ना	**प्र.ग्रं.-1**/290	उठ उठ री लघु.../लहर
सिकता-पुलिनों सी- *'सिकता-पुलिनों सी सूनी दिश'*	: बालू के तटों की तरह नीरस	**म.सा.-1**/298	नव घन आज बनो पलकों में!/सांध्य गीत
सिकता सागर- *'सूखे सिकता सागर में/यह नैया मेरे मन की'*	: बालू का समुद्र, जीवन का विकट दौर	**प्र.ग्रं.-2**/21	आँसू
सिकता-सी- *'बुद्धि, विभूति सकल सिकता-सी प्यास लगी है ओस चाटती'*	: बालू के समान (है सारा ऐश्वर्य)	**प्र.ग्रं.-2**/261	रहस्य/कामायनी
सिक्त- *'स्वर से मेरे सिक्त हुआ संसार!'*	: सराबोर, नहाया हुआ	**नि.र.-1**/99	प्रिया से
◆ *'सिक्त हिम-कण से छन-छन वात'*	: भीगा हुआ, सींचा हुआ	**नि.र.-1**/105	खोज और उपहार
◆ *'सिक्त धरा के अञ्चल को'*	: भीगा हुआ, सराबोर	**नि.र.-1**/112	भर देते हो
◆ *'सिक्त बीज, भर उगा विटप नव'*	: भीगा हुआ, सृष्टि की संभावना से युक्त	**नि.र.-1**/232	चहकते नयनों में जो प्राण
◆ *'भाव के वर्ण-दल,/सिक्त-हिम-जल-धार'*	: भीगा हुआ	**नि.र.-1**/267	बहती निराधार
सिक्त-धार- *'क्या दृष्टि! अतल की सिक्त-धार ज्यों भोगावती उठी अपार'*	: सराबोर धारा	**नि.र.-1**/320	सरोज-स्मृति
सिड़ी- *'सिड़ी के गूढ़ हुलास'*	: मनमौजी, सनकी	**पं.ग्रं.-1**/182	उच्छ्वास/पल्लव
◆ *'भूँकता सिड़ी शिशिर का श्वान'*	: पागल, कामातुर	**पं.ग्रं.-1**/227	परिवर्तन/पल्लव
सित- *'ऊपर शोभित मेघ छत्र सित'*	: श्वेत	**नि.र.-1**/246	अस्ताचल रवि
◆ *'खुल जाता कमल सित घन-वरण'*	: सफेद	**नि.र.-1**/261	प्रतिक्षण मेरा मोह-मलिन मन

शब्द- काव्य-पंक्ति	: अर्थ	ग्रंथावली/पृ.सं. स्रोत/संदर्भ
♦ *'सित क्षीर-फेन हीरक-रज से/जो हुए चाँदनी में निर्मित'*	: सफ़ेद, चमकदार (पत्ते)	**म.सा.**-1/397 तू भू के प्राणों का शतदल! /दीप-शिखा
सित अक्षर- *'नीलम की निस्सीम पटी पर, तारों के बिखरे सित अक्षर'*	: तारे मानो सफेद लिखावट की तरह हैं	**म.सा.**-1/345 गोधूलि अब दीप जगा ले!/दीप-शिखा
सित-असित चीर- *'आलोक-तिमिर सित-असित चीर सागर-गर्जन रुनझुन मंजीर'*	: सफेद और काला वस्त्र	**म.सा.**-1/237 लय गीत मदिर, गति ताल अमर/नीरजा
सित-असित मुकुरता- *'तुम रहो, सजल आँखों की सित-असित मुकुरता बन कर'*	: आँखों का सफेद और काला हिस्सा मानो आइना है जिसमें तुम्हारी छवि प्रतिबिंबित होती है।	**म.सा.**-1/110 चिर तृप्ति कामनाओं का/रश्मि
सित घन-अवगुंठन- *'शीश-फूल कर शशि का नूतन रश्मि-वलय सित घन-अवगुण्ठन'*	: सफेद बादलों ने वसंतबाला के लिए घूँघट का काम किया है।	**म.सा.**-1/168 धीरे-धीरे उतर क्षितिज से/नीरजा
सित दृग- *'सित दृग हुए क्षीर लहरी से, तारे मरकत-नील-तरी से'*	: उज्ज्वल नयन	**म.सा.**-1/329 तरल मोती से नयन भरे! /दीप-शिखा
सित मसि- *'दृग-जल की सित-मसि है अक्षय मसि-प्याली, झरते तारक-द्वय'*	: सफेद स्याही की तरह हैं आँसू	**म.सा.**-1/198 कैसे संदेश प्रिय पहुँचाती! /नीरजा
सित मेघ पाटल- *'छू मृदुल जावक-रचे पद हो गए सित मेघ पाटल'*	: सफेद बादल लाल गुलाब हो गए	**म.सा.**-1/284 ओ अरुण वसना! /सांध्य गीत
सित शतदल- *'जहाँ तामरस इंदीवर या सित शतदल हैं मुरझाये'*	: श्वेत कमल (रूपी श्रद्धा का गोरा रंग)	**प्र.ग्रं.**-2/185 स्वप्न/कामायनी
सित शत-दल से शशि- *'सित शत-दल से शशि तुम क्यों उनमें जाकर हो मिलते?'*	: सौ पंखुड़ियों वाले श्वेत कमल की तरह चाँद लग रहा है।	**प्र.ग्रं.**-2/22 आँसू
सित श्यामल- *'कुछ पिंग अरुण कुछ सित श्यामल'*	: सफेद और काले (रंग के बादल)	**म.सा.**-1/397 तू भू के प्राणों का शतदल!/दीप-शिखा
सित-सरसिज- *'सित-सरसिज से भर जावे वह स्वर्गंगा की धारा'*	: श्वेत कमल	**प्र.ग्रं.**-2/28 आँसू
सित सरोज- *'सित सरोज पर क्रीड़ा करता जैसे मधुमय पिंग पराग'*	: श्वेत कमल	**प्र.ग्रं.**-2/67 आशा/कामायनी
सित सुधा- *'चाँदनी की सित सुधा भर/बाँटता इनसे सुधाकर'*	: श्वेत अमृत की तरह चाँदनी लग रही है	**म.सा.**-1/227 मत अरुण घूँघट खोल री!/नीरजा
सितांचल- *'रात के झीने सितांचल/से बिखर मोती बने जल'*	: सफेद आँचल, चाँदनी	**म.सा.**-1/279 मेरी है पहेली बात! /सांध्य गीत
सिताबी- *'सिताबी छिड़क रहा विधु कांत बिछा है सेज कमलिनी जाल'*	: चाँदनी	**प्र.ग्रं.**-1/265 होली की रात/झरना
सिद्ध- *'सिद्ध हुआ मुझसे ही उसका कार्य'*	: सार्थक, पूर्ण, सफल	**नि.र.**-1/91 रास्ते के फूल से
सिद्धार्थ की पद-चाप- *'सुन जगाती है उसी सिद्धार्थ की पद-चाप'*	: बुद्ध के पैरों की ध्वनि मानो आश्वस्तिपरक है	**म.सा.**-1/236 जाग बेसुधा जाग! /नीरजा
सिद्धि- *'या कि लेकर सिद्धि तू आगे खड़ी'*	: साधना की सफलता का फल, साधना का लक्ष्य	**नि.र.**-1/43 माया
♦ *'प्यारे, उनको समझेंगे हम इष्ट-सिद्धि के साधक मित्र'*	: साधना की पूर्णता, लक्ष्य-प्राप्ति	**नि.र.**-1/44 नहीं डरेंगे

शब्द- काव्य-पंक्ति	: अर्थ	ग्रंथावली/पृ.सं.	स्रोत/संदर्भ
♦ *'तुम योग और मैं सिद्धि'*	: साधना का लक्ष्य, साधना की सफलता	**नि.र.**-1/49	तुम और मैं
♦ *'माता की तृप्ति मेरे लिए अष्ट सिद्धियाँ'*	: आठ सिद्धियाँ — अणिमा, महिमा, गरिमा, लघिमा, प्राप्ति, प्राकाम्य, ईशित्व, वशित्व	**नि.र.**-1/54	पंचवटी प्रसंग:2
♦ *'सिद्धि की मधुर दृष्टि का'*	: आठ सिद्धियाँ	**नि.र.**-1/91	रास्ते के फूल से
सिद्धि अकल- *'मैं सरित विकल तेरी समाधि की सिद्धि अकल'*	: अखंड या पूर्ण सिद्धि की तरह हूँ मैं	**म.सा.**-1/315	ओ चिर नीरव! /दीप-शिखा
सिद्धि सुदंर- *'खोज ही चिर प्राप्ति का वर, साधना ही सिद्धि सुदंर'*	: सुंदर लक्ष्य-प्राप्ति का अर्थ है साधना में लगे रहना	**म.सा.**-1/343	आँसुओं के देश में /दीप-शिखा
सिरातीं- *'डुला, सिरातीं गात!'*	: सिराना, मिला लेना, डुबो देना	**पं.ग्रं.**-1/272	अप्सरा/गुंजन
सिरिस-मुकुल- *'मृदुलता सिरिस-मुकुल सुकुमार'*	: शिरीष की कलियाँ	**पं.ग्रं.**-1/257	मधुवन/गुंजन
सिवार- *'केंचुली, काँस, सिवार'*	: काई की प्रजाति का एक पौधा, सिवार की तरह लट (जटा) हो जाती है केशराशि	**पं.ग्रं.**-1/223	परिवर्तन/पल्लव
सिसकी-सी साँस- *'किस दिगंत रेखा में इतनी संचित कर सिसकी-सी साँस'*	: कामोत्तेजना से उत्पन्न स्त्री साँस	**प्र.ग्रं.**-2/79	आशा/कामायनी
सिहर भरे- *'सिहर भरे निज शिथिल मृदुल अंचल को अधरों से पकड़ो'*	: रोमांचित (लहराता आँचल)	**प्र.ग्रं.**-1/291	निज अलकों के.../लहर
सिहरीं- *'डूबा जग भूला तन मन/आँखें शिथिलाई सिहरीं'*	: आँखें सिहरन से भर गयीं, रोमांचित	**म.सा.**-1/53	इन हीरक से तारों को/नीहार
सीकर- *'सुखद कर सीकर-से बढ़ कर'*	: बारिश की बौछारें, मानो हाथी ने सूँढ़ से पानी की बौछार की हो।	**पं.ग्रं.**-1/185	आँसू/पल्लव
♦ *'छहर-घहरमय विष सीकर'*	: पानी का छींटा	**पं.ग्रं.**-1/216	बादल/पल्लव
♦ *'पीती थक झुक-झुक झूम-झूम/तू घूँट घूँट फेनिल सीकर!'*	: वाष्पकण	**म.सा.**-1/238	लय गीत मदिर, गति ताल अमर/नीरजा
♦ *'रविकरों में जल हुए फिर/जलद में साकार सीकर'*	: वाष्प	**म.सा.**-1/254	अश्रु मेरे माँगने जब /सांध्य गीत
सीकर-से- *'सरस सीकर-से जीवन-कन,'*	: पसीने की बूँद के समान	**प्र.ग्रं.**-1/306	आह रे, वह अधीर यौवन /लहर
सीठी में सार- *'चंचल मानव! क्यों भूला तू, इस सीठी में सार कहाँ'*	: जिसका सारा रस निचोड़ लिया गया हो उसमें भला सारतत्त्व कैसे होगा।	**प्र.ग्रं.**-3/265	प्रथम अंक/अजातशत्रु
सीता के राममय नयन- *'खिंच गये दृगों में सीता के राममय नयन'*	: सीता की आँखें जिनमें राम बसे थे	**नि.र.**-1/331	राम की शक्ति-पूजा
सीता-ध्यान-लीन- *'फूटी स्मिति सीता-ध्यान-लीन राम के अधर'*	: सीता के ध्यान में लीन	**नि.र.**-1/331	राम की शक्ति-पूजा
सीधे-मग-गामी- *'हे सीधे-मग-गामी! दे दो'*	: सीधे रास्ते पर चलनेवाला (प्रकाश)	**पं.ग्रं.**-1/92	इस अबोध की अन्धकारमय/वीणा
सीपी स्वाती आस- *'मुँह खोले मुक्तामयी सीपी स्वाती आस'*	: स्वाती नक्षत्र की बारिश की बूँद की आशा में सीपी मुँह खोले रहती है	**प्र.ग्रं.**-4/129	पंचम अंक/स्कन्दगुप्त

शब्द- काव्य-पंक्ति	: अर्थ	ग्रंथावली/पृ.सं.	स्रोत/संदर्भ
सीमंत- *'स्वप्नों से गीली पलक आँज सीमंत सजा ली अश्रु-माल'*	: माँग, सिर के बाल में माँग निकालकर कंघी करना	**म.सा.**-1/255	क्यों वह प्रिय आता पार नहीं?/सांध्य गीत
◆ *'अरुणा ने यह सीमंत भरी,'*	: माँग जिसमें सिन्दूर लगाते हैं	**म.सा.**-1/304	सखि मैं हूँ अमर सुहाग भरी!/सांध्य गीत
सीमंत-जटित- *'रवि-शशि तेरे अवतंस लोल सीमंत-जटित तारक अमोल'*	: माँग में जड़े हुए	**म.सा.**-1/237	लय गीत मदिर, गति ताल अमर/नीरजा
सीमांत सजीला- *'कुमकुम से सीमान्त सजीला, केशर का आलेपन पीला'*	: क्षितिज अंतिम सीमा है और शाम के समय लालिमा से युक्त है	**म.सा.**-1/345	गोधूलि अब दीप जगा ले!/दीप-शिखा
सीमा- *'उषा में सीमा पर के खेत'*	: क्षितिज	**प्र.ग्रं.**-3/404	तृतीय अंक/जन्मेजय का नाग-यज्ञ
◆ *'मेरी छोटी सीमा में/अपना अस्तित्व मिटा दो'*	: लघुता	**म.सा.**-1/62	इस एक बूँद आँसू में /नीहार
सीमा-असीम- *'हे सृष्टि-प्रलय के आलिंगन सीमा-असीम के मूक मिलन!'*	: लघु और विराट, मनुष्य और ईश्वर	**म.सा.**-1/238	लय गीत मदिर, गति ताल अमर/नीरजा
सीमा और अनंत- *'उदधि नभ को कर लेगा प्यार मिलेंगे सीमा और अनंत'*	: ससीम और असीम	**म.सा.**-1/58	शून्य से टकरा कर सुकुमार/नीहार
सीमा का भ्रम- *'मधुर राग तू मैं स्वर-संगम तू असीम मैं सीमा का भ्रम'*	: मेरी ससीमता या लघुता तुम्हारे कारण एक भ्रम की तरह है।	**म.सा.**-1/183	तुम मुझ में प्रिय! फिर परिचय क्या!/नीरजा
सीमा-संसृति- *'नश्वर सीमा-संसृति में/मेरी सस्वर झङ्कार'*	: संसार की सीमाएँ, संसार की हदें	**नि.र.**-1/265	छिपा मन
सीमा सीमाहीन- *'मिल जावे उस पार क्षितिज के सीमा सीमाहीन'*	: लघु और विराट का मिलन	**म.सा.**-1/39	चाहता है यह पागल प्यार/नीहार
सीमाहीनों- *'जिनका सीमित उर करता था सीमाहीनों का उपहास'*	: जो अनंत और व्यापक है, जो सीमाओं में नहीं बँधा है	**म.सा.**-1/43	जिन नयनों की विपुल नीलिमा/नीहार
सीमित उर- *'जिनका सीमित उर करता था सीमाहीनों का उपहास'*	: जिसके हृदय की सीमा का विस्तार न हो, संकीर्ण मन	**म.सा.**-1/43	जिन नयनों की विपुल नीलिमा/नीहार
सीमित मानस- *'अपने सीमित मानस में अपने सपनों का स्पंदन'*	: मन का विस्तार भी ससीम है	**म.सा.**-1/120	नव मेघों को रोता था/रश्मि
सीरे- *'आज न सज अलकों में हीरे चौंका दें जग श्वास न सीरे'*	: ठंडा होना	**म.सा.**-1/196	आ मेरी चिर मिलन-यामिनी!/नीरजा
सीवन- *'सीवन को उधेड़ कर देखोगे क्यों मेरी कन्था की'*	: सिलाई	**प्र.ग्रं.**-1/292	मधुप गुनगुना कर कह जाता/लहर
सुंदर अनुराग- *'परमाणु बाल सब दौड़ पड़े जिसका सुन्दर अनुराग लिये'*	: प्रेम का सुन्दर रूप	**प्र.ग्रं.**-2/104	काम/कामायनी
सुंदर खेल- *'विश्व-भर सौरभ से भर जाय सुमन से खेलो सुन्दर खेल'*	: सृष्टि को आगे बढ़ाने का सुन्दर कार्य, वंश-वृद्धि	**प्र.ग्रं.**-2/92	श्रद्धा/कामायनी
सुंदर छलना- *'कुहुकिनि अपलक दृग के अंजन! हँसती तुझमें सुन्दर छलना'*	: आकर्षक धोखा	**प्र.ग्रं.**-2/173	इड़ा/कामायनी
सुंदर-तर- *'समय सुहाया कैसा भाया सुन्दर-तर श्रीमंत'*	: अधिक सुन्दर	**प्र.ग्रं.**-1/284	बिंदु(6)/झरना

शब्द- काव्य-पंक्ति	: अर्थ	ग्रंथावली/पृ.सं.	स्रोत/संदर्भ
सुंदरता का पार- *'कहाँ है सुन्दरता का पार'*	: सौन्दर्य की अंतिम सीमा	**पं.ग्रं.**-1/187	आँसू/पल्लव
सुंदर पाप- *'हृदय-गगन में धूमकेतु-सी, पुण्य सृष्टि में सुन्दर पाप'*	: अपने आकर्षण में बाँधे रहनेवाले पाप की तरह है चिंता	**प्र.ग्रं.**-2/53	चिंता/कामायनी
सुंदर बाला- *'उस रम्य फलक पर नवल चित्र-सी प्रकट हुई सुन्दर बाला'*	: सुन्दर लड़की (इड़ा)	**प्र.ग्रं.**-2/178	इड़ा/कामायनी
सुंदर विश्राम- *'मेरा सुन्दर विश्राम बना सृजता हो मधुमय विश्व एक'*	: आकर्षक और आरामदायक स्थान	**प्र.ग्रं.**-2/164	ईर्ष्या/कामायनी
सुंदर वेश- *'कर रहा वंचित कहीं न त्याग तुम्हें, मन में धर सुन्दर वेश!'*	: वैराग्य का सुन्दर वेश तुम्हीं को छल रहा है	**प्र.ग्रं.**-2/88	श्रद्धा/कामायनी
सुंदर समतल- *'पीयूष-स्रोत-सी बहा करो जीवन के सुन्दर समतल में'*	: मैदानी जीवन की तरह सरल और सुन्दर	**प्र.ग्रं.**-2/130	लज्जा/कामायनी
सुआ- *'मेधा के क्रीड़ा-पंजर का पाला हुआ सुआ है'*	: तोता	**प्र.ग्रं.**-2/134	कर्म/कामायनी
सुकवि- *'प्रतिभा डाली भर लाता/कर देता दान सुकवि को'*	: अपने भीतर के सुन्दर कवि-मन को	**प्र.ग्रं.**-2/9	आँसू
सुकृत- *'सुकृत थे तुम, मैं हूँ कलुषित'*	: सुंदर और पुण्य कर्म (की तरह)	**पं.ग्रं.**-1/221	विश्व व्याप्ति/पल्लव
सुकृत-कूलों- *'ऋतुपति सकल सुकृत-कूलों का'*	: समस्त पुण्यों के तटों का (सरस स्नेह भर देगा)	**नि.र.**-1/227	रूखी री यह डाल
सुकृत-पुंज-अशना- *'तारक हार, चन्द्र मुख, मधु ऋतु सुकृत-पुञ्ज-अशना'*	: पुष्पों का समूह जिसका भोजन है	**नि.र.**-1/221	कौन तुम शुभ्र-किरण -वसना?
सुकृत-स्नेह- *'अनावृत सुकृत-स्नेह के प्राण अमृत ही अमृत, ज्ञान ही ज्ञान'*	: अच्छे कर्म के प्रति स्नेह	**नि.र.**-1/240	आओ मधुर-सरण मानसि, मन
सुकेश-विस्तार- *'वह सुकेश-विस्तार कुञ्ज में'*	: लंबे बालों का फैलाव	**नि.र.**-1/121	यमुना के प्रति
सुकेशिनी- *'जाग जाग सुकेशिनी री!'*	: सुंदर बालों वाली स्त्री-रूपी रात, अँधेरा मानो रात्रि की केशराशि है।	**म.सा.**-1/290	जाग जाग सुकेशिनी री! /सांध्य गीत
सुख आख्यान- *'दुख को कर सुख आख्यान चली!'*	: सुख की कहानी (बना ली मैंने दुःख की कहानी को)	**म.सा.**-1/411	अलि मैं कण-कण को जान चली/दीप-शिखा
सुख आहत- *'सुख आहत शान्त उमंगें/बेगार साँस ढोने में'*	: जिसकी खुशी चोट पहुँची हो	**प्र.ग्रं.**-2/6	आँसू
सुख गात- *'एक परदा यह झीना नील छिपाये है जिसमें सुख गात'*	: सुख-रूपी शरीर	**प्र.ग्रं.**-2/89	श्रद्धा/कामायनी
सुख-छल- *'चुम्बन-चकित चतुर्दिक चंचल हेर, फेर मुख, कर बहु सुख-छल'*	: बहाना करके सुख प्राप्त करना	**नि.र.**-1/220	स्पर्श से लाज लगी
सुख-छेदन- *'बढ़ा भेद सुख-छेदन— तम रे जागर-भेदन;'*	: सुख को नष्ट करनेवाला	**नि.र.**-1/271	शत शत वर्षों का मग
सुखदुख रंगों- *'नियति बन कुशली चितेरा— रँग गई सुखदुख रंगों से'*	: सुख और दुःख के रंगों में	**म.सा.**-1/271	सो रहा है विश्व, पर... /सांध्य गीत
सुख निशीथ- *'मेरे जीवन के सुख निशीथ!'*	: सुखद रात	**प्र.ग्रं.**-1/322	शशि-सी वह सुंदर रूपविभा/लहर

शब्द- काव्य-पंक्ति	: अर्थ	ग्रंथावली/पृ.सं.	स्रोत/संदर्भ
सुख-परिमल- *'सुख-परिमल पुलकित भव-अंचल'*	: सुख-रूपी सुगंध	**पं.ग्रं.**-1/352	चार/ज्योत्स्ना
सुख-परिरंभ- *'तुम्हारा शीतल सुख-परिरम्भ'*	: सुख का आलिंगन, सुख की अनुभूति	**प्र.ग्रं.**-1/260	सुधासिंचन/झरना
सुख-पिक- *'जाग सुख-पिक ने अचानक मदिर पंचम तान ली'*	: सुख की तरह कोयल की तान	**म.सा.**-1/200	मैं बनी मधुमास आली /नीरजा
सुख-पुलक-गात- *'सो रहा विश्व सुख-पुलक-गात'*	: सुख के रोमांच से भरा शरीर	**प्र.ग्रं.**-1/310	कोमल कुसुमों की मधुर रात/लहर
सुखभरा दुख- *'दुःखमय सुख/सुखभरा दुख'*	: दुःख मानो सुख से भरा हो	**म.सा.**-1/260	मेरा सजल मुख देख लेते!/सांध्य गीत
सुख-मणिगण- *'व्यथा से नीली लहरों बीच बिखरते सुख-मणिगण द्युतिमान!'*	: सुख-रूपी मणियाँ	**प्र.ग्रं.**-2/89	श्रद्धा/कामायनी
सुखमा- *'अलि! किस सुखमा का संसार'*	: सुषमा, नैसर्गिक शोभा	**पं.ग्रं.**-1/198	स्वप्न/पल्लव
◆ *'विश्व सुखमा ही का संसार'*	: सुषमा, अतिशय सौन्दर्य	**पं.ग्रं.**-1/251	भावी पत्नी के प्रति/गुंजन
◆ *'मधुरिमा मधु, सुखमा सुविकास'*	: सुषमा, शोभा	**पं.ग्रं.**-1/257	मधुवन/गुंजन
◆ *'श्री, सुख, सुखमा की कलि चुन-चुन'*	: सुषमा, शोभा	**पं.ग्रं.**-1/303	तीन/ज्योत्स्ना
◆ *'हम महिमा, सुखमा, ज्ञान, ध्यान'*	: सुषमा	**पं.ग्रं.**-1/313	तीन/ज्योत्स्ना
◆ *'सुखमा की जितनी मधुर कली'*	: सुषमा, सौन्दर्य	**पं.ग्रं.**-1/344	चार/ज्योत्स्ना
सुखमाकार- *'स्वप्न संसृति-सी सुखमाकार'*	: सुषमाकार, सुषमा से युक्त, अतिशय सौन्दर्य से युक्त	**पं.ग्रं.**-1/250	भावी पत्नी के प्रति/गुंजन
सुख-मिश्री- *'मैंने दुख में प्रथम/तभी सुख-मिश्री घोली!'*	: सुख मानो मिश्री की तरह मीठा है	**म.सा.**-1/259	प्रिय-पथ के यह शूल.../सांध्य गीत
सुख-मिश्री-कण- *'सुख-मधु में क्या दुख का मिश्रण! दुख-विष में क्या सुख-मिश्री-कण!'*	: सुख के मीठे कण	**म.सा.**-1/226	कहता जग दुःख को प्यार न कर!/नीरजा
सुख-मुक्ति- *'सोचता जो सुख-मुक्ति कल्पना के मार्ग से'*	: मुक्ति का सुख	**नि.र.**-1/175	रेखा 'क'
◆ *'सुख-मुक्ति दीन की'*	: सुख और मुक्ति	**नि.र.**-1/178	रेखा 'ख'
सुख-मौन- *'कर्म था क्रन्दन/सुख-मौन एक महाज्ञान'*	: मौन का सुख	**नि.र.**-1/180	रेखा 'ग'
सुख-यौवन- *'सरल-शैशव-श्री सुख-यौवन केलि अलि-कलियों की सुकुमार'*	: सुख-रूपी यौवन	**नि.र.**-1/141	स्मृति
सुख-रजनी- *'थक जाती थी सुख-रजनी मुख-चन्द्र हृदय में होता'*	: मिलन की सुखद रात	**प्र.ग्रं.**-2/14	आँसू
सुखला- *'गिरा दिये वृक्षों ने सारे पत्ते अपने सुखला कर'*	: सूखने के बाद	**प्र.ग्रं.**-1/252	पाईबाग/झरना
सुख-लुंठन- *'तोड़ दिये जब सब अवगुण्ठन, रहा एक केवल सुख-लुण्ठन'*	: सुख का लूटना	**नि.र.**-1/260	कब से मैं पथ देख रही
सुख विकास- *'शशि-शतदल का यह सुख विकास'*	: सुख का विस्तार	**प्र.ग्रं.**-1/310	कोमल कुसुमों की मधुर रात/लहर
सुख विभावरी- *'देव सृष्टि की सुख विभावरी ताराओं की कलना थी'*	: सुखद रात	**प्र.ग्रं.**-2/55	चिंता/कामायनी
सुख-विराम- *'जिसने इस भ्रम में डाला छीना जीवन का सुख-विराम'*	: सुख-शान्ति और आराम	**प्र.ग्रं.**-2/175	इड़ा/कामायनी

शब्द- काव्य-पंक्ति	: अर्थ	ग्रंथावली/पृ.सं.	स्रोत/संदर्भ
सुख-विलास-मद-शिथिल- *'सुख-विलास-मद-शिथिल अंग पर'*	: सुख की विलासिता के कारण शिथिल	**नि.र.**-1/86	वन-कुसुमों की शय्या
सुख-वृन्तों- *'पली सुख-वृन्तों की कलियाँ'*	: सुख के वृन्त (जिस पर फूल खिलते हैं)	**नि.र.**-1/141	स्मृति
सुख-शीतल-तल- *'और मैं सुख-शीतल-तल शाखा'*	: सुखद शीतल छाया प्रदान करने वाली निचली (शाखाएँ)	**नि.र.**-1/49	तुम और मैं
सुख-संचार- *'जागरण-लोक था भूल चला स्वप्नों का सुख-संचार हुआ;'*	: खुशी महसूस करना	**प्र.ग्रं.**-2/103	काम/कामायनी
सुख-संसृति- *'सब की सेवा न पराई वह अपनी सुख-संसृति है'*	: सुख का विस्तार	**प्र.ग्रं.**-2/275	आनन्द/कामायनी
सुख सपने- *'अग्नि-शिखा बुझ गई, जागने पर जैसे सुख सपने'*	: आनन्ददायक स्वप्न	**प्र.ग्रं.**-2/154	कर्म/कामायनी
सुख सरसों- *'यहाँ सुख सरसों, शोक सुमेरु'*	: सरसों के दाने की तरह अल्पमात्रा में सुख	**पं.ग्रं.**-1/228	परिवर्तन/पल्लव
सुख-सहचर- *'सुख-सहचर दु:ख-विदूषक परिहास पूर्ण कर अभिनय'*	: सुख-रूपी नायक का साथी (दु:ख-रूपी विदूषक)	**प्र.ग्रं.**-2/279	आनन्द/कामायनी
सुख सहज लब्ध- *'मैं यह तो मान नहीं सकता सुख सहज लब्ध यों छूट जायँ'*	: आसानी से उपलब्ध सुख	**प्र.ग्रं.**-2/163	ईर्ष्या/कामायनी
सुखसारिका- *'सुखसारिका उसकी मुकुल फिर मधुर मधुदान से नव'*	: सुख प्रसारित करनेवाली	**नि.र.**-1/266	चाल ऐसी मत चलो
सुख-सुखमा- *'सुख-सुखमा के मधुर स्वर्ण से'*	: सुख पहुँचानेवाली शोभा, सुखद सौन्दर्य	**पं.ग्रं.**-1/291	एक/ज्योत्स्ना
सुख से पंकिल- *'दुख से आविल सुख से पंकिल बुद्बुद् से स्वप्नों से फेनिल'*	: सुख का गीलापन (आर्द्रता) आँसुओं में व्यक्त होता है	**म.सा.**-1/167	प्रिय इन नयनों का अश्रु-नीर/नीरजा
सुख-सोना- *'जग की अक्षय स्मृतियों का धन सुख-सोना करुणा-हीरक-कण'*	: सुखी-रूपी स्वर्ण	**म.सा.**-1/250	प्रिय मेरे गीले नयन बनेंगे आरती!/सांध्य गीत
सुख सौरभ तरंग- *'तुम फूल उठोगी लतिका-सी कम्पित कर सुख सौरभ तरंग'*	: सुखद सुगंध की हिलोरें	**प्र.ग्रं.**-2/167	ईर्ष्या/कामायनी
सुख-स्वरित- *'भूला दुख, अब सुख-स्वरित जाल'*	: सुख के स्वरों से बुना जाल	**नि.र.**-1/283	तुलसीदास
सुखाधर- *'अलक्ष्य को लक्ष्य कर, सुखाधर'*	: सुख देनेवाले (प्रिय के) होंठ	**नि.र.**-1/242	गयी निशा वह, हँसीं दिशाएँ
सुखानुसंधान- *'सदा ही है सुखानुसन्धान, सदा ही गीति, गन्ध, रस, गान'*	: सुख का अनुसंधान (खोज)	**नि.र.**-1/231	चाहते हो किसको सुन्दर
सुखाशयी- *'गयी दूर दृष्टि जो सुखाशयी, छिपे वे रहस्य दिखे नूतन'*	: सुखवाली	**नि.र.**-1/248	नयनों का नयनों से बन्धन
सुखाशा- *'मुझते सुखाशा आकाश-कुसुम-तुल्य है'*	: सुख की उम्मीद	**नि.र.**-1/62	पंचवटी प्रसंग:5
सुखाशाएँ- *'मैं भी त्यों त्यागकर सुखाशाएँ'*	: सुख की आशाएँ(उम्मीद)	**नि.र.**-1/54	पंचवटी प्रसंग:2
सुखोन्माद- *'सब सुप्ति सुखोन्माद हो'*	: सुख+उन्माद, सुख का आवेश, सुख जो उन्माद की तरह मन में बस जाए।	**नि.र.**-1/149	जागो फिर एक बार

शब्द- काव्य-पंक्ति	: अर्थ	ग्रंथावली/पृ.सं.	स्रोत/संदर्भ
सुगंध-झकोर- *'चूर्ण-कच, साँस सुगंध-झकोर'*	: सुगंध का झोंका (मानो वायु की साँस है)	**पं.ग्रं.-1**/371	द्वितीय दृश्य/परी
सुगति- *'छोड़कर जीवन के अतिवाद, मध्य पथ से लो सुगति सुधार'*	: सद्गति, अच्छी स्थिति	**प्र.ग्रं.-1**/295	अरी वरुणा की शांत कछार/लहर
सुग्रीवांगद- *'मूर्च्छित-सुग्रीवाङ्गद-भीषण-गवाक्ष-गय-नल,'*	: सुग्रीव और अंगद	**नि.र.-1**/329	राम की शक्ति-पूजा
सुघड़ पुतलियाँ- *'शब्द, स्पर्श, रस, रूप, गंध की पारदर्शिनी सुघड़ पुतलियाँ'*	: सुडौल आकृतियाँ	**प्र.ग्रं.-2**/255	रहस्य/कामायनी
सुघर- *'मैं मूर्ख बनूँ, यह नहीं सुघर'*	: सुंदर, ठीक	**नि.र.-1**/322	सरोज-स्मृति
सुघरतर- *'उधर देखोगे, सुघरतर तुम्हीं दर्शन-सार'*	: सुगढ़तर, सुंदरतर	**नि.र.-1**/228	खोलो दृगों के द्वय द्वार
सुघराई- *'सत्य यह तेरी सुघराई में'*	: सौन्दर्य	**प्र.ग्रं.-1**/222	झरना/झरना
◆ *'तू हँस जीवन की सुघराई!'*	: सौन्दर्य	**प्र.ग्रं.-1**/326	ओ री मानस की गहराई /लहर
◆ *'चाहती नहीं जागरण कभी सपने की इस सुघराई में'*	: सुन्दरता	**प्र.ग्रं.-2**/129	लज्जा/कामायनी
सुछबि के काव्य- *'प्रमुखता मुख की सुछबि के काव्य में'*	: सौन्दर्य की कविता	**पं.ग्रं.-1**/124	ग्रन्थि
सुछवि- *'प्रतिमा में सजीवता-सी/बस गयी सुछवि आँखों में'*	: सुन्दर व्यक्तित्व	**प्र.ग्रं.-2**/10	आँसू
◆ *'सुछवि के छाया वन की साँस'*	: सुंदरता	**पं.ग्रं.-1**/178	पल्लव/पल्लव
सुजल- *'यह दग्ध मरुस्थल— नहीं सुजल'*	: सुखद जल	**नि.र.-1**/321	सरोज-स्मृति
सुजात- *'तरुण विटपों से लिपट सुजात'*	: अच्छा बढ़ा हुआ, कुलीन, जो जन्म से सुंदर हो	**पं.ग्रं.-1**/258	मधुवन/गुंजन
सुजान- *'अब न अगोचर रहो सुजान!'*	: 'प्रिय' के अर्थ में, अंधकार को संबोधित	**पं.ग्रं.-1**/94	अब न अगोचर रहो सुजान!/वीणा
सुढर उठान- *'मानो तुंग तरंग विश्व की हिमगिरि की वह सुढर उठान'*	: सुगढ़-सुडौल तरीके से उठा हुआ	**प्र.ग्रं.-2**/73	आशा/कामायनी
सुढर नासा- *'सुन्दर गोल कपोल, सुढर नासा बनी'*	: सुन्दर बनावट वाली नाक	**प्र.ग्रं.-1**/226	रूप/झरना
सुढर मोती- *'शील निधि का यह सुढर मोती है'*	: सुन्दर आकार का मोती	**प्र.ग्रं.-1**/270	देवबाला/झरना
सुतनु-हार- *'बहती निराधार पृथ्वी गगन में, अतनु में सुतनु-हार'*	: उत्तम देहवाली हार	**नि.र.-1**/266	बहती निराधार
सुतीर्थ- *'सद्य:स्नात हुआ फिर प्रेम सुतीर्थ में'*	: सुन्दर और पवित्र स्थान	**प्र.ग्रं.-1**/224	प्रथम प्रभात/झरना
सुदर्शन- *'सुदर्शन हुए सुदर्शन चक्र'*	: जिसे देखना अच्छा लगे	**पं.ग्रं.-1**/182	उच्छ्वास/पल्लव
सुदिनमणि-वलय- *'सुदिनमणि-वलय विभूषित उषा'*	: सुन्दर सूर्य का वृत्त (गोल रूप)	**प्र.ग्रं.-1**/232	किरण/झरना
सुधाकर- *'चाँदनी की सित सुधा भर/बाँटता इनसे सुधाकर'*	: अमृत की किरणोंवाला चाँद	**म.सा.-1**/227	मत अरुण घूँघट खोल री!/नीरजा
सुधा का मधु- *'सुधा का मधु हाला का राग व्यथा के घन अतृप्ति की आग'*	: अमृत की मिठास (से युक्त रागिनी)	**म.सा.-1**/115	तुहिन के पुलिनों पर छबिमान/रश्मि
सुधा छवि- *'भर-नैन सुधा छवि चाख गयी'*	: अमृत-जैसी सुन्दरता	**प्र.ग्रं.-3**/486	तृतीय अंक/कामना
सुधाधर- *'सुधाधर की कला में अंशु यदि बनकर रहूँ'*	: सुधा को धारण करने वाला चंद्रमा	**नि.र.-1**/54	पंचवटी प्रसंग:2

शब्द-	काव्य-पंक्ति	: अर्थ	ग्रंथावली/पृ.सं.	स्रोत/संदर्भ
सुधाधारा-	*'तुम हो सुधाधारा सदा/सूखे हुए अनुराग को'*	: अमृत की धारा की तरह है स्मृति	**म.सा.**-1/85	विस्मृति तिमिर में दीप हो/नीहार
सुधा-बिंदु-	*'रूप-इन्दु से सुधा-विन्दु लह,/रह-रह और तुलीं'*	: अमृत की बूँदें	**नि.र.**-1/220	दृगों की कलियाँ नवल खुलीं
सुधा-मधुर-	*'प्रतिपल तुम ढाल रहे सुधा-मधुर ज्योति-धार'*	: अमृत की तरह मीठा	**नि.र.**-1/150	पारस
सुधामय साँसों-	*'सुधामय साँसों में उपचार'*	: उसकी साँसों में मानो अमरत्व प्रदान करने की शक्ति थी	**पं.ग्रं.**-1/187	आँसू/पल्लव
सुधा में स्नात-	*'देवदारु निकुञ्ज गह्वर सब सुधा में स्नात'*	: चाँदनी से नहाए हुए	**प्र.ग्रं.**-2/116	वासना/कामायनी
सुधारश्मि-	*'सुधारश्मि से उतरा जल'*	: चाँदनी, मानो चाँदनी के किरण-तार को पकड़कर ओसकण उतरते हैं।	**पं.ग्रं.**-1/195	मोह/पल्लव
सुधा-सलिल-	*'सुधा-सलिल से मानस, जिसका पूरित प्रेम-विभोर'*	: अमृत-रूपी जल	**प्र.ग्रं.**-3/322	तृतीय अंक/अजातशत्रु
सुधा-सिंधु-	*'नारी का वह हृदय! हृदय में सुधा-सिंधु लहरें लेता'*	: अमृत का समुद्र (इड़ा के हृदय में था), सकरुण होना	**प्र.ग्रं.**-2/215	निर्वेद/कामायनी
सुधा-सीकर-	*'सुधा-सीकर से नहला दो'*	: श्रम से उत्पन्न मधुर फल, अमृत-रूपी श्रमजल	**प्र.ग्रं.**-2/347	अनुनय/असंकलित कविताएँ
◆	*'सुधा-सीकर से नहला दो!'*	: (प्रेम-रूपी) अमृत की बूँदों से	**प्र.ग्रं.**-4/275	चतुर्थ अंक/चन्द्रगुप्त
सुधा-स्रोत-	*'मेरे मरुमय जीवन के हे सुधा-स्रोत! दिखला जाओ'*	: अमृत-धारा (जीवन की उम्मीद)	**प्र.ग्रं.**-1/248	निवेदन/झरना
सुधि-	*'सुधि की चञ्चल प्रथम तरङ्ग'*	: याद, स्मृति	**नि.र.**-1/123	यमुना के प्रति
◆	*'प्रिय सुधि भूले री मैं पथ भूली!'*	: मेरी याद (अब उन्हें नहीं रही)	**म.सा.**-1/235	प्रिय सुधि भूले री मैं पथ भूली!/नीरजा
◆	*'जाने किस जीवन की सुधि ले/लहराती आती मधु-बयार!'*	: स्मृतियाँ, यादें	**म.सा.**-1/257	जाने किस जीवन की सुधि ले/सांध्य गीत
◆	*'सुधि मेरे आगम की जग में सुख की सिहरन हो अंत खिली'*	: याद, स्मृति	**म.सा.**-1/273	मैं नीर भरी दुख की बदली!/सांध्य गीत
◆	*'है अभी झपकी सजनि सुधि विकल क्रंदनकारिणी!'*	: याद	**म.सा.**-1/277	दीप तेरा दामिनी! /सांध्य गीत
सुधि अटल-	*'शून्य गर्जन, आह, मादक सुधि अटल'*	: गहरी याद	**पं.ग्रं.**-1/135	ग्रन्थि
सुधि का दंशन-	*'चरम सत्य, यह सुधि का दंशन अंतहीन, मेरा करुणा-कण'*	: प्रेम की स्मृति मानो चुभती है	**म.सा.**-1/214	आँसू का मोल न लूँगी मैं!/नीरजा
◆	*'जिसमें कसक न सुधि का दंशन, प्रिय में मिट जाने के साधन'*	: स्मृति से उत्पन्न कचोट	**म.सा.**-1/223	झरते नित लोचन मेरे हों!/नीरजा
सुधि की दंशन-	*'शब्द शब्द से सुधि की दंशन'*	: स्मृति की चुभन, चुभती हुई यादें	**पं.ग्रं.**-1/183	आँसू/पल्लव
सुधि के इंदु से-	*'बरस सुधि के इंदु से छिटकी पुलक की चाँदनी'*	: चाँद मानो स्मृतियों को प्रेरित कर रहा है	**म.सा.**-1/200	मैं बनी मधुमास आली /नीरजा

शब्द-	काव्य-पंक्ति	: अर्थ	ग्रंथावली/पृ.सं.	स्रोत/संदर्भ
सुधि खोज की-	*'प्रिय बसा उर में सुभग सुधि खोज की बसती कहाँ?'*	: प्रिय को खोजने का ध्यान होना	**म.सा.**-1/262	रे पपीहे पी कहाँ? /सांध्य गीत
सुधि-गंध-सुरभित-	*'अगरु धूम-सी साँस सुधि-गंध-सुरभित'*	: यादों की महक से सुगन्धित (मेरी साँसें)	**म.सा.**-1/321	हुए शूल अक्षत मुझे धूलि चंदन/दीप-शिखा
सुधि-दीप-	*'शून्यता भर तरल मोती से मधुर सुधि-दीप बाले'*	: यादों के दीपक	**म.सा.**-1/341	जो न प्रिय पहिचान पाती! /दीप-शिखा
सुधि-नर्तन-	*'मैं सुधि-नर्तन/पथ बना, उठे जिस ओर चरण'*	: स्मृतियों की नृत्यमय आवृत्ति	**म.सा.**-1/315	ओ चिर नीरव! /दीप-शिखा
सुधिपतवार-	*'शिथिल कर से सुभग सुधिपतवार आज बिछल चुका है!'*	: स्मृतियों के पतवार हाथ से छूट चुके हैं	**म.सा.**-1/355	मोम-सा तन घुल चुका/दीप-शिखा
सुधि बिन-	*'तेरी सुधि बिन क्षण क्षण सूना!'*	: प्रिय की स्मृति के बिना	**म.सा.**-1/208	तेरी सुधि बिन क्षण क्षण सूना/नीरजा
सुधि-भीने-	*'सुधि-भीने स्वप्न रंगीले घन!'*	: स्मृति से भींगे हुए हैं मानो बादल	**म.सा.**-1/249	प्रिय! सांध्य गगन, मेरा जीवन!/सांध्य गीत
सुधि-वसंत-	*'किस सुधि-वसंत का सुमन-तीर कर गया मुग्ध मानस अधीर'*	: वसंत ऋतु की मधुर यादें	**म.सा.**-1/104	किस सुधि-वसंत का सुमन-तीर/रश्मि
सुधि-विद्युत्-	*'सुधि-विद्युत् की तूली लेकर मृदु मोम फलक-सा उर उन्मन'*	: यादें मानो विद्युत् की तरह कौंधती हैं	**म.सा.**-1/389	प्रिय मैं जो चित्र बना पाती!/दीप-शिखा
सुधि-विहान-	*'रँग रहा हृदय ले अश्रु-हास यह चतुर चितेरा सुधि-विहान'*	: प्रभात (विहान) मानो चेतना और स्मृति को जगा देता है।	**म.सा.**-1/103	चुभते ही तेरा अरुण बान!/रश्मि
सुधि-संबल-	*'एक सुधि-संबल तुम्हीं से प्राण मेरा माँग लाया'*	: स्मृति का आसरा या सहारा	**म.सा.**-1/274	आज मेरे नयन के तारक.../सांध्य गीत
सुधि सा-	*'सजनि कौन तम में परिचित सा, सुधि सा छाया सा आता?'*	: पुरानी यादगार बात की तरह	**म.सा.**-1/132	सजनि कौन तम में परिचित सा/रश्मि
सुधि-स्वामी की-	*'सुधि-स्वामी की छाँह पलक की सीपी में उतरे!'*	: उस असीम प्रिय की स्मृतियाँ	**म.सा.**-1/329	तरल मोती से नयन भरे!/दीप-शिखा
सुधी-	*'उमड़ता नहीं मन, स्तब्ध सुधी हैं ध्यान धार'*	: ध्यान	**नि.र.**-1/336	राम की शक्ति-पूजा
सुनहला पाटल-	*'धर कनक-थाल में मेघ/सुनहला पाटल सा'*	: सोने के रंग के कमल की तरह स्वर्णिम बादल	**म.सा.**-1/190	पथ देख बिता दी रैन/नीरजा
सुनहला प्याला-	*'छिपा कर लाली में चुपचाप सुनहला प्याला लाया कौन?'*	: सुबह का सूरज	**म.सा.**-1/36	ढुलकते आँसू सा सुकुमार/नीहार
सुनहला भर पराग-	*'जिसके मंडल में एक कमल खिल उठा सुनहला भर पराग'*	: सुनहला सूर्य मानो प्रभात की सुगंध के साथ उगा	**प्र.ग्रं.**-2/178	इड़ा/कामायनी
सुनहला मद्य-	*'उषा सुनहला मद्य पिलाती, प्रकृति बरसाती फूल'*	: (प्रभात की किरणें) सुनहले रंग के मद्य (शराब) के समान नशा बिखेर रही हैं।	**प्र.ग्रं.**-3/289	द्वितीय अंक/अजातशत्रु
सुनहली ग्रंथि-	*'ग्रन्थि बन्धन!— इस सुनहली ग्रन्थि में'*	: विवाह का अलंकृत बंधन	**पं.ग्रं.**-1/134	ग्रन्थि
सुनहली दामिनी-	*'नील घन भी हूँ सुनहली दामिनी भी हूँ'*	: सुनहले रंग की सुंदर आकाशीय बिजली होकर	**म.सा.**-1/177	बीन भी हूँ मैं तुम्हारी /नीरजा
सुनहली लट-	*'सुनहली लट घुँघराली कान्त'*	: सुनहले बाल के (समान किरणें)	**प्र.ग्रं.**-1/231	किरण/झरना

शब्द–	काव्य-पंक्ति	: अर्थ	ग्रंथावली/पृ.सं.	स्रोत/संदर्भ
सुनहली साड़ी–	*'फाड़ सुनहली साड़ी उसकी तू हँसती क्यों अरी प्रतीप?'*	: शाम के सुनहले रंग को सुनहली साड़ी की तरह मनु देख रहे हैं।	**प्र.ग्रं.–2**/78	आशा/कामायनी
सुनहले तीर–	*'उषा सुनहले तीर बरसती जय लक्ष्मी-सी उदित हुई;'*	: सूरज की स्वर्णिम किरणें	**प्र.ग्रं.–2**/67	आशा/कामायनी
सुनिहित भाव–	*'था समर्पण में ग्रहण का एक सुनिहित भाव'*	: अंतर्भुक्त भाव, अन्दर ही अन्दर अच्छी तरह मौजूद भाव	**प्र.ग्रं.–2**/111	वासना/कामायनी
सुपरिसरा–	*'खुली रूप-कलियों में पर भर*	: खूब फैली हुई	**नि.र.–1**/235	रँग गयी पग-पग धन्य धरा
सुपीन–	*'हो सुपीन उभार-सा हलका हृदय'*	: ठोस, उभार	**पं.ग्रं.–1**/133	ग्रन्थि
सुपुनीत–	*'अलि बाला गाती सुपुनीत'*	: सुन्दर और पवित्र	**पं.ग्रं.–1**/102	उस विकसित, वासित वन में/वीणा
सुप्त आहों–	*'सुप्त आहों का दीन विषाद पूछता हो 'आता है कौन'?'*	: अत्यंत गहरी तकलीफ, दु:ख जो निराश हो चुका है	**म.सा.–1**/51	थकी पलकें सपनों पर डाल/नीहार
सुप्त कांत–	*'पथ श्रान्त तू सुप्त कान्त की स्मृति में चलकर सोती'*	: सोया हुआ प्रेमी/पति	**नि.र.–1**/98	प्रिया से
सुप्त खगों–	*'सुप्त खगों की नीरव स्मृति क्या उसको गान सुनावेगी'*	: सोये पक्षियों (की तरह खामोश यादें)	**प्र.ग्रं.–1**/238	दीप/झरना
सुप्त दल–	*'हृदय के सब सुप्त दल खुल गये'*	: सोये हुए भाव मानो फूल की पंखुड़ियाँ	**नि.र.–1**/178	रेखा 'ग'
सुप्त भाव–	*'श्रद्धा वहाँ न थी मनु के तब सुप्त भाव सब जागे'*	: सोयी हुई कामवासना	**प्र.ग्रं.–2**/138	कर्म/कामायनी
सुप्त व्यथा–	*'अभिलाषाओं की करवट फिर सुप्त व्यथा का जगना'*	: दबी हुई वेदना, भुलाया हुआ दु:ख	**प्र.ग्रं.–2**/5	आँसू
सुप्त सुधि–	*'लेकर सुप्त सुधि का ज्वार/मेरे रोम में सुकुमार'*	: सोयी (भूली) हुई यादें	**म.सा.–1**/305	कोकिल गा न ऐसा राग! /सांध्य गीत
सुप्त सौंदर्य–	*'सजग सुप्त सौन्दर्य हुआ, हो चपल चलीं, भौंहें मिलने'*	: सोयी हुयी सौन्दर्य-चेतना	**प्र.ग्रं.–4**/41	प्रथम अंक/स्कन्दगुप्त
सुप्ति–	*'रात्रि की सुप्ति, पतन;'*	: शयन, नींद	**नि.र.–1**/137	दीन
◆	*'जागृति में सुप्ति थी'*	: शयन, नींद, विश्राम	**नि.र.–1**/144	जागृति में सुप्ति था
◆	*'सब सुप्ति सुखोन्माद हो'*	: नींद, शयन	**नि.र.–1**/149	जागो फिर एक बार
◆	*'स्वप्न एक सुप्ति की सजल'*	: नींद	**नि.र.–1**/178	रेखा 'ग'
◆	*'सुप्ति के मोह मे/चुम्बन का स्वप्न ले'*	: नींद	**नि.र.–1**/194	स्मृति-चुम्बन
◆	*'सुप्ति हो स्वल्प वियोग'*	: नींद	**पं.ग्रं.–1**/188	आँसू/पल्लव
सुप्ति-विरम–	*'जागरणोपम यह सुप्ति-विरम भ्रम, भ्रम भर'*	: यह सुप्ति (नींद) का विराम है	**नि.र.–1**/286	तुलसीदास
सुबाहु–	*'ताड़का, सुबाहु, विराध, शिरस्त्रय, दूषण, खर;'*	: एक राक्षस	**नि.र.–1**/331	राम की शक्ति-पूजा
सुभग–	*'सुभग लगता है गुलाब सहज सदा'*	: सुंदर	**पं.ग्रं.–1**/126	ग्रन्थि
◆	*'सुभग स्वाति के मुक्ताकर'*	: सुंदर, आकर्षक	**पं.ग्रं.–1**/213	बादल/पल्लव
◆	*'आते खग मेरे पास सुभग'*	: सुंदर	**पं.ग्रं.–1**/261	आँखों की खिड़की से उड़-उड़/गुंजन

शब्द- काव्य-पंक्ति	: अर्थ	ग्रंथावली/पृ.सं.	स्रोत/संदर्भ
◆ *'तभी यह मेरा जीवन फूल/सुभग मेरा मुरझाया फूल'*	: सौभाग्यशाली है मेरे जीवन का मुरझाया हुआ फूल	**म.सा.**-1/51	थकी पलकें सपनों पर डाल/नीहार
◆ *'शुभ्र जो था निर्मेघ गगन/सुभग मेरा संगी जीवन!'*	: सौभाग्यशाली	**म.सा.**-1/71	स्वर्ग का था नीरव उच्छ्वास/नीहार
◆ *'दृगों में छिपा अश्रु का हार/सुभग है तेरा ही उपहार'*	: सुंदर	**म.सा.**-1/128	किसी नक्षत्रलोक से टूट/रश्मि
◆ *'मेरी निश्वासों से द्रुततर/सुभग न तू बुझने का भय कर'*	: सुंदर सौभाग्य	**म.सा.**-1/188	मधुर मधुर मेरे दीपक जल/नीरजा
◆ *'सुभग! यह पल घड़ियाँ अनमोल'*	: सुंदर और सौभाग्यशाली (कोयल)	**म.सा.**-1/189	मेरी निश्वासों से द्रुततर/नीरजा
◆ *'जलधि-मानस से नव जन्म पा सुभग तेरे ही दृग-व्योम में'*	: सुंदर (नेत्र-रूपी आकाश में)	**म.सा.**-1/195	घन बनूँ वर दो मुझे प्रिय!/नीरजा
◆ *'सुभग! हँस उठ, उस प्रफुल्ल गुलाब ही सा आज'*	: सुंदर भाग्यवाले मनुष्य	**म.सा.**-1/236	जाग बेसुधा जाग! /नीरजा
◆ *'प्रिय बसा उर में सुभग!/सुधि खोज की बसती कहाँ?'*	: सुंदर	**म.सा.**-1/262	रे पपीहे पी कहाँ? /सांध्य गीत
◆ *'सुभग मिटा देंगी पथ से यह तेरे मृदु चरणों का अंकन!'*	: हे मेरे सुंदर प्रिय	**म.सा.**-1/266	हे मेरे चिर सुंदर अपने! /सांध्य गीत
◆ *'सुभग मैं उतनी मधुर हूँ मधुर जितना प्रात!'*	: हे मेरे प्रिय	**म.सा.**-1/279	मेरी है पहेली बात! /सांध्य गीत
सुभार- *'उसी से रे सज गया सुभार'*	: उत्तम भार (प्रेम का)	**नि.र.**-1/274	खुल गया रे
सुभीता- *'टिकने को कब मिला किसी को यहाँ सुभीता?'*	: सुविधा	**प्र.ग्रं.**-2/198	संघर्ष/कामायनी
सुभ्रुवों- *'सुभ्रुवों के साथ मन को खींचती'*	: सुंदर भौंहों	**पं.ग्रं.**-1/128	ग्रन्थि
सुमंद- *'सुरभि सुमन्द में हो जैसे अंगराग-गन्ध'*	: धीमी और सुंदर चाल	**नि.र.**-1/171	रेखा 'क'
सुमति- *'बोधन-विवेक-बीज अंकुरित कीजिए दाता सुमति दीजिए'*	: अच्छी मति (बुद्धि-विवेक)	**प्र.ग्रं.**-3/296	द्वितीय अंक/अजातशत्रु
सुमन- *'ले अर्पित करने को उद्यत हो गये सुमन'*	: फूल (नील कमल)	**नि.र.**-1/338	राम की शक्ति-पूजा
सुमन की स्मिति- *'सुमन की स्मिति में, लता के अधर में'*	: फूलों की मुस्कुराहटों में	**पं.ग्रं.**-1/126	ग्रन्थि
सुमन-कोष- *'मोतियों के सुमन-कोष/वार वार री!'*	: ओस की बूँदें मानो पुष्प-समूह की तरह सुंदर लग रही हैं	**म.सा.**-1/211	ओ विभावरी/नीरजा
सुमन-तीर- *'किस सुधि-वसंत का सुमन-तीर कर गया मुग्ध मानस अधीर'*	: फूल-रूपी तीर की तरह कोमल-चुभती यादें	**म.सा.**-1/104	किस सुधि-वसंत का सुमन-तीर/रश्मि
सुमन नोचते सुनते- *'तुम सुमन नोचते सुनते करते जानी अनजानी'*	: फूल की पंखुड़ियों को नोचते हुए मेरे दु:ख को तुम सुनते हो; वह 'सुमन' मानो मेरा सु-मन है जिसे तुमने तार-तार नोंच दिया।	**प्र.ग्रं.**-2/7	आँसू
सुमन-पराग- *'राग-रंजित चंद्रिका थी, उड़ा सुमन-पराग'*	: सुन्दर मन की भावनाएँ पराग की तरह हैं	**प्र.ग्रं.**-2/115	वासना/कामायनी
सुमनमंदिर- *'सुमनमन्दिर के खोलो द्वार'*	: फूल-रूपी सुन्दर वासस्थान	**प्र.ग्रं.**-1/232	किरण/झरना

शब्द-	काव्य-पंक्ति	: अर्थ	ग्रंथावली/पृ.सं.	स्रोत/संदर्भ
सुमन-मन-मध्य-	*'पर नही जानती, अगर सुमन-मन-मध्य समायी भी हो मेरी लाज'*	: फूल की तरह कोमल मन के भीतर	**नि.र.-1**/82	अंजलि
सुमन मनोरथ अंजलि-	*'सब सुमन मनोरथ अंजलि बिखरा दो इन चरणों में'*	: फूल के समान कोमल आकांक्षाओं को अँजुरी में लेकर	**प्र.ग्रं.-2**/23	आँसू
सुमन-मरंद-	*'रत्न राजि, सींची जाती सुमन-मरन्द से'*	: फूलों का पराग	**प्र.ग्रं.-1**/351	प्रलय की छाया/लहर
सुमन-लाज-	*'बरसाता पथ में हरसिंगार केशर से चर्चित सुमन-लाज'*	: फूलों पर लज्जा-निवारण की तरह केसर पड़े हैं	**म.सा.-1**/257	जाने किस जीवन की सुधि ले/सांध्य गीत
सुमन-शत-रङ्ग-	*'सुमन-शत-रङ्ग, सुवासाह्वान, भ्रमर-उर की मधु-पुर की प्यार'*	: सौ-सौ रंगों की सुमन तुम	**नि.र.-1**/265	तुम्हें ही चाहा
सुमन-संकुल-	*'प्रतिपर्व सुमन-संकुल थे छिप गयी उन्हीं में डाली'*	: फूलों से भरे हुए	**प्र.ग्रं.-2**/272	आनन्द/कामायनी
सुमन-संकुलित-	*'सुमन-संकुलित भूमि-रंध्र से मधुर गंध उठती रस भीनी'*	: फूलों से भरी हुई (भावलोक की भूमि)	**प्र.ग्रं.-2**/256	रहस्य/कामायनी
सुमन सित जाल-	*'दिवसद्युति सकल, सुमन सित जाल'*	: सफेद फूलों के जाल की तरह (है दिन)	**पं.ग्रं.-1**/378	द्वितीय दृश्य/परी
सुमन-सुरभि-	*'वसन्ती सुमन-सुरभि भर प्रात'*	: फूलों की सुगंध	**नि.र.-1**/105	खोज और उपहार
सुमन हास-	*'सुमन हास में, तुहिन अश्रु में'*	: हँसी में फूलों का सौन्दर्य (कामचेतना ने पिरोया है)	**पं.ग्रं.-1**/193	अनंग/पल्लव
सुमित्रानंदन-	*'हैं वही सुमित्रानन्दन मेघनाद-जित-रण'*	: सुमित्रा के पुत्र लक्ष्मण	**नि.र.-1**/333	राम की शक्ति-पूजा
सुयश-	*'बड़ी लालसा यहाँ सुयश की अपराधों की स्वीकृति बनती'*	: कीर्ति, प्रशंसा	**प्र.ग्रं.-2**/259	रहस्य/कामायनी
सुरंग-	*'वीणा-वादित सुरङ्ग तन्त्र'*	: रंग-रूप	**नि.र.-1**/341	कविता के प्रति
सुरचाप-	*'खैंच ऐंचीला भ्रू सुरचाप'*	: इन्द्रधनुष	**पं.ग्रं.-1**/186	आँसू/पल्लव
	◆ *'हो गया दिव की हँसी से/शून्य में सुरचाप अंकित'*	: सतरंगा इन्द्रधनुष	**म.सा.-1**/254	अश्रु मेरे माँगने जब /सांध्य गीत
सुर-तार-	*'स्नेह का उर, उर के सुर-तार'*	: सुर/लय का क्रम	**नि.र.-1**/274	खुल गया रे
सुरति-	*'गति-हीन जीव को कहाँ सुरति?'*	: प्रेम, लगाव, लगन	**नि.र.-1**/294	तुलसीदास
सुरति की मूर्ति-	*'पी प्रचुर रचनामृत शुचि सोम, सुरति की मूर्ति, प्राण मख होम'*	: प्रेम की मूर्ति	**नि.र.-1**/269	तपा जब यौवन का दिनकर
सुरधनु-	*'लघु सुरधनु से पंख पसारे— शीतल मलय समीर सहारे'*	: इन्द्रधनुष (के समान रंगीन पक्षी)	**प्र.ग्रं.-4**/215	द्वितीय अंक/चन्द्रगुप्त
	◆ *'सुरधनु नव रचतीं निश्वासें, स्मिति का इन भीगे अधरों पर'*	: इन्द्रधनुष के रंग-बिरंगा माहौल की तरह मुस्कान	**म.सा.-1**/221	मुस्काता संकेत-भरा नभ/नीरजा
सुरधनु पट-	*'उनमें कितने रंग भरे जो सुरधनु पट से छनते हैं'*	: इन्द्रधनुष-रूपी वस्त्र	**प्र.ग्रं.-2**/186	स्वप्न/कामायनी
सुर-धनु माला-	*'नीचे जलधर दौड़ रहे थे सुन्दर सुर-धनु माला पहने'*	: इन्द्रधनुष-रूपी माला या हार	**प्र.ग्रं.-2**/252	रहस्य/कामायनी
सुरधनु रंजित-	*'सुरधनु रंजित नव-जलधर से—'*	: इन्द्रधनुष के रंग में रँगे हुये	**प्र.ग्रं.-1**/312	वे कुछ दिन कितने सुन्दर थे/लहर

शब्द- काव्य-पंक्ति	: अर्थ	ग्रंथावली/पृ.सं.	स्रोत/संदर्भ
सुरधनु-सा- *'सुरधनु-सा अपना रंग बदल, मृति, संसृति, नति, उन्नति में ढल'*	: इन्द्रधनुष के समान	**प्र.ग्रं.-2**/235	दर्शन/कामायनी
सुर-नर-मुनि-ईप्सित- *'तुम सुर-नर-मुनि-ईप्सित अप्सरि!'*	: देवता, मनुष्य और ऋषियों-मुनियों की अभीष्ट रही है अप्सरा	**पं.ग्रं.-1**/273	अप्सरा/गुंजन
सुरपति- *'सुरपति के हम ही हैं अनुचर'*	: इन्द्र, वर्षा के देवता	**पं.ग्रं.-1**/213	बादल/पल्लव
सुर-पल्लव-दल- *'वसन विमल तनु-वल्कल, पृथु उर सुर-पल्लव-दल'*	: सुंदर वृक्ष के पत्ते	**नि.र.-1**/235	अमरण भर वरण-गान
सुर बालाओं- *'गया, सभी कुछ गया, मधुरतम सुर बालाओं का श्रृंगार;'*	: देव-कन्याएँ, देवांगनाएँ	**प्र.ग्रं.-2**/56	चिंता/कामायनी
सुरबालाओं की सखी- *'सुरबालाओं की सखी रही उनकी हृतंत्री की लय थी;'*	: रति देवकन्याओं की सखी की तरह थी	**प्र.ग्रं.-2**/105	काम/कामायनी
सुरभि- *'सुरभि सुमन्द में हो जैसे अंगराग-गन्ध'*	: सुगंधित वायु	**नि.र.-1**/171	रेखा 'क'
◆ *'खिली सुरभि, डोले मधु बाल'*	: सुगंधित वायु	**पं.ग्रं.-1**/114	प्रथम रश्मि का आना रंगिणि!/वीणा
◆ *'रूप, रंग, रज, सुरभि, मधुर मधु'*	: सुगंध, पराग से उत्पन्न सौरभ	**पं.ग्रं.-1**/197	वसन्त श्री/पल्लव
सुरभि-उर- *'शून्य अंक भर—/रहा सुरभि-उर'*	: हृदय मानो सुगंध से भर रहा है	**म.सा.-1**/297	आज सुनहली वेला! /सांध्य गीत
सुरभि का दुकूल- *'पहिन सुरभि का दुकूल/वकुलहार री!'*	: सुगन्धित आँचल की तरह	**म.सा.-1**/211	ओ विभावरी/नीरजा
सुरभि चूर्ण- *'बिछ रहा धरातल पर चिकना सुमनों का कोमल सुरभि चूर्ण'*	: पुष्प-पराग	**प्र.ग्रं.-2**/165	ईर्ष्या/कामायनी
सुरभि-छंद- *'भारती-रूप में सुरभि-छन्द निष्प्रश्रय'*	: सुगंध (फूल में) और छन्द (कविता में)	**नि.र.-1**/304	तुलसीदास
सुरभित अंचल- *'चलते थे सुरभित अञ्चल से जीवन के मधुमय निःश्वास;'*	: (अप्सराओं के) सुगन्धित और मादक आँचल	**प्र.ग्रं.-2**/55	चिंता/कामायनी
सुरभित भाप- *'अब न कपोलों पर छाया-सी पड़ती मुख की सुरभित भाप;'*	: सुगन्धित और गर्म साँस	**प्र.ग्रं.-2**/57	चिंता/कामायनी
सुरभित भार- *'स्वर्ण का सुरभित भार'*	: सुगंध से युक्त (केशराशि का) भार	**पं.ग्रं.-1**/209	नारी रूप/पल्लव
सुरभित लहरों की छाया- *'सुरभित लहरों की छाया में बुल्ले का विभव बिखरता ज्यों'*	: सुगन्धित लहरों के आश्रय में	**प्र.ग्रं.-2**/123	लज्जा/कामायनी
सुरभित वात- *'विपुल कल्पनाओं का मंथर बहता सुरभित वात'*	: सुगन्धित वायु (की तरह कल्पना)	**म.सा.-1**/126	अलि अब सपने की बात-/रश्मि
सुरभि-दुकूल- *'रज के रंगों में अपना तू झीना सुरभि-दुकूल रँगा ले'*	: सुगंध से बनी चुनरी	**म.सा.-1**/345	गोधूलि अब दीप जगा ले!/दीप-शिखा
सुरभि पीड़ित- *'सुरभि पीड़ित मधुपों के बाल'*	: सुगंध के वशीभूत होकर उत्तेजित हो जाना	**पं.ग्रं.-1**/196	मौन निमन्त्रण/पल्लव
सुरभि पूरित सरोज मकरन्द- *'कलित है कोमल किसलय कुंज, सुरभि पूरित सरोज मकरन्द'*	: कमल पराग और सुगंध से परिपूर्ण है	**प्र.ग्रं.-3**/386	द्वितीय अंक/जन्मेजय का नाग-यज्ञ

शब्द-	काव्य-पंक्ति	: अर्थ	ग्रंथावली/पृ.सं.	स्रोत/संदर्भ
सुरभिमयी जयमाला-	*'जगद्वन्द्वों के परिणय की हे सुरभिमयी जयमाला'*	: सुगन्धित जयमाला, पीड़ा मानो सांसारिक दुविधाओं से मुक्ति का मार्ग दिखलाती है।	**प्र.ग्रं.-2**/31	आँसू
सुरभि-संसार-	*'कहीं-कहीं जिसमें पराग-संचार सुरभि-संसार'*	: सुगंधों की दुनिया	**नि.र.-1**/108	क्या गाऊँ
सुरभि-समीर-	*'सुरभि-समीर, अधीर वितान'*	: सुगंधित हवा	**नि.र.-1**/121	यमुना के प्रति
सुर-ललना-	*'सुर-ललनाओं के चारु चरण-चपल नृत्य'*	: देवकन्याएँ, देवलोक की स्त्रियाँ, देवियाँ	**नि.र.-1**/51	पंचवटी प्रसंग:1
सुर-ललनाएँ-	*'प्रिये, बजायेगी, होंगी सुर-ललनाएँ भी लज्जित!'*	: देवियाँ, अप्सराएँ	**नि.र.-1**/103	प्रगल्भ प्रेम
सुर-श्मशान-	*'तरुण तपस्वी-सा वह बैठा, साधन करता सुर-श्मशान;'*	: देवताओं का श्मशान, प्रलय में मनु को छोड़कर सभी देवता मारे गए थे	**प्र.ग्रं.-2**/51	चिंता/कामायनी
सुर-संस्कृति-	*'सजग हुई फिर से सुर-संस्कृति, देव यजन की वर माया,'*	: देवताओं की संस्कृति जो मनु की अपनी थी	**प्र.ग्रं.-2**/73	आशा/कामायनी
सुर-सरिता-	*'और मैं चंचल-गति सुर-सरिता'*	: गंगा, देवताओं की नदी	**नि.र.-1**/49	तुम और मैं
सुर-सरिता-सैकत-सी-	*'वह सुर-सरिता-सैकत-सी गोरी बाला?'*	: गंगा (सुर-सरिता) के बालू की तरह	**नि.र.-1**/70	उसकी स्मृति
सुरसरी-	*'शान्ति सुरसरी की शीतल जल लहरी की देता आलोक'*	: गंगा	**प्र.ग्रं.-1**/237	चिह्न/झरना
	◆ *'सुरसरी की यह विमल धारा है'*	: गंगा	**प्र.ग्रं.-1**/270	देवबाला/झरना
	◆ *'सुरसरी को प्रथम जिस जल बिन्दु ने'*	: सुरसरि, गंगा	**पं.ग्रं.-1**/130	ग्रन्थि
	◆ *'सुरसरी की धार में हूँ ढूँढ़ती'*	: गंगा	**पं.ग्रं.-1**/131	ग्रन्थि
सुरस-संचय-	*'मधुकरी का सुरस-संचय हो चला अब बन्द'*	: पराग कणों को जमा करना	**प्र.ग्रं.-2**/112	वासना/कामायनी
सुरस-संचारिका-	*'पत्रिका तरु की अतुल, फिर सुरस-सञ्चारिका'*	: उत्तम रस संचार करनेवाली	**नि.र.-1**/266	चाल ऐसी मत चलो
सुरसीले-	*'मुरली के से सुरसीले'*	: सु-रसीले, रोचक और आकर्षक	**पं.ग्रं.-1**/181	उच्छ्वास/पल्लव
सुरा अनमोल-	*'अरुणतर अधर सुरा अनमोल'*	: (संध्या के गुलाबी होंठों में मानो) बेशकीमती शराब का नशा भरा है।	**पं.ग्रं.-1**/378	द्वितीय दृश्य/परी
सुरा सुरभिमय-	*'सुरा सुरभिमय वदन अरुण वे नयन भरे आलस अनुराग;'*	: मदिरा की सुगंध से युक्त	**प्र.ग्रं.-2**/57	चिंता/कामायनी
सुराग-	*'सुषमा का मंडल सुस्मित-सा बिखराता संसृति पर सुराग'*	: सु-राग, (चेहरे की) सुन्दर लालिमा	**प्र.ग्रं.-2**/178	इड़ा/कामायनी
सुरा-पान-घन-	*'तुम सुरा-पान-घन अन्धकार'*	: मदिरा पीने से उत्पन्न गहरा नशा	**नि.र.-1**/49	तुम और मैं
सुरा-स्वर-	*'सो गया सुरा-स्वर'*	: मदभरी बातें, नशीली आवाज	**नि.र.-1**/144	जागृति में सुप्ति थी
सुलझा हुआ रहस्य-	*'मधुर विश्रांत और एकांत— जगत का सुलझा हुआ रहस्य,'*	: जो रहस्य का सुलझा हुआ रूप लगे, रहस्य उलझा होता है मगर प्रसादजी विशेषण-विपर्यय करके नया अर्थ-सौन्दर्य उत्पन्न करते हैं।	**प्र.ग्रं.-2**/83	श्रद्धा/कामायनी
सुलभ भविष्य-	*'किसी सुलभ भविष्य की, क्यों आज अधिक अधीर'*	: सहज प्राप्त होनेवाला सुन्दर भविष्य	**प्र.ग्रं.-2**/114	वासना/कामायनी

शब्द- काव्य-पंक्ति	: अर्थ	ग्रंथावली/पृ.सं.	स्रोत/संदर्भ
सुलालित- *'ये लायेंगी रंग सुलालित होने दो कम्पन सम से'*	: अच्छी तरह प्यार-दुलार किया हुआ	**प्र.ग्रं.-4**/133	पंचम अंक/स्कन्दगुप्त
सुवर्ण अवसान- *'दिवस को दे सुवर्ण अवसान'*	: दिन की समाप्ति पर स्वर्णिम रंग का आकाश	**पं.ग्रं.-1**/196	मौन निमन्त्रण/पल्लव
सुवर्ण का काल- *'कहाँ आज वह पूर्ण पुरातन, वह सुवर्ण का काल?'*	: समृद्ध अतीत	**पं.ग्रं.-1**/223	परिवर्तन/पल्लव
सुवर्ण छबि- *'खुले पलक, फैली सुवर्ण छबि'*	: स्वर्णिम शोभा(सुबह की)	**पं.ग्रं.-1**/114	प्रथम रश्मि का आना रंगिणि!/वीणा
सुवर्ण पींजरा- *'यह रंगमहल बना सुवर्ण पींजरा'*	: सोने का पिंजड़ा	**प्र.ग्रं.-1**/348	प्रलय की छाया/लहर
सुवाडवाग्नि- *'अराति सैन्य सिन्धु में— सुवाडवाग्नि से जलो'*	: समुद्र में जलनेवाली 'वाडव' नामक सुन्दर अग्नि	**प्र.ग्रं.-4**/291	चतुर्थ अंक/चन्द्रगुप्त
सुवादित- *'वाणी वह स्वयं सुवादित स्वर'*	: अच्छी तरह बजनेवाली (वीणा)	**नि.र.-1**/303	तुलसीदास
सुवासना- *'सुवासना उठी प्रिया/आनत-नयना'*	: उत्तम इच्छावाली	**नि.र.-1**/277	देकर अन्तिम कर
सुवास-यौवन- *'अपल-नयन सुवास-यौवन नव'*	: यौवन ही जिसकी उत्तम साड़ी है	**नि.र.-1**/255	बादल में आये जीवन-धन
सुवासाह्वान- *'सुमन-शत-रङ्ग, सुवासाह्वान, भ्रमर-उर की मधु-पुर की प्यार'*	: खुशबू से बुलानेवाली	**नि.र.-1**/265	तुम्हें ही चाहा
सुविचार- *'स्निग्ध तरु की छाया में बैठ परिषदें करती थीं सुविचार—'*	: सुन्दर और व्यवस्थित विचार-विमर्श	**प्र.ग्रं.-1**/294	अरी वरुणा की शांत कछार/लहर
सुविभाजन- *'मेरे सुविभाजन हुए विषम, टूटते, नित्य बन रहे नियम'*	: समाज के विकास के लिए किया गया श्रम-विभाजन और वर्ण-विभाजन	**प्र.ग्रं.-2**/237	दर्शन/कामायनी
सुवेश- *'सजता सुवेश, फिर-फिर सुवेश जीवन पर'*	: अच्छा वेश, सुंदरता	**नि.र.-1**/286	तुलसीदास
सुशीतलकारी- *'सुशीतलकारी शशि आया, सुधा की मनो बड़ी-सी बूँद'*	: शांति और ठंडक प्रदान करनेवाला(चन्द्रमा)	**प्र.ग्रं.-1**/227	दो बूँदें/झरना
सुषम- *'यह कैसा परिहास, सुषम'*	: सुन्दर (अलि के लिए प्रयुक्त)	**पं.ग्रं.-1**/98	कैसा नीरव मधुर राग यह/वीणा
♦ *'शाश्वत प्रकाश की शिखा सुषम'*	: शोभा से युक्त	**पं.ग्रं.-1**/316	तीन/ज्योत्स्ना
सुषमा का मंडल- *'सुषमा का मंडल सुस्मित-सा बिखराता संसृति पर सुराग'*	: सौन्दर्य से परिपूर्ण मुखमंडल	**प्र.ग्रं.-2**/178	इड़ा/कामायनी
सुषमा मूल- *'दिया करते अर्घ में मकरन्द, सुषमा मूल'*	: (फूलों की) शोभा का मूल (कारण मकरंद हैं)	**प्र.ग्रं.-2**/118	वासना/कामायनी
सुषुप्ति- *'जहाँ सुख मिला न उससे तृप्ति, स्वप्न सी आशा मिली सुषुप्ति'*	: सोया हुआ-सा, चेतनता का अभाव	**प्र.ग्रं.-1**/244	असन्तोष/झरना
♦ *'जीवन में जागरण सत्य है या सुषुप्ति की सीमा है'*	: सो जाना (मृत्यु)	**प्र.ग्रं.-2**/213	निर्वेद/कामायनी
सुष्ठु- *'मृत्यु की शृंखला ही/संसृति का सुष्ठु रूप'*	: असली, उचित	**नि.र.-1**/205	कवि
सु-संवाद- *'कहता जाता कुछ सु-संवाद'*	: सुन्दर और प्रिय सन्देश कहती हुई	**प्र.ग्रं.-2**/178	इड़ा/कामायनी
सुसमय- *'मैं करूँ, नहीं ऐसा सुसमय'*	: अच्छा समय	**नि.र.-1**/322	सरोज-स्मृति

शब्द- काव्य-पंक्ति	: अर्थ	ग्रंथावली/पृ.सं.	स्रोत/संदर्भ
सुस्पंदित- *'अचलता में सुस्पन्दित प्राण'*	: सुंदर चेतना से युक्त	**नि.र.**-1/143	स्मृति
सुस्मित-सा- *'सुषमा का मंडल सुस्मित-सा बिखराता संसृति पर सुराग'*	: मुस्कुराता हुआ-सा	**प्र.ग्रं.**-2/178	इड़ा/कामायनी
सुस्वर- *'मा, मृदंग के सुस्वर क्रिया-कलाप'*	: सधे हुए स्वर, सुंदर स्वर	**नि.र.**-1/86	आवाहन
सुहाग- *'विजन-वन-वल्लरी पर/सोती थी सुहाग-भरी'*	: सुंदर, सौभाग्यवती, मंगलमय सुंदरता के साथ	**नि.र.**-1/41	जुही की कली
◆ *'वह है सुहाग की रानी'*	: सौभाग्य	**नि.र.**-1/96	बहू
◆ *'छलक रहा यह विपुल सुहाग?'*	: सौभाग्य, सौंदर्य	**नि.र.**-1/116	यमुना के प्रति
◆ *'ढुलती बूँदों से ले विराग/दीपक से जलने का सुहाग'*	: सौभाग्य	**म.सा.**-1/64	मैं कंपन हूँ तू करुण राग/नीहार
◆ *'विहँसती संध्या भरी सुहाग/दृगों से झरता स्वर्ण-पराग'*	: सौभाग्य की सुंदरता	**म.सा.**-1/106	शून्यता में निद्रा की बन/रश्मि
◆ *'नव अरुण अरुण मेरा सुहाग/छाया सी काया वीतराग'*	: सौभाग्य, प्रसन्नता	**म.सा.**-1/249	प्रिय! सांध्य गगन, मेरा जीवन!/सांध्य गीत
सुहाग-कण राग भरे- *'किन इंद्रजाल के फूलों से लेकर सुहाग-कण राग भरे'*	: सौभाग्य के प्रेममय कण, सिन्दूर के कण, मकरंद के कण	**प्र.ग्रं.**-2/123	लज्जा/कामायनी
सुहाग-गाथा- *'आज भी सुनाती है विगत सुहाग-गाथा'*	: सौभाग्य की कथा, प्रेम-कथा	**नि.र.**-1/94	यहीं
◆ *'है गूँजती सुहाग-गाथा'*	: प्रेम-कथा, सौभाग्यपूर्ण प्रेम कहानी	**नि.र.**-1/101	दिल्ली
सुहाग-राशि- *'अपनी सुहाग-राशि,/मिलनातुर कल्पनाएँ'*	: सौभाग्य- राशि	**नि.र.**-1/207	कवि
सुहागिनी- *'हूँ प्रिय की अमर सुहागिनि'*	: सौभाग्यशालिनी, यहाँ 'ब्याहता' का अर्थ नहीं लिया जा सकता।	**म.सा.**-1/191	पथ देख बिता दी रैन /नीरजा
◆ *'सजनि! विश्व का कण कण मुझको आज कहेगा चिर सुहागिनी!'*	: तुमसे दूर होकर भी सुहागिनी हूँ	**म.सा.**-1/196	आ मेरी चिर मिलन-यामिनी!/नीरजा
सुहास- *'सुमन समूहों में सुहास करता है कौन,'*	: सुन्दर मुस्कुराहट	**प्र.ग्रं.**-1/261	तुम/झरना
सुहासी- *'कुम्हला चले प्रसून सुहासी, धूप रही पाषाण समा-सी'*	: हँसते हुए, खिले हुए फूल	**म.सा.**-1/399	पुजारी दीप कहीं सोता है!/दीप-शिखा
सूखे तट पर- *'इस सूखे तट पर छिटक छहर!'*	: नीरस किनारा, उदास मन-रूपी तट	**प्र.ग्रं.**-1/290	उठ उठ री लघु.../लहर
सूचक उपकरणों- *'इनके सूचक उपकरणों का चिह्न न कोई पा सकता'*	: बोध करानेवाले साधन	**प्र.ग्रं.**-2/62	चिंता/कामायनी
सूची- *'मा ने सूची मुझे नहीं दी'*	: सुई, सिलाई करनेवाली सुई	**पं.ग्रं.**-1/116	यह दुख कैसे प्रकटाऊँ! /वीणा
सूची-से- *'हे सूची-से कृशतर अंग'*	: सुई के समान बारीक	**पं.ग्रं.**-1/91	इस अबोध की अन्धकारमय/वीणा
सूत- *'राम के नहीं, काम के सूत कहलाये!'*	: गुलाम, अधीन	**नि.र.**-1/303	तुलसीदास
सूत-बंदीगण- *'जो रहे शेष, नृपवेश सूत-बन्दीगण'*	: जिन्होंने समझौता कर लिया वे स्तुति करने वाले भाट-चारण की तरह थे।	**नि.र.**-1/282	तुलसीदास
सूत्रधर- *'वह रत्नावली-सूत्रधर पर आशय से'*	: संचालक, नियामक	**नि.र.**-1/293	तुलसीदास

शब्द- काव्य-पंक्ति	: अर्थ	ग्रंथावली/पृ.सं.	स्रोत/संदर्भ
◆ *'अखिल में व्याप्त सूत्रधर!'*	: सूत्र को पकड़नेवाला, नियंत्रण करनेवाला	**पं.ग्रं.-1**/232	परिवर्तन/पल्लव
सूत्रधार- *'वह शासन का सूत्रधार था नियमन का आधार बना'*	: संचालन करनेवाला, शासक	**प्र.ग्रं.-2**/216	निर्वेद/कामायनी
सूत्राधार- *'अखिल सृष्टि के सूत्राधार'*	: सृष्टि के सूत्रों का आधार है कामचेतना	**पं.ग्रं.-1**/191	अनंग/पल्लव
सूना- *'और चाहता इतना सूना कोई भी न पास होता?'*	: एकांत	**प्र.ग्रं.-1**/327	मधुर माधवी संध्या में /लहर
सूना निर्माल्य- *'निराशा का सूना निर्माल्य चढ़ाकर देखा फीका प्रात'*	: निराशा को पूजन-सामग्री की तरह देवता के चरणों में चढ़ा दिया	**म.सा.-1**/84	तरल आँसू की लड़ियाँ गूँथ/नीहार
सूना नीला अंचल- *'आशा का फैल रहा है यह सूना नीला अंचल;'*	: नीले आँचल की तरह सूना आकाश	**प्र.ग्रं.-2**/33	आँसू
सूना राज- *'अट्टहास कर उठा रिक्त का वह अधीर-तम, सूना राज'*	: चारों ओर की निर्जनता	**प्र.ग्रं.-2**/77	आशा/कामायनी
सूनी दिश- *'सिकता-पुलिनों सी सूनी दिश'*	: सूनी दिशाएँ, नाउम्मीदी	**म.सा.-1**/298	नव घन आज बनो पलकों में!/सांध्य गीत
सूनी साँसों- *'श्रद्धा की सूनी साँसों से मिल कर जो स्वर भरते थे'*	: उदासी तथा निराशा से भरी साँसें	**प्र.ग्रं.-2**/186	स्वप्न/कामायनी
सूने तट- *'नाविक! इस सूने तट पर किन लहरों में खे आया'*	: निर्जन तट, जीवन का अकेलापन	**प्र.ग्रं.-2**/20	आँसू
सूने तम में- *'सूने तम में हो ज्योति बना, अपनी प्रतिमा को गढ़ता हो'*	: सन्नाटे की तरह फैला हुआ अंधकार	**प्र.ग्रं.-4**/341	प्रथम अंक/ध्रुवस्वामिनी
सूने निलय- *'स्वर्णस्वप्नों का चितेरा/नींद के सूने निलय में'*	: नींद मानो खाली घर की तरह थी	**म.सा.-1**/173	कौन तुम मेरे हृदय में? /नीरजा
सूने पथ- *'उस सूने पथ में अपने/पैरों की चाप छिपाए'*	: सुनसान रास्ते की तरह का मनोलोक	**म.सा.-1**/90	उच्छ्वासों की छाया में/नीहार
सूने में- *'काल-सीमा-हीन सूने में रहस्यनिधान'*	: शून्य में, आकाश में, उस लोक में	**म.सा.-1**/123	स्मित तुम्हारी से छलक.../रश्मि
सूम- *'जहाँ मेरी आकांक्षा सूम'*	: कंजूस	**पं.ग्रं.-1**/115	इस विस्तृत हॉस्टल में /वीणा
सूर का दुख- *'सूर का दुख देता है दाह'*	: सूरज की असह्य गर्मी	**पं.ग्रं.**-1/182	उच्छ्वास/पल्लव
सूर सागर- *'सूर सागर वह स्नेह'*	: सूरदास की पुस्तक का नाम, आशय 'कृष्ण-काव्य' से है	**पं.ग्रं.-1**/216	स्मृति/पल्लव
सूर्य-चंद्र-ग्रह-तारे- *'क्रम-क्रम से देखता है अपने ही भीतर वह/सूर्य-चन्द्र-ग्रह-तारे'*	: धरती का आकाश जिसमें ये आकाशीय पिंड दिखायी पड़ते हैं	**नि.र.-1**/59	पंचवटी प्रसंग:4
सूर्य-हीरकधरा- *'सूर्य-हीरकधरा प्रकृति नीलाम्बरा'*	: सूर्य को हीरे की तरह धारण करनेवाली	**नि.र.-1**/326	प्रेयसी
सूर्यातप- *'सोने चाँदी का सूर्यातप'*	: सूरज की धूप	**पं.ग्रं.-2**/9	विद्रुम औ' मरकत की छाया/युगपथ

शब्द- काव्य-पंक्ति	: अर्थ	ग्रंथावली/पृ.सं.	स्रोत/संदर्भ
सृजता- *'मेरा सुन्दर विश्राम बना सृजता हो मधुमय विश्व एक'*	: निर्मित करता हो	**प्र.ग्रं.**-2/164	ईर्ष्या/कामायनी
सृजती- *'उन्हीं की इच्छा फिर सृजती है सृष्टि नयी'*	: रचना, निर्माण	**नि.र.**-1/59	पंचवटी प्रसंग:4
सृजन करते मेला- *'जहाँ सृजन करते मेला से—'*	: संसार के विविध रूपों का जमावड़ा	**प्र.ग्रं.**-1/298	ले चल वहाँ भुलावा देकर/लहर
सृजन-सूत्र-सी- *'जीवन-अंकुर-सी, सृजन-सूत्र-सी न्यारी'*	: सृष्टि के मूल कारणों की तरह हैं किरणें	**पं.ग्रं.**-1/298	दो/ज्योत्स्ना
सृति- *'सुख की सृति, दुख की आकुल कृति'*	: गति	**नि.र.**-1/238	सकल गुणों की खान, प्राण तुम
♦ *'गति गति, सृति सृति, चिर भरिता'*	: निर्माण, सृजन	**पं.ग्रं.**-1/241	आते कैसे सूने पल/गुंजन
सृष्टि- *'विधाता की कल्याणी सृष्टि सफल हो इस भूतल पर पूर्ण;'*	: संसार	**प्र.ग्रं.**-2/92	श्रद्धा/कामायनी
♦ *'जिसको कहते सब सृष्टि, बनी/मतवाली अपनी माया में'*	: संसार की रचना	**प्र.ग्रं.**-2/104	काम/कामायनी
सृष्टि-कुंज- *'इस विनाश में सृष्टि-कुंज हो रहा हरा है'*	: विश्व एक हरे-भरे कुंज की तरह है	**प्र.ग्रं.**-2/199	संघर्ष/कामायनी
सृष्टि के सूत्राधार- *'अखिल सृष्टि के सूत्राधार'*	: सृष्टि के संचालक (हो तुम कामदेव!)	**पं.ग्रं.**-1/191	अनंग/पल्लव
सृष्टि-क्रम- *'वैसे अभेद सागर में प्राणों का सृष्टि-क्रम है'*	: बनने और बिगड़ने की प्रक्रिया, आविर्भाव और तिरोभाव का क्रम	**प्र.ग्रं.**-2/275	आनन्द/कामायनी
सृष्टि-बीज अंकुरित- *'सृष्टि-बीज अंकुरित, प्रफुल्लित, सफल हो रहा हरा-भरा'*	: (सारस्वत नगर में) सृष्टि-बीज की तरह बचे मनु से नयी सृष्टि शुरू हुई थी	**प्र.ग्रं.**-2/190	स्वप्न/कामायनी
सृष्टि-यज्ञ- *'रचना-मूलक सृष्टि-यज्ञ यह यज्ञ-पुरुष का जो है'*	: सृष्टि-रूपी यज्ञ, यह यज्ञ संसार की तरह निर्माणकारी है	**प्र.ग्रं.**-2/151	कर्म/कामायनी
सृष्टि-रशना- *'देखा, शारदा नील-वसना हैं सम्मुख स्वयं सृष्टि-रशना'*	: सृष्टि की जिह्वा	**नि.र.**-1/303	तुलसीदास
सृष्टि-स्थिति-प्रलय- *'देखता है, सृष्टि-स्थिति-प्रलय का'*	: इस संसार का सृजन, पालन और संहार	**नि.र.**-1/59	पंचवटी प्रसंग:4
सेतु- *'पशु से यदि हम कुछ ऊँचे हैं तो भव जलनिधि में बने सेतु'*	: जोड़ने (पार लगाने) का काम करनेवाला	**प्र.ग्रं.**-2/163	ईर्ष्या/कामायनी
♦ *'भ्रू युगल मटका चुकी हूँ सेतु-से'*	: जोड़नेवाले पुल की तरह	**पं.ग्रं.**-1/130	ग्रन्थि
सेते- *'सेते साँस, छुड़ा जड़ पंक'*	: पोषण करना	**पं.ग्रं.**-1/213	बादल/पल्लव
सेली- *'चरणों पर नवनिधियाँ खेलीं/पर तूने हँस पहनी सेली'*	: स्त्रियों का एक मामूली गहना	**म.सा.**-1/197	जग ओ मुरली की मतवाली!/नीरजा
♦ *'सेली बनता है इन्द्रधनुष,'*	: स्त्रियों का एक गहना	**म.सा.**-1/303	हे चिर महान्!/सांध्य गीत
सेवा का सार- *'समर्पण लो सेवा का सार सजल संसृति की यह पतवार,'*	: सेवा का सर्वोत्तम रूप	**प्र.ग्रं.**-2/91	श्रद्धा/कामायनी
सैंधव- *'सैन्धव तुरंगों पर/चतुरंग चमू संग'*	: सिन्धु क्षेत्र का	**नि.र.**-1/152	जागो फिर एक बार
सैकत- *'बना सैकत के तट अतिवात'*	: बालू	**पं.ग्रं.**-1/229	परिवर्तन/पल्लव
सैकत शय्या- *'सैकत शय्या पर दुग्ध धवल, तन्वंगी गंगा, ग्रीष्म विरल'*	: गंगा की रेती शय्या की तरह लग रही है	**पं.ग्रं.**-1/274	नौका-विहार/गुंजन

शब्द-	काव्य-पंक्ति	: अर्थ	ग्रंथावली/पृ.सं.	स्रोत/संदर्भ
सोऽहम्-	*'व्योम-पथ पर/ 'सोऽहम्' का शान्त स्वर'*	: सः+अहम्, वह (ईश्वर) मैं हूँ, मैं ब्रह्म हूँ	**नि.र.-1**/186	जागरण
सोच्छ्वास-	*'कुसुम जब खुल पड़ते सोच्छ्वास'*	: प्रेम की आह के साथ साँसों का संचालन	**पं.ग्रं.-1**/196	मौन निमन्त्रण/पल्लव
सोद्गार-	*'स्वर्ग से उतरीं क्या सोद्गार'*	: जिसके पास अपनी अभिव्यक्ति हो	**पं.ग्रं.-1**/259	रूप-तारा तुम पूर्ण प्रकाम/गुंजन
सोधने-	*'सोधने को क्या स्वर का तार'*	: खोजने	**पं.ग्रं.-1**/222	स्याही की बूँद/पल्लव
सोने की रज-	*'मोती का जल सोने की रज विद्रुम का रंग फेरा!'*	: सोने के रंगों के कण लेकर	**म.सा.-1**/297	आज सुनहली वेला! /सांध्य गीत
सोने की सिकता-	*'सोने की सिकता नें मानो कालिंदी बहती भर उसास'*	: स्वर्ण से बनी बालुका-राशि	**प्र.ग्रं.-2**/160	ईर्ष्या/कामायनी
सोने-से-	*'तुम दान कर चुकी पहले ही जीवन के सोने-से सपने'*	: स्वर्ण के समान, सुनहले	**प्र.ग्रं.-2**/130	लज्जा/कामायनी
सोपान-	*'मंडप के सोपान पड़े थे सूने, कोई अन्य नहीं'*	: सीढ़ी	**प्र.ग्रं.-2**/214	निर्वेद/कामायनी
सोभार-	*'तुम्हारे शैशव में सोभार'*	: स+उभार, उभार के साथ (स्तनों की तरफ संकेत है)	**पं.ग्रं.-1**/251	भावी पत्नी के प्रति/गुंजन
◆	*'शशि-स्मित घन सोभार'*	: (बादलों के) उभार में (अप्सरा के वक्षों के उभार की अनुकृति)	**पं.ग्रं.-1**/273	अप्सरा/गुंजन
सोम-	*'विश्वदेव, सविता या पूषा/सोम, मरुत, चंचल पवमान;'*	: चन्द्रमा	**प्र.ग्रं.-2**/68	आशा/कामायनी
◆	*'देवों को अर्पित मधु-मिश्रित सोम अधर से छू लो'*	: सोमरस	**प्र.ग्रं.-2**/148	कर्म/कामायनी
◆	*'पी प्रचुर रचनामृत शुचि सोम, सुरति की मूर्ति, प्राण मख होम'*	: सोमरस	**नि.र.-1**/269	तपा जब यौवन का दिनकर
◆	*'प्रेयसी के अलक नील, व्योम; दृग-पल कलंक; — मुख मंजु, सोम;'*	: चंद्रमा	**नि.र.-1**/292	तुलसीदास
सोम-पात्र-	*'सोम-पात्र भी भरा, धरा था पुरोडाश भी आगे'*	: सोमरस पीने का प्याला	**प्र.ग्रं.-2**/138	कर्म/कामायनी
सोम-पान-	*'ललक रही थी ललित लालसा सोम-पान की प्यासी'*	: नशीले सोमरस को पीने (की इच्छा)	**प्र.ग्रं.-2**/133	कर्म/कामायनी
सोम-रहित-	*'इंद्रनील मणि महा चषक था सोम-रहित उल्टा लटका;'*	: सोमरस के बिना, मदिरा के बिना	**प्र.ग्रं.-2**/68	आशा/कामायनी
सोमलता-	*'कर्म-सूत्र-संकेत सदृश थी सोमलता तब मनु को'*	: एक लता जिससे नशीला सोमरस बनता था	**प्र.ग्रं.-2**/133	कर्म/कामायनी
सोम-वाही-	*'तब वृषभ सोम-वाही भी अपनी घंटा-ध्वनि करता'*	: सोम लता को ढोकर लानेवाला(वृष, साँड़)	**प्र.ग्रं.-2**/273	आनन्द/कामायनी
सोम-सुधा-रस-	*'देवों के सोम-सुधा-रस की मनु के हाथों में बेल रही'*	: अमृत की तरह का सोमरस, चन्द्रमा के अमृत की तरह का रस	**प्र.ग्रं.-2**/108	काम/कामायनी
सोया संदेश-	*'मधुरिमा में अपनी ही मौन, एक सोया संदेश महान,'*	: हिमालय मानो एक महान सन्देश का प्रतीक हो जो अपने मौन में सोया हुआ मालूम पड़ता हो।	**प्र.ग्रं.-2**/87	श्रद्धा/कामायनी
सोहाग-	*'कितना सोहाग था, कैसा अनुराग था?'*	: सौभाग्य	**प्र.ग्रं.-1**/341	प्रलय की छाया/लहर

शब्द- काव्य-पंक्ति	: अर्थ	ग्रंथावली/पृ.सं.	स्रोत/संदर्भ
सौंदर्य-गर्विता-सरिता- *'सौन्दर्य-गर्विता-सरिता के अति विस्तृत वक्षःस्थल में'*	: सुंदरता के गौरव से इठला कर बहती नदी	**नि.र.**-1/78	सन्ध्या-सुन्दरी
सौंदर्य-पलक-प्याले- *'सौन्दर्य-पलक-प्याले का अब प्रेम बना जीवन में'*	: सौन्दर्य को पलकों के प्याले में रखा था	**प्र.ग्रं.**-2/17	आँसू
सौंदर्य पूर्ण- *'सौन्दर्य पूर्ण औ' सत्य प्राण'*	: जो पूर्ण सौन्दर्य का प्रतीक हो	**पं.ग्रं.**-2/14	जग जीवन में जो चिर महान/युगपथ
सौंदर्य सुधा- *'सौन्दर्य सुधा बलिहारी/चुगता चकोर अंगारे'*	: वह सुंदरता मानो अमृत की तरह जीवनदायी थी	**प्र.ग्रं.**-2/22	आँसू
सौंदर्य्य- *'उज्ज्वल वरदान चेतना का सौंदर्य्य जिसे सब कहते हैं'*	: सुन्दरता	**प्र.ग्रं.**-2/127	लज्जा/कामायनी
सौंदर्य्य जलधि- *'सौंदर्य्य जलधि से भर लाये केवल तुम अपना गरल पात्र'*	: (श्रद्धा मानो) सुंदरता का समुद्र (है)	**प्र.ग्रं.**-2/175	इड़ा/कामायनी
सौ कैतव- *'बाँधे दोनों को मैं चल चल, धो रही द्वैत के सौ कैतव!'*	: सैकड़ों धोखा या छल	**म.सा.**-1/315	ओ चिर नीरव! /दीप-शिखा
सौख्य- *'खींचते थे चित्र अपने सौख्य के'*	: सुख, आनंद	**नि.र.**-1/139	नारायण मिलें हँस अन्त में
◆ *'सौख्य? यह तो साधना का शत्रु है'*	: सुख	**पं.ग्रं.**-1/138	ग्रन्थि
सौदामिनी-संधि-सा- *'सौदामिनी-संधि-सा सुन्दर क्षण भर रहा उजाला में'*	: आकाशीय बिजली का संयोग की तरह चमकना	**प्र.ग्रं.**-2/63	चिंता/कामायनी
सौध- *'भूमि चूम जाते अभ्र ध्वज सौध, शृंगवर'*	: महल	**पं.ग्रं.**-1/226	परिवर्तन/पल्लव
◆ *'रच दी उसको यह धवल सौध ले साधों की रज नयन-नीर'*	: सफेद महल की तरह वसंत के अंत के चमकते दिन	**म.सा.**-1/161	बीते वसंत की चिर-समाधि!/रश्मि
सौध-शिखर- *'सौध-शिखर पर प्रात मनोहर कनक-गात तुम अरुण चरण-धर'*	: महल का शीर्ष	**नि.र.**-1/248	घोर शिशिर
सौमनस्य- *'सौमनस्य बिखराती शीतल, जड़ता का कुछ भास नहीं'*	: शांति और आनंद का भाव	**प्र.ग्रं.**-2/191	स्वप्न/कामायनी
सौमित्र- *'वारित-सौमित्र-भल्लपति— अगणित-मल्ल-रोध'*	: सुमित्रा के पुत्र लक्ष्मण	**नि.र.**-1/329	राम की शक्ति-पूजा
सौम्य- *'रह सौम्य! यहीं; हो सुखद प्रांत, विनिमय कर देते कर्म कांत'*	: सुन्दर और मोहक (श्रद्धा का पुत्र मानव)	**प्र.ग्रं.**-2/239	दर्शन/कामायनी
सौरचक्र- *'सौरचक्र में आवर्तन था प्रलय निशा का होता प्रात!'*	: ग्रहों सहित सूर्य की नियमित गतिशीलता	**प्र.ग्रं.**-2/64	चिंता/कामायनी
सौर-चक्र निर्भय- *'बन शत-शत सौर-चक्र निर्भय'*	: सूर्य अपने ग्रहों के साथ अभय-भाव से परिक्रमा करता है।	**पं.ग्रं.**-1/314	तीन/ज्योत्स्ना
सौर-जगत्- *'जिस शुचि प्रकाश का सौर-जगत् रुचि-रुचि में खुला, असत् भी सत्'*	: सूर्य का संसार, धरती-आकाश	**नि.र.**-1/293	तुलसीदास
सौरभ-अलकावलियाँ- *'गूँथी सौरभ-अलकावलियाँ'*	: सुगंध-रूपी चोटियाँ (केश राशि)	**पं.ग्रं.**-1/344	चार/ज्योत्स्ना
सौरभ का व्यापार- *'जिसमें नहीं सुवास नहीं जो करता सौरभ का व्यापार'*	: निर्गंध फूल (अनासक्त, यश-निरपेक्ष व्यक्ति) सुगंध (प्रसिद्धि) के क्रिया-कलाप से दूर रहते हैं।	**म.सा.**-1/96	जिसमें नहीं सुवास नहीं जो/नीहार

शब्द-	काव्य-पंक्ति	: अर्थ	ग्रंथावली/पृ.सं.	स्रोत/संदर्भ
सौरभ की अलकों-	*'नीरव तम की छाया में छिप सौरभ की अलकों में'*	: सुगन्धित वायु की लहराती धाराओं-जैसी केशराशि में	**म.सा.**-1/52	इन हीरक से तारों को/नीहार
सौरभ की धूल-	*'उड़ रही है सौरभ की धूल कोकिला कैसे रहती मौन'*	: परागकण का वातावरण में बिखरना	**प्र.ग्रं.**-1/265	होली की रात/झरना
सौरभ की हाट-	*'हेरती है सौरभ की हाट कहो किस निर्मोही की बाट?'*	: फूल मानो सुगंध का मेला-बाजार लगा देते हैं	**म.सा.**-1/93	मधुरिमा के, मधु के अवतार/नीहार
सौरभ के मिस-	*'न जाने, सौरभ के मिस कौन'*	: सुगंध के बहाने (माध्यम से)	**पं.ग्रं.**-1/196	मौन निमन्त्रण/पल्लव
सौरभ बन्दी कर लें-	*'ये मुद्रित कलियाँ दल में सब सौरभ बन्दी कर लें'*	: (यदि) सुगंध को अपने में बाँध लें	**प्र.ग्रं.**-2/151	कर्म/कामायनी
सौरभभीना-	*'सौरभभीना झीना गीला लिपटा मृदु अंजन सा दुकूल'*	: सुगंध से सना हुआ	**म.सा.**-1/178	रूपसि तेरा घन-केश-पाश!/नीरजा
सौरभ-वसना-	*'सौरभ-वसना समीर बहती'*	: सुगंध ने मानो हवा को वस्त्र पहना दिए हों	**नि.र.**-1/308	दान
सौरभवाह-	*'न रुक सकता है सौरभवाह'*	: पवन, सुगंध का वहन करनेवाला	**पं.ग्रं.**-1/182	उच्छ्वास/पल्लव
सौरभ-श्लथ-	*'छोड़ती सौरभ-श्लय उच्छ्वास'*	: सुगंध से लद कर थकी हुई (हवा)	**पं.ग्रं.**-1/255	आज रहने दो यह गृह-काज/गुंजन
सौरभ श्लथ-	*'सौरभ श्लथ हो जाते तन मन'*	: सुगंधित वायु के प्रभाव से शिथिल (होता तन और मन)	**पं.ग्रं.**-2/18	वह विजन चाँदनी की घाटी/युगपथ
सौरभ संयुक्त-	*'मधु-पवन-क्रीड़ित ज्यों शिशु साल सुशोभित हो सौरभ संयुक्त'*	: सुगंध से परिपूर्ण	**प्र.ग्रं.**-2/84	श्रद्धा/कामायनी
सौरभ साकार-	*'कुसुम कानन-अंचल में मन्द पवन प्रेरित सौरभ साकार,'*	: श्रद्धा मानो सुगंध का साकार रूप लग रही थी	**प्र.ग्रं.**-2/85	श्रद्धा/कामायनी
सौरभ-साज-	*'कुसुमित कुञ्ज-द्रुमों से सौरभ-साज'*	: सुगंध की सजावट, सुगंधित वातावरण	**नि.र.**-1/82	अंजलि
सौरभ से पंख-	*'दे सौरभ से पंख इन्हें सब नयनों में पहुँचाना!'*	: सुगंध के पंख देकर (सपनों को सबकी आँखों में पहुँचाना)	**म.सा.**-1/333	जब यह दीप थके तब आना/दीप-शिखा
सौरभोत्कलित-	*'सौरभोत्कलित अम्बर-तल, स्थल-स्थल, दिक-दिक'*	: उसकी सुगंध से सभी उत्फुल्ल हैं	**नि.र.**-1/284	तुलसीदास
सौहार्द-बंध-	*'उतनी जो रेखा करे पार सौहार्द-बन्ध की, निराधार!'*	: पारस्परिक सौहार्द का बन्धन	**नि.र.**-1/321	सरोज-स्मृति
स्कंध-	*'है नहीं शरासन आज हस्त— तूणीर स्कन्ध'*	: कंधा	**नि.र.**-1/336	राम की शक्ति-पूजा
♦	*'पीनोरु स्कन्ध जीवन तरु के'*	: तना (की तरह स्थूल जंघा)	**पं.ग्रं.**-2/22	मानव/युगपथ
स्कंध मूल-	*'हैं डाल पात औ' स्कन्ध मूल'*	: तना और जड़	**पं.ग्रं.**-2/21	सृष्टि/युगपथ
स्खलन-	*'स्खलन चेतना के कौशल का भूल जिसे कहते हैं'*	: फिसलन, चूक	**प्र.ग्रं.**-2/143	कर्म/कामायनी
♦	*'स्खलन शिथिल घूँघट का देख'*	: सरकना	**नि.र.**-1/123	यमुना के प्रति
स्खलन विकंपित पद-	*'स्खलन विकंपित पद वे अब भी काँप रहे थे'*	: मर्यादा से भ्रष्ट होने के कारण (मनु के) पाँव काँप रहे थे	**प्र.ग्रं.**-2/206	संघर्ष/कामायनी

शब्द- काव्य-पंक्ति	: अर्थ	ग्रंथावली/पृ.सं.	स्रोत/संदर्भ
स्खलित- *'काल-वायु से स्खलित न होंगे/कनक-प्रसून?'*	: गिरना	**नि.र.-1**/202	युक्ति
◆ *'स्खलित अविदित पथ पर अविचार'*	: फिसला हुआ	**पं.ग्रं.-1**/207	शिशु/पल्लव
स्खलित-वसन-तनु-सा- *'स्खलित-वसन-तनु-सा तनु अमरण, नग्न, उदास, व्यथित अभिमान'*	: जिस शरीर से कपड़े सरक चुके हों उसके जैसा	**नि.र.-1**/121	यमुना के प्रति
स्तंभित- *'वह सहसा स्तम्भित वक्ष:स्थल'*	: आश्चर्यचकित, अचंभित	**नि.र.-1**/121	यमुना के प्रति
स्तन-हार- *'स्वप्न-विकच स्तन-हार'*	: अप्सरा की छाती पर के हार (मानो मनोहर सपनों की तरह हैं)	**पं.ग्रं.-1**/273	अप्सरा/गुंजन
स्तबक- *'स्तव के अवनम्र स्तबक'*	: गुच्छे	**नि.र.-1**/275	कहाँ परित्राण?
स्तबकों- *'खुलते स्तबकों की लज्जाकुल नतवदना मधुमाधवी अतुल;'*	: गुलदस्ता	**नि.र.-1**/308	दान
स्तब्ध ज्योत्स्ना- *'स्तब्ध ज्योत्स्ना में जब संसार'*	: खामोश रात में फैली हुई चाँदनी	**पं.ग्रं.-1**/195	मौन निमन्त्रण/पल्लव
स्तब्ध-निशा- *'स्तब्ध-निशा में नयन मूँद जब'*	: ठहरी हुई रात	**पं.ग्रं.-1**/368	द्वितीय दृश्य/परी
स्तब्धांधकार- *'श्रावण-नभ का स्तब्धान्धकार शुक्ला प्रथमा, कर गयी पार!'*	: हवा बंद थी और अँधेरा था	**नि.र.-1**/315	सरोज-स्मृति
स्तव- *'धोता शुचि चरण युगल/स्तव कर बहु-अर्थ-भरे'*	: स्तुति	**नि.र.-1**/246	भारति, जय, विजयकरे!
◆ *'स्तव के अवनम्र स्तबक'*	: स्तुति	**नि.र.-1**/275	कहाँ परित्राण?
◆ *'उसके भीतर जो स्तव/सुना नहीं कोई रव?'*	: प्रशंसात्मक प्रार्थना, स्तुति	**नि.र.-1**/311	मित्र के प्रति
स्तवक- *'शत-शत तारा मंडित अनंत, कुसुमों का स्तवक खिला वसंत'*	: गुच्छा, गुलदस्ता	**प्र.ग्रं.-2**/242	दर्शन/कामायनी
स्तिमित- *'सब सभा रही निस्तब्ध : राम के स्तिमित नयन'*	: गीला, आर्द्र, भीगी (आँखें)	**नि.र.-1**/334	राम की शक्ति-पूजा
स्तिमित-नयन- *'कुछ स्वेद-बिंदु उसके लेकर वह स्तिमित-नयन गत शोक-क्रोध'*	: निष्पन्द नेत्र	**प्र.ग्रं.-2**/171	इड़ा/कामायनी
स्तूप अचेत- *'एक विस्मृति का स्तूप अचेत, ज्योति का धुँधला-सा प्रतिबिम्ब;'*	: चेतना-विहीन स्मृति-स्थल, अपनी सुध-बुध खोकर जीवन व्यतीत करना	**प्र.ग्रं.-2**/86	श्रद्धा/कामायनी
स्थविर- *'मैं साज रहूँगा, अन्त स्थविर'*	: वृद्ध	**नि.र.-1**/250	वह कितना सुख
स्थविरता- *'स्थविरता, नीरव सायंकाल'*	: बुढ़ापा	**पं.ग्रं.-1**/231	परिवर्तन/पल्लव
स्थविर-दल- *'चल रही शिविर की ओर स्थविर-दल ज्यों विभिन्न;'*	: भिक्षुओं का समूह	**नि.र.-1**/329	राम की शक्ति-पूजा
स्थित-पद- *'स्थित-पद, अम्लान-मुख'*	: रुके कदम	**नि.र.-1**/179	रेखा 'ग'
स्थिति-लोहित सरोज- *'विकसित हृदय के स्थिति-लोहित सरोज पर'*	: लाल कमल (हृदय) की स्थिति	**नि.र.-1**/179	रेखा 'ग'
स्थिर-मुक्ति- *'स्थिर-मुक्ति, प्रतिष्ठा मैं वैसी चाहता नहीं इस जीवन की'*	: जड़ता से ग्रस्त मुक्ति	**प्र.ग्रं.-2**/171	इड़ा/कामायनी
स्नान-शेष- *'कर स्नान-शेष, उन्मुक्त-केश सासुजी रहस्य-स्मित सुवेश'*	: नहाकर	**नि.र.-1**/319	सरोज-स्मृति
स्नान-हित- *'चली स्नान-हित शोभावलयित'*	: नहाने के लिए	**नि.र.-1**/248	घोर शिशिर
स्नानांत- *'स्नानान्त, भजन, भोजन, विहार गिरि-पद पर'*	: नहाने के बाद	**नि.र.-1**/292	तुलसीदास
स्निग्ध उषा- *'स्निग्ध उषा के शुभ्र गगन में हास-विलास दिखाती है'*	: कोमल और प्रिय प्रभात	**प्र.ग्रं.-3**/252	प्रथम अंक/अजातशत्रु

शब्द-	काव्य-पंक्ति	: अर्थ	ग्रंथावली/पृ.सं.	स्रोत/संदर्भ
स्निग्ध मलिन-	*'भूमिका बनी वह स्निग्ध मलिन, थे निर्निमेष मनु के लोचन'*	: स्नेहमय और अंधकारमय	**प्र.ग्रं.-2**/245	दर्शन/कामायनी
स्निग्ध रजनी-	*'स्निग्ध रजनी से लेकर हास रूप से भर कर सारे अंग,'*	: कोमल भावनाओं से युक्त रात	**म.सा.-1**/92	मधुरिमा के, मधु के अवतार/नीहार
स्निग्धालोक-	*'रहा केवल मधु स्निग्धालोक'*	: कोमल चमक	**प्र.ग्रं.-1**/267	रत्न/झरना
स्नेह-उन्माद-	*'बहता था स्नेह-उन्माद नस-नस में जहाँ'*	: प्रेम का आवेश जो ऊर्जा से भर दे	**नि.र.-1**/100	दिल्ली
स्नेह की मधु रजनी-	*'तुम अजस्र वर्षा सुहाग की और स्नेह की मधु रजनी'*	: प्रेम की वसंत रात्रि	**प्र.ग्रं.-2**/227	निर्वेद/कामायनी
स्नेह-क्षीण गत गीता-	*'दे गयी सुहृद् को स्नेह-क्षीण गत गीता'*	: स्नेह से मलिन हुई प्रेम की पुरानी गीता	**नि.र.-1**/298	तुलसीदास
स्नेह-दान-सक्षम-	*'कुल-मान-ध्यान श्लथ स्नेह-दान-सक्षम से'*	: स्नेहदान करने में समर्थ	**नि.र.-1**/300	तुलसीदास
स्नेह-नाता-	*'आरसी प्रतिबिंब का कब चिर हुआ जग स्नेह-नाता!'*	: प्रेम का संबंध	**म.सा.-1**/269	मैं किसी की मूक छाया हूँ.../सांध्य गीत
स्नेह-पगा-	*'तम आता है पाती में, प्रिय का आमंत्रण स्नेह-पगा ले!'*	: प्रेम में डूबा हुआ	**म.सा.-1**/345	गोधूलि अब दीप जगा ले!/दीप-शिखा
स्नेह-रत्न-	*'स्नेह-रत्न, मैं बड़े यत्न से आज'*	: हे अमूल्य (रत्न) प्रेम (स्नेह)	**नि.र.-1**/82	अंजलि
स्नेह शवलित चाव-	*'और वह पुचकारने का स्नेह शवलित चाव'*	: प्रेम के अतिशय उत्साह से युक्त	**प्र.ग्रं.-2**/113	वासना/कामायनी
स्नेह-संबल-	*'चले दोनों, स्वप्न-पथ में स्नेह-संबल साथ'*	: परस्पर के प्रेम के सहारे	**प्र.ग्रं.-2**/115	वासना/कामायनी
स्नेह-सरोज-	*'है स्नेह-सरोज हमारा/विकसा, मानस में सूखा'*	: प्रेम-रूपी कमल	**प्र.ग्रं.-2**/15	आँसू
स्नेह-सिक्त-	*'अपना जीवन-दीप मृदुलतर वर्ती कर निज स्नेह-सिक्त उर'*	: प्रेम (तेल) में डूबा हुआ	**म.सा.-1**/175	ओ पागल संसार!/नीरजा
स्नेह-सुहृद-	*'किस अतीत के स्नेह-सुहृद को'*	: प्रेमी, सुहृद (अच्छे हृदय से युक्त) से प्रेम	**नि.र.-1**/116	यमुना के प्रति
स्नेह हीन-	*'स्नेह हीन तारों के दीपक'*	: तेल के बिना, मानो तारे-रूपी दीपों में तेल की कमी हो गयी है इसलिए वे मंद पड रहे हैं।	**पं.ग्रं.-1**/113	प्रथम रश्मि का आना रंगिणि!/वीणा
स्नेहहीन-	*'जलते नभ में देख असंख्यक स्नेहहीन नित कितने दीपक'*	: निस्तेज	**म.सा.-1**/187	मधुर मधुर मेरे दीपक जल/नीरजा
स्नेहांचल-	*'गोधूली के राग-पटल में स्नेहांचल फहराती है'*	: स्नेह का आँचल	**प्र.ग्रं.-3**/252	प्रथम अंक/अजातशत्रु
स्नेहातप-	*'मधुर स्नेहातप में संसार'*	: प्रेम की ऊष्मा	**पं.ग्रं.-1**/374	द्वितीय दृश्य/परी
स्नेहातुर-	*'भर जाता स्नेहातुर होकर'*	: स्नेह से आवेशित होकर	**पं.ग्रं.-1**/297	दो/ज्योत्स्ना
स्नेहालिंगन-	*'स्नेहालिंगन की लतिकाओं की झुरमुट छा जाने दो'*	: प्रेम से युक्त मिलन	**प्र.ग्रं.-1**/314	जग की सजल कालिमा /लहर
स्नेहाश्रु-	*'मेघ केश, स्नेहाश्रु तुषार'*	: खुशी के आँसू	**प.ग्रं.-1**/87	बालकाल में जिसे जलद से/वीणा
स्नेहोपहार-	*'सोचा है नत हो बार-बार— "यह हिन्दी का स्नेहोपार'*	: कवि-कर्म रूपी स्नेहमय उपहार	**नि.र.-1**/316	सरोज-स्मृति

शब्द- काव्य-पंक्ति	: अर्थ	ग्रंथावली/पृ.सं.	स्रोत/संदर्भ
स्पंद- *'चंचल आलोक-स्पन्द'*	: थिरकन, सिहरन	**नि.र.**-1/193	स्मृति-चुम्बन
◆ *'होंठो में बिजली फँसी, स्पन्द'*	: रोमांच, कम्पन	**नि.र.**-1/322	सरोज-स्मृति
स्पंदन- *'भर दो, पग-पग नव स्पन्दन'*	: हरकत, गति, हलचल	**नि.र.**-1/189	वासन्ती
◆ *'स्पन्दन तब हृदय में/अन्वेषण नयनों में/प्राणों में लालसा'*	: धड़कन, सिहरन	**नि.र.**-1/195	स्मृति-चुम्बन
◆ *'स्पन्दन कम्पन औ' नव जीवन'*	: रोमांचपूर्ण मद्धिम गति, धड़कन की तरह मौजूद	**पं.ग्रं.**-1/114	प्रथम रश्मि का आना रंगिणि!/वीणा
◆ *'एक स्पंदन में स्वप्न अपार/एक पल असफलता का भार'*	: सूक्ष्म गतिमयता	**म.सा.**-1/114	तुहिन के पुलिनों पर छबिमान/रश्मि
◆ *'स्पंदन में चिर निस्पंद बसा,/क्रंदन में आहत विश्व हँसा'*	: सूक्ष्म अनुभूतिमय गतिमयता	**म.सा.**-1/273	मैं नीर भरी दुख की बदली!/सांध्य गीत
स्पंदित आह्लाद- *'लीला का स्पन्दित आह्लाद, वह प्रभा-पुंज चितिमय प्रसाद'*	: शिव के स्वगत आनन्द का उच्छलन	**प्र.ग्रं.**-2/246	दर्शन/कामायनी
स्पंदित विश्व- *'विषमता की पीड़ा से व्यस्त हो रहा स्पन्दित विश्व महान;'*	: गतिशील संसार	**प्र.ग्रं.**-2/89	श्रद्धा/कामायनी
स्पर्द्धांध- *'स्पर्द्धान्ध जन, गात्र/जर्जर अहोरात्र'*	: प्रतिस्पर्द्धा में अंधी होड़ लगी है	**नि.र.**-1/244	सार्थक करो प्राण
स्पर्द्धा-धीर- *'गगन-स्पर्शी स्पर्द्धा-धीर'*	: स्पर्द्धा में धैर्य रखने वाला	**नि.र.**-1/135	बादल-राग
स्पर्धागत- *'तृष्णोद्धत, स्पर्धागत, सगर्व क्षत्रिय रक्षा से रहित सर्व'*	: आपसी ईर्ष्या -द्वेष की प्रतियोगिता	**नि.र.**-1/287	तुलसीदास
स्पर्धा में जो उत्तम- *'स्पर्धा में जो उत्तम ठहरें वे रह जावें'*	: संघर्ष के क्रम में जो श्रेष्ठ सिद्ध हुआ, सर्वाइवल ऑफ द फिटेस्ट (स्पेंसर)	**प्र.ग्रं.**-2/200	संघर्ष/कामायनी
स्पर्श-चकित- *'स्पर्श-चकित कर्षित हो हर्षित, लक्ष्य पार करती चल-चितवन'*	: छूने से चकित हुई	**नि.र.**-1/256	बादल में आये जीवन-धन
स्पर्शन- *'प्रथम रश्मि का स्पर्शन कर नित'*	: छुअन, स्पर्श	**पं.ग्रं.**-1/95	अब न अगोचर रहो सुजान!/वीणा
स्पर्श-मणि- *'स्पर्श-मणि तू ही, अमल, अपार'*	: वह मणि जिसके स्पर्श से हृदय में चेतन प्रकाश फैल जाता है	**नि.र.**-1/216	पास ही रे, हीरे की खान
स्पर्श-हीन अनुभव-सी- *'तुम स्पर्श-हीन अनुभव-सी नन्दन तमाल के तल से;'*	: स्पर्श के आभास से स्पर्श का अनुभव	**प्र.ग्रं.**-2/28	आँसू
स्पष्ट भाल- *'वह विश्व मुकुट-सा उज्ज्वलतम शशिखंड सदृश था स्पष्ट भाल'*	: तेजोद्दीप्त ललाट	**प्र.ग्रं.**-2/179	इड़ा/कामायनी
स्पृश्य- *'मेरे हित है हित यही स्पृश्य'*	: स्पर्श करने योग्य	**नि.र.**-1/322	सरोज-स्मृति
◆ *'है स्पृश्य, स्पर्श का नहीं पता'*	: जिसका स्पर्श महसूस किया जा सके	**पं.ग्रं.**-2/19	छाया/युगपथ
स्पृहणीय- *'प्राणों के कण-कण, दयनीय-स्पृहणीय'*	: स्पृहा करने योग्य, इच्छा रखने योग्य, जिससे रश्क हो जाये	**प्र.ग्रं.**-1/346	प्रलय की छाया/लहर
◆ *'यह कितनी स्पृहणीय बन गई/मधुर जागरण-सी छविमान;'*	: जिसकी कामना की जाए, काम्य	**प्र.ग्रं.**-2/70	आशा/कामायनी

शब्द- काव्य-पंक्ति	: अर्थ	ग्रंथावली/पृ.सं.	स्रोत/संदर्भ
♦ *'पूर्व-जन्म कहूँ कि था स्पृहणीय मधुर अतीत'*	: जिसे चाहा जाए, काम्य	**प्र.ग्रं.-2**/116	वासना/कामायनी
स्पृहा- *'स्पृहा से भर अपनी सुकुमार'*	: तीव्र इच्छा	**पं.ग्रं.-1**/109	चपल पलकों के साथ /वीणा
♦ *'वह स्पृहा जो ऊर्मि-सी उठ, इन्दु से'*	: तीव्र इच्छा	**पं.ग्रं.-1**/133	ग्रन्थि
♦ *'तुम्हीं हो स्पृहा, अश्रु औ' हास'*	: तीव्र इच्छा, रश्क	**पं.ग्रं.-1**/209	नारी रूप/पल्लव
♦ *'रँग रँग खद्दर के सूत्रों में नव जीवन आशा, स्पृहा, ह्लाद'*	: तीव्र इच्छा, रश्क	**पं.ग्रं.-2**/25	बापू के प्रति/युगपथ
स्पृहा के विश्व- *'स्पृहा के विश्व, हृदय के हास'*	: तीव्र इच्छा से निर्मित संसार की तरह हैं फूल, फूल मानो तीव्र इच्छा को जन्म देते हैं	**पं.ग्रं.-1**/221	विश्व व्याप्ति/पल्लव
स्पृहाएँ- *'स्पृहाएँ ऊर्मिल-गान'*	: तीव्र इच्छाएँ	**पं.ग्रं.-1**/260	रूप-तारा तुम पूर्ण प्रकाम/गुंजन
स्पृहाहत- *'स्पृहाहत जंगमता— /नश्वर संसार—'*	: स्पृहा (पाने की इच्छा) से चोटिल	**नि.र.-1**/183	जागरण
स्फटिकशिला- *'फिर स्फटिकशिला, अनसूया-वन सरि-उद्गम,'*	: चित्रकूट का एक दर्शनीय स्थल	**नि.र.-1**/292	तुलसीदास
स्फटिक सौध- *'स्फटिक सौध में हों शृंगार मरण का शोभन'*	: स्फटिक मणि से बना महल, मँहगा और शानदार महल	**पं.ग्रं.-2**/21	ताज/युगपथ
स्फार- *'मोगरा कर्णफूल-सा स्फार'*	: फैला हुआ	**पं.ग्रं.-1**/257	मधुवन/गुंजन
♦ *'इन्दु कुन्द-द्युति स्फार!'*	: फैलाकर	**पं.ग्रं.-1**/271	अप्सरा/गुंजन
♦ *'नीचे चन्द्रातप छना स्फार'*	: फैला हुआ	**पं.ग्रं.-2**/17	मंजरित आम्र-वन-छाया में/युगपथ
स्फारित- *'पलकों में स्फारित, स्फुरित-राग'*	: विस्तार	**नि.र.-1**/301	तुलसीदास
स्फीत फूत्कार- *'शत-शत फेनोच्छ्वसित, स्फीत फूत्कार भयंकर'*	: लम्बी फुँफकार	**पं.ग्रं.-1**/225	परिवर्तन/पल्लव
स्फीत वक्ष- *'गर्व से स्फीत वक्ष/रक्षक शरीर के'*	: चौड़ी छाती, खुशी से फूली छाती	**नि.र.-1**/176	रेखा 'ख'
स्फीत-वक्ष- *'तोड़ता बन्ध-प्रतिसन्ध धरा, हो स्फीत-वक्ष'*	: छाती में हवा भरकर, पूरे उत्साह और बलपूर्वक	**नि.र.-1**/332	राम की शक्ति-पूजा
स्फीत शिरायें- *'स्फीत शिरायें, स्वस्थ रक्त का होता था जिनमें संचार'*	: उभरी हुई मांसपेशियाँ	**प्र.ग्रं.-2**/52	चिंता/कामायनी
स्फीति- *'छलकता था वक्ष मेरा स्फीति से'*	: विस्तार, उदारता	**पं.ग्रं.-1**/132	ग्रन्थि
स्फुट- *'स्फुट हो उठी मूक कविता फिर कितनों ने दृग मींचे'*	: प्रकट या प्रस्फुटित होना	**प्र.ग्रं.-3**/437	प्रथम अंक/कामना
स्फुर- *'नव-अपांग-शर-हत व्याकुल-उर*	: बरसाना, फैलाना	**नि.र.-1**/256	बादल में आये जीवन-धन
स्फुरित-राग- *'पलकों में स्फारित, स्फुरित-राग'*	: प्रेम का प्रकट होना	**नि.र.-1**/301	तुलसीदास
स्फुलिंग- *'ये सब स्फुलिंग हैं, मेरी—/इस ज्वालामयी जलन के'*	: चिंगारी, अग्निकण	**प्र.ग्रं.-2**/4	आँसू
♦ *'जलते-बुझते हैं स्फुलिंग से तुममें तत्क्षण'*	: चिंगारी	**पं.ग्रं.-1**/233	परिवर्तन/पल्लव
♦ *'यह स्फुलिंग पल में जल उठता'*	: चिंगारी (की तरह है जीवन)	**पं.ग्रं.-1**/365	द्वितीय दृश्य/परी
♦ *'मानव दिव्य स्फुलिंग चिरन्तन'*	: चिंगारी	**पं.ग्रं.-2**/8	द्रुत झरो जगत के जीर्ण पत्र/युगपथ

शब्द– काव्य–पंक्ति	: अर्थ	ग्रंथावली/पृ.सं.	स्रोत/संदर्भ
स्फुलिंग का नृत्य– *'यह स्फुलिंग का नृत्य एक पल आया बीता'*	: चिंगारियों का नृत्य, जीवात्मा चिंगारी है और शिव महाज्वाला हैं जिससे जन्म लेकर जीवन की क्षणिक क्रीड़ाएँ चलती हैं।	**प्र.ग्रं.–2**/198	संघर्ष/कामायनी
स्फोट– *'ज्वालामुखी स्फोट के भीषण/प्रथम कंप सी मतवाली!'*	: विस्फोट, फूट कर तेजी से निकलना	**प्र.ग्रं.–2**/52	चिंता/कामायनी
स्मर– *'अब स्मर के शर–केशर से झर'*	: कामदेव	**नि.र.–1**/286	तुलसीदास
स्मर-शर– *'जगती के प्राणों में स्मर–शर/वेध गये, कसके—'*	: कामबाण	**नि.र.–1**/199	गीत 'ग'
◆ *'स्मर–शर हर केशर झर/मधु–पूरित गन्ध, ज्ञान'*	: कामदेव के तीर	**नि.र.–1**/235	अमरण भर वरण–गान
स्मर शशि किरणें– *'स्मर शशि किरणें, स्पर्श करती थीं इस चंद्रकान्त मणि को'*	: चाँद की कामुक किरणें	**प्र.ग्रं.–1**/341	प्रलय की छाया/लहर
स्मर-सर– *'स्मर–सर के निर्मल अन्तर में'*	: स्मृति के सरोवर में	**नि.र.–1**/120	यमुना के प्रति
स्मरहर– *'स्नेह सरस भर देगा उर–सर,/स्मरहर को वरेगी'*	: काम को नष्ट कर देनेवाले शिव	**नि.र.–1**/227	रूखी री यह डाल
स्मित– *'प्रथम श्रृंगार स्मित तरुणी वधू का'*	: मुस्कान	**नि.र.–1**/175	रेखा 'क'
◆ *'जाने किसकी स्मित रूम झूम/जाती कलियों को चूम चूम'*	: मंद मुस्कान	**म.सा.–1**/206	जाने किसकी स्मित रूम झूम/नीरजा
स्मित अमोल– *'नासिका नुकीली के पतले पुट फरक रहे कर स्मित अमोल'*	: अनुपम मुस्कान	**प्र.ग्रं.–2**/179	इड़ा/कामायनी
स्मित का प्रात– *'खिल उठे निरुपम तुम्हारी देख स्मित का प्रात'*	: प्रभात मानो तुम्हारी मुस्कान है	**म.सा.–1**/176	विरह का जलजात जीवन /नीरजा
स्मित की चाँदनी– *'अधर भी हूँ और स्मित की चाँदनी भी हूँ'*	: किसी की मुस्कुराहट से जो चाँदनी-सी बिखरती मालूम पड़ती है।	**म.सा.–1**/177	बीन भी हूँ मैं तुम्हारी /नीरजा
स्मित की विभा सा– *'एक प्रिय–दृग–श्यामता सा, दूसरा स्मित की विभा सा'*	: मुस्कान की चमक के समान	**म.सा.–1**/229	प्राणपिक प्रिय–नाम रे कह!/नीरजा
स्मित के डोरे– *'गूँथें विषाद के मोती/चाँदी सी स्मित के डोरे'*	: मुस्कान के चमकीले धागे विषाद के मोतियों को पिरो लें	**म.सा.–1**/111	चिर तृप्ति कामनाओं का /रश्मि
स्मितनयन– *'स्मितनयन, चञ्चल, चयनशील, अति–अपनाव–मृदु भाव खोले हुए!'*	: मुस्कुराती हुई आँखें	**नि.र.–1**/174	रेखा 'क'
स्मित-मिश्रित– *'तेरा अधर–विचुंबित प्याला तेरी ही स्मित–मिश्रित हाला'*	: जिसमें मुस्कान मिली हुई हो	**म.सा.–1**/183	तुम मुझ में प्रिय! फिर परिचय क्या!/नीरजा
स्मित-रेखा– *'तुमको अपनी स्मित–रेखा से यह सन्धि–पत्र लिखना होगा'*	: मुस्कुराहट	**प्र.ग्रं.–2**/130	लज्जा/कामायनी
स्मित रेखा– *'भावनामयी वह स्फूर्ति नहीं नव–नव स्मित रेखा में विलीन'*	: मुस्कुराहट	**प्र.ग्रं.–2**/158	ईर्ष्या/कामायनी
स्मित से चर्चित रोली– *'तब प्राची के अंचल में हो स्मित से चर्चित रोली'*	: सुबह का लाल रंग मानो मुस्कुराहट से भरे चेहरे पर लाल रोली का हो।	**म.सा.–1**/220	यह पतझर मधुवन भी हो!/नीरजा
स्मिति– *'सुरधनु नव रचतीं निश्वासें, स्मिति का इन भीगे अधरों पर'*	: मुस्कुराहटें मानो इन्द्रधनुष हैं	**म.सा.–1**/221	मुस्काता संकेत–भरा नभ/नीरजा
स्मिति की माया– *'फैल गयी जब स्मिति की माया, किरन कली की क्रीड़ा से'*	: प्रसन्नता का जादू	**प्र.ग्रं.–2**/187	स्वप्न/कामायनी

शब्द-	काव्य-पंक्ति	: अर्थ	ग्रंथावली/पृ.सं.	स्रोत/संदर्भ
स्मिति की लहरों-	*'स्मिति की लहरों सी उठती है नाच रही ज्यों मधुमय तान'*	: प्रेयसी की मुस्कुराहटों की स्मृति	**प्र.ग्रं.-2**/70	आशा/कामायनी
स्मिति चपला-	*'वे आलिंगन एक पाश थे, स्मिति चपला थी, आज कहाँ?'*	: मनु की मुस्कराहट बिजली की तरह चंचल, मगर अस्थायी थी	**प्र.ग्रं.-2**/187	स्वप्न/कामायनी
स्मिति-चेतनता-	*'आलोकमयी स्मिति-चेतनता आयी यह हेमवती छाया'*	: मुस्कान से युक्त चेतना (का प्रतीक लगी इड़ा)	**प्र.ग्रं.-2**/179	इड़ा/कामायनी
स्मिति मधुराका-	*'स्मिति मधुराका थी, श्वासों से पारिजात कानन खिलता'*	: वसंत की चाँदनी रातें (मानो श्रद्धा की) मुस्कान थीं	**प्र.ग्रं.-2**/226	निर्वेद/कामायनी
स्मितिमय-	*'केवल स्मितिमय चाँदनी रात'*	: मुस्कुराती हुई (रात)	**प्र.ग्रं.-1**/320	काली आँखों का अंधकार/लहर
स्मिति-लतिका-प्रवाल-	*'उसके अधरों में फैलेगा नवमधुमय स्मिति-लतिका-प्रवाल'*	: मुस्कान लता पर निकले किसलय की तरह होगी	**प्र.ग्रं.-2**/167	ईर्ष्या/कामायनी
स्मिति-विकसित-	*'स्मिति-विकसित नीरज नयनों पर'*	: मुस्कुराहटों से विकसित	**नि.र.-1**/119	यमुना के प्रति
स्मिति वितरण-	*'तुहिन-शुभ्र स्मिति वितरण'*	: (फैली हुई ओस की बूँदें मानो) चाँदनी की मुस्कुराहटों का वितरण हैं। मुस्कुराहटें सबके बीच बाँटी जा रही हैं।	**पं.ग्रं.-1**/300	दो/ज्योत्स्ना
स्मिति-स्वप्न-	*'स्मिति-स्वप्न अधर पलकों में'*	: सपने देखते हुए होंठों पर आयी मुस्कुराहट	**पं.ग्रं.-1**/370	द्वितीय दृश्य/परी
स्मृति-	*'वीणा की झंकृति में स्मृति की पुरातन कथा'*	: यादगार, जो यादों में बस गया हो	**नि.र.-1**/93	यहीं
स्मृति का समीर-	*'उस स्मृति का समीर चलता है मिलन कथा फिर कौन कहे?'*	: स्मृति-रूपी वायु, पुरानी यादें हवा की तरह आती हैं	**प्र.ग्रं.-2**/186	स्वप्न/कामायनी
स्मृति किरणों-	*'क्या झंकृत हो जाते हैं उन स्मृति किरणों के टूटे तार'*	: यादें जो रोशनी बनकर मन में बसी हैं	**प्र.ग्रं.-1**/327	मधुर माधवी संध्या में/लहर
स्मृति-चिह्नों-	*'स्मृति-चिह्नों की जर्जरता में'*	: यादगार निशानियाँ	**प्र.ग्रं.-1**/297	जगती की मंगलमयी उषा बन/लहर
स्मृति-चुंबन-	(शीर्षक)	: स्मृति का चुम्बन याद आना, मानो याद ने चूम लिया हो	**नि.र.-1**/193	स्मृति-चुम्बन
स्मृति नाव-	*'रही विस्मृति सिंधु में स्मृति नाव विकल अकूल'*	: स्मृति(याददाश्त) की नौका	**प्र.ग्रं.-2**/118	वासना/कामायनी
स्मृति-पथ-	*'विजन गगन में किसी भूल-सी किसको स्मृति-पथ में लाती?'*	: अपनी यादों में लाना	**प्र.ग्रं.-2**/79	आशा/कामायनी
स्मृति पाथेय बनी है-	*'उसकी स्मृति पाथेय बनी है थके पथिक की पन्था की'*	: सुन्दर यादें यात्रा की ऊर्जा बन जाएँ	**प्र.ग्रं.-1**/292	मधुप गुनगुना कर कह जाता/लहर
स्मृति शतदल-	*'मानस का स्मृति शतदल खिलता, झरते बिंदु मरंद घने'*	: अनेक प्रकार की यादों की उपमा सौ पंखुड़ियों के कमल से दी गयी है।	**प्र.ग्रं.-2**/188	स्वप्न/कामायनी
स्मृतियों का स्वप्न-	*'देखता है स्मृतियों का स्वप्न हृदय पर मत कर अत्याचार'*	: पुरानी मीठी यादों के सपने	**प्र.ग्रं.-4**/187	प्रथम अंक/चन्द्रगुप्त
स्मृतियों के बाल-	*'छू स्मृतियों के बाल जगाता मूक वेदनाएँ दुलराता'*	: स्मृतियाँ मानो शिशु की तरह कोमल हैं	**म.सा.-1**/132	सजनि कौन तम में परिचित सा/रश्मि

शब्द-	काव्य-पंक्ति	: अर्थ	ग्रंथावली/पृ.सं.	स्रोत/संदर्भ
स्मृति-सागर-	*'स्मृति-सागर में पलक-चुलुक से बनता नहीं उलीचे'*	: पुरानी यादों का सागर	**प्र.ग्रं.-3**/437	प्रथम अंक/कामना
स्मृति-सौरभ-	*'उसी स्मृति-सौरभ में मृगमन मस्त रहे'*	: कोई प्रेमपूर्ण मधुर याद (जो सुगंध की तरह मन में बसी हो)	**प्र.ग्रं.-1**/245	अनुनय/झरना
स्यंदन-	*'अटकेगा जर्जर स्यन्दन?'*	: रथ	**नि.र.-1**/182	हताश
स्रक्-	*'जाते हो कहाँ?' तुले तिर्यक् दृग, पहनाकर ज्योतिर्मय स्रक्'*	: माला	**नि.र.-1**/290	तुलसीदास
स्रजन-विनाश-	*'अथक सुषमा का स्रजन-विनाश यही क्या जग का श्वासोच्छ्वास?'*	: सृजन (निर्माण) और ध्वंस	**म.सा.-1**/106	शून्यता में निद्रा की बन/रश्मि
स्रस्त-	*'निशि, तिमिर-ग्रस्त/वसन-स्रस्त,/अस्त नयन छलके'*	: ठीक से बँधा न होने के कारण गिरता हुआ	**नि.र.-1**/263	वे गये असह दुख भर
◆	*'तान, सरिता वह स्रस्त, अरोर,/बह रही ज्ञानोदधि की ओर'*	: ढीली	**नि.र.-1**/272	छन्द की बाढ़
◆	*'स्रस्त छाया-तम का कच-भार'*	: शिथिल, ढीला, ढरकता हुआ-सा	**पं.ग्रं.-1**/339	चार/ज्योत्स्ना
◆	*'हे स्रस्त ध्वस्त, हे शुष्क शीर्ण!'*	: ढीला पड़ा हुआ, गिरता हुआ	**पं.ग्रं.-2**/7	द्रुत झरो जगत के जीर्ण पत्र/युगपथ
स्रस्त-तूणीर-धरण-	*'श्लथ धनु-गुण है, कटिबन्ध स्रस्त— तूणीर-धरण,'*	: तरकश (तूणीर) को बाँधने वाला (धरण) कटिबंध ढीला कर दिया गया है	**नि.र.-1**/330	राम की शक्ति-पूजा
स्रोतः स्वति-	*'पार की आशा से आते हैं साथ तव, स्रोतः स्वति!'*	: वैतरणी नदी की तरह	**नि.र.-1**/187	'सरोज' के प्रति
स्वगत-	*'सब बाहर होता जाता है स्वगत उसे मैं कर न सका'*	: अपने में समाहित, आत्मसात्	**प्र.ग्रं.-2** /228	निर्वेद/कामायनी
स्वच्छभास-	*'गृह की सीमा के स्वच्छभास'*	: स्वच्छ प्रकाश वाले	**नि.र.-1**/293	तुलसीदास
स्वजातियों-	*'किया आहूत जहाँ विजित स्वजातियों को'*	: अपनी जाति के लोग	**नि.र.-1**/100	दिल्ली
स्वतंत्रता पुकारती-	*'स्वयंप्रभा समुज्ज्वला स्वतन्त्रता पुकारती'*	: स्वातंत्र्य की भावना पुकार लगा रही है	**प्र.ग्रं.-4**/290	चतुर्थ अंक/चन्द्रगुप्त
स्वतंत्र-रव-	*'प्रिय स्वतंत्र-रव अमृत-मन्त्र नव/भारत में भर दे!'*	: स्वाधीन स्वर से भरा हुआ	**नि.र.-1**/224	वर दे वीणावादिनि वरदे!
स्वत्व-	*' "मनु सब शासन स्वत्व तुम्हारा सतत न निबाहें'*	: अधिकार, आधिपत्य	**प्र.ग्रं.-2**/200	संघर्ष/कामायनी
स्वत्व रक्षा-	*'स्वत्व रक्षा में प्रबुद्ध थे'*	: अपने हक की हिफाजत में, अपने अधिकारों की रक्षा में	**प्र.ग्रं.-1**/335	शेरसिंह का शस्त्र-समर्पण/लहर
स्वत्वों-	*'अपने स्वत्वों से स्वयं हाथ धोते हो'*	: स्वत्व, अधिकार, हक	**प्र.ग्रं.-3**/406	तृतीय अंक/जन्मेजय का नाग-यज्ञ
स्वन-	*'कर न तू मंजीर का स्वन, अलस पग धर सँभल गिन गिन'*	: ध्वनि	**म.सा.-1**/277	दीप तेरा दामिनी! /सांध्य गीत
◆	*'ध्वनित सिंधु में है रजत-शंख का स्वन!'*	: ध्वनि	**म.सा.-1**/321	हुए शूल अक्षत मुझे धूलि चंदन/दीप-शिखा
स्वप्न-	*'स्वप्न, स्वाप, जागरण भस्म हो इच्छा क्रिया ज्ञान मिल लय थे'*	: सुप्तावस्था की अचेतन जागृति	**प्र.ग्रं.-2**/263	रहस्य/कामायनी
स्वप्न असार-	*'छूटेंगे ये स्वप्न असार'*	: निस्सार या काल्पनिक सपने	**पं.ग्रं.-1**/200	स्वप्न/पल्लव

शब्द-	काव्य-पंक्ति	: अर्थ	ग्रंथावली/पृ.सं.	स्रोत/संदर्भ
स्वप्न-जड़ित-	*'वह स्वप्न-जड़ित नत चितवन'*	: सपनों में खोयी हुई	**पं.ग्रं.**-1/269	चाँदनी/गुंजन
स्वप्न-जागृति-	*'विश्व में यह भोला जीवन स्वप्न-जागृति का मूक-मिलन'*	: नींद के सपने और जागरण की संधि	**म.सा.**-1/114	तुहिन के पुलिनों पर छबिमान/रश्मि
स्वप्न-जात-	*'छाया में सजल रात/जुगुनू में स्वप्न-जात'*	: सपनों की तरह जन्म लेनेवाले	**म.सा.**-1/351	मिट चली घटा अधीर! /दीप-शिखा
स्वप्न-निमेषिनी-	*'स्वप्न-निमेषिनी री!'*	: जिसकी पलकों में सपनों का निवास होता हो ऐसी रात-रूपी स्त्री	**म.सा.**-1/290	जाग जाग सुकेशिनी री!/सांध्य गीत
स्वप्न-निशा-	*'प्रिय, मुद्रित दृग खोलो! गत स्वप्न-निशा का तिमिर जाल'*	: स्वप्न और निशा (रात)	**नि.र.**-1/196	प्रभाती
स्वप्न नीड़-	*'सोयी थी तू स्वप्न नीड़ में'*	: सुन्दर सपनों में सुलानेवाले घोंसले	**पं.ग्रं.**-1/113	प्रथम रश्मि का आना रंगिणि!/वीणा
स्वप्न-पथ-	*'चले दोनों, स्वप्न-पथ में स्नेह-संबल साथ'*	: मनोवांछित राह	**प्र.ग्रं.**-2/115	वासना/कामायनी
स्वप्न-पराग-	*'मेरा पग पग संगीतभरा, श्वासों से स्वप्न-पराग झरा'*	: पराग की तरह सुगन्धित-सुंदर सपने	**म.सा.**-1/273	मैं नीर भरी दुख की बदली!/सांध्य गीत
स्वप्न-पावस-काल-	*'नींद के नभ में तुम्हारे स्वप्न-पावस-काल'*	: सपने मानो वर्षा-ऋतु की तरह बहुरूप हों	**म.सा.**-1/124	स्मित तुम्हारी से छलक.../रश्मि
स्वप्नमयी संसृति-	*'इस स्वप्नमयी संसृति के सच्चे जीवन तुम जागो;'*	: सपनों से बनी सुन्दर सृष्टि	**प्र.ग्रं.**-2/33	आँसू
स्वप्नमुक्ता-	*'पलक सीपें नींद का जल स्वप्नमुक्ता रच रहे, मिल'*	: सपने-रूपी मोती	**म.सा.**-1/227	मत अरुण घूँघट खोल री!/नीरजा
स्वप्नमूढ़-	*'मूर्छित या स्वप्नमूढ़ कोई'*	: सपने में खोया हुआ भोला-भाला मुखमंडल	**पं.ग्रं.**-2/19	छाया?/युगपथ
स्वप्न-मृदुल-कर-	*'मैं ही अपना स्वप्न-मृदुल-कर'*	: सपनों की तरह कोमल हथेली	**नि.र.**-1/126	ध्वनि
स्वप्न-विकच-	*'स्वप्न-विकच स्तन-हार'*	: आकर्षक सपनों (की तरह हैं तुम्हारी छाती पर के हार)	**पं.ग्रं.**-1/273	अप्सरा/गुंजन
स्वप्नसंस्कारागर-	*'निःशब्द स्वप्नसंस्कारागर;'*	: स्वप्न के संस्कारों का समुद्र	**नि.र.**-1/284	तुलसीदास
स्वप्नसात्-	*'दीपक है स्वप्नसात्!'*	: सपनों में डूबा हुआ	**म.सा.**-1/203	प्रिय गया है लौट रात/नीरजा
स्वप्नागार-	*'हुआ वह उच्छ्वासों को नीड़ रुदन का सूना स्वप्नागार'*	: सपनों का भंडार	**म.सा.**-1/70	निराशा के झोंकों ने देव!/नीहार
◆	*'जिसका जीवन बना न अबतक उन्मादों का स्वप्नागार!'*	: ढेर सारे सपनों का अंबार	**म.सा.**-1/96	जिसमें नहीं सुवास नहीं जो/नीहार
स्वप्निल-	*'शयन-शिथिल-बाहें/भर स्वप्निल आवेश में'*	: स्वप्न की तरह	**नि.र.**-1/149	जागो फिर एक बार
स्वप्निल-दल-	*'चूम-चूम स्वप्निल-दल'*	: सपनों में डूबी वनस्पतियाँ	**पं.ग्रं.**-1/301	तीन/ज्योत्स्ना
स्वप्निल-दृगजल-	*'चिर निद्रा के स्वप्निल-दृगजल में'*	: (मृत्यु के बाद) सपनों में डूबी हुई आँखों के आँसू	**पं.ग्रं.**-1/365	द्वितीय दृश्य/परी
स्वप्निल मदिरा-	*'किस स्वप्निल मदिरा का राग'*	: कभी-कभी सपने मानो आँखों में मदिरा घोल देते हैं	**पं.ग्रं.**-1/198	स्वप्न/पल्लव

शब्द- काव्य-पंक्ति	: अर्थ	ग्रंथावली/पृ.सं.	स्रोत/संदर्भ
स्वप्निल मन- *'स्वप्निल मन, तन्द्रिल तन, शिथिल वसन भाया'*	: सपनों में डूबा हुआ मन, छाया मानो सपनों में डूबी है	**पं.ग्रं.-1**/286	एक/ज्योत्स्ना
स्वप्निल हाला- *'मत्त हो स्वप्निल हाला ढाल महानिद्रा में पारावार'*	: मदिरा की तरह नशीले सपने	**म.सा.-1**/51	थकी पलकें सपनों पर डाल/नीहार
स्वप्नों की रोमावलि- *'पुलकित स्वप्नों की रोमावलि कर में हो स्मृतियों की अंजलि'*	: सपनों की सिहरन वसंतबाला की रोमावली है	**म.सा.-1**/168	धीरे-धीरे उतर क्षितिज से/नीरजा
स्वप्नों के चोर- *'हम सुखमय स्वप्नों के चोर'*	: सपनों को चुरा लेने वाले, सुबह की ध्वनियाँ नींद तोड़ देती हैं	**पं.ग्रं.-1**/202	विश्व वेणु/पल्लव
स्वप्नों से फेनिल- *'दुख से आविल सुख से पंकिल बुद्बुद् से स्वप्नों से फेनिल'*	: सपनों का धुँधलापन इन आँसुओं में है	**म.सा.-1**/167	प्रिय इन नयनों का अश्रु-नीर/नीरजा
स्वप्नोत्पल- *'रग-रग से रँग दे रहे जाग स्वप्नोत्पल'*	: स्वप्नों के कमल	**नि.र.-1**/301	तुलसीदास
स्व-भाव- *'शीर्षक'*	: अपना प्राकृतिक भावबोध	**प्र.ग्रं.-1**/243	स्व-भाव/झरना
स्व-मातुल- *'पंचदश में खो, स्व-मातुल के यहाँ'*	: अपने मामा (के घर)	**पं.ग्रं.-1**/132	ग्रन्थि
स्वयं दंड साकार- *'अपने निर्मित नव विधान से स्वयं दंड साकार बना'*	: (मनु अपने बनाए नये नियमों के द्वारा) स्वयं दंड के पात्र बने	**प्र.ग्रं.-2**/216	निर्वेद/कामायनी
स्वयंप्रभा- *'स्वयंप्रभा समुज्ज्वला स्वतन्त्रता पुकारती'*	: अपनी आभा से युक्त	**प्र.ग्रं.-4**/290	चतुर्थ अंक/चन्द्रगुप्त
स्वर-उच्छ्वास- *'काँपती है वायु स्वर-उच्छ्वास में'*	: स्वर के उतार-चढ़ाव	**नि.र.-1**/95	वीणावादिनी
स्वर का मधु निस्वन- *'स्वर का मधु निस्वन रंध्रों में जैसे कुछ दूर बजे बंसी'*	: स्वर की मीठी खामोशी	**प्र.ग्रं.-2**/101	काम/कामायनी
स्वर-ग्राम- *'सुमन में संकेत-लिपि चंचल विहग स्वर-ग्राम जिसके'*	: स्वर की इकाई की तरह हैं पक्षियों के स्वर	**म.सा.-1**/323	आज तार मिला चुकी हूँ/दीप-शिखा
स्वर तरंग- *'सूने नभ में स्वर तरंग का फैलाकर मधु पारावार?'*	: स्वर की लहरें (आकाश में मानो गूँज रही हों)	**प्र.ग्रं.-1**/327	मधुर माधवी संध्या में /लहर
स्वर-प्रकंपित- *'स्वर-प्रकंपित कर दिशाएँ मीड़ सब भू की शिराएँ'*	: गूँज-अनुगूँज से काँपती हुई (दिशाएँ)	**म.सा.-1**/311	दीप मेरे जल अकंपित /दीप-शिखा
स्वर-लहरी- *'प्रेम-वेणु की स्वर-लहरी में जीवन-गीत सुना जाओ'*	: संगीत का उतार-चढ़ाव	**प्र.ग्रं.-1**/314	जग की सजल कालिमा /लहर
स्वर विभोर- *'मैं बैठी गाती हूँ तकली के प्रतिवर्तन में स्वर विभोर'*	: मुग्ध स्वर से	**प्र.ग्रं.-2**/165	ईर्ष्या/कामायनी
स्वर-वैभव- *'पा तेरी साधों का संबल मैं फूट पड़ी ले स्वर-वैभव!'*	: गरिमामय स्वर-भंगिमा के साथ	**म.सा.-1**/315	ओ चिर नीरव! /दीप-शिखा
स्वर-संगम- *'चित्रित तू मैं हूँ रेखा-क्रम मधुर राग तू मैं स्वर-संगम'*	: स्वर का परस्पर मिलकर राग बनना	**म.सा.-1**/183	तुम मुझ में प्रिय! फिर परिचय क्या!/नीरजा
स्वर-सप्तक- *'फूट हरित पत्रों के उर से/स्वर-सप्तक छाये'*	: संगीत के सात स्वर— षड्ज, ऋषभ, गांधार, मध्यम, पंचम, धैवत, निषाद	**नि.र.-1**/197	गीत 'क'
स्वर-सरित-हिलोर- *'व्याकुल वह स्वर-सरित-हिलोर'*	: स्वर की सरिता की हिलोरें, गायन के उतार-चढ़ाव	**नि.र.-1**/111	सन्तप्त
◆ *'वंशी की स्वर-सरित-हिलोर?'*	: स्वर की सरिता की हिलोर	**नि.र.-1**/118	यमुना के प्रति

शब्द-	काव्य-पंक्ति	: अर्थ	ग्रंथावली/पृ.सं.	स्रोत/संदर्भ
स्वर-सरिता-सी-	*'वह अम्बर-पथ पर स्वर-सरिता-सी बहती—'*	: स्वर जो नदी की तरह बहे	**नि.र.**-1/88	शृंगारमयी
स्वर-सलिल-	*'लीन स्वर-सलिल में मैं बन रही मीन'*	: संगीत-रूपी जल में	**नि.र.**-1/250	कैसी बजी बीन?
स्वर-हार-	*'तुम्हें ही चाहा सौ-सौ बार, कण्ठ की तुम्हीं रही स्वर-हार'*	: राग-रागिनी, गान	**नि.र.**-1/265	तुम्हें ही चाहा
स्वरारोह-	*'मुक्त! तुम्हारे मुक्त कण्ठ में स्वरारोह, अवरोह, विघात'*	: स्वर का आरोह, सुर का चढ़ाव	**नि.र.**-1/134	बादल-राग
स्वरित-	*'स्वर्गीयाभा वह स्वरित प्रखर'*	: मुखर हुई, बोली	**नि.र.**-1/302	तुलसीदास
स्वरूप-मद-मंजुल-	*'वह स्वरूप-मद-मञ्जुल हास'*	: रूप का सुंदर नशा, आत्ममुग्ध	**नि.र.**-1/121	यमुना के प्रति
स्वरूप-मध्याह्न-तृषा-	*'वह स्वरूप-मध्याह्न-तृषा का'*	: रूप के मध्याह्न (सौंदर्य और यौवन) की प्यास। युवावस्था और सुंदर व्यक्तित्व के कारण प्रेम की स्वाभाविक इच्छा	**नि.र.**-1/123	यमुना के प्रति
स्वरोर्मियों-मुखर-	*'उठे स्वरोर्मियों-मुखर दिक्कुमारिका-पिक-रव'*	: स्वर की लहरों से गुंजित	**नि.र.**-1/247	बन्दूँ पद सुन्दर तव
स्वर्गंगा-	*'नक्षत्र डूब जाते हैं/स्वर्गंगा की धारा में;'*	: आकाश में प्रवाहित होनेवाली कल्पित गंगा, यद्यपि 'गैलेक्सी' की अवधारणा खगोल-विज्ञान में मौजूद है	**प्र.ग्रं.**-2/30	आँसू
♦	*'स्वर्गंगा में इंदीवर की या एक पंक्ति कर रही हास'*	: आकाशगंगा	**प्र.ग्रं.**-2/160	ईर्ष्या/कामायनी
♦	*'बहती ज्यों स्वर्गंगा सस्वर;'*	: स्वर्ग की गंगा	**नि.र.**-1/296	तुलसीदास
♦	*'स्वर्गंगा में जल-विहार जब'*	: आकाश, आकाश के रास्ते बहनेवाली गंगा की एक कल्पित धारा	**पं.ग्रं.**-1/271	अप्सरा/गुंजन
स्वर्गंगा की धारा-	*'स्वर्गंगा की धारा में उज्ज्वल उपहार चढ़ाये'*	: कवि-कल्पित आकाश-गंगा की जलधारा	**प्र.ग्रं.**-2/8	आँसू
♦	*'सित-सरसिज से भर जावे वह स्वर्गंगा की धारा'*	: कल्पित आकाश-गंगा की अदृश्य जलधारा	**प्र.ग्रं.**-2/28	आँसू
स्वर्ग-	*'स्वर्ग बनाया है जो मैंने उसे न विकल बनाओ'*	: आनन्द से भरा जीवन	**प्र.ग्रं.**-2/147	कर्म/कामायनी
स्वर्ग-किरण-	*'हम स्वर्ग-किरण, आलोक वरण, सुकुमारी'*	: चाँदनी मानो स्वर्ग की किरणों से बनी है	**पं.ग्रं.**-1/298	दो/ज्योत्स्ना
स्वर्ग किरण-	*'खो गयी स्वर्ण की स्वर्ग किरण'*	: स्वर्ग की तरह सुंदर सूर्यास्त की किरणें	**पं.ग्रं.**-2/15	खो गयी स्वर्ण की स्वर्ग किरण/युगपथ
स्वर्ग के सूत्र सदृश-	*'स्वर्ग के सूत्र सदृश तुम कौन'*	: स्वर्ग से सम्बन्ध जोड़नेवाले के समान (हैं किरणें)	**प्र.ग्रं.**-1/232	किरण/झरना
स्वर्ग के हे मोहक संदेश-	*'ढूँढ़ पाया कैसे यह देश; स्वर्ग के हे मोहक सन्देश?'*	: स्वर्ग के आकर्षक सन्देश (उपहार) की तरह हैं फूल	**म.सा.**-1/92	मधुरिमा के, मधु के अवतार/नीहार
स्वर्ग पुनीत-	*'धरा में थी तुम स्वर्ग पुनीत'*	: पवित्र स्वर्ग की तरह	**पं.ग्रं.**-1/188	आँसू/पल्लव
स्वर्ग-मर्त्य-विभव-	*'प्रेम स्वर्ग-मर्त्य-विभव'*	: स्वर्गलोक और धरती का वैभव (प्रेम हो)	**पं.ग्रं.**-1/320	तीन/ज्योत्स्ना
स्वर्गागार-	*'मुझे है स्वर्गागार'*	: स्वर्ग के समूह की तरह	**पं.ग्रं.**-1/209	नारी रूप/पल्लव

शब्द- काव्य-पंक्ति	: अर्थ	ग्रंथावली/पृ.सं.	स्रोत/संदर्भ
स्वर्गिक गान- *'कहाँ पाया वह स्वर्गिक गान'*	: स्वर्ग की सुखद अनुभूति करानेवाला गायन	**पं.ग्रं.-1**/203	निर्झर गान/पल्लव
स्वर्गिक गाना- *'पाया यह स्वर्गिक गाना'*	: स्वर्ग की तरह सुन्दर गीत	**पं.ग्रं.-1**/114	प्रथम रश्मि का आना रंगिणि!/वीणा
स्वर्गिक-स्पर्शों- *'संस्कृति के स्वर्गिक-स्पर्शों का'*	: स्वर्ग के स्पर्श की तरह अलौकिक	**पं.ग्रं.-1**/245	क्या मेरी आत्मा का चिर धन/गुंजन
स्वर्गीय- *'भिन्न सौन्दर्य से बन्धन स्वर्गीय है'*	: स्वर्ग की तरह सुंदर	**नि.र.-1**/328	प्रेयसी
◆ *'ज्योति:प्रपात स्वर्गीय,— ज्ञात छवि प्रथम स्वीय'*	: स्वर्ग की तरह सुंदर	**नि.र.-1**/331	राम की शक्ति-पूजा
स्वर्गीय किरण- *'घन-तिमिर-भार के लिए तड़ित स्वर्गीय किरण बन आई थी'*	: दिव्य प्रकाश	**प्र.ग्रं.-1**/296	जगती की मंगलमयी उषा बन/लहर
स्वर्गीय गान- *'मधुर मधुर स्वर्गीय गान गाने लगा'*	: आकर्षक सुन्दर गीत	**प्र.ग्रं.-1**/224	प्रथम प्रभात/झरना
स्वर्गीय विधान- *'छिपी हो तुम, स्वर्गीय विधान!'*	: जो स्वर्ग से तय किया गया हो, पति-पत्नी का जोड़ा ईश्वरीय निर्मिति है।	**पं.ग्रं.-1**/250	भावी पत्नी के प्रति/गुंजन
स्वर्गीया-प्रिया-संग- *'गाया स्वर्गीया-प्रिया-सङ्ग भरता प्राणों में राग-रङ्ग,'*	: स्वर्गीया पत्नी मनोहरा देवी के साथ	**नि.र.-1**/323	सरोज-स्मृति
स्वर्गीयाभा- *'स्वर्गीयाभा वह स्वरित प्रखर'*	: स्वर्गिक प्रकाश	**नि.र.-1**/302	तुलसीदास
स्वर्ण-कथाएँ- *'नव युग की स्वर्ण-कथाएँ'*	: समृद्धि की उम्मीद जगाती बातें	**पं.ग्रं.-1**/309	तीन/ज्योत्स्ना
स्वर्ण कर- *'एक प्रात: स्वर्ण कर रवि के समुद'*	: सुनहली किरणें	**पं.ग्रं.-1**/127	ग्रन्थि
स्वर्ण-कलश-शोभित- *'स्वर्ण-कलश-शोभित भवनों में लगे हुए उद्यान बने'*	: मकान सोने के कंगूरों से शोभायमान थे	**प्र.ग्रं.-2**/191	स्वप्न/कामायनी
स्वर्ण-किरण-कल्लोलों- *'स्वर्ण-किरण-कल्लोलों पर बहता रे यह बालक-मन'*	: स्वर्णिम किरणों की अठखेलियाँ (चंचलता)	**नि.र.-1**/127	ध्वनि
स्वर्ण-किरण-दीप्ति- *'घोर तम सन्ध्या की स्वर्ण-किरण-दीप्ति में'*	: सुनहली किरणों की चमक	**नि.र.-1**/174	रेखा 'क'
स्वर्ण-किरण-रेखा- *'स्वर्ण-किरण-रेखा अम्लान'*	: स्वर्णिम किरणों की चमक	**नि.र.-1**/119	यमुना के प्रति
स्वर्ण-कुमकुम- *'स्वर्ण-कुमकुम में बसा कर है रँगी नव मेघ-चूनर'*	: स्वर्णिम रंग का केसर	**म.सा.-1**/227	मत अरुण घूँघट खोल री!/नीरजा
स्वर्णच्छटा- *'फैलती है वर्णों में स्वर्णच्छटा'*	: सुनहली आभा	**नि.र.-1**/204	कवि
स्वर्ण-तरी- *'तट पर हो स्वर्ण-तरी तेरी*	: सोने की छोटी नौका	**म.सा.-1**/287	तंद्रिल निशीथ में ले आए/सांध्य गीत
स्वर्ण पराग- *'किन पुष्पों का स्वर्ण पराग?'*	: (कभी-कभी सपने मानो) स्वर्ण-कण की तरह सुन्दर पराग से भरे होते हैं।	**पं.ग्रं.-1**/198	स्वप्न/पल्लव
स्वर्ण-पराग- *'विहँसती संध्या भरी सुहाग दृगों से झरता स्वर्ण-पराग'*	: स्वर्णिम पराग-कण की तरह शाम की सुनहली किरणें	**म.सा.-1**/106	शून्यता में निद्रा की बन/रश्मि
स्वर्ण-पिंजर- *'सजनि मैंने स्वर्ण-पिञ्जर में प्रलय का वात पाला;'*	: हृदय मानो सोने का पिंजड़ा है जिसमें मैंने प्रेम की पीड़ा को पाला	**म.सा.-1**/301	क्यों मुझे प्रिय हो न बंधन!/सांध्य गीत
स्वर्ण-प्रात- *'धो स्वर्ण-प्रात में तिमिर-गात दुहराते अलि निशि-मूक तान'*	: स्वर्णिम प्रभात, सुनहला सवेरा	**म.सा.-1**/103	चुभते ही तेरा अरुण बान!/रश्मि

शब्द-	काव्य-पंक्ति	: अर्थ	ग्रंथावली/पृ.सं.	स्रोत/संदर्भ
स्वर्ण-भूमि-	*'मिला था स्वर्ण-भूमि को रत्न शील की सिंहल को थी सृष्टि'*	: श्रीलंका	**प्र.ग्रं.-4**/139	पंचम अंक/स्कन्दगुप्त
स्वर्ण भृंगों-	*'स्वर्ण भृंगों के गन्ध श्रृंगार'*	: पराग से सने हुए भौंरे	**पं.ग्रं.-1**/223	परिवर्तन/पल्लव
स्वर्ण-मरंद-	*'झर रही स्वर्ण-मरन्द समान'*	: सोने के रंग के पराग (की तरह किरणें झर रही हैं)	**पं.ग्रं.-1**/256	मधुवन/गुंजन
स्वर्णरश्मि-	*'यह स्वर्णरश्मि छू श्वेत भाल,'*	: सुबह की सुनहली किरणें	**म.सा.-1**/303	हे चिर महान्!/सांध्य गीत
स्वर्णरेणु-	*'तेरे पथ में स्वर्णरेणु फैलाता दीप ललाम'*	: सोने के रंग के प्रकाश-कण/बिंदु	**म.सा.-1**/153	विश्व-जीवन के उपसंहार!/रश्मि
स्वर्ण-रेणुओं-	*'स्वर्ण-रेणुओं का छाया यह सारा संसार'*	: स्वर्ण के रंग की धूलि, समृद्ध वातावरण	**नि.र.-1**/193	स्मृति-चुम्बन
स्वर्ण वर्ण-	*'स्वर्ण वर्ण से दिन लिख जाता जब अपने जीवन की हार'*	: शाम की सुनहली किरणें	**म.सा.-1**/34	निश्वासों का नीड़, निशा का/नीहार
स्वर्ण विहग-	*'तरु शिखरों से वह स्वर्ण विहग उड़ गया, खोल निज पंख सुभग'*	: स्वर्णिम रंग का पक्षी, शाम में सूरज 'स्वर्ण विहग' की तरह दिख रहा था	**पं.ग्रं.-1**/268	एक तारा/गुंजन
स्वर्ण-विहार-	*'रजत-रति स्वर्ण-विहार'*	: प्रिय के साथ सुखद विचरण	**पं.ग्रं.-1**/259	रूप-तारा तुम पूर्ण प्रकाम/गुंजन
स्वर्ण शतदल-	*'झरता अनन्त यौवन मधु अम्लान स्वर्ण शतदल हो'*	: स्वर्णिम रंग का सौ पंखुड़ियों वाला कमल	**प्र.ग्रं.-2**/35	आँसू
स्वर्ण-शर-	*'स्वर्ण-शर से साध के/घन ने लिया उर बेध'*	: सुनहली किरणें (तीर)	**म.सा.-1**/317	प्राण हँस कर ले चला जब/दीप-शिखा
स्वर्ण-शस्य-अंचल-	*'स्वर्ण-शस्य-अंचल/पृथ्वी का लहराया'*	: पकी फसलें सुनहले आँचल की तरह दिख रही हैं	**नि.र.-1**/254	सखि,वसन्त आया
स्वर्ण शालियों-	*'स्वर्ण शालियों की कलमें थीं दूर-दूर तक फैल रहीं;'*	: सोने के रंग के पके हुए धान के पौधे	**प्र.ग्रं.-2**/71	आशा/कामायनी
स्वर्ण सरसिज किंजल्क-	*'स्वर्ण सरसिज किंजल्क समान'*	: स्वर्ण कमल के केसर (की तरह)	**प्र.ग्रं.-1**/231	किरण/झरना
स्वर्ण सरित-	*'उन स्वप्नों की स्वर्ण सरित का'*	: सुनहला प्रवाह, स्वप्नों का आकर्षक और सुन्दर क्रम	**पं.ग्रं.-1**/197	स्वप्न/पल्लव
स्वर्ण सुभग-	*'सन्ध्या बिखरा निज स्वर्ण सुभग'*	: स्वर्णिम सौभाग्य (की तरह हैं संध्या की किरणें)	**पं.ग्रं.-2**/13	बाँसों का झुरमुट/युगपथ
स्वर्ण-सूत्र-	*'स्वर्ण-सूत्र में रजत-हिलोरें'*	: सोने के धागे (में)	**पं.ग्रं.-1**/272	अप्सरा/गुंजन
स्वर्ण-सृष्टि-	*'स्वर्ण-सृष्टि के प्रात'*	: प्रकृति का स्वर्णिम रूप (प्रभात में)	**पं.ग्रं.-1**/336	चार/ज्योत्स्ना
स्वर्ण सृष्टि-सी नाचे-	*'फिर स्वर्ण सृष्टि-सी नाचे उसमें करुणा हो चंचल'*	: स्वर्ण के रंग से बनी सृष्टि, सूरज की किरणों से रँगी प्रकृति	**प्र.ग्रं.-2**/33	आँसू
स्वर्ण सौध-	*'स्वर्ण सौध शुचि बनवाये थे'*	: सोने के महल, सूर्योदय के स्वर्णिम रंग से निर्मित आकाश में स्वर्ण-महल	**पं.ग्रं.-1**/111	तेरा अद्भुत है व्यापार! /वीणा
स्वर्णातप-	*'पत्रों पुष्पों से टपक रहा स्वर्णातप'*	: सुनहली धूप	**पं.ग्रं.-2**/10	वे चहक रहीं कुंजों में /युगपथ

शब्द- काव्य-पंक्ति	: अर्थ	ग्रंथावली/पृ.सं.	स्रोत/संदर्भ
◆ *'स्वप्नस्थ हुए, स्वर्णातप में'*	: सुनहली धूप, सोने के रंग की किरणें	**पं.ग्रं.-2**/11	वे डूब गये/युगपथ
स्वर्णाभ लीन- *'अब हुआ सान्ध्य स्वर्णाभ लीन'*	: स्वर्णिम आभा में लीन, सूर्यास्त की सुनहली आभा में (शाम) डूब गयी	**पं.ग्रं.-1**/267	एक तारा/गुंजन
स्वर्णालोक- *'स्वर्णालोक शोक हर लेता था'*	: स्वर्ण+आलोक, सोने के रंग की किरणें	**नि.र.-1**/185	जागरण
स्वल्प प्रवास- *'प्रिय भू का स्वल्प प्रवास हमें'*	: कुछ समय के लिए जहाँ वास किया गया हो	**पं.ग्रं.-1**/332	तीन/ज्योत्स्ना
स्वल्प वियोग- *'सुप्ति हो स्वल्प वियोग'*	: बिछोह की अल्पकालिक अनुभूति	**पं.ग्रं.-1**/188	आँसू/पल्लव
स्ववश- *'थी कर्म निरंतरता प्रतीक चलता था स्ववश अनन्त ज्ञान'*	: स्वाधीन	**प्र.ग्रं.-2**/178	इड़ा/कामायनी
◆ *'क्या सब साधन स्ववश हो चुके?" "नहीं अभी मैं रिक्त रहा—'*	: अपने अधिकार में आ जाना	**प्र.ग्रं.-2**/191	स्वप्न/कामायनी
स्वस्ति- *'स्वस्ति, जीवन के छायाकाल'*	: कल्याण की शुभकामना	**पं.ग्रं.-1**/233	छाया काल/पल्लव
◆ *'स्वस्ति, मेरे अनंग नूतन!'*	: कल्याण	**पं.ग्रं.-1**/233	छाया काल/पल्लव
स्वस्थ-व्यथा- *'स्वस्थ-व्यथा की लहरों-सी जो अंगलता थी फैली'*	: काम-पीड़ा को 'स्वस्थ' कहा गया है	**प्र.ग्रं.-2**/146	कर्म/कामायनी
स्वाँग बहुरुपिए के- *'छलने के लिए तो स्वाँग बहुरुपिए के'*	: लीला के उद्देश्य से धारण किये गये अनेक रूप	**प्र.ग्रं.-1**/261	तुम/झरना
स्वातंत्र्यमयी उच्छृंखलता- *'मुझमें ममत्वमय आत्ममोह स्वातंत्र्यमयी उच्छृंखलता'*	: किसी का भी नियंत्रण न मानने की उग्र इच्छा-शक्ति	**प्र.ग्रं.-2**/174	इड़ा/कामायनी
स्वाति- *'जलद हूँ मैं, यदि तुम हो स्वाति'*	: स्वाति नक्षत्र	**पं.ग्रं.-1**/95	बताऊँ मैं कैसे सुन्दर!/वीणा
स्वाति जल का स्वाद- *'ले चुकी हूँ स्वाति जल का स्वाद भी'*	: स्वाति नक्षत्र की बारिश की बूँदों का स्वाद	**पं.ग्रं.-1**/130	ग्रन्थि
स्वाति तृषा- *'स्वाति तृषा सीखी चातक ने'*	: स्वाति नक्षत्र की बारिश की बूँदों के लिए उत्पन्न प्यास	**पं.ग्रं.-1**/193	अनंग/पल्लव
स्वाती- *'न मिला स्वाती का एक बिंदु'*	: स्वाति नक्षत्र (की वर्षा की बूँद सीप में जाकर मोती बनती है)	**प्र.ग्रं.-1**/319	मुझको न मिला रे कभी प्यार/लहर
◆ *'जब पलकें गढ़ लेती हों/स्वाती के जल बिन मोती'*	: स्वाति नक्षत्र	**म.सा.-1**/220	यह पतझर मधुवन भी हो!/नीरजा
स्वाती आस- *'मुँह खोले मुक्तामयी सीपी स्वाती आस'*	: स्वाती नक्षत्र की बारिश की बूँद की आशा	**प्र.ग्रं.-4**/129	पंचम अंक/स्कन्दगुप्त
स्वाती कन- *'भावोदधि से किरणों के मग, स्वाती कन से बन भरते जग'*	: स्वाती नक्षत्र की बारिश के जलकण	**प्र.ग्रं.-2**/234	दर्शन/कामायनी
स्वाती की बूँद- *'हृदय बन रहा था सीपी सा तुम स्वाती की बूँद बनीं'*	: स्वाती नक्षत्र की वर्षा की बूँद	**प्र.ग्रं.-2**/225	निर्वेद/कामायनी
स्वाती-जल- *'खुली करुण उर की सीपी पर स्वाती-जल नित बरसाओ!'*	: स्वाति-जल, आषाढ़ महीने में स्वाति नक्षत्र लगता है	**नि.र.-1**/213	मेरे प्राणों में आओ!

शब्द-	काव्य-पंक्ति	: अर्थ	ग्रंथावली/पृ.सं.	स्रोत/संदर्भ
स्वाद-तोष-दल-	*'मधु-व्रत में रत वधू मधुर फल देगी जग को स्वाद-तोष-दल'*	: स्वाद और तोष के दलवाला (दल-फल का)	**नि.र.-1**/227	रूखी री यह डाल
स्वाद-स्पर्श-	*'न जिसका स्वाद-स्पर्श कुछ ज्ञात'*	: कल्पना का स्वाद और स्पर्श इन्द्रियों के द्वारा अनुभूत नहीं हो पाता, भावी पत्नी अभी कल्पना की तरह है	**पं.ग्रं.-1**/250	भावी पत्नी के प्रति /गुंजन
स्वाप-	*'स्वप्न, स्वाप, जागरण भस्म हो इच्छा क्रिया ज्ञान मिल लय थे'*	: गहरी नींद	**प्र.ग्रं.-2**/263	रहस्य/कामायनी
स्वायत्त-	*'सब कुछ थे स्वायत्त, विश्व के बल, वैभव, आनन्द अपार;'*	: स्वतंत्र और अपने अधिकार में	**प्र.ग्रं.-2**/55	चिंता/कामायनी
स्वार्थ-समर-	*'लखकर अनर्थ आर्थिक पथ पर हारता रहा मैं स्वार्थ-समर'*	: स्वार्थ की लड़ाई	**नि.र.-1**/316	सरोज-स्मृति
स्वीय-	*'स्वीय स्मिति-से ही हे अज्ञान'*	: अपनी (मुस्कुराहट)	**पं.ग्रं.-1**/207	शिशु/पल्लव
♦	*'ज्योतिःप्रपात स्वर्गीय,— ज्ञात छवि प्रथम स्वीय'*	: अपना, स्वकीय	**नि.र.-1**/331	राम की शक्ति-पूजा
स्वीय स्वरूप-	*'गँवाकर पाते स्वीय स्वरूप'*	: अपना मूल रूप	**पं.ग्रं.-1**/231	परिवर्तन/पल्लव
स्वेद-कण-	*'आप बह गयी मृदुल समीरण हिला वसन, कुछ गिरा स्वेद-कण'*	: पसीने की बूँदें	**नि.र.-1**/212	सोचती अपलक आप खड़ी
स्वेद-निकर-	*'चपला विभ्रम, स्मित इंद्रधनुष हिमकण बन झरते स्वेद-निकर'*	: पसीने की बूँदों का समूह	**म.सा.-1**/237	लय गीत मदिर, गति ताल अमर/नीरजा
स्वेद-बिंदु-	*'कुछ स्वेद-बिंदु उसके लेकर वह स्तिमित-नयन गत शोक-क्रोध'*	: (हिमालय के) पसीने की बूँदें	**प्र.ग्रं.-2**/171	इड़ा/कामायनी
स्वेदमय-	*'सदा स्वेदमय रख यह भाल!'*	: पसीने से युक्त, श्रमशील और संघर्षरत	**पं.ग्रं.-1**/94	मकड़ी का मृदु मायाजाल/वीणा
हंत-	*'जिसमें सब कुछ ले लेना हो हंत! बची क्या शवता!'*	: हाय!, अफसोस प्रकट करना	**प्र.ग्रं.-2**/149	कर्म/कामायनी
♦	*'निःसुरभि, हंत, हेमन्त-पद्म!'*	: मारा हुआ	**नि.र.-1**/299	तुलसीदास
हंसपति-	*'हंसपति को दे रही उपहार है'*	: अपने प्रिय हंस को	**पं.ग्रं.-1**/129	ग्रन्थि
हंसमाला-	*'अन्धकार उजाला हो जाये/हँसी हंसमाला मँडराये'*	: हंसों की पंक्ति	**प्र.ग्रं.-4**/275	चतुर्थ अंक/चन्द्रगुप्त
हँसमुख लहरों में-	*'आकुलता हँसमुख लहरों में'*	: मुस्कुराती हुई जलधारा की उछल-कूद में	**पं.ग्रं.-1**/368	द्वितीय दृश्य/परी
हँसी-	*'चपला-सी है, ग्रीवा हँसी से बढ़ी'*	: हँसने का उल्लास	**प्र.ग्रं.-1**/226	रूप/झरना
हँसी तरल-	*'मधुसरिता-सी यह हँसी तरल अपनी पीते रहते हो क्यों?'*	: तरल वस्तु की तरह छलकती हुयी हँसी	**प्र.ग्रं.-4**/186	प्रथम अंक/चन्द्रगुप्त
हँसी हिमालय की-	*'मानो हँसी हिमालय की है फूट चली करती कल गान'*	: हिमालय की हँसी मानो झरनों के रूप में फूट रही हो	**प्र.ग्रं.-2**/72	आशा/कामायनी
हंसीनि-	*'शुकी-शुक, हंस-हंसीनि संग'*	: मादा हंस	**पं.ग्रं.-1**/258	मधुवन/गुंजन
हठीला मान-	*'सुखी कर साजन को सजनी, छबीली छोड़ हठीला मान'*	: रूठी हुयी प्रिया का जिद्दी अभिमान	**प्र.ग्रं.-3**/386	द्वितीय अंक/जन्मेजय का नाग-यज्ञ
हत चेत-	*'देखा मनु ने नर्तित नटेश, हत चेत पुकार उठे विशेष'*	: (मनु) आत्मविस्मृत हो गये	**प्र.ग्रं.-2**/247	दर्शन/कामायनी

शब्द- काव्य-पंक्ति	: अर्थ	ग्रंथावली/पृ.सं.	स्रोत/संदर्भ
हत-चेतन- *'यह प्रभापूर्ण तव मुख निहार, मनु हत-चेतन थे एक बार'*	: विवेक-शून्य	**प्र.ग्रं.-2**/236	दर्शन/कामायनी
हतचेतन- *'बुद्धि के दुर्ग पहुँचा विद्युत-गति, हतचेतन'*	: जिसकी चेतना घट गयी हो	**नि.र.-1**/337	राम की शक्ति-पूजा
हत ज्ञान- *'थी प्रसुप्त, मृतवत्, हत ज्ञान'*	: अबोध, सचेत न होना	**पं.ग्रं.-1**/191	अनंग/पल्लव
हत परों का विभव- *'जग पड़ा छू अश्रु-धारा हत परों का विभव सारा'*	: हारे हुए व्यक्ति के संघर्ष का सौंदर्य	**म.सा.-1**/282	कीर का प्रिय आज... /सांध्य गीत
हतभाग्य- *'शैल निर्झर न बना हतभाग्य, गल नहीं सका जो कि हिम-खंड'*	: दुर्भाग्य, बदनसीबी	**प्र.ग्रं.-2**/86	श्रद्धा/कामायनी
हत-लक्ष्य-बाण- *'विच्छुरितवह्नि-राजीवनयन-हत-लक्ष्य-बाण'*	: अपने लक्ष्य को बेधनेवाले बाण	**नि.र.-1**/329	राम की शक्ति-पूजा
हताश्वास- *'यह हताश्वास मन भार श्वास भर बहता'*	: साँस लेना मानो भारी लगे	**नि.र.-1**/285	तुलसीदास
◆ *'वे शेष-श्वास, पशु, मूक-भाष/पाते प्रहार अब हताश्वास;'*	: जिनकी साँसें टूटनेवाली हों	**नि.र.-1**/288	तुलसीदास
हनती- *'हनती आँखों की ज्वाला चल'*	: मारती, जला डालती	**नि.र.-1**/285	तुलसीदास
हनुमत्-केवल-प्रबोध- *'गर्ज्जित-प्रलयाब्धि-क्षुब्ध-हनुमत्-केवल-प्रबोध,'*	: केवल हनुमान चेतनायुक्त थे	**नि.र.-1**/329	राम की शक्ति-पूजा
हनुमद्धारा- *'आये हनुमद्धारा द्रुततर'*	: चित्रकूट में एक दर्शनीय स्थल	**नि.र.-1**/292	तुलसीदास
हनूमान- *'ले आये कर-पद-क्षालनार्थ पटु हनूमान;'*	: हनुमान	**नि.र.-1**/330	राम की शक्ति-पूजा
◆ *'मैं भल्ल-सैन्य; हैं वाम पार्श्व में हनूमान'*	: हनुमान	**नि.र.-1**/335	राम की शक्ति-पूजा
'हम'- *'इसी 'हम' को तुम ले लो नाथ'*	: 'अहम्' या 'मैं' का भाव, ममत्व	**प्र.ग्रं.-3**/404	तृतीय अंक/जन्मेजय का नाग-यज्ञ
हमने छीना नहीं- *'किसी का हमने छीना नहीं, प्रकृति का रहा पालना यहीं'*	: भारत ने अन्य देशों पर अधिकार नहीं किया	**प्र.ग्रं.-4**/139	पंचम अंक/स्कन्दगुप्त
हमरकाब- *'रक्षक शरीर का, हमरकाब'*	: साथ-साथ सवारी करने वाला	**नि.र.-1**/159	महाराज शिवाजी का पत्र
हर धनुर्भंग- *'हर धनुर्भंग को पुनर्वार ज्यों उठा हस्त'*	: शिव के धनुष को भंग (करने हेतु)	**नि.र.-1**/331	राम की शक्ति-पूजा
हरमें- *'हरमें सुल्तान की'*	: हरम, अन्तःपुर, केवल स्त्रियों के रहने का महल	**प्र.ग्रं.-1**/352	प्रलय की छाया/लहर
हरसिंगार- *'हीरक झरते हरसिंगार के'*	: एक फूल जिसकी पंखुड़ियाँ सफेद तथा नाल गुलाबी होता है।	**नि.र.-1**/211	बह चली अब अलि, शिशिर-समीर!
◆ *'कण्टकित मौलश्री हरसिंगार रोके हैं अपने श्वास शिथिल'*	: एक सुगन्धित सफेद फूल	**म.सा.-1**/256	क्यों वह प्रिय आता पार नहीं?/सांध्य गीत
हरहर- *'गर्जन-मृदंग-हरहर-मँजीर पर गाती दुख बरसात भली!'*	: तेज आवाज	**म.सा.-1**/383	तेरी छाया में अमिट रंग/दीप-शिखा
हरि- *'वाम पद असुर-स्कन्ध पर, रहा दक्षिण हरि पर;'*	: सिंह	**नि.र.-1**/338	राम की शक्ति-पूजा
हरित- *'मन्द मन्द रेखा उन अधरों के हास की हर्षित छिपाती है हरित निज वास में'*	: हरा-भरा	**नि.र.-1**/206	कवि

शब्द- काव्य-पंक्ति	: अर्थ	ग्रंथावली/पृ.सं.	स्रोत/संदर्भ
हरित कूल- *'हरित कूल युग मधुर अधर थे'*	: हरे-भरे तट (नदी का किनारा)	**प्र.ग्रं.**-1/312	वे कुछ दिन कितने सुन्दर थे/लहर
हरित ज्योति- *'हरित ज्योति, चपला अति चञ्चल, सौरभ के, रस के—'*	: स्वर्णाभा, स्वर्णिम प्रकाश	**नि.र.**-1/199	गीत 'ग'
हरित स्फुलिंग- *'हरित स्फुलिंग सदृश फूटा वह'*	: हरे रंग की चिंगारी के समान	**पं.ग्रं.**-2/20	खद्योत/युगपथ
हरित-हृत-पल्लव-नव- *'अशंकित नदन, अधर-कम्पन हरित-हृत-पल्लव-नव शृंगार;'*	: प्रसन्न (हरित) हृदय (हृत्) की तरह नये पल्लव	**नि.र.**-1/141	स्मृति
हरि-मृग- *'हरि-मृग का निर्वैर विहार'*	: शेर और हिरण (*'कहलाने एकत बसत'*- बिहारी)	**नि.र.**-1/125	यमुना के प्रति
हरी-भरी सी दौड़-धूप- *'हरी-भरी सी दौड़-धूप, ओ जल-माया की चल रेखा!'*	: आशा के साथ की गयी दौड़-धूप, चिंता ऐसी सक्रियता बनाती है भले परिणाम निराशाजनक हो।	**प्र.ग्रं.**-2/53	चिंता/कामायनी
हरे हुए- *'हरे हुए वे गान जिन्हें मैंने आँसू से सींचे'*	: ताजा नया हो जाना	**प्र.ग्रं.**-3/437	प्रथम अंक/कामना
हर्म्य- *'आज गर्वोन्नत हर्म्य अपार'*	: महल, बहुत बड़ा मकान	**पं.ग्रं.**-1/226	परिवर्तन/पल्लव
हर्ष-अलि हर स्पर्श-शर- *'हर्ष-अलि हर स्पर्श-शर, सर, गूँज बारम्बार!— (रे, कह)'*	: आनंद रूपी भौरा स्पर्श का चुभा तीर हर रहा है (यह तीर रूप का चुभा तीर है)	**नि.र.**-1/255	कौन तम के पार
हर्ष-विमर्शों- *'जीवन के हर्ष-विमर्शों का'*	: खुशियाँ और उनसे जुड़ी वैचारिक बातें	**पं.ग्रं.**-1/245	क्या मेरी आत्मा का चिर धन/गुंजन
हर्ष-हरण-हृदय- *'हर्ष-हरण-हृदय,/नहीं निर्दय क्या?'*	: हर्ष का हरण करने वाला हृदय, प्रेम का दुख देनेवाला हृदय	**नि.र.**-1/155	शेष
हर्षोज्वल- *'अहे पुरातन हर्षोज्वल दिन'*	: प्रसन्नता के प्रकाश से भरा हुआ	**पं.ग्रं.**-1/210	नक्षत्र/पल्लव
हर्षोत्फुल्ल- *'कृषक-दल हर्षोत्फुल्ल हो रहे'*	: हर्ष+उत्फुल्ल- खुशी से फूला न समाना	**नि.र.**-1/178	रेखा 'ख'
हर्षोत्साह- *'आज हर्षोत्साह में/तैर प्रेम-वीचियों को पार करना चाहती'*	: खुशी का उत्साह	**नि.र.**-1/177	रेखा 'ख'
हलकी-सी मसलन- *'मैं वह हलकी-सी मसलन हूँ जो बनती कानों की लाली'*	: स्नेह से मसल(ऐंठ) देना	**प्र.ग्रं.**-2/128	लज्जा/कामायनी
हलके- *'उस मूर्च्छित नीरवता में कुछ हलके से स्पन्दन आये'*	: थोड़ा-थोड़ा	**प्र.ग्रं.**-2/220	निर्वेद/कामायनी
हलचल स्मृति में- *'प्रलय निशा की हलचल स्मृति में मान किये सी ऐंठी सी'*	: रति-कर्म की हलचल दुल्हन की स्मृति में है	**प्र.ग्रं.**-2/68	आशा/कामायनी
हलाहल- *'भरा है हलाहल घोर?'*	: विष, जहर	**नि.र.**-1/63	पंचवटी प्रसंग:5
◆ *'हलाहल या मदिरा का घूँट/डुबा जिसने डाला उन्माद!'*	: हालाहल, विष	**म.सा.**-1/77	जहाँ है निद्रामग्न वसंत/नीहार
हविष्य- *'देव-दम्भ के महा मेध में सब कुछ ही बन गया हविष्य'*	: आहुति, यज्ञ की अग्नि में जलायी जानेवाली सामग्री	**प्र.ग्रं.**-2/54	चिंता/कामायनी
हसित- *'सुनहले सजीले रंगीले, छबीले, हसित कंटकित अश्रु-मकरंद-गीले'*	: हँसते हुए (खिले हुए फूल)	**म.सा.**-1/321	हुए शूल अक्षत मुझे धूलि चंदन/दीप-शिखा

शब्द–	काव्य–पंक्ति	: अर्थ	ग्रंथावली/पृ.सं.	स्रोत/संदर्भ
हस्त थाम–	*'कह लिया भगवती ने राघव का हस्त थाम'*	: हाथ पकड़ लिया	**नि.र.**–1/338	राम की शक्ति-पूजा
हहर-हहर–	*'एक यहीं आठ पहर/बही पवन हहर-हहर'*	: कर्कश आवाज	**नि.र.**–1/310	मित्र के प्रति
हहराती–	*'देखते नहीं?— वेग से हहराती है— '*	: हाहाकार की आवाज के साथ बहना	**नि.र.**–1/84	धारा
हा–	*'देख कर काला सिंधु अनंत/हो गया हा साहस का अंत!'*	: हाय, खेदसूचक शब्द	**म.सा.**–1/46	घोर तम छाया चारों ओर/नीहार
हाट–	*'देखी जिसने हाट न जिस पर धुल जाता माली का प्यार!'*	: निर्गंध फूल उस बाजार से भी अनभिज्ञ हैं जहाँ फूल बेचे जाते हैं।	**म.सा.**–1/96	जिसमें नहीं सुवास नहीं जो/नीहार
	♦ *'अश्रु ही की हाट बन आती करुण बरसात'*	: लगा हुआ बाजार	**म.सा.**–1/176	विरह का जलजात जीवन/नीरजा
हाथहस्ति-दंत-वलय–	*'हाथहस्ति-दन्त-वलय मणिमय'*	: हाथी के दाँत की तरह वलयाकार (गोल) हाथ	**नि.र.**–1/341	कविता के प्रति
हारी-होड़ लगाई–	*'मैंने निज दुर्बल पद-बल पर, उससे हारी-होड़ लगाई'*	: जिस प्रतियोगिता को मैं हार चुकी थी उसमें फिर से जोरदार प्रयास शुरू किया है	**प्र.ग्रं.**–4/141	पंचम अंक/स्कन्दगुप्त
हाला–	*'मत्त हो स्वप्निल हाला ढाल/महानिद्रा में पारावार'*	: मदिरा, मदहोशी	**म.सा.**–1/51	थकी पलकें सपनों पर डाल/नीहार
हाला का राग–	*'सुधा का मधु हाला का राग व्यथा के घन अतृप्ति की आग'*	: विष की तरह दु:ख की रागिनी	**म.सा.**–1/115	तुहिन के पुलिनों पर छबिमान/रश्मि
हाला सी–	*'हाला सी, हालाहल सी/बह गई अचानक लहरी'*	: मदिरा के समान, मत्त-भाव के समान	**म.सा.**–1/53	इन हीरक से तारों को /नीहार
हालाहल सी–	*'हाला सी, हालाहल सी बह गई अचानक लहरी'*	: विष के समान, मृत्यु के समान	**म.सा.**–1/53	इन हीरक से तारों को/नीहार
हाव–	*'भर गयी इनमें हाव, हुलास'*	: अदाएँ, आकर्षित करने के लिए की गयी चेष्टाएँ	**पं.ग्रं.**–1/178	पल्लव/पल्लव
हास का वात–	*'अश्रु की उर्म्मि हास का वात कुहू का तम माधव का प्रात'*	: हँसी मानो वायु का काम करती है जीवन में	**म.सा.**–1/115	तुहिन के पुलिनों पर छबिमान/रश्मि
हासमयी–	*'ज्योतिमयी, हासमयी, विकल विलासमयी'*	: मुस्कुराती हुयी	**प्र.ग्रं.**–1/341	प्रलय की छाया/लहर
हास-रोली–	*'ले उषा ने किरण-अक्षत हास-रोली'*	: हँसी की तरह लाल किरणों की रोली	**म.सा.**–1/409	सजल है कितना सवेरा!/दीप-शिखा
हास-विलास–	*'स्निग्ध उषा के शुभ्र गगन में हास-विलास दिखाती है'*	: हँसी का सौन्दर्य	**प्र.ग्रं.**–3/252	प्रथम अंक/अजातशत्रु
हास सजल–	*'यह आँसू का हास सजल'*	: दु:ख और करुणा से भरी हुई हँसी	**पं.ग्रं.**–1/365	द्वितीय दृश्य/परी
हासों में–	*'लहरों के भीषण हासों में'*	: अट्टहास	**प्र.ग्रं.**–1/299	हे सागर संगम अरुण नील/लहर
हासोच्छल–	*'आँसुओं धुला मुख हासोच्छल लखती प्रसार वह ऊर्मि-धवल'*	: हँसी मानो उछल रही थी	**नि.र.**–1/317	सरोज-स्मृति
हॉस्टल–	*'इस विस्तृत हॉस्टल में'*	: छात्रावास	**पं.ग्रं.**–1/115	इस विस्तृत हॉस्टल में /वीणा

शब्द- काव्य-पंक्ति	: अर्थ	ग्रंथावली/पृ.सं.	स्रोत/संदर्भ
हा-हा खाती- *'लौटा लो यह अपनी थाती, मेरी करुणा हा-हा खाती'*	: दु:ख से हाहाकार करती हुयी	**प्र.ग्रं.-4**/141	पंचम अंक/स्कन्दगुप्त
हिंडोर- *'तुम किरणों की बना हिंडोर'*	: झूला	**पं.ग्रं.-1**/190	वीचि विलास/पल्लव
हिंडोले- *'पल्लव के डाल हिंडोले/सौरभ सोता कलियों में'*	: झूले	**म.सा.-1**/37	रजनी ओढ़े जाती थी /नीहार
हिंदोल- *'हृदय पावस का बना हिंदोल'*	: झूला	**पं.ग्रं.-1**/378	द्वितीय दृश्य/परी
◆ *'बने पावस घन स्वर्ण हिंदोल'*	: झूला	**पं.ग्रं.-2**/24	सन्ध्या/युगपथ
हिंसा गर्वोन्नत हारों- *'हिंसा गर्वोन्नत हारों में ये अकड़े अणु टहल रहे हैं'*	: हिंसा करने के बावजूद गर्व से सिर उठाये और गले में 'हार' (जो 'माला' नहीं 'पराजय' है) पहने	**प्र.ग्रं.-2**/258	रहस्य/कामायनी
हिंसा-सुख- *'लग गया रक्त था उस मुख में हिंसा-सुख लाली से ललाम!'*	: हिंसा करने में सुख की अनुभूति	**प्र.ग्रं.-2**/157	ईर्ष्या/कामायनी
हिंस्र- *'हिंस्र निशाचर, भूधर, कन्दर पशु-संकुल'*	: हिंसक	**नि.र.-1**/130	स्वागत
हिचकी आह- *'किन्तु यह क्या? एक तीखी घूँट, हिचकी आह!'*	: (तीखी घूँट ने) हिचकी पैदा कर दी	**प्र.ग्रं.-2**/113	वासना/कामायनी
हिम-अधरों- *'नाश के हिम-अधरों में, मौन लगा देता है आकर कौन?'*	: बर्फ की तरह ठण्डे होंठ	**म.सा.-1**/116	तुहिन के पुलिनों पर छबिमान/रश्मि
हिम अरि- *'है शीर्ण-काय-कारण हिम अरि;'*	: सूर्य	**नि.र.-1**/285	तुलसीदास
हिम आच्छादन- *'धीरे-धीरे हिम आच्छादन हटने लगा धरातल से;'*	: बर्फ की परतें	**प्र.ग्रं.-2**/67	आशा/कामायनी
हिम उपल- *'प्राण तत्त्व की सघन साधना जल, हिम उपल यहाँ है बनता'*	: बर्फ और ओला	**प्र.ग्रं.-2**/260	रहस्य/कामायनी
हिम-कणिका- *'है अंतरिक्ष आमोद भरा हिम-कणिका ही मकरंद हुई'*	: ओस की बूँद	**प्र.ग्रं.-2**/99	काम/कामायनी
हिमकन- *'हिमकन आँसू जो क्षोभ भरे'*	: ओसकण	**प्र.ग्रं.-1**/309	अब जागो जीवन के प्रभात/लहर
◆ *'घन अपनी प्याली भरते ले जिसके दल से हिमकन'*	: ओस की बूँद	**प्र.ग्रं.-2**/268	आनन्द/कामायनी
हिमकर- *'दिनकर हिमकर तारा के दल'*	: चाँद, बर्फ की किरणोंवाला	**प्र.ग्रं.-1**/311	कितने दिन जीवन-जलनिधि में/लहर
◆ *'परिचय राका जलनिधि का/जैसे होता हिमकर से'*	: चाँद	**प्र.ग्रं.-2**/9	आँसू
◆ *'अन्तिम किरणें बिखरा कर/हिमकर भी छिप जाएगा'*	: चाँद	**प्र.ग्रं.-2**/21	आँसू
◆ *'रवि कर हिम खण्डों पर पड़कर हिमकर कितने नये बनाता'*	: बर्फ की तरह शीतल किरणोंवाला चन्द्रमा	**प्र.ग्रं.-2**/251	रहस्य/कामायनी
◆ *'तुम आलिंगन करते, हिमकर!'*	: चंद्रमा, 'इन्दु' नामक पुरुष पात्र इस नाटक में है	**पं.ग्रं.-1**/297	दो/ज्योत्स्ना
हिमकर के हासों से- *'जीवन का ज्यों ज्वार उठ रहा हिमकर के हासों से'*	: चन्द्रमा की हँसी, चाँदनी	**प्र.ग्रं.-2**/145	कर्म/कामायनी
हिमकाल- *'स्पर्श करता है हिमकाल में ज्यों धूप है'*	: जाड़े की ऋतु	**प्र.ग्रं.-1**/261	तुम/झरना
हिम-किरण-बाण- *'विस्मृत-शशि के हिम-किरण-बाण करते जीवन-सर मूकप्राण'*	: बर्फ की तरह शीतल चंद्र-किरणें	**म.सा.-1**/228	जग करुण करुण, मैं मधुर मधुर!/नीरजा

शब्द-	काव्य-पंक्ति	: अर्थ	ग्रंथावली/पृ.सं.	स्रोत/संदर्भ
हिम गिरि-	*'हिम गिरि के उत्तुंग शिखर पर, बैठ शिला की शीतल छाँह,'*	: हिमालय पर्वत	**प्र.ग्रं.-2**/51	चिंता/कामायनी
हिमगिरि-	*'मानो तुंग तरंग विश्व की हिमगिरि की वह सुढर उठान'*	: हिमालय	**प्र.ग्रं.-2**/72	आशा/कामायनी
हिम-जड़ित अवशता-	*'पर रोमों में हिम-जड़ित अवशता जागी'*	: ठंड की जकड़न से बेबस हो जाना	**म.सा.**-1/339	तू धूल-भरा ही आया! /दीप-शिखा
हिमजल-	*'या हेमकूट हिमजल में झलकाता परछाई निज'*	: पिघली हुई बर्फ का पानी	**प्र.ग्रं.-2**/278	आनन्द/कामायनी
◆	*'उमड़ी हिमजल सस्मित भोर'*	: ओसकण	**पं.ग्रं.**-1/192	अनंग/पल्लव
◆	*'कभी बन हिमजल की लघु बूँद'*	: ओसकण, आँसू	**पं.ग्रं.**-1/201	मुसकान/पल्लव
◆	*'विमल हिमजल-से एक प्रभात'*	: ओसकण	**पं.ग्रं.**-1/207	शिशु/पल्लव
◆	*'जीवन रे हिमजल का लघु-पल'*	: ओसकण	**पं.ग्रं.**-1/365	द्वितीय दृश्य/परी
हिम जल-	*'हिम जल बन, तारक पलकों से'*	: ओस-कण	**पं.ग्रं.**-1/199	स्वप्न/पल्लव
◆	*'जाग्रत् करते हिम जल डाल'*	: ओसकण	**पं.ग्रं.**-1/216	बादल/पल्लव
हिमजल की अश्रुमाल-	*'जग पतझर का नीरव रसाल पहने हिमजल की अश्रुमाल'*	: ओस की बूँदें आँसुओं की माला की तरह हैं। दुःख में डूबा संसार।	**म.सा.**-1/228	जग करुण करुण, मैं मधुर मधुर!/नीरजा
हिम-जल-पल-	*'तारक चल हिम-जल-पल'*	: ओस की बूँदों में पले हुए (हैं तारे-रूपी कमल)	**पं.ग्रं.**-1/293	दो/ज्योत्स्ना
हिम-जल-लघु-पल-	*'जीवन हिम-जल-लघु-पल'*	: (जीवन) ओस की बूँदों की तरह क्षणिक है	**पं.ग्रं.**-1/301	तीन/ज्योत्स्ना
हिमजल हास-	*'मृदुल होंठों का हिमजल हास'*	: ओस की तरह सुंदर और क्षणिक हँसी	**पं.ग्रं.**-1/224	परिवर्तन/पल्लव
हिमतल-	*'शिशिर-काल की क्षीण-स्रोत वह जो हिमतल में जम जाये'*	: बर्फीली भूमि(रूपी मन में जमा अवसाद)	**प्र.ग्रं.-2**/185	स्वप्न/कामायनी
हिम-ताप-पीत-	*'हिम-ताप-पीत, मधुवात-भीत'*	: ठंढ और गर्मी के प्रभाव से पीला पड़ा हुआ, पतनोन्मुख	**पं.ग्रं.-2**/7	द्रुत झरो जगत के जीर्ण पत्र/युगपथ
हिम-दुराव-	*'घुल-घुल जाता यह हिम-दुराव गा गा उठते चिर मूक भाव'*	: बर्फ की तरह जमी हुई सम्बन्धों की दूरी	**म.सा.**-1/104	किस सुधि-वसंत का सुमन-तीर/रश्मि
हिम-धवल-	*'हुए हिम-धवल, जैसे पत्थर बनकर ठिठुर रहे अड़े'*	: बर्फ के कारण सफेद दिखना	**प्र.ग्रं.-2**/52	चिंता/कामायनी
हिम धवल हास-	*'हीरक-गिरि पर विद्युत्-विलास, उल्लसित महा हिम धवल हास'*	: (शिव की) बर्फ की तरह उज्ज्वल हँसी	**प्र.ग्रं.-2**/247	दर्शन/कामायनी
हिम-नग-	*'गल कर बहते हिम-नग सरिता लीला रच कर'*	: बर्फीले पर्वत	**प्र.ग्रं.-2**/198	संघर्ष/कामायनी
हिमनिधान-	*'पर रागहीन तू हिमनिधान!'*	: बर्फ के घर की तरह है हिमालय	**म.सा.**-1/303	हे चिर महान्!/सांध्य गीत
हिम-पंख प्रसार-	*'फेन-लोमिल हिम-पंख प्रसार'*	: शीतल वायु-रूपी पंखों को पसार कर	**पं.ग्रं.**-1/374	द्वितीय दृश्य/परी
हिम परिमल-	*'हिम परिमल की रेशमी वायु'*	: शीतलता और सुगंध से परिपूर्ण	**पं.ग्रं.-2**/9	विद्रुम औ' मरकत की छाया/युगपथ
हिम-परिमल-	*'हिम-परिमल चंचल मलयानिल'*	: शीतल पराग-कण	**पं.ग्रं.-2**/23	तितली/युगपथ

शब्द- काव्य-पंक्ति	: अर्थ	ग्रंथावली/पृ.सं.	स्रोत/संदर्भ
हिम-बिंदु- *'दे मृदु कलियों की चटक, ताल हिम-बिंदु नचाती तरल प्राण'*	: ओस की बूँदें	**म.सा.**-1/103	चुभते ही तेरा अरुण बान!/रश्मि
◆ *'माँगने पतझार से/हिम-बिंदु तब मधुमास आया!'*	: ओस की बूँदें	**म.सा.**-1/254	अश्रु मेरे माँगने जब /सांध्य गीत
◆ *'किरण तारों पर हुए हिम-बिंदु बंदनवार!'*	: ओस-कण	**म.सा.**-1/317	प्राण हँस कर ले चला जब/दीप-शिखा
हिम-लीक- *'जो नभ की जलती साँसों पर हिम-लीक बनाने को गलता'*	: बर्फ की लकीर (खींचनेवाले बादल)	**म.सा.**-1/389	प्रिय मैं जो चित्र बना पाती!/दीप-शिखा
हिमवती प्रकृति पाषाणी- *'मांसल-सी आज हुई थी हिमवती प्रकृति पाषाणी'*	: हिमालय की पथरीली-बर्फीली प्रकृति	**प्र.ग्रं.**-2/279	आनन्द/कामायनी
हिम-शिशु- *'हिम-शिशु हुलसाये'*	: बर्फ की छोटी-छोटी बूँदों (की तरह हैं ओसकण)	**पं.ग्रं.**-1/303	तीन/ज्योत्स्ना
हिम-शीतल- *'हिम-शीतल प्रणय अनल बन अब लगा विरह से जलने'*	: बर्फ की तरह ठंडा	**प्र.ग्रं.**-2/15	आँसू
हिम-शीतल-जड़ता-सा- *'जैसे कोलाहल सोया हो हिम-शीतल-जड़ता-सा श्रांत'*	: बर्फ की ठण्डक मानो जड़ता और निष्क्रियता का प्रतीक हो	**प्र.ग्रं.**-2/68	आशा/कामायनी
हिम-शैल बालिका- *'हिम-शैल बालिका को तूने कब देखा!'*	: बर्फीले पर्वतों की बालिका की तरह है नदी (गंगा)	**प्र.ग्रं.**-1/299	हे सागर संगम अरुण नील/लहर
हिम-संसृति- *'नव कोमल आलोक बिखरता हिम-संसृति पर भर अनुराग;'*	: बर्फ की सृष्टि, हिमालय पर चारों तरफ बर्फ ही बर्फ होने के कारण कवि उसे 'हिम-संसृति' कहता है।	**प्र.ग्रं.**-2/67	आशा/कामायनी
हिम सीकर- *'गिरते हैं बन हिम सीकर वे तब कहलाते निर्मल जल'*	: वर्षा, बर्फ का पसीना	**पं.ग्रं.**-1/90	ये तो हैं नादान नयन! /वीणा
हिम-हत-पातों-सा- *'हिम-हत-पातों-सा असमय ही झुलसा हुआ शुष्क निश्चल'*	: बर्फ से चोटिल पत्तों की तरह	**नि.र.**-1/146	पतनोन्मुख
हिम हास- *'अरे यह सुख नींद कैसी, हो रहा हिम हास'*	: चाँदनी, बर्फ की तरह की हँसी	**प्र.ग्रं.**-2/115	वासना/कामायनी
◆ *'किसलय अधरों का हिम हास'*	: ओसकण मानो हँसी की तरह हैं	**पं.ग्रं.**-1/202	विश्व वेणु/पल्लव
हिम-हास- *'लोटता राशि-राशि हिम-हास'*	: ओसकण, ओसकण मानो प्रकृति की बर्फ-सी ठंडी हँसी हैं।	**पं.ग्रं.**-1/253	मुसकुरा दी थीं क्या तुम, प्राण/गुंजन
हिमहास- *'हैं पलकों में करुणा के अणु पाटल पर हिमहास नहीं यह!'*	: ओस की बूँदें जब मुस्कुराती जान पड़ें	**म.सा.**-1/242	जागो बेसुध रात नहीं यह!/नीरजा
हिम-हीरक- *'देखूँ हिम-हीरक हँसते/हिलते नीले कमलों पर'*	: हीरे की तरह चमकदार ओसकण	**म.सा.**-1/133	कह दे माँ क्या अब देखूँ!/रश्मि
हिम-हुलास- *'जीवन-क्षण हिम-हुलास'*	: ओसकणों के सुखद उल्लास (की तरह क्षणिक)	**पं.ग्रं.**-1/343	चार/ज्योत्स्ना
हिमागार- *'मुकुट शुभ्र हिमागार'*	: हिमालय, हिम का भांडार (हिम+आगार)	**नि.र.**-1/39	जन्मभूमि
हिमाद्रि- *'हिमाद्रि तुंग श्रृंग से प्रबुद्ध शुद्ध भारती'*	: हिमालय, हिम+अद्रि	**प्र.ग्रं.**-4/290	चतुर्थ अंक/चन्द्रगुप्त

शब्द-	काव्य-पंक्ति	: अर्थ	ग्रंथावली/पृ.सं.	स्रोत/संदर्भ
हिमानी-सा शीतल-	*'मृत्यु, अरी चिर-निद्रे! तेरा अंक हिमानी-सा शीतल,'*	: बर्फ की नदी या अपार राशि की तरह ठण्डी है मृत्यु	**प्र.ग्रं.-2**/63	चिंता/कामायनी
हिमालय के आँगन में-	*'हिमालय के आँगन में उसे प्रथम किरणों का दे उपहार'*	: भारत का उत्तरापथ मानो हिमालय के आँगन में बसा है	**प्र.ग्रं.-4**/138	पंचम अंक/स्कन्दगुप्त
हिये-	*'हिये में चुभ गयी, हाँ, ऐसी मधुर मुसकान'*	: हृदय	**प्र.ग्रं.-3**/200	द्वितीय अंक/विशाख
◆	*'आओ हिये में अहो प्राण प्यारे!'*	: हृदय	**प्र.ग्रं.-3**/263	प्रथम अंक/अजातशत्रु
हिलाकर धड़कन से-	*'हिलाकर धड़कन से अविनीत जगा मत सोया है सुकुमार'*	: अपनी धड़कनों की गति से भी उसकी नींद में विघ्न मत डालो।	**प्र.ग्रं.-4**/187	प्रथम अंक/चन्द्रगुप्त
हिल्लोल-	*'हिल्लोल भरा हो ऋतुपति का गोधूली की-सी ममता हो'*	: तरंग	**प्र.ग्रं.-2**/126	लज्जा/कामायनी
हिल्लोल-हरित-प्रकृति-परित-	*'अथवा हिल्लोल-हरित-प्रकृति-परित वास'*	: हरी-भरी प्रकृति के द्वारा चारों तरफ से	**नि.र.-1**/341	कविता के प्रति
हिल्लोलित-	*'नव शैशव यौवन हिल्लोलित'*	: हिल्लोल (प्रसन्नता से भरी गतिशीलता) से युक्त	**पं.ग्रं.-2**/16	नव हे, नव हे/युगपथ
हीनकला शशि-	*'वह प्रभात का हीनकला शशि, किरण कहाँ चाँदनी रही'*	: शोभाहीन निस्तेज चन्द्रमा	**प्र.ग्रं.-2**/185	स्वप्न/कामायनी
हीन तापकरा-	*'विकल होती जब दिवस-वश/हीन तापकरा'*	: ताप कम कर देना	**नि.र.-1**/241	प्राण-धन को स्मरण करते
हीरक-	*'सोहते मध्य में हीरक युग या दो कौस्तुभ'*	: हीरा	**नि.र.-1**/332	राम की शक्ति-पूजा
◆	*'निस्सार मानस-कोष में/हो मञ्जु हीरक की कनी'*	: हीरा, बेशकीमती रत्न	**म.सा.-1**/85	विस्मृति तिमिर में दीप हो/नीहार
◆	*'यह मधुर कसक तेरे उर की कंचन की और न हीरक की'*	: हीरे की तरह भौतिक मूल्यवाला	**म.सा.-1**/226	कहता जग दुःख को प्यार न कर!/नीरजा
हीरक जाल-	*'जिन चरणों की नख आभा ने हीरक जाल लजाए'*	: अनेक हीरा मिलकर जो आभा प्रकट कर सकते हैं उससे कई गुणा सुंदर आभा सुबह की उज्ज्वलता में है।	**म.सा.-1**/38	रजनी ओढ़े जाती थी /नीहार
हीरक-गिरि-	*'हीरक-गिरि पर विद्युत्-विलास, उल्लसित महा हिम धवल हास'*	: हीरे के पर्वत (की तरह शिव का आभामय मुखमंडल)	**प्र.ग्रं.-2**/247	दर्शन/कामायनी
हीरक-पात्र-	*'बनी सुधा, रख दी है हीरक-पात्र में'*	: हीरे से बना हुआ पात्र (हृदय)	**प्र.ग्रं.-1**/254	प्रत्याशा/झरना
हीरक-प्याली-	*'मन माँग रहा है मेरा सिकता हीरक-प्याली में'*	: हीरे की सफेद चमकदार प्याली की तरह वह असीम प्रियतम	**म.सा.-1**/121	नव मेघों को रोता था/रश्मि
हीरक-रज-	*'सित क्षीर-फेन हीरक-रज से जो हुए चाँदनी में निर्मित'*	: हीरे के चूर्ण (की तरह पत्तों पर चमकती चाँदनी)	**म.सा.-1**/397	तू भू के प्राणों का शतदल!/दीप-शिखा
हीर-कसी-	*'हीर-कसी समीर-माला जप'*	: गुँथे हुए हीरे, तुषार-बिन्दु हीरे हैं	**नि.र.-1**/227	रूखी री यह डाल
हीरक हार-	*'उषा ने हँस अभिनन्दन किया और पहनाया हीरक हार'*	: हीरे की माला, सूर्य-रूपी हीरे का हार	**प्र.ग्रं.-4**/138	पंचम अंक/स्कन्दगुप्त
हीरक-हार-	*'चमका हीरक-हार हृदय का पाया अमर प्रसाद प्रणय का'*	: हीरों का हार, माला	**नि.र.-1**/212	सोचती अपलक आप खड़ी

शब्द- काव्य-पंक्ति	: अर्थ	ग्रंथावली/पृ.सं. स्रोत/संदर्भ
♦ *'अश्रुकण से उर सजाया त्याग हीरक-हार'*	: हीरे के हार अर्थात् सुख-समृद्धि को सिद्धार्थ ने छोड़ा था	**म.सा.**-1/236 जाग बेसुधा जाग!/नीरजा
हीरक-हिम-हार- *'तारकोज्ज्वल हीरक-हिम हार गगन से पहना दे कर प्यार'*	: हीरों की तरह ओस की बूँदों का हार	**नि.र.**-1/258 धन्य कर दे माँ
हीरे का पानी- *'मरकत की वेदी पर ज्यों रक्खा हीरे का पानी'*	: (मानसरोवर का पानी) द्रवीभूत श्वेत हीरे के जल की तरह लग रहा था।	**प्र.ग्रं.**-2/272 आनन्द/कामायनी
हीरे-सा हृदय- *'हीरे-सा हृदय हमारा कुचला शिरीष-कोमल ने'*	: हीरे की तरह कठोर हृदय	**प्र.ग्रं.**-2/15 आँसू
हुई दुई- *'हुई दुई में अगर कहीं पहचान'*	: हड़बड़ी	**नि.र.**-1/48 प्रकाश
हुताशन- *'हुताशन विश्व के शब्द-रस-रूप-गन्ध'*	: अग्नि	**नि.र.**-1/173 रेखा 'क'
हुलसाया- *'खेल-खेल कर हुलसाया'*	: प्रसन्न किया	**पं.ग्रं.**-1/87 बालकाल में जिसे जलद से/वीणा
हुलसाये- *'हिम-शिशु हुलसाये'*	: खूब प्रसन्न	**पं.ग्रं.**-1/303 तीन/ज्योत्स्ना
हुलास- *'भर गयी इनमें हाव, हुलास'*	: उत्फुल्ल खुशी	**पं.ग्रं.**-1/178 पल्लव/पल्लव
♦ *'जन्मदिन का है यही हुलास'*	: उत्साह से भरी खुशी	**पं.ग्रं.**-1/180 उच्छ्वास/पल्लव
♦ *'यह कैसा स्वर्गीय हुलास'*	: उत्साह-मिश्रित प्रसन्नता	**पं.ग्रं.**-1/189 वीचि विलास/पल्लव
♦ *'उर का यह आतप, यह हुलास'*	: उत्साह से युक्त प्रसन्नता	**पं.ग्रं.**-2/23 तितली/युगपथ
हूँगी न- *'मैं तब भी हूँगी न विमुख!'*	: नहीं होऊँगी	**पं.ग्रं.**-1/84 यह चरित्र मा! जो तूने है/वीणा
हूलें- *'फूल, हूलें शूल जो दुख मूल में'*	: चुभना, हूलना	**नि.र.**-1/40 अध्यात्म-फल
हूह- *'राक्षस-विरुद्ध प्रत्यूह,— क्रुद्ध-कपि-विषम-हूह,'*	: बंदरों की आवाज	**नि.र.**-1/329 राम की शक्ति-पूजा
हृतंत्री की लय- *'सुरबालाओं की सखी रही उनकी हृतंत्री की लय थी;'*	: हृदय-रूपी वीणा की लय की तरह, रति देवकन्याओं के कोमल भावों की गति-यति को खूब समझती थी।	**प्र.ग्रं.**-2/105 काम/कामायनी
हृत्कंपन- *'हृत्कम्पन से अन्तर्धान'*	: हृदय की धड़कन	**पं.ग्रं.**-1/195 अनंग/पल्लव
♦ *'ऐ अनन्त के हृत्कम्पन'*	: हृदय की धड़कन	**पं.ग्रं.**-1/210 नक्षत्र/पल्लव
♦ *'चेतना से जड़ का बंधन/यही संसृति की हृत्कंपन'*	: धड़कन	**म.सा.**-1/141 न थे जब परिवर्तन दिनरात/रश्मि
हृत् तंत्री- *'मेरे हृत् तन्त्री के तार'*	: हृदय-रूपी वीणा, हृदय के तार	**पं.ग्रं.**-1/102 लतिका के कम्पित अधरों से/वीणा
हृत्तंत्री- *'मूक वेदनाएँ दुलराता/हृत्तंत्री में स्वर भर जाता'*	: हृदय की वीणा	**म.सा.**-1/132 सजनि कौन तम में परिचित सा/रश्मि
हृत्तल- *'कैसा कठोर है तव हृत्तल? वह इड़ा कर गयी फिर भी छल'*	: अंतर्मन	**प्र.ग्रं.**-2/243 दर्शन/कामायनी
♦ *'किस निष्ठुर ठण्डे हृत्तल में जमे रहे तुम बर्फ समान'*	: हृदय के तल में, अंतर्मन में	**प्र.ग्रं.**-3/319 तृतीय अंक/अजातशत्रु
♦ *'हृत्तल में तव जैसे शीतल चन्दन!'*	: हृदय का तल, हृदय	**नि.र.**-1/112 सन्तप्त
हृत्पथ में धूल- *'उड़ रही है हृत्पथ में धूल, आ रहे हो तुम बेपरवाह'*	: हृदय मानो धूल से भरा हुआ रास्ता हो, उदास मन	**प्र.ग्रं.**-4/233 द्वितीय अंक/चन्द्रगुप्त
हृदय-कंप- *'हृदय-कम्प के जलद-मन्द्र स्वर मेरी तृष्णा के, करुणाकर/तृप्ति-प्रेम-सर हे'*	: हृदय की धड़कन	**नि.र.**-1/218 नयनों में हेर प्रिये

शब्द-	काव्य-पंक्ति	: अर्थ	ग्रंथावली/पृ.सं.	स्रोत/संदर्भ
हृदय का कुसुम-	*'वह तू कौन? परे हट, श्रद्धे! आ कि हृदय का कुसुम खिले"*	: हृदय-रूपी फूल (मनु मर्माहत हैं)	**प्र.ग्रं.-2**/222	निर्वेद/कामायनी
हृदय का राजस्व-	*'हृदय का राजस्व अपहृत, कर अधम अपराध'*	: हृदय की अच्छी भावनाएँ	**प्र.ग्रं.-2**/113	वासना/कामायनी
हृदय का स्वाधिकार-	*'पल भर की उस चंचलता ने खो दिया हृदय का स्वाधिकार!'*	: मन पर अपना अधिकार, मानसिक स्वतंत्रता	**प्र.ग्रं.-2**/157	ईर्ष्या/कामायनी
हृदय की अनुकृति-	*'हृदय की अनुकृति बाह्य उदार एक लम्बी काया, उन्मुक्त;'*	: मन की बनावट के अनुसार, हृदय की नकल	**प्र.ग्रं.-2**/84	श्रद्धा/कामायनी
हृदय की अनुकृति बाह्य उदार-	*'हृदय की अनुकृति बाह्य उदार एक लम्बी काया, उन्मुक्त;'*	: हृदय की विराटता का अनुकरण मानो श्रद्धा का शारीरिक विन्यास कर रहा था, श्रद्धा की सुन्दर और लम्बी काया मानो उसके मन की उदारता के अनुकरण पर बनी हो।	**प्र.ग्रं.-2**/84	श्रद्धा/कामायनी
हृदय की चिर खोज-	*'कौन हो तुम, इसी भूले हृदय की चिर खोज!'*	: जिसे मन लम्बे समय से खोज रहा हो	**प्र.ग्रं.-2**/115	वासना/कामायनी
हृदय की तृप्ति-	*'जहाँ हृदय की तृप्ति विलासिनी मधुर-मधुर कुछ गावे'*	: मन की संतुष्टि	**प्र.ग्रं.-2**/149	कर्म/कामायनी
हृदय की परवशता-	*'तुम कौन? हृदय की परवशता? सारी स्वतंत्रता छीन रही'*	: मन का दूसरे के अधीन होना	**प्र.ग्रं.-2**/125	लज्जा/कामायनी
हृदय की सौंदर्य-प्रतिमा-	*'हृदय की सौन्दर्य-प्रतिमा! कौन तुम छविधाम!'*	: हृदय में प्रतिष्ठित सुंदरता की मूर्ति	**प्र.ग्रं.-2**/115	वासना/कामायनी
हृदय-कुसुम-	*'हृदय-कुसुम की खुली अचानक मधु से वे भींगी पाँखें'*	: हृदय मानो फूल हो	**प्र.ग्रं.-2**/76	आशा/कामायनी
हृदय के हास-	*'आँख के अश्रु, हृदय के हास'*	: आंतरिक प्रसन्नता	**पं.ग्रं.-1**/177	पल्लव/पल्लव
हृदय-क्षत-	*'हृदय-क्षत मलयज से खिल जाय,'*	: आहत हृदय	**प्र.ग्रं.-1**/260	सुधासिंचन/झरना
हृदय दो-	*'चल पड़े कब से हृदय दो, पथिक-से अश्रांत'*	: श्रद्धा और मनु	**प्र.ग्रं.-2**/111	वासना/कामायनी
हृदय-नभ-तारा-	*'हृदय-नभ-तारा बन छविधाम'*	: मेरे हृदय-रूपी आकाश में तुम तारा की तरह हो	**पं.ग्रं.-1**/259	रूप-तारा तुम पूर्ण प्रकाम/गुंजन
हृदय-निःस्वन-	*'मिला हृदय-निःस्वन अलि-गुञ्जन'*	: हृदय का मौन	**नि.र.-1**/259	अपने सुख-स्वप्न से खिली
हृदय-निकष-	*'नवल हेम-लेखा सी मेरे हृदय-निकष पर खिंची भला'*	: हृदय-रूपी कसौटी	**प्र.ग्रं.-2**/224	निर्वेद/कामायनी
हृदयपयोधि-	*'लहर सी, हृदयपयोधि यही'*	: हृदय-रूपी समुद्र	**प्र.ग्रं.-1**/260	सुधासिंचन/झरना
हृदय-पुलिन-	*'कालिन्दी बही प्रणय की इस तममय हृदय-पुलिन में'*	: हृदय की सीमा में	**प्र.ग्रं.-2**/16	आँसू
हृदय भेदिनी दृष्टि-	*'वह सुन्दर आलोक किरन-सी हृदय भेदिनी दृष्टि लिए'*	: अंतरतम में प्रवेश कर मन	**प्र.ग्रं.-2**/189	स्वप्न/कामायनी
हृदय मरुस्थल-	*'डूबा है हृदय मरुस्थल आँसू नद उमड़ रहा है'*	: हृदय-रूपी मरुभूमि	**प्र.ग्रं.-2**/20	आँसू
हृदय मूर्च्छना-	*'तो रमणी के मधुर कंठ से हृदय मूर्च्छना उधर ढरी'*	: हृदय को मदहोश करने की हद तक आकर्षित करनेवाली मधुर तानें	**प्र.ग्रं.-2**/190	स्वप्न/कामायनी

शब्द- काव्य-पंक्ति	: अर्थ	ग्रंथावली/पृ.सं.	स्रोत/संदर्भ
हृदय-रत्न-निधि- *'हमारा हृदय-रत्न-निधि स्वच्छ तुम्हारे लिए खुला है पास'*	: हृदय-रूपी समुद्र जिसमें ऊँची भावनाओं के रत्न भरे हैं	**प्र.ग्रं.-2**/91	श्रद्धा/कामायनी
हृदय रुद्र कपाट- *'क्यों न वैसे ही खुला यह हृदय रुद्र कपाट?'*	: हृदय का कठोर दरवाजा	**प्र.ग्रं.-2**/115	वासना/कामायनी
हृदय विपिन की कलिका- *'इस हृदय विपिन की कलिका जिसके रस से मुसक्याती'*	: मन के बीहड़ वन की कली	**प्र.ग्रं.-2**/18	आँसू
हृदय-सर- *'हृदय-सर में करने अभिसार'*	: हृदय-रूपी सरोवर	**पं.ग्रं.-1**/259	रूप-तारा तुम पूर्ण प्रकाम/गुंजन
हृदय-हर- *'बही हृदय-हर प्रणय-समीरण छोड़ छोर नभ-ओर उड़ा मन'*	: हृदय को हरने वाली, दिल चुरानेवाली	**नि.र.-1**/197	गीत 'क'
हृदय-हार- *'अर्पित है चरणों पर मेरा यह हृदय-हार'*	: हृदय-रूपी हार (माला)	**नि.र.-1**/150	पारस
हृदय है पास- *'हृदय है पास, साँस की राह चले आना-जाना चुपचाप'*	: बस अपने हृदय का ही सहारा है	**प्र.ग्रं.-4**/187	प्रथम अंक/चन्द्रगुप्त
हृदयाधिकारी- *'हृदयाधिकारी रवि-कुल-मणि रघुनाथ के'*	: मन पर राज करने वाला	**नि.र.-1**/156	महाराज शिवाजी का पत्र
हृदयाब्धि- *'आज इस हृदयाब्धि में, बस क्या कहूँ'*	: हृदय-रूपी समुद्र	**प्र.ग्रं.-1**/257	मिलन/झरना
हृदयालंकार- *'बन उसका हृदयालंकार'*	: छाती पर सुशोभित आभूषण (कौस्तुभ को विष्णु ने छाती पर धारण किया था)	**पं.ग्रं.-1**/97	तजकर वसन विभूषण भार/वीणा
हृदयों की शिशुता- *'छल वाणी की वह प्रवंचना हृदयों की शिशुता को'*	: सरल स्वभाव के लोग, मन की सरलता	**प्र.ग्रं.-2**/153	कर्म/कामायनी
हृद्धाम- *'तृषित हो रहा मम हृद्धाम'*	: हृद्-धाम, हृदय-रूपी पवित्र तीर्थ-स्थल	**पं.ग्रं.-1**/97	तजकर वसन विभूषण भार/वीणा
हे निर्मम- *'चिंता क्या है, हे निर्मम/बुझ जाए दीपक मेरा'*	: हे प्रिय, तुम निष्ठुर और कठोर हो!	**म.सा.-1**/38	रजनी ओढ़े जाती थी /नीहार
हेमंत- *'मिलनातुर कल्पनाएँ शरत्-हेमन्त-शिशिर-पिकप्रिय-वसन्त की'*	: शरद के बाद की ऋतु	**नि.र.-1**/207	कवि
हेमंत-पद्म - *'निःसुरभि, हंत, हेमन्त-पद्म!'*	: हेमंत ऋतु के पाले से मारे हुए कमल के समान	**नि.र.-1**/299	तुलसीदास
हेमकांति- *'कितने वे सुंदर हैं— हेमकान्ति'*	: स्वर्ण की आभा (चमक, सुंदरता)	**नि.र.-1**/62	पंचवटी प्रसंग:5
हेम-कुंभ- *'हेम-कुम्भ ले उषा सवेरे— भरती ढुलकाती सुख मेरे'*	: सूर्य-रूपी सोने का कलश	**प्र.ग्रं.-4**/215	द्वितीय अंक/चन्द्रगुप्त
हेमकूट- *'या हेमकूट हिमजल में झलकाता परछाई निज'*	: एक पर्वत जिसके शिखर सुनहले हैं	**प्र.ग्रं.-2**/278	आनन्द/कामायनी
हेम घोलता- *'वह विराट था हेम घोलता नया रंग भरने को आज;'*	: सोने के रंग की किरणों को मानो ईश्वर प्रकृति में घोल रहा था	**प्र.ग्रं.-2**/68	आशा/कामायनी
हेम जाल- *'जब शान्त मिलन सन्ध्या को हम हेम जाल पहनाते'*	: स्वर्णिम किरणों की माला	**प्र.ग्रं.-2**/19	आँसू
हेम पान पात्र प्रकृति- *'हेम पान पात्र प्रकृति, सुधा सिन्धु से'*	: प्रकृति सूर्य-रूपी स्वर्णिम प्याला (में सुधा-सिंधु को भरकर सुबह प्रकट हुई)	**प्र.ग्रं.-3**/404	तृतीय अंक/जन्मेजय का नाग-यज्ञ
हेम-रेखा-सी- *'मलिन पट में मनोहर है निकष पर हेम-रेखा-सी'*	: सोने की लकीर के समान	**प्र.ग्रं.-3**/181	प्रथम अंक/विशाख

शब्द- काव्य-पंक्ति	: अर्थ	ग्रंथावली/पृ.सं.	स्रोत/संदर्भ
हेम-लेखा- *'नवल हेम-लेखा सी मेरे हृदय-निकष पर खिंची भला'*	: कंचन (स्वर्ण) की रेखा	**प्र.ग्रं.-2**/224	निर्वेद/कामायनी
हेमवती छाया- *'आलोकमयी स्मिति-चेतनता आयी यह हेमवती छाया'*	: गोरी इड़ा की प्रभावमयता	**प्र.ग्रं.-2**/179	इड़ा/कामायनी
हेम-हार- *'हेम-हार पहने अमलतास'*	: सोने का हार, पीले फूल मानो स्वर्ण-हार हैं	**नि.र.-1**/307	दान
हेम हास- *'हेम हास से शोभित है नव पके धान की डाली में'*	: (धान की पकी फसल मानो) स्वर्णिम हँसी हँस रही है	**पं.ग्रं.-1**/91	उस सीधे जीवन का श्रम/वीणा
हेमाभरश्मि- *'उस लता-कुंज की झिल-मिल से हेमाभरश्मि थी खेल रही;'*	: सुनहली किरणें, हेम (स्वर्ण) की आभा से युक्त किरणें	**प्र.ग्रं.-2**/108	काम/कामायनी
हेमालय- *'बना हिमालय हेमालय'*	: स्वर्ण-निर्मित घर की तरह (हिमालय दिखता है सुबह की किरणों में)	**पं.ग्रं.-1**/92	इस अबोध की अन्धकारमय/वीणा
हेरती- *'हेरती पृथ्वी को'*	: देखती	**नि.र.-1**/175	रेखा 'क'
◆ *'हेरती है सौरभ की हाट/कहो किस निर्मोही की बाट?'*	: ध्यानपूर्वक देखते हुए खोजना	**म.सा.-1**/93	मधुरिमा के, मधु के अवतार/नीहार
हेरें- *'मुद्रित-नयना कलिकाएँ/फिर खोल नयन निज हेरें'*	: देखें	**नि.र.-1**/189	वासन्ती
हेषा- *'निज हेषा से चौंकाता आखंडल को'*	: घोड़े की हिनहिनाहट	**प्र.ग्रं.-3**/408	तृतीय अंक/जन्मेजय का नाग-यज्ञ
होम- *'पी प्रचुर रचनामृत शुचि सोम, सुरति की मूर्ति, प्राण मख होम;*	: हवन	**नि.र.-1**/269	तपा जब यौवन का दिनकर
हौले बोल- *'मुखर पिक हौले बोल/हठीले हौले हौले बोल'*	: धीमी आवाज में बोलो	**म.सा.-1**/189	मेरी निश्वासों से द्रुततर/नीरजा
ह्रद- *'नव कुंज, गुहा-गृह सुन्दर ह्रद से भर रही निराली'*	: झील (मानसरोवर)	**प्र.ग्रं.-2**/271	आनन्द/कामायनी
ह्लाद- *'रँग रँग खद्दर के सूत्रों में नव जीवन आशा, स्पृहा, ह्लाद'*	: आह्लाद, प्रबल खुशी	**पं.ग्रं.-2**/25	बापू के प्रति/युगपथ

परिशिष्ट-1

छायावादी कविताओं की सूची (वर्णानुक्रम से)

कविता का शीर्षक	काव्य-संग्रह/पुस्तक	ग्रंथावली/पृ.सं.	प्रकाशन/रचना वर्ष
अँगड़ाते तम में	वीणा (1927)	पं.ग्रं-1/110	1919
अंजलि	परिमल (1929)	नि.र.-1/82	1923
अंतरिक्ष में अभी सो रही	लहर (1935)	प्र.ग्रं.-1/328	1935
'अकेली छोड़कर जाने न...'	द्वितीय अंक/चतुर्थ दृश्य/विशाख	प्र.ग्रं.-3/206	1921
'अगुरु-धूम की श्याम लहरियाँ...'	पंचम अंक/द्वितीय दृश्य/स्कन्दगुप्त	प्र.ग्रं.-4/133	1928
अतिथि	झरना (1918)	प्र.ग्रं.-1/272	अज्ञात
अधिवास	प्रथम **अनामिका**/परिमल	नि.र.-1/48	1923
अधीर हो न चित्त...'	द्वितीय अंक/सप्तम दृश्य/अजातशत्रु	प्र.ग्रं.-3/300	1922
अध्यात्म फल	प्रथम **अनामिका**/परिमल	नि.र.-1/40	1921
अनंग/अहे विश्व अभिनय के नायक!	पल्लव (1926)	पं.ग्रं-1/191	सितम्बर, 1923
अनगिनित आ गये शरण में	गीतिका (1936)	नि.र.-1/239	1934
'अनिल भी रहा लगाये घात...'	प्र.अं./द्वि.दृ./जन्मेजय का नाग-यज्ञ	प्र.ग्रं.-3/356	1924
अनुताप	द्वितीय **अनामिका** (1939)	नि.र.-1/91	1924
अनुनय	झरना (1918)	प्र.ग्रं.-1/245	1913
अनुनय	असंकलित कविताएँ	प्र.ग्रं.-2/347	1927
अपने सुख-स्वप्न से खिली	गीतिका (1936)	नि.र.-1/259	अज्ञात
अपने ही सुख से चिर चंचल	पाँच/ज्योत्स्ना	पं.ग्रं-1/350	1934
अपलक जगती हो एक रात	लहर (1935)	प्र.ग्रं.-1/317	1935
अप्सरा/निखिल-कल्पनामयि अयि अप्सरि	गुंजन (1932)	पं.ग्रं-1/270	फरवरी, 1932
अब जागो जीवन के प्रभात	लहर (1935)	प्र.ग्रं.-1/309	1914
अब न अगोचर रहो सुजान!	वीणा (1927)	पं.ग्रं-1/94	1918
अमरण भर वरण-गान	गीतिका (1936)	नि.र.-1/235	1933
अमृत में गरल	असंकलित कविताएँ	नि.र.-1/145	1925
'अमृत हो जायगा, विष भी...'	द्वितीय अंक/अष्टम दृश्य/अजातशत्रु	प्र.ग्रं.-3/303	1922
अरी वरुणा की शांत कछार	लहर (1935)	प्र.ग्रं.-1/294	1932
'अरुण यह मधुमय देश हमारा...'	द्वितीय अंक/प्रथम दृश्य/चन्द्रगुप्त	प्र.ग्रं.-4/215	1931
अरे आ गई है भूली-सी	लहर (1935)	प्र.ग्रं.-1/323	1935
अरे कहीं देखा है तुमने	लहर (1935)	प्र.ग्रं.-1/321	1935
अर्चना	झरना (1918)	प्र.ग्रं.-1/239	1915
'अलका की किस विकल...'	तृतीय अंक/तृतीय दृश्य/अजातशत्रु	प्र.ग्रं.-3/319	1922
अलस पलक, सघन अलक	एक/ज्योत्स्ना	पं.ग्रं-1/286	1934
अलि! इन भोली बातों को	गुंजन (1932)	पं.ग्रं-1/260	1932
अलि अब सपने की बात	रश्मि (1932)	म.सा.-1/126	1928-1931 के बीच

कविता का शीर्षक	काव्य-संग्रह/पुस्तक	ग्रंथावली/पृ.सं.	प्रकाशन/रचना वर्ष
अलि कहाँ संदेश भेजूँ!	दीपशिखा (1942)	म.सा.-1/353	1936-1942 के बीच
अलि कैसे उनको पाऊँ?	रश्मि (1932)	म.सा.-1/143	1928-1931 के बीच
अलि मैं कण-कण को जान चली	दीपशिखा (1942)	म.सा.-1/411	1936-1942 के बीच
अलि वरदान मेरे नयन!	नीरजा (1935)	म.सा.-1/232	1931-1934 के बीच
'अली ने क्यों भला...'	प्रथम अंक/पंचम दृश्य/अजातशत्रु	प्र.ग्रं.-3/260	1922
अविचल, अतल, अकूल, अमल जल,	पाँच/ज्योत्स्ना	पं.ग्रं-1/352	1934
अव्यवस्थित	झरना (1918)	प्र.ग्रं.-1/223	1923-24
अशोक की चिंता	लहर (1935)	प्र.ग्रं.-1/329	1935
अश्रु ने सीमित कणों में बाँध ली	रश्मि (1932)	म.सा.-1/145	1928-1931 के बीच
अश्रु मेरे माँगने जब	सांध्य गीत (1936)	म.सा.-1/254	1934-1936 के बीच
अश्रु-सिक्त रज से किसने	रश्मि (1932)	म.सा.-1/163	1928-1931 के बीच
असन्तोष	झरना (1918)	प्र.ग्रं.-1/244	1924
'अस्ताचल पर युवती सन्ध्या...'	द्वितीय अंक/ध्रुवस्वामिनी	प्र.ग्रं.-4/346	1933
अस्ताचल रवि	गीतिका (1936)	नि.र.-1/246	1936
आ मेरी चिर मिलन-यामिनी!	नीरजा (1935)	म.सा.-1/196	1931-1934 के बीच
आँखों की खिड़की से उड़-उड़	गुंजन (1932)	पं.ग्रं-1/261	फ़रवरी, 1932
आँखों के अविचल जल को	वीणा (1927)	पं.ग्रं-1/105	1918
आँखों से अलख जगाने को	लहर (1935)	प्र.ग्रं.-1/304	1935
आँसुओं के देश में!	दीपशिखा (1942)	म.सा.-1/343	1936-1942 के बीच
आँसू	**गीतिकाव्य**	**प्र.ग्रं.-2/3-41**	**1925/1933**
आँसू का मोल न लूँगी मैं!	नीरजा (1935)	म.सा.-1/214	1931-1934 के बीच
आँसू की आँखों से मिल	गुंजन (1932)	पं.ग्रं-1/242	जनवरी, 1932
आँसू से धो आज इन्हीं	दीपशिखा (1942)	म.सा.-1/385	1936-1942 के बीच
आँसू/अपलक आँखों में	पल्लव (1926)	पं.ग्रं-1/183	दिसम्बर, 1921
आओ मधुर-सरण मानसि, मन	गीतिका (1936)	नि.र.-1/240	1934
आओ मेरे आतुर उर पर	गीतिका (1936)	नि.र.-1/228	1932
'आओ हिये में अहो...'	प्रथम अंक/पंचम दृश्य/अजातशत्रु	प्र.ग्रं.-3/263	1922
आकांक्षा/तुहिन बिन्दु बनकर सुन्दर	पल्लव (1926)	पं.ग्रं-1/218	अक्टूबर, 1922
आग्रह	परिमल (1929)	नि.र.-1/127	1924
'आज इस यौवन के माधवी कुंज...'	तृतीय अंक/पंचम दृश्य/चन्द्रगुप्त	प्र.ग्रं.-4/258	1931
आज क्यों तेरी वीणा मौन?	नीरजा (1935)	म.सा.-1/171	1931-1934 के बीच
आज तार मिला चुकी हूँ!	दीपशिखा (1942)	म.सा.-1/323	1936-1942 के बीच
आज दे वरदान!	दीपशिखा (1942)	म.सा.-1/369	1936-1942 के बीच
'आज मधु पी ले...'	प्रथम अंक/तृतीय दृश्य/विशाख	प्र.ग्रं.-3/188	1921
आज मेरे नयन के तारक	सांध्य गीत (1936)	म.सा.-1/274	1934-1936 के बीच
आज रहने दो यह गृह-काज	गुंजन (1932)	पं.ग्रं-1/255	फ़रवरी, 1932
आज वेदने! आ, तुझको भी	वीणा (1927)	पं.ग्रं-1/84	1918
आज शिशु के कवि को अनजान	गुंजन (1932)	पं.ग्रं-1/263	जनवरी, 1932
आज सुनहली वेला!	सांध्य गीत (1936)	म.सा.-1/297	1934-1936 के बीच

कविता का शीर्षक	काव्य-संग्रह/पुस्तक	ग्रंथावली/पृ.सं.	प्रकाशन/रचना वर्ष
आते कैसे सूने पल	गुंजन (1932)	पं.ग्रं-1/240	जनवरी, 1932
आदान-प्रदान	परिमल (1929)	नि.र.-1/113	1924
आदेश	झरना (1918)	प्र.ग्रं.-1/269	अज्ञात
आवरण	असंकलित कविताएँ	प्र.ग्रं.-2/348	1928
आवाहन	परिमल (1929)	नि.र.-1/85	1924
आशालता	झरना (1918)	प्र.ग्रं.-1/258	अज्ञात
आह रे, वह अधीर यौवन	लहर (1935)	प्र.ग्रं.-1/305	1931
'आह! वेदना मिली विदाई...'	पंचम अंक/षष्ठ दृश्य/स्कन्दगुप्त	प्र.ग्रं.-4/141	1928
इन आँखों ने देखी न राह कहीं	रश्मि (1932)	म.सा.-1/129	1928-1931 के बीच
इन हीरक से तारों को	नीहार (1930)	म.सा.-1/52	1924-1928 के बीच
इस अबोध की अन्धकारमय	वीणा (1927)	पं.ग्रं-1/91	1918
इस एक बूँद आँसू में	नीहार (1930)	म.सा.-1/62	1924-1928 के बीच
इस जादूगरनी वीणा पर	नीरजा (1935)	म.सा.-1/194	1931-1934 के बीच
इस दु:ख को कैसे प्रकटाऊँ!	वीणा (1927)	पं.ग्रं-1/115	1918
इस पीपल के तरु के नीचे	वीणा (1927)	पं.ग्रं-1/99	1918
इस विस्तृत होस्टल में	वीणा (1927)	पं.ग्रं-1/115	1920
इसमें अतीत सुलझाता	नीहार (1930)	म.सा.-1/57	1924-1928 के बीच
उच्छ्वास/सिसकते, अस्थिर मानस से	पल्लव (1926)	पं.ग्रं-1/178	सितम्बर, 1921
उच्छ्वासों की छाया में	नीहार (1930)	म.सा.-1/90	1924-1928 के बीच
उठ उठ री लघु लघु लोल लहर	लहर (1935)	प्र.ग्रं.-1/290	1931
'उठती है लहर हरी-हरी...'	प्रथम अंक/प्रथम दृश्य/विशाख	प्र.ग्रं.-3/183	1921
'उतारोगे अब कब भू-भार...'	प्रथम अंक/षष्ठ दृश्य/स्कन्दगुप्त	प्र.ग्रं.-4/54	1928
उत्सर्ग	वीणा (1927)	पं.ग्रं-1/81	1918
उद्बोधन	द्वितीय **अनामिका** (1939)	नि.र.-1/103	1924
उपेक्षा करना	झरना (1918)	प्र.ग्रं.-1/275	अज्ञात
'उमड़ कर चली भिगोने आज...'	तृतीय अंक/प्रथम दृश्य/स्कन्दगुप्त	प्र.ग्रं.-4/89	1928
उर तिमिरमय घर तिमिरमय	नीरजा (1935)	म.सा.-1/239	1931-1934 के बीच
उस दिन जब जीवन के पथ में	लहर (1935)	प्र.ग्रं.-1/301	1935
उस विकसित, वासित वन में	वीणा (1927)	पं.ग्रं-1/102	1919
उस सीधे जीवन का श्रम	वीणा (1927)	पं.ग्रं-1/91	1918
उसकी स्मृति	परिमल (1929)	नि.र.-1/70	1923
ए मिट्टी के ढेले अजान!	युगान्त/युगपथ	पं.ग्रं-2/15	जून, 1935
एक तारा/नीरव सन्ध्या में प्रशान्त	गुंजन (1932)	पं.ग्रं-1/267	फरवरी, 1932
एक बार आओ इस पथ से	नीरजा (1935)	म.सा.-1/204	1931-1934 के बीच
एक ही आशा में	गीतिका (1936)	नि.र.-1/257	अज्ञात
ओ अरुण वसना	सांध्य गीत (1936)	म.सा.-1/284	1934-1936 के बीच
ओ चिर नीरव!	दीपशिखा (1942)	म.सा.-1/315	1936-1942 के बीच
ओ पागल संसार	नीरजा (1935)	म.सा.-1/175	1931-1934 के बीच
'ओ मेरी जीवन की स्मृति...'	चतुर्थ अंक/चतुर्थ दृश्य/चन्द्रगुप्त	प्र.ग्रं.-4/283	1931

कविता का शीर्षक	काव्य-संग्रह/पुस्तक	ग्रंथावली/पृ.सं.	प्रकाशन/रचना वर्ष
ओ री मानस की गहराई	लहर (1935)	प्र.ग्रं.-1/326	1935
ओ विभावरी!	नीरजा (1935)	म.सा.-1/211	1931-1934 के बीच
कण	परिमल (1929)	नि.र.-1/113	1924
कब	झरना (1918)	प्र.ग्रं.-1/242	1923-24
कब से मैं पथ देख रही	गीतिका (1936)	नि.र.-1/260	अज्ञात
कब से विलोकती तुमको	गुंजन (1932)	पं.ग्रं-1/252	फरवरी, 1932
कमलदल पर किरण अंकित	नीरजा (1935)	म.सा.-1/215	1931-1934 के बीच
'कर रहे हो नाथ, तुम...'	द्वितीय अंक/षष्ठ दृश्य/विशाख	प्र.ग्रं.-3/213	1921
कर-पुट में पुष्पांजलि धर	वीणा (1927)	पं.ग्रं-1/98	1918
करुणा-क्रन्दन करने दो	वीणा (1927)	पं.ग्रं-1/88	1918
'करुणालय चित्त शान्त था...'	प्रथम अंक/प्रथम दृश्य/विशाख	प्र.ग्रं.-3/179	1921
कलरव किसको नहीं सुहाता	गुंजन (1932)	पं.ग्रं-1/260	1922
कल्पना के कानन की रानी	गीतिका (1936)	नि.र.-1/218	1930
कवि	परिमल (1929)	नि.र.-1/204	अज्ञात
'कवि' के प्रति	असंकलित	नि.र.-1/137	1924
कविता	परिमल (1929)	नि.र.-1/75	1923
कविप्रिया	असंकलित कविताएँ	नि.र.-1/71	1923
कसौटी	झरना (1918)	प्र.ग्रं.-1/271	अज्ञात
कह दे माँ क्या अब देखूँ!	रश्मि (1932)	म.सा.-1/133	1928-1931 के बीच
कहता जग दुःख को प्यार न कर!	नीरजा (1935)	म.सा.-1/226	1931-1934 के बीच
कहाँ उन नयनों की मुसकान	गीतिका (1936)	नि.र.-1/216	1930
कहाँ परित्राण ?	गीतिका (1936)	नि.र.-1/274	अज्ञात
कहाँ से आए बादल काले?	दीपशिखा (1942)	म.सा.-1/325	1936-1942 के बीच
कहीं से, आई हूँ कुछ भूल!	रश्मि (1932)	म.सा.-1/142	1928-1931 के बीच
कहो	झरना (1918)	प्र.ग्रं.-1/247	1912
कामना	असंकलित कविताएँ	प्र.ग्रं.-2/344	1919
कामना की पलकों में झूल	नीहार (1930)	म.सा.-1/68	1924-1928 के बीच
कामायनी	**महाकाव्य**	**प्र.ग्रं.-2/45-280**	**1936**
'कार्तिक कृष्णा कुहू क्रोध...'	द्वितीय अंक/चतुर्थ दृश्य/विशाख	प्र.ग्रं.-3/209	1921
काला तो यह बादल है!	वीणा (1927)	पं.ग्रं-1/85	1918
काली आँखों का अंधकार	लहर (1935)	प्र.ग्रं.-1/320	1934
कितनी रातों की मैंने	नीहार (1930)	म.सा.-1/55	1924-1928 के बीच
कितने दिन जीवन-जलनिधि में	लहर (1935)	प्र.ग्रं.-1/311	1935
कितने बार पुकारा	गीतिका (1936)	नि.र.-1/264	अज्ञात
किन उपकरणों का दीपक	रश्मि (1932)	म.सा.-1/112	1928-1931 के बीच
किरण	झरना (1918)	प्र.ग्रं.-1/231	अज्ञात
किस सुधि-वसंत का सुमन-तीर	रश्मि (1932)	म.सा.-1/104	1928-1931 के बीच
किसी नक्षत्र लोक से टूट	रश्मि (1932)	म.सा.-1/127	1928-1931 के बीच
'किसे नहीं चुभ जायँ,...'	द्वितीय अंक/षष्ठ दृश्य/कामना	प्र.ग्रं.-3/470	1927

कविता का शीर्षक	काव्य-संग्रह/पुस्तक	ग्रंथावली/पृ.सं.	प्रकाशन/रचना वर्ष
कीर का प्रिय आज पिंजर खोल दो	सांध्य गीत (1936)	म.सा.-1/282	1934-1936 के बीच
'कुंज में वंशी बजती है...'	प्रथम अंक/तृतीय दृश्य/विशाख	प्र.ग्रं.-3/188	1921
कुछ नहीं	झरना (1918)	प्र.ग्रं.-1/268	1924
कुन्द-धवल, तुहिन तरल	दो/ज्योत्स्ना	पं.ग्रं-1/293	1934
कुमुद-कला को लेने जब मैं	वीणा (1927)	पं.ग्रं-1/100	1918
कुमुद-दल से वेदना के दाग को	रश्मि (1932)	म.सा.-1/113	1928-1931 के बीच
कुसुमों के जीवन का पल	गुंजन (1932)	पं.ग्रं-1/243	फरवरी, 1932
केवल जीवन का क्षण मेरे!	नीरजा (1935)	म.सा.-1/243	1931-1934 के बीच
कैसा नीरव मधुर राग यह	वीणा (1927)	पं.ग्रं-1/97	1919
'कैसी कड़ी रूप की ज्वाला?'	चतुर्थ अंक/द्वितीय दृश्य/चन्द्रगुप्त	प्र.ग्रं.-4/278	1931
कैसी बजी बीन ?	गीतिका (1936)	नि.र.-1/249	1936
कैसे संदेश प्रिय पहुँचाती!	नीरजा (1935)	म.सा.-1/198	1931-1934 के बीच
कोई यह आँसू आज माँग ले जाता!	दीपशिखा (1942)	म.सा.-1/357	1936-1942 के बीच
कोकिल गा न ऐसा राग !	सांध्य गीत (1936)	म.सा.-1/305	1934-1936 के बीच
कोमल कुसुमों की मधुर रात	लहर (1935)	प्र.ग्रं.-1/310	1935
कौन अप्सरि अज्ञात,	चार/ज्योत्स्ना	पं.ग्रं-1/339	1934
कौन तम के पार	गीतिका (1936)	नि.र.-1/255	अज्ञात
कौन तुम मेरे हृदय में	नीरजा (1935)	म.सा.-1/173	1931-1934 के बीच
कौन तुम शुभ्र-किरण-वसना?	गीतिका (1936)	नि.र.-1/221	1930
कौन, तुम रूपसि! कौन?	द्वितीय दृश्य/परी	पं.ग्रं-1/377	1925
कौन-कौन तुम परिहत वसना	वीणा (1927)	पं.ग्रं-1/86	1918
क्या गाऊँ ?	द्वितीय अनामिका (1939)	नि.र.-1/108	1924
क्या जलने की रीति शलभ समझा	सांध्य गीत (1936)	म.सा.-1/299	1934-1936 के बीच
क्या दूँ	परिमल (1929)	नि.र.-1/107	1924
क्या न तुमने दीप बाला?	सांध्य गीत (1936)	म.सा.-1/251	1934-1936 के बीच
क्या नई मेरी कहानी!	नीरजा (1935)	म.सा.-1/218	1931-1934 के बीच
क्या पूजा क्या अर्चन रे?	नीरजा (1935)	म.सा.-1/234	1931-1934 के बीच
क्या मेरी आत्मा का चिर धन	गुंजन (1932)	पं.ग्रं-1/244	फरवरी, 1932
'क्या सुना नहीं कुछ, ...'	तृ.अंक/तृ.दृश्य/जन्मेजय का नाग-यज्ञ	प्र.ग्रं.-3/406	1924
क्यों अश्रु न हों श्रृंगार मुझे!	दीपशिखा (1942)	म.सा.-1/379	1936-1942 के बीच
क्यों इन तारों को उलझाते?	रश्मि (1932)	म.सा.-1/107	1928-1931 के बीच
क्यों जग कहता मतवाली?	नीरजा (1935)	म.सा.-1/205	1931-1934 के बीच
क्यों मुझे प्रिय हो न बंधन!	सांध्य गीत (1936)	म.सा.-1/301	1934-1936 के बीच
क्यों वह प्रिय आता पार नहीं?	सांध्य गीत (1936)	म.सा.-1/255	1934-1936 के बीच
खँडहर के प्रति	द्वितीय **अनामिका** (1939)	नि.र.-1/81	1923
खद्योत/अँधियाली घाटी में	युगान्त/युगपथ	पं.ग्रं-2/20	मई, 1935
खिलतीं मधु की नव कलियाँ	गुंजन (1932)	पं.ग्रं-1/245	फरवरी, 1932
खिला सकल जीवन, कल मन	गीतिका (1936)	नि.र.-1/234	1932
खुल गया रे	गीतिका (1936)	नि.र.-1/273	अज्ञात

कविता का शीर्षक	काव्य-संग्रह/पुस्तक	ग्रंथावली/पृ.सं.	प्रकाशन/रचना वर्ष
खुलती मेरी शेफाली	गीतिका (1936)	नि.र.-1/251	1936
'खेल लो नाथ, विश्व का...'	तृतीय अंक/अष्टम दृश्य/कामना	प्र.ग्रं.-3/505	1927
खेवा	परिमल (1929)	नि.र.-1/201	अज्ञात
खो गयी स्वर्ग की स्वर्ण किरण	युगान्त/युगपथ	पं.ग्रं-2/15	अप्रैल, 1936
खोज और उपहार	परिमल (1929)	नि.र.-1/105	1924
खोल	असंकलित कविताएँ	प्र.ग्रं.-2/351	1929
'खोल तू अब भी आँखें...'	एकांकी/एक घूँट	प्र.ग्रं.-3/510	1929
खोलो दृगों के द्वय द्वार	गीतिका (1936)	नि.र.-1/227	1932
खोलो द्वार	झरना (1918)	प्र.ग्रं.-1/225	1914
गयी निशा वह, हँसी दिशाएँ	गीतिका (1936)	नि.र.-1/242	1935
गये रूप पहचान	असंकलित कविताएँ	नि.र.-1/67	1923
गरजता सागर तम है घोर	नीहार (1930)	म.सा.-1/79	1924-1928 के बीच
गरीबों की पुकार	असंकलित कविताएँ	नि.र.-1/69	1923
गर्जन कर मानव-केसरि!	युगान्त/युगपथ	पं.ग्रं-2/12	अक्टूबर, 1935
गर्ज्जित-जीवन झरना	गीतिका (1936)	नि.र.-1/277	अज्ञात
गहन-कानन!	वीणा (1927)	पं.ग्रं-1/114	1920
गा कोकिल, बरसा पावक कण!	युगान्त/युगपथ	पं.ग्रं-2/7	अप्रैल, 1935
गाता खग प्रातः उठ कर	गुंजन (1932)	पं.ग्रं-1/246	जनवरी, 1932
गाने दो	असंकलित कविताएँ	प्र.ग्रं.-2/346	1927
गिरा जब हो जाती है मौन	नीहार (1930)	म.सा.-1/87	1924-1928 के बीच
गीत 'क' (दूत, अलि, ऋतुपति के आये)	परिमल (1929)	नि.र.-1/197	1929
गीत 'ख' (निशा के उर की खिली कली)	परिमल (1929)	नि.र.-1/198	1929
गीत 'ग' (अलि, घिरि आये घन पावस के)	परिमल (1929)	नि.र.-1/199	1929
गीत 'घ' (हमें जाना है जग के पार)	परिमल (1929)	नि.र.-1/200	1929
गुरुडम के प्रति	असंकलित	नि.र.-1/181	1927
गूँजती क्यों प्राण-वंशी?	दीपशिखा (1942)	म.सा.-1/377	1936-1942 के बीच
गूँजे जय-ध्वनि से आसमान	तीन/ज्योत्स्ना	पं.ग्रं-1/323	1934
गोधूलि अब दीप जगा ले!	दीपशिखा (1942)	म.सा.-1/345	1936-1942 के बीच
'गोधूली के राग-पटल में...'	प्रथम अंक/द्वितीय दृश्य/अजातशत्रु	प्र.ग्रं.-3/252	1922
ग्रन्थि	**लम्बी प्रबंधात्मक कविता**	**पं.ग्रं-1/119-140**	**1920/1929**
घन बनूँ वर दो मुझे प्रिय!	नीरजा (1935)	म.सा.-1/195	1931-1934 के बीच
घन, गर्जन से भर दो वन	गीतिका (1936)	नि.र.-1/245	1935
'घने — प्रेम-तरु-तले...'	द्वितीय अंक/प्रथम दृश्य/स्कन्दगुप्त	प्र.ग्रं.-4/65	1928
'घने-घन बीच कुछ अवकाश...'	प्रथम अंक/प्रथम दृश्य/विशाख	प्र.ग्रं.-3/181	1921
'घबराना मत इस विचित्र...'	प्रथम अंक/चतुर्थ दृश्य/विशाख	प्र.ग्रं.-3/195	1921
घायल मन लेकर सो जाती	नीहार (1930)	म.सा.-1/42	1924-1928 के बीच
घिरती रहे रात!	दीपशिखा (1942)	म.सा.-1/401	1936-1942 के बीच
'घिरे सघन घन नींद न आयी...'	प्रथम अंक/चतुर्थ दृश्य/कामना	प्र.ग्रं.-3/446	1927
घोर घन की अवगुण्ठन डाल	नीहार (1930)	म.सा.-1/61	1924-1928 के बीच

कविता का शीर्षक	काव्य-संग्रह/पुस्तक	ग्रंथावली/पृ.सं.	प्रकाशन/रचना वर्ष
घोर तम छाया चारों ओर	नीहार (1930)	म.सा.-1/46	1924-1928 के बीच
घोर शिशिर	गीतिका (1936)	नि.र.-1/248	1936
'चंचल चन्द्र सूर्य है...'	प्रथम अंक/षष्ठ दृश्य/अजातशत्रु	प्र.ग्रं.-3/265	1922
चंचल पग दीपशिखा के धर	युगान्त/युगपथ	पं.ग्रं-2/8	अप्रैल, 1935
चपल पलकों के साथ	वीणा (1927)	पं.ग्रं-1/108	1919
'चल बसन्त बाला अंचल...'	तृतीय अंक/नवम दृश्य/अजातशत्रु	प्र.ग्रं.-3/336	1922
'चला है मन्थर गति में...'	द्वितीय अंक/चतुर्थ दृश्य/अजातशत्रु	प्र.ग्रं.-3/289	1922
चहकते नयनों में जो प्राण	गीतिका (1936)	नि.र.-1/232	1932
चाँदनी/जग के दुःख-दैन्य शयन पर	गुंजन (1932)	पं.ग्रं-1/248	फरवरी, 1932
चाँदनी/नीले नभ के शतदल पर	गुंजन (1932)	पं.ग्रं-1/269	फरवरी, 1932
चाल ऐसी मत चलो!	गीतिका (1936)	नि.र.-1/266	अज्ञात
चाहता है यह पागल प्यार	नीहार (1930)	म.सा.-1/39	1924-1928 के बीच
चाहते हो किसको सुन्दर?	गीतिका (1936)	नि.र.-1/231	1932
चिन्मय प्रकाश से विश्व उदय	तीन/ज्योत्स्ना	पं.ग्रं-1/314	1934
चिर तृप्ति कामनाओं का	रश्मि (1932)	म.सा.-1/109	1928-1931 के बीच
चिर सजग आँखें उनींदी	सांध्य गीत (1936)	म.सा.-1/280	1934-1936 के बीच
चिह्न	झरना (1918)	प्र.ग्रं.-1/236	1924 (1981 विक्रमी)
चीटियों की-सी काली पाँति	गुंजन (1932)	पं.ग्रं-1/277	अगस्त, 1930
चुका पाएगा कैसे बोल!	रश्मि (1932)	म.सा.-1/158	1928-1931 के बीच
चुभते ही तेरा अरुण बान!	रश्मि (1932)	म.सा.-1/103	1928-1931 के बीच
चुम्बन	द्वितीय **अनामिका** (1939)	नि.र.-1/69	1923
छटा कैसी सलोनी निराली है...'	द्वितीय अंक/तृतीय दृश्य/कामना	प्र.ग्रं.-3/460	1927
छन्द की बाढ़	गीतिका (1936)	नि.र.-1/272	अज्ञात
छल छल, टल टल,	तीन/ज्योत्स्ना	पं.ग्रं-1/332	1934
'छाने लगी जगत में ...'	द्वितीय अंक/तृतीय दृश्य/विशाख	प्र.ग्रं.-3/203	1921
छाया काल/स्वस्ति, जीवन के छायाकाल	पल्लव (1926)	पं.ग्रं-1/233	दिसम्बर, 1925
छाया की आँख मिचौनी	नीहार (1930)	म.सा.-1/44	1924-1928 के बीच
छाया/कौन, कौन तुम परिहत वसना	पल्लव (1926)	पं.ग्रं-1/203	दिसम्बर, 1920
छाया/खोलो, मुख से घूँघट खोलो,	युगान्त/युगपथ	पं.ग्रं-2/19	अप्रैल, 1936
छाया?/वह लेटी है तरु-छाया में,	युगान्त/युगपथ	पं.ग्रं-2/18	अप्रैल, 1935
छिपा मन	गीतिका (1936)	नि.र.-1/264	अज्ञात
छिपाए थी कुहरे सी नींद	रश्मि (1932)	म.सा.-1/146	1928-1931 के बीच
'छिपाओगी कैसे — आँखें...'	द्वितीय अंक/अष्टम दृश्य/कामना	प्र.ग्रं.-3/478	1927
छोटे ही की क्या पहचान?	वीणा (1927)	पं.ग्रं-1/108	1918
छोड़ दो, जीवन यों न मलो	गीतिका (1936)	नि.र.-1/212	1929
जग अपना भाता है!	दीपशिखा (1942)	म.सा.-1/403	1936-1942 के बीच
जग ओ मुरली की मतवाली!	नीरजा (1935)	म.सा.-1/197	1931-1934 के बीच
जग करुण करुण, मैं मधुर मधुर!	नीरजा (1935)	म.सा.-1/228	1931-1934 के बीच
जग का एक देखा तारा	गीतिका (1936)	नि.र.-1/226	1932

कविता का शीर्षक	काव्य-संग्रह/पुस्तक	ग्रंथावली/पृ.सं.	प्रकाशन/रचना वर्ष
जग की सजग कालिमा	लहर (1935)	प्र.ग्रं.-1/314	1932
जग के उर्वर आँगन में	गुंजन (1932)	पं.ग्रं-1/265	जून, 1930
जग के उर्वर आँगन में	द्वितीय दृश्य/परी	पं.ग्रं-1/370	1925
जग-जीवन नित नव-नव	तीन/ज्योत्स्ना	पं.ग्रं-1/320	1934
जग-जीवन में जो चिर महान	युगान्त/युगपथ	पं.ग्रं-2/14	मई, 1935
जगती की मंगलमयी उषा बन	लहर (1935)	प्र.ग्रं.-1/296	1935
जगती के जन-पथ, कानन में	युगान्त/युगपथ	पं.ग्रं-2/10	मई, 1935
जगमग-जगमग हम जग का मग,	तीन/ज्योत्स्ना	पं.ग्रं-1/307	1934
जन्मभूमि	असंकलित कविताएँ	नि.र.-1/39	1920
जब मिलते मौन-नयन पल-भर	दो/ज्योत्स्ना	पं.ग्रं-1/297	1934
जब मैं कलिका ही थी केवल	वीणा (1927)	पं.ग्रं-1/86	1918
जब मैं थी अज्ञात प्रभात	वीणा (1927)	पं.ग्रं-1/88	1918
जब यह दीप थके तब आना	दीपशिखा (1942)	म.सा.-1/333	1936-1942 के बीच
'जय हो उसकी, जिसने अपना...'	तृ.अं./अ.दृ./जन्मेजय का नाग-यज्ञ	प्र.ग्रं.-3/426	1924
जलद के प्रति	प्रथम **अनामिका**/परिमल	नि.र.-1/65	1923
'जलधर की माला...'	एकांकी/एक घूँट	प्र.ग्रं.-3/521	1929
जला दे जीर्ण-शीर्ण प्राचीन	गीतिका (1936)	नि.र.-1/258	अज्ञात
जहाँ है निद्रामग्न वसंत	नीहार (1930)	म.सा.-1/77	1924-1928 के बीच
'जाओ सखी, तुम जी न...'	तृतीय अंक/द्वितीय दृश्य/कामना	प्र.ग्रं.-3/485	1927
जाग जाग सुकेशिनी री!	सांध्य गीत (1936)	म.सा.-1/290	1934-1936 के बीच
जाग बेसुध जाग!	नीरजा (1935)	म.सा.-1/236	1931-1934 के बीच
जागरण	परिमल (1929)	नि.र.-1/183	1928
जागा दिशा-ज्ञान	गीतिका (1936)	नि.र.-1/273	अज्ञात
जागी	परिमल (1929)	नि.र.-1/110	1924
जागृति में सुप्ति थी	परिमल (1929)	नि.र.-1/144	1925
जागो फिर एक बार (1)	परिमल (1929)	नि.र.-1/148	1926
जागो फिर एक बार (2)	परिमल (1929)	नि.र.-1/152	1926
जागो बेसुध रात नहीं यह!	नीरजा (1935)	म.सा.-1/242	1931-1934 के बीच
जागो, जीवन के आतप में	पाँच/ज्योत्स्ना	पं.ग्रं-1/346	1934
जागो, जीवन-धनिके!	गीतिका (1936)	नि.र.-1/256	अज्ञात
जाने किस छल-पीड़ा से	गुंजन (1932)	पं.ग्रं-1/244	फरवरी, 1932
जाने किस जीवन की सुधि ले	सांध्य गीत (1936)	म.सा.-1/257	1934-1936 के बीच
जाने किसकी स्मित रूम झूम	नीरजा (1935)	म.सा.-1/206	1931-1934 के बीच
जिन चरणों पर देव लुटाते	नीहार (1930)	म.सा.-1/89	1924-1928 के बीच
जिन नयनों की विपुल नीलिमा	नीहार (1930)	म.सा.-1/43	1924-1928 के बीच
जिस दिन नीरव तारों से	नीहार (1930)	म.सा.-1/75	1924-1928 के बीच
जिसको अनुराग सा दान दिया	रश्मि (1932)	म.सा.-1/149	1928-1931 के बीच
जिसमें नहीं सुवास नहीं जो	नीहार (1930)	म.सा.-1/96	1924-1928 के बीच
'जीने का अधिकार तुझे क्या...'	द्वि.अं./प्र.दृ./जन्मेजय का नाग-यज्ञ	प्र.ग्रं.-3/377	1924

कविता का शीर्षक	काव्य-संग्रह/पुस्तक	ग्रंथावली/पृ.सं.	प्रकाशन/रचना वर्ष
जीव निखिल भगिनि-भ्रात	पाँच/ज्योत्स्ना	पं.ग्रं-1/348	1934
जीवन का उल्लास	गुंजन (1932)	पं.ग्रं-1/264	फरवरी, 1932
जीवन का फल, जीवन का फल!	युगान्त/युगपथ	पं.ग्रं-2/11	मई, 1935
जीवन का श्रम-ताप हरो, हे!	एक/ज्योत्स्ना	पं.ग्रं-1/291	1934
जीवन की चंचल सरिता में	गुंजन (1932)	पं.ग्रं-1/262	फरवरी, 1932
जीवन की तरी खोल दे रे	गीतिका (1936)	नि.र.-1/262	अज्ञात
जीवन की लहर-लहर से	तीन/ज्योत्स्ना	पं.ग्रं-1/318	1934
जीवन के सुखमय स्पर्शों-सी	पाँच/ज्योत्स्ना	पं.ग्रं-1/345	1934
जीवन चल जीवन कल,	तीन/ज्योत्स्ना	पं.ग्रं-1/301	1934
'जीवन भर आनन्द मनावे ...'	प्रथम अंक/प्रथम दृश्य/विशाख	प्र.ग्रं.-3/182	1921
'जीवन में उजियाली है...'	एकांकी/एक घूँट	प्र.ग्रं.-3/518	1929
जीवन यान/अहे विश्व! ऐ विश्व व्यथित मन!	पल्लव (1926)	पं.ग्रं-1/212	अगस्त, 1923
जीवन रे हिमजल का लघु-पल	द्वितीय दृश्य/परी	पं.ग्रं-1/365	1925
जुही की कली	प्रथम **अनामिका**/परिमल	नि.र.-1/41	1922
जो तुम आ जाते एक बार	नीहार (1930)	म.सा.-1/95	1924-1928 के बीच
जो दीन-हीन, पीड़ित, निर्बल,	युगान्त/युगपथ	पं.ग्रं-2/14	मई, 1935
जो न प्रिय पहिचान पाती!	दीपशिखा (1942)	म.सा.-1/341	1936-1942 के बीच
जो मुखरित कर जाती थी	नीहार (1930)	म.सा.-1/54	1924-1928 के बीच
जो है समर्थ, जो शक्तिमान,	तीन/ज्योत्स्ना	पं.ग्रं-1/305	1934
झर गयी कली	गुंजन (1932)	पं.ग्रं-1/249	फरवरी, 1932
झर पड़ता जीवन डाली से	युगान्त/युगपथ	पं.ग्रं-2/8	अप्रैल, 1935
झरते नित लोचन मेरे हों!	नीरजा (1935)	म.सा.-1/222	1931-1934 के बीच
झरना	झरना (1918)	प्र.ग्रं.-1/221	अज्ञात
झिप चलीं पलकें तुम्हारी	दीपशिखा (1942)	म.सा.-1/349	1936-1942 के बीच
झिलमिल तारों की पलक में	नीहार (1930)	म.सा.-1 82	1924-1928 के बीच
झिलमिलाती रात मेरी!	सांध्य गीत (1936)	म.सा.-1/276	1934-1936 के बीच
झील में	झरना (1918)	प्र.ग्रं.-1/266	अज्ञात
झूमते से सौरभ के साथ	नीहार (1930)	म.सा.-1/80	1924-1928 के बीच
टूट गया वह दर्पण निर्मम!	नीरजा (1935)	म.सा.-1/209	1931-1934 के बीच
टूटें सकल बन्ध	गीतिका (1936)	नि.र.-1/268	अज्ञात
डम-डम - डम डमरु-स्वर	चार/ज्योत्स्ना	पं.ग्रं-1/335	1934
डूबा रवि अस्ताचल	गीतिका (1936)	नि.र.-1/269	अज्ञात
ढुलकते आँसू सा सुकुमार	नीहार (1930)	म.सा.-1/36	1924-1928 के बीच
तजकर वसन विभूषण भार	वीणा (1927)	पं.ग्रं-1/96	1919
तन्द्रिल निशीथ में ले आए	सांध्य गीत (1936)	म.सा.-1/286	1934-1936 के बीच
तप रे मधुर-मधुर मन	गुंजन (1932)	पं.ग्रं-1/239	जनवरी, 1932
तपा जब यौवन का दिनकर	गीतिका (1936)	नि.र.-1/269	अज्ञात
तब क्षण क्षण मधु-प्याले होंगे!	सांध्य गीत (1936)	म.सा.-1/294	1934-1936 के बीच
तब फिर कैसे होगा मात!	वीणा (1927)	पं.ग्रं-1/106	1918

कविता का शीर्षक	काव्य-संग्रह/पुस्तक	ग्रंथावली/पृ.सं.	प्रकाशन/रचना वर्ष
तरंगों के प्रति	परिमल (1929)	नि.र.-1/105	1924
तरल आँसू की लड़ियाँ गूँथ	नीहार (1930)	म.सा.-1/84	1924-1928 के बीच
तरल मोती से नयन भरे!	दीपशिखा (1942)	म.सा.-1/329	1936-1942 के बीच
तरल-तरंग-रहित, अविचल	वीणा (1927)	पं.ग्रं-1/104	1918
ताज	युगान्त/युगपथ	पं.ग्रं-2/21	अक्टूबर, 1935
तारों का नभ! तारों का नभ!	युगान्त/युगपथ	पं.ग्रं-2/11	अप्रैल, 1935
तितली	युगान्त/युगपथ	पं.ग्रं-2/23	मई, 1935
तिमिर में वे पद-चिह्न मिले!	सांध्य गीत (1936)	म.सा.-1/306	1934-1936 के बीच
तिलक! हा! भाल-तिलक!	वीणा (1927)	पं.ग्रं-1/110	1918
तुम	झरना (1918)	प्र.ग्रं.-1/261	1924
तुम और मैं	प्रथम **अनामिका**/परिमल	नि.र.-1/49	1923
'तुम कनक किरन के अंतराल में...'	प्रथम अंक/द्वितीय दृश्य/चन्द्रगुप्त	प्र.ग्रं.-4/186	1931
तुम चन्द्र-वदनि, तुम कुन्द-दशनि,	तीन/ज्योत्स्ना	पं.ग्रं-1/303	1934
तुम छोड़ गये द्वार	गीतिका (1936)	नि.र.-1/229	1932
तुम दुःख बन इस पथ से आना!	नीरजा (1935)	म.सा.-1/230	1931-1934 के बीच
तुम नील वृन्त पर नभ के जग,	पाँच/ज्योत्स्ना	पं.ग्रं-1/346	1934
तुम मुझ में प्रिय!	नीरजा (1935)	म.सा.-1/182	1931-1934 के बीच
तुम सो जाओ मैं गाऊँ!	नीरजा (1935)	म.सा.-1/240	1931-1934 के बीच
तुम हमारे हो	असंकलित कविताएँ	नि.र.-1/46	1923
तुम हो विधु के बिम्ब और मैं	रश्मि (1932)	म.सा.-1/135	1928-1931 के बीच
तुमको क्या देखूँ चिर नूतन!	नीरजा (1935)	म.सा.-1/202	1931-1934 के बीच
तुम्हारी आँखों का आकाश	गुंजन (1932)	पं.ग्रं-1/254	अक्टूबर, 1927
तुम्हारी आँखों का बचपन	लहर (1935)	प्र.ग्रं.-1/307	1935
तुम्हारी बीन ही में बज रहे हैं	दीपशिखा (1942)	म.सा.-1/395	1936-1942 के बीच
'तुम्हारी मोहनी छवि पर...'	द्वितीय अंक/चतुर्थ दृश्य/अजातशत्रु	प्र.ग्रं.-3/291	1922
तुम्हारे कोमल अंग	वीणा (1927)	पं.ग्रं-1/106	1919
तुम्हारे सुन्दरि, कर-सुन्दर	गीतिका (1936)	नि.र.-1/240	1934
तुम्हीं गाती हो	गीतिका (1936)	नि.र.-1/262	अज्ञात
तुम्हें बाँध पाती सपने में	नीरजा (1935)	म.सा.-1/170	1931-1934 के बीच
तुम्हें ही चाहा	गीतिका (1936)	नि.र.-1/265	अज्ञात
तुलसीदास	**सौ छंदों की प्रबंधात्मक कविता**	**नि.र.-1/281**	**1934**
तुहिन के पुलिनों पर छबिमान	रश्मि (1932)	म.सा.-1/114	1928-1931 के बीच
तुहिन-बिन्दु बनकर सुन्दर	वीणा (1927)	पं.ग्रं-1/82	1918
'तू खोजता किसे अरे ...'	प्रथम अंक/चतुर्थ दृश्य/विशाख	प्र.ग्रं.-3/191	1921
तू धूल भरा ही आया!	दीपशिखा (1942)	म.सा.-1/339	1936-1942 के बीच
तू भू के प्राणों का शतदल !	दीपशिखा (1942)	म.सा.-1/397	1936-1942 के बीच
तेरा अद्भुत है व्यापार	वीणा (1927)	पं.ग्रं-1/111	1918
तेरा कैसा गान	गुंजन (1932)	पं.ग्रं-1/276	जुलाई, 1927
तेरा रूप	असंकलित कविताएँ	प्र.ग्रं.-2/345	1927

कविता का शीर्षक	काव्य-संग्रह/पुस्तक	ग्रंथावली/पृ.सं.	प्रकाशन/रचना वर्ष
तेरी आभा का कण नभ को	रश्मि (1932)	म.सा.-1/148	1928-1931 के बीच
तेरी छाया में अमिट रंग	दीपशिखा (1942)	म.सा.-1/383	1936-1942 के बीच
तेरी सुधि बिन क्षण क्षण सूना!	नीरजा (1935)	म.सा.-1/208	1931-1934 के बीच
थकी पलकें सपनों पर डाल	नीहार (1930)	म.सा.-1/50	1924-1928 के बीच
था कली के रूप शैशव	नीहार (1930)	म.सा.-1/59	1924-1928 के बीच
दर्शन	झरना (1918)	प्र.ग्रं.-1/256	1915
'दाता सुमति दीजिए...'	द्वितीय अंक/षष्ठ दृश्य/अजातशत्रु	प्र.ग्रं.-3/296	1922
दान	द्वितीय **अनामिका** (1939)	नि.र.-1/307	1935
दिया क्यों जीवन का वरदान?	रश्मि (1932)	म.सा.-1/131	1928-1931 के बीच
दिल्ली	द्वितीय **अनामिका** (1939)	नि.र.-1/99	1924
दिवानाथ का विपुल विभव जब	वीणा (1927)	पं.ग्रं-1/116	1918
दीन	परिमल (1929)	नि.र.-1/136	1924
'दीन दुखी न रहे कोई, ...'	तृतीय अंक/पंचम दृश्य/विशाख	प्र.ग्रं.-3/227	1921
दीप	झरना (1918)	प्र.ग्रं.-1/238	1922
दीप के बचे विकास	पल्लव (1926)	पं.ग्रं-1/180	सितम्बर, 1921
दीप तेरा दामिनी!	सांध्य गीत (1936)	म.सा.-1/277	1934-1936 के बीच
दीप मेरे जल अकंपित	दीपशिखा (1942)	म.सा.-1/311	1936-1942 के बीच
दीपक में पतंग जलता क्यों?	नीरजा (1935)	म.सा.-1/213	1931-1934 के बीच
दूर घर मैं पथ से अनजान !	नीरजा (1935)	म.सा.-1/233	1931-1934 के बीच
'दूर जब हो गया कहीं मन से...'	तृतीय अंक/प्रथम दृश्य/विशाख	प्र.ग्रं.-3/216	1921
दृगों की कलियाँ नवल खुलीं	गीतिका (1936)	नि.र.-1/220	1930
दे, मैं करूँ वरण	गीतिका (1936)	नि.र.-1/243	1935
देकर अन्तिम कर	गीतिका (1936)	नि.र.-1/277	अज्ञात
देख दिव्य छवि लोचन हारे	गीतिका (1936)	नि.र.-1/260	अज्ञात
'देखी नयनों ने एक झलक...'	प्रथम अंक/पंचम दृश्य/विशाख	प्र.ग्रं.-3/186	1921
देखूँ सब के उर की डाली	गुंजन (1932)	पं.ग्रं-1/241	फरवरी, 1932
देव अब वरदान कैसा!	सांध्य गीत (1936)	म.सा.-1/285	1934-1936 के बीच
देवबाला	झरना (1918)	प्र.ग्रं.-1/270	अज्ञात
देवि! कौन वह ?	असंकलित कविताएँ	नि.र.-1/74	1923
'देश की दुर्दशा निहारोगे...'	पंचम अंक/तृतीय दृश्य/स्कन्दगुप्त	प्र.ग्रं.-4/136	1928
दो बूँदें	झरना (1918)	प्र.ग्रं.-1/227	1924-25
द्रुत झरो जगत के जीर्ण पत्र,	युगान्त/युगपथ	पं.ग्रं-2/7	फरवरी, 1934
द्वार भिखारी आया है	वीणा (1927)	पं.ग्रं-1/86	1918
धनिक! तुम्हारे यहाँ भिखारी	वीणा (1927)	पं.ग्रं-1/89	1918
धन्य कर दे माँ	गीतिका (1936)	नि.र.-1/258	अज्ञात
धन्य मातृ धन्य धातृ,	तीन/ज्योत्स्ना	पं.ग्रं-1/315	1934
धारा	परिमल (1929)	नि.र.-1/83	1923
धीरे-धीरे उतर क्षितिज से	नीरजा (1935)	म.सा.-1/168	1931-1934 के बीच
धूप-सा तन दीप-सी मैं!	दीपशिखा (1942)	म.सा.-1/337	1936-1942 के बीच

कविता का शीर्षक	काव्य-संग्रह/पुस्तक	ग्रंथावली/पृ.सं.	प्रकाशन/रचना वर्ष
धूल का खेल	झरना (1918)	प्र.ग्रं.-1/277	अज्ञात
ध्वनि	परिमल (1929)	नि.र.-1/126	1924
'न छेड़ना उस अतीत स्मृति ...'	प्रथम अंक/द्वितीय दृश्य/स्कन्दगुप्त	प्र.ग्रं.-4/38	1928
न थे जब परिवर्तन दिनरात	रश्मि (1932)	म.सा.-1/140	1928-1931 के बीच
'न धरो कहकर इसको...'	प्रथम अंक/चतुर्थ दृश्य/अजातशत्रु	प्र.ग्रं.-3/259	1922
नक्षत्र/हे निशि जाग्रत्, वासर निद्रित	पल्लव (1926)	पं.ग्रं-1/209	मई, 1922
'नदी नीर से भरी...'	तृतीय अंक/प्रथम दृश्य/विशाख	प्र.ग्रं.-3/216	1921
नयन	परिमल (1929)	नि.र.-1/68	1923
नयनों का नयनों से बन्धन	गीतिका (1936)	नि.र.-1/248	1936
नयनों के डोरे लाल गुलाल-भरे	गीतिका (1936)	नि.र.-1/226	1932
नयनों में हेर प्रिये	गीतिका (1936)	नि.र.-1/218	1930
नर जीवन के स्वार्थ सकल	गीतिका (1936)	नि.र.-1/223	1931
नव घन आज बनो पलकों में!	सांध्य गीत (1936)	म.सा.-1/298	1934-1936 के बीच
नव मेघों को रोता था	रश्मि (1932)	म.सा.-1/118	1928-1931 के बीच
नव वसन्त-ऋतु में आओ	वीणा (1927)	पं.ग्रं-1/82	1918
नव हे, नव हे,	युगान्त/युगपथ	पं.ग्रं-2/16	जुलाई, 1934
नवल मेरे जीवन की डाल	गुंजन (1932)	पं.ग्रं-1/254	मार्च, 1928
नहीं डरेंगे	असंकलित	नि.र.-1/44	1923
'नाथ स्नेह की लता सींच दो,...'	तृ.अं./ष.दृ./जन्मेजय का नाग-यज्ञ	प्र.ग्रं.-3/418	1924
नाथ, हो स्वर्ण-प्रभात !	चार/ज्योत्स्ना	पं.ग्रं-1/336	1934
नारायण मिलें हँस अंत में	द्वितीय **अनामिका** (1939)	नि.र.-1/139	1925
नारी रूप/घने लहरे रेशम के बाल	पल्लव (1926)	पं.ग्रं-1/208	मई, 1922
'निकल मत बाहर दुर्बल आह...'	प्रथम अंक/द्वितीय दृश्य/चन्द्रगुप्त	प्र.ग्रं.-4/187	1931
निज अंचल में धर सादर	वीणा (1927)	पं.ग्रं-1/93	1918
निज अलकों के अंधकार में	लहर (1935)	प्र.ग्रं.-1/291	1935
निठुर होकर डालेगा पीस	नीहार (1930)	म.सा.-1/86	1924-1928 के बीच
निमिष से मेरे विरह के कल्प बीते!	दीपशिखा (1942)	म.सा.-1/361	1936-1942 के बीच
निराशा के झोंकों ने देव!	नीहार (1930)	म.सा.-1/70	1924-1928 के बीच
'निर्जन गोधूलि प्रान्तर में...'	द्वितीय अंक/अष्टम दृश्य/अजातशत्रु	प्र.ग्रं.-3/302	1922
निर्झर की अजस्र झर्-झर्	वीणा (1927)	पं.ग्रं-1/99	1919
निर्झर गान/शुभ्र निर्झर के झर्-झर् पात!	पल्लव (1926)	पं.ग्रं-1/203	अगस्त, 1922
निर्झरी/यह कैसा जीवन का गान	पल्लव (1926)	पं.ग्रं-1/212	सितम्बर, 1922
निर्दय तूने ठुकराया तब	लहर (1935)	प्र.ग्रं.-1/325	1935
निर्भय हो, निर्भय मानव !	तीन/ज्योत्स्ना	पं.ग्रं-1/326	1934
निवेदन	झरना (1918)	प्र.ग्रं.-1/248	1914
निवेदन	परिमल (1929)	नि.र.-1/147	1926
निशा का नील तमाल	द्वितीय दृश्य/परी	पं.ग्रं-1/378	1925
निशा को, धो देता राकेश	नीहार (1930)	म.सा.-1/29	1924-1928 के बीच
निशि-दिन तन	गीतिका (1936)	नि.र.-1/244	1935

कविता का शीर्षक	काव्य-संग्रह/पुस्तक	ग्रंथावली/पृ.सं.	प्रकाशन/रचना वर्ष
निश्वासों की नीड़, निशा का	नीहार (1930)	म.सा.-1/34	1924-1928 के बीच
नींद में सपना बन अज्ञात	रश्मि (1932)	म.सा.-1/156	1928-1931 के बीच
नीरव व्योम! विश्व नीरव!	वीणा (1927)	पं.ग्रं-1/107	1919
नीरव-तार हृदय में	गुंजन (1932)	पं.ग्रं-1/266	1919
नील-कमल सी हैं वे आँख	गुंजन (1932)	पं.ग्रं-1/253	जनवरी, 1932
नेत्र	गीत-गुंज (द्वि.सं.)	नि.र.-1/182	1927
नौका-विहार/शान्त, स्निग्ध ज्योत्स्ना उज्ज्वल	गुंजन (1932)	पं.ग्रं-1/274	1927
न्योछावर स्वर्ग इसी भू पर,	तीन/ज्योत्स्ना	पं.ग्रं-1/316	1934
पंकज-कली!	सांध्य गीत (1936)	म.सा.-1/265	1934-1936 के बीच
पंचवटी-प्रसंग : 1	प्रथम **अनामिका**/परिमल	नि.र.-1/51	अज्ञात
पंचवटी-प्रसंग : 2	प्रथम **अनामिका**/परिमल	नि.र.-1/53	अज्ञात
पंचवटी-प्रसंग : 3	प्रथम **अनामिका**/परिमल	नि.र.-1/56	अज्ञात
पंचवटी-प्रसंग : 4	प्रथम **अनामिका**/परिमल	नि.र.-1/58	अज्ञात
पंचवटी-प्रसंग : 5	प्रथम **अनामिका**/परिमल	नि.र.-1/61	अज्ञात
पंथ होने दो अपरिचित	दीपशिखा (1942)	म.सा.-1/313	1936-1942 के बीच
पतनोन्मुख	परिमल (1929)	नि.र.-1/146	1925
पथ	गीत-गुंज (द्वि.सं.)	नि.र.-1/78	1923
पथ देख बिता दी रैन	नीरजा (1935)	म.सा.-1/190	1931-1934 के बीच
पथ मेरा निर्वाण बन गया!	दीपशिखा (1942)	म.सा.-1/387	1936-1942 के बीच
'पद-दलित किया है जिसने...'	तृ.अं./तृ.दृ./जन्मेजय का नाग-यज्ञ	प्र.ग्रं.-3/408	1924
परलोक	परिमल (1929)	नि.र.-1/154	1926
परिचय	झरना (1918)	प्र.ग्रं.-1/220	अज्ञात
परिवर्तन/कहाँ आज वह पूर्ण पुरातन	पल्लव (1926)	पं.ग्रं-1/223	अप्रैल, 1924
पल्लव/अरे, ये पल्लव बाल!	पल्लव (1926)	पं.ग्रं-1/177	नवम्बर, 1924
पहचाना	परिमल (1929)	नि.र.-1/74	1923
पाईबाग	झरना (1918)	प्र.ग्रं.-1/252	अज्ञात
पारस	परिमल (1929)	नि.र.-1/150	1926
'पालना बनें प्रलय की लहरें...'	द्वितीय अंक/चतुर्थ दृश्य/स्कन्दगुप्त	प्र.ग्रं.-4/74	1928
पावन करो नयन!	गीतिका (1936)	नि.र.-1/237	1934
पावस प्रवास	झरना (1918)	प्र.ग्रं.-1/228	अज्ञात
पास ही रे, हीरे की खान	गीतिका (1936)	नि.र.-1/214	1930
'पी ले प्रेम का प्याला...'	प्रथम अंक/षष्ठ दृश्य/कामना	प्र.ग्रं.-3/454	1927
पी! कहाँ?	झरना (1918)	प्र.ग्रं.-1/251	अज्ञात
पुजारी दीप कहीं सोता है!	दीपशिखा (1942)	म.सा.-1/399	1936-1942 के बीच
पुलक पुलक उर, सिहर सिहर तन	नीरजा (1935)	म.सा.-1/169	1931-1934 के बीच
पूछता क्यों शेष कितनी रात?	दीपशिखा (1942)	म.सा.-1/393	1936-1942 के बीच
'पृथ्वी की श्यामल पुलकों...'	तृतीय अंक/चतुर्थ दृश्य/कामना	प्र.ग्रं.-3/493	1927
पेशोला की प्रतिध्वनि	लहर (1935)	प्र.ग्रं.-1/337	1935
'पैरों के नीचे जलधर हों ...'	प्रथम अंक/ध्रुवस्वामिनी	प्र.ग्रं.-4/341	1933

कविता का शीर्षक	काव्य-संग्रह/पुस्तक	ग्रंथावली/पृ.सं.	प्रकाशन/रचना वर्ष
प्यार करती हूँ अलि	गीतिका (1936)	नि.र.-1/217	1930
'प्यारे, निर्मोही होकर मत...'	प्रथम अंक/पंचम दृश्य/अजातशत्रु	प्र.ग्रं.-3/261	1922
प्याला	द्वितीय **अनामिका** (1939)	नि.र.-1/138	1925
प्यास	झरना (1918)	प्र.ग्रं.-1/249	अज्ञात
प्रकाश	द्वितीय **अनामिका** (1939)	नि.र.-1/48	1923
प्रगल्भ प्रेम	द्वितीय **अनामिका** (1939)	नि.र.-1/102	1924
प्रतिक्षण मेरा मोह-मलिन मन	गीतिका (1936)	नि.र.-1/261	अज्ञात
प्रतिध्वनि	असंकलित कविताएँ	नि.र.-1/183	1928
प्रत्याशा	झरना (1918)	प्र.ग्रं.-1/253	1915
प्रथम प्रणय की सुषमा सा	नीहार (1930)	म.सा.-1/94	1924-1928 के बीच
प्रथम प्रभात	परिमल (1929)	नि.र.-1/109	1924
प्रथम प्रभात	झरना (1918)	प्र.ग्रं.-1/224	1913
'प्रथम यौवन-मदिरा से मत्त...'	द्वितीय अंक/पंचम दृश्य/चन्द्रगुप्त	प्र.ग्रं.-4/233	1931
प्रथम रश्मि का आना रंगिणि!	वीणा (1927)	पं.ग्रं-1/113	1919
प्रपात के प्रति	परिमल (1929)	नि.र.-1/108	1924
प्रभाती	परिमल (1929)	नि.र.-1/196	1929
प्रलय की छाया	लहर (1935)	प्र.ग्रं.-1/339	1931
प्रलाप	द्वितीय **अनामिका** (1939)	नि.र.-1/89	1924
प्राण हँस कर ले चला जब	दीपशिखा (1942)	म.सा.-1/317	1936-1942 के बीच
प्राण! तुम लघु लघु गात!	गुंजन (1932)	पं.ग्रं-1/265	1930
प्राण! प्रेम के मानस में	वीणा (1927)	पं.ग्रं-1/95	1918
प्राण, तुम लघु-लघु गात!	द्वितीय दृश्य/परी	पं.ग्रं-1/371	1925
प्राण-धन को स्मरण करते	गीतिका (1936)	नि.र.-1/241	1935
प्राणपिक प्रिय — नाम रे कह!	नीरजा (1935)	म.सा.-1/229	1931-1934 के बीच
प्राण-रमा पतझार सजनि	सांध्य गीत (1936)	म.सा.-1/275	1934-1936 के बीच
प्राणों के अंतिम पाहुन!	रश्मि (1932)	म.सा.-1/154	1928-1931 के बीच
प्राणों ने कहा कब दूर	दीपशिखा (1942)	म.सा.-1/371	1936-1942 के बीच
प्रात तव द्वार पर	गीतिका (1936)	नि.र.-1/275	अज्ञात
प्रार्थना	झरना (1918)	प्र.ग्रं.-1/264	1910
प्रार्थना	परिमल (1929)	नि.र.-1/146	1926
प्रार्थना	परिमल (1929)	नि.र.-1/197	1929
प्रिय इन नयनों का अश्रु-नीर!	नीरजा (1935)	म.सा.-1/167	1931-1934 के बीच
प्रिय गया है लौट रात!	नीरजा (1935)	म.सा.-1/203	1931-1934 के बीच
प्रिय चिरंतन है सजनि	सांध्य गीत (1936)	म.सा.-1/283	1934-1936 के बीच
प्रिय मेरे गीले नयन बनेंगे आरती!	सांध्य गीत (1936)	म.सा.-1/250	1934-1936 के बीच
प्रिय मैं जो चित्र बना पाती!	दीपशिखा (1942)	म.सा.-1/389	1936-1942 के बीच
प्रिय सुधि भूले री मैं पथ भूली!	नीरजा (1935)	म.सा.-1/235	1931-1934 के बीच
प्रिय! जिसने दु:ख पाला हो!	नीरजा (1935)	म.सा.-1/212	1931-1934 के बीच
प्रिय! मैं हूँ एक पहेली भी !	नीरजा (1935)	म.सा.-1/217	1931-1934 के बीच

कविता का शीर्षक	काव्य-संग्रह/पुस्तक	ग्रंथावली/पृ.सं.	प्रकाशन/रचना वर्ष
प्रिय! सांध्य गगन मेरा जीवन	सांध्य गीत (1936)	म.सा.-1/249	1934-1936 के बीच
(प्रिय) यामिनी जागी	गीतिका (1936)	नि.र.-1/253	अज्ञात
प्रियतम	झरना (1918)	प्र.ग्रं.-1/246	1914
प्रिय-पथ के यह शूल	सांध्य गीत (1936)	म.सा.-1/259	1934-1936 के बीच
प्रिया के प्रति	परिमल (1929)	नि.र.-1/202	अज्ञात
प्रिया से	द्वितीय **अनामिका** (1939)	नि.र.-1/98	1924
प्रेम की बंसी लगी न प्राण?	प्रथम दृश्य/परी	पं.ग्रं-1/360	1925
प्रेम के प्रति	द्वितीय **अनामिका** (1939)	नि.र.-1/225	1932
प्रेयसी	द्वितीय **अनामिका** (1939)	नि.र.-1/324	1935
फिर क्यों तुमने शूल बिछाए?	दीपशिखा (1942)	म.सा.-1/365	1936-1942 के बीच
फिर विकल हैं प्राण मेरे!	सांध्य गीत (1936)	म.सा.-1/278	1934-1936 के बीच
फूटो फिर	गीतिका (1936)	नि.र.-1/267	अज्ञात
'फूल जब हँसते हैं अभिराम...'	तृ.अं./द्वि.दृ./जन्मेजय का नाग-यज्ञ	प्र.ग्रं.-3/404	1924
फूलों का गीला सौरभ पी	रश्मि (1932)	म.सा.-1/117	1928-1931 के बीच
'बज रही वंशी आठों याम की...'	चतुर्थ अंक/चतुर्थ दृश्य/चन्द्रगुप्त	प्र.ग्रं.-4/283	1931
'बजा दो वेणु मनमोहन!...'	चतुर्थ अंक/सप्तम दृश्य/स्कन्दगुप्त	प्र.ग्रं.-4/122	1928
बढ़ा और भी तो अन्तर	वीणा (1927)	पं.ग्रं-1/83	1918
बढ़ो अभय, विश्वास चरण धर!	युगान्त/युगपथ	पं.ग्रं-2/12	मई, 1935
बताऊँ मैं कैसे सुन्दर!	वीणा (1927)	पं.ग्रं-1/95	1918
बताता जा रे अभिमानी!	नीरजा (1935)	म.सा.-1/184	1931-1934 के बीच
बदला	परिमल (1929)	नि.र.-1/151	1926
बनबाला के गीतों सा	नीहार (1930)	म.सा.-1/32	1924-1928 के बीच
बन्दूँ पद सुन्दर तव	गीतिका (1936)	नि.र.-1/247	1936
'बरस पड़े अश्रु-जल, हमारा...'	द्वि.अं./पं.दृ./जन्मेजय का नाग-यज्ञ	प्र.ग्रं.-3/391	1924
बह चली अब अलि, शिशिर-समीर!	गीतिका (1936)	नि.र.-1/211	1929
बह जाता रे, परिमल-मन	गीतिका (1936)	नि.र.-1/236	1933
बहती जिस नक्षत्र लोक में	नीहार (1930)	म.सा.-1/41	1924-1928 के बीच
बहती निराधार	गीतिका (1936)	नि.र.-1/266	अज्ञात
'बहुत छिपाया, उफन पड़ा...'	द्वितीय अंक/द्वितीय दृश्य/अजातशत्रु	प्र.ग्रं.-3/284	1922
बहू	परिमल (1929)	नि.र.-1/95	1924
बाँधोऽ, छवि के नव बन्धन बाँधो!	युगान्त/युगपथ	पं.ग्रं-2/17	जुलाई, 1934
बाँसों का झुरमुट	युगान्त/युगपथ	पं.ग्रं-2/13	अक्टूबर, 1935
बादल में आये जीवन-धन	गीतिका (1936)	नि.र.-1/255	अज्ञात
बादल/सुरपति के हम ही हैं अनुचर	पल्लव (1926)	पं.ग्रं-1/213	अप्रैल, 1922
बादल-राग (1, 2, 3)	परिमल (1929)	नि.र.-1/128	1924
बादल-राग (4, 5, 6)	असंकलित कविताएँ	नि.र.-1/133	1924
बापू के प्रति	युगान्त/युगपथ	पं.ग्रं-2/24	अप्रैल, 1936
बाबा और नाती	असंकलित	नि.र.-1/44	1923
बालकाल में जिसे जलद से	वीणा (1927)	पं.ग्रं-1/87	1918

कविता का शीर्षक	काव्य-संग्रह/पुस्तक	ग्रंथावली/पृ.सं.	प्रकाशन/रचना वर्ष
बालापन/चित्रकार! क्या करुणा कर फिर	पल्लव (1926)	पं.ग्रं-1/219	मार्च, 1919
बालू की वेला	झरना (1918)	प्र.ग्रं.-1/235	1924
बिखरा हुआ प्रेम	झरना (1918)	प्र.ग्रं.-1/241	अज्ञात
'बिखरी किरन अलक व्याकुल हो...'	द्वितीय अंक/सप्तम दृश्य/चन्द्रगुप्त	प्र.ग्रं.-4/238	1931
बिन्दु 1	झरना (1918)	प्र.ग्रं.-1/279	अज्ञात
बिन्दु 2	झरना (1918)	प्र.ग्रं.-1/280	अज्ञात
बिन्दु 3	झरना (1918)	प्र.ग्रं.-1/281	अज्ञात
बिन्दु 4	झरना (1918)	प्र.ग्रं.-1/282	अज्ञात
बिन्दु 5	झरना (1918)	प्र.ग्रं.-1/283	अज्ञात
बिन्दु 6	झरना (1918)	प्र.ग्रं.-1/284	अज्ञात
बीती विभावरी जाग री	लहर (1935)	प्र.ग्रं.-1/303	1935
बीते वसंत की चिर-समाधि!	रश्मि (1932)	म.सा.-1/160	1928-1931 के बीच
बीन भी हूँ मैं तुम्हारी	नीरजा (1935)	म.सा.-1/177	1931-1934 के बीच
बुझे तृष्णाशा-विषानल झरे	गीतिका (1936)	नि.र.-1/245	1936
बैठ देखी वह छबि सब दिन	गीतिका (1936)	नि.र.-1/236	1933
भर देते हो	परिमल (1929)	नि.र.-1/112	1924
'भरा नैनों में मन में रूप...'	प्रथम अंक/सप्तम दृश्य/स्कन्दगुप्त	प्र.ग्रं.-4/58	1928
भारति, जय, विजयकरे!	गीतिका (1936)	नि.र.-1/246	1936
भावना रँग दी तुमने	गीतिका (1936)	नि.र.-1/268	अज्ञात
'भाव-निधि में लहरियाँ उठतीं...'	चतुर्थ अंक/द्वितीय दृश्य/स्कन्दगुप्त	प्र.ग्रं.-4/110	1928
भावी पत्नी के प्रति/प्रिये, प्राणों की प्राण	गुंजन (1932)	पं.ग्रं-1/250	अप्रैल, 1927
भिक्षुक	परिमल (1929)	नि.र.-1/76	1923
भ्रमर-गीत	परिमल (1929)	नि.र.-1/203	अज्ञात
मंगल चिर मंगल हो!	तीन/ज्योत्स्ना	पं.ग्रं-1/329	1934
मंजरित आम्र-वन-छाया में	युगान्त/युगपथ	पं.ग्रं-2/17	मई, 1935
मकड़ी का मृदु माया-जाल	वीणा (1927)	पं.ग्रं-1/94	1919
'मचा है जग भर में अन्धेर...'	प्रथम अंक/द्वितीय दृश्य/विशाख	प्र.ग्रं.-3/186	1921
मत अरुण घूँघट खोल री!	नीरजा (1935)	म.सा.-1/227	1931-1934 के बीच
मधुकरी/सिखा दो ना, हे मधुप कुमारि!	पल्लव (1926)	पं.ग्रं-1/191	सितम्बर, 1922
'मधुप कब एक कली का है...'	चतुर्थ अंक/चतुर्थ दृश्य/चन्द्रगुप्त	प्र.ग्रं.-4/282	1931
मधुप गुनगुना कर कह जाता	लहर (1935)	प्र.ग्रं.-1/292	1932
'मधुपान कर चुके मधुप,...'	तृतीय अंक/प्रथम दृश्य/विशाख	प्र.ग्रं.-3/216	1921
'मधुमत्त मिलिन्द माधुरी...'	प्रथम अंक/चतुर्थ दृश्य/विशाख	प्र.ग्रं.-3/194	1921
मधुर जीवन-आतप सुकुमार	द्वितीय दृश्य/परी	पं.ग्रं-1/374	1925
मधुर मधुर मेरे दीपक जल!	नीरजा (1935)	म.सा.-1/187	1931-1934 के बीच
'मधुर माधव ऋतु की रजनी...'	द्वि.अं./तृ.दृ./जन्मेजय का नाग-यज्ञ	प्र.ग्रं.-3/386	1924
मधुर माधवी संध्या में	लहर (1935)	प्र.ग्रं.-1/327	1935
'मधुर मिलन कुंज में...'	एकांकी/एक घूँट	प्र.ग्रं.-3/534	1929
मधुरिमा के मृदु हास!	वीणा (1927)	पं.ग्रं-1/104	1919

कविता का शीर्षक	काव्य-संग्रह/पुस्तक	ग्रंथावली/पृ.सं.	प्रकाशन/रचना वर्ष
मधुरिमा के, मधु के अवतार	नीहार (1930)	म.सा.-1/92	1924-1928 के बीच
मधुवन/आज नव मधु की प्रात	गुंजन (1932)	पं.ग्रं-1/255	अगस्त, 1930
मधुवेला है आज	नीरजा (1935)	म.सा.-1/219	1931-1934 के बीच
मन चंचल न करो	गीतिका (1936)	नि.र.-1/224	1931
'मन जागो जागो ...'	तृ.अं./द्वि.दृ./जन्मेजय का नाग-यज्ञ	प्र.ग्रं.-3/403	1924
'मना आनन्द मत...'	प्रथम अंक/चतुर्थ दृश्य/विशाख	प्र.ग्रं.-3/194	1921
मम जीवन की प्रमुदित प्रात	वीणा (1927)	पं.ग्रं-1/84	1918
'मरण जब दीन जीवन से...'	तृतीय अंक/द्वितीय दृश्य/विशाख	प्र.ग्रं.-3/219	1921
मरु भी होगा नन्दन वन!	वीणा (1927)	पं.ग्रं-1/109	1918
महाराज शिवाजी का पत्र	परिमल (1929)	नि.र.-1/156	1926
मा! अल्मोड़े में आये थे	वीणा (1927)	पं.ग्रं-1/101	1918
मा! काले रँग का दुकूल नव	वीणा (1927)	पं.ग्रं-1/97	1918
'माझी? साहस है? खे लोगे?'	तृतीय अंक/चतुर्थ दृश्य/स्कन्दगुप्त	प्र.ग्रं.-4/99	1928
'मान लूँ क्यों न उसे...'	द्वितीय अंक/षष्ठ दृश्य/विशाख	प्र.ग्रं.-3/211	1921
मानव	युगान्त/युगपथ	पं.ग्रं-2/22	अप्रैल, 1935
मानव/तुम मेरे मन के मानव	गुंजन (1932)	पं.ग्रं-1/248	जनवरी, 1932
माया	प्रथम **अनामिका**/परिमल	नि.र.-1/42	1922-23
मार दी तुझे पिचकारी	गीतिका (1936)	नि.र.-1/242	1935
मिट चली घटा अधीर!	दीपशिखा (1942)	म.सा.-1/351	1936-1942 के बीच
मित्र के प्रति	द्वितीय **अनामिका** (1939)	नि.र.-1/309	1935
मिल जाता काले अंजन में	नीहार (1930)	म.सा.-1/40	1924-1928 के बीच
मिलन	झरना (1918)	प्र.ग्रं.-1/257	अज्ञात
मिला-मिलाकर सुन्दर स्वर	वीणा (1927)	पं.ग्रं-1/118	1919
मिले तुम राकापति में आज	वीणा (1927)	पं.ग्रं-1/89	1919
'मीड़ मत खिंचे बीन...'	प्रथम अंक/नवम दृश्य/अजातशत्रु	प्र.ग्रं.-3/272	1922
मुकुलित तन हो, प्रमुदित मन हो,	पाँच/ज्योत्स्ना	पं.ग्रं-1/341	1934
मुखर पिक हौले बोल!	नीरजा (1935)	म.सा.-1/188	1931-1934 के बीच
मुझको न मिला रे कभी प्यार	लहर (1935)	प्र.ग्रं.-1/318	1933
मुझे सोचने दो सजनी	वीणा (1927)	पं.ग्रं-1/103	1919
मुझे स्नेह क्या मिल न सकेगा ?	गीतिका (1936)	नि.र.-1/222	1930
मुसकरा दी थीं क्या तुम, प्राण	गुंजन (1932)	पं.ग्रं-1/253	अक्टूबर, 1927
मुसकान/कहेंगे क्या मुझसे सब लोग	पल्लव (1926)	पं.ग्रं-1/200	अगस्त, 1922
मुस्काता संकेत-भरा नभ	नीरजा (1935)	म.सा.-1/221	1931-1934 के बीच
मूक करके मानस का ताप	नीहार (1930)	म.सा.-1/83	1924-1928 के बीच
मेघ के घन केश	गीतिका (1936)	नि.र.-1/229	1932
मेघ सी घिर झर चली मैं	दीपशिखा (1942)	म.सा.-1/359	1936-1942 के बीच
मेरा प्रतिपल सुन्दर हो	गुंजन (1932)	पं.ग्रं-1/262	जनवरी, 1931
मेरा सजल मुख देख लेते!	सांध्य गीत (1936)	म.सा.-1/260	1934-1936 के बीच
मेरी आँखों की पुतली में	लहर (1935)	प्र.ग्रं.-1/313	1932

कविता का शीर्षक	काव्य-संग्रह/पुस्तक	ग्रंथावली/पृ.सं.	प्रकाशन/रचना वर्ष
मेरी है पहेली बात!	सांध्य गीत (1936)	म.सा.-1/279	1934-1936 के बीच
मेरे इस अन्तिम विलास में	वीणा (1927)	पं.ग्रं-1/112	1919
मेरे ओ विहग से गान!	दीपशिखा (1942)	म.सा.-1/407	1936-1942 के बीच
मेरे प्राणों में आओ!	गीतिका (1936)	नि.र.-1/213	1930
'मेरे मन को चुरा के...'	द्वितीय अंक/तृतीय दृश्य/विशाख	प्र.ग्रं.-3/205	1921
मेरे मानस का आवेश	वीणा (1927)	पं.ग्रं-1/90	1918
मेरे हँसते अधर नहीं	नीरजा (1935)	म.सा.-1/192	1931-1934 के बीच
मैं अनन्त पथ में लिखती जो	नीहार (1930)	म.सा.-1/33	1924-1928 के बीच
मैं कंपन हूँ तू करुण राग	नीहार (1930)	म.सा.-1/63	1924-1928 के बीच
मैं किसी की मूक छाया हूँ	सांध्य गीत (1936)	म.सा.-1/268	1934-1936 के बीच
मैं क्यों पूछूँ यह विरह-निशा	दीपशिखा (1942)	म.सा.-1/367	1936-1942 के बीच
मैं चिर पथिक वेदना का	दीपशिखा (1942)	म.सा.-1/405	1936-1942 के बीच
मैं न यह पथ जानती री!	दीपशिखा (1942)	म.सा.-1/347	1936-1942 के बीच
मैं नहीं चाहता चिर सुख	गुंजन (1932)	पं.ग्रं-1/241	जनवरी, 1932
मैं नीर भरी दुःख की बदली!	सांध्य गीत (1936)	म.सा.-1/273	1934-1936 के बीच
मैं पलकों में पाल रही हूँ	दीपशिखा (1942)	म.सा.-1/375	1936-1942 के बीच
मैं बनी मधुमास आली!	नीरजा (1935)	म.सा.-1/200	1931-1934 के बीच
मैं मतवाली इधर, उधर प्रिय मेरा	नीरजा (1935)	म.सा.-1/201	1931-1934 के बीच
मैं रहूँगा न	गीतिका (1936)	नि.र.-1/251	1936
मैं सजग चिर साधना ले!	सांध्य गीत (1936)	म.सा.-1/267	1934-1936 के बीच
मैं सबसे छोटी होऊँ	वीणा (1927)	पं.ग्रं-1/92	1918
मोम-सा तन घुल चुका	दीपशिखा (1942)	म.सा.-1/355	1936-1942 के बीच
मोह/छोड़ द्रुमों की मृदु छाया	पल्लव (1926)	पं.ग्रं-1/195	जनवरी, 1918
मौन	परिमल (1929)	नि.र.-1/170	1926
मौन निमंत्रण/स्तब्ध ज्योत्स्ना में जब संसार	पल्लव (1926)	पं.ग्रं-1/195	नवम्बर, 1923
मौन रही हार	गीतिका (1936)	नि.र.-1/254	अज्ञात
यमुना के प्रति	परिमल (1929)	नि.र.-1/114	1924
'यह कसक अरे आँसू सह जा...'	प्रथम अंक/ध्रुवस्वामिनी	प्र.ग्रं.-4/329	1933
यह चरित्र मा! जो तूने है	वीणा (1927)	पं.ग्रं-1/83	1918
यह पतझर मधुवन भी हो!	नीरजा (1935)	म.सा.-1/220	1931-1934 के बीच
यह मंदिर का दीप	दीपशिखा (1942)	म.सा.-1/335	1936-1942 के बीच
यह संध्या फूली सजीली!	सांध्य गीत (1936)	म.सा.-1/288	1934-1936 के बीच
यह सपने सुकुमार	दीपशिखा (1942)	म.सा.-1/327	1936-1942 के बीच
यह सुख दुखमय राग	सांध्य गीत (1936)	म.सा.-1/270	1934-1936 के बीच
यहीं	द्वितीय **अनामिका** (1939)	नि.र.-1/93	1924
यहीं है यह विस्मृत संगीत	नीहार (1930)	म.सा.-1/67	1924-1928 के बीच
याचना/बना मधुर मेरा जीवन	पल्लव (1926)	पं.ग्रं-1/221	जनवरी, 1919
याद रखना, इतनी ही बात	गीतिका (1936)	नि.र.-1/214	1930
युक्ति	परिमल (1929)	नि.र.-1/202	अज्ञात

कविता का शीर्षक	काव्य-संग्रह/पुस्तक	ग्रंथावली/पृ.सं.	प्रकाशन/रचना वर्ष
ये तो हैं नादान नयन !	वीणा (1927)	पं.ग्रं-1/90	1919
'यौवन तेरी चंचल छाया...'	द्वितीय अंक/ध्रुवस्वामिनी	प्र.ग्रं.-4/343	1933
रँग गयी पग-पग धन्य धरा	गीतिका (1936)	नि.र.-1/234	1933
रक्षा-बन्धन (2)	असंकलित कविताएँ	नि.र.-1/66	1923
रजत करों की मृदुल तूलिका	नीहार (1930)	म.सा.-1/30	1924-1928 के बीच
रजत किरण, रजत वरण	दो/ज्योत्स्ना	पं.ग्रं-1/299	1934
रजत रश्मियों की छाया में	रश्मि (1932)	म.सा.-1/108	1928-1931 के बीच
रजनी ओढ़े जाती थी	नीहार (1930)	म.सा.-1/37	1924-1928 के बीच
रत्न	झरना (1918)	प्र.ग्रं.-1/267	अज्ञात
रहा तेरा ध्यान	गीतिका (1936)	नि.र.-1/233	1932
रही आज मन में	गीतिका (1936)	नि.र.-1/276	अज्ञात
रागभीनी तू सजनि	सांध्य गीत (1936)	म.सा.-1/252	1934-1936 के बीच
राम की शक्ति-पूजा	द्वितीय **अनामिका** (1939)	नि.र.-1/329	1936
रास्ते के फूल से	परिमल (1929)	नि.र.-1/90	1924
री कुञ्ज की शेफलिके!	सांध्य गीत (1936)	म.सा.-1/272	1934-1936 के बीच
रूखी री यह डाल	गीतिका (1936)	नि.र.-1/227	1932
रूप	झरना (1918)	प्र.ग्रं.-1/226	1927
रूप-तारा तुम पूर्ण प्रकाम	गुंजन (1932)	पं.ग्रं-1/259	नवम्बर, 19 25
रूपसि तेरा घन-केश-पाश!	नीरजा (1935)	म.सा.-1/178	1931-1934 के बीच
रे अपलक मन!	गीतिका (1936)	नि.र.-1/230	1932
रे पपीहे पी कहाँ!	सांध्य गीत (1936)	म.सा.-1/262	1934-1936 के बीच
रे, कुछ न हुआ, तो क्या?	गीतिका (1936)	नि.र.-1/237	1934
रेखा 'क' (यौवन के तीर पर...)	द्वितीय **अनामिका** (1939)	नि.र.-1/170	1927
रेखा 'ख' (विपुल निर्जनता का...)	असंकलित कविताएँ	नि.र.-1/175	1927
रेखा 'ग' (रेखा जीवन की! —)	असंकलित	नि.र.-1/178	1927
'लगा दो गहने का...'	द्वितीय अंक/द्वितीय दृश्य/विशाख	प्र.ग्रं.-3/203	1921
लघु लघु धर पग,	पाँच/ज्योत्स्ना	पं.ग्रं-1/349	1934
लज्जिता	प्र. **अनामिका**/असं. कविताएँ	नि.र.-1/65	अज्ञात
लतिका के कम्पित अधरों से	वीणा (1927)	पं.ग्रं-1/102	1919
लय गीत मदिर, गति ताल अमर	नीरजा (1935)	म.सा.-1/237	1931-1934 के बीच
लाए कौन संदेश नए घन!	नीरजा (1935)	म.सा.-1/224	1931-1934 के बीच
लाज लगे तो	गीतिका (1936)	नि.र.-1/252	1937
लायी हूँ फूलों का हास	गुंजन (1932)	पं.ग्रं-1/264	अप्रैल, 1927
लिखती, सब कहते	गीतिका (1936)	नि.र.-1/257	अज्ञात
ले चल वहाँ भुलावा देकर	लहर (1935)	प्र.ग्रं.-1/298	1932
लो, जग की डाली-डाली पर	पाँच/ज्योत्स्ना	पं.ग्रं-1/344	1934
'लोभ सुख का नहीं...'	द्वितीय अंक/नवम दृश्य/अजातशत्रु	प्र.ग्रं.-3/308	1922
लौट जा मलय-मारुत के झकोरे!	दीपशिखा (1942)	म.सा.-1/391	1936-1942 के बीच
वन-कुसुमों की शय्या	परिमल (1929)	नि.र.-1/86	1924

कविता का शीर्षक	काव्य-संग्रह/पुस्तक	ग्रंथावली/पृ.सं.	प्रकाशन/रचना वर्ष
वन-वन, उपवन	गुंजन (1932)	पं.ग्रं-1/239	जनवरी, 1932
वर दे, वीणावादिनी वरदे!	गीतिका (1936)	नि.र.-1/224	1931
वर्ण-चमत्कार	गीतिका (1936)	नि.र.-1/275	अज्ञात
वसन्त	झरना (1918)	प्र.ग्रं.-1/230	1924
वसन्त की प्रतीक्षा	झरना (1918)	प्र.ग्रं.-1/229	अज्ञात
वसन्त श्री/उस फैली हरियाली में	पल्लव (1926)	पं.ग्रं-1/197	मार्च, 1918
वसन्त-समीर	परिमल (1929)	नि.र.-1/191	1929
वसुधा के अंचल पर	लहर (1935)	प्र.ग्रं.-1/315	1933
वह कितना सुख	गीतिका (1936)	नि.र.-1/250	1936
वह रूप जगा उर में	गीतिका (1936)	नि.र.-1/219	1930
वह विजन चाँदनी की घाटी	युगान्त/युगपथ	पं.ग्रं-2/18	मई, 1935
वासन्ती	परिमल (1929)	नि.र.-1/189	1929
विद्रुम औ' मरकत की छाया,	युगान्त/युगपथ	पं.ग्रं-2/9	मई, 1935
विधवा	परिमल (1929)	नि.र.-1/72	1923
विनय/मा! मेरे जीवन की हार	पल्लव (1926)	पं.ग्रं-1/188	जनवरी, 1918
विफल-वासना	परिमल (1929)	नि.र.-1/97	1924
विरह का जलजात जीवन	नीरजा (1935)	म.सा.-1/176	1931-1934 के बीच
विरह की घड़ियाँ हुई अलि मधुर	सांध्य गीत (1936)	म.सा.-1/263	1934-1936 के बीच
विरहिणी पर व्यंग्य	असंकलित कविताएँ	नि.र.-1/44	1922-23
विलोड़ित सघन गगन में आज	वीणा (1927)	पं.ग्रं-1/100	1918
विश्व की ही वाणी प्राचीन	गीतिका (1936)	नि.र.-1/270	अज्ञात
विश्व के वारिद-जीवन में	गीतिका (1936)	नि.र.-1/271	अज्ञात
विश्व वेणु/हाँ, हम मारुत के मृदुल झकोरे	पल्लव (1926)	पं.ग्रं-1/201	मार्च, 1923
विश्व व्याप्ति/स्पृहा के विश्व, हृदय के हास	पल्लव (1926)	पं.ग्रं-1/221	जुलाई, 1919
विश्वछवि/मुसकुराते गुलाब के फूल	पल्लव (1926)	पं.ग्रं-1/217	अप्रैल, 1922
विश्व-जीवन के उपसंहार!	रश्मि (1932)	म.सा.-1/150	1928-1931 के बीच
विश्व-नभ-पलकों का आलोक	गीतिका (1936)	नि.र.-1/232	1932
विषाद	झरना (1918)	प्र.ग्रं.-1/233	1925
विसर्जन/अनुपम! इस सुन्दर छवि से	पल्लव (1926)	पं.ग्रं-1/208	जून, 1919
विस्मृत-भोर	परिमल (1929)	नि.र.-1/188	1929
विस्मृति तिमिर में दीप	नीहार (1930)	म.सा.-1/85	1924-1928 के बीच
विहंगम-मधुर स्वर तेरे	दीपशिखा (1942)	म.सा.-1/331	1936-1942 के बीच
विहग के प्रति/विजन वन के ओ विहग-कुमार	गुंजन (1932)	पं.ग्रं-1/266	अगस्त, 1930
विहग, विहग	गुंजन (1932)	पं.ग्रं-1/247	जनवरी, 1932
विहग-शावक से जिस दिन मूक	रश्मि (1932)	म.सा.-1/139	1928-1931 के बीच
वीचि विलास/अरी सलिल की लोल हिलोर!	पल्लव (1926)	पं.ग्रं-1/189	मई, 1923
वीणावादिनी	द्वितीय **अनामिका** (1939)	नि.र.-1/95	1924
वृत्ति	परिमल (1929)	नि.र.-1/150	1926
वे कुछ दिन कितने सुन्दर थे	लहर (1935)	प्र.ग्रं.-1/312	1932

कविता का शीर्षक	काव्य-संग्रह/पुस्तक	ग्रंथावली/पृ.सं.	प्रकाशन/रचना वर्ष
वे गये असह दु:ख भर	गीतिका (1936)	नि.र.-1/263	अज्ञात
वे चहक रहीं कुंजों में चंचल सुन्दर	युगान्त/युगपथ	पं.ग्रं-2/10	अप्रैल, 1936
वे डूब गये - सब डूब गये	युगान्त/युगपथ	पं.ग्रं-2/10	अप्रैल, 1936
वे मधुदिन जिनकी स्मृतियों की	रश्मि (1932)	म.सा.-1/122	1928-1931 के बीच
वे मुस्काते फूल, नहीं	नीहार (1930)	म.सा.-1/35	1924-1928 के बीच
वेदना	असंकलित	नि.र.-1/156	1926
वेदने ठहरो	झरना (1918)	प्र.ग्रं.-1/276	अज्ञात
शंकिता	असंकलित कविताएँ	नि.र.-1/92	1924
शत बहु-पाद, शत नाम रूप,	युगान्त/युगपथ	पं.ग्रं-2/14	मई, 1935
शत शत वर्षों का मग	गीतिका (1936)	नि.र.-1/271	अज्ञात
शरत् के प्रति	असंकलित कविताएँ	नि.र.-1/241	1934
शरत्पूर्णिमा की बिदाई	परिमल (1929)	नि.र.-1/79	1923
शलभ मैं शापमय वर हूँ!	सांध्य गीत (1936)	म.सा.-1/264	1934-1936 के बीच
शशि-सी वह सुंदर रूपविभा	लहर (1935)	प्र.ग्रं.-1/322	1935
शान्त सरोवर का उर	गुंजन (1932)	पं.ग्रं-1/240	फरवरी, 1932
शिशु/कौन तुम अतुल, अरूप, अनाम	पल्लव (1926)	पं.ग्रं-1/206	नवम्बर, 1923
शिशुओं के अविकच उर में	तीन/ज्योत्स्ना	पं.ग्रं-1/309	1934
शुक्र!/द्वाभा से एकाकी प्रेमी	युगान्त/युगपथ	पं.ग्रं-2/20	मई, 1935
'शून्य गगन में खोजता जैसे चन्द्र...'	पंचम अंक/द्वितीय दृश्य/स्कन्दगुप्त	प्र.ग्रं.-4/129	1928
शून्य मंदिर में बनूँगी	सांध्य गीत (1936)	म.सा.-1/258	1934-1936 के बीच
शून्य से टकराकर सुकुमार	नीहार (1930)	म.सा.-1/58	1924-1928 के बीच
शून्यता में निद्रा की बन	रश्मि (1932)	म.सा.-1/105	1928-1931 के बीच
शृंगार कर ले री सजनि	नीरजा (1935)	म.सा.-1/172	1931-1934 के बीच
शृंगारमयी	असंकलित	नि.र.-1/87	1924
शेफालिका	परिमल (1929)	नि.र.-1/144	1925
शेरसिंह का शस्त्र-समर्पण	लहर (1935)	प्र.ग्रं.-1/333	1935
शेष	परिमल (1929)	नि.र.-1/155	1926
शेषयामा यामिनी	दीपशिखा (1942)	म.सा.-1/381	1936-1942 के बीच
श्रवण चाहिए अलि! केवल	वीणा (1927)	पं.ग्रं-1/105	1918
श्रूयते हि पुरा लोके	वीणा (1927)	पं.ग्रं-1/102	1919
संध्या-सुन्दरी	परिमल (1929)	नि.र.-1/77	1923
'संसृति के वे सुन्दरतम क्षण...'	प्रथम अंक/तृतीय दृश्य/स्कन्दगुप्त	प्र.ग्रं.-4/41	1928
सकल गुणों की खान, प्राण तुम	गीतिका (1936)	नि.र.-1/238	1934
सखि मैं हूँ अमर सुहाग भरी!	सांध्य गीत (1936)	म.सा.-1/304	1934-1936 के बीच
सखि, वसन्त आया	गीतिका (1936)	नि.र.-1/253	अज्ञात
सखी! सूखी बिन्दाल	वीणा (1927)	पं.ग्रं-1/111	1920
'सखी री! सुख किसको हैं...'	प्रथम अंक/प्रथम दृश्य/विशाख	प्र.ग्रं.-3/180	1921
सखे! वह प्रेममयी रजनी...'	चतुर्थ अंक/नवम दृश्य/चन्द्रगुप्त	प्र.ग्रं.-4/302	1931
सघन वन-वल्लरियों के नीचे...'	प्रथम अंक/तृतीय दृश्य/कामना	प्र.ग्रं.-3/437	1927

कविता का शीर्षक	काव्य-संग्रह/पुस्तक	ग्रंथावली/पृ.सं.	प्रकाशन/रचना वर्ष
सच है	द्वितीय **अनामिका** (1939)	नि.र.-1/314	1935
सच्चा प्यार	प्र. **अनामिका**/असं. कविताएँ	नि.र.-1/63	अज्ञात
सजनि कौन तम में परिचित सा	रश्मि (1932)	म.सा.-1/132	1928-1931 के बीच
सजनि तेरे दृग बाल!	रश्मि (1932)	म.सा.-1/162	1928-1931 के बीच
सजल स्निग्ध स्मिति, मधुर मन्द गति री	तीन/ज्योत्स्ना	पं.ग्रं-1/301	1934
सजल है कितना सवेरा!	दीपशिखा (1942)	म.सा.-1/409	1936-1942 के बीच
सन्तप्त	द्वितीय **अनामिका** (1939)	नि.र.-1/111	1924
सन्ध्या	युगान्त/युगपथ	पं.ग्रं-2/23	सितम्बर, 1930
सपने जगाती आ	दीपशिखा (1942)	म.सा.-1/373	1936-1942 के बीच
सपनों की रज आँज गया	सांध्य गीत (1936)	म.सा.-1/300	1934-1936 के बीच
सब आँखों के आँसू उजले	दीपशिखा (1942)	म.सा.-1/363	1936-1942 के बीच
'सब जीवन बीता जाता है...'	तृतीय अंक/द्वितीय दृश्य/स्कन्दगुप्त	प्र.ग्रं.-4/92	1928
सब बुझे दीपक जला लूँ	दीपशिखा (1942)	म.सा.-1/319	1936-1942 के बीच
समर्पण	झरना (1918)	प्र.ग्रं.-1/219	अज्ञात
समीरण के पंखों में गूँथ	नीहार (1930)	म.सा.-1/65	1924-1928 के बीच
सम्राट् अष्टम एडवर्ड के प्रति	द्वितीय **अनामिका** (1939)	नि.र.-1/338	1936
सरल चटुल, विमल विपुल,	तीन/ज्योत्स्ना	पं.ग्रं-1/303	1934
सरि, धीरे बह री!	गीतिका (1936)	नि.र.-1/239	1934
'सरोज' के प्रति	असंकलित कविताएँ	नि.र.-1/187	1928
सरोज-स्मृति	द्वितीय **अनामिका** (1939)	नि.र.-1/315	1935
सर्-सर् मर्-मर् झन्-झन् सन्-सन्	एक/ज्योत्स्ना	पं.ग्रं-1/289	1934
'सलोने अंग पर पट हो...'	प्रथम अंक/प्रथम दृश्य/विशाख	प्र.ग्रं.-3/180	1921
सागर की लहर-लहर में	गुंजन (1932)	पं.ग्रं-1/242	जनवरी, 1932
सार्थक करो प्राण	गीतिका (1936)	नि.र.-1/243	1935
सिर्फ एक उन्माद	परिमल (1929)	नि.र.-1/110	1924
'सुख की सीमा नहीं ...'	द्वितीय अंक/चतुर्थ दृश्य/विशाख	प्र.ग्रं.-3/206	1921
सुख साधन में भूल न रे मन!'	अग्निमित्र (अपूर्ण)	प्र.ग्रं.-4/372	अपूर्ण
सुखमा की जितनी मधुर कली,	पाँच/ज्योत्स्ना	पं.ग्रं-1/344	1934
सुधा में गरल	झरना (1918)	प्र.ग्रं.-1/273	अज्ञात
सुधासिंचन	झरना (1918)	प्र.ग्रं.-1/260	अज्ञात
'सुधा-सीकर से नहला दो!'	चतुर्थ अंक/प्रथम दृश्य/चन्द्रगुप्त	प्र.ग्रं.-4/275	1931
सुन्दर मृदु-मृदु रज का तन	गुंजन (1932)	पं.ग्रं-1/246	फरवरी, 1932
सुन्दर विश्वासों से ही	गुंजन (1932)	पं.ग्रं-1/245	फरवरी, 1932
सुन्दरता का आलोक स्रोत	युगान्त/युगपथ	पं.ग्रं-2/16	अप्रैल, 1936
सृष्टि/मिट्टी का गहरा अन्धकार	युगान्त/युगपथ	पं.ग्रं-2/20	मई, 1935
सो रहा है विश्व	सांध्य गीत (1936)	म.सा.-1/271	1934-1936 के बीच
सोओ, सोओ, तात!	तीन/ज्योत्स्ना	पं.ग्रं-1/331	1934
सोचती अपलक आप खड़ी	गीतिका (1936)	नि.र.-1/211	1929
सोने का गान/कहो हे प्रमुदित विहग कुमारि	पल्लव (1926)	पं.ग्रं-1/211	मार्च, 1922

कविता का शीर्षक	काव्य-संग्रह/पुस्तक	ग्रंथावली/पृ.सं.	प्रकाशन/रचना वर्ष
स्नेह की सरिता के तट पर	गीतिका (1936)	नि.र.-1/222	1930
स्नेह चाहिए सत्य, सरल	वीणा (1927)	पं.ग्रं-1/96	1918
स्पर्श से लाज लगी	गीतिका (1936)	नि.र.-1/220	1930
स्मित तुम्हारी से छलक	रश्मि (1932)	म.सा.-1/123	1928-1931 के बीच
स्मृति	परिमल (1929)	नि.र.-1/140	1925
स्मृति/आँख में 'आँसू' भर अनजान	पल्लव (1926)	पं.ग्रं-1/216	नवम्बर, 19 22
स्मृति-चुम्बन	परिमल (1929)	नि.र.-1/193	1929
स्याही की बूँद/गीत लिखती थी मैं उनके	पल्लव (1926)	पं.ग्रं-1/222	मई, 1920
'स्वजन दीखता न विश्व में...'	तृतीय अंक/सप्तम दृश्य/अजातशत्रु	प्र.ग्रं.-3/332	1922
स्वप्न/बालक के कम्पित अधरों पर	पल्लव (1926)	पं.ग्रं-1/197	नवम्बर, 1919
स्वप्नलोक	झरना (1918)	प्र.ग्रं.-1/255	1916
स्वप्न-स्मृति	द्वितीय **अनामिका** (1939)	नि.र.-1/94	1924
स्व-भाव	झरना (1918)	प्र.ग्रं.-1/243	1915
स्वर्ग का था नीरव उच्छ्वास	नीहार (1930)	म.सा.-1/71	1924-1928 के बीच
'स्वर्ग है नहीं दूसरा और...'	तृतीय अंक/तृतीय दृश्य/अजातशत्रु	प्र.ग्रं.-3/322	1922
स्वागत	परिमल (1929)	नि.र.-1/130	1924
स्वाधीनता पर (1)	असंकलित कविताएँ	नि.र.-1/131	1924
स्वाधीनता पर (2)	असंकलित कविताएँ	नि.र.-1/132	1924
'स्वीकृत प्रेम-प्रशस्ति पर...'	द्वितीय अंक/चतुर्थ दृश्य/विशाख	प्र.ग्रं.-3/207	1921
हताश	द्वितीय **अनामिका** (1939)	नि.र.-1/181	1927
हम कोमल सलिल हिलोर नवल,	पाँच/ज्योत्स्ना	पं.ग्रं-1/351	1934
हम चिर अदृश्य नभचर सुन्दर	पाँच/ज्योत्स्ना	पं.ग्रं-1/351	1934
हम मनःस्वर्ग के अधिवासी;	तीन/ज्योत्स्ना	पं.ग्रं-1/313	1934
हम स्वर्ग-किरण, आलोक वरण, सुकुमारी	दो/ज्योत्स्ना	पं.ग्रं-1/298	1934
हम हैं प्रकाश के शिशु सस्मित,	तीन/ज्योत्स्ना	पं.ग्रं-1/308	1934
'हमारा प्रेमनिधि सुन्दर...'	प्रथम अंक/नवम दृश्य/ अजातशत्रु	प्र.ग्रं.-3/273	1922
'हमारे जीवन का उल्लास...'	तृतीय अंक/द्वितीय दृश्य/अजातशत्रु	प्र.ग्रं.-3/315	1922
'हमारे निर्बलों के बल कहाँ...'	प्रथम अंक/षष्ठ दृश्य/स्कन्दगुप्त	प्र.ग्रं.-4/55	1928
'हमारे वक्ष में बनकर...'	प्रथम अंक/पंचम दृश्य/अजातशत्रु	प्र.ग्रं.-3/263	1922
हाय! कहेगा क्या संसार	वीणा (1927)	पं.ग्रं-1/85	1918
हाय! जगाने पर भी तो मैं	वीणा (1927)	पं.ग्रं-1/93	1918
हास-हास, लास-लास,	पाँच/ज्योत्स्ना	पं.ग्रं-1/343	1934
'हिमाद्रि तुंग शृंग से...'	चतुर्थ अंक/षष्ठ दृश्य/चन्द्रगुप्त	प्र.ग्रं.-4/290	1931
'हिमालय के आँगन में उसे...'	पंचम अंक/पंचम दृश्य/स्कन्दगुप्त	प्र.ग्रं.-4/138	1928
'हिये में चुभ गयी, हाँ, ..'	द्वितीय अंक/प्रथम दृश्य/विशाख	प्र.ग्रं.-3/200	1921
हुआ प्रात, प्रियतम	गीतिका (1936)	नि.र.-1/249	1936
हुए शूल अक्षत मुझे धूलि चन्दन!	दीपशिखा (1942)	म.सा.-1/321	1936-1942 के बीच
हुए हैं कितने अंतर्धान	नीहार (1930)	म.सा.-1/74	1924-1928 के बीच
हूँ दूर	परिमल (1929)	नि.र.-1/83	1923

कविता का शीर्षक	काव्य-संग्रह/पुस्तक	ग्रंथावली/पृ.सं.	प्रकाशन/रचना वर्ष
हृदय का सौन्दर्य	झरना (1918)	प्र.ग्रं.-1/263	1924
'हृदय की सब व्यथाएँ मैं...'	द्वितीय अंक/प्रथम दृश्य/विशाख	प्र.ग्रं.-3/198	1921
'हृदय के कोने-कोने से...'	तृतीय अंक/पंचम दृश्य/विशाख	प्र.ग्रं.-3/230	1921
हृदय के बन्दी तार	वीणा (1927)	पं.ग्रं-1/112	1920
हे चिर महान्	सांध्य गीत (1936)	म.सा.-1/303	1934-1936 के बीच
हे मेरे चिर सुंदर अपने!	सांध्य गीत (1936)	म.सा.-1/266	1934-1936 के बीच
हे सागर संगम अरुण नील	लहर (1935)	प्र.ग्रं.-1/299	1932
हो आलोक! हो आलोक!	चार/ज्योत्स्ना	पं.ग्रं-1/339	1934
होली की रात	झरना (1918)	प्र.ग्रं.-1/265	1926

जयशंकर प्रसाद की छायावादी कविताओं की सूची (कालक्रम से)

कविता का शीर्षक	काव्य-संग्रह/पुस्तक	जयशंकर प्रसाद ग्रंथावली/पृ.सं.	प्रकाशन/रचना वर्ष
समर्पण	झरना (1918)	प्र.ग्रं.-1/219	अज्ञात
परिचय	झरना (1918)	प्र.ग्रं.-1/220	अज्ञात
झरना	झरना (1918)	प्र.ग्रं.-1/221	अज्ञात
अव्यवस्थित	झरना (1918)	प्र.ग्रं.-1/223	1923-24
प्रथम प्रभात	झरना (1918)	प्र.ग्रं.-1/224	1913
खोलो द्वार	झरना (1918)	प्र.ग्रं.-1/225	1914
रूप	झरना (1918)	प्र.ग्रं.-1/226	1927
दो बूँदें	झरना (1918)	प्र.ग्रं.-1/227	1924-25
पावस प्रवास	झरना (1918)	प्र.ग्रं.-1/228	अज्ञात
वसन्त की प्रतीक्षा	झरना (1918)	प्र.ग्रं.-1/229	अज्ञात
वसन्त	झरना (1918)	प्र.ग्रं.-1/230	1924
किरण	झरना (1918)	प्र.ग्रं.-1/231	अज्ञात
विषाद	झरना (1918)	प्र.ग्रं.-1/233	1925
बालू की वेला	झरना (1918)	प्र.ग्रं.-1/235	1924
चिह्न	झरना (1918)	प्र.ग्रं.-1/236	1924 (1981 विक्रमी)
दीप	झरना (1918)	प्र.ग्रं.-1/238	1922
अर्चना	झरना (1918)	प्र.ग्रं.-1/239	1915
बिखरा हुआ प्रेम	झरना (1918)	प्र.ग्रं.-1/241	अज्ञात
कब	झरना (1918)	प्र.ग्रं.-1/242	1923-24
स्व-भाव	झरना (1918)	प्र.ग्रं.-1/243	1915
असन्तोष	झरना (1918)	प्र.ग्रं.-1/244	1924
अनुनय	झरना (1918)	प्र.ग्रं.-1/245	1913
प्रियतम	झरना (1918)	प्र.ग्रं.-1/246	1914
कहो	झरना (1918)	प्र.ग्रं.-1/247	1912
निवेदन	झरना (1918)	प्र.ग्रं.-1/248	1914
प्यास	झरना (1918)	प्र.ग्रं.-1/249	अज्ञात
पी! कहाँ?	झरना (1918)	प्र.ग्रं.-1/251	अज्ञात
पाईबाग	झरना (1918)	प्र.ग्रं.-1/252	अज्ञात
प्रत्याशा	झरना (1918)	प्र.ग्रं.-1/253	1915
स्वप्नलोक	झरना (1918)	प्र.ग्रं.-1/255	1916
दर्शन	झरना (1918)	प्र.ग्रं.-1/256	1915
मिलन	झरना (1918)	प्र.ग्रं.-1/257	अज्ञात
आशालता	झरना (1918)	प्र.ग्रं.-1/258	अज्ञात
सुधासिंचन	झरना (1918)	प्र.ग्रं.-1/260	अज्ञात
तुम	झरना (1918)	प्र.ग्रं.-1/261	1924

कविता का शीर्षक	काव्य-संग्रह/पुस्तक	प्र.ग्र./पृ.सं.	प्रकाशन/रचना वर्ष
हृदय का सौन्दर्य	झरना (1918)	प्र.ग्र.-1/263	1924
प्रार्थना	झरना (1918)	प्र.ग्र.-1/264	1910
होली की रात	झरना (1918)	प्र.ग्र.-1/265	1926
झील में	झरना (1918)	प्र.ग्र.-1/266	अज्ञात
रत्न	झरना (1918)	प्र.ग्र.-1/267	अज्ञात
कुछ नहीं	झरना (1918)	प्र.ग्र.-1/268	1924
आदेश	झरना (1918)	प्र.ग्र.-1/269	अज्ञात
देवबाला	झरना (1918)	प्र.ग्र.-1/270	अज्ञात
कसौटी	झरना (1918)	प्र.ग्र.-1/271	अज्ञात
अतिथि	झरना (1918)	प्र.ग्र.-1/272	अज्ञात
सुधा में गरल	झरना (1918)	प्र.ग्र.-1/273	अज्ञात
उपेक्षा करना	झरना (1918)	प्र.ग्र.-1/275	अज्ञात
वेदने ठहरो	झरना (1918)	प्र.ग्र.-1/276	अज्ञात
धूल का खेल	झरना (1918)	प्र.ग्र.-1/277	अज्ञात
बिन्दु 1	झरना (1918)	प्र.ग्र.-1/279	अज्ञात
बिन्दु 2	झरना (1918)	प्र.ग्र.-1/280	अज्ञात
बिन्दु 3	झरना (1918)	प्र.ग्र.-1/281	अज्ञात
बिन्दु 4	झरना (1918)	प्र.ग्र.-1/282	अज्ञात
बिन्दु 5	झरना (1918)	प्र.ग्र.-1/283	अज्ञात
बिन्दु 6	झरना (1918)	प्र.ग्र.-1/284	अज्ञात
उठ उठ री लघु लघु लोल लहर	लहर (1935)	प्र.ग्र.-1/290	1931
निज अलकों के अंधकार में	लहर (1935)	प्र.ग्र.-1/291	1935
मधुप गुनगुना कर कह जाता	लहर (1935)	प्र.ग्र.-1/292	1932
अरी वरुणा की शांत कछार	लहर (1935)	प्र.ग्र.-1/294	1932
जगती की मंगलमयी उषा बन	लहर (1935)	प्र.ग्र.-1/296	1935
ले चल वहाँ भुलावा देकर	लहर (1935)	प्र.ग्र.-1/298	1932
हे सागर संगम अरुण नील	लहर (1935)	प्र.ग्र.-1/299	1932
उस दिन जब जीवन के पथ में	लहर (1935)	प्र.ग्र.-1/301	1935
बीती विभावरी जाग री	लहर (1935)	प्र.ग्र.-1/303	1935
आँखों से अलख जगाने को	लहर (1935)	प्र.ग्र.-1/304	1935
आह रे, वह अधीर यौवन	लहर (1935)	प्र.ग्र.-1/305	1931
तुम्हारी आँखों का बचपन	लहर (1935)	प्र.ग्र.-1/307	1935
अब जागो जीवन के प्रभात	लहर (1935)	प्र.ग्र.-1/309	1914
कोमल कुसुमों की मधुर रात	लहर (1935)	प्र.ग्र.-1/310	1935
कितने दिन जीवन-जलनिधि में	लहर (1935)	प्र.ग्र.-1/311	1935
वे कुछ दिन कितने सुन्दर थे	लहर (1935)	प्र.ग्र.-1/312	1932
मेरी आँखों की पुतली में	लहर (1935)	प्र.ग्र.-1/313	1932
जग की सजग कालिमा	लहर (1935)	प्र.ग्र.-1/314	1932
वसुधा के अंचल पर	लहर (1935)	प्र.ग्र.-1/315	1933

कविता का शीर्षक	काव्य-संग्रह/पुस्तक	प्र.ग्रं./पृ.सं.	प्रकाशन/रचना वर्ष
अपलक जगती हो एक रात	लहर (1935)	प्र.ग्रं.-1/317	1935
मुझको न मिला रे कभी प्यार	लहर (1935)	प्र.ग्रं.-1/318	1933
काली आँखों का अंधकार	लहर (1935)	प्र.ग्रं.-1/320	1934
अरे कहीं देखा है तुमने	लहर (1935)	प्र.ग्रं.-1/321	1935
शशि-सी वह सुंदर रूपविभा	लहर (1935)	प्र.ग्रं.-1/322	1935
अरे आ गई है भूली-सी	लहर (1935)	प्र.ग्रं.-1/323	1935
निर्दय तूने ठुकराया तब	लहर (1935)	प्र.ग्रं.-1/325	1935
ओ री मानस की गहराई	लहर (1935)	प्र.ग्रं.-1/326	1935
मधुर माधवी संध्या में	लहर (1935)	प्र.ग्रं.-1/327	1935
अंतरिक्ष में अभी सो रही	लहर (1935)	प्र.ग्रं.-1/328	1935
अशोक की चिंता	लहर (1935)	प्र.ग्रं.-1/329	1935
शेरसिंह का शस्त्र-समर्पण	लहर (1935)	प्र.ग्रं.-1/333	1935
पेशोला की प्रतिध्वनि	लहर (1935)	प्र.ग्रं.-1/337	1935
प्रलय की छाया	लहर (1935)	प्र.ग्रं.-1/339	1931
आँसू	गीतिकाव्य	प्र.ग्रं.-2/3-41	1925/1933
कामायनी	महाकाव्य	प्र.ग्रं.-2/45-280	1936
कामना	असंकलित कविताएँ	प्र.ग्रं.-2/344	1919
तेरा रूप	असंकलित कविताएँ	प्र.ग्रं.-2/345	1927
गाने दो	असंकलित कविताएँ	प्र.ग्रं.-2/346	1927
अनुनय	असंकलित कविताएँ	प्र.ग्रं.-2/347	1927
आवरण	असंकलित कविताएँ	प्र.ग्रं.-2/348	1928
खोल	असंकलित कविताएँ	प्र.ग्रं.-2/351	1929
'करुणालय चित्त शान्त था...'	प्रथम अंक/प्रथम दृश्य/विशाख	प्र.ग्रं.-3/179	1921
'सलोने अंग पर पट हो...'	प्रथम अंक/प्रथम दृश्य/विशाख	प्र.ग्रं.-3/180	1921
'सखी री !सुख किसको हैं...'	प्रथम अंक/प्रथम दृश्य/विशाख	प्र.ग्रं.-3/180	1921
'घने-घन बीच कुछ अवकाश...'	प्रथम अंक/प्रथम दृश्य/विशाख	प्र.ग्रं.-3/181	1921
'जीवन भर आनन्द मनावे...'	प्रथम अंक/प्रथम दृश्य/विशाख	प्र.ग्रं.-3/182	1921
'उठती है लहर हरी-हरी...'	प्रथम अंक/प्रथम दृश्य/विशाख	प्र.ग्रं.-3/183	1921
'मचा है जग भर में अन्धेर...'	प्रथम अंक/द्वितीय दृश्य/विशाख	प्र.ग्रं.-3/186	1921
'कुंज में वंशी बजती है...'	प्रथम अंक/तृतीय दृश्य/विशाख	प्र.ग्रं.-3/188	1921
'आज मधु पी ले...'	प्रथम अंक/तृतीय दृश्य/विशाख	प्र.ग्रं.-3/188	1921
'तू खोजता किसे अरे ...'	प्रथम अंक/चतुर्थ दृश्य/विशाख	प्र.ग्रं.-3/191	1921
'मना आनन्द मत...'	प्रथम अंक/चतुर्थ दृश्य/विशाख	प्र.ग्रं.-3/194	1921
'मधुमत्त मिलिन्द माधुरी...'	प्रथम अंक/चतुर्थ दृश्य/विशाख	प्र.ग्रं.-3/194	1921
'घबराना मत इस विचित्र...'	प्रथम अंक/चतुर्थ दृश्य/विशाख	प्र.ग्रं.-3/195	1921
'देखी नयनों ने एक झलक...'	प्रथम अंक/पंचम दृश्य/विशाख	प्र.ग्रं.-3/186	1921
'हृदय की सब व्यथाएँ मैं...'	द्वितीय अंक/प्रथम दृश्य/विशाख	प्र.ग्रं.-3/198	1921
'हिये में चुभ गयी, हाँ,...'	द्वितीय अंक/प्रथम दृश्य/विशाख	प्र.ग्रं.-3/200	1921
'लगा दो गहने का...'	द्वितीय अंक/द्वितीय दृश्य/विशाख	प्र.ग्रं.-3/203	1921

कविता का शीर्षक	काव्य-संग्रह/पुस्तक	प्र.ग्र./पृ.सं.	प्रकाशन/रचना वर्ष
'छाने लगी जगत में ...'	द्वितीय अंक/तृतीय दृश्य/विशाख	प्र.ग्रं.-3/203	1921
'मेरे मन को चुरा के...'	द्वितीय अंक/तृतीय दृश्य/विशाख	प्र.ग्रं.-3/205	1921
'सुख की सीमा नहीं ...'	द्वितीय अंक/चतुर्थ दृश्य/विशाख	प्र.ग्रं.-3/206	1921
'अकेली छोड़कर जाने न...'	द्वितीय अंक/चतुर्थ दृश्य/विशाख	प्र.ग्रं.-3/206	1921
'स्वीकृत प्रेम-प्रशस्ति पर...'	द्वितीय अंक/चतुर्थ दृश्य/विशाख	प्र.ग्रं.-3/207	1921
'कार्तिक कृष्णा कुहू क्रोध...'	द्वितीय अंक/चतुर्थ दृश्य/विशाख	प्र.ग्रं.-3/209	1921
'मान लूँ क्यों न उसे...'	द्वितीय अंक/षष्ठ दृश्य/विशाख	प्र.ग्रं.-3/211	1921
'कर रहे हो नाथ, तुम...'	द्वितीय अंक/षष्ठ दृश्य/विशाख	प्र.ग्रं.-3/213	1921
'नदी नीर से भरी...'	तृतीय अंक/प्रथम दृश्य/विशाख	प्र.ग्रं.-3/216	1921
'दूर जब हो गया कहीं मन से...'	तृतीय अंक/प्रथम दृश्य/विशाख	प्र.ग्रं.-3/216	1921
'मधुपान कर चुके मधुप,...'	तृतीय अंक/प्रथम दृश्य/विशाख	प्र.ग्रं.-3/216	1921
'मरण जब दीन जीवन से...'	तृतीय अंक/द्वितीय दृश्य/विशाख	प्र.ग्रं.-3/219	1921
'दीन दुखी न रहे कोई,...'	तृतीय अंक/पंचम दृश्य/विशाख	प्र.ग्रं.-3/227	1921
'हृदय के कोने-कोने से...'	तृतीय अंक/पंचम दृश्य/विशाख	प्र.ग्रं.-3/230	1921
'गोधूली के राग-पटल में...'	प्रथम अंक/द्वितीय दृश्य/अजातशत्रु	प्र.ग्रं.-3/252	1922
'न धरो कहकर इसको...'	प्रथम अंक/चतुर्थ दृश्य/अजातशत्रु	प्र.ग्रं.-3/259	1922
'अली ने क्यों भला...'	प्रथम अंक/पंचम दृश्य/अजातशत्रु	प्र.ग्रं.-3/260	1922
'प्यारे, निर्मोही होकर मत...'	प्रथम अंक/पंचम दृश्य/अजातशत्रु	प्र.ग्रं.-3/261	1922
'आओ हिये में अहो...'	प्रथम अंक/पंचम दृश्य/अजातशत्रु	प्र.ग्रं.-3/263	1922
'हमारे वक्ष में बनकर...'	प्रथम अंक/पंचम दृश्य/अजातशत्रु	प्र.ग्रं.-3/263	1922
'चंचल चन्द्र सूर्य है...'	प्रथम अंक/षष्ठ दृश्य/अजातशत्रु	प्र.ग्रं.-3/265	1922
'मीड़ मत खिंचे बीन...'	प्रथम अंक/नवम दृश्य/अजातशत्रु	प्र.ग्रं.-3/272	1922
'हमारा प्रेमनिधि सुन्दर...'	प्रथम अंक/नवम दृश्य/ अजातशत्रु	प्र.ग्रं.-3/273	1922
'बहुत छिपाया, उफन पड़ा...'	द्वितीय अंक/द्वितीय दृश्य/अजातशत्रु	प्र.ग्रं.-3/284	1922
'चला है मन्थर गति में...'	द्वितीय अंक/चतुर्थ दृश्य/अजातशत्रु	प्र.ग्रं.-3/289	1922
'तुम्हारी मोहनी छवि पर...'	द्वितीय अंक/चतुर्थ दृश्य/अजातशत्रु	प्र.ग्रं.-3/291	1922
'दाता सुमति दीजिए...'	द्वितीय अंक/षष्ठ दृश्य/अजातशत्रु	प्र.ग्रं.-3/296	1922
'अधीर हो न चित्त...'	द्वितीय अंक/सप्तम दृश्य/अजातशत्रु	प्र.ग्रं.-3/300	1922
'निर्जन गोधूलि प्रान्तर में...'	द्वितीय अंक/अष्टम दृश्य/अजातशत्रु	प्र.ग्रं.-3/302	1922
'अमृत हो जायगा, विष भी...'	द्वितीय अंक/अष्टम दृश्य/अजातशत्रु	प्र.ग्रं.-3/303	1922
'लोभ सुख का नहीं...'	द्वितीय अंक/नवम दृश्य/अजातशत्रु	प्र.ग्रं.-3/308	1922
'हमारे जीवन का उल्लास...'	तृतीय अंक/द्वितीय दृश्य/अजातशत्रु	प्र.ग्रं.-3/315	1922
'अलका की किस विकल...'	तृतीय अंक/तृतीय दृश्य/अजातशत्रु	प्र.ग्रं.-3/319	1922
'स्वर्ग है नहीं दूसरा और...'	तृतीय अंक/तृतीय दृश्य/अजातशत्रु	प्र.ग्रं.-3/322	1922
'स्वजन दीखता न विश्व में...'	तृतीय अंक/सप्तम दृश्य/अजातशत्रु	प्र.ग्रं.-3/332	1922
'चल बसन्त बाला अंचल...'	तृतीय अंक/नवम दृश्य/अजातशत्रु	प्र.ग्रं.-3/336	1922
'अनिल भी रहा लगाये घात...'	प्र.अं./द्वि.दृ./जन्मेजय का नाग-यज्ञ	प्र.ग्रं.-3/356	1924
'जीने का अधिकार तुझे क्या...'	द्वि.अं./प्र.दृ./जन्मेजय का नाग-यज्ञ	प्र.ग्रं.-3/377	1924
'मधुर माधव ऋतु की रजनी...'	द्वि.अं./तृ.दृ./जन्मेजय का नाग-यज्ञ	प्र.ग्रं.-3/386	1924

कविता का शीर्षक	काव्य-संग्रह/पुस्तक	प्र.ग्रं./पृ.सं.	प्रकाशन/रचना वर्ष
'बरस पड़े अश्रु-जल, हमारा...'	द्वि.अं./पं.दृ./जन्मेजय का नाग-यज्ञ	प्र.ग्रं.-3/391	1924
'मन जागो जागो ...'	तृ.अं./द्वि.दृ./जन्मेजय का नाग-यज्ञ	प्र.ग्रं.-3/403	1924
'फूल जब हँसते हैं अभिराम...'	तृ.अं./द्वि.दृ./जन्मेजय का नाग-यज्ञ	प्र.ग्रं.-3/404	1924
'क्या सुना नहीं कुछ,...'	तृ.अं./तृ.दृ./जन्मेजय का नाग-यज्ञ	प्र.ग्रं.-3/406	1924
'पद-दलित किया है जिसने...'	तृ.अं./तृ.दृ./जन्मेजय का नाग-यज्ञ	प्र.ग्रं.-3/408	1924
'नाथ स्नेह की लता सींच दो,...'	तृ.अं./ष.दृ./जन्मेजय का नाग-यज्ञ	प्र.ग्रं.-3/418	1924
'जय हो उसकी, जिसने अपना...'	तृ.अं./अ.दृ./जन्मेजय का नाग-यज्ञ	प्र.ग्रं.-3/426	1924
'सघन वन-वल्लरियों के नीचे...'	प्रथम अंक/तृतीय दृश्य/कामना	प्र.ग्रं.-3/437	1927
'घिरे सघन घन नींद न आयी...'	प्रथम अंक/चतुर्थ दृश्य/कामना	प्र.ग्रं.-3/446	1927
'पी ले प्रेम का प्याला...'	प्रथम अंक/षष्ठ दृश्य/कामना	प्र.ग्रं.-3/454	1927
'छटा कैसी सलोनी निराली है...'	द्वितीय अंक/तृतीय दृश्य/कामना	प्र.ग्रं.-3/460	1927
'किसे नहीं चुभ जायँ,...'	द्वितीय अंक/षष्ठ दृश्य/कामना	प्र.ग्रं.-3/470	1927
'छिपाओगी कैसे — आँखें...'	द्वितीय अंक/अष्टम दृश्य/कामना	प्र.ग्रं.-3/478	1927
'जाओ सखी, तुम जी न...'	तृतीय अंक/द्वितीय दृश्य/कामना	प्र.ग्रं.-3/485	1927
'पृथ्वी की श्यामल पुलकों...'	तृतीय अंक/चतुर्थ दृश्य/कामना	प्र.ग्रं.-3/493	1927
'खेल लो नाथ, विश्व का...'	तृतीय अंक/अष्टम दृश्य/कामना	प्र.ग्रं.-3/505	1927
'न छेड़ना उस अतीत स्मृति ...'	प्रथम अंक/द्वितीय दृश्य/स्कन्दगुप्त	प्र.ग्रं.-4/38	1928
'संसृति के वे सुन्दरतम क्षण...'	प्रथम अंक/तृतीय दृश्य/स्कन्दगुप्त	प्र.ग्रं.-4/41	1928
'उतारोगे अब कब भू-भार...'	प्रथम अंक/षष्ठ दृश्य/स्कन्दगुप्त	प्र.ग्रं.-4/54	1928
'हमारे निर्बलों के बल कहाँ...'	प्रथम अंक/षष्ठ दृश्य/स्कन्दगुप्त	प्र.ग्रं.-4/55	1928
'भरा नैनों में मन में रूप...'	प्रथम अंक/सप्तम दृश्य/स्कन्दगुप्त	प्र.ग्रं.-4/58	1928
'घने — प्रेम-तरु-तले...'	द्वितीय अंक/प्रथम दृश्य/स्कन्दगुप्त	प्र.ग्रं.-4/65	1928
'पालना बनें प्रलय की लहरें...'	द्वितीय अंक/चतुर्थ दृश्य/स्कन्दगुप्त	प्र.ग्रं.-4/74	1928
'उमड़ कर चली भिगोने आज...'	तृतीय अंक/प्रथम दृश्य/स्कन्दगुप्त	प्र.ग्रं.-4/89	1928
'सब जीवन बीता जाता है...'	तृतीय अंक/द्वितीय दृश्य/स्कन्दगुप्त	प्र.ग्रं.-4/92	1928
'माझी? साहस है? खे लोगे?'	तृतीय अंक/चतुर्थ दृश्य/स्कन्दगुप्त	प्र.ग्रं.-4/99	1928
'भाव-निधि में लहरियाँ उठतीं...'	चतुर्थ अंक/द्वितीय दृश्य/स्कन्दगुप्त	प्र.ग्रं.-4/110	1928
'बजा दो वेणु मनमोहन!....'	चतुर्थ अंक/सप्तम दृश्य/स्कन्दगुप्त	प्र.ग्रं.-4/122	1928
'शून्य गमन में खोजता जैसे चन्द्र...'	पंचम अंक/द्वितीय दृश्य/स्कन्दगुप्त	प्र.ग्रं.-4/129	1928
'अगुरु-धूम की श्याम लहरियाँ...'	पंचम अंक/द्वितीय दृश्य/स्कन्दगुप्त	प्र.ग्रं.-4/133	1928
'देश की दुर्दशा निहारोगे...'	पंचम अंक/तृतीय दृश्य/स्कन्दगुप्त	प्र.ग्रं.-4/136	1928
'हिमालय के आँगन में उसे...'	पंचम अंक/पंचम दृश्य/स्कन्दगुप्त	प्र.ग्रं.-4/138	1928
'आह! वेदना मिली विदाई...'	पंचम अंक/षष्ठ दृश्य/स्कन्दगुप्त	प्र.ग्रं.-4/141	1928
'खोल तू अब भी आँखें...'	एकांकी/एक घूँट	प्र.ग्रं.-3/510	1929
'जीवन में उजियाली है...'	एकांकी/एक घूँट	प्र.ग्रं.-3/518	1929
'जलधर की माला...'	एकांकी/एक घूँट	प्र.ग्रं.-3/521	1929
'मधुर मिलन कुंज में...'	एकांकी/एक घूँट	प्र.ग्रं.-3/534	1929
'तुम कनक किरन के अंतराल में...'	प्रथम अंक/द्वितीय दृश्य/चन्द्रगुप्त	प्र.ग्रं.-4/186	1931
'निकल मत बाहर दुर्बल आह...'	प्रथम अंक/द्वितीय दृश्य/चन्द्रगुप्त	प्र.ग्रं.-4/187	1931

कविता का शीर्षक	काव्य-संग्रह/पुस्तक	प्र.ग्र./पृ.सं.	प्रकाशन/रचना वर्ष
'अरुण यह मधुमय देश हमारा...'	द्वितीय अंक/प्रथम दृश्य/चन्द्रगुप्त	प्र.ग्रं.-4/215	1931
'प्रथम यौवन-मदिरा से मत्त...'	द्वितीय अंक/पंचम दृश्य/चन्द्रगुप्त	प्र.ग्रं.-4/233	1931
'बिखरी किरन अलक व्याकुल हो...'	द्वितीय अंक/सप्तम दृश्य/चन्द्रगुप्त	प्र.ग्रं.-4/238	1931
'आज इस यौवन के माधवी कुंज...'	तृतीय अंक/पंचम दृश्य/चन्द्रगुप्त	प्र.ग्रं.-4/258	1931
'सुधा-सीकर से नहला दो!'	चतुर्थ अंक/प्रथम दृश्य/चन्द्रगुप्त	प्र.ग्रं.-4/275	1931
'कैसी कड़ी रूप की ज्वाला?'	चतुर्थ अंक/द्वितीय दृश्य/चन्द्रगुप्त	प्र.ग्रं.-4/278	1931
'मधुप कब एक कली का है...'	चतुर्थ अंक/चतुर्थ दृश्य/चन्द्रगुप्त	प्र.ग्रं.-4/282	1931
'बज रही वंशी आठों याम की...'	चतुर्थ अंक/चतुर्थ दृश्य/चन्द्रगुप्त	प्र.ग्रं.-4/283	1931
'ओ मेरी जीवन की स्मृति...'	चतुर्थ अंक/चतुर्थ दृश्य/चन्द्रगुप्त	प्र.ग्रं.-4/283	1931
'हिमाद्रि तुंग श्रृंग से...'	चतुर्थ अंक/षष्ठ दृश्य/चन्द्रगुप्त	प्र.ग्रं.-4/290	1931
'सखे! वह प्रेममयी रजनी....'	चतुर्थ अंक/नवम दृश्य/चन्द्रगुप्त	प्र.ग्रं.-4/302	1931
'यह कसक अरे आँसू सह जा...'	प्रथम अंक/ध्रुवस्वामिनी	प्र.ग्रं.-4/329	1933
'पैरों के नीचे जलधर हों ...'	प्रथम अंक/ध्रुवस्वामिनी	प्र.ग्रं.-4/341	1933
'यौवन तेरी चंचल छाया...'	द्वितीय अंक/ध्रुवस्वामिनी	प्र.ग्रं.-4/343	1933
'अस्ताचल पर युवती सन्ध्या...'	द्वितीय अंक/ध्रुवस्वामिनी	प्र.ग्रं.-4/346	1933
'सुख साधन में भूल न रे मन!'	अग्निमित्र (अपूर्ण)	प्र.ग्रं.-4/372	अपूर्ण

सूर्यकान्त त्रिपाठी 'निराला' की छायावादी कविताओं की सूची (कालक्रम से)

कविता का शीर्षक	काव्य-संग्रह/पुस्तक	निराला रचनावली/पृ.सं.	प्रकाशन/रचना वर्ष
जन्मभूमि	असंकलित कविताएँ	नि.र.-1/39	1920
अध्यात्म फल	प्रथम **अनामिका**/परिमल	नि.र.-1/40	1921
जुही की कली	प्रथम **अनामिका**/परिमल	नि.र.-1/41	1922
माया	प्रथम **अनामिका**/परिमल	नि.र.-1/42	1922-23
विरहिणी पर व्यंग्य	असंकलित कविताएँ	नि.र.-1/43	1922-23
नहीं डरेंगे	असंकलित	नि.र.-1/44	1923
बाबा और नाती	असंकलित	नि.र.-1/44	1923
तुम हमारे हो	असंकलित कविताएँ	नि.र.-1/46	1923
अधिवास	प्रथम **अनामिका**/परिमल	नि.र.-1/47	1923
प्रकाश	द्वितीय **अनामिका** (1939)	नि.र.-1/48	1923
तुम और मैं	प्रथम **अनामिका**/परिमल	नि.र.-1/49	1923
पंचवटी-प्रसंग : 1	प्रथम **अनामिका**/परिमल	नि.र.-1/51	अज्ञात
पंचवटी-प्रसंग : 2	प्रथम **अनामिका**/परिमल	नि.र.-1/53	अज्ञात
पंचवटी-प्रसंग : 3	प्रथम **अनामिका**/परिमल	नि.र.-1/56	अज्ञात
पंचवटी-प्रसंग : 4	प्रथम **अनामिका**/परिमल	नि.र.-1/58	अज्ञात
पंचवटी-प्रसंग : 5	प्रथम **अनामिका**/परिमल	नि.र.-1/61	अज्ञात
सच्चा प्यार	प्र. **अनामिका**/अस. कविताएँ	नि.र.-1/63	अज्ञात
लज्जिता	प्र. **अनामिका**/अस. कविताएँ	नि.र.-1/65	अज्ञात
जलद के प्रति	प्रथम **अनामिका**/परिमल	नि.र.-1/65	1923
रक्षा-बन्धन (2)	असंकलित कविताएँ	नि.र.-1/66	1923
गये रूप पहचान	असंकलित कविताएँ	नि.र.-1/67	1923
नयन	परिमल (1929)	नि.र.-1/68	1923
चुम्बन	द्वितीय **अनामिका** (1939)	नि.र.-1/69	1923
गरीबों की पुकार	असंकलित कविताएँ	नि.र.-1/69	1923
उसकी स्मशति	परिमल (1929)	नि.र.-1/70	1923
कविप्रिया	असंकलित कविताएँ	नि.र.-1/71	1923
विधवा	परिमल (1929)	नि.र.-1/72	1923
पहचाना	परिमल (1929)	नि.र.-1/74	1923
देवि! कौन वह ?	असंकलित कविताएँ	नि.र.-1/74	1923
कविता	परिमल (1929)	नि.र.-1/75	1923
भिक्षुक	परिमल (1929)	नि.र.-1/76	1923
संध्या-सुन्दरी	परिमल (1929)	नि.र.-1/77	1923
पथ	गीत-गुंज (द्वि.सं.)	नि.र.-1/78	1923
शरत्पूर्णिमा की बिदाई	परिमल (1929)	नि.र.-1/79	1923
खँडहर के प्रति	द्वितीय **अनामिका** (1939)	नि.र.-1/81	1923

कविता का शीर्षक	काव्य-संग्रह/पुस्तक	नि.र./पृ.सं.	प्रकाशन/रचना वर्ष
अंजलि	परिमल (1929)	नि.र.-1/82	1923
हूँ दूर	परिमल (1929)	नि.र.-1/83	1923
धारा	परिमल (1929)	नि.र.-1/83	1923
आवाहन	परिमल (1929)	नि.र.-1/85	1924
वन-कुसुमों की शय्या	परिमल (1929)	नि.र.-1/86	1924
शृंगारमयी	असंकलित	नि.र.-1/87	1924
प्रलाप	द्वितीय **अनामिका** (1939)	नि.र.-1/89	1924
रास्ते के फूल से	परिमल (1929)	नि.र.-1/90	1924
अनुताप	द्वितीय **अनामिका** (1939)	नि.र.-1/91	1924
शंकिता	असंकलित कविताएँ	नि.र.-1/92	1924
यहीं	द्वितीय **अनामिका** (1939)	नि.र.-1/93	1924
स्वप्न-स्मृति	द्वितीय **अनामिका** (1939)	नि.र.-1/94	1924
वीणावादिनी	द्वितीय **अनामिका** (1939)	नि.र.-1/95	1924
बहू	परिमल (1929)	नि.र.-1/95	1924
विफल-वासना	परिमल (1929)	नि.र.-1/97	1924
प्रिया से	द्वितीय **अनामिका** (1939)	नि.र.-1/98	1924
दिल्ली	द्वितीय **अनामिका** (1939)	नि.र.-1/99	1924
प्रगल्भ प्रेम	द्वितीय **अनामिका** (1939)	नि.र.-1/102	1924
उद्‌बोधन	द्वितीय **अनामिका** (1939)	नि.र.-1/103	1924
खोज और उपहार	परिमल (1929)	नि.र.-1/105	1924
तरंगों के प्रति	परिमल (1929)	नि.र.-1/105	1924
क्या दूँ	परिमल (1929)	नि.र.-1/107	1924
क्या गाऊँ ?	द्वितीय **अनामिका** (1939)	नि.र.-1/108	1924
प्रपात के प्रति	परिमल (1929)	नि.र.-1/108	1924
प्रथम प्रभात	परिमल (1929)	नि.र.-1/109	1924
सिर्फ एक उन्माद	परिमल (1929)	नि.र.-1/110	1924
जागी	परिमल (1929)	नि.र.-1/110	1924
सन्तप्त	द्वितीय **अनामिका** (1939)	नि.र.-1/111	1924
भर देते हो	परिमल (1929)	नि.र.-1/112	1924
आदान-प्रदान	परिमल (1929)	नि.र.-1/113	1924
कण	परिमल (1929)	नि.र.-1/113	1924
यमुना के प्रति	परिमल (1929)	नि.र.-1/114	1924
ध्वनि	परिमल (1929)	नि.र.-1/126	1924
आग्रह	परिमल (1929)	नि.र.-1/127	1924
बादल-राग (1, 2, 3)	परिमल (1929)	नि.र.-1/128	1924
स्वागत	परिमल (1929)	नि.र.-1/130	1924
स्वाधीनता पर (1)	असंकलित कविताएँ	नि.र.-1/131	1924
स्वाधीनता पर (2)	असंकलित कविताएँ	नि.र.-1/132	1924
बादल-राग (4, 5, 6)	असंकलित कविताएँ	नि.र.-1/133	1924

कविता का शीर्षक	काव्य-संग्रह/पुस्तक	नि.र./पृ.सं.	प्रकाशन/रचना वर्ष
दीन	परिमल (1929)	नि.र.-1/136	1924
'कवि' के प्रति	असंकलित	नि.र.-1/137	1924
प्याला	द्वितीय **अनामिका** (1939)	नि.र.-1/138	1925
नारायण मिलें हँस अंत में	द्वितीय **अनामिका** (1939)	नि.र.-1/139	1925
स्मृति	परिमल (1929)	नि.र.-1/140	1925
जागृति में सुप्ति थी	परिमल (1929)	नि.र.-1/144	1925
शेफालिका	परिमल (1929)	नि.र.-1/144	1925
अमृत में गरल	असंकलित कविताएँ	नि.र.-1/145	1925
पतनोन्मुख	परिमल (1929)	नि.र.-1/146	1925
प्रार्थना	परिमल (1929)	नि.र.-1/146	1926
निवेदन	परिमल (1929)	नि.र.-1/147	1926
जागो फिर एक बार (1)	परिमल (1929)	नि.र.-1/148	1926
पारस	परिमल (1929)	नि.र.-1/150	1926
वृत्ति	परिमल (1929)	नि.र.-1/150	1926
बदला	परिमल (1929)	नि.र.-1/151	1926
जागो फिर एक बार (2)	परिमल (1929)	नि.र.-1/152	1926
परलोक	परिमल (1929)	नि.र.-1/154	1926
शेष	परिमल (1929)	नि.र.-1/155	1926
वेदना	असंकलित	नि.र.-1/156	1926
महाराज शिवाजी का पत्र	परिमल (1929)	नि.र.-1/156	1926
मौन	परिमल (1929)	नि.र.-1/170	1926
रेखा 'क' (यौवन के तीर पर...)	द्वितीय **अनामिका** (1939)	नि.र.-1/170	1927
रेखा 'ख' (विपुल निर्जनता का...)	असंकलित कविताएँ	नि.र.-1/175	1927
रेखा 'ग' (रेखा जीवन की! —)	असंकलित	नि.र.-1/178	1927
गुरुडम के प्रति	असंकलित	नि.र.-1/181	1927
हताश	द्वितीय **अनामिका** (1939)	नि.र.-1/181	1927
नेत्र	गीत-गुंज (द्वि.सं.)	नि.र.-1/182	1927
प्रतिध्वनि	असंकलित कविताएँ	नि.र.-1/183	1928
जागरण	परिमल (1929)	नि.र.-1/183	1928
'सरोज' के प्रति	असंकलित कविताएँ	नि.र.-1/187	1928
विस्मृत-भोर	परिमल (1929)	नि.र.-1/188	1929
वासन्ती	परिमल (1929)	नि.र.-1/189	1929
वसन्त-समीर	परिमल (1929)	नि.र.-1/191	1929
स्मृति-चुम्बन	परिमल (1929)	नि.र.-1/193	1929
प्रभाती	परिमल (1929)	नि.र.-1/196	1929
प्रार्थना	परिमल (1929)	नि.र.-1/197	1929
गीत 'क' (दूत, अलि, ऋतुपति के आये)	परिमल (1929)	नि.र.-1/197	1929
गीत 'ख' (निशा के उर की खिली कली)	परिमल (1929)	नि.र.-1/198	1929
गीत 'ग' (अलि, घिरि आये घन पावस के)	परिमल (1929)	नि.र.-1/199	1929

कविता का शीर्षक	काव्य-संग्रह/पुस्तक	नि.र./पृ.सं.	प्रकाशन/रचना वर्ष
गीत 'घ' (हमें जाना है जग के पार)	परिमल (1929)	नि.र.-1/200	1929
खेवा	परिमल (1929)	नि.र.-1/201	अज्ञात
युक्ति	परिमल (1929)	नि.र.-1/202	अज्ञात
प्रिया के प्रति	परिमल (1929)	नि.र.-1/202	अज्ञात
भ्रमर-गीत	परिमल (1929)	नि.र.-1/203	अज्ञात
कवि	परिमल (1929)	नि.र.-1/204	अज्ञात
बह चली अब अलि, शिशिर-समीर!	गीतिका (1936)	नि.र.-1/211	1929
सोचती अपलक आप खड़ी	गीतिका (1936)	नि.र.-1/211	1929
छोड़ दो, जीवन यों न मलो	गीतिका (1936)	नि.र.-1/212	1929
मेरे प्राणों में आओ!	गीतिका (1936)	नि.र.-1/213	1930
याद रखना, इतनी ही बात	गीतिका (1936)	नि.र.-1/214	1930
पास ही रे, हीरे की खान	गीतिका (1936)	नि.र.-1/214	1930
कहाँ उन नयनों की मुसकान	गीतिका (1936)	नि.र.-1/216	1930
प्यार करती हूँ अलि	गीतिका (1936)	नि.र.-1/217	1930
नयनों में हेर प्रिये	गीतिका (1936)	नि.र.-1/218	1930
कल्पना के कानन की रानी	गीतिका (1936)	नि.र.-1/218	1930
वह रूप जगा उर में	गीतिका (1936)	नि.र.-1/219	1930
स्पर्श से लाज लगी	गीतिका (1936)	नि.र.-1/220	1930
दृगों की कलियाँ नवल खुलीं	गीतिका (1936)	नि.र.-1/220	1930
कौन तुम शुभ्र-किरण-वसना?	गीतिका (1936)	नि.र.-1/221	1930
स्नेह की सरिता के तट पर	गीतिका (1936)	नि.र.-1/222	1930
मुझे स्नेह क्या मिल न सकेगा ?	गीतिका (1936)	नि.र.-1/222	1930
नर जीवन के स्वार्थ सकल	गीतिका (1936)	नि.र.-1/223	1931
मन चंचल न करो	गीतिका (1936)	नि.र.-1/224	1931
वर दे, वीणावादिनी वरदे!	गीतिका (1936)	नि.र.-1/224	1931
प्रेम के प्रति	द्वितीय **अनामिका** (1939)	नि.र.-1/225	1932
जग का एक देखा तारा	गीतिका (1936)	नि.र.-1/226	1932
नयनों के डोरे लाल गुलाल-भरे	गीतिका (1936)	नि.र.-1/226	1932
रूखी री यह डाल	गीतिका (1936)	नि.र.-1/227	1932
खोलो दृगों के द्वय द्वार	गीतिका (1936)	नि.र.-1/227	1932
आओ मेरे आतुर उर पर	गीतिका (1936)	नि.र.-1/228	1932
तुम छोड़ गये द्वार	गीतिका (1936)	नि.र.-1/229	1932
मेघ के घन केश	गीतिका (1936)	नि.र.-1/229	1932
रे अपलक मन !	गीतिका (1936)	नि.र.-1/230	1932
चाहते हो किसको सुन्दर?	गीतिका (1936)	नि.र.-1/231	1932
चहकते नयनों में जो प्राण	गीतिका (1936)	नि.र.-1/232	1932
विश्व-नभ-पलकों का आलोक	गीतिका (1936)	नि.र.-1/232	1932
रहा तेरा ध्यान	गीतिका (1936)	नि.र.-1/233	1932
खिला सकल जीवन, कल मन	गीतिका (1936)	नि.र.-1/234	1932

कविता का शीर्षक	काव्य-संग्रह/पुस्तक	नि.र./पृ.सं.	प्रकाशन/रचना वर्ष
रँग गयी पग-पग धन्य धरा	गीतिका (1936)	नि.र.-1/234	1933
अमरण भर वरण-गान	गीतिका (1936)	नि.र.-1/235	1933
बह जाता रे, परिमल-मन	गीतिका (1936)	नि.र.-1/236	1933
बैठ देखी वह छबि सब दिन	गीतिका (1936)	नि.र.-1/236	1933
पावन करो नयन!	गीतिका (1936)	नि.र.-1/237	1934
रे, कुछ न हुआ, तो क्या?	गीतिका (1936)	नि.र.-1/237	1934
सकल गुणों की खान, प्राण तुम	गीतिका (1936)	नि.र.-1/238	1934
अनगिनित आ गये शरण में	गीतिका (1936)	नि.र.-1/239	1934
सरि, धीरे बह री !	गीतिका (1936)	नि.र.-1/239	1934
आओ मधुर-सरण मानसि, मन	गीतिका (1936)	नि.र.-1/240	1934
तुम्हारे सुन्दरि, कर-सुन्दर	गीतिका (1936)	नि.र.-1/240	1934
शरत् के प्रति	असंकलित कविताएँ	नि.र.-1/241	1934
प्राण-धन को स्मरण करते	गीतिका (1936)	नि.र.-1/241	1935
गयी निशा वह, हँसी दिशाएँ	गीतिका (1936)	नि.र.-1/242	1935
मार दी तुझे पिचकारी	गीतिका (1936)	नि.र.-1/242	1935
दे, मैं करूँ वरण	गीतिका (1936)	नि.र.-1/243	1935
सार्थक करो प्राण	गीतिका (1936)	नि.र.-1/243	1935
निशि-दिन तन	गीतिका (1936)	नि.र.-1/244	1935
घन, गर्जन से भर दो वन	गीतिका (1936)	नि.र.-1/245	1935
बुझे तृष्णाशा-विषानल झरे	गीतिका (1936)	नि.र.-1/245	1936
अस्ताचल रवि	गीतिका (1936)	नि.र.-1/246	1936
भारति, जय, विजयकरे!	गीतिका (1936)	नि.र.-1/246	1936
बन्दूँ पद सुन्दर तव	गीतिका (1936)	नि.र.-1/247	1936
घोर शिशिर	गीतिका (1936)	नि.र.-1/248	1936
नयनों का नयनों से बन्धन	गीतिका (1936)	नि.र.-1/248	1936
हुआ प्रात, प्रियतम	गीतिका (1936)	नि.र.-1/249	1936
कैसी बजी बीन ?	गीतिका (1936)	नि.र.-1/249	1936
वह कितना सुख	गीतिका (1936)	नि.र.-1/250	1936
खुलती मेरी शेफाली	गीतिका (1936)	नि.र.-1/251	1936
मैं रहूँगा न	गीतिका (1936)	नि.र.-1/251	1936
लाज लगे तो	गीतिका (1936)	नि.र.-1/252	1937
(प्रिय) यामिनी जागी	गीतिका (1936)	नि.र.-1/253	अज्ञात
सखि, वसन्त आया	गीतिका (1936)	नि.र.-1/253	अज्ञात
मौन रही हार	गीतिका (1936)	नि.र.-1/254	अज्ञात
कौन तम के पार	गीतिका (1936)	नि.र.-1/255	अज्ञात
बादल में आये जीवन-धन	गीतिका (1936)	नि.र.-1/255	अज्ञात
जागो, जीवन-धनिके!	गीतिका (1936)	नि.र.-1/256	अज्ञात
लिखती, सब कहते	गीतिका (1936)	नि.र.-1/257	अज्ञात
एक ही आशा में	गीतिका (1936)	नि.र.-1/257	अज्ञात

कविता का शीर्षक	काव्य-संग्रह/पुस्तक	नि.र./पृ.सं.	प्रकाशन/रचना वर्ष
धन्य कर दे माँ	गीतिका (1936)	नि.र.-1/258	अज्ञात
जला दे जीर्ण-शीर्ण प्राचीन	गीतिका (1936)	नि.र.-1/258	अज्ञात
अपने सुख-स्वप्न से खिली	गीतिका (1936)	नि.र.-1/259	अज्ञात
कब से मैं पथ देख रही	गीतिका (1936)	नि.र.-1/260	अज्ञात
देख दिव्य छवि लोचन हारे	गीतिका (1936)	नि.र.-1/260	अज्ञात
प्रतिक्षण मेरा मोह-मलिन मन	गीतिका (1936)	नि.र.-1/261	अज्ञात
तुम्हीं गाती हो	गीतिका (1936)	नि.र.-1/262	अज्ञात
जीवन की तरी खोल दे रे	गीतिका (1936)	नि.र.-1/262	अज्ञात
वे गये असह दुःख भर	गीतिका (1936)	नि.र.-1/263	अज्ञात
कितने बार पुकारा	गीतिका (1936)	नि.र.-1/264	अज्ञात
छिपा मन	गीतिका (1936)	नि.र.-1/264	अज्ञात
तुम्हें ही चाहा	गीतिका (1936)	नि.र.-1/265	अज्ञात
चाल ऐसी मत चलो!	गीतिका (1936)	नि.र.-1/266	अज्ञात
बहती निराधार	गीतिका (1936)	नि.र.-1/266	अज्ञात
फूटो फिर	गीतिका (1936)	नि.र.-1/267	अज्ञात
टूटें सकल बन्ध	गीतिका (1936)	नि.र.-1/268	अज्ञात
भावना रँग दी तुमने	गीतिका (1936)	नि.र.-1/268	अज्ञात
तपा जब यौवन का दिनकर	गीतिका (1936)	नि.र.-1/269	अज्ञात
डूबा रवि अस्ताचल	गीतिका (1936)	नि.र.-1/269	अज्ञात
विश्व की ही वाणी प्राचीन	गीतिका (1936)	नि.र.-1/270	अज्ञात
शत शत वर्षों का मग	गीतिका (1936)	नि.र.-1/271	अज्ञात
विश्व के वारिद-जीवन में	गीतिका (1936)	नि.र.-1/271	अज्ञात
छन्द की बाढ़	गीतिका (1936)	नि.र.-1/272	अज्ञात
जागा दिशा-ज्ञान	गीतिका (1936)	नि.र.-1/273	अज्ञात
खुल गया रे	गीतिका (1936)	नि.र.-1/273	अज्ञात
कहाँ परित्राण ?	गीतिका (1936)	नि.र.-1/274	अज्ञात
वर्ण-चमत्कार	गीतिका (1936)	नि.र.-1/275	अज्ञात
प्रात तव द्वार पर	गीतिका (1936)	नि.र.-1/275	अज्ञात
रही आज मन में	गीतिका (1936)	नि.र.-1/276	अज्ञात
देकर अन्तिम कर	गीतिका (1936)	नि.र.-1/277	अज्ञात
गर्ज्जित-जीवन झरना	गीतिका (1936)	नि.र.-1/277	अज्ञात
तुलसीदास	**सौ छंदों की प्रबंधात्मक कविता**	**नि.र.-1/281**	**1934**
दान	द्वितीय **अनामिका** (1939)	नि.र.-1/307	1935
मित्र के प्रति	द्वितीय **अनामिका** (1939)	नि.र.-1/309	1935
सच है	द्वितीय **अनामिका** (1939)	नि.र.-1/314	1935
सरोज-स्मृति	द्वितीय **अनामिका** (1939)	नि.र.-1/315	1935
प्रेयसी	द्वितीय **अनामिका** (1939)	नि.र.-1/324	1935
राम की शक्ति-पूजा	द्वितीय **अनामिका** (1939)	नि.र.-1/329	1936
सम्राट् अष्टम एडवर्ड के प्रति	द्वितीय **अनामिका** (1939)	नि.र.-1/338	1936

सुमित्रानंदन पंत की छायावादी कविताओं की सूची (कालक्रम से)

कविता का शीर्षक	काव्य-संग्रह/पुस्तक	पं.ग्रं./पृ.सं.	प्रकाशन/रचना वर्ष
उत्सर्ग	वीणा (1927)	पं.ग्रं-1/81	1918
नव वसन्त-ऋतु में आओ	वीणा (1927)	पं.ग्रं-1/82	1918
तुहिन-बिन्दु बनकर सुन्दर	वीणा (1927)	पं.ग्रं-1/82	1918
बढ़ा और भी तो अन्तर	वीणा (1927)	पं.ग्रं-1/83	1918
यह चरित्र मा! जो तूने है	वीणा (1927)	पं.ग्रं-1/83	1918
आज वेदने! आ, तुझको भी	वीणा (1927)	पं.ग्रं-1/84	1918
मम जीवन की प्रमुदित प्रात	वीणा (1927)	पं.ग्रं-1/84	1918
हाय! कहेगा क्या संसार	वीणा (1927)	पं.ग्रं-1/85	1918
काला तो यह बादल है!	वीणा (1927)	पं.ग्रं-1/85	1918
द्वार भिखारी आया है	वीणा (1927)	पं.ग्रं-1/86	1918
जब मैं कलिका ही थी केवल	वीणा (1927)	पं.ग्रं-1/86	1918
कौन-कौन तुम परिहत वसना	वीणा (1927)	पं.ग्रं-1/86	1918
बालकाल में जिसे जलद से	वीणा (1927)	पं.ग्रं-1/87	1918
जब मैं थी अज्ञात प्रभात	वीणा (1927)	पं.ग्रं-1/88	1918
करुणा-क्रन्दन करने दो	वीणा (1927)	पं.ग्रं-1/88	1918
धनिक! तुम्हारे यहाँ भिखारी	वीणा (1927)	पं.ग्रं-1/89	1918
मिले तुम राकापति में आज	वीणा (1927)	पं.ग्रं-1/89	1919
ये तो हैं नादान नयन!	वीणा (1927)	पं.ग्रं-1/90	1919
मेरे मानस का आवेश	वीणा (1927)	पं.ग्रं-1/90	1918
उस सीधे जीवन का श्रम	वीणा (1927)	पं.ग्रं-1/91	1918
इस अबोध की अन्धकारमय	वीणा (1927)	पं.ग्रं-1/91	1918
मैं सबसे छोटी होऊँ	वीणा (1927)	पं.ग्रं-1/92	1918
निज अंचल में धर सादर	वीणा (1927)	पं.ग्रं-1/93	1918
हाय! जगाने पर भी तो मैं	वीणा (1927)	पं.ग्रं-1/93	1918
मकड़ी का मृदु माया-जाल	वीणा (1927)	पं.ग्रं-1/94	1919
अब न अगोचर रहो सुजान!	वीणा (1927)	पं.ग्रं-1/94	1918
बताऊँ मैं कैसे सुन्दर!	वीणा (1927)	पं.ग्रं-1/95	1918
प्राण! प्रेम के मानस में	वीणा (1927)	पं.ग्रं-1/95	1918
स्नेह चाहिए सत्य, सरल	वीणा (1927)	पं.ग्रं-1/96	1918
तजकर वसन विभूषण भार	वीणा (1927)	पं.ग्रं-1/96	1919
मा! काले रँग का दुकूल नव	वीणा (1927)	पं.ग्रं-1/97	1918
कैसा नीरव मधुर राग यह	वीणा (1927)	पं.ग्रं-1/97	1919
कर-पुट में पुष्पांजलि धर	वीणा (1927)	पं.ग्रं-1/98	1918
इस पीपल के तरु के नीचे	वीणा (1927)	पं.ग्रं-1/99	1918
निर्झर की अजस्र झर्-झर्	वीणा (1927)	पं.ग्रं-1/99	1919

कविता का शीर्षक	काव्य-संग्रह/पुस्तक	पं.ग्रं./पृ.सं.	प्रकाशन/रचना वर्ष
विलोड़ित सघन गगन में आज	वीणा (1927)	पं.ग्रं-1/100	1918
कुमुद-कला को लेने जब मैं	वीणा (1927)	पं.ग्रं-1/100	1918
मा! अल्मोड़े में आये थे	वीणा (1927)	पं.ग्रं-1/101	1918
उस विकसित, वासित वन में	वीणा (1927)	पं.ग्रं-1/102	1919
लतिका के कम्पित अधरों से	वीणा (1927)	पं.ग्रं-1/102	1919
श्रूयते हि पुरा लोके	वीणा (1927)	पं.ग्रं-1/102	1919
मुझे सोचने दो सजनी	वीणा (1927)	पं.ग्रं-1/103	1919
मधुरिमा के मृदु हास!	वीणा (1927)	पं.ग्रं-1/104	1919
तरल-तरंग-रहित, अविचल	वीणा (1927)	पं.ग्रं-1/104	1918
श्रवण चाहिए अलि! केवल	वीणा (1927)	पं.ग्रं-1/105	1918
आँखों के अविचल जल को	वीणा (1927)	पं.ग्रं-1/105	1918
तुम्हारे कोमल अंग	वीणा (1927)	पं.ग्रं-1/106	1919
तब फिर कैसे होगा मात!	वीणा (1927)	पं.ग्रं-1/106	1918
नीरव व्योम! विश्व नीरव!	वीणा (1927)	पं.ग्रं-1/107	1919
छोटे ही की क्या पहचान?	वीणा (1927)	पं.ग्रं-1/108	1918
चपल पलकों के साथ	वीणा (1927)	पं.ग्रं-1/108	1919
मरु भी होगा नन्दन वन!	वीणा (1927)	पं.ग्रं-1/109	1918
अँगड़ाते तम में	वीणा (1927)	पं.ग्रं-1/110	1919
तिलक! हा! भाल-तिलक!	वीणा (1927)	पं.ग्रं-1/110	1918
सखी! सूखी बिन्दाल	वीणा (1927)	पं.ग्रं-1/111	1920
तेरा अद्भुत है व्यापार	वीणा (1927)	पं.ग्रं-1/111	1918
मेरे इस अन्तिम विलास में	वीणा (1927)	पं.ग्रं-1/112	1919
हृदय के बन्दी तार	वीणा (1927)	पं.ग्रं-1/112	1920
प्रथम रश्मि का आना रंगिणि!	वीणा (1927)	पं.ग्रं-1/113	1919
गहन-कानन!	वीणा (1927)	पं.ग्रं-1/114	1920
इस विस्तृत होस्टल में	वीणा (1927)	पं.ग्रं-1/115	1920
इस दुःख को कैसे प्रकटाऊँ!	वीणा (1927)	पं.ग्रं-1/115	1918
दिवानाथ का विपुल विभव जब	वीणा (1927)	पं.ग्रं-1/116	1918
मिला-मिलाकर सुन्दर स्वर	वीणा (1927)	पं.ग्रं-1/118	1919
ग्रन्थि	**लम्बी प्रबंधात्मक कविता**	**पं.ग्रं-1/119-140**	**1920/1929**
पल्लव/अरे, ये पल्लव बाल!	पल्लव (1926)	पं.ग्रं-1/177	नवम्बर, 1924
उच्छ्वास/सिसकते, अस्थिर मानस से	पल्लव (1926)	पं.ग्रं-1/178	सितम्बर, 1921
दीप के बचे विकास	पल्लव (1926)	पं.ग्रं-1/180	सितम्बर, 1921
आँसू/अपलक आँखों में	पल्लव (1926)	पं.ग्रं-1/183	दिसम्बर, 1921
विनय/मा! मेरे जीवन की हार	पल्लव (1926)	पं.ग्रं-1/188	जनवरी, 1918
वीचि विलास/अरी सलिल की लोल हिलोर !	पल्लव (1926)	पं.ग्रं-1/189	मई, 1923
मधुकरी/सिखा दो ना, हे मधुप कुमारि!	पल्लव (1926)	पं.ग्रं-1/191	सितम्बर, 1922
अनंग/अहे विश्व अभिनय के नायक!	पल्लव (1926)	पं.ग्रं-1/191	सितम्बर, 1923
मोह/छोड़ द्रुमों की मृदु छाया	पल्लव (1926)	पं.ग्रं-1/195	जनवरी, 1918

कविता का शीर्षक	काव्य-संग्रह/पुस्तक	पं.ग्रं./पृ.सं.	प्रकाशन/रचना वर्ष
मौन निमंत्रण/स्तब्ध ज्योत्स्ना में जब संसार	पल्लव (1926)	पं.ग्रं-1/195	नवम्बर, 1923
वसन्त श्री/उस फैली हरियाली में	पल्लव (1926)	पं.ग्रं-1/197	मार्च, 1918
स्वप्न/बालक के कम्पित अधरों पर	पल्लव (1926)	पं.ग्रं-1/197	नवम्बर, 1919
मुसकान/कहेंगे क्या मुझसे सब लोग	पल्लव (1926)	पं.ग्रं-1/200	अगस्त, 1922
विश्व वेणु/हाँ, हम मारुत के मृदुल झकोरे	पल्लव (1926)	पं.ग्रं-1/201	मार्च, 1923
निर्झर गान/शुभ्र निर्झर के झर्-झर् पात!	पल्लव (1926)	पं.ग्रं-1/203	अगस्त, 1922
छाया/कौन, कौन तुम परिहत वसना	पल्लव (1926)	पं.ग्रं-1/203	दिसम्बर, 1920
शिशु/कौन तुम अतुल, अरूप, अनाम	पल्लव (1926)	पं.ग्रं-1/206	नवम्बर, 1923
विसर्जन/अनुपम! इस सुन्दर छवि से	पल्लव (1926)	पं.ग्रं-1/208	जून, 1919
नारी रूप/घने लहरे रेशम के बाल	पल्लव (1926)	पं.ग्रं-1/208	मई, 1922
नक्षत्र/हे निशि जाग्रत्, वासर निद्रित	पल्लव (1926)	पं.ग्रं-1/209	मई, 1922
सोने का गान/कहो हे प्रमुदित विहग कुमारि	पल्लव (1926)	पं.ग्रं-1/211	मार्च, 1922
निर्झरी/यह कैसा जीवन का गान	पल्लव (1926)	पं.ग्रं-1/212	सितम्बर, 1922
जीवन यान/अहे विश्व! ऐ विश्व व्यथित मन!	पल्लव (1926)	पं.ग्रं-1/212	अगस्त, 1923
बादल/सुरपति के हम ही हैं अनुचर	पल्लव (1926)	पं.ग्रं-1/213	अप्रैल, 1922
स्मृति/आँख में 'आँसू' भर अनजान	पल्लव (1926)	पं.ग्रं-1/216	नवम्बर, 19 22
विश्वछवि/मुसकुराते गुलाब के फूल	पल्लव (1926)	पं.ग्रं-1/217	अप्रैल, 1922
आकांक्षा/तुहिन बिन्दु बनकर सुन्दर	पल्लव (1926)	पं.ग्रं-1/218	अक्टूबर, 1922
बालापन/चित्रकार! क्या करुणा कर फिर	पल्लव (1926)	पं.ग्रं-1/219	मार्च, 1919
विश्व व्याप्ति/स्पृहा के विश्व, हृदय के हास	पल्लव (1926)	पं.ग्रं-1/221	जुलाई, 1919
याचना/बना मधुर मेरा जीवन	पल्लव (1926)	पं.ग्रं-1/221	जनवरी, 1919
स्याही की बूँद/गीत लिखती थी मैं उनके	पल्लव (1926)	पं.ग्रं-1/222	मई, 1920
परिवर्तन/कहाँ आज वह पूर्ण पुरातन	पल्लव (1926)	पं.ग्रं-1/223	अप्रैल, 1924
छाया काल/स्वस्ति, जीवन के छायाकाल	पल्लव (1926)	पं.ग्रं-1/233	दिसम्बर, 1925
वन-वन, उपवन	गुंजन (1932)	पं.ग्रं-1/239	जनवरी, 1932
तप रे मधुर-मधुर मन	गुंजन (1932)	पं.ग्रं-1/239	जनवरी, 1932
शान्त सरोवर का उर	गुंजन (1932)	पं.ग्रं-1/240	फरवरी, 1932
आते कैसे सूने पल	गुंजन (1932)	पं.ग्रं-1/240	जनवरी, 1932
मैं नहीं चाहता चिर सुख	गुंजन (1932)	पं.ग्रं-1/241	जनवरी, 1932
देखूँ सब के उर की डाली	गुंजन (1932)	पं.ग्रं-1/241	फरवरी, 1932
सागर की लहर-लहर में	गुंजन (1932)	पं.ग्रं-1/242	जनवरी, 1932
आँसू की आँखों से मिल	गुंजन (1932)	पं.ग्रं-1/242	जनवरी, 1932
कुसुमों के जीवन का पल	गुंजन (1932)	पं.ग्रं-1/243	फरवरी, 1932
जाने किस छल-पीड़ा से	गुंजन (1932)	पं.ग्रं-1/244	फरवरी, 1932
क्या मेरी आत्मा का चिर धन	गुंजन (1932)	पं.ग्रं-1/244	फरवरी, 1932
खिलतीं मधु की नव कलियाँ	गुंजन (1932)	पं.ग्रं-1/245	फरवरी, 1932
सुन्दर विश्वासों से ही	गुंजन (1932)	पं.ग्रं-1/245	फरवरी, 1932
सुन्दर मृदु-मृदु रज का तन	गुंजन (1932)	पं.ग्रं-1/246	फरवरी, 1932
गाता खग प्रात: उठ कर	गुंजन (1932)	पं.ग्रं-1/246	जनवरी, 1932

कविता का शीर्षक	काव्य-संग्रह/पुस्तक	पं.ग्रं./पृ.सं.	प्रकाशन/रचना वर्ष
विहग, विहग	गुंजन (1932)	पं.ग्रं-1/247	जनवरी, 1932
चाँदनी/जग के दु:ख-दैन्य शयन पर	गुंजन (1932)	पं.ग्रं-1/248	फरवरी, 1932
मानव/तुम मेरे मन के मानव	गुंजन (1932)	पं.ग्रं-1/248	जनवरी, 1932
झर गयी कली	गुंजन (1932)	पं.ग्रं-1/249	फरवरी, 1932
भावी पत्नी के प्रति/प्रिये, प्राणों की प्राण	गुंजन (1932)	पं.ग्रं-1/250	अप्रैल, 1927
कब से विलोकती तुमको	गुंजन (1932)	पं.ग्रं-1/252	फरवरी, 1932
मुसकरा दी थीं क्या तुम, प्राण	गुंजन (1932)	पं.ग्रं-1/253	अक्टूबर, 1927
नील-कमल सी हैं वे आँख	गुंजन (1932)	पं.ग्रं-1/253	जनवरी, 1932
तुम्हारी आँखों का आकाश	गुंजन (1932)	पं.ग्रं-1/254	अक्टूबर, 1927
नवल मेरे जीवन की डाल	गुंजन (1932)	पं.ग्रं-1/254	मार्च, 1928
आज रहने दो यह गृह-काज	गुंजन (1932)	पं.ग्रं-1/255	फरवरी, 1932
मधुवन/आज नव मधु की प्रात	गुंजन (1932)	पं.ग्रं-1/255	अगस्त, 1930
रूप-तारा तुम पूर्ण प्रकाम	गुंजन (1932)	पं.ग्रं-1/259	नवम्बर, 19 25
कलरव किसको नहीं सुहाता	गुंजन (1932)	पं.ग्रं-1/260	1922
अलि! इन भोली बातों को	गुंजन (1932)	पं.ग्रं-1/260	1932
आँखों की खिड़की से उड़-उड़	गुंजन (1932)	पं.ग्रं-1/261	फरवरी, 1932
जीवन की चंचल सरिता में	गुंजन (1932)	पं.ग्रं-1/262	फरवरी, 1932
मेरा प्रतिपल सुन्दर हो	गुंजन (1932)	पं.ग्रं-1/262	जनवरी, 1931
आज शिशु के कवि को अनजान	गुंजन (1932)	पं.ग्रं-1/263	जनवरी, 1932
लायी हूँ फूलों का हास	गुंजन (1932)	पं.ग्रं-1/264	अप्रैल, 1927
जीवन का उल्लास	गुंजन (1932)	पं.ग्रं-1/264	फरवरी, 1932
प्राण! तुम लघु लघु गात!	गुंजन (1932)	पं.ग्रं-1/265	1930
जग के उर्वर आँगन में	गुंजन (1932)	पं.ग्रं-1/265	जून, 1930
नीरव-तार हृदय में	गुंजन (1932)	पं.ग्रं-1/266	1919
विहग के प्रति/विजन वन के ओ विहग-कुमार	गुंजन (1932)	पं.ग्रं-1/266	अगस्त, 1930
एक तारा/नीरव सन्ध्या में प्रशान्त	गुंजन (1932)	पं.ग्रं-1/267	फरवरी, 1932
चाँदनी/नीले नभ के शतदल पर	गुंजन (1932)	पं.ग्रं-1/269	फरवरी, 1932
अप्सरा/निखिल-कल्पनामयि अयि अप्सरि	गुंजन (1932)	पं.ग्रं-1/270	फरवरी, 1932
नौका-विहार/शान्त, स्निग्ध ज्योत्स्ना उज्ज्वल	गुंजन (1932)	पं.ग्रं-1/274	1927
तेरा कैसा गान	गुंजन (1932)	पं.ग्रं-1/276	जुलाई, 1927
चीटियों की-सी काली पाँति	गुंजन (1932)	पं.ग्रं-1/277	अगस्त, 1930
अलस पलक, सघन अलक	एक/ज्योत्स्ना	पं.ग्रं-1/286	1934
सर्-सर् मर्-मर् झन्-झन् सन्-सन्	एक/ज्योत्स्ना	पं.ग्रं-1/289	1934
जीवन का श्रम-ताप हरो, हे!	एक/ज्योत्स्ना	पं.ग्रं-1/291	1934
कुन्द-धवल, तुहिन तरल	दो/ज्योत्स्ना	पं.ग्रं-1/293	1934
जब मिलते मौन-नयन पल-भर	दो/ज्योत्स्ना	पं.ग्रं-1/297	1934
हम स्वर्ग-किरण, आलोक वरण, सुकुमारी	दो/ज्योत्स्ना	पं.ग्रं-1/298	1934
रजत किरण, रजत वरण	दो/ज्योत्स्ना	पं.ग्रं-1/299	1934
जीवन चल जीवन कल,	तीन/ज्योत्स्ना	पं.ग्रं-1/301	1934

कविता का शीर्षक	काव्य-संग्रह/पुस्तक	पं.ग्रं./पृ.सं.	प्रकाशन/रचना वर्ष
सजल स्निग्ध स्मिति, मधुर मन्द गति री	तीन/ज्योत्स्ना	पं.ग्रं-1/301	1934
तुम चन्द्र-वदनि, तुम कुन्द-दृानि,	तीन/ज्योत्स्ना	पं.ग्रं-1/303	1934
सरल चटुल, विमल विपुल,	तीन/ज्योत्स्ना	पं.ग्रं-1/303	1934
जो है समर्थ, जो शक्तिमान,	तीन/ज्योत्स्ना	पं.ग्रं-1/305	1934
जगमग-जगमग हम जग का मग,	तीन/ज्योत्स्ना	पं.ग्रं-1/307	1934
हम हैं प्रकाश के शिशु सस्मित,	तीन/ज्योत्स्ना	पं.ग्रं-1/308	1934
शिशुओं के अविकच उर में	तीन/ज्योत्स्ना	पं.ग्रं-1/309	1934
हम मन:स्वर्ग के अधिवासी;	तीन/ज्योत्स्ना	पं.ग्रं-1/313	1934
चिन्मय प्रकाश से विश्व उदय	तीन/ज्योत्स्ना	पं.ग्रं-1/314	1934
धन्य मातृ धन्य धातृ,	तीन/ज्योत्स्ना	पं.ग्रं-1/315	1934
न्योछावर स्वर्ग इसी भू पर,	तीन/ज्योत्स्ना	पं.ग्रं-1/316	1934
जीवन की लहर-लहर से	तीन/ज्योत्स्ना	पं.ग्रं-1/318	1934
जग-जीवन नित नव-नव	तीन/ज्योत्स्ना	पं.ग्रं-1/320	1934
गूँजे जय-ध्वनि से आसमान	तीन/ज्योत्स्ना	पं.ग्रं-1/323	1934
निर्भय हो, निर्भय मानव!	तीन/ज्योत्स्ना	पं.ग्रं-1/326	1934
मंगल चिर मंगल हो!	तीन/ज्योत्स्ना	पं.ग्रं-1/329	1934
सोओ, सोओ, तात!	तीन/ज्योत्स्ना	पं.ग्रं-1/331	1934
छल छल, टल टल,	तीन/ज्योत्स्ना	पं.ग्रं-1/332	1934
डम-डम - डम डमरु-स्वर	चार/ज्योत्स्ना	पं.ग्रं-1/335	1934
नाथ, हो स्वर्ण-प्रभात!	चार/ज्योत्स्ना	पं.ग्रं-1/336	1934
हो आलोक! हो आलोक!	चार/ज्योत्स्ना	पं.ग्रं-1/339	1934
कौन अप्सरि अज्ञात,	चार/ज्योत्स्ना	पं.ग्रं-1/339	1934
मुकुलित तन हो, प्रमुदित मन हो,	पाँच/ज्योत्स्ना	पं.ग्रं-1/341	1934
हास-हास, लास-लास,	पाँच/ज्योत्स्ना	पं.ग्रं-1/343	1934
सुखमा की जितनी मधुर कली,	पाँच/ज्योत्स्ना	पं.ग्रं-1/344	1934
लो, जग की डाली-डाली पर	पाँच/ज्योत्स्ना	पं.ग्रं-1/344	1934
जीवन के सुखमय स्पर्शों-सी	पाँच/ज्योत्स्ना	पं.ग्रं-1/345	1934
तुम नील वृन्त पर नभ के जग,	पाँच/ज्योत्स्ना	पं.ग्रं-1/346	1934
जागो, जीवन के आतप में	पाँच/ज्योत्स्ना	पं.ग्रं-1/346	1934
जीव निखिल भगिनि-भ्रात	पाँच/ज्योत्स्ना	पं.ग्रं-1/348	1934
लघु लघु धर पग,	पाँच/ज्योत्स्ना	पं.ग्रं-1/349	1934
अपने ही सुख से चिर चंचल	पाँच/ज्योत्स्ना	पं.ग्रं-1/350	1934
हम चिर अदृश्य नभचर सुन्दर	पाँच/ज्योत्स्ना	पं.ग्रं-1/351	1934
हम कोमल सलिल हिलोर नवल,	पाँच/ज्योत्स्ना	पं.ग्रं-1/351	1934
अविचल, अतल, अकूल, अमल जल,	पाँच/ज्योत्स्ना	पं.ग्रं-1/352	1934
प्रेम की बंसी लगी न प्राण?	प्रथम दृश्य/परी	पं.ग्रं-1/360	1925
जीवन रे हिमजल का लघु-पल	द्वितीय दृश्य/परी	पं.ग्रं-1/365	1925
जग के उर्वर आँगन में	द्वितीय दृश्य/परी	पं.ग्रं-1/370	1925
प्राण, तुम लघु-लघु गात!	द्वितीय दृश्य/परी	पं.ग्रं-1/371	1925

कविता का शीर्षक	काव्य-संग्रह/पुस्तक	पं.ग्रं./पृ.सं.	प्रकाशन/रचना वर्ष
मधुर जीवन-आतप सुकुमार	द्वितीय दृश्य/परी	पं.ग्रं-1/374	1925
कौन, तुम रूपसि! कौन?	द्वितीय दृश्य/परी	पं.ग्रं-1/377	1925
निशा का नील तमाल	द्वितीय दृश्य/परी	पं.ग्रं-1/378	1925
द्रुत झरो जगत के जीर्ण पत्र,	युगान्त/युगपथ	पं.ग्रं-2/7	फरवरी, 1934
गा कोकिल, बरसा पावक कण!	युगान्त/युगपथ	पं.ग्रं-2/7	अप्रैल, 1935
झर पड़ता जीवन डाली से	युगान्त/युगपथ	पं.ग्रं-2/8	अप्रैल, 1935
चंचल पग दीपशिखा के धर	युगान्त/युगपथ	पं.ग्रं-2/8	अप्रैल, 1935
विद्रुम औ' मरकत की छाया,	युगान्त/युगपथ	पं.ग्रं-2/9	मई, 1935
जगती के जन-पथ, कानन में	युगान्त/युगपथ	पं.ग्रं-2/10	मई, 1935
वे चहक रहीं कुंजों में चंचल सुन्दर	युगान्त/युगपथ	पं.ग्रं-2/10	अप्रैल, 1936
वे डूब गये - सब डूब गये	युगान्त/युगपथ	पं.ग्रं-2/10	अप्रैल, 1936
तारों का नभ! तारों का नभ!	युगान्त/युगपथ	पं.ग्रं-2/11	अप्रैल, 1935
जीवन का फल, जीवन का फल!	युगान्त/युगपथ	पं.ग्रं-2/11	मई, 1935
बढ़ो अभय, विश्वास चरण धर!	युगान्त/युगपथ	पं.ग्रं-2/12	मई, 1935
गर्जन कर मानव-केसरि!	युगान्त/युगपथ	पं.ग्रं-2/12	अक्टूबर, 1935
बाँसों का झुरमुट	युगान्त/युगपथ	पं.ग्रं-2/13	अक्टूबर, 1935
जग-जीवन में जो चिर महान	युगान्त/युगपथ	पं.ग्रं-2/14	मई, 1935
जो दीन-हीन, पीड़ित, निर्बल,	युगान्त/युगपथ	पं.ग्रं-2/14	मई, 1935
शत बहु-पाद, शत नाम रूप,	युगान्त/युगपथ	पं.ग्रं-2/14	मई, 1935
ए मिट्टी के ढेले अजान!	युगान्त/युगपथ	पं.ग्रं-2/15	जून, 1935
खो गयी स्वर्ग की स्वर्ण किरण	युगान्त/युगपथ	पं.ग्रं-2/15	अप्रैल, 1936
सुन्दरता का आलोक स्रोत	युगान्त/युगपथ	पं.ग्रं-2/16	अप्रैल, 1936
नव हे, नव हे,	युगान्त/युगपथ	पं.ग्रं-2/16	जुलाई, 1934
बाँधोऽ, छवि के नव बन्धन बाँधो!	युगान्त/युगपथ	पं.ग्रं-2/17	जुलाई, 1934
मंजरित आम्र-वन-छाया में	युगान्त/युगपथ	पं.ग्रं-2/17	मई, 1935
वह विजन चाँदनी की घाटी	युगान्त/युगपथ	पं.ग्रं-2/18	मई, 1935
छाया?/वह लेटी है तरु-छाया में,	युगान्त/युगपथ	पं.ग्रं-2/18	अप्रैल, 1935
छाया/खोलो, मुख से घूँघट खोलो,	युगान्त/युगपथ	पं.ग्रं-2/19	अप्रैल, 1936
शुक्र!/द्वाभा से एकाकी प्रेमी	युगान्त/युगपथ	पं.ग्रं-2/20	मई, 1935
खद्योत/अँधियाली घाटी में	युगान्त/युगपथ	पं.ग्रं-2/20	मई, 1935
सृष्टि/मिट्टी का गहरा अन्धकार	युगान्त/युगपथ	पं.ग्रं-2/20	मई, 1935
ताज	युगान्त/युगपथ	पं.ग्रं-2/21	अक्टूबर, 1935
मानव	युगान्त/युगपथ	पं.ग्रं-2/22	अप्रैल, 1935
तितली	युगान्त/युगपथ	पं.ग्रं-2/23	मई, 1935
सन्ध्या	युगान्त/युगपथ	पं.ग्रं-2/23	सितम्बर, 1930
बापू के प्रति	युगान्त/युगपथ	पं.ग्रं-2/24	अप्रैल, 1936

महादेवी वर्मा की छायावादी कविताओं की सूची (कालक्रम से)

कविता का शीर्षक	काव्य-संग्रह/पुस्तक	महादेवी साहित्य/पृ.सं.	प्रकाशन/रचना वर्ष
निशा को, धो देता राकेश	नीहार (1930)	म.सा.-1/29	1924-1928 के बीच
रजत करों की मृदुल तूलिका	नीहार (1930)	म.सा.-1/30	1924-1928 के बीच
बनबाला के गीतों सा	नीहार (1930)	म.सा.-1/32	1924-1928 के बीच
मैं अनन्त पथ में लिखती जो	नीहार (1930)	म.सा.-1/33	1924-1928 के बीच
निश्वासों की नीड़, निशा का	नीहार (1930)	म.सा.-1/34	1924-1928 के बीच
वे मुस्काते फूल, नहीं	नीहार (1930)	म.सा.-1/35	1924-1928 के बीच
ढुलकते आँसू सा सुकुमार	नीहार (1930)	म.सा.-1/36	1924-1928 के बीच
रजनी ओढ़े जाती थी	नीहार (1930)	म.सा.-1/37	1924-1928 के बीच
चाहता है यह पागल प्यार	नीहार (1930)	म.सा.-1/39	1924-1928 के बीच
मिल जाता काले अंजन में	नीहार (1930)	म.सा.-1/40	1924-1928 के बीच
बहती जिस नक्षत्र लोक में	नीहार (1930)	म.सा.-1/41	1924-1928 के बीच
घायल मन लेकर सो जाती	नीहार (1930)	म.सा.-1/42	1924-1928 के बीच
जिन नयनों की विपुल नीलिमा	नीहार (1930)	म.सा.-1/43	1924-1928 के बीच
छाया की आँख मिचौनी	नीहार (1930)	म.सा.-1/44	1924-1928 के बीच
घोर तम छाया चारों ओर	नीहार (1930)	म.सा.-1/46	1924-1928 के बीच
थकी पलकें सपनों पर डाल	नीहार (1930)	म.सा.-1/50	1924-1928 के बीच
इन हीरक से तारों को	नीहार (1930)	म.सा.-1/52	1924-1928 के बीच
जो मुखरित कर जाती थी	नीहार (1930)	म.सा.-1/54	1924-1928 के बीच
कितनी रातों की मैंने	नीहार (1930)	म.सा.-1/55	1924-1928 के बीच
इसमें अतीत सुलझाता	नीहार (1930)	म.सा.-1/57	1924-1928 के बीच
शून्य से टकराकर सुकुमार	नीहार (1930)	म.सा.-1/58	1924-1928 के बीच
था कली के रूप शैशव	नीहार (1930)	म.सा.-1/59	1924-1928 के बीच
घोर घन की अवगुण्ठन डाल	नीहार (1930)	म.सा.-1/61	1924-1928 के बीच
इस एक बूँद आँसू में	नीहार (1930)	म.सा.-1/62	1924-1928 के बीच
मैं कंपन हूँ तू करुण राग	नीहार (1930)	म.सा.-1/63	1924-1928 के बीच
समीरण के पंखों में गूँथ	नीहार (1930)	म.सा.-1/65	1924-1928 के बीच
यहीं है यह विस्मृत संगीत	नीहार (1930)	म.सा.-1/67	1924-1928 के बीच
कामना की पलकों में झूल	नीहार (1930)	म.सा.-1/68	1924-1928 के बीच
निराशा के झोंकों ने देव!	नीहार (1930)	म.सा.-1/70	1924-1928 के बीच
स्वर्ग का था नीरव उच्छ्वास	नीहार (1930)	म.सा.-1/71	1924-1928 के बीच
हुए हैं कितने अंतर्धान	नीहार (1930)	म.सा.-1/74	1924-1928 के बीच
जिस दिन नीरव तारों से	नीहार (1930)	म.सा.-1/75	1924-1928 के बीच
जहाँ है निद्रामग्न वसंत	नीहार (1930)	म.सा.-1/77	1924-1928 के बीच
गरजता सागर तम है घोर	नीहार (1930)	म.सा.-1/79	1924-1928 के बीच
झूमते से सौरभ के साथ	नीहार (1930)	म.सा.-1/80	1924-1928 के बीच

कविता का शीर्षक	काव्य-संग्रह/पुस्तक	म.सा./पृ.सं.	प्रकाशन/रचना वर्ष
झिलमिल तारों की पलक में	नीहार (1930)	म.सा.-1 82	1924-1928 के बीच
मूक करके मानस का ताप	नीहार (1930)	म.सा.-1/83	1924-1928 के बीच
तरल आँसू की लड़ियाँ गूँथ	नीहार (1930)	म.सा.-1/84	1924-1928 के बीच
विस्मृति तिमिर में दीप	नीहार (1930)	म.सा.-1/85	1924-1928 के बीच
निठुर होकर डालेगा पीस	नीहार (1930)	म.सा.-1/86	1924-1928 के बीच
गिरा जब हो जाती है मौन	नीहार (1930)	म.सा.-1/87	1924-1928 के बीच
जिन चरणों पर देव लुटाते	नीहार (1930)	म.सा.-1/89	1924-1928 के बीच
उच्छ्वासों की छाया में	नीहार (1930)	म.सा.-1/90	1924-1928 के बीच
मधुरिमा के, मधु के अवतार	नीहार (1930)	म.सा.-1/92	1924-1928 के बीच
प्रथम प्रणय की सुषमा सा	नीहार (1930)	म.सा.-1/94	1924-1928 के बीच
जो तुम आ जाते एक बार	नीहार (1930)	म.सा.-1/95	1924-1928 के बीच
जिसमें नहीं सुवास नहीं जो	नीहार (1930)	म.सा.-1/96	1924-1928 के बीच
चुभते ही तेरा अरुण बान!	रश्मि (1932)	म.सा.-1/103	1928-1931 के बीच
किस सुधि-वसंत का सुमन-तीर	रश्मि (1932)	म.सा.-1/104	1928-1931 के बीच
शून्यता में निद्रा की बन	रश्मि (1932)	म.सा.-1/105	1928-1931 के बीच
क्यों इन तारों को उलझाते?	रश्मि (1932)	म.सा.-1/107	1928-1931 के बीच
रजत रश्मियों की छाया में	रश्मि (1932)	म.सा.-1/108	1928-1931 के बीच
चिर तृप्ति कामनाओं का	रश्मि (1932)	म.सा.-1/109	1928-1931 के बीच
किन उपकरणों का दीपक	रश्मि (1932)	म.सा.-1/112	1928-1931 के बीच
कुमुद-दल से वेदना के दाग को	रश्मि (1932)	म.सा.-1/113	1928-1931 के बीच
तुहिन के पुलिनों पर छबिमान	रश्मि (1932)	म.सा.-1/114	1928-1931 के बीच
फूलों का गीला सौरभ पी	रश्मि (1932)	म.सा.-1/117	1928-1931 के बीच
नव मेघों को रोता था	रश्मि (1932)	म.सा.-1/118	1928-1931 के बीच
वे मधुदिन जिनकी स्मृतियों की	रश्मि (1932)	म.सा.-1/122	1928-1931 के बीच
स्मित तुम्हारी से छलक	रश्मि (1932)	म.सा.-1/123	1928-1931 के बीच
अलि अब सपने की बात	रश्मि (1932)	म.सा.-1/126	1928-1931 के बीच
किसी नक्षत्र लोक से टूट	रश्मि (1932)	म.सा.-1/127	1928-1931 के बीच
इन आँखों ने देखी न राह कहीं	रश्मि (1932)	म.सा.-1/129	1928-1931 के बीच
दिया क्यों जीवन का वरदान?	रश्मि (1932)	म.सा.-1/131	1928-1931 के बीच
सजनि कौन तम में परिचित सा	रश्मि (1932)	म.सा.-1/132	1928-1931 के बीच
कह दे माँ क्या अब देखूँ!	रश्मि (1932)	म.सा.-1/133	1928-1931 के बीच
तुम हो विधु के बिम्ब और मैं	रश्मि (1932)	म.सा.-1/135	1928-1931 के बीच
विहग-शावक से जिस दिन मूक	रश्मि (1932)	म.सा.-1/139	1928-1931 के बीच
न थे जब परिवर्तन दिनरात	रश्मि (1932)	म.सा.-1/140	1928-1931 के बीच
कहीं से, आई हूँ कुछ भूल!	रश्मि (1932)	म.सा.-1/142	1928-1931 के बीच
अलि कैसे उनको पाऊँ?	रश्मि (1932)	म.सा.-1/143	1928-1931 के बीच
अश्रु ने सीमित कणों में बाँध ली	रश्मि (1932)	म.सा.-1/145	1928-1931 के बीच
छिपाए थी कुहरे सी नींद	रश्मि (1932)	म.सा.-1/146	1928-1931 के बीच
तेरी आभा का कण नभ को	रश्मि (1932)	म.सा.-1/148	1928-1931 के बीच

कविता का शीर्षक	काव्य-संग्रह/पुस्तक	म.सा./पृ.सं.	प्रकाशन/रचना वर्ष
जिसको अनुराग सा दान दिया	रश्मि (1932)	म.सा.-1/149	1928-1931 के बीच
विश्व-जीवन के उपसंहार!	रश्मि (1932)	म.सा.-1/150	1928-1931 के बीच
प्राणों के अंतिम पाहुन!	रश्मि (1932)	म.सा.-1/154	1928-1931 के बीच
नींद में सपना बन अज्ञात	रश्मि (1932)	म.सा.-1/156	1928-1931 के बीच
चुका पाएगा कैसे बोल!	रश्मि (1932)	म.सा.-1/158	1928-1931 के बीच
बीते वसंत की चिर-समाधि!	रश्मि (1932)	म.सा.-1/160	1928-1931 के बीच
सजनि तेरे दृग बाल!	रश्मि (1932)	म.सा.-1/162	1928-1931 के बीच
अश्रु-सिक्त रज से किसने	रश्मि (1932)	म.सा.-1/163	1928-1931 के बीच
प्रिय इन नयनों का अश्रु-नीर !	नीरजा (1935)	म.सा.-1/167	1931-1934 के बीच
धीरे-धीरे उतर क्षितिज से	नीरजा (1935)	म.सा.-1/168	1931-1934 के बीच
पुलक पुलक उर, सिहर सिहर तन	नीरजा (1935)	म.सा.-1/169	1931-1934 के बीच
तुम्हें बाँध पाती सपने में	नीरजा (1935)	म.सा.-1/170	1931-1934 के बीच
आज क्यों तेरी वीणा मौन?	नीरजा (1935)	म.सा.-1/171	1931-1934 के बीच
शृंगार कर ले री सजनि	नीरजा (1935)	म.सा.-1/172	1931-1934 के बीच
कौन तुम मेरे हृदय में	नीरजा (1935)	म.सा.-1/173	1931-1934 के बीच
ओ पागल संसार	नीरजा (1935)	म.सा.-1/175	1931-1934 के बीच
विरह का जलजात जीवन	नीरजा (1935)	म.सा.-1/176	1931-1934 के बीच
बीन भी हूँ मैं तुम्हारी	नीरजा (1935)	म.सा.-1/177	1931-1934 के बीच
रूपसि तेरा घन-केश-पाश !	नीरजा (1935)	म.सा.-1/178	1931-1934 के बीच
तुम मुझ में प्रिय!	नीरजा (1935)	म.सा.-1/182	1931-1934 के बीच
बताता जा रे अभिमानी!	नीरजा (1935)	म.सा.-1/184	1931-1934 के बीच
मधुर मधुर मेरे दीपक जल!	नीरजा (1935)	म.सा.-1/187	1931-1934 के बीच
मुखर पिक हौले बोल!	नीरजा (1935)	म.सा.-1/188	1931-1934 के बीच
पथ देख बिता दी रैन	नीरजा (1935)	म.सा.-1/190	1931-1934 के बीच
मेरे हँसते अधर नहीं	नीरजा (1935)	म.सा.-1/192	1931-1934 के बीच
इस जादूगरनी वीणा पर	नीरजा (1935)	म.सा.-1/194	1931-1934 के बीच
घन बनूँ वर दो मुझे प्रिय!	नीरजा (1935)	म.सा.-1/195	1931-1934 के बीच
आ मेरी चिर मिलन-यामिनी !	नीरजा (1935)	म.सा.-1/196	1931-1934 के बीच
जग ओ मुरली की मतवाली!	नीरजा (1935)	म.सा.-1/197	1931-1934 के बीच
कैसे संदेश प्रिय पहुँचाती!	नीरजा (1935)	म.सा.-1/198	1931-1934 के बीच
मैं बनी मधुमास आली!	नीरजा (1935)	म.सा.-1/200	1931-1934 के बीच
मैं मतवाली इधर, उधर प्रिय मेरा	नीरजा (1935)	म.सा.-1/201	1931-1934 के बीच
तुमको क्या देखूँ चिर नूतन!	नीरजा (1935)	म.सा.-1/202	1931-1934 के बीच
प्रिय गया है लौट रात!	नीरजा (1935)	म.सा.-1/203	1931-1934 के बीच
एक बार आओ इस पथ से	नीरजा (1935)	म.सा.-1/204	1931-1934 के बीच
क्यों जग कहता मतवाली?	नीरजा (1935)	म.सा.-1/205	1931-1934 के बीच
जाने किसकी स्मित रूम झूम	नीरजा (1935)	म.सा.-1/206	1931-1934 के बीच
तेरी सुधि बिन क्षण क्षण सूना!	नीरजा (1935)	म.सा.-1/208	1931-1934 के बीच
टूट गया वह दर्पण निर्मम!	नीरजा (1935)	म.सा.-1/209	1931-1934 के बीच

कविता का शीर्षक	काव्य-संग्रह/पुस्तक	म.सा./पृ.सं.	प्रकाशन/रचना वर्ष
ओ विभावरी!	नीरजा (1935)	म.सा.-1/211	1931-1934 के बीच
प्रिय! जिसने दुःख पाला हो!	नीरजा (1935)	म.सा.-1/212	1931-1934 के बीच
दीपक में पतंग जलता क्यों?	नीरजा (1935)	म.सा.-1/213	1931-1934 के बीच
आँसू का मोल न लूँगी मैं!	नीरजा (1935)	म.सा.-1/214	1931-1934 के बीच
कमलदल पर किरण अंकित	नीरजा (1935)	म.सा.-1/215	1931-1934 के बीच
प्रिय! मैं हूँ एक पहेली भी!	नीरजा (1935)	म.सा.-1/217	1931-1934 के बीच
क्या नई मेरी कहानी!	नीरजा (1935)	म.सा.-1/218	1931-1934 के बीच
मधुवेला है आज	नीरजा (1935)	म.सा.-1/219	1931-1934 के बीच
यह पतझर मधुवन भी हो!	नीरजा (1935)	म.सा.-1/220	1931-1934 के बीच
मुस्काता संकेत-भरा नभ	नीरजा (1935)	म.सा.-1/221	1931-1934 के बीच
झरते नित लोचन मेरे हों!	नीरजा (1935)	म.सा.-1/222	1931-1934 के बीच
लाए कौन संदेश नए घन!	नीरजा (1935)	म.सा.-1/224	1931-1934 के बीच
कहता जग दुःख को प्यार न कर!	नीरजा (1935)	म.सा.-1/226	1931-1934 के बीच
मत अरुण घूँघट खोल री!	नीरजा (1935)	म.सा.-1/227	1931-1934 के बीच
जग करुण करुण, मैं मधुर मधुर!	नीरजा (1935)	म.सा.-1/228	1931-1934 के बीच
प्राणपिक प्रिय — नाम रे कह!	नीरजा (1935)	म.सा.-1/229	1931-1934 के बीच
तुम दुःख बन इस पथ से आना!	नीरजा (1935)	म.सा.-1/230	1931-1934 के बीच
अलि वरदान मेरे नयन!	नीरजा (1935)	म.सा.-1/232	1931-1934 के बीच
दूर घर मैं पथ से अनजान!	नीरजा (1935)	म.सा.-1/233	1931-1934 के बीच
क्या पूजा क्या अर्चन रे?	नीरजा (1935)	म.सा.-1/234	1931-1934 के बीच
प्रिय सुधि भूले री मैं पथ भूली!	नीरजा (1935)	म.सा.-1/235	1931-1934 के बीच
जाग बेसुध जाग!	नीरजा (1935)	म.सा.-1/236	1931-1934 के बीच
लय गीत मदिर, गति ताल अमर	नीरजा (1935)	म.सा.-1/237	1931-1934 के बीच
उर तिमिरमय घर तिमिरमय	नीरजा (1935)	म.सा.-1/239	1931-1934 के बीच
तुम सो जाओ मैं गाऊँ!	नीरजा (1935)	म.सा.-1/240	1931-1934 के बीच
जागो बेसुध रात नहीं यह!	नीरजा (1935)	म.सा.-1/242	1931-1934 के बीच
केवल जीवन का क्षण मेरे!	नीरजा (1935)	म.सा.-1/243	1931-1934 के बीच
प्रिय! सांध्य गगन मेरा जीवन	सांध्य गीत (1936)	म.सा.-1/249	1934-1936 के बीच
प्रिय मेरे गीले नयन बनेंगे आरती!	सांध्य गीत (1936)	म.सा.-1/250	1934-1936 के बीच
क्या न तुमने दीप बाला?	सांध्य गीत (1936)	म.सा.-1/251	1934-1936 के बीच
रागभीनी तू सजनि	सांध्य गीत (1936)	म.सा.-1/252	1934-1936 के बीच
अश्रु मेरे माँगने जब	सांध्य गीत (1936)	म.सा.-1/254	1934-1936 के बीच
क्यों वह प्रिय आता पार नहीं?	सांध्य गीत (1936)	म.सा.-1/255	1934-1936 के बीच
जाने किस जीवन की सुधि ले	सांध्य गीत (1936)	म.सा.-1/257	1934-1936 के बीच
शून्य मंदिर में बनूँगी	सांध्य गीत (1936)	म.सा.-1/258	1934-1936 के बीच
प्रिय-पथ के यह शूल	सांध्य गीत (1936)	म.सा.-1/259	1934-1936 के बीच
मेरा सजल मुख देख लेते!	सांध्य गीत (1936)	म.सा.-1/260	1934-1936 के बीच
रे पपीहे पी कहाँ!	सांध्य गीत (1936)	म.सा.-1/262	1934-1936 के बीच
विरह की घड़ियाँ हुईं अलि मधुर	सांध्य गीत (1936)	म.सा.-1/263	1934-1936 के बीच

कविता का शीर्षक	काव्य-संग्रह/पुस्तक	म.सा./पृ.सं.	प्रकाशन/रचना वर्ष
शलभ मैं शापमय वर हूँ!	सांध्य गीत (1936)	म.सा.-1/264	1934-1936 के बीच
पंकज-कली!	सांध्य गीत (1936)	म.सा.-1/265	1934-1936 के बीच
हे मेरे चिर सुंदर अपने!	सांध्य गीत (1936)	म.सा.-1/266	1934-1936 के बीच
मैं सजग चिर साधना ले!	सांध्य गीत (1936)	म.सा.-1/267	1934-1936 के बीच
मैं किसी की मूक छाया हूँ	सांध्य गीत (1936)	म.सा.-1/268	1934-1936 के बीच
यह सुख दुखमय राग	सांध्य गीत (1936)	म.सा.-1/270	1934-1936 के बीच
सो रहा है विश्व	सांध्य गीत (1936)	म.सा.-1/271	1934-1936 के बीच
री कुञ्ज की शेफलिके!	सांध्य गीत (1936)	म.सा.-1/272	1934-1936 के बीच
मैं नीर भरी दुःख की बदली!	सांध्य गीत (1936)	म.सा.-1/273	1934-1936 के बीच
आज मेरे नयन के तारक	सांध्य गीत (1936)	म.सा.-1/274	1934-1936 के बीच
प्राण-रमा पतझार सजनि	सांध्य गीत (1936)	म.सा.-1/275	1934-1936 के बीच
झिलमिलाती रात मेरी!	सांध्य गीत (1936)	म.सा.-1/276	1934-1936 के बीच
दीप तेरा दामिनी!	सांध्य गीत (1936)	म.सा.-1/277	1934-1936 के बीच
फिर विकल हैं प्राण मेरे!	सांध्य गीत (1936)	म.सा.-1/278	1934-1936 के बीच
मेरी है पहेली बात!	सांध्य गीत (1936)	म.सा.-1/279	1934-1936 के बीच
चिर सजग आँखें उनींदी	सांध्य गीत (1936)	म.सा.-1/280	1934-1936 के बीच
कीर का प्रिय आज पिंजर खोल दो	सांध्य गीत (1936)	म.सा.-1/282	1934-1936 के बीच
प्रिय चिरंतन है सजनि	सांध्य गीत (1936)	म.सा.-1/283	1934-1936 के बीच
ओ अरुण वसना	सांध्य गीत (1936)	म.सा.-1/284	1934-1936 के बीच
देव अब वरदान कैसा!	सांध्य गीत (1936)	म.सा.-1/285	1934-1936 के बीच
तन्द्रिल निशीथ में ले आए	सांध्य गीत (1936)	म.सा.-1/286	1934-1936 के बीच
यह संध्या फूली सजीली!	सांध्य गीत (1936)	म.सा.-1/288	1934-1936 के बीच
जाग जाग सुकेशिनी री!	सांध्य गीत (1936)	म.सा.-1/290	1934-1936 के बीच
तब क्षण क्षण मधु-प्याले होंगे!	सांध्य गीत (1936)	म.सा.-1/294	1934-1936 के बीच
आज सुनहली वेला!	सांध्य गीत (1936)	म.सा.-1/297	1934-1936 के बीच
नव घन आज बनो पलकों में!	सांध्य गीत (1936)	म.सा.-1/298	1934-1936 के बीच
क्या जलने की रीति शलभ समझा	सांध्य गीत (1936)	म.सा.-1/299	1934-1936 के बीच
सपनों की रज आँज गया	सांध्य गीत (1936)	म.सा.-1/300	1934-1936 के बीच
क्यों मुझे प्रिय हो न बंधन!	सांध्य गीत (1936)	म.सा.-1/301	1934-1936 के बीच
हे चिर महान्	सांध्य गीत (1936)	म.सा.-1/303	1934-1936 के बीच
सखि मैं हूँ अमर सुहाग भरी!	सांध्य गीत (1936)	म.सा.-1/304	1934-1936 के बीच
कोकिल गा न ऐसा राग!	सांध्य गीत (1936)	म.सा.-1/305	1934-1936 के बीच
तिमिर में वे पद-चिह्न मिले!	सांध्य गीत (1936)	म.सा.-1/306	1934-1936 के बीच
दीप मेरे जल अकंपित	दीपशिखा (1942)	म.सा.-1/311	1936-1942 के बीच
पंथ होने दो अपरिचित	दीपशिखा (1942)	म.सा.-1/313	1936-1942 के बीच
ओ चिर नीरव!	दीपशिखा (1942)	म.सा.-1/315	1936-1942 के बीच
प्राण हँस कर ले चला जब	दीपशिखा (1942)	म.सा.-1/317	1936-1942 के बीच
सब बुझे दीपक जला लूँ	दीपशिखा (1942)	म.सा.-1/319	1936-1942 के बीच
हुए शूल अक्षत मुझे धूलि चन्दन!	दीपशिखा (1942)	म.सा.-1/321	1936-1942 के बीच

कविता का शीर्षक	काव्य-संग्रह/पुस्तक	म.सा./पृ.सं.	प्रकाशन/रचना वर्ष
आज तार मिला चुकी हूँ!	दीपशिखा (1942)	म.सा.-1/323	1936-1942 के बीच
कहाँ से आए बादल काले?	दीपशिखा (1942)	म.सा.-1/325	1936-1942 के बीच
यह सपने सुकुमार	दीपशिखा (1942)	म.सा.-1/327	1936-1942 के बीच
तरल मोती से नयन भरे!	दीपशिखा (1942)	म.सा.-1/329	1936-1942 के बीच
विहंगम-मधुर स्वर तेरे	दीपशिखा (1942)	म.सा.-1/331	1936-1942 के बीच
जब यह दीप थके तब आना	दीपशिखा (1942)	म.सा.-1/333	1936-1942 के बीच
यह मंदिर का दीप	दीपशिखा (1942)	म.सा.-1/335	1936-1942 के बीच
धूप-सा तन दीप-सी मैं!	दीपशिखा (1942)	म.सा.-1/337	1936-1942 के बीच
तू धूल भरा ही आया!	दीपशिखा (1942)	म.सा.-1/339	1936-1942 के बीच
जो न प्रिय पहिचान पाती!	दीपशिखा (1942)	म.सा.-1/341	1936-1942 के बीच
आँसुओं के देश में!	दीपशिखा (1942)	म.सा.-1/343	1936-1942 के बीच
गोधूलि अब दीप जगा ले!	दीपशिखा (1942)	म.सा.-1/345	1936-1942 के बीच
मैं न यह पथ जानती री!	दीपशिखा (1942)	म.सा.-1/347	1936-1942 के बीच
झिप चलीं पलकें तुम्हारी	दीपशिखा (1942)	म.सा.-1/349	1936-1942 के बीच
मिट चली घटा अधीर!	दीपशिखा (1942)	म.सा.-1/351	1936-1942 के बीच
अलि कहाँ संदेश भेजूँ!	दीपशिखा (1942)	म.सा.-1/353	1936-1942 के बीच
मोम-सा तन घुल चुका	दीपशिखा (1942)	म.सा.-1/355	1936-1942 के बीच
कोई यह आँसू आज माँग ले जाता!	दीपशिखा (1942)	म.सा.-1/357	1936-1942 के बीच
मेघ सी घिर झर चली मैं	दीपशिखा (1942)	म.सा.-1/359	1936-1942 के बीच
निमिष से मेरे विरह के कल्प बीते!	दीपशिखा (1942)	म.सा.-1/361	1936-1942 के बीच
सब आँखों के आँसू उजले	दीपशिखा (1942)	म.सा.-1/363	1936-1942 के बीच
फिर क्यों तुमने शूल बिछाए?	दीपशिखा (1942)	म.सा.-1/365	1936-1942 के बीच
मैं क्यों पूछूँ यह विरह-निशा	दीपशिखा (1942)	म.सा.-1/367	1936-1942 के बीच
आज दे वरदान!	दीपशिखा (1942)	म.सा.-1/369	1936-1942 के बीच
प्राणों ने कहा कब दूर	दीपशिखा (1942)	म.सा.-1/371	1936-1942 के बीच
सपने जगाती आ	दीपशिखा (1942)	म.सा.-1/373	1936-1942 के बीच
मैं पलकों में पाल रही हूँ	दीपशिखा (1942)	म.सा.-1/375	1936-1942 के बीच
गूँजती क्यों प्राण-वंशी?	दीपशिखा (1942)	म.सा.-1/377	1936-1942 के बीच
क्यों अश्रु न हों शृंगार मुझे!	दीपशिखा (1942)	म.सा.-1/379	1936-1942 के बीच
शेषयामा यामिनी	दीपशिखा (1942)	म.सा.-1/381	1936-1942 के बीच
तेरी छाया में अमिट रंग	दीपशिखा (1942)	म.सा.-1/383	1936-1942 के बीच
आँसू से धो आज इन्हीं	दीपशिखा (1942)	म.सा.-1/385	1936-1942 के बीच
पथ मेरा निर्वाण बन गया!	दीपशिखा (1942)	म.सा.-1/387	1936-1942 के बीच
प्रिय मैं जो चित्र बना पाती!	दीपशिखा (1942)	म.सा.-1/389	1936-1942 के बीच
लौट जा मलय-मारुत के झकोरे!	दीपशिखा (1942)	म.सा.-1/391	1936-1942 के बीच
पूछता क्यों शेष कितनी रात?	दीपशिखा (1942)	म.सा.-1/393	1936-1942 के बीच
तुम्हारी बीन ही में बज रहे हैं	दीपशिखा (1942)	म.सा.-1/395	1936-1942 के बीच
तू भू के प्राणों का शतदल !	दीपशिखा (1942)	म.सा.-1/397	1936-1942 के बीच
पुजारी दीप कहीं सोता है!	दीपशिखा (1942)	म.सा.-1/399	1936-1942 के बीच

कविता का शीर्षक	काव्य-संग्रह/पुस्तक	म.सा./पृ.सं.	प्रकाशन/रचना वर्ष
घिरती रहे रात!	दीपशिखा (1942)	म.सा.-1/401	1936-1942 के बीच
जग अपना भाता है!	दीपशिखा (1942)	म.सा.-1/403	1936-1942 के बीच
मैं चिर पथिक वेदना का	दीपशिखा (1942)	म.सा.-1/405	1936-1942 के बीच
मेरे ओ विहग से गान!	दीपशिखा (1942)	म.सा.-1/407	1936-1942 के बीच
सजल है कितना सवेरा!	दीपशिखा (1942)	म.सा.-1/409	1936-1942 के बीच
अलि मैं कण-कण को जान चली	दीपशिखा (1942)	म.सा.-1/411	1936-1942 के बीच

परिशिष्ट-2

जयशंकर प्रसाद की छायावादी कविताओं की सूची (वर्णानुक्रम से)

सन्दर्भ :

प्रसाद का संपूर्ण काव्य - सम्पादन - डॉ. सत्यप्रकाश मिश्र,

लोकभारती प्रकाशन, इलाहाबाद, 2018

(रचना का प्रकाशन वर्ष सही-सही मालूम न होने की स्थिति में संकलन का प्रकाशन-वर्ष कोष्ठक में दे दिया गया है।)

कविता का शीर्षक	काव्य-संग्रह/पुस्तक	पृ.सं.	प्रकाशन/रचना वर्ष
अंतरिक्ष में अभी सो रही	लहर	370	1935
अतिथि	झरना	287	(1918)
अनुनय	झरना	258	1913
अपलक जगती हो एक रात!	लहर	357	1935
अब जागो जीवन के प्रभात	लहर	350	1914
अरी बरुणा की शांत कछार	लहर	338-339	1932
अरे आ गई है भूली-सी	लहर	365-366	1935
अरे कहीं देखा है तुमने	लहर	363	1935
अर्चना	झरना	251-252	1915
अव्यवस्थित	झरना	235	1923-24
अशोक की चिंता	लहर	371-374	1935
असन्तोष	झरना	256-257	1924
आँखों से अलख जगाने को	लहर	346	1935
आँसू	**गीतिकाव्य**	**301-332**	**(1925/1933)**
आदेश	झरना	284	(1918)
आशालता	झरना	271-272	(1918)
आह रे, वह अधीर यौवन	लहर	347-348	1931
उठ उठ री लघु लघु लोल लहर	लहर	335	1931
उपेक्षा करना	झरना	290	(1918)
उस दिन जब जीवन के पथ में	लहर	343-344	1935
ओ री मानस की गहराई	लहर	368	1935
कब	झरना	254	1923-24
कसौटी	झरना	286	(1918)
कहो?	झरना	260	1912
कामायनी	**महाकाव्य**	**397-704**	**1936**
काली आँखों का अंधकार	लहर	362	1934
कितने दिन जीवन-जलनिधि में	लहर	352	1935

कविता का शीर्षक	काव्य-संग्रह/पुस्तक	पृ.सं.	प्रकाशन/रचना वर्ष
किरण	झरना	243-244	(1918)
कुछ नहीं	झरना	283	1924
कोमल कुसुमों की मधुर रात	लहर	351	1935
खोलो द्वार	झरना	237	1914
चिह्न	झरना	248-249	1924 (1981 विक्रमी)
जग की सजल कालिमा	लहर	355	1932
जगती की मंगलमयी ऊषा बन	लहर	358-359	1935
झरना	झरना	233-234	(1918)
झील में	झरना	280	(1918)
तुम	झरना	274-275	1924 (1918)
तुम्हारी आँखों का बचपन	लहर	349	1935
दर्शन	झरना	269	1915
दीप	झरना	250	1922
देवबाला	झरना	285	(1918)
दो बूँदें	झरना	239	1924-25
धूल का खेल	झरना	292-293	(1918)
निज अलकों के अंधकार में	लहर	336	1935
निरधक तूने ठुकराया तब	लहर	367	1935
निवेदन	झरना	261	1914
परिचय	झरना	232	(1918)
पाईबाग	झरना	265	(1918)
पावस प्रभात	झरना	240	(1918)
पी! कहाँ?	झरना	264	(1918)
पेशोला की प्रतिध्वनि	लहर	379-380	1935
प्यास	झरना	262-263	(1918)
प्रत्याशा	झरना	266-267	1915
प्रथम प्रभात	झरना	236	1913
प्रलय की छाया	लहर	381-395	1931
प्रार्थना	झरना	277	1910
प्रियतम!	झरना	259	1914
बालू की वेला	झरना	247	1924
बिखरा हुआ प्रेम	झरना	253	(1918)
बिन्दु 1	झरना	294	(1918)
बिन्दु 2	झरना	295	(1918)
बिन्दु 3	झरना	296	(1918)
बिन्दु 4	झरना	297	(1918)
बिन्दु 5	झरना	298	(1918)
बिन्दु 6	झरना	299	(1918)
बीती विभावरी जाग री	लहर	345	1935

कविता का शीर्षक	काव्य-संग्रह/पुस्तक	पृ.सं.	प्रकाशन/रचना वर्ष
मधुप गुनगुना कर कह जाता	लहर	337	1932
मधुर माधवी संध्या में	लहर	369	1935
मिलन	झरना	270	(1918)
मुझको न मिला रे कभी प्यार	लहर	360–361	1933
मेरी आँखों की पुतली में	लहर	354	1932
रत्न	झरना	281–282	(1918)
रूप	झरना	238	1927
ले चल वहाँ भुलावा देकर	लहर	340	1932
वसंत	झरना	242	1924
वसंत की प्रतीक्षा	झरना	241	(1918)
वसुधा के अंचल पर	लहर	356	1933
विषाद	झरना	245–246	1925
वे कुछ दिन कितने सुन्दर थे	लहर	353	1932
वेदने ठहरो!	झरना	291	(1918)
शशि-सी वह सुंदर रूपविभा	लहर	364	1935
शेरसिंह का शस्त्र-समर्पण	लहर	375–378	1935
समर्पण	झरना	231	(1918)
सुधा में गरल	झरना	288–289	(1918)
सुधासिंचन	झरना	273	(1918)
स्वप्नलोक	झरना	268	1916
स्वभाव	झरना	255	1915
हृदय का सौन्दर्य	झरना	276	1924
हे सागर संगम अरुण नील	लहर	341	1932
होली की रात	झरना	278–279	1926

जयशंकर प्रसाद के नाटक-एकांकी में प्रयुक्त छायावादी कविताओं की सूची (वर्णानुक्रम से)

सन्दर्भ :

प्रसाद के संपूर्ण नाटक एवं एकांकी - सम्पादन - डॉ. सत्यप्रकाश मिश्र, लोकभारती प्रकाशन, इलाहाबाद, 2013

प्रथम पंक्ति	अंक/दृश्य/नाटक	पृ.सं.	प्रकाशन वर्ष
अकेली छोड़कर जाने न...	द्वितीय अंक/चतुर्थ दृश्य/विशाख	176	1921
अगुरु-धूम की श्याम लहरियाँ...	पंचम अंक/द्वितीय दृश्य/स्कन्दगुप्त	549	1928
अधीर हो न चित्त...	द्वितीय अंक/सप्तम दृश्य/अजातशत्रु	254	1922
अनिल भी रहा लगाये घात...	प्रथम अंक/द्वितीय दृश्य/जन्मेजय का नाग-यज्ञ	302	1924
अमृत हो जायगा, विष भी...	द्वितीय अंक/अष्टम दृश्य/अजातशत्रु	256	1922
अरुण यह मधुमय देश हमारा...	द्वितीय अंक/प्रथम दृश्य/चन्द्रगुप्त	654	1931
अलका की किस विकल...	तृतीय अंक/तृतीय दृश्य/अजातशत्रु	269	1922
अली ने क्यों भला...	प्रथम अंक/पंचम दृश्य/अजातशत्रु	222	1922
अस्ताचल पर युवती सन्ध्या...	द्वितीय अंक/ध्रुवस्वामिनी	766	1933
आओ हिये में अहो...	प्रथम अंक/पंचम दृश्य/अजातशत्रु	224	1922
आज इस यौवन के माधवी कुंज...	तृतीय अंक/पंचम दृश्य/चन्द्रगुप्त	692	1931
आज मधु पी ले...	प्रथम अंक/तृतीय दृश्य/विशाख	161	1921
आह! वेदना मिली विदाई...	पंचम अंक/षष्ठ दृश्य/स्कन्दगुप्त	556	1928
उठती है लहर हरी-हरी...	प्रथम अंक/प्रथम दृश्य/विशाख	157	1921
उतारोगे अब कब भू-भार...	प्रथम अंक/षष्ठ दृश्य/स्कन्दगुप्त	482	1928
उमड़ कर चली भिगोने आज...	तृतीय अंक/प्रथम दृश्य/स्कन्दगुप्त	511	1928
ओ मेरी जीवन की स्मृति...	चतुर्थ अंक/चतुर्थ दृश्य/चन्द्रगुप्त	714	1931
कर रहे हो नाथ, तुम...	द्वितीय अंक/षष्ठ दृश्य/विशाख	182	1921
करुणालय चित्त शान्त था...	प्रथम अंक/प्रथम दृश्य/विशाख	153	1921
कार्तिक कृष्णा कुहू क्रोध...	द्वितीय अंक/चतुर्थ दृश्य/विशाख	178	1921
किसे नहीं चुभ जायँ,...	द्वितीय अंक/षष्ठ दृश्य/कामना	400	1927
कुंज में वंशी बजती है...	प्रथम अंक/तृतीय दृश्य/विशाख	160	1921
कैसी कड़ी रूप की ज्वाला?	चतुर्थ अंक/द्वितीय दृश्य/चन्द्रगुप्त	709	1931
क्या सुना नहीं कुछ,...	तृतीय अंक/तृतीय दृश्य/जन्मेजय का नाग-यज्ञ	344	1924
खेल लो नाथ, विश्व का...	तृतीय अंक/अष्टम दृश्य/कामना	431	1927
खोल तू अब भी आँखें...	एकांकी/एक घूँट	563	1929
गोधूली के राग-पटल में...	प्रथम अंक/द्वितीय दृश्य/अजातशत्रु	215	1922
घने ख्न प्रेम-तरु-तले...	द्वितीय अंक/प्रथम दृश्य/स्कन्दगुप्त	490	1928
घने-घन बीच कुछ अवकाश...	प्रथम अंक/प्रथम दृश्य/विशाख	155	1921

प्रथम पंक्ति	अंक/दृश्य/नाटक	पृ.सं.	प्रकाशन वर्ष
घबराना मत इस विचित्र...	प्रथम अंक/चतुर्थ दृश्य/विशाख	167	1921
घिरे सघन घन नींद न आयी...	प्रथम अंक/चतुर्थ दृश्य/कामना	379	1927
चंचल चन्द्र सूर्य है...	प्रथम अंक/षष्ठ दृश्य/अजातशत्रु	226	1922
चल बसन्त बाला अंचल...	तृतीय अंक/नवम दृश्य/अजातशत्रु	283	1922
चला है मन्थर गति में...	द्वितीय अंक/चतुर्थ दृश्य/अजातशत्रु	245	1922
छटा कैसी सलोनी निराली है...	द्वितीय अंक/तृतीय दृश्य/कामना	393	1927
छाने लगी जगत में ...	द्वितीय अंक/तृतीय दृश्य/विशाख	173	1921
छिपाओगी कैसे - आँखें...	द्वितीय अंक/अष्टम दृश्य/कामना	407	1927
जय हो उसकी, जिसने अपना...	तृतीय अंक/अष्टम दृश्य/जन्मेजय का नाग-यज्ञ	361	1924
जलधर की माला...	एकांकी/एक घूँट	572	1929
जाओ सखी, तुम जी न...	तृतीय अंक/द्वितीय दृश्य/कामना	413	1927
जीने का अधिकार तुझे क्या...	द्वितीय अंक/प्रथम दृश्य/जन्मेजय का नाग-यज्ञ	319	1924
जीवन भर आनन्द मनावे ...	प्रथम अंक/प्रथम दृश्य/विशाख	156	1921
जीवन में उजियाली है...	एकांकी/एक घूँट	570	1929
तुम कनक किरन के अंतराल में...	प्रथम अंक/द्वितीय दृश्य/चन्द्रगुप्त	627	1931
तुम्हारी मोहनी छवि पर...	द्वितीय अंक/चतुर्थ दृश्य/अजातशत्रु	246	1922
तू खोजता किसे अरे ...	प्रथम अंक/चतुर्थ दृश्य/विशाख	163	1921
दाता सुमति दीजिए...	द्वितीय अंक/षष्ठ दृश्य/अजातशत्रु	251	1922
दीन दुखी न रहे कोई,...	तृतीय अंक/पंचम दृश्य/विशाख	194	1921
दूर जब हो गया कहीं मन से...	तृतीय अंक/प्रथम दृश्य/विशाख	184	1921
देखी नयनों ने एक झलक...	प्रथम अंक/पंचम दृश्य/विशाख	167	1921
देश की दुर्दशा निहारोगे...	पंचम अंक/तृतीय दृश्य/स्कन्दगुप्त	552	1928
न छेड़ना उस अतीत स्मृति ...	प्रथम अंक/द्वितीय दृश्य/स्कन्दगुप्त	468	1928
न धरो कहकर इसको...	प्रथम अंक/चतुर्थ दृश्य/अजातशत्रु	221	1922
नदी नीर से भरी...	तृतीय अंक/प्रथम दृश्य/विशाख	183	1921
नाथ स्नेह की लता सींच दो,...	तृतीय अंक/षष्ठ दृश्य/जन्मेजय का नाग-यज्ञ	354	1924
निकल मत बाहर दुर्बल आह...	प्रथम अंक/द्वितीय दृश्य/चन्द्रगुप्त	628	1931
निर्जन गोधूली प्रान्तर में...	द्वितीय अंक/अष्टम दृश्य/अजातशत्रु	255	1922
पद-दलित किया है जिसने...	तृतीय अंक/तृतीय दृश्य/जन्मेजय का नाग-यज्ञ	346	1924
पालना बनें प्रलय की लहरें...	द्वितीय अंक/चतुर्थ दृश्य/स्कन्दगुप्त	499	1928
पी ले प्रेम का प्याला...	प्रथम अंक/षष्ठ दृश्य/कामना	386	1927
पृथ्वी की श्यामल पुलकों...	तृतीय अंक/चतुर्थ दृश्य/कामना	420	1927
पैरों के नीचे जलधर हों ...	प्रथम अंक/ध्रुवस्वामिनी	761	1933
प्यारे, निर्मोही होकर मत...	प्रथम अंक/पंचम दृश्य/अजातशत्रु	223	1922
प्रथम यौवन-मदिरा से मत्त...	द्वितीय अंक/पंचम दृश्य/चन्द्रगुप्त	671	1931
फूल जब हँसते हैं अभिराम...	तृतीय अंक/द्वितीय दृश्य/जन्मेजय का नाग-यज्ञ	342	1924
बच्चे बच्चों से खेलें	प्रथम अंक/प्रथम दृश्य/अजातशत्रु	213	1922
बज रही वंशी आठों याम की...	चतुर्थ अंक/चतुर्थ दृश्य/चन्द्रगुप्त	714	1931

प्रथम पंक्ति	अंक/दृश्य/नाटक	पृ.सं.	प्रकाशन वर्ष
बजा दो वेणु मनमोहन!...	चतुर्थ अंक/सप्तम दृश्य/स्कन्दगुप्त	540	1928
बरस पड़े अश्रु-जल, हमारा...	द्वितीय अंक/पंचम दृश्य/जन्मेजय का नाग-यज्ञ	332	1924
बहुत छिपाया, उफन पड़ा...	द्वितीय अंक/द्वितीय दृश्य/अजातशत्रु	241	1922
बिखरी किरन अलक व्याकुल हो...	द्वितीय अंक/सप्तम दृश्य/चन्द्रगुप्त	675	1931
भरा नैनों में मन में रूप...	प्रथम अंक/सप्तम दृश्य/स्कन्दगुप्त	485	1928
भाव-निधि में लहरियाँ उठतीं...	चतुर्थ अंक/द्वितीय दृश्य/स्कन्दगुप्त	530	1928
मचा है जग भर में अन्धेर...	प्रथम अंक/द्वितीय दृश्य/विशाख	159	1921
मधुप कब एक कली का है...	चतुर्थ अंक/चतुर्थ दृश्य/चन्द्रगुप्त	713	1931
मधुपान कर चुके मधुप,...	तृतीय अंक/प्रथम दृश्य/विशाख	184	1921
मधुमत्त मिलिन्द माधुरी...	प्रथम अंक/चतुर्थ दृश्य/विशाख	166	1921
मधुर माधव ऋतु की रजनी...	द्वितीय अंक/तृतीय दृश्य/जन्मेजय का नाग-यज्ञ	327	1924
मधुर मिलन कुंज में...	एकांकी/एक घूँट	583	1929
मन जागो जागो ...	तृतीय अंक/द्वितीय दृश्य/जन्मेजय का नाग-यज्ञ	341	1924
मना आनन्द मत...	प्रथम अंक/चतुर्थ दृश्य/विशाख	165	1921
मरण जब दीन जीवन से...	तृतीय अंक/द्वितीय दृश्य/विशाख	187	1921
माझी? साहस है? खे लोगे?	तृतीय अंक/चतुर्थ दृश्य/स्कन्दगुप्त	520	1928
मान लूँ क्यों न उसे...	द्वितीय अंक/षष्ठ दृश्य/विशाख	180	1921
मीड़ मत खिंचे बीन...	प्रथम अंक/नवम दृश्य/अजातशत्रु	232	1922
मेरे मन को चुरा के...	द्वितीय अंक/तृतीय दृश्य/विशाख	175	1921
यह कसक अरे आँसू सह जा...	प्रथम अंक/ध्रुवस्वामिनी	752	1933
यौवन तेरी चंचल छाया...	द्वितीय अंक/ध्रुवस्वामिनी	763	1933
लगा दो गहने का...	द्वितीय अंक/द्वितीय दृश्य/विशाख	173	1921
लोभ सुख का नहीं...	द्वितीय अंक/नवम दृश्य/अजातशत्रु	260	1922
शून्य गगन में खोजता जैसे चन्द्र...	पंचम अंक/द्वितीय दृश्य/स्कन्दगुप्त	546	1928
संसृति के वे सुन्दरतम क्षण...	प्रथम अंक/तृतीय दृश्य/स्कन्दगुप्त	470	1928
सखी री !सुख किसको हैं...	प्रथम अंक/प्रथम दृश्य/विशाख	154	1921
सखे! वह प्रेममयी रजनी...	चतुर्थ अंक/नवम दृश्य/चन्द्रगुप्त	729	1931
सघन वन-वल्लरियों के नीचे...	प्रथम अंक/तृतीय दृश्य/कामना	372	1927
सब जीवन बीता जाता है...	तृतीय अंक/द्वितीय दृश्य/स्कन्दगुप्त	515	1928
समीर स्पर्श कली को...	प्रथम अंक/चतुर्थ दृश्य/विशाख	166	1921
सलोने अंग पर पट हो...	प्रथम अंक/प्रथम दृश्य/विशाख	154	1921
सुख की सीमा नहीं ...	द्वितीय अंक/चतुर्थ दृश्य/विशाख	176	1921
सुख साधन में भूल न रे मन!	अग्निमित्र (अपूर्ण)	786	अपूर्ण
सुधा-सीकर से नहला दो!	चतुर्थ अंक/प्रथम दृश्य/चन्द्रगुप्त	706	1931
स्वजन दीखता न विश्व में...	तृतीय अंक/सप्तम दृश्य/अजातशत्रु	280	1922
स्वर्ग है नहीं दूसरा और...	तृतीय अंक/तृतीय दृश्य/अजातशत्रु	271	1922
स्वीकृति प्रेम-प्रशस्ति पर...	द्वितीय अंक/चतुर्थ दृश्य/विशाख	177	1921
हमारा प्रेमनिधि सुन्दर...	प्रथम अंक/नवम दृश्य/अजातशत्रु	232	1922

प्रथम पंक्ति	अंक/दृश्य/नाटक	पृ.सं.	प्रकाशन वर्ष
हमारे जीवन का उल्लास...	तृतीय अंक/द्वितीय दृश्य/अजातशत्रु	266	1922
हमारे निर्बलों के बल कहाँ...	प्रथम अंक/षष्ठ दृश्य/स्कन्दगुप्त	483	1928
हमारे वक्ष में बनकर...	प्रथम अंक/पंचम दृश्य/अजातशत्रु	224	1922
हिमाद्रि तुंग शृंग से...	चतुर्थ अंक/षष्ठ दृश्य/चन्द्रगुप्त	720	1931
हिमालय के आँगन में उसे...	पंचम अंक/पंचम दृश्य/स्कन्दगुप्त	554	1928
हिये में चुभ गयी, हाँ,..	द्वितीय अंक/प्रथम दृश्य/विशाख	171	1921
हृदय की सब व्यथाएँ मैं...	द्वितीय अंक/प्रथम दृश्य/विशाख	169	1921
हृदय के कोने-कोने से...	तृतीय अंक/पंचम दृश्य/विशाख	196	1921

महादेवी वर्मा की छायावादी कविताओं की सूची (वर्णानुक्रम से)

सन्दर्भ :

रश्मि - महादेवी वर्मा, लोकभारती प्रकाशन, प्रयागराज, 2020

नीरजा - महादेवी वर्मा, लोकभारती प्रकाशन, प्रयागराज, 2020

सांध्यगीत - महादेवी वर्मा, लोकभारती प्रकाशन, इलाहाबाद, 2017

दीपशिखा - महादेवी वर्मा, लोकभारती प्रकाशन, प्रयागराज, 2021

कविता का शीर्षक	काव्य-संग्रह	पृ.सं.	प्रकाशन/रचना वर्ष
अलि अब सपने की बात-/गीत	रश्मि (1932)	42	1928-1931 के बीच
अलि कहाँ संदेश भेजूँ!	दीपशिखा (1942)	78	1936-1942 के बीच
अलि कैसे उनको पाऊँ?/उलझन	रश्मि (1932)	65-66	1928-1931 के बीच
अलि मैं कण-कण को जान चली	दीपशिखा (1942)	120	1936-1942 के बीच
अलि वरदान मेरे नयन !	नीरजा (1935)	80-81	1931-1934 के बीच
अश्रु ने सीमित कणों में बाँध ली/प्रश्न	रश्मि (1932)	67	1928-1931 के बीच
अश्रु मेरे माँगने जब	सांध्यगीत (1936)	24-25	1934-1936 के बीच
अश्रु-सिक्त रज से किसने/कभी	रश्मि (1932)	88-89	1928-1931 के बीच
आँसुओं के देश में!	दीपशिखा (1942)	69-70	1936-1942 के बीच
आँसू का मोल न लूँगी मैं !	नीरजा (1935)	56	1931-1934 के बीच
आँसू से धो आज इन्हीं	दीपशिखा (1942)	102	1936-1942 के बीच
आ मेरी चिर मिलन-यामिनी !	नीरजा (1935)	32-33	1931-1934 के बीच
आज क्यों तेरी वीणा मौन?	नीरजा (1935)	7	1931-1934 के बीच
आज तार मिला चुकी हूँ!	दीपशिखा (1942)	54-55	1936-1942 के बीच
आज दे वरदान!	दीपशिखा (1942)	90	1936-1942 के बीच
आज मेरे नयन के तारक	सांध्यगीत (1936)	46-47	1934-1936 के बीच
आज सुनहली वेला!	सांध्यगीत (1936)	68	1934-1936 के बीच
इन आँखों ने देखी न राह कहीं/अलि से	रश्मि (1932)	46-47	1928-1931 के बीच
इस जादूगरनी वीणा पर	नीरजा (1935)	29-30	1931-1934 के बीच
उर तिमिरमय घर तिमिरमय	नीरजा (1935)	90	1931-1934 के बीच
एक बार आओ इस पथ से	नीरजा (1935)	44	1931-1934 के बीच
ओ अरुण वसना	सांध्यगीत (1936)	59	1934-1936 के बीच
ओ चिर नीरव!	दीपशिखा (1942)	47-48	1936-1942 के बीच
ओ पागल संसार	नीरजा (1935)	11-12	1931-1934 के बीच
ओ विभावरी!	नीरजा (1935)	53	1931-1934 के बीच
कमलदल पर किरण अंकित	नीरजा (1935)	57-58	1931-1934 के बीच
कह दे माँ क्या अब देखूँ!/दुविधा	रश्मि (1932)	50-52	1928-1931 के बीच
कहता जग दुःख को प्यार न कर!	नीरजा (1935)	71-72	1931-1934 के बीच
कहाँ से आए बादल काले?	दीपशिखा (1942)	56-57	1936-1942 के बीच
कहीं से, आई हूँ कुछ भूल!/स्मृति	रश्मि (1932)	64	1928-1931 के बीच

कविता का शीर्षक	काव्य-संग्रह	पृ.सं.	प्रकाशन/रचना वर्ष
किन उपकरणों का दीपक/जीवन दीप	रश्मि (1932)	25	1928-1931 के बीच
किस सुधि-वसंत का सुमन-तीर/सुधि	रश्मि (1932)	15	1928-1931 के बीच
किसी नक्षत्र लोक से टूट/पहिचान	रश्मि (1932)	43-45	1928-1931 के बीच
कीर का प्रिय आज पिंजर खोल दो	सांध्यगीत (1936)	55-56	1934-1936 के बीच
कुमुद-दल से वेदना के दाग को/कौन है?	रश्मि (1932)	26-27	1928-1931 के बीच
केवल जीवन का क्षण मेरे!	नीरजा (1935)	94	1931-1934 के बीच
कैसे संदेश प्रिय पहुँचाती!	नीरजा (1935)	36-37	1931-1934 के बीच
कोई यह आँसू आज माँग ले जाता!	दीपशिखा (1942)	81	1936-1942 के बीच
कोकिल गा न ऐसा राग !	सांध्यगीत (1936)	78-79	1934-1936 के बीच
कौन तुम मेरे हृदय में	नीरजा (1935)	9-10	1931-1934 के बीच
क्या जलने की रीति शलभ समझा	सांध्यगीत (1936)	70	1934-1936 के बीच
क्या न तुमने दीप बाला?	सांध्यगीत (1936)	20-21	1934-1936 के बीच
क्या नई मेरी कहानी!	नीरजा (1935)	60-61	1931-1934 के बीच
क्या पूजा क्या अर्चन रे?	नीरजा (1935)	84	1931-1934 के बीच
क्यों अश्रु न हों शृंगार मुझे!	दीपशिखा (1942)	97-98	1936-1942 के बीच
क्यों इन तारों को उलझाते?/गीत	रश्मि (1932)	19	1928-1931 के बीच
क्यों जग कहता मतवाली?	नीरजा (1935)	45-46	1931-1934 के बीच
क्यों मुझे प्रिय हो न बंधन!	सांध्यगीत (1936)	72-73	1934-1936 के बीच
क्यों वह प्रिय आता पार नहीं?	सांध्यगीत (1936)	26-27	1934-1936 के बीच
गूँजती क्यों प्राण-वंशी?	दीपशिखा (1942)	96	1936-1942 के बीच
गोधूलि अब दीप जगा ले!	दीपशिखा (1942)	71-72	1936-1942 के बीच
घन बनूँ वर दो मुझे प्रिय!	नीरजा (1935)	31	1931-1934 के बीच
घिरती रहे रात!	दीपशिखा (1942)	113-114	1936-1942 के बीच
चिर तृप्ति कामनाओं का/अतृप्ति	रश्मि (1932)	22-24	1928-1931 के बीच
चिर सजग आँखें उनींदी	सांध्यगीत (1936)	53-54	1934-1936 के बीच
चुका पाएगा कैसे बोल?/क्रय	रश्मि (1932)	82	1928-1931 के बीच
चुभते ही तेरा अरुण बान!/रश्मि	रश्मि (1932)	13-14	1928-1931 के बीच
छिपाए थी कुहरे सी नींद/विनिमय	रश्मि (1932)	68-70	1928-1931 के बीच
जग अपना भाता है!	दीपशिखा (1942)	115-116	1936-1942 के बीच
जग ओ मुरली की मतवाली!	नीरजा (1935)	34-35	1931-1934 के बीच
जग करुण करुण, मैं मधुर मधुर!	नीरजा (1935)	75	1931-1934 के बीच
जब यह दीप थके तब आना	दीपशिखा (1942)	62	1936-1942 के बीच
जाग जाग सुकेशिनी री!	सांध्यगीत (1936)	65-66	1934-1936 के बीच
जाग बेसुध जाग!	नीरजा (1935)	86	1931-1934 के बीच
जागो बेसुध रात नहीं यह!	नीरजा (1935)	93	1931-1934 के बीच
जाने किस जीवन की सुधि ले	सांध्यगीत (1936)	28	1934-1936 के बीच
जाने किसकी स्मित रूम झूम	नीरजा (1935)	47-48	1931-1934 के बीच
जिसको अनुराग सा दान दिया/पपीहे के प्रति	रश्मि (1932)	73-74	1928-1931 के बीच
जो न प्रिय पहिचान पाती!	दीपशिखा (1942)	68	1936-1942 के बीच
झरते नित लोचन मेरे हों!	नीरजा (1935)	67-68	1931-1934 के बीच

कविता का शीर्षक	काव्य-संग्रह	पृ.सं.	प्रकाशन/रचना वर्ष
झिप चलीं पलकें तुम्हारी	दीपशिखा (1942)	74–75	1936–1942 के बीच
झिलमिलाती रात मेरी!	सांध्यगीत (1936)	49	1934–1936 के बीच
टूट गया वह दर्पण निर्मम!	नीरजा (1935)	51–52	1931–1934 के बीच
तन्द्रिल निशीथ में ले आए	सांध्यगीत (1936)	61–62	1934–1936 के बीच
तब क्षण क्षण मधु-प्याले होंगे!	सांध्यगीत (1936)	67	1934–1936 के बीच
तरल मोती से नयन भरे!	दीपशिखा (1942)	59	1936–1942 के बीच
तिमिर में वे पद-चिह्न मिले!	सांध्यगीत (1936)	80	1934–1936 के बीच
तुम दुःख बन इस पथ से आना!	नीरजा (1935)	78–79	1931–1934 के बीच
तुम मुझ में प्रिय!	नीरजा (1935)	17–18	1931–1934 के बीच
तुम सो जाओ मैं गाऊँ !	नीरजा (1935)	91–92	1931–1934 के बीच
तुम हो विधु के बिम्ब और मैं/मैं और तू	रश्मि (1932)	53–58	1928–1931 के बीच
तुमको क्या देखूँ चिर नूतन!	नीरजा (1935)	41–42	1931–1934 के बीच
तुम्हारी बीन ही में बज रहे हैं	दीपशिखा (1942)	108	1936–1942 के बीच
तुम्हें बाँध पाती सपने में	नीरजा (1935)	6	1931–1934 के बीच
तुहिन के पुलिनों पर छबिमान/जीवन	रश्मि (1932)	28–31	1928–1931 के बीच
तू धूल भरा ही आया!	दीपशिखा (1942)	66–67	1936–1942 के बीच
तू भू के प्राणों का शतदल !	दीपशिखा (1942)	109–110	1936–1942 के बीच
तेरी आभा का कण नभ को/देखो	रश्मि (1932)	71–72	1928–1931 के बीच
तेरी छाया में अमिट रंग	दीपशिखा (1942)	100–101	1936–1942 के बीच
तेरी सुधि बिन क्षण क्षण सूना!	नीरजा (1935)	49–50	1931–1934 के बीच
दिया क्यों जीवन का वरदान?/उपालम्भ	रश्मि (1932)	48	1928–1931 के बीच
दीप तेरा दामिनी!	सांध्यगीत (1936)	50	1934–1936 के बीच
दीप मेरे जल अकंपित	दीपशिखा (1942)	43–44	1936–1942 के बीच
दीपक में पतंग जलता क्यों?	नीरजा (1935)	55	1931–1934 के बीच
दूर घर मैं पथ से अनजान !	नीरजा (1935)	82–83	1931–1934 के बीच
देव अब वरदान कैसा!	सांध्यगीत (1936)	60	1934–1936 के बीच
धीरे-धीरे उतर क्षितिज से	नीरजा (1935)	2–3	1931–1934 के बीच
धूप-सा तन दीप-सी मैं!	दीपशिखा (1942)	65	1936–1942 के बीच
न थे जब परिवर्तन दिनरात/रहस्य	रश्मि (1932)	61–63	1928–1931 के बीच
नव घन आज बनो पलकों में!	सांध्यगीत (1936)	69	1934–1936 के बीच
नव मेघों को रोता था/वे दिन –	रश्मि (1932)	33–37	1928–1931 के बीच
निमिष से मेरे विरह के कल्प बीते!	दीपशिखा (1942)	84	1936–1942 के बीच
नींद में सपना बन अज्ञात!/जब	रश्मि (1932)	79–81	1928–1931 के बीच
पंकज-कली!	सांध्यगीत (1936)	37	1934–1936 के बीच
पंथ होने दो अपरिचित	दीपशिखा (1942)	45–46	1936–1942 के बीच
पथ देख बिता दी रैन	नीरजा (1935)	25–26	1931–1934 के बीच
पथ मेरा निर्वाण बन गया!	दीपशिखा (1942)	103	1936–1942 के बीच
पुजारी दीप कहीं सोता है!	दीपशिखा (1942)	111–112	1936–1942 के बीच
पुलक पुलक उर, सिहर सिहर तन	नीरजा (1935)	4–5	1931–1934 के बीच
पूछता क्यों शेष कितनी रात?	दीपशिखा (1942)	107	1936–1942 के बीच

कविता का शीर्षक	काव्य-संग्रह	पृ.सं.	प्रकाशन/रचना वर्ष
प्राण हँस कर ले चला जब	दीपशिखा (1942)	49-50	1936-1942 के बीच
प्राणपिक प्रिय -- नाम रे कह!	नीरजा (1935)	76-77	1931-1934 के बीच
प्राण-रमा पतझार सजनि	सांध्यगीत (1936)	48	1934-1936 के बीच
प्राणों के अंतिम पाहुन!/मृत्यु से	रश्मि (1932)	77-78	1928-1931 के बीच
प्राणों ने कहा कब दूर	दीपशिखा (1942)	91-92	1936-1942 के बीच
प्रिय इन नयनों का अश्रु-नीर !	नीरजा (1935)	1	1931-1934 के बीच
प्रिय गया है लौट रात!	नीरजा (1935)	43	1931-1934 के बीच
प्रिय चिरंतन है सजनि	सांध्यगीत (1936)	57-58	1934-1936 के बीच
प्रिय मेरे गीले नयन बनेंगे आरती!	सांध्यगीत (1936)	19	1934-1936 के बीच
प्रिय मैं जो चित्र बना पाती!	दीपशिखा (1942)	104-105	1936-1942 के बीच
प्रिय सुधि भूले री मैं पथ भूली!	नीरजा (1935)	85	1931-1934 के बीच
प्रिय! जिसने दुःख पाला हो!	नीरजा (1935)	54	1931-1934 के बीच
प्रिय! मैं हूँ एक पहेली भी !	नीरजा (1935)	59	1931-1934 के बीच
प्रिय! सांध्य गगन मेरा जीवन!	सांध्यगीत (1936)	17-18	1934-1936 के बीच
प्रिय-पथ के यह शूल	सांध्यगीत (1936)	30	1934-1936 के बीच
फिर क्यों तुमने शूल बिछाए?	दीपशिखा (1942)	87	1936-1942 के बीच
फिर विकल हैं प्राण मेरे!	सांध्यगीत (1936)	51	1934-1936 के बीच
फूलों का गीला सौरभ पी/आह्वान	रश्मि (1932)	32	1928-1931 के बीच
बताता जा रे अभिमानी!	नीरजा (1935)	19	1931-1934 के बीच
बीते वसंत की चिर-समाधि!/समाधि से	रश्मि (1932)	83-85	1928-1931 के बीच
बीन भी हूँ मैं तुम्हारी	नीरजा (1935)	14	1931-1934 के बीच
मत अरुण घूँघट खोल री!	नीरजा (1935)	73-74	1931-1934 के बीच
मधुर मधुर मेरे दीपक जल!	नीरजा (1935)	20-22	1931-1934 के बीच
मधुवेला है आज	नीरजा (1935)	62	1931-1934 के बीच
मिट चली घटा अधीर!	दीपशिखा (1942)	76-77	1936-1942 के बीच
मुखर पिक हौले बोल!	नीरजा (1935)	23-24	1931-1934 के बीच
मुस्काता संकेत-भरा नभ	नीरजा (1935)	65-66	1931-1934 के बीच
मेघ सी घिर झर चली मैं	दीपशिखा (1942)	82-83	1936-1942 के बीच
मेरा सजल मुख देख लेते!	सांध्यगीत (1936)	31-32	1934-1936 के बीच
मेरी है पहेली बात!	सांध्यगीत (1936)	52	1934-1936 के बीच
मेरे ओ विहग से गान!	दीपशिखा (1942)	118	1936-1942 के बीच
मेरे हँसते अधर नहीं	नीरजा (1935)	27-28	1931-1934 के बीच
मैं किसी की मूक छाया हूँ	सांध्यगीत (1936)	40-41	1934-1936 के बीच
मैं क्यों पूछूँ यह विरह-निशा	दीपशिखा (1942)	88-89	1936-1942 के बीच
मैं चिर पथिक वेदना का	दीपशिखा (1942)	117	1936-1942 के बीच
मैं न यह पथ जानती री!	दीपशिखा (1942)	73	1936-1942 के बीच
मैं नीर भरी दुःख की बदली!	सांध्यगीत (1936)	45	1934-1936 के बीच
मैं पलकों में पाल रही हूँ	दीपशिखा (1942)	95	1936-1942 के बीच
मैं बनी मधुमास आली!	नीरजा (1935)	38	1931-1934 के बीच
मैं मतवाली इधर, उधर प्रिय मेरा	नीरजा (1935)	39-40	1931-1934 के बीच

कविता का शीर्षक	काव्य-संग्रह	पृ.सं.	प्रकाशन/रचना वर्ष
मैं सजग चिर साधना ले!	सांध्यगीत (1936)	39	1934-1936 के बीच
मोम-सा तन घुल चुका	दीपशिखा (1942)	79-80	1936-1942 के बीच
यह पतझर मधुवन भी हो!	नीरजा (1935)	63-64	1931-1934 के बीच
यह मंदिर का दीप	दीपशिखा (1942)	63-64	1936-1942 के बीच
यह संध्या फूली सजीली!	सांध्यगीत (1936)	63-64	1934-1936 के बीच
यह सपने सुकुमार	दीपशिखा (1942)	58	1936-1942 के बीच
यह सुख दुखमय राग	सांध्यगीत (1936)	42	1934-1936 के बीच
रजत रश्मियों की छाया में/दु:ख	रश्मि (1932)	20-21	1928-1931 के बीच
रागभीनी तू सजनि	सांध्यगीत (1936)	22-23	1934-1936 के बीच
री कुञ्ज की शेफलिके!	सांध्यगीत (1936)	44	1934-1936 के बीच
रूपसि तेरा घन-केश-पाश !	नीरजा (1935)	15-16	1931-1934 के बीच
रे पपीहे पी कहाँ !	सांध्यगीत (1936)	33	1934-1936 के बीच
लय गीत मदिर, गति ताल अमर	नीरजा (1935)	87-89	1931-1934 के बीच
लाए कौन संदेश नए घन!	नीरजा (1935)	69-70	1931-1934 के बीच
लौट जा मलय-मारुत के झकोरे!	दीपशिखा (1942)	106	1936-1942 के बीच
विरह का जलजात जीवन	नीरजा (1935)	13	1931-1934 के बीच
विरह की घड़ियाँ हुईं अलि मधुर	सांध्यगीत (1936)	34	1934-1936 के बीच
विश्व-जीवन के उपसंहार!/अंत	रश्मि (1932)	75-76	1928-1931 के बीच
विहंगम-मधुर स्वर तेरे	दीपशिखा (1942)	60-61	1936-1942 के बीच
विहग-शावक से जिस दिन मूक/उनसे	रश्मि (1932)	59-60	1928-1931 के बीच
वे मधुदिन जिनकी स्मृतियों की/आशा	रश्मि (1932)	38	1928-1931 के बीच
शलभ मैं शापमय वर हूँ!	सांध्यगीत (1936)	35-36	1934-1936 के बीच
शून्य मंदिर में बनूँगी	सांध्यगीत (1936)	29	1934-1936 के बीच
शून्यता में निद्रा की बन/?	रश्मि (1932)	16-18	1928-1931 के बीच
शृंगार कर ले री सजनि	नीरजा (1935)	8	1931-1934 के बीच
शेषयामा यामिनी	दीपशिखा (1942)	99	1936-1942 के बीच
सखि मैं हूँ अमर सुहाग भरी!	सांध्यगीत (1936)	76-77	1934-1936 के बीच
सजनि कौन तम में परिचित सा/निभृत मिलन	रश्मि (1932)	49	1928-1931 के बीच
सजनि तेरे दृग बाल!/क्यों?	रश्मि (1932)	86-87	1928-1931 के बीच
सजल है कितना सवेरा!	दीपशिखा (1942)	119	1936-1942 के बीच
सपने जगाती आ	दीपशिखा (1942)	93-94	1936-1942 के बीच
सपनों की रज आँज गया	सांध्यगीत (1936)	71	1934-1936 के बीच
सब आँखों के आँसू उजले	दीपशिखा (1942)	85-86	1936-1942 के बीच
सब बुझे दीपक जला लूँ	दीपशिखा (1942)	51-52	1936-1942 के बीच
सो रहा है विश्व	सांध्यगीत (1936)	43	1934-1936 के बीच
स्मित तुम्हारी से छलक/मेरा पता	रश्मि (1932)	39-41	1928-1931 के बीच
हुए शूल अक्षत मुझे धूलि चन्दन!	दीपशिखा (1942)	53	1936-1942 के बीच
हे चिर महान्	सांध्यगीत (1936)	74-75	1934-1936 के बीच
हे मेरे चिर सुंदर अपने!	सांध्यगीत (1936)	38	1934-1936 के बीच

परिशिष्ट-3

जयशंकर प्रसाद की रचनाएँ

काव्य-कृतियाँ

चित्राधार (1918/1928), कानन-कुसुम (1913/1929), प्रेमपथिक (1909 - ब्रजभाज़ा में), प्रेमपथिक (1914 - खड़ी बोली हिन्दी में), महाराणा का महत्त्व (1914), झरना (1918), लहर (1935), आँसू (1925/1933), कामायनी (1936), असंकलित कविताएँ(जो कविताएँ किसी संग्रह में शामिल नहीं थीं।)

नाट्य-कृतियाँ

उर्वशी (1909), सज्जन (1910), वभ्रुवाहन (1911), कल्याणी परिणय (1912), करुणालय (1912), प्रायश्चित्त (1914), राज्यश्री (1915), विशाख (1921), अजातशत्रु (1922), जन्मेजय का नाग-यज्ञ (1924), कामना (1927), एक घूँट (1929), स्कन्दगुप्त (1928), चन्द्रगुप्त (1931), ध्रुवस्वामिनी (1933), अग्निमित्र (अपूर्ण)

कहानी-संग्रह : छाया (1912/1918), प्रतिध्वनि (1925), आकाशदीप (1929), आँधी (1931), इन्द्रजाल (1936)

कथा प्रबन्ध : ब्रह्मर्षि (1910), पंचायत (1910)

उपन्यास : कंकाल (1930), तितली (1934), इरावती (अपूर्ण, मरणोपरांत 1940 में प्रकाशित)

निबन्ध : काव्य और कला तथा अन्य निबन्ध (मरणोपरांत 1939 में प्रकाशित)

'छायावादी काव्य-कोश' में शामिल की गयीं जयशंकर प्रसाद की रचनाएँ

काव्य-कृतियाँ : झरना (1918), लहर (1935), आँसू (1925/1933), कामायनी (1936), असंकलित कविताएँ

नाट्य-कृतियाँ : इन नाटकों में सम्मिलित गीत/कविताएँ -

विशाख (1921), अजातशत्रु (1922), जन्मेजय का नाग-यज्ञ (1924), कामना (1927), एक घूँट (1929), स्कन्दगुप्त (1928), चन्द्रगुप्त (1931), ध्रुवस्वामिनी (1933), अग्निमित्र (अपूर्ण)

'छायावादी काव्य-कोश' में शामिल की गयीं जयशंकर प्रसाद की कुल कविताओं की संख्या -

कविताएँ - 94

प्रबंधात्मक काव्य-पुस्तक - 02 (आँसू, कामायनी)

नाटकों में गीत/कविताएँ - 111

सूर्यकान्त त्रिपाठी ‘निराला’ की रचनाएँ

काव्य-कृतियाँ

अनामिका (1923/1939), परिमल (1929), गीतिका (1936), तुलसीदास (1934/1939), कुकुरमुत्ता (1943/1948), अणिमा (1943), बेला (1946), नये पत्ते (1946), अर्चना (1950), आराधना(1953), गीत-गुंज (1954), सान्ध्य काकली (मरणोपरांत 1969 में प्रकाशित), असंकलित कविताएँ (जो कविताएँ किसी संग्रह में शामिल नहीं थीं।)

कहानी-संग्रह

लिली (1934), सखी/चतुरी चमार (1935/1945), सुकुल की बीवी (1941), देवी (कुल 10 में से 01 कहानी नयी - 1948)

उपन्यास

अप्सरा (1931), अलका (1933), प्रभावती (1936), निरुपमा (1936), कुल्ली भाट (1939), बिल्लेसुर बकरिहा (1942), चोटी की पकड़ (1946), काले कारनामे (1950), चमेली (अपूर्ण), इन्दुलेखा(अपूर्ण)

निबन्ध/आलोचना

प्रबन्ध-प्रतिमा (1940), प्रबन्ध-पद्म (1934), रवीन्द्र-कविता-कानन (1929), रस-अलंकार (1926), चाबुक (1941 या 1942), चयन (1957), संग्रह (1963)

‘छायावादी काव्य-कोश’ में शामिल की गयीं सूर्यकान्त त्रिपाठी ‘निराला’ की रचनाएँ

काव्य-कृतियाँ

अनामिका (1923/1939), परिमल (1929), गीतिका (1936), तुलसीदास (1934/1939), 24 असंकलित कविताएँ, 02 कविताएँ ‘गीत-गुंज’ (1954) से

‘छायावादी काव्य-कोश’ में शामिल की गयीं सूर्यकान्त त्रिपाठी ‘निराला’ की कुल कविताओं की संख्या -

कविताएँ - 228

प्रबंधात्मक काव्य-पुस्तक - 01 (तुलसीदास)

सुमित्रानंदन पंत की रचनाएँ

काव्य-कृतियाँ

वोणा (1927), ग्रन्थि (1920/1929), पल्लव (1926), गुंजन (1932), युगान्त (1936), युगपथ(1949), युगवाणी(1939), ग्राम्या (1940), स्वर्णकिरण (1947), स्वर्णधूलि (1947), मधुज्वाल (1947), उत्तरा (1949), रजत-शिखर (1952), शिल्पी (1952), सौवर्ण (1956), अतिमा (1955), किरण-वीणा (1967), वाणी (1958), कला और बूढ़ा चाँद (1959), पौ फटने से पहिले (1967), पतझर (एक भाव-क्रान्ति - 1967), गीतहंस (1969), लोकायतन (1965) शंखध्वनि (1971), शशि की तरी (1971), समाधिता (1973), आस्था (1973), सत्यकाम (1975), गीत-अगीत (1977), संक्रांति (1977)

नाट्य-कृतियाँ

ज्योत्स्ना (1934), परी (जनवरी, 1925), जिन्दगी का चौराहा (1939), अस्पृश्या (1937), स्रष्टा (1938), करमपुर की रानी (1949), चौराहा (1948), शकुन्तला (1948), युग-पुरुष (1948), छाया (1948)

कहानी-संग्रह : पाँच कहानियाँ (1936)

उपन्यास : हार (1917)

निबन्ध

छायावाद : पुनर्मूल्यांकन(1965), शिल्प और दर्शन(1961), कला और संस्कृति(1965), साठ वर्ष : एक रेखांकन(1969)

'छायावादी काव्य-कोश' में शामिल की गयीं सुमित्रानंदन पंत की रचनाएँ

काव्य-कृतियाँ : वीणा (1927), ग्रन्थि (1920/1929), पल्लव (1926), गुंजन (1932), युगान्त (1936)

नाट्य-कृतियाँ : परी (जनवरी, 1925), ज्योत्स्ना (1934)

'छायावादी काव्य-कोश' में शामिल की गयीं सुमित्रानंदन पंत की कुल कविताओं की संख्या -

कविताएँ - 176

प्रबंधात्मक काव्य-पुस्तक - 01 (ग्रन्थि)

नाटकों में गीत/कविताएँ - 50

महादेवी वर्मा की रचनाएँ

काव्य-कृतियाँ

नीहार (1930), रश्मि (1932), नीरजा (1935), सांध्यगीत (1936), दीपशिखा (1942), हिमालय (1963), सप्तपर्णा (अनूदित- 1966), प्रथम आयाम (1982), अग्निरेखा (1990)

गद्य-कृतियाँ

अतीत के चलचित्र (रेखाचित्र - 1941), श्रृंखला की कड़ियाँ (नारी-विषयक सामाजिक निबंध - 1942), स्मृति की रेखाएँ (रेखाचित्र - 1943), पथ के साथी (संस्मरण - 1956), क्षणदा (ललित निबंध - 1956), साहित्यकार की आस्था तथा अन्य निबंध (आलोचनात्मक - 1960), संकल्पिता (आलोचनात्मक - 1969), मेरा परिवार (पशु-पक्षियों के संस्मरण - 1971), चिंतन के क्षण (1986)

संकलन

यामा (नीहार, रश्मि, नीरजा, सांध्यगीत का संग्रह - 1936), संधिनी (कविता-संग्रह - 1964), स्मृतिचित्र (गद्य-संग्रह - 1966), महादेवी साहित्य (भाग- 1 - 1969), महादेवी साहित्य (भाग- 2 - 1970), महादेवी साहित्य (भाग - 3 - 1970), गीतपर्व (कविता-संग्रह ख्र 1970), स्मारिका (1971), परिक्रमा (कविता-संग्रह - 1974), सम्भाज़ण (कविता-संग्रह - 1975), मेरे प्रिय निबंध (निबंध-संग्रह - 1981), आत्मिका (कविता-संग्रह - 1983), नीलाम्बरा (कविता-संग्रह - 1983), दीपगीत (कविता-संग्रह- 1983)

'छायावादी काव्य-कोश' में शामिल की गयीं महादेवी वर्मा की रचनाएँ

नीहार (1930), रश्मि (1932), नीरजा (1935), सांध्यगीत (1936), दीपशिखा (1942)

'छायावादी काव्य-कोश' में शामिल की गयीं महादेवी वर्मा की कुल कविताओं की संख्या -

कविताएँ - 236

✪